# LAS ARMAS DE LA LUZ

# LAS ARMAS DE LA LUZ

## JESÚS SÁNCHEZ ADALID

Editado por HarperCollins Ibérica, S.A.
Núñez de Balboa, 56
28001 Madrid

Las armas de la luz
© Jesús Sánchez Adalid, 2021
© 2021, para esta edición HarperCollins Ibérica, S.A.

Diseño de cubierta: CalderónStudio
Imagen de cubierta: Santiago Muñoz

ISBN: 9788491396093

*A mis hermanos Pilar, Sofía, Ester y José María*

# ÍNDICE

*Nox præcessit dies autem adpropiavit abiciamus ergo opera tenebrarum et induamur arma lucis.*

*(La noche está avanzada. El día se avecina. Despojémonos pues de las obras de las tinieblas y revistámonos de las armas de la luz).*

Biblia Vulgata-Latina. Romanos, 13:12.

*L'alba part umet mar atra sol, poy pasa bigil, mira clar tenebras...*

*(El alba trae al sol sobre el mar oscuro, luego salva las colinas; mira, las tinieblas se aclaran...).*

Dístico escrito en el siglo x, en una lengua romance que ya no es latín, pero que no es todavía lo que más tarde será el catalán.

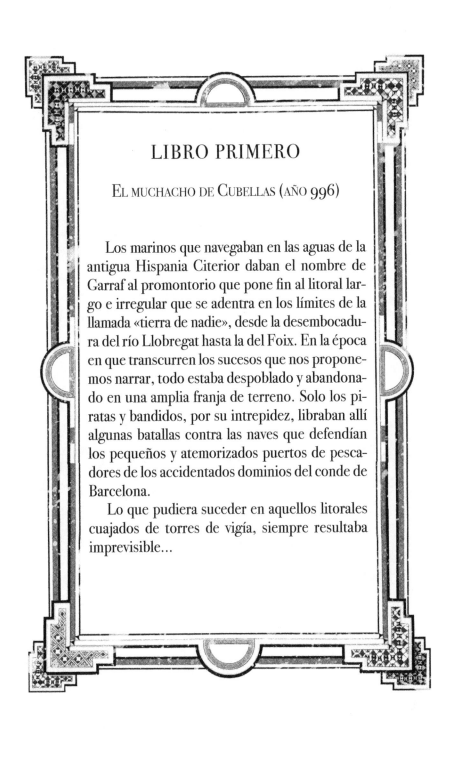

# LIBRO PRIMERO

## El muchacho de Cubellas (año 996)

Los marinos que navegaban en las aguas de la antigua Hispania Citerior daban el nombre de Garraf al promontorio que pone fin al litoral largo e irregular que se adentra en los límites de la llamada «tierra de nadie», desde la desembocadura del río Llobregat hasta la del Foix. En la época en que transcurren los sucesos que nos proponemos narrar, todo estaba despoblado y abandonado en una amplia franja de terreno. Solo los piratas y bandidos, por su intrepidez, libraban allí algunas batallas contra las naves que defendían los pequeños y atemorizados puertos de pescadores de los accidentados dominios del conde de Barcelona.

Lo que pudiera suceder en aquellos litorales cuajados de torres de vigía, siempre resultaba imprevisible...

# 1

*Puerto de Cubellas, 16 de septiembre, año 996*

Azotaron chubascos desde el amanecer. Salía el sol sobre el mar en intervalos, pero el viento no cesaba. La aldea de pescadores y su embarcadero comenzaban a desperezarse frente a la desembocadura del río Foix. La playa abierta, despejada, se extendía al pie de las cabañas pequeñas y pobres. Y tierra adentro, a menos de una milla, brindaba mayor seguridad la villa de Cubellas, con su castillo y una sólida muralla que ceñía la vida de un conjunto de buenas casas. Un camino discurría entre campos de labor, uniendo el sencillo puerto y la población fortificada. En la paz temprana, el obstinado oleaje agitaba las barcas amarradas en línea: el único movimiento apreciable, junto con el ondular de la bandera en la torre de vigía que también servía de faro. Cuatro marineros estaban sentados en silencio, a resguardo de la lluvia, bajo un cobertizo en el muelle. Uno de ellos, un veterano curtido, holgazán y borracho, de esos que se pasan la vida mirando hacia el horizonte, dijo que no recordaba un final del verano tan desapacible ni levantes que soplasen con tanta fuerza a primeros de septiembre. Otro más joven que él añadió que esa era una razón más para no confiar en los dichos de navegación que repiten los viejos.

—¡Qué sabrás tú! —replicó el veterano, sin volverse hacia él ni mirarle, con una mueca de puro y profundo desprecio.

Cada uno siguió a lo suyo, sin hablar nada más. Y más tarde cesó la lluvia inesperadamente. Parecía el crepúsculo en vez de esa hora del día. Las brumas iban subiendo por el cauce del río y las olas perdieron todo su ímpetu. Un sol esplendente y naranja vino a posarse tembloroso en el dique e hizo brillar las aguas del delta; luego amplió su radio y llegó a reflejarse simultáneamente en los charcos y sobre las tímidas fortificaciones de piedras y barro. El aspecto del mar iba siendo cada vez mejor y la repentina calma resultaba prodigiosa.

Hasta que un vivo trompeteo de aviso se inició de pronto en la garita del vigía. Los marineros se sobresaltaron y volvieron sus miradas hacia el mar, escrutando el horizonte. Y un instante después, unas velas aparecieron danzando en la distancia.

—¡Barcos! —gritó el viejo marinero—. ¡Qué demonios…! ¡Qué barcos tan raros! ¡Serán sarracenos!

Eran tres veleros; uno de ellos más grande que los otros dos, pero todos ellos de formas semejantes, largos, de borda baja y altos mástiles. Se acercaban veloces a la barra por el impulso del viento y ayudados además por briosos golpes de los remos. Atravesaron las puntas arenosas y entraron en la ensenada, para fondear a cierta distancia del atracadero, virando torpemente mientras arriaban las velas y soltaban anclas.

—No hay duda, son sarracenos —aseveró el curtido marino, con la mano puesta en la frente a modo de visera—. Esas velas, los mástiles, esa proa… Aunque… ¡Vaya naves extrañas! Pero… ¡mirad! Traen banderas blancas.

—Vendrán de Malaca —conjeturó otro de ellos.

—O de Turtusa —opinó un tercero.

—O de Barbastro —aventuró el más joven con timidez.

Los otros tres le miraron extrañados.

—¿Acaso hay puerto en Barbastro? —replicó con burla el viejo—. ¡Qué sabrás tú, imberbe!

El joven se encogió de hombros, avergonzado. Y poco después, mientras seguían observando, aquellos marineros oyeron a sus espaldas cascos de caballos. Se volvieron y vieron que venía cabalgando al trote el jefe de la guarnición, vociferando a la vez con autoridad:

—¡Eh, vosotros cuatro! ¡¿Qué hacéis ahí quietos?! ¡Subid a una de las barcas y bogad hacia esos veleros que acaban de arribar!

Ellos se pusieron en pie con respeto y se le quedaron mirando.

—¿Nosotros? —preguntó el veterano, llevándose la mano al pecho.

—¡Sí, vosotros! ¿Es que hay alguien más aquí que pueda hacerlo, viejo borracho?

—¡No hace falta ofender, *decanus*! —contestó el marinero—. Haremos lo que mandas. Pero dinos qué barca te parece mejor.

—Llevad esa grande de ahí por si tenéis que traer hombres a tierra.

Los cuatro marineros embarcaron a regañadientes y se pusieron a remar perezosamente.

—¡Más brío! —les apremiaba el oficial—. ¡Condenados holgazanes! ¡Vamos! ¡Ponedle voluntad!

Ellos paleteaban, rezongando, con visible temor en los rostros. Y cuando la barca estuvo a la altura del mayor de los tres veleros, se vio que se descolgaba por la borda una escala, y al momento descendieron por ella dos hombres de tez oscura y blancos turbantes.

El trompeteo arreció y las voces del vigía hicieron que saliera gente de las cabañas y se fuera congregando en el muelle. Un denso murmullo brotaba de la curiosidad y del deseo de novedades. Los pescadores se olvidaron por el momento de sus faenas y oteaban la distancia, con miradas circunspectas y cierto temor. Pero no tardaron en aparecer también por allí mercachifles oportunistas, trayendo pan, comida, cántaros de agua fresca, sirope y vino, con intención de vendérselo a los oportunos viajeros que vendrían en los veleros.

Y mientras todo esto sucedía en el atracadero, arriba, en la villa de Cubellas, el sol brillaba con fuerza y el aire era más suave. Ya se había despertado la vecindad con la noticia, y en lo alto de las terrazas y en las almenas el gentío miraba hacia el mar, alarmado por la presencia de los tres nuevos barcos.

También a esa hora, aunque del todo ajeno al motivo del revuelo, en la torre principal del castillo se levantaba de su cama el gobernador de la villa y el puerto, el anciano Gilabert, hijo de Udo. Ponía sus pies descalzos en el frío suelo y caminaba renqueante hacia la ventana. Se desperezaba y descorría las espesas cortinas de su dormitorio, murmurando: «¡Qué gritos! ¿Quién puede dormir en este lugar de locos?». Desde la altura, en la deslumbrante claridad, se podían ver las murallas y tras ellas el mar a lo lejos. Se sorprendió por aquel cielo tan limpio y por las aguas quietas y radiantes. Aunque ni siquiera el día tan bueno aplacaba su mal humor. El viento y la lluvia le habían mantenido en vela durante la noche, por el traqueteo de los postigos de las ventanas, y ahora, el alboroto le había robado su última ocasión de descanso. La luz era intensa y se reflejaba en el río como en un espejo, dañando sus ojos. Pero, cuando la vista se fue recuperando, reparó de pronto en las siluetas de los tres barcos anclados en mitad del fondeadero. Se intranquilizó, sintiendo en sus pies descalzos la dureza del frío suelo, y dio una vuelta completa por la habitación. Después se sentó en la cama para calzarse las babuchas de piel de zorro, tratando al mismo tiempo de poner en orden sus pensamientos. Hasta que empezó a gritar:

—¡Demonios! ¿Es que nadie me tiene en cuenta ya? ¡Tres barcos frente al puerto y no han venido a avisarme! ¿No soy yo el gobernador? ¡¿Quién diablos manda aquí si no?!

Salió de la habitación enardecido y, mientras descendía por la amplia escalera de baldosas inestables, seguía vociferando:

—¡Amadeu! ¡Amadeu! ¡¿Dónde diablos te metes, maldito Amadeu?!

En el vestíbulo le salió al encuentro su criado, un hombre similar a él, igualmente viejo, largo y descarnado; bien pudieran pasar por hermanos. Y tanta era la confianza que había entre ambos, que el sirviente se atrevía a contestar al amo con semejante mal genio:

—¡Eh! ¿Qué voces son estas, dueño? ¿Y adónde vas bajando como un loco por la escalera? ¡A ver si te caes y...! ¡A ver si te matas!

—¡Esos barcos, Amadeu! ¡Hay barcos en el puerto y nadie me avisa!

—¿Qué barcos? ¿Qué demonios...? ¡Qué sé yo de barcos! Uno anda a esta hora por las cocinas... Como si no hubiera nada que hacer... ¿Quién vigila los panes que están en el horno?

—¡Aparta, estúpido! ¡Qué me importan a mí los panes!

El gobernador salió impetuoso al patio de armas y allí se encontró con el jefe de la guarnición, que venía apresurado desde el puerto para informarle.

—Señor, tres veleros han arribado y están anclados a distancia.

—¡Ya lo sé! —contestó Gilabert—. ¿Cómo tardas tanto en venir a comunicarme la novedad?

—Señor, apenas me he demorado el tiempo justo de hacer averiguaciones.

—¿De dónde vienen esos barcos? ¿Adónde se dirigen? ¿Quién navega en ellos?

—Son sarracenos, señor. No hablan nuestra lengua cristiana. Pero me ha parecido entender que vienen navegando desde Sicilia.

El gobernador respondió con una expresión de extrañeza, y ordenó nervioso:

—¡Tráelos inmediatamente a mi presencia! ¡Que venga también el escribiente! ¡Y busca a alguien que hable árabe!

Un rato después se hallaba el gobernador sentado sobre un estrado, en la sala del castillo donde ejercía su autoridad e impartía justicia. Y a su lado, en un pequeño escritorio, tomaba notas un monje joven. El jefe de la guarnición presentó ante él a los dos navegantes de oscura tez que habían desembarcado. No hubo inicialmente palabras, sino solamente gestos y señas de saludo, a lo que los forasteros respondieron con postraciones. Siguiendo las reglas de la hospitalidad, se les ofreció asiento, agua fresca y algo de comer. Ellos lo aceptaron sonrientes; comieron y bebieron con ostensible satisfacción y, como agradecimiento, regalaron a Gilabert un par de vasijas de cerámica y un manojo de plumas de avestruz. Él las aceptó, haciendo un gran esfuerzo para sonreír, y luego dijo nervioso:

—Sois bien venidos... Nada tenéis que temer de nosotros... Este castillo y este puerto son propiedad del vizconde de Barcelona, Udalard, mi señor. Yo gobierno en su nombre y por mandato suyo. Defendemos la costa frente a nuestros enemigos. Pero aquí vive gente de paz... Y ahora, extranjeros, debemos saber quiénes sois y de dónde venís.

Un veterano soldado que sabía árabe tradujo estas palabras. Los extranjeros se miraron entre sí, sonrieron complacientes y uno de ellos respondió algo en su lengua.

—Dice que son egipcios y que han venido navegando por Siracusa —explicó el traductor.

—Pregúntales qué buscan aquí —le instó el gobernador con impaciencia.

El soldado les hizo la pregunta, pero los egipcios se quedaron en silencio.

—¿Por qué se callan? —levantó la voz Gilabert—. ¡Que hablen! ¿Por qué demonios están aquí?

Al ver que el gobernador se enojaba, uno de los extranjeros dijo tímidamente algo y enseguida lo tradujo el veterano.

—No están autorizados para dar explicaciones.

El gobernador se puso en pie, furioso.

—¡Cómo que no! ¡Yo soy aquí la autoridad! ¡No se puede navegar por estas aguas sin mi consentimiento! ¡Y mucho menos fondear frente a este puerto! Nuestra ley es implacable en eso. ¡O hablan o los encierro!

Los gestos y las voces recias de Gilabert preocuparon visiblemente a los egipcios; se levantaron de sus asientos, se llevaron la mano al pecho y se postraron sumisamente. Luego habló de nuevo el que solía contestar en árabe, con apreciable nerviosismo. El intérprete le explicó al gobernador:

—Insisten en que no tienen permiso para decir nada más. En el barco están sus guías. Necesitarán volver a bordo para trasladarles tus exigencias. Preguntan si pueden ir.

Gilabert resopló y contestó:

—¡Esto es absurdo! ¿Y para qué han venido entonces? ¿Para hacernos perder el tiempo? ¿Por qué no han desembarcado esos guías suyos?

Se hizo un silencio en el que solo se oía el rasgar del cálamo del escribiente al deslizarse por el pergamino, que duró hasta que el jefe de la guarnición dijo:

—Señor, propongo que llevemos a uno de vuelta al barco y que el otro se quede aquí como rehén.

—Me parece que es lo más oportuno —asintió el gobernador—. Hágase como dices. Y procurad que, de cualquier manera, ese guía suyo venga a mi presencia. Además, tienen que satisfacer el tributo. ¿O acaso piensan pagar con estas pobres vasijas de barro? ¡Aquí hay unas leyes!

# 2

*Playa de Cubellas, 16 de septiembre, año 996*

Un joven esbelto y vigoroso llegó cabalgando a la playa de Cubellas poco antes de que la luz de la tarde empezase a decaer. Llevaba sobre el puño izquierdo un águila real encaperuzada, y su yegua negra, remisa y brillante de sudor, hundía en la arena los cascos. Cuatro conejos muertos colgaban a los costados de la montura. El hombro del jinete se resentía por el peso del ave, así que acabó descabalgando y posándola sobre la silla para descansar un rato. El pelo castaño claro del muchacho, crecido y revuelto, y su cara saludable brillaban a la luz de la tarde. Sus ojos claros, como transparentes, parecían del mismo color que el mar que tenían delante. Su mirada templada se perdió en la lejanía. En sosiego, aquella vista tan bella aniquilaba la escasa voluntad y energía que le quedaban. Esas olas mansas, esas espumas blanquecinas, donde se mecían sus ansiedades, consumieron las últimas fantasías y agotaron los febriles pensamientos de sus diecisiete años. La infinita monotonía del mar, los ligeros cambios de matiz y color le calmaron; la soledad inmensa le arrastró a la contemplación.

Pero, un instante después, oyó a la espalda un trote apresurado. Se volvió y vio venir por el camino a otro joven de la misma edad, montado en una mula y precedido por el trotar feliz y vaporoso de un perro podenco; el ligero manto pardo flotaba por la brisa sobre sus hombros y el pequeño gorro de paño que le cubría la coronilla voló. Se detuvo, echó pie a tierra y correteó para perseguirlo. Lo recuperó y, al llegar junto al primero, sus ojos oscuros y vivos le interpelaron un tanto inquietos:

—Disculpa, dueño mío, me rezagué porque el podenco anduvo detrás de un lagarto... Es tarde ya. ¡Hay que regresar a la villa! Pronto se hará de noche...

—Espera solo un momento... —contestó el primero con una sonrisa condescendiente—. ¡Mira qué color tiene el horizonte!

El sol se ponía a sus espaldas en los montes y derramaba su última dorada luz sobre el mar. Ellos admiraron el ocaso, que iba como rozando sus almas, desgastando su temple, haciéndolas puramente observadoras e identificándolas con la visión.

Hasta que el del gorro de paño se sintió obligado a urgir:

—Es sublime, mi dueño. Pero es tarde... ¡Vamos! Pronto anochecerá y cerrarán las puertas de la muralla. ¡Tu señor abuelo estará clamando a los cielos!

Montaron e hicieron trotar por la arena a sus cabalgaduras. El primero de aquellos jóvenes, el que iba a caballo, era Blai, el nieto del gobernador Gilabert; el que le seguía rezagado a lomos de la mula, su esclavo Sículo. Ambos habían salido de Cubellas antes del amanecer y volvían a casa después de haber pasado la jornada cazando por los montes.

Más adelante, siguiendo la playa, el ancladero se veía espléndido junto a la desembocadura del río Foix, con los barcos perfectamente alineados. Y tierra adentro, en el pueblo amurallado, el ocre caliente del sol debilitado chapoteaba en los tejados y doraba la torre principal del castillo. Cabalgaban en silencio, como rasgando una gran quietud que era como el reconocimiento de algún misterio. Entonces Blai tiró de pronto de las riendas y detuvo al caballo. Algo excepcional flotaba en medio de las aguas a lo lejos: tres extraños veleros estaban anclados en la ensenada, meciéndose suavemente, reservados, oscuros, enigmáticos...

Ambos muchachos se sobresaltaron. No era frecuente que recalaran barcos extranjeros en aquellas aguas, mucho menos tan grandes y de formas tan insólitas.

—¿Estás viendo, Sículo? —dijo Blai.

—Sí. Eso miraba, mi dueño. ¡Qué raro! ¡Barcos extranjeros! Espero que no traigan malas noticias...

—¡Vamos! ¡Hay que ir al pueblo! Mi abuelo estará aún más intranquilo al ver que no regresamos.

Como si el podenco hubiera comprendido estas palabras, emitió un delicado chillido y echó a correr en dirección a la muralla. También ambas bestias, arreadas por los jóvenes, emprendieron el galope por el camino que iba a morir delante de un arruinado arco de piedra.

La villa de Cubellas, en su conjunto, resultaba a esa hora del todo maravillosa; parecía que su existencia sería imposible sin ese mar que el sol incendiaba amorosamente en su lejanía. El hálito veraniego de los bosques del interior arrastraba aromas de pino sofocados, que venían a confundirse con el céfiro puro. En el débil cauce del río, en los boscajes de sus orillas y en las pobres casas de las afueras se descubría una caricia, como una sonrisa amable; y a la vez, en el pequeño castillo que asomaba sobre las azoteas polvorientas, una vaga sombra de justicia y de bondad. Antes de ingresar en el cobijo de las murallas, pudieron ver cómo se encendía el faro sobre la torre de vigía, cuando todavía el firmamento era claro y violáceo. Y luego, dentro ya de la población, pasaron entre gente afanosa que acababa las tareas de la jornada: reparaban redes, recogían los mercados, barrían con escobones, amontonaban las basuras, arrojaban agua sobre las losas… También hallaron calma y armonía a la puerta de la única taberna, donde dignos hombres conversaban, bebían vino o jugaban a los dados.

Delante del castillo se extendía una plaza fortificada, con una iglesia pequeña y armoniosa, de perfectos ladrillos ordenados, pegada a un caserón tan guarnecido como una fortaleza pequeña: la abadía. En la puerta, un monje grande y solemne se disponía a entrar en ese momento. A cualquiera le hubiera impresionado su aire de gravedad, la palidez de mártir en el rostro y el enigma de un blanco mechón que descendía desde la capucha por su frente arrugada. En cambio, Blai se aproximó a él con naturalidad y le besó cariñosamente la mano.

—Muchacho —dijo el monje—, ¿dónde andas? Tu abuelo está angustiado y…

No había terminado de hablar, cuando apareció doblando la esquina el anciano gobernador Gilabert, que exclamó al instante con metálica voz:

—¡Hijo mío, Blai! ¿Por qué me tratas así? Prometiste regresar de los montes antes de la hora nona… Ya ves, el sol se ha puesto y mi corazón se contrae consumido por la ansiedad.

—Perdóname, abuelo. Ha sido un día precioso; el campo está verde y había caza por doquier.

El anciano suspiró encrespado y se dirigió luego con enojo hacia el joven esclavo de su nieto:

—¡Y tú, Sículo, siervo traidor! ¿No me prometiste acarrear pronto a casa a este insensato nieto mío? ¡Debería castigarte por tu infidelidad! ¡Debería azotaros a los dos!

Sículo se arrodilló delante de él y después se apresuró a quitarse de en medio llevándose compungido las caballerías por las riendas hacia los establos.

A causa de las voces del gobernador, volvió a salir de la iglesia el monje que acababa de entrar. Llevaba el hábito de lana cruda a pesar del calor, una gran estola morada sobre los hombros y el acetre del agua bendita. Se aproximó y, sin que nadie le pidiera su opinión, se creyó autorizado para decir:

—Viejo Gilabert, hijo de Udo, gobernador de Cubellas, ¿qué voces son estas? ¿Has olvidado que tú también un día fuiste un joven impetuoso? ¿Acaso no ibas de muchacho con tu águila a cazar conejos cuando te daba la gana? Con la misma edad que este nieto tuyo, hemos andado tú y yo con nuestras aves y nuestros perros por esos montes de Dios hasta tres días, sin regresar, durmiendo al raso y comiendo lo que cazábamos. ¿Ya no te acuerdas?

El gobernador le miró con irritación, pero se contuvo y replicó en un susurro:

—Gerau, viejo abad de Santa María, cuando tú y yo fuimos jóvenes eran otros tiempos. ¿Eres sabio y no reconoces eso? Entonces no había por los campos hombres desalmados, vagando como demonios, sin ley ni piedad. Solo tengo a este nieto mío y no quiero perderlo…

—¡Siempre andas preocupado! —replicó el abad.

—¿Y cómo no estarlo? ¡Hay tres barcos extranjeros frente al puerto! Todavía no sabemos nada de ellos. ¿Y si vinieran más? En estas costas nunca se está tranquilo…

El clérigo rezongó y sentenció:

—San Pablo dejó escrito en su epístola: «Hijos, obedeced a vuestros padres. Padres, no exasperéis a vuestros hijos». Todo ello puede aplicarse también a los abuelos y los nietos.

Y dicho esto, alzó el hisopo y asperjó agua bendita sobre ellos, añadiendo:

—¡Ea!, id en paz a recogeros el viejo y el muchacho. Que el diablo anda merodeando como león rugiente buscando a quién devorar. Dios sea misericordioso y nos perdone a todos nuestros muchos pecados.

# 3

*Castillo de Cubellas, 16 de septiembre, año 996*

Dos horas después, entrada la noche, cuando todo el mundo se había ido ya a dormir, Blai estaba tumbado en su cama, con la cara hundida en la almohada, estremecido. En la habitación contigua, el anciano Gilabert lloraba en silencio y tosía de vez en cuando. Además de eso no se oía ni un ruido.

El joven se levantó y fue a ver qué podía hacer para consolar a su abuelo. Entró con una vela, llevándole un vaso de agua, y se sentó en el borde la cama. El anciano alzó hacia él una mirada lacrimosa.

—¡Hijo mío, Blai! ¿Cómo estás despierto todavía?

—Abuelo, estoy bien. Pero te he oído gemir… Me duele haberte hecho sufrir por mi insensatez… Tampoco yo puedo dormir.

El gobernador puso una cara llena de aflicción. Se incorporó y contestó:

—No sufro por eso. La gran desazón que siento tiene otros motivos. Hay misterios que no puedo comprender, Blai, hijo mío. Siempre creí que la vejez sería el tiempo de la sabiduría. Pero ahora soy el hombre más necio del mundo. A mi alrededor solo hay oscuridad. Mi alma está anegada de dudas…

—¡No hables así, abuelo!

—¡Necesito desahogarme!

—Pues habla con los sacerdotes.

—¡Ah, los sacerdotes! ¡Esos pobres infelices! ¿Acaso piensas que ese viejo y terco abad Gerau no duda? Seguro que en su almohada hay a esta hora de la noche tantas lágrimas como en esta mía. Esa aparente fortaleza, esa compostura, esos ademanes de seguridad… ¡Pobre infeliz! Le conozco bien… Le conozco desde que ambos éramos niños…

A Blai le sacudió un estremecimiento. Sus grandes y claros ojos se abrieron espantados. Nunca había visto así a su abuelo, ni había escuchado de su boca irreverencias como esas. Además, el anciano tenía mirada como de loco y el blanco cabello revuelto extrañamente sobre la frente.

—Abuelo, no ofendamos a Dios… ¡Dices unas cosas!

Gilabert tosió, bebió agua con ansiedad, se pasó el dorso de la mano con furia por los labios y dijo:

—¡Dios está muy alto! Y los hombres… A los hombres nos empuja de alguna manera la preocupación por conseguir un fin; a todos, aun a los más desenvueltos, aun a los más flojos. Pero, por mi parte, hubiera deseado tener mayor cordura y atención en cada jornada, en cada hora vivida, sin la desazón por cumplir mi cometido ni el deseo feroz de verlo concluido. Ya no cabe la vuelta atrás. Nada de lo pasado puede remediarse… ¡Por eso sufro y me quejo! ¿No tengo derecho a quejarme?

—¡Abuelo, no sufras de esa manera! ¿No estoy yo aquí? Yo me ocuparé de todo, te lo prometo.

El anciano suspiró y se incorporó para abrazarle.

—Hijo mío, Blai, ¡gracias! —le dijo al oído con ternura—. En verdad eres lo único que tengo. Perdona a tu abuelo… ¡Este maldito y viejo demonio que llevo dentro! ¡Mi debilidad me arrastra! ¡Dios tenga piedad de mí! Eres aún un muchacho y no tengo derecho a descargar en ti mis problemas. Ya tienes tú los tuyos propios de la edad. Se te ve muy cansado después de un largo día de caza. Anda, ve a dormir. Y no te preocupes por este estúpido anciano…

Blai le besó las manos para despedirse. Pero, antes de salir del dormitorio, se volvió y le preguntó:

—Abuelo, ¿no imaginas siquiera el motivo por el que están ahí esos tres barcos?

El gobernador meditó un momento, para responder con calma:

—Hijo mío, vivimos en una época de fuerzas desconocidas. Hay espías de día y fantasmas de noche. Estoy del todo desconcertado. Nunca han navegado por aquí barcos egipcios… Bueno, a decir verdad, recuerdo haberles oído contar a los viejos en mi infancia que, en otros tiempos, al puerto de Tarragona arribaban naves de todo el mundo… Pero ahora… Me pregunto por qué no han seguido esos tres misteriosos veleros hasta Barcelona. Y no negaré que me preocupa mucho que estén todavía ahí…

—¿Y qué piensas hacer?

—Mi obligación es cobrarles primero el portazgo y después ofrecerles lo que necesiten. Pero resulta que no han dicho todavía quién los envía ni a qué han venido. Es todo muy raro… Esta mañana desembarcaron dos hombres de oscura piel que ni siquiera hablan nuestra lengua. A uno de ellos lo tengo retenido como rehén; el otro regresó al barco para transmitirle a su jefe nuestras normas. Nadie más ha vuelto a desembarcar. Espero que mañana sepamos algo.

—Serán mercaderes —aventuró el muchacho.

—¡Psché! ¡Quién sabe! Pasan cosas muy extrañas últimamente… Los puertos están cerrados y los piratas dominan el mar. Tampoco en tierra firme se está seguro, porque hay bandidos campando a sus anchas por todas partes. Por eso, Blai, hijo mío, me preocupa mucho que andes por ahí fuera de Cubellas tanto tiempo. Ya sabes que hay cazadores de esclavos…

—Sículo y yo sabemos cuidarnos, abuelo. Si vemos algo raro nos esconderemos. Nadie podría echarnos mano; conocemos cuevas y rincones en el bosque donde es imposible que nos encuentren. No somos tan necios como para arriesgarnos a hacer tonterías. No debes preocuparte tanto.

—¡Anda, ve a dormir! —contestó el anciano en tono amonestador—. Si seguimos con esta conversación, no podré conciliar el sueño. Y ya serían dos días sin pegar ojo, porque la tormenta no me dejó tranquilo anoche.

Cuando Blai volvió a su cama, tampoco fue capaz de dormir. La tristeza y las preocupaciones de su abuelo le llenaban de angustia. Además, como le sucedía en ciertas ocasiones, le venían a la mente sus peores recuerdos, mezclados con escenas aterradoras, y le resultaba difícil separar la realidad de la imaginación. Ahora, a sus diecisiete años, veía su vida hasta que cumplió seis como un mal sueño. Porque tuvo que subsistir, antes de esa edad, por un tiempo impreciso como en una verdadera pesadilla; huyendo de la guerra con gente desconocida por senderos cenagosos, bajo la lluvia, o atravesando la tenebrosa oscuridad de los bosques en la noche; soportando el frío en la altura de los montes o la humedad irrespirable de las grutas donde se refugiaban. En la mente de un niño resulta difícil separar la fantasía de los recuerdos. Todo aquello estaba revuelto, confuso. Y le había preguntado muchas veces a su abuelo si realmente ocurrió así. El anciano entonces se ponía muy triste, se echaba a llorar y se negaba a dar más respuestas que esta: «Esas cosas es mejor no acordarse de ellas, hijo. Piensa que nunca pasaron».

Pero en la memoria de Blai había también imágenes nítidas y luminosas. Veía claramente la casa donde vivían cuando era niño, en Olérdola, que era una verdadera ciudad comparada con Cubellas. Recordaba que dormía con su madre y su abuela en una alcoba, separados por cortinas de las camas de sus seis hermanos, porque era el más pequeño. Tendría todavía unos cinco años, pero percibía la sensación de estar mirando, muy alegremente, apoyado en una barandilla oscilante de madera, las amarillas calabazas que crecían en un huerto en las traseras, y el ir a cazar grillos con otros niños por unas ruinas, entre montones de piedras. Esas imágenes volvían de nuevo esta noche, como tantas otras, pero aún más vivas; sería por la inquietud que le causaban las preocupaciones de su abuelo. Entonces sintió deseos de recordar. Sopló la vela, cerró los ojos y le parecía estar viendo la villa de Cubellas, cuando le llevó allí su abuelo en su infancia, hacía ya más de una década, después de que sucedieran aquellos acontecimientos de pesadilla que le causaba espanto recordar... Pero podía tranquilizarse evocando el momento en el que, todavía en Olérdola, le pusieron en brazos del gobernador, que resultó ser su abuelo, al que nunca antes había visto en su corta vida, y que le abrazó, cubriéndole de besos y de lágrimas. Desde entonces se quedó a vivir en Cubellas. Pero el lugar era muy diferente; no había más que una docena de edificios de piedra y barro: la casa del primer gobernador, una iglesia minúscula, los cuarteles militares, los campamentos y alguna que otra vivienda de pescadores que se afanaban y sobrevivían bajo la protección de la guarnición. Más tarde, a medida que Blai fue creciendo, se iría construyendo el castillo de piedra, con dos pisos, terrazas y una alta torre para observar con anticipación lo que pudiera venir por el mar. Todo ello se rodeó de murallas y se elevaron atalayas en los montes cercanos. La seguridad atrajo cierta prosperidad merced a la pesca, las labores en los campos de secano, los huertos junto al río y los rebaños. Entonces se echó abajo la iglesia para construir en su lugar otra más grande y más hermosa. Los monjes llegaron cuando se acabaron las obras.

El único dueño de todo aquello era el vizconde de Barcelona, Udalard. Blai solo le había visto una vez en su vida, cuando vino para instituir abad de Santa María al monje Gerau. Pero el muchacho sabía desde que tenía memoria que era el amo de la totalidad de lo que poseían, y que algunas familias, pocas, prosperaban bajo su sombra, estando entre ellas la suya propia, nobles modestos oriundos del interior, asentados en Olérdola, donde pagaban el impuesto por regentar un molino, dos hornos y un pozo de agua buena y abundante. Uno de los pocos recuerdos luminosos, tersos y gloriosos que guardaba el muchacho de aquel tiempo, que sentía tan lejano y borroso, era que en su casa se cocía todo el pan de la ciudad. Se trataba de un negocio tan natural y sencillo como la vida de aquella gente totalmente lógica y firme. Necesariamente había que comer a diario y todo el mundo pagaba religiosamente a fin de mes, ya fuera en especie o en moneda de metal. Desde niños los hijos de la casa se sentían muy orgullosos de ese oficio tan simpático y benevolente. Blai lo percibía en las conversaciones de sus hermanos mayores. Pero, cuando estos fueron siendo adolescentes, los secretos financieros de los adultos no dejaban de intrigarles tanto como, por lo menos, los misterios de la procreación. Blai fue siempre muy despierto y no se le ocultaba que en las cajas de caudales se guardaba eso tan preciado de lo que los adultos hablaban tanto. Se hacía consciente de su poder cuando veía los rostros sumisos de los que solicitaban prestamos; oía los plañideros lamentos al relatar sus problemas y reparaba en que a sus mayores los saludaban con un humilde beso en la mano cualquiera que no fuera de sangre noble, aunque no perteneciera a la condición de los sirvientes. Saber que esa primacía se la debían al molino y a los dos hornos familiares hacía que el niño se sintiera seguro y orgulloso, aun en su inocencia, reconociendo que estaban protegidos, en la certeza de que nada malo podía ocurrirles, por ser súbditos del vizconde que gobernaba en nombre del poderoso conde de Barcelona.

A partir de ahí, los recuerdos de aquella vida en Olérdola y los sueños que tenía se confundían; sus impresiones iban más allá del tiempo y el espacio. Pero ello no significaba que no supiera ni comprendiera lo que en realidad le pasó entonces. Porque había sido capaz de irlo reconstruyendo, parte por parte, acontecimiento por acontecimiento, mediante sus propios recuerdos y también gracias a lo que le fueron contando unos y otros a medida que fue creciendo. Aunque había también vacíos, algunos tan grandes como, por ejemplo, el hecho de que no fuera capaz de ponerle cara a su padre. Únicamente sabía de él que había muerto en una batalla formando parte de las huestes del vizconde. Por lo demás, de aquella lejana infancia en Olérdola, como en los sueños, solo permanecían en su memoria algunos destellos brillantes: el rostro de su madre, los juegos y las risas de sus hermanos, el encanto de las calles bajo el sol de la mañana, el olor del pan y aquellas calabazas amarillas... Y siempre, como humo, emergían manchas oscuras: el miedo que se hizo presente cuando anunciaron que los ejércitos sarracenos estaban cruzando los montes; el estrépito formado cuando la ciudad se preparaba para defenderse del asedio; el discurrir apresurado de los soldados en todas direcciones, las construcciones, los montones de pedruscos y el ruido metálico de las fraguas de día y de noche; luego los llantos, los gritos, el terror... Y más tarde un silencio mortal, apestoso de humo y sangre podrida, que el niño soportó en un lugar oscuro y frío. Todo esto formaba parte de un poso confuso en el alma de Blai. Si bien había ido dándose cuenta, a medida que dejaba de ser un niño, de que los sueños no son reales, mientras que los recuerdos se basan en cosas que han ocurrido de verdad, y es por tanto imposible que desaparezcan, pudiendo volver en cualquier momento. Y aunque su abuelo no quisiera hablar de aquellas cosas, era evidente que no dejaba de tenerlas presentes ni un solo día de su vida. Cuanto más quería ocultarlas, más se enfurecía el anciano, como si el sufrimiento solo pesara sobre él.

Sin embargo el dolor pesaba también sobre Blai, que sabía de dónde venía y el motivo por el que su abuelo y él eran los únicos miembros vivos de lo que un día fue una nutrida familia. Los demás, su madre, la abuela y sus hermanos, estaban muertos; y si acaso no lo estaban, era como si lo estuvieran. Todos ellos desaparecieron cuando los ejércitos del terrible Almansur arrasaron Olérdola, como tantos otros pueblos y ciudades del condado. Blai se salvó milagrosamente, escondido en el vientre de una tinaja. Y su abuelo sobrevivió porque se hallaba lejos, defendiendo Barcelona, después de haber partido con el padre de Blai y con todos los hombres aptos para la guerra.

# 4

*Cubellas, 17 de septiembre, año 996*

En medio de la oscuridad de la noche, junto con el rumor de las olas, empezaron a oírse extraños ruidos que llegaban del mar: ásperos y profundos rugidos, como lamentos y ecos, largos y roncos. La gente que vivía en el puerto nunca antes en toda su vida había oído nada semejante. Algunos marineros se levantaron de sus camas y se asomaron a las ventanas estremecidos. En las casas se encendieron luces y el terror arrancó el llanto de mujeres y niños. Todas las miradas estaban puestas en las aguas tenebrosas, donde los tres barcos extranjeros seguían anclados a media legua, recortándose en los resplandores de la débil luna.

Al día siguiente, poco después de que amaneciera, no se hablaba de otra cosa en Cubellas. Los pescadores que faenaban nocturnamente atrayendo a los peces con sus faroles habían oído los rugidos, y nadie dudaba de que provenían de las bodegas de los barcos extranjeros. También en la villa, a pesar de la distancia, muchos lo habían sentido. A primera hora, en el mercado, la confusión y la incertidumbre tenían fuera de sí a la población. Corrían rumores que hablaban de monstruos y de demonios; la imaginación echaba mano de las viejas historias de engendros y feroces criaturas de los mares. El ancestral miedo se había despertado.

El gobernador fue informado de los hechos por el jefe de la guarnición cuando tomaba su desayuno. Sorbía leche caliente en un pequeño cuenco, mientras miraba de soslayo al oficial con unos ojos adormilados.

—¿No será imaginación de la gente? —preguntó circunspecto, limpiándose con un paño la barba.

—Lo ha oído todo el mundo, señor.

—¿Y tú? ¿Lo has oído tú?

—No, señor. En el lugar donde yo duermo dentro de mi casa no se oye ni siquiera el mar cuando más encrespado está. Pero una de mis hijas, que tiene su cuarto en el piso alto, dice haberlo estado escuchando toda la noche.

Gilabert frunció el ceño pensativo y dijo:

—Tampoco yo he oído nada… Estaba muy cansado después de tres días sin poder conciliar el sueño y he dormido profundamente. Para una noche que no me desvelo…

En ese momento entró Blai en la estancia, diciendo:

—Yo sí lo oí, abuelo. Me levanté antes de que amaneciera para ir de caza con Sículo. Las bestias estaban intranquilas en los establos y los perros no paraban de ladrar…

El gobernador miró a su nieto con una expresión de sobresalto, que enseguida se transformó en enojo.

30

—¿No te he dicho que no quiero que salgas de caza por ahora? —le recriminó—. Hay extranjeros merodeando por las costas. ¡No es seguro ir solo a los campos! ¿Es que no piensas obedecerme?

Se hizo un incómodo silencio, en el que abuelo y nieto estuvieron mirándose. Luego Gilabert preguntó:

—¿Cómo eran esos ruidos?

—¡Cómo no serían, que decidimos no ir a cazar! —respondió el muchacho—. ¡Rugidos tremendos!

—¿Qué clase de rugidos?

—Como de una bestia enorme…

—¿De oso tal vez?

—No, abuelo. No eran de oso… Conozco cómo ruge el oso.

—¿Entonces? ¿No serían lobos?

—Tampoco eran aullidos de lobo. Todo el mundo sabe cómo aúllan esas fieras…

El gobernador dejó el cuenco de leche sobre la mesa y se levantó. Después se puso a dar vueltas por la estancia, reflexivo y con aire de preocupación, asomándose de vez en cuando a la ventana.

—¡Esos barcos! —exclamó de pronto—. ¡Y esos egipcios del demonio! ¡Cualquiera sabe a qué han venido y qué andarán tramando esos sarracenos!

El jefe de la guarnición se fue hacia él y, mirándole directamente a los ojos, le preguntó:

—¿Y qué podemos hacer, señor?

—No lo sé. Déjame pensar…

—Algo tendremos que hacer —replicó con ansiedad el oficial—. La gente está intranquila… ¿Y si esta noche empiezan otra vez esos rugidos?

—Mientras sean solo rugidos… Nada malo pueden hacernos unos rugidos.

Blai también se acercó a su abuelo, para decirle:

—¿Y por qué no ordenas aparejar las dos naves de guerra para ir a abordarlos?

Gilabert miró a su nieto con ternura.

—¡Qué impulsivo eres, hijo mío! —dijo sonriendo—. No podemos abordar a cualquiera así, sin un motivo. Esa gente no ha hecho el mínimo ademán de atacarnos. Nuestras leyes solo nos permiten hacer la guerra en legítima defensa. No somos piratas…

—Pero... ¡No acaban de decir a qué han venido! —observó el jefe de la guarnición.

El gobernador se pasó los dedos por entre su cabello blanco, pensativo. Luego dijo:

—Seguiremos observándolos con atención, prevenidos. Tenemos un rehén. Acabarán pidiéndonos que lo soltemos y nos dirán a cambio el motivo por el que han venido.

—Bien —asintió el oficial—. Reforzaré la vigilancia en las murallas y en el puerto. También les diré a los vigías de las torres que no los pierdan de vista ni un momento.

Se cumplieron estas órdenes. Y todo el mundo estuvo muy pendiente durante toda la mañana de los barcos extranjeros, en medio de un ambiente de prevención y curiosidad. Hasta que, en torno al mediodía, se avisó desde las torres de que había movimiento a bordo de una de las naves. Luego se vio cómo se descolgaba un bote por el costado. Cuatro hombres embarcaron en él y remaron hasta la playa. Desembarcaron y anduvieron por el puerto echando por aquí y por allá ojeadas con indiferencia mal disimulada, ante la atenta mirada de los vigías y los marineros. Los extranjeros no parecían ser mercaderes y no pretendieron de momento comprar nada. No bebían vino, ni tampoco manifestaron interés por las prostitutas que ejercían su oficio en las últimas casas. Merodeaban en silencio, con aire de despiste. Pero más tarde se entretuvieron pronto con cierto descaro y, al mismo tiempo, con vacilación, haciendo preguntas. Los vecinos de la aldea portuaria les respondían siempre con lo contrario de lo que era, aleccionados como estaban secularmente de que no debían dar determinadas informaciones a los extraños, e intentando al mismo tiempo venderles algo. Hasta que, finalmente, los extranjeros manifestaron su interés por abastecerse. Compraron harina, pescado seco, verduras y otros alimentos, y además llenaron de agua dos grandes odres. Cargaron el bote con todo ello y regresaron a sus barcos.

De estos movimientos estuvo al corriente el jefe de la guarnición, que no vio nada raro en el aprovisionamiento. Sin embargo, le extrañó mucho que no se hubieran interesado por su compatriota, que estaba retenido en el castillo como rehén. Informó de todo ello al gobernador y ambos estuvieron de acuerdo en mantener la misma medida de prudencia y observación, mientras proseguía el misterio en torno a las tres naves. Aquella misma tarde los egipcios echaron al agua dos botes más, esta vez con media docena de marineros de tez oscura, que pasaron de largo por el puerto y se encaminaron con decisión y apresuramiento hacia la villa. Anduvieron luego merodeando por las alquerías de los alrededores y por el pobre arrabal exterior, hasta que más tarde se acercaron a la puerta de la muralla. Allí su actitud fue más preocupante: uno se paraba delante con el pretexto de que le mostraran el camino; otros al pasar aflojaban el paso y miraban de reojo a través del arco, como quien quiere observar sin despertar sospechas. Los guardias de las puertas fueron a ver qué querían, no logrando sino evasivas y silencios. Resultaba evidente que andaban indagando en busca de algo en concreto.

El jefe de la guarnición empezó a temer seriamente que fueran espías, y acabó saliendo en persona para interrogar a los extranjeros sin ningún tipo de contemplaciones. Se encaró con ellos, los increpó y les exigió que explicaran el motivo por el que habían desembarcado. Con medias palabras, uno de los cuatro manifestó que solo querían comprar un asno viejo. Esta respuesta dejó aún más perplejo al oficial. Pero, no viendo en esta rara demanda demasiado motivo de preocupación, les permitió que fueran a hacerse con el animal, aunque advirtiéndoles con severidad al mismo tiempo de que no podían seguir merodeando por allí cuando empezara a caer la noche.

Un rato después, los egipcios estaban de vuelta en el puerto llevando por las riendas un asno renqueante. Consiguieron embarcarlo en uno de los botes con mucho esfuerzo, bogaron hasta sus barcos y lo izaron a bordo amarrado con cuerdas.

Todas estas operaciones eran observadas por los marineros y pescadores del puerto de Cubellas con una mezcla de recelo e hilaridad, entre comentarios jocosos:

—¿Para qué demonios querrán un burro viejo e inservible?

—Será tal vez para comérselo.

—¡Vaya una gente rara!

# 5

*Cubellas, 25 de septiembre, año 996*

En las noches siguientes no volvieron a oírse los enigmáticos rugidos. Pero cada día fueron desembarcando, de tiempo en tiempo, otras extrañas presencias de cetrino semblante y raro acento. Merodeaban por los alrededores de la muralla, recorrían las alquerías y preguntaban por señas a los guardias si podían entrar en la villa para comprar provisiones en el mercado. Como estaban dispuestos a sufragar la tasa exigida, el gobernador decidió darles finalmente el permiso. La población de Cubellas se había aprovechado siempre de los barcos que recalaban en el puerto y no había por el momento motivo importante por el cual recelar especialmente de los extranjeros. En una semana, se veía a los egipcios con cierta normalidad en las calles y eran mirados con otros ojos. Pagaban puntualmente sus compras con plata y no escatimaban en gastos. Además, no tardó en correr el rumor de que buscaban cabras y ovejas viejas o lisiadas y que también se interesaban por comprar caballerías tullidas o ineptas para el trabajo, lo cual no dejaba de ser otro beneficio añadido: los vecinos aprovecharon para librarse de sus animales inútiles y sacar a cambio algún dinero.

El gobernador se extrañó mucho por estas insólitas compras y habló de ello con el abad, que solía ser su consejero en los asuntos peliagudos.

—Es sin duda una cosa harto rara —le manifestó con cierta preocupación—. ¿Para qué crees tú querrán ese ganado viejo, seco y duro?

—Para comérselo —respondió con seguridad el monje—. ¿Para qué otra cosa si no? No debemos olvidar que son agarenos. Sus costumbres son muy diferentes a las nuestras. Sabemos que no prueban el cerdo y que, como los judíos, tienen estrictas exigencias en las carnes que consumen.

—Eso es más extraño, si cabe —observó Gilabert—, puesto que compran también buenos alimentos y otras carnes de mejor calidad.

—Tal vez hacen caldo con las reses viejas. Será una costumbre de su tierra de origen.

—Sí, puede ser… Pero… ¿tanto caldo?

El gobernador se hacía diariamente estas preguntas sin acabar de hallar respuestas al misterio de los egipcios. Aunque lo que más le desconcertaba era el hecho de que ninguna autoridad de los barcos hubiera vuelto para darle las explicaciones que exigió desde un principio, a pesar de mantener todavía en su poder al rehén.

Hasta que el noveno día desde la llegada de los barcos, justo cuando todo el mundo estaba almorzando, uno de aquellos extraños hombres se presentó en el atrio del castillo sin solicitar audiencia previa y pidió ver al gobernador. El guardia de la puerta le informó de que no sería recibido a esas horas y que además debía explicar el motivo de la visita y decir quién le enviaba. El extranjero pareció estar conforme con la pauta; pero, al echar a andar como para marcharse, fingió equivocarse de puerta y entró por el pórtico que daba a la escalera. Echó allí otra rápida ojeada e hizo ademán de subir, cuando le gritaron desde atrás:

—¡Eh! ¡Eh! ¿Adónde vas por ahí? ¡¿Quién te ha dado permiso?! ¡Sal inmediatamente!, ¡por aquí!

El intruso retrocedió y salió por donde se le indicaba, excusándose con una media sonrisa y una sumisión afectada que encajaban a duras penas en los rasgos duros de su cara.

Cuando el jefe de la guarnición tuvo conocimiento de este hecho, fue inmediatamente a contárselo al gobernador. El cual, al saberlo, se puso a gritar enardecido:

—¡Esto es el colmo! ¡Hasta aquí hemos llegado! ¡Se acabó!

—Eso mismo he pensado yo —expresó el oficial—. ¡Debemos aclarar esto de una vez!

—Diles que nuestras leyes son claras —le ordenó Gilabert—. No pueden navegar por estas aguas, y ni mucho menos estar anclados ahí en la ensenada si no declaran el motivo de su viaje. Y lo que ya es inadmisible es que se atrevan a merodear por aquí… ¡Hasta en mi propia residencia! O dicen de una vez a qué han venido o que se atengan a las consecuencias.

Para intimidar a los egipcios, el oficial aparejó esa misma tarde las dos galeras de guerra que Cubellas tenía reservadas para la defensa. Cuarenta hombres armados subieron a bordo y zarparon batiendo el agua impetuosamente con los remos. El gobernador y su nieto Blai, vestidos con armaduras y montados en sus caballos, observaban desde tierra la operación, rodeados por los mejores jinetes de la caballería. También miraba desde el dique una muchedumbre ansiosa y expectante, entre la que se hallaban el abad Gerau y los siete monjes de la abadía. Hasta los más ancianos, los tullidos y algunos enfermos no habían querido perderse el acontecimiento. Una brisa que venía del sur soplaba levemente, haciendo soportable el sol que iba cobrando fuerza. El cielo era puro y luminoso, el mar de un azul intenso.

Las dos galeras se aproximaron a los veleros egipcios, los remeros dejaron de bogar y se alzaron los remos. Un murmullo de emoción brotó en el gentío que observaba desde tierra, mientras se deslizaban por la inercia hasta casi chocar con el costado del más grande de los barcos extranjeros. Luego se hizo el silencio, cuando se vio cómo descolgaban la escala por la borda y al jefe de la guarnición trepar por ella.

El gobernador tenía puesta la mano en la frente y aguzaba la vista con aire inflexible.

—Vaya —dijo—, le han dejado subir a bordo. Esperemos que se avengan a razones. Si no, ¡mandaré que los hundan!

Pasó un rato largo. Hasta que por fin hubo de nuevo movimiento en la cubierta del mayor de los veleros y descendieron por la escala tres hombres.

—¡Ya vienen! —exclamó impaciente Gilabert—. ¡A ver qué demonios tienen que decir!

Las galeras viraron hacia el puerto, remaron de nuevo y atracaron. El jefe de la guarnición desembarcó trayendo consigo a dos extranjeros: uno alto, delgado, cetrino, vestido con una amplia túnica blanca; el otro, de mediana estatura, larga barba oscura y un bonete color azafrán cubriéndole la coronilla. Caminaron hacia donde estaba el gobernador. Gilabert descabalgó y fue con decisión a su encuentro, saludando con semblante adusto y voz seca:

—Bienvenidos seáis del Señor. ¿Quiénes sois? ¿De dónde venís? ¿Quién os envía?

Los extranjeros se inclinaron en una reverencia, llevándose a la vez las manos al pecho. Luego el del bonete color azafrán alzó la cabeza y contestó en perfecta lengua latina, aunque con raro acento:

—Somos egipcios, súbditos del califa Al Hakim de Fustat, en cuyo nombre y por mandato suyo hemos navegado primero desde Alejandría y después desde Siracusa.

El gobernador pestañeó extrañado y se pasó el dorso de la mano por la frente. Miró luego hacia el abad Gerau, compartiendo con él su sorpresa, y exclamó:

—¡Un califa! —dijo—. ¿En Egipto hay también un califa?

—Sí —contestó el del bonete—, en la ciudad de Fustat, donde está su palacio.

—¿Y es sarraceno vuestro califa?

—¿Qué quieres decir con eso? Si te refieres a la religión de nuestro califa, has de saber que gobierna en nombre y por mandato de Dios y de su profeta Muhamad.

—O sea, que es sarraceno —observó huraño Gilabert.

El egipcio se removió inquieto e hizo un gran esfuerzo para sonreír. Luego preguntó:

—¿Y tú a quién sirves? ¿En nombre de qué rey gobiernas este puerto y ese castillo?

Gilabert echó una mirada a su alrededor, paseando una sonrisa irónica por los suyos, y después contestó:

—Dime tú primero por qué habéis venido a estas costas y luego yo te diré quién manda aquí.

El egipcio le habló algo al oído a su compañero, y después ambos estuvieron cruzando palabras en su lengua. Esto impacientó a Gilabert, que les reprendió a voces:

—¡Nada de secretos! ¡Habladme a mí! ¿A qué demonios habéis venido?

El egipcio del bonete se puso el dedo en sus carnosos labios y contestó con calma:

—No nos grites. Lo vas a saber, porque tengo la obligación de decírtelo...

—¡Habla de una vez! —le instó el gobernador con aspereza—. ¡Se acabaron los rodeos!

El egipcio sonrió, miró hacia la gente que los observaba llena de expectación, vaciló y contestó en un susurro:

—Preferiría hablar contigo en privado... Es un asunto muy importante y requiere sus oportunas explicaciones. Hay aquí mucha gente y no me parece prudente que hablemos de la cuestión delante de todos. ¿Estás de acuerdo?

Gilabert se le quedó mirando, dubitativo, y acabó respondiendo arisco:

—¡Está bien, vayamos al castillo! ¡Y acabemos de una vez con los misterios!

Montó en el caballo e hizo un ostentoso gesto con la mano para que le siguieran por el camino. Un instante después, la comitiva iba en fila en dirección a la villa, seguida por la multitud. Entraron todos y el jefe de la guarnición mandó dispersarse a la gente curiosa que los seguía. Llegaron todos cerca de la puerta principal de la fortaleza, que estaba flanqueada por un robusto torreón y por una compleja barbacana en varios niveles. Allí un guardia les enfundó las cabezas a los extranjeros con sendas capuchas sin aberturas.

—¿Y esto? —protestó el del bonete—. ¡No veo nada!

—De eso se trata —le explicó el oficial—. La ley de nuestro castillo exige que todo forastero entre y salga con los ojos tapados. Como comprenderéis, no debemos arriesgarnos...

Luego, la pequeña comitiva formada por el gobernador, su nieto, el oficial, el abad y los dos extranjeros cruzaron el primer patio y subieron por la escalera exterior hasta una estancia pequeña con una única ventana, una mesa y una docena de taburetes.

—Aquí es —dijo el jefe de la guarnición, cerrando la puerta—. Podéis quitaros las capuchas.

Los extranjeros descubrieron sus caras y miraron a su alrededor. Toda la comitiva los observaba atenta.

—¡Hablad! —les instó con sequedad Gilabert.

—Señor —contestó el egipcio que siempre hablaba en nombre de los dos—. Aquí sigue habiendo demasiada gente.

—Aquí estamos quienes debemos estar —respondió al instante el gobernador—, ni uno más ni uno menos. No tengo secretos que ocultar a los que están presentes. Así que sentaos y decid de una vez a qué habéis venido a nuestro puerto.

El egipcio del bonete clavó en él sus negros ojos y replicó airado:

—Señor, ¿tienes intención de tratarnos como a malhechores? ¡Nos interrogas como si fuéramos bandidos!

—Bueno... —respondió, con voz más calmada, Gilabert—. Debéis comprender que por estas aguas navegan toda clase de hombres. ¿Quién me obliga a fiarme de todo el que llega?

—Solo te ruego que hablemos tú y yo a solas —imploró el egipcio que siempre hablaba—. Ni siquiera este compatriota mío que me acompaña ha de estar presente en nuestra conversación.

—Humm... —masculló el gobernador, con aire vacilante—. ¿Solos tú y yo? ¿Ni siquiera puede estar el abad, que es mi consejero? ¿Ni tampoco mi propio nieto? Me parece inadmisible...

—Está bien, que estén también presentes el monje y el muchacho. Pero los demás deben irse.

—De acuerdo —acabó cediendo Gilabert—. ¡Salid todos menos el abad y Blai!

Se cumplió esta orden, y cuando se hubieron quedado solos los cuatro, el gobernador le lanzó al egipcio una ojeada de reproche, instándole a la vez para que se explicara cuanto antes.

El egipcio suspiró hondamente, afloró en su rostro una expresión conciliadora y empezó diciendo:

—He prestado atención en el puerto a los signos que están bordados en vuestras banderas. También he visto que aquí hay monjes —miró al abad—. Todo esto me ha hecho llegar a la conclusión de que sois cristianos. También yo soy cristiano. Pertenezco a la antigua iglesia de Egipto, fundada por san Marcos, apóstol de Cristo. Mi nombre de cristiano es Menas, como me llamaron cuando derramaron sobre mí el agua santa del bautismo.

Estas explicaciones causaron una gran sorpresa en los presentes, sobre todo en al abad Gerau, que exclamó lleno de admiración:

—¡Alabado sea Dios! ¡No sois sarracenos!

—Bueno, padre mío —repuso Menas, con la voz mansa y amable de quien quiere convencer a un impaciente—, es necesario que os dé algunas explicaciones… Yo, como os he dicho, soy cristiano. Pero, señores, el resto de los hombres que me acompañan en esos tres barcos no lo son.

—O sea —dijo el gobernador visiblemente contrariado—, ¡todos los demás son sarracenos!

—Dignaos a poneros en mi lugar —suplicó el egipcio llevándose ambas manos al pecho—. Soy un cristiano que sirve al comendador de los creyentes ismaelitas seguidores del profeta Muhamad. Imploro vuestra caridad y vuestra comprensión. No pretendo engañaros en nada. Yo soy solo un enviado de mi señor, que es ministro del califa. He venido a cumplir una misión y me estoy jugando la vida. Hemos hecho una larga singladura. Deberíamos haber llegado a estas tierras en agosto. Y ya veis, se acaba el verano y habrá que regresar a Egipto antes de que se cierren los puertos. Ya llevamos demasiado retraso en la misión… Nos han perseguido los piratas y a punto estuvieron de darnos alcance. Si llegamos a caer en sus manos… ¡quién sabe dónde hubiéramos acabado! Tal vez en el fondo del mar… Estoy aquí de puro milagro… Dignaos, pues, a poneros en mi lugar, hermanos míos… Si la cosa dependiese de mí…, bien podréis ver que nada salgo yo ganando…

—¡Ea! —le interrumpió el abad—, hemos comprendido. Nosotros no sabemos, ni queremos saber nada más de los peligros que has pasado. Nos basta con lo que nos has dicho: eres un simple emisario pendiente de cumplir un mandato. Confiamos en tu palabra. Pero nuestras leyes nos obligan a observar ciertos requisitos con los extranjeros que recalan en estas costas. Así que di de una vez qué misión es esa que te traes. Porque eso es lo que exige nuestro gobernador: que digáis de una vez el motivo de vuestro viaje. Y si está en nuestras manos, os ayudaremos con esa misión, como buenos cristianos que somos.

—¡Ah, gracias, gracias, hermanos! —sonrió halagüeño Menas—. Sois demasiado justos, demasiado razonables… Pero comprended vosotros que debo ser cuidadoso en lo que me han encomendado. No puedo revelarlo a cualquiera.

—Hermano… —le interrumpió esta vez el gobernador, con aire de suspicacia—, compréndeme tú también a mí. Gobierno este puerto, la villa amurallada y el castillo, pero no en nombre propio. Yo también soy un mandado que cumple una misión.

—¡Ay, si no lo comprendiera! —exclamó el egipcio—. Ya veo que eres un hombre celoso de tus obligaciones; un gobernador que cumple la ley y no se anda con boberías… Por eso doy gracias a Dios porque me ha conducido a buen puerto, guiándome por medio de sus ángeles. No podría haber recalado en lugar mejor para llevar a término mi cometido.

—¡Pues suéltalo ya, demonios! —alzó la voz impaciente Gilabert—. ¡Estamos dando vueltas y vueltas sin llegar al meollo del asunto! ¿Qué suerte de misión es esa? ¡Dinos de una vez a qué habéis venido a estas costas tan lejanas para vosotros!

Una visible ansiedad asomaba en la expresión del emisario egipcio. Todavía pareció que se resistiría a desvelar su secreto, pero acabó diciendo lentamente:

—Traigo unos presentes que debo entregar al gran hayib Almansur, el poderoso ministro del califa de Córdoba.

Las caras de todos los presentes manifestaron la gran sorpresa que causó en ellos esta revelación. Se miraban entre ellos perplejos, analizando cada uno la reacción que había causado en los demás. Hasta que Gilabert exclamó:

—¡Almansur! ¡Regalos! ¡Traéis agasajos para Almansur!

—Sí, gobernador. Esa es ni más ni menos mi misión: entregarle al hayib de Córdoba las cartas y los presentes que Egipto le envía en señal de amistad.

El abad Gerau resopló y sus ojos se abrieron luego desmesuradamente al decir:

—¿Y habéis venido hasta aquí para eso? No acabo de comprender… ¡Explícate mejor!

—¡Menos lo comprendo yo! —añadió Gilabert—. ¿Qué tenemos que ver nosotros con esa bestia? ¡Almansur es nuestro enemigo! ¿Cómo es que habéis venido a este puerto? ¡Nada tenemos que ver con esa bestia sarracena!

Se hizo un embarazoso silencio, en el que todos allí miraban a Menas, esperando a que diera alguna explicación más, pero el egipcio tenía el rostro demudado y únicamente balbució:

—Pero… ¿Vosotros no soy súbditos de Almansur?…

—¡Por supuesto que no! —contestó el gobernador—. Ya te lo he dicho: Almansur es nuestro enemigo.

Menas permaneció un rato pensativo, en evidente estado de confusión. Luego preguntó:

—Entonces, hermanos, ¿quién gobierna aquí?

Gerau tomó la palabra para responder:

—Esto es la cristiandad. Tú mismo lo dijiste hace un momento: nosotros somos cristianos. ¡Somos gente libre! No somos por tanto súbditos de la bestia sarracena de Córdoba. Ese Almansur es nuestro mayor adversario. Para nosotros es el demonio y ningún pacto ni sumisión alguna nos une a él. Por lo tanto, te has equivocado de lugar. Si traes regalos y cartas para el hayib de Córdoba, nada haces aquí. Además, los amigos de nuestros enemigos son también nuestros enemigos.

El egipcio, al oír esto, se llevó las manos a la cabeza y contestó atemorizado:

—¡Dios mío! ¿Y qué hago yo ahora? Creíamos que todas estas costas eran dominio de Córdoba. No fuimos hacia el sur porque temíamos caer en manos de los piratas berberiscos. En Sicilia nos aconsejaron que la ruta más segura era navegando por el sur de Cerdeña hacia poniente y después ir bordeando las costas a distancia hacia el norte, evitando las proximidades de Berbería.

—Pues ya ves que os habéis equivocado —le dijo el gobernador—. El puerto sarraceno más cercano es Tarragona, y hace ya tiempo que se encuentra cerrado a causa de las guerras que ha habido. Hacia el norte, toda la costa es dominio del conde de Barcelona.

Menas se quedó durante un largo rato absorto en sus pensamientos. Y al cabo preguntó:

—¿Y no puedo llevar por tierra desde aquí los obsequios hasta territorio del califa?

—Sí —respondió Gilabert—. Podéis viajar por el camino que cruza los montes hasta Lérida. Allí gobierna un emir en nombre del califa de Córdoba. Pero es una ruta peligrosa en estos malos tiempos: hay bandas de hombres desalmados tanto cristianos como sarracenos, bandidos que os asaltarían en las tierras de nadie. Es una locura desplazarse por ahí si no es escoltado por un ejército.

—He comprendido —dijo el emisario con pesadumbre—. Y me doy cuenta de que la misión que me han encomendado es mucho más difícil de lo que me pudo parecer en un principio. Hemos sorteado peligros y dificultades para llegar hasta aquí, y ahora resulta que no hemos concluido el viaje… Ya no disponemos de bastimentos ni dinero para seguir aquí anclados por más tiempo. Además, se echa encima el otoño y no podremos cruzar el mar a causa del tiempo. ¿Y qué puedo hacer ahora? Te ruego que me des una solución, ya que gobiernas el puerto. ¿No puedes encargarte tú de hacerle llegar los presentes al emir ese para que a su vez se los envíe a Almansur? Yo os recompensaría por ello.

El anciano gobernador le miraba perplejo, sin dar crédito a la estrambótica situación que se le planteaba. Su frente sudaba copiosamente, con el mechón blanco de pelo pegado a ella.

—¿Eh…? —contestó—. ¿Llevar yo agasajos a Almansur? ¡De ninguna manera! ¡Esa misión no es asunto mío!

—Está bien —dijo Menas—. No te enfades conmigo, hermano. Regresaré al barco y decidiremos qué hacer.

—Debéis marcharos —le instó Gilabert—. Aquí no podéis permanecer por más tiempo. Poned rumbo hacia el sur y dejad vuestros presentes en un puerto sarraceno.

—Eso haremos —asintió el egipcio—, pues no tenemos otro remedio. Mañana temprano partiremos. Así que ya puedes soltar al rehén, puesto que no lo necesitas. Ya ves que somos gente de buena voluntad que de ninguna manera ha pretendido causaros perjuicio alguno.

—Dices bien —le dijo el gobernador—. Levad anclas e id con Dios. Siento no haberos podido ayudar. Pero comprended que no puedo hacerme cargo de esos presentes; eso excedería de mis cometidos y responsabilidades.

Y dicho esto, le ordenó al jefe de la guarnición que fuera a buscar al hombre que permanecía retenido. Menas se despidió y regresó a su barco con el rehén. Poco después, esa misma tarde, los extranjeros descolgaron un par de botes más para avituallarse en los mercados y hacer acopio de agua. Al atardecer se vio cómo se estaban aprestando para la partida.

Oscureció y la noche fue muy negra, sin luna. Los escalofriantes rugidos volvieron a resonar confundidos con los rumores de las olas. Una gran curiosidad, envuelta en aprensión y misterio, tuvo una vez más en vela a la población.

# 6

*Puerto de Cubellas, 26 de septiembre, año 996*

La ensenada y el pequeño dique amanecían oscuros y desiertos. El rumor de las olas era suave, distante; la resaca invariable mantenía una respiración tranquila, casi como un susurro de hojas. Aun en toda su quietud, el mar todavía resultaba tenebroso a esa hora de la madrugada, dejándose sentir sin desvelar sus inmensas periferias. Pero la noche no iba a prolongarse mucho más. Pronto empezó a brotar la insegura luz del alba, dando perfil a la línea del horizonte. Una brisa fresca, dócil, parecía nacer con aquella claridad tenue, incierta, que crecía a ritmo imperceptible, arrancando los contornos y despertando las formas. Las cabañas insignificantes y pobres de los pescadores aparecieron al final del embarcadero y los pájaros empezaron a desperezarse en las alamedas del río Foix.

Dos hombres salieron de una de las casas y caminaron en silencio hacia la playa, con pasos perezosos, como dos negras y fatigadas siluetas. Eran pescadores, padre e hijo, que iban en busca de su barca mientras se disipaban las sombras. Pero, de pronto, se detuvieron en el extremo del muelle al divisar un gran bulto que estaba sobre la arena seca, a unos veinte pasos del agua. El sobresalto inicial dio paso a la curiosidad y se aproximaron despacio para ver qué era aquello. Cuando estaban más cerca, la luz creciente desveló el perfil de una especie de cajón cuadrangular más alto que un hombre de mediana estatura, que estaba completamente cubierto con remendados lienzos de velas viejas de barco.

43

Extrañados, el padre y el hijo se miraron.

—¡Qué raro! —exclamó el primero—. Eso no ha podido arrastrarlo el mar. Alguien lo puso ahí durante la noche.

—Veamos qué hay dentro —propuso el hijo.

—¡Quieto ahí! —le retuvo su padre, agarrándole por el brazo—. Nunca se sabe…

En esto, aquella suerte de enorme envoltorio se agitó levemente y un áspero rugido surgió de su interior.

—¡Dios! —gritó el padre—. ¡Hijo, vámonos de aquí! ¡El diablo está ahí dentro!

Echaron a correr hacia la aldea, sin atreverse a volver la vista atrás, y alcanzaron en un instante el dique. Otros marineros, que estaban ya con sus faenas, los vieron llegar aterrorizados, vociferando:

—¡El diablo! ¡Satanás en persona está en la playa!

Pronto se arremolinó el gentío en torno a ellos y un gran sobresalto se apoderó de todo el puerto y el caserío. Las miradas aterradas y los rostros desencajados estaban puestos en el gran fardo cuadrado que descansaba a distancia en la arena.

—¡Armaos con lo primero que tengáis a mano! —propuso un veterano pescador—. ¡Y vamos allá!

—¡No! ¡Es el demonio! —gritaron el padre y el hijo—. ¡Hemos oído su voz rugiente!

—¡Qué demonio ni que…! —repuso el viejo, enarbolando una estaca—. ¡Vamos allá!

—¡No, por Dios, no! —exclamó una mujer—. ¡Id a llamar a los guardias!

No hizo falta que nadie fuera a dar el aviso, porque el vigía de la torre, percatado de que había revuelo en el puerto, alertó a la guardia. Cuatro hombres iban a caballo al galope, con sus lanzas en ristre. Llegaron donde se arremolinaba el gentío, descabalgaron y preguntaron qué estaba pasando. En medio de un gran alboroto, la gente señalaba el bulto. El oficial que venía al frente preguntó al padre y al hijo. Ellos respondieron contando lo que habían visto y oído, y manifestando sin ninguna duda que el demonio estaba dentro del fardo. Con aire de prevención, el oficial inquirió:

—¿El demonio? ¿Ahí dentro?

—¡Sí! ¡El demonio! ¡El demonio! —contestó la muchedumbre.

Los guardias se miraron entre sí, sin ocultar su miedo, y luego volvieron a poner sus ojos en la playa. El paquete era ya perfectamente visible en la luz de la mañana: cuadriforme y cubierto por todas sus partes con lienzos blancos. El oficial caminó unos pasos hacia él, pero se detuvo pronto a cierta distancia, vacilante y caviloso. Luego volvió su mirada hacia el mar, oteó toda la ensenada y exclamó:

—¡Los barcos egipcios se han marchado!

Todo el mundo puso ahora sus ojos donde antes estaban ancladas las naves extranjeras. Un denso murmullo de sorpresa se elevó por encima de las cabezas.

—¿Cuándo zarparon? —preguntó el oficial.

La gente no sabía qué responder.

—¿Alguien los vio zarpar? —insistió el oficial.

Uno de los marineros contestó:

—¡Nadie! Debieron levar anclas en plena oscuridad de la noche. No hubo luna y nadie hubiera podido verlo… Aunque, en todo caso, los más madrugadores son este pescador y su hijo, que son quienes descubrieron el envoltorio antes de que amaneciera.

El padre dio un paso al frente y se vio obligado a dar explicaciones:

—Mi hijo y yo salimos de casa temprano, como cada día. Íbamos en dirección a nuestra barca, cuando nos percatamos de que eso estaba en medio de la arena de la playa. Nos acercamos y oímos cómo surgía dentro el mismo demonio…

El oficial puso en el envoltorio unos ojos llenos de suspicacia, luego dijo:

—Eso han debido de dejarlo ahí los extranjeros. ¡Vamos a ver qué hay dentro!

La gente se agitó y prorrumpió en nuevos murmullos de espanto. Pero, al mismo tiempo, una gran curiosidad se había apoderado de todos.

—¡Vamos! —apremió el oficial a sus hombres.

Los guardias amarraron sus caballos en el dique y fueron caminando despacio por la arena hacia el misterioso bulto. Y cuando estaba a pocos pasos de él, una especie de rumor salió de dentro. Se detuvieron y aguzaron el oído. La gente que los seguía a distancia sin perder ripio hizo lo mismo. Pero nada más se volvió a oír. Entonces el oficial avanzó un poco más, con apreciable precaución, y gritó:

—¡Eh! ¡¿Quién está ahí dentro?!

Se hizo un gran silencio primero, pero luego contestó desde el envoltorio un potente rugido que resonó en toda la ensenada.

La gente, al oírlo, prorrumpió en gritos y retrocedió. También los guardias, aterrorizados, recularon amilanados para alejarse en dirección al puerto. El oficial, con cara de susto, ordenó:

—¡Vámonos! ¡Hay que avisar al jefe de la guarnición!

# 7

*Playa de Cubellas, 26 de septiembre, año 996*

A media mañana, en la plena claridad del día, el misterioso paquete resultaba menos impresionante, e incluso empezaba a parecer descolorido e inconsistente. El silencio en la playa era leve, transparente, pareciendo flotar en el aire. Y en el fondo de aquella calma expectante se oía el suave crujido de los pasos sobre la arena. La muchedumbre se iba situando a prudente distancia, sin atreverse a hablar, mirando hacia el horizonte de plata con ojos vencidos por la intensa luz. Las aguas estaban quietas y solitarias; todos los barcos permanecían asegurados en el amarradero. Los pescadores no se habían hecho a la mar, por estar pendientes de que se resolviera el misterio. Tampoco hubo ese día mercado, a pesar de ser martes. Hasta los pastores mantenían en los apriscos sus ganados, y acudían presurosos a la ribera para saber si el demonio estaba o no dentro de aquel fardo. La villa se había quedado desierta. Toda la población se iba situando frente al arenal a la espera de ver un auténtico prodigio, en medio del desconcertante silencio.

De pronto, llegó desde las espaldas un relincho prolongado. La multitud se estremeció y alzó el rostro, volviéndose para mirar hacia el camino. Una nutrida comitiva se acercaba en orden, como una procesión, con cruces, estandartes y humo de incensarios. Venían los monjes con el abad al frente, revestidos todos con cogullas negras y entonando salmos penitenciales. Los custodiaba una larga hilera de soldados, cerrada por la guardia, el jefe de la guarnición, el gobernador y su nieto. Todos ellos a caballo, a paso quedo, vistiendo armaduras pulidas que brillaban bajo el sol, con los rostros descubiertos, graves y observadores. La gente se echó a un lado y otro, abriéndoles camino, y la fila avanzó, hasta situarse en la playa como a unos cincuenta pasos del envoltorio cuadrado.

El gobernador detuvo su caballo y se puso a mirarlo, fijamente y con gesto adusto. Luego suspiró, al tiempo que se secaba la frente con un pañuelo.

—¡Qué calor! —murmuró con rabia contenida—. ¡A ver qué suerte de brujería han dejado aquí esos extranjeros del demonio!

Y, después de decir esto, les hizo una señal apremiante a los monjes. El abad se adelantó, tomó en sus manos una cruz y un acetre y caminó con decisión hacia el envoltorio, asperjando agua bendita y profiriendo las fórmulas de los exorcismos en voz alta, hasta que se detuvo de pronto y pareció titubear mientras miraba fijamente el bulto. Entonces se vio que los lienzos temblaban y un imponente rugido salió de su interior. La gente prorrumpió en alaridos de espanto y muchos echaron a correr. También los monjes retrocedieron. Excepto Gerau, que avanzó de nuevo, ceñudo, con aire de rabia contenida.

—¡Adelante, abad! —le animó Gilabert—. ¡No hay demonio que se te resista!

Un rugido todavía más fuerte acabó de aterrar al gentío y lo hizo dispersarse. Hasta los caballos se encabritaron, haciendo que algunos soldados también huyesen.

—¡Madre de Dios! —exclamó el gobernador, mirando a su nieto—. ¡Aléjate de aquí, hijo mío! ¡Dios sabe qué clase de diablo han metido ahí!

Pero Blai no obedeció. Muy al contrario, espoleó a su yegua siguiendo al abad y galopó un trecho con una expresión delirante y furiosa.

—¡No! —le increpó Gerau—. ¡Quieto ahí! ¡No te acerques más! ¡Esto es cosa de sacerdotes!

Nuevos rugidos, furibundos, parecieron contestar a estas voces. Y el abad, enarbolando la cruz, oró a gritos:

*Crux sacra sit mihi Lux,*
*Non Draco sit mihi dux.*
*¡Vade retro, Satana!*
*Numquam suade mihi vana,*
*Sunt mala quae Libas,*
*Ipse venena bibas.*

(La Santa Cruz sea mi luz,
no sea el dragón mi dueño.

¡Apártate, Satanás!
Maldad es tu camada,
bebe tu propio veneno).

Se hizo un gran silencio cargado de ansiedad. Cesaron los rugidos por el momento, pero los lienzos seguían agitándose removidos desde el interior.

El abad entonces se volvió hacia Blai y le pidió:

—¡Lánzame tu espada!

El muchacho dudó.

—¡Dámela! —insistió a voces Gerau—. ¡Haz lo que te digo!

Blai sacó su espada y la arrojó a los pies del abad. Este soltó el acetre, empuñó el arma y echó a correr con decisión hacia delante, gritándole con furia al envoltorio:

—¡Ahora se verá qué clase de demonio eres! ¡Sal de ahí!

Un instante después el monje estaba dando tajos en los lienzos y las cuerdas, deshaciendo el embalaje. Y mientras lo hacía, presa de una gran excitación, el gentío iniciaba a prudente distancia un griterío ensordecedor.

Cayeron los envoltorios. Apareció una gran jaula que contenía una pareja de leones que saltaron furiosos contra los barrotes, bufando, enseñando los colmillos y lanzando zarpazos.

Sorprendido, el abad exclamó:

—¡Alabado sea Dios! ¡No hay ahí demonios! ¡No son sino fieras! ¡Son animales y no diablos!

La gente lanzó un clamor de asombro, y los rostros se llenaron de estupor. Pero todavía nadie se atrevía a aproximarse.

—¡Nada hemos de temer! —proclamó triunfante Gerau, dirigiéndose al gobernador—. No son seres infernales. ¡Son simples bestias! ¡Animales que rugen por hambre y sed!

Gilbert descabalgó y caminó hacia la jaula, mirándola entre incrédulo y atónito. Dio una vuelta en torno y al cabo murmuró:

—¡Qué decepción!

El abad puso en él unos ojos interrogantes.

—¿Decepción? ¿Por qué decepción?

El gobernador frunció el ceño y respondió:

—Esperaba ver demonios… ¿Acaso no esperabas verlos tú, viejo fraile?

—¡No digas locuras! —replicó con enojo Gerau—. ¡Demos gracias a Dios por no habernos tenido que enfrentar a los ángeles de Satanás!

—¡No es momento de porfías! —zanjó la cuestión Gilabert con un enérgico movimiento de cabeza—. Ahora debemos pensar qué hacer con estas fieras.

Mientras discutían el abad y el gobernador, Blai se aproximaba a la jaula mirando a los leones con asombro.

—¡No te acerques, hijo mío! —le exhortó su abuelo—. ¡Son leones! ¡Pueden sacar una garra y arrancarte un brazo!

Pero el muchacho hizo caso omiso de esta recomendación y siguió quieto, a dos pasos de la jaula. Su semblante maravillado expresaba lo que sentía al ver por primera vez aquellos animales.

—¡Increíble! —murmuró—. Nunca pensé que serían tan grandes. Son gatos, pero enormes como osos...

—¡Aléjate de ahí! —insistió su abuelo—. ¿No me has oído? Todavía no sabemos siquiera si la jaula es segura. ¡Apártate, Blai!

—¿Tú habías visto antes alguna vez leones, abuelo?

—Sí, una sola vez en mi vida. Vi uno muy viejo en los jardines del palacio del valí de Zaragoza. También tenían allí dos camellos y una gran serpiente.

La gente se había ido aproximando mientras tanto, poseída por una gran expectación. Todavía algunos eran presa del terror y no acababan de creerse que aquellas fieras no fueran en verdad demonios. Unos se acercaban más y otros permanecían distanciados, pero el cerco en torno a la jaula se iba cerrando. Hasta que el jefe de la guarnición empezó a dar voces:

—¡Fuera! ¡Vuelva todo el mundo a sus asuntos!

Los guardias cerraron el paso y empezaron a dispersar a la multitud, que se resistía a renunciar al entretenimiento que había supuesto el misterioso envoltorio y lo que ahora se descubría en su interior.

Y por su parte, el gobernador y el abad seguían sin salir de su asombro, viendo cómo las fieras se removían furibundas en la jaula.

—¿Por qué las habrán dejado aquí los egipcios? —se preguntaba Gilabert—. ¿Por qué se han marchado dejándonos esto?

—Está muy claro —respondió Gerau—. Estos leones son el regalo que traían para el hayib Almansur. Los extranjeros se han deshecho de ellos, sencillamente. ¡Los han abandonado! Porque veían que eran incapaces de entregarlos a su destinatario y, además, no podían ya alimentarlos.

—¡Inmundos egipcios! ¡A ver qué hacemos ahora nosotros con estas bestias hambrientas!

El jefe de la guarnición, que estaba cerca, empuñó una lanza y se fue hacia la jaula, diciendo:

—Podemos matarlos dentro de la jaula y así no causarán daño a nadie.

—¡No! —gritó Blai—. ¡No los matéis!

Gilabert miró a su nieto sin ocultar su contrariedad.

—Pero… hijo mío, Blai, esas fieras son un estorbo. Cada una de ellas comerá más carne fresca que diez perros grandes. No podemos permitirnos un gasto así… Además, son un presente para Almansur. Si nos lo quedamos podemos meternos en líos…

—¡Es una lástima matarlos! —protestó con voz trémula el muchacho—. ¡Los leones son una maravilla! ¡Miradlos! No hay animales como estos por aquí…

—Sí, hijo mío —le dijo insistente Gilabert—. Pero ya te digo que no podemos permitirnos el gasto que supondrá mantenerlos. Solo los hombres muy ricos y poderosos tienen caprichos así. En sus palacios grandiosos y llenos de criados son un adorno más; pero… ¿qué hacemos nosotros con ellos aquí? Solo causarán problemas…

—Podemos prepararles un sitio en las cuadras del castillo —propuso Blai con obstinación.

—¿Y qué les daremos de comer? —replicó su abuelo.

El muchacho se quedó perplejo, bajó la cabeza y murmuró:

—Es una pena… Matarlos… ¡Qué lástima!

Entonces intervino el abad, diciendo con prudencia:

—El muchacho tiene razón. Matar ahora mismo los leones, sin más, es tal vez una decisión demasiado precipitada. Debemos reconocer que esos animales son un valioso regalo. No hay ninguno en los palacios de los hombres más ricos y poderosos cercanos a estas tierras, que se sepa, ni siquiera en Zaragoza o en Lérida. No he oído decir que el conde de Barcelona tenga leones…

—¿Y qué nos importa eso? —replicó Gilabert—. ¿Porque los magnates no tengan leones vamos a tenerlos nosotros? ¡No somos ricos ni poderosos!

—No has comprendido lo que quiero decir —repuso Gerau, con

50

voz profunda y de timbre duro—. Estoy tratando de explicar que esas fieras son un auténtico tesoro y que seguramente costarán una fortuna en el mercado de una gran ciudad. Creo que no deberíamos matarlas así, sin más, antes de pensar en otras posibilidades…

—¿Otras posibilidades? —preguntó exasperado el gobernador—. ¿Qué quieres decir? ¿Qué posibilidades?

El abad, tras un momento de silencio, empezó a caminar en torno a la jaula, señalando a los leones y diciendo:

—Además, estos animales no nos pertenecen… No podemos tomar una decisión tan drástica y arriesgarnos a crear un conflicto. Porque…, porque son un regalo para un hombre terrible, despiadado, vengativo… Imaginaos por un momento que Almansur llega a enterarse de que hemos destruido un presente que le enviaba el califa de Egipto…

El gobernador le miraba lleno de perplejidad.

—¿Y cómo se va a enterar? —balbució—. Los extranjeros se han vuelto a su tierra…

—Supongamos que se han detenido en cualquier otra parte de la costa —aventuró el abad—. Por ejemplo, en Tarragona. Y conjeturemos que le han hecho saber a cualquier gobernador agareno que han depositado aquí el obsequio de su califa para Almansur… ¡Pensemos en eso! Si llegara a suceder, nos veríamos metidos en un serio apuro…

Gilabert se acercó a él, turbado, sin ocultar su desorientación.

—Sí… Comprendo, comprendo… ¿Y qué hacemos pues?

El abad suspiró y respondió:

—Creo que deberías llevar los leones al castillo y encerrarlos en las cuadras, como ha dicho tu nieto. No te será difícil encontrar animales viejos para alimentarlos al menos durante un tiempo, como hicieron los sarracenos cuando estuvieron aquí fondeados. Y escríbele hoy mismo una carta al veguer de Olérdola, que es tu inmediato superior, para poner en su conocimiento lo que ha sucedido y el hecho de que custodias este valioso presente en el castillo. Él dirá lo que debe hacerse. Al fin y al cabo, es el último responsable de todo lo que aquí sucede. Pero no te arriesgues a matar a los leones sin comunicárselo, porque también él puede llegar a enterarse y pedirte luego explicaciones o hacerte rendir cuentas… En fin, ya sabes lo celoso que es el veguer en sus potestades…

Gilabert le miraba con apreciable preocupación. Se quedó mudo y estuvo paseando luego un poco más allá, pensativo e irresoluto. Pero al cabo regresó y le ordenó con voz tranquila al jefe de la guarnición:

—Di a tus hombres que traigan una carreta suficientemente grande para trasladar al castillo esa jaula con los leones dentro. Que preparen un sitio seguro en las cuadras y los encierren allí.

Y, después de estas disposiciones, se volvió hacia el abad, suspiró y le dijo:

—Vamos a la villa. Me ayudarás a redactar esa carta para el veguer de Olérdola.

# 8

*Villa de Cubellas, 30 de septiembre, año 996*

Cuatro días después de que Gilabert enviase la carta, sorpresivamente, un heraldo se presentó en Cubellas anunciando la inmediata llegada del veguer de Olérdola. La noticia causó sobresalto y enseguida toda la población, con el gobernador al frente, acudió a la puerta de la villa para el recibimiento. No hubo tiempo de hacer otros preparativos que unos improvisados adornos con ramas verdes y algunas colgaduras con hileras de flámulas bajo el arco de piedra. Se ensamblaron a toda prisa las maderas del estrado que solía instalarse en tales casos y se colocaron los estandartes de gala y el pabellón bordado con las armas del conde de Barcelona. La guardia vistió de hierro y los monjes de seda con sus cogullas de fiesta. El gobernador salió a pie, flanqueado por el jefe de la guarnición y por su nieto Blai.

El cortejo apareció a lo lejos: una fila de nobles, conduciendo una tropa a caballo. El veguer avanzó a la cabeza, hasta llegar a la sombra de las murallas, y entonces se detuvo. No descabalgó, ni saludó; permaneció estático, sobre su grandiosa yegua parda, brillante de sudor. Era un hombre pequeño, delgado, enteramente vestido de negro, con unos ojos oscuros y firmes en medio de su rostro de rasgos afilados y color ceniciento. Sobre la imponente montura hubiera resultado insignificante, si no fuera por su mirada distante, el poderío, el orgullo y la longitud de la espada que le prendía del cinto.

Gilabert caminó hacia él, se inclinó delante de las patas de la yegua y dijo formal:

—Dios te salve, señor Laurean, veguer nuestro. Si nos hubieras avisado con tiempo habríamos preparado un recibimiento más digno. Aquí nos tienes, a tu servicio. Manda lo que apetezcas.

El veguer le miró fijamente un instante, pasándose la mano por la barba rala. Luego, con frialdad, contestó:

—Tenía que venir antes del verano, de cualquier forma. Tu carta ha hecho que adelante mi visita.

—Entra con tu gente —le dijo el gobernador, inclinándose de nuevo—. Estaréis cansados del viaje.

El veguer puso entonces sus ojos en Blai y, sin parpadear, casi hablando para sí mismo, observó:

—Así que este es el muchacho huérfano… Se ha hecho un hombre. ¡En verdad es hermoso!

Gilabert sonrió y, poniendo su mano sobre el hombro de su nieto, dijo:

—Aquí está, sano y fuerte como un roble. Dios me lo ha conservado. El muchacho es lo mejor que tengo en este mundo. Me da compañía y alivia mi vejez. Nada como tener uno cerca el cariño de la propia sangre. La herencia del señor son los hijos y los nietos, ciertamente. A mí solo me queda ya este. Gracias sean dadas a Dios.

El veguer hizo un gesto extraño, agitó la cabeza y replicó con cierto desprecio en la voz:

—¿Para eso lo quieres? ¿Para tener compañía? Veo que lo tienes aquí como si fuera un niño. ¡Es un hombre! Debería estar en Barcelona, con el conde, nuestro amo y señor. Se necesitan jóvenes sanos y fuertes como tu nieto allí. No pensaba que acabarías volviéndote tan egoísta a tu edad.

—¡El muchacho es lo único que tengo! —replicó con aflicción Gilabert—. ¡Todo me fue arrebatado! Perdí a mi esposa, asesinaron a mis hijos… Blai es mi única parentela en este mundo… ¿También he de desprenderme de él?

El veguer volvió a poner su fría mirada en el joven y sentenció con afectada indiferencia:

—Estos no son tiempos para el egoísmo. Almansur, la bestia sarracena, amenaza nuestras vidas. Nada debemos guardarnos, puesto que pesa sobre nosotros la incertidumbre. Todo debe entregarse. Hemos de poner al servicio de la causa del conde nuestras vidas y las de los nuestros.

—¡He dado mi vida entera! —contestó con amargura el gobernador.

—¡No! —repuso el veguer—. Tu vida entera no la has dado todavía; te quedan cosas que entregar. Si te guardas para ti a este joven robusto, darás un mal ejemplo a tu gente, y los llevarás a hacer lo mismo con sus hijos. No les puedes pedir que vayan a la mesnada si tú no das tu propia sangre al conde. Recuerda: a quienes más se nos ha dado más se nos pide.

Gilabert tragó saliva, echó una ojeada atormentada a su alrededor y suspiró para expresar su angustia.

Entonces intervino el abad Gerau, para librarle de aquella situación comprometida.

—Señor veguer —dijo—. Tenemos asuntos que tratar. ¿Por qué no entramos en la villa para hablar mejor en la intimidad del castillo?

El veguer asintió con un movimiento de cabeza e hizo que su yegua avanzase hacia el arco. Toda la comitiva entró siguiéndole. El gobernador caminaba detrás, cabizbajo, con la mano puesta en el hombro de su nieto. Una muchedumbre expectante y silenciosa iba siguiéndolos a distancia, sin atreverse a formar el más mínimo jaleo, con los ojos fijos en los magnates. Llegaron a la puerta principal del castillo y solo entraron unos cuantos nobles. El gentío se fue luego dispersando.

En el salón principal estaba dispuesta una mesa con comida. Pero el veguer no quiso probar bocado.

—¿Dónde tenéis esas fieras? —preguntó.

—Están en las cuadras —respondió Gilabert—. Hemos tenido que convertirlas en encierros adecuados para leones, con barrotes de hierro. Ha sido un trabajo peligroso; costó mucho encerrarlos ahí. Uno de mis hombres fue herido por un zarpazo.

—Antes de nada deseo verlos —dijo el veguer haciendo patente su curiosidad—. Nunca en mi vida he visto esa clase de animales.

Atravesaron primero los patios y luego los huertos. En las traseras estaban las cuadras: unos viejos edificios de piedra y barro, techados con vigas sobre las que se amontonaba una apretada maraña de ramas y hojas secas. En el extremo más alejado, en una esquina, se alzaba un pequeño establo, como una casucha, con las ventanas tapiadas y una gruesa reja cerrando la puerta. Gilabert se detuvo y señaló:

—Ahí dentro están.

El veguer caminó prudente hasta la reja y miró dentro.

—¡Dios del cielo! ¡Son enormes! —exclamó espantado—. ¡Nunca pensé que serían tan grandes! ¿Qué les echáis de comer a esas bestias?

—Solo comen carne fresca —respondió el gobernador—. Devoran un carnero grande o dos cabras cada dos días. ¡Es una ruina!

—¡Vaya gasto! —observó el veguer—. Con eso se puede alimentar a una tropa de hombres. ¿Habéis probado a acostumbrarlos a otra cosa?

—El hortelano te explicará —respondió Gilabert.

Estaba allí un hombre grande, nervudo, que permanecía junto a la puerta, inclinado en actitud sumisa.

—Anda, Tiberio —le ordenó el gobernador—, puedes hablar para explicarle al señor veguer lo que comen y lo que no esas fieras.

El hortelano abrió una boca grande, mostrando sus negras encías sin dientes, y dijo:

—Señor, he probado a darles pan duro y ni lo miran. También les mezclé berzas y otras verduras con la sangre de las cabras. Lo desprecian todo, excepto la carne fresca. Esas bestias no se parecen a los perros… Si un hombre entra ahí lo devorarán. ¿No veis cómo nos miran? Para ellos no somos sino carne…

—¡Qué horror! —exclamó el veguer con asombro—. En verdad son unos animales grandiosos y bellos. Lástima que no sean domésticos.

—No, no lo son —dijo Gilabert—. Son fieras salvajes, peores que osos o lobos. Por eso estamos en vilo. Hay que andarse con cuidado, porque no vacilan a la hora de lanzar sus zarpas a cualquiera que se acerque.

El veguer volvió a poner sus ojos sorprendidos en los leones y los observó en silencio durante un largo rato. Luego, sin dejar de mirarlos, comentó:

—Estoy admirado. Nunca antes en mi vida había visto criaturas tan maravillosas. En verdad esos extranjeros traían un valioso obsequio para el caudillo sarraceno. Y Dios ha querido que el tesoro caiga en nuestras manos… ¡Deben valer una fortuna!

Al oír aquellas palabras, el gobernador se llenó de preocupación y dijo:

—Señor Laurean, no digo que no sean bellos y admirables, pero esos leones son un engorro.

El veguer se volvió hacia él y le recriminó:

—¡Qué agorero eres! Seguro que en la corte de cualquier rey o magnate pagarán por ellos una buena cantidad de oro.

—No digo que no —replicó Gilabert—. Pero hay que mantenerlos mientras tanto.

—¿Y qué sugieres pues? —le preguntó el veguer, entrelazando los dedos con circunspección.

El gobernador se le quedó mirando perplejo e indeciso.

—¡Di lo que piensas! —le apremió el veguer—. Propón tú lo que crees más oportuno.

Los labios de Gilabert temblaron cuando respondió en un susurro:

—Creo que deberíamos matarlos y curtir sus pieles. Así no tendríamos que alimentarlos. Pienso que unas buenas alfombras de león también deben de valer mucho dinero.

El veguer soltó una carcajada llena de ironía y contestó con desprecio:

—¡Qué estupidez! ¡Qué dislate! ¡Convertirlos en felpudos! Ciertamente eres un hombre dañino que solo ve el lado malo de las cosas y no el bueno. Viene a tu poder un rico presente y lo quieres arrojar a los suelos para pisotearlo. ¡Vaya una idea necia!

—Entonces… —replicó el gobernador con tristeza y exasperación—. ¡Tú dirás lo que se hace con ellos! Pero no olvides que se comen dos carneros grandes o cuatro cabras cada semana. Llévate los leones a tu castillo y véndelos o haz lo que mejor te parezca. Al fin y al cabo, tú eres el mayor responsable de este puerto. Por eso te he llamado, para que soluciones este problema que tan exasperado me tiene.

El veguer se estiró, resopló y dijo con altanería:

—¡Eh, no me alces la voz! Me debes respeto y obediencia.

El gobernador suspiró antes de añadir:

—Tú mandas, señor Laurean. Solo quiero decirte que te he mandado llamar para que decidas tú lo que hay que hacer con esas bestias. Si lo deseas, mando que las encierren en la jaula donde vinieron y que las pongan en una carreta para que puedas llevártelas a Olérdola.

El veguer se quedó pensativo un instante y después repuso:

—No. En mi castillo no hay un sitio adecuado para guardarlas como Dios manda. Aquí fueron desembarcadas y aquí deben quedarse por el momento.

—¡¿Por el momento?! —exclamó Gilabert—. ¡¿Hasta cuándo?!

—Hasta que el vizconde, nuestro señor, decida lo que debe hacerse con ellos. No olvidemos que ambos estamos sometidos a él; siervos suyos somos y todo lo que administramos le pertenece. Esos leones no son, por lo tanto, ni tuyos ni míos. Del vizconde son y él dirá lo que hay que hacer con ellos.

—Sí, pero yo he de alimentarlos mientras tanto. No te olvides de ese pormenor, que no es menudo. Cada dos días me cuestan a mí un carnero grande o dos cabras. ¿Es justo eso? —replicó Gilabert angustiado.

—¡Calla, viejo egoísta! —le espetó el veguer con desprecio—. ¡Nada tienes en propiedad! El carnero y las ovejas que se comen los leones tampoco te pertenecen.

Gilabert emitió un gemido y se arrodilló a los pies de su superior. Luego sollozó:

—Sí, señor Laurean, tienes razón. Pero yo he de pagarles esas cabras y el carnero a los pastores...

—¡Pues no las pagues! —repuso el veguer con dureza—. ¡Tampoco a ellos les pertenecen! ¡Todo es del vizconde nuestro señor!

Se hizo un gran silencio, en el que se oía el jadeo de angustia del gobernador, que seguía postrado, mirando al veguer.

Entonces intervino compadecido el abad Gerau:

—¡Sé comprensivo, señor Laurean! El gobernador no es un hombre rico. Estas tierras y el puerto no producen muchos beneficios...

—¡Calla tú, hombre de Dios! —le gritó el veguer—. ¡Se hará lo que yo diga!

El abad se inclinó con respeto y retrocedió. Volvió a hacerse un silencio incómodo, en el que todos miraban con temor al veguer. Y él, aferrado a su autoridad, señaló con un dedo implacable a Blai y le dijo ásperamente:

—Y tú, muchacho, no vas a desperdiciar tu vida aquí, bajo las faldas de tu abuelo. Prepárate, porque mañana te vendrás conmigo a Olérdola. Cuando estemos allí enviaré un mensajero al vizconde para poner en su conocimiento lo de estos leones. Tú irás con ese mensajero a Barcelona y que nuestro amo diga también lo que debe hacerse contigo.

—Pero... ¡Señor Laurean! —sollozó Gilabert.

—¡A callar! ¡Basta de protestas! —replicó el veguer para zanjar el asunto, dejando bien sentado que no iba a modificar su decisión—. Se hará todo como he dicho. Estoy muy cansado. Manda que me sirvan la cena. Me acostaré temprano y mañana partiremos con la primera luz del día. Ordena que le preparen a tu nieto un hato con lo necesario, porque no me retractaré de mi decisión. En Barcelona es donde debe estar este muchacho, sirviendo en la mesnada del vizconde, y preparándose para servir un día al conde, como Dios manda, como tú y yo hicimos cuando tuvimos su edad. En estos tiempos duros ningún hombre con pelos en la barba debe estar ocioso. El demonio Almansur está a la puerta y habrá que hacerle frente un día u otro.

# 9

*Castillo de Cubellas, 30 de septiembre, año 996*

—Tomaré un poco más de este vino antes de irme a dormir —dijo el veguer con voz tarda y susurrante, levantando la jarra torpemente—. Pero ya no queda ni gota… ¿No tendréis un poco más?

Era ya más de media noche y habían pasado varias horas desde que terminaran de cenar. Laurean, sentado en la cabecera de la mesa, no había parado ni un momento de beber y hablar en todo ese tiempo. Frente a él, en el otro extremo, la cara del gobernador reflejaba el sueño, la fatiga y la contrariedad que le causaba esta situación. También estaban sentados en torno el jefe de la guarnición, el joven Blai y otros seis nobles miembros del séquito.

—Cubellas es una villa encantadora —prosiguió el veguer con una sonrisa bobalicona y la voz demasiado afectada por la embriaguez—. Pero, a decir verdad…, lo que más me gusta es el vino que se hace aquí… La vega del río Foix da uvas excelentes… Siempre que vengo aprovecho para llevarme a Olérdola una buena cantidad.

Todos le miraron, sonriendo forzadamente. Todos excepto Gilabert, que se puso en pie para sugerir muy serio:

—Es tarde ya y debes de estar cansado, señor Laurean. He mandado que te preparen mi propio dormitorio. ¿Por qué no vas ya a retirarte?

El veguer soltó una sonora y desagradable carcajada, antes de contestar:

—Ciertamente, eres un hombre desabrido, Gilabert. ¿Por qué te empeñas en vivir siempre amargado? Anda, siéntate y sigamos hablando amigablemente… ¿Acaso no lo estamos pasando bien? Ya te he dicho que la cena me ha encantado y que tu vino me enloquece… ¡Anda, manda a tu criado que sirva un poco más!

Y, dicho esto, volteó la jarra hasta ponerla boca abajo, para hacer ver que dentro no quedaba ni gota.

—Iré yo a la bodega —dijo Gilabert.

—Eso, ve tú —asintió el veguer—. Y trae el vino que a buen seguro guardas solo para ti.

Y tras estas palabras soltó otra fuerte carcajada que resonó en lo alto de la bóveda.

El gobernador puso la mano en el hombro de su nieto y le dijo:

—Coge una de esas velas y acompáñame, hijo mío.

Salieron el gobernador y Blai del salón y descendieron hasta la bodega que se hallaba en los sótanos del castillo. El lugar era húmedo y frío, una especie de cueva donde numerosas tinajas de barro se alineaban apoyadas en las paredes terrosas. Allí Gilabert estuvo llenando las jarras con el vino que escanciaba de un viejo odre, mientras decía con rabia:

—Le daremos de este, que es el más fuerte. A ver si termina de emborracharse y se queda dormido de una vez. ¡El muy puerco! Y decía que estaba cansado del viaje, que se iba a retirar pronto... ¡Maldito hipócrita! Lo que tengo que aguantar, hijo mío. ¿Has visto cómo me trata? Me odia y no hace nada para disimularlo. Disfruta humillándome delante de los míos. ¡Es un demonio!

—¿Por qué te detesta de esa manera, abuelo? —le preguntó Blai con aflicción.

—Por eso, porque es un demonio. La cosa viene de muy antiguo... Siempre me ha odiado y no pierde ocasión para hacérmelo saber.

—Pero... ¿por qué?

En la oscuridad, el rostro de Gilabert resultaba, a la débil luz de la vela exangüe, dramático. Miró a su nieto con ojos desencajados y respondió:

—No es el momento de hablar de ciertas cosas... Son hechos antiguos e infortunados...

Blai agarró la jarra y replicó algo malhumorado:

—¡Nunca me cuentas nada! ¡Ya no soy un niño!

—Te he dicho que no es el momento... Ahora tenemos que llevarle más vino a ese diabólico Laurean...

—Sí, abuelo, no es el momento, pero nunca es el momento...

—Anda, vamos, que se va a impacientar aún más... Dejemos que termine de emborracharse hasta que se caiga de sueño ese puerco. Ya hablaremos tú y yo cuando tengamos más calma, hijo mío.

—No hay derecho a que te trate de esa manera— murmuró Blai por el camino—. ¡Me dan ganas de…!

—¡Calla, insensato! —le recriminó su abuelo—. ¡No se te ocurra enfrentarte al veguer! ¡No dudaría en arruinarte la vida! Es vengativo e implacable. Es un engendro de Satanás.

—No hay derecho, abuelo.

—No, no hay derecho. Pero mañana se irá y nos olvidaremos de él. Ahora toca aguantar y no rechistar…

—Pero… ¡Abuelo! Ha dicho que mañana me llevará con él a Olérdola.

Gilabert se detuvo, le miró sonriendo extrañamente y luego contestó:

—Sí, lo ha dicho. Pero no se hará como él quiere… ¡Ya se verá mañana!

Regresaron al salón con el vino. Cuando el veguer los vio llegar, exclamó con sorna:

—¡Alabado sea el Señor! ¡Creí que habíais ido a la viña para vendimiar!

Y luego una nueva tormenta de carcajadas salió de su boca.

—No está cerca la bodega —refunfuñó el gobernador, mientras le llenaba la copa—. Hay muchas escaleras y todo está muy oscuro…

—¡Ha merecido la pena tu sacrificio! —dijo con satisfacción y en tono de burla el veguer—. ¿No dije yo que a buen seguro guardabas en tu bodega un vino todavía mejor?

—Es el que reservo para celebrar la Natividad del Señor —observó Gilabert.

—¡Esto me recuerda las bodas de Caná! —exclamó jocoso el veguer, antes de ponerse a beber con avidez. Para luego sentenciar con socarronería, citando el pasaje evangélico—: «Todos sirven el vino bueno al principio; y cuando ya están bebidos, sirven el vino peor. Pero tú has guardado el vino bueno para el final». Porque la verdad es que ya estamos bastante borrachos…

—Lo estarás tú —replicó malhumorado el gobernador—. Mi nieto y yo hemos bebido con mesura.

El veguer se le quedó mirando y su rostro se tornó de repente muy hosco.

—¡Pues muy mal hecho! —rugió—. Deberías festejar este día conmigo, acompañándome en la alegría del vino.

—¿Por qué? —se atrevió a replicar Gilabert—. Hoy no es ninguna fiesta.

—¡Cómo que no! Soy tu superior y he venido a visitarte. Eso debería suponer una fiesta aquí en Cubellas. Además, han caído en nuestras manos esos magníficos leones que son un regalo digno de reyes. ¿Te parece poco motivo para estar de fiesta? ¡Brindemos!

El gobernador llenó las copas a regañadientes, pero no le sirvió más vino a su nieto.

—¡Al muchacho también! —tronó la voz del veguer.

—Ya ha bebido bastante para su edad.

—¡No seas mezquino! ¡Llénale la copa a tu nieto! ¡Y no lo trates como si fuera un niño!

Se hizo un silencio embarazoso, en el que Gilabert y Laurean se estuvieron mirando durante un rato. Pero luego el gobernador cedió y, mientras servía vino a su nieto, dijo conciliador:

—Un abuelo siempre ve a su nieto como un niño…

El veguer se echó a reír aparatosamente y luego alzó la copa para brindar con su habitual tono de guasa:

—¡Por el califa de Egipto! Gracias a él tenemos los leones. Y por el terrible Almansur, que los ha perdido para siempre.

Todos celebraron con risas su ocurrencia y bebieron. Pero, un instante después, volvió a hacerse un silencio incómodo, cuando recordó inesperadamente:

—Enviaré los leones al conde de Barcelona…

Y luego, con voz taimada, continuó, señalando con el dedo a Blai:

—Y también le enviaré al muchacho. Serán tres regalos. Dos leones y un joven y fuerte guerrero para su hueste.

En el rostro el gobernador se dibujó la consternación. Pero tuvo miedo de las consecuencias de aquel silencio y lo rompió, temeroso y agitado, suplicando:

—¡No, por Dios! ¡Todavía no, te lo ruego!

A pesar de su borrachera, Laurean tuvo un asomo de cordura, sonrió y murmuró:

—Me lo pensaré…

—Puedes llevarte los leones —le dijo Gilabert—, serán un buen regalo para el conde. Pero deja aquí a mi nieto… ¡Es mi vida!

El veguer se echó a reír, captando la trampa que le tendía.

—¡Viejo zorro! —exclamó—. Tú lo que quieres es librarte de los leones y quedarte con el muchacho. Pero yo no haré lo que tú deseas, sino lo que yo estime más conveniente… ¡Yo soy el último responsable en este puerto, no lo olvides!

Después de decir esto, Laurean bajó la cabeza y se quedó callado, con los ojos cerrados. Los presentes creyeron que su silencio se debía a que estaba meditando su decisión, pues no podían imaginarse que se debiera a que se había quedado dormido por el efecto que causaba en él todo lo que había bebido. Pero Gilabert sabía bien que el último vino que le había servido era lo suficientemente fuerte como para acabar de hacerle perder el sentido, así que les dijo a los hombres de su séquito:

—Llevadlo a la cama. Os aseguro que no se despertará hasta mañana a mediodía.

## 10

*Castillo de Cubellas, 1 de octubre, año 996*

En medio de la noche, Gilabert era incapaz de dormirse. En la oscuridad y el completo silencio, sentía una herida sangrante en el alma; un profundo dolor, tremendo, que percibía como algo inagotable y externo. Había tenido que cederle su propio lecho al veguer, y él estaba acostado en el dormitorio de su nieto. Era como si toda la soledad del mundo y la existencia viniera a cernirse ensombreciendo el espíritu del anciano como negra ave de mal agüero. Gravitaban sobre él la fatalidad, la angustia y el fracaso. Pero a pesar de tanto desasosiego permanecía inmóvil, tratando de controlar los resuellos y el llanto que le brotaba incontenible. El muchacho descansaba sobre un jergón extendido en el suelo, a su lado, y al abuelo le desgarraba pensar que seguramente eran aquellas las últimas horas de su vida junto a su nieto. Pero no deseaba perturbar su descanso. Aunque todo este esfuerzo resultaba en vano: tampoco Blai podía conciliar el sueño; le agitaban de igual forma la desazón y la rabia.

—Abuelo —preguntó en un susurro—, ¿estás llorando?

Gilabert no pudo responder, confuso como estaba. El joven atenuó aún más la voz y añadió:

—No merece la pena que te lleves este disgusto. Seguro que el veguer no se acordará mañana de nada de lo que ha dicho esta noche…

El gobernador se removió y rezongó, antes de contestar:

—No te preocupes por mí, hijo mío. Los viejos somos mucho más duros de lo que os parece a los jóvenes.

—Me alegra oírte decir eso, abuelo, de verdad.

Se habían quedado en silencio, cuando se oyó de pronto que crujía la puerta, y apareció el resplandor de una vela. Era Amadeu, el veterano y solícito criado, que llegaba preguntando:

—Amo, ¿qué te pasa? ¿Necesitas algo?

—¿Adónde vas tú ahora? —le gritó el gobernador—. ¿Acaso te he llamado?

—He oído tu voz y…

—¡No me pasa nada! ¡Estoy bien! ¡Déjanos descansar!

—No te pongas así, amo —refunfuñó el criado—. Encima de que me preocupo por ti.

—¡Deja de preocuparte de una vez y déjame a mí en paz!

Amadeu abandonó la habitación con el enfado del gobernador sobre sí. Sus pasos traqueteaban en los peldaños de madera de la escalera, a la vez que resonaban sus reproches en ronca voz casi incomprensible.

—¡Este viejo maniático consume mi paciencia! —se lamentó iracundo Gilabert.

—Abuelo, no seas injusto con él —le dijo Blai con cariño—. Amadeu vive pendiente de ti…

—¡Sí! ¡Y es eso lo que me enerva!

Abuelo y nieto se quedaron callados, tratando de serenarse. Pero no pudieron. Ambos se removían en los lechos, compartiendo el insomnio y la inquietud.

—Abuelo, me voy a levantar —dijo Blai al fin, con exasperación—. Sé que no me dormiré…

—Yo tampoco, hijo mío —contestó con resignación Gilabert—. Vayamos a tomar un caldo, a ver si…

Bajaron a las cocinas y se sentaron el uno frente al otro, junto al rescoldo que permanecía encendido bajo la chimenea.

—Ahora resulta que tengo que llamar a Amadeu para que me diga dónde está el caldo —dijo pesaroso el anciano—. Después de haberle despachado.

—¿Lo ves, abuelo? Le necesitas. Siempre ha estado a tu lado.

—Sí, pero es un hombre cargante, pertinaz y cansino que me enerva.

—Anda, llámalo. Al final se alegrará por poder servirte.

—¡Amadeu! ¡Amadeu!

El criado dormía cerca y no tardó en acudir malhumorado, refunfuñando:

—Si ya sabía yo que… Ahora me llamas, amo, cuando había conseguido dormirme… No hay caridad…

—Anda, cállate y calienta un caldo —le ordenó el gobernador.

—Un caldo, un caldo… Ahora un caldo… En plena noche… ¿Acaso no fue abundante la cena? ¿Acaso no tenéis la barriga llena de vino? Porque… hay que ver todo el vino que se bebió durante todo el día de ayer y luego, antes, durante y después de la cena…

—No protestes y calienta el caldo, viejo gruñón.

El criado llevaba una lámpara en la mano. Su rostro iluminado, seco, macilento, parecía una copia del arrugado y pálido rostro de su amo Gilabert. Ambos se miraban con aire de distancia e inquina.

—¿No será mejor que os prepare un cocimiento de hierbas? —sugirió Amadeu con tono áspero—. A estas horas de la noche os sentará bien y os ayudará a calmaros.

—Sabes que detesto esos cocimientos —contestó el gobernador.

—Lo digo por tu bien, amo. Lo que tú necesitas es una medicina que te calme ese mal humor…

—¡No me digas lo que yo necesito o no necesito!

—¿Queréis dejar de discutir? —intervino exasperado Blai—. Tomemos ya lo que sea…

—Es que con tu abuelo no se puede —observó suspirando Amadeu—. Es un hombre imposible de contentar. ¡Solo Dios sabe la cruz que he llevado sirviéndole tantos años!

El gobernador resopló y exclamó a su vez:

—¡Solo Dios sabe la que yo he soportado aguantando a un criado terco como tú!

—¡Virgen santa! —imploró el muchacho—. ¡Dejadlo ya!

Se hizo el silencio y el criado fue a la despensa. Momento que aprovechó el gobernador para murmurar:

—Verás como al final se acabará haciendo lo que él dice. Ahora vendrá y cocerá las dichosas hierbas esas, ¡una pócima acre y desagradable que detesto! ¡Siempre se acaba haciendo lo que él dice!

—Abuelo, ¡por el amor de Cristo!

Volvió Amadeu con un puchero, metió hierbas dentro, echó agua y lo puso al fuego.

—¿Lo ves? —gruñó Gilabert—. ¡Tomaremos hierbajos! Yo soy el amo, pero se hace siempre lo que él dice. ¿Tengo o no una buena cruz encima?

—¡Señor de los cielos! —rezó el criado, poniendo los ojos en lo alto—. ¿Ves, Dios mío, cuánta ingratitud? Yo me desvivo y así me pagan...

Gilabert le miró con intensidad y le espetó:

—¡Desaparece de mi presencia! Mi nieto y yo debemos estar a solas para hablar.

—El cocimiento no está terminado —repuso Amadeu.

—¡Yo me encargaré! —rugió el gobernador—. ¡Vete a dormir y déjanos de una vez!

El anciano criado salió renegando y cerró la puerta tras de sí. Y cuando abuelo y nieto estuvieron solos, el muchacho murmuró con tristeza:

—Nunca te lo he dicho... Y me cuesta decírtelo...

—¿Qué, hijo mío? —preguntó impaciente Gilabert.

—Le tratas muy mal... Me duele mucho ver cómo le desprecias de esa manera... Nunca me he atrevido a decírtelo por respeto, pero siempre lo he pensado. Hablas al pobre Amadeu de unas maneras...

Gilabert se quedó rígido, mirando a su nieto con expresión sorprendida, alzando las cejas y apretando los labios. Luego dijo en un susurro:

—Hijo mío, nunca me has hablado así...

Blai se puso la mano en el pecho y contestó en un tono que parecía de reproche.

—Porque nunca hablamos tú y yo de cosas importantes...

El anciano volvió a alzar las cejas, pero esta vez no por asombro, sino por severidad, y dijo con una voz tranquila, seria, como si fuera el juez pronunciando la sentencia:

—Ese necio y borracho Laurean, el veguer de Olérdola, te ha envenenado la sangre en contra de tu abuelo, diciéndote que te trato como a un niño. Y tú has acabado dando crédito a sus estúpidas palabras.

—No, abuelo, nada me importa lo que diga el veguer. Son cosas que yo pienso a menudo desde hace mucho tiempo. Y hay muchas otras cosas...

—¿Otras cosas? ¿Qué cosas son esas?

—Muchas cosas... Ya te he dicho que me duele que trates así a Amadeu. Pero no es solo eso...

Gilabert suspiró con enojo, señaló la puerta y dijo seriamente:

—¿Acaso no me exaspera? ¿Acaso no es insoportable?

El muchacho miró fijamente a los ojos de su abuelo, sonrió y le tomó la mano con dulzura, respondiendo:

—No, abuelo, Amadeu es un hombre bueno que te ama y que lo único que hace en su vida es estar pendiente de ti.

Gilabert examinó a su nieto con ojos penetrantes, luego soltó una agria carcajada y dijo con tono irónico:

—¡Qué sabrás tú, hijo mío! ¡Ay, qué sabrás tú!

—Digo lo que pienso, abuelo, sinceramente, lo que creo que debo decirte ahora. No quiero que seas injusto.

—¿Injusto? ¿Yo injusto?

—Sí, abuelo. Sabes cómo te respeto, pero... ¿No te das cuenta? Amadeu ha envejecido a tu lado, lealmente, consagrado a ti. ¿No te has dado cuenta de eso? Todo el mundo en Cubellas lo comenta... ¡Hasta en la forma de andar y en la voz es idéntico a ti! Por ser tan fiel ha acabado incluso pareciéndose a ti...

Gilabert miró a su nieto con espanto y empezó a mover la cabeza de derecha a izquierda, como si su emoción hubiera alcanzado el paroxismo con la exhortación que acababa de hacerle. Luego se puso en pie y paseó por la cocina, bufando:

—¿Quién dice eso? ¡La gente es habladora, atrevida e infame! ¡Qué sabrán ellos! ¡Qué sabrá la gente!

Blai se asustó al verlo así, se fue hacia él y le dijo con ansiedad:

—No he querido ofenderte, abuelo. ¡Perdóname!

Pero no pudo evitar que su abuelo estallara de repente en un llanto amargo y rabioso.

—¡Era lo que me faltaba! —sollozaba—. ¡Te envenenan contra mí! ¡A mi propio nieto lo enfrentan a mí! ¡Infames! ¡Desalmados! ¿Quién te dice esas cosas? ¡Miserables!

Blai se fue hacia él y trató de abrazarle. Pero el gobernador le apartó de un empujón, gritando:

—¡Déjame un momento tranquilo! Esto ha sido demasiado... ¡demasiado!

Volvió a sentarse y estuvo sollozando, con el rostro entre las manos.

El muchacho le miraba sin saber qué decir ni lo que podía hacer.

Luego se acercó a la lumbre y agarró el puchero por el asa de hierro; se quemó y lo soltó dando un alarido. El líquido hirviendo se derramó por el suelo y salpicó la pared.

—¡Hijo mío! —exclamó su abuelo alarmado, levantándose para socorrerle—. ¡Te has abrasado!

—No, no es nada —dijo Blai—, a la vez que metía la mano en un balde con agua fría.

El anciano estuvo observando al muchacho con preocupación, diciendo:

—Ha sido culpa mía… Cuando uno pierde la calma le pasan estas cosas… ¡Estamos demasiado nerviosos! ¡Maldito veguer!

En ese momento se abrió la puerta y entró Amadeu soliviantado, exclamando:

—¡¿Qué ha pasado?! —miró hacia el suelo y vio el puchero y el brebaje derramado—. ¡Dios de misericordia! ¡Un accidente!

El gobernador dijo en tono de represión:

—No es nada, ¡no alborotes más! Gracias a Dios, no es nada grave.

El viejo criado se encaró con él:

—¿Lo ves? Si no me hubieras echado… ¡Yo debí encargarme del puchero! ¡No sabéis hacer nada!

Gilabert suspiró, se sentó y dijo con forzada calma:

—Deja eso ahora. Mañana lo recogerás. Te ruego que nos dejes solos de nuevo. Quiero hablar en privado con mi nieto…

—¡Por Dios! —contestó Amadeu—. ¡Vaya una noche ajetreada!

Pero no abandonó la cocina hasta que no hubo colocado sobre el rescoldo una pequeña olla de caldo, refunfuñando como era su costumbre.

El gobernador volvió a sentarse suspirando, aturdido y triste, gacha la cabeza.

Blai le miraba igualmente afligido.

—Abuelo —dijo—, será mejor que vayamos a dormir. Mañana veremos las cosas con más claridad.

Gilabert alzó la mirada hacia él e hizo un gesto negativo con la cabeza. Luego esbozó una forzada sonrisa y sentenció:

—Todo esto nos sucede porque no tenemos mujeres que se ocupen de nosotros.

—¿Ahora sales con eso? —contestó Blai, dejando que se le dibujara una sonrisa de perplejidad en los labios.

—Sí —apostilló el anciano, con una voz entre pacificadora y llena de certeza—. Dios lo sabe. Las mujeres tienen el don de poner en orden las cosas… Y no me refiero solo a las cosas materiales, sino a otra clase de cosas…

—Comprendo lo que quieres decir —agregó Blai con benevolencia—. Echas de menos a mi abuela…

Gilabert asintió con la cabeza, con la tranquilidad de haber encontrado al fin una salida.

—Eso es. Pero no solo a ella; también echo de menos a mis hermanas y a mis hijas… Echo de menos a tu madre, mi amada Erminda…

—Mi madre… —murmuró el muchacho.

El anciano le lanzó una mirada de compasión. Luego le preguntó entristecido:

—¿Recuerdas su rostro? Eras muy pequeño…

—Me acuerdo de algunas cosas —respondió Blai—. Pero todo aquello es confuso para mí; tanto como un sueño que es difícil retener en la memoria.

Gilabert le hizo un gesto con la mano y dijo:

—Ven a sentarte a mi lado. Es precisamente acerca de todo aquello de lo que quería hablarte: este es el momento oportuno para contarte una vieja historia que debí relatarte hace tiempo…

# 11

*Castillo de Cubellas, 1 de octubre, año 996*

Gilabert miraba a su nieto con los ojos fatigados, brillantes, y su semblante adoptó una expresión de desesperanza y sufrimiento.

—Los hombres somos tan poca cosa… —dijo en voz baja, y sonrió con profunda humildad—. Nos creemos en poder de nuestras fuerzas… Pero las mujeres tienen mucho más poder que nosotros. Sí, hijo mío, mucho más. No olvides nunca esto que hoy te digo. Ellas son más poderosas que los hombres no solo aquí en nuestra tierra, sino en toda la cristiandad, y aun en los reinos de los moros, en el mundo entero. Según me han contado hombres viajeros, las mujeres en todas partes dan prueba, en medio de la miseria y el infortunio, de mayor dignidad y mayor valor que los hombres. Tal vez lloran más que nosotros, pero su espíritu es más fuerte. Ellas difícilmente se vienen abajo del todo... Las habrá más flojas, más pusilánimes, pero en general son más heroicas. Y no estoy hablando del cuerpo; me refiero a su alma... Tampoco hablo de coraje, sino de fuerza de carácter, que es algo más permanente, más definitivo...

El muchacho levantó el rostro hacia su abuelo, con ojos desorbitados y cara de sorpresa.

—Sí —prosiguió Gilabert, lleno de convencimiento—. No te extrañe lo que digo, hijo mío. Te habla un viejo, y son los viejos los que más derecho tienen a ser sinceros; porque los viejos han visto ya la vida... Y yo he visto llorar y maldecir su suerte a las mujeres, y es verdad que durante mi juventud pensaba que las primeras en desesperarse cuando vienen las desgracias son las mujeres. Pero el paso del tiempo me ha hecho ver otras cosas: ellas maduran el sufrimiento, lo hacen suyo, no se rebelan y luego acaban asumiendo el destino. Lo cual no es débil virtud, sino otra manera de mirar la vida y el mundo... A nosotros, varones, no se nos ha concedido ese don. Podemos ser valientes de pronto, para las guerras, en las batallas, y ser capaces de enfrentarnos con la muerte frente al enemigo. Pero eso es bravuconería, nada más... Afrontar la vida y el destino, con paciencia y perseverancia..., eso es otra cosa. ¿Sabes a lo que me refiero?

—No. No acabo de comprender lo que quieres decirme, abuelo —contestó Blai en un susurro, con aire de inocencia.

—Déjame que te cuente la historia de nuestro linaje y entenderás algo de lo que quiero transmitirte. En verdad es hora de que sepas ciertas cosas... Aunque me pese decirlo, en eso tiene razón ese diablo, el veguer de Olérdola; debo reconocer de una vez que ya no eres un niño...

El rostro de Blai se iluminó al oír estas palabras; y si podía haber en él algo de sueño y cansancio, se disiparon en ese instante.

—¡Ah, el viejo Amadeu! —prosiguió Gilabert, entornando los ojos, y su voz se volvió afectuosa, ligeramente trémula—. Dices que se parece a mí... Y también lo dice la gente. ¿Cómo no va a parecerse a mí? Amadeu es mi criado, pero también es mi hermano...

—Por eso lo decía, abuelo —le interrumpió Blai—; somos cristianos, hijos de Dios, y todos somos hermanos. ¿No manda eso Nuestro Señor? Debemos tratarnos bien los unos a los otros, seamos criados o amos. Eso nos han enseñado los sacerdotes.

El gobernador soltó una sonora carcajada y miró a su nieto con gesto burlón. Luego dijo irónico:

—¡Ah, los sacerdotes! ¡Esos charlatanes! A ver si vas a llevar dentro tú un predicador, hijo mío…

El muchacho también rio, negando con la cabeza. Y su abuelo le miró entonces muy fijamente, con ojos vivos y maliciosos, mientras decía:

—Claro que todos somos hermanos, hijo mío. Pero Amadeu resulta que es hermano mío no solo por ser hijo de Dios y cristiano… También es hermano mío de sangre. Es decir, él y yo somos hijos del mismo padre carnal, tu bisabuelo Udo de Adrall. Él nos engendró a los dos, luego somos hermanos.

Blai abrió unos ojos desmesurados, como si no pudiera creer lo que oía. Luego bajó la cabeza y se ruborizó.

—Claro —dijo en un susurro—. Ahora me lo explico…

—Sí, nos parecemos —afirmó con rotundidad Gilabert—. Siempre nos hemos parecido Amadeu y yo a nuestro padre, y ahora que somos ancianos los dos, nos parecemos a él mucho más. A veces le miro y es como si me mirase en el espejo. Por eso me enerva ese viejo, por eso me pone furioso su presencia, porque me echa en cara mi propia persona. En sus rasgos, en sus ademanes y hasta en su voz y su manera de hablar veo a mi padre, es decir, a nuestro padre, al suyo y al mío… ¡A Udo de Adrall! Es como si tuviera que tenerlo presente siempre; y con su imagen, me brota el recuerdo de sus pecados… Porque nuestro padre era muy pecador… Dios le haya perdonado.

—No tienes por qué hablar de estas cosas —dijo Blai, visiblemente incómodo—. Anda, vámonos a dormir.

—¡No! Dije que iba a hablar y no me voy a echar atrás.

El muchacho sonrió con humildad y se encogió de hombros, aceptando esta voluntad. Luego el abuelo prosiguió con calma:

—Conozco a Amadeu desde que tengo memoria. Creo que es algo mayor que yo y tal vez ya viviera en nuestra casa cuando yo nací. Siempre ha vivido conmigo, siguiéndome a todas partes como mi propia sombra.

»Cuando éramos niños vivíamos con toda la familia y la servidumbre en Estamariu, en el Urgellet. Eso ya lo sabes, porque te lo he contado. Pero te oculté muchas otras cosas, pues consideré que ya habría tiempo para hacértelas comprender, y que no era necesario agobiarte con ellas. ¡Ya sufriste lo tuyo en la infancia que te tocó en suerte! Muchas veces te miro y pienso que estás aquí conmigo por puro milagro, hijo mío, Blai. Tu ángel de la guarda debió de emplearse a fondo para librarte de la muerte. Eres el vivo ejemplo de lo que llamamos un superviviente. Más tarde te contaré lo que sucedió en tu infancia y por qué digo que vives de puro milagro, porque bien pudieras estar muerto desde hace mucho tiempo… Pero, ahora, permíteme que te hable de mí; luego hablaremos de ti…

»Mi niñez fue feliz, sin demasiados peligros. Me crie en épocas de paz en un lugar que ahora, pasado tanto tiempo, recuerdo como deleitoso, apacible. ¡Qué pronto pasa la vida! Ahora todo aquello lo percibo lejano, imposible; tanto que hasta me parece ajeno. Como si esa existencia perteneciera a otro que no fuera yo. Y es que pienso en el Urgellet, en Estamariu, y veo el mismo cielo en la tierra: las montañas, el verde diáfano de los valles, la frondosidad hospitalaria de los bosques… ¡Dios de las alturas! ¡Quién pudiera dormirse esta noche y despertar allí! Aquel es el lugar al que deberías ir tú algún día, hijo mío, pues es la tierra de tus antepasados; donde tiene origen nuestro linaje, que es antiguo, ilustre y fiel. Nosotros no somos gente del mar, sino de tierra adentro, de los collados, de los prados y los sotos. Nuestra sangre es montañosa. No estamos aquí por propia voluntad o por capricho, sino todo lo contrario. Vinimos a esta costa por obediencia a nuestros señores los condes, que tuvieron que organizar sus territorios y sus gentes como mejor pudieron a causa de la guerra. Esa bestia de Almansur tiene la culpa de que vivamos ahora tú y yo frente al mar, en este puerto de frontera.

»Te aseguro que jamás hubiera venido a vivir aquí si no me lo hubieran mandado. Vine a este puerto por pura lealtad a mis superiores. Porque, a decir verdad, nunca pensé abandonar el Urgellet. Me da mucha vergüenza confesarlo y nunca me atreví a decírselo a nadie, pero a ti no te lo ocultaré. Has de saber, hijo mío, Blai, que siempre odié las armas, los asuntos militares y cualquier otra cosa que tenga que ver con las guerras. Y no pienses que soy un cobarde. No temo a la muerte. Incluso deseo ardientemente dejar este mundo lleno de engaños y sinsabores. Lo que a mí me pasa no tiene nada que ver con el miedo o con la comodidad. Tal vez pude llegar a suponer en otro tiempo que yo, en el fondo, era un pusilánime. Sin embargo, hoy sé que no se trata de eso. Es algo mucho más simple; tanto que hasta pudiera parecerte estúpido. A mí lo que me hacía feliz, lo que me llenaba totalmente, era criar vacas en nuestros prados de Estamariu. Por eso, cuando me llegó la hora de tomar las armas y pasar a formar parte de la hueste de los condes, me sentí el hombre más desdichado del mundo. Desde entonces no he hallado sosiego ni bienestar en ninguna parte hasta el día de hoy. Todo en mi vida ha sido rabia, contrariedad y rebeldía. He disimulado esos reconcomios en pro de la lealtad, pero no puedo evitar un negro resentimiento hacia todos aquellos que me impidieron regresar a la tierra de mis padres.

»Ya te he dicho todo lo feliz que era en la infancia. Me encantaría describirte todo aquello, pero no tenemos tiempo. Debo abreviar. Te bastará pues saber que, llegado a la pubertad, los míos me concertaron matrimonio con tu abuela. Tendría yo quince años y ella quizá uno menos. Tu abuela era de Adrall, la aldea de mi padre, y se había criado en el castillo de mis antepasados, que está en un escarpado altozano junto al río Segre. Cierto es que yo la conocía de toda la vida, puesto que solía verla cuando íbamos allí o cuando venía con los suyos al mercado; pero eso no impidió que me enamorara como un loco. La conocía desde niña y creo recordar que siempre me gustó. Tu abuela era gordita, bella y graciosa. Enseguida me convertí en su esclavo. Ella mandaba y disponía: «Ve allí», y yo iba sin rechistar; «Trae eso y aquello», y yo lo traía; «Estate callado», y yo no abría la boca. Si me hubiera ordenado que me arrojara por un barranco, no lo habría dudado. Porque, además, yo sabía bien que también ella me amaba, tanto o incluso más que yo a ella. Tuvimos once hijos. El primero nació nueve meses después de la boda. Bueno, me refiero a los once que vivieron, porque tuvimos tres más que murieron nada más venir al mundo. Y hubiéramos engendrado más si no fuera por las malditas guerras…

»Amé a mi esposa y sufrí el infierno de tener que estar separado de ella, en todas las primaveras y los veranos, durante años. No recuerdo haber sido dichoso sino cuando regresaba siempre en otoño a su lado. Tu abuela sabía calmarme, fortalecerme y devolverme la ilusión de vivir. Su presencia y sus palabras me convertían en un hombre nuevo. Por eso le fui enteramente fiel mientras duró el matrimonio. Igual que un monje se consagra y cumple sus votos, yo fui capaz de comprender que mi mujer era la dueña de mi vida. Engañarla, pues, hubiera sido un sacrilegio. Y te juro que todo esto que digo es tan cierto como que Dios es Cristo. ¿Para qué iba yo a engañarte? No pretendo aparecer ante nadie como un santo. Ni siquiera ante mi nieto. No estoy hablando para darte buen ejemplo ni para infundir en ti el respeto a las normas morales o a los mandatos de nuestra santa religión. Mi boca deja escapar lo que hay en mi corazón. No sería capaz de mentirte hoy, en estas circunstancias. No me lo permitiría, pues me siento cercano a la muerte. Un hombre de mi edad, y con la poca salud que tengo ya, podría dejar este mundo en cualquier momento. Aunque tampoco quiero aparecer delante de ti como un desesperado viejo, melancólico y nostálgico... Estoy lleno de pecados y miserias. Nadie de carne y hueso se ve libre de ello, ya lo dijo Nuestro Señor. Yo podría haber sido infiel a tu abuela, porque no me faltaron tendencias ni ocasiones. Pero, mientras ella vivió, le guardé lealtad.

»Y tuve malos ejemplos desde niño que pude haber imitado. ¡Hasta en mi propia casa! Porque mi padre, Udo de Adrall, esparció su simiente por todas partes y dejó bastardos tanto fuera como dentro de nuestra familia. Ahí tienes a Amadeu, que siendo mi medio hermano se parece a mí como si fuera enteramente de mi sangre. Tu bisabuelo lo engendró de una esclava veinte años más joven, cuando ya tenía él catorce hijos legítimos, y solo Dios sabe cuántos naturales.

»Mi padre no lo reconoció, pero le concedió a Amadeu la condición de hombre libre. Luego lo puso a mi servicio. Por eso te dije que recuerdo a Amadeu a mi lado desde que tengo uso de razón. Fue mi acompañante, mi criado, mi escudero y mi ayudante. Ese viejo es como mi sombra. Solo me falta ya que me siguiera en la otra vida cuando ambos muramos... Aunque he de reconocer que seguro que le abren las puertas del cielo, mientras que a mí me tendrán purgando como ánima en pena hasta que el Padre Eterno tenga misericordia. Porque servirme a mí ya es una buena penitencia...

—¡No digas eso, abuelo! —exclamó Blai con voz de reproche.

—¿Por qué no? —replicó Gilabert—. Estoy siendo sincero contigo y no voy a disimular ni ocultar lo que en el fondo pienso.

El muchacho le miraba con los ojos desorbitados, y su cara pálida adoptó una expresión de cansancio y fastidio.

—Hijo mío —prosiguió el anciano—, lo siento mucho pero me vas a escuchar. Tienes que seguir escuchándome, porque mañana mismo puedo estar muerto. El tiempo, como león rugiente, anda buscando a quién devorar; y los viejos somos sus presas más fáciles.

—Me asustas —murmuró Blai.

—¡Pues te aguantas! —le espetó el abuelo—. ¿No querías que te tratara como a un hombre?

—Sí, abuelo, pero es muy tarde…

—Es tarde, en efecto; o temprano, según se mire. Pronto amanecerá y he de acabar de decirte algunas cosas más.

Gilabert suspiró, se enderezó en la silla y luego se puso en pie trabajosamente. Fue hasta la chimenea, cogió un paño y envolvió el asa del puchero para no quemarse al retirarlo.

—¿Ves? —dijo—. Lo que está puesto al fuego debe cogerse con cuidado. La juventud es impulsiva e impaciente. Cuando tengas mi edad serás un hombre prudente y harás las cosas con más tiento.

Tras decir esto, el anciano sirvió el caldo en dos tazones. Después, lanzándole a su nieto una sonrisa llena de bondad y agotamiento, añadió:

—Ya no te cansaré mucho más, hijo mío. Pero no nos iremos a dormir sin que te diga lo más importante.

Blai sonrió también y asintió con un resignado movimiento de cabeza.

—Bien —dijo Gilabert, mirando al muchacho fijamente a los ojos—. Pues escucha poniendo toda tu atención. Tal vez te sorprenderá lo que voy a decirte, pero puedes estar seguro de que hablo con pleno convencimiento y con toda lucidez.

Blai le escuchaba con los ojos muy abiertos, apretando los labios. Su abuelo le puso la mano en el hombro y añadió con estudiada rotundidad:

—Muy pronto deberás marcharte de aquí, hijo mío.

El muchacho le miró sin entender, azorado.

—¡Sí! —insistió Gilabert con vehemencia—. Deberás irte a otro lugar.

—¿Adónde? —preguntó con incredulidad Blai— ¿Qué dices, abuelo? ¡Cómo que debo irme! ¿Has cambiado de opinión? ¿Tal vez con el veguer?

—¡Al infierno el veguer! A lo que me refiero es a que tú muy pronto te marcharás para iniciar otra vida en otra parte.

—Pero… —le interrumpió el joven—. No comprendo… ¿Y tú?

—¡Tú harás lo que yo te diga! —le gritó su abuelo—. Lo que yo deba hacer es cosa mía. Soy anciano y mi vida ya está consumada. Ahora lo único que me importa es mostrarte a ti el camino para que puedas encontrar algo de felicidad en este mundo absurdo y hostil.

No consentiré que repitas en tu vida los errores que a mí me hicieron tan infeliz. ¡Eso sí que no! Si te marchases con el veguer, serías siempre un siervo. Y nunca podrías gozar de una vida propia.

—¡No! ¡Yo no te dejaré! —replicó Blai, desconcertado—. ¡Cómo voy a dejarte aquí! ¡Eres mi única familia!

—¡Calla! —le increpó el anciano—. ¡No me interrumpas y escucha! ¡No tenemos demasiado tiempo! ¡Y yo no soy tu única familia! Seguramente tengas otros parientes a los que no conoces…

Se hizo entre ellos un silencio grave, en el que se estuvieron mirando fijamente. Luego el abuelo cerró los ojos y farfulló como para sí algo ininteligible, tras lo cual suspiró, y como si respondiese a sus balbuceos, dijo sin abrir los ojos:

—Déjame que te cuente la historia de lo que sucedió cuando eras muy pequeño y vivíamos todavía en Olérdola. Aquello por lo que antes te dije que estás vivo por puro milagro… A causa de esos desdichados acontecimientos de entonces hoy estamos aquí, aun a mi pesar. Y aunque esta costa es hermosa, como ya te he dicho, yo soy hombre de tierra adentro, de las montañas. Vine por pura obediencia. Pero tú caminarás siguiendo mis pasos en sentido inverso; retornarás a la bella y pacífica tierra de nuestros antepasados. Irás allá, al verde Urgellet, donde están esos parientes que tú no conoces y donde reposan los huesos de tantos antepasados nuestros… ¡Así que escucha!

»Todo empezó poco después de que tú nacieras. Recuerdo una noche de verano, cálida, agradable, tras la fría y larga primavera. Yo ya era veterano y me consideraba con la edad suficiente para abandonar las armas y entregarme al júbilo de vivir con los míos, en mi casa, lejos del ajetreo de la hueste. Así que acababa de regresar después de que el vizconde, mi señor, me concediera la licencia definitiva para dejar la mesnada. Pero no tuve tiempo ni para descansar un par de días; porque la segunda jornada después de mi vuelta a casa, nada más anochecer, se presentó un heraldo del conde en Olérdola llamando a la guerra a todos los hombres que tuvieran fuerza suficiente para sostener en alto una espada. Y yo todavía tenía vigor suficiente… Y debía ir, porque todos éramos necesarios. El temible Almansur, esa bestia del demonio, venía ascendiendo desde el sur con un ejército inmenso, asolando cuanto encontraba a su paso. Pronto se formó una gran hueste cristiana para hacerle frente antes de que los sarracenos cruzaran los montes, pero el ímpetu de aquella descomunal invasión era imposible de resistir. Yo los vi desde la altura de una montaña y era como un mar de hombres que se acercaba desde donde alcanzaba la vista, perdiéndose en el horizonte, collado tras collado, valle tras valle. ¡Era imposible pensar siquiera en hacerles frente! Así que nos apresuramos a retroceder hasta Barcelona, porque también nos avisaron de que se aproximaba por mar una flota de incontables barcos de los moros. El primer día de julio llegamos y no pudimos refugiarnos ni defender las murallas, porque la ciudad ya estaba cercada. No podíamos hacer otra cosa que hostigar a los enemigos desde la retaguardia o atacarlos incordiándolos en la oscuridad de la noche. Pero eso les causaba el mismo daño que un mosquito cuando pica a un toro. Cinco días nada más duró el sitio. Esos diablos arrasaron todas las poblaciones cercanas y mataron a mucha gente. Cada amanecer lanzaban las cabezas de los difuntos con sus catapultas por encima de las murallas hacia el interior de la ciudad para aterrorizar a los defensores. Y los tambores sarracenos atronaban día y noche de manera ensordecedora. Sentíase cerca, verdaderamente, el fin del mundo… La presión era insufrible… El día seis de julio cayó Barcelona. Los sarracenos entraron, la saquearon e hicieron cautivos a sus habitantes. Impotentes, veíamos desde la distancia el fuego que devoraba todo dentro de los muros, y hasta podíamos oír el espantoso clamor de la gente enloquecida por el pánico, el fragor de la destrucción y el enloquecido rugir de los anticristos. Era angustioso para nosotros contemplar día tras día desde la montaña el espectáculo del humo negro ascendiendo hasta los cielos y la imparable llegada al puerto de barcos que luego zarpaban lentamente, lastrados por el peso de las riquezas que cargaban en sus bodegas.

»Poco más de dos semanas duró todo aquello. Creíamos que los moros se iban a quedar como dueños y señores después de su victoria, pero el día veintitrés de julio se marcharon todos, de pronto, inesperadamente, por donde habían venido. Ni siquiera les interesaba el puerto. Un silencio de muerte y una calma desamparada cayeron sobre la bella ciudad de los condes. Descendimos de los montes y entramos para encontrarnos con un infierno de brasas, cenizas y desolación. Nada quedaba, excepto cadáveres putrefactos, hedor de muerte y ruina.

»Estuvimos allí tres días, el tiempo necesario para enterrar a los muertos. Luego nada había que hacer allí, excepto llorar, orar y maldecir. Así que los condes nos dejaron regresar a nuestras casas, pues temían que los sarracenos regresaran para aposentarse en lo que habían anteriormente conquistado. Muchos de los nuestros fueron hacia el norte, para buscar refugio detrás de las altas cordilleras; otros en cambio tenían deseos de vengarse y formaron bandas para ir a la tierra de nadie y, desde allí, buscar moros para matarlos con crueldad dondequiera que los hallasen. Pero yo estaba tan deseoso de ver a los míos que no dudé en volverme a Olérdola.

»Viajé con mi tropa durante una semana por terrenos desolados, donde los sarracenos no habían dejado nada más que muerte y miseria. Al ver aquellos horrores, me temí lo peor y clamaba al cielo con esperanzas cada vez más menguadas. Todas las ciudades, villas, aldeas, monasterios y masías habían sido saqueados, arruinados o reducidos a cenizas. Las gentes habían sido hechas cautivas o masacradas. Los que conservaban la vida vagaban perdidos por los bosques como espectros errantes. Ya antes de llegar a Olérdola mis peores suposiciones se confirmaron... Nos salieron al paso unos pocos vecinos que habían podido huir a refugiarse en unos montes cercanos y nos dijeron que no había quedado ni un vivo en la villa.

»Olérdola estaba, como tantas otras poblaciones grandes y pequeñas, arrasada y sembrada de cadáveres. Nuestra casa estaba en pie, pero sin techos ni nada de valor o utilidad en su interior. Nada más entrar, me puse a escarbar con las manos entre los escombros, llevado por la furia y el dolor. Encontré muy pronto el cuerpo carbonizado de tu abuela junto a los de las criadas ancianas. No quedaba nadie con vida. A las mujeres jóvenes y a los niños se los habían llevado cautivos. Me sentí el hombre más solo y desgraciado del mundo. Deseé morir allí mismo, en aquel momento, y me hubiera hundido el cuchillo en el corazón si no hubiera sido porque el odio y la rabia me pedían estar vivo para tomar venganza.

»Al día siguiente, en medio del sufrimiento y la desesperación, Dios quiso darme consuelo con una inesperada sorpresa: se presentaron unos vecinos para entregárteme a ti, hijo mío, Blai. Eras muy pequeño y te habían hallado dentro de una tinaja cuando se hubieron marchado los sarracenos. Alguien tuvo la idea de esconderte allí antes de que llegaran esos demonios. Estabas flaco y sin fuerzas, pero conservabas la vida. Eras lo único que yo tenía en el mundo después de haberlo perdido todo.

»En los meses siguientes, viendo que los moros no volverían, los condes enviaron a sus heraldos y reorganizaron a los súbditos que quedaban para empezar a reconstruir cuanto había sido devastado, que era mucho. El veguer de Olérdola regresó de las montañas donde se había exiliado y trajo consigo la parte de su hueste que se había salvado. Al año siguiente empezó a llegar gente forastera para repoblar la villa, labrar las tierras y rehacer los ganados. Empezaba una nueva vida que parecía rebrotar de las ruinas y el desastre. Pero el orden de cosas anterior a la guerra quedaba como disuelto. Nada sería ya como antes…

»A mí, el vizconde me destinó con mi tropa a defender este castillo de Cubellas y el puerto. Aquí me vine trayéndote conmigo. Eso es lo que pasó. Lo demás ya lo sabes, pues aquí has crecido. Esta ha sido tu casa hasta el día de hoy. Pero esta vida ya se terminó para ti. Ahora es el tiempo oportuno para que emprendas tus propios pasos, no siguiendo a este viejo que es tu abuelo, sino a ti mismo, pues empiezas a ser un hombre.

Blai tenía puestos los ojos en el anciano, con un asombro que expresaba su impresión por todo lo que acababa de serle revelado. Pero alzó los hombros con indiferencia, como si temiese que su abuelo pudiera pensar que estaba deseoso de estrenar esa libertad y esa nueva vida que se le ofrecía.

—¿Cómo te voy a dejar aquí? —dijo—. ¡Qué cosas se te meten en la cabeza, abuelo!

Pasó un momento de silencio antes de que Gilabert se pusiera en pie, sentenciando con pleno convencimiento:

—Hijo mío, te irás. Ya verás como al final acabarás yéndote de aquí, aunque no lo quieras.

—¿Y cuándo tendré que irme? —preguntó Blai, con visible incredulidad.

El abuelo le miró muy fijamente y respondió:

—Mucho antes de lo que puedas pensar.

El muchacho también se puso en pie. Miró hacia la ventana y, como queriendo cambiar la conversación, observó:

—Todavía es noche cerrada.

—Sí —dijo el abuelo—. Pero acabará amaneciendo. Debemos irnos ya a dormir… El veguer se despertará con resaca y con un humor todavía peor del que habitualmente tiene… ¡Cualquiera lo aguanta!

Ambos caminaron hacia la puerta, pero, antes de salir de las cocinas, el abuelo dijo con voz quejumbrosa:

—Me queda todavía algo por decirte, hijo mío. Y eso es lo más doloroso para mí…

—Mañana me lo dirás. Estás muy cansado, abuelo.

—¡No! ¡Te lo diré ahora! ¡Y no repliques! ¡Es muy importante!

Gilabert se detuvo, se volvió hacia su nieto y lo encontró tieso, mirándole con espanto.

Se hizo un silencio. Luego el abuelo inspiró hondamente, como para infundirse ánimo, y dijo con energía:

—Cuando te vayas, te llevarás contigo al esclavo Sículo.

—Sículo es tuyo, abuelo.

—¡No repliques, demonios! ¡Tienes la manía de contradecirme! Desde hoy, Sículo es tu esclavo y lo llevarás contigo.

Hubo otro silencio. Gilabert suspiró y añadió en un susurro, con aire de culpabilidad y vergüenza:

—Porque Sículo también lleva en sus venas nuestra sangre…

El muchacho clavó en él unos ojos desorbitados. Y el abuelo, con amargura, prosiguió diciendo:

—El chico es hijo mío… También yo soy pecador, como lo era mi padre…

Blai se quedó mudo por la sorpresa. Y el abuelo se vio obligado a precisar:

—Siempre le fui fiel a tu abuela… ¡Siempre, lo juro! Le guardé completa fidelidad mientras duró el matrimonio… Sículo fue engendrado cuando ella ya había muerto. La rabia y la desesperación que sufrí cuando me quedé viudo me empujaron a buscar el placer en otra mujer… Creí que a mi edad no me pasaría, pero dejé preñada a una esclava y tuve que hacerme cargo del niño, porque ella murió. Así que Sículo resulta que es tu tío.

—¡Madre mía! —exclamó en un susurro Blai.

—Me da mucha vergüenza todo esto —añadió el abuelo—. Aunque debía decírtelo un día u otro. Nadie lo sabe… Nadie, excepto Amadeu y yo… Hasta los secretos comparte conmigo. Y ahora ya lo sabes tú… Así que podrás hacer lo que creas más conveniente. Gracias a Dios, el chico es bueno y fiel; tiene buena casta, y creo que te servirá bien. Harás pues lo que te he dicho: lo llevarás contigo al Urgellet, a Estamariu, nuestra tierra de origen. Allí os presentaréis a nuestra familia, y ellos considerarán lo que será más oportuno para vosotros. Pero no les digas nunca a nuestros parientes que Sículo es hijo mío… Al menos, quede a salvo mi honra.

Blai le miraba con unos ojos enrojecidos, de los que se descolgaron dos regueros de lágrimas. El abuelo se fue hacia él, lleno de compasión y ternura, lo abrazó y le dijo al oído:

—¿Cómo es que lloras? Pocas veces te he visto llorar, hijo mío. Eres más duro que el pedernal. Por eso estoy tranquilo, porque sé que sabrás salir adelante.

El muchacho empezó a mover la cabeza de derecha a izquierda, como si su emoción hubiera alcanzado el paroxismo con aquellas revelaciones y la exhortación del anciano. Y este, emocionado también, continuó diciendo:

—Conoces el lugar donde guardo escondido todo el dinero que tengo, hijo mío. Cuando te vayas, llévatelo, yo ya no lo necesitaré.

—No… ¡No puedo dejarte sin nada! ¿Cómo te da por decirme ahora estas cosas?

—¡Harás lo que te mando! ¡Sin rechistar! ¡Te irás de aquí a donde te he dicho! Te marcharás y te llevarás a Sículo, tu armadura, tus armas y ese dinero. Y seguirás este consejo: id siempre por los montes y, cuando no os quede más remedio que entrar en algún pueblo para abasteceros, esconded primero las monedas en algún lugar al margen del camino, cuidando mucho de que nadie lo vea. Así no podrán robaros. Sed cautelosos y no os expongáis sin necesidad.

Después de estas recomendaciones, Gilabert se quitó el anillo de oro que llevaba en el dedo anular y se lo entregó a su nieto diciéndole:

—Ponte el anillo que perteneció a Udo de Adrall, tu bisabuelo.

Blai lo aceptó y se lo puso en el dedo mientras mantenía la mirada en el rostro de su abuelo.

El gobernador le miraba muy serio, interpelante, y le preguntó:

—¿Harás todo lo que te he dicho?

El joven asintió con un leve movimiento de cabeza.

—Muy bien, hijo mío. ¡No se hable más del asunto! Abracémonos y vayamos a tratar de dormir un rato antes de que amanezca.

# 12

*Castillo de Cubellas, 1 de octubre, año 996*

Amanecía y Tiberio, el hortelano, despertó en su pequeña y austera cabaña, que estaba al principio del huerto. Se incorporó en la estera pelada con un esfuerzo torpe, se frotó los párpados con las yemas de los dedos, apartó la manta de sarga y permaneció sentado, pensativo, un instante, el tiempo indispensable para hacerse consciente de que aquellos rugidos aterradores eran reales, y que no habían sido una simple pesadilla. «Esas malditas fieras estarán hambrientas», pensó; y murmuró con desgana: «¿Y qué les echamos de comer hoy?».

Se persignó y se vistió sin lavarse. Era grande, nervudo, con una rendida figura de bruto agotado, y se movía con ademanes densos. Abrió la desvencijada puerta y salió al verde terreno salpicado de anémonas tempranas de otoño, amarillas y blancas. Los huertos y jardines se extendían por las traseras del castillo, limitados por paredes terrosas, sin más sombra que las delgadas líneas de los cipreses negros. A esa hora, despuntando ya el sol por encima de las almenas, había una indeterminada fragancia en el aire fresco, mezcla de aromas de mar, heno y estiércol de cabra. El edificio principal estaba comunicado con los corrales por un sendero bordeado de setos y calzado con grandes piedras sueltas, por cuyas junturas empezaba a crecer la hierba de octubre. Caminaba el hortelano con pasos tardos, pesados, como los de un viejo percherón. Los rugidos broncos que provenían de los establos le helaban la sangre... Pasó por delante de las caballerizas y vio que las mulas y los caballos temblaban y se agitaban a causa de la presencia cercana de los leones. «Nunca se acostumbrarán estos pobres animales a los rugidos de esas fieras —se dijo—, ¡nunca! Y tampoco yo».

Al final de los establos, en la parte más retirada, se alzaban las cuadras de adobe, con las ventanas tapiadas y la gruesa reja cerrando la puerta. Tiberio se detuvo a unos veinte pasos y se espantó al ver que no estaba echado el pesado cerrojo de hierro. Estremecido, trató de comprender cómo era posible que se le hubiera olvidado correrlo la tarde anterior. Le resultaba imposible haberse permitido una insensatez así. No obstante, la reja permanecía cerrada. Así que, sin darse tiempo para pensarlo, se apresuró a echar el pasador; y una vez seguro, dio un paso hacia atrás y emitió un hondo suspiro, como un bufido. El corazón le saltaba en el pecho y las piernas le bailaban. Miró a través de los hierros hacia dentro. En un rincón, en la penumbra, clareaban los grandes cuerpos de la pareja de leones. Estaban agazapados de espaldas a la puerta, mostrando los imponentes cuartos traseros y las largas colas ondulantes. No se les veían las caras; el macho sacudía la melena cuando la leona le lanzaba zarpazos al sesgo. Rezongaban ambos con fruición y furor a la vez. Sorprendido, el hortelano comprendió que devoraban algo: rugientes, bruscos, mordían y desgarraban lo que parecía ser carne y huesos, disputándose la presa. El vaho nauseabundo y caliente de la sangre acre y de las entrañas fétidas de un cuerpo emanaba hacia afuera. «¡Qué disparate es este!». exclamó Tiberio, confundido y enojado. «¿Quién se ha atrevido a echarles de comer? ¡Sin mi permiso!». Con tal extrañeza, aguzó bien la mirada y, cuando sus ojos se hubieron hecho a la penumbra interior, descubrió horrorizado la inconfundible imagen de un pie humano sobre la paja del suelo; y un poco más allá, entre las sombras, una mano. Por terrible que pudiera parecerle, no cabía la menor duda: aquellas fieras estaban comiéndose a un hombre.

El desgarrado alarido de pavor de Tiberio resonó en las bóvedas de las cuadras, en las esquinas de los murallones y en los aleros de los tejados. Luego siguió un silencio, el canto de los gallos y los ladridos de los perros. Los leones se revolvieron furibundos y pugnaron, tirando cada uno para su lado del despojo. Entonces apareció entre ellos una cabeza inerte, ensangrentada; la boca abierta, la barba sanguinolenta y los ojos en blanco. La cara desgarrada era sin duda la del gobernador Gilabert. El hortelano volvió a berrear, más fuerte esta vez si cabía.

Un instante después, apareció allí un estrepitoso tropel de criados alarmados. Y cuando vieron lo que pasaba, empezaron también a gritar lamentándose todos al unísono.

Un estremecimiento sacudió el castillo entero y el eco de las voces alcanzó el cuarto del joven Blai, que a esa hora todavía dormía plácidamente. Abrió los ojos sobresaltado y saltó del jergón, y se dio cuenta de que su abuelo ya no estaba en la cama. Titubeó, miró por la ventana y vio que el anciano Amadeu corría por el patio, seguido por las mujeres que aullaban tirándose de los cabellos. El corazón saltó en el pecho del muchacho al comprender que había sucedido una gran desgracia. Se vistió apresuradamente y salió al corredor, topándose de frente con el esclavo Sículo, que le anunció con voz ahogada por los sollozos:

—¡El gobernador Gilabert…, mi dueño! ¡Tu abuelo, amo! ¡Los leones se lo han comido!

Blai lo apartó de un empujón y echó a correr hacia los corrales, gritando enloquecido:

—¡No! ¡Abuelo! ¡Eso no puede ser!

Pero no pudo llegar a los establos, porque, al atravesar el jardín,

Amadeu y varios sirvientes se abalanzaron sobre él para detenerlo y sujetarlo.

—¡No, muchacho, no vayas allí! ¡No debes verlo!

Peleó Blai para librarse de ellos, pero fue reducido y encerrado a la fuerza en su habitación, bajo llave. Desde la ventana del piso alto podía ver cómo luchaban desde la puerta del establo contra los leones, arrojándoles lumbres, haces de follaje en llamas y cubos de agua para lograr que soltasen la presa. Todavía tenía esperanza en que fueran capaces de rescatarlo con vida de sus garras. Pero luego vio cómo al fin sacaban el cadáver despedazado. El muchacho se dejó caer sobre la cama, vencido por la desesperación y la impotencia, y estuvo llorando como un niño toda la mañana.

# 13

*Abadía de Santa María de Cubellas, 1 de octubre, año 996*

A última hora del día, los pálidos despojos del anciano y noble gobernador Gilabert, tendidos sobre un sudario en el frío suelo de la iglesia de la abadía, eran iluminados tenuemente por la luz que entraba por un fino vano en la pared de piedra. El abad Gerau los contemplaba desde la penumbra, abatido. Las mujeres ya habían lavado la sangre que empapaba la carne y los huesos. Lo que quedaba del cuerpo estaba seco y era poco: la cabeza con las mejillas roídas, una pierna entera, la espina dorsal unida a los costillares, las dos manos separadas de los brazos y parte de un pie. En las panzas de los leones se digería el resto. Esta dura realidad movía el alma del monje a una desazón que acabó haciéndole emitir una queja lánguida:

—*Ecce corporis* (He aquí el cuerpo).

Esa frase acudió a su mente de pronto, espontánea y no reflexiva; aunque en sí misma lo resumía todo. Era como decir: «Esta poca carne pegada a los huesos resume la intensa vida de alguien en el fondo querido». A pesar de que el abad era impasible y áspero de espíritu, no pudo evitar las lágrimas y se le escapó un sollozo. La pierna delgada, larga y pálida del amigo descansaba allí, insignificante, inerte, exangüe; como si no hubiera sido el miembro vigoroso, firme, nervudo, que en su tiempo sostuvo y trajinó un cuerpo grande, robusto, hermoso, a pie o a caballo. ¡Qué nadería había ahora sobre esa sábana! Hasta se confundía la blancura de la piel con la nívea tela. Ni siquiera resaltaba el escándalo rojo de la sangre lamida por los leones y luego enjugada por las matronas. La honda pena que sentía el viejo abad no era tanto por lo consumido por las fieras como por lo que el tiempo había devorado. Y un pensamiento hueco, como nacido de la soledad y el vacío, le arrastró hacia el abismo que se traga el pasado y las vidas.

Mas enseguida hinchó su pecho y se infundió ánimo, evitando venirse abajo. Porque los recuerdos pujaban dentro de él; acudían con imágenes coloridas, muy frescas, de cosas y momentos de hacía muchos años, pero que ahora le parecían ser de ayer mismo. No había olvidado que él también tuvo antes una vida diferente, igual que el difunto Gilabert, en otra época, en otras tierras. Y se daba cuenta ahora precisamente de que durante muchos años esa existencia juvenil la había sentido demasiado distante, como si no fuera de este mundo, como si se tratara nada más que de un bonito sueño.

El abad tenía casi la misma edad que el gobernador y había nacido, como él, en el Urgellet. Ninguno de los dos había sido capaz de recordar cuándo empezaron a jugar juntos. Seguramente sería cuando todavía mamaban del pecho de sus madres, pues se criaron al mismo tiempo y muy cercanos. El padre de Gerau administraba los bienes del conde de Urgel en Estamariu y recaudaba para él los tributos de la comarca. Udo de Adrall, padre de Gilabert, era el señor de la villa. La relación entre las dos familias era tan fuerte o incluso más que si hubieran sido parientes. Los padres de ambos debían de sentir lo mismo en un mundo pequeño y de fácil manejo que les proporcionaba una vida buena y apacible. Se comportaban con la misma seguridad delante de sus hijos, parientes y siervos. Todo allí lo controlaban ellos. Nadie podía desenvolverse sin su benevolencia; daban plazos más que generosos cuando se producían retrasos en el pago de los impuestos y hasta concedían a los pastores y hortelanos algún que otro pequeño crédito para que pudieran construir sus casas. Consideraban que el dinero debía estar en movimiento para generar beneficios, que a su vez servían para pagar los salarios de los soldados que defendían las fronteras. Todo se cerraba pues en una especie de ciclo. Vivían en un mundo sosegado e ingenuo. Y no había allí quien no creyera que era una gran suerte haber nacido a la sombra del conde Sunifredo y vivir bajo su protección. Agradecían a Dios esas montañas que les hacían saberse cerca de la fuente de toda riqueza terrenal y estaban convencidos de que ni siquiera en el futuro sufrirían percance alguno.

Al abrigo de estas certezas alcanzaron la pubertad Gilabert y Gerau. Ninguno de los dos era hijo único, pero se unieron como en una suerte de pacto tácito hasta el punto de sentirse como hermanos. Juntos salían a cazar de muchachos con sus perros y sus águilas; y estrecharon la confianza compartiendo aventuras por los montes. Y luego, más crecidos y vigorosos, se atrevían hasta con los lobos y los osos. Pero, al mismo tiempo que se divertían con las animosas aficiones del mocerío, se iban preparando para cosas de mayor provecho: aprendían el arte de la guerra, se instruían en los menesteres de la hueste, conocían las tácticas de defensa y se ejercitaban para robustecerse.

Con este género de vida, tan intrépido, tan bravo, nadie podía predecir que Gerau iba a abandonarlo todo de repente para emprender un camino más sereno, aunque no por ello menos esforzado. De la noche a la mañana, trastocó todos los planes que su padre tenía dispuestos para él y dijo que se iba de allí para ingresar en un monasterio. El disgusto fue mayúsculo no solo entre los suyos, sino también en la casa del señor Udo de Adrall, donde también le tenían dispuesto un porvenir de utilidad. Días después, el joven, desoyendo todos los consejos, echó mano de un bordón y se marchó descalzo y con lo puesto. A nadie dijo adónde se dirigía, porque seguramente no lo sabía ni él mismo. Tampoco a su íntimo amigo Gilabert le dio ninguna explicación. En todos dejó un poso de duda y desconsuelo. Aunque en el fondo presentían que la ausencia iba a ser breve y que tal vez pudiera ser aquello un loco arrebato de juventud.

Pasaron cinco largos años sin noticias suyas. Por ser Gerau el primogénito, y además tan valioso, toda la familia había depositado sus esperanzas en él. En el orden de los hijos le seguían tres hermanas y otro varón, el menor, que nació delicado y creció entre enfermedades. Como avanzaba el tiempo, el padre empezó a perder la esperanza de recuperar a su heredero.

Y mientras esto pasaba, tampoco en el condado de Urgel fueron bien las cosas. Aquellas prosperidades y seguridades que los habían acompañado durante años, y que parecían eternas, estaban llamadas a trastocarse por mor de la propia existencia. La paz es un beneficio frágil. El califa sarraceno de Córdoba, que en el pasado había intentado conquistar aquellas tierras, empezó a apetecerlas de nuevo. De repente aparecían los ejércitos en Lérida y cruzaban las sierras para alborotarlo todo: los rebaños no podían dejarse en el monte con los pastores, se interrumpía el tráfico de los comerciantes y el gran mercado se encerraba tras las murallas. Y para colmo había que pagar tributos cada vez mayores a Córdoba. Tres primaveras y tres veranos consecutivos transcurrieron en un permanente desastre, y la gente, al no poder vivir tranquila, empezó a exigirle al conde que se compusiera de nuevo una gran mesnada, como ya la hubo en el pasado.

El joven Gerau, que había tomado los hábitos en el monasterio de San Pedro de Galligans, al enterarse de lo que sucedía a los suyos, sintió al pronto que había llegado el momento de regresar. Solicitó el permiso de sus superiores y estos le dejaron marchar acompañado por un par de novicios. Llegó a Estamariu y lo halló todo en un estado muy diferente a cuando lo dejó: nada quedaba de la paz y prosperidad que conoció en su infancia, la villa y las gentes bullían en ambiente de guerra. El conde Sunifredo había convocado a los hombres de cualquier condición para componer la hueste que comandaba su sobrino Borrell. Gilabert, como tantos otros jóvenes, había marchado a la capital para ponerse bajo su mando con todos los varones hábiles de su servidumbre. Así que el monje dejó por el momento el hábito y vistió la armadura para ir junto a su antiguo compañero de cacerías y aventuras.

El conde Sunifredo era el tercer hijo del conde Wifredo el Velloso; un hombre de arrestos que, con sesenta otoños a cuestas, tenía historial de guerrero. Su semblante tranquilizaba y el rugido de su voz infundía valor a sus súbditos. Esperó el invierno y organizó con sabiduría las fuerzas, recorriendo la marca que separaba sus dominios de la tierra de nadie. Donde encontraba gente timorata o traidora, vendida a los invasores, quemaba las casas y no dejaba vecino con vida. Y de esta manera, cabalgando entre el terror y el ímpetu bruto, reunió un verdadero ejército bien pertrechado. Le repugnaban las prisas y supo esperar el momento adecuado. No se conformaba con gente oportunista que manejara torpes armas hechas en casa. Compuso una hueste bien ejercitada y armada con acero templado. Y cuando en pleno verano los sarracenos estaban confiados, acampados en las vegas de Lérida, cayó su sobrino Borrell sobre ellos en cerrada noche, con un repentino e inesperado ataque desde los montes. Los guerreros de Urgel mataron a tantos que dejaron la tierra llana roja de sangre. Cortaron las cabezas y las arrojaron en los pozos que servían a los campesinos moros para abastecerse de agua. Gilabert y Gerau participaron con plena entrega en la gesta, siendo tan sanguinarios como el resto de sus compañeros.

Pero, a pesar de toda esta valentía y de la crueldad, el monje era por entonces en apariencia un tipo indiferente y algo burlón, de cara inexpresiva. Gilabert, en cambio, fue siempre un hombre preocupado y calculador; los ojos grises, la nariz recta y larga, la barba recortada; con ese fondo de flojera y de hastío, y con una permanente obsesión por el futuro. No obstante, luchó siendo joven y participó de la gloria tras las victorias. Esto hizo que sus soldados le temieran y respetaran tanto como a su padre, Udo de Adrall, que había comandado la mesnada durante casi toda su vida; y aunque todavía se mantenía fuerte, tal vez por la fatiga de vivir con tanta intensidad y arrojo, enfermó de gravedad de un día para otro, hasta renunciar a todos sus trabajos y sus obligaciones, para irse transformando rápidamente en un viejo decrépito, totalmente amorfo. Luego cayó en un mutismo total, y dormitaba siempre que se quedaba sentado, hasta que acabó apagándose el resto de su energía en apenas dos años. El señorío, con todos sus bienes y responsabilidades, pasó entonces a manos de Gilabert.

Pero años antes había muerto sin descendencia Sunifredo II, heredando el condado su sobrino Borrell II, que luego sería conde de Barcelona. Entonces vinieron tiempos más pacíficos y Gerau regresó a su monasterio de San Pedro de Galligans. Aunque todavía los esperaban tiempos aún peores… Más tarde las tornas cambiaron del todo. Un inmenso ejército partió de Córdoba, cruzando el litoral mediterráneo en dirección al campo de Tarragona. Almansur avanzaba impetuoso al mismo tiempo hacia Barcelona, mientras el conde organizaba a la desesperada la defensa de sus territorios. Muchos monasterios de los alrededores, como el de San Cucufato, San Pablo del Campo o San Pedro de las Puellas, fueron destruidos y sus comunidades asesinadas. Los monjes de San Pedro de Galligans sin embargo tuvieron tiempo para huir. Gerau se salvó echándose a los montes con ellos.

Regresaba el espectro de la guerra y prometía traer mucha más violencia y crueldad que nunca. Una vez más, todos los hombres hábiles de cualquier territorio tuvieron que coger las armas para seguir al conde. Esto suponía que Gilabert debía partir de nuevo de Estamariu. Pero no sabía que esta vez iba a ser para no volver nunca más. Su mesnada pasó a formar parte de la hueste del vizconde, que debía defender los territorios limítrofes del sur. Desde entonces tuvo que vivir en Olérdola, adonde acabó llevándose a toda su familia. Allí acudió también Gerau, con sus monjes, para seguirle una vez más.

Ninguno de estos movimientos de tropas pudo evitar que el gigantesco ejército de Almansur cruzase la Marca. La invasión era imparable. Las gentes huían aterradas, porque allí donde permanecían eran cautivadas o masacradas. Los estremecidos habitantes de las cercanías de Barcelona se encerraron tras las murallas de la ciudad. El día uno de julio comenzó el asedio, y la resistencia duró pocos días. Los sarracenos entraron pronto, saqueando y arrasando. Se llevaron consigo a Córdoba un formidable botín y un cuantioso número de cautivos, que más adelante serían vendidos como esclavos en todo Alándalus o rescatados a cambio de importantes sumas de dinero.

Tras el desastre, el condado hubo de recomponerse. Gilabert regresó a Olérdola, después de haber vagado errante por las montañas, y se encontró al llegar con que no quedaba de su familia con vida nada más que el pequeño Blai.

El abad recordaba y lloraba delante de los despojos del amigo. Miraba la pierna larga, seca, inerte… y aquella media cara descarnada… Después de tantas vicisitudes, y aun a pesar de ellas, el monje era incapaz de comprender cómo había llegado Gilabert a semejante estado de desidia y desesperación para quitarse la vida. Por mucho y bien que lo conociera desde la infancia, no cabía en su cabeza un acto así. ¿Por qué se arrojó a las fauces de los leones cuando tenía resuelta una ancianidad apacible? Habría podido vivir el gobernador sus últimos años con reposo y abundancia, a pesar del dolor, disfrutando de la compañía de su nieto, y esperando a que Dios le llevara de este mundo.

Aunque bien es verdad que, desde hacía tiempo, al gobernador de Cubellas le venía entrando en el cuerpo una gran cobardía que le impedía enfrentarse con determinación a las obligaciones inherentes al cargo. Aquella pequeña villa a orillas del mar, con el permanente ir y venir de gentes variadas, complejas y poco honestas, sembraba en el alma del anciano una suerte de vergüenza mezclada con el temor a no estar a la altura de sus responsabilidades. Era una plaza fronteriza y había que tratar allí de manera permanente con hombres poco amigos de la verdad y acostumbrados a los engaños. Últimamente llegaban al puerto barcos de las más diversas procedencias, y venían en ellos extranjeros de lo más extraños, trayendo todos ellos licencias y salvoconductos expedidos desde Sicilia, el norte de África y todos los puertos del califato. Eran insólitos viajeros que nunca antes se atrevieron a aventurarse por estas costas y que ahora portaban cartas expedidas aparentemente por las autoridades ismaelitas; documentos cuya autenticidad nadie podía determinar a ciencia cierta. Gilabert empezó a sentir que le había tocado tener que desenvolverse en los más oscuros y tenebrosos tiempos que se habían vivido, lo cual le llevaba a la conclusión de que el demonio había sido soltado de los infiernos y andaba libre por el mundo, con licencia suficiente para trastocarlo todo. Dominado por estos pensamientos, estudiaba todas las maneras de olvidar que en su pasado fue un gran guerrero, capaz de comandar una mesnada y enfrentarse nada menos que al emir de Lérida. Pero el ancladero tan cerca de su castillo, los palos, las velas, los fardos, el faro, el deambular de los marineros y la defensa del puerto eran cosas que sentía ajenas y que acentuaban sus ansiedades. O tal vez sería que nunca fue un hombre valiente... Y si de verdad no lo era, el abad se preguntaba cómo había sido capaz de escoger esa extravagante manera de suicidarse, tan brutal, tan pavorosa. ¿No hubiera sido más sensato arrojarse de cabeza desde una torre o recurrir al veneno? ¿De dónde había sacado Gilabert el valor para echarse a los leones? Pero de un tiempo a esta parte nada en el proceder del anciano gobernador había sido razonable o siquiera comprensible. El monje recordaba cómo se quejaba de todo últimamente y vivía amargado entre sombríos presagios. Resultaba casi imposible animarle ni convencerle para que viera las cosas con el mínimo optimismo.

Gerau meditaba sobre todo esto cuando oyó pasos a su espalda. El veguer, a quien habían despertado con la desagradable noticia, llegaba a la iglesia para ver el cadáver. Se detuvo, lo miró durante un largo rato con gesto impasible, y luego observó:

—Estúpido y desesperado viejo... ¿A quién se le ocurre? ¡Qué locura!

El abad se volvió hacia él y le recriminó:

—¡Un respeto, señor Laurean! ¡Estamos en el santo templo de Dios! Todo difunto merece un respeto y más aquí.

Hubo un silencio embarazoso que duró un instante. Pero pronto replicó el veguer con aspereza:

—¡Eso mismo digo yo: un respeto! Ese muerto es un suicida que se quitó la vida voluntariamente por pura desesperanza. Gilabert ha vulnerado gravemente la ley de Dios, no esperando al momento determinado por su voluntad. Por lo tanto, no pueden estar sus restos en este suelo sagrado. La santa madre Iglesia manda que...

—¡Yo soy aquí la autoridad de la santa madre Iglesia! —gritó con enojo el abad—. ¡Y yo determinaré lo que haya que hacerse con los restos del gobernador!

El veguer se le quedó mirando fijamente, frunciendo el ceño. Luego contestó con inclemencia:

—Supongo que el gobernador no será enterrado en este templo ni en el cementerio de la abadía. ¡La ley de la Iglesia prohíbe dar sepultura en suelo santo a los suicidas!

—No estamos seguros de que Gilabert sea un suicida —repuso el abad.

—¡Se arrojó a los leones por propia voluntad!

—No hay certeza de que fuera así. Nadie lo vio. Imaginemos por un momento que entró allí por cualquier otro motivo... No debemos juzgar lo que solo Dios conoce.

El veguer permaneció en silencio, pensativo, haciendo visible su contrariedad. Después advirtió rigurosamente:

—Haz lo que quieras. Pero te aseguro que informaré al obispo.

El monje bajó la cabeza con aprensión y contestó serenamente:

—No tengo ninguna intención de enfrentarme contigo. Se hará lo que ya tengo determinado. Mañana celebraremos unas honras fúnebres discretas y sinceras. Pediremos a Dios que sea misericordioso. Después daremos sepultura a estos restos en la parte más extrema del cementerio del castillo. Se colocará una sencilla cruz clavada en la tierra, señalando el lugar. Esa era la voluntad del difunto, como así me lo transmitió en varias ocasiones.

—La voluntad del difunto no cuenta en estos casos —replicó con desagrado Laurean—. Pero no tengo poder para oponerme a tu decisión. Lo único que podré hacer será poner en conocimiento de la autoridad de la Iglesia lo que piensas hacer. Es mi obligación. Si se va a cometer un sacrilegio, no quiero ser partícipe. Allá tú con la responsabilidad que te corresponde.

El abad le clavó una mirada llena de significado, como si quisiese grabar en su espíritu que estaba convencido de lo que debía hacer y a la vez seguro de su decisión.

—Mi decisión ya es firme —sentenció—. Enterraremos a Gilabert como corresponde a un hombre fiel que entregó su vida a la causa cristiana.

Ante esto, el veguer reaccionó relajándose un poco, y quedó sumido en sus pensamientos. Pero no tardó en regresar a la dureza, al preguntar:

—¿Y el muchacho? ¿Lo sabe ya?

—Sí, está enterado. Lo han encerrado en su habitación para que no lo vea.

—¡Qué estupidez! ¡Como si fuera un niño! Tiene edad suficiente para conocer lo que es la verdad de la vida incluso en sus aspectos más duros. Pero el viejo lo tenía mimado... ¿No os dais cuenta de que debía estar ya haciendo otras cosas en vez de seguir aquí a la sombra de su abuelo?

—Blai no es un niño consentido —repuso el abad—. Es fuerte y decidido. Será capaz de asumir cualquier obligación cuando le llegue el momento.

—¿Cuando llegue el momento? El momento ya ha llegado. El viejo está muerto y hay que decidir lo que ha de hacerse con el muchacho.

—¿Qué quieres decir con eso?

—Que se vendrá conmigo a Olérdola.

—Tú no puedes tomar esa decisión —replicó el monje—. Es el vizconde quien debe decidir lo que ha de ser de Blai.

—¡Por supuesto! Pero yo represento aquí al vizconde. Así que el muchacho se vendrá conmigo a Olérdola y luego, en cuanto pueda, lo llevaré a Barcelona. Y a ti, abad Gerau, no te queda más remedio que aceptar mi decisión. ¿O acaso yo no me he aguantado acatando la tuya de dar cristiana sepultura al suicida? Aunque te pese, Blai partirá mañana conmigo.

# 14

*Castillo de Cubellas, 1 de octubre, año 996*

Aquel mismo día, antes de que cayera la noche, el abad fue al castillo. Amadeu estaba sentado en un rincón del vestíbulo, roto de dolor, rodeado por toda la servidumbre. Había un silencio terrible y una penumbra patética. El monje se dirigió directamente al anciano criado y le dijo:

—Te ruego que me entregues la llave del dormitorio de Blai.

Amadeu alzó hacia él unos ojos enrojecidos, con una mirada suplicante. Contestó:

—El niño no debe ver los despojos de su abuelo.

—No los verá. Te lo prometo.

—No podrás evitarlo. En cuanto se vea libre, correrá a ver el cuerpo y ya no podremos detenerle. ¡Cómo va a verlo así, deshecho, destrozado por las fieras! ¡Es cruel!

—Confía en mí —dijo el monje con gran seguridad—. Yo sabré convencerle para que no lo intente. Anda, dame esa llave.

El criado dudó todavía un instante, pero el respeto y la veneración le empujaron a obedecer. Sacó la llave de entre sus vestiduras y se la entregó diciendo:

—Blai no ha tomado ningún alimento en todo el día. Si tienes decidido entrar a verle, lleva algo para que coma. Debe estar desfallecido y el disgusto será mayor en tal estado.

Y después de decir esto, le hizo una señal a una de las criadas. Ella fue a las cocinas y regresó al instante con un tazón de caldo y un pedazo de pan.

El abad subió, introdujo la llave en la cerradura y abrió cuidadosamente la puerta. Blai se abalanzó hacia él al instante, gritando:

—¡¿Por qué me han encerrado?! ¡¿Qué está pasando?! ¡¿Dónde está mi abuelo?!

—¡Calla! ¡Quieto ahí! —le espetó Gerau, interponiéndose entre él y la puerta, a la vez que le empujaba hacia la cama—. Tu abuelo ha muerto y de ninguna manera verás su cadáver.

El joven recibió estas palabras con asombro al principio. Después soltó una especie de bufido e hizo un gesto con su mano en señal de protesta furiosa, replicando con dureza e indignación:

—¿Por qué no me dejáis verlo? ¡Tengo todo el derecho a ver el cuerpo de mi abuelo!

—¡Siéntate y escucha lo que tengo que decirte! —gritó con voz tonante el monje.

Blai se sentó en la cama y se le quedó mirando.

El abad le habló con una entereza teñida por la tristeza que sentía.

—No verás a tu abuelo. No verás su cuerpo muerto porque hay

muy poco que ver. Si, aunque fuera, su rostro estuviera entero, te dejaría verlo… Pero apenas quedan de él huesos y carne irreconocible. Así que no cargaré en mi conciencia con el hecho de que tengas que guardar de por vida en tu memoria esa dolorosa visión.

Esta respuesta fue como un golpe muy duro para Blai. Su semblante se transformó rápidamente, pasando de la rabia a la consternación. Se quedó en silencio un rato, con la cabeza baja, sumido tristemente en su desesperación. Luego dio un hondo suspiro, miró hacia el techo y dijo con voz apenas audible:

—¡Dios mío! ¿Por qué lo has permitido? ¿Cómo ha podido él hacer una cosa así? ¿Por qué no se lo impediste? ¡El suicidio es el mayor pecado!

El abad dijo, tragando su amarga saliva:

—Ha muerto y esas preguntas no cambiarán esa realidad. Dios guarda muchas cosas en su infinito misterio. Nosotros debemos conformarnos y no perder jamás la confianza. Y no le juzgues. No tienes derecho a ello. Piensa que no hay nada que pueda ensuciar la honra de tu abuelo. Solo Dios es testigo.

El muchacho volvió a suspirar, como cansado, y con una entrega total, murmuró con voz ahogada:

—Sí, Dios le perdonará… Dímelo tú, abad. ¿Le perdonará?

—No dudes de eso —dijo Gerau—. Gilabert no tuvo una vida fácil y te aseguro que el sufrimiento le habrá purificado. Yo sé todo lo que ha tenido que sufrir tu abuelo… Yo soy testigo y, desde hoy, rezaré cada día por él.

Después de decir esto, el monje le entregó el tazón y el pedazo de pan. El muchacho lo cogió, se sentó en la cama y dijo como para sí, resignado:

—Ahora comprendo por qué anoche el abuelo me estuvo contando tantas cosas…

—Seguramente lo tenía ya decidido —observó Gerau—. Si te habló anoche sería para instruirte y prepararte para lo que iba a venir, puesto que intuía la cercanía de la muerte. Anda, toma el caldo. Me han dicho que no comes nada desde ayer.

El joven le miró con sumisión y pareció relajarse. Luego se acercó el tazón a los labios y dio algunos sorbos. También comió algo de pan.

El abad le miraba con ternura. Le puso la mano en el hombro y añadió en un susurro:

—Toma fuerza, muchacho, porque hoy mismo debes emprender un largo viaje...

Blai se incorporó de golpe, con el compacto cuerpo rígido y la cara pálida. Clavó su mirada en los ojos sinceros del monje, hirviendo de sorpresa y agitación, y gritó con voz ahogada:

—¡¿Un viaje?! ¡¿Hoy?!

—Sí. En cuanto caiga la oscuridad sobre Cubellas, irás a las cuadras a por tu caballo. Te acompañará el esclavo Sículo, que a su vez recogerá su mula para acompañarte en este viaje.

Blai seguía mirándole lleno de estupor, con gesto interrogante. Gerau estaba tan agotado que tuvo que tragar saliva un par de veces más. Después inspiró profundamente, cerró los ojos y prosiguió diciendo:

—Si no te marchas hoy mismo, mañana, después del entierro, el veguer te llevará consigo a Olérdola. Si sucediera eso, perderías toda tu libertad de por vida. Tu abuelo no quería ese destino para ti. Así me lo comunicó muchas veces, y yo me siento obligado a colaborar para que se cumpla su voluntad. No tenemos pues tiempo que perder. Partirás a escondidas, lo antes posible, en la oscuridad. Yo me encargaré de engañar al veguer, haciéndole creer que duermes en tu habitación.

Blai acogió estas palabras con una expresión que reflejaba más confusión que otra cosa. Lo que el monje le decía era lo mismo que su abuelo le había dicho por la noche. Tal vez por eso se disipó de repente el miedo que había atenazado su pecho durante un momento, mientras su cara se iluminaba. Le brotaron lágrimas a la vez que su sonrisa se ensanchaba, y brilló como de alegría pura e intrépida. Dudó un momento sin saber qué decir, hasta que se lanzó:

—¡Mi abuelo me dijo todo eso anoche! Yo no comprendía lo que estaba tratando de transmitirme... ¡Ahora lo veo con claridad! Sí, me iré. Obedeceré su voluntad y viajaré hasta las tierras de nuestros antepasados. El veguer no hará conmigo lo que quiera... Ya amargó suficientemente a mi pobre abuelo como para que yo me someta a él...

—Me alegra saber que de verdad es eso lo que deseas —manifestó el abad—. Te voy a dar mi opinión francamente. Esa voluntad suya es la mejor herencia que podría dejarte tu abuelo. Ve a nuestra tierra del Urgellet, en las montañas, donde Gilabert y yo nos criamos. Allá encontrarás a buen seguro parientes que te amarán y te ayudarán a encontrar una vida más favorable y feliz. ¡Ojala pudiera yo irme contigo! Pero soy solo un viejo monje que además se debe a sus obligaciones aquí. ¡Márchate, hijo! Llevas mi bendición y cuentas con mis oraciones.

El joven se ruborizó y dijo agradecido:

—Gracias por este apoyo.

Después dejó vagar la mirada perdida en imágenes de ensueño, hasta que un pensamiento le despertó bruscamente. Echó con angustia la cabeza hacia atrás y murmuró, como avergonzado:

—Pero… ¿cómo voy a faltar al entierro?

—¡Faltarás! —exclamó el abad con rotundo convencimiento—. Si esperas a mañana, todo el plan se vendrá abajo. El veguer partirá inmediatamente después del funeral hacia Olérdola. Nadie podrá meterle en razón para que te deje seguir aquí. ¡Vamos, no hay tiempo que perder! ¡Prepara tus cosas! Yo iré mientras tanto en busca de Sículo para explicarle todo, y después persuadiré al centinela para que os deje salir. También redactaré una carta, en la que explicaré quién eres, para que la presentes ante las autoridades del Urgellet. Cuando vean mi firma y los sellos de la abadía te creerán y te tratarán allá como te corresponde.

—¡Mira! —le mostró Blai su dedo anular—. Mi abuelo me entregó su anillo anoche.

—Eso no será suficiente. Pueden creer que lo robaste. En la carta detallaré los datos de tu edad y tu fisonomía. Si vas a volver a nuestra tierra debe ser reconocido tu linaje y los derechos que te corresponden.

Gerau se inclinó hacia el muchacho y lo abrazó. Luego salió del cuarto y cerró la puerta tras de sí. Pero enseguida volvió a abrirla y entró otra vez, impetuoso, diciendo:

—¡También necesitarás dineros!

—Tengo lo suficiente —contestó Blai con la cara iluminada—. Mi abuelo me mostró hace mucho tiempo el lugar donde tiene escondidos todos sus ahorros. Antes de irme los sacaré para llevármelos.

Quedaron los dos en silencio un buen rato, intercambiando miradas, unidos en un mismo pensamiento. Sabían que estaban siendo fieles a un plan tramado a conciencia por el anciano Gilabert desde hacía tiempo. Después el abad, expresando lo que ambos pensaban, dijo:

—Tu abuelo era en verdad un hombre generoso. Nunca vivió para sí mismo, sino para los demás. Toda su vida fue un gran sacrificio. Dios será magnánimo con él y hará uso de su gran misericordia. Y tú,

Blai, digno sucesor suyo, deberías llevar su nombre unido al tuyo. Preséntate en Estamariu y en Urgel diciendo que eres un nieto de Gilabert, hijo y heredero de Udo de Adrall.

El muchacho esbozó una sonrisa a la que la preocupación y la angustia hicieron perder viveza. Se daba cuenta de que, inevitablemente, había llegado para él de repente el tiempo señalado; esa hora que venía presagiando, pero que no terminaba de sentir como algo que fuera a hacerse realidad.


Dos horas después, cuando la noche cerrada envolvía el castillo y las calles, crujió la pequeña puerta norte de la muralla y se abrió para dejar salir a los dos jóvenes. Iban en completo silencio, llevando sujetas sus caballerías por las riendas. Emprendieron un estrecho camino abierto entre matorrales, en dirección a los montes, que iluminaba tenuemente una delgada luna, y desaparecieron en la oscuridad total de las frondas.

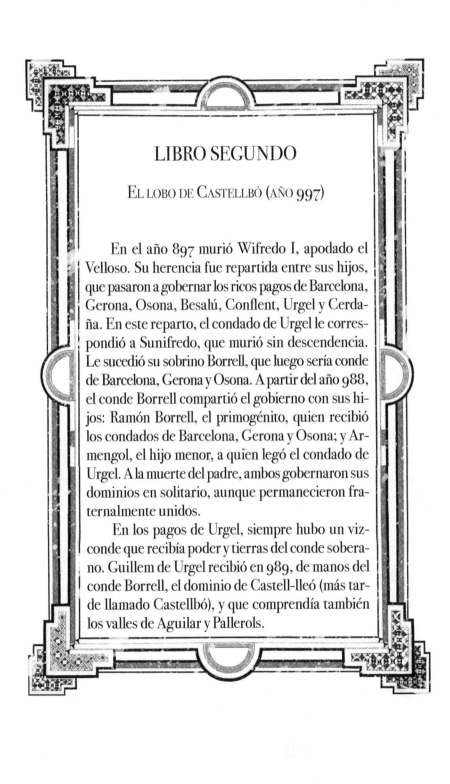

# LIBRO SEGUNDO

## El lobo de Castellbó (año 997)

En el año 897 murió Wifredo I, apodado el Velloso. Su herencia fue repartida entre sus hijos, que pasaron a gobernar los ricos pagos de Barcelona, Gerona, Osona, Besalú, Conflent, Urgel y Cerdaña. En este reparto, el condado de Urgel le correspondió a Sunifredo, que murió sin descendencia. Le sucedió su sobrino Borrell, que luego sería conde de Barcelona, Gerona y Osona. A partir del año 988, el conde Borrell compartió el gobierno con sus hijos: Ramón Borrell, el primogénito, quien recibió los condados de Barcelona, Gerona y Osona; y Armengol, el hijo menor, a quien legó el condado de Urgel. A la muerte del padre, ambos gobernaron sus dominios en solitario, aunque permanecieron fraternalmente unidos.

En los pagos de Urgel, siempre hubo un vizconde que recibía poder y tierras del conde soberano. Guillem de Urgel recibió en 989, de manos del conde Borrell, el dominio de Castell-lleó (más tarde llamado Castellbó), y que comprendía también los valles de Aguilar y Pallerols.

# 15

*Castillo de Castellbó, Alto Urgel. 22 de marzo, año 997*

La palidez de su rostro poseía luz, y el pelo negro que le caía en cascada sobre la clavícula era como una noche resplandeciente. Su modo de sacudir la cabeza con insolencia le daba un aire majestuoso, pese a que estaba desnuda, y el hoyuelo de su barbilla rotunda atrapaba la mirada tanto como sus ojos oscuros y hondos. Toda aquella armonía pertenecía a ese tipo de desvelamientos a los que sigue el sentimiento inmediato de una propiedad reconocida: Riquilda era verdaderamente bonita. Sus miembros descubiertos eran tan blancos, y la piel tan tersa, que, en una primera ojeada que acariciara su vientre, se podría seguir en él la línea de pelusa hasta el ombligo perfecto. Y el joven conde Armengol tenía ganas de no dejar de contemplarla, embobado como estaba, y a la vez temblando de puro deseo.

—¿Qué miras con esa cara de tonto? —preguntó ella, acentuando aposta la gruesa línea de sus labios febriles para darle a su rostro una gentileza afectada, e insinuando a la vez unos dientes bastante blancos.

El sonrió, emitió una especie de resoplido e hizo ademán de lanzarse para abrazarla. Pero ella dio un respingo, se cubrió con la manta de nutria y arrugó su cara, poniéndose fea adrede y gruñendo como una bestia:

—¡Ni se te ocurra! ¡Idiota! ¡No me tocarás un solo pelo!

—¡Eres más mala que un demonio! —le espetó él, ciego de frustración, a la vez que extendía las manos trémulas, sin atreverse a ir más allá.

—¡Aparta esas manos de mí! ¡No vas a tocarme! —susurró ella con voz de serpiente.

—¡Puta! ¡Me muestras tu desnudez y luego me dejas ardiendo! ¿Cómo eres tan perversa?

—¡Calla! —replicó ella, sellándole con sus dedos la boca—. No alces la voz, que puedes despertar a mis padres.

Armengol se apartó rezongando y miró hacia la puerta cerrada. La estancia pequeña estaba en penumbra, iluminada solo por las ascuas que ardían bajo la chimenea y por una única lamparilla de aceite que colgaba junto al vano de una estrecha saetera. A un lado había una pequeña mesa, con una jarra, dos vasos, un pedazo de queso y medio pan. La joven estaba al amor del fuego, recostada con languidez sobre un montón de almohadones, mirándole con la expresión poderosamente sensual y dominadora de quien sabe que tiene en sus manos las riendas del asunto. Volvía a revelarse enigmáticamente hermosa, aunque sin mostrar ya sus senos, pero el iris negro de sus ojos graves le daba al rostro, en aquella luz, la misteriosa opacidad de una fiera del monte. No en vano era hija del señor de Castellbó, vizconde de Urgel, hombre de bravío temperamento y costumbres ariscas, que desde su juventud era apodado como el Llop. Por algo sería también que el castillo que gobernaba fuera conocido como Castell del Llop.

De repente, se abrió bruscamente la puerta y apareció otro vástago de aquella familia feroz: el hijo mayor, llamado Miró; un hombretón joven, moreno, de ancho cuello y poderosos brazos, barbudo, pero con unos ojos tan agraciados como los de su hermana. Paseó su mirada por la estancia, resopló, sonrió y luego, con aire irónico, balbució:

—¿Tú sola...? ¿Con el conde...? ¿Y nuestro padre...?

Ella se arrebujó en la manta y contestó con brusquedad:

—¡Estás borracho!

El hermano entró al salón. Se quitó la capa de pelo de zorro, se desabrochó el cinto y su pesada espada cayó al suelo sonoramente. Después se acercó a Armengol, que estaba junto a la ventana, le tomó la mano y se la besó, diciendo con torpeza:

—Sí, es verdad, mi señor Armengol, es verdad... He bebido más de la cuenta hoy... Estuve en la taberna y...

—No pasa nada, Miró —respondió el conde—. También nosotros hemos bebido un poco más de la cuenta.

El recién llegado escrutó la estancia y echó una ojeada fugaz hacia la mesa donde estaban las jarras y los vasos. Luego preguntó con gracia:

—¿Podemos tomar un traguito más los tres juntos?

—¡Idiota! —gritó su hermana—. ¡No beberás más hoy!

Él chasqueó la lengua, se pasó la mano por la cara, como si quisiera librarse de la pesadez de la borrachera, y contestó con voz lenta:

—Riquilda, Riquilda…, estás tú aquí con el conde y yo no digo nada… Un hombre y una mujer… ¡y solos los dos! ¡No seas bruja! ¿Y si se enterara nuestro padre?

—¡Vete! —rugió ella—. ¡Vete a dormir! ¡Estás borracho y casi no se entiende lo que hablas! ¿No te da vergüenza presentarte así ante el conde?

Miró chasqueó de nuevo la lengua, puso una expresión burlona y soltó una risita bobalicona. Dirigió su mirada a Armengol y balbució:

—Eres nuestro señor, el conde de Urgel…, y no debes consentirle… No dejes que mi hermana me hable así… No le permitas que… Que no me falte al respeto esta brujilla… ¿No ves lo mal que me trata? Ella es la consentida de la casa…

—Anda, vete a dormir —le dijo Armengol amablemente—. Tu hermana tiene su parte de razón: has bebido demasiado y mañana te costará mantener las fuerzas en la cacería.

Miró resopló, se tumbó sobre los cojines y se tapó con la capa de zorro, diciendo pesadamente:

—¡Uf! En fin… Dormiré aquí… No soy capaz de subir por las escaleras de caracol… Me mareo solo al pensarlo…

—Estúpido borracho —refunfuñó Riquilda—. ¿Cómo es que no has pensado en la cacería? ¡Qué falta de mesura! Y tendrás que madrugar.

Pero su hermano estaba ya con los ojos cerrados y a punto de quedarse dormido. Sin embargo, algo le molestó en la muñeca derecha: un grueso brazalete de cuero con remaches de bronce. Se lo quitó y lo arrojó lejos. Luego se dio media vuelta rezongando. Y como estaba todavía con el vientre rebosando de vino, de inmediato se enderezó y señaló un balde de cobre, rogando:

—¡Eso! ¡Deprisa!

Su hermana se apresuró a acercárselo a la boca. Pero a Miró las entrañas se le revolvieron con un tirón tan fuerte que acabó arrojando al suelo un denso caño de vómito pestilente. Después se quedó dormido de inmediato. Su corpachón robusto se desmadejó sobre los cojines, y la tenue luz concedía a su frente amplia y sudorosa un brillo pálido. Su respiración fuerte, bronca, daba miedo.

—Animal… —murmuró su hermana con desagrado—. Bruto, salvaje…

—Calla —dijo el conde Armengol con aire benevolente—. No

hables así de él mientras descansa. Este hermano tuyo es el hombre más bravo y leal de mi hueste.

Ella meneó la cabeza con desgana, como diciendo: «Son las estúpidas cosas de los hombres». Su perfecta cara también tenía un brillo de palidez. La belleza extrema resultaba sobrecogedora. El hombro blanco asomaba entre las pieles de nutria, y el pelo le caía delicadamente sobre el pecho. Suspiró y dijo desdeñosa:

—Mi hermano es un pendenciero y un borracho. Es capaz de cualquier cosa a la menor provocación... No tiene la sensatez de nuestro padre. No, Miró no tiene cabeza; es un verdadero temerario... ¡Un cafre!

—¡Calla! ¡No digas esas cosas de tu hermano! No te lo consiento.

Riquilda esbozó una sonrisa un tanto temeraria y contestó mordaz:

—¿Me vas a pegar? ¡A que no te atreves!

Armengol se puso en pie y retrocedió un poco. Era alto, esbelto y proporcionado; la cara ancha y agraciada, los ojos claros, verdosos, transparentes, y la barba espesa y rojiza. Hizo una mueca y guardó silencio. A duras penas consiguió contener su ira.

Ella añadió susurrante y sarcástica:

—Si no me vas a pegar, podrías besarme al menos. Pero tampoco te atreves... Eres muy poca cosa para mí, conde de Urgel.

Él se quedó un rato mirándola. Hasta que, de pronto, presa de la furia, se acercó y le pegó en la cara. Riquilda no pudo evitar el bofetón, que encaró muy mal, y musitó entre dientes:

—¡Fuera! ¡Vete! ¡A partir de hoy no volverás a tocarme! ¡Olvídate de mí!

# 16

*Castillo de Castellbó, Alto Urgel. 23 de marzo, año 997*

A la mañana siguiente, el conde Armengol despertó después de pasar una noche entregado completamente a sueños fragmentarios, sin demasiado sentido, en los que siempre aparecía Riquilda desnuda, riendo y burlándose de él con crueldad. Aunque no había nada lascivo en aquellas pesadillas, ni tampoco relación alguna con su irracional y tremendo deseo hacia ella. Se trataba más bien de una especie de burla desalmada, lo cual le desconcertaba. Pero ahora, ya despabilado, regresaba la excitante pasión de la noche anterior. No podía apartar de su mente la imagen del bello cuerpo, el cabello negro resplandeciente, la pálida piel, los dientes perfectos… Le dieron ganas de llorar y de revolcarse en el lecho como un niño contrariado, y hasta llegó a pensar que se iba a volver loco después de preguntarse una y otra vez qué podía hacer para ignorarla. Sudaba por su ardor. Y cuando se liberó con brusquedad de las cálidas pieles que lo cubrían, reparó en que la estancia estaba demasiado fría. La leña se había consumido en la chimenea y a ningún criado se le había ocurrido entrar para reponerla. El joven conde se levantó y una tabla del suelo de madera emitió un crujido bajo sus pies. A lo largo de las ventanas y bajo el alféizar, múltiples reflejos de la luz exterior formaban un paraíso de líneas y rectángulos sobre la piedra desnuda. Uno de los postigos se le resistió al principio, para después abrirse con un estallido de escarcha deslumbrante. Un blanco intenso cubría los tejados, los árboles, los arbustos y las laderas, y a lo lejos acechaba el resplandor del bosque nevado, donde hasta el más pequeño apéndice de ramas negras lucía con bordes de plata, y los abetos recogían sus preciosas y finas hojas verdes bajo el peso de la carga de cristales. Caía una nieve helada y menuda que se acumulaba en las almenas del castillo y que volaba en las cornisas llevada por ráfagas de aire, repitiendo incesantemente pequeñas ventiscas.

Solo se oía un lejano rumor de voces y ladridos, pero no había movimiento alguno en el sereno conjunto de murallas, casas y torreones. Hasta que, de pronto, se abrió un portón en un edificio ruinoso y brotó una jauría de perros, escandalosa y frenética, deshaciendo el perfecto manto blanco de la pendiente. Acto seguido aparecieron los hombres a caballo, nerviosos, vociferantes, exhibiendo sus picas con bravuconería.

El viejo Guillem el Llop, con su espalda grande y redonda cubierta por negra piel de oso, agitaba los brazos, rabioso porque la nieve seguía cayendo y porque su hijo mayor no se hubiera todavía levantado de la cama, y preguntaba a gritos:

—¿Dónde demonios está ese borracho de Miró? ¡Id a buscar a ese haragán!

—¡No está en su dormitorio, señor! —contestó un criado desde una de las ventanas de la torre principal.

El Llop estaba rojo de ira y manoteaba junto a su caballo. Su espesa barba, blanca como la nieve, estaba tan tiesa que ni siquiera se movía un ápice a pesar de sus bruscos movimientos.

—¿Y el conde? ¿Dónde está el conde?

—¡Aquí está el conde! —contestó desde la ventana con guasa el joven Armengol.

—¡Pues baja, mi señor! —gritó a voz en cuello el amo del castillo, en un tono que hubiera parecido irrespetuoso si no fuera porque todos allí estaban acostumbrados a su voz atronadora.

Alertada por el escándalo de los ladridos y los gritos, la gente de la villa empezó a salir tímidamente. Saludaban los hombres con reverencia y las mujeres se quedaban a distancia, sin atreverse a cruzar los umbrales de las casas. Sin embargo, una ruidosa manada de chiquillos corrió hacia los perros para acariciarlos y jugar con ellos. La calma que dominaba aquel lugar, hasta hacía solo un instante, parecía ya un lejano recuerdo, que se olvidó del todo cuando el estruendo bronco y sobrecogedor de los cuernos surgió repentinamente de los montes cercanos.

—¡Oíd! ¡Es el aviso de los rastreadores! —proclamó el Llop—. ¡Ya han llegado a la osera! ¡No perdamos tiempo!

No había terminado de decir aquello cuando hombres, caballos y perros echaron a correr en dirección a los bosques.

—¡Date prisa, mi señor! —le gritó Guillem al conde—. ¡Vístete y baja lo antes posible!

No había terminado de decir esto, cuando apareció su hijo Miró, tambaleándose y con los ojos entrecerrados.

—¿De dónde sales tú con esa cara de muerto? —le espetó el padre—. ¡Anda, prepara el caballo del conde!

Un instante después, Armengol estaba ya sobre su caballo y galopaba al trote detrás de ellos hacia el sendero de pisadas por donde había discurrido el tropel de los cazadores. Y mientras se adentraban entre los árboles, sentían que el tronar de los cuernos se hacía más fuerte. No era difícil seguir el rastro de la jauría por la nieve. Subían y bajaban pendientes, esquivando las ramas, por el paraje abrupto que se iba haciendo cada vez más difícil. A lo lejos, los batidores y los perros formaban un jaleo frenético que anunciaba el descubrimiento de la guarida del oso. Pero, en el bosque tan tupido y el terreno tan desigual, no resultaba fácil avanzar con rapidez.

—¡Vamos, vamos, mi señor! —le apremiaba Guillem al conde—. ¡Debemos llegar antes de que los perros saquen al oso! ¡Quiera Dios que estemos allí a tiempo!

Las aguas del río, crecidas por el deshielo, rugían corriente abajo entre las rocas. La nieve ligera hacía rato que había dejado de caer y un trozo de cielo brilló pálidamente, dejando ver en él, como flotando, el disco del sol, plano y exangüe.

—¡*L'os, l'os, l'os…!* —se oía gritar a las desgarradas voces de los rastreadores—. ¡Acudid, señores! ¡Venid pronto! ¡Que el oso está a punto de asomar!

El Llop, su hijo Miró y Armengol llegaron por fin al lugar donde se oía el rugir de la refriega. En una ladera escarpada y cubierta de arbustos, los perros gruñían y ladraban con ferocidad entre las rocas, en torno a una angosta abertura.

Temiendo caer del caballo, el conde echó pie a tierra y anduvo con grandes zancadas, haciendo crujir el hielo. El intenso follaje se agitaba junto a la osera como si tuviera vida, por el enardecido ir y venir de hombres y animales.

—¡Allí! —le indicó uno de los batidores nada más verle—. ¡Ahí está, mi señor! ¡Ya asoma!

Al punto irrumpió el Llop con un estrepitoso trote de su caballo, descabalgó y su rostro fiero miró con ojos encendidos al conde, diciéndole con delirante expresión:

—¡Gracias a Dios! ¡Te ha esperado, mi señor! El oso todavía está dentro.

Los perros penetraban hostigando a la fiera en la oquedad, cuyo entorno era ya puro barro y ramaje pisoteado. Se oían dentro lo feroces rugidos, la refriega y los agudos aullidos. Luego salían de nuevo, ensangrentados y jadeantes, para volver a entrar.

—¡Sacadlo! —les gritaban los perreros—. ¡Sacadlo de una vez! ¡Vamos, vamos, vamos…!

Armengol sintió que se le erizaba el cabello en la nuca a la vez que era poseído por una extraña energía y por una rabia excepcional. Agarró con fuerza su lanza y caminó con decisión hacia la puerta de la osera, seguido por otros cazadores.

—¡Dejadme! —ordenaba con furia el conde—. ¡Qué nadie se atreva a tocarlo! ¡Es mío!

De pronto asomó la cabeza del oso, dejando a todos sin aliento, porque era enorme. Sus ojos, vidriosos por el sueño largo del invierno, miraron tratando de hacerse a la luz exterior. Los perros le daban dentelladas y tiraban de él, para arrastrarlo hacia fuera. Pero la fiera se resistía, lanzaba zarpazos y enseñaba sus terribles dientes sin terminar de emerger del todo.

—¡Fuera, fuera! —gritaban los perreros—. ¡Sacadlo! ¡Vamos, vamos, vamos…!

Armengol titubeó, pero enseguida se aproximó más. Un perro cayó a sus pies herido por un zarpazo. Entonces el oso surgió dando un salto y se levantó sobre sus patas traseras, bramando y estirándose hasta hacerse más alto incluso que los caballos.

—¡Cuidado! —gritó Miró—. ¡No te acerques más, conde! ¡Espera a que se acule contra las rocas!

Pero Armengol ya estaba en el aire, con todo el ímpetu que pudo sacar de sí, como volando para clavar su larga pica con la fuerza del impulso. Y la punta de hierro atravesó certera el pecho de la bestia hasta asomar por la espalda.

—¡Bravo, mi señor! —gritó Guillem con júbilo—. ¡Está muerto! ¡Rematadlo ahora!

El oso se revolvió, estremeciendo su gruesa piel y agitando ciegamente sus grandes garras, mientras le llovían lanzas y flechas que se le clavaban en los costados y en la barriga. Hasta que, desangrado y exánime, retrocedió vacilando para refugiarse de nuevo. Pero los perros ya lo tenían agarrado por todas partes y tiraban de él sin darle la posibilidad de volver a la osera. Armengol entonces sacó la espada y fue a terminar la hazaña con una estocada en el cuello. Cayó de bruces el pesado animal, dando un estentóreo bramido y soltando a chorros sangre muy roja que se mezclaba con la nieve y el barro. Quedó allí tendido, frente a la puerta de la osera, exhalando vapor blanco por la boca, mientras emitía un bufido ronco entre la espuma sanguinolenta de sus fauces.

—¡Bravo, bravo, bravo…! —vitoreaban los hombres, locos de contento, festejando lo rápido del lance y el buen resultado obtenido.

Guillem corrió a darle al conde un abrazo, tan fuerte que por poco lo asfixia, al robarle el poco resuello con que había quedado tras el esfuerzo. Aunque este reía y casi lloraba de alegría por el triunfo y por haber quedado como un auténtico héroe delante de todos aquellos súbditos suyos.

# 17

*Villa de Castellbó, Alto Urgel. 23 de marzo, año 997*

La hilera larga formada por hombres, caballos, mulas y perros regresó al pueblo por la única senda abierta en la nieve. El sol brillaba y todo estaba radiante. Los pequeños túmulos de un blanco cremoso albergaban lo que en verano eran arbustos, helechos y macizos de ginesta. Estas últimas nevadas, débiles y cortas, parecían anunciar que el invierno perdía su poder. Y hasta los pájaros, aunque tímidamente, pregonaban entre los árboles el vaticinio de la nueva estación. El hielo se fundía en todos los rincones y mandaba nervaduras de agua pura por las pendientes, en un canto alegre y cristalino. Pero nada de todo aquello irradiaba mayor felicidad que el rostro de los niños de Castellbó al ver venir a lo lejos el cuerpo grande y peludo del oso muerto, balanceándose, con la lengua colgando, transportado sobre los lomos de un fornido percherón.

—¡L'os! ¡l'os! ¡l'os! —gritaban bulliciosos, como fuera de sí, danzando, saltando y dando palmas.

Aquello era una verdadera fiesta. Todas las caras y los gestos parecían proclamarlo. Porque, aunque todavía quedaba lejana la primavera, aquella cacería representaba cada año el comienzo de un nuevo periodo. Era como un rito, como si se tratara del exorcismo del invierno. Los rastreadores sabían con antelación dónde se había refugiado al final del otoño la fiera, para dormitar durante los fríos y los hielos, porque sus huellas en la primera nevada delataban el lugar de su cobijo. El lugar de la osera era señalado con colgaduras en los árboles, como igualmente el recorrido hasta allí, marcado en cada recodo de las veredas del bosque, en las piedras y en los márgenes de la corriente, a la espera de que pasara el invierno. Con frecuencia la misma osera habría servido para muchas generaciones de osos, alternándose con otras más cercanas o más distantes. El secreto era guardado de abuelos a nietos en las familias de los oseros, generando un oficio tan prestigioso que casi constituía un estamento, ya que solo ellos conocían el misterio de los sueños invernales de la bestia y lo conservaban celosamente, con paciencia, hasta el momento oportuno: las semanas o los días previos a su despertar. Pero nadie podía dar muerte al oso excepto el señor de aquellos dominios. El día señalado todo estaba previsto minuciosamente conforme a un plan que se repetía siempre de idéntica forma. Se acudía al lugar determinado y los perros sacaban a la presa de su modorra, para que el magnate, que aguardaba en la puerta, hiciera uso de su privilegio. El cazador debía ser valiente y certero. Si acaso fallaba o titubeaba, el descrédito caía sobre él. Este año Guillem había decidido ceder su prerrogativa al conde de Urgel, su señor natural en estos dominios. Para Armengol suponía un honor irrenunciable, y a la vez una inmejorable oportunidad para hacer valer su fuerza y su arrojo delante de un buen número de súbditos. El joven conde ya lo había hecho otras veces, en otros lugares y con otras de sus gentes. Se diría que era diestro en estos lances. Y no suponía para él una obligación, sino un placer. Dar muerte al oso era como liberar toda la rabia contenida por el guerrero durante la forzada quietud del largo invierno. Además, en esta ocasión su espíritu estaba dominado por otras ansiedades, por una pasión que ahora sentía aún más fuerte: estaba perdidamente enamorado de Riquilda y deseaba impresionarla a cualquier precio.

Los caballos hacían saltar la nieve alrededor de sus impacientes pezuñas. Los cazadores gritaban, vitoreaban y blandían sus largas varas, rodeados por la fatigada y sudorosa jauría de perros de todos los tamaños. La gente del pueblo había salido fuera de las murallas para recibirlos y unían sus voces al estruendo de cuernos, ladridos y gritos de los recién llegados. También en las murallas y las ventanas había caras radiantes de alegría y manos que se agitaban saludando. Y en lo más alto, en la torre principal del castillo, la bellísima Riquilda parecía estar muy por encima de todo el mundo, quieta y distante, con su frío y pálido rostro que contemplaba inexpresivo la escena; el pelo negro brillando al sol sobre su hombro cubierto con la sedosidad de la capa de piel de armiño, tan blanca como la nieve de los montes.

Armengol, que iba dichoso sobre su montura, acogiendo y agradeciendo las felicitaciones y albórbolas de los vecinos, no pudo evitar alzar la mirada para buscarla, pues, aun en medio de aquel bullicio, su mente era incapaz de olvidarse de ella. La vio allá arriba, altísima como un ser celeste, y le lanzó una sonrisa implorante. Pero ella no se inmutó; parecía estar más atenta al oso muerto que a su victorioso matador. Él intensificó la mueca, reclamando indulgencia. Riquilda ni le miró siquiera.

Guillem el Llop se dio cuenta de la impasibilidad de su hija y su voz retumbó en los murallones como un trueno.

—¡Riquilda, hija mía, baja a congratular al conde!

La joven se le quedó mirando con sus grandes ojos de iris negro y agitó la cabeza, haciendo que el pelo se le extendiera como el ala de un cuervo a punto de echarse a volar.

—¡Qué terca es esta hija mía! —le dijo el Llop a Armengol, con aire de excusa—. Tendré que darle unos azotes...

—Déjala —contestó el conde—, ya es una mujer. ¡Ellas son así a veces!

—No. Por muy mujer que sea, no le consentiré estos desprecios. Últimamente está insoportable. ¡Y eso me indigna!

—No te enojes, Llop. Olvida a tu hija y disfrutemos con alegría de nuestra gente.

Guillem rezongó, sacudió las riendas de su caballo y murmuró con rabia:

—Y ese otro hijo mío, Miró, ¡ese zángano! ¿Dónde diablos dormiría anoche la borrachera? ¡Mira la cara que tiene! ¡Señor de los cielos! ¡Hay que ver lo que debe aguantar un padre! ¡Le voy a desollar a latigazos!

—¡Calla, Llop! —replicó Armengol—. Tu hijo Miró es el más fuerte y arrojado de mis hombres. Tiene derecho a tomarse alguna licencia...

—¡Que se tome esas licencias el condenado hijo mío! ¡Pero que tome menos vino!

El conde soltó una carcajada, arreó el caballo y penetró al trote por la puerta principal de la muralla. Todo era alegría y fiesta en el patio de armas. Allí se habían reunido los guerreros vestidos con sus armaduras y se arrodillaban al paso de sus señores, alzando los brazos jubilosos. Las trompas y los tambores iniciaron una estruendosa fanfarria a la que se unieron los guardias de las almenas, golpeando sus espadas contra los escudos.

Pero todo aquel ruido y vocerío se interrumpió de golpe cuando los clérigos, revestidos con sus cogullas de fiesta, salieron de la iglesia para sumarse al recibimiento.

Los batidores extendieron el cuerpo del oso en el suelo. La muchedumbre lo rodeó, asombrada por el tamaño de las fauces, los colmillos y sus uñas. Estaba flaco por haber consumido sus carnes durante el letargo del invierno, y a pesar de ello resultaba imponente. En el centro del pecho, la gran herida abierta por la lanza le había vaciado de sangre, que bañaba seca todo el pelaje de la panza flácida. Un intenso hedor, acre y montuno, se desprendía de aquella naturaleza inerte.

Los sacerdotes se aproximaron y arrojaron sobre él agua bendita, mientras entonaban un canto:

*Levavi oculos meos in montes*
*unde veniet auxilium meum.*
*Auxilium meum a Domino*
*factore caeli et terrae.*

(Levanto mis ojos a los montes
de donde viene mi auxilio.
Mi auxilio viene del Señor,
creador del cielo y de la tierra).

# 18

*Castillo de Castellbó, Alto Urgel. 23 de marzo, año 997*

En el centro del salón principal del castillo estaba el cuerpo del oso, tendido panza arriba. Parecía un gigante, velludo y despatarrado, que dormitaba plácidamente con la boca abierta y la lengua fuera. Pero la sangre seca, negruzca y brillante, que se apegostraba en el pelo pardusco, cercioraba su muerte formando un gran rosetón en torno al boquete abierto en el pecho por la lanza. Un grupo de mujeres lo rodeaban, circunspectas y un tanto horrorizadas, contemplando los enormes colmillos y las largas uñas de sus garras. Guillem el Llop se acercó sigilosamente por detrás de ellas, agazapado, y lanzó un rugido atronador para aterrarlas. Ellas chillaron y corrieron despavoridas. A la concurrencia le divirtió mucho esta broma, y se echaron a reír los hombres y el resto de las damas. Pero, por encima de todas las risas, dominaba la ensordecedora tormenta de carcajadas malignas del autor del susto. Hasta que, de pronto, resonó bajo la bóveda una voz de mujer, fuerte y autoritaria:

—¡Cállate ya, bestia!

Se hizo un gran silencio y todas las miradas se volvieron hacia el sitio de donde había surgido aquel impetuoso mandato. En la puerta del salón había aparecido Sancha, la esposa del Llop, acompañada por su hija Riquilda y un par de muchachas delgadas y no tan agraciadas. La madre, de estatura pequeña, tenía un rostro seco, avinagrado, y unos ojos tan bellos, negros y endiablados como los de su hija.

El Llop fue hacia ellas, endulzando cuanto podía la expresión de su fiera cara, y dijo con afectación:

—¡Mirad, mirad el oso que ha cazado nuestro señor conde!

Las cuatro entraron en el salón y caminaron hasta el animal muerto. Lo estuvieron observando sin decir nada. Luego fueron a ocupar el lugar que les correspondía en la cabecera de la mesa principal. Los hombres y las mujeres más importantes de las villas cercanas habían sido invitados a la fiesta. La estancia estaba abarrotada, poseída de una alegría y una excitación que en ciertos momentos resultaban delirantes. Armengol todavía no se había hecho presente y todos aguardaban con ansiedad.

—¡Id a llamar al conde! —ordenó el señor del castillo.

Cada cual fue a sentarse donde se le había indicado previamente y todos pusieron sus miradas expectantes en la puerta principal. Un silencio contenido reinó durante un rato, hasta que apareció Armengol, flanqueado por dos pajes adolescentes. Entró sonriente y con una sorprendente y juvenil resolución. Lucía la corona condal dorada, fina como una diadema, que le daba un aire solemne a su rostro limpio y bien parecido. No era altivo y sus movimientos no tenían ni un ápice de presunción, aun tratándose de alguien tan apuesto. La túnica corta dejaba apreciar sus piernas fuertes, derechas, y los perfectos pies quedaban apenas tapados por las tiras de unas ligeras sandalias. En aquella luz, el cabello claro y la barba rubicunda tenían reflejos cobrizos. Un sentimiento de admiración se extendió entre los presentes. En verdad, la visión de su joven señor les alegraba el alma.

El Llop caminó satisfecho hacia él, haciendo visible en su cara y sus gestos toda la felicidad que sentía en aquel momento. Se esforzaba por dulcificar los ademanes, pero no podía librarse de su natural aspecto de ferocidad; la espalda redonda, encorvada, le daba el aire de una bestia que podría lanzarse sobre cualquiera. Sin embargo, en estos últimos tiempos algo en él iba cediendo, sería por la edad. Sus movimientos eran más lentos y precavidos, y la voz ya no le brotaba del cuerpo con tanta energía. Al llegar junto al conde, se inclinó ante él y le besó la mano. Luego suspiró de forma audible, se volvió hacia la concurrencia y todos pudieron apreciar el brillo de las lágrimas en sus ojos y en sus mejillas. Estaba visiblemente conmovido y no lo disimulaba. También esto era un signo evidente de que ya no era el mismo hombre que fue. Los años le estaban cambiando y afloraba en él un alma más sensible y quizá también algo de ternura. Esto hizo que el silencio en la estancia se prolongara durante un rato, en un ambiente de asombro mezclado con curiosidad. Hasta que Guillem carraspeó, antes de decir con apreciable emoción:

—En este castillo somos temerosos del Dios de los cielos, conde Armengol. Aquí servimos a Cristo primero y después a ti, mi señor. Pero primero al Señor de los cielos… En esta casa queremos cumplir su voluntad. Somos gente agradecida… Damos gracias al Dios altísimo por habernos concedido en la tierra de nuestros mayores un señor como tú, Armengol I de Urgel, hijo de Borrell de Barcelona, nieto de Sunyer y bisnieto del gran Wifredo el Velloso, que le cedió a mi abuelo estos valles y el monte donde se edificó este castillo hace cien años…

Después de hablar de esta manera, se quedó mirando al conde con fijeza, impaciente, notoriamente excitado. Le temblaba el pelo tieso de la barba y el sudor brillaba en su frente enrojecida. A continuación, extendió la mano y le hizo una señal a su hijo. Miró salió de la sala como obedeciendo a un mandato previamente acordado. Y mientras tanto, el Llop se dirigía a la concurrencia y proclamaba con estudiada solemnidad:

—Como saben todos los que están aquí, mi padre siempre tuvo el mayor de los respetos al conde Sunyer. Fue su vasallo más fiel. Igual que yo, que desde que tengo memoria fui leal a mis señores condes de Urgel. Que a nadie se le ocurra poner eso en duda. Pues esa verdad es nuestra mayor honra en este mundo sembrado de traidores…

Hizo una pausa y paseó una mirada torva e inquisitiva por los presentes, dando fuerza implacable a su advertencia. Luego prosiguió con voz desgarrada:

—¡Sería capaz de arrojarme a un horno encendido antes que traicionar a mis señores naturales! No vindico que mi vida haya sido irreprochable… ¡Dios conoce mis pecados! Pero sé lo que supone ser fiel, pues lo aprendí de mis mayores, y la felonía no cabe en este cuerpo miserable… ¡Aquí está mi ser entero! ¡Que Dios me reduzca a polvo si miento!

Dicho esto, se desató el cinto, dejó la espada a los pies del conde y comenzó a desnudarse con afectados movimientos: se descalzó y se despojó de la túnica, quedando su cuerpo grande y maduro, con la piel blanca y el vello hirsuto del pecho a la vista de todos, excepto las partes pudendas, que ocultaba un calzón de lino. Luego se arrodilló delante del conde.

Armengol estuvo en un principio obviamente desconcertado, pero enseguida reaccionó. Se inclinó hacia Guillem, le puso las manos en los hombros y le besó en la frente, al tiempo que le decía:

—Guillem, tú no necesitas humillarte delante de mí, y todas esas palabras sobran. Yo no he dudado nunca de ti ni de ninguno de los tuyos. Como tampoco mis antecesores pudieron tener queja alguna de los señores del castillo de Castellbó.

El Llop levantó la mano por encima de su cabeza, señalando con el dedo a las alturas, y contestó con voz quebrada:

—¡El Dios altísimo lo sabe todo, mi señor! Si el conde dice: «¡A moros!», ¡aquí está toda mi sangre y la sangre de mi hijo! Aceptamos tu voluntad, sea la que sea, como aceptamos la voluntad del Señor de los cielos… ¡Vivan los condes de Urgel!

—¡Vivan! —respondió la concurrencia al unísono, y prorrumpió a continuación en un estruendo de palmas y vítores.

Armengol ayudó a Guillem a levantarse y a vestirse. Luego se abrazaron ambos. Y mientras lo hacían, entró Miró en el salón, portando en el puño enguantado un impresionante halcón: un gerifalte blanco, grande, robusto, con la cabeza cubierta por una caperuza de piel de serpiente revestida con adornos de oro y rematada por un vistoso penacho de sedosas plumas azuladas. Un clamor de murmullos de admiración se extendió por la sala. Después se hizo el silencio. El Llop estaba ya ataviado de nuevo con la túnica y la capa, y avanzó hacia su hijo, señalando el ave y diciendo:

—¡He aquí nuestro obsequio!

Armengol miraba el halcón con los ojos desmesuradamente abiertos por la impresión. Se acercó, lo estuvo observando con gesto de pasmo, y luego se volvió para decirle a su anfitrión:

—Guillem, no tenías por qué… ¡Es demasiado!

—¡No, mi señor! —contestó pletórico el Llop—. Esto no es nada para ti. ¡Es mucho menos de lo que te mereces! Ese pájaro es una insignificancia en comparación con nuestro amor y nuestra devoción hacia tu persona.

Armengol volvió a poner toda su atención en el gerifalte. Murmuraba:

—Dios mío, Dios mío… ¡Qué maravilla! Nunca he visto uno igual… Había oído hablar de ellos… Pero nunca pensé que podría tener uno. ¡Parece sacado de un sueño!

—¡Vamos, mi señor, tómalo en tu mano! —le dijo Guillem, entregándole un guante de cetrero.

El conde acercó el puño enguantado al halcón e hizo que se subiera en él. Luego lo mostró a la concurrencia, ufano, exclamando:

—¡Gracias! ¡Dios os bendiga! ¡En verdad me siento muy feliz!

El Llop soltó una carcajada y empezó a dar palmas y voces:

—¡Pues que dé comienzo el banquete! ¡Que corra el vino y que a nadie le falte de nada! ¡Hoy es un día grande en esta casa!

# 19

*Castillo de Castellbó, Alto Urgel. 23 de marzo, año 997*

Nadie fue prudente en aquel banquete en lo que al vino se refiere. Nadie excepto Armengol. Aunque ni él mismo sabía por qué, se había contenido, a pesar del ambiente de excitación que dominaba el salón principal del castillo y de la euforia incontenible del Llop, su anfitrión. Al final de la fiesta, hasta las damas estaban bebidas. Y también Riquilda, sentada entre su madre y sus hermanas, no había parado de beber y reír, manifestando a la vez hacia el conde una cruel indiferencia. Sería por eso por lo que él perdió el apetito y las ganas de divertirse… La observaba de reojo y se iba entristeciendo cada vez más al verla tan fría, ajena a sus miradas y a las sonrisas que le lanzó en un principio. El encuentro de la noche anterior y la discusión que tuvieron había cambiado la vida de Armengol. Estaba irreparablemente perdido por ella, ciego, trastornado… Una hoguera ardía en su pecho, y una embriaguez misteriosa irrigaba su espíritu, como un fluido que derretía sus nervios y ofuscaba su razón. Quizá por eso ni siquiera le apetecía el vino. Sin embargo, fingió haciendo ver que se divertía y disimuló para que no advirtieran todo lo que le estaba pasando por dentro. Aunque incluso se le escaparan las lágrimas en un par de ocasiones, no de emoción, sino de desconsuelo. Menos mal que los pocos que se dieron cuenta pensaron que sería por pura felicidad, por el oso, por el gerifalte o por la maravilla de la fiesta. Pero ninguna de esas cosas le importaban a él lo más mínimo, ante la presencia abrumadora, hechizante y deslumbradora de la bella hija del Llop.

Mucho más tarde, ya a última hora, casi todos los caballeros dormitaban sin ningún pudor con las cabezas echadas sobre la mesa, tendidos en los divanes e incluso sobre el frío suelo. Uno de estos, joven y grueso, descansaba a gusto sirviéndose de la panza del oso como almohada. La música del arpa era taimada y solo de vez en cuando el cantor trovaba muy dulce, lánguidamente, como en un susurro, un canto lleno de frases tristes. Un grupo de damas de diversas edades conversaba animosamente cerca de la chimenea, reían y a veces se unían al canto. Si bien nada de esto hacía sombra a la voz áspera, fuerte y monocorde del vizconde Guillem, que persistía empeñado en una suerte de monólogo. A su lado, Armengol fingía estar escuchándole, pero sus pensamientos vagaban errando por los derroteros de su pasión. En la penumbra, en la pesadez del aire denso y cálido, saturado de vaho e impregnado de olor a vino, grasa y humo, la fiesta decaía.

—… yo sé lo que me digo— proseguía su aburrida perorata el Llop, como en un delirio reiterativo, monótono, repitiendo una y otra vez las mismas cosas—. Y Dios sabe que no miento. Digo verdad y la digo porque soy hombre de honor… Y tener honor no es cosa menuda… Ya lo decía mi padre, y… ya lo decía mi abuelo, Mayol de Narbona, que de eso sabía más que nadie… ¡Ojalá vivieran ellos! Serían testigos de lo que nos pasa… ¡Ojalá estuvieran vivos para darnos buenos consejos! Pero están muertos… Y los muertos no hablan… Algunas veces me da por rezar y pedirles a mis difuntos que se me aparezcan… Pero nada… Insisto, insisto… Pero nada… Los muertos son eso, nada más que muertos… Y los muertos no hablan… Tuvieron ellos horas en vida y hablaban cuanto les plació… Todos los escuchaban cuando eran vivos, sí, todos, todos… Pero callaron cada uno a su tiempo y ya no hablan… Enmudecieron cuando les llegó la hora de callar… Como yo un día… También yo tendré que dejar este mundo cuando llegue mi hora… Y callaré… y no hablaré más… Se acabó, se acabó…

El Llop se quedó en silencio, con la mirada perdida y el labio inferior descolgado. Un reguero de baba le caía por la comisura hasta la barba blanca y tiesa. Luego empezó a gemir, y acabó echándose a llorar.

—¡Eh! —le dijo el conde—. ¿A qué estas lágrimas ahora? ¡Anda, no te pongas triste!

—Sí, sí, sí… Tengo que llorar, mi señor… ¡Ay, Dios sabe que tengo que llorar! ¡Y Dios sabe por qué!

Armengol le miró protectoramente.

—¿Por qué, Llop? ¿Por qué tienes que llorar? ¿Qué motivos tienes tú para echarte a llorar ahora precisamente?

Guillem agarró un paño sucio y arrugado que estaba sobre la mesa para enjugarse las lágrimas y sonarse la nariz. Luego su rostro amplio, rojo y brillante de sudor se alzó para mirar a lo alto, antes de suspirar y lamentarse:

—¡Ay, Señor de la gloria! Tú lo sabes, Señor, tú lo sabes…

—Vamos, vamos, Llop —le dijo el conde, que ya estaba preocupado al verle así—. ¿Qué te pasa? No me asustes…

Guillem dio un puñetazo en la mesa y sollozó con rabia:

—¡Maldita sea! Ay, qué pena, qué pena…

Luego hubo un silencio, en el que Armengol le estuvo observando, con aire conmovido a la vez que desconcertado. También el arpa había dejado de sonar y las mujeres que parloteaban se habían callado, atentas a su vez a lo que estaba pasando. Un instante después, Sancha, la esposa del Llop, se puso en pie y alzó la voz en un tono desdeñoso para decirle:

—Mira que eres poca cosa, Guillem de Castellbó, ¿No te da vergüenza? Te emborrachas y luego ¡a llorar como un niño! Siempre igual. ¡Anda, vete a dormir!

El Llop también se puso en pie, clavó en ella una mirada furibunda y rugió:

—¡Esposa, tú te callas! ¡Nadie te ha pedido opinión!

—¡Calla tú, que no dices sino tonterías! ¿No te das cuenta de que te has pasado la velada entera aburriendo al conde? ¿De qué sirve que le des una fiesta si luego le cansas con tu palabrería tristona y tus lloriqueos?

El Llop volvió a sentarse, como derrotado, murmurando:

—Y encima esto… ¡Ya no hay ni respeto! Tener que soportar esto un hombre de honor… ¡Ay, qué pena, qué pena…! ¡Ay, Señor de la gloria! Tú lo sabes, Señor, tú lo sabes…

Todos en el salón estaban pendientes de él y las caras se habían tornado circunspectas, excepto las de aquellos que seguían durmiendo la borrachera. De pie, Sancha miraba a su esposo sin disimular su enfado. Hasta que, dando una palmada, exclamó autoritaria:

—¡Se acabó la fiesta! Porque, cuando este marido mío se pone así, lo mejor es irse todos a dormir.

—¡Mira que eres mala! —le espetó el Llop—. ¿Esta es la compasión que me tienes? ¿Así me tratas? ¡Con lo que estoy sufriendo! Precisamente tú, esposa, que conoces mis padecimientos...

Ella le miró, apretando los labios y meneando la cabeza con ostensible aire de resignación. Luego se volvió hacia su hija diciendo:

—Riquilda, vámonos, que tu señor padre ya está desvariando. Cuando la bebida hace de las suyas, es el momento en que las mujeres deben desaparecer. ¡Vámonos, hija!

—Sí, idos, idos —les dijo con aflicción Guillem—. Mejor es que os vayáis a dormir, ya que no os interesan nada mis penas ni mis males.

Sancha y Riquilda salieron apresuradamente, seguidas por el resto de las damas, ante la mirada atónita de los caballeros, que permanecían en sus asientos sin saber qué hacer. Pero, antes de que todas ellas desaparecieran de la vista del Llop, él les gritó con amarga ironía:

—¡Gracias, esposa! ¡Gracias, hija mía! Así pagáis lo que os amo, así respondéis a mis desvelos...

Riquilda se volvió, vacilando, y puso en su padre unos ojos enternecidos, pero su madre la agarró por el brazo y tiró de ella.

Armengol asistía a la escena sonrojado y notando cómo le subía el calor a la cara. Se levantó e hizo ademán de salir a su vez, tratando de decir con azoramiento:

—Bueno, yo también creo que es hora de irse a descansar... En fin...

Pero el Llop se abalanzó sobre él, abrazándole y sollozando:

—¡No, señor mío! ¡No me dejes! ¡No, conde mío, que necesito hablar contigo!

—Bien, bien —contestó Armengol, tratando de zafarse del abrazo para sentarse de nuevo—. Tú me dirás. Aquí me tienes dispuesto a escucharte.

Guillem volvió a coger el paño sucio, se enjugó las lágrimas y el sudor de la frente, se sonó la nariz, y luego paseó su mirada por la estancia, gruñendo:

—¡Fuera! ¡Fuera todos! ¡Dejadnos a solas al conde y a mí!

Los caballeros se levantaron y se apresuraron a salir del salón. Los que dormitaban con las cabezas sobre las mesas despertaron aturdidos y también salieron. Sin embargo, el grueso hombre que dormía sirviéndose del oso como almohada no se inmutó. Como tampoco el hijo del Llop, que estaba echado en un diván cerca del conde. El padre se fue hacia él y le dio una fuerte palmada en el muslo, gritándole:

—¡Miró, fuera tú también! ¡Vete a dormir la borrachera!

El joven se levantó de un salto, echó una ojeada a derecha e izquierda, y preguntó murmurando:

—¿Ya se acabó la fiesta?

—¡Fuera! —le ordenó el padre.

También los músicos recogieron sus instrumentos y salieron de allí despavoridos. Después, los criados cerraron las puertas por fuera. El salón quedó en un silencio en el que solo se oía el crepitar del fuego bajo la chimenea. El Llop puso sus ojos fieros en el hombre grueso que dormía con la cabeza sobre la panza del oso, sonrió de medio lado y dijo:

—Este no despertará.

Volvió a sentarse con una expresión desasosegada, se sirvió vino, bebió y luego se pasó el dorso de la mano por los labios húmedos.

—Cincuenta años no es edad para desesperar… —murmuró con voz algo más serena, mirando fijamente al conde. Tosió, escupió y se frotó de nuevo la boca y la frente con el paño.

Armengol puso en él unos ojos llenos de perplejidad y le preguntó:

—¿Qué quieres decir, Llop? ¿A qué viene todo esto? ¿Vas a contarme de una vez lo que te pasa?

El rostro de Guillem tomó una expresión encolerizada.

—¡Mira mis manos! —gritó extendiendo las manos para mostrarlas.

El conde pareció sorprenderse de tal ataque de cólera y miró las manos de Guillen. Después preguntó:

—¿Y…?

—¿No lo ves? ¿No ves lo que me pasa? ¡Mira mis manos!

Armengol observó más atentamente y se fijó en que los dedos estaban apreciablemente torcidos.

—¿Qué te pasa? ¿Qué te notas?

El Llop escupió dos veces al suelo y respondió con voz desgarrada:

—¡Es horrible, horrible…! ¿Ves mis dedos? ¡Se tuercen como ganzúas! Y me duelen… Mis manos han perdido su fuerza… ¡Me hago viejo, conde mío! La espada se me cae de las manos…

El conde le palpó los dedos para asegurarse de que era real lo que decía. Luego le ordenó:

—Aprieta mi mano con toda tu fuerza.

Guillem aferró la muñeca del conde y apretó. Las huellas de las lágrimas descendían por sus ojos mientras sostenía su mirada.

—Más fuerte —pidió Armengol—, todo lo fuerte que puedas.

—No puedo, ya no puedo más... Esta es toda mi fuerza... ¿No te digo? Mis manos están hechas un asco...

Ambos se quedaron en silencio. El conde trataba de esforzarse en no mostrar la impresión que causaba en él haber comprobado la triste realidad: en efecto, el Llop estaba mermado de fuerzas. Y esto era algo inesperado y turbador para él. No obstante, trató de sonreír al decirle:

—Yo te veo como siempre... A ver si va a tratarse de algo meramente pasajero...

Guillem negó con la cabeza sin ocultar su aflicción.

—Ha sido poco a poco —explicó—. No ha sido de golpe. Empecé a darme cuenta al aferrar las riendas del caballo y después fui notando que perdía vigor... Creí al principio que sería algo temporal y acudí al físico. Es la edad, conde mío, mi juventud ha quedado atrás... Y luego están los dolores: en la espalda, en las caderas, en las rodillas... ¡Ay, si solo fueran las manos! No valgo para nada...

Armengol le lanzó una mirada compadecida y, con exagerada cortesía, le dijo:

—No te aflijas, te lo ruego. No se acaba el mundo por eso. Todos tenemos que envejecer. Dios es misericordioso.

La cólera del Llop había disminuido. Lanzó una mirada a lo alto y, con voz en la que todavía se detectaba algo de la anterior aspereza, se lamentó:

—Sí, todos, todos... Pero es tan duro... Habrá quien lo espere, pero a mí esto me ha tomado por sorpresa... ¡Oh, Dios, Dios mío! Qué pena, qué pena la mía... Tener que dejar la guerra y quedarse uno en casa hecho un viejo... Es horrible, horrible... Trato de hacerme a la idea y no puedo...

Armengol le puso la mano en el antebrazo y le dijo animosamente:

—No lo veas todo tan negro. Estamos todavía en invierno. Seguro que, cuando llegue la primavera, los calores te devolverán el vigor y te desaparecerán esos dolores. Tú lo que necesitas es que te dé el sol. A ti no te conviene venirte abajo ahora. Al contrario, lo que tienes que hacer es animarte. ¡Todavía te queda mucha guerra que dar!

El Llop hizo un gesto de conformidad a la vez que asentía con la cabeza, aunque sin demasiado convencimiento. Luego llenó las copas. Ambos bebieron.

—Bueno, vayamos a descansar —dijo Armengol poniéndose en pie—. Ha sido un día largo, largo y bonito. Gracias, amigo mío, por este día y por el valioso regalo que me has hecho.

Guillem sonrió al fin, puso una expresión suplicante y preguntó:

—¿Puedo pedirte algo más, conde mío?

—Claro que sí.

El Llop reflexionó un momento y luego, frunciendo el ceño, suplicó:

—Déjame ir a moros con mi gente esta primavera. Quiero despedirme de la guerra con las pocas fuerzas que me queden.

El conde hizo un gesto de horror y contestó:

—¡No se puede hacer eso y lo sabes! Tenemos firmado un pacto. Si enojamos a los moros puede subir de nuevo Almansur… Y esta vez sería el final.

Guillem dio un puñetazo en la mesa, replicando:

—¡El diablo se lleve a Almansur! ¡No somos gente cobarde! ¡Solo tememos a Dios!

—¡Basta! —zanjó la cuestión el conde—. No estropeemos este día feliz con una discusión. Retirémonos.

Y con estas palabras se acabó la conversación. El Llop se levantó y fue hacia el centro del salón, donde yacía el oso y aquel caballero que dormitaba sobre su panza, completamente ajeno a lo que habían estado hablando. Mientras tanto, Armengol también se había puesto en pie y avanzaba unos pasos hacia la puerta para salir. Pero, al llegar al umbral, sin saber por qué, se detuvo y volvió la cabeza. En ese momento Guillem se inclinaba hacia el grueso caballero que dormía y le lanzaba en el oído un rugido aterrador que hizo temblar la estancia entera. Aquel pobre hombre despertó dando un salto y a punto estuvo de morir del susto.

—¿Querías oso? —le dijo con un vozarrón el Llop—. ¡Pues toma oso! —. Y soltó una carcajada como un trueno.

A Armengol no le quedó más remedio que reír con él, maldiciéndole por sus diabólicas ocurrencias.

# 20

Armengol despertó antes de que el primer fulgor del día penetrara por el único ventanuco de su cuarto. Poco a poco, una claridad vaga empezó a colarse por el vano, dando forma al grueso puntal de madera que sostenía las traviesas del techo. El revoque de las paredes, rugoso, terroso, adquirió un color pardo que fue tornándose rojizo. En una esquina, no muy lejos de la cama, el precioso gerifalte blanco se removió y sacudió sus plumas níveas. Parecía un pequeño fantasma bajo el chorro de luz que irradiaba sobre él. Su visión impresionó al conde hasta hacerle estremecerse. En verdad nunca había visto un ave como aquella; y ahora, recién salido del sueño, aún le pareció tan irreal como un ser de otro mundo. Luego se regocijó, sintiendo que una sonrisa de placer le rajaba la boca.

Y entonces oyó el crujir de una cerradura, un cerrojo que resonó doblemente y la puerta chirrió, empujada por alguien. El vestíbulo estaba en completa oscuridad y solo pudo ver una sombra difusa que penetraba en la habitación. Enseguida el maravilloso y dulce aroma de un perfume almizclado y demasiado familiar alcanzó su nariz. Luego la puerta se cerró y aquella silueta avanzó hacia él, como flotando en la penumbra, mientras una voz vibrante y alegre de mujer preguntaba en un susurro:

—¿No tienes miedo? ¿No te asustas de mí?

Armengol reconoció al momento aquel tono enfático y, al hacerlo, reconstruyó hasta el último detalle el cuerpo de la persona que ahora, todavía oculta por la oscuridad y cubierta por una sábana, le hacía frente apenas a unos pasos.

—Soy una aparición —decía jocosamente la voz—, soy un espectro. ¿No temes?

—Sí, me muero de miedo —respondió él, riéndose y levantándose de la cama para ir hacia ella.

En las sombras se encontró con sus hombros, con sus brazos, con su cintura… Venía Riquilda envuelta en un lienzo suave, como de seda, que él fue retirando mientras se decía para sus adentros, ardiendo de puro deseo: «No, no, no es posible… ¡Ella está aquí! ¡Ella ha venido!».

La risa traviesa y retozona de la joven le encendió todavía más e intentó estrecharla contra sí, pero ella retrocedía maliciosamente, al tiempo que le clavaba las uñas en la carne desnuda causándole verdadero daño.

—¡Quédate quieta, condenada, quédate quieta un minuto! —le decía él con voz susurrante y febril—. ¡Deja que te abrace, mujer!

—No, no te lo permitiré... No me harás eso que quieres hacerme —replicaba ella riendo—. ¡No me dejaré!

—Entonces, ¿a qué has venido? ¡Malvada! Me matas con tus juegos, me vuelves loco... ¿Por qué me haces esto? ¡Eres un diablo!

Él la acorraló contra la pared, besándola sin saber muy bien dónde, en las orejas pequeñas y suaves, en las mejillas, en el pelo, por todas partes, sintiendo que el corazón se le iba a salir del pecho, impelido por una suerte de excitación interna y externa imposible de dominar. La reconocía de la cabeza a los pies, palpándola bajo la seda y por encima de ella, dejándose arrebatar por el tacto de la piel, por el fuerte olor del perfume selecto...

—Has venido —le decía—. Riquilda, has venido... ¡Perdóname, mi amor! Deja, deja que te abrace... ¡Déjame tenerte!

Ella hinchó el pecho ardiente y empezó a jadear, mientras dejaba caer la sábana y mostraba todo su cuerpo desnudo, blanco, iluminado ya, aunque tenuemente, por la luz que penetraba por el ventanuco.

—Sí, he venido —susurraba excitada—. Aquí estoy... ¡Ven tú, Armengol! También yo te deseo a ti. ¿No sabías eso? ¿No te habías dado cuenta? ¡Qué tonto eres, conde!

—Déjame, déjame que te vea —suplicó él, arrastrándola hasta el áurea de la claridad y observándola con avidez.

Aquella mata de pelo negro que le caía en cascada sobre la blanca clavícula resplandeció... Y también su cara pálida y perfecta. Alta, delgada, radiante, ella se mostraba ante él, y ahora, a plena luz, Armengol volvió a sentir aquella sensación inquietante: todo en ese cuerpo le resultaba turbador, impresionante, hasta producirle un punto de miedo. Avanzó un paso y la abrazó, apretándose contra ella para asegurarse de que era real.

Pero Riquilda volvió a apartarse, empujándole. Parecía como si se estuviera recuperando de un trance, y se le quedó mirando con unos ojos extraños, y su precioso rostro irradiaba un brillo misterioso.

—Ven, ven, amada mía... —le suplicaba él, con cuidado y delicadeza, temiendo enojarla, sabiendo lo arisco de su temperamento—. Te amo, Riquilda... ¡Te quiero tanto! Ámame tú, te lo ruego... ¡Riquilda!

Y por primera vez Armengol se daba cuenta de algo más, algo del todo nuevo en ella: estaba como ausente, respondiendo con una sonrisa nerviosa, absorta, como si no prestara atención a sus palabras, sino a algo diferente y más fuerte que ella. Riquilda se aflojaba y perdía ese aire de dominio y seguridad tan suyo. También ella le miraba, deteniéndose sin pudor y con asombro en cada parte del cuerpo del joven conde, con un embeleso y un deseo nada disimulados.

—Eres hermoso, Armengol —dijo al fin susurrando, y, mordiéndose los labios, volvió a aproximarse a él.

Estuvieron besándose largamente, acariciándose y apretándose el uno contra la otra hasta hacerse daño. Luego su desenfreno casi se convirtió en una pelea. Cayeron al suelo y rodaron por él, asustando al halcón y haciendo que abriera las alas como para echarse a volar...

Con un extraño sentimiento de alivio unido a su avidez, Armengol se daba cuenta de que esta vez iba por fin a gozarla en plenitud. Pero, en ese momento, sonaron unos golpes en la puerta, y la voz de un criado preguntó con delicadeza:

—Señor, señor, ¿estás ya despierto?

El conde lanzó un bufido de rabia y luego gritó:

—¡Fuera, imbécil! ¡Todavía es temprano! ¡Déjame descansar!

—Perdón, mi señor, perdón... —contestó el criado.

A Riquilda le hizo mucha gracia la rabia con que él había reaccionado y se echó a reír, revolcándose desnuda en el frío suelo. Entonces él la levantó en brazos y la echó sobre la cama, diciéndole amorosamente:

—¡Bésame! ¡Bésame en estos labios cansados de repetir tu nombre! ¡Y date, criatura preciosa! ¡Mi amada! ¡Date a mí!

Ella rio todavía más al escuchar aquello, y así, riendo, comenzó a besarle y a entregarse a él ya sin ninguna traba.

# 21

*Castillo de Castellbó, Alto Urgel. 24 de marzo, año 997*

Era una mañana radiante, inundada de sol. Casi toda la nieve del valle se había derretido ya y solo permanecían blancos los montes y los rincones más cerrados del bosque. Las ramas desnudas de los árboles brillaban junto al río resplandeciente y los pájaros gorjeaban como locos en el alto tilo, junto a la fuente. El conde Armengol echó una ojeada en torno despidiéndose de todo aquello. Qué bonitos esos pinos, los destellos del agua, las sombras de terciopelo azul en este lado de las murallas de piedra, el cielo limpio, transparente... Qué enternecedor le pareció ese mundo pequeño de la villa y el castillo, qué frágil... Estaba mirando por la ventana de su cuarto. Bostezó y los ojos se le llenaron de lágrimas. Después se volvió para mirar la cama. Las sábanas estaban revueltas y todavía flotaba en el aire el perfume almizclado, fuerte, embelesador, de la bella Riquilda, a pesar de que hacía ya un buen rato que se había marchado. Una extraña parálisis se apoderó de él y se le hizo un nudo en la garganta al recordar vivamente todo lo que había pasado allí durante la madrugada. De nuevo su vista voló hacia los campos. Pinos, pinos, pinos brillantes... Laderas cubiertas de bosque. El puente brillando. Los árboles desnudos de las orillas. Más pinos. Lo único que le impedía ponerse a llorar y gritar era pensar que, dentro de un instante, iban a ir a buscarle. Y de pronto la voz sosa del criado:

—Señor, mi señor, el caballo está ya dispuesto. Todos esperan en el patio de armas.

—Voy, ya voy... —contestó el conde con un hilo de voz, venciendo a duras penas el nudo que le cerraba la garganta.

Había llegado el momento de partir y era inevitable tener que dejar Castellbó para proseguir su viaje por los territorios del condado. Cada año, justo antes de la primavera, visitaba sus dominios para inspeccionar a los súbditos, recibir las rentas y confirmar los pactos de vasallaje. La primera parada era en el señorío del Llop, y no es necesario dar más explicaciones acerca del motivo por el que era este el lugar preferido de Armengol. Tres días había permanecido allí. Una parada demasiado breve para un enamorado que está solo de paso en la casa de su amada...

Lenta, lánguidamente, recogió la espada y la enfundó en la vaina que ya tenía amarrada a la cintura. Se anudó la capa y se cubrió la cabeza con el gorro. Apretando los dientes por la pena y la rabia salió al rellano y bajó por la escalera. Un instante antes de asomar a la plaza de armas, hizo un gran esfuerzo para aparecer sonriente. Como si no tuviera el alma partida por la mitad...

Afuera esperaba el Llop con toda su familia y la servidumbre del castillo. La guardia estaba formada en las almenas. Un palafrenero sujetaba por las riendas la preciosa yegua negra del conde, enjaezada ya.

—¡Ah, señor, mi querido conde! —exclamó Guillem, extendiendo sus brazos poderosos al verle—. ¡Deberías quedarte al menos una semana!

Armengol no podía ni hablar. Miró de reojo a Riquilda y le sacudió un estremecimiento de los pies a la cabeza. Negó con un movimiento, sonriendo hipócritamente.

—Tu séquito espera ya fuera de la muralla —indicó el Llop—. Tu secretario se ha encargado de que todo el equipaje esté a lomos de las mulas. Él lleva en el puño el gerifalte.

El conde apretó los labios e hizo un gesto con las manos para expresar su conformidad. Después, con una mezcla de ternura y tristeza, dijo:

—Me habéis hecho muy feliz. De verdad, no sé cómo agradeceros tantos obsequios: la cacería, el banquete, el halcón…

Y mientras acababa de decir aquello, no pudo evitar echarle otra mirada furtiva a Riquilda. Ella le sonrió con apreciable aire de complicidad y él se puso rojo como un fresón.

El Llop suspiró profundamente y dijo:

—Ya sabes que este es tu castillo, esta es tu villa, este es tu valle… ¡Y nosotros somos tuyos, conde! Ven siempre que lo desees, pues nos hace muy felices tenerte entre nosotros… —Y dirigiéndose a su familia preguntó alegremente—: ¿Verdad, esposa mía? ¿Verdad, hijos míos?

Ellos asintieron con elocuentes movimientos de cabeza.

A pesar de la pena, Armengol se puso muy contento al oírlo y dijo, emocionado:

—Sí, volveré. Os prometo que en esta misma primavera, a lo más tardar, volveré a visitaros.

—¡Así se habla! —exclamó el Llop—. ¡Y nosotros te prometemos la mejor de las cacerías! ¡Tienes que estrenar aquí el gerifalte!

Hubo luego un silencio, en el que Armengol no pudo resistirse a poner una nueva mirada en Riquilda. ¡Qué hermosa estaba! ¡Qué tierna le parecía ahora! Así es el amor. Hermoso y tierno. Y nada valía el mundo si tenía que separarse de ella ahora que la sentía tan entregada.

—Bien, he de irme… —murmuró un tanto turbado.

—Vamos, despedíos del conde —les dijo el Llop a los suyos.

Sancha se acercó en primer lugar, se inclinó, le besó la mano y después le miró de una manera un tanto extraña, a la vez que sonreía con una mezcla de suspicacia y dominio. Armengol enrojeció todavía más al pensar que la madre pudiera saber algo… Luego se despidió el joven Miró. Por último, se aproximó Riquilda, sonriente y decidida, diciendo a medio camino, con atrevimiento:

—Los fantasmas de este castillo te echarán de menos más que nadie.

Solo el conde comprendió el significado de estas palabras y se rieron los dos. Pero Guillem regañó a su hija:

—¡No seas impertinente, Riquilda! ¿A qué viene esa tontería? ¡Qué chiquillada!

Contestó ella con brillo malicioso en los ojos:

—Lo he dicho porque tal vez las sombras de este castillo conocen muy bien lo que pasa aquí por las noches.

—¡Calla, deslenguada! —le espetó la madre—. No te tomes esas libertades con el conde nuestro señor.

Pero a Armengol las palabras de la joven le supieron a gloria y se sintió embriagado de felicidad.

A continuación, se despidió la servidumbre. Un monje elevó una breve plegaria. El conde agarró las riendas del caballo y alzó la mano cortésmente como signo de despedida. Pero, antes de que echara a andar, se le acercó de nuevo el Llop para susurrarle:

—Te acompañaré hasta la puerta de la muralla, señor mío.

Iban de camino por el túnel del castillo y, acercándose al oído del conde, añadió:

—Te ruego que no le cuentes a nadie lo de anoche.

A Armengol le dio un vuelco el corazón y le miró interrogativamente.

—¿A qué te refieres?

El Llop se detuvo y puso cara de aflicción al responder con voz quejumbrosa:

—Lo de mis manos…

—Ah, comprendo —dijo aliviado el conde.

Caminaron unos pasos más en silencio y, más adelante, esta vez fue él quien se detuvo para decir:

—Llop, también quisiera yo pedirte a ti un favor.

—¡Soy tu siervo y lo sabes! —exclamó Guillem, dándose un fuerte golpe en el pecho con el puño.

—Ese halcón, el gerifalte —contestó Armengol—. No voy a preguntarte cómo ni dónde lo has conseguido. Supongo que te habrá costado una fortuna. ¡Estoy tan agradecido!

—¡Todo te lo mereces, conde mío! ¡Sabes que te amo!

—Lo sé, lo sé, amigo mío. Y tú sabes que el sentimiento es recíproco. Por eso, te ruego que no tomes a mal lo que voy a pedirte.

—¿Señor, cómo me dices eso? ¡Me arrojaría de la torre más alta si tú me lo ordenases!

Armengol suspiró profundamente y luego prosiguió con tiento:

—No es que yo quiera saber cómo te has hecho del gerifalte, ni lo que habrás tenido que pagar por él a los moros. Porque supongo que se lo habrás comprado a algún moro rico de Lérida… Preguntarte eso sería una indelicadeza por mi parte. Pero anoche, nada más ver por primera vez esa preciosa ave en el banquete, no pude evitar que una idea se apropiara de mi corazón…

—¡Dímelo! ¡Dime qué idea es esa! —le interrumpió el Llop con un arrebato de auténtico sentimiento—. ¡Deseo complacerte!

El conde volvió a suspirar y dijo con brillo en los ojos:

—Don Salas, el obispo de Urgel siempre soñó con tener un gerifalte blanco. Nada le haría más feliz en esta vida… Lo sé porque se lo he oído comentar muchas veces. Incluso me dijo un día que esa clase de aves tal vez no existan, que son solo fruto de la imaginación de los trovadores y cuentacuentos. Cuando vea este gerifalte… ¡Ay, cuando lo vea!

Se hizo el silencio entre ellos. Guillem miraba al conde con los ojos brillando de emoción por lo que acababa de oír. Le tomó la mano, se la besó y luego se la llevó al corazón diciéndole tiernamente:

—Mi señor Armengol, ¡qué bueno eres! Ahora que sé esto que acabas de decirme, comprendo por qué motivo estabas ayer tan triste, a pesar del regalo. Te acordaste del obispo Salas de Urgel y no eras capaz de dejar de pensar en lo feliz que él sería si hubiera recibido el gerifalte en vez de tú. ¡En verdad eres un hombre generoso! Y entiendo también que, para ti, llegar allí y presentarte con el halcón en el puño será muy comprometido. Puesto que el obispo Salas fue tu preceptor y te sientes incapaz de poseer algo valioso que en el fondo sabes que él desearía para sí. ¡Tu alma es grande! Anoche te vi un tanto afligido y me dio por pensar que tal vez no te hacía ilusión el presente… Ahora lo comprendo todo…

El conde pensó por su parte que aquello estaba resultando muy oportuno, ya que el motivo de su tristeza en el banquete era el enojo de Riquilda y temía en el fondo que lo hubieran advertido. Así que respondió asintiendo:

—En efecto, no podía quitarme de la cabeza al obispo Salas desde que recibí el halcón. Y creí que debía decírtelo. Por eso, te ruego que te hagas de otro gerifalte idéntico a este para que yo pueda regalárselo al obispo. Si fuera posible que compraras uno igual, yo te pagaré por él lo que sea. Y te estaría tan agradecido…

El Llop suspiró, resopló y dijo con aplomo:

—Mi corazón está en tu mano, conde mío. Y por eso te propongo que hagamos las cosas como corresponde en un caso así. Tú le regalarás a Salas ese gerifalte que llevas contigo y yo te proporcionaré a ti otro igual este verano. Así quedarás bien con tu preceptor, aunque tengas que esperar algunos meses más hasta tener tu halcón.

Al conde se le iluminó el rostro al exclamar:

—¡Amigo mío! ¡No quiero abusar de ti!

Guillem sonrió y dio un vozarrón:

—¡No se hable más del asunto! ¡Me hace feliz complacerte! Y ahora, si consientes en hacer lo que te acabo de decir, seré doblemente dichoso.

Armengol se abalanzó sobre él para abrazarle y besarle en las mejillas, diciéndole:

—¡Dios premiará toda esta fidelidad! ¡Os amo, os amo de veras! ¡Sois mi familia!

Al Llop le brotaron las lágrimas.

—Vamos, vamos, conde mío. Debes partir ya. Si no se te hará de noche por el camino y va a helar.

Cuando llegaron al final del túnel, ya esperaba todo el séquito dispuesto para la marcha. Armengol montó en su yegua y se despidió sin decir ninguna palabra más, pero llevándose la mano al pecho para manifestar sus sentimientos de gratitud y aprecio sincero. El estandarte del conde se alzó y la comitiva emprendió el camino en dirección al puente. El aire era fresco y húmedo. Las cumbres brillaban todavía nevadas bajo un sol jubiloso.

\*\*\*

Cuando la fila de hombres a caballo desapareció entre los árboles, el Llop apretó el paso en dirección al castillo. Caminaba circunspecto, y a su cara había retornado la habitual fiereza. Al llegar al patio de armas, se puso a dar voces a su hijo.

—¡Miró, reúne a los hombres! ¡En cuanto pase el deshielo hay que bajar a tierra de moros! ¡Que todo el mundo empiece a preparar sus armaduras, los pertrechos y las armas!

Su hijo se fue hacia él, replicando con extrañeza:

—Pero… ¡padre! Ya sabes que hay pactos y que estamos obligados a guardarnos de hacer empresas guerreras…

Guillem, con los ojos echando chispas en su cara sombría, volvió a la carga.

—¡Haz lo que te digo, idiota! ¡Aquí quien manda es tu padre! ¡Nada de pactos! ¡Al infierno Almansur! ¡Reúne a los hombres! ¡Diles que, en cuanto pase el deshielo, bajaremos a tierra de moros como el año pasado! ¡Que todo el mundo empiece a preparar sus armaduras, los pertrechos y las armas!

Miró sonrió sin salir de su asombro y exclamó:

—¡Sabes que estoy deseando! ¡Estamos todos deseando oír eso! ¡Es lo que queremos hacer todos los caballeros de los valles! ¡Los hombres se van a poner muy contentos!

Sancha y Riquilda estaban habituadas a los ataques de bravuconería de los hombres de la casa. Así que no se sobresaltaron demasiado, limitándose a refunfuñar. Y la madre gritó:

—¡Estáis locos! A ver si nos vamos a meter en un lío ahora que todo nos va a ir bien… ¡Ahora que se va a cumplir nuestro mayor sueño!

El Llop se quedó pasmado al oírle decir aquello y las miró con los ojos desorbitados. Caminó hacia ellas y preguntó con una ansiedad encendida:

—¿Tenéis alguna noticia que darme vosotras? ¿Qué sueños son esos?

Sancha señaló a su hija con una expresión entre maliciosa y satisfecha, diciendo:

—Anda, cuéntale a tu padre.

Riquilda corrió a saltitos hasta él, se colgó de su cuello y le dijo al oído:

—Padre mío, si todo sale como espero, serás pronto el suegro del conde de Urgel.

El Llop puso la mirada en las alturas, alzó los brazos y lanzó una suerte de aullido de alegría que pudo oírse en el castillo, en la villa y en el fondo del valle.

## 22

*Castellciutat, Urgel. 28 de marzo, año 997*

—¡Dios me valga! ¿Estoy acaso soñando? ¡Qué milagro!

Profería estas exclamaciones el obispo Salas, un hombre maduro de porte digno y agradable, que miraba el gerifalte con brillo en sus ojos grises. Era alto y delgado, y llevaba una túnica larga, hilada enteramente con lana violácea que, por su terso y delicado aspecto, confería decoro y sobriedad a la figura armoniosa. Su cabeza era grande, el rostro alargado, la mirada normalmente tranquila y llena de humildad, si bien ahora estaba colmada de asombro. De su aire solemne y su buena presencia se podía deducir que era de alta progenie. Inspeccionaba el halcón a la mortecina luz de una vela, para no asustarlo, atónito, pacientemente. Al poco rato volvió a decir:

—¡Increíble! Nunca pensé que llegaría a ver uno de ellos. En mi larga vida he oído hablar mucho de esta rara especie de aves, pero había llegado a suponer que solo existían en las leyendas.

Armengol sonreía satisfecho al verle tan feliz, y dijo:

—Pues es tuyo, padre mío.

El obispo le lanzó una mirada incisiva y, con voz ahogada por la emoción, contestó:

—¡No! ¡No puede ser!

El joven conde insistió con una risa que puso al descubierto su blanca y perfecta dentadura:

—¡Sí, es tuyo! ¡Es mi regalo!

Salas volvió de nuevo los ojos hacia el gerifalte, suspiró y contestó con apocamiento:

—No, no puedo aceptarlo… Es demasiado… No merezco este regalo ahora.

—¿Por qué? ¿Por qué no, padre mío? Me hace muy feliz que poseas este presente. ¡Te ruego que lo aceptes!

El obispo contestó con delicadeza y con abatimiento:

—No, conde Armengol. Ha debido de costarte una fortuna… Es

el obsequio que merecería un rey, pero no un humilde servidor del Altísimo… Yo me conformo con mis nobles sacres y mis peregrinos. No, no puedo poseer un ave tan preciada como esta. Si me paseara con el gerifalte blanco en el puño, sería un signo de soberbia y un mal ejemplo para mis sacerdotes y monjes.

El conde comprendió enseguida que la renuncia de Salas no era un simple cumplido. Entonces su cara se ensombreció y le preguntó en tono franco:

—¿Y vas a dejarme a mí con el dolor de no haberte podido complacer? No sabes la ilusión que me hacía…

El obispo se quedó un largo rato reflexionando. ¿De verdad iba a permitirse desairar al joven conde? Se daba cuenta de que su intención era sincera y que aquello era una muestra de aprecio inesperada e ineludible. Echó una nueva mirada de reojo al halcón, y aumentó su asombro e incredulidad. Dio rienda suelta a su penetrante imaginación, la cual le hizo creer nuevamente que aquello era un sueño. Porque, en verdad, el mítico gerifalte blanco era una de las grandes ilusiones de su vida.

Armengol, por su parte, volvía a estar encantado al ver su mirada de asombro y las lágrimas de emoción en sus ojos serenos. No estaba desairado por las palabras del prelado. De haberlo estado, no hubiera insistido diciéndole con entusiasmo:

—¡Padre mío, no seas tan duro contigo! ¡Acéptalo! Te has pasado la vida luchando abnegadamente, ¿no vas a permitirte un capricho a tu edad? Te aseguro que este halcón llegó a mis manos inesperadamente. Yo no lo pedí, no lo busqué, no he pagado una fortuna por él. Creo que fue la Providencia divina la que dispuso que viniera a mis manos… Y no dudé ni un instante al sentir que debía ser para ti y no para mí. Te debo mucho, obispo Salas, ¡mucho! El Padre eterno, que lo sabe todo, te puso en mi camino… ¡Acepta mi regalo, te lo suplico! ¡Has sido tan bueno y justo conmigo!

El obispo le miró con ternura y contestó en un susurro, burlonamente:

—Solo soy un puñado de polvo…

—Un puñado de polvo que tiene derecho a un pedazo de felicidad —apostilló el conde—. Todos somos de barro y por eso buscamos algo de dicha en este mundo. ¡Bastantes sinsabores tiene la vida!

Una vez más, Salas miró el halcón. Luego extendió su mano con cuidado y acarició el pecho del ave, apaciblemente.

—¿Ves? —observó Armengol—. El gerifalte no se inmuta ante tus lisonjas. ¡Esa es la prueba de que es para ti!

El obispo se encogió de hombros resignadamente y exclamó con sencillez y regocijo:

—¡Qué prodigio de Dios! Qué criatura tan bella...

—Pues no se hable más. ¡Se acabó la porfía! Anda, ponte el guante y deja que suba en tu puño. ¡El gerifalte no puede ser de nadie más que del obispo Salas!

El prelado cedió al ver tanto entusiasmo en el joven. Enfundó su mano en el guante y la aproximó a las garras del ave. El halcón se subió delicadamente sobre el cuero. Embriagado por este rápido éxito, Salas se echó a reír y proclamó feliz:

—¡Ya sé el nombre que debe tener! ¡Se llamará Alabastro! Su blancura, su brillo, la suavidad de su plumaje me recuerdan esa piedra alba y pura.

Armengol se envalentonó al ver el gozo con que era al fin acogido su regalo, y exclamó a su vez:

—¡Genial, padre mío! ¿Has visto como era para ti? Hasta el nombre estaba en tu mente. Todos tenemos derecho a realizar alguna vez nuestros sueños.

Salas se quedó pensativo, asintiendo con la cabeza. No pudo evitar conmoverse todavía más y acabó llorando de alegría.

—¡Ay! —dijo con voz entrecortada—. No puedo evitar ahora ciertos recuerdos... ¡Y qué felices son los recuerdos de mi niñez!

Después de decir esto se quedó un largo rato ensimismado. Seguía mirando al blanco gerifalte con la fascinación devota de quien se halla ante una aparición. Luego prosiguió diciendo con cierta congoja:

—Todavía me acuerdo de la ventana donde mi madre me sujetaba en sus brazos para ver partir a mi padre, cada vez que él iba a sus cacerías. Verle a caballo con el halcón en el puño era para mí algo fascinante: el campo tan verde, las flores, las copas de los árboles... Y cuando el ave echaba a volar con altanería... ¡Qué maravilla! Y subía, subía, subía... Yo levantaba los párpados creyendo siempre que se escaparía en los cielos azules y que ya no volvería al puño de mi padre... Aunque tenía ese miedo, mi alegría desbordaba los límites de aquel mundo, y dejaba errar mis ojos de niño por aquel sorprendente espectáculo... Elevándome en el firmamento como un alma. Como si yo mismo fuera el que abría las alas, libre, libre, libre...

Volvió a quedarse callado, sonriente durante un instante, saboreando sus recuerdos, para luego añadir:

—Cuando crecí y tuve entendimiento, mi padre me llevó a amar los halcones tanto o más que él. Seguí su ejemplo de manera natural. ¡Ah, qué encanto el arte de la cetrería! ¡Qué dádiva del Creador! Me regalaron mi primer halcón cuando cumplí los quince años. Mi padre no era partidario de que se poseyera un pájaro mientras a uno no le hubieran brotado los pelos de la barba... ¡Y qué razón tenía! Estas criaturas de los cielos no son un juguete... Como en todo, la vida es muy sabia y comienza por engaños. Hay que aprender siempre, en todo y de todas las cosas. Porque, si naciéramos sabiendo, ya no tendría sentido ni aliciente vivir, y tal vez incluso nos negaríamos a nacer, por puro aburrimiento, por desidia, por desencanto... Mi padre me hablaba durante horas de la magia que encierran estas bellas aves: la sabiduría del bajo vuelo de los azores y las águilas, la nobleza de los sacres, los altos tornos de los baharíes, los peregrinos y los neblíes... ¡Y la misteriosa grandeza de los gerifaltes! Él soñaba con llegar a ver algún día un halcón enteramente blanco... ¡Ojalá pudiera estar hoy aquí! ¿Te das cuenta, Armengol? Llevo toda mi larga vida practicando esta arte antigua y bella. Creía que casi nada ya me podría sorprender en lo que a las aves de presa se refiere y, sin embargo, ahora, estoy ante esta preciosidad que llegué a creer que sería una quimera... ¡Un gerifalte blanco! Dios me perdone, pero ahora mismo me siento tan grande y poderoso como un rey... Y no quisiera pecar de soberbia...

# 23

*Castellciutat, Urgel. 4 de abril, año 997*

Una semana después de que hubiera regresado Armengol a Urgel, tuvo lugar un suceso un tanto desagradable que vino a perturbar la paz, tanto en el corazón del conde como en el del obispo Salas. Aunque no se trató de algo inesperado, sino de la consecuencia lógica de ciertas concatenaciones de hechos que ya venían creando problemas desde hacía bastante tiempo. Tal vez por eso no causó ninguna sorpresa que se presentara repentinamente un emisario para anunciar que su señor Sendred, veguer del castillo de Gurb, venía de camino con la intención de hablar personalmente con el conde y con el obispo. Salas se temió lo peor y le dijo a Armengol sin ningún reparo:

—Debemos estar preparados. Presiento que puede avecinarse derramamiento de sangre...

El conde tenía tal confianza en la perspicacia de su preceptor que a esas palabras les confirió fuerza profética. Y además había suficientes motivos para temer que se cumpliera tal vaticinio, puesto que ambos eran conocedores de las peligrosas circunstancias que seguramente propiciaban aquella repentina noticia.

Al día siguiente, poco antes del mediodía, la comitiva se presentó en Urgel ante las puertas de la fortaleza de Ciutat. Habían venido por el camino de Berga, cruzando primero el río Segre y luego la Valira por el antiguo puente. La escolta era numerosa y aguerrida, lo cual alarmó más a Armengol. Sin duda la visita tenía que ver con un serio conflicto. Pero todavía los esperaba una sorpresa más: con el señor de Gurb venía Arnulfo, obispo de Vich, también acompañado por sus sacerdotes y por una nutrida hueste. Al reconocerle en la distancia, Salas y el joven conde comprendieron enseguida que aquello solo podía significar una cosa, de todos sabida y en cierto modo esperada. Presa de la cólera, Armengol echó chispas por los ojos y gritó furioso:

—¡La madre de todos los demonios!

El obispo y el conde estaban delante de la puerta principal del castillo, montados ambos a caballo, rodeados por los principales caballeros de Ciutat. Todos ellos se sorprendieron por la violenta imprecación de su señor. Luego hubo un silencio inquietante, que duró hasta que Salas dijo en un tono tranquilizador:

—Tengamos calma y confiemos en Dios.

Los visitantes avanzaron lentamente por el puente levadizo hasta situarse a unos diez pasos de la entrada. Delante iba el señor de Gurb. Aunque su fisonomía era reconocible, estaba visiblemente desmejorado: la barriga que salía abultada bajo el jubón se había aplomado; su rostro, antes rollizo y rubicundo, aparecía con los pómulos salientes y como chupado, la tez mortecina y pálida. Sendred era otra persona. Descabalgó con la ayuda de un criado y caminó lentamente, apoyándose en un bastón, seguido de cerca por su ayudante. Miraba hacia delante sin brillo en los ojos, que dejaban escapar una expresión angustiada, fatigada y perdida bajo una pálida frente, y obviamente aturdida. Algo rezagado, se aproximó también el obispo Arnulfo; grande este, grueso, sulfurado, con el ceño fruncido y rojo de cólera, bullendo interiormente a causa del infausto acontecimiento que le había llevado hasta allí.

El conde Armengol, haciendo un gran esfuerzo para disimular su contrariedad, saludó con una voz un tanto animada:

—¡Alabado sea el Dios de los cielos, señores! Felices los ojos que os vuelven a ver después del invierno.

Sendred contestó al saludo con un ataque de tos, por lo que Arnulfo se apresuró a adelantarse para tomar la palabra en nombre de los dos, diciendo con azoramiento:

—¡Alabado sea! ¡Bendito y alabado! Aunque bien sabe el que todo lo sabe que no traemos buenas noticias, mi señor Armengol.

Y dicho esto, se volvió hacia el señor de Gurb para señalarle, a la vez que añadía:

—Mirad, mirad al pobre Sendred. La enfermedad le sorprendió en pleno invierno y por poco tiene que dejar este mundo. Ved cómo han enflaquecido sus piernas y lo mermado de fuerzas que está. Pero Dios ha sido misericordioso y le ha devuelto la salud con la llegada de la primavera... ¡Bendito sea Dios!

El señor de Gurb comenzó a caminar de nuevo, lentamente, apoyándose en su bastón, mientras decía con débil voz:

—Bendito sea, bendito sea Dios... De verdad, señores, que creí que no lo contaría... Pero aquí me tenéis... Dios sabrá por qué...

—¡Dios lo sabe todo! —alzó la voz el obispo Arnulfo, levantando la mirada y los brazos hacia lo alto—. ¡Y para servir a Dios estamos aquí! ¡Él lo sabe!

El conde y el obispo Salas ya habían descabalgado también y fueron a recibirlos, evitando que la preocupación se hiciera visible en sus rostros.

—¡Bienvenidos seáis, señores! —exclamó Salas muy sonriente—. Y mil gracias sean dadas al Creador por la recuperación de Sendred.

—Entremos al palacio —dijo con amabilidad Armengol—. La primavera es tibia aún y el señor de Gurb debe cuidarse del frío. Además, es hora de almorzar y debéis reponer fuerzas después del largo camino. Dentro tendremos ocasión para saludarnos y dedicar todo el tiempo que sea preciso para hablar.

Los criados se hicieron cargo de los caballos y todos los señores pasaron al interior de la fortaleza, mientras los soldados que formaban la escolta iban a alojarse en los barracones.

En el salón principal estaba ya dispuesto el almuerzo. Allí, nada más entrar, el obispo Arnulfo rompió a llorar y empezó a dar voces como fuera de sí:

—¡Malditos sean los traidores! ¡Hatajo de ladrones! ¡Hipócritas! ¡Perros…, perros…! ¡Hijos de perra!

Ante esta reacción tan inesperada del obispo de Vich, el conde Armengol se puso muy nervioso. Le producían gran contrariedad aquellos movimientos bruscos y los gritos, pero no se atrevió a reprochárselo. Solo dijo en su susurro:

—Por Dios, venerable Arnulfo, seamos comedidos…

También el obispo Salas se preocupó por aquel comportamiento tan vehemente y se apresuró a pedirle al resto de los caballeros que salieran del salón. Cuando se quedaron solos los cuatro, Arnulfo volvió a la carga y gritó, aunque con voz más apagada:

—¡Perros…, perros…! ¡Malditos sean!

—Calma, calma, hermano —le dijo Salas—. Bebe un trago de vino y serénate.

Arnulfo alargó la mano hacia la copa que estaba en la mesa, bebió, suspiró y volvió a repetir con amargura:

—¡Perros! ¡Malditos perros, hijos de perra!

Todos le miraban, esperando a que dejara de proferir insultos y se explicaran de una vez. Pero el obispo de Vich se echó a llorar otra vez, tapándose la cara con las manos al tiempo que caía sobre la mesa como rendido por el dolor y la rabia.

Entonces el señor de Gurb, al ver que no podía proseguir, decidió hablar él y contar lo que había sucedido.

—Los ha llamado perros —empezó diciendo con voz fatigada—, y en verdad son perros rabiosos que nos han mordido con sus sucios colmillos emponzoñados con el veneno de la avaricia y la envidia…

—¡Malditos! ¡Malditos sean! —gritó Arnulfo, golpeando la mesa con los puños.

—¡Basta! —dijo con voz irritada Armengol—. ¡Basta ya de insultos y lamentos! ¡Y contadnos de una vez lo que ha pasado!

Hubo luego un largo silencio, solo roto por algún que otro suspiro, y que se prolongó hasta que el señor de Gurb, acariciándose la barba, continuó diciendo:

—Lo que ha sucedido es tan sucio y tan ruin que debemos comprender la desolación del obispo Arnulfo, puesto que ha sido despojado vilmente, a traición y con alevosía, de su sede episcopal legítima...

Armengol y Salas escucharon estas palabras sin moverse. Y Sendred prosiguió en tono amargo:

—El tramposo y falsario Guadaldo ha usurpado la sede de Vich.

Se hizo un silencio cargado de ansiedad. Y luego el conde Armengol dijo con voz irritada:

—Era de temer que eso sucediera. Ya sabíamos que no se iban a conformar y que, tarde o temprano, volverían a intentarlo.

—¡Sí! ¡Sabíamos que no se iban a conformar! —contestó quejumbroso el despojado obispo—. Y han acabado culminando sus deseos pérfidos con una maniobra ruin, miserable y traicionera... ¡Perros..., perros...!

—¿Cómo ha sido? —preguntó el obispo Salas.

—En plena noche —respondió Sendred—. Arnulfo se hallaba fuera de Vich, pues, con la llegada del buen tiempo, decidió visitar algunos pueblos de la diócesis, como es su costumbre. Entonces, con nocturnidad, se presentó en la ciudad Guadaldo. Dijo que venía en son de paz para esperar al obispo. Pero traía consigo una fuerte escolta con muchos caballeros del norte y una gran hueste de partidarios suyos de Osona, de Santa Cecilia de Voltregá y gentes de los montes del Sorreig. Aun así, los guardias, tal vez sobornados de antemano, les abrieron las puertas de la muralla y entraron en la ciudad todos esos guerreros... Guadaldo fue directamente a la catedral y se sentó en la sede, tocado con la mitra y sosteniendo el báculo en la mano. Inmediatamente sus heraldos proclamaron un edicto por las calles llamando a todo el mundo a la obediencia y prohibiendo la vuelta de Arnulfo y sus clérigos fieles.

Armengol y Salas se miraron, compartiendo un mismo estado de perplejidad y preocupación. Ambos sentían que sus temores se hacían realidad y que no habían servido para nada algunas prevenciones llevadas a cabo tiempo atrás.

—¡Son obstinados! —exclamó con furia el conde—. Y era de temer que acabasen obrando así. Pero no consentiremos que se salgan con la suya. Habrá que hacer algo...

Hubo después un silencio lleno de incertidumbre, en el que todos le miraron, como esperando a que explicara en qué debía consistir ese algo. Pero Armengol fue a sentarse, como derrotado, bajó la cabeza y no dijo nada más.

Arnulfo entonces se fue hacia él, mostrando en su cara signos de auténtica indignación, e inquiriendo:

—¿No vas a armar a tus hombres? ¿No vas a ir a hacerme justicia?

También el señor de Gurb se acercó al conde, suspirando con irritación y gritando:

—¡Eres nuestro señor natural! ¡Estás obligado a hacernos justicia! ¡Debes ir allí para echarlos de Vich!

Armengol encaró estas exigencias con una silenciosa expresión de calma. Se puso en pie y caminó por la estancia pensativo, mientras ellos seguían sus pasos con las miradas cargadas de aprensión y rabia.

—¿Qué piensas hacer? —insistía el obispo Arnulfo—. ¿No vas a ordenar ahora mismo a tus guerreros que se armen? Si permites que Guadaldo se salga con la suya, perderá sentido todo el esfuerzo de tu padre por ser independiente. ¡No permitas que esos usurpadores nos devuelvan al pasado de sumisión a los francos!

El conde le miró turbado. ¿Qué podía responder ante esas palabras? No sabía qué decir, puesto que sopesaba con preocupación las graves consecuencias que podrían sobrevenir en el caso de que se decidiera a emprender esa guerra. Por eso se volvió hacia Salas, como buscando el auxilio de su sabiduría, esperando a que encontrase las explicaciones oportunas. Y el obispo de Urgel, comprendiendo enseguida que se le daba licencia para hablar, dijo con su habitual calma:

—No debemos actuar con precipitación.

—¿Qué quieres decir con eso? —le preguntó Arnulfo en actitud desdeñosa.

—Lo que he dicho, ni más ni menos: que no debemos actuar con precipitación. Nos encontramos en unos tiempos harto difíciles y no podemos permitirnos ahora una guerra entre hermanos.

—¡Esos ladrones no son nuestros hermanos! —replicó el señor de Gurb, dando un fuerte puñetazo en la mesa. Y luego, vencido por el esfuerzo, se derrumbó en la silla, añadiendo—: Es una injusticia que debe ser solventada. ¿No vais a hacer nada?

—¡Claro! —respondió Salas—. Hay que solucionarlo. Pero no debemos hacer uso de las armas ahora precisamente. ¡No entre cristianos! Eso sería una decisión temeraria que beneficiaría a nuestros mayores enemigos: los sarracenos. Si el terrible Almansur se enterara de que estamos en guerra entre nosotros, no dudaría en venir con su hueste a sacar buen provecho de ello.

Arnulfo soltó un bufido de cólera y rencor.

—¡Me han despojado de mi legítimo derecho! ¡Hacer justicia es lo primero!

—Cierto —asintió Salas—. Pero actuar sin la debida cautela puede reportarnos males mayores. Nuestro deber principal ahora es prepararnos por si los demonios sarracenos decidieran volver a atacarnos. No debemos luchar entre cristianos.

—¿Y entonces qué hacemos? —preguntó el señor de Gurb, con una expresión dura y desafiante.

—Lo que corresponde hacer en estos casos —respondió con aplomo el obispo de Urgel—. Estamos ante un pleito que debe ser resuelto por Roma. Escribiremos al papa y esperaremos a que él nos diga lo que debemos hacer.

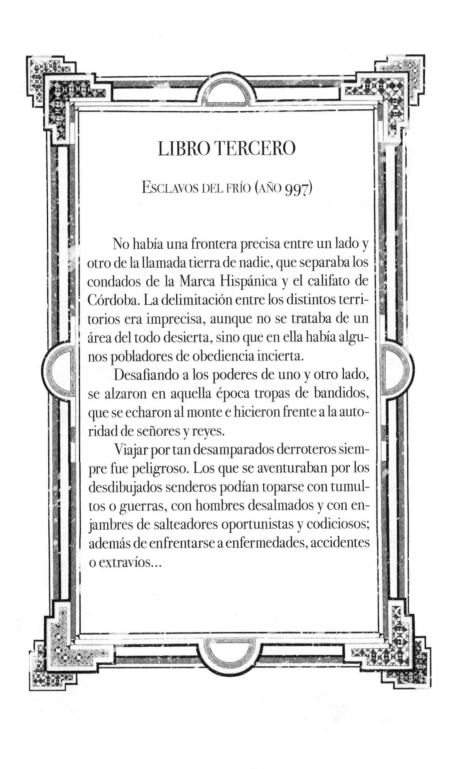

# LIBRO TERCERO

## ESCLAVOS DEL FRÍO (AÑO 997)

No había una frontera precisa entre un lado y otro de la llamada tierra de nadie, que separaba los condados de la Marca Hispánica y el califato de Córdoba. La delimitación entre los distintos territorios era imprecisa, aunque no se trataba de un área del todo desierta, sino que en ella había algunos pobladores de obediencia incierta.

Desafiando a los poderes de uno y otro lado, se alzaron en aquella época tropas de bandidos, que se echaron al monte e hicieron frente a la autoridad de señores y reyes.

Viajar por tan desamparados derroteros siempre fue peligroso. Los que se aventuraban por los desdibujados senderos podían toparse con tumultos o guerras, con hombres desalmados y con enjambres de salteadores oportunistas y codiciosos; además de enfrentarse a enfermedades, accidentes o extravíos...

# 24

*Montañas de Prades (califato de Córdoba, cora de Lérida), 4 de abril, año 997*

El camino era fango, y discurría entre los neveros que habían dejado ya de ser blancos en las alturas para adoptar el tono del marfil antiguo, con esas manchas pardas y amarillentas del polvo que depositaba el viento. En ciertos lugares, en torno a las rocas margosas, la nieve persistente tenía el color del vino. Y donde los árboles eran menos espesos, aparecía cubierta de un velo de hielo transparente, como una reluciente placa de vidrio turbio, en la que despuntaban hojas muertas, agujas de pino, tallos secos, pedruscos cubiertos de musgo y restos de esa corteza rota que reviste los troncos de las encinas. Las retorcidas raíces brotaban como serpientes aturdidas, y parecía como si toda aquella humedad fría del deshielo insuflara vida a la tierra, de manera que las ramas y las hojitas nuevas, de un verde más tierno, atesoraran su sabia de la materia muerta.

Unos sonidos repetidos, extraños y violentos, restallaban en alguna parte bajo la tierra, junto a otros más largos que rasgaban el aire puro. Era el reconocible lamento del hierro de los macillos y de las palas que empuñaban el medio centenar de esclavos que trabajaban en los profundos pozos de nieve. Estos ruidos incesantes, en la quietud de la alta montaña, eran como el gemido de un animal herido, parecido a la voz de una agonía desesperada que atravesaba el cielo limpio. El invierno consumado había sido el flagelo de aquellos miserables hombres. El frío fue largo y espantoso, pero su recuerdo horrible yacía ahora como un inmenso cadáver desnudo entre los collados y los bosques. El hambre, las privaciones y la fatiga mostraban su mella en el rostro de unos desgraciados cuya tarea era, tal vez, la más apurada que podía haberles tocado en suerte por su ominosa condición. Las facciones duras, huesudas, se marcaban en sus teces oscuras y enflaquecidas. En el fondo de las zanjas, unos cuantos de ellos partían a martillazos las hojas de hielo, mientras otros recogían los pedazos con las palas y los echaban en canastos para subirlos luego a pulso por la pared del socavón. Arriba, las mulas estaban atadas a la espera de ser cargadas con el fin de transportar el producto hasta la ciudad, para almacenarlo en las casas de venta de nieve. Esta escena se repetía aquí y allá, en todo el amplio claro abierto en la cima de la montaña, donde se desenvolvía la fatigosa faena que seguramente reportaba grandes ganancias a los amos. El negocio era tan antiguo como sencillo, lo cual no quiere decir fácil en lo que a los obreros se refiere. Se comenzaba excavando hoyos en el suelo de las montañas, donde nieva en el invierno, con el propósito de llenarlos con la nieve o el hielo, a fin de disponer de ellos durante el resto del año. En el otoño, se preparaba el interior, construyendo una base de troncos que se apoyaban en sillares de piedra o madera, formando un entramado que permitía que el agua filtrara por debajo y saliera por el desagüe. Una capa de ramillas de boj o carrascas y otra de paja hacían de base. Después, cuando caía la nevada, el empozado era un trabajo duro y helador, que desarrollaban los esclavos durante el invierno siempre a la intemperie. La nieve se esparcía sobre el armazón, se distribuía con palas y rastrillos y se compactaba con pisones de madera por toda la superficie. Cuando estaba totalmente prensada y maciza, se colocaba encima un ligero manto de paja. La misma operación continuaba formando capas, hasta que, una vez colmado el pozo, eran cerradas todas las aberturas con una nueva cubierta de ramas y hojas. Los duros trabajos continuaban durante todo el tiempo que hubiese nevadas. Eso obligaba a los hombres a vivir cerca de los neveros, en pobres cobertizos, construidos en improvisados poblados a medio camino entre las cimas y el valle. Solo las grandes hogueras que encendían cada tarde les reportaban algún goce con el descanso.

Pero ahora, en primavera, el sol brillaba y calentaba los montes, arrancando el frágil aroma a madera podrida y a hierba nueva. El viento suave dejaba sentir sus exhaustos efluvios, sus perezosos olores, su primer hálito amable, íntimo y esperanzado que volaba desde el mar. Hasta la umbría de la espesura parecía más tibia. Y sería por eso por lo que desde hacía unos días los esclavos de la nieve estaban menos tristes, más vivos; su voz era más enérgica y hasta podían librarse a mediodía de la pesada y áspera indumentaria que los había cubierto durante los meses precedentes, lo cual era un verdadero alivio. Los extenuados cuerpos, encorvados, estaban secos, descarnados, y ahora recibían de lleno en las espaldas huesudas y en los costillares aquel calor que parecía infundirles vitalidad nueva.

En el fondo de uno de los socavones, un joven golpeaba con la maza, mientras otro, más o menos de su misma edad, manejaba la pala. Tenían las manos encallecidas, ateridas, y los pies envueltos en piel de perro atada con cuerdas. Estaban flacos y sucios, con las núbiles barbas crecidas y los cabellos revueltos, apelmazados, como los demás. El invierno había sido largo y severo para todos; y sin embargo, no obstante la desnutrición, la extenuación y el desarreglo de sus pobres ropas, estos dos esclavos tenían un algo que los hacía diferentes, como un aire de cierta dignidad y un halo de beldad y decoro. Sería porque no llevaban demasiado tiempo en la montaña, en comparación con el resto. Esos dos jóvenes eran Blai y Sículo. ¿Cómo y por qué habían llegado hasta allí? Había sido como consecuencia de una aciaga concatenación de circunstancias. Después de salir apresuradamente de Cubellas, tuvieron que viajar por los despoblados senderos que discurrían en los límites inseguros de la llamada tierra de nadie. No eran tiempos oportunos para aventurarse por terrenos fronterizos, y mucho peor a principios del otoño, cuando las gentes de bien se empiezan a recluir en sus ciudades para protegerse y vivir en paz disfrutando con los frutos de sus trabajos. Las imprecisas regiones que configuraban la marca extendida entre el país de los moros y los condados cristianos se hallaban pobladas por bandas de hombres oportunistas, desalmados, que recorrían los extensos predios, sin dueño ni vigilancia, a la búsqueda de cualquier infortunado que pudiera reportarles algún beneficio. Y los muchachos erraron al buscar el viejo camino que debía llevarlos hacia el Urgellet. Más adelante, eludiendo adrede las ciudades para no tener complicaciones, confundieron los montes y se desviaron hacia el sur lo suficiente como para exponerse sin saberlo, cabalgando por unos derroteros despoblados. Durante tres días vagaron perdidos. Pero su equivocación fue todavía más grave cuando, al divisar una pequeña aldea en el fondo de un valle, se les ocurrió ir a ella para abastecerse. Resultando que fueron a meterse en un pueblo de bandidos que, al ver a dos varones jóvenes de tan buena presencia, fuertes y saludables, los apresaron sin más contemplaciones para venderlos como esclavos. Y de esta forma tan simple como nefasta, Blai y Sículo acabaron en los pozos de nieve de las montañas de Prades, que eran propiedad del hombre que pagó por ellos, un rico mercader de Vimbodí que tenía su negocio de venta de nieve en Cervera, ciudad sarracena sometida a la cora del valí de Lérida.

Con la puesta de sol cesaban los trabajos. Los hombres emprendían entonces una larga caminata en penumbra hasta el llano donde se alzaban las pobres cabañas. Descendían en hilera por un sendero pedregoso, encadenados por parejas, pie con pie, y vigilados de cerca por los capataces armados que no dudaban en segarle la vida a cualquiera que tratase de hacer algún movimiento extraño. Detrás iban las mulas y los caballos, desprendiendo su característico hedor grasiento, sudoroso, mitigado por el olor a resina que emanaba de los pinos y el débil perfume amargoso de los arbustos del bosque. El cuco cantaba al fondo. Las ardillas correteaban levantando las colas y se encaramaban a los árboles donde tenían sus guaridas.

Extenuados, Blai y Sículo caminaban y oían cómo sus vigilantes conversaban entre ellos con esa lenta y dulce cadencia del árabe, entre el pisoteo sordo de los cascos de las bestias y alguna que otra voz más alta, de vez en cuando, que regañaba o lanzaba amenazas a los pobres esclavos. Pero ellos apenas hablaban entre sí con vagos susurros mientras tuvieran cerca a quien pudiera escucharlos, porque muchos de los que estaban allí entendían perfectamente su lengua.

—Creo que no puedo más... —murmuró Blai en un suspiro, alzando hacia Sículo unos entristecidos ojos. Iba encorvado y pálido, vencido por el cansancio, y tenía la frente húmeda por el sudor.

—¡Ánimo, mi amo! —contestó el otro, haciendo un gran esfuerzo para manifestar entereza—. Yo sé que esto no va a durar siempre...

—Te he dicho cien veces que no me llames «amo» —protestó Blai, con una rabia no disimulada.

—Perdona, perdona... Se me olvida, amo...

Blai clavó en él una amarga mirada, pero enseguida puso sus ojos tristes en la hondura del valle, para manifestar que no deseaba seguir aquella conversación.

Más adelante, en un recodo del camino, apoyado en el tronco de un árbol, esperaba como cada día Rami al Sahib, el jefe que estaba al frente de todo el negocio, con su gorro alto de piel de cabra echado hacia atrás sobre la nuca, y las piernas calzadas hasta media pantorrilla en sus polainas de cuero y las babuchas con las puntas dobladas hacia arriba. Era un hombre grande, mucho más alto que el resto de los guardias, con la cara ancha, plana, ojos pequeños y desconfiados y una espesa barba rojiza. Estaba ligeramente torcido, con la apatía y el desprecio con que solía observar cada día el paso de los esclavos y los guardias, contando su número e inspeccionando los grilletes y las cadenas. Se daba golpecitos con la vara en la palma de la mano.

—Cuidado —advirtió Sículo en un bisbiseo—. Ahí está ese...

Dijo esto porque más de una vez, al pasar junto a él, el malvado jefe les había pegado algún que otro golpe, sin venir a cuento, o les había escupido por el puro placer de hacerlos sufrir. Los odiaba, seguramente porque eran los más jóvenes o porque, en cierto modo, le resultaban diferentes a los demás.

Pero en esta ocasión, cuando estuvieron cerca de él, levantó la cara, los miró sonriendo y dijo:

—Vosotros dos, deteneos.

Ellos se quedaron quietos, temerosos, gachas las frentes y casi temblando. El cruel jefe los miraba de pies a cabeza, mientras se daba golpecitos con la vara en la palma de la mano, y de vez en cuando se volvía para mirar en dirección al resto de la fila. De reojo, Blai podía ver cómo se le dilataban las fosas nasales con una respiración lenta, cauta, suspicaz, apenas un hilo sutil de aire sibilante que daba miedo.

—Si estáis todavía vivos es porque yo he querido —manifestó Rami en un tono agrio que buscaba atemorizar a los jóvenes aún más—. Muchos cachorros blanditos como vosotros apenas me han durado un invierno. Pero el dueño tendrá sus motivos para haberme pedido que os conserve vivos... ¡Él sabrá!

Hubo luego un silencio cargado de tensión. El ruido de los hierros y las pisadas se alejaba. El jefe levantó la vara e hizo ademán de golpearles. Ellos se cubrieron la cabeza y la cara con los brazos. Pero el jefe soltó una fuerte carcajada, brusca y desagradable, antes de añadir:

—¡Vaya par de ratas! Si no os desuello aquí mismo es porque mañana debo presentaros al dueño en Cervera. Pero ganas me dan de... ¡Andad, quitaos de mi presencia, que apestáis como puercos!

Ellos echaron a correr en pos de la fila con la diligencia que les permitía la corta cadena que les unía los tobillos.

Más adelante la oscuridad caía ya sobre el bosque, y les resultaba difícil reconocer el sendero que tantas veces habían recorrido durante el invierno para subir y bajar a los pozos. Con la desaparición de la nieve se había vuelto más estrecho, más tortuoso, y los contornos del bosque habían ganado espesura.

De pronto, Blai se paró en seco, miró fijamente a Sículo y luego puso sus ojos en las cadenas que les frenaban los tobillos.

—¡No aguanto más! —exclamó con voz desgarrada—. ¡Vámonos, vámonos de aquí ahora!

—¡No!, amo, no… —le dijo Sículo, sujetándolo por los antebrazos—. ¡No podremos escapar! ¡Nos matarán!

—¡Que nos maten de una vez! ¡Mejor será!

—¡No, por Dios! ¡Amo, no!

Estuvieron forcejeando hasta que llegó hasta ellos el jefe, gritando:

—¡¿Qué os pasa a vosotros?! ¡Id con los demás u os mato a palos!

Y acto seguido empezó a pegarles con la vara con toda su fuerza, en las espaldas, en los hombros y en los costados. Los jóvenes echaron a correr a trompicones, tropezando, cayendo, levantándose y volviendo a correr.

Más tarde, siendo ya noche cerrada, estaban echados en sus jergones dentro de la cabaña, después de haber engullido la pobre comida que les daban.

—¿Por qué habrá dicho eso? —murmuró Blai.

—¿Quién?

—¿Quién va a ser? El cafre ese, Rami. Ha dicho que mañana debía llevarnos a Cervera. ¿Por qué lo habrá dicho?

Sículo emitió un suspiro débil y contestó con resignación:

—Pues será eso. Si lo ha dicho… Será que nos van a llevar a Cervera. Allí vive el amo de todo esto. Mañana se verá.


# 25

*Montañas de Prades (califato de Córdoba, cora de Lérida), 5 de abril, año 997*

Al día siguiente fueron despertados bruscamente como cada amanecer. Hacía menos frío que los días anteriores, el cielo estaba cubierto de nubes y empezaba a caer una llovizna suave.

—¡Arriba todo el mundo! ¡Despertad, gandules! ¡Llueve y hay que darse prisa, no se derrita la nieve!

Pero, cuando Blai y Sículo fueron a situarse en el lugar que les correspondía habitualmente en la fila de esclavos, se acercó a ellos Rami al Sahib y les recriminó con aspereza:

—Vosotros no, idiotas. ¿No os dije anoche que debía llevaros hoy a Cervera?

Un rato después emprendieron el camino sierra abajo, en dirección a Vimbodí para tomar la calzada que conducía hasta Cervera. Caía una lluvia fina y fría. Rami al Sahib iba por delante, montado a caballo. Aquel recio hombre no conocía la clemencia y no estaba dispuesto a darles respiro. Les hizo caminar amarrados todo el tiempo y tan aprisa como les permitían sus pocas fuerzas. Y de esta forma, casi corriendo y con los pies destrozados, ambos jóvenes atravesaron tierras de suaves colinas y arroyos rápidos, de suelo denso y ricos sembrados de mieses, con elevados brezales en los collados mansos y buenas huertas con todo tipo de árboles frutales. Dejando atrás Tárrega, bajaron por el suave valle del río Ondara, entre los campos de tierra roja bien cuidados, dejando atrás un par de aldeas, algunos molinos y pequeñas alquerías rodeadas por prados en los que pastaba el ganado orondo y tranquilo. A simple vista, se apreciaba que se vivía muy bien en aquellas comarcas. El segundo día también estaba del todo gris y una lluvia maliciosa aguijoneaba el río. Sin embargo, la ciudad sobre la colina les pareció hermosa al atardecer, toda ella rodeada con una muralla de adobe y ladrillo que surgía por encima de juncos y cañaverales.

Unos guardias los abordaron al llegar a la puerta sur, pero enseguida reconocieron a Rami y le saludaron con aire distendido, animoso, entre bromas y risas, franqueándole el paso. Entraron y se toparon con una segunda fortificación que presentaba unos muros sólidos de piedra; una muralla de verdad, no de tierra y pobres ladrillos, sino de mampostería, alta y ancha, rodeada por un foso lleno de basura y animales muertos. Rodearon esta especie de castillo y fueron recorriendo los hediondos callejones en los cuales las casas pequeñas y pobres estaban saturadas de talleres y de hombres que trabajaban el cuero, labraban la madera o forjaban hierro. También había telares y lavaderos de lana. Las mujeres transportaban cántaros de agua, pesados bultos y cestos, mientras tropeles de chiquillos pasaban por doquier entre borricos y rebaños de ovejas. Tiendas y más tiendas vendían cacharros de cerámica, anguilas vivas, pan, sal, especias, paños, utensilios de todo género y cualquier cosa imaginable. Pululaban mendigos y extrañas gentes con holgadas vestimentas de colores. También hombres curtidos con espadas curvas al cinto o largos bastones tallados. Todos ellos hablaban en voz alta en su lengua árabe y lucían sobre los hombros capas de paño oscuro con delicados bordados. El bullicio era enorme; a Blai y Sículo los aturdía el ruido y el gentío, ya que hacía meses que no habían visto otra cosa que nieve en la solemne quietud de la montaña.

Un poco más adelante, los edificios eran extraordinarios: altas y robustas viviendas de hasta tres plantas, alhóndigas, patios donde descansaban los caballos a la sombra de amplios cobertizos, fondas y una bella mezquita con su alminar hecho de ladrillos de arcilla clara.

Allí se detuvieron. Rami descabalgó y amarró el caballo delante de un gran caserón.

—¡Vamos, adentro! —les ordenó fríamente a los muchachos.

Ellos estaban empapados, deshechos por el cansancio y ateridos a causa del viento que empezaba a soplar al caer la noche. Pero dentro de aquel edificio grande y destartalado los esperaba todavía un ambiente mucho más húmedo y gélido. Se dieron cuenta de que acababan de entrar en la casa de la nieve de Cervera, cuyo propietario era el mismo hombre a quien ellos ahora pertenecían, es decir, el que los compró como esclavos a los bandidos en Vimbodí. Allí fueron encerrados en los sótanos, en un sucio y angosto cuartucho, donde no había nada más que un par de viejas esteras extendidas en el suelo frío, y al lado unos pedazos de pan, algo de carne seca de cabra y una jarra con agua. Rami echó la llave y no les dio ninguna explicación. Ellos comieron y después cayeron rendidos por la fatiga y el sueño.

Por la mañana despertaron sobresaltados por las voces y los ruidos que sonaban en el piso de arriba. Estaban en penumbra, helados e iluminados solo tenuemente por la poca luz que entraba por un estrecho ventanuco abierto cerca del techo. Tenían las manos y los pies doloridos, los miembros entumecidos y una gran pesadez en los cuerpos maltrechos. Entonces percibieron un olor a leña quemada y a comida recién hecha que invadía el cuarto. Era un aroma familiar, grasiento, blando, dulzarrón y a la vez delicioso. Blai lo respiraba con una delectación extraña, levantando los ojos hacia lo alto, hacia la abertura del ventanuco por donde el tímido rayo de claridad alumbraba por encima de sus cabezas unos hilillos de humo blanco. También Sículo, con la nariz apuntando hacia allí, parecía respirar ese olor con un placer delicado y triste. Las fosas nasales se le dilataban, palpitando de manera forzada, como si quisiera apropiarse de los apetitosos aromas que traía el humo misterioso.

En ese momento Blai se fijó en su compañero de penalidades, en su rostro de color ceniciento, en sus bellos ojos, sesgados e impasibles, que miraban vítreos y firmes, resultándole de algún modo familiares, y en los demás rasgos de su fisonomía. Ahora, tan delgados como estaban uno y otro, incluso se parecían más que antes; compartían hechuras, estatura y el color del cabello. ¡Qué misterio! Blai cayó en la cuenta de que ese esclavo suyo llevaba su misma sangre. Eran tío y sobrino. Sus orígenes y sus ancestros eran comunes. Y ahora, por ser ambos esclavos, hasta eran más iguales. Esto al muchacho le hizo sobrecogerse y musitó:

—¿Por qué nos ha pasado esto? ¡Dios mío! ¿Por qué? Creo que moriremos aquí los dos… ¡Y se acabó! No saldremos de aquí y todo se acabará en esta fría y oscura casa…

El otro le miró extrañado.

—No digas eso, amo. Saldremos adelante… Con la ayuda de Dios, viviremos. Ya lo verás…

Blai soltó un bufido y contestó:

—¡Maldita la hora en que salimos de Cubellas! ¿Esta era la libertad que me esperaba? ¿Era esta la nueva vida que se me prometió? Para esto, mejor hubiera sido haberme ido con el veguer a servir al conde de Barcelona… ¡Moriremos aquí!

Sículo puso en él unos ojos lánguidos y conmovidos, y se quedaron un buen rato así, en silencio, mirándose y compadeciéndose mutuamente.

Un rato después, crujió la cerradura y la puerta se abrió. Apareció Rami con su habitual gesto desabrido y su mal humor, gritando:

—¡Basta ya de cháchara! ¡Arriba! ¡Vamos, gandules!

Los llevó a empujones por la escalera hasta la parte superior del edificio, a un patio en cuyo centro había un pozo. Seguía lloviendo.

—¡Quitaos esas sucias ropas! —les ordenó en su habitual tono.

Ellos estaban tan aturdidos y asustados que tardaron en reaccionar. Entonces él empezó a propinarles patadas y bofetones.

—¿No me habéis oído? ¡Vaya par de idiotas! ¡Perros rumíes, desnudaos ahora mismo!

Cuando se hubieron desprendido de sus rotas y ajadas vestiduras, apareció otro hombre con un cubo y les estuvo arrojando agua durante un buen rato. Lo hacía con rabia, violentamente, casi haciéndoles daño. Luego aquel hombre derramó una mixtura jabonosa sobre ellos y se puso a frotarles con un estropajo de estopa hasta lacerarles la piel, lo cual era incluso peor que el agua helada.

El suplicio duró hasta que se presentó en el patio el dueño de aquella casa, un viejo asombrosamente delgado y pálido, con una larga barba gris. En sus ojos y en su cara se dibujaba una expresión de amargura y desagrado. Venía soliviantado, alzando las manos abiertas, huesudas y blancas como la cera. Echó una ojeada a los pobres muchachos y, al verlos tan flacos, desnudos y temblorosos, y lo que les estaban haciendo, se enfadó mucho y empezó a dar voces. Rami puso cara de verdadero temor y se inclinó humillándose con una gran postración. Al punto estuvieron hablando entre ellos en su lengua árabe. Blai y Sículo contemplaban atónitos la escena sin entender lo que estaba pasando. Aunque resultaba evidente que el jefe de los guardias trataba de justificarse por algo, sumisamente; daba explicaciones y a cada instante volvía a inclinarse en sucesivas reverencias. Pero la expresión del amo no parecía nada conforme y acabó expulsándole de allí a gritos.

Luego el viejo se fue hacia ellos y les habló de manera suave y perfectamente comprensible en lengua cristiana.

—¿Qué han hecho con vosotros, muchachos? ¡Ese bruto! ¡Ese bárbaro!… ¡Si resulta que estáis medio muertos! Se os transparentan los huesos bajo la piel… ¡Mirad vuestras piernas y vuestros brazos secos! Si no habéis muerto es porque Dios no ha querido… ¡Cómo os habrá tratado ese cafre!

Ellos le miraban con sorpresa, sin acabar de comprender su enfado y su preocupación. No habían olvidado la cara de aquel hombre: era el mismo que los compró a los bandidos en Vimbodí, para enviarlos después a los neveros de la montaña, bajo la vigilancia del cruel jefe de los guardias que tan mal trato les había dado durante todo el largo y duro invierno. Y si estaban vivos ahora era de puro milagro. ¿Cómo era posible pues que el dueño de la casa de la nieve se manifestase ahora tan extrañado al verlos así? ¿Acaso no sabía cómo trataba Rami al Sahib a sus esclavos? No debía de tener ni idea de ello, puesto que continuó haciéndoles preguntas al respecto.

—¿Es que no os han dado de comer en todo este tiempo? ¿Qué han hecho con vosotros, muchachos? ¡Ese bruto! ¡Esa bestia!… Os confío a él y os devuelve a mí así, ¡medio muertos! ¡Sois pellejo relleno de huesos! ¡Y además tenéis heridas y moratones por todo el cuerpo! ¡Os ha molido a palos ese cafre!

Blai y Sículo seguían estupefactos, sin atreverse a responder ni a abrir siquiera sus bocas. Tiritaban solo. Y el dueño entonces se puso a darles unas explicaciones que desde luego no se esperaban.

—No era mi intención trataros de esta manera, muchachos —dijo en tono afligido, pero no para disculparse, sino por la rabia que le daba ver deteriorada su propiedad—. Ha sido ese necio y bárbaro de Rami que obra por su cuenta y riesgo… ¡Ese animal que no se entera de nada de lo que le digo! Le mandé que os tuviera en la montaña solo durante algún tiempo y que luego os trasladase a pasar el resto del invierno en Vimbodí. Y resulta que os ha tenido allí arriba durante todo este tiempo… ¡Cinco meses allí! Vosotros, muchachos, no estabais preparados para eso. No teníais cuerpos que lo puedan soportar… Le ordené que os fortaleciera y que os alimentara bien hasta la primavera… ¿Y qué es lo que me encuentro ahora? ¡Este desastre que ven mis ojos! ¡Por poco os tienen que enterrar allí arriba y se acabó el negocio! Pero, ¡alabado sea Alá!, no parece que vayáis a morir. Arreglaremos esto lo mejor que podamos. Andad, vestíos. Mañana os llevarán a los baños para que os hagan entrar en calor, os aseen como Dios manda y os libren de los pelos sucios y de esas babuchas mugrientas…

Blai y Sículo se miraron, compartiendo el asombro que despertaba en ellos toda esta perorata, que tan lejos estaba del oprobioso trato que habían estado recibiendo hasta ese momento.

Entonces el viejo les miró los tobillos y añadió:

—Ahora, antes de nada, enviaré a que llamen al herrero para que os libre de los grillos y las cadenas. Luego tenéis que comer bien.


# 26

*Cervera (califato de Córdoba, cora de Lérida), 8 de abril, año 997*

Al día siguiente, el anciano dueño de la casa de la nieve ordenó a sus criados que llevaran a Blai y Sículo a ese sitio donde, según dijo, debían ir para que los adecentaran. Pero antes de que salieran se puso más serio de lo que ya estaba y, en la puerta, les hizo una severa advertencia a los dos jóvenes:

—Cuidado con el encargado de los baños, que es muy chismoso. No respondáis a nada de lo que os pregunte. Si le da por querer saber cosas acerca de vuestras vidas y origen, vosotros haceos los tontos... ¿Comprendéis lo que quiero decir?

Ellos estaban tan confundidos que se limitaron a responder afirmativamente con tímidos movimientos de cabeza.

—¡Pues andando, muchachos! Id a que os pongan presentables, que así da pena veros.

No les resultaba nada fácil caminar sin los grillos ni las cadenas, después de haberlos llevado durante tanto tiempo, acostumbrados como estaban a tener que ir siempre amarrados el uno al otro. Ahora, al verse sueltos, daban traspiés e iban inseguros. Pero solo tenían que cruzar la calle, porque enfrente, junto a la mezquita, se alzaba el edificio grande y antiguo de los baños. Entraron y descendieron por una estrecha y oscura escalera. Abajo se extendía una estancia amplia, abovedada, con columnas y poyetes de piedra adosados a las paredes. Una atmósfera densa, tibia y vaporosa lo invadía todo. Enseguida salió a recibirlos un grueso y alegre hombre de piel clara. Los estuvo observando primero con circunspección y después desplegó una sonrisa plena de complacencia. Y para sorpresa de los jóvenes esclavos, en lengua cristiana todavía incluso mejor que la del viejo, exclamó:

—¡Ah, por fin! Vosotros sois los muchachos de la casa de la nieve. El viejo mandó aviso ayer de que hoy os traerían. ¡Adelante!

Acudieron al instante unos empleados que los despojaron en un momento y a tirones de sus pobres ropas. Parecía que se divertían con ello y, mientras lo hacían, a Blai y a Sículo les daba la sensación de que se burlaban de sus delgadeces extremas, pues les señalaban las piernas y las costillas que asomaban bajo la piel desnuda.

Después el propio dueño del establecimiento quiso llevar a Blai en primer lugar a la sala de baño. Pero él se resistió, porque no le pareció bien separarse de Sículo. Hubo un forcejeo y el grueso bañero acabó accediendo a que fuera también el otro. Sus tres ayudantes los siguieron hasta una estancia más pequeña, llena también de vapor y del olor fragante que desprendían las piedras calentadas. Allí comenzaron por hacerles que se sumergieran en una pileta de mármol, donde les estuvieron frotando la piel y los cabellos con agua y jabón. El jefe llevaba la voz cantante y sus manos temblaban ligeramente al hacer su oficio, mientras sonreía de una manera extraña. Los muchachos no estaban acostumbrados a esos tratos y se sintieron bastante contrariados, desagradablemente incómodos, aunque decidieron aguantarse y no prestarle mucha atención. Al fin y al cabo, eso no era nada en comparación con todo lo que habían tenido que soportar durante los meses anteriores.

El grueso jefe canturreaba, silbaba y no dejaba de sonreír. Hasta que, un rato después, comenzaron las preguntas.

—Bueno, bueno… ¿Y de dónde sois vosotros si puede saberse? No os he visto antes por aquí. ¿Cuál es vuestra tierra de origen?

Blai y Sículo no respondieron.

—Comprendo —dijo el bañero, en un tono cordial—. Sois tímidos… Y veo que debéis de ser de las tierras altas de los rumíes. Aunque, según tengo entendido, os han traído de la montaña… Estabais en los pozos de la nieve, ¿no es cierto? ¡Qué trabajo tan duro es ese! ¡Así estáis, criaturas! Se ve que no lo habéis pasado muy bien que digamos… Sois un par de sacos de huesos. Unos días más allí y no lo contáis…

Los subalternos rodeaban la pileta con apreciable curiosidad y se echaron a reír. Su jefe les lanzó una mirada represiva y después se volvió de nuevo hacia los jóvenes para proseguir su interrogatorio.

—¿Sois mudos? ¿No queréis decirme de dónde sois? Tengo entendido que fueron los bandidos de la tierra de nadie quienes os capturaron y os llevaron hasta Vimbodí. ¿Quién os compró en el mercado de esclavos? ¿Acaso fue el viejo de la casa de la nieve? ¿O él os compró después de estar en las montañas? ¿Sois hermanos? La verdad es que os parecéis bastante…

Ellos seguían sin abrir la boca. Pero el bañero, sin desanimarse por ello, insistió con meliflua voz:

—Bueno, bueno… No tenéis por qué recelar de mí, muchachos. Yo soy amigo del viejo de la casa de la nieve, así que podéis confiar en mí… Además, al final, todo se acaba sabiendo. En esta ciudad que vive encerrada en sus murallas es difícil guardar secretos.

Y después de decir aquello, miró hacia sus ayudantes con una expresión llena de suficiencia para luego reemprender su tarea de frotar la piel, aunque esta vez con mayor energía, como dejándose vencer por la irritación que empezaba a producir en él su mutismo. Y a la vez añadió, paseando su mirada por el cuerpo de Blai:

—No me parece que seáis vosotros cualquier clase de esclavos… Seguro que venís de algún lugar importante y creo adivinar que debéis de pertenecer a una familia de gente poderosa… ¿Acaso seréis de Barcelona? Seguro que habéis vivido a la sombra de algún conde rumí…

Eso, muchachos, se aprecia a simple vista. Por muchos palos que os hayan dado en los pozos esos de la montaña y por desmejorados que se os vea ahora. ¿No tengo razón? Y tú, precisamente, tienes cara de niño mimado... ¡Guapito!

Al oír aquello, Blai se apartó de él bruscamente e intentó ocultarse detrás de Sículo, bajando los ojos y dejando más patente su incomodidad. Eso hizo que el jefe de los baños se aproximara hasta ponerse a un palmo de él, mirándole fijamente a los ojos, mientras le preguntaba con voz susurrante:

—¿Acaso sois hijos de algún conde cristiano? No tenéis cara de ser esclavos de nacimiento... ¿Dónde os capturaron?

Los demás bañeros observaban la escena, riendo a media voz.

—¡Idos de aquí vosotros! —chilló su jefe—. ¿No veis que los estáis asustando?

Obedeciendo sin rechistar, se esfumaron al punto. Entonces el grueso bañero soltó un largo suspiro y, sin dejar de mirar a Blai, dijo con mayor cordialidad:

—No será perjudicial para vosotros que me contéis ciertas cosas... Ya os lo he dicho. Porque aquí todo acaba sabiéndose... Deberíais hablar. Aunque... es de suponer que el viejo os haya advertido para que no abráis el pico... ¡Menudo es el viejo de la casa de la nieve para sus cosas! ¿No vais a decirme entonces dónde vivíais antes de ser esclavos? ¿Ni tampoco qué hacíais perdidos por la tierra de nadie? ¿Adónde ibais por esos derroteros peligrosos, criaturas de Alá?

Ni esta insistencia ni el tono forzadamente amable del bañero consiguieron que ellos respondieran a sus preguntas. Así que acabó desistiendo y, con peores modos, los invitó a sumergirse en la pileta, en la que les frotó de nuevo y los lavó como es debido. Por primera vez en mucho tiempo, ellos recibieron una cierta sensación placentera, al entrar en contacto con el agua caliente. Pero el agrado duró poco, porque al punto los obligó a salir del baño y los secó enérgicamente con una toalla, mientras refunfuñaba:

—¡Allá vosotros! ¿No queréis hablar? ¡Pues que os zurzan!

Después llegó el barbero y, en aquel mismo lugar, les cortó a ambos los cabellos y les rasuró las barbas y los bigotes.

Al verlos ya aseados y afeitados, el encargado se acercó de nuevo a Blai para acariciarle la cara con su mano regordeta, suave y rosada, mientras le decía con aire socarrón:

—Esta piel, estos rasgos… A mí no me engañas, tú no has nacido esclavo… Seguro que alguien muy rico estará dispuesto a pagar un buen rescate… ¿Tenéis parientes en la corte del conde de Barcelona?

Más tarde, ya fuera de los baños, fueron conducidos a una tienda cercana, donde se amontonaban telas y prendas de vestir. Allí mismo los criados de la casa de la nieve los enfundaron en una especie de sayos sin forma, como sacos largos hasta los pies, y de esta guisa los condujeron ante la presencia de su amo en la sala principal de su vivienda.

El viejo les hizo sentarse en un lecho de reposo que había cubierto con un montón de cojines, y les dijo sonriente:

—Ahora descansad un poco aquí, mientras yo voy a ver lo que os están preparando para comer.

Un rato después, les sirvieron un buen almuerzo, a base de legumbres, verduras frescas y sebo de cordero. Por fin volvían a probar el pan tierno después de mucho tiempo. Y mientras devoraban con avidez todo aquello, el dueño les decía:

—Ahora, muchachos, no debéis temer ya. A partir de hoy, viviréis en esta casa y trabajaréis en mi negocio. ¡No os asustéis! Porque nada tiene que ver eso con lo que habéis estado haciendo en la montaña. Vuestra tarea consistirá en cargar la nieve y transportarla hasta los carros para repartirla por la ciudad. No se trata de algo demasiado difícil… Además, aquí se os dará de comer bien y podréis tener algunas horas de descanso en la jornada. Os prepararé una habitación para dormir aquí arriba, junto al patio. Todo será mucho más fácil para vosotros… Yo soy un hombre bueno, agradecido y temeroso de Alá, que trato bien a mis esclavos si ellos se comportan como Dios manda. Aunque es necesario que os advierta de algo: ¡ni se os ocurra intentar escapar! Esta casa se cierra con llave cada tarde y no hay manera de salir sino por la puerta. Las murallas de Cervera son altas y no se puede huir por ningún lugar. Las entradas, como es natural, están bien vigiladas en todo momento. Hay guardias también en las torres y en las almenas. Sería una locura intentar saltar por cualquier parte. Así que, muchachos, no expongáis vuestras vidas. Si os diera por huir, os atraparían antes de que anduvierais más de veinte pasos. No hagáis que tenga que volver a llamar al herrero para que os ponga los grillos y las cadenas otra vez. Además, en tal caso, estad muy seguros de que no dudaré en entregaros a ese animal de Rami al Sahib. ¡Y acabaréis vuestros días en lo alto de la montaña! Ya sabéis lo que os espera allí arriba… ¿No querréis correr una suerte así, verdad? Pues ya estáis avisados.

# 27

*Cervera (califato de Córdoba, cora de Lérida), 9 de abril, año 997*

Al día siguiente, en plena madrugada, un gallo empezó a cantar en algún corral cercano. Blai despertó atolondrado y vio claridad a través de una ventana, pero, muerto de fatiga, cerró los ojos de nuevo. Primero intentó luchar contra el sueño, retornando una y otra vez al mismo pensamiento: «Tengo que levantarme, ahora». Pero no tardó en dormirse profundamente. Cuando se despertó del todo, era ya completamente de día y el sol entraba a raudales en la habitación. Se sintió un instante perdido: ¿dónde se encontraba? ¿Qué cuarto era aquel? ¿Por qué no lo reconocía? ¿Qué le había sucedido? Apartó la manta, que alguien le había echado por encima mientras dormía, temiendo que tuviera frío. Se sentó en la cama, se frotó los ojos y luego miró a su alrededor.

El rostro conocido y afable de Sículo apareció junto a él, bañado por la luz irisada de la mañana. Estaba arrodillado junto a la cama y le acercaba un vaso de agua fresca, diciéndole:

—Amo, ¡cómo has dormido! Hace un buen rato que yo abrí los ojos… He procurado no hacer ruido.

Blai bebió ávidamente.

Y el otro, cogiendo un cántaro que estaba cerca, le llenó de nuevo la copa, que él volvió a vaciar de un trago.

Se quedaron en silencio, mirándose. Se veían raros tan limpios, sin los pelos largos sucios y alborotados, y parecían mucho más jóvenes con los rostros lampiños. Luego Sículo se echó a reír de repente. Eso le extrañó mucho a Blai, y estuvo a punto de enfadarse al preguntar:

—¿A qué vienen esas risas? ¡No estamos ahora precisamente para risas!

Sículo se puso serio, se quedó pensativo e hizo ademán de llenar de nuevo el vaso. Entonces Blai lo rechazó con un gesto brusco de su mano, mientras le decía:

—¡Deja eso! No quiero ya que me sirvas. ¿Acaso no tengo yo manos para llenar el vaso?

—Como quieras, amo —contestó el otro con su habitual acatamiento.

—¡Y no me llames «amo»! ¡Te lo he dicho mil veces! ¡Mi nombre es Blai! ¡Se acabó lo de amo! ¡Si me vuelves a llamar así, no volveré a dirigirte la palabra!

Sículo se le quedó mirando con una expresión triste, asintiendo con sumisión.

—Está bien… No te pongas así, am… Está bien, Blai… Yo solo quiero complacerte… ¿Por qué te enfadas de esa manera conmigo?

—Me enfado por eso mismo, porque no quiero que te dediques a complacerme. ¡Odio que estés todo el tiempo pendiente de mí! ¿Por qué no te preocupas por ti? ¡Me agobias! ¡Me exasperas! Aquí no poseemos nada y yo no necesito a ningún criado que esté todo el tiempo pendiente de mí. ¿No te das cuenta de que ahora los dos somos esclavos? ¡Aquí no hay más amo que ese asqueroso viejo sarraceno!

Sículo se acercó aún más a él, moviéndose torpemente, desconcertado y sin saber qué hacer ni qué decir. Y Blai, todavía de peor humor, le dio un empujón, gritando:

—¡Fuera! ¡Apártate! ¿No acabo de decirte que me agobias?

—Amo, yo… Perdóname, yo, amo…

—¡No me llames «amo», idiota! ¡No me llames «amo»! ¡No vuelvas nunca más a llamarme así o…! —levantó el puño amenazadoramente.

Sículo se apartó de él y se retiró hasta ir a sentarse en el rincón más apartado de la habitación. Allí se cubrió la cara con las manos y se echó a llorar.

—¡Lo que me faltaba! —refunfuñó Blai—. ¡Ahora, a llorar! ¡Como una mujer! ¡Deja de llorar, idiota! No has llorado ni una sola vez en la montaña, y ahora… ¡a llorar! ¡Es insoportable! ¿No ves que me sacas de quicio?

—¡Sí! —sollozó Sículo—. ¡Sí que lo veo! Y no comprendo por qué te saco de quicio, cuando me empeño en ayudarte a sobrellevar esto lo mejor posible… Me duele que seas esclavo… ¡Me duele mucho!

—¡Ah, vaya! ¡Así que te duele! —replicó Blai, sintiéndose espoleado—. ¿Y no has pensado en una cosa? ¿No has pensado en quién tiene la culpa de que ahora estemos aquí? ¿Ya has olvidado que fuiste tú quien se empeñó en ir a esa aldea de bandidos? ¡Menuda idea! Si no hubiéramos entrado allí, ya estaríamos en el Urgellet.

Sículo alzó sus ojos llorosos hacia él y contestó, oponiéndose:

—¡Eso no es verdad! No hacías nada más que quejarte, teníamos hambre y propusiste tú buscar una aldea... Era lo único que te importaba ya: encontrar a alguien que pudiera darnos comida. Yo vi la aldea, eso sí es verdad, pero fue idea de los dos ir a ella.

—¡No cambies las cosas, Sículo! Tú dijiste: «Vamos, vamos allá, que se ve gente». Fuimos y... ¡Mira cómo estamos! Si no lo hubieras dicho...

—Lo dije porque no hacías otra cosa que quejarte. Yo no me quejé ni un momento. Hubiéramos aguantado un día más y tal vez hubiéramos encontrado alguna aldea cristiana, pero tú ya no estabas dispuesto a seguir...

—¡O sea, que tengo yo la culpa! ¡Serás patrañero!

—¿Patrañero yo? —contestó Sículo, haciendo un enorme esfuerzo para no faltarle al respeto—. ¡Y tú eres un quejica! Si no hubiera sido por mí, habrías perdido el anillo, la carta y todo tu dinero.

Blai hinchó su pecho y, con la cara roja de cólera, se puso a dar voces todavía más fuertes.

—¡Maldita sea! ¿Eso se te ocurre decir ahora? ¿Acaso tengo yo mis pertenencias? ¡Lo he perdido todo! ¡No tengo nada! ¡Nada! ¡Y me dices ahora que gracias a ti no perdí la carta, el anillo y las monedas! ¿Dónde estarán esas cosas? ¡Se quedaron allí! ¡Todo está perdido ya!

A lo que el otro respondió, con todo lo que podía hacer para persuadirle:

—No lo has perdido. Estará allí, donde lo escondimos en el campo, cerca del sendero, antes de bajar de los montes hasta la aldea. Estará bien guardado y seco, dentro del zurrón donde lo enterramos. Así que podremos recuperarlo todo cuando salgamos de aquí.

—¡Cualquiera sabe dónde está aquello! ¡Imposible acordarse!

—Yo sí me acuerdo. Podría encontrarlo fácilmente, puesto que guardé bien en mi memoria los puntos de referencia. Parece que estoy viendo ahora mismo el alto monte coronado de rocas, el arroyo y los grandes pedruscos que había junto al sitio donde lo ocultamos. ¿Cómo iba a olvidarlo?

—¡¿Y de qué nos servirá recordar el sitio?! Estamos muy lejos de allí...

—No, no estamos tan lejos. Parece mentira que digas eso, amo. Nos hemos pasado la vida por los campos cazando, y sabemos orientarnos. Yo no he dejado de fijarme en los sitios por los que hemos pasado y sabría llegar a aquellos montes. Desde lo alto de la montaña de Prades se veía muy bien aquel paraje, a lo lejos, y se distinguía hasta el sendero y el collado coronado de rocas. Podría ir hasta allí con los ojos cerrados...

Blai hizo un gesto de desprecio con la cabeza y replicó irónico:

—Podrías, podrías... ¿Y qué? ¡Estamos encerrados!

Sículo reflexionó un poco, se acercó a él y dijo luego en voz baja, frunciendo el ceño:

—Saldremos de esta casa y de esta ciudad tarde o temprano. Nos escaparemos. ¿O vamos a quedarnos de por vida siendo esclavos? Yo no pienso que ese sea nuestro destino... Ya encontraremos el modo de escapar. ¡Huiremos!

Blai, sin poder contenerse, respondió en un tono en el que se unían la rabia y la angustia:

—¿Huir...? ¿Huir de aquí? ¿Te has vuelto loco? ¡Es imposible! ¿No oíste lo que dijo el viejo?

Sículo sonrió, como temiendo volver a encolerizarlo, y cambió su tono de entusiasmo, como si con ello manifestara que allí era Blai quien disponía lo que debía hacerse, y luego propuso con delicadeza:

—Piénsalo, amo, habrá que empezar a urdir un buen plan desde hoy mismo... ¿No te parece, amo? Huiremos más tarde o más temprano...

—¡Cállate! ¡Es una locura! ¡Y no me llames «amo»! ¡No vuelvas a dirigirme la palabra! ¡Me agobias con tus tonterías!

—Está bien, está bien, no repitas más eso..., me recuerdas a...

—¿A quién? ¡Dilo de una vez! ¿A quién te recuerdo? —replicó Blai, sabiendo por dónde iba.

—Al gobernador Gilabert, amo. Me recuerdas mucho a tu abuelo, Gilabert de Adrall. De un tiempo a esta parte, hablas como él, dices las mismas cosas que él... De esa manera desdeñosa trataba el gobernador a su fiel criado Amadeu.

Blai se quedó horrorizado. Apretó los dientes, crispó los dedos y después saltó sobre él para agarrarle por el cuello, gritando fuera de sí:

—¡Calla! ¡No menciones a mi abuelo!

Estaban forcejeando cuando se abrió la puerta de golpe y apareció el viejo de la casa de la nieve, diciendo con voz tonante:

—¿Se puede saber que os pasa a vosotros? ¿Qué voces son estas? ¿Y qué riñas os traéis? Os dejo descansar un rato más y os encuentro de pelea. ¡Vestíos inmediatamente! ¡Y andando al trabajo!

# 28

La casa de la nieve ocupaba un edificio grande, arcaico y poco hospitalario, construido casi enteramente con piedras. Los techos eran altos, de troncos carcomidos y ladrillos podridos. Las ventanas estaban cerradas y a través de los listones de las persianas no se filtraba ni un rayo de luz. Quizá en un pasado lejano fuera algo parecido a un palacio o la residencia de gente poderosa, porque las paredes del vestíbulo seguían revestidas con paneles de madera vieja, oscura y brillante, y las jambas de las puertas estaban talladas a la manera de los godos que habitaron aquellos lugares en otros tiempos. Tras cruzar un patio de empedrado irregular, se accedía a la escalera que comunicaba con el pozo que servía de almacén para la nieve, y se encontraba cerrado con una bóveda también de piedra unida con argamasa. Seguramente era esta la parte más primitiva de la casa y puede que también fuera una de las construcciones más antiguas de la ciudad. Todo indicaba que allí se había desempeñado aquel oficio desde siempre. Su función era recoger la nieve bajada de los pozos de la montaña y, del mismo modo que en ellos, almacenarla y conservarla. Unas pequeñas dependencias anejas eran utilizadas como zona fresca para evitar la corrupción de algunos alimentos, principalmente la carne o la leche. El negocio consistía, pues, tanto en vender el hielo como en cobrar un precio por mantener esos productos. Esto hacía que fuera un lugar concurrido a diario, especialmente cuando apretaba el calor.

Los trabajos que Blai y Sículo desempeñaban allí nada tenían que ver con los sufrimientos pasados en la montaña de Prades. En eso tuvo razón el viejo, pero eso no quería decir que, por padecer menos fatigas, fueran felices... El lugar era húmedo y frío. Cada día, desde una hora temprana de la mañana, los muchachos debían entrar una y otra vez para sacar la nieve que demandaban los compradores. Después debían recolocarla y apisonarla. También se encargaban de guardar en la fresquera la carne y la leche que traían los carniceros. Y permanentemente era necesario barrer el suelo y retirar el agua formada por el deshielo para que no se filtrara hasta el almacén. Todo eso requería esfuerzo y atención, siempre bajo la exigente mirada del dueño. Al principio les costó más, dado su estado de extenuación y la extrema delgadez que tenían cuando llegaron, pero, poco a poco, con el trato más favorable, la comida y la oportunidad de estar bajo techo se obró el milagro de devolverles la salud. A esas edades siempre resulta más fácil restablecerse. Sin embargo, aquello no dejaba de ser esclavitud y encierro... Los dos jóvenes languidecían y maldecían igualmente la suerte que les había tocado.

Aunque Blai lo sobrellevaba aún peor que Sículo. Se asfixiaba sometido a la rutina de las horas y los días que pasaban sin novedad alguna en sus vidas, en aquel mundo pequeño, aburrido, silencioso y triste. Solo por la tarde, al concluir el trabajo en los pozos, encontraba algo de consuelo cuando subían a la terraza desde donde se contemplaba la inmensidad de los campos que se extendían más allá de las murallas. Entonces el muchacho sentía por un instante la ilusión de la libertad; como si la puerta se hubiese abierto de forma misteriosa, sin ruido, y veía extenderse ante sus ojos aquel horizonte inmenso y libre, bendecido desde las alturas por una luz serena y constante, suavísima. Su alma se perdía en la infinita liberación de aquel paisaje de llanos, valles, arboledas y ríos, y poco a poco se templaban los sentimientos que le turbaban, la angustia que le oprimía, la desesperación que a veces le postraba sobre el jergón, o le hacía arremeter a puñetazos contra las paredes del foso. Como si en el espectáculo de la paz y la libertad de la naturaleza hallara una compensación a las humillaciones y sufrimientos de la esclavitud. Luego, por la noche, la memoria le devolvía de otra manera los maravillosos recuerdos que anhelaba, y un mundo pasado e irreal se introducía de forma furtiva en la angosta habitación; un mundo de recuerdos luminosos que él trataba de adivinar entre las cuatro paredes desnudas, opacas y frías. Sombras transparentes penetraban trayendo consigo el secreto de los bosques de Cubellas, y se revelaba el misterio plateado del río Foix, el esplendor de las playas y el temblor delicado del mar. Pero más tarde, antes de dormirse, siempre prorrumpía en un llanto largo y ahogado.

Y Sículo, al oírle, se compadecía de él, pero no se atrevía a hablarle, temiendo irritarle todavía más. Solo alguna vez, cuando le parecía que aquel sollozo era ya demasiado prolongado, le preguntaba con cuidado:

—¿Qué puedo hacer, amo?

Blai no contestaba. Se revolvía en el lecho y farfullaba refunfuños ininteligibles.

Siempre Sículo hacía un esfuerzo más para animarle.

—Duerme y no te preocupes, amo. Esto no durará siempre… Ya lo verás. Cuando menos lo esperemos, saldremos de aquí.

—¡Calla, imbécil! Me angustia todavía más tener que aguantar las tonterías que dices… Cuando menos lo esperemos… ¡Y cuándo será eso! ¡Yo ya no espero nada!

—Será cuando Dios quiera… No perdamos la fe. Recemos…

—¡Dios nos ha abandonado! ¡Yo ya hace tiempo que dejé de rezar!

—Si nos desesperamos será todavía peor… Deberíamos empezar a pensar en algo…

—¿En algo? ¿Y qué es ese algo?

—Ya sabes… En buscar alguna manera de… Hay que urdir un plan…

—¿Escapar? ¡Estás loco, Sículo! ¿Quieres que nos maten? ¡Anda, cállate ya, que no me dejas pensar en mis cosas! Al menos deja que sueñe…

## 29

*Cervera (califato de Córdoba, cora de Lérida), 14 de mayo, año 997*

Una de aquellas tardes, Blai estaba trabajando, ensimismado en sus pensamientos. De manera rutinaria cargaba cestos de nieve en el fondo del pozo. Las paletadas eran constantes, rítmicas y frecuentes, con el dolor siempre presente, siempre incurable, de aquella servidumbre afrentosa. Cada día volvía a fermentar en él su permanente rencor, la ojeriza inconfesable que sentía hacia todo el mundo que le rodeaba, incluido Sículo. Llevaban allí ya algo más de un mes, pero ese tiempo, fuera corto o largo según se mirase, no tenía entidad ninguna para él; era, sencillamente, un tiempo perdido o inexistente.

Cada vez que llenaba un cesto de nieve hasta el borde, daba unos golpes con la pala en las piedras para avisar. Entonces bajaba alguno de los otros esclavos y lo cargaba por la escalera hasta el patio. Luego el mismo silencio y la misma sombra volvían a rodearle. Estaba sin aliento, temblaba, tuvo que apoyarse en la pared fría. Meditó solo en aquella oscuridad húmeda, helada, y luego se dejó arrastrar al llanto.

Al cabo de un rato, una voz preguntó desde arriba con exigencias:

—¿Qué pasa ahí abajo? ¡Vamos, que hay prisa!

Blai no contestó. Lanzó un escupitajo de rabia a la nieve y volvió al tajo. Le quedaban todavía unas cuantas paletadas para colmar el cesto y no estaba dispuesto a esforzarse trabajando con mayor premura.

—¿Se puede saber qué pasa ahí? —insistió la voz.

Un instante después, apareció por el hueco de la escalera uno de los esclavos. Miró a Blai con expresión de agobio y dijo:

—Si no te das más prisa, el viejo acabará enfadándose. Arriba no damos abasto. Hace mucho calor y ha venido más gente de la cuenta a por hielo.

Blai no hizo caso y siguió trabajando al mismo ritmo. Entonces el otro esclavo hizo todavía más hincapié al decir:

—¡Haz un esfuerzo, hombre! Para colmo, el dueño de los baños se ha empeñado en llevarse esta misma tarde un carro entero de nieve a una alquería cercana. Dice que va a matar unos carneros y necesita conservarlos hasta el próximo viernes. Así que date prisa... ¡Tenemos que llenar de nieve un carro entero! No nos queda más remedio que trabajar duro hoy. Hasta que no acabemos de llenar ese cargamento no nos dejarán ir a descansar.

Blai alzó la cabeza hacia él y contestó de manera inexpresiva:

—Pues que venga Sículo a echarme una mano.

—Eso no puede ser. Sículo está afuera cargando el carro. Y los demás estamos en el patio, haciendo todo lo que podemos.

—¡Pues yo ya no puedo más! —suspiró Blai—. Llevo aquí muchas horas y no seré capaz de trabajar más deprisa. ¿Queréis acaso que me quede sin fuerzas y me caiga al suelo?

El esclavo le miró con la boca abierta, con una especie de asombro no exento de irritación. Chasqueó luego la lengua y contestó:

—¿Será posible? Estás aquí trabajando fresquito y no tienes que andar subiendo y bajando escaleras... ¡No te quejes, hombre! Nosotros tenemos que andar todo el tiempo para arriba y para abajo, con la lengua fuera. Y Sículo está con el trabajo más duro, metiendo la nieve en el carro... ¡Vamos, no te quejes más y dale duro, que acabemos cuanto antes!

Estaban en esta porfía cuando se oyó la voz del viejo gritando desde el patio:

—¿Qué hacéis ahí de parloteo? ¿No veis que hay prisa? ¡Como tenga que bajar yo al pozo vais a saber lo que es bueno!

—¿Has oído? —dijo el otro esclavo—. Si no aligeramos, el amo acabará castigándonos.

—¡Al infierno el viejo! —masculló Blai y lanzó después otro escupitajo a la nieve.

El trabajo fue arduo toda aquella tarde, siempre con el apremio que exigía llenar el carro de nieve. Pero, por fin, cuando ya era casi de noche, concluyeron todas las tareas y una voz avisó desde lo alto de la escalera:

—¡Basta! ¡Se acabó!

Hubo luego un gran silencio. Blai estaba agotado y tenía tanto frío que tuvo que golpearse con las palmas de las manos los brazos y el pecho para calentarse. Ni siquiera todo aquel esfuerzo le había mantenido el cuerpo en calor. Subió los peldaños lentamente, rendido, pensando que, de seguir así, se haría pronto un viejo, aun siendo tan joven.

Arriba, el patio estaba ya oscuro. Al ver que había caído del todo la noche, el muchacho lamentó que no podría disfrutar esa tarde del único entretenimiento que tenía en aquella casa: contemplar la puesta de sol en la amenidad del panorama que se veía desde la terraza. Aunque no sabía que le tenían reservado un dulce e inesperado regalo. En un extremo del patio los esclavos de la casa estaban reunidos repartiéndose una cesta llena de ciruelas maduras.

—¡Ven, Blai! —le llamó uno de ellos—. El dueño de los baños ha dejado esto aquí para nosotros, como agradecimiento a que hayamos podido llenar el carro antes de que se hiciera de noche. Acércate a recibir tu parte.

Blai caminó despacito hasta allí. Cogió una de las ciruelas y se la metió en la boca. El jugo dulce y fresco le llenó de placer. Inmediatamente, alargó la mano y tomó unas cuantas más. Aquel sabor conocido le devolvió un montón de recuerdos.

Pero, en ese mismo instante, oyó a sus espaldas la voz aguda y desagradable del viejo, que venía con un farol en la mano, preguntando:

—¿Dónde está Sículo?

Los esclavos se miraron entre sí y luego pasearon sus ojos por aquella penumbra del patio.

—¡Sículo! —gritaba el viejo—. ¡¿Dónde te metes, maldito rumí?! ¡Ven aquí inmediatamente!

Nadie contestó. Entonces el viejo se paseó por toda la casa, dando voces, como un torrente; las palabras escapaban de su boca, incoherentes, impetuosas, atropelladas:

—¿Dónde te escondes, maldito infiel? ¿No me estás oyendo? ¡Sal de una vez! ¡Sículo! ¡Sículo! ¡Te voy a moler a palos!

Todos se pusieron a buscarle. Hacía ya un buen rato que se habían cerrado las puertas de la casa de la nieve, esta vez más tarde que ningún otro día, y debía de estar dentro. Pero pronto llegaron a la conclusión de que quizá se había quedado fuera después de estar cargando el carro. Salieron y buscaron por toda la ciudad. Nadie le había visto. Fueron a preguntar a los baños. El dueño no estaba. Según dijeron sus criados, había salido a última hora de la tarde en el carro para llevar la nieve a su alquería.

El viejo lanzó una especie de rugido de cólera y gritó:

—¡Ya se escapó ese zorro! ¡Sículo ha huido escondido entre la nieve! ¡Nos la ha jugado!

Después de llegar a esta conclusión, salió dando voces como un loco en busca de los guardias. Pero nada se podía hacer ya a esas horas de la noche.

Al día siguiente por la mañana, cuando iban a salir para intentar encontrarlo, unos campesinos se presentaron en Cervera para avisar de que habían encontrado el carro a tres leguas de las murallas. El dueño de los baños estaba muerto, tirado en medio del camino, sobre un charco de su propia sangre; tenía la cabeza abierta. Como el viejo se temía, Sículo se había fugado sin dejar rastro.

# LIBRO CUARTO

## El secreto del conde Oliba Cabreta
### (año 997)

Romualdo, virtuoso monje italiano instalado en el monasterio de San Miguel de Cuixá, aconsejó al conde Oliba Cabreta retirarse del mundo y tomar el hábito de monje. Nadie supo a ciencia cierta el motivo por el cual el conde obedeció a la llamada y partió en 988 al célebre monasterio de Montecasino, acompañado por el abad Garí, y allí murió dos años más tarde.

El final del poderoso conde de Cerdaña y Besalú fue un misterio nunca resuelto del todo...

# 30

*Besalú, 26 de mayo, año 997*

Un día de primavera, después de la hora nona, murió la condesa Ermengarda de Vallespir. Expiró con pleno conocimiento, con dignidad y de forma ejemplar, como si quisiera enseñarles a todos cómo se debe morir. Murió en los brazos de su hija Adelaida, señora de Sales. Estaban allí presentes en aquel instante el resto de sus hijos: los condes gemelos de Besalú y Cerdaña, Bernat y Guifré; Berenguer, obispo de Elna; y Oliba, conde de Berga. También acudieron sus nueras, sus nietos y toda la servidumbre íntima. La familia había sido avisada con tiempo suficiente. La condesa madre envió mensajeros para ordenarles que fueran a verla, porque no se encontraba bien, y los estuvo esperando durante días, preguntando por ellos a todas horas, con impaciencia. Los hijos acudieron uno a uno, obedientes, y no pensaron en ningún momento que ella fuera a morirse tan pronto, aunque la encontraran débil y demacrada en extremo. Y cuando hubieron llegado todos, consciente hasta el último momento, Ermengarda los reunió y comió con ellos en el salón principal del palacio de Besalú. Solo en la Fiesta de la Natividad del Señor se juntaban, una vez al año, en el viejo castillo de Cornellá de Conflent, donde nacieron los hijos y vivió la familia condal durante tantos años. Pero ahora, aun siendo mayo, ella manifestó que deseaba poder despedirse y darle a cada uno lo que le correspondía. Parecía que estaba organizando el viaje escrupulosamente, y hubo oportunidad para que todos recibieran de la matriarca una última sonrisa, un último abrazo y algún consejo. Pudieron estar juntos durante una semana, en torno a ella, sin llegar a creerse que de verdad aquel fuera el final. Pero tres días antes de morir, el domingo por la mañana, al despertarse, Ermengarda le dijo con pleno convencimiento a su hija Adelaida: «Hoy ayunaré, porque estos serán los últimos tres días de mi vida», y se quedó mirando durante un largo rato, con sus ojos cansados y serenos, las montañas que se veían a lo lejos por la ventana. Y después, en torno al mediodía, mandó llamar a su administrador y le dijo en tono cortés: «En ese arcón he dispuesto lo necesario para que pagues mis deudas y les des a mis enemigos una compensación». Murió pues como una gran señora, que no puede retirarse de la vida dejando conflictos, y como una mujer cristiana, que perdona y desea ser perdonada.

El miércoles, poco antes de la agonía, en torno a la hora sexta, daba la impresión de saber a ciencia cierta que ya solo le restaban unas horas o unos minutos, y una vez más demostró sabiduría y tranquilidad. Rogó que viniera el abad de Sant Pere y que trajeran las reliquias de los mártires Prim y Felicià. También pidió que acudieran los familiares para situarse junto a su cama. Todos obedecieron; no decían nada, solo la contemplaban mientras ella rezaba en silencio. Más tarde, la condesa recorría los rostros de cada uno de sus hijos y nietos con su mirada pensativa; y a veces se detenía en alguno de ellos, fijamente, ensimismada, y parecía estar rememorando cosas. Así estuvieron durante una larga hora. ¿De qué se acordaría en aquel momento? ¿Qué habría querido preguntar o indagar? No lo dijo, no lo habría dicho nunca; ni siquiera en esa última hora. Pero todos la conocían lo suficiente como para comprender que su silencio era fruto del tacto, no de la debilidad. Porque la condesa siempre había sido partidaria de que los hijos de Dios solo deben relacionarse entre sí con delicadeza, con discreción, sin forzar las cosas, y solía repetir que había que aceptar y olvidar los defectos y los secretos de los demás. Lo cual no quería decir, ni mucho menos, que no fuera una mujer de carácter. Siempre fue austera y fuerte, resuelta y a la vez comedida. Tuvo que enfrentarse en su vida a grandes desafíos. Años atrás, cuando su esposo Oliba Cabreta abdicó para retirarse como monje al monasterio de Montecasino, Ermengarda gobernó como regente los condados de Cerdaña, Conflent, Capcir, Berga, Ripoll, Besalú y Vallespir, en virtud de la antigua ley goda de la décima marital, que le otorgaba el usufructo de los bienes de su esposo, aunque ya antes había participado de manera activa junto a su marido en numerosas decisiones, principalmente en donaciones y consagraciones de iglesias. Era un vasto dominio sobre gentes y territorios que no tenía igual desde Borrell II, comprendiendo ricos señoríos, alodios, rentas y beneficios que nunca estuvieron exentos de pleitos y graves conflictos. Su vida no había sido pues un camino tranquilo y fácil. Hasta que en el año 993 cedió todos los poderes a sus hijos y se trasladó al Vallespir, como retiro, y para gobernarlo como último dominio, hasta el momento en que consideró, misteriosamente, que iba a morir muy pronto, cuando ni siquiera había cumplido los cincuenta años.

De hecho, el aspecto de Ermengarda no daba señales demasiado evidentes de la posibilidad de una muerte cercana. No había signos de enfermedad grave. Estaba delgada y algo demacrada, pero caminaba por su propio pie y no había perdido el apetito. A pesar de ello, se metió en la cama cuando consideró que le había llegado la última hora, si bien no reveló a nadie qué indicio o premonición había despertado en su alma aquella rotunda certeza. Aunque es verdad que siempre dijo que se moriría cuando estuviera segura de que su misión en este mundo estaba cumplida.

Y en eso, curiosamente, actuaba de manera parecida a su esposo, el conde Oliba Cabreta, que de repente un día, en aquel mismo palacio de Besalú, les manifestó a su esposa e hijos que dejaba todo para irse lejos, a una larga peregrinación a Tierra Santa, con la firme intención de no regresar jamás. No dijo el motivo de aquella decisión tan terminante ni dio más explicación que esta: «El momento ha llegado para mí». Sus familiares, fieles servidores y amigos se quedaron atónitos, porque nunca antes el conde había dado indicio alguno o había dicho algo que pudiera hacerles aventurar siquiera una acción tan firme y extrema. Tampoco cuando los reunió a todos para despedirse les dio el consuelo de algún ligero fundamento o justificación. En su breve discurso habló solo de la familia, les rogó insistentemente que permanecieran unidos y que lucharan para que jamás los moros llegasen a ser dueños de aquellos dominios. Acto seguido, hizo testamento, repartió sus pertenencias y entregó un buen sueldo a cada uno de los hombres de su mesnada. Esa misma tarde se marchó vistiendo el hábito de san Benito, y a nadie comunicó si iba solo o en compañía de otros peregrinos. Corría el año 988 y Oliba tenía la edad de sesenta y ocho años. Había dejado expresa voluntad en el testamento prohibiendo la división de sus dominios entre los hijos; deberían gobernar en común y con el título de conde, bajo la regencia de la condesa madre, puesto que eran menores de edad. Pero, misteriosamente, se reservó gran parte de la fortuna personal que había ganado como botín en las muchas guerras en que había luchado desde su adolescencia. Todo ello constituía un tesoro considerable que fue cargado en alforjas a lomos de una recua de mulas. Por eso pensaron que tal vez, cumplida la peregrinación, regresaría más tarde o más pronto, sin saber que nunca más volverían a ver a su padre. De los tesoros tampoco se supo nada más. ¿Cómo pudo gastarse todo aquel oro? ¿Quién lo tenía ahora? No tuvieron más noticias hasta que, dos años más tarde, en septiembre, llegó una carta firmada y sellada por el abad de Montecasino comunicando su muerte.

Recordando aquello ahora, en Besalú todos se hallaron desconcertados una vez más ante el empeño de la condesa en morirse. ¿Cómo había adivinado ella que le llegaba la hora? ¿Eran acaso simples imaginaciones suyas? Ermengarda nada decía al respecto. No dio explicaciones ni profirió discurso alguno. Sencillamente callaba.

El hecho es que estuvo al final mirando fijamente a Bernat, al que consideraba su hijo mayor por haber nacido antes que su mellizo Guifré. Daba la impresión de que deseaba decirle algo; tal vez una palabra familiar secreta, una frase que le guiara, que le ayudara de por vida a sostener con decisión y sabiduría a toda la familia en aquellos tiempos tan difíciles. Todos estuvieron muy atentos esperando ese consejo postrero, pero la madre permaneció en silencio como si fuese consciente de que es inútil ayudar a nadie con un puñado de frases de última hora. O tal vez porque, al fin y al cabo, todas las familias y todos los individuos se encuentran solos ante su destino.

Un rato después, justo antes de que la campana anunciara la hora nona, lanzó un hondo suspiro. Miraba en torno como buscando algo, con los ojos muy abiertos, y su respiración empezaba a ser forzada, angustiosa, como si fuera a entrar en agonía. Estaban muchos presentes en la habitación, entre familiares y criados de confianza, y todos intentaron hacer algo desesperadamente. Pero ella ya no atendía a nadie. El abad empezó a orar en voz alta, mientras la moribunda miraba por la ventana con mucha atención; parecía contemplar las copas verdes de los árboles, que brillaban mojados por una lluvia fina de primavera, y sonreía enigmáticamente. Y por fin dijo humildemente: «Llueve, cantan los pájaros… ¿No los oís?… Es una bendición». Y se quedó inmóvil hasta que su hija Adelaida le cerró los ojos.

# 31

*Antigua calzada de Besalú a Ripoll, 30 de mayo, año 997*

Cuando concluyeron los funerales por la condesa Ermengarda de Vallespir, su hijo Oliba, conde de Berga y Ripoll, emprendió camino hacia el oeste. Cabalgaba solo por la vieja calzada que atravesaba los bosques, meditando, como si quisiera saber de una vez para siempre quién era él, como si fuera a buscar la respuesta a una pregunta muy antigua. Los árboles ya estaban en flor y los montes rebosaban de vida. En cualquier otra circunstancia el viaje hubiera sido deleitoso, siendo como era plena primavera, por unos paisajes idílicos. Acababa de cumplir veintiséis años y ya gozaba en plenitud y derecho de todo el poder y la hacienda que le correspondían por herencia. Pero él no percibía entusiasmado o triunfal esa suerte, ni siquiera tenía prisa por llegar a su destino. Dejando aparte el dolor por la madre, no experimentaba ningún sentimiento demasiado fuerte o definitivo. Viajaba con calma y se detenía en algunos sitios a descansar, como para darse largas a sí mismo. Pensaba demasiado durante todo ese tiempo. No era capaz de apartar de su mente el extraño suceso de aquella muerte. Todo había sido en los días anteriores ¡tan raro! El misterio que encerraba el hecho mismo y los enigmas que despertaba en su alma no le dejaban tranquilo. Sin embargo, no pensaba en sus obligaciones ni en su futuro inmediato.

Además, desde la noche anterior a la muerte de la condesa madre, Oliba ya no se hallaba espiritualmente en aquella ciudad fortificada de Besalú. Allí estaban su cuerpo y sus recuerdos, pero se asfixiaba. Y no sabía por qué, puesto que el palacio seguía siendo el mismo de toda la vida, tal y como lo recordaba desde que era niño. Por las ventanas de los salones y los dormitorios se podía contemplar el espectáculo del jardín con sus parterres de mirto y sus viejos árboles frondosos, por encima de cuyas copas asomaban los montes azulados. Todo estaba exactamente igual, cada mueble en su sitio y las campanadas sonaban como entonces. Todos los años iban allí en verano y almorzaban fuera, debajo de un enorme tilo, donde olía como siempre, no muy lejos de las colmenas, y ese apacible idilio se extendía a lo largo de varios meses, hasta que soplaba la brisa fría desde los montes y los cielos empezaban a cubrirse de nubes. El campo estaba especialmente hermoso y perfumado aquellos veranos, cuyo recuerdo hacía rebosar su alma de un sentimiento irreal de felicidad. Eran tiempos de cierta paz, abundancia y alegría. Iban hasta allí para descansar y al pequeño conde le envolvía la agradable magia de la infancia. Los cuatro hermanos varones pasaban las largas tardes de julio dando vueltas por los alrededores con otros niños, haciendo las cosas propias de la edad: subir a los árboles, coger nidos o nadar en el río.

Sin embargo, ahora se había sentido intranquilo entre las paredes robustas y antiguas de la fortaleza; estaba nervioso y su corazón palpitaba como oprimido por algo incierto y a la vez desagradable. Algo que no se refería a las personas ni a las cosas materiales, sino que lo percibía como oculto, oscuro e incomprensible. Y ese algo sin duda tenía que ver con la muerte... Así había pasado toda aquella semana en Besalú, mientras convivía con su familia, pero sintiendo también muy presentes a los muertos.

Oliba hubiera deseado hablar de ello con su madre. Tenía muchas preguntas que hacerle y cosas que consultarle. Había demasiados misterios que resolver en la familia, entresijos ocultos y viejas historias nunca zanjadas por completo. Pero, sobre todo, estaba el secreto de su padre. ¿Por qué lo dejó todo de repente? ¿Por qué se marchó a un lugar tan lejano, más allá del mar, en otro país? ¿Por qué no regresó nunca? Y el mayor enigma: si huía del mundo, ¿por qué se fue de él cargado de riquezas? ¿Para qué necesitaba un monje tal tesoro? Había, sin duda, una gran contradicción en el fondo de todo aquello.

También recordaba momentos pasados, muy inquietantes para un muchacho. Hechos escabrosos, duros, que no acababa de asimilar y que a veces aparecían con imágenes que hasta le hacían temblar. Los inviernos eran largos y duros en la residencia familiar del castillo de Cornellá de Conflent. Estando allí durante un frío mes de febrero, los acontecimientos tomaron un giro inesperado e imprevisible. Oliba tendría ya once años, los mellizos Bernat y Guifré iban a cumplir pronto los trece y el pequeño Berenguer no tendría ocho todavía. Por entonces lo que más les divertía a los cuatro hermanos era jugar a las batallas. Usaban armas adecuadas para su fuerza y tamaño, pero no dejaban de ser armas de verdad, de puro acero: lanzas, espadas y escudos, más pequeños, pero idénticos a los que hacían los herreros para los aguerridos hombres que componían la hueste del conde. Bernat siempre solía ir al frente de todos; era un muchacho con mucho carácter y muy diferente a Guifré, más reservado y cauteloso. Tampoco se parecían físicamente, aun siendo mellizos: el primero era fuerte, alto, moreno y feo; el segundo era regordete, con rasgos delicados y piel rosada, como su madre. Y nunca se llevaron bien, solían discutir entre ellos y con frecuencia de forma violenta. Bernat humillaba a Guifré, le trataba con desprecio y solía afrentarlo diciéndole que era débil como una chica. En una ocasión iban por unos campos arados caminando en alineación, como si formaran una mesnada, llevando cada uno su lanza al hombro. Los mellizos se pusieron a pelear entre sí por una nimiedad, como tantas otras veces lo hacían, pero esta vez faltó poco para que hubiera una verdadera desgracia. Un rato después, cuando parecía pasada la riña, continuaron la marcha, y Bernat, que iba por delante de los demás, sintió cómo le pasaba la lanza de Guifré rozándole la oreja. Oliba, que iba detrás en la misma dirección del tiro, vio la escena, la violencia del arma hiriendo la piel y la sangre que brotó al instante. Todos se quedaron llenos de espanto, demudados y paralizados. La muerte había pasado muy cerca. Pero ninguno dijo nada sobre el incidente al regresar al palacio. Los padres siempre creyeron que la oreja había sido rajada por una rama al descender Bernat de un árbol.

Unos meses después, Bernat, que ya era un adolescente fornido, con negro bozo en la cara, violento y parco en palabras, apuntó con su espada a Guifré, se la clavó en el pecho y a punto estuvo de matarlo. Oliba lo recordaba y seguía sin entender lo ocurrido, sin saber qué fue lo que impidió la mortal tragedia. Porque, si bien eran niños que habían crecido con el acero en las manos y lo manejaban de maravilla, nunca se les había ocurrido herirse entre ellos o siquiera amagarse. Eso era sagrado, y más entre hermanos. Así que tan solo un milagro o un feliz golpe del destino pudieron apartar en el último instante la punta que iba directa al corazón... «¡Voy a matarle!», había dicho con una amplia sonrisa Bernat, antes de ensartar a su hermano, sin que hubiera mediado esta vez discusión o querella alguna entre ellos.

Y nunca en su vida podría olvidar Oliba el disgusto tan grande que hubo en la casa. La condesa enfermó y permaneció en la cama durante una semana. El conde lloró con amargura delante de sus hijos, por primera y única vez en la vida, antes de pronunciar aquellas terribles palabras que se grabaron para siempre en el alma del pequeño: «Las armas son propiedad de los diablos. Solo las poseemos, con permiso de los ángeles, para hacer frente al mal con sus propios instrumentos. Pero debéis saber que no hay armas en el cielo; todas están en los infiernos, en poder de las tinieblas. Los ángeles se defienden con la luz pura que emana del Eterno».

# 32

El joven conde Oliba seguía viajando solo, absorto en sus pensamientos, siguiendo la antigua calzada que tantas veces había recorrido. En cierto momento advirtió que lloviznaba otra vez. Era ya en torno al mediodía y los pájaros no habían dejado de cantar desde el amanecer. Las patas del caballo rozaban los crujientes helechos y resbalaban sobre las piedras brillantes. De vez en cuando, una rama mojada le azotaba la frente. Aquella lluvia de primavera era en verdad una bendición, como bien había dicho la condesa Ermengarda antes de exhalar su último aliento. Los prados estaban quemados por la sequía, pero el bosque, en sus entrañas, se nutría de una fuente secreta de humedad; estaba lleno de sombras y exhalaba sus frescos olores a pino y abeto. Ese familiar aroma seguía recordándole la infancia y la adolescencia, trayéndole detalles de su emocionante y confusa atmósfera.

En aquel largo trayecto, mientras cabalgaba a paso quedo bajo la lluvia, vio de repente toda su vida, como si pasase ante sus ojos muy de cerca, como delante de un amplio ventanal, con toda nitidez y de forma absolutamente tangible. Y en ese camino comprendió por fin que su padre había sido la única persona con quien él había tenido algo en común, algo personal, un asunto misterioso que los unía al padre y al hijo de una manera diferente al resto de la familia, como un lazo invisible e inexplicable. No solo compartían ambos un nombre, también ese misterioso asunto. Y la cosa tenía que ver con el hecho de que el patriarca los hubiera abandonado para hacerse monje. Fue duro para todos, como una explosión, como cuando cae un rayo y destroza el tejado. Pero, aun así, el joven Oliba no se sintió tan desconcertado como sus hermanos. ¿Por qué nadie lo había comprendido excepto él? En eso consistía de alguna manera el asunto: era como una intuición profunda, como si Oliba, que entonces era solo un muchacho, entendiera que había razones grandes, sublimes y concienzudas en aquella decisión; razones que seguramente nada tenían que ver con este mundo... Pero se trataba en el fondo de algo que no se podía aclarar ya, porque nunca habían hablado padre e hijo sobre ello, y comprendió que esa conversación inexistente, jamás ocurrida, ya nunca se produciría... Así lo sentía. Había un misterio familiar que él identificaba desde siempre como el secreto del conde Oliba Cabreta, su noble y esforzado padre. Y ya no podrían tratarlo ni arreglarlo para encontrar juntos su sentido.

Por eso quiso hablar con su madre la tarde antes de su muerte, para intentar una vez más hallar algo de luz, por si ella podía desvelarle algo nuevo, algo que su esposo le hubiera comunicado en la intimidad antes de marcharse a su peregrinación a Tierra Santa. Pero la condesa estaba ya demasiado entregada al propósito de su propia muerte y era evidente que no estaba dispuesta a entrar en ninguna conversación profunda, mucho menos tratar sobre cuestiones pasadas y espinosas. No obstante, Oliba se armó de valor y fue a verla a su dormitorio. Ella estaba en la cama y se encontraba sumamente débil, aunque despierta y sonriente; tenía cogida la mano de su hija Adelaida, que no se separaba de ella ni un instante y que dormía echada a su lado, puesto que llevaba tres días y tres noches cuidándola, hasta que, en las últimas horas, completamente agotada, ya lo hacía todo de forma inconsciente y mecánica.

Oliba se sentó junto a la cama y estuvo observando el rostro blanco y quebrantado de su madre, ese rostro tan querido para él. Y ella, en un tono muy sosegado y débil, para no despertar a Adelaida, le agradeció la visita. Siempre fue así: correcta, silenciosa y amable. Si bien no podía decirse que fuera una mujer cariñosa en exceso, ni siquiera con los suyos. «Me alegra mucho verte, hijo. Dios te bendiga por haber venido», le dijo, con una voz tan delicada, tan fina, que a él los ojos se le llenaron de lágrimas. La condesa Ermengarda seguía siendo ella misma; conocía el gran secreto de la corrección, porque estaba convencida de que eso es lo máximo que un ser humano puede brindar a otro, buen trato, cortesía. Trataba a todos los miembros de la familia como si fuesen invitados distinguidísimos. De hecho, incluso aquella última noche su aspecto era impecable, estaba aseada, tenía el cabello arreglado, limpio, blanco; y todo a su alrededor estaba en orden, colocado con sumo cuidado: el agua en su preciosa jarra de vidrio azulado, las flores aromáticas en un plato y la vela encendida delante del pequeño altar dedicado a la Virgen María. El suave olor a cera, incienso y perfume era maravilloso. La condesa seguía siendo donairosa hasta en su lecho de muerte, como si fuera a dormir la siesta una tarde cualquiera de finales de mayo. Observando todo aquello, Oliba comprendió en ese preciso instante el orden y la organización que habían reinado siempre en la vida de su madre. Y se dio cuenta de que iba a ser del todo inútil que ella hubiera llegado a comprender o admitir alguna vez las extrañas conductas y reacciones que, por el contrario, eran frecuentes en la desordenada vida de su esposo, el conde Oliba Cabreta. ¿Cómo iba a aceptar que se hubiera ido de aquella manera, tan de repente y para siempre? Seguro que ella había padecido mucho, aunque nunca lloró ni se lamentó por ello, al menos en presencia de sus hijos. Era pues un tanto absurdo ir a preguntarle ahora, precisamente, cuando estaba resuelta a dejar este mundo sin proferir una sola queja.

Teniendo todo eso muy presente, el joven conde se acercó a ella, la besó en la frente y luego, sin rodeos previos, le preguntó:

—¿Por qué se marchó mi padre?

Ermengarda sonrió ampliamente, apretó los labios y extendió las manos finas y lánguidas para coger las de su hijo.

—Solo Dios lo sabe —musitó.

—Yo también quisiera saberlo, madre —dijo Oliba con aire triste.

—Lo comprendo, hijo.

—¿Y qué puedo hacer, señora? Alguien debería haberme explicado ciertas cosas… Cosas como el motivo por el que se llevó consigo quince mulas cargadas con el tesoro. ¿Dónde fue con todo eso? ¿Y para qué lo necesitaba en su retiro del mundo?

Ella se le quedó mirando sin dejar de sonreír, hasta que, pasado un rato, contestó en un tono fatigado:

—El conde, tu señor padre, era muy suyo… Y muy difícil de entender. A veces me parecía que no era un hombre de este mundo… No me daba explicaciones. A nadie se las daba. Aunque… tal vez los monjes lo sepan… Últimamente, antes de emprender su viaje, solo quería estar con los monjes… Nada le importaba ya, ni siquiera sus hijos, ni siquiera yo… Solo los monjes… A mí nunca me decía nada. Y bastante tenía yo con ocuparme de todo…

Ermengarda suspiró hondamente, cerró los ojos y al cabo de unos minutos le soltó las manos. Oliba pensó que no iba a seguir hablando, pero ella, sin abrir los ojos, añadió con parquedad:

—Ve a preguntarles a los monjes, hijo mío. Ya que tienes tanta curiosidad… Tal vez ellos tengan caridad contigo y te cuenten algo.

No pronunció ni una palabra más. Entonces Oliba decidió no importunarla con preguntas que no iba a responder, la besó de nuevo y se fue.

La madre no le sacó de dudas. Pero al día siguiente, cuando expiró de manera tan pacífica delante de todos, sucedió algo inesperado para él. Desde ese preciso instante cambió su miedo a la muerte: ya no tenía ese pánico que le había acompañado siempre, o al menos desde que sus hermanos, los mellizos Bernat y Guifré, estuvieron a punto de matarse. Tampoco se presentaba ya ante él una muerte desconocida, horrible, sangrienta, como esas muertes de las batallas que estaban en todas las historias y que con tanta crudeza describían los guerreros veteranos. Ahora, después de ver expirar a su madre, más bien le daba miedo dejar la vida, o digamos mejor que temía dejar los colores, los sabores y los aromas de la vida. En el instante en que ella sonrió y cerró los ojos, comprendió el joven milagrosamente que la muerte en sí misma no es ni mala ni buena, que no posee ninguna característica, excepto la de ser el final de muchas preocupaciones y miedos.

Porque, aunque la condesa Ermengarda de Vallespir había sido una mujer poderosa, fuerte y capacitada para los muchos trabajos que le correspondieron, también era verdad que había sufrido mucho. Tal vez por eso esbozó aquella enigmática sonrisa y solo tuvo tiempo para acordarse de que había empezado a llover y de que los pájaros estaban cantando en las copas de los árboles frente a su ventana. Todo lo demás ya no tenía importancia para ella. Y los que estaban allí, aun siendo sus seres más queridos, parecían dejar de interesarle. La única responsabilidad que tenía ahora la condesa debía cumplirla en soledad: debía morir en paz y dejar esa paz en aquella casa y en el corazón de los suyos.

Esto es lo que comprendió definitivamente el joven Oliba en el viejo palacio de Besalú, aquella tarde de finales de mayo, después de que las campanas llamasen a la hora de nona: que solo ante la muerte somos capaces de entender y amar del todo a las personas con las que tenemos algo que ver, con las que tenemos en común el deber de compartir la vida. Su madre murió en una ciudad y una casa que sentía suyas, entre rostros conocidos, apreciando a su alrededor a los miembros de su familia, y todo ello conformaba ese tejido complejo del que ella formaba parte.

Tal vez por eso, la muerte de su madre le mostró a Oliba todavía algo más: la condesa Ermengarda había sido durante años el centro y el sentido de todo ese tejido, de ese complejo mundo de relaciones y poderes. Y si no hubiera sido una mujer tan poderosa, tan fuerte y capacitada para gobernar todo aquello, la conclusión habría sido la misma: la muerte de la madre constituye siempre una disolución; a partir de ese momento la familia se deshace como si un cacharro de barro se rompiera en pedazos, y cada uno empieza a seguir su propio camino...

Sin embargo, nada de eso había sucedido con la desaparición del padre. En la muerte del conde Oliba Cabreta había una suerte de misterio, un secreto inquietante, un problema que nadie había resuelto. Era como si un fantasma insensato y egoísta se hubiera alejado despreocupándose de todo y de todos para dejar un vacío frío y oscuro.

Eso es lo que presentía Oliba, aun sin reconocerlo todavía, desde que llegó a Besalú, por eso se asfixiaba allí y estuvo todo el tiempo deseando marcharse. Con la muerte de la madre estaba a punto de quebrarse un mundo y los sólidos poderes e intereses de aquella familia iban a empezar a dispersarse.

Para él también había llegado el momento de partir, pero no para ponerse denodadamente a gobernar alodios, rentas, súbditos, tributos y patrimonios, sino para hallar un sentido al propio tejido de su vida. Y su primera tarea consistía en desvelar de una vez para siempre el secreto de su padre, el conde Oliba Cabreta. Para ello había emprendido el viaje que ahora hacía, para ir a preguntarles a los monjes siguiendo el consejo de su madre.

# 33

*Ripoll, 3 de junio, año 997*

Al ponerse el sol, Oliba estaba detenido al final del bosque y observaba el valle de Ripoll, las espesas arboledas, los prados, los huertos y el perfil de la torre. Al fondo, el antiguo monasterio de Santa María parecía una fría mole sin mayor adorno que el arco de medio punto de la puerta y dos estrechos ajimeces. El camino amarilleaba transitando junto a las viejas casas de piedra, tapizadas de musgo, que ofrecían un aspecto agradable entre la infinidad de emparrados cubiertos del vivo verde de las vides. Sus ojos, acostumbrados a las distancias, reconocieron el puente y los grandes portalones de las fraguas. Abajo fluía el río, sinuoso, entre sus márgenes espléndidamente frondosas. Más allá, en la otra orilla, se veía una pendiente escarpada y alguna pequeña masía. La lluvia caída propagaba en el ambiente una agradable frescura, adornando el cielo del ocaso con nubes de un tono cárdeno oscuro. Los gruesos muros, los tejados y las montañas empezaban a ensombrecerse, mientras todo se iba llenando poco a poco con el aliento pesado y laxo de la noche. Una quietud total se abatía sobre aquella visión pacífica y no se oía sino, solo de vez en cuando, el entrecortado y tímido gorjeo de algún pájaro en los árboles centenarios, castaños, abedules, robles y pinos. Era sin duda un lugar hermosísimo y todo allí parecía llamar a su peculiar destino: el silencio, la escucha callada, el estudio, la lectura, la meditación…

Antes de seguir adelante, se emocionó al resucitar el pasado vinculándolo al presente, por las montañas azuladas que iban oscureciéndose al otro lado del valle, por la estela del sol poniente y por la voz de la campana. Todo aquello era la percepción más profunda que él había tenido del tiempo tangible, del radiante «ahora», en su adolescencia. Había vivido allí desde septiembre del año 988, después de ser enviado por la condesa Ermengarda para recibir la enseñanza de las siete artes liberales durante cuatro años.

El monasterio de Santa María de Ripoll resultaba pues para el joven Oliba lo más relevante, lo más fértil en recuerdos, de su nunca demasiado larga vida. Tenía entonces diecisiete años, una edad considerada idónea para aprender todo aquello que pudieran enseñarle los sabios monjes. Dejó la residencia familiar de Cornellá de Conflent y se fue a ingresar en la vida monacal. Solo él había sido elegido de entre sus hermanos; los otros varones de la casa, como correspondía a su condición noble, se hacían hombres refugiándose en la vanidad de sus orígenes, en el ejercicio de las armas, en la defensa de sus dominios o en las diversiones tempranas y los amores prematuros y caóticos. Sin embargo, sus padres habían estimado que Oliba brillaba de forma diferente, quizá siguiendo el consejo de los sacerdotes, que le veían como la luz suave de una ceremonia votiva en la que importaba más el alma que el cuerpo. Porque, en el fondo, el muchacho era serio y pudoroso, como cualquier varón verdadero, incluso a los diecisiete años.

Pero él nunca llegó a saber si había sido su padre o su madre quien tomó la decisión última, puesto que el conde Oliba Cabreta ya había emprendido su peregrinación y desconocían su paradero. Eso constituía pues otro enigma: ¿fue su padre quien quería que él fuera monje? Tampoco después de los cuatro años, cuando se había hecho un hombre completo y la vida le trajo deseos más rudos y sentimientos más fuertes, llegó a comprender por qué tenía que seguir aquel destino.

Entonces abandonó el monasterio. Pero siempre tuvo presente que la vida fuera de allí resultaba para él más brutal, más inhumana y más ligada a ataduras fatales y apasionadas.

No había vuelto nunca más a Santa María de Ripoll. Ahora, por fin, era el momento de reencontrarse con todo aquello y tal vez hallar allí respuesta a tantas preguntas.

Cuando llegó ante la puerta, el guardián le reconoció al instante y le condujo a la sala capitular para hacerle esperar. La noche había caído y no tardaron en aparecer los monjes que acababan de concluir la oración de completas en la capilla. Entraron todos en silencio y permanecieron de pie, expectantes y con las caras llenas de asombro. Las velas iluminaban sus rostros de todas las edades, todos ellos saludables y serenos. La sala capitular estaba en penumbra y aquellas figuras hieráticas, calladas, parecían madurar en sus almas lo que suscitaba en ellas la inesperada llegada del joven conde de Berga y Ripoll, señor de aquellos territorios, cuyo rostro hacía varios años que no veían.

Entró el abad Seniofred, un hombre de tez blanquecina y reluciente calva; los grandes ojos rodeados de azuladas ojeras, pero iluminados por una ardiente exaltación. Tampoco dijo nada al ver allí a Oliba. Ambos se estuvieron mirando durante un largo rato, mientras eran observados atentamente por los demás monjes. El encuentro no estaba exento de duda y suspicacia, porque estaban todavía latentes ciertos conflictos surgidos entre el monasterio y la condesa Ermengarda por la posesión de algunos predios circundantes. El abad quizá pensaba en aquel momento que el conde venía a reclamar sus derechos o a plantear nuevamente el pleito.

Entonces Oliba, con voz suave y no exenta de solemnidad, habló primero diciendo:

—Mi señora madre, la señora condesa Ermengarda de Vallespir, descansa ya en el Señor. Murió en Besalú el miércoles de la semana pasada y fue sepultada en la madrugada del domingo.

La noticia era desconocida en el monasterio. Al oírla, los monjes se persignaron y prorrumpieron en un murmullo denso y respetuoso.

Luego el abad oró cantando:

—*Requiem æternam dona ei, Domine.*

—*Et lux perpetua luceat eis* —contestaron los demás monjes.

—*Requiescant in pace.*

—*Amen.*

Oliba hizo un movimiento de aquiescencia con la cabeza y manifestó:

—He considerado conveniente venir a traeros la noticia y, al mismo tiempo, comunicarte a ti, abad Seniofred, que la señora Ermengarda de Vallespir, mi buena madre, ha dejado resuelto en su testamento el pleito que se planteó hace nueve años con los monjes. Ella os cede sin condiciones los alodios y derechos en litigio. Además, por si pudo causar algún mal al defender lo que consideraba su patrimonio legítimo, lega unas cantidades en monedas de su tesoro personal.

Aquello llenó de gran regocijo a la comunidad. Un nuevo murmullo, esta vez de alegría, brotó en la sala. Y el abad Seniofred, sonriente y agradecido, alzó los brazos para proclamar:

—¡Dios altísimo premiará tanta generosidad! Y aquí, a partir de hoy mismo, se celebrarán las oportunas misas y se harán oraciones en sufragio por el alma de la condesa. ¡Y tú, Oliba, conde de Ripoll y de Berga, sé bienvenido a esta tu casa! ¡Este santo monasterio se gloria al recibir en su seno al bisnieto de Wifredo el Velloso, nieto del caritativo Miró e hijo del piadoso conde Oliba Cabreta! A buen seguro estarás cansado en el cuerpo y necesitarás además reconfortar tu alma tras la pérdida de tu señora madre. Hospédate entre nosotros y halla aquí el consuelo y la paz que mereces.

# 34

*Monasterio de Santa María de Ripoll, 4 de junio, año 997*

Al día siguiente, después de la hora prima, el abad quiso enseñarle a Oliba los cambios que se habían hecho en el monasterio en los últimos dos años. Seniofred estaba orgulloso con las obras, sobre todo por la nueva iglesia inaugurada recientemente: cinco naves y cinco ábsides realzaban un espléndido templo como no había otro en todo el norte de Hispania. Santa María de Ripoll era ya algo más que una abadía. Una verdadera ciudad se había formado en sus alrededores con gentes venidas de todas partes: nobles con sus familias y siervos que se acogían después de verse expulsados de sus tierras por los moros, pastores con sus rebaños, hortelanos, aprendices, herbolarios, albañiles, artesanos y comerciantes, además de muchos jóvenes que esperaban ingresar en la comunidad monástica y enfermos que buscaban remedio a sus dolencias. Oliba se quedó asombrado al comprobar por sí mismo el progreso que se había forjado. Después de la iglesia, el abad quiso enseñarle lo demás: la sacristía, la sala capitular, el aula de asueto, el noviciado, el refectorio, las cocinas, las letrinas, los corrales, los establos y los huertos.

Más tarde, al atravesar el claustro de camino hacia la biblioteca, se detuvieron bajo uno de los arcos, junto a una espesa mata de madreselva. Seniofred, con afectada solemnidad, entornando los ojos y elevándolos hacia lo alto, exclamó como en un trance gozoso:

—¡Alabado sea Dios! ¡Bendito y alabado sea! Gracias le doy cada día por honrarme llamándome a ser monje de San Benito y por haberme elegido para regir y administrar este lugar santo. Porque nunca se deberá olvidar que aquí, invocando el nombre bienaventurado de santa María Virgen, los esforzados cristianos de esta comarca, lanzados a la lucha, acaudillados por vuestro venerable bisabuelo, vencieron a la morisma, logrando arrojarla de la vejada patria; y proclamado conde soberano de Ausona, el insigne Wifredo resolvió dar público y solemne testimonio de gratitud al Dios de las batallas por el favor recibido, y señaló perennemente la hazaña de la gloriosa redención e independencia del Condado, erigiendo en el centro de este hermoso valle un templo a la Virgen María y un monumento a la victoria cristiana. ¡Alabado sea Dios!

—¡Sea bendito y alabado! —contestó Oliba, un tanto agobiado por tener que soportar aquel engolado discurso a esa hora tan temprana del día. Conocía de sobra la historia del monasterio y no tenía demasiado interés en volver a escucharla en aquel preciso momento, puesto que eran otras las cosas que quería tratar con Seniofred.

Pero el abad no podía resistirse al deseo de loar el conjunto monacal que gobernaba. Lanzó un sonoro suspiro y le brotaron las lágrimas mientras miraba fijamente a los ojos del conde. Luego se llevó las manos al pecho y prosiguió diciendo sentencioso:

—Además, este santo templo debía recordar el humilde cenobio que, en este mismo lugar del valle, y en tiempos más antiguos, habían instituido los godos cristianos, mejorado y agrandado luego por el duque Recemiro, reinando Suintila, hijo menor de aquel. Pero los fieros y bárbaros mahométicos sarracenos que llegaron por el sur lo destruyeron. A punto estuvo de caer en el olvido. Pero el gran Carlomagno y su buen hijo Ludovico Pío lo reedificaron en el propio siglo. Si bien fue destruido el santuario una vez más por la pertinaz y salvaje morisma en la más terrible de sus irrupciones. Y se hubiera quedado desierto para siempre, si no fuera porque el magnánimo Wifredo, vuestro noble bisabuelo, junto a su amada esposa Winidilde, vuestra devotísima bisabuela, no dudaron en poner con amor su cuantioso tesoro para alzar de nuevo los muros del templo, llevando ambos a término tan grande y cristiana empresa en el espacio de cinco años...

Oliba carraspeó y tosió, intentando cortar aquella empalagosa alocución que parecía no tener fin. Además, el abad Seniofred era un hombre demasiado exaltado, vehemente y fogoso, que le ponía muy nervioso con su voz fuerte, enfática, y sus manoteos constantes. Ya hacía mucho tiempo que las relaciones entre el monasterio y la familia de los condes de Cerdaña y Besalú no eran buenas, por culpa de algunos pleitos y discusiones que la condesa y el abad habían mantenido.

Por eso, Oliba no podía evitar ponerse alterado, a pesar de los intentos que hacía Seniofred por congraciarse, prosiguiendo su discurso con aire campanudo:

—Y así, mi señor Oliba, tus bisabuelos lograron que, en el fausto día del 20 de abril del año 888, con gran fiesta y regocijo, entre magnates y plebeyos venidos de todas partes, se celebrara la solemnísima dedicación de la iglesia, con la misa presidida por el primer obispo de Vich, Godmaro, prelado insigne, de grata recordación... Y los fervorosos monjes de la regla de san Benito, bien pronto acudimos aquí, como abejas a panal de miel, para cantar himnos al Dios altísimo, celebrar su memoria sacrosanta y para hacer con Él alianza por medio de los sacrificios. Y de esta manera, el templo del Dios vivo se rodeó de seres que hicieron voto de adorarle continuamente en actos de culto y penitencia; y así el monumento quedó convertido en este santo monasterio...

—¡Alabado sea el Señor! —exclamó el joven conde, para frenar aquella retahíla que parecía no tener fin—. ¡Bendito y alabado sea! Todo eso que me cuentas, abad, lo sé y nunca habré de olvidarlo...

—¡Nunca! ¡Jamás debe olvidarse! Porque, si cayera en olvido, sería ingratitud y desprecio a la sagrada memoria de la Divina Providencia. ¡Nuestra memoria es nuestra mayor gloria! Y aún más en estos tiempos oscuros y terribles... Y los humildes sacerdotes consagrados al servicio divino estamos obligados a recordar siempre las maravillas del Creador, para lo cual le entonamos cantigas sagradas en nombre propio y en el nombre de todos los fieles, justos y pecadores, ricos y pobres, magnates y plebeyos, fundiéndonos todos en estrecho abrazo de amor...

Temiendo que fuera a empezar de nuevo, Oliba no tuvo recato alguno al interrumpirle con voz tonante:

—¡Está bien, abad! ¡He oído cien veces esa historia!

Seniofred calló y le miró extrañado, pero enseguida hizo ademán de continuar.

—Porque ese estrecho abrazo de amor...

—¡Basta, abad! ¡Por Dios, dejadlo ya!

Hubo a continuación un silencio incómodo. Oliba resopló y caminó con decisión hacia la biblioteca. Seniofred se quedó allí atónito, mirándole y sin saber qué hacer. Hasta que el conde se volvió y le instó apremiante:

—¡Vamos, abad! Vamos a la biblioteca, que me gustaría volver a verla.

La biblioteca era un espacio grande y despejado. Un amplio ventanal dejaba entrar abundante luz y un anaquel con altos estantes llenos de libros ocupaba el centro. El archivo del monasterio estaba enriquecido con más de un centenar de códices, todos notables por las materias que trataban y por la riqueza y primores de su confección. Una exquisita limpieza reinaba de un extremo al otro. En uno de los ángulos, la chimenea de piedra no tenía siquiera rastros de ceniza u hollín. Cerca había una gran mesa, repleta de pergaminos y gruesos cuadernos, con tinteros y cálamos. Encima colgaba un crucifijo de madera oscura, clavado sobre tela roja algo raída.

Todo estaba exactamente igual que la última vez que Oliba estuvo allí. Y no pudo evitar perderse en sus recuerdos durante un rato. Entre aquellas paredes había aprendido muchas cosas; pero, sobre todo, a ser humilde y a obedecer. Porque la enseñanza era dura y él no gozó allí de ningún privilegio especial ni miramiento alguno por ser hijo de los condes y bisnieto del fundador del monasterio. Una veintena de muchachos tenían la suerte de recibir la afamada enseñanza de los monjes y todos eran tratados de igual manera. Antes de que se le ocurriera cantar a ningún gallo en los corrales, la campana doméstica daba la señal de levantarse con un repique estrepitoso. Si alguno remoloneaba en el lecho, acudía enseguida el maestro y no dudaba en sacudirle o incluso arrojarle agua helada en el rostro. Al instante estaba todo el mundo en fila, echándose por encima de los hombros lo que podía para guarecerse del frío que reinaba en la capilla durante el rezo de los laudes. Terminada la oración, la primera lección tenía lugar en el aula mayor, a la luz del candil que alimentaba un aceite viejo, cuyo humo negro y maloliente creaba una penumbra triste. Sin que aún amaneciera, volvía a sonar la campana, esta vez llamando a la misa. Después era el almuerzo, rápido, seguido por un breve paseo, antes de volver a las clases durante toda la mañana, dedicados a la lectura de las Sagradas Escrituras o la Vida de los Santos, con preguntas, respuestas y repeticiones, a fin de memorizar palabras escogidas y adquirir un lenguaje ilustrado. Detrás de tan fatigoso esfuerzo, en torno al mediodía, se servía en el refectorio un condumio sencillo y un vaso de vino aguado, mientras era leído en alta voz algún texto, para aprovechar siquiera ese momento sin permitir la mínima distracción. Solo después de esa comida tenían un rato de descanso, que aprovechaban para ir a los huertos.

Pero la campana sonaba pronto y tenían que acudir a la capilla, junto a los niños del coro y los monjes más jóvenes, para aprender a cantar la salmodia. Y por la tarde, sentados ya en los pupitres del *scriptorium*, anexo a la biblioteca, eran instruidos en las siete artes; gramática, retórica, y dialéctica. Los mayores del grupo, que ya habían recibido antes tales lecciones, debían perfeccionar la sintaxis latina, leyendo y copiando a Donato y Prisciano. Era imprescindible saber escribir con un estilo elegante, sirviéndose para ello del libro *De inventione* de Cicerón; y así mismo, ejercitarse en la lógica tomando a Boecio como guía.

Los maestros eran muy severos y no permitían a los alumnos hablar en la *lingua rustica*. En la escuela solo se podía hacer uso del latín. Si a alguien se le escapaba alguna frase en su vulgar lengua materna, debía probar enseguida la dureza de la férula.

En la biblioteca se guardaban y leían tratados de filosofía, historia, medicina, astronomía y matemáticas. En los estantes estaban las *Confesiones* de san Agustín, las célebres *Etymologiae* de Isidoro de Sevilla, la *Historiæ adversus paganos* de Paulo Orosio y las obras de Teodulfo de Orleans, Lupus Servandus y Alcuino de York. Aunque los libros no solo eran cristianos, pues también contaban con la *Vida de Augusto* de Suetonio, los grandes poetas paganos, como Virgilio, Salustio o Terencio y las *Fábulas* de Esopo. Incluso había algunos libros y tratados de los sabios persas y de los pensadores mahométicos como Alfarabi, Alkindi, Avicena y Algacel, que estaban escritos en árabe. Hasta tratados de magia había, aunque estos se guardaban en una alacena cerrada con un candado, pues eran prohibidos para cualquiera que no tuviera el permiso del abad.

Pasó el tiempo, alargándose aquellos cuatro años en los que Oliba completó el estudio de las llamadas siete artes liberales: el *trivium*, que comprendía la gramática, la retórica y la dialéctica; y el *quadrivium*, integrado por la aritmética, la geometría, la astronomía y la música. Además de en las Sagradas Escrituras, se adentró en la lectura de los escritos de los santos padres de la Iglesia y las vidas de los mártires y santos. Y mientras lo hacía no dejaba de desarrollar su raciocinio y el arte de hablar, leer y escribir bien en latín. Para ello, además de seguir el método elemental basado en la lectura, discusión y memorización, hubo de servirse siempre de aquella biblioteca, incluyendo no solo las diversas Biblias, sino también los comentarios sobre las Escrituras, los misales, rituales y liturgias, las obras jurídicas e históricas y los tratados de disciplina y espiritualidad. Al alumno, solo con el tiempo, cuando ya estaba suficientemente maduro para ello, se le daba permiso para leer las obras paganas de Virgilio, Salustio, Lucano, Suetonio o Curcio, aunque siempre bajo la advertencia de que tales escritos antiguos se hallaban animados por una intención moralizadora al presentar las cosas al desnudo para que los hombres las comprendieran mejor. Así, por ejemplo, la *Eneida* de Virgilio, que Fulgencio ya interpretó en su tiempo como una alegoría de la peregrinación del hombre sobre la tierra. Las *Fábulas* de Esopo, los ejemplos de Valerio Máximo, los versos lascivos de Ovidio y Horacio y las comedias de Terencio no eran sino ejemplos para conocer el vicio y huir de él. Todo ello servía para alegorizar los pecados y ensalzar las virtudes cristianas.

Cuando Oliba salió de Santa María de Ripoll, acababa de cumplir veintiún años, y era capaz de resolver un problema de gramática o de recitar de memoria la égloga de Ausonio sobre los siete sabios de Grecia. Por eso estaba tan agradecido al monasterio, a aquella biblioteca y a sus anaqueles, cuyos libros ahora volvía a contemplar, colocados como estaban, en perfecto orden, como siempre.

Como si hablara consigo mismo, murmuró con voz apenas audible:

—Nunca podré agradecerles a mis padres que me enviaran aquí durante aquellos años...

El abad Seniofred estaba a su espalda y le observaba atentamente. Le puso afectuosamente la mano en el hombro y, citando el libro de los Proverbios, sentenció juicioso:

—«*Tibi, Deus patrum nostrorum, confiteor, teque laudo, quia sapientiam et fortitudinem dedisti mihi, et nunc ostendisti mihi quæ rogavimus te*». (A ti, Dios de mis padres, te alabo y te doy gracias. Me has dado sabiduría y poder, me has dado a conocer lo que te pedimos).

Oliba se volvió hacia él y le sonrió de manera conciliadora. En aquel momento ya no se sintió con ánimo ni ganas para conducir al abad a una ardua conversación. Así que decidió dejarlo para otro día, aunque sus dudas le quemaban por dentro.

# 35

*Monasterio de Santa María de Ripoll, 8 de junio, año 997*

Durante los primeros días de su estancia en Ripoll, Oliba vivió en el monasterio sin hacer nada en concreto. Tampoco se decidía a hablar con el abad para presentarle sus dudas, porque, en realidad, no estaba seguro de que pudiera resolvérselas. Seniofred era un hombre demasiado activo e impulsivo, poco dado a la intimidad o a la reflexión, y no era probable que hubiera tenido un trato de verdadera confianza con su padre. Siempre hubo problemas y rivalidades entre él y los condes. ¿Cómo iba a preguntarle sobre asuntos tan delicados si estos nunca se llevaron bien con él? Así que Oliba anduvo eludiéndolo, huidizo; y se dedicó a vagar por el claustro y por los huertos, a cabalgar por los alrededores, de una a otra masía, aunque sin dejar de darle vueltas en su cabeza a su maraña de incertidumbres.

Luego su alma poco a poco se fue pacificando. Quizá porque, al reencontrarse con todo aquello, recordaba y sus pensamientos buscaban una imagen, tal vez falsa, de la felicidad que creía merecer y que consideraba perdida en su pasado. Le llegaban desde los montes el olor dulzón de las flores, los cantos de los pájaros y el rumorear de las fuentes. Conocía bien la primavera en el Ripollés: nubosa, lluviosa y pesada. Todo estaba húmedo; los arbustos, los troncos moteados de los árboles, la hierba, las piedras, los muros… Reconocía aquel aire sin viento, cálido, impregnado con el sabor a humo de las fraguas, y la vaga efigie del Puig del Catllar. Cuando vivió allí en otra época, era más joven y sus sentidos estaban especialmente receptivos, todo lo asimilaba y lo hacía suyo: la paz de la iglesia, las casas de piedra, el bosque envuelto en la bruma al amanecer, el fluir del río Ter y el brillo de la hiedra mojada trepando por las murallas. También por entonces le conmovían mucho las diarias ceremonias de los monjes, con sus aromas de cera e incienso, el canto melodioso de la salmodia, la música del salterio y las bellas palabras de las oraciones. Su memoria revivía ahora, al retornar, esos regalos de los sentidos. Fue allí muy feliz, ciertamente, aun en medio de aquel mundo pequeño, austero y de vida reglada. Si bien, ahora, reconocía por fin que entonces tenía esa edad inevitablemente unida a la torpeza de la juventud y a todo lo que la misma lleva aparejado: la despreocupación, el ardor y el alegre desentendimiento del transcurrir del tiempo. Por eso la visión de todo ello acentuaba sus nostalgias, por sentirlo próximo y sin embargo saber que, en cierto modo, ya no le pertenecía.

El domingo por la mañana, terminada la misa, Oliba se quedó orando durante un largo rato, arrodillado delante del altar mayor. Todos los monjes habían ido al refectorio para el almuerzo y el ámbito de la iglesia de Santa María estaba sumido en una soledad estática y profunda. Dos hileras de pilares y arcos formaban la nave central, elevada y ancha, cubierta por una bóveda de madera renegrida. Al fondo se erigía el ara, de mármol verde, bajo el ábside, entre lámparas y candeleros. Una brillante cruz dorada, adornada con gemas de colores, pendía del extremo de una cadena bajo el núcleo de la bóveda.

Estaba sumido en pensamientos cambiantes y dejando que sus dudas le dominasen cuando oyó por detrás de sí el conocido golpeteo de un bastón. Venía hacia él un anciano monje, que después se arrodilló a su lado y permaneció orando en silencio. El conde lo miró de soslayo y luego se dejó ayudar por la proximidad de su presencia bondadosa. Le conocía muy bien: era el maestro Gaucelm, monje sabio que gozaba de una merecida fama de santidad.

Entonces se dio cuenta de que quizá Dios le había acercado en aquel momento la persona adecuada y tuvo necesidad de hablar con él.

—Venerable padre —le preguntó—, ¿no almuerzas hoy?

—No —respondió Gaucelm en un susurro—. Hoy ayunaré.

—Estamos en Pascua —observó el conde—. No es tiempo de ayunar.

—Cuando uno tiene mal la tripa, debe ayunar aunque sea Pascua —dijo el anciano, sonriente y resignado—. Debería estar con los hermanos en el refectorio, pero temo tener que vomitar y fastidiarles la comida del domingo. No quiero ser un viejo aguafiestas.

—¡Ah! ¡Cuánto lo siento, venerable padre! Es una lástima que estés enfermo.

—Dios sabrá por qué. Seguro que me lo merezco por mis muchos pecados.

Oliba le lanzó una mirada incrédula y socarrona. Luego le dijo:

—Venerable padre, si tú tienes graves pecados, los demás no nos libraremos del fuego del infierno.

El anciano dejó escapar una risita y contestó:

—No te burles de los ancianos, mi señor.

—No me llames señor, padre mío. Fuiste mi maestro en este monasterio…

—Eso no tiene que ver nada con el respeto que se te debe. Eres el conde de Ripoll y Berga, así que ahora tu poder es grande. Estamos obligados a tener sumisión y rendimiento con quienes nos defienden de nuestros enemigos terrenales.

—No voy a contradecirte, maestro. Solo te ruego que me llames sencillamente por mi nombre: Oliba, a secas, como cuando era un simple estudiante.

—¡Tú nunca fuiste un simple estudiante! —repuso con afecto el anciano monje—. Ahora puedo decírtelo, pues veo que la vanidad no amenaza ya tu alma aún joven. Además, estamos en el templo del Dios altísimo. Escucha pues a este viejo monje… Tú, Oliba, hijo de Oliba de Cerdaña y Besalú, nieto de Miró y bisnieto de Wifredo el Velloso, has sido el alumno más brillante de la escuela de este monasterio desde que se fundara. Al menos no hay aquí memoria de otra mente tan preclara ni de un corazón tan inquieto como el tuyo.

Oliba se le quedó mirando en silencio, esbozando a la vez una sonrisa llena de agradecimiento, pero enseguida se sintió obligado a replicar:

—Esas alabanzas no benefician nada a mi alma, padre mío.

—¡Pero benefician mucho al buen gobierno de estos condados! La verdad es la verdad y para eso estamos en este mundo, para ser testigos de la verdad. Dios nos hizo libres no para disimularla, sino para proclamarla a los cuatro vientos. Ya lo dijo nuestro Señor: «No se puede ocultar una ciudad puesta en lo alto de un monte. Tampoco se enciende una lámpara para meterla debajo del celemín, sino para ponerla en el candelero y que alumbre a todos los de casa. Alumbre así vuestra luz a los hombres, para que vean vuestras buenas obras y den gloria a vuestro Padre que está en el cielo». ¿No quieres ser luz tú, conde Oliba?

Asintió con un resignado movimiento de cabeza, sin atreverse ya a replicar. Entonces el anciano sentenció:

—La luz es la luz y las tinieblas son la oscuridad. Andemos pues en la luz, hijo mío.

—Venerable maestro, tienes razón en todo lo que dices. Y yo, precisamente, necesito ahora mismo un poco de esa luz, pues hay algo de oscuridad en mi mente. Quisiera consultar contigo algunas dudas que tengo. Pero... vayamos al claustro. ¿Puedes dedicarme un poco de tu valioso tiempo?

Oliba se levantó y comenzó a caminar con una lentitud extrema, dirigiéndose hacia la puerta.

El anciano monje echó a andar detrás de él, haciendo sonar la contera del bastón en las losas de piedra. Salieron al claustro y se toparon con una claridad que casi hería sus ojos, hechos a la penumbra de la iglesia. Fueron a sentarse en un banco de madera que estaba en una de las esquinas y se pusieron a contemplar en silencio el maravilloso conjunto de aquel espacio admirable, rodeado con arcos de tonos suaves y dobles columnas, rematadas por capiteles de bella labra que representaban seres alados, monstruos y complejos laberintos de hojas entrelazadas.

Luego el joven conde empezó diciendo:

—Padre mío, antes que nada, debo confesarte que debería haber consultado ciertas cosas con el abad... Pero no he sido capaz de hablar con él. Seniofred me pone muy nervioso... No quisiera faltar a la caridad cristiana debida, pero, como bien sabes, las relaciones con él no han sido fáciles para nuestra familia últimamente...

Gaucelm soltó una carcajada y luego dijo sin reparo alguno:

—El abad Seniofred es un monje eficiente, abnegado, trabajador, justo... Pero, como tú y como yo, como cualquiera, es humano y pecador, y también pudiera dejarse dominar por la ansiedad o el celo excesivo, como si todo dependiera de él... Esto le puede llevar a mostrarse irritable e inquieto, lo que pone nerviosos a algunos... Su deseo ardiente de que todo se haga bien le puede hacer caer en la intemperancia... Y es necesario darse cuenta de que solo podemos hacer lo que está a nuestro alcance y que es Otro quien lleva la nave de la comunidad... Por eso, con su proverbial lucidez, san Benito advierte en el capítulo 64 de su regla monacal: «El abad no ha de ser turbulento ni inquieto, no sea exagerado ni terco, no sea envidioso ni suspicaz; si no, nunca tendrá paz». Dios me libre de apuntar siquiera que Seniofred lo sea, pero ha de tener sus defectos, como todo mortal hijo de Dios.

Oliba acogió estas enseñanzas con alivio y emitió un hondo suspiro, con el que hacía ver que se sentía comprendido.

Gaucelm le miró muy fijamente a los ojos, calló un instante, y luego prosiguió diciéndole enfáticamente:

—Así también los príncipes y magnates deben ser tranquilos y comedidos. Y tú, conde Oliba, aplícate la regla de san Benito, la cual sirve para todo poder humano. Si el superior o el que tiene que mandar a los demás no tiene un equilibrio suficiente en su alma, los que deben seguirle vivirán inquietos, las relaciones se enturbiarán y las decisiones errarán con frecuencia. Porque cuando, tratando a toda costa de que todo esté bien controlado, nos alteramos o nos miramos demasiado a nosotros mismos, podemos perder la paz necesaria y convertir la vida de los demás en un piélago de confusión y conflictos. De ahí la necesidad de que quien esté al frente de un grupo humano goce de la calma suficiente para pacificar a los que se alteran, y él mismo transmita sosiego y tranquilidad. Aunque todos tengamos derecho a alterarnos de vez en cuando, humanamente, pero procurando reconducir la situación pronto. Pero algo distinto sería un mal humor continuado, que terminaría envenenando las relaciones.

El joven conde meditó en silencio sobre aquellas sabias palabras. Comprendía muy bien por qué Gaucelm las decía: se estaba refiriendo con delicadeza a su padre, el conde Oliba Cabreta, que era un hombre muy nervioso, exaltado y con frecuencia de ánimo perturbado, cuyos arranques de ira solían poner nervioso a todo el mundo. De hecho, el apodo Cabreta tenía su origen en su temperamento inestable y colérico, que cuando se alteraba le hacía menear el pie, golpeando con él contra el suelo y dando patadas al aire, como una cabra irritada. También daba voces, tartamudeaba y a veces incluso perdía el sentido a causa de su rabia, cayendo al suelo entre temblores y bufidos. Todo ello hizo que la vida de cuantos estaban cerca de él, sus familiares y servidores más directos, resultase insufrible.

El anciano maestro percibió la turbación en el rostro del joven y se apresuró a añadir:

—El pasado solamente nos sirve para aprender. Lo que fue ya no es. Pero es verdad que las virtudes de los que nos precedieron son ejemplo para nosotros, como también sus defectos nos enseñan lo que no debe hacerse. No padezcas, pues, por las cosas de este mundo que ya no tienen remedio. Dios sabrá remediar todos los males a su debido tiempo. En tanto sea eso, no podemos hacer otra cosa que cumplir con nuestro deber. Tú, conde Oliba, harás en su momento lo que deberás hacer. Y estoy seguro de que lo harás bien, con tus defectos y con tus virtudes. Nadie es perfecto, pero Dios te ha concedido muchos dones y debes hacer uso de ellos conforme a su sagrada voluntad. Sé fuerte y no te vengas abajo ahora que ha llegado la hora de asumir responsabilidades.

Oliba sentía el poder que encerraba el flujo de la voz de Gaucelm. Era un verdadero sabio que sabía transformar cualquier circunstancia, por difícil o penosa que fuera, en esperanza. Entonces, como una inspiración, creyó oportuno consultarle sus dudas en aquel momento.

—Venerable maestro —le dijo, inclinándose hacia él, hablando casi entre susurros, de una manera confidencial—, gracias por tus palabras que, de verdad, me hacen mucho bien. Pero, si lo encuentras oportuno, me vas a responder a dos preguntas…, dos preguntas que tengo planteadas desde hace una década, desde que mi señor padre se marchó para hacerse monje. Acudo a ti porque no sé a quién debo preguntar sobre ese asunto, y ni siquiera sé si habrá alguien vivo hoy día que podrá responderlas. Te conozco desde hace diez años; fuiste mi maestro en este monasterio y me inspiras afecto y confianza. Tú trataste a mi padre y hablaste con él muchas veces, pues sabemos que venía a pedirte consejo. A buen seguro sabes muchas cosas y has sido testigo de hechos y secretos de antaño que hoy quizá puedan ser revelados. Y me da por pensar que, tal vez, a esas dos preguntas solamente tú puedes responder.

El anciano le miró, como escrutando su rostro, y contestó en un tono que reflejaba cierta incomodidad:

—Ya veo que quieres preguntarme sobre el misterio que encierra el final de la vida de tu señor padre.

—Así es, maestro. Tengo muchas dudas acerca de eso, una gran incertidumbre que no me deja vivir en paz. Y son muchas las cosas que quisiera saber, pero no te atosigaré. Mis únicas preguntas son estas dos: ¿por qué lo dejó todo? ¿Y por qué se llevó consigo el tesoro que debía haber heredado nuestra familia?

Gaucelm se quedó silencioso e inmóvil, con los ojos vueltos para mirar hacia los árboles que crecían en el centro del claustro. Su rostro dejaba traslucir que se debatía en su interior. Luego bajó la cabeza con humildad, en la posición de quien se resiste a tratar sobre un asunto espinoso. El silencio se prolongó y se agudizó.

Entonces Oliba, desalentado, insistió:

—¿No tengo yo derecho a saber eso? Mi madre me dijo antes de morir que, seguramente, los monjes podríais responder a esas preguntas. No creo que el abad pueda sacarme de dudas, puesto que mi padre y él no se entendían bien entre ellos. Pero tú, venerable maestro, debes saber algo...

—¡Ay! —exclamó Gaucelm—. ¡Me pones en una tesitura harto difícil! Y este no es lugar adecuado ni tampoco es momento oportuno para tener la conversación larga que requiere responder a esas preguntas.

Oliba se sintió abatido y lanzó un hondo suspiro mostrando su contrariedad.

A lo que el anciano contestó alegando:

—No he dicho que no vaya a responder. ¡Ten paciencia, hombre! Solo te pido que esperemos hasta mañana, después de la oración de prima. A esa hora nos veremos en el último de los huertos, junto al molino. Allí te lo contaré todo.

# 36

*Monasterio de Santa María de Ripoll, 9 de junio, año 997*

Al día siguiente, después del rezo de la mañana, Oliba estaba esperando junto a la vieja pared del molino. Había llovido durante toda la noche. El jardín estaba mojado y una brisa fresca corría entre los árboles. El sol brillaba y las hojas de las higueras relucían pringosas. Se quedó de pie al lado de la puerta, sin moverse, con los brazos cruzados. Contemplaba el paisaje: el valle, el bosque, el camino amarillento al fondo, el perfil de la mole del monasterio. Sus ojos reconocieron la figura encorvada de Gaucelm, que avanzaba lentamente por el camino, apoyándose en su bastón. Observaba aquel punto movedizo con una mirada ansiosa. Toda la curiosidad que tenía había aumentado y presentía que algo revelador venía hacia él.

Nada más llegar junto al joven conde, el monje se sentó sobre una piedra y tardó un rato en recobrar el resuello. Luego alzó la cabeza y, sin que mediara saludo alguno, dijo con aplomo:

—Responderé a tus preguntas contando hasta donde yo puedo. He meditado mucho sobre ello. Y comprenderás que hay ciertas cosas que no tengo permitido desvelar, pues pertenecen al secreto debido en la confesión. Y también, como es natural, no todo lo sé… Así que no podré responder a la segunda pregunta, ya que muy poco conozco de ese tesoro que se llevó el conde; solo podré decir sobre ello lo que tú sabes, lo que todo el mundo sabe: que era una cuantiosa fortuna compuesta por monedas de oro y que iba cargada en las alforjas que portaban quince mulas. Lo que fue del tesoro lo ignoro.

Después de decir esto, el anciano monje empezó a hablar en voz baja y, pausadamente, le contó muchas cosas de la vida de su padre. Nada era nuevo ni desconocido para el joven conde. Todo ello podía resumirse sencillamente diciendo que, antes de hacerse monje, el viejo Oliba tuvo una vida terrenal ajetreada, dura y a la vez placentera, como cualquier otro hombre de su condición.

—Anduvo guerreando —contó Gaucelm—, como era su deber. Eran los aciagos tiempos de las incursiones terribles de Almansur; años muy peligrosos para los cristianos. Aunque bien es cierto que en esa época de desconciertos y temores, como suele pasar, acudían a retirarse a los monasterios toda suerte de hombres y mujeres que veían en la penitencia y la huida del mundo la solución a sus ansiedades. Es aquí, en los apartados claustros, cenobios y ermitas, en su tranquilidad, en su ambiente propicio para la reflexión, donde el espíritu suscita el encuentro con la otra vida y el olvido de la presente, con sus espantos y calamidades… Y también a los monasterios se retiraban todos aquellos que buscaban los preclaros escritos que tan necesarios son para comprender todo lo que al mundo le está pasando…

»En el caso del conde Oliba Cabreta, tu señor padre, en nada era diferente a tantos nobles de su tiempo; vivía dedicado a las armas, a la guerra, a la obediencia a sus obligaciones de capitanear la hueste condal. En todo esto se desenvolvía sin mayores contratiempos, aunque destacando siempre por su arrojo y la gran fortaleza física con que Dios le dotó. Atesoraba al mismo tiempo riqueza, merced al botín de las victorias logradas. Así, por ejemplo, cuando en el año 979 invadió las tierras del conde Roger I de Carcasona, alegando tener sobre ellas derechos de soberanía como descendiente de los antiguos condes de Carcasona-Rasés, cometió algunos atropellos y se dejó llevar por la crueldad. Dio con el tesoro de Carcasona y no vaciló para apropiárselo. No dudaba de que eso era lo que debía hacer y no otra cosa. Pero más adelante empezó a darse cuenta de que siempre sentía en el fondo de su alma como un poso de insatisfacción, y que no era capaz de ser completamente feliz en el mundo, aun si llegara a tenerlo todo… Y cierto es que poseía muchas cosas y que tenía facilidad para satisfacer sus deseos carnales y muchos placeres a su alcance.

Después de decir esto, el monje calló un instante. Entonces Oliba le lanzó una mirada acuciante y le instó:

—Sigue, te lo ruego. Me interesa mucho saber todo esto.

A lo que Gaucelm contestó enigmáticamente:

—Lo comprendo… Pero considero que debo ser prudente y callar, ya que nada ignorado desvelaré si hago referencia a lo que era conocido de todos…

Oliba comprendió que se refería a los amores prohibidos y a las relaciones adúlteras que había tenido su padre y que tantos problemas le causaron. Fruto de aquellas pasiones era su hija ilegítima Ingilberga, que tuvo de la que fuera su amante más querida durante años y que era esposa del veguer de Besora. Así que preguntó:

—¿No vas a hablar de aquello? Necesito saberlo todo…

Al llegar a este punto embarazoso, Gaucelm reflexionó juicioso:

—Gran verdad es que el hombre pecador tiene siempre sobre sí la carne, que es a la vez su servidumbre y su aguijón. La lleva y debe vigilarla, pero cede a ella… Y si fuera solo el yacer… Pero ya se sabe que esa clase de vida acarrea otros pecados: celos, venganzas y sangre… Y el conde, tu señor padre, cuando ya empezaba a sentirse viejo y cansado, ¿qué podía hacer con los recuerdos corrompidos de sus muchas infidelidades, con la podredumbre de los adulterios, con los viejos secretos de alcobas extrañas? ¿Qué juicio se incoaría de todo ello si le pidieran cuentas al final de la vida?

El sabio anciano y el joven conde se miraron, se escrutaron, volviendo a ser en aquel instante maestro y alumno.

—Y yo, que soy monje y viejo —prosiguió Gaucelm—, y que he sobrevivido a la guerra tantas veces, sé muy bien lo que es ver de cerca la muerte. ¡Cuánto más un gran guerrero como fue tu señor padre! La gente moría a su alrededor, y él vio todas las facetas de la muerte y las muchas formas que adopta la destrucción… Porque, cuando fue joven, se había incendiado el mundo, y ardía con tantas llamas y tanto humo que seguramente pensaba él a veces que arderían en aquel fuego todas las dudas personales, todos los inconvenientes, todas las pasiones… Pero no fue así. El tiempo pasó, el mundo volvió a incendiarse una y otra vez… Pero en su alma ya madura seguía la misma pregunta, una pregunta que no habían podido apagar ni el tiempo transcurrido ni las cenizas de aquellas guerras ni el sofoco de las pasiones. Aunque dentro de su corazón existieran todavía demasiada tensión, demasiada fogosidad, demasiado deseo de venganza… Ardores que el tiempo solo había conseguido atenuar, pero no apagar…

—Todo eso lo sabía —manifestó el joven Oliba, lleno de ansiedad—. Y si no lo sabía, lo imaginaba. Pero… ¿qué le llevó, en último término, a tomar la decisión de abdicar para hacerse monje?

—Es todo más natural que lo que puedas estar pensando y tiene su explicación —respondió Gaucelm con calma—. Tu padre sufrió de repente una profunda conversión. Porque, entre aquellos que realmente son llamados, la vía que los conduce al monasterio pasa por una verdadera conversión; una especie de perturbación en lo más íntimo, en virtud de la cual muere el hombre anterior que se era y nace una nueva voluntad, como otra persona, necesaria para emprender una nueva y diferente vida. Pecaba y no dejaba de seguir con su vida llena de excesos y violencias, pero en el alma del viejo conde esa transformación ya venía germinando poco a poco, hasta que empezó a manifestarse en todos sus pensamientos y actos. Aunque él no supiera el porqué y ni siquiera se le pasara por la cabeza la posibilidad de dejar aquella existencia de hombre guerrero y pasional. Dios quiso que por entonces llegara a conocer a alguien que fue definitivo y cuyo ejemplo transformó del todo su conciencia. Me refiero a Pedro Orseolo, que había sido nada menos que dux de Venecia, y que había dejado atrás sus poderes mundanos, abdicando y retirándose al monasterio de San Miguel de Cuixá. Dios quiso que se encontraran tu padre y él, y que surgiera entre ellos una estrecha amistad. Tu padre quedó admirado, sobrecogido, ante un hombre más poderoso que un rey y más rico que nadie que jamás hubiera conocido, y para el que, sin embargo, oro y poder ya no eran nada en su conciencia… ¡Todo lo había dejado para salvar su alma! Porque había creído en las palabras salvadoras de Nuestro Señor: «¿De qué le sirve a uno ganar el mundo entero si pierde su alma?».

Gaucelm calló durante un instante, para dejar que aquellas palabras hicieran su efecto en el corazón del joven Oliba. Y luego prosiguió:

—Allí, en el monasterio de San Miguel de Cuixá, tu padre coincidió además con un eremita santo, Romualdo, y con el sabio abad Garí. Todos ellos tenían en común una certeza: que habían encontrado el camino, en medio de este mundo enloquecido, para dar fin a las dudas, los temores y las pasiones perturbadoras. ¡Habían sentido la misteriosa llamada! Así de poderosa es la conversión: uno no puede vivir de otra manera que hallando el modo de cambiar su mentalidad, encontrarse dentro de sí y obtener de los demás la respuesta a la pregunta que reconoce como la auténtica y verdadera pregunta de su vida... El conde Oliba Cabreta, de repente, tuvo conocimiento de ello, sin duda, por influencia de Pedro Orseolo, Romualdo y Garí. Y después de una muy larga y madura reflexión, llegó a la conclusión de que debía hacerse monje, pues había experimentado esa transformación interior que los sabios llaman la verdadera *conversio morum*, que es lo que las reglas del monacato imponen como condición previa para el ingreso en un monasterio. Y abdicó en febrero del año 988, anunciando su peregrinación y su posterior retiro del mundo en el monasterio italiano de Montecasino. Tenía que marcharse lejos para iniciar esa nueva vida, porque, si se hubiera quedado aquí, en cualquier monasterio de nuestra tierra, hubieran seguido cerca las tentaciones, los problemas, las pasiones y las venganzas... ¡A vino nuevo, odres nuevos! Y él era ya un hombre nuevo que debía poner tierra de por medio, o mejor dicho, mar de por medio. Así que se embarcó en Barcelona y nada más se supo de él, excepto que murió allí...

Apenas ninguna explicación nueva o reveladora hubo en aquel relato. Todo era conocido de algún modo por el joven Oliba. Sin embargo, sintió que sus lágrimas pugnaban por salir y se abstuvo de hablar, pues la voz le traicionaría o se rendiría al llanto que había decidido contener mientras estuviera en presencia del maestro. Se encogió de hombros, asintió con un movimiento de cabeza e hizo un gesto con la mano, como diciendo: «Es lo que ya sabía».

Entonces Gaucelm clavó en él una dura mirada y exclamó con vehemencia:

—¡En efecto, nada hay bajo el sol que sea nuevo! Ya lo dice la Escritura. Pero quizá el mundo se acabe mañana... Eso nunca debemos olvidarlo... —Y bajando la voz, señalando a la vez a su alrededor, añadió—: Quizá las luces del mundo se apaguen, como anoche se apagó el sol; quizá ocurra una catástrofe natural, mayor aún que una guerra, y quizá madure algo en el alma de los hombres, en el mundo entero, y estén todos ya dispuestos a no ofender más al Creador... Aquí nadie está seguro. Solamente una cosa es segura en esta vida: la muerte.

—Eso es cierto, padre mío —replicó Oliba—, pero también lo es un hecho: ahora tenemos paz. Estamos rehaciendo nuestros condados y no debemos vivir entre temores. Almansur, según nos dicen, es ya un hombre viejo y enfermo que no podrá emprender más un viaje tan largo al frente de los moros. No hay mal que dure cien años y ese mal parece llegar a su fin. Ahora nuestras fronteras están reforzadas y nuestros espías nos aseguran que, más allá de la Marca, no hay movimientos de tropas que puedan ponernos en guardia. Mira, estamos a finales de mayo y no hay ningún indicio de la guerra. Estos son otros tiempos y debemos sentir la ayuda de Dios, la seguridad y la confianza. Hay muchas señales que así lo indican. Y muchos se están preparando incluso para ir a tomarse venganza en un futuro próximo, cuando Almansur ya no sea nada más que un nombre del pasado. Entonces tendremos por fin paz en nuestra querida tierra.

—Es posible que sea así... —dijo Gaucelm, como constatándolo—. Cierto es que todo está siempre en cambio, que todo es mutable y que lo que es no será igual mañana. Es posible que la forma de vida que nosotros hemos conocido, en la cual hemos nacido y crecido, es posible que este monasterio, este molino, sí, incluso esas palabras con las que antes esclarecíamos las preguntas que traías aquí, es posible que todo esto sea ya cosa del pasado. Seguramente tu señora madre, Ermengarda de Vallespir, expiró convencida de que esa paz de la que hablas era ya una realidad y que ella dejaba un mundo que ya era nuevo y diferente al que vivió. Eso es posible. Aunque... ¿con qué derecho esperamos algo distinto del mundo? Hay cosas que pertenecen a él con tal fuerza que podrán cambiar las formas, pero no la esencia. El odio y la guerra forman parte de la sustancia errada del mundo. Y te diré algo más que tal vez te cause espanto: incluso nosotros los viejos, ya al final de nuestra vida, también deseamos la venganza... ¿La venganza contra quién? Contra el recuerdo de alguien que nos hizo tanto mal y que un día u otro ya no existirá. ¡Qué pasiones más estúpidas! Y sin embargo, es verdad que están vivas en nuestros corazones. Pero también te diré algo más: ¿con qué derecho esperamos que siga adelante un mundo lleno de inconsciencia, de pasiones y de agresividad, donde unos jóvenes afilan sus cuchillos contra jóvenes de otras naciones? ¿Hacia dónde vamos esperando vivir en un mundo donde unos desconocidos desean despellejar a otros desconocidos, donde solamente arden las pasiones, y sus llamas se elevan hasta el cielo?... ¡Sí, la venganza! Mas cuando todos hayamos muerto, ¿qué sentido tendrá entonces la venganza?...

Estas últimas palabras las había dicho el anciano monje en voz baja y Oliba tuvo que inclinarse para escucharlas bien. Hubo luego un silencio largo, pero Gaucelm añadió algo todavía más inquietante:

—Y quiera Dios que esa venganza no se esté ya gestando en las diabólicas entrañas de nuestros enemigos... Porque, no seamos ingenuos, ellos también nos odian a nosotros y desean igualmente borrarnos del mundo para lograr lo que ellos consideran su propia paz.

Sería la Divina Providencia, o pura y simple casualidad, o pudiera llegarse a la conclusión de que el sabio monje Gaucelm hubiera sido bendecido con el raro don de la profecía. Pero, apenas una semana después de tener el joven conde Oliba aquella larga conversación con él, y cuando ya iba a marcharse para reintegrarse a sus obligaciones, se recibieron en Ripoll cartas que anunciaban la próxima llegada de un buen número de ilustres visitantes: los obispos de Barcelona, Gerona, Vich y Urgel, y también acudirían los condes de Barcelona, Urgel, Cerdaña y Besalú, y los abades de San Miguel de Cuixá, San Cugat del Vallés y San Pedro de Roda. Todos estos magnates ya se habían puesto en camino desde sus diversos dominios y venían, convocados por Ramón Borrell, conde de Barcelona, con la intención de celebrar en el monasterio una gran reunión en la que también debía estar, como era obligado, el propio abad de Ripoll y Oliba, el conde de Berga.

Cuando el abad Seniofred y el joven conde trataron sobre el asunto, estuvieron de acuerdo en una cosa: una grave amenaza se cernía sobre los condados.

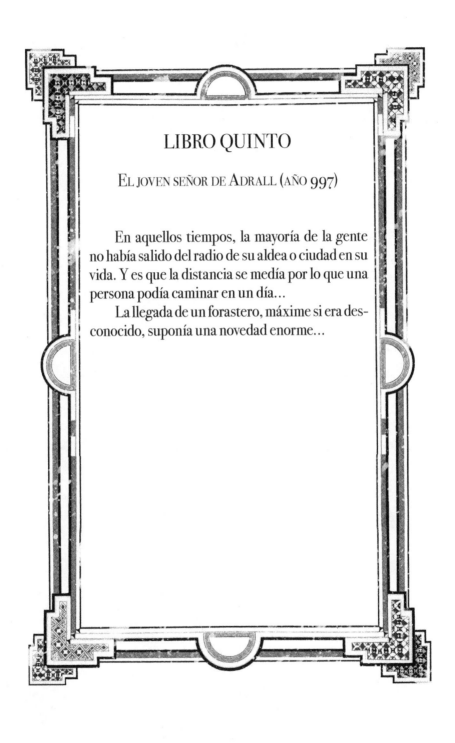

# LIBRO QUINTO

## El joven señor de Adrall (año 997)

En aquellos tiempos, la mayoría de la gente no había salido del radio de su aldea o ciudad en su vida. Y es que la distancia se medía por lo que una persona podía caminar en un día...

La llegada de un forastero, máxime si era desconocido, suponía una novedad enorme...

# 37

*Estamariu (Urgellet), 10 de junio, año 997*

Un hombre pequeño, flaco y encorvado, estaba segando heno junto a una gran roca musgosa. Un poco más allá, a la sombra de una pared luminosa, otros dos hombres esquilaban ovejas. Un extenso prado verde, resplandeciente, se extendía bajo el fuerte sol de la mañana. A lo lejos, sobre un altozano, se veía un castillo pequeño pero robusto. En las arboledas que acompañaban la corriente de un arroyo, las currucas armaban escándalo y las palmeras sacudían las hojas nuevas, ignorando a las aves de presa que planeaban amenazantes y majestuosas por entre las nubes dispersas. Una alfombra de flores doraba los márgenes de un camino que conducía derecho hacia el caserío que se aborregaba a los pies del castillo.

Alguien iba a caballo con un trotecillo ligero y se acercaba al lugar donde trabajaban aquellos hombres. Al oír el ruido de los cascos, se enderezaron y miraron en aquella dirección. El resplandor de la luz dio de lleno en sus caras angulosas y tostadas, brillantes de sudor.

—Es un forastero —observó el que había estado segando hasta ese momento.

Los otros dos, como si estuvieran encantados por aquella novedad que venía a sacarlos de su afanosa rutina, se llevaron las manos a la frente a modo de visera y dijeron muy sonrientes:

—¡Es un forastero!

—¡Muy joven!

—¡Y vaya montura buena que trae el muchacho! —exclamó el segador.

El joven desconocido venía montado en un fogoso caballo negro, cuyo lustroso pelo parecía lanzar destellos. También el jinete era hermoso y de cuerpo armonioso. Iba vestido con ropa ligera, blanca, que flotaba al aire, y tenía la cabeza cubierta con un precioso bonete verde, bordado con filigranas amarillas. Cuando se acercó más, pudieron ver su rostro: la cara tersa con cincelados pómulos, una tez saludable y brillante, los ojos oscuros pero verdosos, velados quizá por el cansancio, pero de mirada intensa. No tendría más de diecisiete años, poca edad para viajar solo en tan malos tiempos. Y a buen seguro venía de muy lejos, porque traía buenas alforjas donde llevar el equipaje.

Se detuvo, descabalgó, sonrió y saludó diciendo:

—La paz de Dios.

—La paz —contestaron los campesinos.

—¿Ese castillo es Estamariu? —preguntó el joven.

—Estamariu es —respondió el segador, que era el más viejo de los tres hombres.

—¡Bendito sea Dios! —exclamó el jinete—. He llegado a mi destino.

Los campesinos se miraron entre ellos, se encogieron de hombros y luego se acercaron a él para manifestar su hospitalidad. Sujetaron las riendas y llevaron al caballo hasta el abrevadero, que estaba a unos pasos.

—Vamos a la casa, señor —dijo el segador—. Tú también debes tener hambre y sed.

Ya se habían dado cuenta aquellos hombres de que el joven debía ser de buen linaje, a la vista de los arreos del caballo, la calidad de la ropa y la espada que llevaba al cinto, por lo que le trataban con miramientos y le llamaban «señor». Le observaban atentamente, sin atreverse a hablar demasiado, taciturnos y algo azorados.

Entraron en la casucha, donde estaban hilando lana una anciana y una muchacha desgarbada, alta y de pelo negro. Enseguida se levantaron y se pusieron a preparar la mesa. Mientras la joven servía el vino, la vieja echaba unos pedazos de tocino a las brasas y calentaba algo en un puchero.

—¿Vienes de muy lejos? —preguntó el segador.

—Sí, del mar —respondió el joven con parquedad.

No le hicieron ninguna pregunta más. Comían y bebían todos en silencio, mirándose de soslayo, llenos de curiosidad, pero aguantándosela por prudencia. Hasta que el joven forastero quiso saber:

—¿Quién gobierna el castillo?

—El castillo está vacío y cerrado, si bien lo cuida un castellano que vive en el pueblo. Él tiene las llaves y lo guarda, en nombre de la vizcondesa doña Sancha, nuestra ama y señora.

—¿Doña Sancha? —dijo extrañado el joven—. ¿Y quién es esa tal doña Sancha?

—Ya te lo he dicho antes, señor. La vizcondesa es la dueña de Estamariu, por testamento. Y además es la esposa del vizconde Guillem de Castellbó, al que llaman el Llop.

—¿Y podré yo presentarme a esa señora? —preguntó el joven.

—Sí ella tuviera a bien recibirte, ¿por qué no? Aunque viene muy poco al castillo de Estamariu. Los vizcondes hacen la vida en el castillo de Castellbó. Aquí, si acaso, se presentan un par de veces al año para percibir las rentas y beneficios, normalmente antes de la Pascua y al final del verano.

El joven tomó un sorbo de vino, echó luego una mirada en torno, como escrutando los rostros de aquellos hombres, y luego dijo:

—Pues yo tendré que verme con esa señora, ya que creo que es pariente mía…

Al oír aquello, los tres hombres y las dos mujeres se pusieron de pie al instante y se inclinaron en una reverencia.

—¡No, por Dios! —exclamó el joven—. No tenéis por qué hacerme rendimiento, ¡bastante me habéis ya obsequiado dándome esta comida y este vino!

Siguieron comiendo en silencio, como si ya no tuvieran derecho a mantener una conversación. Las mujeres se levantaron y volvieron a sus tareas. Ellas le observaban sin dejar de hilar, con la rueca en la mano izquierda, mientras la derecha enroscaba el hilo que salía del copo de lana esquilada. Ese era el único ruido en aquella casa pobre y pequeña. Hasta que aquel joven forastero se puso en pie, se llevó la mano a la faltriquera y sacó una moneda que echó sobre la mesa, diciendo:

—Esto es para que le compréis un bonito vestido a la muchacha. Que lo luzca en la Fiesta de la Virgen María y diga una oración por mí.

—Señor, no… —trató de decir el segador.

—¡Acéptalo, hombre! —dijo impetuoso el joven. Me harías un agravio si no cumplieras ese capricho mío. Esa muchacha debe lucir su hermosura, que para eso se la dio Dios. ¡Y no se hable más! Tengo que ir a ese castillo para presentarme al castellano y decirle que soy Blai de Adrall. Iré luego hasta Castellbó y me recibirá la vizcondesa.

Al oír aquello, todos volvieron a levantarse, pero esta vez se arrodillaron, bajando las cabezas como llenos de temor.

Entonces él les preguntó:

—¿Acaso os dice algo ese nombre?

El hombre de mayor edad respondió con respeto:

—Udo de Adrall fue amo de este señorío hasta su muerte.

El joven forastero se le quedó mirando un instante, como si esperara que dijera algo más y, al no hacerlo, dejó otra moneda sobre la mesa y se dispuso a salir:

—He de irme ya. ¡Alzaos, buena gente!

Los campesinos se apresuraron a llevarle el caballo y le ayudaron a montar. El joven se despidió:

—¡Que Dios os bendiga! Y rezad por mí.

## 38

*Castillo de Castellbó, Alto Urgel, 12 de junio, año 997*

La vizcondesa Sancha y su hija Riquilda estaban bordando a media tarde, cuando abrió la puerta una de las criadas y anunció:

—Señora, un joven desconocido desea visitarte.

La vizcondesa y su hija se miraron, compartiendo la sorpresa que despertaba en ellas esa notica. Luego la madre soltó el bastidor y se levantó rápidamente, prueba del efecto que en ella había producido el hecho de que alguien desconocido quisiera verla, clavó en la criada una mirada de interés, como si el visitante pudiera provenir del mismísimo cielo, y murmuró, pidiendo una mayor confirmación:

—¿Un joven? ¿Desconocido?

—Sí, señora —respondió la sirvienta con un tono alegre y triunfante—. El guardia de la puerta vino a avisar de que acababa de llegar el castellano de Estamariu acompañando a ese joven. Comprendí que debía dejarlos pasar, aunque el vizconde no se halla en el castillo. Pero, al venir con él el castellano, supuse que debía de ser algo importante... Los conduje al recibidor, les ofrecí agua y les dije que podían sentarse. Entonces el castellano me preguntó: «¿Está la señora arriba?». «Sí», le respondí. «Pues queremos tener el honor de ser recibidos», ha dicho el castellano. Y yo le he preguntado: «¿Con qué motivo?». «Este joven —ha contestado el castellano— viene de muy lejos, del mar, y desea visitar a la señora». Y yo le he dicho: «¿Y quién digo yo que es este joven?». Entonces el castellano ha respondido riendo: «¡Es de la familia!... ¡Corre a avisar, mujer! Este joven es pariente de la vizcondesa». Y he venido volando a informar, mi señora, pues, aunque estás ocupada, me he dicho: «Virgen santa, un pariente es un pariente, aunque sea desconocido». Y no creo haber hecho mal, ¿verdad, mi señora?

Sancha se quedó quieta un instante, sumergida en sus pensamientos. Luego volvió en sí y miró a su hija, como diciéndole: «¡Qué raro!». Riquilda sonreía con asombro en los ojos y, sin poder contener su entusiasmo, exclamó:

—¡Un pariente! ¿Quién podrá ser, madre?

—¡Qué sé yo! ¡Corre a prepararte! ¡Y ponte tu mejor vestido!

El rostro de la hija se ruborizó, igual que el de la madre, como si se contagiaran mutuamente la emoción. Sonreían y la vizcondesa, sin poder contener su impaciencia, gritó:

—¡Corre, ve a prepararte, te he dicho!

La joven salió enseguida de la estancia para dirigirse a su habitación. Sus pasos alegres, apresurados, resonaban en la escalera de peldaños de madera. Y Sancha, mientras tanto, volvió a quedarse quieta y pensativa durante un instante, sumida en nuevas cavilaciones. Luego se volvió hacia la criada y le ordenó:

—¡Que pasen a la sala de visitas! Tardaremos un rato en arreglarnos. Sírveles vino dulce y unas nueces. ¡Date prisa!

Un rato después, madre e hija estaban vistiéndose, cada una en su alcoba, en el piso de arriba. Ambas quizá estuvieran haciéndose las mismas preguntas: ¿Quién será ese joven pariente? ¿Qué habrá detrás de esa visita tan inesperada? Había dicho que venía del mar… No tenían ni idea de que pudieran tener familiares en la costa…

—¡Riquilda! —llamó la vizcondesa dando voces desde su habitación—. ¡Acaba de una vez, que quiero verte!

La joven llegó a medio vestir, con el cabello alborotado y la saya todavía sin abrochar. Su madre la miró con un gesto despreciativo y le espetó:

—¿Dónde vas de amarillo, hija? ¿Eres tonta? ¡Anda y ponte la saya verde!

Riquilda se precipitó hacia su habitación, quitándose el vestido por el camino, atropelladamente, tropezando y protestando:

—¡Y qué más da! ¡Este es mi mejor vestido! Tú dijiste que me pusiera el mejor, y para mí el mejor es este. Pero haré lo que dices, madre… Aunque no entiendo qué tienes en contra de ese color.

—No me parece oportuno el amarillo, es demasiado escandaloso. ¡Ponte el verde y no repliques!

Salió la madre dándose los últimos retoques y se topó con su hija en el pasillo, toda vestida de seda verde, bellísima, como no podía ser de otra manera. Dijo la vizcondesa, nerviosa:

—Vamos, hija, despacio y con serenidad, que no note ese joven la ilusión que nos hace tener una visita.

Riquilda rio alegremente y echó a andar por delante, hacia la escalera.

La sala de visitas era una pieza pequeña que precedía al salón principal del castillo. La criada estaba esperando delante de la puerta y, antes de abrirla, dijo con aire malicioso:

—Se han comido todas las nueces y se han bebido todo el vino. ¡Menudo apetito tienen!

La vizcondesa le hizo un gesto displicente con la mano, ordenándole que se apartara. Entraron madre e hija en la sala. Inmediatamente, el castellano y el joven se levantaron con respeto. El primero era un hombretón larguirucho, viejo y vestido de negro, con unas barbas largas y alborotadas, que se inclinó muy reverente, diciendo con voz cascada:

—Señoras mías, perdonad esta molestia, pero he creído oportuno que este viajero no venga solo.

Ellas pusieron sus ojos llenos de curiosidad en el visitante, y las dos le amaron nada más verle… Era un joven resplandeciente, con una cara despejada, hermosa, alegre, y un cuerpo proporcionado y airoso.

—Señoras, mi nombre es Blai —se presentó él—, y soy nieto de Gilabert, que era hijo de Udo de Adrall, señor de Estamariu.

Madre e hija se miraron, asombradas, arrebatadas por la emoción, y un instante después volvieron a clavar sus ojos en aquel joven, observándole intensamente y tratando de descubrir en él signos familiares.

—Udo de Adrall —balbució la vizcondesa—… Udo de Adrall era mi abuelo…

Entonces el castellano se adelantó y proclamó melifluamente:

—¡Mi señor Udo de Adrall, de honorable memoria, a quien Dios tenga en su gloria!

La vizcondesa le arrojó una mirada feroz y luego soltó un hondo suspiro, mientras volvía a poner sus ojos en el joven, diciendo:

—Eres nieto de Gilabert, mi primo… ¡Ay, Dios mío! Nos dijeron que toda su familia había muerto en la razia del año 985…

—Eso mismo he dicho yo —observó el castellano—; creíamos que no quedaba descendencia viva.

—¡Calla! —rugió Sancha, molesta porque interviniera en la conversación—. ¡Deja que se explique él!

El muchacho también estaba azorado y sus labios temblaban a causa del pudor que sentía, el cutis le brillaba y las mejillas mostraban el sonrojo propio de sus pocos años.

—Señora —dijo con débil voz—, mi abuelo, Gilabert, desgraciadamente murió el pasado otoño… Ya habrá tiempo para que os cuente en qué trágicas circunstancias… Pero, antes de partir de este mundo, me ordenó que viajara hasta aquí, a la que él siempre nombró como su tierra…

En los ojos de la vizcondesa brilló una mirada de interés, mientras le preguntaba:

—¿Es verdad lo que oigo? ¡Virgen santa! Aquí creíamos que el bueno de Gilabert de Adrall había muerto hace años a manos de los moros. ¡Y resulta que vivió hasta el año pasado! ¡Sant Jaume! ¡No salgo de mi asombro!

El joven puso una cara primorosamente triste. Sus grandes ojos brillaban arrebatados por la emoción, mientras avanzaba unos pasos para mostrar su mano, diciendo:

—¡Mirad, aquí llevo su anillo!

Ellas se le acercaron rápidamente. La vizcondesa le tomo la mano y miró fijamente el anillo, donde estaba escrito el nombre latino «Utus» y una pequeña cruz labrada al lado. Él se lo acercó aún más, diciendo:

—Mirad, es su sello. «Utus» quiere decir «Udo». Está escrito en latín…

—¡Dios de los cielos! —exclamó ella, llevándose las manos a la cara—. ¡Verdaderamente es el sello de mi abuelo!

Y acto seguido se abalanzó sobre el joven para abrazarle y cubrirle de besos, mientras sollozaba:

—¡Ay, bendito sea Dios! ¡Ay, nuestra sangre! ¡Eres de la familia! ¡Y no sabíamos siquiera que existías!

A pesar de que la vizcondesa Sancha había experimentado en su vida más de una situación capaz de turbar su serenidad, la repentina llegada a su casa de su pariente la dejó completamente trastornada; y no solo por tratarse de una presencia de cuya existencia no había tenido antes noticia alguna, ni la más remota idea, sino por todo lo que el joven les contó aquella tarde, antes, durante y después de la cena. Su historia era tan terrible que ni ella ni su hija pudieron conciliar el sueño.

Y luego, cuando se hubieron ido a dormir, desde su habitación la madre oía los crujidos de la cama de Riquilda y sus hondos suspiros, mientras también ella daba vueltas y más vueltas. Hasta que, cansada de su desvelo, se levantó y fue a asomarse a la ventana. La luna brillaba y el monótono canto de una lechuza hacía todavía más inquietante aquella noche extraña. Entonces sonaron a sus espaldas unos pasos apresurados. Riquilda venía hacia ella en la oscuridad, diciéndole:

—No me puedo dormir, madre. Todo lo que nos ha pasado hoy me ha impresionado mucho.

La madre la abrazó, la besó en la frente y le dijo:

—También yo estoy muy nerviosa, hija… ¡Es todo tan raro! No estamos acostumbradas a que nos pasen cosas como estas… Y qué lástima he sentido por todo lo que nos ha contado… Pobre, pobre muchacho…

—Sí, madre… Y esa carita de ángel que tiene el pobre… ¡Cuánto habrá sufrido!

—¡Malditos moros! ¡Malditos y condenados sean! —refunfuñó con rabia la vizcondesa.

No tenía nada de extraño que la madre y la hija estuvieran tan tristes y compadecidas, porque el relato que su joven pariente les había hecho sobre cómo había sido su vida en los últimos meses estaba lleno de penalidades. Empezó contándoles la desdichada muerte de su abuelo, devorado por los leones, la frialdad con que le trató el veguer de Olérdola y la necesidad de huir de Cubellas que le sobrevino a cuenta de todo aquello. Después ocurrió lo peor: él y su esclavo cayeron en manos de bandidos despiadados cuando cometieron la imprudencia de entrar en una ciudad sarracena para comprar alimentos. Les narró también el cautiverio en las heladas sierras de Prades, los duros trabajos de la nieve y el encierro en Cervera, con la crueldad de sus amos y las penurias pasadas. Pero todo aquello había tenido un feliz desenlace, con la huida tan ocurrente, escondido en el carro del bañero. Y ahora, por fin, estaba allí, en el Urgellet, entre sus parientes, en lo que su abuelo Gilabert siempre había nombrado con añoranza como su tierra.

A la luz de la luna, la vizcondesa Sancha veía brillar los ojos de su hija, transidos de estupor y tristeza, mientras estaban recordando todo aquello, sabedoras de que amanecería sin que pudieran conciliar el sueño.

—Mañana vendrá tu padre —dijo la madre con preocupación —, y con él también vendrá tu hermano. Cuando se enteren, cuando les contemos todo… A ver cómo se lo toma el bestia de tu padre. Porque… a ver qué hacemos ahora con este muchacho. Está solo, no tiene a nadie en el mundo… Bueno, a nadie más que a nosotros. Así que habremos de ser generosos… La familia es la familia…

# 39

*Castillo de Castellbó, Alto Urgel, 13 de junio, año 997*

—¡Ingenuas! ¡Estúpidas! —resonó como un trueno la voz del Llop en el patio de armas de su castillo.

Un intenso escalofrío recorrió los cuerpos de su esposa y su hija y abrieron las bocas aterrorizadas al verle reaccionar con aquella cólera. Acababan de contarle entusiasmadas la visita que habían recibido el día anterior y él, en vez de alegrarse, se puso rojo de ira y empezó a lanzar reproches. Habían llegado al castillo el vizconde y su hijo Miró un rato antes y, nada más descabalgar en el patio, su esposa y su hija fueron a darle la noticia con regocijo, sin llegar a imaginar siquiera que él se lo iba a tomar de esa manera.

—¡Cómo se os ocurre recibir a cualquier desconocido! ¡Ingenuas! ¡Memas!

A lo que la vizcondesa replicó con voz llorosa:

—¡No sé por qué te enfadas! ¡Es mi pariente! ¡Con lo contentas que estamos por tenerlo en casa!

También venía el hijo mayor, Miró, y asistía a la discusión un poco retirado, detrás de la gran espalda de su padre.

—¿Y dónde demonios está ese forastero? —preguntó con voz tonante—. ¿Por qué no ha salido a recibirnos?

—Ha ido a dar un paseo a caballo por los alrededores… —respondió la vizcondesa—. Creíamos que tardaríais todavía algún tiempo más en regresar… Y el muchacho quería conocer la villa y los entornos.

Al oír aquello, el vizconde Guillem apretó los dientes, cerró los ojos y lanzó una suerte de rugido furibundo, antes de gritar:

—¡Maldita sea! ¡¿Cómo se os ocurre meter un extraño en el castillo?! ¡¿Cómo sois tan insensatas?!

—¡Es mi pariente! —gritó Sancha—. ¡Es nieto de mi tío Gilabert de Adrall! ¿Cómo iba a negarle la entrada? ¡Tenía que recibirle! ¡Es de la familia!

—¿Y cómo sabes tú eso? Puede ser un impostor.

—¿Un impostor? ¡Dices unas cosas, esposo!

—Digo lo que me aconseja la prudencia. No se debe permitir la entrada en un castillo a desconocidos si no es con ciertas garantías. ¿Cómo podemos saber que ese joven no es un espía?

—¿Un espía...? ¡Eso es absurdo! —replicó Sancha dándole la espalda a su esposo.

Él entonces se fue hacia ella, la agarró por el brazo y la obligó a que le mirara para decirle:

—No, no es absurdo. Muchos por ahí deben de saber que la familia de Gilabert desapareció cuando la razia de Almansur... ¿Cómo no se te ha ocurrido pensar que alguien haya podido tener la idea de hacerse pasar por uno de ellos? ¡El mundo está lleno de tramposos y buscavidas! Puede ser alguien que busca el sustento fácil a costa de su ingenio... Pero eso no sería lo peor... ¿Y si fuera un espía? ¡Es una locura meter a un extraño dentro de un castillo! ¿No te das cuenta del peligro que eso supone? Y ahora ese forastero anda por ahí husmeando... ¡Adónde habrá ido! Tú misma acabas de decir que anda a caballo por los entornos... Estará indagando para aprenderse bien los caminos, las defensas y la orientación de las atalayas...

La vizcondesa también estaba ya fuera de sí, resoplando, entre lágrimas de pura rabia. Dio media vuelta para abandonar el patio, dejando allí plantado a su esposo, como hacía habitualmente cuando sucedía algo que encendía la cólera de él y se ponían a discutir.

—¡Lo que me faltaba! —rugió el Llop—. ¡Encima esto! ¡Encima te enfadas tú, mujer! Me voy un par de días a mis asuntos y, a mi vuelta, me encuentro con que habéis metido en casa a un desconocido porque dice ser un pariente... ¡Un pariente! ¡Si no le habéis visto nunca! ¡Insensatas! ¡Qué sabréis vosotras de ciertas cosas! Estos no son tiempos propios para la ingenuidad; hay oportunistas, espías, defraudadores, engañadores... ¡No podemos fiarnos de nadie! ¡¿Y si fuera un espía de Almansur?!

Sancha se detuvo, se volvió y le gritó a su esposo:

—¡Serás animal! Cuando tengas delante la cara de ese muchacho verás a mi tío Gilabert. Su parecido es innegable: los rasgos, el color del pelo, el cuerpo… ¡No hay duda de que es de la familia!

—¡Eso es lo que yo quiero! ¡Tenerle delante!—contestó el Llop—. ¡Quiero verle ahora mismo!

—Pues tendrás que esperar a que vuelva —dijo ella, volviendo a encaminar sus pasos hacia la puerta que conducía a la torre principal, donde estaba su residencia.

Cuando la vizcondesa desapareció de su vista, el Llop se calmó al instante; en su rostro se borró toda huella de enfado y la crispación de los gestos de sus manos. Pero la cólera seguía viva en su pecho y se dirigió a su hijo para ordenarle con palabras cargadas de inquina:

—Anda, hijo, sal del castillo y ve en busca de ese impostor. Cogedlo y atadlo de pies y manos. ¡Corre! ¡Cazadlo antes de que escape con la información que habrá recabado por ahí!

Miró señaló a dos hombres con el dedo.

—¡Tú y tú, venid conmigo!

Salieron al galope por el puente del castillo y tomaron el camino que discurría junto al río. Apenas se habían alejado de la villa media legua, cuando vieron venir de vuelta al joven, cabalgando a paso ligero, feliz y sonriente.

—¡Ahí le tenemos! —señaló Miró, picando espuelas para ir a su encuentro.

El muchacho, al ver que los tres jinetes venían directamente hacia el, galopando y con cara de pocos amigos, se detuvo extrañado.

Al punto llegó Miró, se puso enfrente y le gritó:

—¡Eh, tú, espía del demonio, detente y echa pie a tierra! ¡Date preso!

El joven contestó extrañado:

—Estoy detenido… Soy Blai de Adrall, pariente de la vizcondesa Sancha de Adrall.

Miró saltó sobre él desde su caballo y lo derribó. Rodaron por el suelo forcejeando, hasta que los otros dos hombres se echaron sobre ellos y, separándolos, se pusieron a amarrar con cuerdas los pies y las manos del forastero, mientras él gritaba:

—¿Qué hacéis? ¡Soltadme! ¡Soy Blai de Adrall! ¡Me hospedo en el castillo de Castellbó!

—¡Embustero! ¡Impostor! —le decía Miró—. ¡No te resistas, espía!

Una gran expectación se apoderó de la vecindad, que veía cómo arrastraban al mismo muchacho que había paseado un rato antes alegremente por las calles de la villa. Lo llevaban al castillo atado de pies y manos, como había ordenado el vizconde.

Nada más tenerlo ante sí, el Llop se aproximó y clavo en él una dura mirada, mientras le preguntaba en tono inexorable:

—¿Quién eres? ¿De dónde vienes? ¿Quién te manda?

—Mi nombre es Blai de Adrall, soy nieto de Gilabert y bisnieto de Udo de Adrall... ¡Ya lo dije ayer! ¿A qué viene esto ahora?

—¡Pruebas! ¡Dame pruebas! —exigió el Llop con severidad.

—Mira mi anillo —contestó él, alargando sus manos amarradas.

El Llop le agarró el dedo, tiró con violencia del anillo y lo sacó haciéndole daño. Estuvo mirando la inscripción con ojos de aguilucho. Luego volvió a encararse con el joven e inquirió:

—¿A quién se lo robaste?

—¡Me lo dio mi abuelo antes de morir! ¡Lo juro!

En esto irrumpieron en la sala la vizcondesa y su hija Riquilda, con los rostros desencajados, seguidas por un monje.

—¡Aquí están las pruebas! —gritaba Sancha—. ¡Aquí están los documentos que dan fe de quién es el muchacho! ¡No hay duda! ¡Es el nieto de Gilabert! ¡Es Blai de Adrall! Mira estas cartas que lo certifican.

Fue hacia su esposo y dejó caer sobre la mesa, delante de él, un fajo de pergaminos, añadiendo:

—¡Mira todo esto y verás que no es un impostor!

—¿Qué demonios es eso, mujer...? —balbució él, extrañado.

—¡Abad, explícaselo tú! —se dirigió Sancha al monje—. Dile a mi esposo lo que hay escrito ahí, puesto que él no saber leer ni su propio nombre...

El abad se acarició las largas barbas y, en un tono que revelaba agrado y seguridad, se aproximó al Llop y le dijo:

—Vizconde Guillen, cálmate, por Cristo Nuestro Señor. Y escucha esto: entre esos pergaminos se encuentra una carta del abad Gerau de la abadía de Santa María de Cubellas, que es un castillo que se halla en la costa tarraconense. En ese documento se da cumplida razón de quién es el muchacho: su linaje, su origen y el porqué de su viaje hasta aquí. No hay duda: el joven es Blai de Adrall, nieto de Gilabert y bisnieto de Udo, señor de Adrall. La carta está fechada en Cubellas, el sello es auténtico y la firma es del tal abad *Gerardus, monachus Ordinis sancti Benedicti*, según reza al pie. Tú mismo puedes comprobarlo.

Aunque no sabía leer, el Llop tomó el pergamino en sus manos y lo estuvo observado atentamente. Luego levantó la vista y señaló con su largo dedo al joven forastero, diciendo dubitativo:

—No estamos seguros de que aquí se hable de este precisamente... ¿Y sí no se refiere a él, sino a otro muchacho? ¿Y si este robó la carta?

—No, no, no... —contestó el abad—. No hay duda de que se trata de él. Porque el tal Gerardus, como buen monje que ha de ser fiel a la verdad, tomó la precaución de describir con detalle al muchacho. A ver, déjame la carta y te lo leeré.

El monje fijó sus ojos en el pergamino y leyó:

—*«Bien parecido, diecisiete años cumplidos, delgado y fuerte, pelo castaño claro, ojos verdosos, piel atezada y todavía algo lampiño».*

—¿Lo ves, animal? —exclamó con irritación la vizcondesa—. ¡Es él! ¡Mira que eres terco, esposo!

Él clavó en el muchacho una nueva mirada, aunque esta vez estaba cargada de asombro, y dijo socarrón:

—Sí, parece ser él...

—¿Parece? —protestó su esposa—. ¡Sin duda es él! ¡Reconócelo de una vez! ¡El muchacho es Blai de Adrall!

El Llop se volvió hacia su hijo Miró y le ordenó:

—Anda, desátalo.

Miró lo soltó cortando las ligaduras. Y el joven, ya libre, se fue enseguida al lado de la vizcondesa, diciendo:

—Señora, cuéntale tú mi historia tal y como yo os la referí a tu hija y a ti. Tu esposo debe saber todo lo que me pasó.

Ella sonrió con dulzura, le acarició la cara sudorosa y dijo:

—No, querido mío, cuéntaselo tú mismo. En efecto, el vizconde debe conocer tu peripecia. Y entonces te amará como Riquilda y yo te amamos ya.

El Llop se rio mecánicamente al oírla hablarle así, y dijo asombrado:

—¿Qué os ha dado este mozo? ¡Os tiene embobadas!

Ella le arrojó una mirada de amarga crítica y contestó taimada:

—¿Pero no ves la carita que tiene? ¡Es un encanto! ¡Y encima es de nuestra sangre! ¡Anda, animal, abrázalo!

El Llop titubeó, con una media sonrisa en su boca grande. Pero acabó yéndose hacia el joven, lo agarró por los hombros, lo apretó contra sí y dijo riendo, nervioso:

—¡A mis brazos, Blai de Adrall! Ya no debes temer nada... ¡Esta es tu casa!

# 40

*Castillo de Castellbó, Alto Urgel, 13 de junio, año 997*

—Tu historia me ha ganado el corazón, muchacho —dijo el Llop, emocionado casi hasta las lágrimas—. Y comprenderás que, a mis años, estos ojos míos han visto mucho mundo. Como también estos viejos oídos están hechos a escuchar las más sorprendente peripecias. Pero tú, siendo tan joven, has tenido que afrontar cosas terribles... ¡Ven a mis brazos, Blai de Adrall!

El joven fue sonriente hacia él y se dejó abrazar por el rudo vizconde, ante las atentas y satisfechas miradas de la vizcondesa Sancha y su hija Riquilda.

Estaba reunida toda la familia en el espacioso salón principal del castillo, después de una soberbia cena temprana, a base de carne asada de ciervo, buen queso y abundante vino. Las ventanas estaban abiertas de par en par y dejaban entrar la última luz de la tarde, junto a una brisa suave, acariciadora, que traía consigo los aromas de aquella primavera húmeda. El padre, la madre y los dos hijos acababan de escuchar muy atentos el relato de aquel visitante encantador que ya los tenía a los cuatro totalmente encandilados.

Riquilda sobre todo le miraba especialmente contenta, entregada, y se sintió movida a decirle:

—Primo, hay cosas que has contado ahora y que no nos dijiste a mi madre y a mí. ¿Te daba vergüenza?

El rostro del joven brillaba, iluminado por el tibio sol del atardecer, que le bañaba de lleno desde el ventanal abierto de par en par. Los vapores del vino le daban un aire dulce, atractivo, y lo empujaban a revelar todo aquello. Se inclinó hacia ella y contestó sonrojado, aguantándose la risa:

—Es verdad, ahora he contado cosas que sentí apuro revelarlas entonces... Pero me habéis dado confianza y no debía ocultaros ciertos detalles de mi cautiverio...

La vizcondesa también sonreía, pero se entristeció de pronto al decir:

—Qué pena lo de ese esclavo tuyo, Sículo. Si se hubiera decidido finalmente a huir contigo ahora estaría aquí, libre de la crueldad de esos moros.

—Sí, pobre Sículo —asintió el joven—. Se quedó allí, en la casa de la nieve… Intenté que me siguiera, pero se negó a correr ese riesgo.

—¡Malditos moros! —rugió el Llop, poniendo su mirada en su hijo Miró—. ¡Me dan ganas de…! ¡Habrá que ir allí y matarlos a todos! ¿Verdad, Miró?

—Sí, padre. Si por mí fuera, saldríamos mañana mismo para ir a darles lo que se merecen.

Hubo a continuación un silencio, en el que esas palabras cargadas de odio parecieron quedar flotando en el aire. Luego la vizcondesa, entrelazando los dedos sobre su regazo, dijo:

—¡Qué valiente fuiste, querido Blai! Y qué decisión te dio Dios para llevar a cabo tu plan y escapar de esos demonios.

—¡Y qué inteligente! —añadió el Llop, entre carcajadas—. A cualquiera no se le hubiera ocurrido ocultar el anillo, los documentos y el dinero en el bosque antes de entrar en aquella aldea de moros.

—Eso siempre lo tuvimos claro —respondió él, haciendo girar el anillo en su dedo—. Sabíamos que nuestra salvación eran este anillo de mi abuelo Gilabert, las cartas del abad Gerau y el dinero. Como así sucedió luego. Éramos cautivos, pero yo intuía en el fondo que todo no estaba perdido… Tuve todo el tiempo esperanzas, porque sabía que, tarde o temprano, encontraría la ocasión de idear un buen plan de fuga. Entonces tuve aquella feliz idea de decirle al dueño de los baños que teníamos escondido un tesoro en el campo. Como yo suponía, él lo creyó y su codicia acabó siendo su perdición. Porque, como esperaba, enseguida se puso a idear la manera de sacarme de Cervera y llevarme hasta el lugar donde enterramos nuestro tesoro antes de que nos apresaran los bandidos… Si en vez de esconderlo lo hubiéramos llevado con nosotros, lo habríamos perdido todo. El bañero se fio de mí, y después él mismo urdió el plan de sacarme oculto en su carreta en la última hora del día. Yo iba metido entre la nieve y respiraba mediante una caña hueca, mientras él llevaba las riendas de las mulas… Cuando llevábamos un buen trecho de camino, pensé que ya estaríamos lejos de Cervera. Entonces creí que era oportuno salir. Yo estaba aterido de frío… ¡Tiritaba! Vi la pala allí, sobre la nieve… Y no sé de dónde saqué la fuerza para abalanzarme sobre aquel hombre para golpearle en la cabeza con ella.

El Llop soltó una tormenta de risotadas y exclamó asombrado:

—¡Bien hecho! ¡Ahí se pudra ese puerco! ¿Qué se creía ese condenado moro? ¿Qué iba a hacerse rico a costa de un infeliz cristiano? Como bien has dicho, su codicia fue su perdición. Seguro que él tenía pensado matarte a ti en el mismo momento que le revelases el lugar donde escondisteis el tesoro...

—Eso yo lo pensaba todo el tiempo —dijo él—. Era él o yo... ¡Y le abrí la cabeza!

Todos rieron. Y él, riendo también, nervioso, añadió:

—Nunca había matado a un hombre y de momento me sentí confundido... Pero luego, ¡qué dicha sentí al verme libre! Me arrojé al suelo de hinojos y me puse a dar gracias a Dios... ¡Era como un feliz sueño!

—¡Vamos a brindar! —propuso el Llop, poniéndose en pie, con la cara rebosando de contento.

Llenaron las copas y bebieron los cinco.

—¡Todavía estoy pasmada! —decía la vizcondesa, abrazando a cada instante a su joven pariente y cubriéndole de besos—. ¡Ay, qué alegría tan grande! Blai, aquí te vamos a tratar como a un hijo. ¡Olvídate ya de esos moros apestosos y empieza con nosotros una nueva vida!

Miró también fue hacia él para abrazarle y le dijo:

—Formarás parte de nuestra hueste y vendrás con nosotros a participar en nuestras correrías. Así podrás vengar las muertes de tu familia. ¡Estamos ya deseando ir a tierra de moros para hacernos con un buen botín! Tenemos encima el verano y hay que aprovechar. Ya verás lo bien que lo vas a pasar. Nuestra gente es aguerrida y valiente. Entre nosotros vas a sentirte como en tu casa.

Encima de la mesa estaba el zurrón de Blai, abierto, dejando ver el montón de monedas de oro, los ahorros que el difunto Gilabert había reunido durante toda su afanosa vida de guerrero. El Llop lo señaló y dijo socarronamente:

—¡Y encima eres rico, muchacho! Has encontrado una familia y una tierra y ¡encima tienes todo ese oro! Habrá que encargar que los armeros de Ripoll te tomen medidas para hacerte cuanto antes una buena armadura.

—Sí —añadió Miró—. Habrá que darse prisa, porque ya se han convocado los campamentos de las huestes. Nosotros acabamos de regresar después de ir a visitar a todos los magnates que forman nuestra mesnada para darles la orden de prepararse. Ya estarán armándose y preparando los pertrechos para acudir a Ripoll, que es donde el conde de Barcelona ha mandado que se levanten los campamentos. Esperamos que pronto nos den la orden de empezar una campaña, ya que hace años que no hay guerra. Y no podemos dejar que esos moros del demonio nos tengan amedrentados.

La vizcondesa, en vez de atemorizarse por estas palabras de su hijo, empezó a dar palmas de alegría y manifestó jubilosa:

—¡Por fin! ¡Por fin habrá campamentos! ¡Hace tanto que no se convocan! ¡Virgen santa, me muero por volver a los campamentos! ¿Cuándo partiremos?

—No te impacientes, mujer —le dijo su esposo—. Primero partiremos los hombres, y cuando todo aquello esté a punto, iréis las mujeres.

—Pues daos prisa —le dijo ella sin ocultar su contrariedad—. Que el verano está encima y no debemos perder días.

Todos se sentían felices con aquellos planes. Brindaron de nuevo y después la bella Riquilda le puso cariñosamente la mano en el antebrazo a su joven primo, diciéndole melosa:

—Aquí, entre nosotros, vas a tener toda la felicidad que te mereces… ¡Ya lo verás!

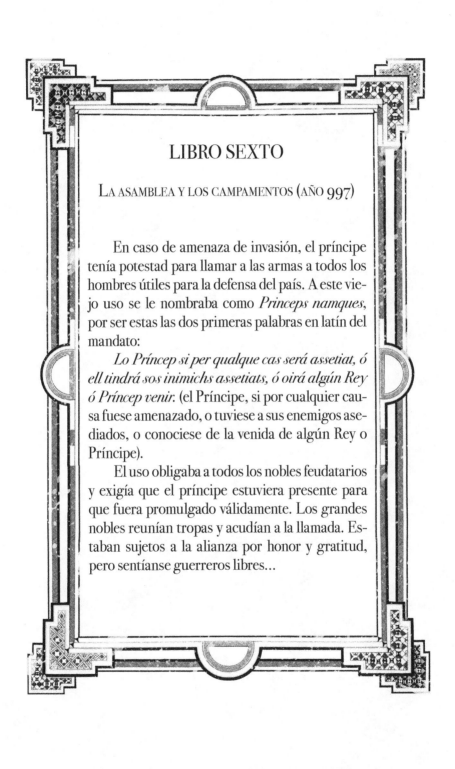

# LIBRO SEXTO

## La asamblea y los campamentos (año 997)

En caso de amenaza de invasión, el príncipe tenía potestad para llamar a las armas a todos los hombres útiles para la defensa del país. A este viejo uso se le nombraba como *Princeps namques*, por ser estas las dos primeras palabras en latín del mandato:

*Lo Príncep si per qualque cas será assetiat, ó ell tindrá sos inimichs assetiats, ó oirá algún Rey ó Príncep venir.* (el Príncipe, si por cualquier causa fuese amenazado, o tuviese a sus enemigos asediados, o conociese de la venida de algún Rey o Príncipe).

El uso obligaba a todos los nobles feudatarios y exigía que el príncipe estuviera presente para que fuera promulgado válidamente. Los grandes nobles reunían tropas y acudían a la llamada. Estaban sujetos a la alianza por honor y gratitud, pero sentíanse guerreros libres...

# 41

*Ripoll, 4 de julio, año 997*

La primera luz del día ofrecía una visión admirable de Santa María de Ripoll, con el fondo sombrío de las montañas, las almenas recortándose en el cielo, las torres, las piedras y los brillantes tejados iluminados por el sol que despertaba hacia el oriente despejado de nubes. El aire tenía esa maravillosa transparencia que adquiere al amanecer en los inicios del verano y un silencio reposado envolvía la villa entera, aunque ya hiciera cuatro horas que los monjes se habían levantado para el primer rezo, cuando aún era de noche. Aquella quietud extraordinaria parecía mantener todavía sumido en el sueño al conjunto del santuario, hasta que brotó el sonido de la campana, repentina, nítida y alegre. Siguió otro repique y más tarde se les unieron varios más que provenían de las diversas espadañas que estaban diseminadas por los huertos, los establos y los molinos. Un rato después brotó el cántico de la hora prima. Las alabanzas melodiosas y profundas de la salmodia latina se mezclaban con el bullicio de los pájaros recién despertados, el vuelo de bandadas de palomas y la irreal negrura de los delgados cipreses que asomaban desde el claustro. Fuera de las fortificaciones, extendiéndose por el valle, destellaba el río entre prados, huertos y alamedas.

En los claros del bosque y en los llanos había un sinfín de tiendas de campaña, entre las que pastaban centenares de caballos. Una importante reunión iba a tener lugar en el monasterio esa misma mañana, y numerosos condes, vizcondes, obispos, abades y vegueres habían acudido con sus séquitos. Durante los días previos los mensajeros habían recorrido los condados, monasterios y señoríos convocando a los magnates a la antigua asamblea, símbolo de unidad en virtud de las alianzas de los antepasados. Todos ellos estaban acampados por los alrededores, esperando a que la llamada de la campana anunciase que había llegado el momento.

Entonces los heraldos salieron a recorrer los campamentos para comunicar la hora prevista. Se detenían en las plazas, hacían sonar la corneta y gritaban a voz en cuello:

—¡El conde de Barcelona os llama, nobles señores, prelados y abades! ¡Acudid tras la hora prima!

El aviso también se dio frente a la residencia que los condes de Ripoll tenían en la villa. El conde Oliba se asomó a la ventana de su habitación y recibió el primer soplo de aire del nuevo día a la vez que observaba el precioso amanecer. Después salió a la plaza y se encaminó con pasos rápidos y decididos hacia el monasterio, uniéndose por el camino a sus hermanos Bernat, Guifré y Berenguer. Ya habían tenido ocasión de encontrarse la tarde anterior y de compartir una cena larga y bulliciosa, así que ahora se saludaban sin demasiadas palabras, solo con solemnes movimientos de cabeza. Caminaban silenciosos, con los rostros graves, muy conscientes de la importancia del encuentro que iban a tener.

Ya estaban congregados los nobles y clérigos en la pequeña plaza que se extendía delante de la iglesia principal, acompañados por sus séquitos de parientes, adláteres y secretarios. También allí hubo salutaciones discretas, intercambio de frases comedidas, inclinaciones, reverencias y parabienes. Los tonos pardos de las túnicas, los claros sayos de los monjes blancos, las cogullas albas y los hábitos oscuros de la Orden de San Benito destacaban entre los coloridos jubones y las capas de los caballeros más jóvenes.

Todos fueron entrando poco a poco en el templo y se situaron cada uno en el lugar que le correspondía, esperando a que diesen comienzo las exhortaciones. La sutil luz de las lámparas de aceite dejaba ver en la penumbra el esplendor de las tres naves, separadas por arcos, y tres ábsides al fondo, de mayor tamaño el central que los laterales. En el ábside de la derecha, dedicado a santa María, el abad Seniofred acababa de impartir la bendición final y los monjes ya se retiraban en fila, silenciosos. Los obispos de Barcelona y Gerona, Aecio y Odón, esperaban sentados a la misma altura en el presbiterio del ábside central, delante del altar mayor, revestidos ambos de pontifical, con pesadas capas pluviales bordadas con hilo de oro y tocados con las mitras igualmente bordadas. Cerca de ellos acababa de sentarse en su sitial el conde de Barcelona, Ramón Borrell, vestido con túnica color marfil y llevando sobre los hombros un vistoso manto purpúreo. Era muy joven, de unos veinticinco años, fornido, de mediana estatura y barba rala, oscura, con pobladas cejas, profundos ojos de tono castaño y mirada penetrante.

El poderoso abad de San Cugat del Vallés, Odón, entró al mismo tiempo que los abades de San Miguel de Cuixá y San Pedro de Roda; los tres mitrados fueron a sentarse junto a los abades de Ripoll, San Pedro de Camprodón y San Benito de Bages. No lejos se hallaba Arnulfo, el despojado obispo de Vich. Otros grandes, luciendo sus mejores atavíos, coronas y diademas, se iban acomodando en sus escaños en torno al altar: el conde Armengol de Urgel, el obispo Salas, el conde Isarno de Ribagorza, el conde Suñer de Pallars, el conde Hugo de Ampurias, y su hermano Guislaberto, conde de Rosellón. En segunda fila estaban los vizcondes y vegueres, entre los que se encontraban el vizconde Udalard de Barcelona, el vizconde de Castellbó, Guillem el Llop, y Sendred, señor de Gurb. Detrás fueron situándose muchos clérigos, nobles y caballeros.

En un momento dado, el obispo de Barcelona, Aecio, se puso en pie. Era alto, delgado, de piel cetrina y gesto habitualmente sonriente, no obstante la gravedad del momento. Con voz profunda, entonó el introito:

—*Deus, in adjutorium meum intende* (Dios mío, ven en mi auxilio).

A lo cual respondieron los presentes, igualmente cantando:

—*Domine ad adjuvandum me festina* (Señor, apresúrate a socorrerme).

Acto seguido la concurrencia entonó el himno de invocación al Espíritu Santo:

> *Veni, Creator Spiritus,*
> *mentes tuorum visita,*
> *imple superna gratia*
> *quae tu creasti pectora.*
> *Qui diceris Paraclitus,*
> *altissimi donum Dei,*
> *fons vivus, ignis, caritas,*
> *et spiritalis unctio...*

> (Ven, Espíritu Creador,
> visita las mentes de los tuyos;
> llena de la gracia divina
> los corazones que tú has creado.

Tú, llamado el Consolador,
Don del Dios Altísimo;
Fuente viva, Fuego, Caridad
y Espiritual Unción...).

Acabado el canto, subió al presbiterio un caballero joven, alto, de espesa barba crecida y largo cabello color estopa; se arrodilló y fue bendecido por el obispo de Barcelona. Después se dirigió a los presentes diciendo con potente voz:

—Señores, mi nombre es Gotmar de Moyá. Soy heraldo de la hueste de mi señor aquí presente, el conde de Barcelona, y servidor de todos los que aquí os halláis. Fui enviado por mi señor a Pamplona al inicio de la primavera para recabar información de los espías. Porque, como habréis de suponer, tenemos informadores más allá de la Marca para poder conocer con antelación las intenciones y los movimientos del temible Almansur. Pues bien, hace un mes regresé trayendo las nuevas... Con la licencia de mi señor Borrell, me dirijo a vosotros, señores condes, obispos, abades, vizcondes, vegueres y caballeros. ¡Escuchad lo que tengo que anunciaros!

El heraldo hizo una pausa. Todas las miradas estaban pendientes de él en medio de un ambiente cargado de silenciosa expectación.

—Las noticias que debo comunicaros no son buenas —prosiguió el joven comisionado, con aire juicioso y en tono más grave—. Un gran ejército sarraceno se está armando en Córdoba para subir hacia el norte este mismo verano... Nuestras informaciones son muy dignas de fiar y los hechos ya no ofrecen duda: ¡Almansur tiene planeada una razia aún mayor que cualquiera de las que haya hecho hasta ahora!

Un denso murmullo de sorpresa y espanto le interrumpió, a pesar de que casi todos los que estaban allí ya sabían con antelación el motivo por el que habían sido convocados o suponían que tendría que ver con algo así. Y también todos se imaginaban que la asamblea estaba orientada a lograr una alianza guerrera, puesto que la llamada había sido *ratio iuris*, invocando los pactos de adhesión y mutua ayuda que existían desde antiguo entre los diversos condados y que solo eran llevados a término con ocasión de amenazas graves y peligros inminentes.

El secretario del conde de Barcelona se puso en pie y avanzó hacia el centro del ábside, gritando:

—¡Silencio, señores! ¡Tengamos calma! ¡Guardad silencio para que Gotmar pueda proseguir con su información!

El heraldo volvió a tomar la palabra para decir:

—Hace dos años los sarracenos atacaron Castilla y los condados de Portocale, y el verano pasado asolaron Astorga… Es consecuente pues colegir y pensar que esta vez tengan planeado venir a nuestras tierras…

Se hizo un gran silencio de momento. Pero enseguida algunas voces sueltas exclamaron:

—¡Malditos sean! ¡Dios nos ayudará! ¡Pelearemos! ¡Que vengan! ¡Aquí los esperaremos!

Luego muchos hombres se pusieron en pie y avanzaron soliviantados hacia el centro de la iglesia, vociferando con ira. Pero el conde Ramón Borrell también se levantó y les ordenó con autoridad:

—¡Callad! ¡No nos impacientemos! Escuchemos ahora la voz de la Iglesia santa… ¡Silencio, señores! ¡Sentaos! Va a hablar el obispo de Barcelona.

Cuando todo el mundo hubo regresado a sus asientos, el conde extendió la mano y, con un silencioso gesto, otorgó la palabra al obispo Aecio. Este se colocó en el centro del salón; el pectoral dorado lanzaba resplandores y sus ojos también centelleaban. Levantó el báculo y pronunció su discurso:

—Muchos de los que aquí estamos presentes hoy fuimos testigos hace doce años del ataque feroz y despiadado del diablo sarraceno a nuestras benditas tierras… ¡Y no podremos olvidarlo nunca! Cuando, lleno de odio y crueldad, Almansur profanó hasta lo más sagrado, dominó todo el territorio de los condados, devastó Barcelona e hizo que le rindiéramos tributos hasta el día de hoy. Durante aquella tempestad, el culto de Dios desapareció en muchos lugares, los monasterios fueron destruidos y muchos monjes asesinados, los cristianos perdieron sus glorias y las riquezas de sus iglesias fueron fundidas en muchas ciudades y villas…

Guillem el Llop se levantó y exclamó con su voz de trueno:

—¡Maldito sea Almansur y toda su casta! ¡Venganza!

A lo que otros contestaron:

—¡Maldito! ¡Maldito sea! ¡Venganza! ¡Venganza!

—¡Al infierno!

—¡Muera Almansur! ¡Venganza!

El conde de Barcelona tuvo que volver a pedir silencio:

—¡Callad de una vez y escuchad!

El obispo Aecio prosiguió:

—Cristianos que vivís en estas santas tierras que Dios nos confió, sed valientes para vivir y defender nuestra hermosa fe y los valores que dignifican a los seres humanos... Yo os digo, cristianos de Barcelona, Gerona, Cerdaña, Vich, Besalú, Ripoll, Berga, Pallars, Ribagorza, Urgel, Conflent, Capcir, Rosellón..., hombres y mujeres de buena voluntad: no perdáis la calma ni os dejéis crispar, pero no miréis hacia otro lado como si esto no sucediera o no fuera con nosotros... ¡Defended la libertad y la ley de nuestros mayores! ¡Y confiad en Jesucristo, el Señor Resucitado, vencedor de la muerte, garante del triunfo definitivo de la vida! Él es el verdadero Señor de la historia, ante los dioses y señores de la tierra, ahora y en cualquier otro momento pasado o futuro... ¡Así que no temáis!

Aquellas palabras hicieron que se levantara una gran ovación en toda la iglesia.

Luego el obispo posó la mano grande y blanca sobre el hombro del conde de Barcelona y le dijo solemnemente:

—Tú, Ramón Borrell, hijo de Borrell, conde de Barcelona, Gerona y Osona y duque de la Hispania Citerior, debes ponerte al frente de todos nosotros para organizarnos y, si llegara el caso, hacer frente al diablo sarraceno. Te rogamos que reúnas a todos tus nobles parientes, los condes de Cerdaña, Besalú, Ripoll, Berga, Pallars, Ribagorza, Urgel, Conflent, Capcir y Rosellón, para hacer las alianzas, pactos y acuerdos que convengan a la gran empresa que se nos presenta. Aquí se pone fin pues a esta primera reunión. Nada más salir de esta iglesia, id a ordenar el plan que sea menester en los días siguientes. Estaremos en vilo hasta saber lo que proyecta Almansur. Y si viniera a nuestra tierra, esta vez no dejaremos que nos destruya.

—¡Así lo haré! —manifestó Ramón Borrell.

Dicho esto, el conde besó la mano del obispo, se puso en pie y abandonó el templo por el medio, seguido por sus caballeros, entre albórbolas y vítores. En la puerta aguardaban los palafreneros que sujetaban por las bridas los caballos. Los aldeanos habían acudido y se concentraban, rodeando la plaza, observando con asombro la riqueza de los jaeces, las monturas de gineta, los ricos vestidos de los nobles, las empuñaduras de las espadas y el brillo de las coronas que lucían en sus testas.

Atravesó el cortejo la villa y cruzó la puerta de la muralla, para adentrarse después por un camino estrecho, que discurría entre las arboledas junto al río, hacia el prado cercano donde estaba el campamento.

# 42

Transcurridas apenas dos semanas desde que tuvo lugar la primera reunión en la iglesia del monasterio, Ripoll hervía de gente atraída por la presencia allí de magnates y potentados. La noticia de la convocatoria había corrido veloz por ciudades, villas, aldeas y masías; nadie quería perderse aquella gran oportunidad de sacar algún beneficio de la concentración de nobles y caballeros. Los alrededores se convirtieron en un inmenso campamento. Dondequiera que hubiera un claro en el bosque o un prado, las tiendas de campaña se apiñaban. Las orillas del río Ter estaban repletas de comerciantes y campesinos que vendían todo tipo de frutas, verduras y carnes; y la ribera del río Freser, delante de las altas murallas, era una espléndida disposición y exhibición de los géneros más ricos: tejidos, vestidos, cueros, aparejos bélicos, armas, armaduras y materiales para componer aparatos de guerra. Una gran feria de ganado, en la que abundaban los equinos, se establecía diariamente en cualquier espacio abierto. La multitud, formada por individuos de todas clases, se movía en tropel. Siempre había rudos hombres de armas pasando y cruzando con aire de importancia o de actividad apresurada. Los gigantescos carromatos que transportaban de aquí para allá los pertrechos formaban un estruendo permanente, cargados como iban de artefactos, clavos y objetos de hierro. El alboroto y la excitación aumentaban a su alrededor en incesantes oleadas. También dentro de la villa las calles estrechas estaban atestadas de tenderetes, y las fraguas y talleres no dejaban de trabajar ni de día ni de noche.

En medio de todo aquel maremágnum guerrero, no solamente había varones ilustres y toscos soldados. También empezaron a acudir damas insignes, esposas, hijas y súbditas de los nobles para incorporarse y disfrutar de los mercados y cortejos que solían organizarse con motivo de la magna asamblea, que siempre constituía una inmejorable ocasión para encontrarse con parientes y amigos, hacer negocios, concertar matrimonios u organizar banquetes, fiestas y justas.

A última hora de la tarde, una carreta entoldada, tirada por dos mulas y precedida por cuatro jinetes armados, atravesaba con dificultad uno de los campamentos, en torno al cual más de un centenar de hombres levantaban a toda prisa una empalizada. En aquel pequeño séquito acababa de llegar la vizcondesa de Castellbó Sancha de Adrall, acompañada por su hija Riquilda y sus dos criadas más fieles. Durante un buen rato la carreta anduvo despacio, entre los troncos cortados, la gente y los bártulos, en busca de un hueco donde instalarse. A las cuatro mujeres les zumbaban los oídos a causa del escándalo, duplicado o triplicado bajo las altas arcadas del puente de piedra. Todo estaba ocupado y no eran capaces de dar con el lugar donde había acampado Guillem el Llop con su hueste. Los jinetes iban preguntando a cada paso, pero nadie sabía aún dónde se había ubicado cada cual en aquella compleja aglomeración donde una muchedumbre variopinta, vociferante y ajetreada se afanaba por hacerse sitio.

Riquilda iba encantada, asomando todo el tiempo la cabeza por las aberturas de los cortinajes. Era la primera vez que se encontraba en aquella apasionante afluencia de gentío y todo a su alrededor le resultaba nuevo y fascinante. Por mucho que su madre y otras damas le hubieran contado cómo era el ambiente de las asambleas, nada de lo que ella se había imaginado tenía parecido alguno con lo que veían sus ojos. Por todas partes pasaban tropeles de hombres jóvenes, fornidos, alegres, sonrientes... Ella los miraba a la cara y ellos le sostenían la mirada, le guiñaban un ojo, se inclinaban con reverencia al paso de la carreta o la saludaban con la mano.

—No te asomes —la regañaba su madre—. ¡No les hagas caso! ¿No ves que son unos descarados?

Alguien les dijo que buscaran en la zona de poniente, en el que llamaban el segundo campamento, más allá del río, y les indicó la dirección que debían seguir adentrándose por un camino sinuoso que discurría por en medio del bosque. Lo siguieron. El segundo campamento estaba prácticamente como el primero, pero allí supieron que se estaba desbrozando el bosque un poco más allá, en un terreno más elevado, aunque igualmente llano, donde los hombres del Urgellet tenían previsto levantar el tercer campamento.

Fueron recibidas con júbilo y conducidas enseguida hacia el promontorio donde estaban terminando de edificar un pabellón de madera para el vizconde. Antes de que se bajaran de la carreta, uno de los oficiales de la hueste las informó de que el Llop y su hijo Miró se encontraban aquella tarde a un par de leguas de Ripoll, en una importante reunión con el conde de Pallars y otros magnates que se celebraba en la villa de Campdevánol, donde se estaba montando el quinto campamento.

Sancha le lanzó a su hija una mirada cargada de suspicacia y le dijo en un susurro:

—¿Una importante reunión? ¡Esos estarán de jarana! ¡Menudo es el conde de Pallars!

Pero la joven no estaba demasiado atenta a lo que su madre pudiera decirle en aquel momento, sino a la gran confusión que las rodeaba, con centenares de hombres que manejaban sus hachas con destreza, cortaban árboles, allanaban el terreno, apisonaban el camino y acoplaban troncos. Una larga hilera de tiendas de campaña ya estaba dispuesta y los caballos pastaban a su aire en torno a ellas.

La vizcondesa también echó una ojeada recelosa hacia todo aquello y dijo con cierto desdén:

—No sé si habremos hecho bien al venir tan pronto. Esto está todavía patas arriba. Además, hija mía, me da a mí que a tu padre y a tu hermano los vamos a ver poco…

Riquilda seguía como ausente, impresionada todavía al verse en medio de aquel ajetreo ruidoso.

—¿Qué te pasa, hija? —le preguntó la madre—. Estás como embobada…

—Será por el cansancio…

—Pues vete preparando, porque lo malo no es el viaje, sino lo que nos esperará ahora, hasta que pongamos habitable esa sucia cabaña y organicemos todas nuestras cosas… Pero ya verás cómo al final te alegrarás de haber venido. No me lo he pasado mejor en toda mi vida que cuando he venido a estas asambleas… Luego, las incomodidades y los trabajos del campamento ya no le importan a una, cuando empiezan las fiestas, los juegos, las justas, las danzas, los banquetes… Ya verás, ya…

Estaba diciéndole esto, cuando vieron un grupo de mujeres, todas ellas conocidas de la vizcondesa, que venían muy alegres hacia la carreta. Eran las esposas, hijas y sirvientas de otros magnates, que habían llegado antes y ya se habían instalado en sus tiendas de campaña. Las ayudaron a apearse y a cargar todo el equipaje hasta el pabellón a medio construir. Madre e hija ocuparon la parte que ya estaba terminada y se pusieron enseguida a adecentarlo. Traían tapices, esteras, cojines, mantas, vajillas y todo el ajuar necesario para convertir las pequeñas y austeras habitaciones en estancias propias de un verdadero palacio.

Y, mientras lo hacían, Sancha no dejaba de dar explicaciones a Riquilda.

—Seguro que tendremos que pasar aquí el verano entero y quién sabe si también una parte del otoño. Estas cosas son así. Los hombres tendrán que ponerse de acuerdo en muchas cosas e iniciar todos los preparativos que requiere la campaña... Todo eso lleva su tiempo... Pero se pasa muy bien en los campamentos, dejando de lado ciertas incomodidades, de verdad se pasa bien.

—Pero... ¡Y si hay guerra! —dijo Riquilda con temor en la mirada.

—Bueno, hija, eso ya es otro cantar. Nadie sabe a ciencia cierta, según me han dicho, si Almansur acabará atreviéndose a subir hasta estas tierras. En todo caso, no es nada probable que pueda cruzar la Marca. Si hay guerra, la habrá muy lejos de aquí, allá en las fronteras, pasando la Marca, o en la tierra de nadie. Hay muchas jornadas de camino hasta allí. Y muchas montañas, valles y ríos de por medio...

—Pero ya vinieron los moros entonces —repuso la joven con tristeza—. Si aquella vez se atrevieron, ¿no podemos pensar que puedan hacerlo otra vez?

La madre la miró con una expresión insensible y contestó con rotunda seguridad:

—Entonces era entonces y ahora es ahora. No podemos ponernos en lo malo, porque si nos ponemos en lo malo... ¡Y no pienses en esas cosas ahora! Vamos a disfrutar de lo que trae el presente, que no es poco, hija. Es verano. Mira toda la gente que está llegando aquí. Lo mejor de los condados, caballeros y damas, se va a dar cita en Ripoll durante los próximos meses. Eso es lo único que debe importarnos.

No muy lejos de ellas se hallaba una dama de cierta edad, llamada Ludberga, que era la viuda del señor de Alíns. Estaba desenrollando una cortina y se acercó para decir:

—Perdonadme, pero no he podido evitar oír la conversación que os traéis. Y también yo quiero decir una cosa. Ya soy vieja y todo lo que he visto en mi vida nadie lo puede quitar de mi pensamiento.

Nosotras, queridas mías, somos mujeres. Esa es la suerte que Dios ha querido para nosotras. Y os aseguro que no es una mala suerte. Ya sabemos que los hombres tienen sus guerras y sus diversiones... ¡Que se las queden para ellos! En esa clase de vida que ellos se buscan por su propio gusto no todo son glorias, os lo aseguro. Los hombres tienen por regla no tenernos a nosotras demasiado enteradas de lo que hacen cuando van a sus asuntos, pero mi esposo me contaba muchas cosas... Yo le preguntaba llena de curiosidad y él, que era muy bueno, me informaba. Por eso sé que, a fin de cuentas, no es oro todo lo que reluce en los menesteres de las huestes y las armas. Si tenemos tiempo, y a buen seguro lo vamos a tener aquí durante las asambleas, yo os iré contando... De momento dejadme que os diga algo: la vizcondesa Sancha tiene mucha razón cuando dice que hay que sacar partido del presente, puesto que si nos andamos con miedos, si dejamos que se nos abran las carnes pensando esto o aquello, no vamos a disfrutar de todo esto...

La cara de la anciana, de grandes ojos azules y piel muy blanca, reflejaba una serenidad bella, con sus muchas arrugas y cabellos plateados. Se aproximó a Riquilda, le acarició con dulzura la mejilla y añadió:

—Para una joven así de bella y encantadora, quizá estos sean los días más hermosos y las noches más inesperadas... Piensa que es maravilloso estar aquí... Seguramente por ahí, no muy lejos de aquí, anda el que va a ser el hombre de tus fantasías... Lo que tenga que venir en la vida ya vendrá. Haz caso a tu madre y no te preocupes de nada más...

Todas las mujeres que andaban por allí, afanadas en poner confortable y bonito el pabellón, habían dejado sus tareas y estaban muy atentas a aquella conversación. Las caras eran sonrientes y soñadoras. Y una de ellas se puso de pronto a entonar una cantinela conocida que hablaba de flores, pájaros y amoríos. Todas ellas se echaron a reír, porque cantaba muy mal. Pero luego empezaron a cantar todas y a danzar en corro, con una felicidad que no podían disimular.

Era ya casi de noche y se disponían a cenar, cuando sonaron unas voces en la puerta:

—¡Señoras! ¡Mis señoras!

Riquilda dio un salto, exclamando con el rostro iluminado por la alegría:

—¡Es Blai! ¡El primo Blai está aquí!

La joven salió corriendo del pabellón y se encontró con el muchacho, que venía montado en su caballo. A ella le impresionó verlo. La luz del ocaso hacía resaltar el lustre de su pelo castaño, abundante, y la fina pátina de sudor en la frente. Su estampa, incluso, le resultaba imponente. La espada colgada de su cinturón, con la vaina adornada con plumas de ánade, se movía al compás del paso de la yegua, marcando el ritmo con su golpeteo contra las grebas metálicas. El delgado jinete vestía un jubón de lino, tachonado con brillantes adornos de bronce, y llevaba la cabeza cubierta con un casquete de badana fina, color granate, y alrededor de su cuello colgaban varios collares de cuentas, cada uno rematado con pequeñas cruces de plata.

Ella soltó un suspiro de admiración, mientras le contemplaba, y luego exclamó:

—¡He aquí nuestro pariente! ¡Hecho todo un militar! ¿Dónde demonios te habías metido? Pensé que habrías ido con mi padre y mi hermano a Campdevánol.

Él esbozó una amplia sonrisa. Luego, mirando en derredor, contestó ufano:

—No podía ir. Debía quedarme al frente de todo esto. Hay aquí mucho trabajo por hacer…

—¡Ajá! De manera que tú eres aquí el jefe… —dijo ella, divertida, echándose a reír.

# 43

*Palacio de los condes de Ripoll, villa de Ripoll, 19 de julio, año 997*

Con el permiso del conde Oliba, el conde de Barcelona había reunido a un escogido grupo de obispos y condes en el salón del trono del palacio de Ripoll. El edificio era una fortaleza vieja y desabrida, con espaciosas y arruinadas dependencias, en las que apenas había muebles. Aquel abandono se debía a las pasadas desavenencias de la condesa Ermengarda de Vallespir con el abad Seniofred, las cuales habían propiciado que los señores naturales del condado no visitasen la villa en los últimos años. Tampoco el heredero, Oliba, tenía demasiado interés en restaurar aquella residencia que frecuentaba en raras ocasiones, prefiriendo alojarse en el monasterio. Pero ahora se veía obligado a poner el palacio al servicio de la asamblea. No había sido convocado ningún vizconde, ni estaban allí el conjunto de los magnates miembros de la alianza. No se había considerado prudente reunirlos a todos, puesto que las noticias que debían transmitirse no eran nada halagüeñas y las decisiones que iban a tomarse podían sembrar la consternación entre algunos linajes y poderes. La reunión era solamente para el consejo supremo que debía liderar la campaña, formado por los condes de mayor confianza, parientes miembros de un tronco común: los hermanos Ramón Borrell y Armengol, condes de Barcelona y Urgel; sus primos Bernat, Guifré y Oliba, condes de Besalú, Cerdaña y Berga, y su hermano el obispo de Elna, Berenguer. También se hallaban presentes los obispos de Barcelona, Gerona y Urgel, y el despojado obispo de Vich. Todos ellos permanecían sentados en el centro del salón, en torno a una mesa rectangular, larga y cubierta por un paño de seda roja. El secretario principal de la cancillería estaba aparte, en una mesa más baja, junto al escribiente, atentos a tomar nota cuando se lo mandaran.

Estaba en el uso de la palabra el obispo de Vich, Arnulfo, y se quejaba porque todavía nadie hubiera hecho nada para devolverle la sede usurpada. Su discurso tenía el tono y la vehemencia de una prédica amarga. Decía:

—Señores condes y honorables obispos de Barcelona, Gerona y Urgel, hermanos míos en la fe, ¿será necesario que evoque los tiempos de mi antecesor, el venerable obispo Ató? Recordad, señores y hermanos, que él viajó a Roma en el año 971, con el conde Borrell y con el monje Gerberto de Aurillac, y allí obtuvieron del papa Juan XIII las bulas que nombraban arzobispo de Tarragona, con residencia en Vich… Desde entonces, esta sede es independiente del poder de los arzobispos francos. Yo no tengo que rendirles cuentas ni les debo sumisión desde que Ató lograra aquella bula que le daba poderes de metropolitano a él y a sus sucesores. Y ahora mirad lo que ha sucedido: el metropolitano de Narbona ignora mi consagración legítima y nombra a Guadaldo, el cual, en mi ausencia, ha usurpado mi sede y mis derechos. ¡Imaginad que os hubiera pasado a vosotros! ¿Vamos a volver ahora atrás? ¡Acaso no somos libres e independientes? ¿Vamos a consentir que los francos sigan creyendo que tienen algún derecho o potestad sobre nosotros?

Hizo una pausa para dejar que estas palabras hicieran efecto. Y luego, dirigiéndose esta vez al conde de Barcelona, prosiguió diciendo:

—Y vosotros, nobles condes, descendientes del insigne y valeroso Wifredo, ¿hará falta que os recuerde también lo que sucedió hace ahora doce años? Parece que habré de recordarlo, pues veo que se ha olvidado... En el 985, cuando Barcelona era gobernada por vuestro noble ascendiente el conde Borrell, fue atacada, incendiada y arrasada por Almansur. El conde tuvo que refugiarse entonces en las montañas de Montserrat, con sus más fieles, en espera de que el rey franco le enviara el auxilio que le había prometido en virtud de las sagradas alianzas... Pero esa ayuda nunca fue enviada. Por eso el conde de Barcelona renunció a prestar el debido juramento de fidelidad al rey franco, pese a que este se lo requirió por escrito... ¿Vamos a permitir que ahora un arzobispo franco diga lo que hay que hacer en nuestra tierra?

El conde Ramón Borrell le dejó sermonear un rato más y luego se puso en pie y manifestó con autoridad:

—¡Basta! ¡No necesitamos que nos canses repitiendo cosas que ya sabemos! Tienes razón en lo que dices y todos aquí estamos de acuerdo en ello. Ninguno de nosotros pone en duda tu legitimidad como obispo de Vich y metropolitano de Tarragona. Pero ahora es el momento menos oportuno para enemistarnos con los francos y peor aún sería iniciar una contienda con ellos...

—¡Siempre es oportuna la justicia! —replicó Arnulfo con voz estentórea—. ¡Y la injusticia es la mayor inoportunidad!

El conde de Barcelona volvió a tomar la palabra y sentenció con solemnidad:

—¡He dicho basta! Esta asamblea solo se convoca en ocasiones extremas. Y nuestra reunión de hoy tiene un único fin: establecer entre nosotros la estrategia que habremos de seguir en el caso de que Almansur venga a estas tierras. Os he convocado, precisamente, para que decidamos si debemos enviar cartas a la cancillería del emperador y al duque de Sajonia...

Se hizo un impresionante silencio y todas las miradas quedaron pendientes de él sin el más leve parpadeo. La presencia noble y enérgica de Ramón Borrell, sus ojos grandes, serenos, y su rostro joven de piel enrojecida adjudicaban peso a sus palabras, en la misma medida que el hecho de que todos allí supieran que, en aquellas graves circunstancias, era el depositario del liderazgo legítimo.

—Quisiera decir algo... —intervino una voz apenas audible desde un extremo de la mesa.

Había pedido la palabra el obispo de Urgel, Salas. Se había puesto en pie e inclinaba la cabeza grande, con su rostro alargado, poniendo la mirada tranquila y llena de humildad en el enojado obispo Arnulfo. Este le observó un instante y comprendió que se dirigía a él, por lo que esbozó un gesto de aprobación con la cabeza.

—Hermano —le dijo Salas—, también yo te doy la razón, como ya te lo hice saber en su momento. Y es verdad que hay que hacerte justicia. La injerencia del arzobispo de Narbona no debe ser tolerada. Pero el conde Ramón Borrell acaba de invocar poderosas razones que no debemos pasar por alto. El momento es muy grave. Los informadores nos han hecho saber que Almansur está a punto de emprender una gran campaña. Desconocemos aún hacia dónde tendrá previsto enviar su ejército y cuándo saldrá de Córdoba. Pero no será descabellado prepararse para que no nos suceda como hace doce años, que nos sorprendió desprevenidos y cayó sobre nuestra tierra el mayor desastre del que hay memoria.

El conde de Cerdaña, Guifré, de espesas cejas y larga barba, negra y ensortijada, se puso entonces de pie y dijo:

—Sí, el momento es grave y requiere que tomemos urgentes decisiones. Cierto es que hay que armar un gran ejército para hacer frente a lo que pueda venir. Pero yo creo que no debemos renunciar a nuestra soberanía. Nuestros mayores tuvieron que plantarse de una vez para siempre y se quitaron de encima la sumisión a los francos. ¡Somos libres! Si ahora, por miedo, desandamos ese camino, ¿quién nos asegura que el emperador no acabe queriendo ser nuestro dueño y señor?

—Tampoco sabemos si Almansur tiene ya decidido eso mismo —repuso el conde de Urgel—. Aquí solo hay una cosa clara: los sarracenos se están armando y tarde o temprano acabarán viniendo.

—Pero están los pactos... —apuntó el obispo de Gerona—. Estamos pagando tributos a Córdoba...

Todos le miraron. Y el conde de Barcelona dijo:

—Sí, están los pactos. Pero... ¿qué valor tienen ya aquellos pactos?... Almansur no ha vuelto a recibir a nuestros embajadores... Y eso es lo que más me preocupa.

Los presentes intercambiaron entre sí miradas graves y cargadas de asentimiento. Todos comprendían perfectamente que estas aseveraciones, aunque expresadas en términos ponderados, ponían en evidencia el gran peligro que se avecinaba.

De pronto se levantó Bernat, conde de Besalú, alto, enérgico y de mirada terrible; dio un puñetazo en la mesa y empezó a gritar:

—¡Hagámosle frente! ¡Por sant Jaume! ¡Basta ya de miedos! ¡Salid fuera y ved a nuestra gente! ¡Están ahí los de Barcelona, Gerona, Cerdaña, Vich, Besalú, Ripoll, Berga, Pallars, Ribagorza, Urgel, Conflent, Capcir, Rosellón…! ¡Nadie se ha acobardado! ¡Han venido a plantar cara a lo que venga!

—¡Eso¡ ¡Bien dicho! —secundó Arnulfo—. ¡No somos cobardes! Quizá haya llegado la hora de alzarse de una vez y hacer valer quiénes somos. ¡Nuestra gente hará lo que les pidamos! ¡Aunque sea el mayor sacrificio!

Bernat seguía de pie al fondo y empezó a agitar los brazos, gritando:

—¡Eso es lo que queremos! ¡Hay afuera de Ripoll, en los campamentos, hombres dispuestos a darlo todo! ¡Estamos deseando! Sabéis igual que yo que muchos reclaman venganza por lo que nos hicieron. Tal vez sea esta la hora de ir nosotros a por los sarracenos, como dice el obispo Arnulfo, ¡la hora de saldar cuentas!

—¡Sí, eso! ¡Justicia! ¡Vayamos a ellos antes de que ellos vengan a nosotros! ¡No les tengamos miedo!—contestaron varias voces.

El obispo de Barcelona dejó que se desahogaran un rato y luego intervino:

—Sí, tal vez tengáis razón en eso. Pero no debemos actuar con precipitación. Yo creo que lo más prudente será esperar para ver qué va sucediendo en las próximas semanas.

—Para eso hemos distribuido espías al sur de la Marca —observó Ramón Borrell—. Tenemos informadores en Lérida, Tarragona, Toledo y Pamplona. Y hemos enviado barcos a los puertos de Levante para que recaben todo tipo de noticias. Si hay alguna novedad o cambio, lo sabremos muy pronto. Porque el veguer de Olérdola está a punto de llegar y traerá cartas de sus espías.

Para completar estas informaciones, el conde de Barcelona proporcionó detalles sobre los movimientos que se habían hecho en los meses precedentes y cómo se habían enviado embajadores a los reinos cristianos de León y Pamplona, a los condes de Castilla y a los de Portocale, con el fin de hacer averiguaciones y tener todo tipo de referencias.

—Lo más útil para nosotros ahora —concluyó— será permanecer unidos y no hacer movimiento alguno por nuestra cuenta. Debemos actuar como un solo hombre, sin divisiones ni rivalidades. Vayamos formando el gran ejército que podemos necesitar si llegase el caso, armando cada condado su hueste, y procuremos tener en calma armada a nuestra gente. Dios nos hará saber lo que habrá de hacerse cuando llegue el momento.

Y después de manifestar ese deseo, que todos interpretaron como una orden, puso una mirada autoritaria en el secretario principal de la cancillería. Este, a su vez, le hizo una señal imperiosa al escribiente, que ya estaba sentado delante del gran cuaderno de notas con la pluma en la mano, preparado para escribir el acta que debía dictarle.

La reunión se alargó durante casi toda la jornada. Por la tarde, cuando se hubieron estampado los sellos, los magnates se dirigieron hacia la salida, donde los aguardaban sus acompañantes. Al llegar al exterior estaba declinando la luz.

Un criado se acercó al conde de Urgel, se dobló en una reverencia y luego le hizo una seña con la mano para indicarle que debía decirle algo en privado. Armengol se despidió de los condes y obispos y se apartó en el atrio.

—Mi señor —le dijo casi al oído el sirviente, hablando a media voz—. La vizcondesa Sancha y su hija Riquilda ya están aquí. Se alojan en el tercer campamento, en el pabellón que han edificado para el Llop.

Armengol tomó aliento hondamente. Sus ojos de mirada profunda y cansada abarcaron la amplia extensión de la plaza de armas. Echó a andar con grandes zancadas y la atravesó, con la mirada extraviada, en dirección a la puerta de la muralla. A su paso, oficiales y miembros de la tropa se inmovilizaban como muestra de respeto o bien le saludaban con afecto y veneración. Pero él iba ajeno a todo, absorto en sus pensamientos…

# 44

*Sendero de la Font, bosques de Ripoll, 19 de julio, año 997*

En un pequeño claro del bosque, Riquilda estaba sentada a horcajadas en el grueso tronco de un árbol que los soldados habían cortado para ampliar el campamento. Cerca rumoreaba una fuente. La muchacha exhibía sin ningún pudor los blancos muslos; su falda se había enredado en las ramas y las hojas sin que a ella le importara lo más mínimo. Un poco más allá, su primo se ejercitaba con la espada, haciendo movimientos magistrales y dando estocadas a un arbusto. No había nadie más por allí, puesto que los hombres ya habían abandonado sus faenas para irse a descansar.

—¿Dónde has aprendido a hacer eso, Blai? —preguntó ella en un tono del que no podía deducirse si hablaba con sarcasmo o en serio—. ¡Qué destreza! ¡Qué arte!

Él dejó lo que estaba haciendo y se volvió para mirarla, esbozando una gran sonrisa de satisfacción. Pero, cuando sus ojos se encontraron repentinamente con el resplandor de aquellas piernas perfectas, se quedó sin aliento y sin voz para contestar.

Entonces ella, esta vez con verdadera ironía, le dijo:

—¡Ajá! Ya estás tan cansado que no puedes con tu cuerpo. ¡Pobre guerrero nuestro!

Al muchacho no le gustó esta burla y volvió a arremeter contra el arbusto, con tajos aún más fuertes, deshaciéndolo en un instante. Y luego, resoplando, retrocedió y contempló el fruto de su desbroce como quien está ante el enemigo vencido que yace en tierra.

Riquilda aplaudió y exclamó burlona:

—¡Bravo! ¡Me asombras! ¡Qué maravilla! ¡Qué arte!

Él la miró de nuevo, sonriente, feliz al verla tan divertida, y dijo con fingido arrebato:

—¡Me iría a matar moros ahora mismo! ¡A ver si los tengo delante!

Ella soltó una carcajada y contestó irónica:

—¿Ahora vas a ir a buscar moros? Te perderás otra vez por los bosques y volverán a llevarte cautivo a los pozos de la nieve. Pronto se hará de noche…

El joven aceptó la broma porque no podía sustraerse a la brutal presencia de aquellos muslos. No había visto antes de cerca tanta piel de mujer junta, pero tuvo la impresión de que recordaría ese atardecer dorado con toda su excitación y su suavidad. Hacía grandes esfuerzos para no mirarle las piernas, mientras Riquilda le dominaba con una deslumbrante sonrisa, nada corriente en ella y cuya justificación no aparecía por ningún sitio. Sus largos y negros cabellos le caían por la clavícula y la burla chispeante de sus preciosos ojos le tenía hipnotizado.

También ella disfrutaba mirándole. Le encantaba el cuerpo esbelto, grácil y armonioso de su primo; el prolongado cuello y su tez luminosa, brillante ahora por el sudor; y, sobre todo, sus grandes ojos llenos de inocencia y agrado.

Durante un rato permanecieron en silencio. Se miraban como si se descubrieran por primera vez, aunque ya les había sucedido eso mismo muchas veces en los últimos días, siempre que se hallaban a solas en algún lugar buscado adrede para sus encuentros.

Más tarde, con un semblante de éxtasis, Riquilda le dijo melosa:

—¿Sabes, Blai…?

Luego calló pensativamente, voluptuosamente, y se rascó el muslo a la altura de la nalga derecha.

A él se le había puesto un nudo en la garganta y un chorro de sudor le recorría la espalda. No pudo decir nada, pero hizo un gesto apenas perceptible, como una ligera mueca, para instarle a ella a que terminara de decir de una vez lo que estaba pensando.

Riquilda se puso en pie y fue hacia él, extendiendo los brazos, sin dejar de ofrecerle aquella sonrisa extraña y excitadora. Le abrazó, le besó dulcemente en el cuello primero y después en los labios; le apretó contra su pecho, jadeó y gimió suave, lánguidamente.

Al muchacho aquello le había cogido por sorpresa y se le subió una ola de ardor a la boca del estómago. Pero enseguida, al sentir la presión del pecho firme, el cabello perfumado y la piel delicada, le brotó un ansia que le elevó hasta el paraíso.

—Esto es lo que quería decirte —le susurró ella al oído—. Pero no encontraba las palabras… ¡Esto es! Ya no podía aguantar más las ganas de abrazarte… No sé lo que me pasa… Apenas hace unas semanas que te conozco y… ¡Te quiero tanto! Blai, mi Blai de Adrall…

Él la estrechó fuertemente, sintiendo que el contacto de su piel y la suave seda resumían toda la magia de la existencia. Le latía el corazón con una fuerza y una celeridad como nunca antes en su vida, ni siquiera cuando había estado en situaciones de mucho peligro. Se puso a besar los labios ardientes, abiertos y trémulos de Riquilda, y a la vez empezó a tirar del vestido tan impetuosamente que estuvo a punto de rasgarlo de arriba abajo y de descubrir de golpe toda la belleza de la joven. Pero ella titubeó y murmuró de mala gana:

—No…, no… ¡Contrólate! Ya habrá ocasión para eso…

Estaban todavía en pleno combate cuando de pronto se oyeron pasos acelerados y una voz de mujer que exclamaba acuciosa:

—¡Riquilda! ¡Riquilda, señora mía!

Era Lutarda, la criada de la vizcondesa, que venía apresurada por entre los árboles. Cuando todavía no había llegado a donde estaban, los jóvenes amantes se separaron bruscamente, azorados, y Riquilda dijo agitada:

—¡Corre a esconderte, primo!

El muchacho no vaciló y, de un salto, se ocultó entre los arbustos.

—¡Mi señora Riquilda! —anunció la criada nada más aparecer—. ¡Tu señora madre está muy preocupada! ¿Dónde te metes?

Riquilda le lanzó una mirada de estupor y contrariedad.

—¿Preocupada? ¿Preocupada por qué?

—Llevas toda la tarde por ahí y se está haciendo de noche…

—Necesitaba estar sola. Dile a mi madre que ya voy.

Lutarda se quedó allí mirándola, con cara de preocupación, y luego le preguntó en un susurro:

—¿Sola?

—¡Sí, sola! Me gusta estar en este precioso bosque en silencio. ¿Hay algo de malo en ello? ¡Anda, márchate ya! Yo iré detrás.

La criada titubeó y quiso contestar algo, pero Riquilda le gritó furiosa:

—¿No me has oído? ¡Vete de una vez!

A pesar de esta orden terminante, Lutarda siguió allí, aterrorizada e indecisa. Soltó un hondo suspiro y dijo:

—Mi señora Riquilda, debes ir… Ha venido una visita al pabellón y tu señora madre desea que estés allí con ella para cumplimentarla.

—¿Una visita? —inquirió ella—. ¿Quién ha venido?

—El señor Lleonard de Sort y su hijo Rumoldo —respondió pávida Lutarda.

Al oír aquello, Riquilda enrojeció de ira y bramó:

—¿Los gordos? ¿Esos puercos? ¡Ahora sí que no voy a ir!

—Pero… ¡Mi señora Sancha se enojará! ¡Debes ir!

—¡He dicho que no iré! ¡Dile a mi madre que no me has encontrado!

La criada farfulló algo entre dientes y acabó marchándose por donde había llegado. Y cuando hubo desaparecido de su vista, Riquilda llamó a su primo:

—¡Ya puedes salir, Blai!

Él surgió tímidamente de entre los arbustos. Y ella, nada más verle aparecer, empezó a despotricar:

—¡Era lo que me faltaba! ¡Con lo feliz que yo me sentía! ¡Con lo contenta que estaba! ¡Y ahora…, esos dos!

El joven se acercó a ella, preguntando:

—Pero… ¿Quiénes son? ¿Por qué te pones así?

—¡Odio esa visita! —gritó colérica ella—. ¡Ese Lleonard, el veguer de Sort, y su hijo Rumoldo…! ¡Un par de idiotas! ¡Gordos como cerdos! ¡No quiero ni verlos!

—¿Por qué? ¿Qué te han hecho?

Riquilda se encaramó en el tronco y soltó una carcajada sarcástica y maliciosa. Luego respondió:

—¡Si serán ilusos! A Lleonard de Sort se le ha metido en su asquerosa cabeza de puerco que el grasiento de su hijo se case conmigo… ¡Fíjate! ¡Serán desgraciados! ¿Casarme yo con ese barril de manteca?

Y dejó escapar otra risotada malévola, con los ojos echando chispas de crueldad.

—Entonces… —murmuró él—. ¿De verdad no piensas ir?

—¡No! ¡Ahí se pudran esperando!

Con toda aquella ferocidad, a él le parecía que todavía estaba más bella, el pelo negro alborotado sobre los hombros y los preciosos labios con una sonrisa alevosa.

—¡Mira que eres fiera, Riquilda! —le espetó con divertido asombro.

Ella entonces se encogió de hombros y luego, repentinamente, saltó sobre él para colgarse de su cuello, besarle en los labios y decirle ardorosa:

—¡Te quiero a ti! ¡A ti, mi primo! ¡Mi Blai de Adrall! ¿No te enteras? ¡No te habías dado cuenta? ¡Estoy loca por ti!

Se dejaron caer entre las altas hierbas veraniegas y rodaron por el suelo, aplastando las flores campestres y las matas de follaje. El muchacho pudo atrapar por fin los muslos, las nalgas y todo lo demás…

## 45

*Real de la Font, bosques de Ripoll, campamento del vizconde Guillem de Castellbó, 20 de julio, año 997*

Al día siguiente, el conde Armengol se presentó por la mañana en la paz soleada del tercer campamento. Se encontró con que todo allí estaba en orden y en silencio. Iba a caballo y le seguía su criado de mayor confianza, montado en una mula, en cuyas alforjas llevaba una olla con un asado de ciervo, un pan dorado, una cántara de vino negro, más otra media cántara de dulce rebajado con agua (para las mujeres) y para postre ciruelas en la fría tisana de flor de saúco, endulzada con miel. También portaba como obsequios una espléndida capa de fiesta para el Llop y una magnífica cota de malla para su hijo Miró. Para Riquilda y su madre, dos broches con forma de mariposa, de exquisito relieve; «joyas inestimables», en palabras del mejor orfebre de Urgel que las había fabricado como piezas únicas. Todo ello era una sorpresa y una atención de bienvenida. Un rato antes, al salir de su tienda de campaña, al joven conde su imaginación le había ofrecido, en una visión premonitoria, un recibimiento lleno de alegría y cariño sincero. Pero se encontró con una decepción en la puerta del pabellón principal: el jefe de la guardia, un hombre mofletudo y aceitunado con jubón pardo, le informó de que no se hallaban en el campamento ni el vizconde ni ningún miembro de su familia. Habían ido a una fiesta en el castillo de Vallfogona, en cuyas proximidades estaba instalado el quinto campamento, el más grande de todos, destinado a las huestes del conde de Barcelona.

Armengol no se detuvo a pensarlo. De allí mismo partía el camino de Besalú, que discurría por el valle paralelo al río y que pasaba por el castillo de Vallfogona. Había viajado por él varias veces y conocía bien el trayecto, que duraba unas tres horas, y no le resultaría desagradable. Así que se puso en marcha y muy pronto se vio transportado entre bosques y barrancos rocosos, llenos de pájaros y otros animales que cantaban entre la maleza salpicada de flores. Más adelante, a la hora del almuerzo, atravesaron una soñadora aldeíta que consistía en tres o cuatro cabañas hechas de troncos rudos, un pequeño establecimiento para la reparación de cacharros de cobre y una vieja fragua semioculta entre higueras y emparrados. El conde saludó con la mano a unos niños curiosos que corrieron a ponerse a la vera del camino para verlos pasar. Siguieron por una zona sombría y cubierta de espesura. Después marcharon al trote por el campo libre, sobre un suelo lleno de polvo que descendía y volvía a ascender trepando por las colinas. A cada subida, la mula del criado desaceleraba su marcha, como si estuviese a punto de pararse por la fatiga. Era mediodía y el sol apretaba cuando los abedules se apartaron para dejarles paso y accedieron a un puente muy antiguo.

En un tramo largo de la calzada, en la margen izquierda del río, vieron un caballo que pastaba en un claro verde y a un hombre que descansaban sobre la hierba. Al acercarse, Armengol reconoció que se trataba de su pariente el conde Oliba. Descabalgó y fue sonriente hacia él para abrazarle.

—Primo, Oliba —le saludó—. ¿También vas al castillo de Vallfogona?

—Solo estaré allí un día —contestó el otro—. Después iré a San Juan de Ter para ver a mi hermana, la abadesa Ingilberga.

—¿No te quedarás a la fiesta? —preguntó socarrón Armengol—. Habrá el mejor vino del Ampurdán... ¡y muchas damas hermosas! El campamento del conde de Barcelona es siempre el más entretenido.

Oliba respondió con una sonrisa retraída, diciendo:

—Hace poco que murió mi señora madre... Todavía estoy de luto.

Armengol le abrazó de nuevo, diciéndole con afecto:

—Disculpa, primo, no sé cómo me he podido olvidar... Lo siento, lo siento mucho.

—¡Gracias, primo!

—Almorcemos y prosigamos luego juntos el viaje—propuso Armengol—. ¡Llevo ahí una excelente comida! ¿Te parece bien?

Oliba vaciló un instante, puesto que había decidido hacer aquel camino en soledad para ahondar en sus reflexiones. Pero el conde Armengol siempre había sido su pariente favorito, y su presencia en aquel momento había causado en su alma una alegría sincera. Así que contestó:

—¡Perfecto! Y te lo agradezco de veras, ya que no tuve la precaución de traer conmigo ningún alimento. A esta hora del día el hambre aprieta...

El criado, que asistía al encuentro a cierta distancia, no necesitó que su amo le diera ninguna orden y se puso presto a sacar las viandas y a extender sobre la hierba una manta a modo de mantel. Ambos condes fueron a sentarse el uno frente al otro y se dejaron servir el vino y unos apetitosos pedazos de carne de ciervo. Almorzaron y bebieron, conversando alegremente, recordando cosas de su infancia y anécdotas de la familia. Luego se tendieron a la sombra para sestear.

Por la tarde cabalgaban el uno al lado del otro y trataban sobre asuntos más serios: opinaban sobre lo que se había hablado en las asambleas celebradas en el monasterio de Ripoll.

—Yo tengo un presentimiento al que no me puedo sustraer —dijo el conde Oliba, entrecerrando un poco los ojos, como si mirase en su interior para reencontrarse con su vaticinio.

Ambos condes eran aún jóvenes para el poder que ostentaban, y aunque Oliba tuviera tres años más de edad, no era esto lo que le confería autoridad entre los miembros de aquella vasta familia, sino su reconocida sabiduría por el tiempo que estuvo entre los monjes recibiendo enseñanzas. Por eso le miraba Armengol, muy atento a sus palabras.

—¿Qué es lo que te preocupa? —le preguntó—. Te ruego que me digas tu opinión, primo.

Oliba emitió un chasquido con la lengua y respondió sin rodeos:

—Todo, todo me preocupa… Y en ese todo incluyo a mis propios hermanos. A ti puedo hablarte con toda franqueza, pero ellos hace ya mucho tiempo que dejaron de escucharme… Me temo que ya puedan tener decidido emprender ciertas acciones por su propia cuenta y riesgo… ¿Comprendes lo que quiero decir?

—Creo adivinarlo, pero no estoy muy seguro. Confíame esos temores.

Oliba clavó en él una mirada cargada de inquietud y dijo con amargura:

—Lo que realmente me preocupa es que se estén formando alianzas cuya verdadera razón sea la codicia y no la defensa legítima. No lo puedo expresar con mayor claridad. Eso es lo que pienso. La amenaza de Almansur está ahí y no la negaré. Pero debemos ser cautos y sopesar esa circunstancia, sin convertirla en el pretexto para emprender acciones a la desesperada. O lo que es peor: abrir la terrible puerta de la guerra para dejar que la locura y el horror campen a sus anchas por nuestra tierra. La experiencia de nuestros mayores aconseja entereza y sabiduría, lo que es contrario a impaciencia e irracionalidad.

Armengol le miraba con expectación y desasosiego.

—Comprendo muy bien lo que quieres decirme, primo —contestó—. Pero debemos hacer caso a los informadores… ¡Un gran ejército se está preparando en Córdoba! Si no nos armamos y nos aprestamos a la defensa, podemos ser sorprendidos y será peor que la última vez…

—Acabo de decir que no voy a negar la amenaza. Almansur es realmente temible y no podemos mirar hacia otro lado. Pero todavía nadie ha podido darnos certeza de que su ejército vaya a venir hasta aquí. Todos los años suben los sarracenos hacia el norte y siempre se quedan a muchas leguas de la Marca. Si nos intranquilizamos demasiado y alguien se precipita, podemos provocarlos y hacer que esta vez se nos echen encima. Cuando pudiera ser que ni siquiera estuviera en sus planes atacarnos.

Armengol se quedó pensativo y continuaron cabalgando en silencio durante un rato. Luego Oliba prosiguió, añadiendo con verdadera preocupación:

—El uso de las armas siempre da paso a los demonios de la incertidumbre y el disparate. Almansur es ciertamente nuestro mayor enemigo, pero también debemos reconocer que el mal y la locura pueden estar en medio de nosotros. No todo es trigo limpio en nuestra tierra. Aquí, como en cualquier parte, crece la cizaña. Si nos dejamos guiar únicamente por los violentos, iremos directamente al desastre.

—¡Habla con mayor claridad! —le instó Armengol, con una ansiedad imposible de disimular—. ¿A quiénes te refieres en concreto?

—A mis hermanos, ya te lo dije antes. Sobre todo a Bernat, a quien apodan Tallaferro; por algo será... Y aunque no se lleva nada bien con su mellizo Guifré, también este me preocupa. Pero hay entre nosotros magnates aún más peligrosos, que no se mueven como mis hermanos solo por ideales o por el fuego de la pasión guerrera, sino por la pura codicia... Estoy hablando en concreto del conde Suñer de Pallars, y de su compadre, el vizconde Guillem de Castellbó, el Llop. Este último es una fiera que no dudará a la hora de tomar las armas e ir contra cualquiera. Y esto te lo digo como advertencia: cuidado con él, primo, puesto que es vasallo tuyo; no te vaya a buscar alguna complicación grave.

A Armengol se le heló la sangre e hizo un gran esfuerzo para no mostrarse demasiado turbado. Pero no pudo evitar lanzarle a su pariente una mirada sombría al contestar en un murmullo:

—No exageremos, primo...

Oliba le sostuvo la mirada antes de decir quedamente:

—Tú me has preguntado y yo he respondido.

Apareció el río, con las negras ruinas del castillo encaramadas en una roca escarpada. Aguas abajo, brillaban los alegres techos de escoberas en una hilera de chozas. Al acercarse, la vegetación asumía un carácter menos agreste cuando el camino comenzó a bordear la suave eminencia de las laderas sembradas de casas pobres. Y detrás del promontorio, a la primera curva del camino, divisaron al momento el gran campamento a lo lejos, extendiéndose por un dilatado prado.

# 46

—¿Cuántos moros mataríamos aquel día en Binéfar? —preguntó el conde de Pallars en tono irónico, dirigiéndose al Llop, y dejó luego escapar una risa discreta.

Los demás también reían con aire de hilaridad en sus semblantes enrojecidos por el vino. El fuego crepitaba en la gran hoguera que habían encendido en medio de un claro del bosque, y todos aquellos hombres rudos y deseosos de sangre se hallaban sentados en torno, formando un gran círculo. Era noche cerrada, y a ratos soplaba un viento suave, con ráfagas que agitaban las altas copas de los árboles. Allí la voz cantante la llevaba Suñer, conde de Pallars, y su compadre, el fiero Guillem de Castellbó. El primero tenía una cara ancha, en la que brillaban los ojos claros y la barba espesa y rubia; sus manos, permanentemente en movimiento, eran grandes y planas, con pulgares gruesos, callosos y curvos. No era un hombre grande, pero su cuerpo ancho abultaba casi tanto como el del Llop. Por su expresión y su permanente sonrisa podía ser considerado un hombre pacífico y tal vez bondadoso, pero solo hablaba de violencias y muertes. Soltaba frases terribles, sin dejar de sonreír ni un instante, e incluso tenía una gracia especial a la hora de describir hechos en los que abundaban detalles sobre cabezas cortadas, vientres abiertos y tripas diseminadas por el campo. Después de contar estas cosas, se echaba reír y hasta se le ponía la mirada brillante, como si fuera a romper a llorar de puro regocijo.

—¿Te acuerdas del día de los ojos? —preguntó luego, llevándose las manos a la barriga para sujetársela—. ¡Qué día aquel! Nuestros hombres llenaron un cesto con los ojos que les arrancamos a los sarracenos y lo dejaron allí, delante de la puerta de la mezquita de Monzón, después de prender fuego a la ciudad. Para que el emir de Lérida supiera con quién tenía que vérselas si se le ocurría cruzar la Marca. Nos habían avisado de que venía con refuerzos desde el sur y se nos ocurrió meterle el miedo en el cuerpo de alguna manera...

—Lo hicimos en venganza —añadió el Llop—, porque los diablos moros habían matado en Pascua a todas las monjas del monasterio de San Pedro de Burgal. Les cortaron las cabezas y colgaron los cuerpos atados por los pies de las vigas de la iglesia. ¡Había que darles una lección a esos puercos ismaelitas! No dejamos uno solo con ojos en todo el territorio de Monzón. A muchos los dejábamos vivos, ciegos, para que contarán lo que les habíamos hecho. Y al gobernador de Binéfar le metimos un palo por el culo y le dejamos allí tirado, con el palo dentro y sin ojos.

El conde de Pallars rio a carcajadas, con regocijo, y apostilló:

—Con lo que nos apropiamos en el saqueo de Monzón se arregló San Pedro de Burgal. Y ahí está la iglesia, en pie y más bonita todavía de lo que era antes de que esos demonios la quemaran. Hemos hecho cosas muy grandes... ¡Qué tiempos aquellos!

Después de relatar tan pavorosos hechos, ninguno de aquellos hombres manifestaba repugnancia, ni sus rostros habían mudado la expresión alegre siquiera. Solo los más jóvenes mostraban si acaso algo de espanto, pero también ellos reían casi todo el tiempo y festejaban las fanfarronerías de los crueles veteranos. Entre ellos estaba el sobrino de la vizcondesa Sancha, asombrado y sobrecogido.

De pronto, un anciano decrépito, encorvado y seco, salió al medio y abrió su boca desdentada para gritar:

—¡Vivan nuestros condes!

—¡Vivan! —gritaron a coro todos, alzando sus vasos.

Bebieron y se quedaron mirándose unos a otros, entre risas.

—Amigos, compañeros —dijo entonces el Llop, mientras posaba su mano en el hombro de su joven pariente con cordial familiaridad—, este muchacho que os presento es Blai de Adrall, el bisnieto de Udo de Adrall y, por tanto, sobrino de mi esposa. Acaba de llegar de la costa tarraconense y ha venido a quedarse en nuestros dominios. Desde hoy entrará a formar parte de la hueste de Castellbó, así que espero que lo acojáis entre nosotros como uno más.

Hubo primero un murmullo de asombro y consideración, al que siguieron algunas voces que vitoreaban:

—¡Bienvenido!

—¡Ya eres de los nuestros, bisnieto del gran Udo de Adrall!

—¡Estás en tu casa, muchacho!

El joven miró a su alrededor, con aire de modestia y a la vez sonriendo. Algunos se acercaron para palmearle la espalda o para abrazarle.

—Hay que armarlo como Dios manda —manifestó el conde de Pallars—. En nuestra hueste siempre tendrá el sitio que le corresponde, puesto que es de la sangre de Adrall.

—¡Viva Udo de Adrall! —exclamó el Llop, levantando el vaso.

—¡Viva! —corearon todos alzando sus vasos a una y bebiendo nuevamente.

Luego el conde de Pallars se puso en pie y dijo, señalando con la mano al círculo de hombres que le rodeaban:

—Muchacho, aquí está lo más bravo de nuestra tierra, ¡los mejores hombres! Ya verás cómo te alegrarás de estar entre nosotros. Y verás las cosas tan grandes que te esperan por hacer. Mira a tu alrededor: esta es una familia guerrera y valiente como no hay otra en los cinco campamentos de la alianza. Así que, como digo, habrá que armarte como Dios manda, que para eso llevas la sangre de los de Adrall, de gloriosa memoria todos ellos.

El joven se inclinó en una reverencia y después contestó con timidez:

—Gracias, gracias… Me siento muy honrado. De verdad, muy honrado y feliz…

Las voces aullaron en torno a él. Decenas de hombres rudos se habían puesto en pie, enardecidos por el vino, y le miraban afectuosamente. Era para él tan increíble como un sueño.

Y de pronto, desde alguna parte, una voz empezó a gritar:

—¡Apartaos! ¡Quitaos de en medio!

Eran un par de hombres que salían desde la oscuridad que había detrás del grupo, abriéndose paso a empujones. Se colocaron en el centro y todo el mundo pudo ver sus caras iluminadas por el resplandor de la hoguera. Uno era alto, delgado y de espesa barba muy crecida y negra; el otro, rubicundo, de mediana estatura y dientes de rata. Resultaban una pareja curiosa, vestidos ambos con sayones oscuros y ligeras capas de verano, cortas hasta la cintura. Andaban arrogantes, como pavoneándose, con movimientos lentos y ademanes altaneros.

El conde de Pallars se alegró visiblemente al verlos y corrió hacia ellos, extendiendo los brazos y exclamando jubiloso:

—¡Dalmau! ¡Roderic! ¡Amigos queridos! ¡Por fin habéis llegado!

También se acercó el Llop para abrazarlos, gritando a su vez:

—¡Por fin estáis aquí! ¡Bienvenidos sean los hermanos de Fontrubí!

Se hizo un gran silencio y el grupo se apretó por todas partes para ver de cerca a los recién llegados. Luego se oyeron voces:

—¡Ya están aquí!

—¡Bienvenidos los de Fontrubí!

—¡Vivan los hermanos Dalmau y Roderic!

—¡Vivan!

Después el conde de Pallars, dirigiéndose a la concurrencia, explicó ufano:

—Aquí tenéis a los hermanos Dalmau y Roderic, señores del castillo de Fontrubí. He aquí a los más valientes y esforzados hombres que podáis conocer. Ellos defienden con su gente la fortaleza más extrema de la Marca y los ismaelitas no han tenido todavía redaños para acercarse por allí.

—¡Y que se atrevan! —gritó el Llop, dando al mismo tiempo una fuerte palmada en la espalda ancha de Dalmau y luego otra en la de Roderic.

—¿Por qué os habéis demorado tanto, amigos? —les preguntó el conde de Pallars.

El más alto, Dalmau, soltó una sonora carcajada y respondió en tono de excusa:

—Hemos tardado por culpa del abad de San Cugat, que debía solucionar cientos asuntos, y el veguer de Olérdola nos ordenó que lo escoltásemos hasta aquí.

—¡Condenado Laurean, veguer de Olérdola! —refunfuñó el Llop—. ¿Y por qué no se ha encargado él de acompañar al abad de San Cugat, como es su obligación?

Roderic esbozó una sonrisa irónica, con la que mostró al completo sus dientes de rata, y respondió:

—Ya sabes cómo es el veguer de Olérdola, amigo Guillem, tú le conoces mejor que nadie. Siempre va besándole el culo a su amo el vizconde Udalard. Ellos vienen por detrás, pues llevan mucha impedimenta. Llegarán pasado mañana, para la fiesta.

Al oír aquello, el Llop se volvió hacia su joven pariente y le dijo:

—¿Has oído, Blai? Ese antipático de Laurean, veguer de Olérdola, a quien tú conoces bien, viene hacia aquí. Nos presentaremos ante él y le diremos a la cara que tú, nieto de Gilabert, ya no le debes ninguna obediencia, puesto que has tomado posesión de tus propios dominios aquí en el Urgellet. A ver cómo se le queda su estúpida cara al verte.

Una tormenta de risas siguió a esas palabras fanfarronas. Pero al muchacho se le había helado el alma y le costaba siquiera sonreír.

# 47

*Vallfogona, víspera de Sant Jaume, 24 de julio, año 997*

El señorío, la villa y el castillo de Vallfogona eran propiedad del condado de Besalú, cuyo dominio abarcaba también la extensión del valle y el vecino castillo de Melango, erigido en el punto culminante de la sierra de Milany. El dueño era, pues, el conde Bernat, a quien apodaban Tallaferro, heredero y señor por ende de los amplios prados donde se había levantado el quinto campamento. Su hermano el conde Oliba fue a hospedarse durante aquellos días a la residencia que la condesa madre, Ermengarda de Vallespir, mandó rehabilitar y adecentar en su momento en el viejo castillo, con el fin de que la familia pudiera alojarse cómodamente cuando en verano se convocaran las asambleas y los campamentos en el entorno de Ripoll. Era tradición desde entonces que allí se diera un banquete y una gran fiesta la tarde del 24 de julio, víspera de Sant Jaume.

Antes de la puesta de sol, una larga y nutrida fila de caballeros ascendía por el sendero en pendiente, luciendo sus mejores indumentarias: túnicas bordadas, capas ribeteadas con tiras de piel de gato montés y sobrepellices argentadas. La dorada luz del atardecer y las hogueras encendidas hacían brillar el metal pulido de las diademas, los medallones, los brazaletes y los aros de los tobillos. En la pequeña plaza que se extendía por delante de la puerta principal del castillo, un grupo de saltimbanquis buscaba un espacio para exhibir sus habilidades, pero eran incapaces de situarse, teniendo que esquivar a catervas de hombretones medio borrachos y a los caballos de los dignatarios que no paraban de entrar. Los delicados sones del tamboril y la dulzaina difícilmente lograban hacerse escuchar entre el grosero estruendo de los tambores militares que llegaba desde los campamentos.

Un grupo de mujeres trataba de abrirse paso a empujones por en medio de aquella muchedumbre ansiosa y vociferante. Entre ellas iban la vizcondesa Sancha, su hija Riquilda y la criada Lutarda. Por delante de ellas caminaba la anciana dama Ludberga, dando manotazos a diestro y siniestro a los abotargados jóvenes que les obstaculizaban el camino y gritando:

—¡Apartaos, brutos! ¡Fuera! ¡Echaos a un lado, estúpidos borrachos! ¿No os dais cuenta de que somos damas?

Sancha iba malhumorada y refunfuñando:

—¿Cómo han permitido esto? ¿Cómo se les ha ocurrido invitar a tanta gente? ¡Menudo desastre de fiesta! ¡Esto es un desatino! ¡Ni la música se oye con todo este jaleo!

Los hombres se apartaban torpemente al verlas, y se quedaban mirando, sonriendo con aire gracioso y franco; se inclinaban y les mostraban el camino con sus manos, soltando alguna frase ocurrente o simplemente riendo.

—¡Borrachos! ¡Idiotas! —gritaba Ludberga—. Ya no hay señores como Dios manda. No hay más que burros. Fuera. Abrid paso.

Riquilda iba de la mano de su madre, enteramente cubierta como ella con una capa que la envolvía hasta los pies; y debajo llevaba su mejor vestido, el encarnado, aunque no lo supiera la vizcondesa. La joven iba radiante de felicidad, dejándose arrastrar por aquel ambiente de juerga y excitación, y saboreando ya de antemano el goce que se le prometía en su primera fiesta en los campamentos. Caminaba observándolo todo, completamente ajena al mal humor de Ludberga y a la contrariedad que manifestaba su madre.

Cuando llegaron a la puerta principal del muro que circundaba el castillo, enseguida salió un solícito mayordomo para conducirlas al interior de la fortaleza. En el patio de armas las esperaba una fiesta sorprendentemente buena. Las mesas estaban ya dispuestas con fuentes de pescado, cordero y buey asado; también había pan tierno, queso y frutas, y los pajes iban y venían con jarras escanciando abundante cerveza, aguamiel y vino. Un arpista tocaba en un extremo y la música podía oírse, a pesar de que seguía llegando el estruendo de los tambores del campamento, si bien mitigado por las fuertes murallas.

—Esto ya es otra cosa —observó con alivio la vizcondesa—. Por un momento pensé que la fiesta iba a consistir en toda esa locura de ahí afuera… Pero aquí da gusto.

La anciana Ludberga soltó una carcajada y señaló con la mano en derredor, indicando:

—Mirad, aquí sí que hay señores y damas como Dios manda.

Ellas observaron con asombro la concurrencia, mientras avanzaban con recato hacia donde estaba dispuesto el banquete. Enseguida divisaron al fondo al Llop, que parloteaba a voces rodeado de sus amistades, bebiendo y manoteando a la vez. Y Riquilda vio junto a él a su primo, con quien deseaba encontrarse ardientemente. El muchacho también se dio cuenta de que ella llegaba en aquel instante y la miró sonriente, sin ocultar su alegría, pero no se atrevió a acercarse.

Entonces Riquilda, sin poder reprimir sus ganas de estar con él, le susurró a su madre:

—Ahí está el primo Blai. Vamos allá con él.

Su madre la miró seria y le contestó:

—No está bien visto que las damas acudan adonde están los hombres. Debemos quedarnos quietas, a la espera de que ellos quieran acercarse.

—¿Y si él no viene aquí?

—Pues te aguantas y en paz, hija. Y olvídate por un día del primo Blai, que le atosigas a todas horas. No estará de más que hoy él vaya por su lado y tú por el tuyo.

Riquilda le lanzó a su madre una mirada cargada de extrañeza y le preguntó taciturna:

—¿Yo le atosigo? ¿Por qué me dices eso ahora, madre?

—Porque aquí tienes que estar a lo que tienes que estar. Ya habrá tiempo de estar con el primo. Que os pasáis los días juntos…

El rostro de la muchacha reflejó toda la contrariedad y la duda que sentía a causa de estas palabras. A lo que su madre añadió, de manera más explícita:

—Allí, cerca de tu padre, está también el conde Armengol. ¿No lo ves?

—Sí, ya le he visto. No estoy ciega.

—Pues mira, hija, resulta que no te quita la vista de encima todo el tiempo. Vamos, sonríele de una vez para que sepa que has advertido su presencia.

Riquilda resopló, miró hacia el grupo de hombres donde se hallaba Armengol y le sonrió. Entonces el conde, radiante de felicidad, se excusó delante de los que charlaban a su lado y se dirigió hacia ella, esbozando a la vez su mejor sonrisa.

—Ya viene, ya viene —murmuró la madre—. ¿Lo ves, hija mía?

¡Está loco por verte! Hazle caso, que ya sabes la ilusión que le hace a tu padre. A ver si es posible que en esta fiesta saquemos por fin algo en claro...

—¿Algo en claro? —refunfuñó la joven—. Nada hay que sacar en claro.

—Calla, calla, hija, que ya viene. Sonríe, tú sonríele y no seas tan huraña.

Pero, en ese preciso instante, justo cuando Armengol llegaba junto a ellas, se armó un repentino revuelo por todas partes. Las damas volvieron sus miradas hacia la puerta y descubrieron el motivo que tenía sobresaltada a la concurrencia: entraba en el patio de armas Ermesenda de Carcasona, esposa del conde de Barcelona, acompañada por un séquito de más de cincuenta doncellas. Una gran expectación paralizó de momento la fiesta. Aquella aparición era sin duda la más anhelada; y la espera estaba además aderezada por la incertidumbre y el misterio, puesto que nadie había confirmado que finalmente fuera a ir la condesa. Las voces susurraban con asombro y admiración:

—¡Ahí está!

—¡Es ella!

—¡Mirad qué vestido y qué tocado!

Ermesenda era en verdad una mujer singularmente dotada de hermosura. Alta, grande y robusta, tenía un aire enérgico, aunque apenado. La condesa de Barcelona era triste y bella, en una mezcla que incluso podría resultar inquietante. Su rostro perfecto, blanco, céreo, mostraba una permanente sonrisa serena, pero que no dejaba de ser un tanto afligida. No obstante, nada en ella denotaba abatimiento, sino todo lo contrario. Digamos que era una mujer enigmática, igualmente temida que adorada. Los que la habían tratado aseguraban que su inteligencia era proverbial, su perspicacia sutilísima y su talento envidiable. Dominaba las lenguas, improvisaba poemas y cantaba como los ángeles; además de bordar, montar a caballo, tocar la lira y confeccionar perfumes. Muchas de estas habilidades las había aprendido y cultivado desde la infancia en la singular villa occitana de Carcasona, dominio de su padre el conde Roger el Viejo. Y desde que llegara a Barcelona para celebrar sus bodas con el conde Ramón Borrell, todo lo que tenía que ver con su persona estaba envuelto en una maravillosa mezcolanza de asombro y misterio. No faltaban historias y coplas con tintes legendarios que la calificaban como señora magnífica, piadosa, venustísima, bondadosa, estimada, dulcísima y refulgente, como venida de otros mundos...

Y ya fuera por sugestión o porque ciertamente su estampa era extraordinaria, en la fiesta del castillo de Vallfogona todos estaban como deslumbrados contemplando su paso. Iba vestida con un magnífico traje de un brillante verde cantárida, ajustado al fino talle, pero vaporoso en la enagua, confeccionado como en piezas que asemejaban plumas y que se agitaban delicadamente al caminar. El abultado y firme seno estaba todo tachonado por estrellas plateadas, brillantísimas en la rutilante luz de las muchas lámparas que iluminaban el patio. Un grueso collar de oro, con piedras negras engastadas, realzaba su cuello de garza. No lucía ninguna otra alhaja además de esta, ni siquiera diadema. En el pelo, prendidas en cascada, llevaba flores de jazmín que nadie podría adivinar sin tocarlas si eran de tela o naturales. Con su sonrisa estática en los labios rojísimos, miraba a un lado y otro; diríase que intuitiva, furtiva y penetrante, sin que se desmoronase un ápice su halo distante, majestuoso e inalcanzable...

La anciana Ludberga la observaba como en éxtasis y exclamó en un susurro anheloso:

—La Madre de Dios me perdone por lo que voy a decir, pero esta señora parece bajada del mismo cielo.

En cambio, la vizcondesa Sancha torció el gesto y le dijo a su hija al oído:

—¡Qué mala suerte! Fíjate, a la condesa se le ha ocurrido vestirse de verde... Estamos de mala racha.

—¿Por qué lo dices, madre? —preguntó con una sonrisa maliciosa Riquilda.

—Bueno, hija, ¿por qué va a ser? También tú vas de verde...

—Madre, no te preocupes. A última hora hice un cambio...

Después de decir eso, la joven se quitó la capa y descubrió su largo vestido encarnado, brillante, tenue y atrevido.

La vizcondesa dio un respingo y no pudo disimular que estaba horrorizada. Pero, en ese instante, volvió a reparar en el conde Armengol, que estaba a unos pasos, con la mirada puesta en Riquilda y la cara desencajada. Y yéndose hacia él, le saludó melosa:

—¡Ah, mi señor Armengol! ¡Qué alegría encontrarte aquí! No nos vemos las caras desde la cacería del oso... Y ya deseábamos el reencuentro. ¿Verdad, Riquilda, hija mía?

Pero, al volverse hacia su hija, descubrió que esta había desaparecido de su lado.

—¿Dónde demonios ha ido? —preguntó sobrecogida la madre.

El conde estaba con la cara de pasmo, mirando hacia la puerta de la muralla, y contestó balbuciente:

—No lo sé... Ha salido corriendo... Tal vez se encuentre mal...

# 48

*Castillo de La Sala, Vallfogona, 24 de julio, año 997*

Para la inmensa mayoría de los invitados, la fiesta de aquel año seguramente resultó extraordinaria. Sin embargo, el conde Armengol se sintió en ella desconcertado primero y luego defraudado. Anduvo de aquí para allá, charlando con unos y otros, en medio del bullicio de la música y las voces exaltadas, sin acabar de encontrar su sitio ni la diversión que pudiera corresponderle. Como casi todo el mundo, había bebido demasiado y ahora los efluvios del vino empezaban a dejarle en el cuerpo un poso de malestar y desgana. Nadie se ocupaba a esa hora de avivar las fogatas y el humo que emanaba de las ascuas mortecinas levantaba el pestilente tufo del sebo quemado. Le asaltó como un amago de hambre, pero no quedaba ni rastro de las viandas. Había desaparecido todo lo que estuvo sobre las mesas al comienzo del banquete, así que no le quedó más remedio que conformarse con roer un pedazo de pan un poco duro, mientras apuraba un último trago, más amargo que satisfactorio, que le cayó mal en el estómago.

Allí quedaba ya poca gente. Hacía mucho tiempo que se habían marchado las damas; todavía no era siquiera la medianoche cuando las últimas se despidieron. Más tarde se retiraron los obispos, los abades y los monjes. Los ancianos se fueron yendo a descansar a medida que ya no podían soportar el sueño y los dolores de sus rodillas, excepto los de naturaleza y ánimo irreductibles, como el Llop. A partir de entonces, como solía suceder, se dio paso a los excesos. Las bailarinas hicieron lo que pudieron en medio de la exaltación, el vocerío y el descaro de los más jóvenes, pero acabaron escapando cuando un centenar de manos se abalanzaron para palparles las carnes sin respeto alguno. Tampoco se hizo demasiado caso a los saltimbanquis y mucho menos a los contadores de fábulas. Solamente levantaron atención y risotadas las gracias de un bardo ocurrente que traía un buen repertorio de cancioncillas picantes. Pasada esta última actuación, todo ya fue beber, fanfarronear, ceder a la impudicia, envalentonarse y discutir a voces. El conde de Urgel se aburrió oyendo hablar a los que acababan contando las historias de siempre.

Junto a la única hoguera chisporroteante, en un extremo del patio, estaba el Llop completamente borracho, rodeado de sus incondicionales y soltando una balbuciente perorata de la que apenas podía entenderse nada. Miró a Armengol compungido, lloroso, y extendió hacia él los brazos, musitando palabras incomprensibles en medio de bufidos y exhalaciones de vapores alcohólicos. El joven conde se acercó y tuvo que soportar un abrazo opresivo que le dejó sin aliento e impregnado de sudor, mientras el Llop balbuceaba en su oído:

—Vamos a por ellos… A por ellos, mi señor… Vamos a darles a los cochinos moros lo que se merecen… ¿No es hora ya de tomarse venganza? Vamos a por ellos, que se me va la vida… Que me hago un viejo y añoro el aroma de la guerra…

Después de decir esto, sollozó con desesperación, apoyando la cabeza en el hombro del joven conde y estrechando todavía más el abrazo.

Armengol se apartó de él como pudo, paseando a la vez la mirada por los que los rodeaban. Eran todos hombres rudos, terribles, que sonreían en medio de su borrachera, con aire de crueldad y avidez, como si en sus caras y expresiones prolongaran el deseo y la pregunta del Llop.

Entre ellos estaba el conde de Pallars, que se acercó tambaleándose y diciendo:

—No vamos a estar esperando a que se nos vengan a las barbas… ¡No somos cobardes! ¡Hay que ir a ellos!

—¡Eso! ¡A ellos! ¡A ellos de una vez! —gritaron los demás.

Armengol hizo un gesto con las manos, como pidiendo calma para hablar, sintiendo que debía complacerlos. Así que, al final, acabó sentenciando:

—Sí, se irá, ¡iremos a los moros!

—¿Cuándo? Dinos, ¿cuándo se irá? —le preguntaron con exigencia.

—Se irá cuando llegue el momento —contestó Armengol—. Y ese momento llegará tarde o temprano.

Al oírle decir aquello, el Llop levantó hacia él sus ojos compungidos y arrasados en lágrimas, le rodeó de nuevo con sus gruesos brazos y empezó a besarle en las mejillas.

Los otros aprovecharon para repartir más vino y brindaron una vez más, exaltados.

Armengol también bebió, pero comprendió que aquella situación era comprometida y que debía retirarse ya.

—He de irme —se excusó—. Dentro de solo unas horas tengo que almorzar en la tienda de campaña del conde de Barcelona, mi hermano, para celebrar el día de Sant Jaume. Casi amanece ya y debo descansar...

Ellos le abrazaban y le palmeaban la espalda y los hombros, encantados porque se hubiera manifestado dispuesto a cumplir con sus deseos. A duras penas pudo Armengol separarse.

Cuando salía del castillo era ya de madrugada y el crepúsculo dejaba crecer una bellísima luz ambarina al fondo del valle. Al punto le asaltó una vez más el fogonazo del recuerdo de Riquilda, indiferente y huidiza, que le dejó trastornado. Desde que se marchó sin dar explicación alguna, a él se le fueron las ganas de fiesta. ¿Por qué se había comportado ella de esa manera? ¿Por qué no manifestó ninguna alegría ni sentimiento al reencontrarse con él? ¿No quedaba nada del amor que le había manifestado durante la última noche que estuvieron juntos en Castellbó? El extraño comportamiento de su amada le tenía completamente desconcertado.

Caminaba por la pendiente en dirección al campamento, absorto en sus cavilaciones, con la pesadez y la torpeza que causaba en él todo lo que había bebido. Sorteaba los pedruscos del sendero y daba algún que otro traspié. Al percibir los aromas húmedos del crepúsculo, en aquella preciosa claridad, le embargó un súbito ahogo, como un impulso, un amago de llanto...

Pasadas las pequeñas cabañas en las que roncaban los hombres, un par de perros le ladraron. Los caballos se agitaron. En algún lugar sonaba una flauta y alguien cantaba en voz baja.

El sol hacía brillar el impresionante estandarte de sant Jaume, de seda azul y bordados en oro, que estaba colgado fuera de la gran tienda del conde de Barcelona. Se acercó hacia esa parte del campamento por no tener mejor lugar adonde ir. No mintió al decir como excusa que estaba citado con su hermano Ramón Borrell, aunque el encuentro estaba fijado para la hora del almuerzo y era una mera reunión informal.

No tenía ningunas ganas de irse a acostar, sabiendo que su congoja no le iba a dejar dormir. La música le hizo suponer que continuaría la fiesta allí y que sería bien recibido por su hermano y los invitados que estuvieran con él. O que quizá, si después se quedaban a solas, pudieran hablar de hermano a hermano con afecto y sinceridad. Pero, cuando hizo ademán de entrar en la tienda, enseguida fue hacia él uno de los mayordomos y, visiblemente apurado, le advirtió:

—Señor, te ruego que no entres... Mi amo está en compañía de su esposa...

Armengol se quedó allí parado, estupefacto y avergonzado. Luego dio media vuelta y se marchó por donde había llegado, sintiendo que se acentuaba su desazón. Pensó en la bellísima Ermesenda de Carcasona, su cuñada, y sintió una cierta envidia de su hermano. Todo el mundo tenía derecho a expresar sus amores en la fogosidad que envolvía aquellos días veraniegos de los campamentos. Mientras que él había sido rechazado, sin motivo ni explicación alguna, por la mujer que encendía su deseo hasta el punto de hacerle perder la razón.

# 49

*Campamento provisional del vizconde Guillem de Castellbó, riera de Vallfogona, 25 de julio, año 997*

Cuando apenas había amanecido, Riquilda seguía tendida en el lecho al lado de su primo. Un vivo rayo de sol comenzó a penetrar por la abertura de la tienda. Ella había despertado hacía un rato y no se movió para no perturbar el descanso de su amado primo. Pero enseguida comprendió que era una verdadera temeridad permanecer allí a esa hora y que debía marcharse cuanto antes. Entonces, con voz suave, dijo:

—Blai, Blai...

El muchacho se removió antes de abrir los ojos y percibió el aroma familiar de la joven, mezclado con el olor del polvo, y acudió a su mente el recuerdo fugaz de lo que había sucedido durante la noche. Luego le asaltó vagamente la idea de que todo aquello había sido una locura, pero ese sentimiento huyó de su cabeza con la misma desidia con que se había presentado. Con los párpados todavía entrecerrados, contempló durante un momento el blanco vientre que estaba a su lado, con aquella sombra cubriendo el pubis, y a la luz del día se le antojó una visión un tanto extraña, aunque también más deseable. La rodeó con sus brazos y empezó a besarla. Pero ella se revolvió con ansiedad, rezongando:

—Blai, Blai, no, no… ¡Debo irme ya!

Él trataba de sujetarla, sin dejarle que buscara sus ropas entre los pliegues del cobertor. Y Riquilda protestaba:

—¡Suéltame!… ¿Te has vuelto loco? Mira qué hora es ya… ¡Debo irme!

Estaban todavía forcejeando, cuando de repente se agitó la cortina de la entrada y una voz angustiada, desgarrada, masculló:

—¡Virgen santa!… ¡No…! ¡Dios mío…! ¡Y el santo día de Sant Jaume!

Ambos se volvieron y se encontraron con la mirada atormentada de la vizcondesa Sancha, cuya cabeza asomaba por la abertura a contraluz.

—¿Qué haces tú ahí mirando, madre? —le gritó Riquilda con rabia—. ¡Fuera!… ¡Déjame en paz! ¡Vete!

265

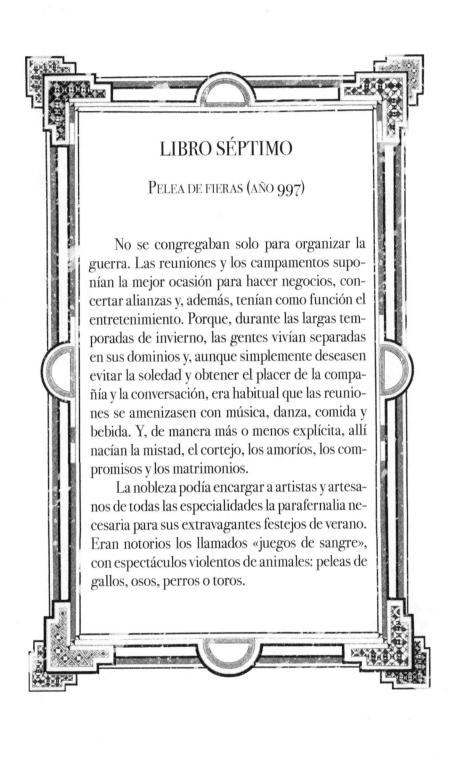

# LIBRO SÉPTIMO

### PELEA DE FIERAS (AÑO 997)

No se congregaban solo para organizar la guerra. Las reuniones y los campamentos suponían la mejor ocasión para hacer negocios, concertar alianzas y, además, tenían como función el entretenimiento. Porque, durante las largas temporadas de invierno, las gentes vivían separadas en sus dominios y, aunque simplemente deseasen evitar la soledad y obtener el placer de la compañía y la conversación, era habitual que las reuniones se amenizasen con música, danza, comida y bebida. Y, de manera más o menos explícita, allí nacían la mistad, el cortejo, los amoríos, los compromisos y los matrimonios.

La nobleza podía encargar a artistas y artesanos de todas las especialidades la parafernalia necesaria para sus extravagantes festejos de verano. Eran notorios los llamados «juegos de sangre», con espectáculos violentos de animales: peleas de gallos, osos, perros o toros.

# 50

*Campamento del conde de Barcelona, riera de Vallfogona, 25 de julio, año 997*

A la hora del almuerzo, Armengol llegaba frente a la tienda de su hermano y, para sorpresa suya, se encontró la puerta abarrotada de gente. Estaba cansado por el ajetreo de la noche anterior y eso acentuó su mal humor, puesto que pensaba que iba a tratarse de un encuentro privado. No tenía ganas de saludos ni de un concurrido banquete. Se detuvo a distancia y vaciló, a punto de darse media vuelta para no presentarse. Pero los señores que se arracimaban en el exterior, hablando animadamente, como esperando que se les concediera la venia de entrar, advirtieron su llegada y empezaron a saludarle con inclinaciones de cabeza y palabras respetuosas. No le quedó otro remedio que hacerse presente. Caminó con decisión e hizo ademán de apartar la cortina para pasar al interior, cuando le salió al paso el conde Oliba, con el rostro sobresaltado, en medio de la expectación de los demás, y le dijo suavemente:

—Primo, ha ocurrido algo extraordinario y del todo inesperado.

Armengol puso en él una mirada aturdida e interrogante. De nuevo trató de atravesar la cortina con la intención de entrar, pero su primo le retuvo, añadiendo:

—Anoche llegó al campamento el vizconde de Barcelona, Udalard, acompañado por el abad de San Cugat del Vallés. Han traído consigo una sorprendente noticia que acababan de recibir antes de emprender el viaje hasta aquí. Según han sabido, el rey de los francos, Roberto, ha sido excomulgado por el papa de Roma.

—¡Eso no puede ser! —exclamó Armengol, llevándose las manos a la cabeza—. ¿Quién puede haber difundido una patraña tan grande?

—Eso mismo hemos pensado todos al saberlo —contestó Oliba—. Creímos que se trataba de un embuste... Pero no hay duda posible al respecto. Es verdad lo que acabo de decirte: el papa ha excomulgado al rey Roberto de los francos. Un correo del embajador del conde de Barcelona en París trajo una carta para comunicarlo oficialmente. A estas alturas toda la cristiandad debe de estar ya informada de tan terrible hecho. El mismo embajador que tu hermano tenía en París viene de camino, cruzando las montañas, pues ha de regresar a Barcelona. La excomunión supone, entre muchas otras consecuencias, que ningún reino cristiano puede tener relaciones ni alianzas con el rey de los francos.

Armengol permanecía estupefacto, pendiente de estas explicaciones que le daba su primo en tono grave. Y este, señalando la puerta de la tienda, añadió:

—Entra y podrás enterarte mejor de todo. Tu hermano está reunido con los obispos y abades para tratar sobre el asunto. Yo voy a comunicarle la noticia a los míos.

Nada más pasar al interior, Armengol se topó de frente con el abad de San Cugat del Vallés, Odón, a quien no veía desde hacía tres años, y se quedó sobrecogido, quieto, sosteniendo su mirada. El abad era ciertamente un monje de imponente presencia: alto, grandioso, radiante, aun con el oscuro y austero hábito benedictino; tenía la quijada dura, los labios gruesos, los ojos con las cejas salientes. La expresión del rostro era obstinada y al mismo tiempo inteligente.

—¡Conde Armengol de Urgel! —exclamó con exaltación al verle aparecer, como si le estuviera esperando—. ¡Hijo de Borrell II, el Grande! ¡Dios tenga en su gloria a vuestro preclaro padre, el más valeroso y noble, mi amado conde de Barcelona! ¡Ahora por fin le ha llegado su castigo a los Capetos! ¡Esos traidores! ¡Fuera de la santa Iglesia los que nos dejaron a merced de las patas de los caballos de Almansur! ¡Se lo tienen merecido! ¡Purguen sus muchos pecados esos francos soberbios y porfiados!

Mientras profería estas imprecaciones, se movía con violencia, casi con rabia, dirigiendo su mirada penetrante ora al conde de Urgel, ora a su hermano, el de Barcelona.

Armengol se fue hacia él, se inclinó y le besó la mano con afecto y veneración. Porque Odón, además de abad del gran monasterio de San Cugat del Vallés, era obispo de Gerona. Su figura despertaba en todas partes admiración y respeto, no ya solo por su natural inteligencia, por el poderío que emanaba el conjunto de su estampa, por su voz potente, sus palabras y su temperamento brioso, sino porque tiempo atrás, en julio del año 985, cuando Almansur atacó el condado de Barcelona, se comportó como un auténtico héroe. Las tropas sarracenas avanzaban destruyéndolo todo a su paso, ensañándose con los monasterios e iglesias, incendiando, saqueando y asesinando con crueldad a los monjes y sacerdotes. Por entonces el abad de San Cugat del Vallés era un anciano llamado Juan, el cual, alertado del rápido avance de los moros, dispuso que una parte de la comunidad monástica fuera a refugiarse a Barcelona, llevando consigo cuanto de mayor valor pudieran cargar. Mientras llegaban refuerzos, él permanecería defendiendo la abadía, al frente de los voluntarios que decidieran quedarse. Un buen número de monjes jóvenes, unidos a una tropa de vecinos, decidió afrontar la defensa. La hueste de invasores no tardó en aparecer rodeando las murallas, que no eran demasiado poderosas. Acabaron asaltándolas y penetraron entablando lucha con los defensores. El anciano abad Juan fue herido mortalmente en el pecho por una saeta, pero, antes de expirar, ordenó a los monjes supervivientes que huyeran, viendo que todo estaba perdido. Al frente de ellos, batiéndose en retirada, iba el valeroso Odón. Consiguieron atravesar los bosques, que conocían bien, y ponerse a salvo en Barcelona, donde se unieron al conde Borrell para defenderla. Pero el ímpetu de las fuerzas sarracenas era incontenible. No pudieron evitar el desastre y de nuevo tuvieron que huir.

Pasado el tiempo, cuando el conde regresó para reconstruir la ciudad, Odón fue elegido nuevo abad y asumió la tarea de rehabilitar San Cugat. Su gran determinación y sus dotes para ejercer la autoridad favorecieron una rápida restauración y repoblación del monasterio. A partir de entonces, Odón formó parte de la curia de los condes de Barcelona y pasó a ser uno de los consejeros de su máxima confianza. Hacía ya dos años desde que fue nombrado obispo de Gerona, sin dejar de ser abad, y no abandonó su empeño en la construcción de una nueva iglesia, un claustro y el campanario que los sarracenos destruyeron.

Los hijos del conde Borrell le admiraban desde siempre y habían heredado el afecto que le tuvo su padre. Armengol estaba emocionado al verle allí, ya que no se esperaba que acudiera a los campamentos. Después de besarle la mano, le abrazó con cariño, como si fuera un pariente querido, diciéndole:

—¡Dios te bendiga, honorable abad! ¡Siempre eres bienvenido entre nosotros!

Acto seguido, el conde de Urgel se fue a saludar al vizconde Udalard de Barcelona, su cuñado, casado con su hermana Riquilda, en cuyo honor el Llop había bautizado con el mismo nombre a su hija. Udalard era un hombre ya de cierta edad, en cuyos gestos, en la expresión calmada y severa del rostro y en aquella mirada suya, honesta y derecha, se hacía patente la huella común de una clara tradición de autogobierno, de organización y de sacrificio. Los ojos fijos, la barba larga, blanca, firme; gruesas lágrimas le corrían por el rostro cubierto de arrugas. Se acercó a Armengol y le abrazó trémulamente, diciéndole con emoción:

—Al fin el Altísimo ha hecho justicia, cuñado. Ahora están pagando los Capetos traidores. No se comportaron como buenos cristianos con nosotros y este es el castigo de su culpa. ¡Dios sea loado!

Esto dijo con tanto sentimiento porque tenía motivos suficientes para ello. Porque, en aquel aciago año 985, cuando llegaron noticias de que los ejércitos de Almansur se acercaban, el conde Borrell II les encomendó al vizconde y al arcediano Arnulfo la defensa de Barcelona, mientras él iba al norte en busca de refuerzos. Asaltada la ciudad, los moros hicieron muchos prisioneros para llevarlos a Córdoba, entre ellos al propio Udalard. Cinco largos años duró su cautiverio, hasta que su hermano Geribert pagó el rescate exigido y fue liberado. Por eso estaba resentido contra los francos; como muchos barceloneses, los hacían responsables de su desgracia, puesto que nunca acudieron en socorro de Barcelona. En sus palabras vibraba como una especie de amarga y recia remembranza. Casi les reprochaba a los reyes francos el mismo hecho de que Almansur hubiera ido a causar tantos males, y que al mismo tiempo mostraran la más absoluta incomprensión de los beneficios que el condado de Barcelona les reportaba con su sacrificio, sirviendo de parapeto a los sarracenos en aquella y en tantas otras ocasiones.

—Tal vez ellos nos dejaron en la brecha para que fuéramos destruidos. Tal vez albergaban sus corazones la infame codicia de hacerse con nuestros dominios pronto, cuando los sarracenos se hubieran marchado. Todo se acaba pagando, más tarde o más temprano. Y la traición nunca queda impune… Nosotros fuimos valerosos, fieles, abnegados… Ellos nos dejaron en la brecha… ¡Pagan ahora como corresponde a sus pecados! ¡Roma ha hecho justicia!

Era un militar que hablaba con aquella inteligencia afectuosa que nace de la vida común, y de la común simplicidad con todos, ya fueran condes o simples oficiales, acostumbrado a tratar con los que afrontan la guerra y la muerte como género de vida. Y mientras hablaba, parecía casi que lloraba. Era el recuerdo tal vez de sus penurias, de la tensión nerviosa, y la fijeza de aquella mirada aguda y helada lo que le exprimía las lágrimas de los ojos. No era debilidad en absoluto aquella especie de llanto silencioso, sino llanto viril, que tenía algo de extraordinario, de misterioso, de conmovedor para los que le estaban escuchando.

El conde de Barcelona, en cambio, era apenas un hombre de veinticinco años, de rostro todavía juvenil, de ojo profundo y claro; hablaba, reía y se movía con una seca e inocente elegancia. El parecido entre Armengol y él era tan acentuado que incluso podrían pasar por gemelos. Ambos hermanos se abrazaron, compartiendo la felicidad y la emoción que sentían al haber sabido la noticia. La afrenta que recibió el abnegado conde Borrell, su padre, abandonado a su suerte por el rey franco, era reparada por fin.

Después, Ramón Borrell se volvió hacia los presentes y sentenció, juicioso y conmovido:

—Ahora ya sí que no podemos ni debemos esperar ayuda alguna del rey de los francos. Si vinieran los moros, si se nos echaran pronto encima, tendríamos que valérnoslas por nosotros mismos.

—¡Así lo ha querido Dios! —apostilló el abad Odón.

—¡Loado sea! —exclamó Udalard—. ¡Sus razones tendrá! Será tal vez porque nos quiere libres y no vasallos.


# 51

*Campamento provisional del vizconde Guillem de Castellbó, riera de Vallfogona, 25 de julio, año 997*

—No lo puedo comprender... —sollozaba con desesperación la vizcondesa Sancha, con los ojos arrasados en lágrimas y puestos en la cara de su hija—. ¡No puedo comprender que estés tan loca!

Riquilda prefirió guardar silencio, de tanta vergüenza y rabia como sentía ante la amarga verdad. Con la cabeza gacha, se miraba las manos, tratando de mostrar una indiferencia y una frialdad que de ninguna manera sentía.

—¡Al menos habla! ¡Dime algo! —le gritó la madre, encarándose con ella, roja de indignación—. ¡¿Cómo se te ha ocurrido hacer una cosa así?! ¡Loca! ¡Inconsciente! ¡Qué vergüenza, Dios mío! ¡Qué vergüenza! ¡Y en el bendito día de Sant Jaume!...

Riquilda levantó los ojos hacia ella y respondió con incomodidad:

—El primo me gusta, me gusta mucho... Creo que estoy enamorada de él...

—¿¡Enamorada?! ¡Zorra! ¡Eso es lo que tú eres, una zorra!

La joven clavó en su madre una mirada cargada de ira y soberbia. Tenía fruncidos los labios y resoplaba por la nariz, sin arredrarse ni ruborizarse ante estos insultos.

La vizcondesa escrutaba su rostro. Leía en él tanto lo visible como lo invisible.

—Ya me lo imaginaba yo —prosiguió con voz quejumbrosa—. ¡Me asombro yo misma por lo lista que soy! Pienso una cosa y... ¡Y luego pasa!

Las lágrimas ahogaron su voz... Parecía que estaba a punto de desfallecer en medio de la angustia que la embargaba. Empezó a dar vueltas por la tienda de campaña, mientras repetía, elevando todavía más la voz:

—Me lo imaginaba... Me lo imaginaba... ¡Y cómo no me lo iba a imaginar! Desde que llegó mi pariente al castillo, le mirabas con unos ojos que parecía que te lo querías comer... ¡Caprichosa! ¡Zorra! ¡Eso es lo que tú eres, una zorra!

Riquilda se fue hacia ella, enojada, diciendo:

—¡Chis! ¡No grites, madre! Baja la voz, que vas a enterar a todo el campamento.

La vizcondesa se volvió con el rostro encendido de ira y empezó a abofetearla, espetándole:

—¡No mandes callar a tu madre! ¡No me faltes el respeto! Para eso te pusiste el dichoso vestido encarnado, ¿verdad? ¡Era para eso! Para encender de deseo al primo Blai... Y yo que pensaba que lo habías hecho para complacer al conde... ¡Yo a ti te mato!

La joven, que era más alta y fuerte que su madre, la agarró por las muñecas, diciéndole:

—¡No me pegues! No te lo voy a consentir...

—Ah, ¿no? —rugía Sancha—. ¡Zorra! ¡Más que zorra!... ¡Que eres una caprichosa!... ¿No te gustaba acaso el conde? ¿No te metiste con él en la cama? ¡Dios mío! ¡Estás loca! ¡Ay si lo supiera tu padre! Ay, si llegara a enterarse... ¡Y el conde!... ¡Ay, si le va alguien con el cuento al conde Armengol! Se echaría todo a perder… Ya ni siquiera te miraría a la cara. ¿Cómo no has pensado en eso? ¡Cabeza loca! ¡Con la suerte que tienes! Tú no sabes nada de la vida. ¡Con lo que supone que te ame todo un conde de Urgel! ¿No te das cuenta de lo que es eso? Si llegaras a casarte con él emparentaríamos nada menos que con Wifredo el Velloso. ¡Nuestros herederos llevarían su sangre! ¿Qué más podrías esperar ya de la vida? ¡Es lo máximo! ¡Sería maravilloso!

Entonces Riquilda suspiró y al fin también rompió a llorar, vencida por la situación. Anduvo tambaleándose hacia el jergón y se dejó caer en él boca abajo.

—¿Ahora lloras? —le dijo su madre, con la voz entrecortada por los sollozos—. ¡Insensata! ¡Llora, llora, llora…!

Estuvieron así las dos durante un largo rato, gimoteando y lloriqueando, ajenas la una a la otra. Pero al cabo la vizcondesa fue a sentarse junto a su hija, más calmada, y diciendo:

—Qué locura… Dios mío, qué desastre… ¡Maldita la hora en que nos dio por venir a los campamentos! Este año no deberíamos haber venido… Si ya lo decía yo… Tuve un presentimiento… No, este año no tenía yo ningunas ganas de venir… ¡Si es que soy adivina! ¡Maldita sea! Y me aterra solo pensar que os haya podido ver alguien… ¡Con lo mala que es la gente!

Riquilda se incorporó y la miró con los ojos desbordando lágrimas ardientes, la respiración jadeante, murmurando con un timbre alterado en la voz:

—¿Ahora me dices eso, madre? ¿Ahora me vienes con esas? ¿No te acuerdas ya de lo que me dijisteis el día que vinimos a los campamentos? ¿Se te ha olvidado lo que estuvimos hablando mientras preparábamos el pabellón? La anciana Ludberga y tú me pusisteis encendida la sangre contándome fantasías de amoríos… Incluso llegué a pensar que también vosotras hacíais lo que os daba la gana en vuestra época. Eso me pareció, por las cosas que decíais. Y Ludberga, para colmo, me dijo que por ahí, muy cerca, seguramente andaba el joven de mis sueños… Pues sí que andaba por ahí, y mucho más cerca de lo que podíais imaginaros la vieja y tú…

—¡Sí! ¡Y te pusiste el vestido encarnado! —contestó la madre con aire insensible.

Riquilda entonces la miró desde un abismo de tristeza y exclamó, desconsolada:

—¡Qué dura eres, madre! ¡Qué dura eres conmigo!

La vizcondesa sostuvo aquella mirada y las lágrimas la anegaron de nuevo. Se estremeció visiblemente… No obstante, se dominó, temiendo dejarse enternecer y empujar definitivamente a su hija a la perdición.

—Está bien, hija —dijo en un tono que disimulaba sus sentimientos reales—, está bien… No quiero seguir discutiendo ni un solo instante más sobre algo que ya no tiene remedio… Ahora lo único que me preocupa es que te puedas quedar encinta… ¡Eso sería un desastre!

Riquilda se echó a reír de repente, roja como una granada. Se frotó la barriga y contestó:

—Te aseguro, madre, que eso no va a pasar…

Su madre le lanzó una mirada interrogante e incrédula. Y la muchacha suspiró, repitiendo:

—No, eso no va a pasar…

—¿Y qué sabrás tú de la vida, tonta? Si te acuestas con un hombre, te puedes quedar encinta… ¿Cómo dices que lo sabes?

La joven se echó a reír de nuevo y respondió con una voz teñida de picardía:

—Lo sé, porque lo sé… No soy tan ignorante como piensas, madre. Nos metimos juntos en la cama, pero no dejé que el primo Blai hiciera nada dentro de mí… Ya sabrás tú a lo que me refiero…

La vizcondesa se enderezó, en un arrebato de auténtica sorpresa. Hubo después un rato de silencio en el que las dos se estuvieron mirando.

Luego la madre sintió de nuevo que se le empañaban los ojos, y murmuró con verdadero sentimiento:

—Menos mal, hija mía, menos mal…

Al verla reaccionar así, Riquilda se puso muy contenta, la miró con una sombra de malicia en los ojos y susurró sonriendo:

—Seré zorra, madre, pero de tonta nada…

Acabaron abrazándose. La madre acariciaba a su hija con ternura y, entre beso y beso, le decía:

—Este es tu destino, hija… ¿Qué le vamos a hacer?… No estás más que en el umbral de tu juventud… Y Dios te ha hecho tan bonita que… En fin, hija mía, ya sabemos que ser bella es un peligro… Un peligro que no tenemos las feas… Te lo dice tu madre, que de eso sabe lo suyo…

La muchacha se sintió mecida al son de estas cariñosas palabras. Luego miró con amor a su madre y murmuró:

—Madre, tú no eres fea.

La vizcondesa soltó una sonora carcajada y contestó con voz quejumbrosa:

—Hay espejos, hija, por desgracia, hay espejos…

Se abrazaron de nuevo, riendo. Y luego Sancha, mirando a su hija dulcemente, le tomó la mano y se la llevó al corazón, diciendo:

—Comprendo que eres joven y demasiado bella. Como acabo de decirte, no estás más que en el umbral de tu juventud. Soluciones no van a faltar… Dios puede dar satisfacción a tus deseos más queridos… ¡Y compensar también los deseos de tu padre! Ya pensaremos en algo…

Riquilda no supo qué decir a esto y se refugió en el silencio. Las palabras de su madre le supieron a gloria y las dos se sintieron embriagadas de dulzura.

La vizcondesa prosiguió, ebria de ternura:

—¡Y este pariente nuestro! Este dichoso Blai nos ha robado a todos el corazón… También yo le amé desde el primer instante que le vi… ¡Es tan, tan…! ¡Es una divinidad! Y esa dulzura de sus ojos… ¿Cómo no te voy a comprender, hija de mi vida?

La joven alzó hacia ella la cabeza y puso cara de obstinación, frunciendo las cejas y diciendo:

—Estoy loca, loca por el primo… Y no me casaré con Armengol.

—Bueno, bueno… Eres joven, hija. No hables de manera tan terminante, porque luego la vida pone las cosas en su sitio…

—¡No me obliguéis! Como mi padre se empeñe… Como se le ocurra obligarme…

Sancha miró a su hija a la cara, sonrió forzadamente y dijo:

—Una mujer joven de tu condición debe hacer lo más conveniente para su familia y para ordenar su vida pensando en el futuro…

—¿En el futuro?… No veo más futuro que vivir con Blai.

—Calla, hija, calla… No exageremos. Yo no te digo que no a eso, y no es descabellado… Pero antes puedes considerar otras opciones…

Riquilda negó con la cabeza, se dibujó en su bonita cara una sonrisa maliciosa y contestó con socarronería:

—¿Otras opciones?… ¿Te refieres al hijo de Lleonard de Sort? ¿Estás hablándome de Rumoldo? Antes que casarme con ese saco de sebo me echo al monte y me voy a tierra de moros… ¡Y no me volvéis a ver en vuestra vida!

# 52

*Campamento del conde de Barcelona, riera de Vallfogona, 25 de julio, año 997*

Cuando sirvieron el almuerzo en la tienda del conde de Barcelona, ya solo estaban allí Ramón Borrell, su hermano Armengol, el abad Odón y el vizconde Udalard. No se permitió que permaneciera siquiera alguno de los criados de confianza. Los cuatro magnates deseaban estar en un ambiente de absoluta intimidad. Y de esta manera, sin testigos inoportunos, comían, bebían y conversaban amistosamente, con tanta confidencia y seguridad como si fueran miembros de una misma familia. Y en cierto modo lo eran, ya que aquellos cuatro hombres se conocían desde siempre; habían pasado la mayor parte de sus vidas en el entorno de la corte de Barcelona, habitando en lugares comunes y siguiendo a los condes en sus desplazamientos.

El abad de San Cugat había tomado la palabra y estaba dando explicaciones con su habitual elocuencia:

—¡Ah, si pudiera salir de su tumba Hugo Capeto! ¡Ay, si viera a su hijo excomulgado por el papa! Pero a buen seguro estará purgando sus muchos pecados y no le han de dar licencia para ver lo que pasa en este mundo mezquino… Porque si al menos hubiera castigado Roma al hijo por ser tan codicioso como el padre… Pero… ¡qué vergüenza! Le han excomulgado por entregarse a los vicios de la carne… ¡Qué grosería! Por sus más bajas pasiones… Hicimos bien en no acudir ninguno a su coronación. Ahora seríamos vasallos de un excomulgado.

Después de decir esto, se echó a reír, con una risa sonora y maliciosa.

Los hermanos Ramón Borrell y Armengol estaban pendientes de lo que decía, estupefactos, completamente arrobados por el ardor de su mirada, por su temperamento enérgico y por lo sorprendente de lo que les estaba contando: que Hugo Capeto, fundador de la dinastía que llevaba su apellido, estaría removiéndose en su sepultura al saber que su hijo Roberto II, su sucesor en el trono, educado religiosamente en Reims, y que se presentaba a sus súbditos como un hombre piadoso, había sido excomulgado por el papa por adúltero.

—¿Por adulterio?… —preguntó en un susurro Armengol, aunque

lo había oído perfectamente. Pero parecía oírlo por primera vez, pues su cara de rasgos juveniles tenía una expresión un tanto inocente.

—¡Sí, por adúltero! —ratificó Odón—. Por público, notorio y vergonzoso adulterio. Es decir, el castigo no ha sido por todas las maniobras sucias que ha hecho con miras a engrandecer su reducido reino, sino por atentar contra el legítimo matrimonio canónico, ya que estaba casado con Rosala, viuda del conde de Flandes, Arnolfo III, e hija de Berengario de Italia; pero todo el mundo sabía que siempre permaneció unido a su amante, doña Berta, esposa del conde Eudis I de Blois, Chartres y Tours, que además era prima suya. Y no se conformó con un simple amancebamiento, lo cual no hubiera ido más allá de ser un pecado mortal, sino que acabó repudiando a la legítima esposa y contrajo matrimonio con la ilegítima, al quedar viuda en el año pasado. El arzobispo de Reims bendijo públicamente esta unión adulterina. Pero no se salieron con la suya. ¡Qué escándalo hubiera sido para el pueblo cristiano fiel! La denuncia llegó a Roma y el papa Gregorio V anuló el matrimonio fraudulento, entre otras cosas por los vínculos consanguíneos que existían entre ambos esposos… Pero el contumaz Roberto II siguió conviviendo con Berta en público y notorio adulterio, con las bendiciones del arzobispo de Reims. Así que el papa acabó por excomulgar tanto al rey como al arzobispo y a todos los asistentes a la boda espuria. ¡Excomulgados todos y bien excomulgados! ¡Como manda Dios! ¡Vayan a los infiernos y allá penen sus culpas!

Después de dar todas estas explicaciones, el abad Odón se quedó sonriendo con expresión triunfal y satisfecha.

—¡Como manda Dios! —repitió para dar aún mayor fuerza a sus palabras—. ¡Así ha de ser! No iban a salirse con la suya…

Ramón Borrell suspiró, levantó la cabeza y sentenció:

—Por adúlteros y por traidores. La justicia de Dios es perfecta y llega cuando tiene que llegar. No cuando nosotros queremos, sino cuando Él dispone. Hugo Capeto traicionó a nuestro padre y pagan su pecado.

—Muy bien dicho —revalidó el abad estas palabras, dándole unas familiares palmaditas en el hombro.

Continuaban almorzando y charlando, cuando entró uno de los mayordomos del conde de Barcelona para avisar de que un importante señor se había presentado en la puerta y esperaba ser recibido.

—Ordené que no fuéramos molestados durante el almuerzo —protestó Ramón Borrell, molesto por aquella interrupción.

—Sí, mi señor —se excusó el mayordomo—, pero él ha insistido y, dada la hora que es, he supuesto que ya habríais terminado de almorzar.

—¿Quién es? —preguntó el conde de Barcelona.

—Se ha presentado a mí como veguer de Olérdola, servidor del vizconde Udalard. Dice que su amo le dio permiso para venir esta tarde a plantear a los condes un asunto de su incumbencia.

Ramón Borrell miró al vizconde, esperando una explicación, y este, llevándose la mano a la cabeza, manifestó:

—¡Demonios, se me había olvidado! Se trata de Laurean, fiel siervo mío, que gobierna en mi nombre Olérdola y los puertos de la costa tarraconense. Es un hombre muy cumplidor, estricto, constante y riguroso en lo que a las leyes se refiere... Si bien, por otra parte, es de temperamento desabrido y un tanto desagradable. Pero viene insistiendo desde hace días con cierto pleito que mantiene con el vizconde de Castellbó, a quien llaman el Llop.

Mientras decía esto último, Udalard lanzó una mirada al conde Armengol, por deferencia, a sabiendas de que mencionaba a un súbdito suyo, y añadió:

—Al parecer hay un joven del linaje de los de Adrall, pariente de la vizcondesa Sancha, esposa del Llop, que se fugó de Cubellas... y que por lo visto me debe vasallaje a mí, por ser aquello dominio del vizcondado... En fin, considero que será mejor que pase el veguer de Olérdola y lo explique él.

—Está bien, dile que entre —le ordenó Ramón Borrell al mayordomo, aunque seguía un tanto contrariado por haberle chafado la amigable reunión.

Pasó al interior el veguer de Olérdola y se dobló en una reverencia hasta casi tocar el suelo con la cabeza. Era un hombre muy menudo, chupado, íntegramente vestido de negro con una túnica larga hasta los pies; la expresión agria y unos ojos oscuros y firmes, en medio de su tez cenicienta en la cara de rasgos afilados. La espada que le pendía del cinto le rozaba el empeine de los pies.

—Ya puedes enderezarte, veguer —le autorizó su amo Udalard—. Te doy licencia para que plantees tu queja a los señores condes.

Laurean, paseando sus negros y fríos ojos por los que estaban allí sentados, y fijándolos especialmente en Armengol, expuso contenido:

—Llegué a este quinto campamento el pasado miércoles con la hueste de mi amo y señor, el vizconde Udalard, aquí presente. No habían pasado dos días desde que levanté mi tienda de campaña, cuando se presentó en mi puerta el vizconde Guillem de Castellbó, conocido por todos como el Llop. Venía muy seguro de sí, con arrogancia y dispuesto a hablar poco. Sin mediar saludo previo ni palabra alguna de cortesía, me manifestó que estaba en sus dominios y sujeto a su autoridad un joven, llamado Blai de Adrall, sobrino de su esposa Sancha y del linaje de Estamariu, castillo del Urgellet. Luego dijo que ese muchacho, de edad de diecisiete años, se iba a quedar sometido a él como miembro de su mesnada. Yo le contesté que eso no podía ser, pues ese tal Blai, siendo pariente de su señora esposa, no dejaba por ello de ser nieto de Gilabert de Adrall, gobernador del castillo de Cubellas, y por lo tanto subordinado mío y vasallo del vizconde de Barcelona, mi señor Udalard, aquí presente.

Armengol y Udalard se miraron entre sí, con cierto aire de indiferencia en sus expresiones, lo cual no pasó desapercibido a la natural suspicacia del veguer Laurean, que se apresuró a añadir en tono firme:

—No se trata de un asunto baladí, mis señores. A mí, como comprenderéis, podría no importarme el hecho de que ese joven se adhiera a la mesnada de Guillem el Llop, pero tenemos unas leyes que afectan a la fidelidad de las personas y a los lazos que los unen a sus señores y amos en función de los juramentos de vasallaje. Pues bien, después de la desgracia de Barcelona, como tantos otros hombres supervivientes de la guerra que revalidaron sus pactos y lealtades, el gobernador Gilabert de Cubellas se arrodilló delante de mi señor el vizconde Udalard, aquí presente, que le sujetaba, como manda la tradición, las manos entre las suyas, y juró *auxilium et consiliumse*, comprometiéndose a guardarle lealtad y no traicionar el vínculo que se establecía entre ellos en aquel momento. Y con tal obligación asumida, fue puesto bajo mis órdenes, pues yo también soy vasallo. Como bien sabéis, mis señores, el vínculo que adquiere el vasallo se extiende hacia los descendientes inmediatos del que rinde homenaje. Y Gilabert de Adrall perdió a toda su descendencia cuando los sarracenos atravesaron la Marca, excepto a su nieto, el muchacho en cuestión, al que crio en Cubellas como si fuera su hijo. Es decir, según nuestro antiguo y buen derecho, Blai de Adrall debe estar a mis órdenes, guardando sumisión de *auxilium et consiliumse* a mi señor y amo el vizconde Udalard de Barcelona. Esta ley es sagrada...

El vizconde suspiró hondamente y manifestó:

—Muchas gracias, veguer, por recordarnos nuestras leyes. Yo comprendo todo lo que has explicado y lo acato. No hace falta que lo diga. Pero, por mi parte, no veo ningún inconveniente en liberar de aquel juramento al nieto del gobernador Gilabert. Si el deseo de ese joven es pasarse a la hueste del Llop, siendo pariente suyo, como dices que es, a mí no me importa que se acceda a ello. Aquí está el conde Armengol de Urgel, que es el señor natural de aquellos dominios; si él acepta el juramento del tal Blai, que se quede ahí.

La cara áspera del veguer Laurean manifestó toda la irritación que sentía ante aquella respuesta. Esperó un momento para recomponerse, y luego contestó, con una inerme sonrisa:

—Eso que dices, mi señor, es del todo lícito entre hombres libres, con el consentimiento del que libera y del que recibe. Pero en este caso no sería justo ni oportuno... No debe pasarse por alto que este joven, Blai de Adrall, abandonó por propia voluntad sus obligaciones; es decir, escapó sencillamente, se fugó sin comparecer ante mí, superior suyo según la ley. No pidió permiso ni dio explicaciones. Cuando murió su abuelo, desapareció. Téngase en cuenta además la circunstancia en que lo hizo, la cual no me queda más remedio que explicar aquí y ahora. Resulta que el gobernador Gilabert, aunque me duela tener que recordarlo, se suicidó, se quitó la vida arrojándose en su castillo a unos leones que lo devoraron...

Después de decir aquello, el veguer se quedó callado, paseando su mirada fría por los rostros de quienes le escuchaban con tanta atención.

Ramón Borrell hizo un gesto de espanto y preguntó:

—¿Lo dices de veras?

—Mi señor —respondió Laurean, mostrándose ofendido—, ¿tengo yo cara de venir con patrañas?

Entonces tomó la palabra el vizconde Udalard para certificar:

—Aunque suene extraño, es del todo cierto lo que dice. Yo lo sé porque fui informado de ello en su momento. Se trata de una historia tan curiosa que os resultará hasta increíble. El pasado año, al final del verano, arribaron al puerto de Cubellas unos extraños barcos sarracenos procedentes de Egipto. Según parece, venían errando su singladura y creyeron que echaban el ancla en las costas del califa de Córdoba. En sus bodegas traían un singular presente que su rey enviaba a Almansur: ¡una pareja de leones! Y como quiera que estaban lejos de la frontera sarracena y se echaba encima el otoño, los abandonaron en la playa y zarparon de vuelta a su país. El gobernador Gilabert se encontró con aquellas fieras en su poder, lo cual suponía un engorro, porque debía alimentarlas y tenerlas bien seguras para que no causaran mal a nadie. Eso debió de agobiarle, pues era ya anciano y además empezaba a faltarle el buen juicio por haber sufrido mucho, como ya hemos dicho. El caso es que acabó arrojándose a los dientes de los leones para acabar con su vida. ¿No es así, veguer?

—Así fue, mi amo —respondió Laurean—. Y estuviera loco o cuerdo el viejo Gilabert de Adrall, obrar de aquella manera, suicidándose y con ello eludiendo sus responsabilidades, constituyó un mal ejemplo para sus subordinados y para todo el pueblo de Cubellas. A lo que vino a sumarse el hecho de que su nieto se diese a la fuga. Por eso he venido a pedir justicia. Si ahora el muchacho se queda en la hueste del Llop, mi autoridad quedará burlada delante de mis hombres. Y no será prudente que ello ocurra, pues quedará en entredicho la legitimidad de nuestra tradición y el valor de los juramentos de sujeción y acatamiento hechos entre caballeros libres.

A estas reflexiones siguió un largo y recogido silencio. Los condes hermanos se miraron, como queriendo compartir un mismo sentimiento: que el veguer de Olérdola tenía razón y que no quedaba más remedio que poner al Llop en su sitio.

Luego tomó la palabra Ramón Borrell y, poniendo sus ojos ahora en el vizconde, sentenció con gravedad:

—El muchacho debe volver a someterse a la autoridad de Olérdola y revalidar el juramento que hizo su abuelo.

Udalard suspiró hondamente y le dijo al veguer:

—Ya lo has oído. Así debe hacerse. Ve al campamento del vizconde de Castellbó y reclama legalmente a Blai de Adrall. Si no lo entregan, tendremos que entablar el pleito conforme manda el antiguo y buen derecho.

—¡Un momento! —dijo Armengol en un tono que revelaba un punto de irritación—. Os estáis olvidando de que está aquí presente el conde de Urgel... El Llop es vasallo mío. Yo me encargaré de solucionar esto de la mejor manera. No vayamos a crear un conflicto por una insignificancia. Y ya sabéis cómo se las gasta Guillem de Castellbó...

—Tienes razón, hermano —asintió el conde de Barcelona.

Entonces Udalard volvió a dirigirse al veguer de Olérdola y le ordenó:

—Aguarda, pues, a que el conde de Urgel haga la gestión. Puedes retirarte.

Se inclinó Laurean hasta casi tocar el suelo con la frente y salió de la tienda.

Pasado un tiempo prudente, el vizconde Udalard musitó, esbozando una media sonrisa llena de ironía:

—Este vasallo mío es leal y abnegado, pero áspero e inoportuno. ¡Me enerva!

Estas palabras rompieron la tensión y los demás soltaron la risa.

—¡Bebamos un trago más! —propuso Ramón Borrell, escanciando con alegría vino en las copas—. ¡Por sant Jaume!

Bebieron intercambiando miradas conciliadoras.

—¡Qué cosas pasan! —observó sonriente y juicioso el abad Odón—. Si uno se deja llevar, está siempre a la gresca. Así que no dejemos que estas pequeñas cosas perturben nuestro ánimo.

Asintieron todos con elocuentes movimientos de cabeza. Y un instante después, alzando las cejas con una expresión de curiosidad, Ramón Borrell le preguntó al vizconde:

—¿Y qué fue de los leones? No me habías contado nada acerca de esa curiosa historia…

Udalard se removió inquieto y murmuró apurado:

—Preferiría no hablar de ello ahora…

Los condes clavaron en él sendas miradas escrutadoras, con idéntica mezcla de contrariedad y deseo. Y Armengol insistió meloso:

—Vamos, dinos qué pasó con los leones. ¡No seas tan reservón! ¿No ves que estamos muertos de curiosidad?

Udalard carraspeó y sonrió, poniéndose un punto ruborizado.

—Preferiría guardarme eso… —respondió a media voz.

Entonces el abad Odón saltó en su ayuda, diciendo con autoridad:

—¡No insistáis, por Dios! ¿No veis que el vizconde no quiere hablar sobre esos leones? Digamos que tiene sus motivos…

# 53

*Campamento provisional del vizconde Guillem de Castellbó, riera de Vallfogona, 25 de julio, año 997*

—¡Sancha! ¿Dónde diablos te metes, esposa? —resonó a lo lejos como un trueno la voz del Llop.

A la vizcondesa se le encogió el corazón. Miró a su hija con la cara despavorida y susurró:

—¡Virgen santa! Tu padre está ahí… ¿Y si se lo han contado ya?

Riquilda clavó en ella una mirada llena de ansiedad, diciendo aterrorizada:

—¡Madre mía! ¡Yo me voy!

—¡No, por Dios! —la retuvo Sancha, agarrándola por la muñeca—. Si te lo encuentras ahí afuera y se da cuenta de que huyes, será peor…

—¡Ay! Y si se lo han contado…

—En ese caso, tendremos que afrontar lo que tenga que venir… Tú sonríe, hija, como si no pasara nada… Que no vea en nuestras caras ningún signo de preocupación… Ese cafre se crecerá si nos ve arredradas. Tú déjamelo a mí. Que yo sé muy bien cómo hay que tratarle…

Los pasos fuertes y decididos crujieron en el exterior de la tienda. Un instante después, el Llop retiró de un manotazo la cortina e irrumpió sulfurado, sudoroso y resoplando. Las miró con ojos de fuego y gritó:

—¡Perro sarnoso! ¡Yo lo mato! ¡Os juro que lo mato!

Riquilda dio un grito y se arrojó a los pies de su padre, rogándole:

—¡No, padre mío! ¡Yo te lo explicaré!

—¡Aparta! —rugió él, echándola a un lado de un empujón—. ¡Aquí no hay nada que explicar! ¡No lo consentiré! ¡Nadie se va a reír de Guillem de Castellbó en su cara! ¡Por algo me llaman el Llop!

La vizcondesa se puso en pie y se encaró con su esposo, roja de ira, gritándole:

—¡Calla, animal! ¡¿Todavía estás borracho?! ¡Te he dicho una y mil veces que no aparezcas dando voces! ¡No somos tus guerreros! ¡Nos has asustado!

Él se quedó quieto, mirándola, cambiando súbitamente la expresión de su rostro. Titubeó y luego contestó en un tono más atenuado:

—Me han puesto de mal humor y me hierve la sangre… Ese mal nacido, puerco e insidioso de Laurean, el veguer de Olérdola… ¡Te juro que lo mato!

—Pero… —balbució la vizcondesa, todavía confundida a la vez que enojada—. ¿Se puede saber qué ha pasado?

—Ese hijo de puta, ese maldito Laurean, veguer de Olérdola, les ha ido a los condes con el cuento de que tu pariente Blai de Adrall tiene que irse a servir al vizconde Udalard, en vez de a mí… Y les ha caldeado la cabeza con no sé qué mandangas de leyes… ¡Ese sabelotodo! ¡Ese redicho! ¡Yo lo mato! ¡Te juro que lo mato! ¿Pues no les ha dicho que el muchacho se ha fugado?… ¡Como si fuera un ladrón! Con lo que ha pasado el pobre siendo esclavo de los condenados sarracenos… ¡Con lo valiente que ha sido fugándose de ellos! Y ahora viene ese cerdo de Laurean a tratarle de cobarde… ¡Maldito hijo de puta! ¡Yo lo mato!

Sancha se le quedó mirando, con los ojos echando chispas por la sorpresa, y permaneció durante un instante pensativa. Pero enseguida se sobrepuso, lanzó un hondo suspiro y preguntó con creciente irritación:

—¿Qué es lo que me estás contando, esposo? ¿Qué es esto que me dices? ¿Es verdad lo que estoy oyendo?

—¡Tan verdad como que Dios es Cristo! ¡Ay, esposa! ¡Y si solo fuera eso…! Resulta que el conde Armengol ha venido a decírmelo… Si bien me ha hablado de muy buenas maneras, para explicarme la reclamación de ese cínico… Pero a mí me ha caído muy mal… Me ha cogido por sorpresa, ¡diantre! ¡Me ha envenenado el alma! Y le he respondido de mala manera…

—¿Al conde? —quiso saber la vizcondesa, llevándose la mano a los labios en un gesto de asombro y consternación—. ¿Se puede saber lo que le has contestado, animal?

—Pues le he dicho que de ninguna manera va a salir el muchacho de nuestra casa…

Sancha lanzó un bufido y se golpeó el muslo con la palma de la mano, mostrándose muy ofendida. Después empezó a decir con desprecio:

—¿Y quién es ese tal Laurean? ¿Quién se cree que es para decir dónde debe estar o no estar mi pariente? ¿Y por qué el conde Armengol le hace caso? ¡Faltaría más! Blai es uno de los nuestros, y no van a venir aquí los de Barcelona a disponer sobre él.

El Llop contrajo su cara en una expresión de cólera exacerbada y contestó:

—¡Naturalmente!

—¡Has hecho muy bien poniéndote en tu sitio! —añadió su esposa—. Y te diré una cosa más… ¡Al infierno! ¡Ahora mismo recogemos todo y nos volvemos a Castellbó! ¡Que les den!

Esta salida de su esposa desconcertó por completo al Llop, que se fue hacia ella vacilante y diciéndole con voz trémula:

—Pero... ¿Cómo vamos a irnos? Son los campamentos... ¿Qué dirá la gente? Tengo reuniones y pactos pendientes...

—Nos han ofendido y esto no se puede quedar así —repuso Sancha—. ¡Es intolerable!

Riquilda estaba a un lado, pálida y llorosa, sin atreverse ya a decir nada. Su madre la señaló con el dedo y le echó en cara a su esposo:

—¿Ves lo que has hecho? ¡Por poco matas a la niña del susto!

—¿Se van a llevar al primo? —preguntó tímidamente ella.

El Llop se fue hacia su hija, la abrazó, la cubrió de besos y le dijo:

—El primo Blai está bajo nuestro amparo y nadie va a disponer de él excepto nosotros. Se quedará en la hueste que les corresponde a los de Estamariu, o sea, en mi hueste. Cada uno con los suyos, ¡como Dios manda!

—¡Pues, venga! —exclamó con autoridad la vizcondesa—. ¡Manda a tus hombres que recojan el campamento! Si nos quedamos aquí, no vamos a tener nada más que problemas. Así que, ¡volvámonos a Castellbó!

—Un momento, un momento, esposa... —Se fue hacia ella el Llop—. No podemos irnos... ¡Tengo cosas importantes que hacer aquí! Y quedan además los acontecimientos más floridos: las justas, los espectáculos, las peleas de osos, las ceremonias, los juramentos públicos... Si nos vamos ahora, todos van a pensar que nos hemos achicado ante el puerco de Laurean... ¡Creerán que el veguer se salió con la suya! No, el Llop no se irá así, por la puerta falsa. ¡El Llop siempre da la cara!

Sancha se quedó pensativa, frotándose las manos con nerviosismo. Le dio la espalda a su esposo y miró a su hija, guiñándole un ojo. Luego le dijo:

—Riquilda, hija mía, no estaría de más que tú le dijeras algo al conde Armengol...

La joven enarcó las cejas en un gesto de estupor y contestó:

—¿Yo, madre? ¡Qué cosas dices! ¿Cómo me voy a meter yo en eso?

—Pues sí, hija mía. Nadie mejor que tú para interceder por el primo. Y así, de paso, contentas un poco al conde...

—¡Eso! —tronó la voz del Llop—. ¡Que no le haces ni caso! Anteayer, en la fiesta del castillo de Vallfogona, lo dejaste allí plantado y anduvo toda la noche como un alma en pena, triste y cabizbajo...

—¿Y por qué tengo yo que contentar al conde? —refunfuñó Riquilda—. ¡Decidme por qué! ¡Estoy harta de esa manía vuestra!

El padre y la madre se miraron perplejos. Luego se hizo un silencio embarazoso y meditabundo, en el que cada uno se dedicó a sus pensamientos y a sus fantasías, hasta que la vizcondesa exclamó suspirando:

—¡Vaya por Dios! ¡Y yo empiezo a estar cansada de las locuras de esta dichosa familia!

—¿Locuras?… —preguntó el Llop—. ¿A qué te refieres, mujer? ¿Qué quieres decir con eso de «locuras»?

Su esposa le miró dubitativa; luego respondió con precaución:

—No he querido decir nada en concreto… Pero considero que deberíamos tomarnos las cosas con más calma… ¡Siempre estamos como alterados! Deberíamos empezar a pensar un poco en hacer lo que nos apetezca sin que tengamos tragedias por todo…

El Llop la miraba sin hablar, con una cara de perplejidad y preocupación, como si no pudiera creerse lo que oía. Y la vizcondesa, lanzando otro sonoro suspiro, añadió:

—¡Por Dios, ya está bien de contemplaciones! ¡Dejemos que la niña sea feliz! ¡Y seamos todos un poco dichosos!… Sin tantos problemas, sin tanta ansiedad… Tal vez nos estamos empeñando en algo que… ¡En fin, creo que estamos forzando las cosas!

—No comprendo nada… —murmuró el Llop.

—Hay muy poco que comprender, esposo. Lo que quiero decirte es tan sencillo… Nos pasamos la vida tratando de contentar a Armengol… ¿No te das cuenta? Le invitas a las cacerías, le cedes tu derecho a matar al oso, le regalas un gerifalte blanco… ¿Y qué hace él? ¡Le regala al obispo Salas tu halcón! ¿Dónde se ha visto algo igual? ¡Es un desprecio!

Sancha se calló, mirando a su marido, escrutando su cara para ver qué efecto producían en él estas palabras, y enseguida prosiguió, diciendo con mayor aplomo:

—¡Ya está bien! ¡Virgen santa, ya está bien! Tú tratando de contentarle, y él, por su parte, contentando al obispo a tu costa… ¡Con lo que te gustaba ese raro halcón! ¡Con lo que te costó conseguirlo! Se lo regalas con todo el cariño y él se lo entrega al obispo Salas… Para eso habértelo quedado tú… Y encima le regalamos a nuestra maravillosa hija… ¿Y para qué? Ni siquiera estamos seguros de que quiera casarse con ella… ¿Acaso te ha pedido su mano? ¿Acaso ha hablado él de matrimonio? ¡Basta ya de contemplaciones! ¡Por Dios, basta ya!

El Llop seguía mirándola fijamente, en silencio, pensativo y atento, como si todavía necesitase más explicaciones. Y ella, que ya estaba del todo segura en sus razonamientos, se atrevió todavía a ir más allá, diciendo, con aire forzadamente apesadumbrado:

—Y para colmo, no se le ocurre otra cosa más humillante que venir a decirte lo que debe hacerse con mi pariente… Armengol te rebaja, poniéndote por debajo de ese redicho de Laurean… ¿No ves que no te valora? ¿Y qué demonios significa ser veguer de Olérdola? ¿Dónde está Olérdola?… ¡Allá en la frontera! Cuando nosotros somos vizcondes de Castellbó desde que Borrell II nos dio nuestras tierras, pero no debemos olvidar nunca que antes éramos vizcondes de Urgel… El conde Borrell nos trataba mejor que este hijo suyo, que es un mimado y un desagradecido. ¿Ya te has olvidado de todo lo que hacías cuando éramos jóvenes? En los tiempos de Borrell tú disponías de tus gentes y tus dominios como te daba la gana. Nadie venía a decirte lo que debías hacer o a prohibirte que agregaras a tu hueste al muchacho que tú eligieras. Y ahora, ya ves, ni a un pariente tuyo siquiera le permite que te sirva. Ya no somos nadie, Guillem, ¡nadie! Y tú ya no mandas ni en tu propia mesnada.

Al oír eso, el Llop se derrumbó por completo. Soltó un resoplido y se dejó caer sentado en el lecho, junto a su hija. Sus ojos brillaban casi a punto de derramar las lágrimas. Movía la cabeza, como en un gesto de negación, y dijo con voz rota:

—Tienes razón, Sancha, esposa mía… Como casi siempre, tienes toda la razón…

Embriagada por su propia retórica y sin dudar de su éxito, ella continuó:

—¡Pues claro que la tengo! Y me duele mucho que seas tratado de esa forma, Guillem de mi alma, ¡con lo que tú has sido! Nos están buscando la paciencia y nos la van a acabar encontrando… Al final nos han amargado la estancia en los campamentos. Y eso me parte el alma, esposo mío. ¡Con lo que tú disfrutas con estas cosas! ¡Con lo feliz que has sido siempre juntándote con tus amigotes! En fin, será por envidia o por pura maldad, pero me doy cuenta de que nos quieren quitar de en medio… Tendremos que irnos, esposo mío. Nos volveremos a Castellbó y nunca más nos verán en los campamentos…

El Llop acabó echándose a llorar, tosió, escupió y se frotó la boca con el dorso de la mano.

—Esto no se puede consentir —sollozó—. ¡De ninguna manera! ¡No toleraré que me arrojen al arroyo! ¡Al Llop nadie le trata así!

La vizcondesa se inclinó hacia él. Esbozaba una sonrisa que revelaba una mezcla de rabia y satisfacción.

Tenía los brazos en jarra y dijo con malicia, acentuando bien sus palabras:

—Y si le gusta a Armengol nuestra hija, nuestra preciosa hija, ¡que se aguante! ¡Que se olvide de ella! Porque no se la vamos a dar así, de cualquier manera. ¡Que se la gane! Que se humille ante nosotros. Y si no lo hace, ¡que se aguante! ¡Ya está bien de tantas contemplaciones con ese engreído conde!

El Llop levantó hacia ella una mirada confusa y replicó hoscamente:

—¡Esposa, por el amor de Dios! ¿Ahora me sales con eso? Eras tú la que estabas encaprichada con emparentar con la sangre de Wifredo el Velloso...

—Sí. Pero eso ya no me importa nada. Lo que me importa es mi hija, nuestra preciosa hija. Porque... ¿y si anduviera por ahí el hombre de sus sueños? ¿Y si se enamorase de verdad Riquilda?

El Llop miró a su hija con cara de espanto, tomando conciencia del peligro que encerraban aquellas figuraciones de su esposa, y dijo burlonamente:

—No le demos alas a la niña, no le demos alas; que la muchacha ya está demasiado suelta...

Riquilda se encogió desdeñosamente de hombros y replicó con sencillez:

—¿Suelta yo?

—Calla, calla... —contestó su padre—. Mejor será que no hablemos más sobre este asunto...

—¡Eso! —gritó retadora la vizcondesa—. ¡Mejor será que no hablemos más! Porque aquí todos somos de lodo... Y si a mí me diera por hablar de las cosas de su padre...

—¡Mujer! —protestó él—. ¡Te he dicho una y mil veces que no me faltes al respeto delante de la niña!

Proseguían con la discusión, cuando irrumpió de pronto la criada Lutarda, anunciando sulfurada:

—Acaban de traer el oso, mi amo. ¡Lo tienen ahí afuera!

El rostro del Llop se iluminó, cambió su expresión y exclamó repentinamente contento, poniéndose en pie de un salto:

—¡El oso!

—Sí, mi amo —asintió nerviosa Lutarda—. Lo tienen ahí y esperan que vayas a verlo. No habría entrado a molestaros si no fuera porque sabía que lo estabas esperando.

El Llop se olvidó de todo y salió de la tienda, feliz como un niño. Un poco más allá le aguardaban unos rudos hombres con aspecto de cazadores. Traían consigo una carreta tirada por una yunta de bueyes, en la que había una gran jaula de gruesos barrotes de hierro. Dentro de ella se revolvía un enorme oso, rugiendo y enseñando los dientes.

Guillen se acercó, esbozando una sonrisa de oreja a oreja. Dio vueltas en torno a la carreta, observando la fiera, con los ojos brillantes de asombro y dicha.

—¡Maravilloso! —exclamaba loco de contento—. ¡Impresionante! ¡Inmenso! ¡Qué animal! ¡Qué admirable criatura!

El que parecía venir al frente de los demás cazadores se fue hacia él, muy orgulloso al ver la sorpresa y la satisfacción que le causaba la visión del animal, y le dijo:

—Sabíamos que te haría feliz, mi amo. Nos ha costado lo suyo cazarlo, pero ha merecido la pena. Le veníamos siguiendo el rastro desde el año pasado y al final cayó en la trampa.

—¡Bendito sea Dios! —exclamó Guillem, alzando la mirada y los brazos al cielo—. ¡Por fin traemos un oso como Dios manda! ¡Este año se van a enterar de quiénes son los de Castellbó!

Sancha y su hija estaban en la puerta de la tienda, contemplando atónitas la escena. Intercambiaron entre sí miradas cargadas de perplejidad. Y la vizcondesa observó como para sus adentros, con aire resignado:

—Este marido mío no tiene arreglo…

El Llop se fue hacia ellas, agitando en el aire sus grandes manos y diciendo a voces:

—¡¿Cómo vamos a irnos a Castellbó ahora?! ¡Mirad lo que tenemos! ¡Este año ganaremos la pelea de osos!

—¡Eres como un niño! —le espetó su mujer, moviendo la cabeza de derecha a izquierda—. ¡Con el problema que tenemos!…

Él ignoró esta reconvención y se marchó de allí, siguiendo a la carreta donde iba el oso, conversando animadamente y a voz en cuello con los cazadores.

Entonces la vizcondesa se volvió hacia Riquilda y dijo muy seria:

—En fin, hija mía… Tendré que ocuparme de este asunto a mi manera… Porque la gente es muy mala y me temo lo peor…


Aquella misma tarde, Sancha fue al pabellón de Ludberga, viuda del señor de Alíns, y le contó lo que había pasado con su hija. Ambas mujeres estaban unidas por una amistad y una confianza muy grandes; hasta el punto de que la vizcondesa sentía en verdad que la mayor jugaba el papel de una segunda madre en su vida, a pesar de la mordacidad y las bromas incisivas de la anciana. Al principio, mientras le narraba con gran apuro que los había encontrado juntos en la tienda de su pariente Blai, la anciana se puso roja y trató de contener la risa llevándose la mano a la boca, pero acabó tomándoselo en serio cuando Sancha le gritó:

—¡No es cosa de risa! ¡Préstame atención, que estoy muy preocupada!

Cuando terminó de contárselo todo, Ludberga comprendió al fin el alcance del peligro que encerraba aquello. Ambas estuvieron ponderando la situación para tratar de encontrar la mejor solución, pero no se les ocurría nada. Entonces la vizcondesa se echó a llorar, lamentándose:

—Si esto se sabe… Si alguien los hubiera visto… ¡Ay si las habladurías empezasen a correr por los campamentos!

—No te pongas en lo peor —dijo la anciana—. Es de suponer que hayan sido prudentes…

—¡¿Prudentes?! ¡Nada de prudentes! Acabo de contártelo: esta loca hija mía fue a meterse en la tienda del muchacho, mientras todo el mundo seguía en la fiesta del castillo. Pero no sabemos lo que pasaría de madrugada, cuando regresaban los hombres… Tal vez pudo haberlos visto alguien más. Si yo misma los descubrí, no es aventurado pensar que los estuvieran observando en la oscuridad.

Ludberga se quedó pensativa durante un largo rato. Luego dijo circunspecta:

—Tenemos que adelantarnos a los acontecimientos. Es lo que debe hacerse en estos casos. Y se me ocurre un plan perfecto. Pero hay que actuar con premura.

# 54

Ese mismo día se habían reunido para almorzar en el castillo de Vallfogona la condesa Toda de Provenza, esposa de Bernat Tallaferro, y la condesa Ermesenda de Carcasona, consorte del conde de Barcelona. Más tarde, ya en la sobremesa, se les unieron la vizcondesa Sancha, su hija Riquilda y la anciana Ludberga, que se presentaron de improviso pidiendo ser recibidas. La dueña del castillo, Toda, que era una mujer amable y considerada, no tuvo ningún inconveniente en dejarlas pasar.

—¡Maravilloso! —exclamó con aire sincero al verlas—. Ayer os vi en la misa de Sant Jaume. La verdad es que tenía ganas de pasar un rato con vosotras. ¡Cuantas más seamos mejor! Habéis tenido una buena idea viniendo al castillo. Y es una suerte que esté también aquí Ermesenda. Así podremos charlar las cinco. Vamos a pasar una tarde feliz.

El lugar elegido estaba en el primer piso de la torre principal, una pequeña estancia cuadrada, rodeada por los dormitorios, el recibidor de las visitas y un cuarto destinado a las labores de hilado, costura y bordado. La sala estaba adornada de forma original y agradable, con sus divanes alineados a ambos lados, unos junto a otros, tapizados de brocado, confortables, que sugerían poca formalidad y aquiescencia, repletos de cojines y almohadones. En cuanto al suelo, de madera, estaba cubierto con una alfombra de colores y dibujos variados. Un ventanal adintelado daba a una azotea y dejaba entrar luz abundante por el lado izquierdo, entre una masa de colgantes enredaderas. Además, sobre una repisa centrada en el muro de la derecha y convertida en foco de claridad, ardían múltiples velas embutidas en candelabros. También había una lámpara imponente colgando del techo.

Ermesenda estaba sentada con las piernas cruzadas sobre el diván central, creando una estampa de inigualable hermosura, con un sutil vestido de gasa, color violeta, que se adaptaba amablemente a su perfecta y delicada figura. La condesa Toda se hallaba a su derecha, acicalada y vestida de azul y blanco; era una mujer gruesa, cuyas carnes habían tenido un desarrollo generoso, y la seda parecía aumentar aún más su aparatoso volumen. El contraste entre ambas damas, dejando de lado toda consideración a la belleza, resultaba estrambótico y hasta cómico. Sancha, Riquilda y Ludberga estaban sentadas frente a ellas, un tanto apocadas todavía, pues acababan de entrar y solamente habían intercambiado saludos y frases de mera cortesía. En medio había una preciosa mesita, con una bandeja de azófar vacía y cinco vasos de vidrio labrado. Apareció una criada y sirvió agua de azahar mezclada con hidromiel. Luego puso golosinas en la bandeja. Comieron todas, bebieron e intercambiaron miradas sonrientes. No gozaban de mucha confianza y estaban un tanto cohibidas.

Tal vez por eso, Ermesenda le hizo una seña a su criada para que se acercara y luego le dijo algo al oído. La criada salió y un instante después entró una tañedora de laúd. Las invitadas celebraron aquella sorpresa con abundantes muestras de regocijo. Y nada más empezar a sonar la música, la condesa Toda salió a bailar al centro de la sala. Con su cuerpo macizo y su saya amplia como un odre, resultaba enorme; el rostro moreno y lleno, dotado de unos atractivos ojos negros, unas cejas unidas y unos labios sensuales. Todo su ser revelaba —a pesar de su gordura— una perfecta vitalidad y una gracia inigualable. Las otras no pudieron contener la risa. Pero a Toda no le importaba lo más mínimo que se rieran de ella; por el contrario, acentuaba las jerigonzas, meneaba con garbo el trasero y hacía muecas burlonas con su cara gorda. Esto hizo que las demás perdieran la vergüenza y acabaran saliendo también a bailar, incluida la anciana.

Hacía demasiado calor, sudaban y no aguantaron demasiado tiempo moviéndose a ese ritmo, por lo que volvieron a sentarse. Bebieron y rieron durante un rato, compartiendo la felicidad que les había reportado aquel inesperado momento de libertad y desinhibición.

Luego, cuando estuvieron más calmadas, la vizcondesa Sancha le pidió a la anciana Ludberga que les contase un cuento, pues tenía esa habilidad, que era muy celebrada por todo el mundo. Ella se hizo de rogar. Insistieron todas. Entonces se lo pensó y al final eligió la popular historia de «La doncella y el pinzón blanco». Trataba de lo que sucedía en un castillo legendario, donde un ave enteramente blanca vivía encerrada en una jaula de oro, siendo cuidada por una doncella que estaba prometida con el dueño de un señorío vecino, de edad provecta. La historia era muy triste, porque, en realidad, la doncella estaba enamorada de un joven jardinero de su misma edad, al que veía desde las ventanas de su habitación. Asimismo, el pinzón enjaulado añoraba al amante de su especie que vivía libre en los campos y que cada mañana le enviaba su canto. Mediante poemas, el ave y la doncella conversaban sobre su mutua aflicción y razonaban acerca de lo difícil que es encontrar en este mundo el amor verdadero. Finalmente, compadecida y solidaria, la joven acababa abriéndole la jaula para dejar volar al pinzón, recitando una tonada en la que lo invitaba a gozar de lo que a ella le estaba prohibido. Desde entonces, el pinzón no dejó de acudir cada amanecer al jardín del castillo para mostrar su agradecimiento con preciosos cantos.

La talentosa anciana narró el cuento con tal cantidad de detalles y con tanta pasión que, aunque todas lo conocían desde que eran niñas, acabaron estremecidas y llorando. Y mientras las damas derramaban lágrimas, la tañedora de laúd aprovechó para tocar de nuevo. Entonces la condesa Ermesenda empezó a entonar con su preciosa voz una canción igualmente triste, que tenía que ver con la historia que acababan de oír, por lo que los gimoteos se intensificaron. Pero aquel llanto estaba muy lejos de ser un verdadero sentimiento de aflicción; era más bien por el puro placer de compartir emociones, liberarse y dejarse llevar por la catarsis. No hablaban, solo lloraban mientras miraban por el ventanal, a través de las enredaderas de jazmín y de hiedra, a las azoteas, a las almenas y al espacio, aflorando al mismo tiempo a sus labios unas sonrisas de felicidad y ensueño. ¿No eran en el fondo sus propias historias semejantes a las del cuento? ¿No era la historia de la doncella legendaria un trasunto de sus propias vidas? Porque también ellas se habían sentido como enjauladas alguna vez y habían deseado que una mano amiga les abriera la puerta.

Lloraba también la anciana Ludberga, pero con mayor fingimiento, mientras miraba de reojo a las condesas; y pensaba al mismo tiempo en lo pintiparado que le venía el cuento para prepararse el terreno en cuanto al motivo por el que habían ido allí. Así que, tras enjugarse las lágrimas, lanzó un hondo y sonoro suspiro para atraer la atención de las demás. Luego, con aire afligido, sentenció:

—Los cuentos son como la vida misma… ¡Virgen santa!

Las otras la miraron, entre sorprendidas y curiosas. Y ella, con una solemnidad exenta de cualquier vacilación, añadió:

—El amor es lo más grande que pueda encontrarse en este mundo ruin. De eso no hay duda. Pero sorprende siempre el desprecio del amor auténtico por los peligros y estrecheces, pues ninguno de ellos puede apartar a los amantes, si es que son de verdad amantes... Y esa doncella del cuento, si en verdad amaba al jardinero, ¿por qué no se abrió a sí misma la puerta del castillo para arrojarse en sus brazos y fugarse con él? Pues no lo hizo, señoras mías, sino que le abrió la puerta al pinzón, para lanzarlo al mundo así, a la buena de Dios; ¡ahí te las veas!, como solemos decir... Y ella va y se queda allí, calentita y bien segura en su castillo, llorando y gimiendo, pero con las espaldas cubiertas, la muy zorra...

Aquella reflexión que hacía la anciana con tanto aplomo era tan inesperada como extravagante, por lo que las demás damas siguieron pendientes de ella, aguardando a que añadiera todavía algún razonamiento más. Y ella, visiblemente satisfecha por aquella atención, prosiguió rotunda:

—Yo pienso que la doncella no se escapó con el jardinero porque, en el fondo, no estaba enamorada de él del todo. Digamos que le gustaba, que le placía contemplarle o incluso que deseaba solazarse con él... Porque supongo que el muchacho debía de ser apuesto, porque si no... ¡a qué tanto lamento! Y además, ¡qué diantre!, ese desgraciado debía de ser más pobre que las ratas... Ya que, si hubiera sido rico, otro gallo les hubiera cantado... En cambio, los pinzones esos eran pobres de verdad, los dos, tanto la una como el otro, y no tenían más riqueza que su libertad... ¿Comprendéis lo que quiero decir?

Las condesas se habían quedado estupefactas. No sabían qué hacer, si llorar o reír. Lo que aprovechó Ludberga para añadir, muy segura de sí:

—A nosotras nuestros mayores nos casan con quien nos conviene. Y esa es la suerte tanto de las mujeres pobres como de las ricas. Ya seas una princesa o una pastora de cabras, a nadie le importa si estás o no enamorada. Aunque, si eres demasiado pobre, es posible que puedas elegir... Porque justo es decir que nosotras las damas nos conformamos porque somos más zorras que la doncella del cuento... Y digo «zorras» en el sentido de astutas, que no quiero ofender a nadie. Ya que no deja de ser imprudencia irse en busca del amor, por ahí, a la intemperie, entre peligros y estrecheces... Quedarse con lo seguro es más inteligente. La vida corre que vuela, los ardores de la juventud se van y... ¡Y qué os va a contar una vieja! Lo del amor mejor dejarlo para los cuentos, que la vida es la vida. Y la vida corre que vuela... Pero luego resulta que, por esa hipocresía que rige la humanidad, llamamos zorras a las pobres inconscientes que son capaces de arrostrar auténticos peligros para irse en pos del verdadero amor… Como esos pájaros pinzones, que seguro que no tuvieron una vida fácil, siempre a merced de la amenaza de las aves de presa y teniendo que soportar el frío y las penurias del invierno.

Después de soltar esta alocución, la anciana alargó la mano, tomó su vaso y bebió con avidez, pues se le había quedado seca la garganta.

Las condesas no salían de su asombro. Seguían allí pasmadas, mirándola con una mezcla de admiración y sobresalto, igual que Sancha y Riquilda, a quienes Ludberga no dejaba nunca de sorprender con sus ocurrencias, por mucho que la conocieran.

Después la condesa Toda exclamó, suspirando:

—¡Tienes más razón que una santa!

—¡Pues claro que tiene razón! —ratificó Ermesenda—. ¡Di que sí, mujer! Y no es malo desengañarse una. Porque… ¡hay que ver qué tontunas son los cuentos!

—Sí, pero son bonitos —reflexionó la anciana con aire concienzudo—. Cierto es que la vida es la vida y quizá por eso necesitamos soñar con los cuentos.

—¡O no! —exclamó de pronto la vizcondesa Sancha—. ¡También tenemos derecho a realizar nuestros sueños! Porque si nos conformamos solo con soñar…

Y entonces Ludberga, que esperaba que dijera eso según el plan que habían trazado, señaló a Riquilda con un ligero movimiento de su mano blanca y dijo:

—Mirad a la bella hija del vizconde Guillem. Es todavía joven y está soltera. Mas no le faltan pretendientes… Y eso, como es menester, levanta suspicacias, celos y habladurías. Hay por ahí un buen puñado de hombres desatinados por su causa… ¿Y qué se le va a hacer? La muchacha ya estaba prometida. ¡Y qué suerte ha tenido! Ella ha encontrado al hombre de sus sueños, que resulta para mayor dicha ser de su propia familia. Pero ahora tendrá que sufrir, pues ya hemos dicho que no hay verdadero amor sin dolor. Ya veréis cómo acabarán tratando de destrozar esta historia con maledicencia, sembrando rumores y calumnias. Ya lo veréis… Porque así de mala es la gente… Si la muchacha se casara con el ricachón de turno, feo y viejo, a nadie le importaría. Pero como resulta que ha encontrado el hombre de sus sueños…

Ermesenda se puso en pie, muy conmovida, y se fue hacia Riquilda para abrazarla, diciéndole con dulzura:

—Así que estás enamorada, y enamorada de verdad... ¡Qué bendición! ¡Qué maravilla! Es lo mejor que a una puede pasarle.

La muchacha suspiró y sonrió con un mohín afable y agradecido. A lo que la condesa contestó, añadiendo en tono autoritario:

—Pues no hay derecho a que sucios hombres traten de estropear eso por pura maldad o por el puerco deseo de sus puercas mentes... ¡Que no se le ocurra a nadie! Como me entere yo de que alguien va hablando por ahí... ¡Que se atenga a la justicia! ¡La honra es sagrada! El falso testimonio es un pecado muy grande a los ojos de Dios y un delito que se paga muy caro.

La hermosa y compasiva condesa manifestó aquello porque sabía bien, como las otras, que no había mayor potestad allí que la de su esposo, Ramón Borrell, supremo conde de Barcelona, sobre el cual ella tenía auténtico poder.

## 55

*Prados de Vallfogona, campamento del conde de Barcelona, sección del vizconde Udalard, 27 de julio, año 997*

El domingo, antes de la puesta de sol, Laurean, veguer de Olérdola, estaba sentado a la sombra bajo un sencillo cobertizo de ramas de abedul. Cavilaba amargado, con la sangre envenenada de cólera y disgusto, porque consideraba que no se le había hecho justicia en el asunto del joven Blai de Adrall. No estaba acostumbrado a que su autoridad fuera burlada. Sentía aquello como un agravio inmerecido, dada su lealtad al vizconde Udalard, su amo, y todo lo que consideraba que hacía por pura fidelidad a él. Y por eso el veguer estaba en guerra por dentro, aunque a esa hora reinara una quietud apacible en el quinto campamento.

Los magnates se hallaban dedicados a los asuntos propios de aquellos días: concurrir a recepciones y reunirse para organizar los torneos, desfiles y festejos que iban a tener lugar durante la semana. Los hombres de menor rango tenían sus propias diversiones en las improvisadas tabernas que se alineaban junto al río, donde se juntaban para jugar a los dados, conversar y beber cerveza e hidromiel. Durante el día los ánimos de todo el mundo se dejaban ganar progresivamente por una vitalidad saturada de efusión y de alegría. Luego la caída de la tarde iba apaciguando el tono de las voces y una tranquilidad portentosa empezaba a reinar hasta convertirse en silencio por la noche.

Pero Laurean no había tenido ganas de acudir a ningún encuentro y reprimió además su deseo de beber. Esta jornada la dedicó enteramente a otros asuntos... Y ahora, cuando el último sol bañaba plácidamente el campamento, esperaba con ansiedad una visita que ya se estaba demorando.

El momento llegó al fin. Uno de los guardias vino a dar el aviso de que dos señores aguardaban ser recibidos.

—Que pasen —dijo el veguer de Olérdola, sin disimular lo más mínimo su mal humor.

Un instante después aparecieron dos gruesos hombres, igualmente hoscos, caminando de forma orgullosa, con sus cuerpos rechonchos envueltos en idénticas túnicas de fiesta, blancas, sueltas y largas hasta los pies.

Eran Lleonard de Sort y su hijo Rumoldo, que venían iracundos para manifestar una queja. El primero tenía el rostro redondo y relleno, la tez blanca, con ojos saltones y labios rollizos. Su gran cabeza acababa en una frente estrecha, rematada en la parte superior por un cabello negro, grasiento y espeso, con raya en medio, ceñido por una diadema demasiado ostentosa. En sus ojos brillaba una mirada de furor, huella de la rabia que le recomía por dentro. El otro, un poco más alto y corpulento, era indudablemente hijo suyo y gritó nada más ver a Laurean:

—¡¿Qué clase de mujer es esa?! ¡¿Hasta dónde puede llegar una zorra así?!

El veguer clavó en él su mirada más fría y dura, mientras le recriminaba al padre:

—¡Manda callar a este inconsciente hijo tuyo! ¿Acaso hay necesidad de que se entere todo el campamento?

—¡Sí! ¡Que se enteren! —contestó Lleonard—. ¡Que todo el mundo lo sepa! ¡La hija del Llop es una puta!

—¡Por Dios, no deis voces! —dijo el veguer con visible enojo—. Sentaos y hablemos con calma.

Padre e hijo acomodaron trabajosamente sus voluminosos cuerpos. Sudaban y jadeaban sulfurados, haciendo verdaderos esfuerzos para demostrar su indignación.

El veguer Laurean los observaba con su fría mirada. Y cuando lo consideró oportuno, preguntó con parquedad:

—¿Qué habéis averiguado?

—¡Que es una puta! —contestó Rumoldo.

Su padre resopló y le lanzó a su hijo un manotazo que resonó en su rollizo brazo, diciendo:

—Deja que lo cuente yo.

El grueso joven se volvió hacia su padre, sin disimular su contrariedad, y replicó:

—¿Y no será mejor que lo cuente yo? ¡Yo soy el agraviado, padre!

El veguer clavaba en ellos sus ojos relampagueantes de curiosidad y malicia, mientras aguardaba estático a que se pusieran de acuerdo.

—Lo contaré yo, hijo mío —dijo Lleonard—. Y luego tú podrás añadir lo que quieras.

Su hijo Rumoldo asintió con un movimiento de cabeza. Y el padre comenzó diciendo:

—Cierto es que ya veníamos sospechando. Teníamos ciertos indicios y observábamos comportamientos raros… Pero… ¿cómo íbamos a imaginar que…? ¿Cómo íbamos a pensar que…?

—¡Que es una puta! —se lanzó Rumoldo, interrumpiendo con osadía a su padre, y añadió con un acento vehemente e inesperado parecido a la explosión de un trueno—: ¡Se acuesta con cualquiera! ¡Es pública la cosa! ¡Como ella es pública! ¡La han visto en el bosque! ¡La vieron meterse en la tienda con uno la víspera de Sant Jaume! ¡Anda con unos y con otros la muy puta!

El joven escudriñó el semblante del veguer para ver el impacto de sus palabras, pero no encontró en él sino la misma expresión fría. Notó también una renuencia y como una sombra de incredulidad en sus ojos de hielo.

Entonces el padre, que igualmente apreciaba esos signos de resistencia, dijo con rabia contenida:

—¡Lo sabemos porque hemos hecho averiguaciones! ¡Tenemos testigos! Si no estás dispuesto a creernos, ahora mismo nos vamos. Tú mismo nos pediste que investigáramos, ya que habías oído rumores… ¿Y ahora no nos crees?

—Está bien, está bien —dijo al fin Laurean, con un aire de avenencia y de resolución más serena—. Pero debéis comprender que necesito pruebas...

—¡Hay pruebas! Acabo de decirte que tenemos testigos ¡No somos unos calumniadores! No nos fiamos de simples rumores ni de habladurías. Pusimos a un hombre de nuestra confianza para que la vigilara, ¡un espía! Se ocultó convenientemente y lo vio todo con sus propios ojos.

—¡Ah! ¿Entonces...?

—¡Sí, un espía! —repitió Lleonard airado—. Estábamos dispuestos a saber la verdad de una vez por todas. ¡Teníamos que saberlo! Tú mismo nos pusiste sobre la pista de que seguramente ella andaba en trato carnal con su pariente. Y nos animaste luego a que hiciéramos averiguaciones. ¿Cómo se nos iba a ocurrir venir a contártelo si no? ¡Somos gente honrada! Necesitábamos saber la verdad, puesto que pretendíamos la mano de Riquilda. Y ya sabemos con seguridad que ese sinvergüenza del Llop ha estado jugando con nosotros... Porque resulta que tenía planes para su hija: en realidad, lo que a él le interesaba era casarla con el conde Armengol de Urgel. Y si la cosa le salía mal, que podía ser que así fuera, puesto que apuntaba muy alto, nosotros éramos el segundo plato, por decirlo de alguna manera. Y ya sabíamos por una buena fuente de información que ella se entregaba a Armengol... ¡Y no solo a él! Esa zorra se acuesta también con un pariente suyo, el tal Blai de Adrall, ese guapito que anda por ahí, pavoneándose por los campamentos con una gorra verde...

Después de estas palabras pronunciadas por su padre, el joven Rumoldo se echó a llorar; y los tres se quedaron en silencio.

El veguer Laurean los miraba fijamente, apreciando en ellos una frustración y un abatimiento que contrastaban penosamente con la pompa festiva de sus trajes. Y finalmente, siendo consciente de que echaba más leña al fuego, sentenció hierático:

—No hay duda de que habéis sido engañados de manera infame. Y no me extraña nada, conociendo al Llop. Os han tratado como si fuerais pobres estúpidos. Se han reído de vosotros... Pero esto no se quedará así. Tenemos unas leyes, gracias a Dios. Y la honra es sagrada, gracias a Dios. Dejad este asunto de mi cuenta. Yo me encargaré de que la cosa llegue a donde tiene que llegar... Y lo que tengo que hacer, he de hacerlo cuanto antes; mañana, sin más tardar, ya que pasado mañana son las peleas de osos. El Llop beberá ese día hasta convertirse en un animal...

# 56

*Castillo de La Sala, Vallfogona, 28 de julio, año 997*

—¿De verdad te interesa tanto esa mujer? ¿Estás tan cegado por el amor que no eres capaz de reconocer la verdad?

El que interrogaba era Salas, obispo de Urgel, y el interrogado el conde Armengol. Se hallaban solos en la terraza que coronaba la torre más alta del castillo de Vallfogona. Hasta donde alcanzaba la vista, se podían contemplar desde allí las innumerables tiendas de campaña que se extendían por los prados del valle hasta el borde mismo del bosque; más allá los montes cubiertos de espesura y una atalaya en la cumbre.

El conde no respondió a estas preguntas. Miraba hacia la lejanía con una expresión transida de tristeza y pudor.

El obispo fijaba los ojos muy abiertos en el perfil de su rostro, como escrutando lo que traslucía aquel semblante. Luego esbozó una sonrisa, como si no comprendiera nada, volvió la cabeza perplejo hacia el horizonte y exclamó:

—¡Riquilda no es para ti, Armengol! Lo que te atrae tanto de ella no es amor verdadero, sino puro deseo. Y me duele tener que recordarte que la pasión carnal es una suerte de enfermedad semejante a la locura. El que la padece desfigura en su mente la realidad y su obcecación le impide razonar con cordura.

El conde frunció el ceño nervioso, mirando de hito en hito al obispo, al tiempo que empezaba a decir en un susurro, sin apenas darse cuenta de lo que decía:

—Quiero casarme con ella…

—¿Casarte? ¿Qué oigo? ¿Te has vuelto loco del todo?

—Sí, casarme —contestó Armengol en voz alta y encolerizado—. He decidido que quiero casarme con Riquilda. ¿Es que no tengo edad suficiente para ello? Tengo veintidós años cumplidos. ¡Soy un hombre hecho y derecho!

—¿Hablas verdaderamente en serio?

—¡Totalmente! —gritó.

Salas se puso nervioso, se frotó las manos visiblemente angustiado y susurró:

—No grites, por Dios, bajemos la voz.

El obispo le había citado allí, en lo alto de la torre, considerando que era un lugar apartado de las miradas y donde podrían hablar con tranquilidad sin ser molestados. Pero no contaba con que Armengol acabaría exasperándose de aquella manera, hasta el punto de dar gritos.

El joven conde, en vez de calmarse, se encaró con él irritado, preguntando:

—¿Quién te ha envenenado en contra de la muchacha? ¿Quién te ha ido con cuentos y mentiras? ¿Tan listo como eres y no te das cuenta de que hay mucha envidia en todo esto? Riquilda es muy bella, demasiado bella, y ya sabemos que... ¡Malditos embusteros! ¡Calumniadores! ¡Víboras!

—Calma, calma, por Dios bendito... No hace falta que grites. Hablemos como personas.

—Pues préstame atención y no me sueltes sermones, deja por un momento al lado el hecho de que eres el obispo, y trata de asimilar esto: quiero casarme. Creo que Riquilda es la esposa que está dispuesta por la Providencia para mí y no voy a pensar en ninguna otra. Estoy resuelto a casarme con ella y esa decisión es firme.

—¿Quieres decir —le preguntó Salas extrañado y estupefacto— que no te planteas ya siquiera el posible matrimonio con alguna dama del condado de Provenza?

—No... —contestó Armengol tragando saliva—. No conozco a ninguna dama de Provenza que me interese y ya no necesito conocerla. Voy a hacer lo que te he dicho, lo que tengo pensado: le pediré al Llop la mano de su hija.

Sus palabras, a pesar de aparentar naturalidad, tenían un cierto aire de protesta. Sin embargo, el obispo no dudó de que en el fondo subyacieran el orgullo y la rebeldía. Se estaba comportando como el joven que era y no encontraba la manera de conducirle hacia una conversación razonable. Aun así, le dijo en tono grave:

—Tu padre tenía dispuesto que uno de sus hijos emparentase con Provenza. Y siempre sugirió que tú eras el más indicado.

Armengol estaba obcecado y continuó diciendo:

—Ya no le veo la utilidad a aquel deseo de mi padre. Entonces pudiera ser que hubiera razones de conveniencia, pero las cosas han cambiado mucho. Ahora son otros tiempos... ¿Emparentar con la Provenza ahora? ¡Y para qué! El rey de los francos ha sido excomulgado y no podemos esperar nada de aquellos condados. ¿Qué sentido tiene buscar alianzas donde ni siquiera se acuerdan de nosotros? ¡Ya somos libres! ¡No somos vasallos de los francos!

—Está bien, dejémoslo ya —dijo Salas zanjando la cuestión—. Ya no discutiré más contigo sobre este asunto, puesto que veo que no va a servir de nada lo que te diga. Pero todavía tengo la obligación de advertirte: ¡ten mucho cuidado! Quizá las cosas no sean tan sencillas como te parecen. Nunca te he ocultado mis prevenciones hacia el Llop. Cierto es que tu padre le necesitó para defender las fronteras del condado, por su fiereza y su dominio sobre las belicosas gentes de los montes, pero siempre consideró que era un hombre peligroso, que se movía en mundos complicados y oscuros… Me preocupa que puedas meterte en una trampa y acabar supeditado a elementos irracionales y faltos de cordura…

Armengol miró al obispo con una mezcla de duda y agravio, preguntando:

—¿Eso piensas de mí? ¿Consideras que todavía no estoy en sazón para gobernar con acierto mi herencia? Si mi padre supo mantener en su sitio al Llop, yo no voy a fallar en eso, aunque sea mi suegro. El vizconde Guillem de Castellbó no tendrá más atribuciones que las que mi padre le confirió: organizar la hueste y defender la frontera. Y si se convierte en abuelo de mis hijos, no consentiré que sobrepase por ello sus poderes. En eso puedes estar bien tranquilo.

Salas no soportaba ver al joven conde excitado por tal situación y, olvidándose de las muchas otras cosas que pensaba decirle, sentenció amigablemente:

—Todo está en manos de Dios. Y comprendo que estés decidido a asumir las riendas de tu vida de manera consciente. Solo he pretendido aconsejarte, pues considero que es mi obligación. Tu padre me encomendó que te sirviera de consejero y no quisiera faltar a mi compromiso. Ya únicamente me queda pedirte que no te precipites. Piénsalo. Deja que pase un tiempo antes de pedirle al Llop la mano de Riquilda. Y de ninguna manera se te ocurra hacerlo mañana precisamente, el día de las peleas de osos. Sería el peor momento. Todo el mundo se pone como loco. Te lo repito, espera a que pase un tiempo.

Pero este tono conciliador enardeció más a Armengol, que gritó sin volverse hacia él:

—¿Un tiempo? ¿Cuánto tiempo?

—Al menos deja que pasen los campamentos.

—¡No! Cuando pasen los campamentos llegará el otoño y se echará encima el invierno. Ahora es el mejor momento. Aquí está reunido todo el mundo y es la ocasión oportuna para hacer público el compromiso ante mi familia y ante nuestros vasallos. Y si los padres de Riquilda están de acuerdo, anunciaremos la fecha de la boda.

Se hizo un silencio triste y doloroso, en el que cada uno se dedicó a sus pensamientos, hasta que el obispo exclamó suspirando:

—Nuestro Señor está presente, ¡en todas partes! Y todo está en sus manos. Que sea lo que Él disponga.

## 57

*Prados de Vallfogona, campamento del conde de Barcelona, sección del vizconde Udalard, 29 de julio, año 997*

Como cada día a la misma hora, tras salir de la cama, el vizconde Udalard se estaba acicalando en su gran tienda de campaña, ayudado por su esclavo de confianza. Después de que este le arreglase la barba con meticulosidad, se metió en la bañera y gimió por el impacto del agua, que no estaba templada. El esclavo apreció su estremecimiento y observó a modo de excusa:

—Amo, ayer te quejaste porque habías sudado durante la noche y preferías un baño fresco.

—Sí —replicó el vizconde—, pero esta noche he pasado frío...

—Ahora mismo mandaré que calienten un poco más el agua —dijo el esclavo.

—No, déjalo estar. Tengo un poco de prisa... Desayunaré con el conde de Barcelona y con su esposa. Hoy será un día largo. Esta tarde, después de la hora de nona, serán las peleas de osos. Y ya sabes cómo se ponen los hombres... Pronto empezarán a beber y tendremos como siempre riñas, conflictos y desmanes.

No había terminado de decir esto, cuando de repente sacudieron con vigor la cortina de la puerta, mientras una voz anunciaba:

—Mi señor, tienes una visita.

Udalard miró a su esclavo con cara de extrañeza y fastidio, preguntando como para sí:

—¿Una visita? ¿A esta hora de la mañana? ¿Quién puede ser?

El esclavo dejó lo que estaba haciendo y fue a ver, protestando:

—¡Cómo se os ocurre venir a molestar tan temprano! El señor acaba de levantarse y se está aseando.

El vizconde oyó desde dentro el rumor de una conversación en el exterior de la tienda, sin comprender lo que se estaba diciendo. Al cabo volvió a entrar su criado y explicó:

—Es un monje anciano, que dice ser abad, y viene acompañado por un joven.

Udalard salió de la bañera, un tanto aliviado por verse libre del agua poco atemperada, y pensó con desgana que seguramente había sucedido algo importante que requería su actuación. Se enfrentó luego a la áspera toalla. La piel del rostro le escocía, sobre todo en un punto diminuto del mentón. El esclavo, que parecía adivinar cualquier sentimiento, emoción e incluso los pensamientos de su amo, enseguida abrió un frasco y extrajo con los dedos una mixtura gelatinosa que empezó a extenderle por la barba con sumo cuidado, mientras le decía con preocupación:

—Mi señor, si quieres, les digo que vuelvan más tarde. No son horas de venir molestando, por muy abad que sea.

—No, déjalo estar —contestó el vizconde—. Los atenderé ahora. Ya te dije que tengo que desayunar con los condes de Barcelona. No quiero estar inquieto pensando que pueda haber sucedido algo grave…

Mientras era vestido y arreglado con delicadeza, bebió de un trago un vasito de vino dulce. Luego se puso él mismo la diadema de oro, ajustándosela en la nuca y en la frente.

—Hazlos pasar —dijo cuando se encontró dispuesto.

El criado descorrió la cortina y aparecieron frente a la puerta el monje y el joven.

—Podéis entrar —les dijo el criado—. Mi señor os recibirá aquí, en su tienda.

El abad era un hombre grande y de aspecto solemne, que se arrastraba un poco con pasos lentos y pesados. Sus ojos grises tenían una expresión fatigada y un tanto afligida. El joven era bien parecido, muy delgado, de una forma dura y musculosa; el cabello recogido hacia atrás, castaño claro; los ojos grandes y verdosos, de franca mirada, y el bello rostro serio y un tanto distante.

—Y bien —les preguntó el vizconde—, ¿quiénes sois y de dónde venís? Puesto que no os conozco.

—Somos vasallos tuyos —respondió el monje en tono grave—, y te ruego que nos disculpes por haber interrumpido tu descanso a esta hora tan temprana, mi señor. Debíamos verte con urgencia para exponer nuestro caso. Mi nombre es Gerau y soy abad de Santa María de Cubellas. Este joven que me acompaña es Blai de Adrall, nieto de Gilabert, que fue gobernador del castillo y el puerto de Cubellas y que descansa ya en la paz de Dios.

—¡Ah! —exclamó sorprendido Udalard—. ¡Así que este es el muchacho!

El abad lanzó una mirada de asombro a Blai y luego se volvió hacia el vizconde, diciendo:

—Veo, mi señor, que ya te han hablado de nosotros.

—Sí, el veguer de Olérdola me lo ha contado todo.

El monje volvió a mirar a Blai con preocupación y luego se dirigió al vizconde para decirle:

—Comprendo. El veguer Laurean ya ha hablado contigo... Pero no habrá podido contarte toda la historia, puesto que no la conoce.

—¿A qué te refieres? El veguer de Olérdola me ha contado que este muchacho fue hecho cautivo por los ismaelitas y que lo vendieron como esclavo. Que estuvo en las montañas primero, trabajando en la nieve, y luego en Cervera, de donde huyó.

—¡No, no huyó! —repuso el abad con vehemencia—. ¡Lo rescataron los monjes de Ponts! Ya suponía yo que el veguer Laurean no podía haberte contado la verdad...

Udalard se quedó pensativo, con una expresión de desconcierto. Luego dijo:

—Tenía entendido que el muchacho había escapado y que consiguió llegar hasta Castellbó...

—¿Qué mentira es esa? ¿Qué clase de inventos te han contado? —replicó con voz temblorosa Gerau—. Los sarracenos pidieron rescate por el muchacho cuando ya no servía para el trabajo tan duro que hacía en Cervera. Es lo que suelen hacer con los cautivos. Su amo sabía que era de buen linaje y que podría sacar una buena ganancia por él. Envió un emisario a la frontera y ofreció a Blai a los monjes de Ponts. Ellos se apiadaron y pagaron el rescate que les pidieron: cincuenta mancusos. Luego los monjes lo llevaron a Cubellas, a su casa. Yo les devolví todo lo que habían pagado y además les di cinco mancusos más para recompensar su caridad. Así que no sé de dónde ha podido sacar el veguer de Olérdola esa historia de que se escapó…

El vizconde estaba aturdido y se sentó, como dejándose caer sobre los cojines del diván. Después señaló un banco y los invitó a ellos a sentarse, diciendo a la vez:

—Todo esto me parece muy extraño, muy extraño…

El abad continuó su narración moviendo la cabeza:

—El pobre muchacho estaba hecho una pena cuando me lo trajeron. ¡Había que verlo! Era solo huesos y pellejo… Yo que lo había conocido fuerte, hermoso y rebosante de salud… Porque Blai es para mí como si fuera un hijo… ¡Malditos sarracenos! ¡Oh, Señor de los cielos y la tierra! ¡Gracias te sean dadas por haber guardado su vida!

Y tras orar de esta manera, se dirigió al joven, ordenándole:

—Enséñale la espalda al vizconde, hijo mío.

Obediente, Blai se quitó la camisa y mostró su espalda fuerte, toda ella surcada por grandes cicatrices rosadas.

—¡Mira! —exclamó con voz quebrada el monje—. Si está vivo es por puro milagro… Gracias sean dadas al Dios misericordioso.

Udalard observó con intensidad las heridas del joven y después atenuó la aspereza de su voz al decir:

—No sé qué motivo puede haber tenido el veguer de Olérdola para inventar esa historia. Aunque se me ocurre que tal vez el engañado haya sido él… Según me explicó, detrás de todo esto anda Guillem de Castellbó, a quien llaman el Llop.

—Y yo no sé lo que han podido contarte —dijo el monje—. Lo único que te pido es que tengas caridad con el muchacho y le permitas conocer a sus parientes, los Adrall de Estamariu, descendientes de Udo, su bisabuelo.

El vizconde no pudo responder, confuso como estaba. Se puso en pie y empezó a dar vueltas por la habitación con las manos en la espalda. Agitaba la cabeza como diciendo: «¿Qué habrá detrás de todo esto?». Luego se acercó al joven y le miró directamente a los ojos, inquiriendo:

—¿Y si eres tú el que ha mentido?

—Yo no mentiría jamás, mi señor —respondió el muchacho, aguantándole la mirada con audacia—. Puedes tomarme juramento si quieres. Después de la desgraciada muerte de mi abuelo, emprendí camino para ir a reunirme con mis parientes en el Urgellet, cumpliendo lo que él me ordenó el día antes de dejar este mundo. Tuve la mala suerte de caer en manos de bandidos. Lo que sucedió después ya te lo ha contado el abad Gerau.

Los labios del vizconde hicieron una mueca de disgusto, como si no pudiera comprender que aquella situación se escapara a su entendimiento. Luego se volvió hacia la puerta y llamó a su esclavo. Cuando este entró, le ordenó:

—Ve inmediatamente a la tienda del veguer de Olérdola y cítale para que se presente ante mí a la hora de nona. Y dile que no se demore, ya que luego serán las peleas de osos.

Después de darle esta orden, se dirigió al abad para decirle:

—Ahora mismo debo ir a reunirme con los condes de Barcelona. Esta tarde trataré de solucionar todo este embrollo antes de que empiecen las peleas de osos. Marchaos ahora y regresad a la hora de nona. Y os prohíbo que, mientras tanto, tratéis acerca de este asunto con nadie más. Se trata de algo peliagudo y hoy será un día muy complicado. Los hombres beberán más de la cuenta y los ánimos estarán excitados. Evitemos que se compliquen más las cosas. Desde este preciso instante, asumo este pleito y lo consideró *sub iudice*.

El abad y Blai acataron esta decisión con una reverencia. Besaron la mano al vizconde y abandonaron la tienda.

# 58

*Campamento provisional del vizconde Guillem de Castellbó, riera de Vallfogona, 29 de julio, año 997*

El Llop llegó a la plaza principal de su campamento, antes de la hora del almuerzo, y encontró a su esposa en la puerta de la tienda de campaña, con el rostro desencajado y los ojos arrasados en lágrimas.

—¡Mujer! —gritó él al verla de aquella manera—. ¿Se puede saber qué pasa ahora? ¿Por qué me has mandado llamar? ¿No sabes que estoy muy atareado con los osos? ¡Por Dios! ¡La pelea es esta tarde!

Ella corrió a su encuentro, sollozando:

—¡La niña! ¡La niña no está! ¡Ha desaparecido! ¡No la encuentro por ninguna parte! Llevo buscando a Riquilda todo el día… ¡Virgen santa!

El Llop se enfureció todavía más y se puso a dar voces:

—¡Estará con el primo Blai! ¡No alborotes, mujer! ¿Acaso no la conoces?

—Hazme caso, ¡por Dios! —replicó la vizcondesa Sancha con rapidez y angustia—. ¡Ha desaparecido! ¡No la encuentran en ninguna parte! Miró lleva toda la mañana buscándola… Nadie la encuentra… ¡Y han pasado ya muchas horas!

—¡Esa malcriada, consentida, caprichosa y loca hija mía! —gritó el Llop, fuera de sí—. ¡A saber dónde estará! ¡A saber qué estupidez se le habrá ocurrido ahora! ¡Precisamente hoy! Precisamente el día de las peleas de osos!

—¿¡Y si la han raptado!? ¿¡Y si los moros vinieron anoche y se la llevaron a su tierra para venderla!?

—No digas tonterías, esposa. ¿Cómo se les va a ocurrir a los sarracenos arriesgarse a una cosa así? ¡Los moros están muy lejos de aquí!

—¿Y si fueron los bandidos? Es muy bella nuestra hija, esposo, demasiado bella… ¡Riquilda es un preciado tesoro!

—Imposible, imposible… Quítate esa idea de la cabeza. Nadie se atrevería a una cosa así, aquí precisamente, en los campamentos donde viven nuestros mejores guerreros.

La vizcondesa se cubrió la cara con las manos y sollozó, lamentándose:

—La vi por última vez anoche, un momento antes de que se fuera a la cama… Y como no me fiaba de ella, me levanté en plena madrugada y fui a ver si estaba acostada… ¡Y no estaba! Así que fui a la tienda de Blai y… ¡y tampoco estaba allí!

—¿Y él? ¿Estaba él?

—Tampoco, ¡Virgen santa!, Tampoco estaba Blai en su tienda…

El Llop llenó el pecho de aire y luego lo soltó, como en un fuerte bufido, visiblemente turbado.

—¿Qué locura se les habrá ocurrido a esos dos? —refunfuñó—. ¡Precisamente hoy! ¡Cuando son las peleas de osos! Cuando la coja…, cuando le ponga la mano encima… ¡Yo la mato!

En esto llegó Miró. Venía sofocado, enarcó las cejas angustiado y le dirigió una mirada a su madre, como queriendo decirle: «No la encontramos por ninguna parte». Ella se derrumbó del todo y entró en la tienda. Desde fuera se oían sus fuertes sollozos.

Un instante después aparecieron la anciana Ludberga y la criada

Lutarda. Venían con las caras desencajadas. Entraron en la tienda y le comunicaron con aflicción a la vizcondesa:

—Nada de nada… No la encuentran…

—Ni rastro de ella…

Sancha se arrojó sobre la cama, perdida por completo la razón, retorciéndose de amargura y gritando:

—¡La han raptado! ¡Virgen santa! ¡Se han llevado a mi niña!

Entró el Llop bufando de pura rabia. La miró irritado, furioso, y le dijo con amarga ironía:

—¿Raptada? ¡A saber dónde estará esa loca!

—¡Fuera! —le gritó su esposa—. ¡Fuera de aquí! ¡Bestia! ¡Animal! ¡Vete con tus asquerosos osos! ¡Solo te importan las bestias! ¡Vuelve con los apestosos bichos! ¡Con tus fieras! Porque eso es lo que eres: ¡tú eres una fiera peor que ninguna otra!

—¡A ver si voy a tener yo la culpa! —replicó el Llop—. Tú, mujer, eres la única culpable de esto… ¡Tú que la mimas y le consientes todo!

—¡Calla, animal! ¡Sal de aquí!

La anciana Ludberga, temiendo que la riña fuera a peor, se fue hacia el Llop para decirle:

—Vamos fuera, Guillem, dejémosla estar sola; a ver si se tranquiliza…

Él admitió el consejo y salió de la tienda. En la plaza principal del campamento se había reunido ya un buen grupo de gente. Al Llop entonces se le encogió el corazón, al empezar a darse cuenta de que la cosa iba en serio, y se puso a dar voces:

—¿Qué hacéis ahí pasmados, mirando? ¡Id a buscar a mi hija! ¡Buscadla y no volváis hasta que deis con ella!

Dentro de la tienda, la anciana y la criada trataban de consolar a la vizcondesa. Mientras le ofrecía un vaso de agua, Ludberga agachó la cabeza pensativa y, con evidente angustia, dijo:

—Tengamos calma y pensemos en lo que ha podido pasar. No nos pongamos en lo peor. Tiene que haber una explicación a todo esto.

Sancha bebió, alzando sus ojos llorosos hacia ella. Y la anciana, haciendo un gran esfuerzo para hablar con calma, añadió:

—Yo creo que la hemos atosigado entre todos… Sinceramente, eso es lo que pienso…

A la vizcondesa se le encogió todavía más el corazón y, atravesándola con una mirada entre irritada y confusa, le preguntó:

—¿Qué quieres decir con eso, Ludberga? ¿Qué estás tratando de decirme? ¿Tú también me estás haciendo a mí culpable?

—No, por Dios, claro que no. Me refiero a que la pobre muchacha se ha visto abrumada por una situación que no ha sabido entender ni controlar. Todo ha sucedido demasiado rápido y de una manera agobiante. Primero la presión por causa del conde Armengol, que la pretendía ya descaradamente. Después esos estúpidos Lleonard de Sort y su hijo Rumoldo, ¡esos idiotas con pretensiones! Riquilda ha sentido pánico por todo esto... Se ha visto en medio de una situación comprometida, sin ver la salida por ningún sitio. Y no debemos olvidar que está muy enamorada...

La anciana se quedó callada, esperando a ver la reacción que causaban en la vizcondesa sus palabras. Y esta, con su expresión atenta y apremiante, la animó para que se explicará con mayor claridad. Entonces Ludberga forzó una sonrisa tranquilizadora y prosiguió diciendo:

—No me extrañaría nada que la niña se haya ido a casa, o sea, de vuelta a Castellbó. Nos parecerá una locura, pero no deja de ser cierto eso de que el amor es como una enfermedad que hace perder la razón... Y no me cabe la menor duda de que se haya marchado con su primo.

Sancha se incorporó en la cama de un respingo. Se agarró al vestido de la anciana y rezó con un asomo de esperanza:

—¡Ay, Dios lo quiera! ¡Dios te oiga!

—Claro, mujer, no puede ser de otra manera. A la pobre le ha entrado angustia y se ha vuelto a casa. Eso es lo que ha pasado, sencillamente eso, nada más. Anima esa cara, mujer, que no ha podido pasarle nada. Estará tan tranquila, de camino a casa, cabalgando.

A la vizcondesa se le iluminó la cara, se volvió hacia la criada y le ordenó con voz tonante:

—¡Corre, ve a los establos y pregunta si faltan dos caballos!

Salió a toda prisa Lutarda, mientras ellas se quedaban allí, mirándose y compartiendo la impaciencia. Los establos no estaban lejos y la criada regresó muy pronto, anunciando con alegría:

—¡Señora, en efecto, faltan dos caballos! El guardia me ha dicho que esta mañana muy temprano, apenas amanecía, Riquilda y tu sobrino Blai se llevaron las dos mejores monturas.

Al oír aquello, Ludberga y Sancha se fundieron en un abrazo.

—¡Bendito sea Dios! —exclamaba Sancha—. ¡Menos mal, menos

mal…! Esta desquiciada y caprichosa hija mía… Su padre tiene razón: creo que la he consentido demasiado…

# 59

*Prados de Vallfogona, campamento del conde de Barcelona, 29 de julio, año 997*

Al vizconde Udalard seguía impresionándole mucho la presencia majestuosa, grande y bella de la condesa Ermesenda de Carcasona, hasta el punto de no ser capaz de mirarla directamente. Cuando ella estaba hablando, él bajaba la cabeza y solo de vez en cuando, como de soslayo, le echaba alguna ojeada a su cara. Le imponían la hermosura, la elegancia, la esbeltez y aquella tez blanca, casi transparente. Y eso que ya hacía tiempo que la conocía y que la veía con cierta frecuencia en el palacio de Barcelona. Pero todavía se ponía nervioso y hasta sudaba cuando la tenía cerca.

Y para colmo, nada más entrar en la tienda de campaña del conde, ella le había dicho con dulzura y a modo de saludo:

—Mi querido vizconde, bien sabes que aquí se te ama. Tanto mi esposo como yo te consideramos miembro de nuestra familia. Siempre es una alegría recibirte y compartir la mesa contigo. Por eso te hemos invitado. ¡Bienvenido, prudente y sereno Udalard!

Él se estremeció y miró ruborizado a Ramón Borrell, que secundaba con una sonrisa afable las amables palabras de su esposa. El sol daba de lleno sobre las lonas y dentro de la tienda hacía mucho calor. Se respiraba un aire sofocante que aumentaba el ahogo del vizconde.

—Mi querido amigo —le dijo sonriente el conde de Barcelona—. ¡Estás sudando!

Udalard sacó enseguida un pañuelo y se secó la frente y el cuello, contestando agobiado:

—Sí, es verdad… ¡Y eso que acabo de darme un baño fresco! Pero el sol aprieta y hoy será un día muy caluroso. Después de la hora de nona, el ambiente será aún más bochornoso en los prados donde tendrán lugar las peleas de osos.

—¡Esas dichosas peleas de osos! —exclamó la condesa en tono de protesta.

Su esposo le lanzó una mirada cargada de significado, y ella elevó todavía más la voz al añadir:

—Es una salvajada. Ya sabéis lo que pienso acerca de eso; es una costumbre bárbara.

—Sí, pero no deja de ser eso, una costumbre —repuso Ramón Borrell—. Los hombres disfrutan mucho con las peleas de osos. Durante todo el año están esperando que llegue este momento. No podemos quitarles esta diversión.

—¿Diversión? —replicó ella—. Se emborrachan y se ponen como verdaderos brutos. Cualquier día habrá una desgracia...

El vizconde Udalard sintió de repente el impulso de respaldar la opinión de la condesa y observó:

—Es cierto que los hombres beben demasiado, pierden el juicio y siempre hay alguna que otra pelea, no ya de osos, sino entre los dueños de esas bestias.

El conde soltó una risotada y exclamó:

—¡Vive Cristo! ¡Esos hombres son guerreros! No son damiselas. Su manera de divertirse tiene mucho que ver con sus tradiciones. Hace mucho que no entran en batalla y con las peleas de osos descargan su rabia y sus energías belicosas.

Udalard sonrió sin decir palabra, y el otro siguió diciendo, mirando a su esposa:

—Querida mía, tú eres de Carcasona. ¿Acaso allí, en aquellas tierras, no hay peleas de osos?

—Sí que las hay, como en todas partes donde habitan rudos hombres de armas. Y también se lancean toros, como aquí. E incluso oí contar en mi infancia a mis abuelos que una vez trajeron, de algún sitio lejano, un lagarto enorme que era capaz de comerse un carnero entero con dos bocados. Un muchacho de solo doce años de edad se enfrentó a él para divertimento de la gente y el lagarto le arrancó un brazo. ¡Qué crueldad!

Su esposo y el vizconde se la quedaron mirando con caras de horror, y ella añadió:

—En todo el país de los francos hay tradiciones bárbaras. Donde quiera que hay guerreros, se conservan esas costumbres.

Su esposo le pregunto irónico:

—¿Por qué te espantas entonces? No somos pues los más bárbaros. En todas partes cuecen habas y la gente necesita divertirse.

—Por ser un mal extendido, no deja de ser un mal —sentenció ella con un mohín de disgusto—. Con lo bonito que es vivir sin hacer daño a las criaturas de Dios... No sé por qué os gustan a los hombres tanto esas cosas...

Ramón Borrell y Udalard estallaron en carcajadas, y luego su esposo dijo con dulzura:

—Ermesenda, es que tú eres tan buena como bella... ¡Eres un ángel, esposa mía!

Ella acogió la ironía con una sonrisa conciliadora y luego, para poner fin a aquella conversación, propuso:

—Vamos a desayunar de una vez. Dejemos ya el asunto de los osos, que tenemos que tratar de otras cosas más importantes que eso.

La tienda de campaña era muy grande y estaba decorada con suntuosidad y armonía, evidentemente por el exquisito gusto de la elegante condesa. La parte donde se hallaban era tan amplia como una verdadera sala. Un cortinaje de espeso tejido hacía de repartidor de las otras piezas. Ellos se hallaban sentados en dos divanes, situados el uno frente al otro. En un lado estaba el matrimonio y enfrente el invitado; entre ellos, solo una alfombra y una mesita baja. En los rincones había cestos llenos de lavanda que desprendía su inconfundible fragancia.

La condesa llamó a su criada elevando la voz. Entró la muchacha con una bandeja y colocó sobre la mesa platos con tortas de harina, requesón, miel, confitura y buñuelos.

El conde alargó la mano para tomar un poco de pan, mientras decía riendo:

—¿Y qué hay de la sorpresa que nos tiene reservada el simpático veguer de Olérdola?

Pronunció la palabra «simpático» enfatizándola con evidente sarcasmo. Y Udalard le miró de hito en hito, cogiendo a la vez un buñuelo entre sus dedos, tras lo que respondió parcamente:

—Se trata de algo impresionante...

—¿No puedes decirme qué es?

—No, porque es eso: una sorpresa. Si te desvelara el secreto, ya no te resultaría tan impresionante. Y deseo ver en tu rostro la misma emoción que sentirán esta tarde el resto de nuestros hombres. Te lo aseguro, a nadie le va a dejar indiferente lo que tiene preparado ese condenado Laurean.

—¡Qué curiosidad! Te ruego que me des una pista al menos… —le pidió Ramón Borrell con sincero entusiasmo.

El vizconde se lo pensó un instante y luego contestó:

—Será algo mucho mejor que una pelea de osos. Solo eso te diré y no me preguntes más.

La condesa los observaba con una mezcla de asombro y repugnancia.

—Qué animalada será… —murmuró como para sí—. Dios sabe lo que habrán inventado.

Se hizo después un silencio largo, mientras comían los tres con verdadero apetito. Y al cabo Ermesenda inició de nuevo la conversación, diciendo en tono serio:

—Hay un asunto que me preocupa mucho. Y por ese motivo también tenía ganas de verte, mi querido vizconde Udalard. Mi esposo, aquí presente, sabe muy bien de qué se trata…

Ramón Borrell lanzó una mirada a su esposa, visiblemente molesto, y replicó:

—Mi querida Ermesenda, creo que no deberías sacar ningún asunto peliagudo hoy precisamente. Estamos de celebraciones. Tengamos la fiesta en paz, te lo ruego.

Ella dio un ligero puñetazo en la mesita que hizo tintinear los platos.

—¿Tengamos la fiesta en paz? ¿Qué fiesta, esposo? ¿Esas salvajes peleas de osos es lo que tú llamas «fiesta en paz»? Te dije que iba a hablar y hablaré. ¡Solo faltaría eso, que me callara!

Luego, rectificando, añadió con suavidad dirigiéndose a Udalard:

—Ruego discupas. No he debido perder la compostura de esta manera. Pero lo que voy a decirte, vizconde, se trata de algo delicado en sumo grado; un verdadero problema al que yo me he comprometido a buscarle solución. Por eso necesito hablarlo contigo, porque solo tú puedes ayudar a que ese asunto no vaya a mayores.

—¡Mi señora Ermesenda, eres magnífica! —exclamó Udalard, como movido por un impulso irreprensible—. Y yo haré todo lo que me pidas, pues Dios no me perdonaría nunca que faltara a tu caridad verdadera.

La condesa sonrió y luego se puso muy seria para decir:

—Solo quiero que se haga justicia a una mujer cuya buena fama peligra por culpa de hombres malvados y deslenguados. Estoy hablando de una doncella muy joven y muy bella, demasiado bella… Está soltera. Y como suele suceder en circunstancias como las suyas, no le faltan pretendientes... Lo cual levanta suspicacias, celos y habladurías. Hay por ahí más de un hombre empeñado en hacerse con su mano a cualquier precio... Porque, por desgracia, hay veces en que a las mujeres se nos trata como una vulgar mercancía. ¡Y eso no es justo! Tan hijas de Dios somos nosotras como vosotros. Pero a vosotros los hombres se os da la oportunidad de elegir, mientras que nosotras tenemos que conformarnos... Y no se nos permite tomar decisiones ni organizar nuestra vida como quisiéramos.

El conde de Barcelona miraba a su esposa sin salir de su asombro. Extendió la mano y la puso encima de la de ella, diciendo con un asomo de estupor:

—Querida mía, tú y yo siempre tomamos nuestras decisiones de manera conjunta...

Ella se volvió hacia él y repuso con voz tonante:

—Ahora no estoy hablando de nosotros, esposo. Hablo de lo que pasa en general. Y te ruego que me dejes terminar de explicarme sin interrumpirme.

Se hizo un silencio respetuoso, hasta que Ermesenda prosiguió diciendo:

—Esa joven a la que me refiero no estaba prometida, aunque sus padres habían iniciado conversaciones con algunos pretendientes. Pero resulta que ahora ella se ha enamorado de un joven de buen linaje que además es pariente suyo. Y como era de esperar, han empezado los problemas...

—¿Y por qué han empezado los problemas? —le preguntó su esposo—. Si el joven al que ama la ama a su vez a ella, que se casen y en paz.

En los ojos de la condesa brilló una mirada de enfado y replicó con el ceño fruncido:

—¡Qué fácil es llegar a conclusiones tan simples como esa! Y por eso digo yo que los hombres no os enteráis de nada cuando se trata de estas cosas... Porque el asunto no es tan sencillo y hay peligros... Es de temer que algunos traten de destrozar la fama de la muchacha con maledicencia, sembrando rumores y calumnias. Porque así de mala es la gente... Y ya sabemos lo que pasa... Si ella se casara con el ricachón de turno, feo y viejo, a nadie le importaría. Pero resulta que ha encontrado al hombre de sus sueños...

El vizconde Udalard miraba a Ermesenda con el rostro ensombrecido. Era un hombre muy perspicaz y ya sabía a quién se estaba refiriendo ella, pero prefería permanecer callado para estar más seguro de sus suposiciones.

Entonces Ramón Borrell, vuelto hacia su esposa, le pidió:

—Dinos de una vez quién es esa dama y quiénes son sus padres.

—Estoy hablando de Riquilda —respondió Ermesenda—, la bella hija del vizconde Guillem de Castellbó, apodado el Llop.

Al oír aquello, el conde de Barcelona dio un respingo. Sacudió la cabeza y exclamó con el corazón encogido:

—¡Vive Cristo! No puede ser, no puede ser...

—Sí que puede ser y así es —contestó su esposa con firmeza—. Como comprenderás, no me voy a inventar una historia así. Sabes que no soy una enredadora. Andar con cuentos no es propio de mi manera de ser. Tendré otros defectos, pero ese no, querido.

—¿De dónde has sacado toda esa historia? —inquirió su esposo con el rostro demudado—. ¿Quién te ha contado todo eso?

—La propia madre de esa joven, la vizcondesa Sancha.

Ramón Borrell sacudió la cabeza y dijo visiblemente confundido:

—Dios mío... Mi hermano Armengol está perdidamente enamorado de la hija del Llop.

Ermesenda miró a su esposo con una expresión de sorpresa y espanto.

Y él, apenado, explicó:

—Ayer precisamente vino Armengol a comunicarme que iba a pedirle al Llop la mano de su hija Riquilda, que estaba totalmente decidido a casarse con ella y que pensaba comunicarlo después de las peleas de osos.

Se hizo un silencio terrible. Ermesenda se quedó con el rostro demudado, completamente confundida y sin saber qué más podía decir ante aquella inesperada y desconcertante noticia.

Entonces tomó la palabra el vizconde Udalard para expresar con circunspección:

—Siento tener que confesar que yo ya conocía toda esta historia. Y me temo que la cosa está tan embrollada que nos va a resultar muy difícil sacar algo en claro. Por eso os ruego que prestéis mucha atención a lo que voy a deciros.

Ellos le miraron sobrecogidos y muy atentos. Y Ramón Borrell le dijo:

—Sí, vizconde, háblanos. Te ruego que expongas algo de luz en todo esto, pues no comprendo nada...

Udalard respondió con el tono de seguridad que lo caracterizaba, dirigiéndose primero a la condesa:

—En efecto, mi señora, la doncella Riquilda parece ser que está enamorada de un pariente del linaje de su madre, de nombre Blai de Adrall, que a su vez es nieto de un servidor mío, el gobernador del puerto y del castillo de Cubellas, ya fallecido. Según me dijeron en un primer momento, ese joven había sido hecho cautivo por los ismaelitas y logró huir. Recibido en Castellbó por sus parientes, se quedó a vivir con ellos y fue allí donde conoció a la muchacha. Resulta que ella era pretendida por Rumoldo, hijo de Lleonard de Sort. Pero, al surgir el amor entre ambos primos, los planes de boda tomaron otro rumbo... También supe que el conde Armengol de Urgel había manifestado interés por la joven. Pero sobre eso no puedo decir nada más...

El vizconde hizo una pausa y miró ahora a Ramón Borrell, prosiguiendo:

—Será por casualidad o será la providencia... Pero esta misma mañana he conocido al tal Blai de Adrall, aquel mismo joven del que nos habló el veguer de Olérdola en relación al pleito que mantenía por su causa con el Llop. Vino temprano a mi tienda acompañado por el abad de Santa María de Cubellas para comunicarme que había sido rescatado de su cautiverio por los monjes. ¿A quién debo creer entonces? El Llop va diciendo que su pariente se escapó de los sarracenos, pero el propio muchacho y el abad reconocen que se pagó por él un rescate de cincuenta mancusos. Creo sinceramente que aquí quien miente es el Llop. No sé qué motivos tendrá para ello, pero tal vez busca sacar alguna ganancia con todo esto. O si no, el que miente es el veguer de Olérdola.

Ramón Borrell se pasó los dedos por la barba apreciablemente contrariado, y dijo:

—Mi hermano Armengol no sabe dónde se mete... El Llop es un hombre desorganizado y pendenciero que puede acabar metiéndole en graves complicaciones...

—Sí —asintió el vizconde Udalard, poniéndose en pie—. Mis señores, por eso mismo he de retirarme para hacer mis propias averiguaciones. Iré a hablar directamente con el Llop ahora, no esperaré a que sea más tarde.

# 60

*Campamento provisional del vizconde Guillem de Castellbó, riera de Vallfogona, 29 de julio, año 997*

A las afueras del campamento, arremolinados en la zona de los establos, un nutrido grupo de hombres bebía y parloteaba a voz en cuello, junto a la jaula donde un enorme oso daba vueltas y más vueltas, soltando espuma por su gran boca y lanzando miradas con sus ojos pequeños, humildes y desesperados. De vez en cuando hostigaban al animal, por el puro placer de verlo enrabietado. Rugía con ferocidad, enseñaba los colmillos y daba zarpazos contra los barrotes. Entonces los hombres reían escandalosamente, felices por comprobar el encrespamiento de aquella fiera y disfrutando de antemano con solo pensar en el daño que pudiera hacer a sus contendientes. Un olor salvaje, grasiento y dulzón se difundía por el entorno, mezclándose con el aroma de la hierba pisoteada.

En medio de aquellos hombres había una mesa con una bandeja de plata llena de vasos de vidrio. Destacaba la figura grande y poderosa del Llop, que, a pesar de su madurez evidente, conservaba todavía algunas trazas de su antiguo esplendor, aunque ya se tratase de un esplendor corrompido, con su frente oscurecida por una sombra entre cándida y espectral. Todos le miraban, como extasiados por la forma en que su jefe levantaba el vaso, cómo movía los labios para pronunciar los brindis, cómo echaba la cabeza atrás para beber, y al hacerlo, le caía el vino por la barba canosa. El cráneo, descubierto y circundado por la diadema de oro, blanqueaba entre el cabello ralo. La piel mortecina de los párpados desprendía un leve brillo, y se le arrugaba al reír, mientras los dientes le bailaban en la boca. Sus gestos eran violentos e hinchaba el pecho con arrogancia; pero, al depositar el vaso sobre la mesa, le temblaban las manos.

Al lado también se carcajeaba y bebía su hijo Miró, bello, robusto y de anchas espaldas, pero siempre en la sombra, supeditado y como atemorizado ante la presencia excesiva del padre. Frente a ellos, Suñer, conde de Pallars, con su cara ancha, en la que brillaban los ojos claros y la barba espesa, rubia, le reía las gracias al Llop, agitando permanentemente sus manos callosas y planas, de pulgares gruesos y curvos. También estaban allí los hermanos Dalmau y Roderic, señores del castillo de Fontrubí; el primero alto, delgado y de barba larga y negra; el otro, rubicundo, y mostrando siempre sus dientes de rata. Rudos guerreros de la hueste los rodeaban, observándolos a prudente distancia, siempre atentos a lo que decían y a festejar con risas y bravuconerías sus ocurrencias. Un grupo de jóvenes, sentado bajo los árboles un poco más allá, bebía en silencio mientras contemplaba la escena.

En esto, se presentó allí el vizconde Udalard. Venía montado en su caballo y se aproximó despacio, sosteniendo las riendas con ambas manos, hasta detenerse a unos pasos de la reunión. Cuando le vieron, todos callaron. Pero el conde de Pallars se le acercó sonriendo, y con una elegante reverencia, le dijo:

—Bienvenido a nuestro campamento, Udalard de Barcelona. ¿Vienes a inspeccionar el oso? Desmonta y ven a verlo. ¡Y bebe con nosotros!

El vizconde echó pie a tierra y se aproximó sonriente, haciendo también él una reverencia. Luego tomó un vaso de la mesa, lo levantó y gritó afable:

—¡Por sant Jaume! ¡Por los condes!

Los hombres alzaron sus vasos y gritaron a su vez:

—¡Por sant Jaume! ¡Por los condes!

Udalard echó la cabeza hacia atrás, apuró el vaso de un sorbo y todos lo imitaron con un movimiento simultáneo. Después hubo una risotada general.

Sin embargo, el Llop estaba serio, mirando largamente y en silencio al recién llegado, mientras con la mano rozaba el brazo de su hijo Miró, como haciéndole una señal. Entonces el vizconde se fue hacia él y le dijo en voz baja:

—Guillem de Castellbó, necesito hablar a solas contigo.

El Llop paseó su mirada fiera por la concurrencia, antes de contestar adusto:

—Hoy estoy dedicado a mis amigos y a mis hombres. Todo lo que tengas que decirme lo puedes hablar aquí. Y si fuera un asunto secreto, lo podemos tratar mejor mañana. Hoy no me amargarán más la jornada. Ya he tenido bastante…

Udalard le miró interrogante, como si le pidiese que aclarase más sus palabras, y el Llop añadió elevando la voz:

—Si has venido para ver el oso y para beber y festejar con nosotros, bienvenido seas, Udalard de Barcelona. Pero no voy a consentir que menciones aquí siquiera a ese amargado y metomentodo de Laurean, veguer de Olérdola, tu vasallo. Por su culpa he tenido un disgusto muy gordo en mi casa esta mañana. Y dale gracias a Dios porque no haya ido a buscarle para agarrarle por el pescuezo...

El vizconde se sintió agobiado y se quedó unos instantes mirándole sin decir palabra. Luego preguntó:

—¿No puedes venir conmigo a un lugar apartado? Preferiría hablar en privado contigo.

El Llop se estiró, invadido por un sentimiento de ira, y contestó en tono despreciativo:

—¡He dicho que no! Además, no necesito hablar sobre eso que seguramente quieres decirme... Me imagino por qué has venido y ya te digo de antemano que Blai de Adrall se quedará con nosotros en Castellbó.

—Hay cosas que aclarar... —manifestó con cautela Udalard.

—¡Todo está claro! ¡Más claro que el agua! —replicó con voz tonante el Llop—. ¡Y te ruego que no me hagas hablar más aquí, delante de mis amigos! No me hagas hablar... Porque no respondo... ¡Y acabaré haciendo un desatino!

Luego se apartó y se fue hacia donde estaba el oso, mientras apuraba otro vaso de vino. Lo estuvo observando pensativo, apreciablemente alterado, y volvió resoplando y gritando:

—¡Ya me has hecho enfurecer! Yo que no quería... Yo que me había propuesto tener la fiesta en paz... Por culpa de ese cretino de Laurean, mi hija, ¡mi pobre hija!, ha tenido que marcharse a Castellbó... ¡Si será hijo de puta! Entre unos y otros me la han agobiado y al final no le ha quedado más remedio que irse... ¡Pobre muchacha! Y ahí está mi esposa, en la tienda, llorando todo el día... ¡Cómo no me voy a enfadar! ¡Cómo no me van a llevar los demonios! Entre todos me habéis amargado el día de las peleas de osos... ¡Con lo que a mí me gusta esta fiesta! Si no hago una locura es porque... ¡Condenado hijo de puta ese veguer! ¡Al cuerno ese amargado vasallo tuyo!

El vizconde Udalard estaba pasmado y se sintió incapaz de contestar. Solo murmuró, mirando hacia su caballo:

—Creo que será mejor que...

Antes de que completara la frase, el Llop le cortó con un vozarrón:

—¡Sí, vete! ¡Es mejor que te marches! Porque ni te interesa nuestro oso ni quieres beber con nosotros. ¡Y ve a decirle a tu veguer que cierre de una vez su pico de sucio y negro cuervo!

Udalard montó en el caballo y se marchó sin decir nada más, ofendido y airado.

# 61

*Prados de la riera de Vallfogona, 29 de julio, año 997*

Rayos de sol y encajes de sombra resbalaban sobre la multitud y arrancaban destellos de las diademas de oro, de los broches de bronce limpio, del cobre bruñido de los adornos, de la plata de las alhajas de las mujeres, de los remates de las espadas, de las lorigas, los yelmos y los primorosos bordados de las cinturillas y los ribetes de las túnicas. Un sinfín de estandartes, flámulas y gallardetes coronaban el promontorio donde estaba la tribuna. Todas las miradas estaban pendientes de la llegada de los magnates. De un momento a otro iba a dar comienzo el acontecimiento más importante y esperado de los campamentos: las peleas de osos. Para ese menester, habían construido una empalizada circular, de unos cincuenta pies de diámetro, situada al pie de la ladera que caía sobre el valle formando escalones a modo de grada. El resto del prado en declive ya estaba atestado de gente que se agitaba ansiosa, sentada sobre la hierba, sin que apenas quedase espacio libre. Los condes y los obispos ocupaban los mejores asientos, en los laterales del estrado, con plena visibilidad sobre el reñidero. Después se alineaban los vizcondes, los señores de las villas y castillos vecinos, los abades, los monjes que ejercían de notarios y los vegueres. Nadie que fuera medianamente importante en las asambleas faltaba a la cita.

Entró Ramón Borrell con sus ministros y ocupó su trono en el centro, mientras un mayordomo ensalzaba sus títulos y dignidades: hijo de Borrell II y conde de Barcelona, Gerona y Osona, duque de Hispania Citerior... Inmediatamente después, se organizó una fila y cada uno de los grandes fue pasando para presentarle sus respetos, por riguroso orden de importancia. El conde intercambiaba preguntas y a veces se entretenía en breves conversaciones y gestos de aprecio. Este ceremonial se prolongó durante más de una hora.

Acabada la recepción de los magnates, y cuando todos se hubieron sentado, salió al centro Odón, abad de San Cugat y obispo de Gerona, para pronunciar un discurso de bienvenida por mandato del conde de Barcelona. En medio del silencio que provocaba su impresionante presencia, empezó a hablar con potente voz y a la vez con aire de pesadumbre:

—Hermanos queridos, hijos de esta noble tierra, no podemos, no debemos…, no sería justo dar comienzo a esta fiesta sin antes manifestar una vez más que no hemos enterrado en el olvido a nuestros caídos, a todos aquellos que entregaron sus vidas cuando los diablos infieles asolaron la patria. Como tampoco dejamos de tener presentes a los que fueron hechos cautivos y todavía no han sido rescatados, donde quiera que se hallen ahora. Nuestras oraciones y nuestros recuerdos agradecidos deben ir por delante, y siempre antes de que se dé comienzo al regocijo.

El abad respiró profundamente y sus párpados se entrecerraron como si estuviera orando en silencio durante un rato. Luego volvió a abrir sus ojos centelleantes y retomó su discurso, diciendo:

—¡Hermanos, nunca lo olvidemos! Somos deudores de todos ellos. Han pasado doce años desde aquel día primero de julio, cuando los infieles ismaelitas atacaron nuestra tierra, mas no languidece el recuerdo con el paso del tiempo… Para todo el pueblo cristiano fiel, para todos los combatientes de las huestes de los condes, para todos nosotros, en especial los que en aquella fecha nos encontrábamos en Barcelona, está vivo y fresco el recuerdo de aquel día… La guarnición que defendía las murallas estaba comandada por el vizconde Udalard, ¡aquí presente entre nosotros! Yo también estaba allí, gracias a Dios, y doy fe de su valentía y su temple…

Calló el abad durante un instante para dejar que el gentío prorrumpiese en una gran ovación. Luego pidió silencio con un gesto de sus manos y prosiguió diciendo:

—La primera embestida de los sarracenos diabólicos fue rechazada. Resistimos. E intentamos, mientras tanto, que nuestras mujeres y nuestros hijos menores pudieran escapar por mar. ¡Imposible la huida!, pues las naves sarracenas ya habían conseguido entrar en el puerto. Al día siguiente aquellos demonios empezaron a arrojar con sus catapultas cabezas humanas en lugar de piedras para sembrar el pánico dentro de la ciudad. ¡Hijos de Satanás! Unas mil cabezas caían por encima de las murallas cada jornada mientras duró el asalto. Resistíamos encomendándonos al Todopoderoso, rezando día y noche... Nuestras piadosas oraciones fueron escuchadas, pues siempre presta el Padre Eterno oído a las súplicas de los que ponen su confianza en Él. Pero la voluntad del Altísimo es inescrutable... Como el cielo está más alto que la tierra, así los designios de Dios son superiores a los nuestros. Ya lo dijo Él: «Mis caminos no son vuestros caminos». Y a nosotros, sus hijos, pobres pecadores, no nos queda más que aceptar y conformarnos. Confiábamos en la ayuda de los francos, a quienes considerábamos nuestros hermanos en la fe... Pero ellos no acudieron a socorrernos. No cumplieron con el sagrado deber de defender a sus vasallos... ¡Nos traicionaron! Y todo acabó el seis de julio, como bien sabéis, cuando se produjo al fin un feroz asalto. Nuestra preciosa ciudad de Barcelona fue saqueada, los habitantes masacrados o llevados como esclavos a Córdoba...

Se hizo un impresionante silencio, en el que solo se escuchaban los suspiros, gemidos sordos y algún que otro sollozo. Luego el abad continuó el discurso con voz lamentosa:

—Nada diré sobre los días que siguieron a la desgracia, hermanos, porque todos recordamos aquella aflicción, todo el dolor y la consternación que sentíamos... Hasta el sol parecía oscurecido y la tierra adquirió el color de la sangre... ¡Aquello fue algo espantoso!

Muchos de los que estaban allí balancearon las cabezas con amargura al recordarlo. Y los más jóvenes, que no habían conocido el desastre, escuchaban como alelados.

Odón hizo una nueva pausa y su mirada adquirió ahora un brillo límpido y maligno.

—¡Castigue Dios a aquellos malvados! —prosiguió suspirando—. Y la justicia de Dios, tarde o temprano, siempre acaba llegando. Porque el Todopoderoso no olvida su equidad... Y aquellos que nos abandonaron en el trance, los que se comportaron como Caín, por envidia, soberbia y vanidad, ahora son arrojados fuera del rebaño de Cristo... Porque sabed, hermanos queridos, que Roberto, rey de los francos, ha sido excomulgado por el papa. ¡Así purga su pecado contra la debida fraternidad cristiana! ¡Así pagan el hecho de habernos abandonado a nuestra suerte!

Entonces se levantó el obispo Arnulfo y se puso a gritar como si estuviera loco:

—¡Se acabó la sumisión a los francos! ¡Dios castigue a esos traidores!

Muchos de los presentes se alzaron con ira y empezaron a dar voces:

—¡Somos libres!

—¡Nunca más seamos vasallos de los francos!

—¡Vivan los condes soberanos!

—¡Vivan!

El abad Odón paseó con satisfacción su mirada por la multitud. Después extendió las manos para pedir silenció y, cuando todos se hubieron callado, manifestó:

—Los francos ya han sido castigados por el mal que nos hicieron... Y jamás volveremos a ser vasallos suyos. Pero, hermanos muy queridos, no olvidemos que ahora nuestro mayor enemigo sigue siendo aquel que tanto daño nos hizo: ¡el moro Almansur! ¡La bestia sarracena! ¡El hijo del padre de todos los demonios! ¡Estemos, pues, alerta! ¡Aprestemos nuestras fuerzas! ¡Y no temamos! ¡Dios peleará a nuestro lado!

—¡Nos bastamos y sobramos para hacerle frente! —gritó el conde Bernat Tallaferro—. ¡Nada tenemos que temer! ¡Aquella vez vinieron por sorpresa! ¡Hoy estamos preparados!

Los magnates prorrumpieron en una ovación, a la que se unió la multitud con vítores y albórbolas de entusiasmo.

Odón asintió satisfecho con un movimiento de cabeza y concluyó el discurso sentenciando:

—¡Así sea! ¡Todo está en las manos del Dios providente!

Entonces se puso en pie el conde de Barcelona y exclamó:

—¡Que dé comienzo la fiesta!

Empezaron a sonar las chirimías y los tambores. Salió al centro de la empalizada un guerrero a caballo, seguido de una veintena de hombres a pie, de diversas edades. Todos ellos iban armados, vestidos con cota de malla y portando escudos de abigarrados colores. El jinete era un hombre joven, de pelo largo, rubio y espesa barba dorada. Llevaba un fantástico casco de bronce pulido colgado de la silla, una espada larga y los brazos llenos de brazaletes. Se puso en el medio y le entregaron el estandarte del conde de Barcelona, con el que empezó a hacer círculos en el aire y a lanzarlo muy alto. Esto hizo enloquecer al gentío, que se puso en pie aplaudiendo y gritando de manera ensordecedora.

Luego los hombres que le acompañaban soltaron sus escudos y se organizaron, haciendo cabriolas primero y subiéndose luego los unos sobre los hombros de los otros, hasta formar en un instante un castillo humano. Esto enardeció todavía más a la multitud, que vociferaba:

—¡Viva el conde de Barcelona!

—¡Vivan nuestros condes!

—¡Vivan por siempre!

—¡Vivan!

Cesó de pronto la música. Se deshizo la torre humana y tanto el jinete como los acróbatas abandonaron el recinto. Hubo entonces un largo murmullo de voces que fue cesando hasta convertirse en un silencio cargado de expectación.

Un instante después, se oyó el sonido largo de un cuerno. Luego se abrió una puerta en la empalizada y entró un oso de mediano tamaño. La muchedumbre se agitó y rugió de emoción. Se abrieron dos puertas más y salieron otros dos osos. Los animales se estuvieron mirando, como midiéndose las fuerzas y oteando el terreno, mientras se lanzaban gruñidos. Pero no hicieron ningún movimiento que denotara agresividad. Al cabo de un largo rato, se aproximaron y se estuvieron olisqueando. No hubo el más mínimo intento de pelear entre ellos. Acabaron separándose y yéndose cada uno a un extremo. A partir de entonces se ignoraron. Contemplaba cada uno por su parte al gentío y olfateaban el aire los tres, con evidentes muestras de temor en sus ademanes. Este comportamiento enfureció a la multitud, que empezó a protestar decepcionada.

Entonces se vio venir a lo lejos una carreta tirada por bueyes, con la gran jaula y el oso que era propiedad del Llop. Esto volvió a entusiasmar al gentío.

—¡Ahora veréis! —gritaba a voz en cuello Guillem de Castellbó, puesto en pie en el estrado y con la cara roja de furia—. ¡Ahora vais a saber lo que es un oso como Dios manda!

Abrieron la puerta de la jaula y soltaron al tremendo animal en el reñidero. Al ver su enorme tamaño, el tono pardo y brillante de su pelo y la impresionante cabeza, la multitud estalló al unísono en una exclamación de asombro.

—¡Eso es un oso! —gritó con orgullo el Llop—. ¡Vais a ver lo que es bueno!

Sus amigos y sus hombres, puestos también en pie, proferían alaridos, enloquecidos por la felicidad que producía en ellos el hecho de que su oso fuera muy superior a los otros tres.

La bestia, nada más entrar, se levantó sobre las patas traseras y permaneció así durante un rato, como mostrando su tamaño y a la vez observando. Después se arrancó y fue a todo correr a por uno de los otros osos, al que agarró con sus dientes y garras, zarandeándolo como si fuera un muñeco, hasta dejarlo inerte en el suelo. Los otros dos osos, al ver lo que había pasado, huyeron. La persecución que se formó luego divertía mucho al gentío...

Mientras tanto, una segunda carreta estaba ya situada en la puerta; en ella venía otra jaula, pero tapada esta con lonas. En medio de la gran expectación despertada en la gente, los hombres la destaparon y abrieron a toda prisa la puerta de hierro. Al instante, saltó un león de melena imponente, y enseguida salió tras él una leona...

Aquello era tan inesperado que se hizo un silencio impresionante. La gente se puso en pie y miraba con los ojos desmesuradamente abiertos, sin salir de su asombro.

Entonces el veguer de Olérdola se colocó en el centro del estrado y proclamó ufano:

—¡Mirad! ¡Son leones de Egipto! ¡Ahora sí que vais a ver...!

No había terminado de hablar cuando ya los leones se arrojaban sobre el oso del Llop y las tres fieras se enzarzaron en una feroz pelea. Hubo un largo y atroz forcejeo, en medio de rugidos desgarrados, con revolcones en el suelo polvoriento, sangre y aterrados gritos de la gente. Tratando siempre de mantenerse erguido sobre sus grandes patas traseras, lanzando zarpazos y dentelladas, el gran oso se defendía como podía; pero los leones no tardaron en derribarlo, y si bien con gran trabajo, acabaron con sus últimas energías y le arrancaron la vida, ante la atónita mirada de la multitud.

Hubo luego un largo silencio, cargado de espanto y confusión. Había quienes sonreían, mientras que otros muchos mantenían el horror grabado en sus rostros. Las damas estaban despavoridas, especialmente la condesa Ermesenda, que se cubría la cara con las manos. Los magnates se miraban los unos a los otros, sin comprender todavía lo que acababa de suceder ante sus ojos... Y entre ellos estaba el veguer de Olérdola, henchido de satisfacción, como esperando a ser felicitado por todos.

Pero, pasado aquel primer momento de desconcierto, el Llop empezó a gritar de pronto:

—¡Tramposos! ¡Os habéis saltado las normas! ¡Esto siempre fue una pelea de osos! ¡Únicamente de osos! ¡No tenéis derecho a sacar esas fieras! ¡Aquí hay unas reglas!

El veguer Laurean sonreía, con desenfado y altanería, y contestó:

—¿Unas reglas? ¿Qué reglas? Aquí no hay normas de ninguna clase; esto es, sencillamente, un espectáculo... Otras veces se han soltado toros, mastines o lobos... Se trata de pasar un buen rato y nada más.

—¡Maldito tramposo! —le espetó el Llop, yéndose hacia el estrado—. ¡A nadie se le ha ocurrido nunca traer leones! ¡Tenías que ser tú! ¡Condenado hijo de ramera!

Se creó una situación tan tensa como imprevista. Los partidarios del Llop se acercaron a la tribuna, iracundos, para secundar a su jefe. Y lo mismo hicieron los hombres del veguer, al ver que este era insultado.

—¡Haya calma, por Dios! —exclamó con preocupación el vizconde Udalard, acudiendo a situarse entre ambos grupos—. ¡Teneos! ¡Estamos en presencia del pueblo fiel! ¡Controlad esos ánimos y no demos mal ejemplo!

—¿Y tú dices eso? —se encaró con él el Llop, señalando a la vez con el dedo hacia los leones—. ¿Tú precisamente? ¡Mirad vosotros el espectáculo que habéis dado trayendo aquí fieras como esas! ¡Tramposos!

A todo esto, los leones ya estaban devorando al oso, lo cual mantenía al gentío más atento a lo que sucedía en la empalizada que a la riña que había en el estrado.

Pero todo cambió de repente, cuando se vio que saltaba al interior del redondel un joven armado con una espada. Y al propio tiempo, desde las gradas, el abad Gerau empezó a gritar fuera de sí:

—¡No, Blai! ¡No seas loco, muchacho! ¡Te matarán!

Pareció detenerse el tiempo durante un instante. Todas las miradas estaban puestas ahora en la arena, donde Blai de Adrall iba directo hacia los leones... Entonces el Llop exclamó:

—¡A mí los míos! ¡Acudamos en ayuda del muchacho! ¡Vamos a matar a esas fieras del demonio!

El propio Llop, seguido por su hijo Miró y por sus amigos, partidarios y hombres de confianza, se arrojaron inmediatamente al redondel, armados con lanzas, espadas, arcos y flechas. Rodearon a los leones y empezaron a acometerlos por todas partes, ante la mirada atónita de la muchedumbre.

Y mientras lo hacían, el veguer de Olérdola les gritaba con desesperación:

—¡Quietos! ¡No podéis hacer eso! ¡Esos leones son propiedad del vizconde Udalard! ¡No se os ocurra hacerles daño!

Pero nadie hubiera podido ya evitar la cantidad de heridas que estaban causando en los cuerpos de las fiera, que, aunque se revolvían asaeteadas y laceradas por las innumerables puntas de hierro, acabaron muertas sobre la sangre que fluía a borbotones.

Cuando todo acabó, la multitud aullaba por el horror y la emoción, mientras descendía por las gradas y las pendientes para ver de cerca a los animales muertos.

Excitado, el Llop gritaba con voz potente:

—¡Nadie le soba las barbas a Guillem de Castellbó! ¡Enteraos de esto! ¡Que a nadie más se le ocurra buscarme la paciencia!

Enarbolaba su espada, resoplando y con los ojos encendidos de ira.

Y arriba en el estrado, con el rostro un tanto demudado y expresión ofendida, el verguer de Olérdola le estaba diciendo al vizconde Udalard:

—¡Mira! ¡Mi señor, mira lo que han hecho! ¡Han matado los leones! ¡Son unos salvajes!

La situación era muy tensa, y los condes y obispos se acercaron para mediar entre ellos, porque se estaban formando dos bandos bien definidos. Armengol se había puesto del lado del Llop y empezó a decirle al verguer de Olérdola con voz tonante:

—Guillem tiene razón: no deberías haber soltado esos leones. ¡Toda la culpa es tuya! ¡Ha sido una indignidad! ¡Esto siempre fueron peleas de osos!

El verguer de Olérdola le lanzó una mirada cargada de extrañeza, irguió la cabeza, con su habitual arrogancia, y le contestó a gritos:

—¿Y tú le defiendes, conde Armengol? ¿Te pones de parte de ese?...

Calló un instante, ante la expectación general, pero luego prosiguió diciendo con desprecio:

—¡No defiendas al Llop! ¡No lo hagas si es por lo que todo el mundo sabe! Porque su hija Riquilda se ha fugado con su amante... ¡Ya no tienes ninguna necesidad de estar del lado de Castellbó! ¡Ella se ha ido! ¿Oyes lo que te digo? ¡Su hija se ha fugado!

Después de estas palabras, se hizo un silencio terrible en el que todas las miradas parecían expresar que no podían creerse lo que acababan de oír.

Entonces el Llop lanzó una especie de bufido, inspiró aire de manera profunda y sonora e hizo ademán de ir a golpear con su espada a Laurean. Pero se le adelantó Armengol, que saltó sobre el veguer para agarrarlo por el cuello, cayendo ambos desde la plataforma sobre la empalizada que estaba muy por debajo.

Un grito de horror surgió de las gargantas de todos, al ver que la espalda de Laurean había quedado ensartada en la afilada punta de uno de los troncos que componían el vallado. Armengol en cambio cayó al suelo.

El veguer estuvo retorciéndose un instante, profiriendo alaridos, y la gente se arremolinó a su alrededor, gritando:

—¡Está muerto!

—¡Lo ha matado!

—¡No hay remedio!

La sangre brotaba abundantemente sobre la tierra ante los ojos de todos. Y en lo alto del estrado, el fuego que relampagueaba en la terrible mirada del Llop se extinguió para ceder su sitio a los dardos de la confusión y de la rabia, mientras gritaba:

—¡Él se lo ha buscado! ¡Se lo tiene bien merecido! ¡Debí darle muerte yo!

Aturdidos y con los rostros desencajados, los magnates contemplaban la escena. Las damas chillaban y una gran confusión se apoderó de todo el mundo.

Únicamente el obispo de Barcelona, Aecio, tuvo la suficiente entereza en aquel momento para ordenar a voces:

—¡Atended al herido! ¿No veis que se desangra?

Acudieron varios hombres y lo desprendieron de la empalizada. Pero el cuerpo ya estaba completamente inerte, con una gran herida entre las costillas de la que manaba abundante sangre. La cara enseguida se le puso blanca y apareció el rictus de la muerte en su boca.

Viendo que el veguer había expirado, allí mismo los prelados le dieron las bendiciones y encomendaron su alma al cielo.

Luego el vizconde Udalard se dirigió al conde de Barcelona y, con el rostro ensombrecido, sugirió:

—Mi señor, ante lo que ha pasado, es justo y necesario que sea suspendida la fiesta.

Ramón Borrell asintió con un apesadumbrado movimiento de cabeza. Entonces el vizconde les ordenó a sus hombres que empezasen a disolver al gentío.

Mientras tanto, Armengol se hallaba de pie sin daño aparente, y con la mirada desorientada. Se acercó a él el obispo Salas y le dijo al oído:

—Será mejor que te retires de aquí, Armengol.

El conde puso en él unos ojos afligidos y extraviados. Y el obispo añadió, echándole el brazo por encima de los hombros:

—Vamos, vamos al castillo...


Atendiendo a la magnitud del infortunio, se puso fin a las fiestas. Los magnates abandonaron el estrado y todo el entorno de la empalizada se quedó solitario. Ya nadie tenía ganas de diversión y las improvisadas tabernas del río estaban vacías. Una quietud contenida se propagó por los campamentos.

Con la puesta del sol, cayó un manto de pesadumbre sobre el valle. Incluso la pequeña villa y el castillo parecían más oscuros y tristes, recogidas las banderolas y los estandartes. Sería por aquel silencio tan repentino, o por la luna llena, pero durante esa noche se oyeron los aullidos de los lobos con mayor nitidez que nunca...

# LIBRO OCTAVO

## Contrición y expiación (año 997)

Los pecadores, cuyo pecado fuera capital y público, solo obtenían la absolución o la paz ingresando entre los penitentes en una ceremonia celebrada ante todos. Luego, tras un tiempo diferente y más o menos largo, recibían el perdón ante el obispo y la comunidad.

La penitencia pública solo se administraba una vez en la vida, a semejanza del bautismo, y se hacía mediante la imposición de las manos del obispo.

Ya san Agustín recordaba con contundencia la obligación de hacer pública penitencia por los pecados notorios. Así lo expresaba al hablar del emperador Teodosio, cuyo pecado fue público: «*Agere poenitentiam publicam in conspectu populi, maxime quia peccatum eius celari non potuit*». (Está obligado a hacer penitencia ante el pueblo, especialmente, porque su pecado no fue oculto).

# 62

*Campamento provisional del vizconde Guillem de Castellbó, riera de Vallfogona, 30 de julio, año 997*

—Quizá me haya equivocado al traer al muchacho —dijo el abad Gerau, en un tono tan triste y con una expresión tan afligida en su rostro que daba verdadera pena.

El Llop levantó la barba, como queriendo preguntarle algo. Pero su esposa se le adelantó, lamentándose:

—¡Es todo tan raro...! Nunca he sentido tan rota el alma como ahora... Es increíble, increíble... Si no fuera porque sabemos a ciencia cierta que eres el abad de Santa María de Cubellas, no podríamos creer nada de lo que nos estás contando...

Hubo después un largo silencio. Pareció que de nuevo el Llop iba a decir algo, pero se contuvo; y en vez de hablar, se quedó mirando a Blai, con una expresión fría y a la vez con un ligero asomo de incredulidad.

Después de aquella larga noche cargada de consternación, el abad Gerau y Blai se habían presentado allí de pronto. Los vizcondes de Castellbó no se lo esperaban y se quedaron atónitos ante aquella visita. Era por la mañana y se hallaban en la tienda de campaña. En un primer momento, la situación fue difícil, tensa y comprometida. Estaban todavía muy vivas las terribles impresiones de la tarde anterior y seguían alterados los ánimos. Nadie había podido conciliar el sueño. Los vizcondes se pusieron muy nerviosos cuando el monje presentó al joven diciendo que era nieto de Gilabert y, por ende, sobrino de Sancha. El Llop empezó a dar voces, tachándolos de embusteros e impostores, y a punto estuvo de echarlos de allí. Pero el abad, que ya contaba con que pasara algo así, supo calmarle pacientemente. Intervino también la vizcondesa, aunque igualmente estuviera sobresaltada. Pero ella conocía a Gerau y, a pesar de que hiciera mucho tiempo que no lo veía, lo reconoció enseguida. Luego, estando todos más calmados, el monje pudo dar las explicaciones oportunas. Contó que Blai había sido rescatado de su cautiverio por los monjes, y que habían resuelto venir a los campamentos para someterse a los condes y que ellos decidieran sobre su futuro. También los hizo partícipes de la preocupación que les había causado la actitud intransigente del veguer de Olérdola, lo cual ya no les preocupaba, como era obvio. Y además les refirió la muerte de Gilabert, devorado por los leones, hecho que era el motivo por el que Blai saltara a tomarse venganza cuando los vio dentro de la empalizada.

Al principio a los vizcondes Guillem y Sancha esta historia les resultaba imposible de creer, puesto que seguían considerando que ya conocían a Blai de Adrall. Pero, merced a las infalibles razones del abad, acabaron comprendiendo que habían sido víctimas del engaño de un impostor.

Ahora estaban todos sumidos en un estado de confusión y abatimiento, como concediéndose un tiempo para asimilar todo aquello, y permanecían en silencio, cariacontecidos.

El abad echó una larga mirada a la vizcondesa. Le recordaba a la madre de ella, cuando tendría más o menos su edad. Haría veinte años por lo menos desde que la viera por última vez. Pero era uno de los recuerdos que no se le habían borrado, ya que él también era de Estamariu, como ella. Se trataba pues de su pasado, de su propia historia y de sus recuerdos; y, por lo tanto, de su propio ser... Porque, antes de hacerse monje, Gerau pasó su infancia y su adolescencia en el señorío de Udo de Adrall, igual que el hijo de este, Gilabert, el malogrado gobernador de Cubellas. Y Sancha por entonces apenas era una muchacha, aunque ya estaba casada con Guillem de Castellbó.

—También yo me acuerdo de ti —continuó diciendo ella, con lágrimas en los ojos—, y recuerdo perfectamente el día que te despediste para irte al monasterio... Ahora, con esas barbas largas y blancas, pareces un monje de verdad...

El abad esbozó una sonrisa forzada y dijo:

—Señora, también yo recuerdo tu cara de rosa cuando eras una chiquilla.

La vizcondesa suspiró y contestó con resignación:

—El tiempo es el mayor enemigo de las rosas...

—Sí, pero también es el mayor enemigo de las desgracias —apostilló el abad—. Los males siempre acaban pasando...

Ella se enjugó las lágrimas con un pañuelo y luego puso toda la atención en su sobrino. Blai estaba de pie, apoyado contra la mesa, y en su pálido rostro la vizcondesa vio resplandecer aquella delicada y, no obstante, viril belleza propia de los muchachos de buen linaje. Y al mismo tiempo apreció en él cierto asomo de la fisonomía familiar, no solo en el largo cuerpo, sino, sobre todo, en las manos breves y blancas, en los ojos ardientes y suaves y en su mirada reluciente.

—Así que tú eres Blai de Adrall —dijo ella con forzada sutileza. Y añadió pensativa—: El auténtico Blai de Adrall, mi verdadero sobrino.

El joven se acercó y se inclinó en una reverencia, tras la que asintió:

—Sí, mi señora, soy yo. Mi abuelo, Gilabert de Adrall, me ordenó antes de morir que fuera a su tierra de origen para conocer a mis parientes. Por eso estoy aquí. Habría venido antes si no hubiera sido por la mala suerte que tuve al caer en manos de los bandidos.

La vizcondesa movió la cabeza y lanzó hacia las alturas una mirada de desconcierto. Permaneció un rato en silencio y a continuación exclamó sin más preámbulo:

—¡Virgen santa! Algo como eso nos dijo el otro…

Luego rompió a llorar.

Y mientras su esposa se secaba las lágrimas, el Llop se encaró con el abad, preguntándole a voces:

—¿Y quién diablos es el otro entonces? ¿O es que hay dos Blai de Adrall? Esto es de locos… ¡Vive Dios!

Gerau abrió los ojos sorprendido, poniendo cara de desconcierto, y preguntó a su vez:

—¿Cómo es ese otro? Describídmelo.

Sancha se adelantó a su esposo y respondió, agitada y jadeante:

—Se parecen… No es que sean iguales, pero podría decirse que fueran hermanos… ¡Ay, Dios mío! Nosotros que pensábamos que… ¡Virgen santa! Le habíamos tomado tanto cariño…

El Llop dio un puñetazo en la mesa y estalló en una carcajada de locura. Luego exclamó:

—¡Maldito impostor! ¡Farsante! A mí no me tenía engañado del todo. ¡Desde el primer momento! En cuanto le puse los ojos encima, noté algo raro. ¡Y lo dije! Dije que me parecía que era un farsante. ¿O acaso no lo dije? Pero vosotras me convencisteis. A vosotras pudo haberos engañado, pero a mí no.

Sancha se fue hacia su esposo, roja de ira y sin dejar de jadear, gritándole:

—¿Como dices eso ahora? ¿Serás hipócrita? ¡Señor, lo que hay que oír! ¡Lo que una tiene que aguantar! ¿Ahora va a resultar que tu hija y yo somos las culpables de todo?... ¿Ahora sales con eso? Cuando resulta que tú le habías tomado a ese sobrino mío más cariño que nadie en esta casa... ¿Cómo se te ocurre decir ahora que a ti no te tenía engañado? ¡El muchacho nos había engatusado a todos en esta casa!

—No le llames ya «sobrino», mujer —replicó molesto el Llop—. No es tu pariente, ¡es un farsante! ¡Este es tu verdadero sobrino!

—Está bien, está bien... —terció el abad—. No discutáis ahora por eso. Lo importante es que pongamos las cosas en claro. Os he pedido que describáis a ese joven. Poneos de acuerdo, por Dios bendito.

—Pudieran ser hermanos, ya te lo ha dicho mi esposa —contestó de mala gana el Llop—. El otro tendrá la misma edad, esbelto, apuesto... Aunque no tan apuesto como este, que es el verdadero...

El abad y Blai se miraron de manera significativa. Permanecieron luego un rato en silencio, mientras el monje asentía con movimientos de su cabeza, como diciendo: «Es lo que suponíamos».

Mientras tanto, la vizcondesa empezó a decir con desazón:

—Nos contó muchas cosas... Lo sabía todo... ¡Todo! Me habló de mi familia, de nuestros antepasados comunes, de nuestra tierra... Conocía muy bien a Gilabert... ¿Por qué sabía todo eso? ¿De dónde había sacado toda esa información? Verdaderamente parecía ser nieto de Gilabert... Y además tenía el anillo de Udo de Adrall, de quien decía que era su bisabuelo... Nos dijo que se lo había entregado su abuelo antes de morir. ¿Y por qué tenía una carta en la que se daba razón de su identidad? Era una carta tuya, abad Gerau, con tu firma y el sello de la abadía de Santa María de Cubellas... Y encima tenía dinero, mucho dinero... Siempre explicó que era el tesoro de su abuelo... ¿Cómo es posible? Tal vez si hubiera sido pobre y no nos hubiera mostrado esas cosas... Tal vez en ese caso nos hubiera costado más creerle. Pero... ¿cómo dudar de él si tenía esas cosas?

El abad se dirigió a Blai y le pidió circunspecto:

—Será mejor que se lo expliques tú, hijo.

El joven se quedó pensativo durante un rato. Después suspiró, antes de comenzar diciendo, con un asomo de ira en sus ojos:

—Os costará creerlo, porque en verdad parece increíble... Pero debo deciros que ese impostor es esclavo mío. Es decir, el joven que se presentó ante vosotros suplantando mi identidad es mi esclavo. Se llama Sículo y me servía desde que era niño en Cubellas. Él y yo tenemos casi la misma edad, pues nació apenas ocho meses antes que yo... Como habéis dicho, en cierto modo se parece a mí...

Pensó de nuevo unos momentos y continuó, poniéndose ahora visiblemente triste:

—Será porque nos criamos juntos... Y nuestras vidas se desenvolvieron siempre unidas hasta el momento que nos separamos... Sículo partió de Cubellas conmigo aquel día, tras la muerte de mi abuelo, y emprendimos camino juntos. Ambos caímos, por desgracia, en poder de los bandidos que nos vendieron al dueño del pozo de la nieve... Él fue más hábil que yo, o quizá más animoso... Se dio maña para escapar y me dejó allí. Tuvimos la precaución de ocultar en el bosque el anillo, el dinero y la carta antes de que nos cautivaran. Sículo conocía el lugar donde escondimos todo eso y seguramente lo recuperó después de huir. No se me ocurre más explicación que esta.

—¡Menudo zorro! —exclamó el Llop—. ¡Qué alimaña! ¡Cuando lo atrapemos lo ahorcaremos sin contemplaciones! ¡Vengaremos todo lo que te hizo!

Pero la vizcondesa se fue hacia su esposo y, poniéndole la cara a un palmo de la suya, le espetó con amargura:

—¡No te enteras de nada! ¡Nunca te enteras de nada! Nuestra hija esta perdidamente enamorada de su primo...

El Llop puso cara de pasmo, señaló con el dedo a Blai y balbució:

—¿Enamorada...? ¿Enamorada de él?... ¡Este es su verdadero primo!

—¡No, de este no! —contestó su esposa exasperada—. ¡A este ni lo conoce! ¡Me refiero al otro! ¡Al otro! ¿Cómo puedes ser tan torpe, esposo?

Él soltó un resoplido y fue a sentarse como derrotado, con una expresión de agotamiento y confusión en su rostro. Luego murmuró:

—¡Qué cosas pasan! ¿Cómo permite Dios que pasen estas cosas?...

Blai movió apesadumbrado la cabeza, sin más comentario.

Y el abad, igualmente entristecido, sentenció:

—Los caminos de Dios son en verdad misteriosos e inescrutables. No sabemos qué oculto designio hay detrás de todo esto. Pero debemos confiar y obrar como cristianos. Ahora habrá que organizarle la vida a este joven, que ya ha sufrido lo suyo...

El Llop observó a Blai con una mirada extraña y dijo a media voz:

—Ahora que el veguer de Olerdóla está muerto, ya no será difícil arreglar el asunto.

A todo esto, la vizcondesa Sancha estaba muy atenta y seguía con los nervios destrozados. Se acercó al joven y le hizo una delicada caricia en la mejilla con su mano temblorosa, diciendo:

—Has tenido que sufrir, cariño… ¿Qué no te habrán hecho esos sarracenos del demonio? Igual que a él, igual que a nuestro Blai…

Pero enseguida se dio cuenta de lo que estaba diciendo y rectificó con voz débil y entrecortada:

—Ese…, ese canalla, zorro y mentiroso…

Y luego, dirigiéndose a su esposo, preguntó:

—¿Y ahora qué haremos? ¿Qué sentido tiene ya estar aquí?

El Llop la miró resignado, con ojos apagados, y masculló:

—Sí, esposa, tienes razón; debemos volver a casa… Nuestra hija está en Castellbó con ese esclavo sinvergüenza y no sabe que es un impostor…

Sancha, angustiada, añadió:

—¡Y Dios quiera que no pase nada más! ¡Dios lo quiera!

Entonces el abad se fue hacia ellos e intervino, diciendo:

—No debéis temer. Sículo no hará nada malo a vuestra hija. Le conocemos bien. El muchacho ha engañado y ha mentido, pero no causará mal a nadie. No sería capaz de ello.

—Yo también quisiera creer eso—dijo Sancha—. Pero ya no me fío del todo… Así que ¡démonos prisa! Hay que volver a Castellbó hoy mismo. ¡Vamos, esposo, ve a ordenar que levanten las tiendas! Pasaremos por Ripoll y recogeremos todo lo que tenemos en el otro campamento.

El Llop se puso en pie con diligencia, dispuesto a cumplir de inmediato la orden de su esposa. Pero, antes de salir, se volvió hacia el abad y le preguntó:

—¿Qué haréis vosotros? ¿Vendréis también a Castellbó con nosotros?

Gerau miró al muchacho y le dijo:

—Tú, Blai, te irás con ellos. Debes empezar tu nueva vida allí, cumpliendo el deseo de tu abuelo. Pero yo tengo que regresar a Cubellas, a mi abadía. Ya he estado demasiado tiempo fuera…

# 63

*Monasterio de Santa María de Ripoll, 5 de agosto, año 997*

El Gran Consejo, compuesto por los condes y obispos, estaba reunido en la iglesia del monasterio de Ripoll. Se hallaban presentes todos los miembros, excepto Armengol, conde de Urgel, que permanecía recluido en una celda a la espera de comparecer cuando se le llamara. La situación era grave en extremo, lo cual se apreciaba en los rostros. Se había cometido un homicidio, del que habían sido testigos los magnates y el pueblo. El delito era pues público y notorio.

El obispo de Barcelona tenía elevado el dedo índice y recitaba de memoria un precepto de la antigua ley que venía al caso:

—«...*Siquis hominem occiderit nolens infra civitatem, judicium faciat; et si volente...*».

A lo que el abad de San Cugat, Odón, añadió apostillando:

—Sí, cierto, hermano, nadie de entre nosotros podrá dudar de que se trata de homicidio, pero todos debéis convenir conmigo en que es homicidio casual, puesto que no hubo ánimo de matar. Y en tal caso ya dice nuestra ley al respecto: «*Si hominem dum, quis non videt occiderit*». Porque Armengol no sacó su espada, sino que, ante la ofensa proferida por el ahora difunto, le agredió simplemente con la fuerza de sus manos desnudas, si bien sobrevino la muerte luego, como consecuencia del accidente... Y la falta de voluntad criminal aparece como circunstancia atenuante. Esa idea expresa la antigua y buena ley al hablar de heridas causadas «*absque voluntate*», de homicidios que no se ocasionan por mala voluntad. Y, por lo tanto, la pena que por aquellos debe pagarse es muy inferior a la normal. Los homicidios involuntarios no acarrean, por lo general en nuestra tradición, más sanción que la compensación pecuniaria, la *inimicitia* y la multa a la autoridad pública.

Tras expresar estas opiniones, el abad de San Cugat paseó su mirada por los miembros del Consejo, no encontrando otra cosa que aquiescencia en todos los rostros. A la vista estaba que en ninguno de ellos se apreciaba el ánimo de imponer al conde de Urgel una condena más severa.

Entonces tomó la palabra de nuevo el obispo de Barcelona y se dirigió directamente al vizconde Udalard, diciendo:

—El veguer de Olérdola era vasallo tuyo. Eres tú, pues, vizconde, quien más derecho tiene para oponerse a nuestro veredicto o presentar alguna alegación más.

Udalard movió la cabeza en un leve gesto de asentimiento. Luego contestó:

—Nada tengo que decir, excepto manifestar mi conformidad con todo lo que aquí se ha dicho. Armengol actuó movido por un impulso más fuerte que él. Pero tampoco yo considero que hubiera una voluntad de matar. Ha sido una desgracia. Que se aplique pues la ley que habéis invocado: que indemnice a la familia de Laurean de Olérdola, que pague la multa y que compense como corresponde a la Iglesia por el pecado cometido.

—Amén —sancionó el obispo de Barcelona—. Y que también te compense a ti, puesto que eres el señor natural del muerto. Ya solo queda pues fijar las cantidades oportunas, redactar la sentencia y hacerla pública.

—Falta una cosa más... —observó Odón.

Todos le miraron. Y él añadió con circunspección:

—Armengol debe ausentarse del país durante un tiempo prudente. No sería sensato que continuase haciendo una vida normal después de este luctuoso suceso. Ello constituiría un mal ejemplo para el pueblo y daría una lamentable sensación de impunidad.

—¿Estás hablando de destierro? —preguntó Ramón Borrell, sin ocultar en su expresión lo preocupado que estaba por su hermano.

—No —respondió el abad de San Cugat—. No he pensado en ningún momento en esa pena en concreto. Quería decir simplemente que sería bueno que Armengol saliera de sus dominios para irse lejos una temporada. Se me ocurre que lo más oportuno sería que emprendiese una peregrinación a Compostela, al santo templo de Santiago. Así haría penitencia y, mientras tanto, el tiempo que todo lo cura mitigaría el recuerdo del suceso, que ahora todo el mundo tiene tan fresco.

—Me parece justo y necesario —sentenció el obispo de Barcelona—. Que peregrine a Santiago de Compostela para expiar su pecado. Y que no regrese a sus dominios hasta la próxima primavera. Durante su ausencia, el obispo Salas de Urgel gobernará el condado. He dicho.

Tras esta sentencia, el obispo Salas se puso de pie y manifestó su conformidad con una inclinación de cabeza. Después dijo:

—El veredicto, pues, es firme. Y yo lo acato. Si no hay más que juzgar, iré a llamar a Armengol para que comparezca ante el Consejo y se le comunique la decisión. ¿Me dais licencia para ello?

—Ve pues —le autorizó el obispo Aecio.


Salas empujó la puerta de la celda y encontró al joven conde de Urgel medio desnudo, tumbado en el camastro boca arriba, con la mirada puesta en el techo, y la cara transida de tristeza, pudor, miedo, remordimiento… La estancia estaba en penumbra, era pequeña y austera; al obispo le pareció un calabozo.

—Armengol —susurró parcamente—, el Consejo ya ha resuelto.

El conde se incorporó y se sentó en el borde del jergón. Se restregó la frente y los ojos con la mano y se lamentó:

—¡Qué desastre! ¡Dios mío! ¿Cómo es posible que haya pasado todo esto?

Salas suspiró. Se fue hacia la ventana y la abrió, dejando que la luz penetrara. Luego se acercó a él con una expresión bienhechora y, con un tono dulce y confortador, dijo:

—Has sido víctima de una trampa del maligno… Pero el mal no se saldrá con la suya. Ahora debemos confiar en Dios…

Armengol se levantó y se acercó a la ventana. Vio el claustro vacío, iluminado por los rayos de sol que caían oblicuos. Después agachó la cabeza, abrumado, frunciendo el ceño y con el rostro enfurruñado. Regresó al camastro y se sentó de nuevo en el borde, renegando:

—Yo no quería matar a ese hombre… ¡Y Dios permitió que muriera! ¿Por qué? ¿Por qué?…

El obispo fue a sentarse a su lado y respondió:

—Dios permite el mal, porque permite la libertad que lo genera. Pero debemos creer que es capaz de transformarlo en nuestro beneficio. Él nos anima a que carguemos con el mal que nosotros mismos causamos… Como una cruz puesta sobre nuestros hombros…

El conde se volvió hacia él y se puso de pie, mirándole fijamente. La palidez de su rostro se había acentuado. Sus ojos reflejaban una honda tristeza, una inmensa desesperación. Se puso a recorrer la celda a grandes pasos, gritando:

—¡No entiendo eso que me dices! ¡No comprendo nada! ¡Y no quiero sermones! ¿Cómo es posible que haya pasado todo esto sin que apenas me haya dado cuenta? ¡Es injusto! ¡Y es cruel! Ahora todos piensan que soy un homicida…

—No, no piensan eso. Todos están de acuerdo en una cosa: mataste al veguer, pero no querías hacerlo.

—Ahora está muerto y ya no tiene remedio. ¡Eso es lo que me causa tanta angustia! ¡Dios mío! ¿Cómo iba a consentir yo que se ofendiera el nombre de la mujer que amo? ¿Cómo iba a quedarme quieto? Lo hice movido por un impulso, y luego… Luego…

Se calló, pensativo, con aire grave y una opresión en el pecho.

Salas fue hacia él y, haciendo un gran esfuerzo para denotar serenidad, comenzó a decirle:

—Ha sido una tragedia, en efecto. El mal ya está causado y sin remedio. Porque la muerte no tiene remedio. Te advertí sobre el peligro que conllevaba tu obcecación con esa mujer. Pero tú no quisiste hacerme caso...

Armengol se volvió de forma violenta hacia la ventana y contestó con ira:

—¡No es obcecación! ¡Es amor! ¡Amo a Riquilda! ¡Te lo he dicho cien veces! ¿Eres tan sabio y no puedes comprender que los hombres se enamoran?

—Armengol, Armengol, escucha: una cosa es amor y otra cosa es deseo...

—¡En el amor también hay deseo! —replicó el joven conde, dando un brinco violento, nervioso—. ¿Cómo no se va a desear lo que se ama?

—Sí, en efecto. Hay muchas formas de amor. El erotismo también es amor, pero es un amor contaminado de deseo carnal... Y por eso perdiste la cabeza y sobrevino la tragedia...

Armengol agachó la cabeza un instante, sumergiéndose en la melancolía de donde le había sacado la conversación. Pero enseguida se enzarzó de nuevo en la discusión:

—No voy a cambiar mi idea de casarme con ella por lo que ha pasado. ¡Y nadie lo podrá evitar! Cumpliré la pena que se me imponga, pero después me casaré con Riquilda. Esta es mi decisión.

El obispo le estuvo observando con mirada atenta durante un rato, en silencio, mientras pensaba y buscaba la mejor manera para expresar lo que iba a decir a continuación. Luego murmuró:

—Armengol, siéntate y escucha con atención.

—Prefiero estar de pie —contestó el conde.

—Está bien. Sabes que por nada del mundo yo te haría daño intencionadamente, aunque tengo la obligación de abrirte los ojos de una vez por todas. Y sé que el desengaño te ayudará a recapacitar. Riquilda no te ama a ti. Tú estás enamorado. Pero ella no querrá casarse contigo.

Armengol le echó una mirada furiosa.

Y Salas prosiguió con rotundidad:

—Si ella te amara a ti, no se habría marchado del campamento para volverse a Castellbó. Pero ella no está enamorada de ti, porque de quien está enamorada es de ese otro hombre: un impostor que suplantó a su pariente Blai de Adrall. Y su amor además es correspondido, porque ambos se escaparon juntos. Lo sabe todo el mundo… Siento haber tenido que decirte esto, pero era mi obligación… Ahora el Llop y la vizcondesa Sancha van también de camino hacia su castillo. Ellos lo saben todo…

Armengol siguió quieto allí durante un rato, mirando fijamente al obispo. Después, poco a poco, su expresión se fue aflojando, hasta reflejar toda la aflicción que sentía. Se derrumbó y acabó sentándose y rompiendo a llorar.

Salas le puso la mano en el hombro y le dijo conmovido:

—Sé lo que pasa ahora por tu cabeza y comprendo todo lo que sientes, pero debes comparecer ahora ante el Consejo. Y no vendrá nada mal que te vean humillado y desolado; eso ablandará sus corazones… Anda, vístete y vamos allá. Compórtate como el hombre que eres. Y piensa que todo está en las manos de Dios…

# 64

*Camino de San Juan de las Abadesas, 6 de agosto, año 997*

El conde Oliba cabalgaba por un camino de abedules. Solamente le acompañaba su ayuda de cámara, algo más joven que él, delgado y grácil, vestido de negro desde el cuello a los tobillos y cuyo gorro de cuero dejaba escapar unos bucles castaños. Estaban a punto de cruzar aquel puente sobre el río que daba entrada a la aldea de San Juan de Ter, desde la cual se llegaba en pocos instantes al monasterio de monjas benedictinas.

Una pequeña procesión de campesinas, con pañuelos de algodón en las cabezas, recién lavadas y adorablemente bonitas, con sus hombros desnudos y relucientes, atravesaba unos matorrales cantando una vieja tonadilla en una conmovedora lengua antigua. Iban a lavar al río y se sobresaltaron al ver a los dos jinetes forasteros. Se quedaron en silencio, mirándolos con cara de susto. Pero luego una de ellas reconoció al conde y debió de decirles a las otras quién era, porque al momento todas hincaron las rodillas en tierra y se quedaron con las cabezas bajas en señal de respeto.

Oliba paso por delante de ellas y las saludó cordialmente:

—¡La paz de Dios, muchachas! No me hagáis reverencia. ¡Solo a Dios hay que adorar! Yo soy más pecador que vosotras y vengo al monasterio a hacer penitencia.

Y, después de decirles aquello, metió la mano en su faltriquera y les arrojó un puñado de monedas. Ellas las recogieron entre albórbolas de alegría y risas, pidiendo a la vez a Dios bendiciones para el conde. Y él entró en la aldea, seguido por su ayudante, y se dirigió por la calle principal hacia el monasterio. Apenas había media docena de casas, tres a cada lado, y muy pronto se encontraron ante el pórtico de piedra labrada, frente al cual descabalgaron en la paz soleada de la pequeña plaza.

La mandadera anciana que guardaba la puerta, sorda y medio ciega, tardó un buen rato en enterarse de quién era el visitante.

—¡Soy Oliba! —le explicaba él a voces—. ¡El conde Oliba!

—Sí, sí… ¡Murió el conde Oliba! —contestó ella, haciendo un gran esfuerzo para ver algo con sus ojos enturbiados—. Murió lejos, según dijeron… Nadie sabe dónde está enterrado. Murió monje… ¡Dios lo haya perdonado! *Soli Deo gloria*! Aquí, en el monasterio, está su hija, la abadesa Ingilberga… Mas el conde Oliba… ¿Qué quieres saber tú del conde Oliba, señor?

—¡Mujer, escucha! ¡Ese era mi señor padre! ¡Yo soy el hijo! ¡El sucesor! ¡Oliba de Berga y Ripoll!

Se acercaron un par de vecinos, ancianos también, y entre todos acabaron haciéndola comprender. Pero ya no era necesario, porque, con el escándalo de las voces, las monjas habían sido alertadas y salieron a la puerta.

Apenas eran diez, entre las que destacaba la presencia joven, grande, gruesa y alegre de Ingilberga, la abadesa, que era medio hermana de Oliba.

Se estuvieron mirando las caras durante un rato, sin decir nada, como reconociéndose, pues hacía más de dos años que no se veían. Luego el conde dio unos pasos hacia ella, diciendo afable:

—¡Hermana mía, mi alma se alegra al verte!

Ella soltó una sonora carcajada y contestó en tono de guasa:

—¡Y goza mi espíritu al ver a su señor! ¡Bienvenido a esta santa casa, Oliba, conde de Berga y Ripoll, hermano mío y señor de estos dominios!

Siguieron mirándose unos instantes más, hasta que ella le señaló con su mano la puerta, y al mismo tiempo se ladeó reverentemente para franquearle el paso.

La capilla era un cuadrado pequeño, sin adornos, con gruesas paredes y un techo bajo y oblicuo. Deteniéndose primero en la entrada, Oliba inclinó la cabeza y entró. Avanzó por el centro hasta arrodillarse frente al altar redondo de mármol, bajo el ábside. El único adorno en el muro era un alto ajimez estrecho, por el que entraba una intensa luz. También había un atril de madera maciza en un rincón y las velas que ardían silenciosamente en los candelabros, desprendiendo su esencia tibia, levemente rancia.

Su ayudante y las diez monjas entraron tras él y se quedaron a cierta distancia, observándole con prudencia.

El conde estuvo rezando en silencio, conmovido, doblado sobre sí, y clavaba mientras los ojos en el misterioso reflejo que la claridad del ajimez proyectaba en el suelo, ante él; luz y sombra parecían estar compitiendo por la supremacía en la piedra. Y también el candelabro enviaba un halo fulgurante sobre el mármol del ara. Oliba se agitó, convulsionando y emitiendo a la vez una suerte de gemido. Después rompió a llorar, débilmente al principio y después violentamente. Su alma estaba atormentada; deseaba que triunfara la luz, pero había demasiada oscuridad alrededor...

Al verle de aquella manera, su hermana Ingilberga se sorprendió mucho y se preocupó. Hizo ademán de ir a atenderle, pero comprendió enseguida que aquel llanto brotaba de una profunda inquietud espiritual. Entonces, le pareció más oportuno crear un ambiente anímico propicio. Se volvió hacia sus monjas y entonó la antífona:

*Revela oculos meos, et considerabo mirabilia de lege tua.*

(Abre mis ojos, para que vea las maravillas de tu ley).

A lo que contestaron las demás:

*Incola ego sum in terra, non abscondas a me mandata tua.*

(Peregrino soy en la tierra, no escondas de mí tus mandamientos).

# 65

*Castillo de Castellbó, 13 de agosto, año 997*

En el profundo silencio de la noche, llamaron con fuertes golpes a la puerta del castillo de Castellbó. Y una voz gritó con ímpetu:

—¡Abrid! ¡Guardias, abrid al vizconde! ¡El señor está aquí! ¡Abrid!

Los golpes y las voces no cesaron hasta que salió el guardia de la puerta y, tan pronto como la abrió, unos pies pesados, dando pasos violentos, entraron en tropel por el túnel que atravesaba la ancha muralla, y se dividieron por el patio de armas y las escaleras, poseídos de una gran ansiedad.

Eran los hombres de la hueste, que regresaban de los campamentos del Ripollés y que habían viajado sin apenas descansar durante la semana. Detrás de ellos entraron a caballo el Llop, su hijo Miró y el verdadero Blai de Adrall. Los tres se dirigieron apresurados y furiosos hasta las puertas de los establos. Allí descabalgaron y gritó el Llop con voz de trueno:

—¡Llamad al castellano! ¡Que venga inmediatamente!

Y después de dar esta orden, caminó arrebatado hacia la puerta de la torre principal. Al pie de la escalera le salió al paso el castellano, desorientado por el sueño y fatigado a causa de su avanzada edad; y al ver a su señor y a su hijo en medio del grupo de aguerridos hombres, se sintió confundido y preguntó turbado:

—¡Dios nos ampare de todo mal! ¿Qué pasa? ¿Por qué está tan enfurecido mi señor? ¿Qué desgracia ha sucedido?

El Llop le preguntó bronco:

—¿Dónde demonios está ese tal Blai? ¡El diablo lo lleve! ¡Ahora resulta que es un impostor! ¡Traedlo a mi presencia inmediatamente!

El castellano respondió demudado:

—Vuestro pariente no está en el castillo, mi señor…

—¿Cómo que no está? ¿Dónde diablos ha ido ese rufián? ¡Y sabed que no es pariente mío! ¡Es un farsante! ¡Un usurpador!

Y después de decir esto, el Llop se enfureció todavía más y siguió gritando:

—¡Registrad todo el castillo! ¡Debe de haberse escondido al saber que llegábamos! ¡Registrad también la villa! ¡No dejéis ningún rincón sin mirar! ¡Lo colgaré! ¡Hoy mismo!

Miró y los hombres se dirigieron hacia las diversas dependencias para ejecutar la orden, al tiempo que el castellano trataba de decir:

—¡Un momento! ¡Por Cristo, un momento! Dejadme que os lo explique...

Pero el Llop estaba fuera de sí y subía ya por la escalera dando voces:

—¡Riquilda! ¡Riquilda, ven a mi presencia inmediatamente! ¡¿Dónde te metes, hija?! ¡¡¡Riquilda!!!

Y mientras lo hacía, el anciano castellano le seguía, jadeante, y suplicaba con angustia:

—¡Atiende, mi señor! ¡Préstame atención! ¡Por el amor de Dios, escucha lo que tengo que decirte!

Un instante después, entraron también en el patio de armas la vizcondesa y sus criadas, que venían algo rezagadas. Y al ver lo que estaba pasando, Sancha se temió lo peor y empezó a gritarle a su esposo:

—¡Detente, animal! ¡No hagas una locura, Guillem de Castellbó! ¡Me prometiste que te tomarías esto con calma! ¡Cuidado con lo que haces! Como le pongas la mano encima a nuestra hija, te juro que... ¡No se te ocurra tocarla! ¡Bestia!...

También ella adelantó al castellano al subir por la escalera. Y cuando llegó al cuarto de Riquilda, encontró a su esposo, con los ojos emboscados en sus espesas cejas, escrutando cada rincón, como tratando de leer lo visible y lo invisible, puesto que allí no estaba su hija.

—¿Dónde está? ¿Dónde diablos estará esa condenada muchacha? —gritó desaforado.

La vizcondesa fue hacia él y le espetó:

—¡No des más voces, animal! ¡La niña se habrá escondido! ¡Eres un salvaje! Entras en el castillo dando voces y... ¡Qué va a hacer la pobre muchacha?!... Estará muerta de miedo... ¡Cálmate de una vez, por Dios!

Él replicó, rojo de cólera:

—¿Y dónde está el otro? ¿Dónde se ha metido ese maldito impostor? —Y descorriendo unas cortinas, rugió—: ¡Sal de una vez, ladrón! ¡Dondequiera que estés! ¡Sal! ¡Te encontraré, zorro!

A todo esto, entró por fin en la habitación el castellano y rogó con voz ahogada:

—Mis señores, por favor…, escuchadme… ¡Por el Dios altísimo!

Los vizcondes le miraron con ojos apremiantes, urgiéndole para que les diese una explicación. Y él, tras recuperar el resuello, dijo:

—No busquéis en el castillo a vuestra hija… ¡No la hallareis aquí! Ni al muchacho…, porque tampoco está… Ambos se marcharon juntos hace una semana, poco después de regresar de los campamentos… Y eso es lo que me extraña tanto, mis señores: que vosotros no sepáis su paradero…

El Llop se quedó desconcertado, envuelto en la duda, mientras su esposa preguntaba con voz temblorosa:

—¿Cómo que no están? ¿Cómo que se han marchado?… ¿Qué estás tratando de decir con eso?…

—Señora —contestó el castellano—, vuestra hija y ese pariente tuyo, Blai, se presentaron aquí hace una semana. Venían con mucha prisa y estaban muy nerviosos… Ella me comunicó que habían sido enviados por el vizconde y que traían un mandato suyo: debían recoger el dinero que está en la caja de caudales y llevarlo cuanto antes a los campamentos, porque su padre había hecho un importante negocio…

El Llop se estremeció y hasta tembló al oír aquello. Lanzó un bufido y se puso a gritar:

—¿Un negocio? ¡¿Qué clase de negocio?!… Pero… ¿qué me estás diciendo?

—Señor —respondió con voz trémula el castellano—, te digo lo que pasó… Ella me pidió el dinero en tu nombre y yo, pobre de mí, ¿qué iba a hacer?… ¡Es tu hija, amo!… Yo la creí… Me dijo que ibas a comprar un buen número de caballos, armas y otros enseres… Así que le abrí la caja y le di todo lo que había…

—¡¿Todo?!— gritó a el Llop.

—Sí, mi amo, todo… Ella dijo «todo», y yo cumplí lo que tú ordenabas… Te conozco bien, mi señor, y si no hubiera hecho lo que mandabas, ¿qué hubiera sido de mí?…

El Llop miró a la vizcondesa con el rostro demudado. A ella el corazón se le puso a latir a toda prisa, pero enseguida se controló y no dejó traslucir unos sentimientos que podrían aumentar la furia de su esposo.

—No puede ser… —balbució—. Eso no puede ser… No tiene sentido…

—Mis señores —contestó el castellano—, os he dicho lo que pasó, ni más ni menos. Vuestra hija me pidió el dinero y se lo di. Después volvieron a montarse en sus caballos y se marcharon por donde habían venido.

Sin embargo, Sancha volvió a insistir con el mismo tono de voz, mirando a su esposo, como si no hubiera oído nada:

—No puede ser...

Pero su esposo no la escuchaba. Con la mirada perdida, salió aprisa de la habitación, haciendo sonar las maderas del suelo por el ímpetu de sus pasos.

Y ella, mientras tanto, perdía del todo el control de sí misma y estallaba en sollozos.

Entraron entonces Miró y el auténtico Blai. Vieron el estado en que se hallaba la vizcondesa y se quedaron como paralizados, comprendiendo que algo terrible había pasado.

Entonces se oyeron crujir violentamente los cerrojos de hierro en el cuarto de al lado, que era el de los vizcondes. Y al momento, la voz del Llop estalló en terribles lamentos:

—¡La caja de caudales está vacía! ¡Hijo de puta! ¡Todo se lo ha llevado! ¡Nos ha robado a nuestra hija! ¡Y se ha llevado también todo nuestro oro!

La madre se estremeció al oír aquello y se arrojó de bruces al suelo, envuelta en llantos...

# 66

*Seo de Urgel, 14 de agosto, año 997*

El día amaneció con nubes. Por la mañana temprano, Armengol salió de su palacio de Castellciutat. Le acompañaban su hermano Ramón Borrell, conde de Barcelona, y la esposa de este, Ermesenda. Los tres vestían túnicas blancas, capas livianas y sencillas diademas de oro, lisas, sin adornos ni labrados. En la plaza de armas los estaba aguardando un menguado séquito de caballeros, damas, clérigos y siervos de confianza. Todos montaron en sus caballos y salieron por la puerta principal de la muralla en dirección al *vicus* de Urgel. El gentío se agolpaba a uno y otro lado de la vía que conducía hasta la seo. La comitiva avanzaba deprisa y en silencio, respirando el fresco aire, seguida por una escolta de soldados vestidos con armaduras.

El obispo Salas les salió al encuentro con los canónigos delante de su palacio de dos plantas y muros enjalbegados. La plaza estaba cubierta con arena fresca traída del río, sobre la que habían derramado hierbas aromáticas. Los acólitos sostenían la cruz y los ciriales de plata, los incensarios y los estandartes con las divisas de los santos.

Los condes descabalgaron al llegar y se arrodillaron delante de la puerta del perdón de la catedral de Santa María. Allí un monje asperjó sobre ellos agua bendita, mientras se entonaba la salmodia:

> *Non moriar, sed vivam et narrabo opera Domini.*
> *Castigans castigavit me Dominus et morti non tradidit me.*
> *Aperite mihi portas iustitiae; ingressus in eas confitebor Domino*
> *Haec porta Domini; iusti intrabunt in eam.*

(No, no moriré, yo viviré y contaré las obras del Señor.

El Señor me corrigió con fuerza, pero no me entregó a la muerte.

¡Que me abran las puertas de justicia para entrar a dar gracias al Señor!

Esta es la puerta que lleva al Señor; los justos entran por ella).

El conde Ramón Borrel tomó por el brazo a su hermano Armengol y lo condujo por un pasillo abierto entre una multitud de hombres y mujeres, hacia la puerta. Allí ambos se quitaron las capas y las diademas, se desabrocharon las túnicas y se quedaron con los torsos desnudos y con las cabezas bajas, en señal de penitencia y humillación. Todo el mundo se inclinaba no obstante a su paso. También el atrio estaba abarrotado; olía a cera, flores e incienso. El templo era no demasiado grande; todo de piedra, con la cubierta de madera y una cabecera con tres ábsides pequeños y austeros, donde estaba el altar dedicado a santa María. A través de la puerta abierta se veía el interior en penumbra. Pero Armengol no podía entrar…

La ley antigua imponía la necesidad de someter a penitencia todos los pecados llamados capitales, es decir, graves, ya fueran públicos u ocultos. Y el homicidio era el más grave de todos los pecados. El joven conde había matado a un hombre en presencia de los clérigos, de los nobles y de todo el pueblo. No había sido *casus belli* (con motivo de guerra) ni en propia y justa defensa. Si bien había un motivo de honor y no una intención clara de matar, la transgresión de la ley divina y del precepto humano habían sido patentes. Su delito era pues notorio y requería ser sometido a un proceso penitencial público.

El primer paso consistía en el reconocimiento del pecado por parte del pecador. Este debía confesar su delito ante el obispo y pedirle al mismo tiempo penitencia, que le era impuesta ante toda la comunidad en una ceremonia solemne. El rito exigía que se humillara en público, que el obispo le impusiera las manos y que le entregara el cilicio y el hábito expiatorio: un sencillo y pobre traje de saco ceñido por una cuerda, que era lo único que podía vestir a partir de aquel instante. La fórmula era muy estricta para los nobles: el pecador se desnudaba en público, se ponía el hábito y entraba desde ese momento a formar parte del *ordo* de los penitentes, un estado especial que implicaba someterse a una serie de obligaciones o prácticas ascéticas muy duras. También quedaba excluido de la comunión y no podía pasar más allá de la puerta en los edificios sagrados. Cumplido el tiempo de la penitencia, la reconciliación tenía lugar de modo igualmente solemne, al terminar la Cuaresma, el Jueves Santo. Mediante una serie de ritos, que concluían con la imposición de las manos y la absolución por parte del obispo, de nuevo se le permitía al penitenciado participar dignamente en la celebración de la Pascua.

El conde Armengol no tenía más remedio que cumplir con todos los requisitos que exigía el proceso. Lo había asumido y estaba dispuesto a cargar con los duros deberes que el obispo hubiera decidido imponerle. Con tal motivo, había pasado toda la noche anterior velando arrodillado ante el crucifijo en el oratorio de su palacio de Castellciutat. Y su hermano Ramón Borrell había decidido permanecer a su lado en todo momento, compartiendo el estado penitencial y todos los menoscabos públicos que conllevaba, por pura solidaridad, por amor fraternal y por mitigar, en lo que estaba en su mano, la humillación de su hermano.

Ambos se pusieron de hinojos ante la puerta llamada del Perdón y allí esperaron contritos a que diera comienzo la ceremonia. Sabían ya que debían partir desde allí, aquella misma mañana, para emprender el Camino de Santiago, y que no podrían regresar a sus dominios hasta el último domingo de Cuaresma, según lo prescrito en la pública penitencia que se les iba a imponer.

Se inició un solemne canto y se puso en marcha la procesión litúrgica. El obispo y el diácono iban en el último lugar de la fila, llegaron al atrio e incensaron desde allí las jambas y fustes de la puerta. Saltaban chispas de las ascuas del incensario y se desprendió el denso humo perfumado hacia el interior del templo, creando su característica atmósfera sacra y turbadora.

A continuación se inició el oficio religioso, con solemnidad y cadencia, sin omitirse nada. El coro cantaba muy despacio, en tonalidades diversas, y los acólitos se movían con parsimonia y orden en torno al celebrante.

Cuando llegó el momento del sermón, pusieron el báculo en la mano del obispo Salas y le cubrieron la cabeza con la mitra. A continuación, él alzó sus ojos a las alturas de aquel cielo plomizo y empezó a decir con profunda voz:

—Hermanos míos, hijos de Dios en Jesucristo, todos podemos morir, en cualquier momento, en cualquier lugar... Y esto siempre debemos tenerlo presente. San Justino, grande entre los apologistas del segundo siglo que siguió a la Resurrección del Señor, fue educado en su juventud en el paganismo, pero siempre experimentó el deseo de alcanzar la definitiva verdad. Ese vivo anhelo será el móvil de toda su vida y la razón de sus escritos. Y aquellas ansias de poseer la verdad le llevarían a frecuentar las diversas escuelas filosóficas de su tiempo, como él mismo recuerda en las primeras páginas de su libro titulado *Diálogo con Trifón*. En uno de los capítulos leía yo ayer mismo providencialmente esta enseñanza: el que ama a Dios con todo su corazón y con toda su fuerza debe cumplir los mandamientos divinos, que son a la vez estímulos y recuerdos que facilitan la entrega total a Dios. En efecto, la conversión cristiana es imposible sin el cumplimiento fiel de esos preceptos y, al mismo tiempo, dicho cumplimiento abarca el corazón y la conducta del entero ser del hombre...

Dejó pasar un instante de silencio, durante el cual trató de escrutar el rostro de Armengol. Pero el joven conde tenía baja la cabeza, mirando al suelo, y no dejaba ver su cara. Entonces Salas continuó diciendo:

—Conforme a lo dicho, ¡notad cómo llama Dios a penitencia! ¡A todos llama, pues todos somos pecadores! Porque la aceptación de la fe incluye esa transformación interior del hombre. Y solo este último, mediante sus facultades de entendimiento y voluntad, es la única criatura capaz de convertirse mientras se encuentre en la vida terrena. En efecto, el día del juicio, que habrá de llegar, manifiesta que el posible arrepentimiento posterior no existe... Y el empeño que Dios pone en la iniciativa de la conversión cristiana del hombre termina con el peregrinar de este por la tierra, y la posibilidad que todos tenemos de responder a esa llamada divina ya no será posible más allá del momento señalado por ese juicio que el hombre ha de tener al tiempo de su muerte.

Los fieles le escuchaban turbados, entre suspiros y algunas lágrimas en los rostros de las mujeres.

Y el obispo Salas concluyó diciendo:

—¡Y gracias a la sangre de Cristo, no hay pecado que no tenga posibilidad de arrepentimiento y perdón! Ya desde los comienzos de la existencia humana, al pecado original de nuestros primeros padres responde el Eterno Creador con la promesa de la futura Redención. Y al entregar Cristo su vida en el Calvario, logró la remisión de los pecados de todos los hombres y la reconciliación con Dios. ¡Él mismo confirió esta potestad de perdonar los pecados a Pedro y los apóstoles para que la ejercieran sin ninguna restricción y reiteradamente! ¡Por eso nos hallamos hoy aquí!

Una vez concluido el sermón, el obispo se acercó al conde penitente y le alargó la cruz para que la besara. Armengol, muy conmovido, con los ojos llenos de lágrimas, la tomó, la besó y la apretó contra su pecho. En aquel momento era cuando el pecador arrepentido debía proferir la célebre frase del profeta extraída del libro de Daniel: «He pecado, he obrado mal, he hecho la injusticia, ten piedad de mí, Señor».

Él dijo la fórmula de memoria, sin omitir nada, y luego sollozó:

—¡Perdón, Señor! ¡Sálvame, Santa Cruz de Jesucristo…!

Pero estas últimas palabras no se oyeron, por la fuerza del canto que iniciaba el coro en aquel momento:

*Miserere mei, Deus, secundum*
*misericordiam tuam; et secundum*
*multitudinem miserationum tuarum*
*dele iniquitatem meam.*
*Amplius lava me ab iniquitate mea*
*et a peccato meo munda me.*

(Ten piedad de mí, oh Dios, por tu misericordia;
por tu gran compasión borra mi pecado.
Que mi alma quede limpia de malicia,
purifícame tú de mi pecado).

La gente empezó a moverse y avanzó hacia el lugar donde estaba el penitente.

Algunos miraban con pena al conde y se inclinaban. Otros, en cambio, movían la cabeza como en un reproche silencioso.

El diácono les entregó a los condes los hábitos de penitentes. Ellos se desnudaron en medio de un gran silencio cargado de expectación. Se creó entonces el momento más incómodo. El obispo hizo una señal al maestro del coro y este comprendió que debían retomar el canto. Las voces iniciaron de nuevo el salmo:

> *Miserere mei, Deus.*
> *Amplius lava me ab iniquitate mea*
> *et a peccato meo munda me.*
> *Miserere mei, Deus.*
> *Quoniam iniquitatem meam ego cognosco,*
> *et peccatum meum contra me est semper.*

> (¡Oh Dios, apiádate de mí!
> Lávame completamente de mi iniquidad
> y límpiame de mi pecado.
> ¡Oh Dios, apiádate de mí!
> Pues yo reconozco mi iniquidad
> y tengo siempre presente mi pecado).

Vestidos con los hábitos de penitentes, los condes recibieron la ceniza sobre sus cabezas y fueron rociados de nuevo con agua bendita, mientras proseguía la salmodia:

> *Miserere mei, Deus.*
> *Tibi soli peccavi et malum coram te feci,*
> *ut justificeris in sermonibus tuis*
> *et vincas cum judicaris.*
> *Miserere mei, Deus.*
> *Ecce enim in iniquitatibus conceptus sum*
> *et in peccatis concepit me mater mea.*

> (¡Oh Dios, apiádate de mí!
> Solo a ti ofendí e hice lo que para ti es malo,

pues has sido justo en tu sentencia
y eres excelso cuando juzgas.
¡Oh Dios, apiádate de mí!
Pues he aquí que fui concebido en iniquidad
y en el pecado me concibió mi madre).

*Miserere mei, Deus.*
*Ecce enim veritatem dilexisti*
*incerta et occulta sapientiae tuae manifestasti mihi.*
*Miserere mei, Deus.*
*Asperges me, Domine, hyssopo,*
*et mundabor;*
*lavabis me, et super nivem dealbabor.*

(¡Oh Dios, apiádate de mí!
Pues he aquí que amaste la verdad,
me manifestaste lo desconocido y lo oculto de tu sabiduría.
¡Oh Dios, apiádate de mí!
Empápame, oh Señor, con el hisopo,
y estaré limpio;
lávame, y seré más blanco que la nieve).

Acto seguido, muchos otros nobles, criados de los condes, caballeros y soldados de sus huestes se desposeyeron de sus ricos vestidos y armaduras y se pusieron también hábitos de peregrinos.

El obispo, sonriente, los bendijo extendiendo las manos y exhortándoles:

—¡Peregrinad, hombres de Dios! ¡Caminad y orad! ¡Poneos en camino y buscad la verdad! ¡Caminad y seréis libres de todas vuestras iniquidades! ¡Solo así seréis libres! ¡Solo Dios os hará libres! ¡Liberaos de este mundo que pasa! ¡Porque se acaba y se consuma la sombra de este mundo!

Arengados por estas palabras, todos aquellos hombres recios, con los condes Ramón Borrell y Armengol a la cabeza, partieron a pie desde allí mismo en peregrinación hacia el Camino de Santiago, en medio de una gran ovación del gentío. Caminaban transidos, como en trance de videntes, haciendo sonar las puntas de sus bordones contra las piedras de la calzada...

# 67

Tendido boca arriba, Sículo observaba sobre el verde de la hierba las audaces flores blancas. En la luz abigarrada de aquella tarde cálida, jugosa y saciada de estío, sintió un placer inmenso al saberse completamente libre. Y entonces recordó haber soñado muchas veces con un estado así a lo largo de su vida. Pero luego sonrió de manera resignada y se dijo fríamente que, no obstante, la realidad quedaría siempre algo corta respecto de lo imaginado en sus mejores sueños. Y un instante después, encendido por el recuerdo de los pálidos miembros de Riquilda, quiso contemplarla una vez más... Ella estaba echada a su lado y dormía profundamente. La larga cabellera lisa, que en la sombra parecía de un negro uniforme, rebelaba la sorpresa de reflejos castaños, rojizos e incluso ambarinos, donde caía el fuego de la irradiación solar, derramándose en crenchas que le cubrían las blancas mejillas o se abrían graciosamente sobre el marfil de su hombro ligeramente descubierto. Unas horas antes, la sustancia, el lustre, el olor de aquella cabellera habían abrasado los sentidos del joven, y siguieron ejerciendo sobre él el mismo vivo efecto todavía, aun mucho después de que su sensualidad desbocada hubiese descubierto en ella otras fuentes de consoladora delicia. Y ahora, tras despertar del sueño dulce que sigue al goce, Sículo recordaba con emoción aquella primera vez en que Riquilda se echó sobre él y le dio a poseer su vientre palpitante.

Y al recordarlo, le asaltó de nuevo el ahogo del deseo, el ardor, el sofoco, y le entraron ganas de bañarse en el río ancho y profundo que corría por detrás del bosque. Caminó desnudo entre los árboles hasta alcanzar la orilla y se sumergió en la frescura del agua. Chapotear y zambullirse en el amplio remanso le hizo casi tan feliz como contemplar el cielo azul, inmenso como su recién estrenada libertad y tan esplendoroso como su nueva dicha. La corriente era suave; tan pronto se dejaba llevar por ella como la remontaba con ágiles brazadas. Sabía nadar muy bien, porque se había criado a la orilla del mar.

Hasta que, de repente, la voz de Riquilda le sacó de sus fluviales ensoñaciones:

—¡Primo! ¿Por qué no me has avisado?

Él salió del agua con los cabellos mojados y la piel vibrante, y se encontró con el cuerpo de ella bañado por el sol, como un regalo precioso y raro que venía a enriquecer todavía más aquel momento delicioso. Le asombraron sobre todo las piernas perfectas, y le pareció no haberlas celebrado lo suficiente; pensó cubrirlas de besos desde los tobillos finos hasta el vello oscuro. Y así lo cumplió en cuanto ella metió los pies en el agua. Se le acercó y abrazó aquellos preciosos muslos, mordisqueándolos y lamiéndolos.

—¿Qué haces? ¡Suéltame, loco! —decía ella entre risas—. ¡Me acabarás tirando!

Sículo la arrastró hasta sumergirla en el río con él.

—¡No sé nadar! —gritó Riquilda—. ¡Me ahogaré!

—No tengas miedo, tonta. ¡Estoy yo aquí! No hagas fuerza y déjate llevar. Yo te enseñaré…

—¡No, por favor! Me da mucho miedo…

—Hazme caso y no temas. ¡Es muy fácil! Cuando aprendas, te alegrarás.

Ella acabó cediendo y dejándose llevar. Sículo la sujetaba y a la vez braceaba, adentrándose hacia lo hondo. Pero, cuando Riquilda vio que perdía pie, empezó de nuevo a protestar y a clavarle las uñas en la espalda:

—¡Basta! Me da mucho miedo… ¡Y el agua está muy fría! ¡Vamos fuera ya!

Salieron. Aunque lo disimulaba, ella estaba sin aliento, le temblaban todos los nervios del cuerpo mientras caminaba por delante, desnuda y empapada, con pasos cortos y gráciles. Sículo la seguía boyante, moviendo con vivacidad brazos y hombros, con un aire completamente sereno e incluso alegre. Se tendieron al sol en el prado.

—Me has hecho daño —gruñó la muchacha, frotándose el brazo—. ¡Domínate un poco, demonio!

—¡Y tú me has arañado toda la espalda con esas uñas de gata!

Se quedaron en silencio, mirándose con aire de languidez y éxtasis. Luego se abrazaron y rodaron por la hierba, jadeando y besándose arrebatadamente. Pero ella forcejeó, separándose de él y diciendo:

—¡Basta! ¡He dicho que te domines!

A Sículo el corazón se le salía del pecho, y murmuró con una voz ahogada, quejumbrosa y poco clara:

—Lo haremos solo una vez más, por favor…

—¡No! ¡He dicho basta! ¡Eres insaciable!

Él se sentó, levantó hacia ella sus grandes ojos tristes y le dijo con voz ronca:

—Ya te has cansado de mí...

—No, mi amor, no es eso. Pero no todo va a ser retozar. Debemos empezar a pensar en lo que vamos a hacer a partir de ahora.

Sículo le respondió, poco menos que implorándole:

—Solo una vez más y luego hablamos...

Ella le dio una bofetada suave y exclamó en un tono desesperado:

—¡He dicho que no! ¡Y vistámonos! Empiezo a tener frío.

El joven, que había recobrado la calma, dijo en tono neutro:

—Lo primero que hay que hacer es contar el dinero... Cuando sepamos todo lo que tenemos, podremos decidir.

—Pues vamos allá —asintió ella, poniéndose en pie.

Caminaron todavía desnudos hacia el interior del bosque, en dirección al lugar donde tenían los caballos y todo el equipaje. Mientras se vestían, Sículo dijo con voz apagada:

—Tengo mucha hambre, ¡mucha!... ¿Tú no tienes hambre?

—¡Sí! —respondió Riquilda, lanzándole una mirada de soslayo—. ¿Y cómo no vamos a tener hambre? No hemos comido nada desde ayer.

Él frunció el ceño y dijo con vehemencia:

—¡Somos ricos y tenemos hambre!

Ella se echó a reír. Fue hacia él y le cubrió de besos, mientras le decía con brillo en los ojos:

—Primo, ahora no nos queda más remedio que pasar algunas calamidades. Pero nos espera una vida maravillosa... ¡Maravillosa!

Sículo sacudió la cabeza con fuerza, en señal de conformidad, y sonrió compartiendo totalmente aquellas esperanzas de su amada. Después se acercó hasta el pie del árbol donde tenían todas sus pertenencias y extrajo de las alforjas dos sacas de cuero. Mientras tanto, Riquilda había extendido una manta en el suelo, y le dijo:

—Ponlo todo aquí.

Él desató las correas que cerraban las sacas y derramó sobre la manta un montón de relucientes monedas de oro.

—¡Virgen santa! —exclamó Riquilda, con los ojos bailándole en la cara—. ¡Sí que somos ricos!

—Está todo lo mío y todo lo de tu padre —dijo Sículo.

—Ya no es de mi padre —repuso ella con un mohín malicioso—.

¡Es nuestro! Y lo tuyo ya no es tuyo solo, sino nuestro. Júntalo todo y así no sabremos lo que era de uno ni lo que era de otro. ¡Y a contarlo!

Así lo hizo el joven. Reunieron en un montón la totalidad de las monedas y se pusieron a contar. Mientras lo hacían, concentrados, en silencio, se lanzaban miradas de reojo que comunicaban toda su satisfacción y su gozo. El oro pasaba entre sus dedos, tintineando y lanzando destellos bajo la luz alterna que se colaba entre los árboles. Iban formando pequeñas pilas de diez monedas, que luego guardaban tras anotar la contabilidad alineando piedrecillas por cada una.

Y cuando hubieron concluido, hicieron balance: doscientos veinte dinares, ciento ocho mancusos y trescientos cuatro sous de oro. Además, en monedas de plata había más de cuatrocientas de diversos valores.

—En verdad somos muy ricos —dijo Sículo con brillo en los ojos y una sonrisa bobalicona—; mucho más de lo que podíamos suponer.

Riquilda en cambio se atrincheró en su silencio, mientras afloraba en sus labios solo una sombra de sonrisa, en la que se mezclaban el placer del instante presente y un cierto temor al futuro.

Él pareció adivinar sus sentimientos y le preguntó:

—¿No te alegras? ¿Qué te preocupa?

Ella abandonó su silencio, ensombreciéndose, como si se acordara de pronto de algo grave, y mostrando ahora una cara verdaderamente aterrada, preguntó:

—¿Y si nos lo roban? Nos matarán y nos lo quitarán todo... Acuérdate de lo que os sucedió a Blai y a ti... Nos puede pasar lo mismo... ¡En todas partes hay bandidos! Estamos solos y no tenemos quien nos defienda...

Él sacudió la cabeza con seguridad y respondió en un tono algo molesto:

—Ya te conté lo que nos pasó a Blai y a mí. ¿Por qué me dices ahora eso? Lo que nos pasó fue por culpa de Blai. Si hubiéramos hecho lo que yo dije, nunca habríamos caído en poder de los bandidos. Teníamos hambre, mucha hambre, tanta como tenemos ahora. Él no supo aguantar y acabamos arriesgándonos para buscar alimento. ¡Ese fue el error! Si hubiéramos seguido más adelante, habríamos pasado lejos de aquellos lugares peligrosos. Seguramente era ya solo cuestión de un día, tal vez dos... Nuestra idea era atravesar los montes y luego descansar en cualquier sitio, seguros ya. Pero él no tuvo paciencia ni aguante...

Ella le escuchaba con mucha atención, dejando traslucir un sentimiento de lasitud y de abandono que sorprendió a Sículo, y que a él le hizo proseguir con mayor convicción todavía:

—¡No tengas miedo, Riquilda! De verdad te lo digo, no tengas miedo. Sé muy bien lo que hay que hacer y no me permitiré cometer ningún fallo. No consentiré que te pase nada malo, te lo aseguro, no lo consentiré.

Conmovida por esta respuesta, ella dijo muy segura de sí:

—Sí, mi amor. Confío tanto en ti... Por eso estoy aquí; por eso dejé todo y me vine contigo a este viaje. Dejé mi casa y a mis padres porque yo no iba a consentir que volvieras a ser un esclavo... Y tampoco yo quería ser esclava de nadie. Estas cosas hay que hacerlas así: sin pensarlo. Cuando se encuentra a la persona que se ama de verdad, hay que escaparse con ella para irse lejos, adonde sea. Y ya sé yo que tú eres bueno, primo, y que nada malo puede pasarme a tu lado... ¡Y te amo! ¡Te quiero tanto...! Nada me importa ya excepto estar contigo. Haré todo lo que tú digas, sin rechistar, te lo prometo. Y perdóname si alguna vez me pongo brusca... Ya sabes cómo soy, ya lo sabes... Cuando me contaste con pena que fue muy doloroso para ti dejar allí al verdadero Blai, comprendí enseguida que no te quedó otro remedio que escapar tú solo. Y, por otra parte, ¿qué ibas a hacer si no?... No te considero un impostor ni un farsante; simplemente eres un superviviente. Y todos tenemos derecho a salir adelante en esta vida... Nos engañaste a mis padres y a mí en un principio porque debías mirar ante todo por tu propia vida. Después me lo explicaste a mí... Y te digo de verdad que creo que fue providencial que supiéramos que el verdadero Blai estaba en el campamento. Eso fue lo que en definitiva nos empujó para hacer esto que estamos haciendo. Escaparnos fue idea mía, no tuya... ¡Y no me arrepiento! Si te hubieras presentado ante él para asumir lo que tuviera que venir, como tú querías hacer, ahora estarías muerto. ¡Te habrían ahorcado, primo! Y yo me hubiera muerto por la pena... Así que ¡vamos allá! Sigamos con nuestro plan y no miremos hacia atrás. Nuestra vida está toda por delante. Dime lo que tienes pensado y yo te seguiré en todo.

Se hizo el silencio... Los ojos de Sículo, enrojecidos por la emoción contenida, se anegaron de lágrimas. Pero al instante se sobrepuso y dijo pensativo:

—A ver si eres capaz de una vez de dejar de llamarme «primo»... ¿Tanto te cuesta decir «Sículo»?

Ella se echó a reír y le cubrió de besos, diciendo:

—Me va a costar… Pero… ¿qué importa ahora cómo yo te llame?

Él también rio y luego empezó a decir con firmeza:

—Lo primero que haremos será buscar un lugar seguro, donde conseguir lo necesario para ir a tierra de moros: buenas ropas, una escolta de hombres fieles, criados, caballerías, pertrechos… En fin, en cualquier parte debemos presentarnos como gente rica, que es lo que somos. Viajaremos luego hasta Balaguer, para asentarnos allí. Cuando yo estaba entre los moros siempre les oía hablar de Balaguer. Debe de ser un buen lugar para vivir. Al parecer hay allí gentes de todos sitios, muchos comerciantes ricos y dueños de buenos negocios. Por eso será bueno empezar allí nuestra nueva vida, de momento, mientras vamos viendo y decidiendo lo que será mejor en adelante… Durante los largos meses que fui cautivo de los ismaelitas aprendí lo más elemental de su lengua y podré defenderme fácilmente. También me enteré de muchas cosas de su religión y sus costumbres. Allí la gente vive igual que en cualquier otra parte: se casan, crían a sus hijos, compran, venden, labran la tierra, cuidan de sus ganados, nacen y mueren; como en cualquier otra parte… Nada hay que temer si uno cumple con sus obligaciones y no se busca problemas. Y si uno tiene dinero, mejor que mejor… Ellos no tienen nada en contra de los cristianos, siempre que no se metan con nadie, paguen los impuestos y no hagan alarde de su religión. Pero, aun así, al principio será mejor que disimulemos… Tú te vestirás como sus mujeres, taparás tu cara y te mantendrás discretamente en casa. Yo te proporcionaré las esclavas y criadas que necesitarás para tener una vida fácil. Ya tengo pensado lo que haré luego, a medida que nos vayamos sintiendo mucho más seguros y consigamos tener relaciones y amistades que nos ayuden a establecernos. Porque el oro lo consigue todo, ¡todo!, aquí y en el fin del mundo… Así que no te preocupes por nada más y no tengas miedo. Confía en mí, querida, confía en mí. Lo tengo todo muy bien planeado y saldremos adelante…

# 68

*Castillo de Castellbó, 17 de agosto, año 997*

Tras el almuerzo, el Llop permanecía en silencio, pensativo y con la mirada perdida en la confusión de sus cavilaciones. Su esposa le observaba atentamente, con los ojos anegados de lágrimas. Llevaban horas sin hablar y sin mirarse siquiera. Habían comido deprisa, frente a frente, sin alzar las cabezas del plato. Luego la criada Lutarda había quitado la mesa y los vizcondes se habían sentado delante de la ventana. Desde allí se contemplaban dos hileras de murallas y la sucesión de montes a lo lejos, hasta donde alcanzaba la vista.

De repente, la vizcondesa prorrumpió en sollozos contenidos. Su esposo se volvió hacia ella y sacudió la cabeza, diciendo:

—Llora, llora… Por mí, puedes llorar todo lo que quieras.

Ella se enjugó las lágrimas con el pañuelo y le espetó:

—No tienes compasión, ni corazón… ¡Eres un animal! Si no fueras de esa manera, no nos pasarían estas cosas…

Él la miró, presa de una especie de recóndita indignación, y replicó:

—¡A ver si va a resultar ahora que la culpa es mía! Sigue llorando y déjame en paz, mujer…

—¿Es mía la culpa entonces? ¡Di lo que piensas! En el fondo me consideras a mí culpable de todo lo que ha pasado…

—¡Cállate! ¡No me dejas pensar! Y necesito pensar…

—¡Dime lo que piensas, esposo! ¿Me echas la culpa de todo?

El Llop se puso en pie y empezó a dar vueltas por la habitación, diciendo a voces:

—¡Tú la echaste en brazos de ese esclavo sinvergüenza! ¡Tú la amparaste! ¡Fuiste su confidente! ¡Una madre nunca debe cobijar los caprichos y las locuras de sus hijos!

Sancha rompió a llorar y a gemir:

—¡Lo sabía! ¡Sabía lo que pensabas! ¡Virgen santa, qué bien te conozco, Guillem de Castellbó! ¿Cómo puedes ser tan desalmado? ¡Eres cruel!

Por un instante se hizo el silencio, hasta que la voz del Llop lo cortó lamentándose:

—Si hubiéramos hecho lo que teníamos pensado… Íbamos a emparentar con la sangre de Wifredo el Velloso… ¡Podríamos haber sido abuelos de un conde de Urgel! Y mira lo que tenemos ahora… ¡Mira lo que hemos conseguido! Y encima estamos en boca de todo el mundo… Incluso nos consideran culpables de que el conde Armengol matara al veguer de Olérdola ¡Qué vergüenza! ¡Qué deshonra tan grande! ¡Y todo por vuestra loca cabeza!

—¡Cállate! ¡No tienes corazón! ¿Cómo eres capaz de decirle esas cosas a tu esposa? ¿A la madre de tus hijos le hablas así? Sabes lo que estoy sufriendo..., y me tratas sin misericordia... ¡Esa hija es tan mía como tuya!

Él contestó sombrío:

—Esa hija nuestra es ahora propiedad de un ladrón...

La vizcondesa se refugió en el llanto. El Llop se alejó de ella, yéndose a mirar por la ventana.

Permanecieron un largo rato en silencio, hasta que él se ablandó algo y dijo:

—Pero yo pondré cada cosa en su sitio...

Y tras otro instante de silencio, continuó:

—No hay mal que por bien no venga... De cualquier mal se puede sacar un beneficio...

—¿En qué estás pensando? —le preguntó Sancha con ansiedad, mirándolo de reojo—. ¡Dime la verdad!...

El Llop se la quedó mirando y leyó la angustia en el rostro de su esposa. Lanzó un suspiro de rabia y luego respondió:

—Hemos sido ofendidos, Sancha; ofendidos y humillados... Y yo no voy a consentir que esto se quede así... Sacaré el mayor partido posible de esta situación... A partir de ahora creo que tengo licencia para obrar por mi propia cuenta y riesgo...

—No comprendo lo que tratas de decirme, esposo... ¡Pero me da mucho miedo!

—Pues yo no tengo ningún miedo. ¡Nada de miedo! ¡Ahora sí que voy a hacer lo que me da la gana! ¡Se acabaron las contemplaciones!

—Dime de una vez lo que estás pensando. ¿Qué tienes planeado? ¿Cómo piensas encontrar a nuestra hija? Porque supongo que tendrás idea de traerla a casa...

—¡Naturalmente! ¡Desde el primer día! Desde que nos enteramos de que se habían escapado, ya envié hombres en todas direcciones... ¿Iba a consentir que se salieran con la suya?

—No me habías dicho nada... —le reprochó ella con amargura—. Sabiendo lo que estoy pasando... Te conozco demasiado como para comprender que habías decidido hacerme sufrir...

Deseoso de contárselo, y sonriendo con rabia y odio, él dijo:

—La encontraré, ¡te lo juro! Y también daré con él... Dondequiera que se escondan... ¡No hay lugar en el mundo donde puedan estar a salvo del Llop! A estas horas ya están avisados todos los castillos de la

Marca. Esos dos, por mucho dinero que lleven encima, no serán capaces de cruzar solos las fronteras. Hemos enviado palomas mensajeras para ordenar que los retengan allá donde paren. Es imposible que atraviesen los montes sin transitar por los pasos establecidos. Los van a detener. Puedes estar bien tranquila, porque Riquilda será traída a casa más tarde o más temprano. Les echaré mano y alimentaré a los buitres con las tripas de ese esclavo ladrón y falsario...

La vizcondesa puso una mirada aterrada en su esposo. Luego suplicó llorosa:

—A ella no la castigues... ¡Virgen santa! A ella no...

—Ella tendrá que pagar de alguna manera el daño que nos ha hecho... Le di todo y mira cómo me lo ha agradecido...

Sancha apretó los labios y luego, como si no hubiese oído esto último, murmuró:

—Sí, hay que encontrarla... Y yo sé que tú sabes la manera de dar con ella. Te conozco muy bien y sé de lo que eres capaz...

En esto, entraron de repente en el salón su hijo Miró y Blai. Venían serios, como si tuvieran que comunicar algo importante.

El Llop, nada más verlos, preguntó:

—¿Qué ha pasado? ¿Qué noticias me traéis?

—Padre —respondió Miró—, acabamos de llegar de la Seo de Urgel.

—¡Eso me lo imagino! —gritó el vizconde—. ¡Dime lo que ha pasado allí!

—Padre, el conde Armengol ya va de camino hacia Santiago de Compostela. Nosotros estuvimos allí durante la ceremonia que hizo el obispo hace tres días. Le vimos emprender la peregrinación. Le acompañaban su hermano, el conde de Barcelona, sus criados de confianza y muchos caballeros de su hueste. Seguramente, a estas horas ya todos ellos deben de estar muy lejos, atravesando los montes.

El Llop suspiró y preguntó:

—¿Hiciste lo que te mandé?

—Sí, padre. Te excusé ante el obispo y el conde. Les manifesté en tu nombre que estábamos muy afectados por todo lo que sucedió en Vallfogona, y que ahora lo único que nos importa es recuperar a Riquilda... Ellos comprendieron que teníamos motivos suficientes para no acompañarlos en la peregrinación...

—Bien, bien... —asintió el Llop—. Ahora podremos estar tranquilos para llevar a cabo nuestros planes...

La vizcondesa se fue hacia él y le preguntó con el rostro demudado:

—¿Qué planes son esos? Termina de decirme lo que piensas...

Él le respondió con una voz potente en la que puso el preciso acento de vehemencia:

—¡Ser libre! ¡Libre de una vez por todas! ¡Eso es lo que yo quiero! ¡Que seamos de una vez libres para hacer nuestra propia justicia! ¡Nuestros propios planes! Porque Guillem de Castellbó está ya harto de seguir los planes y los designios de los demás... El conde Armengol y su hermano Ramón Borrell, con toda su gente, no regresarán de su peregrinación hasta la Cuaresma. Es decir, hasta la primavera del año que viene. Si es que regresan... Porque ayer precisamente recibí una paloma con cierto mensaje muy preocupante...

Permaneció pensativo durante un instante y luego continuó:

—Queda todavía mucho verano y una buena parte del otoño para recuperar todo el oro que nos han robado... ¡No me voy a conformar! ¡Quiero el oro que me pertenece! Así que no podemos perder tiempo. ¡Ahora somos libres! Y tenemos que hacer muchas cosas... ¡Por fin somos libres!

# 69

*San Juan de las Abadesas, 17 de agosto, año 997*

Al mismo tiempo que todos se afanaban en reclamar su libertad, el conde Oliba se ocupaba en decidir y afianzar la suya propia. Pero su forma de entender la libertad empezaba a ser distinta a la de los demás. Necesitaba soledad, más que nada, y en vez de buscarla lanzándose a las sorpresas del mundo, trataba de hallarla apartándose y recluyéndose. Escogió para ello la intimidad encantadora del santuario. Y lo hizo porque había encontrado ya una verdad que a menudo se repetía a sí mismo, como una excusa a esta nueva conducta, y era que no se imaginaba que pudiera volver a la vida ajetreada que correspondía a su condición de hombre poderoso, ni a la frivolidad de una existencia que alternaba entre los diversos palacios de sus heredades, el ejercicio de las armas y el afán de riqueza. Empezaba a estar totalmente seguro de que diría adiós a todo eso para siempre, abrigando los mejores propósitos para emprender un camino diferente...

¿Y por qué había escogido para su retiro el monasterio de San Juan de las Abadesas precisamente? ¿Por qué un cenobio de monjas en vez de uno de monjes? ¿Por qué no se quedó en Santa María de Ripoll? Cualquiera se hubiera hecho estas preguntas al saber que llevaba allí ya once días. Se instaló en una pequeña casa anexa al monasterio, para consagrarse a la tarea de hallarse a sí mismo y desentrañar la causa de sus ansiedades. Necesitaba contrición, lectura y reflexión.

Comprender el fondo de su decisión de permanecer en San Juan de las Abadesas requería volver a tener presente aquel día de febrero del año 988, cuando su padre, el conde Oliba Cabreta, con una recua de quince mulas cargadas de riquezas, tomó el camino de Italia para ingresar en el monasterio de Montecasino, donde se ordenó monje y residió hasta su muerte. Este acontecimiento seguía manteniendo abrumado de dudas el corazón del hijo. Subyacía un misterio antiguo y oculto en todo aquello, que ni su madre, la condesa Ermengarda de Vallespir, ni los monjes de Ripoll habían podido desvelarle. Ni siquiera el anciano maestro Gaucelm se atrevió a ir más allá de expresar lo que todos sabían: que la vida del conde Oliba Cabreta en nada fue diferente a la de tantos magnates de su época. Merced a las armas y a la guerra, atesoró una gran fortuna en oro, obtenida sobre todo como botín cuando en el año 979 invadió las tierras del conde Roger I de Carcasona. Pero más adelante, acercándose a la edad provecta, empezó a sentir en el fondo de su alma como un poso de insatisfacción, y no era capaz de ser completamente feliz en el mundo, aun si llegara a tenerlo todo… El planteamiento que venía a continuación era muy simple y frecuente en aquellos tiempos cercanos al año mil, y desde luego anterior a cualquier debate teológico o filosófico: fundados tanto en la palabra de Cristo y los apóstoles como en su propia experiencia, los monjes reconocían que el mundo es en esencia muy malo; que es difícil resistirse a sus fascinaciones para guardar plenamente la libertad de los hijos de Dios; que el Espíritu Santo, renovador de la faz de la tierra, requiere odres nuevos para el vino espiritual nuevo; y que, para ser perfecto, lo más aconsejable siempre será dejarlo todo, familia y haciendas, trabajos y compromisos mundanos, y seguir solo a Cristo. De ello estuvo seguro Oliba Cabreta por el Evangelio y por la propia experiencia. Y no dudó ya a la hora de abandonar el mundo y retirarse al claustro. Obró, como tantos otros que se hicieron monjes, al darse cuenta de que todo es pasajero, que es efímera la sombra del mundo presente y que el final del mundo pudiera estar cerca al cumplirse el primer milenio del advenimiento de Cristo en carne mortal. Quizá por eso se repetían tanto últimamente en los templos aquellas palabras de las Sagradas Escrituras: «*Quoniam mille anni ante oculos tuos, tamquam dies hesterna quae praeteriit; et custodia in nocte*» (Porque mil años ante tus ojos son un ayer que pasó; como una noche en vela).

Ninguna novedad hubo en aquel relato del sabio monje Gaucelm. Si bien recordó además que Oliba Cabreta tuvo una hija ilegítima, Ingilberga de Cerdaña, con una dama también llamada Ingilberga, que era esposa de Ermemir, veguer de Besora. Esta hija era la sexta y actual abadesa del monasterio de San Juan de Ter.

El joven conde Oliba apenas había visto a su hermana tres veces antes en su vida. La conoció cuando ella no tendría todavía más de diez años, y no volvió a verla hasta el día que ingresó como monja en el monasterio. Pero no tuvo entonces oportunidad propicia siquiera de hablar con ella; únicamente cruzaron un breve saludo que al mismo tiempo sirvió de despedida. La tercera vez había sido recientemente, el pasado año de 996, cuando Ingilberga fue elegida abadesa. En esta última ocasión Oliba tuvo que estar presente en la ceremonia de investidura, por ser el señor natural de la villa de San Juan y de los dominios otorgados en posesión al monasterio. Él, como conde, debía entregar el báculo y la mitra a la abadesa. Esta vez pudieron hablar después durante algunas horas. Y fue tiempo suficiente para que sus almas conectaran y naciera un verdadero aprecio entre ambos. No obstante, ella también fue siempre un misterio para él. O digamos mejor que Ingilberga formaba de algún modo parte del enigma que seguía siendo su padre. Al parecer, el viejo conde tuvo mucho amor y apego a esta hija ilegítima suya. La visitaba incluso más que a cualquiera de sus otros vástagos. Esto era un secreto más en el mundo familiar del entorno de la condesa Ermengarda de Vallespir, por más que siempre hubiera habladurías y lenguas osadas sobre esta circunstancia. Todo el mundo sabía, por ejemplo, que Oliba Cabreta pasaba días enteros con Ingilberga y que le hacía abundantes y valiosos regalos. Y más adelante, cuando ella ingresó monja, fue sabido el hecho de que la reconoció públicamente y que entregó a la vez una importante dote al monasterio. A la condesa y a los herederos legítimos les exasperó mucho haber tenido conocimiento de todo eso. Sin embargo, al joven Oliba no le importó demasiado, aunque no supiera muy bien por qué.

Lo que él no podía imaginar entonces era que algún día nacerían y prosperarían una auténtica amistad y un verdadero cariño entre él e Ingilberga. Hasta el punto de llegar a sentir un lazo más grande y profundo con su medio hermana que con los otros hermanos enteros.

Desde que llegó, todos los días se reunían en la huerta tras la oración de la hora tercia y conversaban mientras paseaban. Al principio, simplemente compartían sus pareceres sobre cosas no demasiado trascendentes. A Oliba le fascinaban la energía y la apariencia lozana, hermosísima y rechoncha de Ingilberga. Ella nada tenía que ver con el resto de las monjas, que eran reservadas, timoratas y huidizas; la abadesa hablaba siempre a voces, reía e incluso tenía cierta gracia cuando se enojaba. A él no le resultó en absoluto difícil abrirle su corazón...

Al cuarto día de su llegada, domingo a la sazón, se reunió con ella después del almuerzo y la hizo partícipe de sus pesares, aunque todavía guardó silencio, por precaución, sobre la cuestión del padre de ambos...

Oliba empezó contándole a su hermana el desgraciado acontecimiento que se produjo en el campamento de Vallfogona el día de la pelea de osos, cuando el conde Armengol acabó con la vida del veguer de Olérdola. Necesitaba más que nada desahogarse, porque a él aquello le estremeció mucho y reabrió en su alma la vieja herida que nunca se había cerrado del todo: la terrible impresión que tuvo en su infancia cuando sus hermanos Bernat y Guifré estuvieron a punto de matarse. Aquello le dejó marcado para siempre. El vivo recuerdo de las agresiones de los mellizos, que solo gracias a Dios no fueron mortales, se le hizo presente una vez más. Y ahora, ante este nuevo suceso sangriento en plena fiesta del campamento, tan repentino e inesperado, se quedó completamente aturdido. Porque se encontraba a pocos pasos cuando su primo Armengol empujó a Laurean desde el estrado, y pudo ver el cuerpo caer sobre las estacas en punta, el rojo estallido de la sangre, la agonía... Aquello le dejó trastornado. ¡Era tan absurda una muerte así!

Y cuando terminó de contárselo a Ingilberga, se cubrió la cara con las manos y rompió a llorar.

Ella le había escuchado en silencio, despavorida; y una inmensa tristeza la abrumó al ver a su hermano tan afectado. Todos los pensamientos confusos que alimentaba respecto a él, mezclados de ternura y de respeto, desaparecieran de golpe ante un nuevo sentimiento, imperioso y único: una inconmensurable compasión. Le miraba con pena, sin ser capaz de decir nada. Su cara sonrosada y sus ojos azules, de suyo chisporroteantes, habían adquirido ahora una suerte de expresión de espanto.

Oliba estuvo sollozando durante un rato. Luego alzó la mirada hacia ella y se lamentó:

—¡Es pavoroso! No sé lo que pudo haber pasado antes entre Armengol y el veguer... Las malas lenguas hablaron sobre una mujer... Decían que mi primo estaba enloquecido de pasión por la hija del Llop, esa tal Riquilda, que en verdad es demasiado bella... ¡Qué locura no tendría para ser capaz de matar a un hombre, delante de todo el mundo, en mitad de una fiesta! A veces pienso que, en el fondo, todos estamos un poco locos... Hemos adoptado un género de vida que no puede agradar a Dios de ninguna manera... ¡De ninguna manera!... ¡Y eso me desespera!

Ingilberga suspiró profundamente y le cogió la mano, amonestándole con cariño:

—¡No digas eso, hermano mío! No puedes desesperarte por nada de lo que veas en este mundo. Esas cosas no las podrás cambiar tú. ¡Esta vida nuestra es así! De repente el demonio se mete por medio y... En fin, Satanás actúa de manera inteligente para que nos desesperemos y nos rebelemos.

—No me rebelo ante el dolor y el mal que hay en este mundo —repuso él—. He ido comprendiendo que es inútil buscarles explicación a ciertas cosas. Como también lo es tratar de huir de ellas o desesperarse... Pero, no obstante, quisiera comprender de dónde viene tanto dolor, tanta contrariedad y tanta maldad como podemos causar simplemente por nuestra sed de felicidad... ¿Por qué tenemos que hacer el mal para tratar de hallar nuestra dicha? Yo todavía soy joven y han sido pocos y cortos los momentos de mi vida que puedo llamar felices, pero los siento intensos y verdaderos... ¡Gracias a Dios! Y esos estados felices, la contemplación de la maravilla de la naturaleza, el amor, la paz del corazón... me hacen soñar con un reino justo, con una vida nueva, diferente, realmente verdadera... ¡Lo digo de todo corazón! Me gustaría entender de dónde viene toda esa felicidad que a veces puede vivirse; ese espasmo que es capaz de transformar repentinamente el mundo en algo transparente y luminoso, y hacer que nuestra alma sea algo inmenso... Pero, por otro lado, me doy cuenta de que tendré que cargar siempre con la vida que me ha tocado. Y en esa vida están los trabajos y obligaciones que me corresponden. ¿Cómo voy a librarme de las armas? ¿Cómo podré eludir el hecho de tener que derramar sangre ajena? ¿Cómo escapar de un destino en el que siempre tendré que conservar mis dominios a cualquier coste? Porque yo sé bien que ese coste implica inexorablemente el hecho de matar...

Ingilberga le miraba fijamente, aterrorizada, y susurró con compasión:

—Te comprendo, hermano mío... ¿Cómo no te voy a comprender? Pero, aun comprendiéndote, me siento obligada a decirte que no te impacientes ni te desesperes. Ten paciencia. La vida es larga y todo lo que dispone el Señor estará bien y deberá ser aceptado. Si no se es capaz de entender eso, siempre se acaba siendo esclavo de tristes ambiciones y ansias ruines: ser poderoso, temido, invulnerable... Los momentos de felicidad nos hablan de otra vida... Pero esta debe ser vivida con todo lo que conlleva. Si uno tiene deseos de hacer el bien, y si se empeña en hacerlo efectivamente, no puede equivocarse.

El conde escrutó la cara de su hermana, para tratar de hallar en sus ojos la sinceridad de aquellas palabras, y la encontró extrañamente seria y acongojada. Ella sacudió entonces la cabeza y añadió:

—Aunque... ¡qué verdad tan grande es eso de que, aunque quieras, no te dejan hacer el bien!

—¡A eso me refiero! —afirmó él, mostrando en su expresión la armonía del acuerdo con lo que ella manifestaba, y añadió—: Eso es lo que yo siento y así percibo la vida. No podrías haberlo expresado mejor, hermana mía... Pero mi honda tristeza y mi dolor no solo provienen de eso que te he contado, de la crueldad, de la brutalidad, del sinsentido... Porque sí que comprendo que el mal del mundo está ahí y, según creemos, es obra del diablo, del príncipe de todo mal... Sin embargo, mi queja es más bien una pregunta: ¿Podemos hacer algo más que aceptarlo simplemente? ¿O será que no hay remedio? ¿Será que el mundo está condenado? Y entonces... ¿para qué vino Cristo al mundo hace mil años?

—¡No digas eso! —gritó ella, arrojándole una mirada cargada de sorpresa y a la vez reproche—. ¡Así hablan los que no tienen fe! ¡Dios nos ama y nos perdona! ¡Y Cristo también tuvo que sufrir el mal de este mundo!

—Solo deseo expresar lo que siento. No me prives de mi lamento...

Ella sonrió con ternura y comprensión. Luego dijo enigmáticamente:

—Podemos hallar luz en medio de todo...

—Tienes razón —contestó él, mirando hacia el cielo—. ¡Dios nos dará la luz para comprender y aceptar! Es por eso por lo que...

Oliba calló y se quedó un instante abstraído, mientras seguía con los ojos puestos en las alturas.

Ingilberga le observaba pensativa, como deseosa de decirle o hacer algo que pudiera consolarle.

Y él, al cabo, se volvió hacia ella manifestando con aplomo:

—Hermana, he decidido hacerme monje. Ingresaré como novicio en el monasterio de Santa María de Ripoll.

A ella la cara se le iluminó y exclamó dando un respingo:

—¡Alabado sea Dios! ¡El momento ha llegado! ¡Hoy será el día!

Él la miró extrañado, instándola con su expresión para que precisara el motivo por el que había dicho eso.

—¡Nada de esto es casualidad! —añadió Ingilberga con la misma vehemencia—. ¡Hay una voluntad más alta que la nuestra! ¡Y este día tenía que llegar! Sí, más tarde o más temprano, tenía que llegar esta hora...

Oliba se encogió de hombros para indicar que no comprendía nada de lo que ella trataba de decirle. Entonces su hermana le tomó de la mano y le pidió:

—Ven conmigo, hermano mío. Tengo que mostrarte algo que te asombrará. ¡Vamos! ¡Hoy es un día grande! Y debe hacerse todo siguiendo el plan previsto...

Aunque él no acababa de entender el sentido de aquellas enigmáticas palabras, se dejó llevar, y ella le condujo hacia el interior del monasterio por la puerta que daba directamente a las cocinas. Ingilberga recogió allí un farol y un manojo de llaves. Salieron y atravesaron aprisa un pequeño patio. Después penetraron por un corredor angosto y oscuro, que terminaba en una especie de bodega, con tinajas viejas y mohosas, desde donde se ascendía por una escalera hasta un nivel superior. Entraron en lo que parecía ser una antigua despensa rectangular. Había una gruesa puerta al fondo. La abadesa le entregó el farol a su hermano y se encaramó en una mesa para abrir el postigo de un ventanuco. Tenía una gran agilidad, a pesar de su gordura, y una energía contagiosa. Estaba tan apreciablemente contenta, y manifestaba un agrado tan grande, que acabó haciendo que Oliba se sintiera poseído por una curiosidad excitante.

Cuando penetró la luz exterior por el ventanuco, ella señaló la puerta y dijo sonriente:

—Ahí dentro tengo guardadas las armas preferidas del conde Oliba Cabreta, padre tuyo y mío… No he vuelto a abrir esa puerta desde que él la cerró antes de marcharse…

Y después de decir aquello, descendió, fue hacia la puerta y metió la llave en la cerradura, añadiendo con resolución:

—¡Por fin llegó el día!

Entraron. Era un cuarto pequeño que estaba totalmente abarrotado de arcones y cajas de madera.

—¡He aquí las armas! —exclamó Ingilberga exaltada.

Oliba se aproximó llevando el farol. Estaba confuso y sin saber qué hacer. Ella entonces señaló uno de los arcones y le instó:

—¡Abre y mira!

Él levantó la tapa y miró dentro: estaba lleno hasta el borde de monedas de oro puro.

—¡He aquí! —gritó la abadesa—. ¡Es el tesoro del conde Oliba Cabreta! Solo yo sabía dónde estaba escondido. Ha llegado el momento que he esperado durante años… ¡Hoy es el día que él escogió aun sin saberlo! ¡He aquí el misterio de nuestro noble padre!

El joven conde estaba paralizado por la sorpresa y el asombro. Miraba las monedas sin ser capaz de articular palabra.

Mientras tanto, su hermana se fue hacia el resto de las cajas y empezó a abrirlas también. Extrajo varios puñados de monedas de oro y las derramó por el suelo, explicando:

—Hay un poco de todo: dinares, susos, mancusos…, y muchas antiguas monedas acuñadas por los reyes de otras épocas. Pero todo ello es oro puro… ¡Un gran tesoro! Nuestro padre me dijo que ni el mismo Carlomagno vio seguramente en toda su vida tanto oro junto…

Oliba lanzó una mirada a todo aquello y creyó sentir que el corazón se le salía del pecho.

—Nuestro padre no se llevó el tesoro; lo dejó aquí… —balbució—. Resulta que todo el oro estaba aquí… Nuestro padre nunca se llevó aquellas quince mulas cargadas de riquezas… Pensábamos que acabaron en Italia… Y resulta que el tesoro nunca salió de nuestra tierra…

—¡En efecto! —exclamó Ingilberga—. ¡Jamás pretendió llevarse el tesoro! ¿Para qué hubiera querido un monje una fortuna tan grande?

Oliba estaba demudado, confundido, y no atinaba todavía a comprender el fondo de aquel misterio.

—¿Por qué? —preguntó en un susurro—. Si nunca pretendió llevárselo, ¿por qué lo escondió aquí?

—La explicación es mucho más simple de lo que puedas llegar a imaginar —respondió su hermana, con una voz cargada de emoción—. Hace un rato te dije que nuestro padre guardaba aquí sus armas… No pienses que estoy loca, porque en verdad todas sus armas están aquí…

Oliba frunció el ceño, sentía como un peso sobre su pecho; penosamente, soltó esta objeción:

—¿Armas? ¿Qué armas? No veo ningún arma por aquí…

Ingilberga dejó escapar una sonora carcajada y luego contestó:

—¡Pues claro que no ves ningún arma! Estoy hablando en sentido figurado, porque lo que tengo que contarte tiene un gran sentido espiritual. Presta mucha atención…

Él suspiró, trastornado, y murmuró:

—Explícalo de una vez… ¡Por Dios! ¿Qué hay detrás de todo esto?

—Mi querido hermano —empezó diciendo ella—, ¿para qué sirve el oro? Míralo ahí, amontonado y quieto… Lo que ven nuestros ojos no es más que una materia muerta, como lo son las piedras o la misma tierra que pisamos, ¡como el metal!, ya sea vulgar o precioso… Pero nada en este mundo cobra más fuerza ni provoca mayor deseo en los ojos de los mortales que el brillo del oro… Eso lo sabes tú igual que yo. Y Oliba Cabreta también lo sabía, porque se pasó media vida peleando para conseguir todo lo que aquí se guarda… Los ojos terrenales de nuestro padre exultaban ante el resplandor del oro. Y por conseguirlo era capaz de todo; era capaz de matar… Hasta que un día, por la entrañable misericordia de Dios, alguien le abrió los ojos del alma y le hizo ver que el afán de riquezas no es más que un camino errado en este mundo, que puede conducir directamente a la perdición. Y ese alguien lo sabía muy bien, porque fue muy rico y lo dejó todo para hacerse monje… Me refiero, como estarás comprendiendo, a Pedro Orseolo, que había sido nada menos que dux de Venecia antes de hacerse monje. Él le leyó a nuestro padre unos versículos del libro de Job y logró con ello que su corazón de piedra se enterneciera hasta convertirse en un corazón de carne…

Ingilberga guardó silencio y fue hacia una pequeña alacena abierta en la pared. Sacó de allí un fajo de pergaminos y le pidió a su hermano:

—Acerca el farol.

Así lo hizo él. Y cuando tuvo luz suficiente, ella escogió uno de los pliegos y lo leyó en voz alta, pausadamente:

*Mas la sabiduría, ¿dónde podrá hallarse? ¿Y dónde está el lugar de la inteligencia? No conoce el hombre su valor, ni se halla en la tierra de los vivientes. El abismo dice: «No está en mí»; y el mar dice: «No está conmigo». No se puede pagar oro puro por ella, ni peso de plata por su precio. No puede tasarse ni con oro de Ofir, ni con ónice precioso, ni con zafiro. No la pueden igualar ni el oro ni el vidrio, ni se puede cambiar por objetos de oro puro. Coral y cristal ni se mencionen, porque conseguir la sabiduría es mejor que las perlas. El topacio de Etiopía no puede igualarla, ni con oro puro se puede evaluar.*

Oliba estaba muy conmovido, dejando traslucir un sentimiento de sorpresa y abandono ante todo lo que su hermana le estaba desvelando. Y ella, manteniendo una débil y pálida sonrisa, continuó diciendo:

—Nuestro padre mandó que se copiaran los pasajes de las Sagradas Escrituras que a él le habían hecho mella en su alma, hasta lograr su conversión. Y me ordenó que los guardara aquí, junto al oro. Él quería que todo aquel que entrara en contacto con su tesoro llegara a comprender el motivo por el cual se había desprendido de él. Escucha pues esto otro, que también es del libro de Job:

*Si puse en el oro mi confianza, y le dije al oro fino: «Tú eres mi seguridad»; si me alegré porque mi riqueza era grande, y porque mi mano había adquirido mucho; si miré al sol cuando brillaba, o a la luna marchando en esplendor, y fue mi corazón seducido en secreto, y mi mano lanzó un beso de mi boca, eso también fue iniquidad que merecía juicio, porque había negado al Dios de lo alto.*

Después ella sacó otro de aquellos pliegos y dijo:

—Y Nuestro Señor Jesucristo no puede hablar más claro sobre esto en el Evangelio. Escucha:

*No atesoréis tesoros en la tierra, donde la polilla y la carcoma los roen, donde los ladrones abren boquetes y los roban. Atesorad tesoros en el cielo, donde no hay polilla ni carcoma que se los coman, ni ladrones que abran boquetes y roben. Porque donde está tu tesoro allí está tu corazón. La lámpara del cuerpo es el ojo. Si tu ojo está sano, tu cuerpo entero tendrá luz; si tu ojo está enfermo, tu cuerpo entero estará a oscuras. Y si la única luz que tienes está oscura, ¡cuánta será la oscuridad!.*

Luego Ingilberga se puso muy seria, enarcó las cejas y clavó en Oliba una mirada con algo de ansiedad.

—Ay, ay, Dios misericordioso... —rezó—. No sé cómo decirte esto...

—¡Habla, por Dios! —le instó él—. ¿Qué más tienes que decirme?

Apretó ella con sus manos las de su hermano, cerró los ojos para concentrar su mente y dijo en tono susurrante y lleno de súplica:

—Lo que he de decirte debes aceptarlo como si fuera la voluntad del Señor...

—¡Dímelo de una vez!

Ella se puso a acariciarle la cara cariñosamente, suspirando con nerviosismo, como tratando de infundirse ánimo, y empezó diciendo:

—El conde Oliba Cabreta, nuestro padre, pensó en ti cuando guardó aquí el tesoro. Sus instrucciones fueron muy precisas: yo solo debía mostrártelo a ti, y solo en el caso de que decidieras hacerte monje, por pura vocación, por convencimiento y por obediencia a la llamada de Dios...

Hizo un silencio y, con voz turbada y firme a la vez, prosiguió:

—Por eso te dije hoy que había llegado el día... Al manifestarme antes tu intención sincera de ingresar en el monasterio de Ripoll, mi alma fue sacudida de repente, porque comprendí que era como si se cumpliera una profecía... Nuestro padre estaba muy seguro de que tú lo dejarías todo para consagrarte a Dios. Así me lo dijo. ¿Te das cuenta? El viejo conde pensaba en ti...

—¡¿Qué?! —exclamó Oliba, tan estupefacto que no daba crédito a sus oídos—. ¿Y por qué no me lo dijo a mí?

—Ya sabes cómo era él para sus cosas... Pensaba que, si te manifestaba sus sentimientos, de algún modo te obligaría a obrar conforme a su voluntad. Él quería que esto fuera cosa de Dios y no suya. Me dijo que estaba convencido de que los caminos de Dios no son nuestros caminos. Por eso, decidió que su tesoro no debía formar parte de la herencia dejada a sus hijos, puesto que había sido logrado pagando el precio de mucha sangre… Si todo este oro cayera en las manos de tus hermanos Bernat y Guifré, continuaría siendo causa de mucho mal. Ese es el motivo por el que antes te dije que estas eran las armas de nuestro padre. Antes de marcharse a Italia para hacerse monje, vendió todas sus armas y el precio que le pagaron por ellas también pasó a formar parte de este tesoro. A partir de aquel momento, él empezó a nombrar el conjunto del oro que se guarda aquí como «Las armas de la luz». Y escogió ese título porque tuvo muy presente el capítulo 11 de la carta a los Romanos de san Pablo, que ahora debo leerte.

Seleccionó otro de los pergaminos y leyó:

*La noche está avanzada, y se acerca el día. Desechemos, pues, las obras de las tinieblas, y vistámonos con las armas de la luz. Andemos como en pleno día, dignamente; no dedicados a glotonerías y borracheras, no en lujurias y lascivias, no en contiendas y envidias, sino revestidos del Señor Jesucristo, y no proveáis más para los deseos de la carne.*

Se hizo el silencio… Los ojos de Oliba, enrojecidos por la emoción contenida, se anegaron de lágrimas. Luego él dijo:

—Nunca la verdad humillará al que la busca, sino que lo ennoblecerá a los ojos de Dios y de los hombres… Ahora comprendo que mi padre buscaba la verdad con todas sus fuerzas…

—Sí, hermano. Y quería que tú también la buscaras. Con ese fin y no otro, te dejó todo este tesoro, para que no se empleara ni una sola de estas monedas en la guerra, sino en la sabiduría, que es luz para este mundo. Quería que con esto se pagara el precio que requiere el conocimiento: que se compraran libros, que se copiaran y tradujeran los antiguos escritos de los sabios, que se fundaran monasterios y se edificaran bibliotecas y escritorios. En definitiva, que no se escatimara nada para propagar la sabiduría y la paz, que son las armas que Dios quiere, y no las de la guerra. Y Oliba Cabreta vio claro que solo los monjes podrían obrar esos milagros. Y si tú te haces monje, podrás disponer de todo esto para desechar las obras de las tinieblas y revestir nuestra tierra y a nuestra gente con las armas de la luz… Tú podrás hacerlo, porque solo un hombre de Dios podría hacerlo… ¡Y en tu alma tienes las armas de la luz!

# 70

*Camino de Santiago, tierras de Jaca, reino de Pamplona, 30 de agosto, año 997*

Santiago todavía estaba muy lejos, pero los peregrinos se encontraban en un país que sentían ya remoto y, de alguna manera, les parecía vivir en un tiempo abstracto. Hacía más de dos semanas que recorrían los senderos del norte, transitando a pie por los valles, por ásperos barrancos, por pedregales desnudos y desiertos de altísimas montañas, entre los cerrados bosques de pinos y las blancas arboledas a orillas de los ríos; atravesaron los despoblados del condado de Ribagorza, las hoyas de la sierra de Portiello, siempre bordeando y evitando las tierras altas de la región sarracena de Wasqa. Y sabían que habían entrado en los dominios del reino de Pamplona, porque un ermitaño se lo confirmó. Hacía tres días que vivían en medio de aquel extraño pueblo de jóvenes pastores de las montañas, rubicundos, desgreñados, de rostros curtidos y rugosos, con los ojos humildes y recelados de los animales salvajes; que tenían la misma voz ronca, la misma frente dura, las mismas manos grandes y fuertes; y en ellos, no obstante, había algo maravilloso, algo puro e inocente que nunca antes habían advertido en un cristiano; una suerte de naturaleza resignada, esa inocencia tranquila, parecida a la inocencia de los animales y los niños. Entablaban conversación difícilmente con ellos, pues hablaban en una lengua extraña, pero lograban de algún modo entenderse por esas señas mudas comunes a todos los pueblos. Solo en las aldeas y en los monasterios encontraban clérigos que dominaban el latín de la Iglesia y, al comunicarse con ellos, descubrían que hablaban de la guerra como de un acontecimiento antiguo, remoto, con un secreto pavor y rencor, por la violencia, el hambre causada por el paso de los ejércitos, la destrucción, los saqueos y las masacres. No obstante, parecían resignados y satisfechos con la dureza de aquella naturaleza tan agreste; como si la vida ruda y solitaria, la lejanía de la civilización, el tedio de los largos meses de invierno y el incendio del sol del estío asomado en el antepecho de las cumbres los indujeran a rechazar la crueldad inherente al hombre. Habían adquirido la desesperada humildad de los animales salvajes, su misterioso sentido de la muerte. Tenían las miradas de las águilas en sus ojos brillantes, profundos... Pero no desconfiaban en absoluto de los peregrinos, porque los veían como enviados de Dios.

Más adelante el camino estaba mejor trazado, apisonado y formando una buena calzada, y confluían en él caravanas de mercaderes, viajeros, caminantes y muchos otros peregrinos. No se veía ni la sombra de una nube cuando divisaron a lo lejos una fortaleza bien definida, sobre su loma, bajo un cielo tan sereno y transparente que parecía un inmenso y profundísimo espacio despojado y vacío. Pero la visión desapareció cuando se adentraron de nuevo en el bosque. Habrían recorrido poco más de una milla en sombra, bajo espesas copas de árboles, cuando una voz áspera les ordenó en perfecta lengua latina que se detuvieran. Era una tropa de soldados a caballo, todos ellos con armaduras y las caras tapadas con las celadas.

El que venía al frente confirmó lo que ya sabían:

—Peregrinos —dijo con solemnidad—, pisáis la tierra que Dios confió al cristiano rey de Pamplona. ¡Bienvenidos seáis del Señor!

Se adelantó el conde de Barcelona y saludó sonriente:

—¡Dios bendiga a vuestro augusto rey! Soy Ramón Borrell, hijo de Borrell II, conde de Barcelona, Gerona y Osona y duque de Hispania Citerior. Me acompañan mi hermano Armengol, conde de Urgel, y todos estos nobles señores, siervos y fieles criados.

Al oír aquello, los soldados navarros echaron pie a tierra e hincaron respetuosos las rodillas en el suelo.

El conde de Barcelona les preguntó:

—¿Qué ciudad es aquella que vimos, sobre un monte, antes de entrar en el bosque?

—Es Jaca —respondió el oficial navarro—. Os quedan solo dos millas para llegar.

—Podéis alzaros —les dijo el conde.

Se sentaron todos al reparo de la sombra amable, olorosa de resina, para compartir algunos pedazos de pan, queso, ciruelas y nueces, en señal de confianza y fraternidad. Los navarros descubrieron sus rostros. A los nobles peregrinos occitanos les llamó la atención el extraordinario aspecto del hombre que estaba al frente de los demás: alto, delgado, más que delgado fibroso, nervudo, como un tronco viejo reseco. Tenía un rostro salvaje e infantil a un tiempo, que desprendía un brillo intenso; el cabello claro, corto y derramado sobre la frente como el flequillo de los monjes. Sus gestos eran tranquilos y reveladores de una naturaleza sana y poderosa. De pronto fijó la mirada en el conde de Barcelona; sus ojos grises y resignados tenían un brillo humilde y desesperado cuando dijo despacio:

—Es triste que hayáis cruzado los montes desde tan lejos... Es en verdad una triste suerte...

Los peregrinos le miraban turbados, atónitos, sin comprender el sentido de aquellas palabras.

—¡No digas eso! —replicó Armengol sonriendo—. El camino es duro, pero somos felices por ir al santo templo del apóstol de Cristo.

El joven oficial se volvió hacia sus hombres para poner en ellos su mirada humillada y triste, con los signos de aquella lenta resignación, y les dijo algo en su lengua. Después miró fijamente a Armengol y habló de nuevo en perfecta lengua latina, en un tono rotundo y trágico:

—Ya no hay templo del apóstol allá en la Galaecia. Almansur lo destruyó. Ayer empezaron a llegar desde poniente millares de peregrinos que se volvían sobre sus pasos... Y todos los que vienen huyendo de allá cuentan lo mismo: Santiago de Compostela ha sido arrasado; nada queda del templo santo. El demonio sarraceno lo borró de la faz de la tierra... No es seguro, pues, que continuéis vuestra peregrinación. Y además no tiene sentido. Nuestro rey nos ha enviado para advertir de ello a cuantos encontremos por los caminos. ¡Dios lo sabe todo! ¡Solo Dios sabrá si es el final de este mundo! Así que, hermanos, volveos a vuestra tierra y predicad la conversión de los pecados. ¡Cristo viene a juzgar las almas!

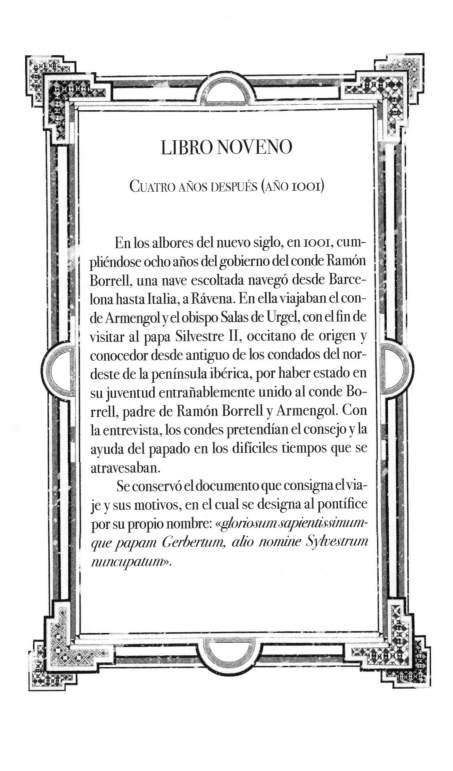

# LIBRO NOVENO

## Cuatro años después (año 1001)

En los albores del nuevo siglo, en 1001, cumpliéndose ocho años del gobierno del conde Ramón Borrell, una nave escoltada navegó desde Barcelona hasta Italia, a Rávena. En ella viajaban el conde Armengol y el obispo Salas de Urgel, con el fin de visitar al papa Silvestre II, occitano de origen y conocedor desde antiguo de los condados del nordeste de la península ibérica, por haber estado en su juventud entrañablemente unido al conde Borrell, padre de Ramón Borrell y Armengol. Con la entrevista, los condes pretendían el consejo y la ayuda del papado en los difíciles tiempos que se atravesaban.

Se conservó el documento que consigna el viaje y sus motivos, en el cual se designa al pontífice por su propio nombre: «*gloriosum sapientissimumque papam Gerbertum, alio nomine Sylvestrum nuncupatum*».

# 71

*Ruinas de Manresa, 22 de septiembre, año 1001*

La condesa Ermesenda seguía de pie, soportando la lluvia, entre las ruinas de la iglesia de Santa María de Manresa. Esperaba que su esposo, el conde de Barcelona, regresara a salvo de un peligroso negocio. Llevaba allí toda la mañana, entre las vigas chamuscadas del baldaquín y los escombros del presbiterio arrasado. Nada quedaba de las antiguas cubiertas. Bajo el cielo de plomo, solo permanecían en pie los sólidos muros de piedra y una parte del ábside.

Su dama de compañía, la condesa Toda, esposa de Bernat Tallaferro, le aconsejaba con voz cargada de ansiedad:

—Deberíamos ponernos a resguardo. Si seguimos aquí más tiempo, empapadas, acabaremos enfermando.

Ermesenda no respondía. Miraba hacia lo alto y de vez en cuando sacudía la cabeza para dejar caer las gotas de agua que se acumulaban en el borde de su toquilla de piel de nutria. Estaba quieta y pensativa, con los pies hundidos en la mezcla de fango y carbón que cubría el suelo. Pero no parecía triste ni asustada, sino entera, viva, llena de fortaleza.

Y su acompañante Toda, con un punto de exasperación en el tono de su voz, seguía lamentándose:

—Si al menos supiéramos cuándo van a regresar. ¡Habrán pasado ya más de tres horas desde que se fueron! ¿Cómo tardan tanto?

Y se volvía, mientras se quejaba con esa voz suya, con esa cadencia triste, con ese abrir y cerrar de pestañas, al pequeño grupo de damas, parientes y siervos que las acompañaban.

Todos ellos estaban allí, igualmente empapados y agotados, después de haber viajado durante días desde el castillo de Fonte Rubea formando parte de la comitiva de los condes y la gran hueste que la custodiaba. La andanza fue penosa, a través de los territorios ocupados por los sarracenos; siempre por los montes, por ásperos senderos, esquivando los llanos, atravesando barrancos y hondos valles, de castillo en castillo; deteniéndose solo en los baluartes cristianos: la torre de Claramunt, los contrafuertes del macizo de Monserrat, el castillo de La Guardia, el pequeño monasterio de Santa Cecilia y, finalmente, descendiendo por las empinadas laderas, alcanzaron los llanos del Bages y divisaron las ruinas de Manresa. Todo lo que fueron encontrando a su paso en los últimos tramos del trayecto estaba desolado, desierto y sembrado de destrucción.

La primavera y el verano habían sido terribles. Una vez pasado el invierno, el hijo de Almansur, Abdalmálik, salió de Zaragoza con su ejército y lo llevó a las puertas de Manresa, iniciando un asedio. Su intención era forzar al conde de Barcelona para que acudiera a presentarle batalla. Para ello, hizo ostentaciones de fuerza y crueldad, arrasó el Pla de Bages, incendiando campos, monasterios y aldeas, hasta que logró asaltar y destruir la ciudad. Inmediatamente después envió avanzadillas a las proximidades de Tarrasa, Sabadell y el Vallés Occidental. Pero Ramón Borrell fue inmune a todas las provocaciones. Recordaba lo que le sucedió antaño a su padre, el conde Borrell, que le salió al paso a Almansur en aquellos mismos lugares para intentar detenerlo y fue derrotado. A su temeridad siguió como consecuencia el desastre de Barcelona. En esta nueva ocasión, y pese a la exasperación de más de un noble, Ramón Borrell prohibió que nadie saliera de la ciudad a responder a las bravatas sarracenas. En abril, una serie de tormentas, acompañadas de fuertes vientos, granizadas y lluvias ingentes, hicieron crecer el caudal de los ríos Llobregat, Besós y Ripoll con sus afluentes. Destrozadas las tiendas y anegados los campamentos de los sitiadores, empezó a cundir la duda de si la Providencia no se habría vuelto contra ellos. Abdalmálik levantó el asedio. Dos meses después el conde envió embajadores y se iniciaron negociaciones de paz en Lérida. Almansur renunció a sus pretensiones de enviar a su hijo a atacar Barcelona y, a cambio, pidió un tributo en esclavos y oro. Estas condiciones tenían que ser ratificadas en un tratado concertado junto a las ruinas de Manresa, en el que Ramón Borrell debía acudir en persona para hacer efectivo el tributo y comprometerse a no tomar venganza.

Para ello, el ejército sarraceno levantó sus tiendas en la orilla del río Cardener, cerca de la ciudad, y allí permanecieron durante tres semanas, sin moverse del campamento, a la espera de que acudiera el conde con su séquito.

Ramón Borrell llegó con su gente a Manresa la noche antes y, apenas amaneció, salió hacia el antiguo puente y cruzó el río para ir a sellar el pacto, entregando un carro lleno de oro y doscientos esclavos jóvenes, mitad hombres y mitad mujeres.

Dentro de la ciudad en ruinas, de pie en lo que quedaba de la iglesia de Santa María, Ermesenda permanecía en oración, esperando a que concluyera la negociación de su esposo con el emir de Lérida. Pero el rostro de la condesa no reflejaba en absoluto el efecto que aquella visión de la catástrofe producía en su alma sensible. Se mantenía, en cambio, hierática y firme bajo la lluvia, como si su piedad, su caridad y su orgullo no le permitieran hundir la mirada en la espantosa tragedia de su pueblo. La lluvia se deslizaba por su rostro y se llevaba el afeite brillante de las mejillas. Los cabellos rubios sobresalían por debajo de la capucha en mechones chorreantes de agua.

Toda exclamaba:

—¡Virgen santísima! ¿Cómo es posible estar aquí bajo esta lluvia tan fría?

Ermesenda le lanzó una mirada dura y le recriminó:

—¡Entereza, condesa! ¡Por Dios, entereza! Nunca está de más un poco de sufrimiento… Contempla en torno, reza y guarda silencio…

Y luego, al mirar a los soldados, caballeros y damas, añadió:

—Nosotros conservamos las vidas, gracias a Dios. Pero muchos de los nuestros han muerto. Ahora nos toca orar por ellos y rogar a Dios que nos dé fuerzas para reconstruir todo esto… Permanezcamos, pues, en silencio paciente, a la espera de que sea Dios el que tome la palabra y nos muestre el camino.

Hablaba con un tono indefinible, con un acento antiguo, como si lamentara intimidarlos con su presencia, como si se apiadase de todos ellos; como si la destrucción de Manresa fuese una terrible desgracia sobrevenida que había que aceptar y callar.

En un momento dado, uno de los caballeros se acercó con una silla, se inclinó frente a ella y se la ofreció en silencio. Ermesenda se volvió hacia él y, con la mejor de sus sonrisas y un acento agradable, libre de la más mínima sombra de desprecio, le dijo:

—Gracias. Pero no hay sillas para todos. Así que permanezcamos todos de pie.

El caballero se quedó asombrado. Al principio fingió no haber comprendido, luego se sonrojó, dejó la silla a un lado, hizo una inclinación y se alejó igualmente en silencio.

# 72

*Manresa, antiguo puente sobre el río Cardener, 22 de septiembre, año 1001*

En la orilla del río, junto a los escombros y las ruinas resultantes de los saqueos de las alquerías y molinos, la comitiva del conde de Barcelona esperaba desde primera hora de la mañana en la cabecera del viejo puente de Manresa. La tarde estaba pesada y sofocante; grandes masas de nubes oscuras pasaban por el cielo y el viento del sur traía aromas fatigados de humedades y tierra removida. Sumidos en un triste silencio, roto solo por el ruido de las pisadas de los caballos, los condes y obispos soportaban la humillación de aquella espera injusta. Ante ellos, y hasta los primeros árboles que crecían en la otra orilla, se extendían los campos de labor abandonados, baldíos y pisoteados, que el camino surcaba en dirección a poniente. También se veían arboledas quemadas y viñedos reducidos a cenizas. Más allá comenzaba una densa masa de bosque, tras la cual se ocultaba al parecer el campamento sarraceno.

De repente, la tupida vegetación se agitó. Cientos de guerreros surgieron de entre los árboles y los matorrales, y comenzaron a aproximarse, amenazantes, con sus armas, espadas y lanzas en ristre. Los caballos se encabritaron y los cristianos se sobresaltaron.

—¡Nos rodean! —gritó un centinela que estaba apostado sobre una atalaya ruinosa.

El conde Bernat Tallaferro lanzó una mirada furibunda a Ramón Borrell y exclamó:

—¡Moros traidores! ¡Es una trampa! ¡Repleguémonos hacia la ciudad!

—¡No! ¡Quietos! —ordenó el conde de Barcelona.

Se hizo un silencio terrible. Los soldados cordobeses se habían detenido a distancia y ya no avanzaron ni un paso más. La situación era tan tensa como desconcertante. Los magnates cristianos se miraban entre ellos sin atreverse a hacer ningún movimiento.

Pasado un tiempo impreciso y cargado de incertidumbre, vieron venir el cortejo, todavía a distancia, atravesando primero los árboles carbonizados y después los campos yermos. Resaltaba a simple vista la imagen del valí, que cabalgaba por delante sobre una yegua grande de color arena, cuyo pelaje tenía tanto brillo que parecía toda ella pulida, dorada. Los jaeces eran de un verde vivo y la capa larga y blanca ondeaba entre las banderolas, gallardetes y grímpolas. También los estandartes eran verdes, el color de los omeyas. Pero, salvando las divisas, lo demás en la comitiva parecía en principio sencillo y poco destacable: una menguada escolta y un séquito de apenas una veintena de acompañantes. Pero no tardó en aparecer por los lados una interminable tropa de jinetes aguerridos que fueron ocupando posiciones a la deshilada en una amplia extensión.

Un mensajero se adelantó al galope, cruzó el puente y fue a detenerse frente a los primeros cristianos a quienes vio, los cuales le condujeron enseguida adonde estaba el conde de Barcelona.

Ramón Borrell montó en su caballo para recibirle, dejó de lado los formalismos y le dijo altanero:

—Nos habéis hecho esperar toda la mañana. Hemos venido de buena voluntad y nos habéis tratado como se trata a los inferiores. Es una mala manera de iniciar las conversaciones.

El mensajero ignoró los reproches, descabalgó, se inclinó y contestó:

—Que la paz de Alá esté contigo. Traigo saludos de parte de mi amo el valí Almundir ben Yahya at Tuyibi.

El mensajero hablaba en un latín culto, preciso y seguro.

—Si quieres venir conmigo —añadió—, te llevaré ante él.

El conde de Barcelona miró a derecha e izquierda para sondear la opinión que sus consejeros tenían sobre esto. El obispo Aecio se acercó a él y le susurró parcamente:

—No te fíes de ellos.

El mensajero le oyó y comprendió sus palabras, por lo cual se apresuró a decir, extendiendo al mismo tiempo las palmas de sus manos:

—Mi amo el valí ha venido con buena intención y en son de paz. No tenéis nada que temer. Además, pueden acompañarte todos estos señores si lo deseas.

—¡Es humillante! —gritó el conde Bernat Tallaferro—. ¡Que vengan ellos a ti!

Ramón Borrell permaneció pensativo un instante y luego contestó:

—Iremos nosotros.

—¡Es humillante! —insistió Bernat.

Pero el conde de Barcelona se volvió nuevamente hacia los suyos y les ordenó:

—¡Adelante! ¡Acabemos con esto cuanto antes!

Arreó a su caballo y avanzó al paso hacia el puente. El mensajero subió a su montura y se puso a seguirle, manteniéndose un paso atrás y a la derecha. También se pusieron en pos los demás condes, los obispos y los caballeros que formaban parte del séquito cristiano, incluido Bernat Tallaferro, aunque a regañadientes.

Todos ellos cruzaron el río, llegaron ante la comitiva sarracena y se detuvieron a cierta distancia, alzando las manos con las palmas hacia delante, en señal inequívoca de paz.

El valí Almundir era un hombre joven, alto, cuyo rostro largo estaba orlado por una afilada barba oscura. Impresionaba por su aspecto curtido, su cuerpo erguido sobre el caballo; la espalda ancha y el pecho guarnecido por recio peto de cuero negro. Pero, aunque pudiera resultar adusto en un primer momento, su gesto se tornó complaciente. Se acercó y se disculpó moderadamente diciendo:

—Los caminos están embarrados, señores.

El conde de Barcelona le lanzó una mirada severa y contestó:

—Nosotros venimos desde mucho más lejos soportando la lluvia.

El valí se irguió en su montura y se dirigió a él, extendiendo el dedo índice hacia el cielo y exclamando:

—¡Ah! ¡La lluvia! Los cielos la envían con el permiso de Alá para favorecer o castigar. Solo el Omnipotente tiene en su mano la pluma que escribe los destinos de los hombres. En vez de quejarte, deberías agradecer a los cielos que enviaran la lluvia en primavera. En esta ocasión, el destino estaba a vuestro favor. Si no hubiera sido por las tormentas, seguramente Barcelona habría caído en poder de mi señor Almansur. No te quejes, pues, por la lluvia.

Ramón Borrell le miró duramente y replicó:

—Los santos monjes que vuestros guerreros asesinaron aquí subieron a los cielos y pidieron a Dios esa lluvia. Si el dueño de la tierra y los astros hubiera estado de vuestra parte no habríais tenido que levantar los campamentos para regresar más allá de la Marca.

Almundir sonrió. Se quedó pensativo y luego dijo:

—Un antiguo proverbio de nuestros antepasados dice: «El ladrido de los perros no puede parar la tormenta». Los árabes piensan que la naturaleza de la lluvia es la misma y que, sin embargo, produce espinas en el pantano y flores en el jardín. Quiere decir eso que no por mirar a los cielos vas a conseguir que te favorezcan.

El conde sacudió la cabeza y protestó con energía:

—¡Basta ya de sermones! ¡Cumplamos con lo pactado!

El valí se volvió hacia los miembros de su séquito, levantó un dedo admonitorio y sentenció en voz alta:

—Estos francos de la Marca Superior son ciertamente una raza orgullosa, no suelen contraer deudas ni obligaciones con nadie y les cuesta someterse a los que son más fuertes que ellos.

—Haces muy bien en recordarlo —le dijo Ramón Borrell con jactancia.

—Por supuesto, conde. Y tú no debes olvidar que, a partir de hoy, estás obligado a mantener la paz con Córdoba. Sujeta pues a tus bravos hombres y adviérteles para que no se les ocurra hacer ninguna incursión más allá de la Marca. Si eso ocurriera, ¡Alá no lo permita!, mi señor Abdalmálik volvería a subir con su gran ejército, y esta vez las nubes no os serían tan favorables. Con todo el respeto, no me gustaría que nuestra tolerancia fuera interpretada como vacilación o debilidad.

—Transmite a Almansur nuestro deseo de vivir en paz en nuestra santa tierra —manifestó el conde—. Como prenda, mis hombres te harán entrega de lo pactado: un carro de oro, un centenar de esclavos y otro de esclavas igualmente jóvenes.

Estas fueron las últimas palabras que intercambiaron. Después Almundir inclinó la cabeza, haciendo una rígida reverencia, y se fue.

También el conde de Barcelona dio media vuelta y se dirigió por la pendiente, seguido por sus consejeros y su séquito, hacia las ruinas de Manresa.

Por la tarde fue satisfecho el valioso tributo. Los intendentes del valí revisaron cuidadosamente la carreta del oro, pesaron los lingotes y contaron las monedas. Después inspeccionaron con detenimiento a los doscientos esclavos. Terminado su trabajo, se marcharon con el tesoro y la larga fila de mujeres y hombres cautivos.

# 73

*Castellvell de Solsona, 24 de septiembre, año 1001*

Habían cabalgado sin apenas detenerse durante dos jornadas, por la calzada que bordeaba las montañas, siguiendo los desfiladeros del río

Cardener, y por fin estaban en las proximidades de Solsona, atravesando las hermosas tierras de suaves colinas y arroyos claros, de ricos campos y suelo denso, de elevados viñedos y buenas masías junto a los cursos del agua. Descendieron a caballo por el valle del río Negre, siempre en sombra, entre los bosques de la ribera, pero divisando los cercanos campos bien cuidados, que mostraban forrajes y orondos ganados. Dejaron atrás la pulcra y rica ciudad, cobijada entre sus murallas y sus altas torres, hasta llegar a los pies de la fortaleza de Castellvell, construida en tiempos del conde Sunyer sobre un cerro, por encima de los inmensos bosques que se extendían hacia el sur, y reforzada quince años después por Borrell II.

Al llegar cerca de la puerta norte, todavía en la ladera, salieron los guardias y los abordaron. El Llop alzó su voz poderosa:

—¡Soy el vizconde Guillem de Castellbó! Me acompañan mi hijo Miró y mi sobrino Blai de Adrall. Vengo al frente de mi hueste.

—¿Por qué motivo? —inquirió el jefe de la guardia.

—¡Idiota! —gritó el Llop—. ¡¿Acaso no sabes quién soy?! ¡¿Nunca has oído mi nombre?! ¡Yo soy el señor natural del castillo, de la ciudad y de todas estas tierras!

Hubo un largo silencio. Después contestó una voz desde dentro:

—¡Disculpa, mi señor! Aguarda solo un momento y os abriremos.

El Llop resopló ansioso, se volvió hacia los que le seguían, meneó la cabeza y refunfuñó:

—¡Valiente guardia de ineptos! ¿Es que no me conocen? ¿No saben quién soy?

La numerosa hueste, de más de dos mil hombres a caballo, iba llegando lentamente y se disponía formando una larga hilera en el camino en pendiente. Era mediodía y estaban a pleno sol. Al verlos, el Llop se enardeció aún más y empezó a darle voces a su hijo:

—¡¿Dónde diablos va toda esa gente?! ¡¿Acaso piensan meterse todos en el castillo?! ¡Miró, diles que esperen abajo en el llano! ¡Que descansen a la sombra! ¿No ves que los caballos están fatigados y sudando? ¡Sant Jaume, tiene uno que estar en todo!

Mientras lanzaba esta reprimenda, se abrió la puerta y salió el gobernador del castillo, Gaudosio de Lladurs, un hombre mayor, de por lo menos setenta años, con el pelo gris y un rostro grotesco debido a unos quistes sebáceos en la frente. Se adelantó deshaciéndose en reverencias y excusándose.

—¡Mi señor Guillem de Castellbó! ¡Dios sea loado! Nadie nos ha avisado de que venías a Solsona... ¿Cómo íbamos a saberlo?

El Llop descabalgó y se fue sulfurado hacia él, contestando desabridamente:

—¡No digas tonterías, Gaudosio! ¡Envié mensajeros por delante!

—Nadie vino a avisarnos...

—¿Cómo que no? ¿Me tomas el pelo?

—Juro que no —respondió el gobernador, haciendo la señal de la cruz en su pecho.

El Llop se volvió hacia su hijo y le gritó:

—¡Miró! ¿Se puede saber qué ha pasado? Este dice que no han llegado los mensajeros...

Miró estaba azorado y mudo, atento a su padre con visible angustia en el rostro.

—¡Miró —aulló el Llop—, dame una explicación!

El joven, encontrando al fin su voz, respondió:

—Se me olvidó enviarlos, padre. Lo siento, lo siento de veras...

El vizconde enrojeció de cólera, clavó una mirada terrible en su hijo y se llevó la mano a la empuñadura de la espada, rugiendo:

—¡Si serás inútil! ¡Estarías borracho! ¡Para una cosa que te mando! No te mato aquí mismo porque... ¡Anda, quítate de mi vista!

Luego el Llop se fue hacia las talegas de su caballo, hurgó en ellas con ímpetu y sacó un envoltorio. Se volvió hacia el gobernador del castillo, resoplando, y le dijo:

—Aquí tengo los documentos. ¡Mira!

Desenrolló un pergamino y se lo extendió, orgulloso, mostrando con grandes ademanes una carta que llevaba el sello del conde de Urgel.

—Armengol de Urgel —añadió—, que heredó estos dominios de su padre, me ha dado posesión sobre ellos y potestad sobre todos los vasallos que aquí le deben obediencia. A partir de hoy, yo soy el único señor natural de la ciudad de Solsona, del castillo y de todas las tierras desde aquí hasta la Marca. He venido con mis hombres para tomar posesión y reforzar las defensas. El conde de Barcelona ha firmado la paz con el moro. Pero no podemos fiarnos. Así que habrá que enviar destacamentos a los castillos y atalayas que hay frente a la tierra de nadie. Permaneceremos aquí hasta que caiga el invierno.

El gobernador y los guardias parecían impresionados. Se pusieron de rodillas y se doblaron en una profunda reverencia hasta tocar el suelo con sus frentes. Después se apresuraron a abrir las puertas del castillo de par en par para franquearles el paso.

El Llop entró seguido por su hijo, por su sobrino Blai de Adrall y por una decena de sus guerreros más fieles. Había una pequeña iglesia frente a la plaza de armas. La muchedumbre se fue reuniendo en torno. Uno de sus clérigos salió y leyó la carta del conde de Urgel en voz alta, para que todos los habitantes del castillo se enterasen de quién era su amo a partir de aquel momento.

—¡Es el deseo del conde! —exclamó ufano el Llop—. A partir de hoy, yo soy quien manda aquí. Y os comunico desde este preciso momento que seré inflexible con quienes no sean leales. Tendremos que trabajar mucho. Oídme bien: ¡mucho! ¡Se acabaron las contemplaciones! Los demonios sarracenos están ahí muy cerca y no vamos a consentir que se nos vengan a las barbas. Queda terminantemente prohibido ir a comerciar con ellos o dejarles que vengan a hacer negocios de cualquier tipo. Aunque los condes han firmado la paz con el demonio de Almansur, no vamos a permitir que sus espías campen a sus anchas por nuestros pueblos.

El gobernador Gaudosio se adelantó, apreciablemente angustiado, y señaló a un grupo de hombres que estaban a un lado.

—Pero… —dijo con voz ahogada—. Si tenemos aquí a unos emisarios…

—¿Unos emisarios? —contestó el Llop con extrañeza—. ¿Qué clase de emisarios?

Gaudosio los señaló y respondió:

—Son enviados del valí de Lérida. Llegaron precisamente esta mañana para confirmar con las autoridades el tratado concertado entre Almansur y el conde de Barcelona.

El Llop dirigió una mirada sombría hacia aquellos emisarios que estaban entre la multitud. Eran tres hombres vestidos a la manera cordobesa, con turbantes claros y túnicas de algodón largas hasta los pies. En medio de ellos destacaba uno más joven, bien plantado, moreno y elegante, con su manto verde tan limpio como el vestido de una mujer, y rematado en hilo de oro. Este se acercó y se presentó con respeto, diciendo:

—Me llamo Abdel Sami ben Adil. La paz sea contigo. No sabíamos que eras el señor de Solsona y su castillo. Pero ahora que lo sabemos…

—¡Es el deseo del conde de Urgel! —contestó el Llop enfurecido, interrumpiéndole.

Y después de dirigirle una nueva mirada sombría, dio media vuelta y se dirigió hacia la torre del homenaje, a grandes zancadas, mientras les ordenaba con visible nerviosismo a su hijo y a su sobrino:

—¡Venid conmigo vosotros dos! Debemos hablar en privado ahí dentro.

Entraron los tres al vestíbulo y cerraron la puerta tras de sí. Y sin mediar cualquier explicación previa, el Llop dijo:

—Hay que solucionar esto ahora mismo. Seguiremos con mi plan.

Miró y Blai se quedaron con los ojos fijos en él, como esperando a que especificara qué plan tenía.

—Vosotros haced lo mismo que yo cuando llegue el momento —añadió el vizconde—. ¡Y no vaciléis!

Dicho esto, salió impetuosamente y ordenó con un vozarrón:

—¡Que entren los emisarios del valí de Lérida!

Los legados muslimes entraron solícitos y sonrientes. El Llop cerró la puerta con un portazo y se los quedó mirando, con una sonrisa socarrona.

—Así que venís de parte del valí... —dijo con voz melosa—. Pues sed muy bien venidos a mis dominios, amigos queridos. No os preocupéis por nada. Yo me ocuparé de que seáis dichosos y podáis cumplir con vuestro propósito.

—Gracias, gracias —respondió satisfecho y cordial el joven del manto verde—. Nos complacen mucho tus palabras amables.

El Llop se fue hacia él y le puso la mano en el hombro, sin dejar de sonreír.

—Me alegra tanto saber que Almansur desea la paz... —dijo, mirándole a los ojos, con una dulzura en la voz nada corriente en él—. Es cosa buena saber eso... Hagamos pues lo que debemos hacer...

No había terminado de hablar el vizconde cuando, con una destreza y una rapidez sorprendente, sacó la espada y la hundió en el vientre del emisario. Y luego, cuando este se doblaba sobre sí por el dolor, le dio un tajo en la nuca, seccionándole el cuello. La sangre saltó a borbotones y cayó al suelo.

Los otros dos emisarios dieron un salto hacia atrás e intentaron sacar sus cuchillos para defenderse.

—¡Acabad con ellos! —le gritó el Llop a su hijo y su sobrino, mientras derribaba de una patada al que acababa de herir—. ¿A qué estáis esperando? ¡Matadlos!

Miró y Blai titubearon un instante, pero enseguida sacaron sus espadas y empezaron a golpear con ellas a los emisarios. Se inició un violento forcejeo, con gritos, jadeos y resuellos. El Llop acudió con furor y remató con grandes tajos a los muslimes agonizantes, que yacían sobre su sangre en el suelo.

Las voces y los ruidos se habían oído fuera de la torre. El gobernador del castillo estaba alarmado y no paraba de gritar junto a la puerta:

—¿Qué pasa ahí? ¡Por Dios bendito! ¡Abrid!

Salió el Llop, con todo el pecho y los brazos manchados de sangre, y todavía con la espada en la mano.

—¡Nada! —contestó—. ¡No ha pasado nada!

—¿Nada…? ¿Y esa sangre?

—¡Calla, viejo! —le espetó el Llop—. ¡No escandalices más! Ha pasado lo que tenía que pasar.

La gente del castillo y los acompañantes del vizconde estaban sorprendidos y no se atrevían a abrir siquiera las bocas para preguntar ni decir nada. Solo Gaudosio, llevándose las manos a la cabeza, exclamaba:

—¡Dios mío! ¡Qué horror! ¡Qué desastre! ¡Habéis matado a los emisarios del valí de Lérida! ¿Y la paz? ¿Y el tratado?… ¿Y qué pasará ahora?… ¡Vendrá Almansur y nos matará a todos!

—¡Calla de una vez, viejo loco! —le gritó el Llop levantando la espada ensangrentada—. ¡Cierra la boca o te mato yo ahora mismo!

A partir de ese momento se hizo un silencio terrible. Todas las caras, transidas de espanto y acatamiento, estaban fijas en el vizconde. Y él, elevando todavía más la voz, se dirigió a todos ellos diciendo con rabia:

—¡Nada de paz! ¡Nada de tratados! ¡Enteraos todos de una vez! ¡Se acabaron las contemplaciones! Si nos atenemos a esas blandenguerías, nunca seremos libres! ¡Nunca! Hemos tomado la determinación de jugárnoslo todo a una carta… ¡Y ha llegado por fin el momento de actuar!

Se habían reunido allí hombres y mujeres de todas las edades; había nobles, clérigos, soldados, criados, libres y esclavos. Todos ellos escuchaban con asombro y temor. Algunos tenían las cabezas gachas y temblaban estremecidos. Nadie se atrevía a rechistar.

—¡Hemos matado a los enviados del valí de Lérida! —continuó diciendo el vizconde—. ¡Los hemos matado porque había que matarlos! Hay razones para ello y no es menester ahora decirlas. Pero os pido, en el nombre de Dios, que confiéis en mí. He hecho lo que tenía que hacer, por vuestro bien y por el bien de mis hombres.

Tras estas palabras, se quedó callado y paseó su mirada terrible por la concurrencia.

—¡Oídme bien, gente de Solsona! —prosiguió luego con el mismo tono autoritario—. ¡Aquí en el castillo y abajo en la ciudad se hará lo que yo mande! ¡Prohibido viajar a partir de ahora! Nada de mercados y nada de peregrinaciones. Por el momento, cada uno permanecerá en su casa. Y que todo el que venga de fuera se presente ante mis hombres.

Después se dirigió al gobernador del castillo y le preguntó:

—¿Los emisarios del valí traían escolta?

—Sí, mi señor —respondió atemorizado Gaudosio.

El Llop clavó en él una mirada apremiante e inquirió:

—¿Cuántos son? ¿Dónde están?

—Solo son media docena de hombres. Tienen puestas sus tiendas fuera de la ciudad, en el prado de los Mercaderes, frente a la puerta del Sur.

El Llop apretó los labios, lanzó un resoplido y luego le ordenó al jefe de su guardia personal:

—¡Oliver, coge un buen grupo de hombres, ve al prado ese y da con ellos! ¡Y ya sabes lo que tienes que hacer!

El soldado salió a caballo para ir a cumplir la orden inmediatamente.

Entonces el Llop retomó su discurso, diciéndole a la concurrencia:

—Durante los próximos días se irán reuniendo aquí muchos magnates, caballeros e importantes jefes con sus huestes. Todos ellos vendrán a ponerse a mis órdenes para iniciar un plan de defensa. Y todos vosotros, hombres bravos y nobles de Solsona, estáis convocados igualmente a esta gran empresa. Acaba de empezar el otoño y todavía podemos afianzar nuestras posiciones. Después vendrá el invierno y los diablos sarracenos se irán a cobijarse de los fríos y las nieves en sus ciudades… Cuando vuelva la primavera, ya les habremos dejado bien claro que no estamos dispuestos a ser sus esclavos. Porque… ¡somos libres! ¡Hermanos míos, somos cristianos y libres! ¿Qué se creían esos piojosos ismaelitas, hijos de Satanás? ¿Qué pensaba de nosotros ese perro de Almansur? ¡Mirad lo que hicieron, hermanos! ¡Destruyeron Manresa! Mataron a centenares de monjes y monjas, mujeres, niños, ancianos… ¿Y qué hemos hecho nosotros? ¡Echarnos a sus pies! Dicen que quieren la paz… ¿La paz?… ¿Qué clase de paz? A cambio de lo que ellos llaman «paz» se han llevado un carro lleno de oro y dos centenares de esclavos, mitad hombres y mitad mujeres. ¡Es una vergüenza que les hayamos dado todo eso! Pero, hermanos míos... ¡Se acabó! A partir de ahora, tendrán que empezar a pagarnos ellos a nosotros. ¡Ya lo veréis! ¡Acabarán besándonos los pies! Porque hemos venido dispuestos a todo...

Después de estas palabras hubo un largo silencio, en el que todos allí seguían muy pendientes del fiero vizconde, por si tenía que decir algo más. Pasado un rato, el gobernador Gaudosio se acercó a él, sumiso y atemorizado, diciendo con voz quebrada:

—Haremos todo lo que tú mandes, mi señor Guillem. Aquí no habrá más jefe que tú. Todos nosotros, con nuestras familias, haciendas y siervos estamos a tu servicio. Ordena tú y obedeceremos.

—Así me gusta —contestó satisfecho el Llop—. Y además no os queda más remedio que hacerlo así. Porque no dudaré a la hora de cortar cabezas...

Gaudosio se dobló en una profunda reverencia y se persignó con su trémula mano, manifestando:

—No hará falta, mi señor. Ya verás como no será necesario que hagas rodar ninguna de nuestras cabezas. Estamos dispuestos a obedecerte en todo...

—Muy bien —dijo el vizconde con voz tonante—. Empezad pues a obedecerme enterrando ahora mismo los cadáveres de esos tres sarracenos. Pero desnudadlos antes y que las mujeres laven y zurzan sus ropas.

El gobernador del castillo le miró extrañado. A lo que el Llop contestó enojado:

—¡No pienses que quiero esos trapos sarracenos para mí! En su momento diré el motivo por el cual os he dado esa orden. Así que haced de inmediato lo mandado: despojad a los cadáveres de sus ropas, que limpien bien la sangre de ellas y que cosan los desgarros.


# 74

*Barcelona, 27 de septiembre, año 1001*

A finales de septiembre se sucedieron días cálidos, de una delicadeza ambarina y una luz casi primaveral, aunque el otoño empezaba a enrojecer ya los viejos árboles en el pequeño jardín del palacio condal de Barcelona. El puerto permanecía todavía abierto, con ir y venir de barcos de todas las procedencias, si bien menguaba considerablemente el tráfico marítimo. Iba tomando forma esa singular quietud que conducía poco a poco la ciudad hasta la calma cerrada y oscura del invierno. Estaba amaneciendo. El cielo clareaba sobre los bosques, sobre las colinas, sobre las murallas y sobre los tejados de la ciudad. Algo parecido a una sombra se extendía por oriente, por encima del mar; mientras, hacia occidente, los montes todavía reposaban sumidos en el fuego exhausto del reciente estío. El día nacía despacio, con una alborada afectuosa y suave que iba desvelando las formas bajo el fondo de aquel dulce y ligero paisaje. Desde el ventanal de la amplia sala donde los condes almorzaban temprano, se contemplaban las torres de las fortalezas, la silueta de la catedral y los campanarios de las iglesias de Sant Jaume, San Justo y San Miguel, que evocaban aún de manera imprevista y perentoria el antiguo gusto godo. Solo las obras de dos nuevas fortificaciones, todavía sin terminar, adquirían un matiz caprichoso y falaz: el castillo Nuevo y el castillo del Obispo, ambos empezados a construir después de la acometida de Almansur del año 985, cuando se hizo patente la necesidad de reforzar el antiguo sistema defensivo.

En un rincón de la sala dormitaba el gran mastín blanco, cerca de la chimenea, que solo tenía cenizas. Había una gran armadura de parada a un lado, antigua y muy bien dispuesta sobre un tronco con forma de hombre; el pecho de la cota de malla, de perfecto entramado, estaba decorado con una cruz de bronce pulido y un relieve de flechas cruzadas; ceñía el yelmo una corona nobiliaria, de oro puro, cerrada y formada por discretas hojas y diminutas piedras rojas. Decían que había pertenecido al conde Seniofred I, y que era el regalo que le entregó en gratitud el emperador Carlos el Calvo por haber vencido al emir Abderramán II, cuando su ejército intentaba atravesar la Cerdaña. Wifredo el Velloso heredó la armadura y nunca se la puso; la consideraba una pieza valiosa, como una reliquia, y la llevaba siempre consigo entre sus pertenencias cuando iba a la guerra. Todos sus sucesores hicieron lo mismo. Por eso la armadura se salvó, después de que los sarracenos entraran en el palacio para saquearlo, cuando en el año 985 Almansur arrasó la ciudad. Ramón Borrell la llevaba consigo, siguiendo la tradición de sus antepasados.

Sobre una repisa, en un jarrón de precioso cristal de Balaguer, tallado a la manera árabe, florecía un ramillete de escaramujos de rosa silvestre, rojos y brillantes como la sangre, que la condesa Ermesenda había traído consigo del viaje a Manresa.

Los condes se habían levantado temprano, antes de que amaneciera, y habían acudido a la misa de alba en la catedral para celebrar la fiesta de los mártires san Damián y san Cosme. El culto se había desenvuelto cadencioso y grave, con los cantos delicados de la escolanía, entre el humo de los incensarios y las velas, en la penumbra sacra. Ermesenda se había sentido especialmente confortada por las palabras del obispo, y se había mitigado algo la tristeza que sentía después de haber regresado del viaje a Manresa, en el que tantos desastres y ruinas habían contemplado sus ojos grandes y hermosísimos.

Y ahora, en el cálido salón del palacio, el conde Ramón Borrell degustaba la compota de membrillo y puerros sobre un pedazo de queso, mientras ponía en su bella esposa una mirada atenta y afectuosa, entrecerrando sus claras pestañas.

Ella sonrió y bajó la cabeza un instante, diciendo:

—¡Es maravilloso!

—¿Qué es maravilloso? —preguntó él.

—El delicioso aroma de la compota de membrillo y puerros… Es exactamente el olor de mi infancia, el olor de Carcasona, el olor de la montaña Negra, el de las aldeas occitanas; el olor del otoño…

Ramón Borrell se quedó mirándola extasiado. Le encantaba que ella dijera cosas como esas, así, tan de repente, entornando los ojos soñadores y con una leve sonrisa en sus preciosos labios. No se podía estar más enamorado de lo que él lo estaba de Ermesenda. La miraba directamente a la cara con una expresión agradecida y extasiada, con ojos lánguidos, devotos y fieles.

A ella esas frecuentes miradas la turbaban y no era capaz de sostenerlas nada más que un instante. Por eso lanzó sonrojada una tranquila ojeada hacia el ventanal, en la que se mezclaba ahora cierta tristeza. Las parras del pequeño jardín ya empezaban a estar almagradas, las lilas estaban peladas y los arbustos se habían desnudado de sus rosas; el fresco verdor había palidecido, y las lavandas parecían hundirse en la tristeza ante el avance del otoño. Entonces dijo, señalando las copas de los árboles:

—Mira, ya se nota que pronto empezará el frío… Y será el final de nuestras cenas en el jardín.

Ramón Borrell seguía mirándola intensamente, soltó una carcajada y replicó:

—¡Pero, querida! ¿Cómo te pones triste ahora? Si tú eres una enamorada del invierno...

A Ermesenda le gustaba el invierno, eso era cierto; pero también era verdad que lo que le gustaba en el fondo, más que el invierno, era la primavera, el verano o el otoño, siempre que estuvieran juntos su esposo y ella. Y al verano no le perdonaba que tuvieran que separarse cuando él iba a inspeccionar los castillos de la frontera o a visitar a los señores de sus diversos dominios para poner en orden la hueste. En cambio, el invierno lo mantenía en el palacio y ambos no se privaban de los felices encuentros con los amigos y las cenas al amor de la chimenea.

No obstante, ella ratificó su parecer añadiendo:

—El verano es una estación hermosa y breve... Pero, en el oscuro y frío invierno, en las nubes, en la nieve y en la lluvia hay una vida más cercana e íntima; una vida a la que el corazón responde... ¡Y tenemos compota de membrillos y puerros!

El conde volvió a reír, con más ganas todavía, y opinó:

—¡Cómo no voy a quererte! Eres tan inteligente, dices unas cosas... Yo no soy capaz de encontrar palabras como esas.

A ella le gustó este elogio y se turbó aún más, pero no quiso desaprovechar aquel momento de intimidad, tan oportuno para manifestar sus sentimientos. Ahora sí le miró fijamente a los ojos al decir:

—Pienso que los amantes del verano son habitualmente gente activa y diligente. Así eres tú, esposo, y así son también los hombres de guerra... Por eso yo prefiero el invierno; porque es el tiempo de la paz...

Ramón Borrell movió la cabeza con tristeza, y luego suspiró:

—¡El mundo es así! ¿Y qué le vamos a hacer...?

—No, esposo, el mundo no es así; lo hacemos nosotros así —repuso ella. Y luego, como no encontrara en él más que silencio y confusión, añadió con firmeza—: Lo daría todo a cambio de que no hubiera más guerra, ¡todo! Incluso daría mi vida...

Él se quedó confundido durante unos segundos, como si la sorpresa que le había causado aquella reflexión le hubiera dejado sin palabras. Después sacudió la cabeza y dijo:

—¡Tienes en la cabeza unas ideas que no sé quién te las ha metido!

Se quedó callado y pensativo durante un instante, antes de añadir en un tono seco y tenso:

—Aunque creo saberlo. Querida, hablas últimamente demasiado con mi primo Oliba…

—Es un hombre de paz —replicó ella muy seria—. Y, por desgracia, no hay demasiados hombres de paz en este mundo…

—¡Mi primo es un iluso! —repuso enojado el conde, dando un golpe con la palma de la mano en la mesa—. Eso es lo que es, un soñador. ¿Qué se cree Oliba? ¿Piensa de verdad que hace bien abandonando sus responsabilidades para ser monje? ¿Se cree que así emanará de su espíritu una fuerza milagrosa y mágica que solucionará todos los problemas? ¿Qué clase de ideas son esas? ¿Qué es eso de las «armas de la luz»? ¡Son pájaros de su cabeza! Al final acabará haciendo lo mismo que su padre, el loco de mi tío Cabreta, que abandonó a su mujer y a sus hijos para buscar, según decía, la salvación de su alma. ¿Abandonando a su suerte a los tuyos salvas tu alma? ¿Quién ha dicho eso? ¡Es de locos! Por eso a mi tío le apodaron así, porque estaba más loco que una cabra. Si mi primo Oliba se cree de verdad que dejando las armas solucionará nuestros graves problemas, se equivoca. Él se cree que los libros lo solucionarán todo. ¡Qué iluso!

—¡No digas eso! ¡Los libros y la sabiduría son la luz del alma!

El conde sonrió y replicó en tono irónico:

—Sí, querida, sí, la luz de las almas… Encerrado en el escritorio y la biblioteca logrará así embriagarse mi primo en un éxtasis divino con el que elevarse por las rutas felices de los cielos. Pero…, ¡claro…!, al final vendrán los moros, como siempre, a destruirnos. ¡Y quemarán los escritorios, las bibliotecas y los libros! Como hicieron en todos los monasterios de nuestra tierra cuando Almansur arrasó esta bendita ciudad. Y luego tendremos que volver a reconstruirlo todo… ¡Por mi vida, que eso será una catástrofe! Convéncete, mi querida esposa, si no estamos preparados para la guerra no podremos hacer frente a los que quieren oprimirnos. Así es el mundo y la guerra pertenece al mundo…

La conversación se interrumpió aquí y reinó el silencio. Ermesenda intentó sumergir su alma en el regazo otoñal del jardín, pero la conversación había dejado en su cabeza un desasosiego que era como una fiebre y debía esperar a que se enfriara.

Ramón Borrell la observaba con disimulo: su cabeza, su nariz, su largo cuello y su delicada figura; toda aquella belleza sensible y radiante, casi celestial. Sintió lástima de su esposa, como si imaginase el efecto que sus duras palabras habían causado en su alma tierna. Pero consideró que no debía decir nada más. Así que dejó de mirarla y, al pasear sus ojos por la estancia y ver la jarra del vino dulce en la alhacena, se levantó y fue hacia ella, llenó un vaso y lo bebió. Luego volvió a su asiento, concentrando su atención también en los árboles del jardín.

A media mañana se presentó en el palacio el vizconde Udalard. Venía cabizbajo y un tanto angustiado, porque traía una noticia inquietante. Nada más entrar en el salón, anunció en tono grave:

—El Llop de Castellbó anda reuniendo gente en Solsona. Ayer llegó un mensajero a última hora de la tarde para avisar de que estaba acampando allí con su hueste y con muchos de sus partidarios.

Ramón Borrell le miró impasible y contestó:

—¿Y qué hay de malo en ello?

—No sé… No me fío de él. Últimamente anda campando por sus respetos… Dicen que está hecho una fiera por lo que pasó con su hija en los campamentos del Ripollés.

—El Llop ha vivido siempre hecho una fiera —observó el conde para quitarle hierro al asunto.

—Sí, pero ella todavía no ha dado señales de vida…

—Es natural que el padre la esté buscando.

—¿En Solsona? ¿Precisamente en Solsona?

Ramón Borrell se quedó pensativo un instante y al cabo dijo:

—Mi hermano Armengol le dio autoridad para defender las fronteras desde Solsona hasta la tierra de nadie. Él es ahora el único responsable de aquellos dominios. Por eso no tiene nada de extraño que haya ido a inspeccionar las fortificaciones y las defensas. Además, ya sabemos cómo le gusta al Llop andar por ahí alborotando a la gente. Si no está reunido con los más pendencieros, no se encuentra a gusto. No te preocupes demasiado. Estarán preparando sus cacerías de osos y sus fiestas de invierno. Nada raro hay en eso.

—Bueno —repuso Udalard—, seguramente tendrás razón. ¡Dios quiera que la tengas!

—¡Claro! No se atreverá a dar ningún paso estando mi hermano Armengol tan lejos, en Italia. Sabe que no puede hacer nada sin su consentimiento.

El vizconde, todavía preocupado, movió la cabeza de derecha a izquierda con visible inquietud, mientras decía:

—Armengol está muy lejos, en efecto; y eso, en vez de tranquilizarme, todavía me preocupa más… Porque el único que podría frenar al Llop es tu hermano.

—¡No seas tan aprensivo! A nadie se le ocurriría ahora dar un mal paso. Si rompiéramos el pacto con los sarracenos, el hijo de Almansur no dudaría en volver la próxima primavera.

—Y eso sería terrible, ¡terrible! Dios no lo permita… —balbució Udalard.

Ramón Borrell lanzó una ojeada a su esposa, que estaba muy atenta a aquella conversación, y la encontró pálida y sobrecogida. Entonces él se volvió hacia el vizconde para decirle tranquilizadoramente:

—No lo pienses más. No nos pongamos en lo peor. Nada malo va a pasar. Hemos firmado la paz y habrá que confiar en Dios.

—¡Él nos asista! —rezó Udalard.

El conde de Barcelona le dio una afectuosa palmada en el hombro, diciéndole:

—No se puede vivir siempre con inquietud. Ahora es el tiempo de guardar las armas de la guerra para dedicarse a las armas de la luz…

Dijo aquello mirando de nuevo con dulzura a Ermesenda. Ella sonrió complacida y añadió:

—En efecto. Y yo os ruego que os olvidéis al menos por un tiempo de esa gente contumaz y violenta. Nuestra tierra es una bendición de Dios y debemos sentirnos en ella en paz y armonía.

—¡Bien dicho, esposa! —exclamó contento el conde—. Hoy es la Fiesta de los Santos Mártires y estamos obligados a celebrarlos. Esta noche reuniremos a nuestras amistades aquí y daremos una cena como Dios manda. He ordenado que sacrifiquen seis cisnes. Los guisarán en salsa de albaricoques y vino negro. ¡Es nuestro plato preferido!

# 75

*Castellvell de Solsona, 28 de septiembre, año 1001*

En apenas dos días, los hábiles zapadores de la hueste del Llop construyeron un pabellón en el valle, entre la ciudad y el cerro donde se alzaba el castillo. En torno se montaron las tiendas y el conjunto del campamento fue rodeado por una fuerte empalizada. El vizconde estuvo supervisando personalmente las obras durante todo el tiempo. Su mirada tenía una intensidad feroz, ansiosa, y su frente, enrojecida por el fuerte sol, sudaba copiosamente. Recorría a caballo la zona, dando órdenes y disponiendo con sumo rigor que las cosas se hicieran como él las tenía previstas. Apenas hablaba, pero se enfurecía si algo no estaba en orden. A última hora de la tarde parecía agotado. Su hijo Miró se acercó a él y le sugirió con cuidado:

—Padre, no sería mejor que tú te fueras al castillo. Así podrías descansar mejor.

El Llop miró a su hijo con una cara llena de indignación y replicó con desprecio:

—¡De ninguna manera! ¡No trates a tu padre como a un viejo! Yo no iré a meterme entre muros como si fuera una mujer acobardada. El jefe tiene que estar donde están sus soldados. Si queremos que nuestro plan salga bien desde el principio, debemos confiar plenamente en nuestras fuerzas. No estoy preocupado y no tengo miedo. ¡Así que déjame en paz! ¡Ocúpate tú de tus cosas y yo me ocuparé de las mías!

Miró bajó la cabeza apesadumbrado y se retiró.

Poco después anochecía y los humos de las hogueras se esparcían por encima de las tiendas. Todo era una fiesta improvisada, pues los aldeanos y campesinos se habían acercado para obsequiar a la hueste con terneros, lechones, carneros, chivos, aves… También llevaron incontables cestos de panes, legumbres, queso, frutas y castañas; odres de vino, cerveza e hidromiel. Era el tributo que pagaban para ganarse a los soldados y evitar con ello que se abasteciesen por su propia cuenta. Cuando las carnes estuvieron asadas, los cocineros las trocearon y las llevaron a las mesas, donde todos aquellos hombres hambrientos se abalanzaron sobre ellas como lobos, encorvándose sobre la comida, aferrándola con las manos y desgarrándola con los dedos; hundían los dientes, mientras los jugos calientes caían por sus barbas; comían y bebían, llenándose hasta que ya solo les entraban ganas de reír y cantar, ahítos, borrachos y abotargados.

En el pabellón que se había mandado construir el Llop como residencia, el ambiente no era muy diferente. Dispusieron una larga mesa delante de la puerta, y allí estaba el vizconde, en la cabecera, presidiendo a sus hombres de confianza, entregado con fervor al banquete. A su derecha se había sentado Miró y un poco más allá Blai de Adrall, junto a Oliver, el jefe de la guardia. También estaban los hermanos Dalmau y

Roderic, señores del castillo de Fontrubí, que habían llegado al campamento esa misma tarde. Aunque todavía no se había presentado el conde de Pallars, Suñer, pero se le esperaba, pues había enviado mensajeros para anunciar que iba de camino. Todos ellos comían y bebían con semejante ferocidad y avidez, mientras conversaban a voz en cuello. Su glotonería era tan grande y su brío tan desaforado que pareciera que para ellos se iban a terminar la vida y el universo al día siguiente.

El joven Blai de Adrall había cambiado mucho en los últimos cuatro años, desde que se fuera a vivir con sus parientes al castillo de Castellbó; más ancho y corpulento, robustecido y barbado, ya era un hombre completo que acababa de cumplir los veintidós años de edad. Había tenido tiempo más que suficiente para estar enteramente integrado en las costumbres y las maneras de entender el mundo del Llop y su gente; se había vuelto tan fiero y desalmado como ellos, asumiendo como propias sus prácticas brutales e impetuosas. Al mismo tiempo, él y su primo Miró se habían unido tanto que parecían verdaderos hermanos, lo cual era mérito, sobre todo, del hijo del Llop, que no por ser tan rudo dejaba de ser magnánimo; aceptó desde el primer momento al advenedizo pariente y nunca manifestó celos ni envidias, a pesar de que sus padres estaban verdaderamente encandilados con el sobrino. Juntos se iban los dos a sus correrías, inseparables, compartiéndolo todo. Siempre ambos bajo la autoridad agobiante e intempestiva del vizconde y la vizcondesa, matrimonio insólito que, siendo de temperamentos tan diferentes, igualmente lograban imponerse y llevar adelante sus voluntades caprichosas y sus manías, acentuadas desde que perdieron a su hija Riquilda. Al impostor no lo nombraban siquiera; parecía que se habían olvidado del todo de que, en su momento, lo amaron tanto como ahora amaban al verdadero Blai de Adrall.

Aplacada el hambre inicial en aquel improvisado banquete del campamento de Solsona, los magnates comenzaron a consumir con menos frenesí. Ahora deseaban diversión para aumentar su placer, y para ello necesitaban músicos y cantores.

Se levantó Roderic de su asiento y dijo en voz alta:

—¡Llop, ordena a tus criados que vayan a buscar a los músicos!

—¡Vete a la mierda, Roderic, cara de rata! —contestó el Llop, dando un fuerte puñetazo en la mesa—. ¡No estamos para música!

A esto respondieron los comensales con risotadas, golpeando a la vez la mesa con las manos, las copas y las jarras.

—¡Silencio, mentecatos! —gritó el Llop—. ¡Callaos de una vez y no hagáis más ruido!

La mesa se quedó en silencio y expectante. Los comensales se restregaban los dedos grasientos y le miraban, removiéndose en sus bancos, impacientes, mientras Roderic, avergonzado, volvía a sentarse.

Entonces fue el Llop quien se puso en pie. Se irguió y se sacudió de la pechera las migas de pan y los restos de comida, mientras movía la cabeza lentamente hacia uno y otro lado, observando al personal con una mirada intensa en sus ojos vidriosos por efecto de la bebida. Nadie se atrevía siquiera a suspirar, intuyendo que iba a empezar a hablar de algo muy importante.

—El conde Armengol —empezó diciendo él, con voz inusitadamente apagada—, a quien tanto he respetado y amado, hubiera encontrado en mí al servidor más leal y al más fiel guerrero de entre todos los suyos. Pero no estaría de Dios que eso ocurriera. Porque ya lo sabemos: siempre hay planes más ocultos y más altos que los nuestros propios... Eso está escrito por ahí en alguna parte...

Diciendo esto se le quebró del todo la voz, agachó la cabeza y se quedó como hundido en su aflicción.

Sus hombres le miraban sorprendidos por esta repentina reacción, pero a nadie se le ocurrió decir nada. Comprendían que el Llop estaba muy apenado por todo lo que había sucedido cuatro años atrás en los campamentos del Ripollés, cuando la honra de su hija estuvo en boca de la gente, y la posterior desgracia de la familia al huir ella con el impostor, llevándose consigo toda la fortuna. Y aunque los buscaron por todas partes, no fueron capaces de encontrar rastro alguno de su paradero. Incluso llegaron a pensar que estaban muertos. Desde entonces, el vizconde y su esposa Sancha no habían vuelto a ser los mismos; ya no daban fiestas en el castillo, ni organizaban sus célebres cacerías de osos en los bosques de Castellbó. Nunca más volvieron a las asambleas de nobles ni a los campamentos de las huestes. Se habían vuelto reservados, comedidos y desconfiados. Solo se relacionaban con unos cuantos parientes, siervos y amigos, y si acaso muy de tarde en tarde con el resto del mundo.

Al Llop no le importaba mostrar su dolor ni sus lágrimas delante de sus hombres de confianza. Lo hacía con frecuencia. Su mal carácter había empeorado y ni siquiera el vino conseguía animarle, sino todo lo contrario. Cuando bebía en exceso era mejor no estar cerca de él, pues la tomaba con el primero que dijera algo que le resultase inoportuno o que le despertarse el recuerdo desagradable de aquellos sucesos. Muchas cosas, situaciones y lugares no se podían nombrar en su presencia, porque se encendía su mal humor y ya no había manera posible de calmarle.

Los comensales, que estaban demasiado acostumbrados a sus caídas repentinas en la desesperación, estaban por ello quietos y expectantes, aguardando a ver si se le pasaba el disgusto.

El Llop estuvo sollozando durante un largo rato, sin levantar la cabeza ni decir nada más. Pero al cabo hinchó su pecho, como para infundirse ánimo, puso los ojos llorosos en lo alto y exclamó:

—¡Vive Cristo! ¡Ha llegado la hora! La bendita hora en la que os tengo que revelar por fin por qué hemos venido a Solsona. Hasta hoy, he guardado esos motivos solo para mí. Soy un hombre prudente al que los desengaños de la vida le han ido enseñando que hay que ser cauteloso y no desahogar el alma sino cuando debe hacerse. Porque todo lo que se habla inconscientemente por ahí acaba siendo conocido por el enemigo. Y aunque sea sabido por los que consideramos amigos, nunca uno debe fiarse…

Después de decir aquello, paseó una mirada penetrante por los presentes, deteniéndose a conciencia en los rostros, de uno en uno, para clavar en cada cual sus ojos terribles y amenazantes.

Luego prosiguió, advirtiendo:

—Por eso, os digo ya desde este preciso momento que os prohíbo hablar sobre lo que vamos a tratar ahora, si no es en presencia mía y con mi permiso. Porque voy a comunicaros con detalle los planes que he concebido…

Aunque estaban atemorizados, los hombres no pudieron reprimir la emoción que causaba en ellos aquel anuncio. Un denso murmullo se levantó entre los presentes y las caras se tornaron sonrientes y atentas.

Únicamente Dalmau, llevado por un impulso repentino, se puso en pie y levantó su vaso gritando:

—¡Por fin! ¡El plan! ¡Brindemos por ello! Hoy sabremos lo que nos espera…

—¡Calla, idiota! —le espetó el Llop—. ¡Nada de brindis! ¡Manteneos callados y prestad atención a cada una de mis palabras! A quien se le ocurra interrumpirme le corto el cuello.

Todos comprendieron que la cosa iba muy en serio y ya no volvió nadie a abrir la boca.

Entonces el Llop, en el mismo tono de voz y deteniéndose apenas para recobrar el resuello, les explicó sus planes.

—Mañana, si Dios quiere, llegará mi compadre Suñer de Pallars con su hueste. Con los que ya estamos aquí y los que han de venir con él, contaremos dos mil hombres. No necesitamos ni uno más. Con ese ejército tenemos más que suficiente para concluir con éxito la gran empresa que me he propuesto. Y para comenzarla, partirá una avanzadilla de cincuenta de los mejores soldados, al frente de los cuales estarán mi hijo Miró y mi sobrino Blai. Dejarán sus caballos aquí, en el campamento, e irán a pie por los montes hasta la torre de Vallferosa, que está solo a cuatro leguas. Permanecerán ocultos esperando el momento oportuno y atacarán por sorpresa a los sarracenos que protegen la torre. Con ello evitaremos que los centinelas que están allí apostados vayan a dar la voz de alarma a Lérida o a Balaguer. Se trata de despejar el camino y evitar sorpresas. ¿Por qué creéis que maté a los emisarios del valí? No lo hice por puro capricho, sino porque debía hacerlo para llevar adelante estos planes. Y también, por ese mismo motivo, no mandé aviso de nuestra llegada al gobernador Gaudosio. Porque, si yo le hubiera enviado un mensajero para anunciarle que venía con mi hueste, se habrían alarmado en el castillo y solo Dios sabe lo que el viejo pudiera haber hecho; seguramente habría enviado cartas al conde de Barcelona y todo se hubiera echado a perder. Así que, antes de presentarnos en Solsona, yo convine con mi hijo Miró que él hiciera como si hubiera olvidado enviar los mensajeros...

El Llop se dirigió ahora a su hijo para felicitarle con una sonrisa por lo bien que había fingido su olvido ante el gobernador del castillo. Y luego prosiguió diciendo:

—Miró se hizo el tonto de maravilla y el viejo Gaudosio se lo creyó. Pero lo que yo no sabía era que me iba a encontrar con esos tres emisarios sarracenos. Eso no estaba previsto en el plan y no me quedó más remedio que improvisar...

Esto último el vizconde lo dijo como regodeándose en su propia crueldad.

—Y tengo que reconocer que, al fin y al cabo, ha sido una suerte que los sarracenos estuvieran aquí. Porque sus ricas vestimentas nos servirán muy bien para la última parte del plan, que en su momento os detallaré. Por ahora, conformaos con saber que, una vez despejado el terreno, descenderemos hacia el sur, hacia Monte Falconi; y allí, más allá de la Marca, llevaremos a cabo la parte más importante de la empresa...

Todos estaban con las caras llenas de asombro y felicidad, pero se aguantaban los deseos de prorrumpir en vítores o albórbolas.

Y el Llop, con una satisfacción desbordada, concluyó diciendo:

—Sabed, eso sí, que todos vamos a ser ricos. ¡Muy ricos! ¡En Monte Falconi nos esperan riquezas suficientes para todos! Y ya era hora de hacer algo... ¡Hay que resarcirse! Porque los condes nos han tenido demasiado quietos durante todo este tiempo y porque... ¡Porque somos libres! ¡Qué diablos! ¡Somos libres! Como libres han sido ellos para hacer pactos con el demonio de Almansur y regalarle carros llenos de oro y centenares de mujeres hermosas... Por eso, harto de tantas contemplaciones, decidí por mi cuenta y riesgo hacer la guerra a mi manera... ¡A la manera del Llop! ¡Se acabaron las tonterías! ¡Qué diantre!... Y la ocasión la pintaban calva. El momento es ahora. Armengol está muy lejos, visitando al papa de Roma, y no creo que regrese hasta la primavera. Pronto cerrarán los puertos y deberá quedarse allí hasta que el mar sea propicio. Mientras tanto, tendremos tiempo suficiente para nuestros asuntos... Y qué bendita suerte fue que yo tuviera en mi poder una carta firmada y sellada por el conde de Urgel, en la que me nombraba señor natural de la ciudad, las tierras y el castillo de Solsona. Mi trabajo me costó convencer a Armengol para que me concediera la defensa de estos territorios. Y ahora, por fin, ¡todo está de mi parte! ¡El Todopoderoso me es favorable! Hagamos pues lo que tenemos que hacer sin que nos duelan prendas...

Terminado su discurso, el vizconde volvió a pasear su mirada terrible por los comensales. Pero luego levantó el vaso y gritó con sincera alegría:

—¡Ahora sí, hermanos! ¡A brindar y a emborracharse como es menester!


# 76


*Torre de Vallferosa (califato de Córdoba, cora de Lérida), 29 de septiembre, año 1001*


Por la tarde la tropa de cincuenta aguerridos hombres salió del campamento, bien pertrechada y a pie, obedeciendo las estrictas órdenes del Llop, que se quedó en Solsona con la hueste de dos mil hombres a la espera de que la primera parte del plan fuera exitosa. Iban al frente de la avanzadilla su ayudante Oliver, su hijo Miró y su sobrino Blai. Para llegar al destino previsto, tenían que descender hacia el sur por los antiguos caminos que atravesaban campos baldíos, montes ásperos y desiertos valles, siempre por los abandonados territorios donde solo habitaban alimañas. La torre de Vallferosa apenas distaba cuatro leguas, pero los senderos estaban borrados y no era difícil perderse en la primera parte del trayecto, sin más horizonte que las sierras. Por eso los guiaba un cabrero que conocía muy bien aquellos derroteros. Caminaban en silencio, sin detenerse, deprisa, eludiendo los caminos principales, para avanzar todo lo posible antes de que cayera la noche.

Más o menos en la mitad del trayecto, al remontar los altozanos cubiertos de tupidos brezales, apareció de pronto a lo lejos la sobrecogedora visión de la gigantesca atalaya, que superaba cualquier otra elevación en mucha distancia; la inmensa edificación, redonda y almenada, de más de veintiuna varas de altura, se erguía en terreno llano, agreste y árido, junto al barranco de los Cuadros, en la zona más solitaria y perdida de la tierra de nadie. Cerca de la base, coronando una franja de roca y arena no muy alta, se elevaban unas construcciones que debían de servir como cuartel del destacamento de soldados que custodiaban la zona.

El cabrero señaló hacia allá con el dedo y les dijo:

—Es aquí donde debéis deteneros. Si pasáis más adelante, podrán descubriros.

Miró reunió a los hombres para comunicarles lo que debían hacer a partir de aquel momento.

—No sabemos cuántos sarracenos protegen la torre —dijo—. Pero tenemos que arriesgarnos. Esperaremos a que pase la noche y los sorprenderemos cuando todavía estén en sus camas.

—¿No nos verán los centinelas? —preguntó uno de ellos.

—Hay que arriesgarse —respondió Miró, animoso—. Avanzaremos entre la maleza cuando todavía no haya amanecido del todo. Confiemos en que no estén prevenidos. Dios ha de ayudarnos. ¡Todo el mundo al bosque!

Se ocultó el sol. Ya casi no se distinguían las formas en el horizonte. Escondidos en las sombras del bosque, cuidando de no hacer demasiados movimientos ni mostrar nada que pudiese delatarlos, se dispusieron a pasar la noche.

Se tumbaron muy juntos en tierra, teniendo muy presente lo que los aguardaba al día siguiente. Apenas pudieron conciliar el sueño. Hacía frío. Estaban nerviosos, excitados, ateridos... Todos ellos eran hombres jóvenes, bien ejercitados, duchos en el manejo de las armas, pero novatos en la guerra la mayoría de ellos. Con sus veinticuatro años de edad, Miró era uno de los pocos veteranos en aquel escogido grupo. Aparentemente, ninguno tenía miedo. Pero la mayoría manifestaban en sus rostros un desasosiego y un ansia difíciles de disimular.

Blai se mantenía callado y circunspecto, con una dureza en la expresión que dejaba traslucir todo lo que sentía por dentro. Deseaba vehementemente que las horas pasasen veloces. No echaba cuentas de las incomodidades, ni del frío, ni del hambre, ni del duro suelo; solo sentía que le brotaba desde muy adentro un sentimiento misterioso, como una rabia oculta e irreprimible. Se trataba de una experiencia nueva para él, pero no por ello desconocida, como si todo aquello que vivía ahora hubiera estado previamente inscrito en su ser.

Estaba despierto del todo y todavía reinaba la oscuridad cuando la voz de Miró susurró a su lado:

—Es el momento... ¡Vamos!

Esa orden se fue transmitiendo de hombre en hombre, y enseguida se propagó el murmullo de los cuerpos removiéndose, con las pisadas, los bostezos, los tiritones y los suspiros.

Salieron todos del bosque en completo silencio y se encaminaron por las laderas a la deshilada, siguiendo el plan previsto. Cuando empezó a despuntar la luz, apareció una densa bruma que los beneficiaba mucho. No se dirigieron directamente a la fortaleza, sino que se detuvieron al abrigo de unos árboles y allí sacó cada uno de su escarcela los pertrechos necesarios para la guerra. Se vistieron las armaduras: cotas de malla, petos, correas, cascos y grebas. Se convirtieron en poco tiempo en guerreros aprestados para el ataque; bien atados los tahalíes de cuero, calzadas las botas altas y abrochadas las cinchas de los escudos. En la penumbra, comprobaban los filos de sus armas y se iban ordenando según habían aprendido en los entrenamientos.

Miró echó una ojeada a Blai, sonrió y le dijo en tono fiero:

—¡Listos para matar!

Luego alzó la mano e hizo con ella unos rápidos movimientos circulares, antes de dar la orden:

—¡Adelante! ¡Por sant Jaume!

—¡Por sant Jaume! —contestaron susurrando las voces al unísono.

Un instante después, los cincuenta hombres estaban corriendo como uno solo por la ladera. Enfilaron camino arriba hasta la puerta alta, que protegía la cumbre de la roca y estaba rodeada por una empalizada que la circundaba. Se toparon primero con las viviendas de la cresta rocosa, que eran grandes, de barro y madera, con tejados inclinados de dos vertientes. Había cuatro alojamientos casi iguales, cada uno de los cuales servía para unas diez o quince personas. Empujaron las puertas y, tal como lo esperaban, encontraron dormidos a los soldados muslimes. Empuñando sus armas, los guerreros del Llop entraron dispuestos a no dejar a nadie con vida. El estallido del hierro sobre los cuerpos despertó a los que dormían plácidamente y los gritos de dolor y espanto llenaron el valle e hicieron eco en el barranco.

—¡Aquí! ¡Por este lado! —le gritó Miró a Blai, señalándole la cercana base de la gran torre.

Fueron deprisa hasta allí, seguidos por una veintena de los suyos. La puerta era angosta, construida sobre una muralla de tierra, y, felizmente, se encontraron con que estaba solo entornada. Pasaron a todo correr por el arco y dejaron atrás los graneros, las caballerizas y los gallineros. Cuando llegaron delante de la entrada de la torre, les salieron al paso los defensores, que parecían un tanto atolondrados y sorprendidos. No eran hombres corpulentos, o al menos no lo eran comparados con los atacantes. Iban medio desnudos y no les fue difícil acometerlos y herirlos con los primeros golpes de sus armas, forzándolos a retroceder paso a paso.

—¡Que no escape ni uno solo! —gritó Miró—. ¡Recordad el plan de mi padre!

Blai aguzaba la vista en las sombras y golpeaba con su espada los cuerpos, con demasiada facilidad para lo que había supuesto. Los hombres caían a sus pies, retorciéndose, gritando, bufando, maldiciendo… Él no decía nada, saltaba por encima y avanzaba decidido, como si siempre hubiera formado parte de la horrible danza macabra que tenía ante sus ojos.

Entraron bajo las bóvedas. Los muslimes lanzaban sus agudos gritos de combate y no paraban de salir por los corredores interiores de la torre. Miró era temerario y les hacía frente sin titubear, permaneciendo siempre en primera fila, con su espada grande levantada, manejándola con letal habilidad. Blai le emulaba, tratando de no quedarse atrás.

413

Los enemigos se desplomaban ante ellos, algunos sacudiéndose por la agonía, otros muriendo en silencio, con las cabezas y las caras deshechas por los tajos; pero todos caían con pasmosa rapidez.

Cuando pasaron los primeros escarceos de la batalla, se hizo cada vez más evidente que los muslimes eran muchos menos de los que el Llop supuso que habría allí. Pero no se confiaban, porque era posible que pudieran llegar más enemigos procedentes de reservas apostadas en la retaguardia y ahora alertadas. Las lanzas se clavaban, las hachas golpeaban y las espadas cortaban los cuerpos con insaciable afán. Rápidamente el curso de la refriega se fue volviendo a favor de los atacantes.

—¡Cuidad de que no escape ni uno! —repetía Miró—. ¡Recordad las órdenes de mi padre! ¡Recorred todos los rincones! ¡Buscad en los escondrijos!

El hijo del Llop y su primo seguían firmes y esforzados en el combate, y observaban con creciente alivio cómo los enemigos menguaban y eran superados por ellos, sin que tuvieran ninguna baja.

—¡Son nuestros! —empezó a vociferar Blai, como en un delirio de furia y crueldad—. ¡Que no escape ni uno solo! ¡Matadlos a todos! ¡A todos!…

Cuando los cuerpos ensangrentados se retorcían en el suelo, él los remataba, cercenando los miembros, hendiendo su espada en la cuenca de los ojos y en las gargantas; rugiendo, bramando y resoplando, como en un arrebato imparable.

Hasta que, de pronto, Miró le agarró por el brazo y le gritó:

—¡Basta! ¡Se acabó!

—¡La batalla está ganada! —exclamó uno de los veteranos—. ¡No queda con vida ni un solo sarraceno!

—¡La torre es nuestra! —gritó otro.

—¡Sant Jaume! ¡Victoria! ¡Victoria! —proclamaban con júbilo los demás.

Miró estaba sudando y sin aliento. Era un guerrero tenaz y recorría con la mirada cada rincón.

—¡No os confiéis! ¡Registrad toda la torre y los alrededores!

—¡Por aquí! ¡Vamos! —contestaban los hombres.

Empezaron todos a correr por las rampas hacia lo alto de la torre. Apenas habían subido cuatro pisos, cuando vieron ante ellos un nuevo contingente enemigo.

—¡A ellos! —gritó Miró, abalanzándose con un nuevo ímpetu.

Derribó al primero que tuvo delante y los demás arrojaron las armas y se hincaron de rodillas para pedir clemencia. Arremetiendo como un toro enloquecido, Blai empezó a blandir su espada a derecha e izquierda, para no dejar a ninguno con vida. El resto de los hombres hicieron lo mismo. Se oía el horroroso quebrar de los huesos bajo la fuerza de los golpes. Cargaban una y otra vez, y el sonido de los gritos era ensordecedor bajo las bóvedas: hombres que aullaban y maldecían mientras mataban y quejidos espantosos de los que morían. Fue una carnicería terrible.

Pero la matanza no había terminado todavía. Después recorrieron el resto de la torre, penetrando en tropel por las estancias y degollando a cuantos encontraron a su paso. Al llegar a lo más alto, se encontraron con que nadie más quedaba en la terraza que servía de mirador, y los vencedores empezaron a lanzar alaridos de victoria. El sol hacía brillar las armas ensangrentadas y los pulidos cascos. Miró y Blai estaban en el centro, saltando y agitándose como animales rabiosos.

Desde la inmensidad de aquella altura se veía una gran extensión de bosques. Al pie de la torre, allá abajo, había montones de enemigos muertos sobre la tierra manchada de sangre.

Blai miraba con ojos de delirio hacia el horizonte. Hasta que, repentinamente, se quedó como paralizado y comenzó a temblar. Sus brazos y piernas se agitaban, su cuerpo convulsionaba y cayó al suelo estremeciéndose sin control.

—¡Primo! —gritó Miró, asustado al verle así—. ¡¿Qué te pasa, primo?! ¿Te han herido?

Un veterano se acercó y dijo sonriendo:

—No le pasa nada. Suele suceder la primera vez… Le posee el demonio de la guerra, pero ya le soltará…

A continuación, partió al galope un jinete para llevar a Solsona la noticia de que la torre estaba en sus manos.

Por la tarde, cuando el sol declinaba, se presentó la hueste de dos mil soldados. El Llop venía al frente, acompañado por el conde de Pallars, Dalmau y Roderic. Todos ellos descabalgaron y se pusieron a recorrer la zona, inspeccionando las diversas fortificaciones y las dependencias de la torre. El ataque se había resuelto siguiendo escrupulosamente el plan previsto. Ningún defensor había quedado con vida y resultaba bastante difícil que alguien pudiera haber escapado para dar el aviso en Lérida o Balaguer.

El Llop estaba exultante. Felicitó a su hijo con un abrazo y luego exclamó:

—¡Esto ha sido pan comido! ¡La suerte está de nuestra parte! ¡Ya tenemos campo libre! ¡Ahora a Monte Falconi!

# 77

*Puerto de Barcelona, 30 de septiembre, año 1001*

La flota condal regresaba por fin de Italia. Por el arco de mar, en cuyo extremo sobresalía el promontorio donde se alzaba la torre del faro, se aproximaban a golpe de remo las nueve grandes galeras, con las velas arriadas y sus inmensas banderas con la cruz amarilla sobre campo de gules. Bandadas de gaviotas emitían ásperos lamentos, similares al llanto de los niños. Más abajo, en los muelles de las Tasques, se mecían centenares de barcos, pequeños veleros y lanchas de todos los tamaños, y más allá, varadas en las arenas, una infinidad de pequeñas barcas de pescadores se alineaban hasta donde se perdía la vista. Detrás del arsenal, se levantaba una densa nube de bruma azul que el vuelo de un halcón hendía de vez en cuando como un relámpago gris. El viento traía el sonido de las fanfarrias de chirimías y tambores, y arrastraba el griterío de la multitud de marineros, soldados y chiquillos que se arracimaban en el mismo borde del agua.

En la popa de la nave que capitaneaba la poderosa flota condal, el conde Armengol sonreía feliz, contemplando aquella multitud bulliciosa que acudía al puerto para recibirle; la nariz recta, la frente alta, coronada de rizado cabello dorado que el viento removía, crecido y encrespado como el de un niño recién levantado. A su lado estaba el obispo Salas, que también había ido a aquel viaje. En la luz exhausta del ocaso, el rostro saludable del conde de Urgel exultaba; los labios algo rellenos, rosados, a los que el bigote y la barba rubicundas conferían una gentileza casi pueril, mantenían esa sonrisa extasiada. Según decían los más viejos, de toda la familia condal, Armengol era quien más se parecía al bisabuelo Wifredo el Velloso, fundador de la dinastía; su perfil nítido, anguloso, casi duro, contrastaba de forma singular con la dulzura de su mirada, con la elegancia delicada de su manera de hablar, de sonreír, de sus ademanes, del modo en que movía las grandes y hermosas manos de dedos pálidos y finos. Iba vestido con una gruesa túnica de color purpúreo y un rojo manto esplendoroso. Sobre el pecho se veía la sombra del cordón de penitente de esparto marrón, retorcido como una trenza de pelo, que aún seguía llevando colgado del cuello.

La ciudad resplandecía contra el fondo oscuro de los montes y la visión causaba en las almas de los viajeros un gozo extraordinario. De pronto estalló un ensordecedor clamor de trompetas. El gentío se volvió para mirar hacia poniente y vio venir al cortejo de bienvenida. Bajo la luz rosada y turquesa del crepúsculo, se dirigía hacia la dársena una apretada fila de caballeros y damas a lomos de sus monturas y vestidos con sus mejores galas. En medio resaltaban los dos caballos blancos de Ramón Borrell y Ermesenda. El conde de Barcelona vestía túnica ambarina y manto aleonado. Ella, como casi siempre, lucía capa color verde manzana, y su pálida cara tenía un aspecto triste y bellísimo. Los caballos avanzaron hasta que estuvieron inmersos hasta las rodillas en el agua, y allí se detuvieron, agitando las cabezas, derramando sus crines largas sobre los arcos de sus cuellos, relinchando y resoplando ante el asombro devoto de la multitud.

Las galeras ya se habían detenido ancladas en el fondeadero, un poco antes de que el sol desapareciera tras los montes. Se vio a Armengol descender con agilidad por la escala hasta el bote, y luego al obispo Salas, que se acomodó e indicó a los hombres que comenzaran a remar. Los marineros no tuvieron mucha dificultad en conducirlos a través del concurrido puerto, y no tardaron en atracar de costado frente a los escalones del muelle principal, donde estaba anclada el resto de la flota de los condes, cerca de los inmensos portales de los graneros y almacenes. Allí Armengol subió a tierra, acompañado siempre por el obispo. Se detuvieron ambos y saludaron, alzando las manos, a la gente que los vitoreaba enloquecida de contento.

Entonces el conde de Barcelona reunió a su corte y les hizo algunas indicaciones. Todos los nobles descabalgaron y comenzaron su marcha a pie para ir a su encuentro, mientras atronaban los tambores y las trompetas.

Al ver venir a su hermano, Armengol se dejó llevar por la emoción y corrió hacia él para abrazarle, en medio de una gran ovación de aclamaciones y albórbolas. Luego los condes fueron juntos a situarse ante una gran cruz de piedra que se alzaba frente al mar, donde se arrodillaron y bajaron las cabezas en señal de profunda reverencia. Un instante después se levantaron y caminaron juntos, por delante de la comitiva, en dirección a la pequeña y preciosa iglesia de Santa María de las Arenas, donde los estaba esperando el obispo Aecio con un gran séquito de clérigos. Aquel digno eclesiástico montaba un caballo oscuro, perfectamente enjaezado con correas doradas y cascabeles de plata, según la norma de su rango. No iba en la silla con la gallardía de un caballero adiestrado, sino vestido de pontifical, tocado con la mitra y sosteniendo el báculo; la montura cubierta con un paramento que llegaba a la tierra, bordado enteramente con los antiguos emblemas de la diócesis. El arcediano, situado a su derecha, conducía una mula cargada con efectos de su superior, y otros dos canónigos los seguían a retaguardia. Entraron todos en la iglesia y fueron a postrarse ante el altar mayor, donde se cantó el tedeum, como era costumbre cuando regresaba la flota de alguna misión importante.

Este viaje del que ahora regresaban suponía la realización de muchas expectativas. Todos lo sabían y por eso esperaban ansiosos a que Armengol y el obispo Salas trajeran buenas noticias. Habían zarpado a finales de mayo, y estuvieron en Italia cuatro meses. Durante todo ese tiempo enviaron solo dos cartas, en las que expresaban sin demasiados detalles que las negociaciones en la cancillería del papa iban por buen camino. Eso suponía que posiblemente se hubiera conseguido lo que se venía buscando con denuedo desde hacía décadas: un sustituto para la monarquía franca, una autoridad superior que reconociese sus proyectos y le diese validez a sus aspiraciones de independencia. Y en Roma veían los condes la solución a sus necesidades de reconocimiento y una nueva fuente de legitimidad. Necesitaban prestigio y crédito para justificar su potestad, algo que ya no pretendían encontrar en los reyes francos, sino en las visitas a Roma, que unían a la peregrinación religiosa una clara significación política. Los movimientos hechos con esos fines venían de largo, iniciados ya en los tiempos de Wifredo el Velloso. Pero sería Borrell II quien se empeñó con mayor denuedo en controlar con firmeza a la jerarquía eclesiástica de sus condados, e intentó incluso ir más allá, al romper los lazos de dependencia que unían a los obispos con el arzobispo de Narbona, último vínculo heredado de la época carolingia. Viajó con ese fin por primera vez a Roma en el año 970, en compañía del obispo Ató de Vich, logrando del papa la consagración de este como arzobispo y desvinculándose así de hecho de la sujeción a la sede metropolitana franca. Pero un año después, el 22 de agosto de 971, Ató fue asesinado y con su muerte fenecía también la idea de aquel arzobispado independiente soñado por Borrell.

Sin embargo, su heredero Ramón Borrell, unido a su hermano Armengol de Urgel, acabó por romper definitivamente toda relación con Francia y, mostrando en cambio mayor interés todavía que su padre en la obediencia directa al papado, en el año 998 peregrinaron a Roma. Allí tuvieron el honor de sentarse a los pies del emperador Otón III, y los obispos que los acompañaban participaron en el concilio presidido por el papa Gregorio V, donde se planteó el conflicto entre los dos candidatos al episcopado de Vich: Arnulfo y Guadaldo. En el juicio que hubo, Armengol fue el mayor testigo de excepción, y no el arzobispo de Narbona, con lo que se consiguió definitivamente que se dirimiera el asunto a favor de lo pretendido por los condes: confirmar en la sede a Arnulfo y considerar usurpador a Guadaldo. Aunque también les movía un motivo religioso importante, especialmente para Armengol, que pidió el perdón del papa en su condición de penitente por el homicidio que había cometido el año anterior en los campamentos del Ripollés.

Aprovecharon además los condes para visitar en Italia a un antiguo y querido amigo de la familia: Gerberto de Aurillac, arzobispo de Rávena y preceptor del emperador Otón II. La relación con él tenía su origen en el hecho de que Gerberto, monje occitano en su juventud, estuvo entrañablemente unido al conde Borrell II, a quien fuera confiado en el año 967 por el abad de Saint Giraud de Aurillac por la fama de sus conocimientos y escritos. El sabio monje residió en el territorio de los condados, en Santa María de Ripoll, y estuvo visitando los diversos monasterios para empaparse de la antigua sabiduría que los monjes mozárabes habían traído desde el sur. Hasta que, en 970, acompañó en su viaje a Roma a su protector Borrell II, lo que le permitió conocer al entonces papa Juan XIII y al emperador Otón I, a quien le sorprendió sobremanera su sabiduría y le nombró tutor de su hijo, el futuro Otón II. Pero Gerberto siguió manteniendo constante relación epistolar con Barcelona para informarse de los acontecimientos y recibir las novedades de las ciencias árabes.

En la peregrinación que Ramón Borrell y Armengol hicieron en el año 998, después de que Almansur destruyera el templo de Santiago de Compostela, informaron convenientemente a su insigne amigo de este infausto acontecimiento y también le trasladaron todos sus temores por la permanente amenaza que suponía Córdoba para los condados. El sabio Gerberto los tranquilizó y logró del emperador y del papa importantes bulas para legitimar sus poderes y la efectiva situación de independencia que venían manteniendo con respecto a los reyes francos. Los condes y obispos regresaron confortados y contentos, con intención de perseverar, sobreviviendo y defendiéndose, a pesar de que sus grandes problemas iban a continuar.

Pero, tan solo un año después, sucedió algo del todo inesperado y providencial para ellos. Al morir Gregorio V el 18 de febrero de 999, Gerberto de Aurillac fue consagrado papa el dos de abril con el nombre de Silvestre II, recordando así a Silvestre I, el papa de los tiempos en que el emperador Constantino I autorizó el cristianismo en el Imperio romano.

La noticia fue muy celebrada en los condados y se consideró predestinado que alguien tan cercano a los condes ocupara el trono pontificio. Había que aprovechar una situación tan favorable y no se dudó a la hora de enviar la flota condal. Partió Armengol en la primavera de 1001, acompañado por el obispo Salas. Por entonces el papa no residía en Roma, sino en Rávena, donde el emperador tenía su corte. Por eso la visita se demoró durante cuatro meses.

El regreso a Barcelona del conde de Urgel, sano y salvo, en los inicios del otoño y justo antes de que se cerraran los puertos, era como un anuncio de tiempos favorables. Pero las oscuras brumas, que cubrían el horizonte del mar a esas horas del crepúsculo, eran como el presagio de acontecimientos desconocidos y funestos...

# LIBRO DÉCIMO

### LA FURIA DEL LOBO (AÑO 1001)

Oliba se percató del peligro que suponía dejar todo en las manos de los guerreros. Era consciente de que se debía hacer algo contra esa cultura de la guerra, surgida en los ambientes de la frontera meridional, y entre los magnates que invertían grandes sumas en la obtención de un nuevo y más eficaz armamento, con el único fin de enriquecerse a costa de la destrucción y la muerte de los pueblos. Nada podría estar más alejado del temperamento personal del joven Oliba que un mundo donde la guerra era la vida misma...

# 78

*Riera del Vergós, Monte Falconi (califato de Córdoba, cora de Lérida), 1 de octubre, año 1001*

La hueste, compuesta por dos millares de soldados, había penetrado en las profundidades de una llanura desierta de la tierra de nadie. Caminaban siempre hacia el sur, despacio, sin hablar y procurando hacer el menor ruido posible. No obstante, tal cantidad de guerreros a caballo, con sus armaduras y pertrechos de guerra, levantaban un rumor permanente mientras iban en movimiento, como un ruido extraño, un fragor ajeno que nada tenía que ver con los naturales sonidos del campo. En un determinado momento, todos se detuvieron para hacer un descanso; un espeso silencio cayó sobre la inmensa superficie cubierta de rastrojos y hierbas quemadas por el reciente estío. Pasado un rato, de vez en cuando, alguna bandada de perdices cruzaba alborotando entre los árboles; y en los prados, nubes de pajarillos grises se levantaban gorjeando y sus alas desprendían un brillo plateado. Al reiniciar la marcha, obedeciendo a las señas que les hicieron sus jefes, en una rivera cercana los ruidosos patos alzaron el vuelo y se pusieron a batir las alas despacio.

Llegaron junto a la orilla del río Vergós. Entre las arboledas los tordos dejaban oír su trino dulce y alegre, y la voz de la corriente trepidaba al fondo. Era ya media tarde. El aire estaba tranquilo y dulce, iluminado por un fino velo de claridad que envolvía las verdes orillas.

El Llop se adelantó hasta el borde del agua haciéndose acompañar solamente por su hijo Miró y por Blai. Les guardaba siempre las espaldas la guardia personal del vizconde, formada por veinte robustos hombres que comandaba Oliver, un muchacho alto y rubio, de expresión franca y risueña. Todos ellos se detuvieron entre los densos arbustos para valorar el caudal del río.

—Mañana lo cruzaremos antes de que amanezca —dijo el Llop, con una voz que evidenciaba tanto su ánimo como su cansancio.

—¿Y si no se hace pie? —observó Miró—. No todos los hombres saben nadar…

Su padre contestó con su habitual mal genio, despreciativo:

—A veces pienso que eres idiota, hijo mío. No me queda más remedio que llegar a esa conclusión. ¿No te he dicho que conozco muy bien estos territorios? Cuando era más joven que tú, yo me pasaba la vida recorriendo estas tierras. Aunque no se vea desde aquí, porque lo tapan las copas de los árboles, la fortaleza de Monte Falconi está solo un poco más allá, apenas a una legua de distancia hacia el sureste. Hay un puente cerca, el único puente… Habrá que ir y comprobar la situación.

—¿Voy yo, padre? —se ofreció Miró, deseoso de complacerle.

—¡No! Irá Oliver, que es un buen corredor, y sabrá además ocultarse mejor que tú, que eres un patoso.

El jefe de la guardia sonrió agradecido por aquella alabanza y echó a correr con sus largas piernas por entre los árboles, desapareciendo de la vista al instante.

—Yo también corro lo mío, padre —se quejó en un susurro Miró—. Y el primo Blai tampoco está cojo…

El Llop ni siquiera contestó; oteaba la espesura de la arboleda con una expresión reservada.

Oliver no tardó en volver e informó sudoroso y jadeante:

—El puente está vigilado.

—Muy bien, Oliver. Era de esperar que así fuera. ¿Cuántos guardias hay allí?

—No más de veinte, mi señor.

El joven jefe de la guardia seguía parado en posición de firmes frente al vizconde, con los brazos rígidos y pegados a los lados, sonriendo, hasta que, poco a poco, fue girando la cara en dirección al río y añadió:

—El grueso de la hueste podrá vadear fácilmente por donde se ensancha el cauce, no lejos de aquí.

—Sí, muchacho. ¡Me has leído el pensamiento! Ese es precisamente mi plan —asintió el Llop, desplegando a su vez una sonrisa enigmática—. Pero debemos hacerlo todo con sumo cuidado…

Y después de decir aquello, se volvió hacia su hijo para ordenarle:

—Que los hombres hagan lo mismo que hicisteis en Vallferosa. Que se adentren en el bosque para pasar la noche, y que se mantengan ocultos y en silencio. ¡Atención a esto! Y que a ninguno se le ocurra alejarse y mucho menos encender fuego. Nos adelantaremos nosotros para cumplir con la primera parte del plan. ¡Vamos pues, no hay tiempo que perder!

El vizconde montó en el caballo y lo hizo trotar entre los álamos de la arboleda. Los demás hicieron lo mismo y le siguieron con el resto de los hombres de la avanzadilla. Al llegar a la cabecera del puente se detuvieron, descabalgaron y se asomaron a la barandilla para mirar el agua. La cercana fortaleza de Monte Falconi se veía por fin, grandiosa, sobre una loma, por encima de las copas de los árboles.

Una barca con dos jóvenes muslimes pasaba en ese momento por debajo de los arcos, dejándose llevar por la corriente. Alzaron las cabezas y los vieron. Rápidamente se pusieron a remar con brío en dirección a la otra orilla, dando a la vez grandes voces en su lengua. Enseguida apareció una tropa de soldados con lanzas, taconeando con fuerza sobre las piedras del puente.

El Llop no se amedrentó, tomó las riendas de su caballo y tiró de él, mientras iba caminando tranquilo hacia ellos, desplegando una amplia y pacífica sonrisa. Se detuvo más o menos a la mitad del puente y preguntó en árabe:

—¿Quién de vosotros está al mando de la guardia?

Avanzó un hombre de tez oscura y negra barba, respondiendo:

—Yo.

El Llop sonrió de nuevo, hizo una leve inclinación y se llevó la mano al pecho, diciendo:

—Soy Guillem de Castellbó. Vengo a visitar al señor de la fortaleza de Monte Falconi para hacer negocios con él. Todos esos que me siguen son hombres de mi escolta. Nadie más me acompaña.

—Sé quién eres —contestó con parquedad el que venía a la cabeza de la guarnición—. Traes contigo demasiados guerreros.

—No están los tiempos como para ir uno desprotegido… Eso tú lo sabes de sobra. ¡No desconfíes de mí! Soy amigo de tu señor Akram al Yamil desde hace muchos años y él estará encantado con la visita. ¿No sabes que él y yo llevamos la misma sangre? No perdamos pues tiempo, que pronto empezará a anochecer. ¡Anda!, envía a uno de tus hombres para anunciarle a tu señor que Guillem de Castellbó, el Llop, espera ser recibido.

El oficial se volvió y dio a sus subordinados las órdenes oportunas en su lengua. Al instante, uno de los hombres montó en un caballo y partió al galope en dirección a la fortaleza.

El Llop se aproximó todavía más a la tropa de muslimes, sin dejar de sonreír, manifestando una actitud taimada y complaciente, para poner de manifiesto que sus intenciones eran buenas y que estaba contento por hallarse allí. Incluso bromeó con los guardias del puente, repartió entre ellos peladillas y le entregó al jefe algunas monedas, que él aceptó sin dudarlo.

No pasó demasiado tiempo antes de que regresara el jinete. El señor del castillo los autorizaba para cruzar el río y subir hasta la puerta principal de la muralla. El Llop montó en el caballo y lo hizo trotar en dirección a la ladera, seguido por su hijo, su sobrino y su escolta. Remontaron el camino serpenteante y fueron a detenerse donde les indicaron otros soldados que les salieron al paso, delante de la primera muralla, junto a un arco de piedra.

Allí tuvieron que permanecer durante un largo rato, sin que nadie les dijera lo que debían hacer a continuación. Empezaba a anochecer y se veían ya las primeras estrellas. El vizconde estaba impaciente y, aunque no dejaba de sonreír, en un momento dado refunfuñó entre dientes:

—Ya sabía yo que este zorro de Akram me haría esperar.

—¿Por qué, padre? —le preguntó Miró.

—Nos hace esperar para darse importancia. Nos tiene aquí mientras él se hace el interesante. Es más presumido que una princesa. ¡Con lo cansado que yo estoy!

El Llop aprovechó aquella espera mudándose de ropa allí mismo. Se quitó el peto de cuero, las cinchas, la capa y el jubón para ponerse cierta túnica suelta, de un tejido finísimo y costoso y, encima de ella, un manto granate magníficamente bordado.

—¿Por qué te cambias ahora, padre? —quiso saber su hijo—. ¿Por qué te vistes tan ricamente?

Su padre le lanzó una mirada cargada de exasperación y respondió:

—No me parece adecuado entrar ahí con el polvo de los caminos encima. Además, Akram al Yamil es un presumido que valora mucho la indumentaria de sus huéspedes. Cuando le veas por primera vez lo comprenderás…

A continuación, el Llop se puso en el dedo una rica sortija y se calzó unas sandalias de finísimo cuero.

—¿Nos cambiamos también nosotros? —le preguntó Miró.

El padre se ataba las correas y ni siquiera se volvió hacia su hijo cuando le respondió con rabia:

—¡Vosotros haced solo lo que está previsto! ¡Y no me hagas más preguntas!

En esto, apareció bajo el arco una comitiva de hombres muy bien ataviados, con crecidas barbas, símbolo de su dignidad, y un excesivo número de anillos de oro y preciosas piedras cubriendo sus manos. Las túnicas eran largas, guarnecidas de ricas pieles y, encima de ellas, lucían pulcros mantos de seda blanca. Llevaban turbantes muy bien anudados, con broches y aderezos de oro. Detrás de ellos venía el señor de la fortaleza, Akram, apodado «al Yamil», que en árabe significa algo así como «el Bonito», por su mucha afición a los adornos y las buenas vestimentas. Él no llevaba turbante, sino una especie de capucha o gorra encarnada, que se quitó al llegar, mostrando su cabeza poblada de espesos rizos negros como el azabache, que sin duda estaban teñidos a conciencia con índigo, puesto que las arrugas de su cara y su general aspecto eran los de un hombre demasiado maduro para un pelo sin canas. Su traje consistía en una túnica verde, brillante, cuyo cuello y mangas estaban orlados de una piel como de ardilla parda. Por cinturón llevaba un rico talabarte adornado costosamente con preciosas piedras, y de él pendía un largo puñal curvo. Toda su persona y sus modales parecían tan majestuosos que bien pudiera pensarse que fuera un rey. Era de mediana talla, ancho de espaldas, fornido y robusto, de largos brazos, como hombre acostumbrado a desafiar los peligros y fatigas de la guerra y de la caza. Sus ojos eran verdosos; sus facciones, abiertas; perfecta la dentadura, y todo su aspecto indicaba, en fin, que era dominado por el amor al lujo y el gusto por la buena vida.

El Llop le conocía bien desde hacía años, por los considerables negocios que había hecho con él, y pareció alegrarse mucho al verle.

—¡Mi hermano Akram al Yamil! ¡El Bonito! —exclamó, yendo hacia él con los brazos abiertos—. ¡En verdad deseaba ver tu cara!

Akram se estiró sonriendo. Su mirada inspiraba orgullo y recelo. Caminó unos pasos hacia él y contestó afable:

—¡Llop, hermano! ¿Qué te trae por aquí? Deben de haber pasado al menos seis años desde la última vez que viniste. Había llegado a pensar que ya no querías cuentas con los viejos amigos. Aunque también he de decir que había pensado mal de ti…

El vizconde le lanzó una mirada burlona y luego preguntó:

—¿Qué quieres decir con eso, viejo zorro?

—Supuse que habrías andado haciendo negocios en otra parte.

—¿Y por eso me has hecho esperar un buen rato? ¡Eres tan suspicaz como una mujer celosa!

El Bonito se le quedó mirando y replicó riendo:

—¡Y tú ya no eres el hombre que eras, Llop! ¡Estás más viejo y más gordo!

Esto no le gustó al vizconde de Castellbó; arrugó el semblante y replicó con amarga burla:

—¡Ya sabes que en mi tierra los hombres no se dan tinte en el pelo! ¡No somos tan bujarrones como vosotros los moros! ¡Yo estoy orgulloso de mis canas!

Akram soltó una carcajada y fue hacia él con los brazos abiertos, diciendo en tono conciliador:

—¡Anda, deja que te bese, viejo cascarrabias!

Ambos hombres se abrazaron. Akram cubrió al Llop de besos y abrazos que parecían sinceros. Luego le echó el brazo por encima de los hombros y le condujo afectuosamente al interior de su impresionante fortaleza.

A todo esto, Blai estaba atónito, después de haber asistido al desarrollo de aquella escena con sus inocentes ojos desmesuradamente abiertos. A su lado, Miró le susurró al oído:

—Mi padre y él se conocen de toda la vida. Además, somos parientes. La madre del Bonito y mi abuela eran primas hermanas.

—¡Vamos todos adentro! —dijo alegremente Akram.

—Mi escolta también entrará —exigió el Llop—. Están muy cansados por el largo viaje. No me parece justo que pasen aquí la noche a la intemperie. ¿Estás de acuerdo, hermano?

—Sí, claro que sí —otorgó el Bonito.

Los hombres de la escolta del Llop, con Oliver a la cabeza, también penetraron en fila en aquel confuso conjunto de murallas, torreones y defensas diversas, pero se quedaron en el patio de armas.

En cambio, El Llop, Miró y Blai entraron con sus anfitriones en un salón de dimensiones desproporcionadas, donde había una gran mesa hecha de enormes y toscas tablas. El techo, formado de gruesas vigas, estaba completamente negro a causa del humo que se esparcía por la sala desde una chimenea mal construida. De las paredes, igualmente renegridas, pendían instrumentos de caza y de guerra; y en cada ángulo había una puerta que daba entrada a las habitaciones interiores de aquel vasto y destartalado edificio. Al fondo, en un lado donde el piso era más alto, formando como un estrado, estaba el dosel, un espacio entre cortinajes, que solo podía ser ocupado por los miembros de la familia del señor, y por los que iban a visitarle, si por su dignidad o cercanía eran merecedores de que se les dispensara tal honor. Allí las paredes estaban cubiertas por tapices de encendidos colores y el suelo con mullidas alfombras. Sin embargo, la mesa inferior no tenía mantel, a pesar de que los criados empezaban a poner sobre ella cazuelas, bandejas y platos con toda suerte de alimentos y exquisitos guisos.

—Luego cenaremos como merece la ocasión —dijo el Bonito, con los ojos encendidos de entusiasmo, señalando la mesa—. Antes quiero enseñarte mis pájaros.

—¡Eso, las aves! —exclamó arrebatado el Llop—. ¡Estoy deseando verlas!

Fueron hacia uno de los ángulos y Akram abrió la puerta. Pasaron a una sala contigua, casi tan amplia como la primera. Las grandes ventanas estaban abiertas de par en par, y la última luz crepuscular penetraba iluminando las alcándaras y posaderos donde reposaban más de medio centenar de aves de presa, amarradas por sus pihuelas de cuero y separadas unas de otras lo suficiente para que no pudieran agredirse. Había ejemplares de las especies más apreciadas: gerifaltes, sacres, peregrinos, borníes, neblíes, azores y águilas de diversos tamaños. Aquel conjunto, por lo bien cuidado que estaba y por la variedad y valor de las especies, constituía un verdadero tesoro cuyo precio sería incalculable.

El Llop recorrió la estancia sin disimular su admiración. Y finalmente se detuvo para contemplar dos maravillosas primas de gerifalte albo, grandes, poderosas e inmaculadamente blancas. Las estuvo observando en silencio, fijándose en el plumaje, el pico, las garras, las uñas… Y lanzó más de un suspiro, antes de volverse hacia el Bonito para preguntarle:

—¿Están en venta?

Akram, que sonreía complacido al ver su gran interés, respondió:

—Una sí; la otra, como comprenderás, la reservo para mí.

—¿Cuál es la que vendes? ¿Y qué pides por ella?

—Lo mismo me da una que la otra. Les tengo igual aprecio a las dos; son zahareñas, apenas capturadas en la última primavera. Me las trajo del puerto de Tarragona el mismo mercader que me vendió aquella que te llevaste hace cinco años. Y si te has fijado bien, estas dos son aún más grandes y blancas, como las mejores que vienen de las tierras altas y lejanas de los hombres del norte. Has tenido pues suerte. Todavía no están hechas del todo a la mano… Así que di tú lo que puedes ofrecer… Y ten en cuenta que en toda tu vida no habrás visto ni tal vez vuelvas a ver aves como estas. Así que no dejes pasar la ocasión…

El Llop desplegó una sonrisa llena de satisfacción. Luego puso una expresión socarrona mientras sacaba, de entre su túnica y su manto, una bolsa de tafilete azul; metió la mano dentro y extrajo una esmeralda del tamaño de un huevo de paloma, la cual entregó al Bonito, diciendo ufano:

—En toda tu vida no habrás visto tú una piedra como esta. Así que no dejes pasar la ocasión…

Akram acercó la preciosa gema a la lámpara que portaba uno de los criados y aguzó sus ojos de aguilucho para comprobar su pureza y valor. Después le lanzó una intensa mirada al Llop, diciendo:

—Vamos a la mesa. Con el estómago vacío no seremos capaces de llegar a un acuerdo…

Regresaron todos a la primera sala y fueron a sentarse en torno a los manjares. Se pusieron a cenar sin más preámbulo. La comida era un éxtasis, cada bocado una delicia, desde las pequeñas aceitunas rellenas de almendra hasta las codornices asadas con miel y laurel machacado. El vino era suave y dulce como un bálsamo en la boca, ligero como una nube, pero fuerte en la garganta y el estómago. Aunque ninguno de los muslimes lo probó siquiera, sino una especie de sirope a base de granada.

El Bonito apenas comía; hablaba todo el tiempo, con su voz monótona y chillona, recordando cosas del pasado y ponderando con presunción sus hazañas, sus poderes, sus riquezas, halcones y caballos.

Mientras tanto, el Llop le miraba de soslayo, sentado a su lado, con una sonrisa enigmática y una sombra de crueldad reservada en el semblante. Hasta que, de pronto, se puso de pie con una calma pasmosa, cogió un gran cuchillo que estaba sobre la mesa, lo alzó y, con la velocidad de un relámpago, se lo clavó en el pecho a su anfitrión.

Todos los comensales se quedaron de momento atónitos, como paralizados. Pero, un instante después, prorrumpieron en gritos y aspavientos.

—¡A por ellos! —rugió como un trueno el Llop, sacando su espada—. ¡Matadlos a todos! ¡Que no quede ni uno vivo!

Y se puso a descargar tremendas cuchilladas sobre los muslimes, que, tomados por sorpresa, no eran capaces de reaccionar todavía.

Su hijo Miró y su sobrino Blai sacaron también sus espadas y no dudaron en asesinar al resto de los comensales y a los criados que servían la mesa, con tal soltura y decisión que pareciera que diariamente estuvieran haciendo aquello mismo.

Y mientras tanto, Oliver, con los veinte hombres de la escolta, ya ponían en práctica su parte del plan: atacar a su vez a los guardias de la fortaleza y abrir las puertas de par en par, para que penetrase el resto de la hueste.

Se produjo inicialmente un gran desconcierto. La noche había caído ya sobre la fortaleza y apenas se veía. Se oía el fragor del combate, las voces estridentes de los jefes y los alaridos de los heridos. No se sabía por el momento quién iba venciendo en medio de tanta confusión. Pero, rato después, estalló el atronador ruido del tropel de hombres y caballos que penetraban por las puertas de la muralla, golpeando con hachas y mazos, entre aterradores aullidos.

Duró la batalla mucho menos de lo que pudieron haber supuesto los asaltantes. En plena oscuridad, los hombres del Llop se comunicaban a gritos, manifestando con júbilo, entre las torres y las barbacanas, que el fregado concluía a su favor. También, en el patio principal de la fortaleza, que estaba sembrado de cadáveres, el conde de Pallars hacía oír su voz potente y desgarrada, haciendo saber a la hueste que la victoria era cierta.

—¡Hemos vencido! ¡Monte Falconi es nuestro! ¡Viva sant Jaume!

Salió el Llop, llevando en una mano una antorcha y en la otra, agarrada por el pelo, la cabeza de Akram al Yamil. Estaba eufórico, como fuera de sí; los ojos encendidos por la excitación y el rostro brillante de sudor. Gritaba enardecido:

—¡No quiero ningún sarraceno vivo! ¡Cerrad todas las puertas para que no salga nadie!

Sus hombres, excitados, corrían en todas direcciones, llevando igualmente antorchas y lámparas en las manos. Buscaban con avidez cualquier cosa de valor que pudieran hallar: monedas, oro, plata, vestidos, jaeces, ricas monturas... Cargaban con todo ello, tropezaban y chocaban unos con otros, caían, reían y maldecían.

De repente, asomó por una ventana la cara de rata de Roderic gritando con júbilo:

—¡Las mujeres! ¡Aquí dentro están las mujeres!

Inmediatamente, todos aquellos hombres soltaron cuanto llevaban y se precipitaron en tropel hacia el interior de los edificios, aullando como fieras.

# 79

*Monte Falconi, camino de Cervera (califato de Córdoba, cora de Lérida), 2 de octubre, año 1001*

Al día siguiente, después de la espantosa fiesta que siguió al combate, los hombres se levantaron más tarde que de costumbre. Habían acabado con todo el vino de las bodegas de Akram al Yamil y también habían dado buena cuenta de las reservas de sus despensas. No quedaba ni un solo muslim, y las mujeres estaban todas arrinconadas en un extremo del patio de armas, después de haber sido violadas y ultrajadas sin conmiseración alguna. No obstante, tras el breve sueño, los soldados fueron despertando y se pusieron a las órdenes de sus jefes como si nada hubiera pasado. La repartición del botín se hizo sin incidentes, favoreciendo como era norma a los que habían corrido mayor riesgo. Nadie protestó, pues hubo para todos, y de momento era suficiente para satisfacer la codicia de unos hombres de guerra que hacía mucho tiempo que no recibían los frutos del saqueo. Lo más valioso que había en Monte Falconi eran las aves de presa del Bonito, y fueron asignadas discrecionalmente entre los magnates por el Llop, reservándose las más apreciadas para él.

Asolado el emporio principal, nada más tenían que hacer en aquella fortaleza devastada y poblada de cadáveres que muy pronto iban a empezar a desprender su hedor. Entonces se puso en práctica lo que correspondía hacer según el plan previsto que todos conocían muy bien: cargar todo el botín en las mulas que habían llevado a los efectos y enviarlo a lugar seguro custodiado por un destacamento.

En torno al mediodía, ya estaban concluidos todos los trabajos y no era conveniente perder allí más tiempo. Ahora la hueste, sin llevar más cuentas de lo realizado hasta el momento, debía emprender la marcha hacia el siguiente objetivo: Cervera, que apenas distaba de allí tres leguas.

Se dieron las instrucciones de partida y, en perfecto orden, la hilera larga de hombres a caballo emprendió el camino arenoso y lo siguió, trotando alegremente. El Llop cabalgaba por delante, eufórico, sin prestar atención a su propia fatiga ni al punzante dolor que sentía en los huesos desde hacía días. Aunque, tal vez por ese motivo, se detuvo de pronto y levantó la mano, expresando la orden de parada y gritando:

—¡Hagamos aquí un alto para reponer fuerzas!

Aunque habían almorzado antes de salir, a nadie le importaba llevarse otro bocado al estómago. La hueste obedeció y echó pie a tierra. Todos sacaron las tortas y las viandas de las alforjas.

Pero el vizconde, antes de sentarse, se dirigió a su hijo Miró y le ordenó con ímpetu:

—Toma al primo Blai, a Oliver y a los cuarenta hombres de la avanzadilla y adelantaos con precaución, para ir quitando de en medio todo lo que pueda estorbarnos. Ya sabes a lo que me refiero: a cualquier pastor o campesino que encontréis lo mandáis a mejor vida; no vaya a ser que corran a avisar. Nosotros reemprenderemos la marcha dentro de una hora, no más tarde. Una vez más, la sorpresa será nuestro mejor aliado. Igual que en los sitios anteriores, deben de estar preparándose para pasar el invierno, sin imaginar siquiera nuestros propósitos. La ciudad estará poco guarnecida. Conozco muy bien Cervera desde hace años. También el gobernador es un viejo conocido mío… No va a ser nada difícil tomar la plaza. ¡Adelante!

Sin rechistar, Miró y los demás volvieron a montar en sus caballos y salieron al galope.

Los que se quedaron allí sentados en el suelo parecían estar felices y despreocupados, no obstante el peligro que suponía andar por aquellas tierras. Algún que otro muchacho reía a carcajadas y los más jóvenes hablaban a voces entre ellos. Entonces sus veteranos jefes les llamaban la atención, advirtiéndolos de que la victoria conseguida en Monte Falconi, por fácil que les hubiera parecido, no significaba que aquello fuera un juego. Debían mantenerse siempre en guardia, esperando la sorpresa de cualquier ataque inesperado.

En un determinado momento, el conde de Pallars se puso en pie y lanzó una improvisada arenga:

—Muchachos, esta hazaña va a quedar inscrita para siempre en la gloriosa historia de nuestras huestes. ¡En verdad ha sido maravilloso! Y no creáis que es cosa menuda haber vencido a ese zorro del Bonito dentro de sus propias murallas. El vizconde de Castellbó y yo, que somos ya viejos, sabemos muy bien lo que ayer fuimos capaces de hacer... Pero no os creáis que la suerte nos va a asistir en adelante de la misma manera... ¡La guerra es un misterio, demonios! Cuando uno va a la campaña, debe saber que es como si se metiera dentro de la cueva del oso; al fondo siempre hay oscuridad y puede haber sobresaltos... Así que ¡echadle valor y contad con que os podéis quedar tirados en cualquier sitio!

El Llop se levantó también, le dio una fuerte palmada en la espalda y exclamó sin disimular lo más mínimo su contrariedad:

—¡No me metas miedo a los muchachos, hombre! Está bien lo que has dicho al principio, pero yo estoy seguro de que nos vamos a ir de esta campaña con la piel de muchos osos. ¡Ánimo, pimpollos, que vamos a salir todos ricos de esto!

Los soldados rieron la ocurrencia y casi estuvieron a punto de aplaudir, si no hubiera sido porque los veteranos se pusieron enseguida a chistar y a hacer expresivos movimientos con las manos para llamar a la calma.

Dalmau y Roderic, señores de Fontrubí, se mostraban especialmente excitados y dichosos. El segundo de ellos, el mozo de piel amarilla y dientes grandes, era el más inquieto de los dos, y llevaba siempre la delantera, mostrando mayor energía y entusiasmo que su hermano. También se puso este en pie y, dirigiéndose al Llop, le dijo con exaltación y sin rodeos:

—¡En verdad eres un hombre imprevisible, Guillem de Castellbó! Ya sabíamos que tenías muchas ganas de hacerte con la fortuna del Bonito, pero lo que no podíamos imaginar era que pensabas cortarle el cuello...

Todos rieron de nuevo. Y el Llop, esbozando una sonrisa pasmosa, confesó:

—Es que yo no pensaba quitarle la vida a ese bujarrón... Pero luego me eché otras cuentas, diciéndome: ¿y voy a dejar vivir a este presumido, para que se pase el resto de su vida maldiciéndome y planeando la forma de tomarse venganza? Y... ¡qué demonios!, vi ese gran cuchillo que estaba sobre la mesa y... ¡al cuerno con el puto Bonito!

Y dicho esto, soltó una tormenta de risas, que fue acompañada por otro regocijo general.

Esa misma tarde, sin ningún contratiempo de última hora, pusieron sitio a Cervera, tal y como tenían previsto, después de asaltar las alquerías del alfoz.

# 80

*Cervera (califato de Córdoba, cora de Lérida), 5 de octubre, año 1001*

El Llop se adelantó hasta las proximidades de la puerta principal de la ciudad, a una distancia suficiente para que ninguna flecha pudiera alcanzarle.

Iba seguido por sus cuarenta hombres de mayor confianza, entre los que estaban su hijo, su sobrino Blai y Oliver. Desde el lugar donde se detuvieron y hasta la base de los muros, todo el terreno estaba lleno de muertos. El asedio había durado tres largas y duras jornadas. También esta vez la suerte había favorecido a la hueste de Castellbó: Cervera estaba guarnecida por una tropa menguada y no muy ducha en la defensa.

Salió caminando el cadí de Cervera para parlamentar, un hombre compungido que parecía demasiado joven y delicado para una misión de tanta importancia; delgado, de largo cuerpo, alto y pálido; el rostro de tez clara, la nariz pronunciada, la barba corta y pobre, las mejillas hundidas y los labios apretados; visiblemente inquieto, con preocupación en los ojos, las manos nerviosas y el ceño fruncido. Conocía al Llop y, desde la distancia, gritó con voz ahogada:

—¿Qué quieres, Guillem de Castellbó? ¿A qué has venido aquí desde tu tierra?

El Llop no le conocía a él y le contestó extrañado:

—¿Quién demonios eres tú, imberbe?

—Me llamo Alfar ben Casim. Soy hijo del anterior cadí. Mi padre, que era tu amigo, murió hace dos veranos… ¿Por qué nos atacas? ¿Qué te hemos hecho nosotros?

—¡Vengo a saldar viejas cuentas! ¡Ábrenos la puerta de la ciudad!

Si no lo haces, acabaremos asaltando la muralla y no dejaremos a nadie con vida. Si en verdad me conoces, sabrás que el Llop no se anda con contemplaciones…

El joven cadí se dio la vuelta y entró sin responder. Pero no tardó en salir de nuevo, acompañado esta vez por los ancianos miembros del Consejo y dispuesto a parlamentar.

Las negociaciones empezaron con un acuerdo, mediante el cual todas las armas de la guarnición que defendía la ciudad debían ser depositadas a cien pasos de la muralla. Las puertas se abrieron y los guardias salieron transportando lanzas, espadas, hachas, escudos y arcos. Cuando todo ello estuvo amontonado, el gobernador le dijo al Llop con visible angustia:

—Confío en que temas a Dios y cumplas tu palabra. Respetad a las mujeres, a los ancianos y a los niños. Dejad en los graneros lo necesario para que podamos pasar el largo invierno y no destruyáis nada.

—Así se hará —manifestó el Llop—. Tú encárgate de que se cumpla la parte que os corresponde: entregad todo el oro y la plata que haya dentro. Y no se os ocurra hacer trampas. Registraremos una de cada diez casas, y si halláramos algo oculto, incendiaremos la ciudad.

El cadí le dijo algo al hombre que estaba a su lado, que debía de ser hermano, pues era muy parecido a él; también de rostro alargado, aunque más fornido y tenía un aspecto aún más nervioso. Este se acercó temblando, mientras extraía una hoja de pergamino, una pluma y un pequeño frasco de tinta.

—¿Qué está haciendo este con esas cosas? —preguntó intempestivamente el Llop.

—Tomará nota del pacto y lo firmaremos tú y yo —respondió el cadí.

—¿Nota? ¿No te fías de mi palabra?

—Me fío. Pero debe quedar registro escrito para que yo pueda justificar ante el emir de Lérida lo que ha pasado.

—¡Vete al cuerno! —le espetó el Llop, mientras sacaba su espada—. ¡Y no nos hagas perder más tiempo con pamplinas de esa clase!

El cadí titubeó, pero al cabo comprendió que debía obedecer sin demora. Se inclinó manifestando su aquiescencia y ordenó a los guardias abrir la puerta.

La carcajada que soltó el Llop provocó que el joven gobernante de Cervera palideciera todavía más y se echara a temblar.

—¡Adentro, muchachos! —le gritó el conde de Pallars a la hueste—. ¡En orden y sin desmandarse!

Como si no hubieran comprendido esta orden, los soldados avanzaron en tropel y penetraron en la ciudad prorrumpiendo en una ensordecedora algarada.

Las calles estaban desiertas, con toda la gente encerrada prudentemente en las casas y las puertas y ventanas atrancadas. Solo en la plaza principal había unos cuantos hombres que recibieron a los asaltantes con un montón de monedas de oro y plata, cestos con alhajas y fardos de buenas pieles. Descabalgaron el Llop y los magnates del ejército, lo estuvieron revisando todo detenidamente y ordenaron que fuera cargado. También requisaron las mejores bestias que había en la ciudad, caballos, mulas y algunos bueyes.

En la misma plaza, frente a la mezquita y los baños, estaba la casa de la nieve. Blai se acercó a la puerta y empezó a golpearla, gritando en la lengua árabe que conocía por haberla aprendido allí:

—¡Abrid! ¡Abrid inmediatamente!

Salió el administrador aterrorizado, le reconoció enseguida y se arrojó a sus pies suplicando:

—¡Ten misericordia, señor! ¡Tu vida fue respetada aquí! ¡No seas vengativo! ¡Déjanos vivir a nosotros!

Blai le apartó de un empujón y entró en la casa con grandes zancadas, seguido por su primo Miró. Todos los esclavos se habían reunido en el patio principal y corrieron hacia él locos de contento, alzando los brazos o inclinándose con respetuosas reverencias. Estaban asombrados, con los ojos inundados de lágrimas, como si no pudiesen creerse lo que estaban viendo.

Blai paseaba su mirada por los rincones de la casa, también visiblemente emocionado, hasta que de pronto se echó a llorar y se derrumbó cayendo de rodillas.

Miró le contemplaba, compadecido, y con la espada en la mano empezó a gritarles a los esclavos:

—¡Vais a morir todos! ¡Malditos infieles! ¡No merecéis vivir!

Entonces Blai levantó hacia él la cabeza, aterrado, y se puso a increparle:

—¡No! ¡Ni se te ocurra tocarlos! ¡Ellos no tienen ninguna culpa!

Y luego, dirigiéndose a los esclavos, les preguntó:

—¿Dónde está vuestro amo?

Ellos se precipitaron hacia una pequeña estancia anexa al patio y acudieron al punto, trayendo al viejo dueño de la casa de la nieve asido por las ropas y los cabellos. Lo arrojaron a los pies de Blai y le instaron a voces:

—¡Mátalo!

—¡Véngate tú y vénganos a nosotros!

—¡O deja que lo hagamos nosotros!

Blai puso sus ojos, encendidos de ira, en el viejo. Alzó la espada y todos creyeron que iba a acabar con él. Pero se detuvo, vaciló y luego dijo sonriendo extrañamente:

—¡No!

Todos le miraban, confundidos y expectantes ante esta reacción. Y él, sin dejar de clavar sus ojos en el viejo continuó diciendo:

—¡No voy a matarle! No es más que un viejo diabólico y avaro. Le dejaré vivir sus últimos años más pobre que las ratas… Que sea Dios quien decida su destino, cuando se vea solo y sin nada…

Y luego, volviéndose hacia los esclavos, les gritó enardecido:

—¡Id a registrar la casa! ¡Buscad todos sus dineros! ¡Todo es vuestro! ¡Sois libres! ¿Me habéis oído? ¡Libres! ¡Podéis uniros a nosotros o ir donde os dé la gana! ¡Todo lo que halléis en esta casa os pertenece! ¡Repartíoslo! ¡Y que a nadie se le ocurra matar al viejo! Ya tiene bastante con lo que le espera…

# 81

*Agramunt (califato de Córdoba, cora de Lérida), 7 de octubre, año 1001*

El Llop era un guerrero inteligente, precavido y cauteloso como ninguno, pero capaz de aventurarse en el peligro cuando sabía con certeza que una situación le favorecía. Todos los magnates de la hueste tuvieron que reconocer estas cualidades que, aunque eran consabidas desde siempre, llevaban tanto tiempo sin ponerse en evidencia que parecían olvidadas.

Esta campaña fulminante por los dominios del califato muslim estaba resultando especialmente triunfante, y cargó de razones a los belicosos hombres que le seguían incondicionalmente, además de proporcionarles unas riquezas con las que apenas unos meses antes ni siquiera podían soñar.

La última conquista había sido la fortaleza de Agramunt, el mayor atrevimiento de aquella desaforada tropa, puesto que distaba apenas diez leguas de Lérida, capital de la cora y residencia del poderoso valí. Pero el astuto Llop nunca se arriesgaba sin contar con la información necesaria; tenía espías en todas partes y sabía a ciencia cierta que el ejército leridano se hallaba lejos, unido al de Zaragoza para participar en la última gran razia de Almansur contra Pamplona. Además, en esta ocasión decidió poner en práctica otras artes más sutiles. Había conservado prudentemente las ropas de aquellos emisarios del valí que asesinó en el castillo de Solsona; vistió con ellas a un grupo de hombres que hablaban a la perfección la lengua árabe y los envió para que se informaran haciéndose pasar por mercaderes notables. Era un truco tan viejo como el mundo, pero no dejaba por ello de resultar muy útil si se realizaba bien. De esta manera supo que en Lérida no tenían noticias todavía de lo que había pasado en la torre de Vallferosa, ni en Agramunt o Cervera, además de cerciorarse de las escasas defensas de la ciudad. El asalto por sorpresa y en plena noche fue un auténtico éxito. Una vez más, les mereció la pena la hazaña y obtuvieron un triunfo y unos beneficios aún mayores que en las plazas anteriores, puesto que en Agramunt se hallaban los caudales obtenidos durante la recaudación de tributos del final del verano.

Tocaba pues poner fin a la correría y retirarse hacia los cuarteles de invierno para disfrutar de la rapiña. Pero, antes de abandonar esta postrera conquista, el vizconde decidió que debían dedicar aquel último día a celebrarlo y a beber. Con tal fin, dispuso que cuatro grandes toneles de hidromiel que habían requisado en Cervera fueran colocados en el centro del campamento, con órdenes expresas de que cada hombre pudiese servirse de ellos a placer. Después ofreció tres bueyes y treinta corderos para que fueran asados y repartidos entre los soldados.

Los monjes que acompañaban a la hueste celebraron primero las correspondientes misas en acción de gracias. Y el banquete que siguió, servido en un prado al pie del monte donde se alzaba la fortaleza, fue la culminación de los excesos que caracterizaban a aquella multitud de soldados enardecidos por la victoria y la fortuna obtenidas.

Los magnates, después de participar en una primera parte de la celebración con los soldados, se retiraron para seguir celebrándolo con mayor lujo en la intimidad del castillo. Esa noche, el nombre del intrépido Llop y su imaginativo talento y habilidades fueron alabados en los brindis que hacían sin cesar los comensales. Sentados alrededor de la mesa, los grandes de la hueste, condes, vizcondes y sus adláteres, con las caras brillantes por la grasa de los pedazos de carne que tenían en las manos, bebían constantemente y proclamaban a voz en cuello que Guillem de Castellbó era el mejor jefe que había pisado la tierra. Lo veneraban como a un carismático y auténtico señor, un guía magnánimo cuyo único pensamiento era beneficiar y engrandecer a su gente; un noble entre los nobles, cuya superior sabiduría militar iba más allá de su edad y de su época; valeroso, emprendedor y, sobre todo, una suerte de visionario que les había proporcionado inconmensurables riquezas en menos de una semana, sin demasiados sacrificios ni bajas apenas.

Todos los líderes que se saben amados e idolatrados son parecidos en la ostentación de sus poderes, y el Llop era por naturaleza especialmente proclive a los excesos. Se hallaba sentado con orgullo en una especie de trono grande que encontraron en la sala principal del palacio, de madera labrada, claveteado con resplandecientes remaches de bronce; se había echado por encima de los hombros su capa preferida, de piel de lobo plateado, que le confería un aspecto regio y temible. Bebía y comía sin parar, mientras escuchaba los permanentes elogios que le hacían, pero no contestaba a ellos, no hablaba y no reía. Desde que concluyeron las misas permaneció en silencio, con una sombra de gravedad y misterio en el rostro. Y esto tenía en el fondo muy preocupados a sus hombres, por más que se manifestaran felices y bulliciosos...

Finalmente, sin haber abierto la boca para otra cosa que no fuera apurar la copa, el Llop se puso en pie y se retiró hacia un extremo de la sala, haciendo un expresivo gesto con la mano para que continuaran la fiesta sin reparar en él. Pero su hijo Miró, desconcertado, fue tras él para ver qué le pasaba, y le vio llorar amargamente en un rincón. El joven sabía, cómo todos allí, que su padre estaba amargado por el recuerdo de lo que había hecho su hija...

Uno de los muchachos que servían la mesa se acercó a continuación con un enorme y espumeante vaso lleno de cerveza oscura hasta el borde. El Llop lo agarró violentamente, lo alzó y bebió a grandes tragos. Cuando lo hubo vaciado, se limpió el bigote y la barba con la mano, arrojó el recipiente contra el suelo, rompiéndolo en mil pedazos, y, mirando desolado a su hijo, sollozó:

—Los voy a encontrar… ¡Te juro que los encontraré! Y cuando yo los encuentre…

Después de decir aquello se volvió hacia los comensales, que lo observaban preocupados. Los estuvo contemplando con orgullo y luego, con excesiva ceremonia, volvió hacia el trono para sentarse de nuevo a la mesa.

Todos estaban muy pendientes de él, sin atreverse a decir nada, y el vizconde, sobreponiéndose, aunque todavía lloroso, dijo con rabia:

—Somos hombres de armas… Nuestros mayores nos enseñaron a defendernos… ¡Qué demonios hemos estado haciendo! Nos hemos comportado como estúpidos criadores de ovejas, pendientes siempre de los caprichos de los francos… Cuando nosotros no somos francos… Los putos moros, ¡esos piojosos!, nos llaman francos… ¡Qué majadería! ¡Al cuerno los francos! ¡A la mierda! ¡No somos francos! ¡Nosotros somos libres! ¡Y nuestra tierra es la más libre del mundo! ¡Así nos ha hecho Dios! ¡Que a nadie se le ocurra intentar ponernos cadenas!

Frente a él, Suñer, conde de Pallars, con su cara ancha, en la que brillaban los ojos claros y la barba espesa, rubia, rompía a llorar, agitando permanentemente sus manos callosas y planas, de pulgares gruesos y curvos. También los hermanos Dalmau y Roderic, señores del castillo de Fontrubí, tenían lágrimas en los ojos; y todos los comensales manifestaron en silencio su conformidad con lo que había dicho, moviendo expresivamente sus cabezas con un asentimiento no exento de emoción y rabia contenida.

# 82

*Solsona, 10 de octubre, año 1001*

La hueste podía haber regresado al Urgellet cruzando la Marca por el paso de Tres Ponts, pero no le quedaba más remedio que pasar por Solsona si querían recoger la parte del botín que habían enviado por delante. De cualquier manera, este segundo itinerario era preferible, ya que llevaban consigo grandes y pesados carros que debían ser arrastrados por fuertes bueyes. También acarreaban una larga fila de mujeres y niños tomados como esclavos, que tenían que ir forzosamente caminando, y los heridos que no podían montar fueron instalados cuidadosamente encima de espesos jergones de paja en otras carretas. Atravesar las altas montañas con toda esa impedimenta, aunque fuera un trayecto más corto, a la postre hubiera resultado mucho más complicado y penoso.

La cabalgata de más de dos mil soldados a caballo, con todas las bestias que habían podido reunir y agregar al botín, emprendió por fin una marcha muy lenta para ahorrar sufrimientos a los heridos, y llegó a Solsona después de tres largos días. Sus habitantes vieron con estupor la columna que avanzaba quedamente por el antiguo camino romano y, cuando se hubieron cerciorado de que no eran enemigos, salieron de la ciudad jubilosos para recibir a los soldados. Ya antes habían tenido noticias de la hazaña y estaban deseosos de conocer los detalles. De todas las preguntas que les hicieron a los victoriosos guerreros mientras montaban su campamento para pernoctar, solo una respuesta volaba de boca en boca, expandiéndose por toda la población: «¡Habían tomado la fortaleza de Monte Falconi y el Llop en persona degolló a Akram el Bonito!». Nunca se había oído una cosa así. Y todo el mundo acudió para contemplar el macabro espectáculo de la cabeza del poderoso muslim, que venía clavada en la punta de una lanza y que estaba ahora colgada de la rama de un árbol, medio podrida ya, con los cabellos alborotados y mecidos por el viento.

Las gentes de Solsona se maravillaban imaginando cómo la pequeña tropa había sido capaz de engañar a los moros y atacar con éxito semejante fortaleza. Con los ojos como platos contemplaban los tesoros que arrastraban los dos chirriantes carromatos. Se impresionaron también con los preciosos caballos y las valiosas aves de presa; mucho más que con los cestos llenos de monedas y alhajas. Y no podían sustraerse a la curiosidad que suscitaba en ellos la larga y llorosa fila de mujeres y niños cautivos. Los hombres más ancianos hablaban entre ellos, preguntándose si acaso otra vez regresarían los pasados días de gloria que se habían vivido en los tiempos de Wifredo el Velloso y que narraban todas las viejas historias. Toda aquella población, extasiada y agradecida, quiso obsequiarlos con una fiesta campestre. Pero los jefes consideraban que ya había habido diversión suficiente en Agramunt y que ahora lo que procedía era descansar. Así que se despachó a la multitud y muy pronto aquella noche las trompetas llamaron al silencio.

Por la mañana, nada más amanecer, se encontraron con una sorpresa inesperada. Los centinelas dieron el aviso con grandes voces: llegaban jinetes por el valle. Serían más de un millar. Sus caballos levantaban nubecillas de rocío sobre la hierba pisoteada.

Despertaron al Llop, que salió de su tienda semidesnudo, somnoliento, con los ojos hinchados y renqueante. El jefe de la guardia corrió hacia él y le comunicó:

—No son moros, mi señor, son cristianos. Son hombres de armas y vienen a prestársenos para la guerra…

Guillem se vistió a toda prisa y acudió a la entrada del campamento acompañado por toda su guardia personal.

Muy pronto, aquel ejército recién llegado estuvo a un tiro de flecha. Al frente venía un hombre montado en una yegua poderosa, de ojos salvajes y paso peculiar, que lanzaba las patas delanteras cuando trotaba de una manera propia, y era imposible no distinguirla, pues junto con su jinete formaba una estampa inconfundible. No había duda: el hombre que cabalgaba erguido encima de la silla era Bernat Tallaferro, conde de Besalú. Tenía el pelo largo y castaño claro que saltaba como las colas de los caballos al cabalgar; vestía cota de malla y capa grana; una pesada espada rebotaba a su costado y portaba una cruz dorada en la mano derecha, mientras sujetaba las riendas con la izquierda. De pronto frenó a la yegua y saludó alzando la cruz cuanto podía.

El Llop estaba sorprendido y no lo disimulaba. Avanzó montado en su caballo, sonriendo de una manera extraña y levantando la mano en señal de bienvenida. Ambos caballeros se detuvieron el uno frente al otro.

El rostro de Bernat Tallaferro estaba serio como era costumbre en él. Casi siempre sus miradas inspiraban orgullo y recelo, nacido de la escrupulosidad con que toda su vida se había empeñado en defender razones y sus derechos con las armas, a resultas de su carácter duro y temerario, que estaba siempre alerta y pronto a entrar en pendencia. Llevaba la cabeza ceñida con la diadema condal y sus largos cabellos, claros y abundantes, estaban divididos por la parte superior de la frente, cayéndole por ambos lados sobre los hombros. Los calzones, recubiertos con finas láminas de hierro, eran de los que solo llegaban hasta medio muslo, dejando descubiertas las fuertes rodillas. Sobre las gualdrapas colgaba una manta forrada de pieles, y estolas con vistosos bordados.

El Llop le miraba receloso, pues sospechaba que las intenciones que traía no iban a ser halagüeñas. Un instante antes de acercarse al conde, le había susurrado a su hijo Miró entre dientes:

—¿A qué vendrá ahora aquí este pájaro de mal agüero? Seguro que le envía su primo el conde de Barcelona, si no Armengol de Urgel... Pero a mí nadie me va a apartar de mi senda...

Y luego, cuando lo tuvo cerca, le preguntó sin más preámbulo:

—¿Quién te manda venir, conde Bernat?

Tallaferro le lanzó una mirada cargada de suficiencia y contestó:

—¡Vengo por mí mismo! ¡El conde de Besalú no tiene amos!

A continuación, hubo un largo silencio cargado de tensión, en el que ambos se miraban muy fijamente, como tratando de leerse mutuamente el pensamiento. Al cabo de un rato, como ninguno de los dos dijera nada, tomó de nuevo la palabra el conde Bernat y dijo con voz tonante:

—No vengo a inspeccionar lo que hacéis, ni a reconveniros, ni mucho menos a traer órdenes ni intenciones de nadie. Repito: estoy aquí por propia voluntad. Me he hartado de estar mano sobre mano, mientras los moros se preparan quién sabe si para venir la próxima primavera a poner sus puercos pies en nuestra tierra...

Al oírle decir esto, el Llop soltó una sonora carcajada y todos sus hombres también rieron con él.

Entonces Tallaferro sonrió complacido, elevó de nuevo la cruz que llevaba en la mano y gritó con furia:

—¡Guerra! ¡Por Dios, guerra! ¡Venimos a unirnos a vosotros! ¡Si lo tenéis a bien, admitid a los hombres de Besalú! ¡No os arrepentiréis!

El Llop echó pie a tierra y corrió hacia él con los brazos abiertos, exclamando alegremente:

—¡Demonios, ya vamos de vuelta! ¡Pero nunca es tarde cuando la dicha es buena! ¡Vamos a prepararnos para cuando pase el invierno! ¡Bienvenidos, gente valerosa de Besalú!

También descabalgó Bernat y ambos se abrazaron, en medio de una gran ovación de los guerreros que acompañaban a ambos.


Esa misma noche, mientras cenaban y bebían más de la cuenta, los dos magnates cerraban las viejas rencillas que había habido entre ambos y se estrechaban lazos definitivos con vistas a futuras gestas conjuntas. El Llop y sus hombres relataron con fanfarronería las hazañas que acababan de concluir, despertando una sana envidia en los de Besalú.

Más tarde, en medio de los sopores del vino, Tallaferro se despachó a gusto:

—¡Estaba ya harto! ¡Por Cristo, harto! ¡Cansado de la parsimonia de mis primos Ramón Borrell y Armengol! Necesitaba hacer algo... Y cuando me enteré de que habíais cruzado la Marca, ya no pude aguantar más; y me dije: «¡Se acabó!». Junté a mi gente y aquí estamos, dispuestos a lo que sea menester.

El Llop le dio unas palmaditas en el hombro y, esbozando una media sonrisa, le preguntó malintencionadamente:

—¿Y qué tienes que contarme de ellos? Me refiero a tus primos los condes de Barcelona y Urgel, ¿qué planes tienen? ¿Llamarán a los campamentos en el Ripollés la próxima primavera? ¿Convocarán las asambleas de nobles y clérigos?

Bernat negó despreciativamente con la cabeza y luego respondió:

—¡Quia! Andan más que interesados en preparar la boda de Armengol...

El Llop dio un respingo:

—¿Se casa Armengol?

—Sí, en mayo, con una hija de Ratbold, conde de Provenza, llamada Tedberga.

Guillem de Castellbó se quedó pensativo un instante y luego masculló como para sí:

—De manera que le han buscado una esposa franca...

# LIBRO UNDÉCIMO

## EL APOCALIPSIS (AÑO 1001)

Oliba reflexionaba sobre el gesto de su padre. ¿Se podía emprender todavía el camino de la paz? El joven no era un monje apocalíptico, como otros de su tiempo, sino más bien un defensor de la cultura escrita, de la luz de los libros, como lo fuera su tío Miró Bonfill, obispo de Gerona y conde de Besalú, uno de los amigos de Gerberto de Aurillac, el sabio papa Silvestre II.

Oliba no cultivaba una visión tremendista sobre el mundo y su destino, como por entonces algunos interpretaban las copias del *Apocalipsis de Beato de Liébana*, realizadas algunas en los *scriptoriums* de Gerona y Seo de Urgel. Y el monasterio de Ripoll no era un mal lugar para pensar y adoptar una actitud ponderada ante el ritmo de la historia...

# 83

*Gerona, 29 de octubre, año 1001*

Amanecía la fiesta de San Narciso en Gerona y llovía con intensidad. Desde hacía tres días no paraba de llover. El agua rebotaba en las paredes, recorría las estrechas calles como si fueran riachuelos y chorreaba desde la cubierta de madera de la iglesia de San Feliú. Un viento frío y enérgico soplaba del mar y se colaba por todas las grietas de los muros, de modo que las velas de los altares titilaban, apagándose algunas de ellas. Era un templo pequeño, y debía de haber sido construido sobre cimientos romanos. El suelo de losas de piedra se había encharcado, los canónigos estaban preocupados y no sabían dónde situarse, recorrían el presbiterio comprobando lo mojados que estaban los asientos. También varios acólitos trasteaban nerviosos con las lámparas y los manteles del altar mayor, y entonces alguien anunció de repente:

—¡El obispo!

Llegaba el abad Odón, obispo de Gerona. Sonaron fuertes golpes en la puerta del Evangelio. Corrieron a abrirle y entró impetuoso; el pelo encrespado por el viento y los ojos encendidos por la contrariedad de aquella mañana intempestiva que iba a deslucir la fiesta. Detrás de él entraron también varios monjes de San Cugat del Vallés, que habían venido acompañándole desde el monasterio, en un viaje de cuatro duras jornadas de camino bajo la lluvia incesante.

Antes de que se cerrara la puerta, se acercó una monja anciana y menuda, que tiritaba, completamente empapada y mal resguardada bajo una cornisa. Estaba encorvada, con el cuerpo doblado hacia delante, cubriendo con los faldones del hábito algo que tenía entre sus manos ateridas. También llevaba un pesado zurrón colgado del hombro. Caminó deprisa hacia el último de los monjes de la fila y le llamó:

—¡Hermano! Necesito hablar con el obispo.

El monje clavó en ella una mirada cargada de desconfianza y replicó:

—¿Con el obispo, hermana? ¿Ahora precisamente? ¿No ves que va por delante con prisa para presidir la celebración?

—¿Podré hablar luego con él?

—¿Qué quieres, hermana? Debo decirte que no es un día muy adecuado para molestar al obispo… Después de la misa irá al palacio de los condes para participar en el banquete.

Ella sacó de entre sus ropas mojadas un envoltorio grande y se lo mostró, respondiendo:

—He traído esto para él desde muy lejos.

El monje echó una ojeada al envoltorio y preguntó, sonriendo con ironía:

—¿Un regalo? ¿Pastelillos de monja acaso? ¡Cómo se te ocurre una estupidez así! ¡Mira que venir en un día como este para traer pasteles!

—No, no son dulces —contestó ella con humildad—. Lo que tengo que mostrarle al obispo es algo mucho más valioso e importante que unos sencillos dulces. ¿Podré hablar con él, hermano? ¡Te prometo que se alegrará!

El monje movió la cabeza de lado a lado, visiblemente incómodo, y replicó:

—Ha de ser muy importante lo que traes ahí, hermana. Ya te digo que hoy no es un día oportuno para quitarle algo de su valioso tiempo al obispo… Y… ¡entremos de una vez, por Dios! ¡La misa va a empezar! Y además enfermarás si continúas aquí bajo la lluvia. ¿Cómo se te ocurre venir en un día así con tu edad? ¡Y tan cargada! Deberías haberte quedado en tu convento.

—Soy forastera —respondió ella, adelantándose para entrar—. He venido de una tierra lejana… Llevo encima todo lo que poseo. He viajado en barco durante días, hasta que ayer pude desembarcar en este puerto. Ahora entraré para dar gracias a Dios por haberme guardado durante la peligrosa singladura y suplicaré a san Narciso de Gerona que guarde con salud al obispo y a sus monjes y clérigos. También rezaré por ti, hermano…

El monje la observaba ahora con una expresión más atenta y se mostraba compadecido al verla empapada y tiritando.

—¡Vamos! ¡Vamos adentro, hermana! ¿No oyes los cantos que ya empiezan?

No bien había terminado de decir esto el monje, cuando de pronto se oyó una voz fuerte y vehemente, ordenando:

—¡Apartaos! ¡Abrid paso a los condes!

En ese momento llegaban al atrio Ramón Borrell y la condesa Ermesenda a caballo. Iban ambos cubiertos con capas largas desde la cabeza hasta las espuelas, con el movimiento majestuoso de quienes van en una procesión. Los que aún estaban junto a la puerta se echaron hacia los lados para franquearles el paso. Y cuando hubieron descabalgado y entrado en el templo, el monje se dirigió de nuevo a la anciana monja para decirle:

—Más tarde, cuando concluya la misa, seguiremos hablando. Intentaré convencer al ayudante del obispo para que te conceda un momento de atención. Y espero que sea verdaderamente importante lo que tienes que mostrarle...

El monje se encaminó deprisa por el lateral del templo, seguido por la anciana monja y, al aproximarse al altar mayor, apareció el obispo en el presbiterio, revestido de los ornamentos sacerdotales para el desempeño de su sagrado oficio. Los condes y todo su séquito de nobles se inclinaron reverentemente, mientras la escolanía proseguía con el canto de entrada. Los clérigos se arrodillaron, doblando una pierna, con aire expresivo de contrición y piedad sincera.

El interior del ábside estaba adornado desde el suelo hasta la cúpula con ricos tapices y colgaduras alrededor del altar. El conjunto de la decoración, con manojos de ramas, flores y hojas de toda índole, tenía un carácter silvestre y apropiado; y la misma liturgia, considerablemente solemne, resultó de ese género que se llama misa ambrosiana, que se celebraba con mucho movimiento de incensarios y profusión de lámparas y velas, con procesiones estacionales por los diferentes altares.

La monja se postró de hinojos en el frío suelo, guardando la más estricta y escrupulosa atención; mientras, el monje, no tan embebido en pensamientos religiosos, la miraba de reojo intrigado, y no podía por menos de reprocharse el haber tenido sospechas de una anciana tan buena y humilde, y le faltaba poco para considerarla ahora como una santa.

Al terminar la misa salieron juntos de la iglesia. Y, al ver que ya no llovía, el monje dijo:

—Hermana, será mejor que me enseñes a mí antes eso que traes ahí para el obispo. Vas muy cargada y estás agotada.

Ella se apartó y fue a colocarse detrás de uno de los contrafuertes, haciéndole una seña para que la siguiera. Cuando el monje estuvo a su lado, la monja se puso a desliar las correas que ceñían el envoltorio.

Luego retiró varias capas de cuero y paños. Lo que había dentro era un precioso libro encuadernado en piel con remaches dorados. Lo abrió con cuidado y mostró una de las páginas. El monje se maravilló y el asombro apareció en sus ojos y en su cara: era uno de esos valiosos libros cuyo contenido mezclaba elementos del arte islámico y las mejores figuras decorativas en los miniados.

—¡Santos de Dios! —exclamó.

La monja sonrió al decir:

—¿Ves cómo no pretendía engañarte?

El monje, visiblemente nervioso, dijo enfático:

—¡Ese libro es un tesoro! El obispo, ciertamente, debe verlo. Hay poco trecho desde aquí hasta el palacio de los condes. En la puerta podremos acercarnos a él y yo le hablaré. Te ayudaré a llevar tu equipaje. ¡Vamos!

Y dicho esto, tomó el pesado zurrón que llevaba la monja y se lo cargó al hombro, echando a andar hacia la derecha y siguiendo a lo largo del muro de la iglesia, hacia una senda que conducía por el borde de la muralla. Ella le seguía haciendo un gran esfuerzo para no quedarse atrás. Y por el camino, el monje iba diciendo:

—No sé de dónde habrás sacado ese libro, hermana… No lo sé, pero ¡es una maravilla!

—Luego te lo diré, hermano, cuando el obispo tenga a bien atenderme.

Y justamente, cuando ellos se aproximaban al castillo, vieron al prelado que iba en procesión, a la cabeza de un espléndido cortejo formado por clérigos, nobles y militares con sus corazas de parada.

—Vamos, hermana, vamos —dijo el monje—. Ahora será nuestra ocasión…

Pero, cuando la comitiva se aproximaba a la puerta principal, notaron que las circunstancias alrededor del castillo denotaban cierta imposibilidad de acceso. Guardias y soldados mantenían una vigilancia cuidadosa frente a la puerta y en sus proximidades. Los condes y su séquito fueron introducidos con toda clase de deferencias en el gran vestíbulo, donde el obispo Odón los recibió con gran cordialidad, yendo a la cabeza de su pequeña corte, y les dio la bienvenida con una salutación expresiva.

Entonces el monje, aprovechando que todo el mundo estaba de espaldas y mirando en aquella dirección, tomó de la mano a la monja y penetraron los dos por entre la multitud. Y cerca ya del obispo y los condes, empezó a gritar todo lo fuerte que le permitían sus pulmones y su garganta:

—¡Señores! ¡Mis señores, atendedme, por el amor de Dios!

Ninguno de los guardias tuvo ya tiempo de detenerlos. Y el prelado, sorprendido y extrañado, se volvió hacia ellos. Avanzaron ambos y se pusieron de rodillas delante de él. Luego la monja alzó la cabeza y le entregó el libro respetuosamente, sin atreverse a decir nada.

Odón tomó el libro en sus manos, haciendo un gesto expresivo, y después lo abrió y estuvo mirando lo que en él estaba escrito y pintado. A su lado, también los condes observaban aquella joya, admirándose por la viveza de los colores, por las figuras estilizadas y el primor con que estaban plasmadas las miniaturas.

A continuación, el obispo puso sus ojos en la anciana monja y preguntó:

—¿Qué significa esto? ¿Quién eres tú y de dónde ha salido este precioso libro?

Ella respondió con voz débil, en perfecta lengua latina:

—*Ende est nomen meum, Dei aiutrix et librorum pintrix... Ancilla tuam, domine... Ego monialis. Et venient ab monasterium Santus Salvator Tavara* (Mi nombre es Ende, ayudante de Dios e ilustradora de libros... Sierva tuya, mi señor... Soy monja y vengo del monasterio de San Salvador de Tábara).

El prelado se quedó todavía más asombrado. Volvió a posar su mirada en las páginas del libro y comentó:

—Esto es sin duda una copia de los *Comentarios al Apocalipsis* del Beato de Liébana. Si lo que pretendes es venderlo, estoy dispuesto a comprarlo ahora mismo. ¿Cuánto pides por él?

La monja sonrió con dulzura y humildad al responder:

—Yo ilustré ese libro. Todos los dibujos que hay en él salieron de mi mano. Dios me inspiró. No quiero vendértelo. Lo que te pido es que me aceptes a tu servicio. Sé que, además de obispo de Gerona, eres abad del monasterio de San Cugat del Vallés. Llevo casi toda mi vida trabajando en un *scriptorium*. Ahora ya soy vieja y no tengo adónde ir. Pero Dios me ha conservado la vista y todavía puedo ser útil. Te ruego que aceptes mis servicios.

Odón no podía ocultar su perplejidad. La miraba fijamente y de vez en cuando miraba también el libro.

—Te creo, hermana, y me encargaré de que seas atendida —dijo afable y conmovido—. Hoy es la fiesta de San Narciso. El santo nos ha hecho un gran regalo contigo.

Y dicho esto, dio instrucciones a uno de sus monjes para que se ocupara de ella, ordenándole que le dieran ropa seca y la llevaran a un lugar caliente para que pudiera descansar y tomar algún alimento. Pero antes de que se marcharan, dirigiéndose de nuevo a la monja, dijo:

—Más tarde, cuando concluya el banquete, nos veremos otra vez. Y, si no te parece mal, yo custodiaré el libro.

Ella asintió con una reverencia y después le besó la mano en señal de sumisión y gratitud.

# 84

*Vich, 7 de noviembre, año 1001*

A la caída de la tarde, llovía suavemente y la ciudad estaba casi desierta. Como cada día a esa hora, los talleres y tiendas concluían la jornada, y la gente se encerraba en sus casas, aunque ese día con mayor premura a causa de la lluvia. Un aire de pesadez y tristeza lo envolvía todo. Reinaba ya el silencio en el mercado de Vich, y al final de la vía principal, detrás de una iglesia pequeña, solo había movimiento de gente en torno a la puerta de un almacén, donde tres hombres desaparejaban una collera de bueyes y descargaban los últimos sacos que había en una carreta.

Un instante después, otro hombre, joven y vigoroso, atravesaba la calle caminando con decisión, mientras llevaba sujetas las riendas de su caballo; la mirada perdida en la cercana plaza, ensimismado y ligero, sin prestar atención a otra cosa que no fuera lo que había por delante de él, que eran los charcos y los excrementos de las bestias, que debía sortear con su paso apresurado de grandes zancadas.

Entonces, el que estaba sujetando los bueyes lo reconoció y le lanzó un vozarrón:

—¡Eh, Destral!

Al oír que era reclamado por su nombre, el joven que caminaba veloz se detuvo y se volvió. Y el que le acababa de llamar, con cara de extrañeza, le preguntó:

—¿Qué haces por aquí con este mal tiempo, amigo? ¿Cómo es que vienes a Vich a las puertas del invierno?

El joven le miró forzando la sonrisa y contestó:

—El obispo me hizo un encargo… ¡Y cómo iba a decirle que no!

Otro de los que estaban con los bueyes dejó lo que estaba haciendo y se acercó diciendo con amabilidad:

—¡Estás calado! Anda, pasa a sentarte junto al fuego y toma un poco de vino con nosotros.

—No puedo, tengo prisa. Pero agradezco la invitación. Si estáis aquí todavía cuando cumpla con mi cometido, estaré encantado de beber ese vino con vosotros.

—¡Hecho! Te esperaremos.

El joven se despidió sonriente, levantando la mano, y continuó su camino todavía más deprisa. De algún lugar se desprendía un aroma a incienso muy suave, apenas perceptible, que se mezclaba con el inconfundible olor de la humedad. Muy cerca, apenas doblando una esquina, estaba la catedral y, un poco más allá, el palacio del obispo. Ató el caballo a una argolla en el muro y, en dos saltos, subió la escalinata y estuvo frente a la puerta cerrada; la golpeó con fuerza con los nudillos, impaciente, mientras un estremecimiento nervioso le recorría las piernas, y le atormentaba pensar que no fueran a recibirle a esa tardía hora.

Pero no tardó en abrir un muchacho asustado, pálido, que musitó algo con tembloroso acento; y el joven, con la misma decisión con que había llamado, lo apartó y avanzó por la penumbra del vestíbulo para ir a golpear una segunda puerta con mayor ímpetu aún.

—¿Quién es? —pregunto una voz profunda desde el interior.

—¡Abridme, soy Sem abú Destral! ¡Necesito ver al obispo inmediatamente!

Hubo un silencio. Al cabo salió el propio obispo de Vich, Arnulfo, alto, grueso y con el ceño fruncido por la extrañeza, vestido con opaca túnica de lana color grana, sobre la que brillaba el gran pectoral de plata. Miró con espanto en sus ojos grises al joven y exclamó:

—¡Sem!

El joven se inclinó para besarle la mano y luego alzó hacia él un rostro agobiado e interpelante.

El obispo suspiró, se santiguó tres veces y murmuró:

—Estás empapado… Y es muy tarde… ¡Dios de los cielos! Me temo lo peor… Entra, rápido, y dime las noticias que traes.

Y, tras pronunciar estas palabras, se apartó para dejarle pasar al interior del palacio. Después de un largo corredor había una pequeña sala con una mesa y cuatro sillas.

El joven se sentó y lanzó un suspiro largo y fuerte.

—¡Habrá guerra! —dijo luego con una expresión terrible—. Mi señor Arnulfo, se avecinan acontecimientos fatales… ¡El Eterno tenga compasión de todos!

—¿Por qué? ¿Qué pasa? ¡Habla, por Cristo! ¿Qué peligros son esos? ¿De qué guerra me estás hablando?

La persona a quien el obispo se dirigía con aquellas preguntas llenas de angustia era muy inteligente, tenía una mirada viva, que aparecía corregida por una expresión de gravedad y reflexión en sus ojos, en su boca y labio superior; el conjunto de su fisonomía indicaba un joven que veía y juzgaba rápidamente, pero que era lento y prudente en formar resoluciones o en expresar opiniones. Era judío, originario de Balaguer, perteneciente a una larga saga de mercaderes conocidos en todo Vich y en sus alrededores, especialmente entre los artesanos y vendedores del mercado, por el negocio al que se dedicaban con preferencia desde hacía generaciones: la fabricación y comercialización de instrumentos de hierro, sobre todo hachas, por lo que eran conocidos como los Banu Destral. Aunque el que allí estaba ahora, en concreto, también sacaba muy buenas ganancias ejerciendo otro oficio, más secreto y peligroso: era espía al servicio del obispo de Vich y traía ocasionalmente información desde Lérida que era muy bien recompensada por parte del prelado. Nadie sabía esto, lo cual había motivado hacía un rato que los hombres que estaban desaparejando los bueyes se extrañasen al verle por la ciudad en aquella época del año y en una hora tardía.

La respuesta que dio era meditada y fue expresada con una precisión y una calma perfectas para satisfacer la ansiedad que poseía al obispo.

—Como sabes, mi señor, porque te informé convenientemente en su momento, los guerreros del Llop y del conde de Pallars atacaron Vallferosa, Monte Falconi, Cervera y Agramunt, matando a mucha gente y saqueando cuanto encontraban en su camino. Nada bueno podía esperarse de aquello… Y en efecto, como era de temer, después de que las terribles noticias llegarán a oídos del valí de Lérida, este se apresuró a enviar mensajeros a Zaragoza y Córdoba para poner en conocimiento de sus superiores lo que estaba sucediendo en sus territorios. Como era de esperar, Almansur no ha tardado en contestar, anunciando que la próxima primavera enviará un gran ejército con la intención de tomarse venganza y arrasar sin piedad los condados cristianos de la Marca. Los ulemas de las mezquitas ya han anunciado sus fatas, declarando la guerra santa y llamando a todos los fieles a que se sumen a la campaña.

Arnulfo estaba atento a sus palabras y, después de inclinar con pesadumbre la cabeza, dijo:

—Era de temer, ciertamente, era de temer que esto acabase sucediendo. Y ahora... ¡todos pagaremos esa temeridad del Llop!

—Por eso he venido lo antes posible, mi señor, a pesar de la lluvia y el frío... Debía avisarte para que obres en consecuencia. En Lérida nadie duda sobre el hecho de que toda la Marca Superior será devastada antes de que acabe el próximo verano, desde Manresa hasta Barcelona.

Hubo un silencio terrible después de este último anuncio, en el que Arnulfo permaneció pensativo, con el rostro ensombrecido, hasta que, poniéndose en pie y dando un fuerte golpe con el puño en la mesa, exclamó:

—¡Han sido unos inconscientes! Y tenía que pasar... tarde o temprano, esto tenía que pasar... ¡Nos espera una época dura! ¡Debo mandar aviso inmediatamente al conde de Barcelona para que obre en consecuencia!

Sem también se levantó, pero retuvo todavía al obispo, agarrándole fuertemente por la manga de la túnica y diciéndole:

—Espera, mi señor. Todavía he de comunicarte algo más que he averiguado. El obispo le lanzó una mirada, instándole con ella a que hablara:

—¿Qué es ello?

—Mi señor, he de decirte que sé dónde se halla la hija del Llop.

El obispo abrió desmesuradamente los ojos, manifestando con ello que le resultaba difícil creer lo que estaba oyendo. Por lo que el joven judío se sintió obligado a proseguir, afirmando con mayor contundencia:

—Sí, mi señor, lo sé con toda certeza. Ella vive en mi ciudad, en Balaguer, con ese hombre con el que se escapó de su casa.

—¿Estás seguro de que es ella?

—Completamente. Ningún hombre que hubiera visto antes en su

vida el rostro de esa bella mujer podría haberlo olvidado. Y yo conocí a la hija del Llop en los campamentos del Ripollés, porque, como recordarás, había ido con mi familia para hacer negocio. No había joven que desconociera la presencia allí de la hermosa Riquilda. Yo la vi varias veces, y debo confesarte que me recreé contemplándola, como hubiera hecho, siendo sincero consigo mismo, cualquier hombre al que le gusten las mujeres…

Arnulfo sonrió levemente, demostrando con ello que daba crédito a sus palabras. Y Sem consideró que debía ser más explícito.

—Esa pareja no podría pasar desapercibida en mi ciudad. Son jóvenes y hermosísimos los dos, tienen dinero y viven muy bien…

—¡Me asombras! —exclamó circunspecto el obispo—. Nada escapa a tu perspicacia, amigo. Eres demasiado joven y ya Dios te ha otorgado la sabiduría de los viejos…

Sem permaneció un rato pensativo y después preguntó:

—¿Y qué piensas hacer, mi señor? Me refiero a esto último que acabo de contarte.

—Nada —respondió con resignación el obispo—. Si el Llop llegara a enterarse de esto, ya no pondría freno a sus tropelías y acabaría empeorando mucho más las cosas. Actuaré como si no me hubieras contado esto último. No añadiré más leña al fuego… Y, aun así, temo que el incendio que se avecina sea terrible…

# 85

*Monasterio de San Cugat del Vallés, 11 de noviembre, año 1001*

Cuando los monjes concluyeron el rezo de la hora nona, el valle era bañado por una luz blanda y brumosa. Pasadas las arboledas, corría el Torrent del Sant Crist, crecido por las lluvias que se habían sucedido. En la otra orilla, el ganado pastaba en la ladera, con las pezuñas hundidas en el suelo helado y los hocicos desprendiendo vapor blanco. Y más allá, los bosques se extendían hasta las colinas oscuras, revestidas por el verde apagado del otoño, y sucediéndose en suaves ondulaciones hacia el este. Un humo denso era esparcido por el viento desde las chimeneas de la abadía de San Cugat, que destacaba en esta última claridad, rodeada por sus fuertes muros y por los anillos de casas pobres y apretadas de los poblados anexos. En el horizonte, por debajo de las nubes plomizas, asomó el último sol, y una nueva irradiación, pálida y melosa, iluminó la cima y acarició las bellas torres del santuario.

El *scriptorium* estaba en completo silencio. No era una única estancia, sino todo un edificio grande e independiente, situado dentro de las amplias murallas que encerraban el monasterio; como otra fortaleza, autónoma, como una roca reservada frente al permanente trajín que dominaba a diario las cuadras, las cocinas y los talleres. El orden y la armonía reinaban allí. Después de las oraciones, los monjes copistas volvieron a su trabajo, dejando cualquier deseo de hablar al llegar a la puerta. A ninguna voz se le ocurría alzarse por encima de un bisbiseo esporádico cuando no quedaba más remedio que hacer alguna somera indicación; y esto rara vez, porque molestaba o distraía. Un breve instante de pérdida de concentración podía malograr una página y echar a perder horas o días de ardua labor.

Aprovechando el último rayo de luz que penetraba por la ventana, la monja Ende había tomado su pluma entre los dedos y, con una habilidad y precisión indescriptibles, remataba el trabajo de la jornada: una delicada filigrana en color verde que era perfilada en torno a una miniatura que representaba un pájaro. La anciana estaba encorvada sobre el escritorio, quieta y absorta en lo que hacía; los movimientos de su mano resultaban apenas imperceptibles, y el dibujo parecía brotar mágicamente sobre la hoja de pergamino. No necesitaba copiar ningún modelo, ni trazar antes el esbozo; obraba de memoria con una perfección inigualable, sin que le temblara lo más mínimo el pulso, a pesar de su edad ya provecta. A su espalda, el maestro que dirigía el taller observaba muy atentamente este prodigio y, asombrado, no tuvo por menos que santiguarse pensando que estaba ante un verdadero milagro.

En esto, el chirriar de la puerta rompió el silencio, seguido de unos pasos discretos y un murmullo cauteloso. Nadie interrumpió su tarea, pues levantar la cabeza o soltar la pluma podía suponer un desastre. Y tampoco quienes hubieran abierto cometerían la imprudencia de alzar la voz o avanzar más adelante, sino que se detuvieron sensatamente a una distancia conveniente en la entrada, a la espera de actuar como convenía en un lugar como este. Y entonces, cuando cada uno de los copistas paró en el punto que estimaba oportuno, se fueron levantando las miradas poco a poco y se volvieron hacia la puerta. Quienes acababan de entrar eran dos eclesiásticos importantes: el abad Odón, que también era obispo de Gerona, y el obispo Arnulfo de Vich. Al verlos, los monjes del *scriptorium* dejaron con mucho cuidado lo que estaban haciendo y se pusieron en pie reverentemente.

El abad era ciertamente un hombre de solemne presencia; vestido con el oscuro hábito benedictino, parecía más alto de lo que en realidad era; la cara larga, los labios gruesos y las cejas pobladas sobre unos profundos ojos. La expresión del rostro, como de costumbre, era en aquel momento obstinada y al mismo tiempo inteligente, capaz de imponer respeto y aun temor. El otro personaje que lo acompañaba, el obispo Arnulfo, era igualmente alto, pero más grueso, nervioso y de movimientos rápidos; llevaba una túnica larga, hilada enteramente con lana violácea, y la cabeza grande tocada con un gorro de grana que en nada impedía que se le viese completamente el rostro de facciones muy pronunciadas, rojizo y alterado.

Avanzaron ambos por el centro y fueron hasta el sitio donde se hallaban los estantes reservados para los mejores libros de la curiosa y antigua biblioteca, que provenía de las sucesivas ampliaciones de los abades, y que Odón había enriquecido con numerosos títulos en los últimos años. Pocas colecciones podían compararse con la de San Cugat, aunque fuera puesta en grave peligro años atrás, a consecuencia del malhadado ataque de Almansur en el 985, cuando pudo haberse perdido en el saqueo, en el abandono o la ruina que siguió al desastre. Si no hubiera sido porque el precavido abad, temiéndose lo peor, concibió la afortunada idea de repartir con suficiente antelación los libros entre los campesinos de los alrededores para que los ocultaran en diversos lugares, bien envueltos y protegidos de la humedad, conservando una relación escrita de los títulos y sus escondrijos. Cuando por fin hubo paz y seguridad, pasados cuatro años, regresaron los monjes y se pudieron recuperar la mayoría de ellos. Odón, por su autoridad, su conducta caritativa y sus virtudes evangélicas, poseía gran ascendiente entre los paisanos de los alrededores y consiguió que le obedecieran en aquel plan sin que nadie le traicionase, teniendo en cuenta que muchos de aquellos libros tenían un valor tan grande que hubieran podido ser escamoteados y hacer rico a quien quisiera venderlos; títulos como la *Eneida* de Virgilio, las *Sátiras* de Horacio, Juvenal, Avieno, Porfirio y Aldelmo, así como *La ciudad de Dios* de san Agustín. Eran volúmenes que el propio Odón se había procurado, que asombraban a todos y que causaban sensación. No era de extrañar, pues, que el buen abad tuviese cierto orgullo y placer en enseñar la colección a los ilustres huéspedes de la abadía.

Sin embargo, en esta ocasión el obispo Arnulfo de Vich no había ido solo para visitar la biblioteca, sino que se encontraba allí por otros motivos mucho más graves.

Odón se estiró cuanto pudo y extrajo del anaquel más alto un librillo; lo sujetó con fuerza entre sus manos grandes y, mostrándoselo ufano, dijo:

—He aquí. Muy pocos conocen esto y ha llegado el momento de prestarle toda nuestra atención.

Arnulfo posó una mirada un tanto escéptica en la piel de la cubierta, donde no aparecía nada escrito, y luego alzó hacia el otro unos ojos impasibles. Entonces el abad, con un entusiasmo activo, abrió el pliego y señaló la primera página escrita, golpeándola fuertemente con el dedo índice y diciendo con ansiedad:

—Hermerio Adso, monje benedictino en la abadía de Montier-en-Der, de la cual fue abad, escribió hace treinta años esta epístola inspirada que se titula: *De ortu et tempore Antichristi* («El crecimiento y el tiempo del anticristo»). En realidad, es como un breve tratado redactado para ilustrar a la reina Gerberga de Sajonia, esposa de Luis IV, en respuesta a una cuestión planteada por ella; ya que, al parecer, la reina estaba angustiada por el temor al anticristo, a consecuencia de oír a los que le aseguraban la inminencia de su ascenso en el tiempo presente, ya cercano al año mil. Y el sabio abad, preguntado al respecto por ella, en esta carta diserta proféticamente sobre cómo serían el advenimiento, obras, embustes y persecuciones del anticristo, y lo que después de su derrota y muerte sucederá…

El obispo de Vich seguía mirándole un tanto atónito y, con visible ansiedad, le interrumpió diciendo:

—Nada de eso es nuevo. Muchas veces nos habían advertido ya, antes de concluir el siglo, sobre la posibilidad de que Almansur fuera el anticristo. El fin del milenio se cumplió y…

—¡Y este es su tiempo! —exclamó Odón—. Porque los mil años cumplidos son el tiempo de la Iglesia; y, finalizados, es llegada la hora del anticristo. ¡La bestia es sin duda Almansur! La verdadera amenaza llega ahora, justo en el momento presente, cuando estamos terminando el primer año del nuevo milenio, que abre el tiempo de la lucha…

¿No te das cuenta? Tú, hermano Arnulfo, has venido para comunicarme una funesta noticia: los sarracenos han resuelto venir definitivamente a atacar nuestra tierra. Has viajado hasta aquí para avisar y transmitir lo que ese judío, espía tuyo en Lérida, ha sabido: que Almansur se prepara para enviar el más grande ejército que pueda reunir en la próxima primavera. ¡El anticristo ya se avecina! ¡Es la hora de la lucha final!

—Pero… Todo esto ha sido por causa de la irresponsabilidad del Llop… —trató de objetar el obispo de Vich.

—¡Sí, claro que sí! Esa es la causa inmediata, pero la causa eficiente es mucho más misteriosa y reservada a nuestro entendimiento. Presta pues atención a lo que tengo que decirte, ¡escucha! Se trata de algo muy importante, ¡definitivo! Y no podemos ahora detenernos en las cosas pequeñas, puesto que es muy grande y temible lo que se avecina: ¡la lucha final y nuestra victoria!

Y dicho esto, Odón volvió a fijar su mirada delirante en lo que estaba escrito en el libro, leyendo:

*Antichristus multos habet suæ malignitatis ministros, ex quibus jam multi in mundo precesserunt, qualis fuit Antiochus, Nero, Domicianus. Nunc quoque, nostro tempore, Antichristos multos novimus esse…*

(El anticristo tiene cuantiosos ministros de su malignidad, de los cuales muchos le han precedido ya en el mundo, como Antíoco, Nerón y Domiciano. Incluso ahora, en nuestro tiempo, sabemos que hay muchos anticristos…).

—¿Te das cuenta? —prosiguió diciendo el abad—. Almansur, la bestia que nos amenaza, si acaso no fuera él mismo el anticristo en persona, sin duda es un ministro suyo; como lo fueron los reyes perseguidores de otros tiempos, que, como él, actuaron con el poder del diablo. Y es llegada pues la hora de enfrentarse a Almansur con el poder de Dios. Y aquí, en la carta de Adso, no puede quedar más claro que nos hallamos en ese momento. Presta atención a lo que dice más adelante:

*Reges autem et principes primum ad se convertet, deinde per*

*illos cæteros populos. Loca vero, per quæ Christus Dominus ambula-*
*vit, ibit et prius destruet quod Dominus illustravit...*

(Se ganará primero a reyes y príncipes a su causa y luego, mediante ellos, al resto de los pueblos. Pisoteará los sitios donde el señor Jesucristo anduvo, y después de destruir lo que el Señor ha iluminado...).

—¿Lo ves? No hay duda sobre esto —afirmó el abad—. Almansur ha buscado a toda costa que le rindan tributos los poderosos... ¡Y también nosotros lo hemos hecho! ¿O acaso no hemos buscado durante los últimos años contentarle y hacer pactos con él? ¿Y qué hizo esa bestia? ¡Destruyó el santo templo de Santiago en Compostela! Como antes había destruido otros santos lugares; como destruyó este monasterio y su santuario y tantos otros de nuestra tierra... Se cumple pues todo lo que anunció este sabio monje en su carta enviada a la reina Gerberga. Por eso, hermano, te ruego que prestes atención a lo que también dice aquí.

Y adelantando un par de páginas, leyó:

*Tunc implebitur, quod Scriptura dicit: «Si fuerit numerus fi-*
*liorum Israel sicut arena maris, reliquiæ salve fient». Postquam ergo*
*per tres annos et dimidium prædicationem suam compleverint, mox*
*incipiet excandescere Antichristi persecutio, et contra eos primum*
*Antichristis sua arma corrípiet eos que interficiet, sicut in Apocalyp-*
*si dicitur: «Et cum finierint, inquit, testimonium suum, bestia, quæ*
*ascendet de abysso, faciet adversus eos bellum, et vincet eos et occidet*
*illos». Et quicumque in eum crediderint, signum caracteris ejus in*
*fronte accpiient.*

(Se cumplirá entonces lo que dice la Biblia: «Aunque el número de los hijos de Israel sea como la arena del mar, será salvado un resto». Pero una vez que hayan cumplido su predicación durante tres años y medio, saltará contra ellos la persecución del anticristo, que primeramente se armará y los matará, como se dice en el libro del Apocalipsis: «Y, cuando terminaren el testimonio suyo, la bestia, la que sube del abismo, hará contra ellos guerra, y los vencerá y matará...». Y todo aquel que en él cree, recibirá la señal de su carácter en la frente).

Después de leer, levantó su cara de expresión exaltada y exclamó:

—¿Comprendes, hermano Arnulfo? ¡La hora ya está aquí! Nosotros somos los elegidos para enfrentarnos a él, ese resto reservado para la lucha; ¡los sellados en la frente!

El obispo de Vich estaba pensativo, con su cara ancha y rosada bañada en sudor.

—¿Y qué podemos hacer nosotros? —balbució.

—¡Luchar! ¡No tengo duda sobre esto! Porque mira lo que sigue diciendo la carta:

*Sed quia de principio ejus diximus, quem finem habeat dicamus. Hic itaque Antichristus, diaboli filius, et totius malitiæ artifex pessimus, cum per tres annos et dimidium, sicut prædictum est, magna persecutione totum mundum vexavit et omnem populum Dei variis poenis cruciabit. Postquam Eliam et Enoch interfecerit, et cæteros in fide permanentes martyrio coronaverit, ad ultimum veniet judicium Dei super eum, sicut beatus Paulus scribit, dicens: Quem Dominus Jesus interficiet spiritu oris sui. Sive Dominus Jesus interfecerit illum potentia virtutis suæ, sive Archangelus Michael interfecerit illum, per virtutem Domini nostri Jesu Christi occidetur, non per virtutem cujuslibet Angeli vel Archangeli.*

(Sin embargo, ya que hemos hablado de su comienzo, consideremos su final. Así que el anticristo, hijo del diablo y pésimo maestro de toda malicia, habiendo durante tres años y medio, como se ha dicho antes, atormentado al mundo entero con una gran persecución y torturado al pueblo de Dios con varios castigos, después de asesinar a Elías y Enoc, y coronado con el martirio al resto de aquellos que perseveran en la fe, al final caerá sobre él el juicio de Dios, como escribe san Pablo: «El señor Jesús lo destruirá con el aliento de su boca». Si el señor Jesús lo mata con el poder de su virtud, o si el arcángel Miguel lo mata, será por el poder de nuestro señor Jesucristo, y no por el poder de cualquier ángel o arcángel).

Tras la lectura de estas últimas frases, hubo un silencio solemne y meditativo, en el que Odón se percató de que cuantos estaban en el *scriptorium*, incluida la monja Ende, se habían aproximado cuidadosamente, y ahora estaban todos en torno a los dos prelados, muy atentos y conmovidos por lo que acababan de escuchar.

Sin embargo, el obispo de Vich todavía parecía permanecer un tanto indiferente ante las palabras que acababa de escuchar. Por el modo en que levantó los párpados y por su expresión impasible, el abad comprendió que no sentía particular predilección por esta clase de escritos.

—¡Esto es fundamental! —gritó Odón—. ¡Se cumplen las antiguas profecías!

—Pues bien, ¿qué hay que hacer al respecto?... Quiero decir, sobre esa hora de la que hablas... Es decir..., esa lucha. Si tenemos que luchar...

Arnulfo dijo esto en voz alta, pero el rostro del otro, en lugar de iluminarse por este mínimo interés, se tornó furibundo y gritó:

—¡No solo luchar! ¡Debemos darlo todo! ¡Todo! No nos pertenecemos; somos meros instrumentos que el arcángel san Miguel habrá de usar cuando llegue el momento...

—Sí, sí... Comprendo, comprendo... Y ahora me alegro por haber tenido la idea de venir a avisarte a ti primero, hermano, antes de proseguir mi camino hasta Barcelona para llevar la funesta noticia al conde...

Entonces el abad Odón, más complacido y señalando con su mano a la monja Ende, que estaba un poco retirada escuchando la conversación que mantenían, dijo:

—Ella nos podrá contar, mejor que nadie, muchas cosas sobre la maldad sin límite de Almansur, pues ella vivía en un monasterio sometido a sus dominios. Esta monja, llamada Ende, servía a Dios en paz, como tantos otros hermanos nuestros que hacían la vida en los territorios que un día fueron cristianos y que luego pasaron a estar bajo el yugo sarraceno. Si bien pagaban sus tributos al califa y no eran molestados demasiado por los agarenos. Hasta que, tomado el poder por Almansur, llegó su desgracia. Ahora ya no hay en Alándalus monasterios. Por eso ella está aquí. Y mañana partiremos tú y yo hacia Barcelona para convencer al conde Ramón Borrell de que ha de convocar cuantas fuerzas Dios ha puesto en su mano para dar la última batalla a la bestia sarracena. La monja Ende también vendrá con nosotros y narrará como testigo, ante el conde, su peripecia. Llevaremos el libro de los *Comentarios al Apocalipsis*, que ella misma copió, y esta carta del monje Adso. Los condes tienen que prestar atención a estos escritos, porque los libros y las profecías son nuestra luz en los tiempos oscuros.

# 86

Cuando el conde Oliba estuvo ante la condesa Ermesenda, hincó una rodilla en el suelo, como debe hacer un hombre en presencia de su soberana, y ella le indicó que se levantara. Él vestía calzones de lana, botas altas, una media túnica humilde y una camisa de lino, y no llevaba escolta, ni guardias ni clérigos que lo acompañasen. Tenía la barba crecida y descuidada, cierto aire desaliñado y hasta una mancha de tinta en la manga derecha. Únicamente había llevado a su perro, un mastín grande y blanco que le acompañaba últimamente a todas partes. Ella estaba resplandeciente, como siempre, aun vestida con sencillez; y en su rostro franco, luminoso, había una alegría serena.

—Bienvenido a Barcelona —dijo la condesa, esbozando una sonrisa amplia—. Gracias por acudir a mi llamada.

Oliba sonrió también y respondió:

—Mi señora, debía venir. Si me enviaste ese mensajero, no habrá sido por capricho. Yo sé que debe ser muy importante lo que tienes que decirme.

Ermesenda echó una ojeada a su alrededor, denotando con ello apuro y nerviosismo. Luego despidió a su dama de compañía, y cuando hubieron quedado solos, ella se acercó al perro, lo acarició y dijo con cariño:

—¡Neus! ¡Tu fiel amigo! Ha crecido mucho. La última vez que lo vi era todavía un cachorrito…

—Pues sí —respondió él—. Neus es un verdadero regalo de Dios.

—Desde luego parece un buen animal. ¡Venid!

Ella se había dirigido a los dos, y condujo tanto al perro como a su amo por una puerta a lo que evidentemente era su estancia privada. Poseía en ella un pequeño altar con un crucifijo y un relicario esmaltado. Delante había dos candeleras, cuyas velas estaban encendidas, aunque era de día. Como elemento auxiliar, destacaba una mesita sobre la que estaban apilados unos cuantos libros, un haz de pergaminos al lado y un cuenco de agua para lavarse las manos. El suelo estaba cubierto con pieles de oveja y el perro se lio a jugar con ellas, mordiéndolas y zarandeándolas, por lo que Oliba tuvo que llamarle, azorado, la atención.

—¡Neus, quieto! ¡Basta!

A la condesa esto le hizo mucha gracia y soltó una carcajada que se apresuró a reprimir, tapándose la boca con la mano. En el alféizar de la ventana había un plato con restos de comida y se lo acercó al perro. Después fue a sentarse con delicadeza en un taburete y le señaló otro a Oliba, diciéndole una vez más con afecto sincero:

—Muy amable por tu parte haber venido, querido primo. Necesitaba hablar contigo sobre ciertos asuntos que turban mi alma.

El conde se sentó frente a ella y sonrió amigable, antes de decir:

—Creía que tu esposo habría regresado ya.

Dijo eso porque sabía que el conde Ramón Borrell había viajado con su hermano Armengol hasta Aviñón, para concertar la boda de este último con la dama Tedberga, hija del conde Ratbold de Provenza.

—Deberían, en efecto, estar de vuelta —contestó ella—. Pero se conoce que lo estarán pasando muy bien…

Y después de decir esto, rio con un punto de malicia en los ojos. Pero enseguida su expresión se tornó seria, cuando dijo a continuación:

—Ya no tardarán. El invierno se acerca y saben que deben cruzar las montañas antes de que empiecen las nieves.

Hubo un silencio entre ambos, en el que el perro, que había terminado ya de lamer el plato, se acercó y se echó a los pies de su amo.

Ermesenda le miró y suspiró lamentándose:

—Estoy preocupada, primo Oliba, ¡muy preocupada!

Él se aproximó, demostrando con ello que estaba dispuesto a poner toda su atención en lo que ella tuviera que contarle. Y la condesa, entrelazando los dedos sobre su regazo, empezó diciendo:

—Hace una semana se recibió aquí una visita que tuve que atender yo. Vinieron los obispos de Gerona y Vich, llenos de exaltación y ardores guerreros, para comunicar las noticias terribles que habían sido anunciadas por los espías de Lérida. Se sintieron muy frustrados y hasta se enojaron al saber que el conde de Barcelona estaba todavía lejos. Pero, como yo les dijera que mi esposo había delegado en mi persona la atención de los asuntos importantes en su ausencia, tuvieron por fuerza que informarme. Resulta que el vizconde de Castellbó y el conde de Pallars habían armado una hueste al final del verano, para cruzar la Marca y atacar algunas plazas sarracenas. Eso, como es natural, ha puesto en guardia al valí de Lérida, que ha enviado mensajeros a Córdoba para pedir refuerzos. Se sabe que Almansur ha contestado, jurando que vendrá en primavera con el mayor de sus ejércitos para vengarse.

Mientras escuchaba, el rostro de Oliba estaba ensombrecido, pero asentía con elocuentes movimientos de cabeza.

—Yo sabía todo eso —dijo apesadumbrado—. Hace ya casi un mes que lo sabía…

—¿Cómo es posible? —preguntó extrañada la condesa.

—Quiero decir que sabía que se había armado la hueste y todo lo que estaban haciendo. Y lo sabía porque mi hermano Bernat también había ido a unirse al Llop y al conde de Pallars. Traté de convencerle para que no lo hiciera, pero no me hizo ningún caso; ¡y no solo eso!, sino que también quiso implicar en la contienda a mis hermanos y arrastrarme a mí a esa locura… Porque lo que han hecho es una auténtica locura. Aunque, ciertamente, no supiera yo todavía lo que Almansur ha dispuesto, pero lo imaginaba…

—¡Ah, Bernat te lo dijo!

—Sí. Mi hermano Bernat vino a verme una mañana de finales de agosto al monasterio de Ripoll. Me hizo algunos regalos aquel día: una coraza de cuero que me protegería contra las espadas y las flechas, un buen casco, idéntico al suyo, ornamentado con una tira de bronce dorado alrededor. «Para que sepan en la batalla que eres un conde», dijo. Y todavía añadió dos valiosos obsequios más: una espada y un caballo de guerra. Yo supe enseguida lo que estaba buscando al comportarse de esta manera, y aunque acepté aquello mostrándole mi agradecimiento, no dudé en manifestarle que no pensaba ir a luchar. Entonces sacó lo peor de su carácter y se encaró conmigo, llamándome cobarde y muchas otras cosas que prefiero olvidar… Él, como muchos otros, están dispuestos a presentar batalla definitivamente a los sarracenos. Y no se dan cuenta de que eso puede ser un camino sin retorno…

—Comprendo —dijo Ermesenda—. Pero hay muchas cosas que me desconciertan. Si somos atacados, tendremos que proteger nuestra tierra. ¿O no? Somos libres y estamos obligados a defender nuestra libertad. Y Almansur puede destruir nuestro mundo… Eso ahora lo sé de cierto, porque con los obispos venía una monja muy sabia, llamada

Ende, que fue quien copió este libro. Ella me contó con detalle lo que había sucedido en su país. Vivían en paz, hasta que llegó Almansur y lo arrasó todo, borrando su antigua y buena cultura. No podemos permitir eso. ¡Sería el final!

—Una cosa es defender y otra es atacar —repuso Oliba—. Si somos atacados por Almansur, no tendremos más remedio que hacerle frente. Pero sí todavía estamos a tiempo de hacer pactos, mejor será vivir en paz y prosperar, hasta que llegue un tiempo diferente; porque los males no duran siempre... Nada es eterno y Almansur también acabará pasando...

En los ojos de Ermesenda se dibujaron la tristeza y la angustia. Se puso a abrir y cerrar las manos con inquietud e intranquilidad. Luego dijo con una voz dolida y lastimera:

—Todo esto es horrible, horrible... ¡Piedad, Dios mío! ¿Cómo vamos a meternos en guerra contra Almansur si es invencible? Eso ya lo ha demostrado muchas veces. Si fue capaz de destruir el templo de Santiago, ¡qué no hará con nosotros! Esos obispos están convencidos de que él es la bestia, el anticristo, y que hay que presentarle la última batalla.

Se produjo un silencio entre los dos. Oliba se sumió en una espinosa confusión, y se puso a mirarla en silencio, muestra de su ánimo alterado, antes de decir:

—El asunto del anticristo es ya viejo. No podemos caer en brazos del fanatismo. Lo que necesitaremos es cordura y racionalidad.

Entonces ella se puso en pie y se acercó hasta la mesita para coger uno de aquellos libros, que le entregó, diciéndole:

—Trajeron esto. Yo lo he leído y mi alma se ha llenado de terror.

Oliba estuvo ojeando los libros. Luego, señalando con el dedo los *Comentarios al Apocalipsis* de Beato de Liébana, dijo:

—Conozco muy bien estos escritos. Aquello de lo que encarecidamente advierte el monje que iluminó este precioso libro es sobre la ardua lucha espiritual en la que los cristianos se enfrentan con herejes y enemigos ocultos dentro de la Iglesia. Es, pues, una lucha contra el mal de naturaleza espiritual y no material. Los iluminadores recurren frecuentemente a las imágenes bélicas para aclarar su mensaje. Pero no están hablando de ejércitos de este mundo ni de que tengamos que enfrentarnos con las armas de hierro a enemigo alguno. ¿Lo ves? —Señaló una de las ilustraciones—. Puede aparecer un jinete con una lanza, un guerrero a pie o un arquero, pero esos dibujos se refieren a las armas de la fe; a la necesidad de confiar en Dios en la batalla emprendida frente a las fuerzas del mal. Esta concepción de la vida del hombre en la tierra como milicia espiritual es constante en las Sagradas Escrituras y en las reflexiones de los Santos Padres, y es una idea una y otra vez repetida en el pensamiento cristiano. Pero esto no nos está llamando a que nos convirtamos en guerreros temporales que siembran muerte en el mundo.

Después de estas palabras, al espíritu de Ermesenda llegó por primera vez un soplo de tranquilidad. Se dejó caer en el asiento con un suspiro y rezó:

—¡Gracias a Dios! Eso mismo pensaba yo...

Entonces Oliba, volviéndose para mirar hacia el oratorio, prosiguió diciendo:

—Yo hace tiempo que me convencí acerca de cuáles son las armas espirituales que nos da Dios contra Satanás; san Pablo las nombra como «Las armas de la luz», y están bien definidas en el capítulo sexto de la Carta a los Efesios: el cinturón de la verdad, la coraza de la justicia, el escudo de la fe, el yelmo de la salvación, la espada del Espíritu, el calzado de la diligencia para propagar la Buena Noticia de la paz; y, sobre todo, oración en todo tiempo en el Espíritu. Porque nuestra lucha no es contra enemigos de carne y sangre, sino contra los Principados y Potestades, contra los soberanos invisibles del mundo de las tinieblas, contra espíritus del mal que son incorpóreos. Luego está la *armatura corporalis*, la del soldado que ha de defenderse. Pero algunos hombres, en vez de defenderse justamente, se revisten de la *armatura diaboli*, con la *superbia* (soberbia), *inuidus* (envidia) e *iracundus* (ira); actitudes engañosas que es necesario deponer, pues conducen al alma a su perdición.

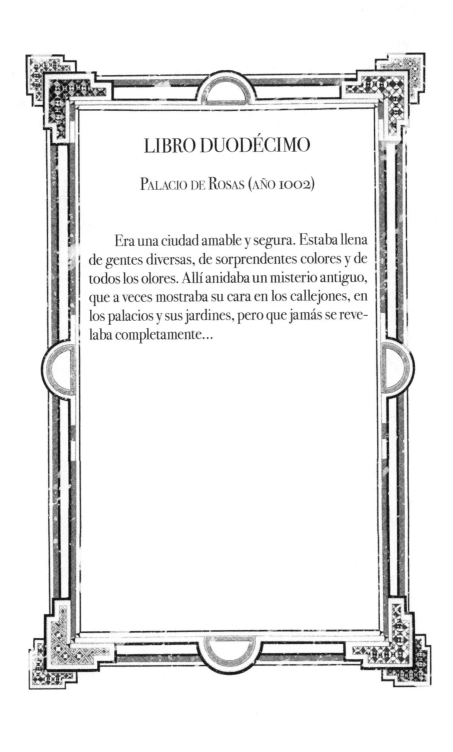

# LIBRO DUODÉCIMO

## Palacio de Rosas (año 1002)

Era una ciudad amable y segura. Estaba llena de gentes diversas, de sorprendentes colores y de todos los olores. Allí anidaba un misterio antiguo, que a veces mostraba su cara en los callejones, en los palacios y sus jardines, pero que jamás se revelaba completamente...

# 87

*Córdoba, 16 de mayo, año 1002*

Era una mañana cristalina. El aire, limpio y fresco, traía todavía los aromas de la noche, la fragancia del río, el arrayán y el amargoso ciprés. Sobre los tejados, por encima del arrabal de Furn Burril, el cielo se extendía azul, sin mácula, inmóvil, con una transparencia infinita. El gentío ya se había lanzado a las calles y aquello era un guirigay festivo, un trajín agradable, un mercado y una celebración, todo a la vez. Por la puerta de Ibn al Abbas penetraba un ingente turbión, formado especialmente por los granjeros y la gente del campo, muchos de los cuales llevaban a la ciudad los animales que querían vender o trocar. Ya apenas quedaba espacio libre en los abarrotados arenales. Sobre los mostradores de los pescaderos abundaban todo tipo de especies piscícolas: esturiones, anguilas, sabogas, sábalos... El primer viento cálido del día no tardó en dejar sentir sus exhaustos efluvios, sus tibios olores, su hálito íntimo y humano y, poco a poco, el ambiente se fue llenando con los tufillos mezclados de los trabajos cotidianos: comidas especiadas, carne asada, leña quemada, humo, cuero, excrementos... Y crecía el ruido, ese ruido hecho de martilleos, rasgar de escobones, voces, parloteo, canturreos, arrullos de palomas, ladridos, cascos de bestias, coros de gallos...

Asomada a la ventana, ella contemplaba absorta el ajetreo, el movimiento fluido de los rápidos pies descalzos, el meneo de las telas de esas ropas sencillas, de colores más bien claros que oscuros; el ir y venir, el agitarse de las manos, los gestos desmedidos y las sonrisas y, al mismo tiempo, la calma, la parsimonia, la cadencia de aquel mundo al que no acababa de acostumbrarse del todo y que no llegaba todavía a saber si le gustaba o no, pues suscitaba en su alma sentimientos confrontados, renuencias y temores.

De pronto, sintió a sus espaldas una presencia familiar. Se volvió y le descubrió allí, mirándola, sonriente y afectuoso. Estaba ya compuesto como para salir; llevaba su mejor vestido, el turbante bien anudado, el broche de oro, el cinturón tachonado de bronce, la espada y los anillos en los dedos. Una vez más, se sintió orgullosa por amarlo tanto.

—¿Ya te vas? —le preguntó ella.

Él la besó en los labios y luego respondió:

—Sí. Voy al Zoco Grande. Si Dios lo quiere, hoy será el día…

Ella sonrió ampliamente y dijo:

—Lo sé. Y estoy segura de que todo te va a salir como esperas. Te lo mereces.

—Nos lo merecemos —repuso él.

Ella se quedó en la ventana. Un instante después le vio salir. Él se detuvo en la calle, alzó la vista, sonrió y le hizo luego un mohín de cariño, antes de perderse raudo por aquel laberinto bullicioso, entre la barahúnda, los múltiples tenderetes, los borricos, los carromatos y los rebaños. Y al alejarse, guardaba en su memoria el rostro de su esposa. No vería a ninguna mujer tan hermosa como ella en aquella ciudad bulliciosa. Y no porque todas en Córdoba llevasen la cara tapada, sino porque estaba seguro de que no era posible hallar mayor belleza, ni siquiera en el harén de Medina Azahara, donde decían que se guardaban las más bellas mujeres del mundo.

Mientras tanto, ella siguió allí quieta en la ventana, mirando hacia las calles, hasta que una voz dijo a su espalda:

—Mi señora…

Se volvió hacia atrás y vio a su esclava Prisca, que llegaba con una bandejita cargada con un vaso, unos pedazos de pan y un tarro de mermelada de higos.

—Tu desayuno, mi señora. Me levanté temprano y ya tengo los pucheros en el fuego…

El olor de la cocina envolvía su ropa. Esta mujer madura, bajita y silenciosa, con el tiempo había llegado a ser parte de la familia. Tenía un rostro menudo y unos ojos cuyo iris era de color indefinido, grisáceo o azul, según incidiera la luz sobre ellos, y que ahora parecían casi blancos, merced al intenso rayo de sol que penetraba por la ventana. Dejó la bandeja sobre la pequeña mesa que había a un lado, destapó el frasco y se puso a distribuir la mermelada sobre el pan.

—Deja eso ahora —le dijo ella.

Prisca alzó la cabeza y la miró con una expresión dócil, musitando:

—No te preocupes por los niños, mi señora; todavía están durmiendo…

—Siéntate, tenemos que hablar tú y yo —le dijo su ama, sentándose a su vez sobre la cama.

En los ojos de la esclava había una mirada apagada, que rebosaba tristeza e intranquilidad.

—¡Que Dios te libre de las preocupaciones, mi señora! —exclamó.

—Ya no estoy tan preocupada como lo estaba hasta ayer... Y por eso tengo que hablar contigo muy seriamente. Así que siéntate ahí y escucha lo que voy a decirte, aprovechando que los niños están todavía dormidos.

Prisca se sentó y puso toda su atención en su ama, con unos ojos humildes y muy abiertos.

—Mi esposo acaba de salir —empezó diciendo ella—. Ha ido al Zoco Grande para solucionar de una vez el problema de la vivienda. No podemos seguir en este cuchitril durante el resto del verano... ¡Me asfixio! Él está seguro de que hoy podrá cerrar la compra del palacio. Si Dios quiere, pronto podremos mudarnos.

La esclava esbozó una dilatada sonrisa, confirmando con ello que se sentía feliz por la noticia.

Su ama sintió compasión por ella y añadió:

—No hemos estado mal en esta casa durante el invierno. Tenemos buenos vecinos y no hemos encontrado ningún problema. Pero ya llevamos en Córdoba más de dos años y sabemos el calor que hace durante el largo verano. Somos del norte y no estamos acostumbrados a eso. Ha llegado el momento de organizar nuestra vida de otra manera. Y por fin parece que ha encontrado un caserón antiguo, grande y fresco, con jardines y amplias estancias. Nuestros hijos van creciendo y ya voy empezando a creer que aquí podrán ser felices...

El rostro de la criada se iluminó.

—¡Mi señora! ¡Claro que sí!

—Sí. Aunque antes dudaba de que pudiéramos tener una vida realmente dichosa en esta ciudad, ya hace tiempo que lo veo de otra manera.

En el rostro de Prisca brillaba la sorpresa y la felicidad.

—¡Bendito sea Dios!

Su señora le lanzó una afectuosa mirada y le dijo:

—Echo mucho de menos a mi madre... Pero, gracias a Dios, te tengo a ti.

Prisca exclamó riendo:

—¡Alguna vez que otra te daría un cachete! Pero sabes que yo también te amo, mi señora.

Tras lo cual, se abalanzó sobre ella para abrazarla.

Un sentimiento de felicidad invadió a la joven en aquel momento. Sentía como si una parte elevada de su corazón despertara tras un profundo letargo. Y se convenció, definitivamente, de la importancia del papel que desempeñaba la compañía de aquella mujer en su vida, y de que era un elemento vital del que no podía prescindir ya…

—Prisca, escúchame bien —le dijo—. Sabes cómo te queremos en esta casa. Doy gracias a Dios todos los días porque mi esposo te encontrara en aquel mercado de esclavos de Balaguer. ¡Qué suerte tuvimos! Tú eres una mujer cristiana como nosotros. Nos quieres y nos comprendes…

—¡Solo soy una esclava vieja! —se lamentó ella—. ¡Ojalá tuviera, aunque fuera, veinte años menos!

Su ama la miró en silencio, conmovida y a la vez avergonzada. Porque no podía evitar el recuerdo de lo que ella misma había pensado cuando vio por primera vez a Prisca, el día que su esposo la trajo a casa. Le pareció que aquella mujer menuda, débil y de edad avanzada no le iba a servir de ninguna utilidad. Pero luego resultó ser fuerte, inteligente y muy resuelta. Aunque nada de esto llegó a ser tan importante en la casa como el hecho de que tuviera gran capacidad para dar afecto y resultar siempre fiel. Por eso ella le había tomado verdadero cariño y no la trataba como a una esclava, sino como a alguien de la familia.

—Prisca —le dijo muy seria, en tono admonitorio—, tú tienes la edad que tienes y yo te necesito así, tal como eres. Así que presta atención a esto, porque es muy importante. Como te estaba diciendo, ha llegado el momento de hacer algunos cambios… Como te he dicho, seguramente nos mudaremos muy pronto para empezar a vivir en la medina. ¡Dios lo quiera! Eso supondrá para todos nosotros tener que adoptar definitivamente otra forma de ser y comportarnos como si siempre hubiéramos formado parte de esta gente… Sabes a lo que me refiero, porque te lo he explicado muchas veces. Hemos decidido presentarnos ya definitivamente en esta ciudad como miembros de la religión de Mahoma… Lo cual quiere decir que, desde este preciso instante, dejaremos de usar nuestros nombres cristianos en público y ya no volveremos a manifestar ninguna de nuestras costumbres rumíes. Mi esposo ya no se llamará Sículo, sino Arif. Yo me llamaré Rashida. El niño será Kamil y la niña Saniya. Y tú te llamarás Zaita.

El rostro de la esclava se ensombreció y murmuró:

—¡Mi señora…!

—Ya no hay vuelta atrás, Prisca. Mi esposo ha tomado esta decisión en firme y no consentirá que nos opongamos. Si nos presentáramos en Córdoba como cristianos rumíes, tendríamos que empezar a pagar un impuesto muy grande. Además, no podríamos vivir en la medina, cerca del Zoco Grande, sino en el barrio de los *dimmíes*. Durante los tres años que estuvimos en Balaguer, fuimos aprendiendo muchas cosas de las costumbres y la forma de vida de los ismaelitas; ya hablamos correctamente su lengua y conocemos su religión. Ha llegado pues el momento de organizarnos la vida como ellos, para poder prosperar y vivir en adelante sin miedos. Porque no volveremos nunca a nuestra tierra… Tuvimos que huir de Balaguer cuando supimos que mi padre tenía conocimiento de que vivíamos allí. Si nos hubiéramos quedado, él nos habría encontrado más pronto o más tarde…

Esta última frase Riquilda la pronunció con evidente tristeza y con una voz ahogada. Luego guardó un silencio digno o, más exactamente, fue el silencio el que se apoderó de ella.

Prisca la miraba con mucha atención y, perdiendo su reserva, no pudo reprimir las lágrimas.

—¡No llores! —le gritó la señora—. ¡Nada de llanto! ¡No llores, que acabaré llorando yo!

—Es que me da pena, mucha pena…

Riquilda le lanzó una mirada reprobadora. Luego se puso en pie y se fue hacia la ventana, diciendo con firmeza:

—¡No hay pena que valga! ¡Esto es lo que hay! ¡No podemos volver a nuestra tierra! ¡Nunca regresaremos allí! ¡Nunca! A partir de hoy seremos sarracenos, aunque nos pese… ¡Ya nos acostumbraremos! Córdoba está llena de familias que dieron ese paso hace años… ¡Y ninguno se ha arrepentido! No vamos a consentir que nuestros hijos se críen en un mundo de sumisión y pobreza… Así que no hay más que hablar del asunto…

Echó una mirada furiosa hacia la ventana. Se quedó callada, dándole la espalda a Prisca y mordiéndose las uñas. Pero, al cabo de un rato, empezó a temblar, sacudió la cabeza, suspiró y se echó a llorar.

La esclava se levantó y fue hacia ella, diciendo en tono resignado:

—No llores tú ahora, mi señora. Haremos lo que haya de hacerse. Todo saldrá bien, ya lo verás, nada malo va a pasar…

Riquilda se volvió, mostrando una cara desconsolada, y sollozó:

—¡Ay!, me acuerdo tanto de mis padres… ¡Mi querida madre! ¡La echo mucho de menos! Si al menos pudiera verla y abrazarla, aunque fuera un instante… Y si ella pudiera ver a sus nietos… Pero ya no hay marcha atrás… ¡Dios mío, qué pena! ¡Qué pena tan grande!

# 88

*Córdoba, 16 de mayo, año 1002*

Sículo no estaba tratando de comerciar ni buscaba compañía, sino información. Con esta finalidad, recorría el mercado, simulando admirar los artículos, y entraba en conversación con los distintos comerciantes. Transitaba por los callejones atestados de gente eufórica, frenética, exaltada por los ritmos de los pregones y las voces estridentes. Era la auténtica Córdoba, la ciudad viva; la de los angostillos, los tenderetes jubilosos, los cuchitriles, los rincones sin luz y sin sol, pero rebosantes de fardos, paquetes, sacos, arcones, tinajas, odres y canastos; y también la Córdoba opulenta, la de las sedas, los oros, los tapices y la infinidad de preciados objetos. Los cientos y cientos de rostros que pasaban ante él creaban la ilusión de estar navegando por un río humano. Sículo no se había sentido nunca tan cercano a ese pueblo como este día. Caminaba esperanzado, animoso. Él, que siempre se consideraba, hasta entonces, extranjero entre los sarracenos, se unía ahora a esa muchedumbre a la que antes temía como distante y extranjera. Iba derecho y sin temor, con decisión, emulando a los hombres ricos e importantes; tocado con el mismo gorro y el mismo turbante; vestido igual que ellos, cubierto por un manto de lujo, con collares, anillos en los dedos, espada dorada al cinto; la barba larga, la mirada distante, orgullosa y segura; y por fin encontraba en la multitud algo de calor humano, afecto, respeto y hasta protección. Descubría en el fondo de toda aquella muchedumbre variopinta una aventura semejante a la suya, una lucha con la misma naturaleza e incluso mayor, más profunda que la suya, y tal vez más auténtica, más antigua que su miseria, sus sufrimientos y sus esfuerzos vitales. Todo aquel gentío llevaba en sus caras el ansia por salir adelante, ya mostrara sonrisas o gestos adustos, y se afanaba igualmente para liberarse de una angustia a la que la antigüedad, la fatalidad o la misteriosa naturaleza conferían un aura sagrada y, frente a la cual, su propia angustia no era más que un sentimiento nuevo, sin raíces profundas en su corta existencia. Porque Sículo reconocía en el fondo que la riqueza a él le había venido dada, de una manera fácil y rápida, siendo aún muy joven y sin tener que pasar por los largos laberintos que generalmente exige el triunfo. Y, por lo tanto, reconocía en sí mismo un sufrimiento sin desesperación, y a la vez un porvenir iluminado por una inmensa y maravillosa esperanza, al lado de la cual su pobre y diminuta peripecia no era más que un sentimiento mezquino que le llenaba de vergüenza y pudor. Sentíase, pues, fundamentalmente, un hombre afortunado, lo cual le proporcionaba una gran seguridad y el convencimiento de que, al menos en un futuro próximo, nada podría salirle mal. Y con esa confianza caminaba dichoso, diciéndose para sus adentros: «Hoy será el gran día. A partir de mañana, todo irá a mejor».

Y, de pronto, el estrépito de las voces se fue apagando. Los gritos de los aguadores o de quienes vendían comida se quebraron en las gargantas. Todo el mundo se detuvo y permaneció a la escucha, en medio de un repentino y espantoso silencio, roto tan solo por el resuello jadeante de la multitud y por un canto profundo y lejano: el muecín sucedía a la bulliciosa algarabía.

—¡Al Láju Ákbar! ¡Subjana Láj! ¡Al Jamdú lil Láj! (¡Dios es el más grande! ¡Gloria a Dios! ¡Alabado sea Dios!).

El canto se propagaba por el interior del mercado con una resonancia honda, de tienda en tienda, de callejón en callejón, hasta las tenebrosas entrañas de los infinitos almacenes y cuartuchos. La multitud escuchaba atenta. Era un silencio religioso, una pausa que, más que al temor, obedecía a la piedad y la conmoción.

A continuación, el muecín lanzó un largo pregón, ensalzando la victoria de Almansur, el Malik Karim, frente al rey de Pamplona y sus aliados rumíes.

En todos los rostros brotó una expresión de júbilo y se alzó el fragor de la ovación.

—¡Al Láju Ákbar! ¡Subjana Láj!

Unido a cuantos le rodeaban, Sículo alzó los brazos y empezó a gritar como un loco aquellas palabras que se sabía de memoria:

—¡Al Láju Ákbar! ¡Subjana Láj!

Y luego, sin dejar de clamar, prosiguió su camino, integrado de nuevo en aquella muchedumbre vociferante. Las ollas olían a sopa de coles y garbanzos y, a cada paso, los guisanderos le lanzaban una llamada familiar:

—¡Aquí, aquí! ¡Amigo, mira! ¡Mira mi comida! ¡No te arrepentirás! ¡Agua fresca! ¡Agua fresca!

Platos de barro, escudillas de madera y recipientes de toda especie se alzaban sostenidos por decenas de manos sobre ese mar de cabezas, flotando entre los mostradores, brillando o clareando bajo el reflejo de las lámparas de aceite, y en cualquier rincón se oía el sorber de los labios, el vulgar y violento masticar de las mandíbulas, el tintineo de los platos y de los humildes utensilios de cocina. De vez en cuando el ajetreo menguaba, las manos se detenían y gritaba alguien:

—*¡Al Láju Ákbar! ¡Subjana Láj!*

Y todos, incluido él, respondían con las mismas palabras.

Más adelante, se detuvo en uno de los múltiples chiringuitos de comida y estuvo observando durante un rato lo que se ofrecía. Conocía aquel establecimiento y sabía que sería tratado con mucha deferencia y que la comida era buena. Entonces un muchacho fue hacia él sonriendo y le acercó un pedazo de carne a la boca.

—¡Señor, pruébalo! ¡No te arrepentirás! Sabes que aquí te tratamos bien...

No hacía falta que se esforzara para convencerle, porque Sículo ya tenía pensado almorzar allí. Entró y se sentó en el mismo sitio de otros días anteriores. Enseguida estaba saboreando con deleite un guiso de cordero acompañado de puré de calabaza. Se estaba bien allí. El establecimiento se había empezado a llenar. Era una sala cuadrada, bastante destartalada, con pequeñas mesas repartidas por el suelo cubierto por esteras de esparto. Además del muchacho, cuidaba de la clientela un hombre anciano, igualmente alegre, que se deshacía en reverencias junto a la puerta. Todos los comensales hablaban entre ellos, como si se conocieran de toda la vida. Sículo se había quitado las sandalias y las había dejado a un lado, junto a sus pies. Cerca almorzaba un extraño y enjuto hombre, que no hablaba con nadie y que no miraba ni a derecha ni a izquierda, como absorto en otro mundo.

Entró entonces un joven de aspecto desenvuelto, sonriente y vivaracho; moreno, delgado y con unos ojos grandes y expresivos; la barba rala y muy negra. Saludó a los presentes y se encaminó a la mesa de Sículo. Después de acomodarse, paseó de nuevo su mirada por los allí reunidos, como queriendo cerciorarse del efecto que producía su presencia. Todos agitaban las cabezas y le mostraban expresiones complacientes, como si estuvieran encantados de tenerle allí. El recién llegado fijó los ojos vivos en el plato de Sículo, preguntándole con cierta aprensión:

—¿Qué tal eso?

—¡Buenísimo! —exclamó él, contento y cordial—. ¡No te arrepentirás!

El recién llegado hundió sus dedos en el plato y tomó un trozo de cordero, que untó cuidadosamente con el puré de calabaza. Después de llevárselo a la boca, mientras lo masticaba, en tono ligeramente afable le preguntó a Sículo:

—¿Hace mucho que llegaste, amigo Arif ben Kamil?

Todavía Sículo no se había acostumbrado del todo a que le llamaran con aquel nombre, por lo que vaciló un instante, pero enseguida respondió con seguridad:

—Apenas hace un momento que me han puesto el plato.

Entonces acudió el muchacho que servía proclamando bendiciones:

—¡Que Alá os honre y os conceda una larga vida, señores! Aquí me tenéis para lo que se os antoje. Además del cordero y el puré, tenemos hoy berenjenas rellenas de pescado frito y nuestra famosa empanada de gallina.

—Pon un poco de todo —le ordenó el recién llegado—. Hoy tengo verdadera hambre.

No tardó el muchacho en servirle y se puso a comer con ansia, ante la atenta mirada de Sículo, que fruncía el ceño visiblemente contrariado, y le decía entre dientes:

—¿No me dices nada? ¡Por Dios, que me tienes en ascuas!

El otro le lanzó de reojo una mirada amistosa, contestando con la boca llena:

—¡He dicho que estoy hambriento! Esta mañana fui muy temprano a la sierra, cuando todavía ni siquiera había amanecido. Me he pasado todo el día por esos montes de Alá sin comer ni beber… ¡No te impacientes, amigo!

Sículo suspiró y preguntó:

—¿Tienes buenas noticias?

—Claro que sí. ¿Estaría ahora aquí, comiendo con este deleite, si la cosa no hubiera ido bien?

Sículo se echó a reír y exclamó dichoso:

—¡Gracias a Dios, Ahmad! Sabía yo que hoy iba a ser el día...

El otro dejó repentinamente de comer, le miró y murmuró:

—Bueno, digamos que estamos en el buen camino...

El entusiasmo de Sículo disminuyó considerablemente al escuchar estas palabras.

Una expresión de perplejidad afloró en su rostro y, dando un ligero golpe con la palma de la mano en la mesa, protestó:

—¡Ahmad, no me vengas con enredos! ¡Empiezo a estar bastante harto de tus enjuagues y tus cuentos! ¡Habla claro de una vez! Acabas de decirme que tenías buenas noticias...

El otro se llevó la mano al turbante y se lo ajustó, diciendo en tono grave:

—Te diré francamente lo que pienso, hermano. No te enfades. La verdad es que he observado ciertas cosas en tu conducta que me apenan y que considero indignas de ti... Eres demasiado desconfiado y me preocupa que demos al traste con todo por tu maldita impaciencia...

Sículo le lanzó una mirada preñada de sentido y contestó con mayor brío:

—¡Es que llevamos más de cuatro meses con esto! ¡Estamos ya en plena primavera! No quiero que mi familia pase otro verano en esa casa pequeña y calurosa...

Ahmad sonrió con un punto de picardía en sus grandes y oscuros ojos. Permaneció un instante callado y luego dijo:

—¡Todo está arreglado, hombre! Te dije que hoy sería el día y, ciertamente, es el día. Hoy tendrás las llaves del palacio.

Sículo le lanzó una mirada cargada de suspicacia, como si no creyera del todo lo que acababa de oír.

A lo que el otro se apresuró a espetarle:

—¡Mira que eres desconfiado, por los iblis! No sabes lo que me duele que no acabes de fiarte de mí.

—Espero que estés hablando en serio —dijo Sículo, todavía receloso.

Ahmad se puso en pie y fue a pagar la comida. Luego regresó donde estaba todavía sentado Sículo y le dijo animoso:

—¡Vamos allá! A esta hora deben de estar esperándonos ya en la notaría del cadí.

# 89

El carro atravesó la plaza del zoco de Al Rasif, y luego las dos mulas que tiraban de él empezaron a trotar por el barrizal seco del adarve sur, espoleadas por el largo látigo del carretero. Riquilda iba sentada en la parte trasera con los niños y Prisca en el reducido espacio que quedaba entre los fardos del equipaje. Sin esfuerzo, con solo girar la cabeza, pudo ver la calle que conducía a la mezquita Aljama, que se extendía ante sus ojos con una anchura inhabitual en el barrio antiguo, y una longitud que parecía no tener fin. Su suelo era llano y empedrado, y las casas que había a ambos lados le parecieron imponentes, y supuso que tendrían vastos patios encerrados en sus altos muros, seguramente adornados con ricos jardines, pues veía asomar las palmeras y los cipreses. Sintió un gran asombro y emoción al contemplar aquella parte majestuosa de la ciudad, y su alma albergó hacia ella un repentino amor y un respeto que llegaban al extremo de la veneración. Aquella admiración era causada por su limpieza, su arquitectura y la confortable calma que reinaba entre sus palacios, cualidades todas ellas desconocidas en el sucio y vociferante barrio donde había vivido hasta ese día. Iba por ello feliz, con el corazón alerta y los sentidos especialmente aguzados. Cualquier punto hacia el que dirigiese la mirada le regalaba una imagen maravillosa, como si se tratara de algo que en el fondo añoraba, aun siendo todo aquello desconocido para ella. Porque esa parte de Córdoba le había estado vedada hasta entonces, ya que por ella solo podían transitar los que tenían permiso para ello. Todos sus rincones particulares, sus callejones, plazas y adarves, así como muchos de sus habitantes, estaban asociados en su mente a unas ideas, sentimientos y fantasías que, en conjunto, se habían convertido en la esencia de sus ilusiones y la trama de sus sueños. Y ahora, al pasar por allí, dondequiera que volviera el rostro, hallaba algo que invitaba a su corazón a prosternarse, al mismo tiempo que era poseída por una dicha inconmensurable porque, a partir de ese día, su vida iba a pertenecer al misterio de aquellos sorprendentes lugares.

Detrás del carro iba Sículo a caballo, y de vez en cuando le lanzaba miradas cómplices y alegres, como si leyera él sus pensamientos, como si en aquel trayecto participara verdaderamente de todo lo que ella estaba sintiendo al atravesar la prodigiosa ciudad, que en nada se parecía a cualquier otra que ambos hubieran visto antes.

Ya en las proximidades de la puerta de Al Yahud, donde se ensancha la plaza de Liyun, el carro se detuvo en una esquina que formaba un cerrado ángulo, y el carretero señaló la gran puerta de uno de aquellos arcaicos caserones, diciendo:

—Aquí es.

Estaban ante un edificio majestuoso y alto, con sus dos plantas; la fachada lindaba con la prohibida calle de los Palacios, donde estaban las residencias de las más ricas familias de Córdoba, y su parte trasera acababa en un amplio jardín, en el que se podían ver las copas de los árboles tras un muro de piedra de mediana altura, que rodeaba tanto al palacio como al jardín y que dibujaba un enorme rectángulo que se metía en el corazón de la medina. Ante sus ojos aparecían las ventanas cerradas y celosías; en la discreción y reserva que estas mostraban, se vislumbraba algo que simbolizaba la dignidad de los moradores, su inmunidad, su inaccesibilidad y su carácter enigmático.

Riquilda y Sículo se miraron, compartiendo un mismo sentimiento de admiración, al advertir el silencio y el orden que reinaba en esta parte de la ciudad.

—Hemos llegado a nuestra casa —dijo él con entusiasmo—. ¡Bajad del carro!

Después se puso a caminar por delante hacia un precioso caserón, y al acercarse a la entrada vio a Ahmad, que le estaba esperando sentado en un banco cerca de la puerta, esbozando una expresiva sonrisa. Y cuando Sículo llegó a su altura, se puso en pie, se inclinó en una reverencia y le dijo:

—Los propietarios del palacio te están esperando dentro. Bueno... —rectificó riendo—. ¡Ahora el dueño eres tú!

Sículo se volvió hacia el carro y llamó a Riquilda:

—¡Vamos adentro, querida!

Ella se acercó a la puerta sin disimular su alegría; y su esposo, señalando a Ahmad, le dijo:

—Este es el hombre al cual le debemos la suerte de haber encontrado esta nueva residencia. Se llama Ahmad Alfar, y a partir de hoy trabajará a mi servicio y vivirá en el palacio con el resto de la servidumbre.

Ahmad se inclinó y dijo:

—Pasad pues a vuestra casa.

Al entrar, los acogió una mezcla de perfume de jazmín, romero y rosa, procedente de unos arriates dispuestos a ambos lados del sendero que conducía al gran soportal, el cual surgía a poca distancia de la puerta. Luego siguieron hacia una vereda que atravesaba una suerte de bosquecillo, formado por varios tipos de árboles, y que separaba el palacio del muro que se alzaba en las lindes del jardín. Aquí y allá aparecían una hiedra que trepaba por una pared, una alta palmera o unas melenas de jazmín cayendo sobre el sendero.

Riquilda caminaba por allí con el corazón palpitante. El respeto casi la detenía. Extendía la mano para tocar las innumerables rosas que iba encontrando en su camino y que exhalaban para ella su inconfundible aroma. Se preguntaba cómo era posible que todo aquello empezase a ser suyo a partir de ese momento, y le resultó difícil creer que fuera realidad y no un sueño del que iba a despertar de un momento a otro. Echó una mirada que envolvió todo el jardín hasta su final, donde aparecía una preciosa galería sostenida por columnas de mármol y decorada con estucos. El sol, que se inclinaba sobre el edificio, arrojaba su luz sobre la parte alta de los árboles, las palmeras, las techumbres de enredaderas que recubrían los muros por todas partes y los incontables macizos de flores y rosas que crecían entre los senderos enlosados.

Luego caminaron hasta un cenador en sombra, en el que habían visto de lejos a un hombre y una mujer sentados a horcajadas en grandes cojines, sobre una estera en el suelo, de cara al jardín y detrás de una mesa redonda de madera sobre la que estaban esparcidos algunos vasos alrededor de una jarra de agua. El hombre era de unos cincuenta años y la mujer anciana. Eran los antiguos dueños.

Hubo a continuación saludos prudentes y comedidos. Tanto el hombre como la mujer parecían felices por el encuentro. Vestían semejantes túnicas de seda color marfil, que, a pesar de su sencillez, les conferían un carácter solemne. Un tanto alejado, entre las sombras de una adelfa, un hierático criado permanecía muy atento a la espera de lo que pudieran necesitar de él sus amos.

Sículo había suscrito el contrato de compraventa hacía tres días, en la notaría del cadí, y había entregado el precio acordado a un apoderado. Pero no había conocido en persona a los dueños del palacio que adquiría. Ahora los tenía ante sí. Él era todo un señor, indudablemente de origen noble; distinguido, corpulento y de movimientos pausados; la barba rala y canosa; los ojos francos, pero con un punto de orgullo y distancia. Se le veía satisfecho por el negocio que había hecho y parecía complaciente. Después de los saludos, dijo:

—Tu manera de hablar me resulta desconocida...

Sículo esbozó una sonrisa llena de seguridad y respondió:

—Me llamo Arif ben Kamil. Soy del Norte. Me crie cerca del país de los francos, en la costa.

—¡Ah, eres de Tarragona! ¡Ya decía yo! ¿Has venido a hacer negocios?

—No, amigo. Vivo en Córdoba desde hace tres años.

—¿Eres comerciante, Arif ben Kamil?

—Lo soy —respondió Sículo con una seguridad tal en el tono de su voz y en su expresión que nadie dudaría de que decía la verdad.

El hombre distinguido se levantó y se acercó a él, tendiéndole la mano derecha, mientras se llevaba la izquierda al pecho, y diciendo a la vez:

—Os invito yo a almorzar, amigo, aunque esta casa ya es tuya. Pero todavía he tenido tiempo para encargar a mis cocineros que preparen algo. ¿Os apetece sentaros a nuestro lado?

—Me encantará compartir la mesa contigo —asintió Sículo.

El antiguo dueño del palacio volvió a acomodarse con las piernas cruzadas sobre la estera tendida en el suelo, mientras se presentaba:

—Que Alá te honre y te conceda una larga vida, amigo Arif ben Kamil. La verdad es que hoy no deseábamos almorzar solos. Mi nombre es Radwan ben Naji. Los miembros de esta familia, los Banu Yahwar, tenemos una larga y honrosa historia. ¡Dios nos sea propicio! Mi abuela, aquí presente, nació en el Norte, es hija de un conde. Fue traída cautiva a Córdoba y vivió en Medina Azahara hasta su vejez. Sus hijos son de la sangre de los antiguos emires. Uno de ellos, mi padre, fue general de los ejércitos del comendador de los creyentes. No os digo esto para darme importancia ni para impresionaros. ¡Dios me libre de ello! Solo quiero que os sintáis tranquilos en esta casa... No somos mercaderes, ni tratantes, ni gente oportunista de esa que ahora pulula por Córdoba...

Sículo, impresionado por estas explicaciones, se inclinó reverentemente y balbució:

—Alá os honre, señores... Os honre y bendiga y colme...

Radwan sonrió y continuó pausadamente, señalando con la mano a la anciana:

—Mi abuela, la señora Maysun, es la única dueña de esta casa. Ella la heredó de nuestro abuelo. Por lo tanto, es ella la que dispone aquí sobre todo lo que ha de hacerse. Yo tengo mi propia casa, que está ahí al lado, pared con pared. Las traseras de ambas viviendas dan igualmente al adarve de Levante, porque, en otro tiempo, formaron parte de un mismo palacio, el de los Banu Yahwar, nuestros gloriosos antepasados, que vinieron a Córdoba con el primer omeya.

—Señor —dijo en tono sumiso Sículo—, nos sentimos muy honrados por estar aquí.

En ese momento, se oyó que llamaban a la puerta. El criado fue a abrir y apareció un hombre joven, alto, majestuoso y también de inmejorable presencia.

La anciana habló entonces por primera vez para decir:

—Este es Alí Abdalrahim, uno de mis treinta bisnietos.

Riquilda y Sículo se pusieron en pie con respeto.

—Sentaos —otorgó Radwan—. Es mi hijo mayor y también almorzará con nosotros.

El joven se sentó y puso en Sículo una mirada larga y escrutadora, que hizo que volviera a él algo de la inquietud que había sentido al llegar. Tras lo cual, se volvió hacia su padre preguntándole:

—¿Les has explicado ya?

—No —respondió él—. Acabábamos de sentarnos en este preciso instante.

Entonces Radwan, mientras les servían el almuerzo, explicó pausadamente el motivo por el cual se habían visto obligados a vender el palacio. Su abuela ya no podía, por su edad avanzada, valerse sola, y se iba a ir a vivir con ellos al edificio contiguo. No tenía sentido, pues, mantener un caserón tan grande, con tan amplios y complicados jardines, así como la servidumbre suficiente para cuidarlos. Aunque les doliera, había llegado el momento de desprenderse de él.

La anciana, mientras escuchaba las explicaciones, empezó a llorar. Y Radwan, conmovido por ello, le tomó las manos y se las besó, diciéndole con ternura:

—Por Alá de los cielos, no llores. ¡No nos pongas tristes! Con nosotros vas a estar muy bien. Confórmate y da gracias a Alá porque no vas a estar sola.

Riquilda se sintió de pronto invadida por un sentimiento de congoja y compasión. Se acercó a la anciana y la abrazó diciéndole a su vez:

—Señora Maysun, podrás venir a esta casa siempre que lo desees. Te lo digo de corazón.

La anciana se enjugó los ojos con el borde del velo y respondió:

—Tengo que dejar aquí mis muebles y muchas cosas queridas…

—Todo ello podrás verlo siempre que quieras —le dijo Riquilda con cariño.

Pasado un rato, cuando la anciana recuperó el buen humor, empezaron a comer los platos deliciosos que había mandado preparar para la ocasión, mientras conversaban animadamente, olvidados ya de las cosas tristes. Y se quedaron en el jardín hasta bien avanzada la tarde.

Pero, antes de que anocheciera, los criados tenían ya recogidos los últimos enseres. Entonces Radwan se puso en pie y le entregó solemnemente las llaves del palacio a Sículo, diciéndole:

—Deseo de veras que seáis felices en esta casa. Y eso le pido al Omnipotente y Misericordioso. Desde hoy seremos vecinos y amigos. Todo lo que necesites de nosotros, no dudes en pedírnoslo.

# 90

*Córdoba, 7 de junio, año 1002*

El comedor estaba en la parte alta del palacio, donde se encontraba el dormitorio principal. En el mismo piso, además de estas dos habitaciones, se hallaban un gran salón y una cuarta estancia más pequeña, ocupada por los niños. El mantel ya estaba dispuesto y se habían alineado los cojines a su alrededor. Llegó Sículo y se sentó. Siguió el resto de la familia; Kamil se situó a la derecha de su padre, la madre a su izquierda y la esclava Prisca enfrente de ellos, con la pequeña Saniya sentada en su regazo. Todos se sentían todavía raros en aquel comedor grande, opulento, lleno de muebles antiguos, cacharros de cobre, tapices y cortinas. Tenían las cabezas gachas, como si estuvieran en un lugar que no les pertenecía, y fuera a entrar alguien en cualquier momento para echarlos de allí. Ninguno de ellos se atrevía a dirigir la mirada al rostro del padre, evitando además intercambiarla entre sí en su presencia, no fuera a ser que les diera por hablar y se rompiera aquella especie de encanto o como si les pudiera oír algún posible extraño. Había pues un silencio atento, observador, en el que los ojos estaban fijos en el pan que había en el centro de la mesa. Por otra parte, cuando vivían en la otra casa, el almuerzo en sí mismo siempre se desarrollaba en un ambiente que les estropeaba todo su disfrute, pues no era de extrañar que Sículo estuviera como preocupado, absorto en sus pensamientos. Kamil había cumplido ya cuatro años; era un niño hermoso, de ojos negros, grandes y despiertos; el pelo también negro como el de su madre, muy brillante, y la piel sonrosada. Como era inquieto y travieso, algunas veces exasperaba a su padre, que le regañaba quizá con demasiada dureza para su poca edad. Siempre que se sentaban a la mesa, le preguntaba rudo: «¿Kamil, te has lavado las manos?», y cuando este respondía con la cabeza afirmativamente, le decía en tono tajante: «A ver, enséñamelas». El chiquillo extendía las manos asustado, pero el padre, en lugar de felicitarlo, le decía amenazador: «Ya eres mayor para comer solo. Y no se te ocurra tirar nada al suelo». A la madre no le gustaba esta actitud de su esposo y le recriminaba: «¿Cómo le tratas así? ¿No te das cuenta de que es pequeño?». A lo que él replicaba: «¡A mí nadie me trató con mimos cuando tenía su edad!». Y ella le recordaba: «¡Tú naciste esclavo!». Entonces Sículo, que en absoluto se avergonzaba de su origen, empezaba a decir con orgullo que gracias a ello aprendió muy pronto a desenvolverse solo y a ser humilde, lo cual con el tiempo le sirvió para buscarse la vida y poder llegar a donde ahora estaba. Estas explicaciones excitaban la cólera de Riquilda, que no se callaba y acababan discutiendo.

Sin embargo, desde que vivían en aquel palacio, él se mostraba diferente. Parecía más despreocupado y contento, incluso canturreaba paseando por el jardín y se detenía ensimismado a contemplar las flores. Estaba satisfecho y muchos de sus temores se estaban disipando. Ahora veía el futuro con mayor claridad y confianza. Empezaba a darse cuenta de que nadie en Córdoba les iba a causar ningún mal y de que su vida allí podría ser segura y dichosa.

También Riquilda experimentaba una suerte de felicidad desconocida hasta entonces para ella. Sentíase señora de su casa y dueña de su esposo, a quien amaba con toda su alma. Además, los niños estaban creciendo sanos, en medio de una prosperidad y unas comodidades muy superiores incluso a las que ella tuvo en su infancia en Castellbó.

Llegó Ahmad trayendo una gran bandeja, que colocó sobre el mantel, y retrocedió luego, quedándose muy sonriente a cierta distancia, a la espera de ver la reacción que producía en ellos la deliciosa comida que había preparado: una docena de tórtolas rellenas de trigo y cebolla, colocadas sobre un monte de habas aderezadas.

A todos se les hizo la boca agua al ver aquel plato, que desprendía un delicioso aroma, pero conservaron su impavidez, permaneciendo inmóviles e incluso asustados, ante el espléndido espectáculo que se ofrecía a sus ojos. Hasta que Sículo cogió el pan y lo partió. Luego alargó la mano para coger una de las aves; pellizcó la pechuga, poniendo cara de entusiasmo, y le entregó el tierno pedazo a su hijo, diciéndole:

—Kamil, hijo mío, esto es comida de príncipes.

El niño abrió cuanto pudo sus bonitos ojos y se llevó la carne a la boca, visiblemente contento.

—¿Te gusta? —le preguntó la madre.

Él asintió con la cabeza mientras masticaba.

La pequeña Saniya tenía tres años, edad suficiente para darse cuenta de lo que estaba pasando, y extendió su manita hacia la fuente reclamando su parte. Riquilda entonces desmenuzó una de las tórtolas y le fue dando pedacitos. Era una niña preciosa, genuina hija de su bella madre, como el niño; la piel blanca y el pelo también muy negro.

Todos celebraron aquel plato exquisito. Y mientras lo devoraban con avidez, Sículo tomó la palabra y les dijo admonitoriamente:

—Creo que aquí vamos a estar muy bien. Tenemos que dar muchas gracias a Dios por haber encontrado esta casa. Pero es necesario que escuchéis atentamente lo que tengo que deciros y que obedezcáis todos mis recomendaciones. A partir de hoy, hablaremos la lengua de los ismaelitas incluso entre nosotros. Se acabó hablar en cristiano. Y ya sabéis cuál es el nombre de cada uno. Si no me hacéis caso, tendré que enfadarme… ¿Habéis comprendido?

Todos asintieron y, desde aquel día, esa norma se cumplió a rajatabla en la casa.


Esa tarde, Arif fue solo al jardín. Estaba un poco bebido y paseaba canturreando con voz susurrante. Se abrió camino entre los macizos que formaban las adelfas y se sentó en un asiento de madera que había junto al muro, apoyando en él la espalda y estirando las piernas con satisfacción. Después de unos minutos, oyó pasos que hacían crujir la hojarasca seca del suelo, y se levantó de un salto, despavorido, como si aquella no fuera su casa y hubiera sido descubierto en ella. Su esposa Rashida había salido detrás de él y surgía entre los arbustos.

—¡Riquilda! —exclamó él—. ¿Cómo te presentas así, tan de golpe?

Ella soltó una carcajada y contestó hablando en árabe, burlona:

—Me llamo Rashida. ¿Ya te has olvidado tú de las obligaciones que nos impusiste hace un rato?

Él le lanzó una mirada llena de estupor, y aguardó unos instantes para levantarse y encaminarse luego hacia ella. Pero su mujer le pidió que volviera a sentarse. Él entonces regresó donde estaba, sonriendo con confianza y recobrando su estado de placer y felicidad. Ella se sentó a su lado.

El silencio imperó durante un momento. También el jardín permanecía callado a esa hora. No corría ni un soplo de brisa y los pájaros estaban mudos y somnolientos entre las copas de los árboles, solo las rosas parecían felices con el calor, con sus pétalos abiertos, exhalando aromas dulces y maduros. El sol iba retirando su manto luminoso de las palmeras, quedando solo su dorado reflejo en la parte alta del muro oriental.

Arif puso fin a ese silencio, volviéndose hacia Rashida y preguntándole:

—¿Te encuentras a gusto y dichosa aquí?

—Ja, ja… ¿A qué viene esa pregunta? ¿Acaso lo dudas?

Él levantó los hombros y respondió:

—No, no lo pongo en duda. Pero quería que me lo dijeras tú…

Ella estaba ensimismada contemplando las rosas y no respondió por el momento. Pero, al cabo de un rato, le preguntó en un susurro:

—¿Quieres saber sí soy feliz en Córdoba?

Arif sabía que su mujer todavía no se había hecho del todo a vivir en aquella ciudad, por eso dijo:

—Me refiero a esta casa. ¿Te preguntaba si eras feliz viviendo aquí?

—Apenas llevamos dos semanas y media en este palacio…

—¿Y lo sientes ya como tu casa?

Ella levantó sus ojos para mirarlo y respondió en un susurro:

—Mi casa eres tú…

Él se quedó un instante mirándola, como extasiado, antes de abrir los brazos, exclamando con alegría:

—¡Oh, días maravillosos! ¡Yo soy dichoso! ¡La dicha ha venido por fin a mi vida!

Después se puso en pie y empezó a danzar entre los rosales, riendo y cantando:

—¡Oh, días de gloria y de dicha! ¡Días de rosas como los de los cuentos!

Siguió riéndose fuertemente, mientras Rashida le miraba desconcertada. Y, al observar que su risa y su alegría eran sinceras, se elevó su ánimo, y también se puso en pie para bailar al lado de su marido. Luego estuvieron besándose y permanecieron un rato abrazados.

Más tarde, se tranquilizaron completamente y volvieron a sentarse, sintiendo al mismo tiempo un poco de vergüenza.

—Esta será una vida feliz —dijo Arif con calma, ruborizado y sonriente—. La sensación que siento en este momento va desde una seguridad que emana de forma equilibrada, a un deseo de hacer cosas, cosas importantes que me reporten mayores beneficios… Mi alma se excita de vez en cuando y siento que la Tierra gira a mi alrededor… Estoy feliz al darme cuenta de que el pasado se olvida… Estoy feliz porque por primera vez me siento muy lejos de la cautividad…

Rashida le miraba con un asombro difícil de disimular, como si ante ella apareciera de pronto un hombre diferente al que conocía desde hacía ya cinco años. La timidez y el apocamiento de su marido habían desaparecido por completo; brotaba un ser nuevo, dotado de una energía y un orgullo antes desconocidos. Le besó en los labios y le dijo con un amor desbordante:

—Todo te lo mereces… ¡Todo! Eres un hombre bueno en verdad… Yo soy la que no te merece a ti…

Él clavó en ella unos ojos con un punto de delirio y continuó diciendo:

—En cualquier caso, a partir de hoy odiaré la cautividad mientras viva y amaré la libertad absoluta… ¡Siéntete tú también libre! ¡Tan libre como yo!

A ella le encantaba verle así y disfrutaba sobremanera con las palabras que salían de su boca.

—¡Eres libre, mi vida! Aunque eres mío, y yo soy tuya… —le dijo—. Todo saldrá bien y seremos felices, tan felices como todas estas rosas…

Entonces Arif creyó llegado el momento de contarle a su mujer los planes de futuro que tenía. Le contó que había estado preocupado pensando que el dinero que tenían acabaría terminándose. Había pues que encontrar la manera de aumentar su fortuna y asegurar el porvenir. Para ello, concibió un proyecto que estaba totalmente seguro de que iba a funcionar. Con la ayuda de Ahmad, además del palacio donde ahora vivían, había adquirido también unos pozos de nieve en la sierra. A continuación, estaba a punto de comprar un viejo caserón que estaba en las traseras y cavar allí los depósitos necesarios para almacenar la nieve. Se disponía pues a iniciar un próspero negocio que conocía muy bien. Iba a inaugurar una casa de la nieve en pleno corazón de Córdoba.

Mientras él le contaba todo esto, Rashida le escuchaba atentamente, aunque con un punto de incredulidad en la mirada. Por lo que él, enfatizando sus palabras, añadió:

—¡Es la Providencia! ¿No lo comprendes? Dios quiso que yo tuviera que sufrir tanto en aquella maldita montaña y en el cautiverio de Cervera para que aprendiera este oficio que acabará haciéndome rico.

—Te veo muy seguro de ello...

—¡Es que estoy muy seguro! ¿Por qué dudas de mí?

Rashida sentía un sincero amor hacia Arif, y había sufrido una inmensa tristeza por él al conocer su penosa historia. No concebía dudar de su sinceridad, pero su corazón albergaba algún que otro recelo hacia Ahmad.

—No sé por qué te fías tanto de él... —murmuró, como dejando escapar un pensamiento.

—Y yo no sé por qué tú desconfías de Ahmad... También ha sido providencial que yo encontrara a ese hombre. Te aseguro que es leal.

—¡Es que no le cuentas nada a tu mujer! —replicó ella en tono de reproche—. Todavía no me has dicho dónde ni cómo lo conociste... ¿Cómo no voy a dudar? Apareces de pronto con él y lo metes en casa... ¿No te das cuenta? ¡Para mí es un extraño! ¡Quiero saber de dónde lo has sacado!

Arif se echó a reír y luego respondió diciendo:

—Te lo voy a contar, aunque arriesgándome a que todavía desconfíes más de él. Ahmad es un cuentacuentos.

—¡¿Un cuentacuentos?!

—Sí, querida. Ese es el oficio con el que se ganaba la vida: contar cuentos a la gente en una plaza pública. Hasta que me topé con él, porque Dios lo quiso. Lo descubrí una tarde junto a la mezquita de Um Salma, después de que yo hubiera andado dando vueltas a la ciudad pensando en mis problemas. Me detuve allí, en el lugar de la plaza donde él contaba sus historias rodeado de gente todos los días. Le estuve escuchando atentamente, y causó en mi alma tal asombro y fascinación, que enseguida comprendí que tal vez era el hombre que yo estaba buscando. Así que esperé a que concluyera su trabajo, me acerqué y entablé conversación con él. Después le invité a cenar y, cuanto más le trataba, más me convencía de que era la persona que yo necesitaba para dar comienzo a mi plan de prosperar en Córdoba. Decidí pues proponerle que hiciera ciertas gestiones en mi nombre. Porque me daba cuenta de que yo no podría desenvolverme en un mundo desconocido para mí y con una lengua que todavía no manejaba bien del todo. Ahmad es inteligente, locuaz y desenvuelto, cualidades estas con las que puede muy fácilmente iniciarse en los negocios si cuenta con alguien que le respalde. Le ofrecí trabajar a mi servicio si encontraba una casa como la que yo tenía en mi cabeza; un palacio como este, situado en un lugar principal de la ciudad, y además con la posibilidad de servir para el establecimiento de la casa de la nieve que yo tenía en mente. Él aceptó. Y lo demás vino solo.

Rashida movía la cabeza denotando admiración. Luego puso sus blancas manos en los lados de la cara de su marido y dijo con cariño:

—Eres mucho más listo de lo que yo creía... ¡Amor mío, mucho más! Y además es un hombre instruido que podrá enseñar a leer y escribir a nuestros hijos. ¿Te das cuenta de lo que eso supone? ¡Tendremos en nuestra casa al maestro!

Y él, sonriendo agradecido, contestó:

—¡Y tengo aún otros planes! Necesitamos una servidumbre. Ahmad no podrá encargarse de todo y Prisca va siendo vieja... Tendré pues que buscar gente adecuada y que merezca tu confianza. Viviremos como nos corresponde en este palacio de Banu Yahwar...

—¡No! —repuso ella—. Ya no se llamará así. Igual que nosotros hemos tenido que cambiar nuestros nombres, nuestra casa tendrá su propio nombre a partir de hoy.

—Estoy de acuerdo. ¿Y cómo la piensas llamar?

—Palacio de Rosas.

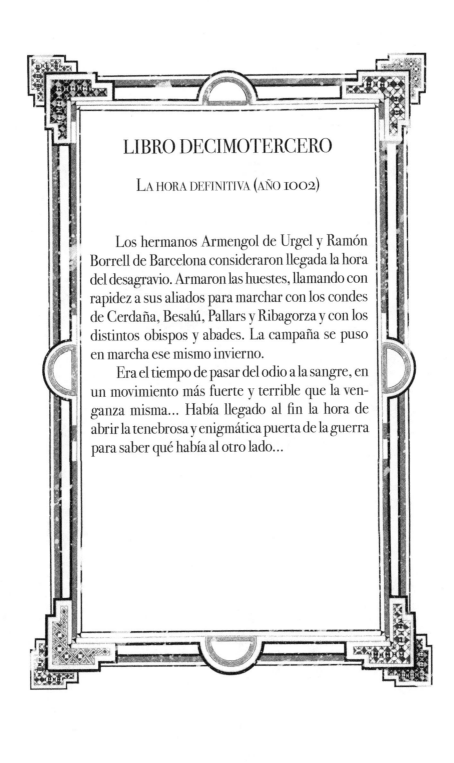

# LIBRO DECIMOTERCERO

## LA HORA DEFINITIVA (AÑO 1002)

Los hermanos Armengol de Urgel y Ramón Borrell de Barcelona consideraron llegada la hora del desagravio. Armaron las huestes, llamando con rapidez a sus aliados para marchar con los condes de Cerdaña, Besalú, Pallars y Ribagorza y con los distintos obispos y abades. La campaña se puso en marcha ese mismo invierno.

Era el tiempo de pasar del odio a la sangre, en un movimiento más fuerte y terrible que la venganza misma... Había llegado al fin la hora de abrir la tenebrosa y enigmática puerta de la guerra para saber qué había al otro lado...

# 91

Los rumores bullían por todas las ciudades, aldeas y monasterios. Se decía que Almansur contaba esta vez con el mayor ejército de todos los tiempos. Los espías que llegaban del sur aseguraban que estaba formado por más de doscientos mil jinetes y seiscientos mil infantes, además de doce mil jinetes más del emir de Zaragoza, tres mil bereberes montados que se le habían unido en Toledo y dos mil infantes ligeros africanos. También se decía que, en su camino hacia el Norte, reclutó a cuarenta mil jinetes más; mientras otros dos mil vigilaban la impedimenta, tres mil exploradores avanzaban por delante y varios centenares preparaban los lugares donde pretendían asentar sus campamentos. Habían llegado barcos sin número a Tarragona, y otro nuevo ejército de hombres avanzaba de este a oeste, desde el extremo de la Lusitania hacia el reino de León. Las últimas noticias anunciaban que los sarracenos habían montado un gran campamento junto al río Duero; allí se concentraban millares de tropas, causando graves estragos en las proximidades y devastando amplios territorios castellanos.

Los rumores de estas inconmensurables fuerzas cruzaron las montañas y el rey de Pamplona escribió desde Lizarra, rogándole al conde de Barcelona que enviara refuerzos, pues ya no podían resistir la embestida. Dos semanas después, llegó un nuevo mensajero para comunicar el terrible desenlace de aquella contienda: las feroces huestes de Almansur habían alcanzado el monasterio de San Millán, arrasándolo y reduciéndolo a cenizas.

Por su parte, el conde de Barcelona ya envió emisarios a todos sus territorios en mayo, con suficiente antelación, ordenando que se prepararan para lo peor. Las cosechas estaban guardadas en los silos. Se sacrificó la mitad del ganado, salando las carnes, se curtieron sus pieles y se almacenaron víveres. Esto era algo que aprendieron tristemente cuando fue asaltada Barcelona, que para ganar una guerra no solo es necesario reunir soldados y marchar contra el enemigo, sino que hay que pensar también en alimentar a hombres y bestias, ya que el hambre puede derrotar a un ejército mucho más deprisa que las armas. Con tales previsiones, se recogía heno, se empaquetaban pertrechos, se hacían flechas, espadas y lanzas, se reforzaban los muros y defensas; y, en todas partes, se prestaba atención a las campanas de las iglesias, por si sonaban a deshora, pues eso habría indicado que atacaban los moros. En las abadías y cenobios los monjes rezaban suplicando a Dios que detuviera al demonio agareno.

Era la época en la que solían atacar en ocasiones anteriores, cuando podían estar seguros de encontrar comida para sus ejércitos. Pero ni el valí de Lérida ni el de Monzón habían iniciado, hasta ese momento, movimiento alguno para cruzar la Marca. Si bien los informes de los espías avisaban de que lo iban a hacer durante el verano recién iniciado, cuando menos se pensara, y quizá inmediatamente después de que lograran vencer totalmente a las mesnadas de Pamplona y de Castilla, que andaban defendiéndose a la desesperada, separadas y repartidas por diversas comarcas.

El resto que quedaba del ejército del rey de León sucumbió derrotado hacía tiempo, y los grandes hombres del reino fueron sorprendidos en una partida de saqueo a principios de la primavera, resultando la mayoría de ellos desperdigados o asesinados.


Era la víspera de San Juan en Vicus Ausonae. Desde las almenas del castillo, se veían las hogueras que empezaban a encenderse allá abajo, en las pequeñas plazas y delante de las casas de los campesinos. El sol se ponía, enredado entre nubes oscuras, y el viento empujaba, agitando las copas de los árboles y sacudiendo las banderas. En el patio de armas de la fortaleza, las fogatas titilaban delicadamente con la puesta de sol.

Una importante reunión tenía lugar en la torre principal. Estaban presentes los condes de Barcelona y Urgel, el obispo Salas, Arnulfo, obispo de Vich, y el abad Odón.

—El conde de Besalú acudirá con dos mil jinetes —informaba Ramón Borrell—. Y su hermano, el conde de Cerdaña, comandará unos cuatro mil hombres, por lo menos. Eso me ha prometido.

—¿Por lo menos? —preguntó el abad Odón.

—Depende de cuántos vengan de Berga y Ripoll, que podrían ser no menos de dos mil —precisó el conde de Barcelona, después de pensarlo un instante—. Pero debo ser sincero y deciros que yo no espero más de cuatro mil en total.

—¿Y el conde Oliba? —quiso saber el obispo de Vich.

—Oliba no irá a la guerra. Ya confirmó que tomaría definitivamente los hábitos en Ripoll. Pero, si fuera necesario, reuniría su hueste y la enviaría bajo el mando de su hermano Guifré.

Todos se quedaron en silencio mirando al conde de Barcelona, perplejos y pensativos. Después tomó la palabra el abad Odón para decir:

—Ser monje no es incompatible con ir a la guerra. Cuando la necesidad de la defensa obliga, hay que cambiar el *ora et labora* por el *bellum iustum*. En la guerra es lícito hacer todo lo necesario para la defensa del bien público. Eso él debe saberlo porque es elemental.

—Oliba tiene su propia forma de ver las cosas —dijo Armengol—. Mi primo no es un cobarde. Él piensa que no deberíamos precipitarnos hacia el combate hasta que no sea inminente el ataque. Es partidario de intentar una vez más el pacto, para permitir que nuestra tierra siga prosperando por un tiempo y esperar, con prudencia, a que llegue el momento más oportuno para afianzar nuestro poder e independencia.

—¿Esperar un tiempo? ¿Cuánto tiempo? —replicó Odón.

—¡Eso que dice Oliba es absurdo! —exclamó el obispo de Vich—. ¡Esta vez el combate es inminente! Según las últimas informaciones que he recibido, el ejército de Almansur está a menos de cien leguas de aquí. El verano no ha hecho nada más que empezar. Esta vez no se detendrá.

Todos callaron de nuevo, meditando a la vez sobre esta terrible posibilidad. Hasta que el conde de Barcelona concluyó diciendo:

—Con una suerte enorme, conseguiríamos reunir quince mil hombres a caballo.

Las miradas se cruzaron entre ellos. No había necesidad de palabras para comunicar lo que todos allí pensaban: ¿qué podían hacer quince mil jinetes contra el gran ejército de Almansur?

Entonces el abad Odón se dirigió al conde Armengol y le preguntó con voz tonante:

—¿Y qué hay del Llop? ¿Qué noticias hay de él?

—Ya sabéis cómo es el Llop… —murmuró el conde de Urgel con pesadumbre—. Le reprendí después de lo que sucedió el pasado otoño y se ofendió tanto que ni siquiera me invitó a la última cacería de osos…

—¡Es tu siervo, maldita sea! —gritó Arnulfo—. ¡Te debe obediencia! ¡Ordénale que te siga! ¿Para qué sirven si no los juramentos? El Llop le debe todo lo que tiene a vuestro difunto padre; ¡debería ser agradecido!

El obispo Salas salió en defensa de Armengol, diciendo:

—No es nada fácil tratar con un hombre así. El Llop es contumaz y rebelde por naturaleza. Anda como siempre unido al conde de Pallars y a los señores de Fontrubí, sus inseparables aliados. Es de temer que todos ellos hagan la guerra juntos y por su cuenta. Y demos gracias a Dios de que Bernat Tallaferro haya reconducido sus pasos y esté dispuesto a seguirnos.

—No es momento para divisiones —sentenció prudentemente el conde de Barcelona—. Deben ser convocados. Su conducta es reprochable, en efecto, pero debemos dejar de lado el orgullo por ahora y atender al principal menester: defender nuestra tierra.

Entonces el obispo de Vich se sintió obligado a comunicar algo que los demás no conocían:

—Tengo que deciros una cosa que considero que no debo guardar solo para mi conocimiento —empezó diciendo—. El espía que tengo en Balaguer me comunicó que había averiguado algo importante. Al principio consideré que no era prudente revelarlo. Pero luego, pensándolo con mayor detenimiento, he llegado a la conclusión de que tal vez pueda beneficiarnos, precisamente en relación con lo que estábamos hablando.

Todos se le quedaron mirando con sumo interés, a la espera de que dijese qué era ese algo. Y Arnulfo, evidentemente satisfecho por hacer una aportación útil en aquel momento, continuó diciendo:

—La hija del Llop y el impostor con el que se fugó ya no viven en Balaguer; se marcharon hacia el sur y no sabemos dónde pueden estar ahora. He dudado si debía decírselo al padre. En un principio me parecía que eso iba a complicar todavía más las cosas. Pero ahora empiezo a comprender que quizá sea providencial…

—¡Díselo! ¡Debes decírselo! —exclamó el abad Odón—. Cuando lo sepa, no dudará en ponerse al frente de su hueste y arrastrar consigo a sus aliados. Nosotros aprovecharemos la circunstancia para encomendarle la defensa de esa parte de la Marca.

—Eso es demasiado aventurado —replicó el obispo Salas—. Guillem de Castellbó es demasiado impulsivo e irracional. Quizá pueda complicar aún más las cosas…

El conde de Barcelona se había quedado como suspenso, circunspecto y cariacontecido. Hasta que de pronto se dirigió al obispo de Vich para decirle:

—Yo creo sin duda que debes comunicarle al Llop la noticia. No me parece justo ocultárselo.

Y, después de decir aquello, se volvió hacia su hermano Armengol aconsejándole:

—También sería bueno que tú, hermano mío, fueses a Castellbó para visitarle. Esa familia siempre te apreció mucho. Ahora deben de estar desolados y, cuando sepan dónde está Riquilda, sufrirán aún más. Tú debes hacerte presente allí con prudencia, para que comprendan que no guardas ningún rencor hacia ellos. Estamos atravesando una tesitura difícil. Todos debemos estar unidos más que nunca. Ve y dile al vizconde Guillem que se cuenta con él en la hueste del conde de Barcelona, que será muy bien recibido en los campamentos y que lo pasado olvidado está. Ahora lo único que importa es empezar de nuevo a organizarnos para defender unidos nuestra tierra.

# 92

*Castillo de Castellbó, 2 de julio, año 1002*

Aquel día el Llop rehusó quitarse la ropa para dormir y pasó la noche entera en vela, en una serie de accesos violentos. En sus paroxismos, hablaba sin cesar con su esposa, de un modo tan atropellado y confuso que esta temió que estuviera volviéndose loco. Levantándose después de la cama, dio rienda suelta a otro ataque aún más furioso, y se puso a caminar por la habitación deprisa, profiriendo amenazas incoherentes y juramentos de venganza, a la vez que golpeaba con los puños la pared y daba patadas a los muebles, según su costumbre cuando estaba poseído por la ira. Invocaba a sant Jaume, san Esteban, santa Eulalia… y a todos los demás santos de su devoción, para ponerles

como testigos de que tomaría venganza sangrienta en quien consideraba que era el autor de toda su desdicha.

—¡Juro aquí, hoy y para siempre que lo mataré! ¡Ese maldito bastardo hijo de Satanás morirá ante mis ojos! ¡Juro que viviré hasta que
le encuentre! ¡Juro que veré toda su sangre vertida en el suelo! ¡Y a esa
hija traidora…! ¡Y si se han ido a Córdoba, juro que iré hasta allí para
buscarlos!

Al oírle decir aquello último, la vizcondesa Sancha se levantó de la
cama de un salto y fue a colocarse frente a él, agarrándole por la pechera y gritando:

—¡No! ¡Eso sí que no! ¡A nuestra hija no le causarás ningún daño!

Él la separó de sí, dándole un fuerte empujón, y rugió:

—¡Sé que los encontraré! ¡Recorreré el mundo si es preciso! ¡Y tendrán su castigo!

Viéndole en tal estado, la vizcondesa sufrió tal ataque de pena que
se echó sobre la cama boca abajo y parecía que iba a ahogarse con las
lágrimas y lamentos que trataba de contener.

Habían transcurrido varios días y noches en el mismo estado de
cosas, con los mismos súbitos arranques de pasión, en los que el vizconde Guillem apenas comía o bebía, ni se cambiaba de ropa; y, en general, se conducía como alguien a quien la cólera puede llevar a la locura.
Y todo ello había sido provocado al recibir una carta en la que el obispo
de Vich le comunicaba que había tenido conocimiento cierto de que su
hija vivió en Balaguer y luego viajó hacia el sur, tal vez a Córdoba; y
que, tras hacer las averiguaciones pertinentes por su cuenta, a través de
sus contactos, se había enterado también de que ella y Sículo habían
tenido dos hijos. Se lo hacía saber confiando —según escribía Arnulfo— en que se despertara en él una razonable esperanza de traerla de
vuelta a Castellbó.

Sin embargo, en vez de alegrarse por la noticia, aumentó considerablemente en el Llop su rabia y su sed de venganza. No comprendía
cómo era posible que Riquilda, en vez de regresar a su casa, decidiera
alejarse y desaparecer en tierra de moros, sin consideración ninguna ni
compasión hacia los suyos. Máxime cuando resultaba que había concebido dos hijos y separaba de ellos a sus abuelos.

—¡Él es el culpable de todo! ¡Ese esclavo bastardo que la embrujó!
¡Él nos robó a nuestra hija! ¡Y ahora se lleva lejos nuestra sangre! ¡A tierra
de moros! ¡Maldito sea! ¡Juro aquí, hoy y para siempre que lo mataré!

Las voces eran tan fuertes y los ruidos que provocaba con sus golpes tan estrepitosos que acabó acudiendo su hijo Miró.

—¡Padre! ¡Por Dios, padre mío, déjalo ya! ¡Trata de descansar, por Cristo bendito! ¿Qué haces vestido a estas horas? ¡Desnúdate y vuelve a la cama!

—¡Jura tú también aquí conmigo! —gritó el Llop—. ¡Jura vengarte si a mí me pasara algo, hijo mío!

La vizcondesa Sancha volvió a levantarse, y se arrojó a los pies de su esposo suplicando:

—¡Jura tú que no tocarás ni un pelo de nuestra hija!

El Llop no contestó, pero ella vio brillar en sus ojos el odio y el deseo infinito de sangre; un reflejo frío, cruel e implacable que el propio temperamento violento de su esposo le había sugerido ya más de una vez, y que la llevó a contemplar la posibilidad de que él no iba a tener compasión tampoco hacia Riquilda.

—¡Fiera! ¡Eres una fiera y me das miedo! —chilló ella.

Y después de estos gritos se levantó y corrió hacia la ventana, alzando la pierna con un ademán que realmente indicaba que iba a arrojarse al vacío desde lo alto de la torre donde estaba el dormitorio.

Entonces Miró corrió para agarrar a su madre e impedir la desgracia. Mientras el Llop, en vez de asustarse, alzaba todavía más la voz:

—¡Déjala! ¡Déjala que se tire! ¡A ver si es capaz de quitarse la vida! Porque tu madre sabe lo culpable que es… ¡Déjala!

Miró llevó a su madre hasta la cama, mientras lanzaba a su padre una mirada cargada de velado desprecio y consternación.

A lo que el Llop respondió acercándose a él con la mano en alto, como si fuera a pegarle. Pero enseguida recapacitó, soltó un fuerte bufido y salió de la habitación.

Sancha y su hijo se quedaron allí consternados, mirándose, en el mismo estado de confusión y temor que las anteriores veces en las que habían tenido lugar episodios semejantes.

Entonces Miró, tomando con dulzura las manos de su madre, dijo:

—Tenemos que hacer algo. Cualquier día de estos mi padre puede hacer una locura…

—¿Y qué podemos hacer, hijo mío?

Miró la estrechó entre sus brazos y sugirió:

—¿Y si acudieras al conde Armengol?

Ella dio un respingo y contestó:

—¿Con lo que le hizo tu hermana...? Además, debe de estar enojado, por haber hecho tu padre la guerra por su cuenta...

—Armengol va a casarse. Él nos estima, madre, y seguro que ya ha perdonado lo que hizo Riquilda. Bien sabe él lo que hemos sufrido nosotros por eso...

La vizcondesa se refugió entre los brazos de su hijo, y le estuvo besando mientras lloraba.

—No quiero odiar a tu hermana —sollozó—, pero no me queda más remedio que culparla... ¿Cómo nos pudo hacer una cosa así? Ella es tan loca como tu padre, porque lleva la sangre de los Llop y ha sacado su rabia y su crueldad...

Miró sabía muy bien a lo que se refería su madre al decir aquello. Porque no ignoraba que su padre era descendiente de la familia de los Banu Qasi, bisnieto por parte de madre de Muhamad ibn Lubb, El Lobo, de quien heredó el apodo, que fue valí de Zaragoza y Lérida. Este antepasado fue un fiero guerrero que realizó varias incursiones en los condados catalanes de Pallars y Barcelona, presentando batalla incluso al conde Wifredo el Velloso en las inmediaciones de Navés. A consecuencia de aquel encarnecido combate resultó herido de muerte el conde barcelonés. Ibn Lubb fue tan belicoso que llegaría a apropiarse de Tudela y Tarazona, atacó Álava y hasta conquistó Toledo. Su poder acabó cuando fue destituido por el valí de Huesca, Muhamad al Tawil.

# 93

*Abadía de San Miguel de Cuixá, 2 de julio, año 1002*

El códice estaba abierto y colocado sobre un atril, que a su vez reposaba sobre el altar de una de las capillas que se abrían en el cuerpo principal de la iglesia. La página de la izquierda aparecía enteramente escrita, mientras que el folio de la derecha estaba ocupado por una pintura que destacaba mucho por sus colores vivos y su intrínseca armonía. El precioso conjunto se hallaba iluminado por una luz tenue y ambarina, que confería un aspecto aún más enigmático a la escena representada: un gran arco de herradura, con adornos vegetales, acogía a dos misteriosos personajes, situados de pie, descalzos, y colocados sobre podios trapezoidales, portando entre sus manos sendos báculos; ambos vestían semejantes hábitos, con gorros puntiagudos, pero de diferentes colores; sobre ellos, dos lámparas y, flanqueándolos, dos árboles esquemáticos con frutos. Todo era pues doble, simétrico y equilibrado en aquella exquisita miniatura.

Oliba estaba delante del libro, arrodillado y mirándolo con verdadera devoción. El lejano canto del coro de monjes, la solemnidad de la penumbra y la hora escogida para esta oración contribuían a que su imaginación se sumiese en ese estado de fragilidad humana de todo verdadero adorador. Igualmente, el efecto de la vacilante llama de la lámpara que iluminaba este pequeño templo propiciaba la calma y la meditación. Sobrecogido, invocaba la ayuda y la protección de lo sobrenatural, encomendándose al Creador y poniéndose bajo el auxilio de su Providencia.

Su actitud de contemplación era tan profunda e intensa que le hacía salir de sí, para dejarse empapar de los misterios, en total quietud y transparencia, habitado por quien sostiene y alimenta nuestra existencia. Y en esta situación, fue como si oyera palabras inefables, al mirar desde lo visible hacia lo invisible.

Oliba vislumbraba claramente el significado de aquella imagen que tenía delante, penetrando en el enigma de la escena: los dos personajes, que parecían interpelarle fijamente con sus ojos grandes y diáfanos; las dos lámparas colgantes del arco, cada una con sus cuatro velas encendidas; y los dos árboles, que eran dos frondosos olivos cargados de aceitunas. Comprendía el sentido de aquella pintura, puesto que ilustraba simbólicamente el pasaje del libro del Apocalipsis en el que Dios dice: «Y daré a mis dos testigos que profeticen por mil doscientos sesenta días, vestidos de cilicio» (Apocalipsis 11:3). Estos dos testigos, representados en el códice con sus báculos en las manos, son individuos investidos del poder de Dios y con una autoridad especial para predicar un mensaje de cordura y salvación durante el período de la Tribulación; dos profetas que manifiestan un encargo contundente a todos: que se arrepientan y crean. Y el pasaje del Apocalipsis explica a continuación: «Estos testigos son los dos olivos, y los dos candeleros que están en pie delante del Dios de la Tierra» (v. 4). Esta declaración continúa aquella otra visión que Dios dio al profeta Zacarías:

«Me dijo: ¿Qué ves? Y respondí: He mirado, y veo un candelero todo de oro, con su vaso sobre su cabeza, y sus siete lámparas encima del candelero; y siete canales para las lámparas que están encima de él; y sobre él dos olivas, la una a la derecha del vaso, y la otra a su izquierda. Proseguí, y hablé a aquel ángel que hablaba conmigo, preguntándole: ¿Qué es esto, señor mío? Y el ángel que hablaba conmigo respondió diciendo: ¿No sabes qué es esto? Y dije: No, señor mío. Entonces respondió diciendo: Esta es palabra de Jehová a Zorobabel, en que se dice: No con ejército, ni con fuerza, sino con mi espíritu, ha dicho Jehová de los ejércitos» (Zacarías 4:2-10).

Oliba en ese momento comprendió que el aceite de oliva simbolizaba, pues, el Espíritu Santo de Dios, como cuando Dios animó a Zorobabel a recordar que las cosas espirituales serían llevadas a cabo por medio del Espíritu de Dios y no por su propia fuerza. Y las lámparas eran el símbolo de esa luz verdadera, la luz del Espíritu.

Oliba se repitió en su interior este principio importante acerca de cómo Dios lleva a cabo su obra: no por la fuerza bruta, sino por medio del sutilísimo Espíritu. Como estos dos individuos, revestidos de la luz y el brillo que representan las lámparas y el aceite, llenos del Espíritu Santo de Dios para hacer su obra, para cumplir su ministerio como una luz para el mundo. Así como Dios llevó a cabo las cosas a través del poder de su Santo Espíritu durante el tiempo de Zorobabel, hará lo mismo a través de sus testigos durante los tiempos del fin. Como el profeta Zacarías declaraba, el poder necesario para llevar a cabo esa obra no estaba en ellos mismos, sino como manda Dios: «No con los ejércitos, ni con fuerza, sino con mi Espíritu». Muchos piensan que para sobrevivir en este mundo deben ser duros, fuertes, inflexibles y agresivos, cuando solo a través del Espíritu de Dios se logran cosas de valor duradero.

La misma vestimenta de los dos personajes de la escena reflejaba de alguna manera que el contenido de su mensaje tenía relación con esto, con la humildad, la mansedumbre y la sumisión confiada. El Apocalipsis dice: «vestidos de cilicio»; es decir, con ropas que indicaban lamentación y duelo, apropiadas para denunciar el pecado de los hombres y el mal de la violencia y el odio.

Oliba comprendió y se arrojó al suelo arrobado. Se daba cuenta de que él también tenía una misión similar a la de sus antecesores. Él también estaría rodeado de poderosos enemigos y, sin embargo, tendría que animar al pueblo para la reconstrucción de lo que había sido destruido y de la vida religiosa de la nación. Y el poder necesario para llevar a cabo su ministerio vendría únicamente del Espíritu Santo, y no de sus recursos económicos o militares, y sería muy bendecido, como portador de la luz de la verdad de Dios a los hombres. En relación a esto, hasta su propio nombre, «Oliba», adquiría ahora un nuevo y definitivo significado. Él, igual que estos dos testigos representados en el códice, estaba en pie delante de Dios, respaldado por el olivo e iluminado por la lámpara, lo que indica que contaba con su aprobación y que era sostenido por su poder y autoridad, para que pudiera desempeñar su misión en un mundo hostil. El candelabro de oro, con su depósito de aceite y las lámparas se refiere a una existencia constante de aceite y significa que el poder de Dios se refleja en la luz. El aceite se obtenía de las aceitunas y se usaba para producir luz. Los dos olivos representaban los oficios sacerdotales y reales, ministerios que él debería ejercer a partir de ahora en su nueva vida.

Sintió con humildad y agradecimiento que ningún poder humano podría detenerle. Como otros profetas en tiempos pasados, él también sería preservado milagrosamente hasta que hubiera cumplido su misión. Igual que Moisés fue protegido frente al faraón, o Elías frente a la malvada Jezabel.

No había soberbia en estas develaciones, sino aceptación, humildad y confianza. Por eso, tras un arrepentimiento sincero por sus errores y pecados del pasado, Oliba expresó en voz alta su deseo de emprender esa nueva vida al servicio de Dios:

—Que se haga lo que tú mandas y nada más. Aquí me tienes.

# 94

*Bosques de Castellbó, 9 de julio, año 1002*

Aquel hombre apareció de pronto entre la maleza, jadeante y despavorido; el rostro desencajado y brillando de sudor.

—¡Lo tienen, mi señor! —anunció con desbordante alegría—. ¡Es un gran oso! ¡Y no está muy lejos de aquí! ¡Podrás acercarte a él incluso a caballo si es tu deseo!

—¡Soltad de una vez los malditos perros! —gritó el Llop, con una voz tan enérgica y desgarrada que más bien pareciera de desesperación y no de diversión.

El cuerno sonó vivamente, en medio de los frenéticos ladridos que resonaron en los montes, mientras hombres y perros emprendían la marcha abriéndose paso por una espesura agobiante, saturada de espinosas zarzas y apretados arbustos. Y el Llop, dueño por completo de su caballo y lanza en mano, se adentró por el sombreado bosque al galope, pareciendo imposible que pudiera avanzar de aquella manera, con tanta habilidad y tan velozmente, por un terreno harto complicado y enmarañado, con el suelo sembrado de pedruscos y amenazantes ramas por todas partes.

Detrás de él corrían a pie su hijo Miró y su sobrino Blai de Adrall, intentando seguirle, alargando cuanto podían sus piernas, saltando y sorteando los obstáculos. Las ancas del caballo del vizconde aparecían y desaparecían por delante, y temían perderlo de vista.

Pero, como había dicho el hombre que dio el aviso, el Llop no tuvo que hacer un recorrido demasiado largo porque alcanzó muy pronto a la jauría, que acorralaba tenaz al oso en la hondonada que formaba un torrente. Era, en efecto, un animal grande y grueso, que estaba evidentemente fortalecido y bien alimentado, merced a los frutos y la miel cosechada durante toda la primavera y lo que iba transcurrido del verano. Se hallaba furioso y con los colmillos llenos de espuma, puesto en pie junto al tronco retorcido de un árbol, con el agua hasta las rodillas y la espalda bien protegida por las rocas. Los perros subían y bajaban, chapoteando y amenazando, sin que ninguno se atreviera a acercarse a él.

El Llop mostró entonces toda la bravura y habilidad del veterano cazador, pues, despreciando el peligro, descabalgó y avanzó hacia el tremendo animal, que se defendía furiosamente de los perros. Pero, al tirarle un fuerte golpe con su lanza, perdió pie entre las resbaladizas piedras del torrente y cayó al agua. Entonces el oso abandonó en el acto a los perros para precipitarse sobre él; y le hubiera agarrado, si no hubiera sido porque los hombres lo acosaron, sirviéndose de pértigas y auxiliados por los perros, pero sin decidirse a herirlo, pues ese sagrado privilegio correspondía únicamente a su señor. Mientras tanto, el Llop pudo ponerse de pie, aunque desarmado y entorpecido por estar metido en el agua hasta la cintura; forcejeaba para salir y buscaba a tientas su lanza, mientras gritaba furioso:

—¡Un arma! ¡Maldita sea! ¡Un arma!

En ese instante crítico, llegaban por fortuna Blai de Adrall y Miró, que se habían retrasado por ir corriendo a pie, aunque, no obstante, encontraron el lugar gracias a que habían oído los ladridos y las voces. Vieron al conde en peligro allá abajo, a poca distancia y casi a merced de la fiera. Entonces Blai no se lo pensó dos veces, saltó a la hondonada y atravesó al animal con su lanza. A su vez, Miró acudió en su auxilio y le cortó desde arriba la nuca con un certero tajo de su espada.

Enseguida se arrojaron los hombres y los perros para rematar al oso, mientras el Llop era ayudado a salir del torrente. Y cuando estuvo a salvo, se secó el sudor de la frente y se quitó con rabia su gorro de caza, mientras bufaba y refunfuñaba:

—¡No me habéis dado tiempo! ¡Me cago en todos los moros! ¡Condenados impacientes! Hubiera podido abatirlo yo...

A lo que su hijo, yendo hacia él con la cara todavía lívida de preocupación, le replicó:

—¡Calla, padre! ¡Has estado a punto de...!

—¿A punto de qué? ¡A punto de matarlo yo si no os hubierais metido vosotros de por medio! ¡Ese oso era mío! ¿Me oís todos? ¡Mío! ¡Yo soy el señor y el dueño de estos bosques! ¡Solo yo tengo derecho a matar al oso!

Blai de Adrall estaba aterrorizado y corrió a postrarse ante él para súplicar su perdón. A lo que el Llop, sin mirarle siquiera y mientras montaba en el caballo, dijo:

—Te perdono el descaro por tu valor. ¡Y no se hable más de este asunto! ¡En qué poca estima me tenéis todos, diantre! ¡Sabed que no soy un viejo!

Al verle a caballo, los batidores hicieron sonar los cuernos, que atrajeron al resto de los perros que andaban desperdigados; y se pusieron a prepararlo todo para organizar el regreso. Así terminó la caza en aquella jornada que pudo haber sido fatal para Guillem de Castellbó, como se dice que lo fue para Favila, el rey de los godos, que pereció atacado por un oso en los montes de Asturias.


Mientras tanto, en el castillo se había recibido una visita que no era del todo inesperada, pues había sido organizada para que resultase una sorpresa, precisamente, aprovechando la ausencia del vizconde. A una prudente hora de la mañana, se había presentado allí el conde Armengol de Urgel, y ahora estaba en el salón principal con la vizcondesa Sancha.

Ella le estaba contando entre lágrimas lo que había sucedido en las semanas anteriores, describiendo con mucho dolor la serie de accesos violentos y ataques de ira que había padecido su esposo. Si bien era cierto que, en los últimos días, poco a poco se fue apaciguando y comenzó a tener, de vez en cuando, momentos tranquilos y cuerdos, en los que se proponía hacer muchas cosas, pero no resolvía nada.

—Aunque —explicaba la vizcondesa—, otras veces, cuando se había agotado ya su furia, mi marido se quedaba sentado, como indolente, adoptando sus facciones una triste y rígida inmovilidad, como quien medita alguna iniciativa desesperada y se encuentra aún incapaz de tomar una resolución sobre ella. Y hubiera bastado poco más que una palabra torpe por parte de cualquiera de nosotros, o una simple insinuación inocente, para que él retornase de nuevo a las voces, los juramentos de venganza y los reproches... ¡Ha sido horrible! ¡Horrible! No podíamos hablarle ni tratar de confortarle... Todo lo que le decimos le cae mal. Por eso estoy tan asustada y temo que se enoje todavía más... No sé si hice mal invitándote para que vinieras a Castellbó.

La vizcondesa le contaba todo esto a Armengol, sincerándose con él, porque había sido ella misma la que había tenido la idea de llamarle para que asistiera a la cacería, buscando con ello la reconciliación de su marido con él, como le había sugerido Miró. Con ese fin, y puesta de acuerdo con su hijo, envió a un mensajero a Castellciutat, arriesgándose por su cuenta a convocar al conde a la cacería que estaba organizada para ese día. Pero Armengol, prudentemente, declinó la invitación a cazar el oso, para no forzar las cosas, puesto que entendió que correspondía al vizconde dar ese paso. Sin embargo, pensándolo luego mejor, aceptaba ir a presentarse ante el Llop en su castillo, cuando hubiese finalizado la jornada de cacería. Por eso estaba allí, a la espera de que tuviera lugar el reencuentro y con la ilusión de que fuera provechoso. Porque, al fin y al cabo, la idea de la vizcondesa había resultado providencial para él, puesto que ya tenía resuelto Armengol recobrar el contacto con el vizconde Guillem lo antes posible, como le había pedido su hermano.

Y escuchaba muy atento a Sancha, compadecido sinceramente, pues apreciaba mucho a aquella familia y sentía este sufrimiento como propio. Y ella, sabiéndose comprendida, proseguía desahogándose:

—Si no llega a ser por mi hijo Miró y mi sobrino Blai, no sé qué hubiera sido de nosotros; no sé qué hubiera sido de mí... ¡Mi esposo estaba como loco! ¡Poseído por el mismo demonio! Él no pensaba ya en otra cosa que no fuera la venganza… ¡Hasta de la caza se había olvidado! Con lo que para él fue siempre eso… Ni siquiera a sus halcones les hacía ya caso… Mi hijo y mi sobrino fueron los que, con mucha paciencia y cuidado, y gracias a Dios, le fueron convenciendo y acercando a la idea de que sería muy beneficioso para él recobrar los buenos y saludables hábitos… Y por fin, al saber que no iba a ser difícil encontrar un buen oso no muy lejos, consiguieron animarle…

—¡Menos mal! —exclamó Armengol—. ¡Quiera Dios que hayan dado con ese oso y que Guillem lo haya cazado!

—Sí. Y también estén servidos Dios y Nuestra Señora de hacernos la merced de cambiarle el temperamento… Aunque me temo que eso…

Se hizo un silencio cargado de pesar, tras el cual, esperanzado, Armengol murmuró:

—Seguro que se alegrará al verme.

Sancha le miró con una sombra de tristeza en los ojos. Luego, dijo desolada:

—La vida es dura… ¿Quién iba a imaginar que tendríamos que pasar por todo esto? Con lo bien que estábamos y lo felices que éramos… ¡Qué dura es la vida!

—Lo pasado ya no importa —sentenció el conde, forzando la sonrisa—. El agua que ha corrido ya no mueve el molino… Ahora debemos mirar hacia el futuro.

La vizcondesa esbozó una sonrisa triste y recordó:

—Eso mismo es lo que dijo mi hijo Miró cuando estábamos decidiendo si debíamos llamarte, que tú tienes un alma grande y no llevarías en cuenta lo que hizo Riquilda. Por eso, ahora me alegro de haberte enviado ese mensajero. El problema es el carácter que Nuestro Señor le dio a mi esposo: un carácter igual al de los lobos o los osos que caza. ¡Aunque esta torre se pusiera a temblar, a él no se le movería ni un pelo!

El conde de Urgel confirmó con tacto sus palabras:

—Tienes razón. Pero no debemos olvidar que Guillem, por otro lado, posee unos méritos nada despreciables… Y es una lástima que tenga esa manera de ser colérica y pendenciera. ¡Dios maldiga la cólera, que al primero que perjudica es a quien la posee!

Sancha movió la cabeza, entristecida.

—Y luego perjudica a los que más le quieren… ¡Con lo felices que podríamos ser!

—¡Y seremos felices! —repuso Armengol con esperanza y anhelo—. Tenemos derecho a serlo. Toda guerra tiene un final. Y esta no tiene más remedio que terminar algún día.

—Eso es lo que le pedimos a Dios, ¡que Almansur baje de una vez a los infiernos! Entonces podremos vivir en paz en nuestra bella tierra y olvidarnos de tanta rabia y tanto odio.

Armengol levantó la cabeza con esperanza, puso los ojos en lo alto y aseguró con solemnidad:

—Venceremos. Yo estoy muy seguro de eso. Ya no tengo dudas, porque confío en Dios y doy crédito a sus profecías...

La mujer se golpeó el pecho, henchido como un odre, y exclamó:

—¡Dios te oiga, hijo mío!

Reinó un breve silencio, mientras el conde la observaba con aire pensativo, como si quisiera decir seguidamente algo sumamente importante. Después se irguió y empezó diciendo:

—Dios siempre oye, nos oye... Desde que visité al papa Silvestre en Rávena, veo las cosas de otra manera. Él nos dijo algo que es tan cierto como que Dios es Cristo: que todos los males acaban terminando un día u otro. Y a los días de Satanás ya se le ha fijado término. Su final está cerca. Porque el poder de Satanás no es infinito. No es más que una criatura, poderosa por el hecho de ser espíritu puro, pero siempre criatura: no puede impedir la edificación del Reino de Dios. Todo esto no deja de ser un misterio, y el papa nos dijo que, si Dios permitía de momento este mal, era porque ya tenía decidido su final... Pero uno de estos días nos despertaremos con la feliz noticia de que Almansur ha sido vencido, muerto y sepultado.

El rostro de la vizcondesa se iluminó, tomó con fuerza las manos de Armengol y exclamó emocionada:

—¡Ay! ¡No sabes qué paz me da al oír esas palabras! ¡Bendito sea el sabio y santo papa Silvestre! ¡Y que Dios maldiga al demonio sarraceno!

La mujer quedó en silencio un rato, con la cabeza baja, sumida en su esperanza. Luego dio un hondo suspiro e, inesperadamente, preguntó con voz apenas audible:

—¿Se trata de una boda por amor o por conveniencia?

El conde se incorporó de golpe con el cuerpo macizo rígido, la cara demudada; clavó su mirada en la cabeza agachada de Sancha, desconcertado, y preguntó:

—¿Qué boda?

Ella murmuró con voz ahogada, con apuro:

—Tu boda con la hija del conde de Provenza.

Armengol rio y respondió:

—La boda será cuando Dios quiera... Por el momento, hemos tenido que aplazarla.

—Pero... ¿tú la amas? ¿Te casas seguro y convencido o lo haces por conveniencia? Tú me entiendes...

Él le lanzó una mirada de advertencia, como queriendo decirle: «¡Qué obstinación!». Luego murmuró con sorna:

—Es una mujer muy bella y muy buena. En cualquier caso, es lo que debo hacer.

Sancha sonrió en señal de agradecimiento, mientras decía con una dignidad que no cuadraba con sus verdaderos sentimientos:

—Que Dios te lo tenga en cuenta. Yo lo único que le pido es que seas muy feliz y que tengas todos los hijos que pueda darte esa dama. Y que la boda sea cuando Él disponga. Lo importante ahora es que nos desembaracemos de la pesadilla de los moros, que los condados vuelvan a su anterior grandeza, y que encontremos nuestro camino allanado para prosperar en paz...

En ese instante se oyó a lo lejos el inconfundible sonido del cuerno. Ella dio entonces un respingo y gritó:

—¡Virgen santa, ya están aquí! ¡Vamos abajo y que sea lo que Dios quiera!

Los cazadores entraron en el castillo y dejaron el oso en el centro de la plaza de armas. El Llop venía por detrás a caballo, altanero pero visiblemente agotado. Descabalgó y anduvo con pasos vacilantes, sin dejar de mirar la presa y diciendo desdeñoso:

—Bueno, tampoco es un oso tan grande... Digamos que es mediano...

No se había percatado de que Armengol estaba delante de la puerta, junto a la vizcondesa. Pero, cuando se volvió para entrar, el conde salió hacia él riendo y diciéndole:

—Si me hubieras invitado, como debías haber hecho, habríamos encontrado un animal mucho más grande. Sabes que para eso tengo mucha suerte.

La sorpresa dejó pasmado al Llop, que se quedó clavado en el sitio, contemplando el rostro risueño y afable de Armengol, con una incredulidad y un asombro indescriptibles. No podía dar crédito a sus ojos, y pensó que ese hombre risueño, aunque se parecía a él, era otra persona a la que veía por primera vez y cuyo rostro resplandecía de alegría como la luz del sol.

El conde entonces se fue aproximando hasta detenerse a unos palmos de él; se quedó un buen rato allí parado, indeciso, sin avanzar ni retroceder. Hasta que, de repente, avanzó también Miró, riéndose con sonoras carcajadas, seguido por Blai, que lo acompañaba.

—¡Armengol! —exclamó con inmensa alegría Miró—. ¡Deberías haber llegado antes! ¡Mira qué oso hemos cazado!

Pero, enseguida, reparando en lo que acababa de decir, se volvió temeroso y su mirada tropezó con la de su padre, que lo contemplaba estupefacto y rectificó:

—Mi padre nos dejó matarlo…

A pesar de su estupor y su orgullo, el afecto se deslizó de inmediato en el corazón del Llop. Se aproximó a Armengol, se inclinó levemente y preguntó con parquedad:

—¿Qué te ha traído por aquí?

—Ya que tú no vas a verme, me dije: necesito ver a mis viejos amigos…

Guillem estaba visiblemente desconcertado. Pero una casi inapreciable sonrisa había acudido a sus labios. Aunque sus facciones recobraban rápidamente una apariencia seria y grave al preguntar:

—¿Vienes de los campamentos del Ripollés?

—Naturalmente. Todo el mundo está en los campamentos del Ripollés. Bueno, todo el mundo menos…

Armengol no acabó la frase y se quedó callado mientras escudriñaba su rostro.

El Llop entonces enrojeció de repente y gritó:

—¡Atajo de cobardes! ¡Deberían estar ya todos en la Marca!

El conde de Urgel tragó saliva, pues comprendió que aquello iba a ser más difícil de lo que había pensado en un principio.

Pero, inesperadamente, el Llop, viendo que tardaba en responder, le dijo con aspereza, mientras la exasperación brillaba en su rostro:

—¡No te quedes ahí parado como un pasmarote y di qué quieres!

La severidad de aquella voz penetró hasta el corazón de Armengol, lo estremeció y la lengua se le trabó, como si las palabras se le hubieran pegado al paladar.

—¡Habla! —le gritó el Llop con violencia aún mayor, cada vez más rabioso.

Se creó entonces una situación muy tensa, en la que todos los que contemplaban la escena temían que ocurriera algo en extremo desagradable. Pero, pasado un rato de silencio, el vizconde Guillem abrió de nuevo su boca grande y dijo:

—Dios ha debido de oírme… Porque un día y otro le he suplicado en mis oraciones que vinieras a pedirme que me uniera a ti en los campamentos. Pero deseo oírlo de tus labios, señor mío, conde de Urgel.

En los ojos de Armengol brilló una mirada de inquietud, mezclada con alegría, y le dijo con seguridad y emoción:

—Me haces más falta que nunca, Guillem de Castellbó. Se avecina una gran guerra y necesitamos hombres como tú.

—¿Eso es todo? —replicó el Llop sin abandonar su rigidez.

El conde estaba desconcertado y casi temblaba ante su presencia impetuosa. Respondió balbuciente:

—¿Y qué más…? No sé qué más puedo decirte…

—¡Dime que me amas, diantre! ¡Y ven a mis brazos! —exclamó el Llop, apareciendo por fin en su cara una sonrisa y una expresión conmovida y afable. Fue hacia el conde y lo estrechó entre sus brazos.

La vizcondesa Sancha entonces, sin poder contener su entusiasmo y su felicidad, se puso a dar gritos:

—¡Alabado sea Dios, ningún otro sea alabado sino Él! ¡Bendito y alabado sea en el infortunio y en la dicha! ¡Vamos a preparar una fiesta ahora mismo!

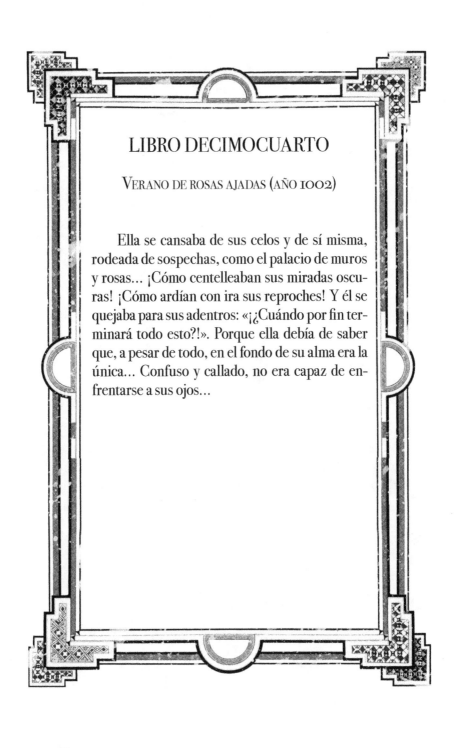

# LIBRO DECIMOCUARTO

## Verano de rosas ajadas (año 1002)

Ella se cansaba de sus celos y de sí misma, rodeada de sospechas, como el palacio de muros y rosas... ¡Cómo centelleaban sus miradas oscuras! ¡Cómo ardían con ira sus reproches! Y él se quejaba para sus adentros: «¡¿Cuándo por fin terminará todo esto?!». Porque ella debía de saber que, a pesar de todo, en el fondo de su alma era la única... Confuso y callado, no era capaz de enfrentarse a sus ojos...

# 95

*Córdoba, 16 de julio, año 1002*

Arif terminó de beber su limonada en el jardín, como cada tarde a esa misma hora. Inmediatamente después, subió al dormitorio y se dirigió al espejo para ponerse la ropa de fiesta. Se vestía despacio, con la parsimonia propia de un rito, prenda por prenda; debajo, la *jubba* de seda pajiza y, encima, el *mulham* acuchillado de mangas anchas; se anudó el turbante por detrás y se colocó un par de delicadas cintas bordadas, prendidas desde la nuca hasta la espalda. Luego se atusó la barba y se retorció el bigote, mientras escudriñaba el aspecto de su cara, volviéndola hacia la derecha y la izquierda, para verse por ambos lados. Hacía todas estas operaciones ante la mirada atenta de su esposa Rashida, que todavía no terminaba de acostumbrarse a que él se hubiera vuelto tan presumido de un tiempo a esta parte. Ninguno de los dos decía nada. Pero, indudablemente, ambos no disfrutaban por igual con aquel proceso meticuloso de acicalamiento, pues ella estaba seria y a todas luces enojada. Y cuando él hubo quedado del todo satisfecho de sí mismo, extendió la mano y cogió de la alhacena el frasco de perfume de sándalo que alguien le había regalado el día de la fiesta del nacimiento del profeta. Lo destapó con cuidado y se derramó una pequeña cantidad en las manos y en la cara. Hecho esto, se ciñó la faja y se colocó el puñal, echándose después la capa sobre los hombros mientras salía de la habitación despidiendo un grato aroma toda su persona.

—¿Hoy no me darás un beso? —le preguntó ella con una sonrisa punzante.

Él se detuvo y la besó en la mejilla, dejándole en el rostro ese aroma destilado que revivía en el corazón de Rashida, junto con el amor, el deseo y los celos, porque, a esta hora vespertina, tal efluvio era cada día el signo de la partida de su esposo y ella lo recibía con un resentimiento innegable.

Arif lo sabía y, como si formara parte del ritual, se la quedó mirando durante un instante con resignación, antes de soltar un hondo suspiro y decir en tono de excusa:

—Sabes que debo ir. Es imprescindible acudir a esas fiestas para hacer amistades y asegurar los negocios. Así que no pongas esa cara.

—Sí, lo sé, pero… ¿todas las noches?

Él le tomó las manos con cariño y contestó:

—Será solo durante el verano. Esa es la costumbre en Córdoba.

—Estamos a mediados de julio —refunfuñó ella, aferrándole fuertemente, como si quisiera retenerle—. ¿Y si se prolonga la cosa también en agosto y septiembre? ¡Me parece excesivo! Las fiestas de los campamentos en nuestra tierra no se alargan tanto. ¡Esta gente es muy exagerada!

—Mujer, compréndelo, es otro clima y otra manera de ser. Si queremos cultivar las buenas amistades, tendremos que amoldarnos a las costumbres de aquí.

Ella le agarró aún más fuertemente y tiró de él.

—¡No vuelvas demasiado tarde! Las horas se me hacen eternas con este calor…

Arif intentó zafarse de la presa con cuidado, diciendo:

—No siempre uno puede irse de esas fiestas cuando lo desea. Hay una serie de normas de cortesía que son inexcusables.

—¡Anda ya! ¿Te crees que soy tonta?

Él sonreía tratando de disimular su apuro y su impaciencia. La besó de nuevo fugazmente y logró soltarse, alejándose enseguida, como el prisionero cuando consigue abandonar sus cadenas y recobrar su libertad para moverse y huir.

En el jardín ya le estaban esperando Ahmad y otro criado más joven que cada día los acompañaba en aquellas salidas, vestidos de fiesta, aunque con mayor sobriedad. También se hallaban allí los niños, que ya habían acabado de tomar su cena. Entonces el pequeño Kamil, mientras que su padre recorría el jardín, salió detrás de él para saciar su deseo de imitar sus movimientos y le siguió hasta la puerta principal, caminando con idéntico porte e irguiendo la cabeza con la misma pose. Y su madre, aunque estaba a punto de echarse a reír, siguió fingiendo seriedad y enojo al decirle:

—¡Vuelve aquí, Kamil!

El niño sabía cómo se las gastaba su madre y obedeció al instante sin rechistar. Pero Rashida, todavía disgustada, corrió en dirección a su esposo y le gritó a la espalda:

—¡Al menos podrías llevarme alguna vez contigo! ¡Hace tanto tiempo que no voy a una fiesta!…

Arif se volvió, la miró con ternura y contestó:

—Querida mía, sabes de sobra que aquí las mujeres no son invitadas.

—Pues demos nosotros una fiesta en nuestra casa. ¡Es tan sencillo como eso!

Él se quedó pensativo un instante, antes de decir con una sonrisa complacida:

—Está bien, habrá que planteárselo…

Y dicho esto, no dio ninguna oportunidad más a la continuidad de aquella conversación. Salió aprisa del palacio, pero enseguida ralentizó sus pasos y cruzó la plaza caminando con aplomo y dignidad, custodiado por sus sirvientes, como si fuera rodeado de magnificencia y poder, alzando las manos de vez en cuando para saludar a los vecinos que estaban sentados delante de las puertas de sus casas, y que se iban levantando a su paso, sonrientes y respetuosos, siguiéndole con los ojos llenos de afecto, mientras le veían perderse por los intrincados callejones de la medina.

Rashida contemplaba esta escena desde la ventana, oculta tras una celosía, y su rabia se acentuaba al ver a su esposo partir y alejarse de ella, con aquella marcha presuntuosa y la prestancia de un pavo real. Volvió al palacio pesarosa, dejando que sus demonios le sugirieran todo tipo de suposiciones, y luego dio rienda suelta a su mal humor, diciendo a voces:

—¡Empiezo a estar harta! ¿Me oís todos? ¡Harta! ¡Me aburro! ¡La vida de las mujeres aquí es un aburrimiento! ¡Todos los días lo mismo! ¡Siempre lo mismo! ¡Lo mismo da que sea invierno o verano! ¡Aquí solo hay vida para los hombres!

Y luego subió despavorida las escaleras, para ir a arrojarse boca abajo en la cama, llorando de manera que sus gemidos y sus quejas fueran audibles en toda la casa.

Prisca acudió enseguida muy preocupada y se puso a acariciarle los cabellos, diciéndole con prudencia:

—Señora, no es bueno que digas esas cosas… Pueden oírte y…

—¡Que me oigan! ¡A ver si se enteran de una vez!

—Señora, calla… No seas insensata…

—¡A la mierda! ¡Estoy harta de callar y aguantar!

# 96

*Córdoba, 19 de julio, año 1002*

El pequeño Kamil se parecía muchísimo a su madre, tanto en sus ojos negros como en su esbelta figura, y sobre todo por su cabello lacio de un negro profundo. También la niña se parecía a Rashida, y la imitaba en sus gestos y en su silencio, llenos de sublimidad y reserva. No había más diferencia esencial entre ambos hijos que la tez aún más blanca de Saniya. El niño alargaba el cuello cuando hablaba, remedando al padre, alzaba la barbilla de la misma manera y, a medida que iba creciendo, tomaba forma su recia complexión y sus miembros robustos, como los de Arif. Pero en la aguda y burlona mirada de sus ojos oscuros, en su nariz recta, en sus cejas negras y espesas, había algo que bastaba para prevenir a quien se propusiese contrariarlo; igual que sucedía con el rostro de su madre. Por eso ella, haciéndose cada día más consciente del temperamento familiar que había heredado el hijo, procuraba atarle corto y no le dejaba que impusiese a toda costa su voluntad pendenciera y déspota. Pero no podía evitar que un niño tan avispado se enterase de todo lo que pasaba en la casa, sorprendiéndola cada vez más con sus atrevimientos y bravuconerías.

Una de aquellas mañanas de verano, Rashida se había levantado de mal humor, como era cada vez más frecuente desde que su esposo empezara a acudir a las fiestas nocturnas. En esta ocasión, Arif había vuelto a casa cuando el sol estaba ya alto. Venía empapado en perfumes melosos y aromas de otra casa, además de desprender efluvios de olor a vino. No se le ocurrió mejor excusa que la de alegar que había estado paseando hasta la hora de la oración del alba, y que luego estuvo en la mezquita principal más tiempo que de costumbre, para hacer ver a los potentados que era un hombre piadoso.

Ella se echó a reír hasta enseñar sus dientes blancos y perfectos. Luego replicó en un tono no exento de ironía:

—Si hay algo que valoro en ti, más que ninguna de tus otras cualidades, es esa fe tan grande que tienes. Eres capaz de llenarte de vino hasta las cejas e ir a la mezquita Aljama sin que ni siquiera Alá se dé cuenta de que estás borracho.

Él no contestó a esta malvada insinuación, porque sabía que discutir con su mujer se convertía siempre en una guerra perdida. Se quitó la ropa con parsimonia y se tumbó desnudo en la cama. Un instante después estaba roncando.

Rashida, por su parte, decidió no insistir, siendo muy consciente de que no iba a sacar nada en claro, viendo el estado de embriaguez de su esposo. Pero sus nervios alterados la dominaron de tal forma, que salió del cuarto dispuesta de una vez por todas a enterarse de lo que estaba pasando. Bajó a las dependencias de los criados e hizo algo que no se le hubiera ocurrido estando en sus cabales. Pero su rabia y sus celos eran tan grandes aquella mañana que le impedían razonar. Entró de repente y sin llamar en el dormitorio de Ahmad y gritó sulfurada:

—¡Sal de la cama!

Él apenas acababa de acostarse y todavía no se había dormido, a pesar de lo cual se sobresaltó y se incorporó bruscamente, preguntando despavorido:

—¡Mi señora! ¿Qué ha sucedido?

—Nada. Solo quiero hablar contigo.

Ahmad se levantó taciturno y se sentó en la cama a la espera de lo que ella tuviera que decirle. Pero Rashida, dando una fuerte palmada, le ordenó con voz tonante:

—¡Vístete, idiota! ¡Te espero en el jardín!

Ella salió y fue a esperarle debajo de la palmera. Estaba tan ofuscada que ni siquiera reparó en que los niños andaban por allí dedicados a sus juegos.

Ahmad llegó confundido, caminando despacio y en un evidente estado de somnolencia.

—¡Siéntate ahí! —Rashida le señaló un banco de piedra—. Vamos a aclarar tú y yo ciertas cosas.

Ahmad se sentó, quedando en la posición en la que el reo está por debajo del juez que le interroga.

—Tú me dirás, mi señora —murmuró con apocamiento.

Ella hinchó su pecho, abriendo los perfectos orificios de su nariz al inspirar, como en un gesto de poderío, al mismo tiempo que procuraba serenarse.

—A mí lo que tú hagas, Ahmad, me resulta indiferente. Mi esposo te aprecia y te ha metido en nuestra casa sin contar con mi voluntad. Él está muy agradecido por los servicios que le has prestado y ya me he dado cuenta de que no te trata como a un simple criado, sino que hay amistad entre vosotros. Pero eso no significa que yo tenga que dispensarte aprecio o consideración de cualquier clase...

—Señora, yo...

—¡Calla y déjame hablar!

A continuación, Rashida le preguntó directamente, sin dar ninguna clase de rodeos, sobre el lugar donde habían estado durante la noche. A lo que Ahmad respondió con las ya consabidas explicaciones, no muy diferentes a las que habitualmente daba Arif, sobre aquellas fiestas tan necesarias para conseguir amistades que resultasen beneficiosas a la hora de concertar nuevos negocios. Mientras él hablaba, con la elocuencia y la facilidad que le conferían su oficio de cuentacuentos, ella lo observaba fijamente, como ofuscada por la pasión de ver, de captar el sentido de cada palabra que se le escapase, de cada gesto que hiciese, de cada señal que articulasen las facciones de su rostro... Nada, excepto la forma en que era dicho, era distinto a lo que su esposo le había contado cada vez que ella insistía, tozudamente, en querer conocer detalles de aquellas fiestas. No había pues contradicción entre los relatos de uno y otro. No obstante, la imaginación de Rashida seguía interrogándose: ¿qué había durante esas noches, además del vino y la música, que pudiera retenerle tanto tiempo?

Pero esta vez ella estaba decidida a plantear la pregunta que, definitivamente, la tenía tan encendida por los celos.

—¿Hay trato con mujeres? —inquirió.

El cuentacuentos sonrió, pues seguramente lo estaba esperando, y respondió con una seguridad digna de todo crédito:

—Hay bailarinas y alguna tañedora de laúd. Pero no es decente que las mujeres de esos hombres potentados estén presentes en las fiestas. No sería pues oportuno que una verdadera señora como tú acudiera al palacio de cualquiera de esos potentados. La tradición es muy rigurosa con respecto a eso entre los fieles del profeta Muhamad. Mi señora, tú ya lo sabes, pues llevas suficiente tiempo entre nosotros. Quizá en tu tierra esté permitido y hasta bien visto que las mujeres participen en banquetes con los hombres. Pero aquí las cosas no son de esa manera.

—¡No me trates como se trata a los niños! —gritó Rashida—. ¡No me chupo el dedo! ¡No me vengas con tus mentiras de cuentacuentos! Sabes de sobra a lo que me refiero. ¿Hay otra mujer en la vida de mi esposo? ¡Eso es lo que yo quiero saber! ¿Se está acostando con alguna?

A Ahmad el desconcierto le produjo vértigo y no pudo responder. Volvió la cabeza hacia un lado, eludiendo aquella mirada incisiva e implacable, tratando de hallar una salida a la difícil situación que se le planteaba. Pero, en ese instante, reparó en que el pequeño Kamil estaba allí al lado, con el ceño fruncido, clavando en él sus oscuros ojos con una furia idéntica a la de su madre. Esto al cuentacuentos le dejó todavía más confundido de momento, si bien, enseguida vio la salvación en aquella circunstancia. Puso de nuevo su atención en Rashida y le dijo en tono de reproche:

—Mi señora, no es bueno que el niño se esté enterando de todo… Es demasiado inteligente y crecerá albergando en su alma desconfianzas y rencores… Yo le enseño a leer y escribir. ¿Cómo va a confiar en su maestro si ve que en su casa no le tienen respeto?

Humillada, en vez de recapacitar, ella respondió con violencia:

—¡Eh, despacio!, no me eches en cara ahora lo que yo deba hacer o no hacer con mis hijos. ¿Con ese tono te diriges a mí? ¡Era lo que me faltaba! He podido ser paciente contigo hasta ahora, a pesar de que te metes en todos los asuntos de esta casa, pero todo tiene un límite. ¡Un cuentacuentos embustero no me va a enseñar cómo debo educar a mi hijo!

Entonces el niño, poniéndose delante de su madre, se encaró también con Ahmad y le espetó con su media lengua:

—¡Embustero!

Él se quedó asombrado, puso una mirada triste en Rashida y dijo:

—Esto me duele en el alma, mi señora. Soy un ser humano de carne y hueso… Mi suerte es que todos los niños me quieren, porque aprecian los cuentos que salen de mi boca… ¿Cómo va a estimar ahora Kamil las bonitas historias que le cuento cada noche?

Ella enrojeció de repente y sus ojos brillaron de ira y confusión. Lanzó una especie de bufido, sacudió la cabeza y se marchó con orgullo hacia el interior del palacio.

# 97

*Córdoba, 26 de julio, año 1002*

El palacio de Radwan no necesitaba nada especial para aumentar en magnificencia, pero aquella tarde, cuando estaba poniéndose el sol de julio, parecía tener un aspecto diferente al habitual. Las últimas luces del día se derramaban sobre el edificio hasta el punto de bañarlo con una especie de aureola dorada. Todos los extremos del soberbio jardín y todos los muros aparecían ceñidos por un collar de perlas luminosas. Y conforme iba oscureciendo, los criados empezaban a encender lámparas de colores que brillaban desde las azoteas, en la parte baja de las paredes; y también en las ventanas, delante de las puertas colosales y hasta colgadas de los árboles, pareciendo que sus frutos y flores fuesen luces blancas, amarillas, rojas, azules, verdes... Por todas las celosías salía luz y parecían gritar invocando la fiesta. Cuando Arif, al acercarse, se encontró con este espectáculo, creyó estar seguro de que se dirigía al paraíso. Una fila de hombres engalanados esperaba frente a la entrada de la casa, por delante de la cual habían extendido arena rubia como el oro. Los dos batientes de la puerta principal estaban abiertos, al igual que los de la puerta del vestíbulo que conducía al patio, cuyo interior iluminaban en las esquinas cuatro grandes candiles de innumerables llamas. Bajo la galería, un espléndido grupo de músicos tocaba una seductora melodía.

Cuando al fin le dieron paso a la sala de recepción, Arif lanzó una rápida mirada hacia los numerosos invitados, preguntándose: «¿Qué hago yo aquí?». A pesar de que hacía ya tiempo que gozaba de la amistad de sus vecinos, se encontraba inseguro, sintiendo como si atravesara una barrera demasiado elevada para su altura. Cierto era que, hasta ese día, había acudido a muchas fiestas desde hacía algunos meses y había visitado las casas de muchos hombres ricos de Córdoba, pero ahora estaba tocando las alturas y sentía que estaba llegando demasiado rápido.

Su vida social se había desenvuelto como en una escalada progresiva, aceptando inicialmente las invitaciones de algunos pequeños comerciantes del zoco y acudiendo a las casas de sus vecinos. Poco a poco fue ascendiendo de una forma natural, casi sin darse cuenta, y cada vez conocía a gente más importante. Indudablemente, había contribuido mucho a ello el próspero negocio que inauguró en primavera y que ahora, durante el verano, le estaba proporcionando insospechados beneficios. Las cosas no habían podido desarrollarse de mejor manera. Poco después de comprar el palacio de los Banu Yahwar, adquirió el antiguo y destartalado caserón que estaba en las traseras, donde cavó los pozos y dispuso todo lo necesario para el proyecto. Pero ni en sus mejores sueños pudo suponer que aquello iba a funcionar de una manera tan rápida y que le iba a reportar beneficios tan cuantiosos en pocos meses. El verano estaba siendo demasiado caluroso y había permanentemente demanda del producto. Aunque la nieve era una mercancía muy cara, por aquel tiempo los cordobeses vivían una época floreciente, merced a las grandes victorias que había conseguido Almansur en sus campañas durante los últimos años.

Si podía decirse que Arif ya era rico cuando llegó a la ciudad hacía dos años, ahora estaba en el buen camino para duplicar su fortuna. El hecho de vivir en un extraordinario palacio en el centro de la medina, rodeado de los principales, y de haber cosechado numerosos amigos gracias a su peculiar habilidad en el negocio que había escogido, eran motivos suficientes para que empezara a darse cuenta de que su vida no iba a resultar tan difícil en Córdoba como pudo haber imaginado en un primer momento. Ahora era conocido como el dueño de la casa de la nieve. Sin embargo, codearse con la nobleza era otra cosa…

Pero su vecino Radwan, a quien le compró el palacio donde ahora vivían, pertenecía a una de las familias árabes más antiguas y reconocidas, y Arif le cayó en gracia desde el primer momento. Cerrado el trato de compraventa, se reunieron algunos días después para almorzar juntos. Ese día surgieron algunos lazos que empezaron a unir a ambos vecinos y que acabaron convirtiéndose en una amistad. Sería tal vez porque Arif había estado especialmente complaciente en aquella primera visita; sería por el vino que bebieron o porque ya estaba predestinado, enigmáticamente, que el encuentro resultase conveniente. El caso fue que ambos congeniaron pronto y acabaron sincerándose. Radwan habló de sus antepasados y, sin jactancia de ninguna clase, expresó tanto las grandezas como las miserias de los Banu Yahwar: las envidias y enemistades que habían recolectado con el paso del tiempo, los triunfos antiguos y los infortunios presentes de un linaje que caminaba irremediablemente hacia la decadencia. Estaban arruinados y ya no contaban con el favor de los poderosos, pero conservaban su prestigio y una condición innata, como un halo de misterio antiguo que los rodeaba y que hacía que las fiestas que daban en su casa fueran las más deseadas por toda la medina.

Por su parte, Arif estuvo inspirado en aquel primer almuerzo. Acudió con el corazón en la mano y, quizá porque en verdad necesitaba desahogarse, también se sintió llamado a contar su propia historia. Algo le inducía a hablar sin reparos y narró su peripecia, desde sus orígenes en la costa de Tarragona hasta su llegada a Córdoba. Ni siquiera por temor a ser considerado un embaucador u hombre de intenciones aviesas, ocultó el episodio de su impostura en Castellbó y su fuga con Riquilda. Tampoco tuvo reparos para revelar que fue esclavo en las montañas de Prades y en la casa de la nieve de Cervera. Una suerte de impulso interno le movía a desnudar su alma; y lo hizo con tal inocencia, con tanta candidez y simplicidad, que Radwan se sintió profundamente conmovido y hasta derramó lágrimas cuando Arif hubo concluido su relato; después lo abrazó y lo besó en la frente con ternura, diciendo:

—Amigo, tú sí que eres en verdad un hombre intrépido a quien Alá ha llevado por sus caminos, protegido por su amor y su benevolencia.

A partir de aquel día, se reunieron muchas veces. Paseaban juntos caminando y se iban hasta los extremos de la ciudad, hablando de sus cosas. Otras veces salían a caballo y hacían largos recorridos por los campos, siguiendo las orillas del río o ascendiendo por las sierras para contemplar la ciudad desde lo alto. Y entonces Arif dejó por fin de sentirse extraño en esta nueva tierra que le acogía; y apreciaba de improviso la grandeza de la vida, la grandeza de su hechizo, como si se le hubiera abierto una de sus misteriosas ventanas y vislumbrara de repente su insólito y guardado encanto.

Y ahora, a finales del mes de julio, estaba entre los privilegiados invitados que acababan de entrar en la que seguramente iba a ser la mejor fiesta privada del verano. Al cruzar el portal no dejó de sentir cierto embarazo, pero el propio Radwan se puso en pie y acudió enseguida con los hombres de la familia para recibirle con afectuosas demostraciones de bienvenida; al acercarse abrió los brazos y Arif hizo lo mismo, estrechándose los dos con entusiasmo. Al instante se les unió el hijo mayor del anfitrión, Alí Abdalrahim, vestido con un impresionante traje de ceremonia, todo bordado en oro, con su arrogancia natural, unida a una apariencia resplandeciente; también abrazó a Arif y lo felicitó de todo corazón por el éxito sorprendente de su negocio de venta de nieve. Y después, a lo largo de la velada, fue conociendo a los miembros de los grandes linajes del barrio más antiguo de la ciudad y a muchos hombres importantes: Ismail al Fahmi, secretario del cadí mayor;

Abú al Qásim, el médico de Medina Azahara; Muhamad al Basel, jefe de la guardia de la mezquita Aljama; los hermanos Abú Shadad, dueños del bazar de las especias; el síndico del Zoco Grande, Yacub al Amín, y su amigo el insigne poeta Farid al Nasri, entre otros.

Más tarde, inmerso en las conversaciones, Arif tuvo definitivamente la certeza de que estaba viviendo en la mejor época de Córdoba, solo comparable a los recordados tiempos del califa Abderramán al Nasir. Tanto la capital como el califato tenían grandes aspiraciones, gracias al poder militar de Almansur y a las inconmensurables riquezas que afluían después de cada victoria, lo cual hacía que los magnates y el pueblo gritaran cantando: «Alá reina en los cielos y Abuámir Almansur aumenta su gloria en la tierra».

La cena estaba servida en el patio y todos fueron a ocupar los asientos que les correspondían en torno a la mesa. Los instrumentos de los músicos se fundieron en una melodía apresurada y alegre, revelando cada uno su intensidad y su energía, como si todos estuviesen participando al unísono en una carrera. Y mientras Arif se dejaba arrobar por aquella música encantadora, un criado escanció el vino y luego otro colocó delante de él una gran fuente repleta de alondras fritas en manteca de cordero, cuyas pechuguitas brillantes quedaban, doradas, al alcance de la vista y de la mano. Tomó una, la mordió y la saboreó. Luego apuró la copa del delicioso vino. Excitado e impresionado, su conciencia entonces se dejó arrastrar por la inflamada melodía y por una felicidad indescriptible, hasta el punto de que la sangre le latía y le faltaba el aliento. Una dulzura y una embriagante tranquilidad lo dominaron después, haciendo de su bienestar una borrachera de lágrimas. Suspiró profundamente y gozó largo tiempo de los ecos de esa melodía, que seguía sonando en su espíritu, y creyó preguntarse si sus ardientes sentimientos eran reales en aquel momento, y si era real todo lo que estaba viendo, o si acaso podrían terminar como en el despertar de un dichoso sueño; si su presente, al igual que esa melodía, y que todas las cosas, podría acabarse de pronto.

Y en un momento dado, el insigne poeta Farid al Nasri salió al centro de la sala, con su elevada estatura, el rostro radiante, pavoneándose y extendiendo las manos con orgullo, antes de ponerse a recitar:

*Esas risas que nos nacen de dentro*
*¡rebosantes de tranquilidad!,*

*y esas otras que bajan de los sueños,*
*exhalando un perfume hechicero,*
*se alían entre sí para elevarnos,*
*como los tonos de esta música perfecta.*
*¿Aspiras llegar al cielo?*
*¿Intentas agotar la eternidad del deseo?*

*Risas y canciones en la casa de Radwan,*
*se convierten esta noche en manojo de rosas,*
*porque este es el tiempo bello y dichoso*
*que los poetas llaman «los días del agrado».*
*Todos los rincones de la ciudad has recorrido,*
*sin librarte de la congoja del deseo.*
*Este es el premio de quien aspira llegar al cielo.*
*No intentes agotar la eternidad del amor...*

Avanzando la noche y la fiesta, cuando empezaban a estar bebidos los invitados y repartidos en múltiples corrillos y conversaciones, Radwan se sentó al lado de Arif y le dijo con su habitual franqueza, sonriendo con un punto de malicia:

—Ya la tienes a tu disposición esperándote en la alcoba.

Arif respondió a esta indicación con una alegría extraña que hacía desaparecer su reserva habitual:

—No sé cómo podré agradecértelo...

Radwan le dio una palmada en el hombro, diciendo:

—No tienes nada que agradecer. Anda, ve y tómala ahora.

Arif se levantó discretamente y salió del salón sin tener que excusarse ante ninguno de los invitados. Un criado caminaba por delante de él llevando un farol y le condujo por un corredor hasta una puerta que abrió. Ella era pequeña, redondita y apetecible como una manzana jugosa, pero estaba demasiado seria... La fúlgida luz de una lámpara llena de espejuelos lanzaba destellos, como colgaduras, cayendo y creando sombras que ondulaban sobre su cara y que continuaban oblicuamente sobre sus hombros. Él se acercó, caminando descalzo sobre la blanda alfombra, y besó aquella mejilla suave y casi velada, pero ella se apartó, con reservada perplejidad y un brillo vivaz en los ojos.

—¿No querías estar conmigo? —preguntó confundido Arif.

Ella sonrió por fin y recayó la luz en sus labios, cambiándola extrañamente; su mirada ahora era complaciente. Él aprovechó entonces la libertad absoluta de ese mundo privado de la alcoba para tomarla por los codos. La aproximó hacia sí con delicadeza, la apretó contra su pecho y suspiró, antes de volver a besarla, en la boca esta vez. El corazón de la muchacha palpitaba vivo bajo su pecho.

—¡Había deseado tanto que llegase este momento! —exclamó Arif, con el ahogo de su pasión en la garganta—. Muy pronto te llevaré a casa… Pero antes quiero que pasemos esta noche disfrutando, en completa libertad.

# 98

*Córdoba, 27 de julio, año 1002*

Con el rostro desquiciado por la rabia y clavando la mirada con reflejos de ira en él, le preguntó Rashida:

—Y tú, dime, ¿para qué me esfuerzo cada día en demostrarte todo lo que te amo?

Arif soltó una risotada, y al hacerlo descubrió la lengua y los dientes manchados por el color cárdeno de la confitura de moras que estaba tomando.

—Otra vez vas a empezar… —dijo con desgana—. Si supieras todo lo que me está cansando ya este dichoso empeño tuyo de echarme cosas en cara…

Rashida hizo un gran esfuerzo para mantener la calma necesaria y no echarse a llorar, pero, dejándose llevar por su nerviosismo, acabó poniendo al descubierto la angustia que sentía y se mordió los labios, a la vez que las lágrimas le corrían por las mejillas como un torrente.

—Vas a conseguir que me arrepienta de todo —sollozó—. ¡Que me arrepienta de vivir aquí! ¡Ay, si hubieras elegido quedarte allí entonces! Si hubieras hecho lo que pensabas… ¿Qué sería de ti ahora si no me hubieras hecho caso? Tú que pensabas quedarte en Castellbó y pedirle perdón a mi primo Blai de Adrall… Querías seguir siendo esclavo el resto de tu vida… Pero yo te conduje por otro camino. Yo te convencí para que pudieras tener una vida maravillosa, una vida como esta que tienes ahora… ¡Imagínate en Estamariu, pasando la vida entre los campesinos del Urgellet…!

Arif extendió su mirada hacia la lejanía del jardín, reflexionando antes de contestar. Mientras tanto, ella tuvo oportunidad de observarlo, tratando de adivinar si sus palabras hacían alguna mella en él; y qué impasible le parecía, por lo que volvió a la carga enseguida, diciéndole dolida:

—Ya no te importo nada, ¡nada! Soy un trasto más de esta casa… Parece que no te acuerdas ya de todo lo que hemos tenido que afrontar juntos; de los peligros y las aventuras, de lo que nos costó llegar hasta aquí…

—No hace falta que me recuerdes todo eso —respondió Arif con calma—. Yo no lo he olvidado y no he negado nunca que las cosas fueran así… Es inútil convencer a alguien de lo que ya está convencido. Y no digas que no me importas, porque eso no es verdad.

—Ah, resulta que sí te importo… —dijo Rashida, burlona, enjugándose las lágrimas con el borde del velo—. ¡Háblame de eso, por favor…! Explícamelo, puesto que yo no lo veo… Bueno, no hace falta que me lo digas tú. Iré a preguntárselo a Ahmad. Ahora mismo voy, ahora… Él conoce tus cosas mejor que yo… Él es tu amigo y tu confidente… Vaya confidente, un cuentacuentos…

Arif acabó enfadándose, soltó el tarro de la confitura dando un golpe sobre la mesa y replicó:

—¡Dices unas tonterías! ¿No te das cuenta de lo que tengo que soportar a esta hora de la mañana? Mira el día precioso de verano que hace; todavía hay rosas por todo el jardín y huele maravillosamente el romero… ¡Disfruta y no des más vueltas a esas suposiciones absurdas! ¿Por qué te empeñas en amargarte la vida?

—Solamente te pido que hablemos. Solo te ruego que me prestes atención y que respondas a mis preguntas. Me dijiste que no ibas a volver demasiado tarde de la fiesta de Radwan y… ¡Embustero!

Arif se puso en pie y se encaró directamente con ella:

—¡Eh, basta ya! ¡Respeta mi vida! He hecho realidad todos tus deseos, y tú tienes que respetar mis derechos. ¡No propases ciertas líneas! Una cosa es el amor y otra la libertad…

Su excitación irritó todavía más a su mujer, que respondió con violencia:

—¡Despacio! He podido ser paciente contigo hasta ahora, pero todo tiene un límite. No me trates con ese desprecio, porque no lo voy a consentir.

Arif miró a un lado y otro, temiendo que alguien pudiera estar escuchándolos. Después bajó el tono de voz y preguntó asombrado:

—¿Así te diriges a mí? ¿Todavía no te has enterado de que aquí las mujeres respetan a los hombres como si fueran el mismo Dios?

Ella apretó los puños y gritó:

—¡Bastardo, hijo de puta! ¡He sido yo la que ha hecho de ti un señor! Si no me hubieras conocido, ¿qué serías tú? Seguirías siendo hombre, pero ¿qué clase de hombre? ¡Un miserable esclavo! Si quieres ser como estos moros en otras cosas, allá tú, pero a mí… ¡A mí tú no me vas a tratar así!

Él volvió a mirar en torno, verdaderamente preocupado. Dio una vuelta por el jardín tratando de serenarse y luego volvió junto a ella para decirle en un tono forzadamente tranquilo:

—No seas tan injusta, querida mía. También yo te he proporcionado a ti una vida por la que te envidiaría hasta la mismísima condesa de Barcelona. Vives en un palacio y rodeada de criados, en esta prodigiosa ciudad, ¡la ciudad más bella y deseada del mundo!

Estas palabras alteraron a Rashida todavía más. Parecía una leona rabiosa, exclamando:

—¿¡Tú?! ¡Dios me hizo una señora, y no tú! ¿Acaso ya lo has olvidado? ¿Acaso no recuerdas ya quién es mi padre? ¿Y mi madre? No soy ni tu prisionera ni tu esclava. Pero ¿quién te has creído que es tu mujer? Acepté esta vida por puro amor. Y me dices ahora esto. ¿Es que tú me has comprado? ¡Virgen María! ¿Es así como respondes al amor tan grande que te tengo?

—Solamente quiero hacerte ver que tenemos una vida maravillosa, una vida que envidiaría cualquier hombre y cualquier mujer. Pero tú te empeñas en convertirla en un infierno.

—¡El infierno para mí es que me ignores! Si esa maravillosa vida significa que me encierres aquí como una esclava y no me cuentes siquiera lo que haces por ahí hasta las tantas de la madrugada, es mejor para mí y para ti que se termine… ¡Ojalá pudiéramos volver a nuestra tierra! ¡Ojalá nunca hubiéramos salido de allí!

Y dicho esto, Rashida le volvió la cara y se echó a llorar desconsoladamente.

Él contempló su mejilla rosada y el cabello negro, liso y brillante, que asomaba bajo el velo blanco; la piel clara de su cuello y la espalda cubierta por la seda azul del vestido. Sintió una gran lástima y compasión al verla de aquella manera, encorvada y como hundida en su dolor. Se aproximó a ella y le puso la mano en el hombro, diciéndole con ternura:

—¿Cómo se te ocurre pensar que no te quiero? ¡Claro que me importas! Tú eres lo mejor y lo más importante de mi vida…

Ella se quedó quieta un instante, dejando de sollozar. Después alzó hacia él la cara y respondió:

—Puede ser que me quieras a tu manera… Pero deseas que yo sea como una piedra, sin sentimientos ni orgullo. ¡Si supieses lo que sufro cuando estás toda la noche por ahí! Cuando he hecho por ti más de lo que puedas imaginar… Acepté abandonar a mi familia y mi tierra para que tuvieras verdadera libertad y una vida tuya propia; incluso oculté mis sufrimientos para no enturbiar tu dicha cuando tuvimos que hacer frente a muchas dificultades… Nunca se me ha ocurrido siquiera imaginar que alguien pudiera haberme dado una vida mejor que esta…

—¿Qué quieres decir con eso? —preguntó Arif, como herido.

Rashida se quitó el velo y dejó suelta toda su preciosa cabellera negra, respondiendo:

—¡Nada! ¡No he querido decir nada!

—Lo has dicho… ¿Estabas pensando en el conde Armengol?

Ella dejó caer su brazo con un gesto nervioso, mirando a su marido fijamente, con un rostro que parecía arrepentido y que trataba de arreglar las cosas.

—He dicho algo que no pienso… Tienes que comprender que estoy angustiada y humillada…

Él suspiró. Luego la abrazó y le dijo al oído:

—Aparta las ideas negativas de tu cabeza.

Rashida se relajó y dejó escapar un llanto más desahogado.

—Dime la verdad —sollozó—: ¿te has enamorado de otra mujer?

Suspirando a su pesar, respondió él con una voz profunda:

—¿Por qué me martirizas? Nunca he deseado a otra mujer más que a ti. ¿Dudas acaso de tu belleza? Y no quiero otra cosa que tu felicidad…

Ella rio, mezclando la risa con el llanto, como si no pudiese soportar su duda, y dijo:

—¿Por qué no quieres comprenderme entonces? ¡Yo abandoné todo por ti y quiero compartir contigo todo lo que tengo! ¡Te ruego que me hagas partícipe de tus cosas! ¡No me dejes al margen de tu vida!

—¿Y qué debo hacer?

—De sobra lo sabes. No puedo asimilar que ayer pasaras la noche fuera…

—¡Ya estamos otra vez!

—No puedo asimilarlo si no me cuentas lo que hiciste. Me conformo con saber lo que hay en esas fiestas…

Él se quedó pensativo durante un rato. La apretó contra su pecho, la besó y, al cabo, dijo con entusiasmo:

—¡Haremos lo que tú querías! Voy a organizar una fiesta en este palacio. Invitaré a todos mis amigos. Tú estarás presente y así podrás conocerlos.

# 99

*Córdoba, 27 de julio, año 1002*

Ahmad y el pequeño Kamil subieron a la azotea. El sol estaba próximo a ocultarse y brillaba de forma apacible, como un inofensivo disco blanco, perdida su energía, enfriado y apagado. A pesar de ser pleno verano, estaban transcurriendo unos días amables en Córdoba. El jardín de la azotea, techado con jazmín y hiedra, estaba sumergido en una atmósfera suave. También subió Rashida; le encantaba contemplar la ciudad desde allí arriba y esperar a que cayera la noche sobre los minaretes y los tejados, sobre los campos y las montañas. Ella se sentó mirando hacia la puesta de sol.

El cuentacuentos estaba enseñando las primeras letras al chico. Se hallaban un poco más allá, junto al muro medianero con el palacio contiguo. Acostumbraban a subir a este lugar todos los días para repasarle sus lecciones en un ambiente sereno, aprovechando que el aire tendía a refrescar, especialmente a esta hora del día. Sentados plácidamente, habían dejado la tablilla a un lado y conversaban ahora. El muchacho estaba sonriente, con la espalda apoyada contra el murete, escuchando con mucha atención una historia que le empezaba a contar su maestro. El cuentacuentos se plantó frente a él y le mostró una olla de cerámica, diciéndole:

—Presta atención, Kamil. ¿Qué tengo aquí?

—Un puchero —respondió el niño.

Rashida sintió curiosidad y se acercó a ellos para escuchar también el cuento, sentándose al lado de su hijo.

A Ahmad esto le complació mucho y todavía puso mayor énfasis y empeño en cumplir a la perfección con su oficio.

—La historia que voy a contar sucedió hace mucho tiempo —prosiguió diciendo—. Escuchad:

»Un califa muy poderoso salió de su palacio para dar un paseo y, cuando apenas había caminado unos pasos por el jardín de la mezquita, se encontró con un mendigo ciego que estaba sentado en el suelo. Aquel hombre despertó el interés del califa, que le preguntó:

»—¿Quién eres tú?

»El mendigo respondió:

»—Sencillamente soy lo que ven tus ojos: un pobre ciego.

»—¿Por qué estás aquí? ¿Qué quieres?

»—¿Me preguntas como si pudieras satisfacer mi deseo? —contestó el mendigo—. ¿Tienes algún poder?

»El rey se rio y contestó:

»—¡Por supuesto que puedo satisfacer tu deseo! ¡Y por supuesto que tengo poder para ello! ¡Tengo mucho poder! ¿Qué es lo que deseas? Simplemente dímelo y verás lo grande que es mi poder.

»El mendigo dijo:

»—Piénsalo bien antes de comprometerte...

»El ciego respondió así porque no era un mendigo cualquiera. Era muy sabio y, en una vida pasada, había sido maestro en la escuela principal de la mezquita Aljama. Pero lo había abandonado todo, la fama y el prestigio, para emprender una nueva vida dedicada a la pobreza y a demostrar con su ejemplo que la soberbia y la avaricia no valen para nada.

»El califa no lo sabía y dijo con arrogancia:

»—¡No podrás conocer en tu miserable vida a nadie más poderoso que yo! Te daré cualquier cosa que pidas. Así que no me ofendas con tu duda. ¿Qué puedes desear que yo no pueda darte?

»El mendigo insistió:

»—Aun así, piénsalo dos veces.

»—¡Pide ya y no pongas a prueba mi paciencia! —gritó el califa.

»—Mi deseo es muy simple —dijo el ciego, mostrándole una olla de barro—. ¿Ves esta olla? ¿Puedes llenarla con algo?

»—Por supuesto —contestó el califa—. Poseo cuanto deseo.

»Llamó al instante a uno de sus servidores y le dijo:

»—Llena inmediatamente de dinero la olla de este pobre hombre.

»El servidor obedeció. Sacó una bolsa llena de monedas y las echó en la olla… Y, conforme cayó en su interior, el dinero desapareció ante los ojos de todos.

»El califa observó asombrado el prodigio y ordenó:

»—¡Echa más!

»Echó el criado y el dinero volvió a desaparecer.

»—¡Aún más! —dijo el califa.

»—El sirviente echó más y más monedas, y apenas caían en la olla, desaparecían.

»—El califa, extrañado e incrédulo, miraba fijamente, pero sus ojos veían la olla del mendigo siempre vacía.

»Todo el Consejo del palacio se reunió para deliberar al respecto. Y, mientras tanto, el rumor se corrió rápido por la ciudad y una gran multitud se congregó en el jardín de la mezquita para ver si era verdad lo que decían.

»El prestigio del califa estaba en juego y, temiendo que estuviera siendo víctima de un engaño que burlaba su poder, les dijo a sus servidores:

»—Estoy dispuesto a perder mi reino entero antes que hacer el ridículo. ¡Echad en la olla cuantos tesoros poseo!

»Oro, plata, rubíes, diamantes, perlas, esmeraldas…; los tesoros del palacio se iban vaciando en la olla, que parecía no tener fondo. Todo lo que se metía en ella desaparecía inmediatamente. Anochecía y toda la gente de la ciudad estaba reunida en torno, observando en silencio lo que pasaba.

»Entonces el califa, dándose cuenta de que allí había un poder misterioso que él no comprendía, se derrumbó, echándose a los pies del mendigo y admitiendo:

»—¡Has vencido! ¡No poseo ningún tesoro más! Pero, antes de que te marches, satisface mi curiosidad. ¿De qué está hecha tu olla?

»El mendigo se echó a reír y respondió:

»—No hay ningún secreto que no sea evidente… La olla está hecha de la misma materia que la mente humana: simplemente, está hecha de deseos humanos. Y los deseos humanos no tienen fondo… Todo lo que crees poseer en tu vida caerá en el vacío.

Concluido el cuento, hubo un largo silencio, en el que solo se oían algunos débiles suspiros de Rashida. Ahmad se volvió hacia ella y la descubrió llorando. Pero, justo en el momento en qué iba a decirle algo, el niño cogió la olla y la arrojó desde lo alto de la azotea hacia el enlosado del patio, rompiéndola en mil pedazos.

—¡Kamil! —gritó su madre—. ¡¿Por qué has hecho eso?!

El pequeño miraba desde arriba, con sus grandes ojos llenos de asombro, y respondió:

—A ver qué demonios hay dentro...

# 100

*Córdoba, 28 de julio, año 1002*

Fueron todos y no faltó nadie de los que debían estar: los hombres de la familia de los Banu Yahwar, excepto el viejo Hasán, que ya no se levantaba de la cama, aunque Radwan y sus hijos hubieran bastado para llenar la fiesta de hermosura y distinción, Ismail al Fahmi, Abú al Qásim, Muhamad al Basel, los hermanos Abú Shadad, Yacub al Amín y su amigo el poeta Farid al Nasri. El palacio se llenó de hombres importantes que miraban con asombro el jardín, y que se maravillaban contemplando la infinidad de rosas que había por todas partes, porque, además de las que crecían por sí solas en los abundantes rosales del corredor central, Rashida había encargado cuantos manojos se pudieran hallar, con el fin de distribuirlos en infinidad de jarrones y, de esta manera, hacer honor al nombre que ella misma había escogido para su casa: Palacio de Rosas. También había esparcido romero y otras hierbas olorosas por los suelos para que, al ser pisadas, dispensaran sus aromas. Los ropajes que usaban los invitados eran a guisa de una gran ceremonia, muy coloridos, largos y anchos, con caídas y pliegues estudiados, broches bordados y aderezos de gemas y laminillas doradas. Vestidos de aquella manera, todos aquellos hombres tenían una estampa poderosa. Los medallones de oro oscilaban sobre las brillantes sedas y las empuñaduras doradas de las espadas centelleaban. En todas las caras había una inicial franqueza y en los ojos brotaba una alegría sincera. Desde que atravesaron el umbral del palacio, ya estaban conversando a voces, con la naturalidad y la confianza que proporciona el saberse entre amigos. No callaron siquiera cuando los criados llevaron las jofainas, los jarros de agua y las toallas para lavar los pies.

Rashida tuvo que conformarse con verlos desde la azotea. Allí se había colocado, resignada y contenta, enteramente cubierto su cuerpo por un vestido que no dejaba entrever nada y la cara tapada por el velo. Los invitados alzaban solo de vez en cuando los ojos hacia ella, fugazmente, y la saludaban con reverentes inclinaciones.

Después pasaron al salón principal y lo encontraron dispuesto de una manera fastuosa. Las paredes estaban revestidas con telas púrpuras y adamascadas, y las alfombras cubrían completamente el suelo; había lámparas de bronce, estatuillas de plata, grandes vasijas doradas y columnas de alabastro. Todo resultaba impresionante, pero difícilmente podría sorprender a unos hombres demasiado acostumbrados a esa suerte de lujos. La mesa estaba ya dispuesta para la cena, con mantel, vajillas de plata y divanes alineados alrededor. Los ventanales, abiertos de par en par, dejaban ver el misterioso jardín. Menguada ya la luz de la tarde, Ahmad entró sigilosamente y se puso a encender las velas y las lamparillas de aceite. Entonces las llamas y espejuelos dieron un nuevo aspecto a la estancia. Los tres músicos que iban a tocar y cantar ya estaban en su sitio, esperando a que se les diera la orden de empezar.

Arif se sentó y distribuyó los asientos entre sus invitados. Al momento empezaron a beber vino y a hablar, todos a la vez. Las conversaciones se mezclaban y discurrían por temas diversos. Algunos, entusiasmados, glorificaban a sus ancestros, invocando décadas pasadas como si hubieran ocurrido ayer mismo. En todos ellos anidaba esa especie de nostalgia ansiosa tan propia de los cordobeses, siempre amantes de los recuerdos. Evocaban los memorables tiempos de Abderramán al Nasir y se regocijaban con toda aquella gloria vieja y añorada. No desdeñaban el tiempo presente, aunque el califa reinante, Hixem, no tuviera la relevancia de sus augustos antecesores, si bien el nombre de Almansur provocaba en todos ellos una veneración imposible de disimular, ya que a ninguno de aquellos hombres la vida le había tratado mal. Bastaba para darse cuenta de ello con echar una ojeada a todo lo que los criados iban depositando sobre la mesa y que a ninguno asombraba especialmente: bandejas de oro, copas de vidrio labrado, porcelana fina… La mezcla de la adorada Arabia, la decaída Persia y el exultante Alándalus se hacía visible en la exhibición de los objetos y adornos que saturaban hasta el último rincón de aquel salón. Y los ojos de Arif, que nunca hubieran soñado siquiera estar rodeado de tanto fausto, lo observaban todo, como extasiado al descubrirlo en su propia casa, mientras las manifestaciones de cariño y los elogios de aquellos hombres importantes endulzaban su alma. Y de aquella manera, en medio de una alegría copiosa, pasaron por delante las piernas de chivo, las tajadas de ternero, los pajarillos asados... con los adobos, las salsas, las guarniciones y las frutas maduras.

Rashida estaba sentada al fondo, en el lugar que correspondía a las mujeres según la tradición, bajo un dosel y velada su presencia con cortinas. Desde allí lo observaba todo y se regocijaba al comprobar que la fiesta estaba transcurriendo con éxito, cumpliéndose puntualmente lo que ella había dispuesto. No podía participar sino mirando. Eso le causaba tristeza y frustración, pero no tenía otro remedio que conformarse. Ese pacto había hecho con su esposo, siendo condición inexcusable para que pudiera celebrarse aquel banquete. Y fue obediente, aun negándose a sí misma. Tenía apetito y comió en soledad. ¡Y bebió también en soledad! El vino no era algo nuevo para ella, ya que lo había bebido muchas veces, con entera naturalidad, en las fiestas del castillo de Castellbó. Y ahora penetraba en ella como un fuego encantador y sanador, despertando bellos recuerdos y sembrando en su espíritu una placidez y una nueva y prodigiosa ansia de felicidad.

Luego sucedió algo que a ella la transportó de repente a una desconocida dicha. Empezó a sonar la música y salió al centro del salón el insigne poeta Farid al Nasri. Era un hombre bello y pulcro, revestido de dignidad y apostura; el cuerpo esbelto y el cabello rizado, negro; los ojos oscuros, brillantes, daban vida a su rostro, y los sugestivos labios gruesos le aportaban un aire sensual y seductor. Caminaba y se movía armónicamente, como si estuviera encantado de poseer aquella figura que Dios le había dado. Pero nada de todo esto era comparable al efecto que causaron su hermosa voz y sus gestos cuando se puso a recitar este poema:

> *Me engullirán los espacios oscuros,*
> *un día me devorarán...*
> *Y me hundiré poco a poco*
> *en la eternidad del recuerdo vacío,*
> *perderé la luz.*
> *Me esconderé de las rosas*
> *y los poetas envidiarán mi desidia.*

# 101

*Córdoba, 3 de agosto, año 1002*

Durante las últimas semanas, Arif estuvo llenando la casa de criados. Ya eran veinte en total, sin contar a la anciana Prisca y a Ahmad. Los había de todas las edades, hombres y mujeres. Seis de ellos eran esclavos que había comprado a otros dueños en consideración a las diversas tareas que sabían realizar: un jardinero, dos cocineras y tres muchachos fuertes para el trabajo en la casa de la nieve. A todos los trataba muy bien, con una consideración y un respeto que seguramente ninguno de ellos había gozado nunca en sus vidas anteriores. También les pagaba un pequeño salario y les proporcionaba una buena alimentación, tiempo de descanso y cierta libertad para salir y entrar. Arif no había olvidado lo que un día fue y no se permitía tratar mal a nadie. Además, estaba muy agradecido a Dios y creía de verdad que podría castigarle si era injusto o desconsiderado con su servidumbre. Por otra parte, contrató asalariados para los pozos de nieve de la sierra. Allí no quería tener esclavos, pues suponía tener que vigilarlos. También ajustó a una muchacha para que se encargara del cuidado de los niños, teniendo en cuenta que Prisca ya no tenía edad para una tarea tan ardua.

Una semana después de la fiesta que dieron en el palacio, hizo mucho calor por la tarde y Rashida fue a sentarse a la sombra en uno de los patios traseros, en el lugar más fresco de la casa, por estar cerca de los almacenes de la nieve. Y entonces, entre las cuerdas del tendedero, apareció una muchacha de unos veinte años más o menos, que se puso a recoger las prendas secas y a colocarlas en una canasta. Era menuda y tenía los ojos grandes, dulces y algo saltones; la mirada inteligente, llena de claridad; el cabello negro, levemente rizado, recogido en una larga trenza con un lazo de seda verde desgastada. Rashida se sorprendió mucho, pues no sabía que aquella joven estuviera sirviendo en la casa. Se puso a mirarla y se fijó en el intenso color de sus mejillas, en los labios rojos y lubricados, y en el femenino lustre del pelo junto a la sien de la muchacha, cuando ella se inclinó y volvió el rostro para dirigirle una rápida y fugaz mirada, pero continuó con su trabajo como si no se diese cuenta de que era observada.

—Eh, tú —le dijo Rashida—, acércate.

Ella dejó lo que estaba haciendo y fue donde estaba sentada, diciéndole tímidamente:

—Manda en mí lo que desees, mi señora.

Rashida la miró de arriba abajo y, con un punto de desprecio que no podía evitar, le preguntó:

—¿Quién eres tú y por qué estás recogiendo aquí la ropa?

—Me llamo Aziza y soy tu nueva sirvienta.

—¿Mi nueva sirvienta? ¿Y de dónde sales tú? ¿Cómo se te ocurre tocar mi ropa sin que yo te conozca?

La muchacha sonrió asustada y respondió:

—Señora, no me atreví a acercarme a molestarte, cuando nadie me había presentado a ti todavía… Si hice mal, perdóname…

—¿Quién te trajo a casa?

—Ahmad me trajo del palacio del señor Radwan por orden de tu esposo. Yo servía allí hasta el día de ayer…

Rashida se puso en pie y salió de allí dejándola con la palabra en la boca. Mientras iba por el corredor, sulfurada y presa de la ira, iba refunfuñando:

—¡Esto es el colmo! ¡El colmo!

Durante aquellos días, Arif no se hallaba en la ciudad, pues había ido a los pozos de la sierra para inspeccionar el negocio. Dijo que estaría fuera al menos durante tres días, el tiempo que requería hacer algunas reformas y dar las instrucciones convenientes a los cuatro nuevos obreros. Así que Rashida fue en busca de Ahmad para pedirle explicaciones; lo encontró en el jardín dirigiendo el trabajo de los jardineros y le dijo con voz tonante:

—Ahmad, necesito hablar contigo ahora mismo.

Él la siguió por el corredor central hasta el rincón donde crecían las adelfas. Allí ella, elevando todavía más el tono de su voz, inquirió:

—¿Cómo se te ocurre traer a esa muchacha sin mi consentimiento?

Él puso cara de extrañeza y respondió en tono de excusa:

—Señora, yo creía que lo sabías… Tu esposo me encargó que hiciera ese trámite en su ausencia. Él concertó con el señor Radwan los servicios de Aziza y ajustaron el precio. Yo lo único que hice fue traerla a casa, lo mismo que me correspondió hacer con el resto de los esclavos y sirvientes.

—¿Traes una criada y no me dices nada? Esto me huele muy mal…

—¿Por qué, mi señora? ¿Qué hay de malo en tener una criada más?

Ella clavó en él una mirada terrible y contestó:

—Definitivamente, Ahmad, tú te crees que yo soy tonta. ¿En tan poca consideración tienes mi inteligencia?

Él sonrió y respondió en tono afable:

—Esa muchacha resultará muy útil. Es muy lista y muy hábil para ciertas cosas...

Rashida soltó una carcajada y luego frunció el ceño enfadada, espetándole:

—¡Malnacido! ¡No me trates como a una idiota!

A Ahmad no le quedó más remedio que ponerse serio. Se inclinó con mucho respeto y después alzó la cabeza para decir:

—No eres una niña, mi señora Rashida, sino una mujer madura e inteligente.

Ella respondió con arrogancia:

—¿Te burlas de mí? ¿No has oído lo que te he dicho? Me extraña lo torpe que pareces estar hoy, no como de costumbre. Eres demasiado listo para no comprender lo que trato de decirte.

Ahmad volvió a inclinarse ante ella, diciendo humildemente:

—Gracias, mi señora Rashida, por tenerme en tan alta consideración. Yo quisiera hablarte con franqueza, pero temo enojarte todavía más de lo que ya estás.

—¡Habla de una vez y no des más rodeos!

Él alzó una mirada dulce hacia ella y le habló en un tono que trataba de evitar parecer admonitorio:

—Te ruego con la mayor sinceridad que aceptes mi consejo, señora Rashida. Deja de atormentarte de esa forma que tú misma te estás provocando sin motivo y escúchame: he omitido presentarte a esa nueva criada por respeto a ti. Deseaba hacerlo cuanto antes, pero no encontraba ni el momento ni la manera más correcta para ello. Y ahora siento tener que decirte también esto: mi señor Arif no es un niño, tiene casi veinticinco años, edad suficiente para actuar como un verdadero hombre, máxime cuando ha tenido que enfrentarse en la vida a grandes dificultades, trabajos, peligros e infortunios... Es decir, tu esposo lleva un cuarto de siglo luchando por salir adelante...

—No he venido aquí para que me hables de mi marido. ¡Sigues empeñado en dar rodeos!

Al cuentacuentos se le encogió el labio inferior mostrando una sonrisa carente de significado, y dijo con voz apagada:

—La cuestión es que yo no quiero que sufras, mi señora... Pero, si tú me obligas a decir lo que quieres oír, no me quedará más remedio que tener que decírtelo... —Y después de un breve silencio, añadió con tristeza—: El asunto es muy delicado como puedes ver... Quería decirte que tu marido no es ya un niño, pero, ante ti, se comporta como tal...

Rashida era demasiado inteligente y comprendió enseguida: Arif quería traer a esa muchacha al palacio, pero no sabía cómo hacerlo. Finalmente, se había quitado de en medio, marchándose por unos días a la sierra y encomendándole el asunto a Ahmad.

Ella se quedó mirándole durante un instante, antes de hacer un expresivo gesto con la cabeza y decir:

—¡¿Será idiota?! ¿No se da cuenta de que tarde o temprano tendrá que enfrentarse a las consecuencias de lo que ha hecho?

Ahmad puso en ella sus ojos comprensivos y sentenció con tristeza:

—No vivimos en una completa felicidad, mi señora. Siempre hay que tragar algunas cosas...

—¡Ja! Y se cree ese imbécil que yo voy a quedarme como si tal cosa —dijo enfadada—. No podrá ocultarme sus verdaderos sentimientos durante mucho tiempo. Si no llego a saberlos hoy, los sabré mañana.

Ahmad bajó la vista con dolor y abatimiento. No sabía cómo podía confortarla ni tenía fuerzas para hacerlo. Tras todo eso estaba su fidelidad a Arif, por ella, que lo dominaba y desordenaba sus pensamientos. Dijo en voz baja:

—El tiempo es el mejor aliado en estas situaciones...

—¿El tiempo? —repuso ella con perplejidad, ocultando una sonrisa engañosa—. El tiempo tal vez sea su aliado, pero no el mío... ¡Yo le pondré en su sitio y no el tiempo!

—Es a eso a lo que me refiero —contestó Ahmad apresurado, y movió sus manos como si quisiese explicar lo que quería decir, haciendo un gesto que llamaba a la tranquilidad y la paciencia. Y añadió enseguida—: ¿No te acuerdas ya de la olla del califa? El empeño en poseer acaba siempre en vacío...

Ella se quedó pensativa un instante y luego sonrió al decir:

—Al fin y al cabo, eres un cuentacuentos... Mi marido ha buscado en ti lo que él no es, pues siempre se le acaban cogiendo las mentiras...

Ahmad sonrió también, reflexionó y dijo con calma:

—Si sabes eso, si le conoces tan bien, ¿por qué luchas? Le tienes en tu mano, mi señora Rashida. Él te ama, te ama verdaderamente y con todo su ser. Sin ti, mi señor Arif no es nada. Si tú faltas en su vida mañana, el morirá pasado… No luches contra el río y no te ahogues en él; fluye con la corriente y alcanzarás una orilla tranquila.

Rashida sintió una calma momentánea, como la tranquilidad que muestra el ave que está a punto de caer cuando el viento de la tormenta la arrastra y logra aferrarse a una rama. En su interior se despertó el deseo de aliviar sus preocupaciones y desahogar su inquietud. Dijo, esbozando al final una sonrisa conciliadora:

—Eres un cuentacuentos, pero también hay en ti un hombre sabio. Sería injusta si no te reconociera eso. Pero ahora mismo vas a llevar de vuelta a la muchacha al palacio de Radwan. Dale las gracias y dile que ya no la necesitamos.

# 102

*Córdoba, 6 de agosto, año 1002*

Un rayo de luz vacilante entró por la angosta abertura de la ventana del dormitorio. Rashida se despertó de buen humor, sintiendo que había descansado profundamente, a pesar de sus preocupaciones. La voz del almuédano, alta y penetrante, llegó desde el minarete de la mezquita más próxima. Entonces ella se dio cuenta de que, extrañamente, había dormido algo más que los días anteriores. En medio del alivio que proporcionaba esta nueva sensación de bienestar, se levantó y se puso un vestido sencillo. Luego fue a la cocina, comió algo y se sentó en el salón a esperar a que sus hijos despertasen.

Al cabo de un rato, salió al jardín. Aun siendo todavía temprano, el fuego del verano seguía prendido en todos los rincones, y un sol mañanero reposaba aquí y allá, sobre el mirto, en los sofocados rosales y en los troncos de los árboles, filtrándose a través de las palmeras y bañando plácidamente el albero. No había nadie bajo la celosía y ningún jardinero trabajaba en los parterres. Si no fuera por los gorjeos de los pájaros y por una persistente chicharra, el silencio hubiera sido total.

Hasta que, de repente, el almuédano lanzó desde el alminar un largo, fuerte y desgarrado grito. Las consabidas alabanzas resonaron en la calma de la mañana:

—¡*Al Láju Ákbar*! ¡*Subjana Láj*! ¡*Al Jamdú lil Láj*! (¡Dios es el más grande! ¡Gloria a Dios! ¡Alabado sea Dios!).

No era algo normal que el almuédano llamara al rezo otra vez, cuando ya hacía un buen rato que había convocado a la oración de la mañana y faltaba mucho tiempo para la de mediodía. Pero ella, sin reparar en ello ni prestarle mayor atención, se dijo a sí misma con desgana: «¡Dios…, esta gente se pasa la vida rezando a gritos!». Después, sin saber por qué, aquellas voces le hicieron recordar a su marido ausente y pensó: «¿Dónde estará a estas horas…?, y ¿qué estará haciendo? ¡Cuatro días lleva ya por ahí!».

De pronto, se empezaron a oír gritos que provenían de las terrazas y un murmullo de voces exaltadas llegaba desde las calles. Rashida permaneció un instante a la escucha, extrañada, pero después se sobresaltó. Corrió por el jardín y se asomó al vestíbulo del palacio, cuya puerta estaba abierta de par en par. En la plaza la gente se arremolinaba, se agitaba y empujaba, exclamando:

—¡*Al Láju Ákbar*! ¡*Subjana Láj*! ¡*Al Jamdú lil Láj*! (¡Dios es el más grande! ¡Gloria a Dios! ¡Alabado sea Dios!).

Rashida, al comprender que algo grave había sucedido, salió. Los viejos callejones que conducían al zoco bullían. La muchedumbre estaba exaltada, despreocupada del calor; salía de sus casas y andaba entre los tenderetes, sudorosa, frenética y ansiosa, sin parar de gritar, alzando las manos crispadas, golpeándose con fuerza el pecho, llorando, berreando y maldiciendo. Ella se asustó y volvió al palacio, quedándose en el zaguán, confundida y atemorizada, pues no sabía a qué respondía todo aquello.

Y a cada instante, por encima de las cabezas, resonaban los intensos gritos de los almuédanos:

—¡*La jaulá ua alá Kuwuata il la bil lájil aliyul adzime*! (¡No hay fuerza ni poder excepto en Dios, el Altísimo, el Magnífico!).

A lo que la gente, enfurecida, respondía aullando:

—¡*Al Láju Ákbar*! (¡Dios es el más grande!).

—¡*Subjana Láj*! (¡Gloria a Dios!).

—¡*Al Jamdú lil Láj*! (¡Alabado sea Dios!).

Muchos se agachaban y recogían puñados de tierra para arrojarlos por encima de sus cabezas. El polvo levantado envolvía las ropas, los cabellos, las mulas y los borricos, e igualmente las paredes, los quicios de las ventanas y los umbrales, confiriendo a todo lo que se veía un aire funesto.

Y de pronto, en medio de aquel gentío, apareció Arif, que venía apresurado, abriéndose paso a empujones entre los cuerpos. Llegó con dificultad a la puerta y, al ver en ella a su mujer, se detuvo y, con el rostro demudado, dijo:

—¡Almansur ha muerto!

Rashida se le quedó mirando, con una expresión de pasmo y perplejidad. Entonces él la abrazó y le dijo al oído en un susurro:

—Qué cosa tan extraña: no sé si debo alegrarme o entristecerme…

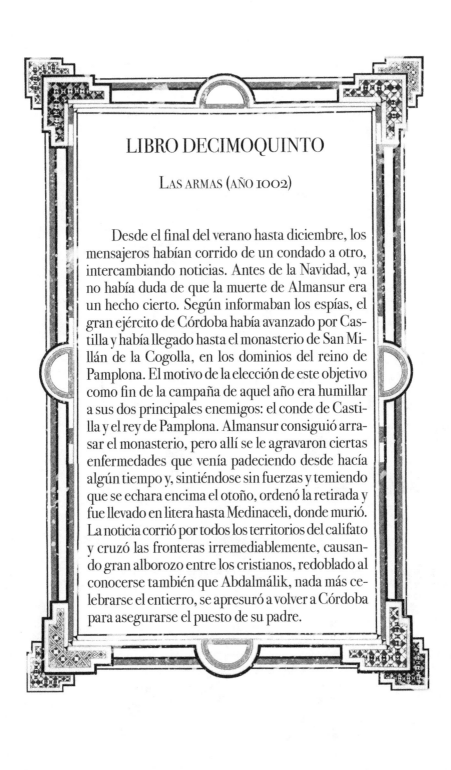

# LIBRO DECIMOQUINTO

## LAS ARMAS (AÑO 1002)

Desde el final del verano hasta diciembre, los mensajeros habían corrido de un condado a otro, intercambiando noticias. Antes de la Navidad, ya no había duda de que la muerte de Almansur era un hecho cierto. Según informaban los espías, el gran ejército de Córdoba había avanzado por Castilla y había llegado hasta el monasterio de San Millán de la Cogolla, en los dominios del reino de Pamplona. El motivo de la elección de este objetivo como fin de la campaña de aquel año era humillar a sus dos principales enemigos: el conde de Castilla y el rey de Pamplona. Almansur consiguió arrasar el monasterio, pero allí se le agravaron ciertas enfermedades que venía padeciendo desde hacía algún tiempo y, sintiéndose sin fuerzas y temiendo que se echara encima el otoño, ordenó la retirada y fue llevado en litera hasta Medinaceli, donde murió. La noticia corrió por todos los territorios del califato y cruzó las fronteras irremediablemente, causando gran alborozo entre los cristianos, redoblado al conocerse también que Abdalmálik, nada más celebrarse el entierro, se apresuró a volver a Córdoba para asegurarse el puesto de su padre.

# 103

*Castillo de Castellbó, 19 de diciembre, año 1002*

El día quince de diciembre, a mediodía, se presentó en el castillo de Castellbó un correo para anunciar que el conde de Barcelona iba a celebrar las fiestas de la Navidad junto a su hermano Armengol en Castellciutat. Los vizcondes Guillem y Sancha estaban invitados al banquete que iba a tener lugar con motivo de la fiesta de San Esteban Protomártir, el día veintiséis del mismo mes.

El Llop estaba entusiasmado. Sin duda, se trataba de una gran deferencia. Nunca antes se le había considerado lo suficientemente importante como para ser convocado a una fiesta íntima y familiar de aquel tipo, así que se mostraba loco de alegría porque los poderosos condes requirieran su presencia el día después de Navidad. Por su parte, su esposa se puso muy nerviosa, pensando en que había poco tiempo para preparar la ropa necesaria en una ocasión así. Había que sacar los vestidos de los baúles, lavarlos, teñirlos y secarlos. También era necesario rascar y cepillar las pieles. Cinco mujeres se encargaron de la tarea y tres días costó que la vizcondesa quedara satisfecha y convencida de que no iban a sentirse avergonzados apareciendo ante la impresionante condesa Ermesenda como gente montaraz y de poca categoría. Ella se tomó como una cuestión personal aquella circunstancia y consideró que, en el fondo, era la respuesta de Dios a sus oraciones, después de haberse sentido durante muchos meses relegada y aislada.

El día diecinueve de diciembre por la tarde, cuando faltaba todavía una semana para el banquete, le pidió a su esposo las llaves de la habitación más alta de la torre, que siempre permanecía cerrada con una gruesa puerta, una fuerte cancela de hierro y varios candados y cadenas.

—¿Para qué quieres entrar allí ahora? —le preguntó el Llop.

—Quiero ver el tesoro.

—¿Para qué?

—¡Tú dame las llaves!

Él obedeció a esta exigencia de su esposa sin hacer ninguna pregunta más. Fue a donde tenía escondidas las llaves y se las entregó.

La puerta no se había vuelto a abrir desde que el Llop regresó de la última campaña militar. La estancia estaba oscura, fría y húmeda. Cuando abrieron las ventanas y penetró la luz, apareció el oro amontonado sin orden alguno: bandejas y platos, vasos, recipientes pequeños y grandes, monedas, alhajas, ajorcas, cadenas…; todo aquello que se trajo apresuradamente tras los saqueos del final del verano.

Sancha lo estuvo mirando con detenimiento y, mientras lo hacía, iba seleccionando las joyas más delicadas y las colocaba con cuidado en un cesto.

El Llop la observaba y le preguntó:

—¿Todo eso te vas a poner encima para la fiesta?

Ella sacudió la cabeza y contestó:

—Nada de esto es para mí. Estoy escogiendo algunos regalos para Ermesenda.

—¿Algunos? —repuso su marido un tanto indignado—. ¡Llevas ahí medio tesoro!

—También voy a entregarle sus regalos a Armengol.

—¿A Armengol? ¿Y por qué a él? ¿Y qué quieres decir con eso de sus regalos? —Y, al preguntar esto, hacía un énfasis especial al pronunciar «sus regalos».

—Porque va a casarse —respondió Sancha con naturalidad, sin dejarse impresionar por el mal genio de su marido.

—La boda ha sido aplazada… ¿Por qué no esperas a que te inviten?

Ella le miró. Estaba contenta de nuevo y parecía olvidar por el momento el disgusto, convencida de que recuperado el favor del conde de Urgel las cosas iban a empezar a ir un poco mejor en Castellbó. Pero torció un poco el gesto al ver la actitud testaruda de su esposo. Se encaró con él y le dijo muy segura de sí:

—También llevaré una parte de esta fortuna para entregársela al obispo Salas. No está de más congraciarse con la Iglesia ahora. Después de todo lo que nos ha pasado, debemos corroborar públicamente nuestra fe.

El Llop soltó un fuerte bufido y refunfuñó:

—¿También al obispo? ¡Es el colmo! Ahora resulta que tengo que compartir con ellos el botín, cuando no movieron un solo dedo para apoyarme… ¡Con lo que habrán estado diciendo de mí! Y esa santurrona de Ermesenda… ¿Ahora se va a beneficiar ella?

—¡Es la condesa de Barcelona y es una gran señora! ¿Ya has olvidado que fue ella la única que nos ayudó con lo de nuestra hija? ¿Ya no te acuerdas de que nos defendió frente a las malas lenguas? Ahora es el momento de mostrarle nuestro agradecimiento y nuestro respeto. Insisto en llevar todo esto. Y, además, entregaré unas monedas de oro para el monasterio de Santa María de Ripoll. ¡Y no rechistes! Si ven que eres un hombre magnánimo y generoso, te tendrán todavía mayor consideración y aprecio.

El Llop se quedó pensativo, mirando a su esposa. Y ella, fijándose de pronto en el diente de lobo engarzado en oro que él tenía prendido bajo el hombro derecho, le dijo:

—No deberías llevar eso.

—Siempre lo llevo —respondió el Llop—. Era de mis antepasados y me da suerte.

—Pues escóndetelo. Es un amuleto y no está bien que lo lleves durante la fiesta de San Esteban. Mira, ahí tienes algunas cruces de plata bien bonitas. Escoge una de ellas y te la cuelgas al cuello.

Él soltó una carcajada y replicó:

—¡Sí, hombre! ¡Como si fuera un monje!

—¡No! ¡Como si fueras un buen cristiano! —replicó ella—. ¡Y no te pongas beligerante!

—¿Beligerante?

—¡Sí, beligerante! No puedes ir por la vida como una bestia. Si te vas a convertir en consejero del conde de Barcelona, deberás aparecer ante él como un hombre piadoso y civilizado. Escucha lo que otros tengan que decir. Sé humilde, y recuerda felicitarles por la Navidad… ¡Que vean que somos buenos cristianos!

# 104

*Monasterio de Santa María de Ripoll, 20 de diciembre, año 1002*

—¿Qué quiere Ramón Borrell de ti? —le preguntó Oliba a su hermano Berenguer, obispo de Elna.

—No lo sé exactamente. Pero es de suponer que, tras la muerte de Almansur, se proponga iniciar una campaña militar de envergadura. Todos los condes, obispos, abades y señores han sido convocados. ¿Acaso tú no has recibido la invitación para acudir a la fiesta de San Esteban en Castellciutat?

Oliba permaneció pensativo un instante, antes de responder:

—Sí. El mensajero llegó hace una semana.

Conversaban mientras cabalgaban despacio por el valle del Freser antes del mediodía. La lluvia helada se acumulaba en largos surcos, reflejando el sol de invierno, y los bosques resplandecían con el lustre de los troncos mojados, desnudos de hojas, de alisos, robles y sauces. Berenguer había llegado al anochecer del día anterior, empapado a causa de la lluvia. En su viaje hacia Urgel, Ripoll era una parada obligada, más o menos a medio camino, pero, aun así, no se sentía tan fatigado como para renunciar a un paseo mañanero cuando amaneció con sol.

—Nadie faltará a esa cita —dijo—, ya llueva, truene o empiece a nevar.

—Sí —asintió Oliba—, todos los magnates estarán allí. —Y, después de un silencio breve, añadió—: Pero yo no iré a Castellciutat. Te ruego que me disculpes ante el conde de Barcelona y el Consejo por no acudir a la llamada.

Berenguer detuvo su caballo y se quedó mirando a su hermano. Era más joven que Oliba, y también más alto y más fuerte. Vestía una túnica larga de cuero, rematada con una franja de piel de zorro. Sus botas gruesas, gastadas, se curvaban desde las espuelas del caballo. En general, su aspecto era de guerrero y no de clérigo; llevaba múltiples correas, fuertes manoplas y una gran espada colgada siempre al cinto. La barba rojiza, espesa y larga, le proporcionaba al conjunto de su rostro cierto aire de fiereza, pero tenía unos ojos grandes, mansos y francos.

—Ya suponía yo que no ibas a obedecer a la convocatoria —dijo—. Y no sé qué excusa podré dar para disculparte.

Oliba sonrió de manera enigmática. Luego descabalgó y caminó en dirección al río, dándole la espalda a su hermano, mientras decía con calma:

—No tienes que inventar ninguna excusa. Y no te sientas culpable por ello, hermano. Diles simplemente que no acudiré a la convocatoria.

—¡Eres conde de Berga y Ripoll! ¡Y miembro del Consejo de pleno derecho!

Oliba se volvió hacia él y no eludió ya la mirada de su hermano al decirle:

—No iré porque tendría que explicar allí demasiadas cosas..., cosas que seguramente nadie querrá escuchar en estos momentos. Después de que se haya conocido con seguridad que Almansur está muerto, todos los ánimos solo se dirigen hacia un lugar: la venganza.

—¡Claro! —exclamó Berenguer con excitación—. ¡Ha llegado al fin el momento que habíamos esperado durante años! ¿Cómo vamos a quedarnos quietos ahora? ¡Por Dios, piensa en nuestros antepasados!

Oliba echó una ojeada hacia las brumas que cubrían el río. Después retornó al camino y montó en el caballo. Su hermano le observaba expectante, como aguardando a que dijera algo, pero él callaba, manteniendo una expresión circunspecta, como si se negara a entrar en una ardua discusión.

—¡Por Cristo bendito! —insistió Berenguer con vehemencia—. ¡Razona, Oliba! ¡Eres conde de Berga y Ripoll! ¡Miembro del Consejo! ¡No puedes eludir tus responsabilidades en un momento como este!

—Te ruego que bajes la voz —murmuró él, algo inquieto—. Ya estamos cerca de la villa...

Siguieron cabalgando en silencio. Aligeraron el paso al oír la campana llamando al rezo de la hora sexta y los caballos resbalaban en la tierra húmeda del camino. Llegaron a la puerta de la muralla cuando el tintineo marcaba ya la segunda señal. Descabalgaron y entregaron las riendas a los criados que los estaban esperando. Sin aliento, corrieron hacia el monasterio para llegar a tiempo a la oración. Todo estaba ya listo y, apenas los vio entrar el maestro del coro, dio la señal a los monjes para que iniciaran el canto. El salterio desgranó su espiritual armonía y brotó el salmo:

*Nisi quia Dominus erat in nobis,*
*Cum exsurgerent homines in nos,*
*Forte vivos deglutissent nos,*
*Cum irasceretur furor eorum in nos,*
*Forsitan aqua absorbuisset nos,*
*Torrens pertransisset animam nostram;*

*Forsitan pertransissent animam nostram quae intumescentes.*
*Benedictus Dominus, qui non dedit nos*
*In direptionem dentibus eorum.*

(Si el Señor no hubiera estado de nuestra parte,
cuando los hombres se alzaron contra nosotros,
nos habrían devorado vivos.
Cuando ardió su furia contra nosotros,
las aguas nos habrían inundado,
un torrente nos habría sumergido.
Nos habrían sumergido las aguas turbulentas.
¡Bendito sea el Señor, que no nos entregó
como presa de sus dientes!).

Después del oficio religioso, Oliba y su hermano salieron y se encaminaron hacia el viejo palacio condal. Apenas habían andado unos cuantos pasos cuando Berenguer se detuvo y, sin poder aguantar su deseo de seguir con el asunto, agarró por el antebrazo a Oliba y le reprochó:

—Perdóname por decírtelo así, pero este es el momento más inadecuado para esconderse en un monasterio.

Oliba le miró y sonrió al contestar:

—Puede que tengas razón. Pero es mi casa. Aunque no lo creas, desde aquí también se pueden hacer muchas cosas buenas.

Llegaron a la puerta y entraron. Berenguer se detuvo en el vestíbulo y puso la mano en el hombro de su hermano, diciéndole con afecto:

—¡Oliba, no seas terco! ¿No te das cuenta de que ha llegado la hora de recuperar lo que perdieron los godos? Estos son los signos de los tiempos. Almansur ya está muerto y enterrado. El califato no podrá levantar cabeza en mucho tiempo. Los espías informan de que el califa es un hombre inepto y apocado. ¡Esta es nuestra hora!

Él hizo un expresivo movimiento con la cabeza, antes de responder:

—Los godos eran cristianos desde hacía varias generaciones, pero habían renegado hacía tiempo de las virtudes verdaderas de la fe en Jesucristo. Vivían de acuerdo con la ley del mundo y no con la ley de Dios: luchaban entre ellos, saqueaban, traicionaban, codiciaban..., y no podían ya comprender el mandamiento «No matarás». Por eso lo perdieron todo, por no ser fieles a la religión que les había sido dada.

Los sarracenos aprovecharon esa circunstancia para crear más división entre ellos y apropiarse fácilmente de lo que no supieron defender. Nosotros estamos ya en otro tiempo y el pasado no va a regresar. Si nos pasamos la vida añorando las armas y deseando la guerra, nunca progresaremos de verdad. Si todo el hierro lo empleamos para hacer lanzas y espadas, no tendremos arados ni podaderas para cultivar nuestros campos. ¿Cuándo vamos a enterarnos de que es pecado matar a los semejantes? ¡Va contra la ley de Dios!

—¡La guerra pertenece al mundo! —replicó Berenguer—. ¿Y para qué se es guerrero? ¿Para qué se posee una armadura y un caballo, si es pecado hacer frente a quien desea hacernos la guerra? Por eso el preclaro san Agustín enseñó que las mismas guerras son pacíficas cuando se promueven no por codicia o crueldad, sino por deseo de paz, para frenar a los malos y favorecer a los buenos.

—Sí —observó Oliba—. Pero también enseñó que, sin embargo, suele acontecer que, siendo legítima la autoridad de quien declara la guerra y justa también la causa, resulte, no obstante, ilícita por la mala intención; por el puro deseo de dañar, por la crueldad de vengarse, por el ánimo exacerbado e implacable, la ferocidad en la lucha, la pasión por dominar y otras cosas semejantes que son, en justicia, frecuentes y reprochables en las guerras.

—¡Hermano, también están las antiguas profecías! El libro del Apocalipsis habla de la lucha contra el mal y la victoria final. ¡Es lícito expulsar el mal de este mundo! ¡Por Dios, mira hacia el futuro!

Ante la vehemencia de su hermano, Oliba se entristeció y repuso pausadamente:

—Tratar de ver el futuro detrás de la guerra es como viajar por una senda que no conoces, una senda oscura donde no se puede ver demasiado lejos y, cuando lo consigues, no es más que un atisbo… Mientras que la paz es siempre un camino de luz…

Berenguer se quedó pensativo, mirándole. Sabía que no podía competir dialécticamente contra su hermano, así que tomó una actitud más reposada y humilde.

—Deberías ir a Castellciutat —dijo—. Si no acudes a la cita del conde acabarán pensando que eres un cobarde. ¡Te ruego que vayas, hermano! ¡Hazlo por la memoria de nuestro padre! ¡Por nuestra familia!

Oliba agachó el cabeza pensativo, con evidente angustia. Pero, como si temiera que al prolongar su silencio se intensificara la ofensiva contra él, la levantó diciendo:

—Si me presentara allí, tendría que oponerme a las locuras del Llop.

—Ve y di lo que tienes que decir. Explica cuál es tu postura. Tú sabes expresarte mejor que nadie, hermano. Tendrán que aceptar tus razones. Pero, si no acudes, pueden llegar a suponer que es por miedo.

El rostro de Oliba enrojeció de repente. Era extraño en él, pero de pronto estaba visiblemente enojado:

—¡No es por temor! —gritó—. ¡Es por prudencia!

—Pues ve allí y enfréntate a ellos. Haz valer tus razones. Quizá quiera Dios que les hables y les propongas tu manera de ver las cosas.

Oliba meditó un instante antes de responder:

—Voy a pensarlo. Mañana por la mañana, después de la oración de laudes, te diré si he decidido viajar contigo a Castellciutat.

## 105

*Seo de Urgel, 26 de diciembre, año 1002*

La vizcondesa Sancha iba sentada en la parte delantera del carro, sonriente y emocionada, lanzando miradas en derredor, y gozando al ver a todos aquellos mendigos que se acercaban extendiendo sus manos hacia ella, alegres y agradecidos. En la parte de atrás, tres criadas no daban abasto repartiendo panes, puñados de carne seca, arenques salados, nueces y avellanas. Ya casi no podían avanzar por la vía principal que conducía directamente a la puerta de la catedral de Urgel. El Llop iba detrás, observando a su esposa con un gesto de perplejidad y cierto aire de resignación. También formaban parte de la comitiva su hijo Miró y su sobrino Blai de Adrall. Finalmente, se encontraron en el centro de una muchedumbre considerable, la cual seguía abalanzándose hacia los bueyes que tiraban del carro, estrujándolos e impidiéndoles seguir más adelante. Así, pues, su situación llegó a ser embarazosa, pues no podían avanzar sin procurar de alguna manera rechazar a la gente.

A lo lejos se veían ya las comitivas de los nobles y magnates que iban llegando a la catedral, con las banderolas y flámulas ondeando, y brillando al sol de la mañana las armaduras de los caballeros, los cascos, los penachos, las puntas de las lanzas...

Miró, al ver que estaban casi detenidos, se dirigió a su padre para decirle:

—¡Padre, no avanzamos! ¿Qué hacemos? A este paso vamos a entrar los últimos...

El Llop se encogió de hombros y refunfuñó:

—Le prometí a tu madre que le permitiría entregar limosnas a los pobres antes de la misa y, después, que hiciera obsequios a quien quisiera. ¡Ha cargado dos carretas para ese menester! Quiere congraciarse con todo el mundo. ¡Una locura!

—¡Mira, padre —señaló Miró—, los condes de Barcelona ya están en la puerta!

El Llop entonces se puso nervioso y arreó a su caballo para abrirse paso, adelantándose a la carreta sin poner cuidado y arrollando a los mendigos.

Mientras sucedía esto, el conde de Barcelona y su esposa Ermesenda estaban situados ya bajo el dosel en la puerta de la catedral. También allí la multitud se arremolinaba sin orden, tratando de acercarse para ver de cerca a los magnates, en un delirante ambiente festivo, entre vítores y albórbolas.

Ermesenda miró sonriente hacia el fondo de la vía principal y vio venir a lo lejos la comitiva de Castellbó, avanzando con dificultad, en medio de aquel maremágnum.

—Ahí viene el vizconde Guillem con su gente —le indicó en un susurro a su esposo.

—Los veo, los veo... —respondió el conde—. Me alegra que el Llop haya aceptado la invitación. Es muy importante que esté hoy aquí.

—A ella se la ve contenta —comentó Ermesenda—. ¡Y mira la caridad que hace con los necesitados! El Llop es un bestia, pero ella es una buena mujer. Y lo que ha sufrido la pobre...

—¿Todavía no han encontrado a la hija?

—No. Nadie sabe dónde puede estar la muchacha ni si estará viva o muerta. ¡Virgen santa, qué desgracia!

Después de decir aquello, la condesa de Barcelona miró a su alrededor y se fijó en un hombre de aspecto respetable, de buena estatura y rostro jovial, quien, bajo su capa de terciopelo y cadena de oro, venía a caballo hacia ellos por el pasillo que habían abierto los guardias entre la multitud; parecía ser un noble importante, o tal vez un magistrado, pero era desconocido para ella.

—¿Quién es? —le preguntó con discreción a su esposo.

—Es el rey de Viguera, García Ramírez —respondió Ramón Borrell—. Tuvo que huir tras el ataque de Almansur y se exilió en la abadía de San Volusiano, en Foix. Regresa a su reino al saber que el demonio sarraceno ha muerto. Hace el viaje por aquí, aun dando un gran rodeo, en la esperanza de que nosotros abramos el camino por Lérida la próxima primavera. Muchos otros reyes, condes y hombres poderosos estarán iniciando su vuelta tras la muerte de Almansur. Empiezan unos nuevos tiempos...

El rey de Viguera llegó donde estaban ellos, descabalgó y fue a saludarlos. El conde de Barcelona y él se abrazaron con afecto.

—Gracias por tu invitación —dijo García Ramírez—. ¡Nuestro Señor te bendiga!

—Hermano, sé muy bienvenido. ¡La paz sea contigo! Ahora celebraremos la misa y daremos gloria a Dios, a la Virgen María y a los santos. Luego celebraremos un gran banquete en el palacio del obispo. Allí estarán todos los condes, vizcondes, obispos y abades. ¡Hoy será un gran día! Terminada la fiesta, mañana nos reuniremos en la fortaleza de Castellciutat para tomar una determinación conjunta. Almansur está muerto y ha llegado la hora de organizarnos los cristianos.

Apenas terminaba de dar estas explicaciones Ramón Borrell, cuando todas las miradas se dirigieron de repente hacia el lado derecho de la catedral. Venían a caballo el obispo Salas y el conde Armengol, en medio de una gran ovación. Descabalgaron y se acercaron caminando hacia los condes de Barcelona, a los cuales saludaron con afecto y reverencia. Después sonaron las trompetas y los cuernos y entraron juntos en el templo, seguidos por sus séquitos, mientras también se iniciaba un alegre repique de campanas.

Poco más tarde, lograban por fin acercarse el Llop y su esposa con su comitiva, y también pasaron al interior y comenzó ya la misa solemne de la fiesta de San Esteban.

No cabía mucha gente en la catedral y la mayor parte de la multitud permaneció fuera, aguantando el frío y esperando en silencio a que concluyera el oficio religioso para volver a ver a los magnates.

Era casi mediodía cuando se abrieron de nuevo las puertas. Los cortejos ocuparon sus sitios por orden, poniendo todas las miradas en el estrado. Salió por último el conde de Barcelona y un palafrenero se acercó a él llevándole el caballo sujeto por las riendas. Montó Ramón Borrell y paseó su mirada por los rostros de los ilustres hombres que le observaban expectantes y emocionados: en primera fila el conde Armengol de Urgel, el obispo Salas, el conde Oliba de Berga y Ripoll, sus hermanos Bernat y Guifré, condes de Besalú y Cerdaña, y Berenguer, obispo de Elna; el conde Isarno de Ribagorza, el conde Suñer de Pallars, el conde Hugo de Ampurias y su hermano Guislaberto, conde de Rosellón; en segunda fila, los vizcondes y vegueres, entre los que se encontraban el vizconde Udalard de Barcelona, el vizconde de Castellbó, Guillem el Llop, y Sendred, señor de Gurb; alineados a los lados de la puerta de la catedral, el poderoso abad de San Cugat del Vallés y obispo de Gerona, Odón; los abades de San Miguel de Cuixá y San Pedro de Roda; los de Ripoll, San Pedro de Camprodón y San Benito de Bages; Arnulfo, obispo de Vich, y otros grandes, luciendo todos ellos sus mejores atavíos, armaduras de parada, mantos de piel, mitras, coronas y diademas.

Ramón Borrell, montado en su gran caballo, sujetaba las riendas con la mano izquierda y alzó la espada empuñándola con la derecha, mientras forzaba cuanto podía la voz para gritar a los cielos:

—¡Yo, yo, Ramón Borrell de Barcelona, hijo de Borrell, nieto de Sunyer y bisnieto de Wifredo, hago un voto a Dios, a santa María, san Esteban, sant Jaume y a los Cuatro Santos Mártires de Gerona, que no me interesaré por los asuntos terrenos hasta que tome venganza plena de los asesinos de nuestra gente cristiana, bien los encuentre en el bosque o en el campo, en la ciudad o en despoblado, ¡en monte o llano! ¡Y para ello comprometo tierras y rentas, vida y honor a cuantos me sigan! ¡Ayudadme, pues, Dios de los cielos, santa María y san Esteban, sant Jaume y los Cuatro Mártires!

Aquí se detuvo, en medio de un silencio impresionante, descabalgó, soltó la espada y se golpeó el pecho con ambas manos, provistas de manoplas, hasta hacer crujir el corselete; finalmente, se arrodilló solemnemente con la mirada puesta en la puerta de la catedral.

Entonces brotó de la multitud una espontánea y jubilosa aclamación, en la que resonaban también los juramentos y deprecaciones particulares de cuantos, de esta forma, se adherían al voto hecho por el conde de Barcelona.

# 106

—¡Cuanto antes! —exclamaba Suñer, conde de Pallars—. ¡Si por mí fuera, mañana mismo se iniciaría la marcha!

—Estamos en diciembre —observó el obispo Salas—. ¿Cómo vamos a lanzarnos a una campaña militar en pleno invierno?

—¡Habrá que arriesgarse! —replicó el Llop, dando un sonoro golpe con la palma de su mano sobre la mesa—. ¡La oportunidad es única! ¡Es el momento!

Todos los miembros del Consejo se hallaban reunidos en el salón principal del palacio del conde de Urgel, en Castellciutat, dos días después de la fiesta de San Esteban. Estaban sentados en torno a una gran mesa y discutían sobre lo que debían hacer una vez que se había confirmado definitivamente la muerte de Almansur. Después de largas deliberaciones, decididos por mayoría a emprender la guerra, ahora el asunto principal de la asamblea era resolver cuándo deberían reunirse las tropas y en qué lugar, para emprender la gran empresa de atravesar la Marca y atacar los territorios y ciudades del norte de Lérida. La facción integrada por el conde de Pallars, el Llop y los señores de Fontrubí, con sus partidarios, defendían con denuedo la opinión de iniciar la campaña lo antes posible, en una inusual ofensiva de invierno.

—Hay que aprovechar la coyuntura —argumentó Suñer—, sirviéndonos de la sorpresa y del hecho de que Abdalmálik, el hijo del difunto Almansur, se halla todavía en Córdoba con su gran ejército. Los sarracenos estarán ahora desconcertados y desolados por la pérdida de su jefe. ¡Es el momento! No podrán imaginar siquiera que estamos aprestados para atacarlos. Si les damos tiempo, volverán a reorganizarse en primavera y perderemos la oportunidad de la sorpresa. ¡Hay que ir ahora! ¡Oídme bien, por Cristo y sant Jaume! ¡Ahora o nunca!

El abad Odón se puso en pie, lanzó en derredor una mirada delirante y asintió:

—¡Sí, sí, sí…! ¡Sí, hermanos míos! ¡La ocasión no puede ser más oportuna! ¡Señores, acometamos ahora a la bestia y destruyamos al que todo lo destruye! —Y diciendo estas palabras, levantó el báculo, símbolo de su dignidad, y lo blandió como si fuera a arremeter contra el enemigo, añadiendo—: ¡Es hora ya de tomar venganza en nombre de nuestro Dios! ¡Debemos ir cuanto antes a hacer justicia, por tantos monasterios arrasados y tantos monjes y monjas asesinados! ¡Por nuestro pueblo! ¡La hora de la ira santa ha llegado!

El conde Oliba, al escuchar estas razones, no pudo aguantar más y se puso en pie, extendiendo las manos y replicando:

—¡No, por Dios! ¡No llames santa a la ira! ¡Nunca es santa la ira!

Odón se volvió hacia él y contestó:

—Nuestra ira o indignación es santa cuando se dirige hacia lo que le produce ira a Dios mismo. ¡Cuando somos confrontados con el mal, la ira es justa y santa! ¡Como es justa la guerra cuando se hace para defendernos del mal!

Oliba suspiró y se retiró de la mesa, situándose en la tarima que había en centro de la sala, lugar donde era obligado situarse para pronunciar un discurso o esgrimir los argumentos que requerían una alocución más larga. Él había preparado su disertación a conciencia para aquel momento y empezó diciendo:

—Estamos decididos a defender las fronteras y estoy de acuerdo en que el momento es adecuado tras la muerte de Almansur. Ha llegado al fin la hora de la defensa y la reparación. Porque la defensa propia es siempre justa, en efecto. Sin embargo, hermanos, también se nos enseña a ser cuidadosos con nuestra ira, para que no nos exacerbemos y pequemos. Hay que reflexionar y medir bien las propias fuerzas antes de lanzarse a lo ignoto. ¡Cuidado con la pasión desmedida, hermanos! No podemos dejarnos arrastrar por un impulso precipitado y ciego que pudiera conducirnos a mayores desastres y sufrimientos. El odio no es buen consejero y la prudencia exige contención. San Pablo, en la Carta a los Efesios, advierte: «Airaos, pero no pequéis; que el sol no se ponga sobre vuestro enojo, ni deis lugar al diablo». Y también nos aconseja en la Carta a los Romanos: «No os venguéis vosotros mismos, amados míos, sino dejad lugar a la ira de Dios; porque escrito está: Mía es la venganza, yo pagaré, dice el Señor. Así que, si tu enemigo tuviere hambre, dale de comer; si tuviere sed, dale de beber; pues haciendo esto, ascuas de fuego amontonarás sobre su cabeza. No seas vencido de lo malo, sino vence con el bien el mal».

Tras estas palabras, hubo un silencio y, un momento después, estalló la espontánea y burlona carcajada de algunos de los presentes. Lo cual no amilanó a Oliba, que prosiguió enseguida diciendo con mayor ímpetu:

—¡Por Dios, os ruego que no toméis a chanza mis palabras! La doctrina de la «guerra justa» solo tiene aplicación cuando se trata de defenderse de un enemigo que ataca. Pero, ¡cuidado!, porque suele tenerse por compañera como justificación para cualquier ataque o conquista, cuando los atacantes no quieren correr el riesgo de ser considerados como vulgares ladrones y asesinos. Sin provocación previa, no hay defensa propia. Reflexionad y calibrad vuestras pasiones. Cuidemos de no confundir la justicia con la avidez de rapiña y el deslumbre del botín.

Estos argumentos enfurecieron a la mayoría de los miembros del Consejo. Se elevó un bullicio de voces y protestas, entre las que destacaban las del conde de Pallars, que gritaba:

—¡Es inaudito! ¡Hemos sido provocados por los diablos sarracenos! ¡Nos han atacado! ¡Almansur destruyó Barcelona y Manresa! ¡Robaron, esclavizaron y arrasaron!… ¡¿Cómo se te ocurre venir aquí a decir esas cosas ahora?!

Los ánimos estaban enardecidos y se produjo una situación muy tensa. Todos miraban a Oliba, como esperando a que rectificara o dijera algo más para dar mayor fuerza a sus opiniones. Pero él ya se había dado cuenta de que iba a ser inútil defender cualquier posición pacífica, así que optó por volver a su sitio y sentarse, permaneciendo en silencio a partir de ese momento.

Entonces tomó la palabra el obispo Salas y, dirigiéndose con deferencia hacia él, manifestó:

—Conde Oliba, comprendo tu temor y tu cautela, pero hay que sopesar el momento tan propicio que Dios ha puesto en nuestras manos. Digamos que este ataque es preventivo, con el fin de advertir al hijo de Almansur de que no estaremos dispuestos a mantener ninguna actitud de sumisión y a declararle, de una vez para siempre, que ya no pagaremos más tributos a Córdoba.

Una gran ovación celebró estas palabras del obispo de Urgel. Y, mientras tanto, se puso en pie el conde de Barcelona, que pidió silencio y dijo solemnemente:

—¡Todos somos uno, hermanos! ¡Esa es la grandeza de nuestra tierra! Y yo hice voto ayer, ante Dios, la Virgen María y los santos, y por la memoria de nuestros gloriosos ancestros que tomaré venganza por la sangre de nuestra gente muerta, expoliada y esclavizada por el demonio sarraceno. Así debe ser y así será. Y en este momento os digo: ¡todos como un solo hombre! ¡La verdad y la justicia están con nosotros!

Ante esta resolución, la mayoría de los miembros del Consejo se levantó de sus asientos y empezó a gritar:

—¡Bien dicho!

—¡Así se habla!

—¡Viva el conde de Barcelona!

—¡Viva!

El abad Odón, erguido, levantó el báculo y alzó la voz para pedir:

—¡Hagamos todos el voto que ayer pronunció Ramón Borrell! ¡Juremos unidos a él como un solo hombre!

A lo que los presentes contestaron:

—¡Sí, Señor!

—¡Ahora mismo!

—¡Hagamos el voto aquí!

—¡Que nadie se vaya sin comprometerse!

Odón fue al centro de la sala, se puso de rodillas y exclamó:

—¡Arrodillaos y repetid mis palabras!

Todos obedecieron sin rechistar, incluido el conde Oliba. Y el abad, en un tono elevado y solemne, proclamó el juramento:

—¡Yo, yo, Odón, siervo de Dios, abad de San Cugat y obispo de Gerona, hago un voto a Dios, a santa María, san Esteban, sant Jaume y a los Cuatro Santos Mártires de Gerona, que no me interesaré por los asuntos terrenos hasta que tome venganza plena de los asesinos de nuestra gente cristiana, bien los encuentre en el bosque o en el campo, en la ciudad o en despoblado, en monte o llano! ¡Y para ello comprometo tierras y rentas, vida y honor a cuantos me sigan! ¡Ayudadme, pues, Dios de los cielos, santa María y san Esteban, sant Jaume y los Cuatro Mártires!

Acto seguido, uno por uno, todos fueron haciendo el voto en voz alta, en nombre propio y comprometiendo a sus súbditos, pronunciando a la vez sus sobrenombres, cargos y títulos. También el conde Oliba, aunque reticente y apreciablemente disgustado, hizo el juramento.

Después el conde de Barcelona tomó la palabra para anunciar:

—La campaña dará comienzo, Dios mediante, al finalizar el mes de enero. Regresad, pues, a vuestras posesiones y reunid a cuantos hombres tengan edad y fortaleza suficientes para empuñar las armas. Cuidad de que ningún espía pueda ir con la noticia a Lérida. ¡Esto es muy importante! Nos juntaremos todos en Berga y allí se establecerá el campamento.

Dicho esto, Ramón Borrell dirigió su mirada hacia Oliba, puesto que era conde de Berga y debía consentir que la operación militar tuviera su inicio en sus dominios.

—Hágase —otorgó Oliba—. Allí acudiremos todos a la iglesia de Sant Quirze de Pedret, para implorar la ayuda del santo, que siempre fue solícito a las súplicas de mi padre en todas sus campañas.

El conde de Barcelona sonrió complacido y dijo:

—¡Perfecto! Como era entonces, no hay mejor lugar que Berga para reunir las tropas y partir desde allí a cruzar la Marca. Recibiréis las instrucciones oportunas, cada uno en su momento, por los mensajeros que iré enviando. ¡Y que todos recen a los santos implorando la victoria!

## 107

*Berga, 9 de febrero, año 1003*

Aunque era pleno invierno, los primeros tres días el tiempo se mantuvo apacible y brillante, con el cielo sin nubes. Pero el cuarto día amaneció gris y cayó una molesta lluvia, fría, empujada por el desabrido viento del norte. En los llanos de Berga, a ambos lados del camino que conducía a Solsona, el campamento militar iba creciendo a medida que llegaban las mesnadas desde los diferentes territorios. Allí se concentraban miles de hombres, los mejores hijos de todos los condados y señoríos cristianos. Los soldados no parecían preocuparse por el frío y el agua; hacían fogatas, comían, bebían, cantaban cada dos por tres y charlaban con sus voces altas y rudas. Los carros se arrastraban en medio de los gritos y protestas de los conductores; a veces transitaban por los embarrados caminos, a veces por fuera, haciendo que el lodazal se extendiera y poniendo el firme cada vez más difícil para los caballos. Delante de los pabellones de los magnates, al sur de la ciudad, el viento húmedo agitaba con virulencia los estandartes, un abigarrado despliegue de lienzos de vivos colores con representaciones de cruces, santos, bestias diversas y armas que anunciaban que los grandes hombres estaban allí. Fuera del campamento, entre la linde norte y las murallas de Berga, había un gran pabellón de lona y postes sujetos con vientos; el pendón que había delante lucía una cruz griega de oro en campo de gules, lo que confirmaba que el rey de Viguera también estaba allí con su hueste.

Era domingo y los nobles y jefes miembros del Consejo se hallaban arriba, en el castillo; habían acudido primeramente a la misa, para después celebrar la última y definitiva asamblea que debía decidir la manera en que se iba a organizar el ataque. Ahora estaban todos reunidos en la plaza de armas, a la intemperie, soportando el aire frío y desagradable. Ya se habían discutido el orden de partida, los cargos en las diversas secciones y los pormenores; quedaba, pues, lo más importante: determinar la estrategia.

Lo primero que se iba a hacer, una vez que el ejército estuviera acampado al completo, era emprender la partida hasta Solsona, que distaba apenas dos días de camino, para proseguir desde allí hasta Guisona en una marcha rápida. Lérida no estaba después demasiado alejada, pero a la maniobra no le interesaba llegar a su destino por las rutas más obvias y transitadas. De acuerdo con las indicaciones del Llop y de las informaciones sobre el terreno obtenidas por sus espías, tenían tres posibilidades de aproximación para alcanzar el objetivo. La primera consistía en seguir la ruta fácil a lo largo del viejo camino de Lérida, pero pronto se descartó por ser la menos indicada para dar un golpe por sorpresa. Los centinelas de las atalayas podrían advertir en la ciudad de la inminencia del ataque mucho antes de que tuviesen las murallas a la vista. La segunda opción era desviarse al sur por Torá, y resultaba igualmente improbable, concluyendo que sería muy evidente la falta de cobijo al descender por los montes, debido a la escasa vegetación y lo llano del terreno en el último tramo, contribuyendo a que fuesen fácilmente descubiertos. La última posibilidad era, pues, la más indicada, aunque también fuera la más fatigosa: llevarían a las tropas dando un rodeo por el norte, a través de cadenas montañosas cubiertas de densos bosques, por los barrancos del río Segre, hasta el castillo de Os. Aunque, desgraciadamente, era obligado cabalgar por las laderas a través de un valle húmedo y rocoso, estos derroteros fragosos, abruptos y deshabitados protegían el flanco oeste del ejército y permitían una aproximación segura.

—¡Tomar el castillo de Os será pan comido para nosotros! —aseguró el Llop con su habitual fanfarronería—. Y luego, una vez que asentemos allí la base de la campaña, mandaremos aviso para que avance el grueso del ejército hasta Balaguer.

Los nobles permanecían en silencio. No se oyó ni una sola voz que se alzase para argumentar nada en contra. No hubo pues confrontación en el Consejo y se aceptó por unanimidad esta propuesta. El Llop y sus hombres eran los que mejor conocían aquellos territorios y lo más prudente era dejarse guiar por ellos, así que se les otorgó el privilegio de comandar la avanzadilla de las tropas. Cuando todos estuvieron de acuerdo, entraron en el castillo y se sirvió un banquete a base de cerdo asado, en el que los nervios y la impaciencia hicieron que los hombres estuviesen comedidos con la bebida. Formaban corros en los que seguían hablando de las diversas expectativas, sopesaban los riesgos, aventuraban la posibilidad de algún peligro inesperado y manifestaban con reserva sus recelos. La fiesta duró poco, hacía demasiado frío y todo el mundo se retiró para cobijarse junto al fuego y dormir abrigados en los lechos a base de pieles.

El día siguiente amaneció con sol. Los magnates salieron temprano de Berga a caballo y se dirigieron por el camino de Pedret hacia el este, con destino a la iglesia de Sant Quirze, donde estaba prevista la celebración de una misa para invocar la protección de los Santos Mártires, que tenían gran fama de milagrosos en aquellas tierras. Cabalgaban alegres, hablando a voces y cantando de vez en cuando. A poco menos de dos leguas de camino, cruzaron el río Llobregat por un pequeño puente de piedra y fueron ascendiendo por un sendero áspero hasta donde se alzaba la iglesia, al pie de la montaña, entre un puñado de casas humildes. Los campesinos y los monjes salieron al prado para recibir a los magnates, con grandes reverencias y sin disimular su asombro al ver los vistosos cortejos.

La iglesia de piedra de Sant Quirze de Pedret no era muy grande, por lo que tantos prohombres no cabían dentro. Los dignatarios se adelantaron de entre la multitud para coger sitio cerca del altar. Los demás, impedidos a acceder por el simple hecho de ser tan numerosos, se agruparon en el atrio y la pequeña aldea, creando un mar de colores. Una oleada de entusiasmo, excitación y fervor predispuso a hombres y mujeres a rezar en voz alta y cantar a gritos, alegremente. La misa comenzó y la mayoría de ellos asistían desde fuera sin oír nada de lo que tenía lugar en el interior del templo. Al finalizar, salieron el obispo de Barcelona, Aecio, y el conde Ramón Borrell, acompañados por los demás condes, prelados y abades. Aecio levantó el báculo a buena altura sobre su cabeza y se dirigió a todos los presentes con voz estentórea, diciendo:

—¡Hijos queridos! ¡Amados del Señor! La paz llegará otra vez y la seguridad enriquecerá nuestra querida tierra con la abundancia de nuevos dones. Acércate, Ramón Borrell, hijo de Borrell, *comes Barcinoae*, *dux Gothiae* y *marchio*, y acepta tu derecho por cuna a ser el jefe natural de nuestro pueblo.

El conde se arrodilló en los escalones de piedra, de manera que el obispo pudiese colocar en su cabeza la exquisita corona de oro, delgada y ceñida sobre la frente.

—¡Salve, Ramón Borrell, gran soberano nuestro! ¡Salve! —gritó el obispo.

—¡Salve! ¡Salve! —respondió a su vez la turba, con sus caras encendidas por la excitación mezclada con reverencia.

Entonces el conde de Barcelona se levantó, llamando a su hermano Armengol a su lado; lo abrazó y le entregó la espada de su padre, Borrell II, para hacer ver a todos que compartía la jefatura con él.

Después el abad Odón, obispo de Gerona, le entregó a Ramón Borrell un largo envoltorio de cuero, que este abrió, exponiendo a la luz una enorme y reluciente espada.

—¡He aquí la espada de Wifredo el Velloso! —anunció Odón con solemnidad y delirio en la mirada—. ¡Wifredo la empuñaba cuando expulsó a los agarenos hasta la frontera de Lérida y poseyó como propio el condado tan válidamente conquistado! ¡He aquí cómo el honor de Barcelona pasó a manos de nuestros condes! ¿Juras, *comes, dux et machio*, que no descansará esta espada mientras los enemigos asolen nuestro pueblo?

El conde de Barcelona levantó la espada y proclamó con solemnidad, forzando todo lo que pudo su voz:

—¡Sí, juro!

Sobre la algarabía de la multitud, las tres campanas de la pequeña iglesia de Sant Quirze y Santa Julita emprendieron un sonoro y alegre repique. Las trompetas agregaron su voz de bronce y cada clérigo contribuyó con el canto del tedeum a crear un dulce caos repetido.

# 108

*Iglesia de Sant Quirze de Pedret, 11 de febrero, año 1003*

Para aquellas almas arraigadas en las tierras montañosas, agrestes y poco pobladas, la llegada de tantos hombres importantes era un motivo suficiente para organizar una fiesta. El día era frío y el viento desapacible, pero los aldeanos acudieron por los caminos porque, después de todo, hay formas peores de pasar una jornada de invierno que en torno a las fogatas, con cerveza para beber, tortas calientes de cebada y carne asada para devorar. Muy pronto todo el mundo se olvidó del invierno y la mañana se llenó de canciones, voces gozosas y risas. Hasta los clérigos abandonaron su obligada sobriedad y se aplicaron al banquete y al regocijo general.

Solamente uno de aquellos nobles permanecía ajeno y reacio a participar en la celebración que precedía a la guerra: el conde Oliba. Anduvo primero como vacilante, de hoguera en hoguera, de grupo en grupo, hasta que su desazón le obligó a abandonar el jolgorio. Se dirigió discretamente a la iglesia de Sant Quirze y entró. Era un templo bello, sencillo y armonioso, que él conocía muy bien desde niño, porque su padre, el conde Oliba Cabreta, solía ir allí con frecuencia. Estaba compuesto por tres naves y tres ábsides, cada uno de ellos con sus arcos de herradura. Caminó por la nave central y se acercó hasta el altar, donde se arrodilló delante del ara de piedra. Permaneció postrado un rato, tratando de serenarse. El jaleo del exterior penetraba y le impedía hallar la tranquilidad que necesitaba en aquel momento, pero, poco a poco, fue serenándose en la recogida atmósfera que allí reinaba. En el muro frontal, un ventanuco que se abría a levante dejaba entrar un halo de luz pálida. A la izquierda, estaba pintada una cruz con un círculo en medio, dentro del cual había un guerrero a caballo portando una lanza adornada con un estandarte. En la cabeza, el caballero llevaba un yelmo con nasal, rematado con una cruz, y un perro caminaba junto al caballo. Un pájaro picoteaba por encima un racimo de uvas. Al lado izquierdo de la cruz, fuera del círculo, también había pintado un hombre con barba y vestido con hábito, en posición de mirar de frente y sosteniendo sobre el pecho un libro. Al otro lado, estaba representado otro hombre, desnudo este, con una rodilla en el suelo, agarrando un bastón junto a una hoguera. A la derecha de la ventana, una sugestiva imagen personificaba a un orante, un personaje masculino dentro de un círculo perfecto, con túnica y los brazos extendidos. Una bella ave extendía sus alas por encima de él.

Sobrecogido, Oliba reconocía aquellas pinturas cuyo significado ahora adquiría todo su sentido para él. Representaban la vida entera de su padre, el conde Oliba Cabreta, que fue quien encargó a un monje pintor que las plasmara allí. El guerrero a caballo era el hombre viejo, acompañado por el perro, imagen de la fiereza y la fidelidad a los antiguos ideales; pero con la cabeza llena de pájaros que picoteaban los racimos de uvas, símbolo de la locura, el placer y la embriaguez. Todo ello quedaba redimido por la cruz del Señor, junto a cuyo brazo derecho aparecía el hombre nuevo, sosteniendo el evangelio entre sus manos y revestido con el hábito de la pureza. Mientras, al lado izquierdo, frente a la hoguera, el diablo aguardaba el momento preciso para golpear con su bastón, símbolo del pecado, y arrastrar al débil y disoluto hacia las llamas. Al otro lado de la ventana, el orante era la expresión del hombre redimido, trascendiendo el mundo presente para volar hacia la unión con el Eterno.

Oliba recordaba aquel momento, cuando él era todavía un niño, en el que el monje pintor le explicaba detenidamente a su padre el sentido de todo aquello. El viejo conde rompió a llorar y se dejó caer sobre las losas, quedando tendido en el suelo, temblando y sollozando. Pocos días después, lo abandonaría todo para emprender su huida del mundo y hacerse monje. Aquello no lo olvidaría nunca el hijo, por la gran impresión que le causó; una extraña mezcla de temor, duda y desazón. Y, desde entonces, siempre que iba a Sant Quirze de Pedret, sentía algo misterioso en su interior. Aunque ahora el sentimiento era nuevo y diferente: de pronto aquellas pinturas le revelaban un mensaje que ya no era para su padre, sino para él mismo. Era como si aquellos personajes le hablaran y le dijeran: «Ahora te toca a ti comprender. ¡El momento ha llegado para ti!». Un temblor, como un estremecimiento, le recorrió el cuerpo entero. Se puso a orar y le rogó a Dios que iluminara su mente. Contemplaba las pinturas, la bóveda ennegrecida por el humo de las lamparillas y la luz que penetraba por el vano y que se había hecho más brillante. Rezó maquinalmente, pero, como no sentía el rezo a causa de su preocupación, acabó golpeándose el pecho con el puño y clamando en voz alta:

—¡Escúchame! ¡Dios eterno! ¡Dame una señal! ¡Estoy perdido, confuso, aterrado...!

Permaneció allí, en la penumbra de la iglesia, sollozando durante un largo rato. Después salió. Fuera hacía un día de sol espléndido, aunque seguía haciendo frío. La fiesta continuaba, pero Oliba estaba dominado por negros presentimientos; una serie de ideas deprimentes y angustiosas le sobrecogía. Se sentía dado de lado por los suyos, vencido, aniquilado, descontento y sin confianza en nadie. De pronto, vio a su hermano Berenguer, obispo de Elna, conversando animoso entre un grupo de nobles y clérigos. Fue hacia él y le tomó por el brazo, rogándole angustiado:

—¡Hermano, ven conmigo! Debemos hablar tú y yo...

Berenguer, apreciablemente excitado, irguió la frente, como molesto por aquella inesperada interrupción y, con gesto adusto, altivo e impaciente, paseó sus centelleantes ojos por la gente que le rodeaba y luego los detuvo en su hermano.

—¡Estás pálido, Oliba! —le increpó—. ¿Qué demonios te afligen ahora? ¡Anda, toma un poco de vino y come algo!

—Por favor, sígueme... —insistió Oliba.

Berenguer fue con él de mala gana. Oliba caminaba delante hacia la iglesia. Se detuvo en la puerta y le invitó a entrar con un movimiento de su mano, diciéndole:

—Dentro podremos hablar más tranquilos.

—¿Hablar? —contestó su hermano—. ¿No hemos gastado ya todas las palabras? Ahora no es tiempo de hablar, sino de actuar. ¿Por qué andas ansioso de aquí para allá? ¿Por qué no te unes a la fiesta como todo el mundo? ¿No te das cuenta de que pueden llegar a pensar que estás muerto de miedo?

—No tengo miedo, no es eso... —murmuró Oliba, a media voz—. Es otra cosa; he tenido un mal presagio... ¡Por Dios, escúchame!

—Hemos gastado todas las palabras —repitió Berenguer con firmeza—. Ha llegado el momento de defenderse. Estamos reuniendo a nuestra gente y organizándonos, y tú vienes a... ¡hablar! ¿Es que no te has dado cuenta todavía de que la hora de la gloria ha llegado por fin a nuestra sagrada tierra? Y tú... ¡Qué hombre tan pusilánime eres!

—¡Debes escucharme! —repuso Oliba—. ¡Todo esto es una locura! Si seguís en esa actitud guerrera e irracional, no haréis sino empeorar las cosas...

—¡¿Empeorar?! ¡Qué cosas dices, hermano! ¡Desde Wifredo el Ve-lloso hasta hoy hemos estado esperando este momento! ¡Se cumplen cien años!

Seguían en la puerta de la iglesia. Oliba sacudió la cabeza y respondió con angustia:

—¡De eso se trata! Wifredo el Velloso murió en el año 897 en un enfrentamiento con los ismaelitas. El desgraciado hecho se produjo cuando salía al encuentro de las tropas del gobernador de Lérida, Llop abén Muhamad, el antepasado del Llop, que es quien nos ha arrastrado a esto... La muerte de Wifredo se produjo como consecuencia de una lanzada certera que le asestó en el pecho el propio Muhamad. Tras su muerte, comenzó el desastre... No debería haberse arriesgado de aquella manera, sin calibrar antes las fuerzas del enemigo. Ahora las circunstancias se parecen mucho... Ni siquiera sabemos el tamaño del ejército que defiende Lérida. Solo nos amparamos en el hecho de que Almansur está muerto. ¡Falta de cordura y reflexión! ¿No te das cuenta de ello? Almansur ya no está, pero su ejército no ha sido sepultado con él... ¡La fuerza del califato sigue intacta!

Acababa de decir aquello, cuando de repente se formó un revuelo enorme. Las voces ya no eran de júbilo, sino rudas órdenes de los heraldos, cargadas de excitación, llamando a que los magnates se congregaran.

Todos los nobles y clérigos iban hacia la iglesia, acompañados por sus lugartenientes y subalternos. Los condes de Barcelona y Urgel caminaban por delante, en las expresiones de sus rostros se veía, indudablemente, que había importantes novedades.

Cuando todos estuvieron reunidos formando un gran círculo, el conde de Pallars le ordenó al joven soldado:

—¡Habla! ¡Di lo que tienes que decir!

El muchacho sudaba y gritó jadeante:

—¡El gobernador de Lérida ya sabe que nuestro ejército se reúne aquí! ¡Fue informado y ha enviado correos para alertar a todas las fortalezas sarracenas! ¡El ejército de Lérida se apresta!

Todos allí rebulleron y se sobresaltaron. El Llop miró con severidad al conde de Barcelona y exclamó con energía:

—¡Eso no cambia nada! ¡Ha llegado la hora! ¡Sigamos con el plan previsto! ¡Solo hay que adelantar la salida! ¡Puedo partir mañana mismo con mi gente! ¡Tomaremos el castillo de Os en un día! ¡Lo juro!

Aturullados, los presentes se agitaron y pusieron sus miradas interrogativas en Ramón Borrell. Y este, muy seguro de su autoridad, empezó a dar órdenes frenéticamente:

—¡Que toquen las trompetas! ¡Alzad las campanas al vuelo! ¡Llamad a rebato! ¡Convocad a todos los jefes! ¡Reunid el ejército! ¡Todo el mundo a los campamentos! ¡A Berga! ¡A descansar! ¡Mañana partirá la avanzadilla!

# 109

*Castillo de Os, 16 de febrero, año 1003*

En vez de seguir los caminos fáciles que serpenteaban al pie de los montes, el Llop decidió astutamente atravesar la cumbre de la colina, donde crecían encinas y matorral. Después bajaron apresuradamente por terrenos difíciles, adentrándose en el valle bien cubierto de bosque. Esa era su táctica favorita, aunque resultase dura y lenta, fatigosa tanto para los hombres como para las bestias. Durante la primera noche se ordenó que no encendiesen los fuegos y que enfundasen con tiras de tela los cascos de los caballos. No había cerca atalayas, pero detrás de cualquier collado podía haber pastores que alertaran en las aldeas. Las órdenes eran precisas y se habían repetido una y otra vez, antes de la partida, durante el camino y la última tarde. Era una tropa disciplinada y aguerrida, que disfrutaba con aquella manera de hacer la guerra. Tres huestes la integraban, que eran las que siempre actuaban juntas: la del conde de Pallars, la de los señores de Fontrubí y la más numerosa, formada por los hombres del Urgellet con Guillem de Castellbó al frente. El conde Bernat Tallaferro, que venía por detrás, se les unió con las luces grises de un atardecer mojado, cuando apenas estaban ya a dos leguas del castillo de Os.

El lugarteniente del Llop, Oliver, se había adelantado para reconocer el terreno y regresó por la noche. En el crepúsculo, antes de emprender la marcha nocturna, les explicó a los jefes:

—De aquí en adelante el terreno es llano. La ruta por los labrantíos no ofrece ni una cobertura, pero ya no podemos seguir por la montaña. Habrá que avanzar todo lo deprisa que se pueda para no desperdiciar el beneficio de la sorpresa. Los moros no esperarán un ataque desde este lado y sus pocas defensas estarán concentradas en las entradas del castillo.

Y, después de estas indicaciones, cogió un palo y dibujó en la tierra mojada, aproximadamente, el promontorio del castillo, la aldea y el terreno que la rodeaba.

—Debe hacerse de esta manera —añadió, señalando el dibujo—: Alguien debe ir y atacar con todo ímpetu desde las murallas que rodean las casas, mientras el grueso de la tropa asalta el castillo.

—Es muy adecuado el plan —acordó con cautela el conde Bernat Tallaferro—. Yo atacaré con mi gente desde el llano, para entretenerlos, mientras asaltáis las murallas.

—¡Es arriesgado! —replicó el conde de Pallars—. El coste de hombres de nuestra tropa a pie será alto si tratamos de escalar las murallas por ahí... o bien si son descubiertos antes de llegar al pie del monte donde se alza la fortaleza.

Oliver reflexionó antes de contestar:

—Si la patrulla del conde Bernat, con cien hombres a caballo, se desplazase por el valle hasta el sur por la ribera del arroyo, serían capaces de evitar ser detectados en su ruta, y no se moverán con demasiada lentitud a través del terreno. El objetivo de este pelotón será el de atacar por la aldea. Eso alertará al castillo, pero no repararán en que ya estaremos nosotros escalando. No son murallas demasiado altas y, cubiertos por los arqueros, seremos capaces de entrar. Si, al mismo tiempo, la tropa de Fontrubí sigue la ruta norte y se mantiene a cubierto por los bosques de las crestas de los montes, también evitaría ser detectada e irrumpiría por donde las murallas estarán menos guarnecidas.

—Estoy de acuerdo con la valoración y la estrategia —asintió el conde de Pallars—. Y acepto llevar adelante la misión encargada.

—¡También nosotros! —exclamó Roderic Cara de Rata, hablando en nombre propio y también en el de su hermano—. Pero, si nosotros pudiésemos ganar la entrada a ambas puertas durante la noche o al romper el alba, podríamos causar una tremenda confusión y facilitar la escalada de las murallas.

—Tal vez —apuntó Oliver sensatamente—. Pero, si no se actúa al unísono, perderemos fuerza antes de comenzar. Cada sección debe ser muy precisa.

—¡De eso se trata! —refrendó con autoridad el Llop la opinión de su ayudante, dirigiéndose a los otros jefes, mientras un brillo de excitación se asomaba en sus ojos cautelosos—. ¡Nuestra coordinación debe ser perfecta!

Con todo, el conde Bernat Tallaferro insistió con terquedad:

—Pero… si el primer grupo pudiese emerger de los bosques en la oscuridad y, sigilosamente, aproximarnos a las murallas de la aldea, quizá lográsemos abrir las puertas del castillo antes de que los moros se enterasen de lo que estaba ocurriendo. Así tendríamos la ventaja de cogerlos totalmente por sorpresa.

—¡Exactamente! —dijo Oliver—. Pero yo debería ir en ese grupo para indicar el lugar más adecuado para el ataque.

Y después de decir esto, se volvió hacia su jefe, el Llop, como buscando su aprobación.

Hubo luego un silencio, en el que todos miraban con asombro al joven rubio, convencidos ya de que debían seguir sus indicaciones puntualmente.

El Llop, mientras tanto, esbozaba una sonrisa de satisfacción; hasta que gritó de pronto:

—¡Adelante, muchacho! ¡Hay que hacerlo! ¡Irás con el conde Bernat y su gente! Hay que partir cuanto antes. ¡Atacaremos de madrugada! Si tomamos mañana Os, Balaguer será fácil.

Aunque se quejaba a veces diciendo estar demasiado viejo para pelear, Guillem de Castellbó tenía la imponente presencia de un gran guerrero. La barba medio canosa sobresalía de su cota de malla, sobre la que se había colgado la antigua ristra de amuletos que tanto ofendía a su esposa, aunque también llevara un crucifijo labrado en hueso de oso, regalo de su padre. El grueso cinto estaba remachado en bronce, mientras que su gran espada descansaba en una vaina de cuero adornada con placas de hierro ennegrecido. Sus botas tenían placas de acero a ambos lados de los tobillos, y llevaba un casco bruñido que refulgía, excepto la parte que recubría la nariz, por estar forrada de tela roja. Todos aquellos veteranos guerreros vestían de manera semejante, pero a cada uno de ellos se le reconocía bien por sus colores y particularidades. Por ejemplo, el conde de Pallars llevaba una gruesa capa granate oscuro que tenía prendidas en los hombros bellas plumas de urogallo.

La marcha se inició ordenadamente bajo una llovizna helada. En plena noche, la tropa avanzaba a paso acelerado, aunque sus estómagos rugían por el hambre. Habían cenado muy poco y, mejor que cargar con el peso de la comida, era llevar las armas que preservan la vida.

Estaban tan seguros de la victoria que confiaban plenamente en que pronto podrían comer y beber todo lo que quisieran, una vez que tomasen la aldea e hiciesen suyo el castillo de Os.

Lucía entre las nubes una delgada luna, apenas suficiente para iluminar los contornos de la fortaleza, cuando ya estaban cerca para organizarse. Los caballos fueron dejados con maneas en el límite del bosque y continuaron a pie. El terreno no ofrecía ninguna protección bajo el monte y los hombres empezaron a gatear apoyándose en manos y rodillas. El Llop se quedó abajo y llevaba con prisa al resto de la tropa hasta el pie del promontorio, esperando la señal para ascender por el lado más fácil.

El ejército se detuvo un poco más adelante para preparar el asalto. Se dieron las órdenes pertinentes e inmediatamente se inició un gran ajetreo: los hombres empezaron a sacar pertrechos guerreros de las alforjas, en medio de un gran estrépito metálico y del clamor de las voces. En poco tiempo, aquellos hombres estaban forrados de hierro y cuero, y provistos con sus diversas armas: lanzas, espadas, arcos y flechas, hachas, mazas...

—¡Cerrad todas las bocas! —ordenó el conde de Pallars en un susurro—. No habléis a menos que sea necesario.

Lanzó su mirada hacia arriba, a la muralla que se elevaba ante ellos, y preguntó:

—¿Cuántos garfios tenemos?

—Diez, señor —respondió el encargado de ese menester—. Uno por cada veinte hombres que van a escalar.

—Bien, subid ya. Con suerte, todos estaremos dentro antes de que los hombres del conde Bernat Tallaferro hayan abierto las puertas. Si conseguimos entrar los primeros por esta parte, que es la más peligrosa, lo mejor del botín será para nosotros. Así que ¡adelante!

Era todavía de noche cuando empezaron el ascenso, cuidadosamente y con las armas silenciadas entre sus ropas. Miró y Blai de Adrall también subían. De repente, se oyeron voces arriba y luego un ruido fuerte, como un trueno, pero más cercano y sonoro. Miraron y aquel sonido estridente se convirtió instantáneamente en un crujido creciente, y comenzaron a quebrarse las ramas de los arbustos, a caer tierra y a desplomarse pedruscos de la ladera empinada, haciendo retumbar el suelo. En la escasa claridad de una desapacible madrugada, vieron de pronto cómo caían montones de piedras que se deslizaban, chocaban y se precipitaban sobre ellos. Los hombres se escondían lo mejor que podían bajo los salientes y matorrales, pero era difícil ya continuar la ascensión.

—¡Todo el mundo abajo! —gritó Miró—. ¡No podemos seguir por esta parte!

Pero el Llop, enfurecido, les gritó desde el pie del monte:

—¡Hay que hacerlo! ¡Hay que hacerlo! ¡Seguid trepando, muchachos! ¡Continuad, que ya casi estáis arriba!

Pero, de pronto, los cuernos de la tropa de jinetes empezaron a convocar al ejército con la señal inequívoca de que estaban venciendo en la parte que les correspondía asaltar. La muralla que rodeaba la aldea era atacada eficazmente por Bernat Tallaferro y su hueste compuesta por veteranos guerreros. La fuerza completa, con un centenar de jinetes, cayó por sorpresa, corriendo al galope desde los huertos y desplazándose con un gran estrépito. Enseguida brotaron los alaridos de los centinelas y se propagaron los gritos de las mujeres, las órdenes y el murmullo del espanto.

Al darse cuenta de lo que estaba sucediendo, Miró comprendió que iba a ser un esfuerzo inútil ascender peligrosamente por la parte más escarpada y le suplicó desde arriba al Llop:

—¡Padre! ¡Padre, es muy peligroso continuar por aquí! ¿Bajamos?

A lo que el Llop insistió:

—¡No bajéis, hijo, que ya estáis arriba! ¡Hay que hacerlo!

La caída de las piedras empezó a amainar y los hombres volvieron a emprender la escalada sin darse descanso, como si estuvieran habitados por una voluntad implacable y una energía pertinaz.

El combate arreciaba en la otra parte, donde Oliver conducía personalmente a los jinetes del conde Bernat todavía en penumbra. Y dentro del castillo, la guarnición, más preocupada por el asalto de las murallas, descuidó la parte delantera. Los asaltantes se abrieron entonces camino y descorrieron los cerrojos en plena confusión e irrumpieron en su interior.

Seguidamente, como una avalancha ensordecedora, todo el combate se concentró en ese lado. Aunque también los hombres del Llop habían conseguido entrar y las murallas estaban cubiertas de soldados que peleaban cuerpo a cuerpo. No había tregua. Una muchedumbre, como una masa informe, luchaba, gritaba, maldecía y sudaba a chorros, a pesar del frío. Las saetas surcaban el aire silbando y caían piedras desde todas partes. Entonces los cuernos volvieron a sonar anunciando la victoria, y el griterío y el fragor de los escudos se diluyó en poco tiempo. Un instante después, se empezaron a corear los gritos de júbilo de los hombres. El castillo de Os había sido conquistado.

En medio del vocerío, resaltaba la voz potente del conde de Pallars:

—¡Que parta inmediatamente el mensajero para comunicarle al conde de Barcelona la hazaña! ¡Y ahora, a Balaguer! ¡Sin tregua, muchachos!

# 110

*Balaguer, 18 de febrero, año 1003*

Inmediatamente después de ser conquistado el castillo de Os, la tropa emprendió la marcha hacia Balaguer, para ponerle sitio, mientras el grueso del ejército avanzaba aprisa desde Berga por el itinerario marcado en la estrategia prevista. Cuando el mensajero le comunicó al conde de Barcelona la proeza de la avanzadilla, este se alegró mucho y ordenó que todavía apresurasen más el paso.

Tres días después, el sonido de un cuerno, llegado a través de la lluvia impenitente desde el norte, fue contestado por el eco metálico de otro igual desde el sur. Las huestes se juntaron por fin a una legua del objetivo, en la ribera del río Segre. La fortaleza que tenían ante sus ojos era antiquísima. Los soldados veteranos que conocían bien aquellos territorios decían que era más vieja que los romanos, y que fue reconstruida por los Banu Qasi levantando gruesos muros de piedras y tierra sobre una colina, frente al río. También levantaron las murallas de la ciudad y excavaron un foso en torno a ellas. Una parte del bastión, la más sólida, defendía la cabecera del gran puente que cruzaba el Segre en dirección a Lérida. Pero el tiempo había desgastado algunos paños de los muros en la parte sur y el foso ya no era por allí tan profundo, algo incomprensible teniendo en cuenta que era una plaza estratégica. Eso era un indicio más que ponía en evidencia lo seguros que se habían sentido los muslimes bajo el poderío de Almansur. Hasta entonces, era impensable que a nadie se le ocurriera aventurarse a emprender un ataque en aquella parte de la Marca. A simple vista, el asalto no parecía demasiado complicado, si bien era necesario atacar con premura, sin detenerse a poner sitio, pues se temía que en cualquier momento pudieran presentarse allí refuerzos enviados por el gobernador de Lérida.

Cuando el ejército se acercó lo suficiente a la ciudad, se pudo apreciar enseguida que la guarnición ya estaba prevenida y aprestada para la defensa. Los hombres corrían por la muralla, reforzando las alturas con empalizadas de madera, amontonando piedras y distribuyendo a los arqueros por las torres albarranas.

A pesar de ello, la sección comandada por el Llop y el conde de Pallars ya tenía decidido atacar, pues estaban envalentonados por el éxito recientemente obtenido en el castillo de Os. Y, sin detenerse con anterioridad para ponerse de acuerdo en la táctica a emplear, la vanguardia cruzó el río y se arrojó inmediatamente al asalto por la zona sur de la ciudad, pensando que, dado el estado de las murallas, iban a poder entrar a placer. Lanzaron con precisión sus garfios y empezaron a escalar, mientras eran cubiertos por los arqueros, que arrojaban al mismo tiempo una nube de flechas hacia las almenas. Los asaltantes no tardaron en experimentar el peligro que siempre conlleva atacar una gran ciudad amurallada, si sus habitantes están dispuestos a defenderla desesperadamente. La resistencia furiosa, inesperada y multiplicada les empezó a causar muchas bajas. Por otra parte, la noche que empezaba a caer contribuyó a la confusión. Entonces los jefes, dándose cuenta de que esta vez no iba a ser tan fácil, ordenaron la retirada. Los cuernos empezaron a sonar, al mismo tiempo que las voces fuertes de los heraldos, y los hombres que ya estaban trepando por encima de los montones de muertos tuvieron que darse la vuelta.

El Llop estaba furioso y recorría la zona montado en su caballo, profiriendo maldiciones y enarbolando su gran espada.

—¡Condenados moros! —gritaba como un loco—. ¡Mañana os mandaremos a todos a los infiernos! ¡Antes de que haya amanecido, vuestras negras tripas estarán nadando en vuestra sangre!

El ejército sitiador se replegó para pasar la noche. Pero, para colmo de contrariedades, arreció una copiosa lluvia, y el terreno irregular sobre el que debía tomar posiciones era puro barro encharcado y estaba surcado por varios arroyuelos que corrían hacia el río. La confusión prevaleció cuando se hizo una oscuridad como boca de lobo. Todo el mundo, desde las altas categorías a las más ínfimas, buscaba albergue y acomodo donde individualmente lo encontraba, mientras los heridos y los cansados que habían tomado parte en el asalto pedían en vano abrigo. No había tiempo ni espacio para montar las tiendas y no quedaba más remedio que pasar aquella noche infernal en cualquier parte.

Sin embargo, y sin prestar atención al desastre reinante, todavía los hombres del Llop no cejaban en su empeño de tener su parte en el saqueo de la plaza, que no dudaban que podría ganarse alegremente con las primeras luces del día siguiente.

Entre las tropas atacantes y el río había una franja de tierra firme, en la que algunas casuchas sirvieron de refugio a los magnates. Solo dentro de ellas pudieron encender fuego, alimentado con las vigas de otras casas, que echaron abajo con ese fin. Pero el resto de los soldados permanecían a la intemperie, con las prendas guerreras puestas y, de esta manera, intentaban dormir, o más bien descansar algo, con el cuero o la malla pegados al cuerpo, los tahalíes abrochados y con los cascos, los escudos y las armas cerca. Ellos no podían encender hogueras, pues apenas había leña y todo estaba empapado. Pero el enemigo que defendía las murallas sí tenía resguardo y fuego, y los centinelas podían vigilar cómodamente.

Dentro de una de aquellas endebles casas, en torno a las brasas de la hoguera, estaban los hermanos Oliba, Guifré, Bernat y Berenguer. Se calentaban en silencio, mientras comían unos pedazos de carne asada. Parecía que ninguno de ellos quería hacer ningún comentario en relación a la difícil situación que se había planteado. Hasta que, en un momento dado, Oliba se armó de valor y murmuró:

—Esto es una verdadera insensatez… ¡Una locura! ¿No os dais cuenta de que esto no tiene sentido?

Todos le miraron y, de momento, ninguno contestó. Pero luego, en un tono desabrido, Bernat Tallaferro dijo:

—¡Era lo que faltaba! ¿Por qué no cierras la boca?

—Hasta ahora todo iba muy bien —dijo Berenguer esperanzado, mirando a Oliba—. Esto solo es mala suerte. Confiemos en que mañana cambie el tiempo y se faciliten las cosas.

—Estamos en pleno invierno —replicó Oliba—. Esto no es sino lo que tenía que pasar. Sigo pensando que esta campaña es aventurada. Deberíamos haber esperado algún tiempo…

—¡Cállate de una vez! —gritó Bernat—. ¡Me avergüenza oírte hablar así!

—Soy libre para decir lo que pienso —contestó con calma Oliba—. Nuestros hombres están ahí fuera, al raso, bajo la lluvia. Mañana no será tan fácil la cosa como suponen. Este baluarte está bien defendido y costará mucho tiempo conquistarlo.

—¡Cállate ya! —le instó Bernat—. ¡Con ese ánimo no se puede venir a la guerra!

—No es una cuestión de ánimo, sino de prudencia —repuso Oliba.

—¿No será miedo? —le increpó Guifré—. ¿Y tú eres el que tiene puesta toda su confianza en el Todopoderoso? ¡Dios nos ayudará, hombre!

Hubo después un largo e incómodo silencio, que acabó rompiendo Oliba.

—Una cosa es la confianza y otra la temeridad. La imprudencia se opone a la virtud de la prudencia. Como la precipitación se opone al don de consejo, ya que el don de consejo, precisamente, nos es dado para evitar la precipitación...

—¡Basta de sermones! —dijo con voz tonante Bernat—. Vamos a dormir lo que podamos, hermanos, que mañana será un día duro. ¡Pero venceremos!

Ninguno de ellos dijo nada más. Los cuatro se tendieron en el suelo y se cubrieron con las mantas.

Fuera los soldados seguían padeciendo aquella fría y mojada noche. Tras largas horas de sufrimiento, dejó de llover por fin y una delgada luna menguante aparecía y desaparecía entre las nubes rotas. Pero ahora empezaba un frío atroz que se les calaba hasta los huesos.

Todavía faltaba un buen rato para que amaneciera, cuando los cuernos empezaron a sonar. En la oscuridad, los heraldos recorrían los diversos lugares por donde se había distribuido el ejército y, con sus recias voces acostumbradas a dar órdenes y avisos, gritaban:

—¡Todo el mundo arriba! ¡Reorganizaos en torno a vuestros jefes! ¡Cada sección a su sitio! ¡Nos atacan! ¡Las tropas del gobernador de Lérida vienen hacia aquí! ¡A las armas! ¡Hay que partir a su encuentro!

# 111

*Albesa, 19 de febrero, año 1003*

Al amanecer, el ejército cruzó el río por donde discurría menos crecido y emprendió la marcha en dirección a Lérida, para salirle al paso al enemigo que venía a socorrer Balaguer, evitando con ello que se hiciese fuerte dentro de sus murallas. El recorrido era llano, pero estaba embarrado. Los hombres y los caballos se encontraron con que tenían que avanzar con suma dificultad, y amargados, por añadidura, por haber perdido la oportunidad del saqueo que tan fácil se les prometía. El temperamento impetuoso y valiente que habían manifestado los soldados y sus jefes empezó a flaquear en algunos de ellos ante la humedad, el frío, el cansancio y el hambre. Pero todavía reinaba una general suerte de esperanza ciega y la ilusión desmedida, pensando que, faltándoles a los sarracenos la poderosa figura de Almansur, la campaña no iba a resultar demasiado difícil.

Lérida distaba siete leguas de Balaguer. Más o menos en la mitad del camino, se elevaba sobre un cerro el pequeño castillo de Albesa, rodeado por un puñado de casas apiñadas. La gente había huido y solo quedaba una reducida guarnición defendiendo las murallas. El asalto apenas duró una hora y se conquistó con gran facilidad. La autoridad puso una nutrida guardia en torno y se estableció allí el cuartel general. El conde de Barcelona y sus inmediatos acompañantes ocuparon la fortaleza, y parte de su tropa se instaló en la aldea, donde había casas, establos y abrigos para guarecerlos de la intemperie; el resto empezó a montar las tiendas de campaña por los alrededores. La vanguardia estaba ya alojada en un lugar cercano, en los amplios corrales de una alquería, y bien montado el servicio de vigilancia, con puestos de alarma, para el caso de tener que aguantar un ataque. El Llop y el conde de Pallars, ayudados por varios de sus viejos oficiales y soldados, entre los que Oliver se distinguía por su actividad, procuraban organizar una línea de defensa amplia y una estrategia adecuada para aquel terreno tan despejado: levantando muros, cavando zanjas, construyendo empalizadas y otros menesteres por el estilo, para facilitar las comunicaciones de las tropas entre sí y la combinación ordenada de los movimientos en caso de necesidad.

El grupo de exploradores que habían enviado por delante les hacía llegar constantemente las nuevas, informando de los movimientos que hacía el ejército enemigo, y avisaba de que ya había salido de Lérida y avanzaba todo lo rápido que podía. Al día siguiente, a lo más tardar, estaría cerca. Había poco tiempo pues para realizar preparativos.

Empezó a nevar aquella misma tarde, una nieve suave, pero constante, silenciosa y densa, de modo que, al alba, las tiendas, las bestias y los campos estaban cubiertos de blanco bajo un cielo azul despejado.

El campo llano se puso enseguida blanco. Todo el terreno estaba despejado hacia el sur, en una distancia de una milla, hasta las arboledas de la ribera de un río, cuyo cauce no era demasiado ancho, pero que corría hinchado por las lluvias. Excepto el rumor de las aguas, no se oía nada más; un silencio profundo reinaba sobre aquella gran hueste que se extendía acampada. Pero más tarde, cayendo ya la noche, sonaron los gritos de los heraldos durante un tiempo, repitiendo sus consignas y tratando de unir las comunicaciones entre los centinelas que rodeaban el campamento. Hasta que, al fin, dominados por el cansancio producido por las fatigas del día, los dispersos hombres se agruparon bajo el primer resguardo que encontraron, y los que no hallaron ninguno, se tendieron junto a las paredes, montículos y otros parapetos de protección para esperar la mañana. Cuando la oscuridad ya era casi absoluta, se veían pequeños fuegos llameando en la distancia. Hondo sueño se apoderó de todos, excepto de aquellos que hacían guardia. Los peligros y esperanzas del día siguiente, y los planes gloriosos que muchos jóvenes nobles abrigaban respecto al espléndido premio que los esperaba tras la victoria, se desvanecían de sus cabezas mientras yacían vencidos por la fatiga y el sueño.

Pero no sucedía lo mismo con Blai de Adrall. Su gran fortaleza física, su energía y sus nervios, unidos al pensamiento de que su suerte le había llevado a una gran aventura, en la que había una probabilidad de salir triunfante de ella, le desterró todo deseo de dormir, y agitaba sus imaginaciones que desafiaban el cansancio. Apostado junto a los más destacados hombres de la vanguardia, en el extremo avanzado entre el campamento de la hueste del Llop y Albesa, algo distanciado de la aldea donde se habían instalado, aguzó la mirada para penetrar las tinieblas que se extendían por los llanos ante él, y prestó oídos a los menores sonidos que podían anunciar la proximidad del enemigo. Pero, excepto el rumor del río, todo permanecía silencioso y tranquilo como una tumba. A su lado, Miró ya estaba dormido y roncaba como si se hallara en el más tranquilo y seguro de los acomodos. Otros valerosos hombres, en cambio, permanecían sentados sobre sus petates, cerca del fuego, y se ocupaban secando sus pertenencias y distribuyendo grasa para evitar el óxido de las armas.

Blai se tumbó al fin, considerando que debía descansar al menos, aunque no fuera capaz de dormirse. Entonces empezaron a agitarse en su mente los recuerdos. En verdad resultaba harto misterioso todo lo que le había sucedido en su vida. Hizo puntual memoria. Aparecía el rostro de su abuelo, el abnegado gobernador de Cubellas; la extraña llegada de los egipcios; los leones, que para él representaban la muerte; el precipitado viaje, la esclavitud en los pozos de nieve, la liberación; la acogida en el Urgellet, la vida amable en Castellbó, las fiestas, los banquetes y las cacerías; la hueste del Llop, las batallas, las victorias, los saqueos, el botín... Todo ello había ido conformando su ser, y ahora sentía que había sido como un camino preestablecido, un destino predeterminado, y que su vida iba a discurrir en adelante por aquella suerte de vía emocionante, de una manera fácil, aunque estuviera sembrada de peligros, esfuerzos y pequeños sacrificios. Las armas le apasionaban y aquel género de existencia guerrera le pareció un verdadero regalo de la Providencia. Esa era su suerte, el ser que le correspondía en el mundo, y lo asumía con plena satisfacción y conformidad.

Sumido en estos pensamientos, había cerrado los ojos y estaba a punto de dormirse, cuando, de pronto, alguien le dio un golpe en los pies y le llamó en un susurro:

—¡Blai! ¡Blai de Adrall, despierta!

Abrió los ojos y se encontró con la presencia esbelta y sutil de Oliver, rubio y pálido, con el rostro iluminado por la antorcha que llevaba en la mano, como un ángel raro y repentino que viniera a comunicarle algo.

—Estoy despierto. ¿Qué pasa?

—Levántate y ven conmigo. El vizconde Guillem te llama.

Obediente, él se puso en pie al instante y siguió al ayudante del Llop por el campamento hasta la alquería donde se alojaban los magnates. Entraron en la casa principal, que tenía una única estancia de forma rectangular, en cuyo extremo había tres hombres sentados al amor de una lumbre. Entre el humo y la penumbra que reinaba allí, al acercarse, Blai reconoció enseguida quiénes eran: el conde Armengol, el obispo Salas y el Llop. Este último sonreía, con sus mejillas enrojecidas a la luz del fuego, y dijo con una amabilidad poco usual en él:

—Sobrino, siéntate aquí cerca de la lumbre donde estarás cómodo. —Y enseguida ordenó a su ayudante—: Oliver, trae una jarra de nuestra mejor cerveza y asa un pedazo de carne.

A un lado había un venado desollado, de cuyo pernil cortó el ayudante unas tiras y las puso en las brasas.

Blai se acercó respetuoso, se inclinó ante el conde y el obispo y fue a sentarse donde le habían indicado.

—Para ser honestos —empezó diciendo el Llop, ampliando su sonrisa—, debemos reconocer en primer lugar que no hemos tenido tiempo suficiente para reconocer lo contentos que estamos contigo, sobrino. Aunque también es justo señalar que aquel condenado impostor que me robó a mi querida hija enturbió, de alguna manera, la imagen primera que yo pudiera hacerme de ti. ¡Maldito sea ese rufián! —exclamó de pronto, endureciendo el gesto—. ¡Juro que daré con él y lo mataré!

Después de pronunciar estas últimas y terribles palabras, el Llop se puso a remover las ascuas, de manera que pareció que sus maldiciones quedaban suspendidas sobre las llamas del fuego. Pero después volvió a sonreír y, mirando a Blai de nuevo, prosiguió diciendo:

—Eres muy valiente, muchacho. Eres fuerte, decidido e inteligente. Todas esas cualidades juntas son fundamentales en un guerrero. Y tú eres de los mejores. Por eso, he decidido encomendarte una importante misión, un servicio muy especial, algo que te honrará a ti y que a mí me complace mucho...

Los ojos de Blai se encendieron de curiosidad y de inmenso placer al escuchar aquello.

—Haré lo que mandes, tío Guillem.

—Lo sé, muchacho —dijo el Llop, dándole un golpe con la palma de la mano en el hombro—. Mira, aquí, frente a ti, tienes al conde de Urgel, tu señor natural. Ha llegado el momento de servirle como se merece. A partir de mañana, si hay batalla, y en lo sucesivo, tú le guardarás las espaldas durante el combate. Ese es el mayor honor que puede tener un guerrero: defender a su señor frente al enemigo. Mi hijo Miró le guardará, a su vez, las espaldas al obispo Salas, y Oliver, como siempre, me amparará a mí. Lucharemos codo con codo, los seis, en el medio de la hueste. No hay gloria mayor que compartir la victoria con los hombres que más se estima. ¡Venceremos a esos perros sarnosos! ¡Mañana será un día grande!

# 112

*Llanos de Albesa, 20 de febrero, año 1003*

Como tantos otros guerreros, Blai apenas pudo conciliar el sueño durante aquella larga noche. Cuando todavía no había luz bastante para ver lo que había en el horizonte, creyó oír un murmullo lejano, que le recordó algo parecido al zumbido de abejas que salen alteradas para defender sus colmenas. Prestó mayor atención, sin preocuparse demasiado, y apreció que el ruido continuaba, pero tan impreciso, que bien pudiera tratarse del susurro del viento soplando entre las ramas de las alamedas del río, o quizá el correr de las aguas. Quieto y pendiente de estas consideraciones, permaneció todavía tendido durante un largo rato, mientras iba clareando, y a la vez contemplaba la inmensa extensión llana y nevada que iba cobrando entidad delante de sus ojos. Pero, cuando el murmullo aumentó de intensidad, hasta convertirse en un clamor creciente, comprendió que era consecuencia de algo que se aproximaba, aunque todavía no pudiera verse de qué se trataba.

Los hombres empezaron a ponerse en pie en un momento y todas las miradas escrutaron el horizonte. Entonces se oyó el sonido largo y repetido de un cuerno, llamando a las armas, que fue seguido por otro, y luego, poco a poco, las trompetas y los tambores se les unieron para anunciar, como estaba previsto en caso de ataque, que debía organizarse la formación en el menor tiempo posible.

Apareció al punto el Llop, acompañado por su ayudante Oliver, y se puso a la cabeza para dar las órdenes. Y, cuando hubo comprobado que toda su tropa estaba ya aprestándose para la guerra, envió a un heraldo para que le transmitiera al conde de Urgel que ya le estaban esperando. Mientras, el ruido lejano, que parecía oírse más cerca cada vez, cesó de pronto y se oyeron a continuación, muy claramente, los fuertes y estridentes sonidos de las chirimías moras, como lamentos estertóreos de miles de animales furiosos. Hubo otro silencio, más largo e inquietante. Luego surgió, súbito, el inconfundible rumor de las pisadas de una gran agrupación de hombres y bestias que se aproximaban.

—¡Ya vienen! ¡Mirad! —gritó un centinela que estaba apostado en lo alto del tejado de la alquería.

—Por la costumbre que tengo de oír pisadas de hombres —dijo el Llop—, me parece que se trata de un gran ejército.

No hacía falta que hiciera esa apreciación, porque todos empezaban a ver ya la inmensidad de lo que se acercaba negreando sobre la llanura blanca: una interminable alineación de hombres a pie y a caballo que atravesaba el río y brotaba de las arboledas tomando forma, con los estandartes y las banderolas distinguiéndose ya por encima de las cabezas.

—Los espías hablaban de un ejército de millares —murmuró un veterano—; me parece que se quedaban cortos...

El cuerno sonó de nuevo y los jinetes, montados ya en sus caballos, se encaminaron hacia la zona de donde procedía la llamada.

El conde de Pallars ya estaba alineado con su hueste, y se dirigió a caballo al pequeño promontorio desde donde el Llop escrutaba el horizonte, diciéndole con reserva:

—Es un gran ejército.

—¡Condenados moros! —exclamó el Llop—. Han debido de pedir refuerzos a Zaragoza.

También se presentó allí el obispo Salas, al frente de su tropa y, dirigiéndose a ellos con preocupación, dijo:

—Tendríamos que haber sabido que los sarracenos se estaban preparando para atacar.

—¿Y quién no lo sabía? —contestó el Llop con desprecio.

—¿Para qué tenemos espías? —exclamó indignado uno de los caballeros que acompañaban al obispo—. Deberíamos haber sido informados convenientemente... Ese gran ejército no puede improvisarse; es evidente que han estado preparándose para recibirnos.

—Siempre hemos dicho que lo harían —manifestó colérico el conde de Pallars—. ¿Qué esperabais? Hemos movilizado más de cinco mil hombres. No se puede ocultar a tanta gente. Es de ingenuos pensar que ellos no tengan a su vez sus propios espías.

—¡Bien dicho! —exclamó el Llop, no menos irritado—. ¡Y basta ya de quejas, demonios! Si vamos a empezar así, ¿con qué ánimo les vamos a hacer frente? ¡Animaos, por sant Jaume, que vamos a vencer!

Seguían porfiando, cuando se vio salir del castillo a los condes de Barcelona y Urgel con sus guardias personales. Venían descendiendo a caballo por la pendiente, ya enteramente aprestados para la batalla, vistiendo sus mejores armaduras y con los yelmos puestos en la cabeza. Todos los nobles y jefes fueron a presentarse ante ellos y la tropa empezó a lanzar vítores. Los cuernos y las trompetas iniciaron de nuevo sus estridentes llamadas y, un instante después, se les unieron tronando los tambores.

—¡Que todo se haga como está previsto! —gritó Ramón Borrell, alzando la voz todo lo que podía.

Los heraldos empezaron a recorrer la hueste de parte a parte, mandando callar los ensordecedores instrumentos. El ejército cristiano permaneció durante un breve tiempo en silencio. Entonces empezaron a oírse las voces de los oficiales, dando las órdenes oportunas. Cada hombre corrió hacia su puesto y, después de un movimiento, rápido y confuso, que podría dar la impresión de ser un desorden, quedó formada perfectamente la alineación para el combate. Los soldados habían estado ensayando durante meses la colocación de cada columna y la meticulosa instrucción ahora daba sus resultados.

Los jefes avanzaron, colocándose en el lugar que les correspondía. Los condes de Urgel y Barcelona, rodeados por los mejores jinetes, se pusieron en el centro, donde se agrupaban los lábaros e insignias principales, de manera que podían verse desde cualquier ángulo. Detrás de ellos, estaban el obispo de Urgel, los condes Oliba, Suñer y Bernat y su hermano Berenguer, obispo de Elna. Blai de Adrall estaba en su puesto, a caballo detrás de Armengol; igual que Miró, que le guardaba las espaldas al obispo Salas. Por delante, debían cabalgar el Llop y el conde de Pallars. En el lado derecho, se alinearon los obispos de Barcelona, Gerona y Vich. El resto de eclesiásticos, prelados y abades formaron tras ellos. Dos millares de peones, comandados por los diversos señores de menor rango, empezaban ya a moverse por los flancos para ocupar la vanguardia.

—¡Hay que avanzar ya! —gritó el Llop—. ¡No les demos tiempo a que todo el ejército cruce el río! ¡Debemos atajarlos junto al cauce!

Cuando se levantó el estandarte del conde de Barcelona, la multitud cristiana deshizo repentinamente el silencio, prorrumpiendo en una especie de delirio, en un griterío ensordecedor que debieron de escuchar muy bien los enemigos, pues apenas estaban ya a la distancia de media legua. Los guerreros golpeaban sus escudos con las espadas, pataleaban sobre la tierra cubierta de una fina capa de nieve y barro, aullaban e invocaban a sant Jaume. También, por detrás y distanciada, la retaguardia secundó el griterío. Los atabales iniciaron un estruendo que pareció un terremoto.

Un estremecimiento como jamás antes había sentido sacudió a Blai desde la nuca hasta los talones. El aire era frío, estático, y parecía atenazarlo todo con garras heladoras e invisibles.

En la última luz diáfana de la mañana, el Llop permanecía erguido sobre su gran caballo, observando la lejanía con sus agudos ojos bajo el ceño espeso y plateado, como un águila fija en su presa, mientras el resto de los magnates estaban muy pendientes de él, aguardando a que le indicara al conde de Barcelona el momento en que debía dar la orden de avance.

Se adelantó el obispo Aecio y alzó su espada, gritando:

—¡Imploro el auxilio divino! ¡Orad todos ahora conmigo, que más puede la oración que todas las espadas, flechas, armaduras y caballos! ¡Recordad lo que hizo Moisés cuando el pueblo de Dios luchaba contra los amalecitas!

Los monjes iniciaron el canto del padrenuestro y cuantos se lo sabían de memoria se unieron al rezo.

Después Ramón Borrell desenvainó su espada y la levantó. Sonaron las trompetas llamando al combate y arreció el ensordecedor estruendo de tambores.

Ya se veía perfectamente al enemigo. Venían incontables hombres a pie por delante, seguidos de una masa de camellos y caballos, muy apretados unos contra otros. Era como si temblase la tierra cuando tal cantidad de gente y bestias avanzaba gritando.

El Llop se volvió entonces hacia Ramón Borrell y, con un gesto de su cabeza, le indicó que había llegado el momento.

—¡Adelante! ¡Sant Jaume! —exclamó el conde, enarbolando la espada.

—¡Sant Jaume! ¡Sant Jaume! ¡Sant Jaume!… —gritaron los soldados, emprendiendo el avance con decisión.

El estandarte del condado de Barcelona ondeaba en la torre más alta de la fortaleza, que estaba sobre un altozano largo y no demasiado elevado. Para llegar al río desde su base, había que cruzar los llanos cubiertos de nieve, en terreno despejado, con la ventajosa posibilidad de cortar el avance enemigo en las mismas orillas. La vanguardia iría al galope en formación de punta de lanza, mientras los hombres de a pie avanzarían a lo largo. De ese modo, el enemigo tal vez vacilaría en atacar de frente, por miedo a que las tropas de peones se les abalanzaran por la retaguardia.

Pero entonces, mientras el grueso de la caballería cristiana cruzaba el llano, los centinelas vieron desde las torres que el enemigo había seguido la misma táctica y dividido su propio ejército en dos. Una parte cruzaba el río y venía ya al galope y la otra, a pie, avanzaba más lentamente por los flancos, desde las orillas, ocupando toda la extensión que cubría la vista a derecha e izquierda.

Ramón Borrell y su hermano Armengol se habían quedado en el terreno elevado, donde esperaban para efectuar su propio ataque. Su hueste formaba en cuñas protegidas para defender todo el altozano. Blai estaba en su puesto y veía, excitado, a sus compañeros avanzar a lo lejos hacia el enemigo.

Se oían nítidos los gritos de guerra. Cargaron los hombres del Llop y la fila sarracena no se rompió, ni se torció, sino que se mantuvo firme, y entonces empezó la refriega. Junto al río hubo en realidad tres batallas, al frente, a caballo, y otras dos en cada flanco, a pie. Al ver que la vanguardia estaba en serio peligro, los condes de Barcelona y Urgel se lanzaron con sus hombres ladera abajo para unirse al combate. Mientras tanto, los condes Bernat y Guifré, con su hueste, atacaban unidos el flanco derecho. Los obispos, a su vez, se abalanzaban sobre el izquierdo. Las muertes se sucedieron con rapidez. Los hermanos Dalmau y Roderic cayeron de los primeros; estaban ávidos de guerra y se expusieron demasiado.

Los moros eran detenidos brevemente en algún punto de la orilla, pero inmediatamente brotaban por cientos de las arboledas en cualquier otra parte. Los soldados cristianos sintieron entonces temblar la tierra y aparecieron por el flanco derecho millares de hombres, como una marea incontenible, unos a pie y otros a caballo, que venían a todo correr hacia ellos.

Los jinetes y los caballos cristianos se agotaban, corriendo de un lado a otro por el barro, acosados todo el tiempo por una fuerza superior. El conde de Pallars vio morir a su cuñado Isarno, conde de Ribagorza, y después a muchos otros buenos guerreros. Y, dándose cuenta de que no podían mantener la ofensiva, empezó a gritar que debían retirarse. El Llop entonces recapacitó y envió un heraldo al conde de Barcelona, para indicarle que debía volverse hacia la fortaleza para estar más seguro. La trompeta empezó a sonar y las tropas del conde dieron media vuelta, retrocediendo hacia las proximidades de Albesa, mientras la hueste de Armengol cubría valientemente la retirada.

A partir de aquel momento, todos los ataques cristianos fueron rechazados, tanto en las orillas como en el llano. Solo el cansancio del enemigo, a consecuencia del gran esfuerzo por tener que cruzar las aguas, evitó una matanza total, permitiendo que los supervivientes se retiraran de la pelea, dejando atrás a sus compañeros caídos. Pero todavía continuaba la refriega en el flanco izquierdo, donde se batían con furia el obispo de Urgel, los condes Oliba, Suñer y Bernat y su hermano Berenguer, obispo de Elna.

El conde de Barcelona consiguió llegar al castillo y resguardarse en él. Nada más llegar, se quitó el yelmo, con la cara manchada de sangre y los cabellos revueltos, empapados en sudor. No podía creer lo que estaba sucediendo y empezó a preguntar a gritos:

—¡¿Dónde está mi hermano?! ¡Por Dios! ¡¿Alguien le ha visto?!

Había perdido de vista a Armengol casi al principio del ataque y empezaba a temer que hubiera caído como tantos otros caballeros.

Pero el conde Armengol, después de haber estado peleando hasta el límite de sus fuerzas, y al verse rodeado y sin posibilidad de retroceder, había conseguido ponerse a salvo con un puñado de hombres, entre los que estaba Blai de Adrall. Cabalgaban por una vereda tan estrecha que solo podían transitar por ella dos caballos de frente; bajaba a una hondonada bañada por el río, cuyas orillas ásperas y quebradas estaban cubiertas de árboles y arbustos. Oyendo siempre cerca el ruido del cuantioso enemigo, se dieron cuenta de lo peligroso que era aquel desfiladero; mas, temerosos de caer en una emboscada, el único medio que se les ocurrió de evitar el riesgo fue apretar cuanto más podían el paso. Galoparon por tanto sin mucho orden, hasta el borde mismo del agua, cuando fueron atacados de frente, flancos y retaguardia con un ímpetu al que, en su inadecuada posición, no podían oponer la menor resistencia. Los gritos de guerra, avivados por la sorpresa y los nervios, se oyeron al mismo tiempo en ambas cuadrillas. Apenas pudieron revolverse o hacer movimientos amplios de avance, por lo que fueron rodeados por todas partes entre la arboleda y, finalmente, detenidos al mismo tiempo por una avalancha de hombres a pie. Al verse atacado, Blai arrojó su lanza con mucho acierto al que tenía frente a él. Y, enseguida, apretando espuelas al caballo, se dirigió a otro, sacó la espada y trató de golpearle con tanta furia que la hoja dio en una rama de árbol, saltando roto el acero de sus manos. Al punto se apoderaron de él una docena o más de enemigos a pie y le obligaron a desmontar. Otros cuantos habían tomado por la brida al caballo de Armengol, el cual se vio en tierra antes de haber podido siquiera desenvainar la espada. Embarazados por la espesa vegetación, aterrados y sorprendidos al ver la suerte de sus jefes, el resto de los soldados cayeron sin dificultad en poder de los sarracenos.

# 113

*Llanos de Albesa, 20 de febrero, año 1003*

Los soldados cristianos lucharon con denuedo durante una larga mañana, cayendo por cientos. No había tregua. Las huestes estaban deshechas por el cansancio y el campo de batalla era un maremágnum donde los hombres tenían que saltar por encima de los cadáveres. Se peleaba entre nubes de flechas y piedras, se gritaba, se maldecía, se sudaba a chorros... Las saetas surcaban el aire silbando y caían por todas partes. Tanto entre los moros como entre los cristianos, muchos eran heridos por los propios proyectiles, en vez de por los contrarios.

A mediodía, haciendo un último intento para dominar la situación, la tropa de caballería que comandaba Bernat Tallaferro se situó en los flancos cubriendo a la infantería, que estaba más retrasada y acosada por todas partes. Pero los caballeros del ala derecha fueron enseguida derrotados por los numerosos jinetes muslimes en un veloz ataque. Al mismo tiempo, la infantería enemiga atacó de frente a la cristiana con flechas y jabalinas. El campo de batalla quedó sembrado de cadáveres, mientras los supervivientes emprendían la huida hacia Albesa.

Por la tarde, cualquier intento de ataque era ya imposible, ante una fuerza enemiga tan numerosa. No quedaba más remedio que la defensa. Algunas secciones del ejército iban retrocediendo y regresando, poco a poco, maltrechas y cargadas de heridos, para tomar posiciones en torno al castillo. Los arqueros se apostaron por todo el altozano y lo que quedaba de la caballería se reorganizó al pie de la ladera.

Pero todavía continuaba el combate cerca del río. En medio de tal desorden, el Llop era allí el único punto de referencia, por su gran altura y la enormidad del caballo que montaba. Pero se le veía agotado y su voz ronca ya no le servía. Aun así, daba órdenes con señas, agitando sus fuertes brazos y tratando de hacerse entender para indicar a sus mejores hombres que le siguieran hacia el lugar donde peleaban el obispo de Urgel junto a los cuatro hermanos: los condes Oliba, Guifré, Bernat y Berenguer, obispo de Elna. Se formó al instante una fila de jinetes que galopó hasta aquella parte de la orilla, junto a los árboles, donde más encarnizada era la batalla. Los cristianos habían tenido muchas bajas y estaban rodeados, siendo incapaces de emprender una retirada segura hacia el castillo.

Oliba se encontraba allí, guerreando fieramente encima de su yegua, armado de escudo y lanza. Al principio estuvo lento y cauteloso, siguiendo en todo a sus hermanos, pero pronto le brotó el espíritu guerrero, esa fiera que está ahí latente y que se despierta para poseer al hombre y arrojarlo a defenderse. Atacó y mató muy temprano al primer enemigo que tuvo enfrente, ensartándole por el ojo, y no sintió ninguna aprensión especial. Luego mataba mecánicamente. Era muy diestro cabalgando, pues había recibido una esmerada formación militar a lo largo de su vida; y aquí, en su primera batalla, descubrió que también era verdaderamente hábil con la espada, y que su agilidad le permitía moverse entre el enemigo con mucha soltura, como si se hubiera dedicado solo a ese oficio. Pero, después de tantas horas, empezaban a flaquearle las fuerzas, como a todos.

De pronto, se dio cuenta de que su hermano Berenguer se hallaba a lo lejos combatiendo en apuros: su guardia personal estaba deshecha y él trataba de zafarse de una nutrida cuadrilla de moros que le cercaban por todas partes. Oliba hizo señales a sus hombres para que fueran a socorrerle, y galopó también él, acompañado por unos cuantos jinetes que se adelantaron valientemente. Sin embargo, la yegua del conde fue herida por detrás en un anca, tropezó después con los muertos y se desplomó. Oliba sintió un impacto fortísimo a la altura del pecho al caer de bruces en tierra. Los cascos de las bestias y los pies de los hombres golpeaban salpicando barro a su alrededor y llovían proyectiles de todo tipo. Supuso entonces que iba a morir de un momento a otro. Sin embargo, no tuvo miedo. Iba notando, eso sí, que perdía el aliento, al aprisionarle la armadura bajo la garganta, y que apenas veía a causa del barro que cubría sus ojos. Intentaba mover las piernas y no podía, pues las tenía a atrapadas por algo y era incapaz de levantarse. Soportaba encima el cuerpo pesado e inerte de algún guerrero con armadura. Se asfixiaba. Entonces, instintivamente, se puso a rezar.

Un momento después, sintió un fuerte tirón de los pies y cómo le recogían del suelo para montarlo sobre un caballo. Seguía sin ver casi nada de momento, pero consiguió abrir los ojos mientras advertía que el combate iba remitiendo a su alrededor. Se agarraba con las fuerzas que le quedaban a la grupa y trataba de no caerse, mientras el caballo iba al trote, alejándose hacia Albesa.

Un joven soldado cabalgaba por delante y tiraba de las bridas, mientras iba gritando:

—¡Agárrate, señor! ¡Por santa María Virgen, no te sueltes!

Estaba anocheciendo. El ruido cesaba y finalmente solo persistía el rumor lejano de voces. Entonces Oliba fue desfalleciendo hasta perder el sentido...

Mientras esto sucedía, en la izquierda la batalla fluctuaba a la orilla del río con avances y retrocesos de suerte varia para los cristianos, según que llegasen nuevos refuerzos desde el castillo, o de la retaguardia de la hueste del Llop, cuyos oficiales ya se habían dado cuenta de que sus jefes se habían desplazado. El enemigo, en aquellos momentos, parecía aminorar sus esfuerzos en la derecha y en el centro, pero esto duró poco, pues pronto se oyeron nuevos alaridos de guerra, chirimías y atabales de una nueva fuerza sarracena que empezaba a cruzar el río en aquella parte.

—¡Id allá! —les gritó con desesperación el conde de Pallars a sus caballeros, en el instante en que percibió este sonido—. ¡Id y cortarles el paso, por sant Jaume y la Virgen María!

Pero obedecer a esa orden suponía abandonar el combate en una parte donde todavía arreciaba. Solamente el obispo Salas y Miró salieron al galope con su tropa de doscientos caballeros. Pero muy pronto, cansados de la guerra defensiva, empezaron a retroceder, y marcharon a través del campo, batiéndose en retirada y pisoteando los muchos cuerpos heridos y muertos que había en aquella parte, hasta que ganaron ventaja al posicionarse junto a la retaguardia.

La oscuridad, que aumentaba por momentos, permitió que el enemigo, que continuaba saliendo de las arboledas del río, llegase despistado al campo de batalla y no supiera con certeza a quién debía enfrentarse. Esta oportunidad fue aprovechada por el grueso de la tropa cristiana para emprender una retirada segura hacia Albesa.

# 114

*Castillo de Albesa, 21 de febrero, año 1003*

Cayó la noche y todavía se oía el rumor de la refriega a lo lejos, junto al río, aunque no podía verse nada en la completa oscuridad.

Constantemente llegaban soldados al castillo para refugiarse, después de haber escapado del desastre. Entraban en grupos, heridos, con las blusas hechas jirones y medio desnudos algunos, ayudándose los unos a los otros. Muchos de ellos se habían desprendido de las armaduras y las habían abandonado, para huir más ligeros; venían vestidos con harapos y embarrados; los rostros contraídos en una mueca que no era de miedo, sino de odio y desilusión. Ya fuera debido a la luz de las antorchas, al espectral resplandor de la hora o a la impresión ante la tormenta de hierro y sangre, se apreciaba en aquellos guerreros una expresión maligna, una mueca perversa y hostil a todo lo existente. Relucía en sus ojos, ardientes de fiebre o húmedos de lágrimas de desesperación, un brillo irreal; y una contracción funesta deformaba sus bocas, rebosantes de babas espumosas y blanquecinas. Si algo tenían en común aquellos guerreros, era ese signo de furia impotente y de amargura. Cuando se veían por fin a salvo, se dejaban caer en el suelo y muchos de ellos lloraban, de pura rabia, y maldecían entre convulsiones y temblores.

El Llop y el conde de Pallars penetraron en Albesa montados en sus caballos, a través de una de las puertas secundarias de la primera muralla. Estaban ambos con armaduras completas, pero cubiertos de sangre desde los yelmos hasta las espuelas, e hicieron que sus extenuados corceles remontasen arrebatadamente la cuesta. Nada más entrar, antes de descabalgar, dictaron órdenes a los heraldos que quedaban vivos para que regresasen al llano e hiciesen sonar sus trompetas y cuernos para llamar a la retirada completa. No era necesario, puesto que el combate ya había quedado suspendido por la propia fuerza de las circunstancias. Pero bien es verdad que la llamada sirvió al menos para que se reuniesen las tropas dispersas y muchos hombres que andaban perdidos u ocultos en la oscuridad pudieran encontrar el camino de regreso.

Poco antes de que amaneciera, los magnates que no habían sido heridos se dirigieron hacia la iglesia del castillo para celebrar una especie de consejo militar de emergencia. En el ínterin, regresó una nutrida tropa que había estado vagando por los campos, después de haber huido del combate y a la espera de encontrar el momento más oportuno para ponerse a salvo. Lo primero que hicieron sus jefes fue presentarse ante el conde de Barcelona para anunciarle que su hermano Armengol había sido hecho cautivo en las alamedas del río. Entonces comprendió Ramón Borrell, definitivamente, que aquella guerra estaba perdida.


Unas horas después, el conde Oliba yacía tendido sobre una manta en el suelo, inmerso en la terrible pesadilla que le hacía soñar que continuaba en la batalla. Despertaba angustiado y volvía a quedarse dormido, retornando una y otra vez a su delirio, hasta que por fin pudo abrir los ojos del todo en la completa oscuridad y, aunque no sabía dónde se encontraba, comprendió con sumo alivio que estaba vivo. Le dolía todo el cuerpo. Con mucho cuidado y no menor esfuerzo, se fue removiendo. Ahora alargaba una mano, que tenía totalmente entumecida, después la otra, en la que no sentía los dedos; estiraba una pierna que le temblaba desde la ingle hasta el pie y se dio cuenta de lo difícil que le iba a resultar levantarse. A su alrededor había hombres heridos que no paraban de lamentarse. Sintió el olor amargo del sudor mezclado con la sangre.

Comprobando que las fuerzas le iban respondiendo, hizo un gran esfuerzo y se puso de costado. Después, reptando casi, buscó el apoyo de una pared y se incorporó. Guiándose por las frías piedras del muro, aturdido y entre calambres, avanzó a rastras. Verdaderamente estaba molido, sin que sintiera parte sana en el cuerpo.

Entonces se le acercó un resplandor repentino y alguien dijo cerca de él:

—Por aquí, por aquí, conde Oliba.

Alzó la cabeza y vio aproximarse a un hombre que llevaba un farol en la mano, el cual le ayudó a levantarse y le condujo hacia el exterior. Por todas partes había heridos, ensangrentados, con las cabezas destrozadas y heridas espantosas. Al darse cuenta Oliba de que él no sangraba por ningún sitio, dio gracias a Dios.

El hombre del farol, al ver que podía caminar solo, le indicó:

—Vaya por ahí, conde, y encontrará la salida al patio de armas.

Anduvo vacilante por un corredor. Empezaba a amanecer y la luz del exterior penetraba por los ventanucos. En el patio del castillo cundía el desorden y la desesperación: los soldados iban en busca de agua, muertos de sed, cubiertos de sudor, barro y sangre.

—¡Eh, muchachos! —les preguntó—. ¿Qué suerte hemos corrido en la batalla?

Uno de los oficiales se le quedó mirando con gesto triste, moviendo la cabeza de lado a lado, y respondió:

—Hay tregua. El conde de Barcelona ha pedido conversaciones. Ahora los nuestros están reforzando las defensas… Soñábamos con ponerle sitio a las murallas de Lérida…, y ahora resulta que los sitiados somos nosotros, en este pobre castillo, sin haber podido siquiera conquistar Balaguer… ¡Dios, que todo lo sabe, tenga misericordia!

El cielo estaba despejado y el tímido sol empezaba a despuntar allá por encima de las almenas. Haciendo un gran esfuerzo, Oliba subió por una escalera a lo alto de la muralla. Abajo el campamento cristiano estaba sumido en la confusión. Los arqueros seguían en sus puestos sin haber podido descansar. Pero aún peor era la situación de los jinetes, muchos de los cuales seguían a caballo y sin haberse podido quitar la armadura, formando una línea defensiva en torno al promontorio donde se alzaba Albesa. Toda la extensión que se divisaba hasta las orillas del río estaba sembrada de cadáveres de hombres y bestias. El aire estaba helado y quieto, impregnado por el olor de la muerte. Los monjes empezaban a entonar salmos en alguna parte y, al mismo tiempo, no cesaban las voces de los heraldos, la llamada de los cuernos, los alaridos de los heridos que pedían socorro y el imparable fragor de los constructores que levantaban empalizadas y parapetos.

—¡Sitiados! —exclamó Oliba como para sí, exasperado—. ¡Dios mío, estamos sitiados por los sarracenos! ¿Dónde nos hemos metido? ¿Qué locura ha sido esta?

Profería estos lamentos, cuando oyó detrás una voz que le llamaba con mucha cautela:

—¡Eh, hermano! Bendito sea Cristo…

Se volvió y vio venir hacia él a su hermano Guifré, pálido y con la cara transida de tristeza.

—¡Guifré! ¡Alabado sea Dios! —exclamó Oliba—. ¿Qué ha sido de nuestros hermanos Berenguer y Bernat?

El otro se le quedó mirando perplejo, con aire afligido.

—Ah, no lo sabes… —murmuró.

—¿Qué ha pasado? ¡Dime de una vez si están vivos o muertos!

Guifré tragó saliva y respondió con un hilo de voz:

—Bernat está sano y salvo, pero Berenguer…

—¡¿Qué?!

—Nuestro hermano Berenguer ha muerto…

# 115

*Castillo de Albesa, 28 de febrero, año 1003*

La derrota hundió por completo a todos aquellos que se habían aferrado a su sueño de sorprender a los moros, alzando un ejército inesperadamente poderoso, para lograr una rápida y fulgurante victoria, como sucedía con el Llop o el conde de Pallars, cuyas almas violentas y guerreras se habían quedado ahora desconcertadas y en suspenso, en medio del agotamiento y la confusión. Ante la evidencia, sus últimas esperanzas se desvanecían. De pronto, la situación parecía una pesadilla: estaban detenidos, bloqueados y sin posibilidad de retroceso. No solo se había esfumado la posibilidad de tomar Lérida, sino que estaban terminando de aprestarse para soportar un asedio que se prometía largo. Casi la mitad de las tropas yacía en el abandonado campo de batalla; otra parte había sido hecha cautiva o vagaba a la desesperada huyendo por los campos, sin encontrar la manera de poder alcanzar el resguardo de Albesa. El resto se disponía a defender lo único que se había conquistado: una plaza fortificada insignificante y una pequeña aldea. No solo no se había conseguido botín alguno, sino que se perdieron las fortunas empleadas en armar aquella arriesgada campaña, ahorros de largos años, que para muchos suponían lo único que tenían. Era como si todo se volviese en contra de repente. Además de las bajas, los centenares de heridos, el cansancio, el frío y el hambre, estaba el problema del abastecimiento. Las mulas de carga, que transportaban los abastos para los soldados y las redes con el heno para alimentar a las bestias de guerra, se habían dejado en las proximidades de Balaguer, esperando avanzar tras el triunfo, y no había posibilidad de recuperarlas sin romper el gran cerco que ya tenía establecido el enemigo. Era pleno invierno, y aterraba solo pensar en lo duro que iba a ser mantener a los hombres vivos en medio de aquel frío. Apenas tenían leña seca y tampoco iba a ser posible pronto dar de comer a los caballos, que ya empezaban a estar debilitados después del largo camino y el esfuerzo de la batalla, por mucho que se esforzaran segando débiles hierbajos y desmontando la paja de los tejados.

Los sitiadores conocían a la perfección todas estas circunstancias, por lo que no emprendieron ningún ataque ni se arriesgaron a perder más hombres en cualquier tipo de acción. Sus mejores aliados eran el mismo invierno y la imposibilidad de que a los sitiados les llegasen refuerzos, porque las mejores huestes cristianas de los condados que conformaban la Marca Hispánica estaban en la empresa. Sin embargo, el ejército de Lérida iba recibiendo día a día contingentes de tropas enviados por los diversos gobernadores. Incluso el temido ejército del emir de Zaragoza mandó uno de sus mejores destacamentos. Una fuerza poderosa y multitudinaria cercó Albesa por todos lados en pocos días.

Pasada la primera semana desde el inicio del sitio, se vio a un pequeño grupo de moros armados que corrían a caballo por lo que había sido el campo de batalla, unas veces en línea recta, otras haciendo quiebros entre la multitud de cadáveres, en dirección al castillo. Poco después, se les perdió de vista. Luego, al caer la tarde, los centinelas creyeron volver a distinguirlos claramente acercándose en fila hacia los muros de la fortaleza que miraban al este. Esta vez el grupo era mucho más nutrido. Los heraldos dieron el aviso y al instante se formó un rápido torbellino de defensores que acudió a esa parte de la fortaleza. Los arqueros más afinados se apostaron en las almenas y lanzaron flechas sobre aquellos jinetes. Pero ellos, en vez de continuar avanzando, se detuvieron a distancia y elevaron las manos en inequívoca señal de solicitar conversaciones.

El conde de Pallars tenía aquel día el cometido de dirigir la defensa, pues cada día le correspondía a uno de los jefes principales y, en vez de enviar a un mensajero para conocer sus intenciones, mandó a una tropa de los mejores jinetes para que los acometieran. Los moros no les hicieron frente, se dieron media vuelta y regresaron a sus posiciones.

Al anochecer, en la incierta luz del crepúsculo, los jinetes aparecieron de nuevo pero esta vez no se acercaron tanto; se detuvieron a cierta distancia en medio del campo de batalla y estuvieron colocando allí, clavadas en el suelo embarrado, una serie de picas que tenían cabezas de hombres muertos insertadas en sus puntas. Después se retiraron al galope y regresaron a sus campamentos.

El conde de Barcelona fue avisado de aquella novedad y acudió a las almenas para ver el macabro espectáculo.

—Id allá —ordenó— y traed al castillo esas nobles cabezas, ya que son los despojos de nuestros mejores hombres. Los honraremos y les daremos sepultura como Dios manda.

Obedeciendo este mandato, salió presta una tropa de jinetes y recogió las cabezas. Cuando regresaron, fueron reconocidas una a una: pertenecían a los magnates que habían muerto en la batalla; catorce nobles principales, entre los que destacaban los señores de Fontrubí, el conde Isarno de Ribagorza y el obispo de Elna. No estaban las cabezas del conde Armengol ni la de Blai de Adrall, ni las de ninguno de los hombres que los acompañaban cuando tuvieron que huir por el río.

Lavaron y ungieron las nobles testas, antes de envolverlas en paños para colocarlas delante del altar de la iglesia. Al alba del día siguiente, se celebró la misa y se les hicieron las correspondientes honras fúnebres.

Aquella misma mañana se reunió el Consejo para deliberar sobre lo que debía resolverse en la difícil situación planteada. Había pocas opciones, a pesar de lo cual todavía hubo quien trató de defender una huida a la desesperada. El Llop y el conde de Pallars, siempre fieles a su intrepidez natural, opinaron que debían resistir, asumiendo todos los riesgos, y enviar mensajeros a los condados y señoríos para pedir que se formara una hueste de refuerzo que fuera a socorrerlos. Todavía confiaban en que Dios debía estar de su parte y que, de una manera u otra, saldrían adelante.

Entonces pidió la palabra el conde Oliba. Cuando le fue otorgada, con mesura y en tono circunspecto, comenzó un largo discurso, en el que describió con detalle la manera precipitada en que se inició la campaña que los había conducido finalmente al estado calamitoso en que ahora se hallaban. Todos escucharon en silencio, y ninguno fue capaz de rebatir sus demostraciones, puesto que todo lo sucedido fue vaticinado en cierto modo por él. Únicamente su hermano Bernat Tallaferro se atrevió en cierto momento a contestarle, diciendo parcamente:

—Nunca seremos libres si no asumimos el riesgo de enfrentarnos de una vez por todas a nuestros opresores. Lo hemos intentado... Y no cejaremos hasta conseguirlo... ¡Por Cristo que no cejaremos!...

Oliba le miró muy fijamente, con una expresión firme, pero sin asomo alguno de amargura, y replicó:

—Todavía a tiempo, antes de que nos lanzáramos al desastre, manifesté mi opinión. Ahora veo que tendré que recordar lo que dije en su momento. La precipitación es apresuramiento desordenado. Decimos que obramos con temeridad cuando las obras que hacemos no van dirigidas por la razón. Esto puede suceder de dos maneras: o por el ímpetu de la voluntad, por la pasión desmedida o por desprecio del consejo y la prudencia. Eso parece que proviene de la soberbia, que rechaza la sumisión a una regla ajena. Y está el testimonio de lo que leemos en la Escritura, en el libro de los Proverbios: «El camino del impío es la tiniebla, y no ve dónde tropieza». Ahora bien, los caminos tenebrosos de la impiedad pertenecen a la imprudencia. Luego a la imprudencia pertenecen también el tropezar y el precipitarse. Nada de lo que nos ha sucedido es extraño pues a nuestra enseñanza bíblica: Noé fue avisado del diluvio y construyó el arca; en Egipto, José intuyó la sequía y almacenó en graneros; María y José fueron advertidos de que Herodes quería matar al niño y emprendieron la huida. Todos ellos obedecían al proverbio bíblico: «Atended el consejo, y sed sabios, y no lo menospreciéis» (Proverbios, 8:33). En cambio, ignorar los avisos sin prevenir, en la creencia de que Dios debe ayudar, es caer en la misma tentación que Satanás ofrecía a Jesús al tentarle: «Si eres hijo de Dios, tírate desde aquí». A lo que él respondió: «También está escrito que no debes poner a prueba a tu Dios». Y yo tuve que contemplar en silencio cómo enviábamos a nuestro ejército a una batalla suicida y también callé ayer cuando vi la amada cabeza de nuestro hermano Berenguer levantada y clavada en la punta de una pica...

—¡Así es la guerra! —le interrumpió Bernat brutalmente.

Entonces el obispo de Barcelona, Aecio, se puso en pie y gritó con voz potente:

—¡Basta! Esta discusión ahora está fuera de lugar. Lo hecho, hecho está. Lo que nos queda en este momento es buscar una solución a este atolladero.

Y dicho esto, Aecio se dirigió al conde de Barcelona para añadir:

—Aunque nos duela, debemos reconocer el error. Señor, considero que debemos enviar parlamentarios para pedir capitulaciones.

Ramón Borrell recapacitó y, pesando en su ánimo el hecho de que su hermano estaba cautivo y que pudiera peligrar su vida, decidió seguir el consejo del obispo. Los mensajeros partieron esa misma tarde al campamento enemigo. Una hora después, regresaron con la respuesta del gobernador de Lérida: exigía incondicionalmente que el propio conde de Barcelona fuera a su presencia para rendirse personalmente.

Ramón Borrell, buscando la mejor salida en su desesperada situación, se presentó solo en el campamento musulmán para negociar. Pero resultó que los tiempos de los compromisos ya habían quedado atrás. Por consiguiente, se concertó la paz con unas condiciones humillantes: se volverían a pagar los antiguos tributos al califato, más unas importantes indemnizaciones en desagravio por el atrevimiento. Y como prenda para sellar el compromiso, el conde Armengol y el resto de los cautivos serían llevados a Córdoba, donde permanecerían como rehenes y a expensas de lo que Abdalmálik decidiera hacer con ellos.

# 116

*Iglesia de Sant Quirze de Pedret, 11 de marzo, año 1003*

La hueste cristiana levantó su campamento y tornó humillada a buscar el refugio de los montes, pues transitar por los territorios llanos podría suponer un peligro mientras anduvieran merodeando todavía las diversas tropas enemigas que seguían acudiendo desde el sur. La huida fue penosa, siempre por territorios agrestes, soportando el frío y el hambre, y teniendo que dar un gran rodeo para llegar a Solsona. Ni siquiera se montaron las tiendas y allí mismo se deshizo el ejército. Cada conde, obispo, abad y señor emprendió el desconsolado camino hacia sus respectivos territorios para sobrevivir durante el poco tiempo que durara el invierno. El desastre de Albesa causó consternación, que se transformó en pánico cuando regresaron los soldados derrotados y relataron su historia. Además de las pérdidas humanas, los gastos y los sueños rotos, ahora había que trabajar duro para reunir el gran tributo que exigía Córdoba. La primavera iba a ser muy triste, a pesar de las copiosas lluvias y nevadas que harían germinar los prados y los llenarían de flores.

Por su parte, Oliba volvió a la pequeña iglesia de Sant Quirze de Pedret y permaneció durante un tiempo viviendo como un ermitaño en una de las casas anejas. Siempre había sido delgado, pero entonces parecía consumido, y pasaba horas y horas orando, forcejeando con Dios y pidiendo al Espíritu Santo que le ayudase a entender lo que debía ser de su vida a partir de aquel momento. Aunque, después de todo lo sucedido, había un pensamiento que ya estaba claro en su alma: cada uno es llamado a hacer algo en su vida y, si alguien decide ponerse al servicio de una causa más importante que sus preferencias personales, se dice que responde a una vocación. Dios da a cada uno su propia disposición para contribuir al mejoramiento del mundo, y la respuesta consiste en dejarlo mejor de lo que se lo encontró uno cuando empezó sus pasos por él. Eso entraña un compromiso para asumir el puesto que se ha de ocupar y llevar una conducta intachable a los ojos de la propia conciencia, de los otros y de Dios. No es una huida, pues, y tampoco es pasividad o cobardía. Oliba sentía esa misteriosa llamada a emprender la vida de una cierta manera, comprendiéndola y ordenándola hacia un servicio concreto: ser monje. Pero esa llamada, origen de su vocación, no emanaba de su persona, sino que la recibía y tenía que aceptarla libremente.

Ahora había llegado por fin el momento, precisamente cuando estaba lastimado en el cuerpo y en el alma. Tres semanas después de la batalla, todavía le dolía el fuerte golpe que recibió en el pecho al caer del caballo. Aunque el dolor físico era lo de menos, al lado de las terribles imágenes de toda aquella crueldad y violencia que aún seguían muy frescas en su memoria.

Arrodillado en la pequeña y fría iglesia de Sant Quirze, las pinturas del ábside volvían a presentar un nuevo y definitivo significado para él. El guerrero a caballo, soberbio e impetuoso, personificaba al hombre que se cree único dueño de su destino. El orante, en cambio, era aquel que pone toda su confianza en Dios y se abandona en sus manos.

Entonces recordó Oliba los escritos de san Juan Crisóstomo, en los que siempre hallaba consuelo y luz: «Las oleadas son numerosas y peligrosas las tempestades, pero no tememos el naufragio, porque estamos consolidados sobre la roca. Aunque el mar se enfurezca, no demolerá la roca. Aunque las olas se agiten, no podrán hundir la barca de Jesús [...]. Me importa poco cuanto el mundo pueda considerar como temible. Me río de sus bienes y riquezas. No temo la pobreza, ni deseo la riqueza. Ni tengo miedo a la muerte, ni pretendo seguir viviendo a cualquier precio, si no es para aprovechamiento espiritual».

Oliba sabía ya que Dios es el único que tiene paz absoluta; era su paz, y él estaba a su vez dispuesto a dársela a todos los que tanto la necesitaban. «Tú me guardarás en completa paz...», oraba. Esa era ahora la voluntad de Dios: que empezara a vivir en completa paz, consigo mismo y con los demás. Porque el enemigo del alma quiere alejarnos de Dios por diversos caminos, porque sabe que la paz está en Él. El demonio odia esa paz y ama la guerra, porque sabe que es contraria a la voluntad de Dios. Y el enemigo sabe sembrar su cizaña en el corazón de los hombres: a menudo los turba, los pone impacientes, frenéticos, los desalienta, los agota... Las luchas de la vida muchas veces turban nuestro corazón, y es allí donde debemos aprender a confiar en Dios con calma y serenidad. No es fácil. Pero Dios promete guardar en completa paz a aquel que persevera y confía.

La decisión estaba tomada, pues, definitivamente, y sin vuelta atrás: como hiciera su padre, el conde Oliba abandonaba el mundo para hacerse monje. Esa voluntad ya se la comunicó a sus hermanos Bernat y Guifré cuando se despidió de ellos en Solsona, el mismo día que se deshizo la hueste. Oliba abdicó en aquel momento de sus derechos sobre los condados de Berga y Ripoll y de cuantos poderes mundanos pudieran corresponderle por herencia, los cuales retornaban por deseo suyo a la familia. La renuncia fue hecha en un acto formal, poniendo como testigos al conde de Barcelona y al obispo de Vich.


Amaneció con un sol espléndido, que empezó a derretir muy pronto la nieve en las sierras. Oliba emprendió el camino en soledad y, tres días después, llegó a Santa María de Ripoll. Pero, antes de entrar en el recinto sagrado del santuario, se detuvo en la primera fragua que encontró y le regaló al herrero su armadura. Después, vestido solo con una sencilla sayuela, caminó descalzo hasta la puerta del monasterio y llamó a ella con tres fuertes golpes. El abad le recibió y allí mismo le impuso el hábito benedictino.

# 117

*Lérida, 22 de abril, año 1003*

En dos lados, el estrecho patio estaba rodeado por los cuerpos de una gigantesca construcción antigua, entre fortaleza y palacio; en los otros dos costados, el recinto lo formaban una muralla almenada y un muro de piedra altísimo. Cruzando aquel espacio, vacío y agobiante, se llegaba a la otra parte del edificio, en donde una puerta se abría detrás de un ancho y macizo contrafuerte cubierto de hiedra. Una impresionante torre, erguida en el aire, dominaba la vista por encima de todo. Las únicas ventanas eran cuatro delgadas saeteras, ordenadas para la defensa irregularmente, y, tan altas, que ningún hombre, por más que se estirara puesto en pie, podía alcanzarlas. La estancia cubierta no parecía mejor dispuesta para la comodidad, pues sus tragaluces daban a otro patio cerrado o interior, de suerte que el conjunto se adecuaba perfectamente a lo que era: una prisión. Y todo lo que podían ver los ojos de los hombres que estaban en ella eran aquellas estructuras erguidas y sólidas.

Más de dos meses habían transcurrido desde que el conde Armengol y Blai de Adrall fueron hechos prisioneros en la malograda jornada de Albesa. Desde entonces, permanecían encerrados en las interioridades de la gran fortaleza de la Suda, en Lérida. Porque, si bien el gobernador resolvió en un primer momento enviar a los ilustres cautivos a Córdoba, después esos planes fueron cambiados por una circunstancia nueva: Abdalmálik, hijo del difunto Almansur, venía con su ejército de camino, para tomar cumplida venganza de todos aquellos cristianos que habían manifestado hostilidad aprovechando la muerte de su padre. Y, con el fin de engrandecer su fama, el sucesor de Almansur quería arrogarse el triunfo en Albesa, y remitir él personalmente los cautivos a la capital del califato para exhibirlos como trofeo.

A finales de abril, Armengol y Blai de Adrall todavía permanecían en las antiguas y tenebrosas dependencias de la cárcel. No habían visto en todo ese tiempo otra cosa en Lérida que los muros oscuros y el cielo que asomaba en sus tremendas alturas, ni habían hablado con nadie más que con los guardias de la pequeña partida que cada día entraban para llevarles el alimento. Desconocían, por lo tanto, cuál iba a ser su destino, si bien habían descartado que hubiera peligro para sus vidas.

Durante tantos días de cautiverio compartido, el conde y Blai tuvieron ocasión para hablar, conocerse mejor y ayudarse mutuamente a sobrellevar el duro encierro. Era pues natural que surgiera y se consolidara entre ellos una buena amistad: bien es sabido que los hombres estrechan lazos en las dificultades. En aquellas largas horas de frío y soledad, la conversación era casi siempre el mejor entretenimiento. Blai abrió su corazón y le contó a Armengol su propia historia, que no había estado libre de aprietos. El conde se conmovió mucho al saber que el joven ya había sido cautivo anteriormente en su vida, y que ahora, por servirle, volvía a encontrarse en el mismo trance. Uno y otro se daban ánimos, teniendo siempre muy presente aquella experiencia de Blai, y estaban seguros de que también en esta ocasión iban a verse libres, tarde o temprano.

Pero pasaban las semanas y nadie iba a comunicarles ninguna novedad.

—Mi hermano Ramón Borrell pagará el rescate —decía confiado Armengol—. Nada malo puede pasarnos... Esto es cuestión de paciencia...

—Sí, claro que sí —asentía Blai sonriente—. Confiemos en Dios.

Una mañana, en la que el sol brillaba con poder en lo alto, signo de que la estación primaveral ya cobraba fuerza, vieron que la poterna era abierta a una hora temprana. Entró el jefe de la guardia, seguido por unos esclavos que llevaban un balde con agua y unos estropajos.

—Lavaos y poneos presentables —les dijo parcamente el oficial—. Debo conduciros al palacio.

Ellos hicieron lo mandado, confiados plenamente en que había llegado por fin el día de su libertad. Y esa misma mañana, cuando caminaban por los larguísimos corredores de la fortaleza, pudieron contemplar por primera vez en mucho tiempo los campos allá abajo, cubiertos de un verde resplandeciente, y a lo lejos la inmensidad de los bosques, las azulencas montañas y el maravilloso cielo de abril. No podían estar más felices y esperanzados. Se miraban y ambos sonreían, con los ojos brillantes de felicidad e idéntica expresión de alegría en sus pálidas caras.

Mientras seguían cruzando un baluarte tras otro, se dieron cuenta de lo enorme y compleja que era la Suda. De proporciones ciclópeas, estaba construida la fortaleza sobre una eminencia que permitiría dominar gran extensión de terreno llano. Al pie de los altísimos y robustos muros había fosos, segundas y terceras murallas, con nuevos fosos y canales difíciles de sortear; incontables parapetos, cubos, torretas con aspilleras y todo tipo de estorbos. No en vano el bastión había sido desde siempre considerado como inexpugnable. Entonces comprendieron que hubiera sido realmente difícil conquistarla en el caso de que se consiguiera ponerle sitio, como se preveía en los planes de la malograda campaña militar.

Después de subir por una empinada escalera, llegaron a una amplia terraza desde donde se dominaba la dilatada llanura. Allí un mayordomo les anunció:

—Estáis ante Abdalmálik abén Muhamad abén Abuámir Almuzáfar, hayib de Córdoba, señor y rey generoso.

No sabían que Abdalmálik se hallaba ya en Lérida. Les sorprendió su estampa poderosa y toda la parafernalia que le rodeaba. Estaba sentado en una especie de trono, flanqueado por sus subalternos, todos ellos vestidos con armadura y ricos atavíos, componiendo un vistoso conjunto. También estaba allí el gobernador de Lérida. A consecuencia de haber resistido mil veces el sol meridional, el rostro del hijo predilecto de Almansur estaba muy tostado. Aún le faltaban algunos años para cumplir los treinta y ya tenía toda la presencia y el aplomo de un hombre suficientemente maduro, e incluso su barba negra presentaba alguna que otra cana. Era fornido y apuesto, como decían que lo había sido el padre. Dada su posición erguida y estática, se le hubiera creído exento de pasiones, si las gruesas venas de su frente y la ligereza con que convulsivamente movía a la menor emoción el labio inferior no hubieran revelado cuán fácil era suscitar en su corazón el ímpetu de la ira. Sus ojos negros y grandes arrojaban miradas penetrantes, que indicaban su deseo de encontrar impedimentos en los otros para tener el gusto de dominarlos; y una roja y profunda cicatriz, sobre la ceja derecha, daba a su cara un aire áspero y fiero. Vestía una larga capa verde oscuro, con un ribete bordado en color grana, y sobre el hombro derecho llevaba una media luna blanca, de paño cosido de forma particular. Su pecho estaba cubierto por una cota de malla, con sus mangas hasta medio brazo; las manos permanecían ocultas en manoplas de cuero, repujado con mucho arte, y que se prestaban con flexibilidad a todos los movimientos como si fueran de fina seda. Unas planchas de metal, como escamas de reptil, en los costados y los muslos, completaban la preciosa armadura.

Abdalmálik estuvo observando a los dos cautivos de frente, muy fijamente, durante un largo rato. Luego preguntó algo en árabe y uno de los subalternos lo tradujo: quería saber cuál de los dos era el bisnieto de Wifredo el Velloso.

—Aquí me tienes —respondió Armengol, dando un paso adelante.

Abdalmálik sonrió de una manera extraña y comentó:

—No debes de ser mucho mayor que yo.

—Cuento veintinueve años —contestó el conde.

—Yo uno menos —dijo Abdalmálik sin dejar de sonreír—. Mi padre venció al tuyo, cuando todavía tú y yo éramos niños. Ahora que somos hombres, tú eres mi prisionero. ¿Cuándo vais a convenceros de que Alá está de nuestra parte?

Armengol se mordió los labios, indignado, y le echó en cara severamente no haber participado en la batalla:

—¡No presumas! ¡Has llegado tarde! No tienes derecho a apropiarte de lo que sucedió en Albesa. La victoria no es tuya, sino de tu siervo el gobernador de Lérida.

Abdalmálik hizo un gesto muy expresivo, como un desprecio, sacudiendo la cabeza con arrogancia. Lo cual aumentó la cólera y disgusto del conde, que añadió:

—No pagaremos más tributos a Córdoba. ¡Hemos decidido ser libres! ¡No tenemos dueño!

Abdalmálik soltó una carcajada y replicó jocosamente, parafraseándole:

—¡No presumas! ¡Has llegado tarde! Esa insolencia podría haber servido hace una semana, pero ahora resulta que eres un simple cautivo que está a mi merced… No puede presumir de libertad quien vive en la cárcel.

Todos los que le rodeaban rieron con ganas y empezaron a comentar el asunto entre ellos, visiblemente divertidos.

Esto enfureció todavía más a Armengol, cuyo gesto estaba contraído y mantenía los puños de sus manos apretados.

Entonces Abdalmálik se puso serio de pronto y, señalando a Blai, le preguntó:

—¿De quién es hijo este? ¿Es pariente tuyo?

—Su nombre es Blai de Adrall. Es mi vasallo y escudero —respondió secamente Armengol.

Abdalmálik estuvo observando a Blai y después le preguntó en tono amable:

—¿Quieres servirme a mí, hombre libre? Ahora tu amo es mi esclavo.

—Solo sirvo a mi señor —contestó Blai.

—¿Y si ordeno que te corten la cabeza ahora mismo? —amenazó Abdalmálik.

—Puedes matarme. Solo sirvo a mi señor Armengol.

El hijo de Almansur hizo un gesto de aprobación y dijo:

—Eres un noble hombre. Alá premiará tu lealtad.

Y después de pronunciar estas palabras afables, se puso de pronto muy serio y sentenció:

—Seréis llevados a Córdoba para certificar que Alá el victorioso nos ha favorecido una vez más. No debéis temer por vuestra vida. Cuando el conde de Barcelona satisfaga el tributo que se le ha exigido, podrá pagar también el rescate por vosotros y os daré la libertad.

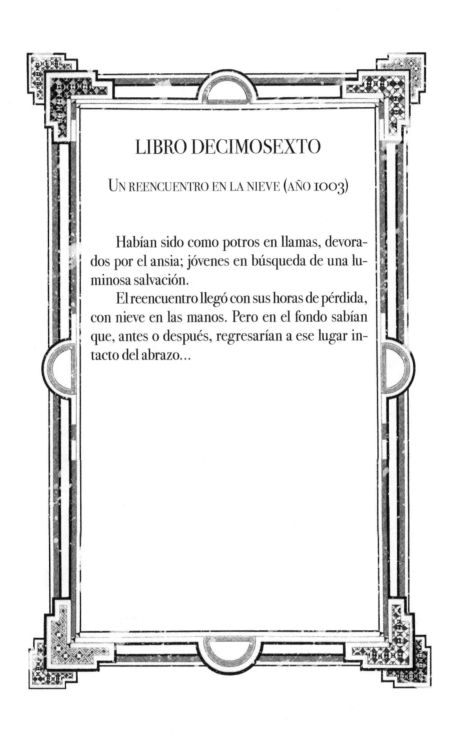

# LIBRO DECIMOSEXTO

## Un reencuentro en la nieve (año 1003)

Habían sido como potros en llamas, devorados por el ansia; jóvenes en búsqueda de una luminosa salvación.

El reencuentro llegó con sus horas de pérdida, con nieve en las manos. Pero en el fondo sabían que, antes o después, regresarían a ese lugar intacto del abrazo...

# 118

*Camino de Córdoba, 26 de junio, año 1003*

El viaje de Lérida a Córdoba se hacía por el viejo camino del Levante, descendiendo hacia el sur por Mequinenza y Caspe, en una primera etapa, y continuando después por Alcañiz hasta Teruel. A mitad del trayecto, más o menos, se cruzaba en Barrax el populoso camino de Játiva, transitado por multitudes de mercaderes; pero luego, tras una jornada de cómodo llaneo, se avanzaba hacia poniente un tiempo, atravesando las montañas, para descender y adentrarse por las ricas tierras de Linares y Andújar. Un jinete diestro podría cubrir el itinerario entero en cuarenta días, cambiando de montura y descansando apenas lo indispensable. Pero una nutrida caravana necesitaba dos meses, si el tiempo era bueno y no se sufría ningún percance.

La comitiva enviada a la capital por Abdalmálik estaba compuesta por un centenar de cautivos, custodiados por la consiguiente partida de escolta, además de un regimiento de soldados, un tropel de viajeros y mercaderes, las bestias de refresco, las mulas de carga y veinte carretas donde iban el botín, las vituallas y el resto de la impedimenta. Armengol y Blai de Adrall cabalgaban en sus propios caballos, lo cual era una gran deferencia.

En las últimas jornadas, aunque el sol seguía quemando, dejaron atrás el calor de las tierras bajas y ascendieron una vez más a las frescas alturas de las serranías. El implacable verano del sur ya se había echado encima, pero sintieron una brisa fresca en la cara y durmieron mucho más cómodamente por las noches. Día tras día, seguían por los boscosos senderos, perfumados por los aromas de los arbustos resinosos, hasta que, durante la etapa final del viaje, se adentraron por la vertiente sur de la sierra de Cardeña, soportando una desagradable tormenta que descargaba granizos y un feroz aguacero. Marchaban, pues, despacio, atemorizados por los relámpagos y los truenos que retumbaban en los montes.

Un día que amaneció despejado y fresco, al remontar unos cerros, divisaron por fin Córdoba en la llanura que se extiende desde las orillas del Guadalquivir. Resplandecía la gran ciudad bajo el fuerte sol en medio de la extensa campiña, sembrada de mieses ya doradas, en las que destacaban manchas formadas por el rojo rabioso de las amapolas, como salpicaduras de sangre. Entonces empezaron a avanzar deprisa, en medio de la alegría de los soldados y los mercaderes, que se adelantaban llevados por su entusiasmo. Pronto verdeaban los naranjales, los olivos y los almendros que crecían al borde mismo del camino. También, en el último tramo, los frutales frondosos llegaban hasta los arrabales y las murallas.

Las torres, los alminares y los tejados brillaron en un cielo puro y azul. La antigua calzada romana desembocaba en los barrios orientales, que se abrían por la puerta llamada Bab al Yadid. Entraron formando una fila por una calle larga y estrecha, pasando junto a establos y caserones herméticamente cerrados, que preservaban sus intimidades con rejas apretadas y celosías. Nada se veía de las interioridades de aquellas viviendas, excepto las palmeras y los cipreses de los jardines que afloraban por lo alto de las tapias. Atravesaron después un mercado con tenderetes de verduras, frutas y legumbres, entre los que humeaban puestos de fritangas, peces, carne braseada, buñuelos y dulces. El olor a especias y encurtidos era intenso. Los aguadores ofrecían en cada esquina el líquido de sus pellejos en escudillas de bronce. Todo aquello era una verdadera fiesta para los sentidos, en la tarde cálida y vaporosa.

Al ruido de los caballos y las carretas, la gente salía a las puertas y la caravana penetró en el arrabal entre la expectación pública. Los muchachos, formando jubilosas bandadas, salían al paso gritando, y una nube de curiosos se puso detrás de la última de las mulas y siguió a la comitiva encantada con el espectáculo de las monturas, los jaeces, los estandartes, las armas... Pero, sobre todo, la multitud contemplaba con asombro y delectación a aquellos rudos guerreros francos, que Abdalmálik, el digno y victorioso hijo del mítico Almansur, había capturado más allá de la Marca.

Armengol paseó su mirada por aquel gentío ansioso y polvoriento. Dejó escapar un suspiro y sus ojos enrojecidos, vidriosos, buscaron la visión de la ciudad. Un último rayo de sol hacía dorados los muros, los tejados, las torres, las cúpulas... Todo era aparentemente bello y apacible ante su mirada triste, pero a la vez extraño y desconocido. Un reguero de lágrimas recorrió su rostro enrojecido por el sol y brillante de sudor, antes de que se lo cubriera con las manos para evitar que adivinaran su desconsuelo.

Entonces Blai, que cabalgaba a su lado, le dijo animoso:

—No sientas angustia, mi señor. Ya verás como todo va a salir bien…

# 119

*Córdoba, 26 de junio, año 1003*

—¡Porque grande es Alá e infinito es su poder! —gritaba a voz en cuello el muecín—. ¡Que nadie ose alzarse contra sus fieles!

Las inmediaciones de la muralla se iban llenando de gente que se congregaba frente a la puerta, delante de la mezquita de Um Salma. En lo más alto del alminar, el muecín se desgañitaba gritando; su potente y desgarrada voz, acostumbrada a hacerse oír sobre la multitud, parecía derramarse sobre los tejados, los tenderetes y las cabezas de los varios centenares de hombres que allí se habían congregado para enterarse del motivo de aquellas excitantes llamadas. Los jóvenes trepaban a cualquier elevación a su alcance y los chiquillos se encaramaban en las copas de los árboles, mientras los ancianos elevaban sus ojos al cielo y se dejaban embargar por el asombro y el fervor que les causaban las piadosas plegarias y alabanzas.

Ahmad el cuentacuentos acababa de llegar a la plaza y se encontró con el alboroto. No estaba allí por casualidad, sino porque cada tarde solía ir a pasear por aquel lugar donde había desempeñado su oficio durante tantos años, antes de entrar a servir al dueño de la casa de la nieve. Le sorprendió el bullicio y le preguntó a un conocido:

—¿Qué pasa hoy aquí? Falta todavía un rato para la oración y están llamando desde el alminar.

—Regresa parte del ejército de Abdalmálik con los cautivos francos. Ha habido una gran victoria y traen preso a Córdoba nada menos que al hermano del conde de Barcelona, Armaqund de Urgel, el segundo hombre más poderoso del reino franco de la Marca. ¡Alá es grande en verdad!

Como el resto de la gente, Ahmad sintió curiosidad y decidió quedarse allí para ver el espectáculo.

El muecín proseguía con su tono fuerte y armonioso:

—¡Quien no se alegre por la sabiduría de Alá, que se abrase en los infiernos! ¡Que se agoste su alma, como los pastos seca el estío! ¡Y aquel que no goce por el poder inconmensurable de Alá, que caiga muerto en el polvo! ¡Porque grande es Alá y Mahoma es su profeta! ¡Abdalmálik Almuzáfar, hijo del insigne Almansur, ha vencido a los perros infieles francos! ¡El blasfemo rey de los blasfemos se arrastra a los pies de nuestro gran Malik Karim, el invencible, el servidor de Alá! ¡Mueran los infieles francos, borrachos y necios!

Entre el gentío, Ahmad, el cuentacuentos, escuchaba, aguardando con la multitud a que, de un momento a otro, hiciera su aparición la tropa de soldados que regresaba victoriosa del norte. Levantó su mirada hacia el poniente y se dio cuenta de que el sol desaparecía por detrás de las altas murallas, que se mostraban cárdenas y radiantes, con la majestad esbelta de las antiguas torres de piedra recortándose en el cielo encarnado del ocaso. Bajo el manto de sombras que empezaba a desplegarse en el lado contrario, una luna de fuego asomaba la cara en el horizonte polvoriento. Aquella visión le conmovió, y permaneció allí durante un largo rato, con el corazón palpitante, soportando el intenso calor de la tarde y participando del ardor general que provocaban aquellas soflamas triunfales y las terribles maldiciones que las acompañaban.

Más tarde, la muchedumbre empezó a moverse lentamente, extendiéndose desde la puerta de Al Yahud hasta las alfarerías, para congregarse en el arrabal de Al Rusafa, en el extremo norte de la ciudad. Un gran clamor se elevó cuando aparecieron a lo lejos los estandartes. Las primeras tropas del ejército ya venían aligerando el paso por la avenida que cruzaba el arrabal hacia la puerta de la muralla. Los muecines intensificaron sus gritos en los alminares, animando a la gente que estaba dando palmas y cantando con alborozo:

—¡*Al Láju Ákbar!* (¡Dios es el más grande!).

—¡*Al Jamdú lil Láj*! (¡Alabado sea Dios!).

—¡*Subjana Láj!* (¡Gloria a Dios!).

Una espesa nube de polvo envolvía el arrabal y cubría a los fatigados soldados, los estandartes, los caballos, los escudos, las armas y toda la impedimenta en medio de un ambiente de alegría y entusiasmo. Las mulas y los camellos, cargados de hierro, pasaron por delante de Ahmad y fueron a detenerse en la explanada que se extendía por delante de la puerta de Bab al Yahud. Algunos de aquellos jinetes, deshechos por el cansancio y el calor, descabalgaban y permanecían sentados en el suelo. El arenal polvoriento se iba llenando de bestias y soldados que debían empezar a instalarse en el campamento que, a las órdenes de los oficiales, iba tomando cierta forma ordenada en el extremo del arrabal, merced a los diversos emplazamientos que correspondían a cada sección.

Por último, llegó la fila de cautivos: un centenar de hombres que avanzaban de dos en dos, todos ellos amarrados con cadenas y grilletes, ya fueran a pie o a caballo; también ellos se detenían, después de cruzar el arco de piedra de la puerta, y contemplaban con asombro la inmensa multitud, de la que brotaba un intenso clamor de voces, oraciones y vítores.

De pronto, el clamor se intensificó cuando aparecieron los magnates francos cabalgando al final de la fila; entre ellos venían el conde Armengol —a quien los muslimes llamaban Armaqund—, su ayudante Blai y algunos miembros de su guardia personal que fueron apresados junto a ellos en Albesa. Ahmad se fijó en ellos: todos eran jóvenes, fornidos y de buena presencia, a pesar del evidente cansancio que llevaban y la contrariedad que debían de sentir por haber sido derrotados y capturados. Sus semblantes eran graves, sombríos, y algunos de ellos miraban con arrogancia. Se detuvieron después de cruzar la puerta y fueron rodeados por la multitud rugiente, pero sin atreverse a acercarse demasiado a ellos.

Desde el alminar de la mezquita cercana de Um Salma, el muecín se desgañitaba exclamando:

—*¡La jaulá ua alá Kuwuata il la bil lájil aliyul adzime!* (¡No hay fuerza ni poder excepto en Dios, el altísimo, el magnífico!).

A lo que la gente, entusiasmada, contestaba:

—*¡Al Láju Ákbar!* (¡Dios es el más grande!).

—*¡Subjana Láj!* (¡Gloria a Dios!).

—*¡Al Jamdú lil Láj!* (¡Alabado sea Dios!).

El sol se ocultaba. Ahmad no apartaba sus ojos de aquellos hombres cuyo aspecto le resultaba curioso, insólito y que, de alguna manera, suscitaban en él un sentimiento extraño, como una mezcla de inquietud y conmiseración. Entonces, de repente, reparó en que debía regresar a casa inmediatamente para comunicarle a su amo lo que había visto.

# 120

—¿Qué pasa en la calle? —preguntó Arif ben Kamil, mientras se levantaba apresuradamente desde detrás de su escritorio, dirigiéndose a la puerta, seguido de su vecino Radwan y algunos amigos.

La calle de Al Thalaj, donde estaba la casa de la nieve de Córdoba, no era una calle tranquila; cualquier otra cosa podía ser menos tranquila. Su intenso bullicio no disminuía desde el alba hasta un poco antes del atardecer. Las gargantas de los hombres que transitaban por aquella calle eran poderosas: pregonaban a gritos los vendedores, resonaba en las tiendas el regateo de los clientes, herían los oídos las disputas y las bromas de los que pasaban. Todos allí hablaban como si pronunciasen un discurso dirigido a una multitud. Además del alboroto general procedente de aquel vocerío, estaban el estrépito de los cascos de las bestias y el traqueteo de los carros. En cualquier caso, no era una calle silenciosa y, aun así, un clamor súbito y diferente se elevó aquella tarde a última hora, cuando ya todo debía empezar a estar en silencio por el cierre de los mercados. Al principio el rumor llegaba desde lejos, como el bramido de un vendaval, pero después se espesó y se intensificó, envolviendo el barrio por todos lados. Parecía insólito, incluso en esta calle ruidosa.

Arif y sus amigos pensaron que se trataba de un tumulto. Se miraron unos a otros y se alarmaron en un principio, como era natural en unos hombres que, en esa última hora del día, se habían reunido para conversar plácidamente y degustar un fresco sirope de ciruelas tempranas. Salieron a la puerta inquietos pero, en medio del ruido, oyeron voces alegres y albórbolas que anunciaban regocijo. Al mismo tiempo, los muecines estaban comunicando la gran noticia: el ejército de Abdalmálik regresaba victorioso de la tierra de los francos.

Apenas acababan de enterarse de lo que sucedía, cuando apareció Ahmad entre el gentío, que se acercaba corriendo y gritando, exultante:

—¡Amo! ¡Amo Arif! ¿Te has enterado de la noticia? ¡Los francos! ¡Los francos de tu lejana tierra han sido vencidos!

El dueño de la casa de la nieve le miraba, confuso, sin llegar todavía a comprender lo que acababa de decirle. Y el cuentacuentos, con los ojos resplandecientes de entusiasmo, añadió:

—¡Traen un centenar de cautivos francos! ¡Uno de ellos es Armaqund de Urgel, el hermano del conde de Barcelona, que es el rey de todos los francos de la Marca! ¡Los han traído a Córdoba! ¡Yo los vi hace un rato! Aunque cautivos, iban en sus caballos con orgullo y dignidad. ¡Tú debes de conocer a algunos de esos hombres!

Arif se quedó estupefacto y no pudo evitar preguntar, exclamando:

—¿De verdad? ¿Tú los has visto?

—¡Sí, amo! ¡Ya te lo he dicho! ¡Armaqund es un hombre joven y de hermosa estampa! Venía montado a caballo con otros cautivos importantes...

Arif se quedó parado en el umbral de la casa de la nieve, moviendo los ojos hacia la calle en todas direcciones, con el corazón sobrecogido, mientras la confusión se hacía más patente en su cara.

Y Ahmad, al verle en aquel estado de perplejidad, le dijo:

—¡Amo, tú también puedes ir a verlos ahora mismo! Los cautivos son conducidos hacia la mezquita Aljama, y allí, delante de la puerta de los Príncipes, serán exhibidos para que todo el mundo los pueda ver. ¡Vamos allá, amo! ¡Mucha gente va ya de camino para disfrutar con el espectáculo!

Entonces su amigo Radwan empezó a exclamar:

—¡Gloria a Alá, el inmutable! ¡Una victoria más para el hijo de Almansur el invencible! ¡Vamos a ver a esos infieles! ¡Corramos allá, amigos!

Los demás empezaron a abrazarse y se echaron a la calle, gritando:

—¡Vamos allá! ¡Dios es el más grande, Dios es el más grande...! ¡Victoria para los creyentes!

Acto seguido, todos ellos iban por el corazón de la medina, unidos al gentío, en dirección a la mezquita Aljama. La emoción de Arif fue en aumento, y su corazón palpitaba, todavía sin creer del todo que fuera verdad lo que estaba sucediendo.

La feliz noticia ya se había difundido por todas partes: en las tiendas, cuyas entradas estaban obstruidas por dueños y clientes que se abrazaban, intercambiaban felicitaciones y se apresuraban a salir; en las ventanas y azoteas, donde se agolpaban los jóvenes y desde detrás de las cuales se lanzaban albórbolas; en los nutridos tropeles que se habían formado espontáneamente, entre el Zoco Grande y la mezquita Aljama, aunando voces que vitoreaban a Abdalmálik y a su difunto padre Almansur; en los minaretes, a cuyas alturas habían subido los almuédanos, dando gracias, implorando y gritando; y en torno a los borricos que, apiñados, llevaban a cientos de mujeres envueltas en sus embozos, entre gritos alegres y canciones. En cualquier callejón podía verse gente o, más bien, gente que vociferaba. Por encima de las cabezas arracimadas, corría la noticia de que los belicosos cautivos francos eran dignos de ser vistos, amarrados a los postes que había en el patio de los Naranjos; fuertes y orgullosos, envalentonados todavía aun en su humillación.

Cuando Arif y sus amigos llegaron frente a la mezquita Aljama, ya había allí tal multitud que les resultaba casi imposible avanzar para poder ver algo. Pero, como iba en el grupo el señor Radwan, miembro de una de las familias más poderosas e influyentes de Córdoba, consiguieron abrirse paso por el pasillo central que los soldados habían abierto con el fin de facilitar la llegada de las autoridades. Nadie se atrevió a molestarlos cuando a paso ligero, casi corriendo, se acercaban al patio de los Naranjos.

Ya estaba todo aquello abarrotado de hombres importantes: miembros del Consejo, visires, cadíes, nobles y prohombres. Una fanfarria de tambores y flautas se hacía oír por encima de la muchedumbre. Entonces apareció el cortejo de la parentela omeya, con sus acostumbrados y vistosos atavíos, y con todo el boato que tanto les gustaba. Un instante después, hacía su entrada en la plaza el otro hijo de Almansur, Abderramán Sanchol, acompañado por sus fieles servidores de Medina Alzahira.

Un pregonero subió a un improvisado púlpito y empezó a narrar la gesta, forzando su potente voz todo lo que podía, pero apenas se le escuchaba, dado el gran ruido que había por todas partes.

Arif no había visto antes un espectáculo como aquel; empezó a mover sus ojos claros de un lado a otro, mientras el corazón le saltaba en el pecho. En su interior repetía todo el tiempo: «¡Oh, Dios mío, están aquí, en Córdoba!». Y seguía pensando que todo aquello tal vez era un sueño y que iba a despertar de un momento a otro. Hasta que Ahmad acercó la cabeza a su oído para decirle:

—Allí, amo, mira allí; aquel hombre de la cabellera clara es Armaqund…

Arif miró en aquella dirección. No estaban demasiado lejos y sus ojos se encontraron con la inconfundible estampa del conde Armengol: alto, fuerte, velludo, esbelto y proporcionado; la cara ancha, agraciada, y la barba espesa y rojiza. Dos voluminosos guardias lo llevaban amarrado con grilletes y lo estaban subiendo a un estrado en aquel momento. Pero, un instante después, a Arif le dio un vuelco el corazón cuando, de pronto, vio a Blai de Adrall, que subía detrás. Le reconoció enseguida, aunque su aspecto, en general, estaba bastante cambiado; más corpulento, con barba y semblante de hombre hecho; pero sus ojos claros, transparentes, conservaban la misma mirada que tuvieron de muchacho.

Arif estuvo a punto de desmayarse. Se le aflojaron las piernas y los ojos se le inundaron de lágrimas. Después se le hizo un nudo en la garganta y rompió a llorar.

Ahmad se dio cuenta de ello y empezó a decirle:

—Amo, ¿qué te sucede?... ¡Amo!

Arif se hizo consciente entonces del lugar donde se hallaba. Recapacitó y trató de serenarse; después dijo riendo, para disimular su emoción:

—Sí, es Armaqund, es él... Yo le vi solamente una vez en mi vida, allá en la tierra de los francos...

En ese momento alguien empezó a gritar con voz trepidante:

—¡Mueran los infieles blasfemos! ¡Muerte al hermano del rey de esas bestias!

Arif se aterrorizó por aquellos gritos. Cogió a su amigo Radwan por el antebrazo y, lleno de espanto, le preguntó:

—¿Qué les va a suceder ahora? ¿Los ejecutarán?

Radwan se le quedó mirando, sonrió y, comprendiendo su preocupación, respondió con afecto:

—No, no los van a matar. No te preocupes por ellos. No hay costumbre de ajusticiar a los enemigos cuando se trata de hombres importantes.

—¿Entonces...? ¿Qué harán con ellos?

—Son cautivos ilustres y serán recluidos en las cárceles del alcázar. Abdalmálik reclamará al conde de Barcelona un buen rescate por su hermano. Mientras llega el dinero, Armaqund será tratado con toda deferencia, conforme al noble linaje al que pertenece. Aquí en Córdoba se sigue estrictamente ese protocolo.

—¿Y los demás? —preguntó con ansiedad Arif.

—Harán lo mismo con todos —respondió Radwan—. Cuando sus familiares paguen el precio que se exija por ellos, los enviarán de vuelta a su tierra.

—¿Y si nadie paga por alguno de ellos?

Radwan sonrió ampliamente y contestó:

—No suele darse el caso. Esos hombres están aquí porque se habrán hecho averiguaciones y ya se sabrá que por cada uno de ellos se puede obtener un buen tesoro. Con los que ya se sabe a ciencia cierta que nadie va a pagar se sigue otra costumbre...

—¿Qué costumbre es esa?

—Se los hace esclavos, si se dejan. Pero, si se manifiestan rebeldes y pertinaces, no se les da ninguna oportunidad más y se les corta la cabeza. —Aquello Radwan lo dijo con entusiasmo; y después, con voz más apagada, añadió—: Comprendo que tengas preocupación por esos paisanos tuyos, amigo mío. Pero, ya te he dicho que no debes temer por sus vidas.

Arif se quedó pensativo durante un rato, mientras miraba dubitativo una vez más hacia Blai; luego dijo con precaución:

—Conozco mucho a uno de esos francos... Quisiera poder encontrarme con él. ¿Qué puedo hacer?

Radwan respondió complaciente:

—Veré lo que puedo conseguir al respecto... Déjalo de mi cuenta, amigo mío.

Arif miró por última vez hacia los cautivos. Un nuevo estremecimiento le recorrió por entero. Aquella situación era tan extraña que hasta parecía irreal. Allí, apenas a unos pasos de él, estaba Blai, cargado de cadenas, pero erguido y arrogante. Su aspecto era bueno, saludable, no obstante la humillación que suponía soportar ser el centro del espectáculo, en medio de las voces, la música y la multitud. Todo un mundo regresaba ahora con aquella visión, un mundo lleno de remordimientos e inquietudes. De nuevo Arif estuvo a punto de echarse a llorar. Por ello, se dio media vuelta y se marchó de allí discretamente.

# 121

*Córdoba, 26 de junio, año 1003*

El Palacio de Rosas se comunicaba en sus traseras con la casa de la nieve, y ya sabemos lo ruidosa que era la calle a la que se accedía por su puerta. Sin embargo, la entrada principal estaba más allá del jardín y daba a una plaza pequeña y silenciosa, que habitualmente estaba envuelta en un ambiente grave y solemne. Aunque aquella tarde incluso allí había algo de alboroto, por el acontecimiento de la llegada de la tropa, lo que motivó que salieran bulliciosos de sus caserones algunos hombres nobles acompañados por sus hijos de todas las edades.

Rashida estaba en la ventana, como cada día a esa hora, esperando el tardío declinar de la luz de junio, y no prestó demasiada atención a esta circunstancia. Cuánto le gustaba esa plaza que contemplaba desde las celosías y que la noche transformaba, envolviendo al vecindario en un silencio profundo. Ordinariamente, solo algunas voces lejanas y risas rumorosas se elevaban de vez en cuando, haciéndose patentes como si fueran sombras que llenaban los rincones de otras viviendas y patios, inaccesibles para ella. Sobre todo, le encantaban la música, el laúd y los cantos que resonaban en determinadas ocasiones, como si anduvieran sueltos por las calles. Cuando tenía la suerte de que se celebrara una fiesta en alguna parte cercana, distinguía cada una de las palabras y gozaba con los poemas, como si fueran recitados exclusivamente para ella. Otras veces estaba atenta especialmente al llanto de alguna mujer, con la cual se hacía solidaria en su alma, sabiendo que lloraba porque en el fondo no era libre. Como cuando alguien discutía con voz ruda, o se quejaba, o tosía… Llegaban hasta ella incluso los últimos resoplidos y el espirar de los que dejaban este mundo. Y también se alegraba al amanecer cuando se elevaban los pregones de los comerciantes callejeros, anunciando con tono melodioso: «¡Peces frescos! ¡Garbanzos tostados! ¡Espárragos verdes! ¡Ancas de rana!». Se deleitaba mucho más con esas proclamas que con la llamada del almuédano, y se decía a sí misma dichosa: «Esta gente sabe disfrutar de la vida». Pero también su felicidad se agotaba cuando oía las voces de los hombres juerguistas que regresaban de madrugada; le hacían recordar a su marido ausente, y se preguntaba: «¿Dónde estará a estas horas…?, y ¿qué estará haciendo? ¿Cómo será esa mujer que tendrá entre sus brazos?». Porque ella sabía mejor que nadie que un hombre como Arif, con su riqueza, su encanto y su belleza, y con sus continuas veladas, no podía carecer de mujeres hermosas y jóvenes en sus salidas.

Aunque también reconocía, resignada, que se iba acostumbrando a esos sentimientos y no le causaban ya tanto dolor. En su día sintió el veneno de los celos y la dominó una inmensa tristeza, pero, como estaba cansada de hablar con él de ello y de hacerle reproches, sin obtener resultado alguno, al final acababa acudiendo con la pena a su esclava Prisca. Esta calmaba su ánimo con las más dulces palabras que podía encontrar y luego le daba los consabidos consuelos: «Él se ha casado contigo y ha querido que sus hijos se formaran en tu vientre. Piensa que podría haber escogido a otra mujer y que, si hubiera querido, tenía derecho a casarse no solo contigo, sino con dos, tres o cuatro más. Ahí tienes a su amigo íntimo, el señor Radwan, que se casó varias veces y tiene hijos de todas sus esposas y concubinas. ¡Agradece a Dios que él te haya conservado como única esposa!».

Rashida sonreía, nada convencida por estos razonamientos, que no podían calmar su tristeza cuando era más intensa. Pero, con el paso del tiempo, reconoció la gran verdad que había en ellas. No le quedaba otro remedio que reconocerlo y aguantarse; cuando Arif se atrevió a meter en casa a aquella muchacha, ella se opuso a que se quedara a vivir en el palacio y la echó a la calle el mismo día. Él se conformó en silencio y nunca se habló más del asunto. Aunque fuera cierto todo lo que ella se imaginaba, un mal aislado era mejor que muchos males y, a esas alturas, no iba ya a permitir que una riña constante estropeara su vida grata y llena de comodidades y bienestar. Después de todo, quizá muchas de sus suposiciones no fueran más que imaginaciones o simples sospechas infundadas. Rashida se dio cuenta de que la única postura que podía adoptar ante los celos, al igual que ante las contrariedades que se cruzaban en el camino de su vida por ser mujer, era resignarse, como si de una sentencia inapelable se tratara. Finalmente, no encontró mejor salida a sus penalidades que hacer acopio de paciencia y recurrir a su natural capacidad de resistencia personal.

Aquella tarde, como tantas otras, ella la había pasado en el jardín. Después había oído un bullicio mayor que el de ordinario, pero no le había prestado atención. Luego su esposo salió con sus amigos. Cuando cayó la noche, Rashida observaba la plaza desde la celosía, como era su costumbre en verano, prestando oído a las tertulias nocturnas. Estuvo escuchando aquel estrépito de voces, sin saber cuál era su motivo y sin preocuparse demasiado, hasta que fue remitiendo poco a poco y luego reinó el silencio. Más tarde le pareció oír el ruido de unas pisadas en la alcoba. Volvió la cabeza y vio a Arif, que se acercaba lentamente en la penumbra, llevando una lámpara en la mano. Ella lanzó un suspiro de alivio y murmuró: «Estás aquí… ¡Es todavía temprano!». Él se aproximó sin decir nada; su rostro tenía una expresión muy extraña, como de profunda aflicción y angustia; los ojos enrojecidos e inundados de lágrimas.

Rashida se asustó y exclamó:

—¡Dios mío! ¿Qué te ha pasado?

Arif se echó a llorar, con un desconsuelo y una ansiedad nada corrientes en él.

—¡Dime de una vez lo que te pasa! —suplicó ella.

Él la abrazó, diciéndole entre sollozos:

—Riquilda, vida mía... ¡Riquilda!

—¿Ahora me llamas así? —preguntó ella extrañada y más asustada todavía—. ¿Por qué utilizas ahora ese nombre? ¿No habíamos acordado que bajo ningún concepto debíamos utilizar nuestros antiguos nombres? ¡Arif! ¿Qué te ha pasado?

Él la abrazó todavía más fuertemente. Rashida opuso una débil resistencia, pero se abandonó entre sus manos, yendo hacia la cama.

—Cuando te cuente lo que ha sucedido hoy... —dijo él, suspirando—. ¡Cuando te lo cuente...! No lo vas a creer, Riquilda, no lo vas a creer... Cuando yo te diga lo que he visto esta tarde, te costará trabajo aceptar que no estaré mintiendo... ¡Ay, Dios mío! —exclamó, rompiendo a llorar de nuevo—. ¡Dios me castigará! ¡Dios quiere castigarnos!

# 122

*Cárceles del alcázar de Córdoba, 14 de julio, año 1003*

La prisión de Córdoba no era tan dura y austera como fuera la de Lérida. Había espacio holgado, estancias cubiertas, un patio amplio y ventanas desde las que podía verse parte de la ciudad y una buena extensión de campos más allá de las murallas. Pero, sumando todo el tiempo desde que los apresaron en Albesa, habían transcurrido ya casi cinco meses de cautiverio para el conde Armengol, Blai de Adrall y el resto de sus compañeros. Todavía no tenían noticias ni indicio alguno del posible rescate. Tampoco sabían nada de lo que pudiera estar sucediendo en su tierra, después de que Abdalmálik fuera a someterla con su ejército tras la derrota. Todo era incertidumbre. En los primeros días, los sacaron en un par de ocasiones y los exhibieron delante de la mezquita Aljama, como el día de la llegada, para disfrute de la gente. También fueron visitados por importantes personajes de la ciudad: el gran cadí, algunos parientes del califa Hixem y el hijo menor de Almansur, Abderramán Sanchol. Ninguno de ellos se detuvo allí mucho tiempo, apenas lo justo para satisfacer su curiosidad, pero no manifestaron interés en mantener una conversación, hacer preguntas o dar alguna pista de la manera en que iban a gestionar el asunto de su liberación. Aquellos magnates se mantenían distantes y, simplemente, los observaron con suficiencia y altanería, como a individuos rudos, incultos e inferiores. Esto al conde Armengol le desazonaba mucho y suscitaba en su corazón una rabia y un odio mucho mayor del que ya sentía.

—¿Quiénes se creen que son estos moros presuntuosos? —se quejaba con amargura—. ¿No saben que nuestro pueblo es antiguo y civilizado? ¿Ignoran que nuestros antepasados, romanos y godos, cristianos y cultivados, tienen sabias y justas leyes desde hace siglos? ¡Los salvajes son ellos, por mucha seda y oro que se pongan encima!

Cuando alguien iba a visitarlos, el conde de Urgel se acercaba con los ojos anhelantes agitándose en sus órbitas, entre la esperanza y la desesperación. Lanzaba una mirada al arco de la entrada; luego se componía las ropas y se atusaba el cabello, mientras iba de camino a una especie de pequeño recibidor, al que los carceleros llamaban *majlis*, donde había un gran tapiz en el suelo y cojines para sentarse. Allí esperaba la visita, soñando largamente con la maravillosa sorpresa que no quería producirse: que se presentara de pronto un legado de Barcelona para comunicarle que había sido pagado el rescate por su hermano y que ya podía regresar a su amado país. Pero luego resultaba que siempre aparecía uno de aquellos hombres ostentosos, ataviado ricamente, que sonreía falsamente y solo quería satisfacer su curiosidad. Se intercambiaban unas pocas y sencillas palabras y la reunión se acababa pronto. Luego Armengol regresaba a su aposento, con miradas tristes hacia las ventanas cerradas con rejas, sobre todo la del lateral que daba a la vega del río y a los infinitos campos que se extendían más allá, la visión que aparecía en sus sueños con la imagen del camino de regreso. Después se echaba boca arriba en el camastro, conteniendo su frustración y suspirando de tristeza. Su abatimiento llegó hasta tal punto que casi no hablaba ya.

Blai de Adrall se disgustaba al ver a su señor en tal estado. Al principio trataba de infundirle ánimos con palabras esperanzadas y consejos, haciendo uso de su propia experiencia de cautiverio en Cervera. Pero más tarde también él comenzó a preguntarse angustiado cuánto iba a durar este nuevo encierro, y no era capaz de pronunciar una sola palabra respecto al pasado sin transparentar en su cara lo que de verdad pensaba: que pudiera ser que esta vez no tuviera tan buena fortuna como entonces. Sufría cada día más con este pensamiento, aumentando su enojo y su pesimismo, hasta que, perdida definitivamente cualquier ilusión, el dolor le llegaba ya hasta el tuétano de los huesos y le hacía perder la cabeza.

Una de aquellas mañanas del caluroso verano, que se sucedían en medio de la rutina saturada de abulia y desconsuelo, los cautivos observaban las maderas oscuras de la puerta brillando al sol. Sus miradas eras lánguidas. Estaban sentados a la sombra con desidia, ante esa puerta que se abría pocas veces, con lentitud y con un chirrido que parecía la risa de una mujer vieja y cruel, como si se burlara de la libertad negada a los habitantes del interior. Y oyeron de pronto el característico crujir de los cerrojos.

Entró el jefe de la guardia, un hombre pequeño y musculoso, con la barba larga y en punta, parco en palabras y de aire resentido. Caminó hasta donde estaba Blai y, señalándole con el dedo, dijo secamente:

—Tú, ven conmigo.

—¿Yo?

—Sí, tú.

Blai se puso en pie extrañado y miró hacia Armengol, como para solicitar su permiso. El conde le ofreció una sonrisa de aliento y le dijo:

—Anda, muchacho, ve con él. A ver qué quieren ahora…

El jefe de la guardia escuchó estas palabras, soltó una risita socarrona y, mientras agarraba las cadenas del joven, dijo con desprecio, como disfrutando con ello:

—El muchacho saldrá para ser esclavo de un hombre muy rico que ha pagado una buena cantidad de oro por él.

Al oír aquello, revolviéndose contra el carcelero, Blai dio un tirón de las cadenas y corrió hacia la puerta para escapar por ella. Cuatro guardias saltaron sobre él y le redujeron, no sin esfuerzo. Le sujetaron por todos lados, con la ayuda de dos hombres más que acudieron al punto, y lo arrastraron escaleras abajo. Mientras lo hacían, Armengol atravesó también la odiada puerta, sintiendo el ardor de la implacable ira latiendo en su corazón, y gritando:

—¡Soltadle! ¿Dónde lo lleváis, malditos?

Nada podía hacer y también fue reducido y obligado a entrar. La puerta se cerró y se corrieron los cerrojos.

Blai fue llevado a la fuerza por los estrechos corredores, a través de los habitáculos y los patios bañados por el sol, hasta el túnel agobiante que conducía a la salida del alcázar. Llegados a la puerta trasera y pequeña que daba a la calle, apareció en el umbral un hombre a caballo y se quedó mirando al cautivo durante un momento. Blai, aun cegado por la fuerte claridad exterior, pudo ver su cabeza inmóvil, con el turbante blanco a contraluz, mientras era observado.

El jefe de los guardias se adelantó, parpadeando al sol, y dijo:

—Aquí lo tienes, señor. Este es el franco que has venido a buscar. Ya ves que estaba hecho una fiera. Mis hombres lo conducirán amarrado al lugar que tú dispongas.

—De acuerdo —contestó el del turbante blanco—. Gracias y saludos en el santo nombre de Alá.

—Un momento, señor —le dijo el carcelero—. Tendrás algún documento, supongo. Si no veo el sello, no puedo dejar que te lo lleves. La ley de la cárcel es muy estricta.

Sin dignarse a bajar del caballo, aquel hombre de aspecto distinguido se dirigió a él desde la silla, respondiendo:

—Tengo la orden del supremo cadí de Córdoba.

Y luego, sacando de una bolsa de cuero un pergamino enrollado, se lo entregó, diciendo sonriente:

—Sabrás leer, supongo.

El jefe de los guardias desató la banda de seda y desenrolló cuidadosamente el pergamino. Frunció el ceño mientras lo recorría con la vista. Luego apartó los ojos del documento y se puso a observar con detenimiento a Blai. Estaba de pie a pleno sol, y sus ojillos oscuros parpadeaban tratando de reconocer al prisionero según la descripción que acababa de leer. Las arrugas de su cara cetrina formaron una expresión de conformidad.

—Te lo puedes llevar, señor —le dijo al del caballo—. Y deseo de verdad que no os cause ningún problema. Estos francos no son hombres sino bestias.

El del turbante blanco miró a Blai y le dijo:

—No opongas resistencia, muchacho. No te va a servir de nada. Es mejor que no gastes tus fuerzas. Confía en mí y déjate llevar.

Ahora Blai podía ver bien su rostro: de mediana edad y bien parecido; la barba rala y canosa; los ojos francos, pero con un punto de orgullo y distancia; distinguido, corpulento y de lentos movimientos.

Salieron del alcázar por una estrecha calle, pasando bajo el arco de entrada al conjunto de la fortaleza, coronado con preciosas almenas de piedra labrada, medio oscurecida por el musgo. Continuaron adentrándose por el laberinto de la ciudad, hasta una zona más abierta donde había mercaderes que portaban cestas repletas de especias: nuez moscada, clavo, macis, canela y jengibre, cuya dulce fragancia inundaba cada rincón. Otros comerciantes ofrecían telas, cordones, sedas, tafetán, pieles y armiño. En torno a las puertas se agrupaban las mujeres embozadas con sus velos y mantos ligeros de verano. A pesar de su congoja, Blai se dejaba conducir por los guardias, atravesando mercados y bazares, por plazas donde los ancianos se reunían, con las espaldas apoyadas a la sombra en las frescas paredes, mientras conversaban plácidamente. Caminaron por calles y callejones, apartándose ocasionalmente para dejar paso a los borricos y los carromatos. Por todas partes se mezclaban los aromas de los perfumes, las esencias, el cuero y el aceite. El humo se esparcía ante los tenderetes donde se asaban piezas de carnero, y los hijos de los cocineros ofrecían platos de la carne preparada y acompañada de abundante verdura. Más adelante las casas eran altas y las calles soberbias, aunque estrechas y sombrías. La espléndida disposición y exhibición de los géneros más ricos denotaban una vida de lujos: suntuosos vestidos, piezas de armaduras, capas de invierno, paño fino, sarga, alhajas, armas de todas clases... La multitud, formada aquí por ciudadanos de mayor distinción, pasaba y cruzaba con aire de importancia o de actividad apresurada.

Por fin se detuvieron en una pequeña plaza, delante de un palacio espléndido. El hombre del caballo descabalgó y llamó a la puerta. Salió otro hombre, que también se puso a observar a Blai con una mezcla de curiosidad y circunspección.

Todos entraron y condujeron al cautivo por un precioso jardín, de paredes enfoscadas y limpias. Varios jóvenes regaban los parterres y miraron curiosos. Al final del jardín, había una mujer delgada sentada a horcajadas en un taburete bajo la galería, con los codos apoyados sobre una mesita; tenía parte de la cara tapada con un velo color azafrán, del que asomaban algunos mechones de pelo muy negro. Iluminada verticalmente por la luz potente que caía del cielo, permanecía inmóvil, con el rostro vuelto hacia el mismo lado. Un delgado cordón de plata corría desde el cuello a lo largo de su pecho, hasta el vientre. Observaba atentamente a Blai, mientras pasaba por delante de ella y hasta que desapareció de su vista.

El hombre que había abierto la puerta del palacio se dirigió hacia el cautivo y le preguntó cordialmente en árabe:

—¿Eres Blai de Adrall?

Él comprendió la pregunta, puesto que no desconocía esa lengua debido a su anterior cautiverio, y respondió parcamente:

—Sí.

—Bien, pues sígueme al interior. Nada tienes que temer en esta casa. Mi amo me ha ordenado que seas bien tratado.

Blai estaba sobrecogido y algo más tranquilo. Ya no oponía resistencia alguna y se dejó conducir al interior del palacio. Atravesaron estancias en las que colgaban tapices de vistosos colores y telas con finísimos bordados; el suelo estaba cubierto con esteras de albardín. Todas las ventanas del interior tenían celosías.

Llegaron por fin a una puerta que daba a una escalera; bajaron por ella un par de pisos y entraron en una estancia en penumbra y sin ventanas, iluminada tenuemente por candiles. Allí hacía mucho frío.

El sirviente se dirigió a Blai y le dijo:

—Aguarda aquí.

Y dicho esto, aquel hombre despidió a los guardias, cerró la puerta y dejó al cautivo allí solo.

Aquel lugar era muy húmedo y estaba verdaderamente helado. Una gran estructura se elevaba, como una bóveda. Dos gruesos postes de madera la sujetaban. Había allí un algo reconocible, familiar. Blai caminó hacia el interior y sintió crujir ese algo bajo sus pies: todo el suelo estaba cubierto de hielo…

El odio y la desesperación brotaron en sus entrañas. De nuevo sintió el dolor de la opresión en los huesos y recordó el estallido del látigo. ¿Cómo podía haber vuelto a un pozo de nieve? ¿Qué burla del destino era aquella? Igual que en otro tiempo, le invadió la frustración de la debilidad forzada, la fatiga en cuerpo y alma, la muerte lenta de la esclavitud…

# 123

*Medina de Córdoba, 14 de julio, año 1003*

El señor Arif ben Kamil estaba sentado en un rincón del pozo de la nieve, semioculto tras una columna y con el rostro velado por la oscuridad. Desde allí podía observar perfectamente al cautivo sin que su presencia fuera advertida. En cambio, en el centro de la estancia, la luz de una claraboya daba de lleno sobre el hielo compactado, creando un espacio circular inundado por una claridad misteriosa y en cierto modo hospitalaria. Bañado por aquella luz tan blanca, como si recibiera un efluvio divino, estaba sentado Blai de Adrall. Su cara, surcada por las lágrimas, miraba hacia el ventanuco; el cabello claro largo y suelto, de ese rubio oscuro que ya tenía de muchacho; vasta la frente, los ojos verdosos y vivos en la tez pálida. Estaba vestido tan solo con un jubón de lino claro, manchado y sucio, atado en la cintura por un cinturón, y tan corto que dejaba desnudas sus piernas delgadas y fuertes. Con aquella indefensión y pobreza, casi parecía un chiquillo. Suspiraba y musitaba entre dientes palabras incomprensibles, en un gesto inconfundible de rabia y desesperanza. Echaba la cabeza hacia atrás, como queriendo perderse por lo poco que podía verse del cielo en la delgada abertura cercana al techo.

Arif le estuvo contemplando durante un largo rato en silencio. Sobrecogido, también se echó a llorar en su rincón, ya que el recuerdo de cómo habían sido tratados a manos de los hombres en la esclavitud de las montañas de Prades todavía lo estremecía, y ahora estaba siendo sacudido por sentimientos demasiado fuertes y desconcertantes. Con el pecho oprimido por la angustia y el dolor, no fue capaz de ahogar su llanto lo suficiente, de manera que dejó escapar un débil sollozo.

—¡¿Quién está ahí?! —gritó Blai al escucharlo.

Hubo después un largo silencio. La penumbra seguía ocultando el lugar donde se hallaba Arif, que ahora se había colocado detrás de la columna.

—¡¿Quién está ahí?! —insistió Blai alzando todavía más la voz—. ¡Sal quienquiera que seas!

Estas palabras retumbaban en la fría bóveda. Arif se removió como sacudido por ellas y lanzó un hondo suspiro.

Entonces Blai se puso en guardia y caminó lentamente hacia donde creía haber oído el suspiro, deteniéndose a unos pasos de la columna y volviendo a preguntar:

—¿Quién está ahí?

Arif abandonó la sombra y salió. La luz le envolvía ahora también a él. Ambos hombres se miraron fijamente a la cara sin decir nada. De momento, Blai creyó reconocer aquel rostro, pero inicialmente no podía recordar con claridad dónde lo había visto antes. Arif tenía crecida la barba y llevaba la cabeza cubierta por un turbante que tapaba su frente y cuyo largo extremo caía por la oreja derecha hasta dar una vuelta por delante del cuello hacia la espalda. Además, su cuerpo en general se había robustecido considerablemente; abultaba más y parecía bastante más alto con aquel turbante.

No hubo palabras durante un instante que pareció eterno. Hasta que Blai avanzó unos pasos más, mirándolo con mayor interés y a la vez expresando en su cara una mezcla de sorpresa y repulsión.

Entonces Arif abrió la boca y dijo en un susurro:

—Amo, aquí me tienes…

El rostro de Blai se cerró como un puño y soltó una especie de bufido. Tenía los ojos desmesuradamente abiertos, mirando de una manera que denotaba el asombro e incredulidad ante aquella inesperada visión.

Esta vez fue Arif quien se encaminó por el hielo hacia él, acercándose a la luz hasta la distancia de un par de pasos; se detuvo y se puso de rodillas, diciendo con una débil voz que parecía no querer salir de su pecho:

—Soy Sículo… Amo, mírame bien…

Y dicho esto, se quitó el turbante y lo arrojó a un lado, dejando al descubierto su cabello y el contorno de su cara.

Blai enrojeció de cólera y clavó en él una mirada terrible. Luego musitó palabras incomprensibles, para acabar diciendo con voz sibilante:

—Sículo…, Sículo…

—Sí, amo, Sículo, tu esclavo…

Blai rugió. Crispó los dedos de sus manos y luego los arrojo con furia sobre el cuello de Sículo, a la vez que gritaba:

—¡Voy a matarte! ¡Eres una criatura vil!

Sículo aguantó al principio la fuerte presión. Pero, cuando empezó a darse cuenta de que iba a estrangularle, agarró las manos de Blai por las muñecas y dio un fuerte tirón, a la vez que se impulsaba con las piernas para zafarse de la presa que tenía hecha sobre él. Inmediatamente después, los dos cayeron sobre el hielo, enzarzados en una violenta pelea.

Sículo gritaba:

—¡Suéltame, amo! ¡No me obligues a luchar contigo! ¡No quiero hacerte daño!

—¡Maldito bastardo! ¡Voy a matarte! ¡Miserable!

—¡Hablemos! ¡Hablemos tú y yo, amo!

—No tenemos nada que discutir tú y yo… ¡Ruin! ¡Ladrón!

Ambos jóvenes eran fuertes y de proporciones muy semejantes. Pero Sículo se encontraba en un estado físico más favorable. El forcejeo duró hasta que este fue capaz de imponerse y, por mucho que Blai se revolviera como una fiera acosada, al final fue reducido con la espalda pegada al suelo y sujeto fuertemente por las muñecas, mientras Sículo se sentaba sobre su vientre y hacía presión hasta no dejarle casi respirar. Blai bufaba mientras se iba asfixiando, a pesar de lo cual no cedía y, con los ojos ya casi en blanco, pataleaba y trataba de soltarse profiriendo insultos y maldiciones.

Entonces se abrió violentamente la puerta y entraron Ahmad y los criados de la casa en tropel. Entre todos separaron a los combatientes. Levantaron a Blai del suelo y lo arrastraron hasta el extremo del recinto, junto a la pared de piedra, donde, sujeto por todas partes, consiguieron que estuviese quieto, si bien trataba de lanzar patadas y no paraba de gritar.

También entró Rashida, vio lo que estaba sucediendo y empezó a decirle a su esposo:

—¡Te lo advertí! Te dije que él no razonaría con calma, que era una locura enfrentarse a él. ¡Deberías haberme hecho caso!

Sículo había recibido un golpe en el labio y lo tenía partido, de manera que la sangre le caía hasta la barba. Ella se acercó con preocupación para ver si la herida era grave; se puso saliva en los dedos y la estuvo limpiando, mientras seguía murmurando:

—¿No ves que es un salvaje? ¡Te lo advertí! ¡A quién se le ocurre…!

Mientras tanto, Blai seguía forcejeando con los criados y no paraba de aullar:

—¡Maldito bastardo! ¡Traidor! ¡Perro impostor! ¡Ladrón! ¡Yo te mataré! ¡Antes o después te mataré!

Excitada por aquellos insultos y maldiciones, Rashida se arrancó de un tirón el velo que le cubría la cabeza y parte de la cara, dejando que escapara toda su melena negra y brillante. Entonces dejó a su esposo y, brotándole de dentro su fiero carácter, corrió hasta su primo y se encaró con él, mientras le espetaba colérica:

—¡Cállate de una vez tú! ¡Cierra esa boca de animal! ¿Eso es lo que te han enseñado mi padre y mi hermano? ¿Eso es lo que has aprendido en Castellbó? ¿A ser una fiera? ¿Una bestia como ellos? ¡Escúchame bien, primo! ¡Estás en mi casa! ¡Aquí se hace lo que yo digo! ¡Así que cierra la boca o te enviaré de nuevo a esa sucia prisión de la que te hemos sacado!

Blai la miraba resoplando, con los ojos echando chispas, y replicó:

—¡Bruja! ¡Cállate tú! ¡Tú no eres mi prima! ¡Mora asquerosa!

Ella entonces alzó las manos y empezó a abofetearle con toda su fuerza, gritando:

—¡Te vas a callar! ¡Te vas a callar y a escucharme o te mataré yo a ti!

Las bofetadas resonaban y él sacudía la cabeza y rompió a llorar con odio y amargura.

Sículo entonces, compadecido y angustiado, corrió a detener a su mujer y a apartarla de Blai, diciéndole:

—¡Basta, Riquilda! ¡Por Dios, basta ya! ¡Déjale!

Ella cejó en su furia, pero seguía gritando:

—¡Te lo dije! ¡Es un animal como todos los míos! ¡No sacaremos nada en claro con él! ¡Que se lo lleven de vuelta a la cárcel! ¡No quiero aquí una fiera como él! ¡Quiero paz en mi casa!

Hubo a continuación un silencio. Todos estaban sulfurados, resoplando y sollozando. Blai tenía un rictus de sufrimiento en la cara bañada de lágrimas y sangre. Empezó a llorar como un crío, sollozando:

—¡No soy vuestro esclavo! ¡No soy esclavo de nadie! ¡Soy libre!…

Al oírle decir aquello, a Sículo se le rompió el alma y corrió hacia él para decirle con voz desgarrada:

—¡No eres nuestro esclavo! ¡Eres un hombre libre!

Y después, dirigiéndose a sus criados, les ordenó:

—¡Soltadle!

Ellos dudaron al principio, pero, como él insistiera con su gesto y su mirada, acabaron obedeciendo.

Blai estaba tiritando y con el pecho agitado por la excitación y la rabia. Al verse libre, miró a un lado y otro, pero se quedó quieto, con los brazos a lo largo del cuerpo y los puños cerrados, en un apreciable estado de tensión.

Sículo se acercó entonces a él, sin miedo, y le dijo:

—¡Te lo repito: eres un hombre libre! ¡Puedes marcharte de esta casa ahora mismo a donde tú quieras! ¡Yo he comprado tu libertad!

Blai le miraba con los ojos inundados de lágrimas. Después se volvió hacia su prima, con una mirada interrogante.

—¡Esa es la verdad! ¡La única verdad! Sículo tiene el documento con los sellos de la cancillería. Eres completamente libre y puedes volver a tu tierra hoy mismo si lo deseas... Pero..., primo, quisiéramos hablar contigo y darte explicaciones...

Sículo se acercó a él todavía más, se arrodilló a sus pies y, llorando, dijo:

—Necesito tu perdón... ¿No vas a perdonarme antes de marchar a nuestra tierra?

# 124

*Palacio de Rosas (medina de Córdoba), 21 de julio, año 1003*

Aquella noche calurosa de verano en Córdoba fue una noche bendita. Había una espléndida luna llena y, sobre las tinieblas, veíase sonreír el cielo. En la paz del jardín, cuando los últimos resplandores de la puesta de sol se aferraban aún a los alminares y a las puntas delgadas de los cipreses, se elevó el sonido de la masa desde el horno, en la cocina, con golpes intermitentes, como el eco de un tambor. Rashida había ordenado que el pan se cociera aquel día por la tarde, en vez de por la mañana temprano, como era la costumbre cotidiana. Lo quería recién hecho, para que estuviera tierno y tibio, conservando todo el aroma de la mejor harina que había encontrado en el mercado. Luego ella, tras hacer las obligadas abluciones y rezar, fue al patio para comprobar que todo estaba dispuesto tal como lo había ideado para celebrar una cena muy especial. Mientras los criados iban de acá para allá, la señora fue observando atentamente la mesa, los manteles, las alfombras y los asientos que estaban colocados en torno. El palacio tenía un amplio patio, en cuyo extremo izquierdo había un pozo, con la boca cerrada por una tapa de madera desde que los niños habían empezado a asomarse. En el extremo derecho, se había colocado la mesa bajo la galería, cerca de la entrada a los aposentos principales, que eran las dos habitaciones más grandes; en una dormían los dueños y, en la otra, los hijos. Pero ahora este segundo dormitorio estaba ocupado por dos invitados, que en aquel momento se hallaban fuera con Arif. A su regreso, daría comienzo la cena. Por eso Rashida, sabiendo que iban a regresar de un momento a otro, se iba poniendo cada vez más nerviosa a medida que iba anocheciendo.

En su última ojeada, le pareció que no faltaba ya ningún preparativo. Todo estaba en su sitio y solo había que encender las lámparas. Entonces dio la orden a Ahmad, y este, a su vez, mandó a los criados que iniciaran el entretenido trabajo que consistía en ir prendiendo cada uno de los candiles que estaban colocados de manera estudiada por todo el jardín, creando un sorprendente juego de luces y sombras entre las enredaderas y los árboles. En último lugar, se encendían las múltiples lámparas de todos los tamaños de la entrada, y más tarde, justo antes de la cena, las que iban a iluminar la mesa en el patio. Rashida tenía un gran apego a aquella especie de ritual, ya que siempre suponía el comienzo de los momentos felices que tenían lugar con la llegada de las fiestas, cuando los corazones se sentían animados por las alegrías de la vida, y las bocas se hacían agua por los platos de apetitosa comida que se ofrecían, como la compota de ciruelas y los dulces del Ramadán, las tortas y las roscas del día de la ruptura del ayuno, y el cordero del Eid al Adha, que se criaba y engordaba para luego sacrificarlo en presencia de los niños, sin que faltaran unas lágrimas de pena, en medio del regocijo general.

Al evocar todo aquello, ella se acordó de pronto del asado, cuyo apetitoso aroma empezaba a decirle que ya estaba en su punto. Y fiel a su manía de controlarlo todo, bajó a las cocinas para hacer las últimas comprobaciones. Allí estaba la abertura arqueada del horno, en cuyo interior aparecían unas exultantes brasas, ardientes como su alegría de aquella noche, encendida por los pensamientos secretos y las esperanzas, a modo de adornos y presagios de la maravillosa fiesta del reencuentro. Y en el fondo, dorado y tierno como el momento de felicidad que se avecinaba en aquella bendita noche, estaba el cordero.

Había llegado pues la hora de servir la mesa. Rashida apremió a

Ahmad y este puso en movimiento a las muchachas de la cocina bajo las repisas donde estaban las ollas, platos y bandejas de cobre. Recogieron todo lo necesario y, en un santiamén, estuvo dispuesto el banquete. Se encendió el braserillo que ocupaba el rincón de enfrente, preparado para calentar las viandas y, junto a él, se extendieron las resplandecientes fuentes de cobre, llenas de habas cocidas con mantequilla, huevos duros y puré de garbanzos. En uno de sus extremos se amontonaban panecillos calientes, mientras que en el otro se alineaban unas escudillas de fina plata con queso, limón y berenjenas en vinagre, sal, comino y pimienta negra. Todo estaba en su sitio.

Ahora debía ordenar a toda la servidumbre que desapareciera y que, bajo ningún concepto, se le ocurriera a nadie asomar siquiera la cabeza durante el tiempo que durase la cena. Rashida adoptó un tono severo a la hora de advertir:

—Mi esposo y yo queremos celebrar esta fiesta con nuestros invitados en la total intimidad. Nosotros nos bastaremos cuando haya que servir la comida y no necesitamos a nadie. Y cuando digo nadie, quiero decir absolutamente nadie… De manera que, a partir de este momento, debéis desaparecer todos de mi vista. Podéis ir donde queráis o permanecer en la parte trasera del palacio hasta que amanezca mañana. Entonces, sin hacer ruido, recogeréis todo esto y limpiaréis el patio convenientemente. Pero que no se le ocurra a nadie aparecer por aquí con cualquier pretexto. Tenéis la noche libre. Podéis marcharos todos ya. Si no obedecéis este mandato, ateneos a las consecuencias.

Ella era allí la señora, la esposa y la jefa, de la que todos esperaban, con el corazón lleno de temor, que cumpliría implacablemente sus amenazas. En este pequeño reino que era el Palacio de Rosas, Rashida era la reina que no compartía la soberanía con nadie, ni siquiera con su esposo. Solo, por pura discreción y precaución, se mantenía en un segundo plano y en una prudente sumisión al señor Arif cuando estaban presentes los invitados varones extraños a la familia. Pero, en esta ocasión, ese no iba a ser el caso, puesto que los que estarían sentados a la mesa tenían con ella unos vínculos muy diferentes a los de cualquier cordobés que pudiera acudir a su casa.

Ahmad, el cuentacuentos, era el criado de mayor confianza y consideró que el mandato no iba con él. Cuando Rashida vio que se quedaba por allí merodeando, le dijo secamente:

—Tú también debes irte. Encargaos, Prisca y tú, de los niños. Y haced todo lo posible para que no nos molesten durante la cena. Sabes lo importante que es para mi esposo y para mí lo que pueda suceder esta noche...

—Señora, yo... puedo ser útil...

—¡Fuera he dicho! ¡No insistas! Y no me pongas más nerviosa de lo que ya estoy. Yo me ocuparé de todo.

Ahmad desapareció de su presencia. En ese instante, el silencio llenó la casa, hasta transformarla solo en luz, sin ruido. Rashida entonces sintió aprensión y congoja... Después vibraron en su alma prolongadas emociones que reavivaron viejos recuerdos. Pensamientos que trataban de poner en orden la extraña situación que estaba viviendo en aquella última semana, desde que apareció su primo en sus vidas, como por una suerte de ensalmo misterioso. Aunque podía haber sido peor...

Porque, aunque en un primer momento el reencuentro resultara muy difícil, Blai y Sículo al final acabaron reconciliándose. Poco a poco, la excitación inicial fue dando paso a un estado de acercamiento y pacificación. El rencor por todo lo que sucedió entre ellos en el pasado tenía fuerza, pero, más tarde, afloraron los sentimientos comunes y el afecto. Ambos no tenían más remedio que reconocer que la vida les había mostrado su cara más dura desde que, cuando todavía eran simples muchachos, tuvieron que abandonar Cubellas. Blai no tuvo por menos que ceder cuando Sículo se mostró en todo momento arrepentido, y suplicó con humildad una y otra vez el perdón. Al final, su ánimo se apaciguó y, aunque permanecía en silencio, sus ojos tenían ya otra mirada... Tras la enardecida discusión, sabiéndose definitivamente en terreno amistoso, empezó a manifestar una actitud receptiva y cordial. Entonces fue Riquilda la que aprovechó esta situación más favorable para poner cada cosa en su sitio. Ella conocía muy bien todo lo que había sucedido y, haciendo uso de su temperamento fuerte y autoritario, fue reconviniendo, si bien con cautela, a su primo, haciéndole comprender que estaba allí por la benevolencia y la generosidad de Sículo, que había pagado por su libertad una cantidad de dinares nada desdeñable. Podían haberse desentendido de él y abandonarle a su suerte en la prisión, pero tanto ella como su esposo estuvieron decididos desde el primer instante a ayudarle. Al fin y al cabo, para Blai resultaba un verdadero regalo de la Providencia que ellos estuvieran en Córdoba y hubieran tenido conocimiento de su cautiverio. ¿Iba a mostrarse con ellos desagradecido? ¿Iba a pagar con odio y violencia lo que habían hecho por él? A pesar del resentimiento, el corazón de Blai no era tan duro como para responder con odio al bien que le hacían. Además, Riquilda expresó con mucha elocuencia y franqueza que no tenían ningún motivo para no amarle, que comprendían su inicial desconcierto y también su rencor, pero que no estaban dispuestos a aceptar su desprecio. Esto último ella lo manifestó con mayor ternura que autoridad. Después de un largo silencio, Blai se ablandó por fin del todo, derramó lágrimas y acabó abriéndose, como inevitablemente se abre la rosa al calor del sol. Siguió una conversación cada vez más afable y acabaron compartiendo una admirable comida. Una y otra vez, los dueños del palacio le manifestaban al cautivo liberado que podía quedarse a vivir con ellos hasta que emprendiera el camino de regreso al Urgellet. Al llegar la noche, Blai decidió ser su huésped. Enseguida Riquilda ordenó que le prepararan la alcoba que ocupaban sus propios hijos, a los cuales envió a otra habitación. Con ese gesto hacía ver a su invitado que era considerado con el afecto y la distinción que merecía por su parentesco.

Al día siguiente, ella ya había mandado a los criados que dispusieran las mejores ropas para su primo. Le llevaron a la casa de baños, donde le arrancaron toda la roña que tenía pegada al cuerpo, le cortaron el pelo, le arreglaron la barba y le acicalaron como al señor que era. En menos de un día, Blai pasó de ser un sucio y hambriento prisionero a vivir en uno de los mejores palacios de Córdoba con todas las comodidades.

Pero, no había transcurrido otro día más, cuando puso de manifiesto, acongojado, que no se encontraba nada a gusto pensando todo el tiempo que su señor natural y amigo, Armengol, seguía encerrado en la cárcel. Esto cambiaba las cosas. A aquellas turbaciones iniciales siguieron otras, rápidas como relámpagos... Riquilda consideró que no era justo desentenderse del conde. Debían hacer algo, pero ¿qué? ¿Cómo podían ayudarle? De nuevo tuvieron que acudir a su vecino Radwan para que intercediera ante la cancillería con el fin de conseguir que el ilustre cautivo fuera tratado con mayor consideración. Pero esto no era suficiente para Blai. Finalmente, Sículo tuvo que adelantar otra importante cantidad para conseguir que al rehén se le permitiera vivir en su casa, mientras el conde de Barcelona reuniera y enviara la totalidad del rescate exigido. Otro huésped vino a acomodarse en la habitación de los niños.

Solo un día llevaba Armengol viviendo en el palacio. Como es de suponer, lo peor de aquello fue el momento en el que Riquilda y él estuvieron frente a frente. Pero el conde era un hombre educado, y su actual situación personal ya no era la misma que años atrás. Ahora estaba enamorado de otra mujer y había transcurrido tiempo suficiente para borrar los rencores del pasado... No obstante, para Riquilda las emociones seguían haciendo latir su corazón hasta dejarlo sin aliento. No era fácil enfrentarse a aquel encuentro, y tuvo que recurrir a su enorme capacidad de resistencia y aguante, incluso cuando cada gota de sangre golpeaba las paredes de sus venas anunciando que la realidad entera, los sueños que presiden la vida, eran ya otros, y que no había más que eso: un mundo nuevo y diferente en el que ahora se hallaba cada uno de ellos. Riquilda era fuerte. Sonrió y le felicitó, y él hizo lo mismo.

Y ahora, estando sola en el patio de su casa a la espera de aquella cena, era cuando se veía asaltada por una sensación muy extraña. ¿Cómo era posible que Sículo, Blai y Armengol estuviesen recorriendo la ciudad juntos en aquel preciso instante? ¿Aquello era realidad o lo estaba soñando? Si echaba la vista atrás, hacia lo que había sido su vida, descubría una fuerza misteriosa y enigmática que no quería siquiera detenerse a analizar. Su persona se le apareció sola ante esa fuerza, llena de contingencias, casualidades y sobresaltos. Solo encontraba para resistir ese ataque su propia entereza, una sublevación reprimida y un cierto abandono ante lo inevitable. Es más, las circunstancias presentes la obligaban a disimular con alegría, como si hubiese de felicitar a esa fuerza opresora por haberla castigado y haberla arrojado fuera de los límites de la humana felicidad. Y entonces la asaltó un repentino presentimiento: su camino iba a ser difícil todavía, penoso, duro y lleno de pesares, humillaciones y sufrimientos. Sin embargo, no pensaba hundirse y negarse a luchar; aceptaba la guerra y desechaba el temor, como siempre hizo...

No tuvo más tiempo para dar vueltas a todo esto en su cabeza. De pronto, el sonido de la puerta la sacó de su ensimismamiento. Los tres hombres ya estaban allí y se acercaban conversando animadamente por el jardín.

Riquilda los recibió de pie, delante de la puerta que daba al patio, con el cuerpo bien definido e imponente a la luz de los múltiples candiles y lámparas, sensualmente envuelto en un vestido azul. Apenas los ojos de su esposo cayeron sobre ella, se detuvo asombrado y exclamó:

—¡Rashida!

Ella caminó hacia él con decisión y contestó:

—No me llames así. Mi nombre es Riquilda. Hoy utilizaremos tú y yo nuestros antiguos nombres, que son los verdaderos... Esta noche no hay necesidad de fingir lo que no somos. He despedido a la servidumbre. Ni siquiera Ahmad estará presente; él y Prisca se encargarán de los niños en la parte trasera del palacio. Así que cenaremos solos los cuatro, en el patio y no en el jardín. Así podremos hablar de cualquier cosa con tranquilidad y sin temor. Beberemos todo el vino que deseemos para dejar que se nos abra a todos el corazón. Hay mucho que sanar entre nosotros...

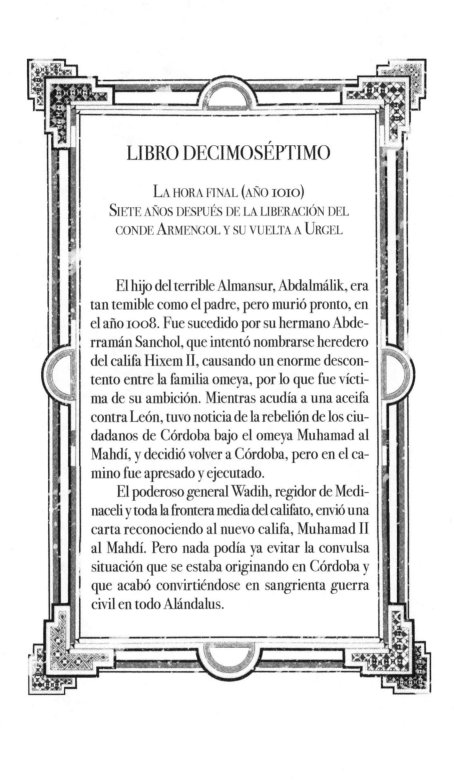

# LIBRO DECIMOSÉPTIMO

La hora final (año 1010)
Siete años después de la liberación del
conde Armengol y su vuelta a Urgel

El hijo del terrible Almansur, Abdalmálik, era tan temible como el padre, pero murió pronto, en el año 1008. Fue sucedido por su hermano Abderramán Sanchol, que intentó nombrarse heredero del califa Hixem II, causando un enorme descontento entre la familia omeya, por lo que fue víctima de su ambición. Mientras acudía a una aceifa contra León, tuvo noticia de la rebelión de los ciudadanos de Córdoba bajo el omeya Muhamad al Mahdí, y decidió volver a Córdoba, pero en el camino fue apresado y ejecutado.

El poderoso general Wadih, regidor de Medinaceli y toda la frontera media del califato, envió una carta reconociendo al nuevo califa, Muhamad II al Mahdí. Pero nada podía ya evitar la convulsa situación que se estaba originando en Córdoba y que acabó convirtiéndose en sangrienta guerra civil en todo Alándalus.

# 125

*San Martín de Ampurias, 22 de marzo, año 1010*

El domingo, a la hora sexta, un vigía de la torre del puerto subió corriendo a la puerta de la muralla para informar de que había un barco extranjero en el estuario del Grau. Eso era algo extraño, dada la fecha. El teniente de la guardia se calzó las botas y agarró la espada, gritó que le ensillaran su caballo y cabalgó hasta el largo banco de arena que separaba la muralla del mar.

El barco se aproximaba. Llevaba la vela enrollada en la verga mayor, mientras los remos subían y bajaban como alas, y su largo casco dejaba una estela que centelleaba argentada bajo el sol del mediodía. La proa era alta, y en ella había un hombre vestido de arriba abajo con una túnica ambarina; un turbante verde cubría su cabeza y su ligera capa del mismo color flotaba con la brisa. El resto de los marineros que iban a bordo se ocupaban de remar y de hacer las tareas oportunas para atracar con cuidado en el amarradero.

En las pobres casuchas donde vivían unas cuantas familias de pescadores y cabreros, la gente había salido a las puertas y miraba hacia la playa con curiosidad. Uno de los viejos le gritó al oficial:

—¡Es un barco sarraceno!

Al oír aquello, los muchachos se marcharon a toda prisa con el ganado. Llevaban años haciendo aquello. Veían un barco y salían corriendo con lo más valioso que poseían, pues los barcos traían piratas, y los piratas acarreaban la ruina y la muerte.

Pero aquella embarcación aparentemente no traía malas intenciones, puesto que venía sola y a una hora inusual para un ataque. Además, mostraba izada una bandera blanca. No obstante, arriba en la fortaleza sonaban los ruidosos cuernos y los centinelas empezaron a dar voces para que se reuniera la guarnición y fuera a ocupar sus puestos. Esas maniobras estaban muy bien ensayadas en San Martín de Ampurias desde hacía décadas, desde la destrucción a la que se vio sometida la ciudad en el año 935 a manos de una escuadra árabe fletada y enviada desde Almería por el califa Abderramán.

El hombre del turbante saludó con la mano. El teniente le respondió haciendo lo mismo desde el caballo y luego avanzó al trote hasta la orilla. La proa varó en la playa y el largo casco se detuvo a saltos. Diez hombres desembarcaron y caminaron lentamente por la arena.

Entretanto, arriba, en la torre más alta de la fortaleza, el conde Hugo había sido informado y no perdía de vista nada de lo que estaba pasando. Parecía un águila que estuviera encaramada en su roca contemplando su presa: la redonda espalda bajo la capa parda, el gesto adusto, la mirada aguzada y la nariz curva cayéndole sobre el bigote grisáceo. A su lado estaba su hijo y heredero, Ponce, joven de veinte años que aparentaba tener diez más por lo menos; seco, delgado, con la piel atezada, los ojos lánguidos y el cabello color cáñamo largo y revuelto. Padre e hijo se miraron compartiendo una misma inquietud, pero ninguno de los dos dijo nada, solo movieron sus cabezas de lado a lado en señal de preocupación y fastidio. Habían estado hasta un momento antes sentados a la mesa con toda la familia y los amigos, disfrutando del agradable banquete del Domingo de Pascua, después de la misa, cuando fueron avisados. El día era claro, cálido y bello, con aromas de primavera y una brisa agradable. La tranquilidad y el placer de la comida y la bebida habían quedado en suspenso y tal vez truncados definitivamente a causa de la inesperada aparición de aquel barco en el estuario del Grau. Porque siempre era motivo de preocupación en el condado de Ampurias cualquier noticia que tuviera que ver con el califato.

El temor venía desde antiguo. Gausberto, el abuelo del actual conde, ya tuvo que hacer frente el año 927 a los ataques sarracenos; y ocho años después, gobernando Gausfredo, la franja marítima de Ampurias fue asolada en dos ocasiones consecutivas por la flota del califa. La falta de ayuda franca ante estos ataques, la extinción de la dinastía carolingia definitivamente en el año 987 y el convencimiento de que nada podía esperar de los Capetos hicieron que Hugo se apresurase a enviar embajadas para manifestar su buena disposición y su obediencia a los deseos del poderoso califato. Como igualmente hicieran Barcelona, León, Castilla, Navarra y tantos otros dominios, que se convirtieron en tributarios de Córdoba, sin poder evitar con ello que Almansur atacara y destruyera año tras año las capitales de los reinos y condados cristianos.

El teniente, cumpliendo con lo que disponían las leyes de la ciudad para aquellos casos, dejó a la tripulación del barco esperando en la puerta principal de la muralla, y subió a informar al conde.

—Son ismaelitas —explicó—. Vienen navegando desde Tortosa.

—¿Quién los envía y qué desean de nosotros? —preguntó Hugo, torciendo el gesto en señal de desagrado.

—No me lo han querido decir, señor. Desean hablar contigo en persona.

El conde miró a su hijo, sin disimular su intranquilidad. Temían que fueran emisarios que vinieran a reclamar un nuevo tributo. Luego echó a andar hacia la escalera, diciendo con enojo:

—¡Vamos allá! ¡Que sea lo que Dios quiera!

El conde bajó a su dormitorio para mudarse de ropa. Se puso cierta túnica de un tejido finísimo y costoso y, encima de ella, un manto magníficamente bordado. Sacó de una arqueta la diadema de oro y la sortija, símbolos de su dignidad, y se colgó al cinto la mejor de sus espadas.

También su hijo Ponce se cambió de vestimenta, para ponerse otra más rica y elegante, y ambos, con sus nuevos atavíos, fueron a la puerta principal de la muralla.

El hombre del turbante verde los estaba aguardando de pie, con afable semblante. Era delgado y moreno, con la barba dispuesta en trenzas menudas. Se inclinó y dijo:

—Me envía mi señor Labib al Fatá, gobernador de Tortosa. Traigo un importante encargo de su parte.

El conde Hugo le miró distante y contestó lacónico:

—¿Otro impuesto? Ya le envié lo debido al visir de Zaragoza.

—Señor, no vengo a reclamar nada, sino a hacerte una propuesta. Antes de atracar en tu puerto, en mi singladura desde Tortosa, me detuve en Barcelona para ofrecerle un gran negocio al conde Ramón Borrell. Lo que le propuse debes conocerlo tú, pues también a ti te concierne y puede interesarte. ¿Deseas escucharlo?

—¡Habla de una vez y sin rodeos!

—Bien, señor. Seré breve, para no extender más tu mal humor... Aunque soy servidor de mi señor Labib, gobernador de Tortosa, en realidad traigo una propuesta de parte del gobernador de la frontera media, Wadih al Amirí.

Al oír ese nombre, el conde Hugo se sobresaltó, y su hijo con él. El poderoso general Wadih había sido el guerrero más destacado del ejército de Almansur y el hombre más temido después de él.

—En pocos meses se han sucedido tres califas —prosiguió diciendo el emisario—. Los beréberes, contando con la ayuda de las tropas del conde castellano Sancho García, entraron en la ciudad de Córdoba para deponer al legítimo califa Al Mahdí y proclamar a su primo Sulaimán al Mustaín. Esa traición es intolerable, pues atenta contra las sagradas leyes del califato. El general Wadih juró fidelidad al legítimo califa, que sin duda es Al Mahdí, y está dispuesto a ir a la guerra para restituirle en el trono de Córdoba y castigar a los traidores y usurpadores. Con tal propósito, busca aliados para hacer frente a sus enemigos. Su propuesta es que acudas a Tortosa para concertar pactos y acordar las condiciones de vuestra participación en la campaña militar. Te aseguro que Wadih está dispuesto a ofreceros una generosa soldada y una parte del botín que se haga en la campaña.

—¿El conde de Barcelona ha aceptado? —preguntó el conde Hugo, sin salir de su asombro.

—Tu pariente Ramón Borrell irá a Tortosa para entrevistarse con Wadih y negociar el asunto. Si tú estás dispuesto a ir también, puedes unirte a él en el puerto de Barcelona para hacer juntos el viaje.

Hugo se quedó pensativo un instante. Después tomó por el brazo a su hijo y ambos se apartaron de allí para hablar en privado. Cuando estuvieron a solas detrás de una de las torres que flanqueaban la puerta, en un rincón, el conde le dijo al joven en un susurro, con los ojos bailándole de felicidad en la cara:

—Ni en nuestros mejores sueños podíamos haber supuesto siquiera que algún día oiríamos cosas como estas.

Ponce sonrió, mientras un estremecimiento le sacudía desde la cabeza a los pies, y exclamó:

—¡Vayamos a esa campaña, padre! ¡Por fin Dios nos hace justicia!

—¡Chis! Baja la voz... No debemos manifestar el mínimo entusiasmo.

—Bien, señor, pero dile que sí, ¡por Cristo! ¡No dejemos pasar la ocasión! Podemos hacernos ricos para siempre. Yo quiero ir a esa guerra...

—Calla, calla, hijo... ¡Vamos allá!

Volvieron junto al emisario y, con parquedad y circunspección, el conde Hugo manifestó:

—Iremos a Tortosa para saber más acerca del negocio. El tiempo es bueno para navegar. Mañana, sin más tardar, aparejaremos los barcos y zarparemos con destino a Barcelona.

# 126

*Barcelona, 24 de marzo, año 1010*

Ermesenda estaba en el balcón en plena noche. Contemplaba la vibrante extensión del mar, sobre el cual el viento levantaba los plateados reflejos de la luna, haciéndolos centellear como escamas de pescado. El aroma sereno del jardín, compuesto por el húmedo sueño de las flores y el temblor de la hierba nocturna, se mezclaba con el olor fuerte de aquel mar. Era un olor dulzón y cálido, con sabor de algas y sal, que en el aire fresco de marzo estaba acompañado ya por los lánguidos efluvios de la primavera inminente. La bandera ondeaba en la torre con un ruido pesado, como un espasmo repetido. Una nube pálida se alzaba en los prados del monasterio de San Pedro de las Puellas, e impedía que se vieran los impenetrables y oscuros bosques que se extendían más allá.

La condesa había empezado a rezar en voz alta cuando oyó un ruido de pasos. Volvió la cabeza y vio a su esposo que venía hacia ella, dominado por una expresión de gravedad y circunspección que la luz de la luna acentuaba en su rostro, hasta que se detuvo preguntando:

—¿Rezas a la Virgen? ¿Algo te preocupa? ¿No puedes dormir?

—No —respondió ella en un susurro, y puso de nuevo su mirada en la lejanía del mar.

Ramón Borrell la abrazó por detrás; besó su cabeza, su nuca y su cuello, mientras su esposa se estremecía y gemía débilmente. Tras abrazarla, él le palmeó cariñosamente la espalda, y luego se quedó donde estaba, con una sonrisa en los labios, a la espera de que ella se volviera para decirle algo. Pero Ermesenda permaneció mirando el mar y retomó la oración que había iniciado:

*Sub tuum praesidium
confugimus,
Sancta Dei Genitrix.
Nostras deprecationes ne despicias*

*in necessitatibus nostris,*
*sed a periculis cunctis*
*libera nos semper,*
*Virgo gloriosa et benedicta.*

(Bajo tu amparo nos acogemos,
santa Madre de Dios;
no deseches las súplicas
que te dirigimos en nuestras necesidades,
antes bien, líbranos de todo peligro,
¡oh siempre Virgen, gloriosa y bendita!).

Cuando ella concluyó el rezo, Ramón Borrell se dio cuenta por segunda vez del significado de aquel gesto y dijo, abatido y resignado:

—Por favor, no tengas miedo. Confía en mí. No pasará nada malo...

Ermesenda volvió la cabeza hacia él de forma inquisitiva y murmuró:

—¿Nada malo? ¿Eso me dices? —Luego, forzó una sonrisa para disipar la inquietud que la dominaba—. ¡Virgen gloriosa y bendita! ¿Ir a la guerra no es ya de por sí malo?

Su cara bella y pálida tenía un aspecto inquietante bajo la luna, con brillos como de estatua de mármol. Retrocedió hacia la balaustrada y se sentó en un banco que había junto a ella. El conde se acomodó a su lado, y con el tono del que sabe la respuesta, pero necesita oírla, le preguntó:

—¿Qué es lo que te pasa? ¿Estás enfadada conmigo?

—¡Estoy enfadada con la maldita guerra!

Su esposo parpadeó taciturno, luego murmuró con un dejo triste:

—¡Esta vez todo será diferente, mujer! Deja ya de mortificarte con suposiciones funestas. No estamos locos...

—¿Que no estáis locos? ¿Habéis pensado bien en lo que os vais a meter? ¡Dios de los cielos, qué necesidad hay de ir a buscar la muerte tan lejos y tan pronto! Mi corazón nunca me miente, y se encogió cuando ese siniestro barco sarraceno llegó al puerto. Desde el primer momento, supe que no podía traernos nada bueno...

—¡Por favor, esposa, trata de comprender! ¡No podemos desaprovechar esta oportunidad! El califato de Córdoba ha entrado por fin en un proceso de descomposición y es el momento de saldar la vieja deuda...

—Algo parecido dijiste la otra vez, antes del desastre de Albesa... ¡Y mira lo que pasó! ¡Una verdadera ruina! ¡Y los hombres que allí murieron! ¡Por Dios, no trates de convencerme! ¿No estamos bien como estamos ahora? Tenemos paz. ¿Qué más podemos desear? Bastante esfuerzo nos está costando ya rehacer nuestra tierra y que prosperen nuestras gentes... ¡Y ahora otra guerra! ¡Otra locura, solo siete años después!

—Esta vez no será aquí, será lejos de nuestra tierra...

—¿Y acaso es mejor derramar lejos nuestra sangre? ¡Es sangre!

—No será como en Albesa, ¡créeme, mujer! Ahora las cosas han cambiado mucho. Los sarracenos están divididos y luchan entre ellos. Los tiempos de Almansur ya quedaron lejos. Esta es otra época y ha llegado la hora de reafirmar nuestra posición en el tablero. ¡Debemos mover las piezas!

Ermesenda se puso en pie y contestó desolada:

—¡Calla! ¡Me asustas! Hablas como si se tratara solo de un juego... No es un juego de ajedrez, ¡es la guerra! Pueden matarte o hacerte cautivo... ¿No piensas en eso? Toda tu vida has sido una persona bien intencionada. ¡No cedas a las tretas del engañador! ¡El demonio quiere confundirte! Un hombre inteligente, que está a punto de cumplir los cuarenta, ¿no has encontrado otro medio para cumplir tus sueños que la venganza? ¡Alabado sea el Creador de todo! Sabemos que los hombres, al cumplir años, se vuelven sensatos; pero algunos, al hacerse mayores, se vuelven irresponsables. ¡Como el Llop, que vive amargado! ¿Acaso quieres parecerte a él? ¿Son ejemplo para alguien esa suerte de criaturas belicosas y vengativas?

Reinó el silencio y la tristeza durante un largo rato, hasta que Ramón Borrell miró en dirección a su esposa con una confusa sonrisa de reproche en los labios. Después preguntó:

—¿De verdad piensas de esa manera? ¿Ese es el concepto que tienes de mí? No soy un insensato... ¡Qué confuso me deja todo esto! Pues, aunque te cueste creerlo, mi verdadero deseo es la paz. Pero necesitamos afianzarla. ¿No te das cuenta? Si no nos enfrentamos de una vez por todas con nuestros opresores, seguiremos siempre igual... No tendremos paz hasta que no consigamos la libertad verdadera.

Ermesenda dejó escapar una sonrisa de disculpa y vergüenza, que se dibujó en el ángulo de su boca en forma de leve crispación.

—Lo sé… —balbució—. Pero… ¿no será mejor esperar a que el tiempo hable por sí solo?

—No, querida. Las oportunidades no deben desaprovecharse. ¡El califato se hunde! Ahora hay dos califas que luchan entre sí. Si tomamos partido por el vencedor, afianzaremos para siempre nuestras fronteras. ¡Es la hora! Wadih nos ofrece luchar al lado de los vencedores, como aliados. ¡Y las ganancias pueden ser inmensas! ¡Ahora o nunca!

—¡Dios maldiga al demonio de la impaciencia! ¿Es que esas condenadas prisas van a hacer que tus pies resbalen de nuevo después de siete años de armonía y paz?

—¡Siete años más de tributos pagados a Córdoba! —gritó él—. Después de nuestra derrota en Albesa, año tras año, hemos cumplido con aquella humillante obligación mientras vivía el hijo del diabólico Almansur. ¡Igual que antes con el padre! Pero ahora Almansur y sus hijos están muertos… ¡Ha llegado la hora de poner fin a la opresión y el miedo!

Todavía estaba hablando cuando apareció su hijo, el pequeño Berenguer Ramón, que apenas acababa de cumplir los cuatro años. Llegó al balcón caminando descalzo y vestido con el camisón de dormir, pues se había despertado por las voces. Al verle, el padre exclamó, con un falso tono de bienvenida y alegría:

—¡Hijo mío, todavía es de noche! ¿Adónde vas?

El niño fue hacia su madre y se refugió en su regazo, adormilado y un tanto asustado. Ermesenda le besó, le cogió en los brazos y lo devolvió a su cama, diciéndole con ternura:

—No te angusties, mi vida. Duerme. No pasa nada. —Y, después, como hablando consigo misma, añadió—: ¿Qué necesidad tenemos de pasar malas noches?

El niño volvió a dormirse enseguida. Ermesenda, entonces, le dijo a su esposo en un susurro:

—Vamos a dormir.

Él la besó en la frente y luego la estrechó contra su pecho con dulzura, diciéndole al oído:

—Nos educaron como a guerreros. No podemos sustraernos al recuerdo de nuestros antepasados.

—Lo sé —respondió ella—. Y también sé que ya has enviado correos a todos los condados. Pero debía decirte lo que siento…

# 127

*Besalú, 25 de marzo, año 1010*

Cuando el mensajero enviado por Ramón Borrell llegó al salón del palacio de los condes de Besalú, ya estaban en él Bernat Tallaferro y su ayudante y hombre de mayor confianza.

—¿Qué traes? —preguntó este último, con un ímpetu que delataba su impaciencia.

—Soy portador de una carta —respondió el mensajero con voz trémula y agitada—. Mi señor, el conde de Barcelona, os ruega que la leáis y resolváis pronto en atención a lo que te pide.

El mensajero le entregó un pliego enrollado al subalterno. Este lo examinó atentamente, con ademanes de afectada inteligencia, y después de esbozar una sonrisa misteriosa, como si le hiciera gran impresión lo que leía, se lo dio a su jefe, diciéndole:

—Es lo que estábamos aguardando, señor, ni más ni menos. El conde de Barcelona te pide que acudas lo antes posible a la reunión que convoca.

Bernat Tallaferro también leyó la carta e hizo expresivos movimientos de cabeza, sonriendo igualmente, con una cara de satisfacción que ponía de manifiesto todo lo que sentía interiormente al recibir aquellas noticias. Después despachó al mensajero diciéndole:

—Ya puedes volver a Barcelona. Dile a tu señor que el conde de Besalú no esperaba menos de él. Comunícale también que hoy mismo convocaré a mi hueste para que empiece a armarse; con ello comprenderá él que deseo más que nada acudir a esa campaña y que, por lo tanto, asistiré a la asamblea de Tortosa, dispuesto a seguirle en todo lo que se proponga hacer para castigar las maldades y ultrajes de los sarracenos. Dile también que yo me encargaré de hacerle llegar la noticia a mi hermano Guifré, conde de Cerdaña, para que él convoque a la vez a su gente. Ambos estaremos en Barcelona a tiempo para embarcarnos e ir a Tortosa a sellar los pactos.

El mensajero partió inmediatamente. Y, un instante después, el ayudante le dijo a Bernat:

—Déjame que vaya personalmente a visitar a todos los señores y jefes para mandarles en tu nombre que acudan sin pérdida de tiempo. Y para mayor estímulo, digámosles a todos ellos ya que la cosa será fácil y muy grande el botín. Yo les explicaré todo de palabra, directamente; no sea que se arredren pensando que ir a Córdoba será como enviarlos al matadero. Ya sabes lo que padecieron nuestros arqueros en Albesa... ¡Todavía están acobardados!

En virtud de esta opinión, Bernat Tallaferro se inquietó y empezó a pasearse de un lado a otro de la sala, con tanto denuedo y precipitación como si saliera ya al encuentro de su enemigo o como si fuera a saltar pronto por encima de las murallas de Córdoba. Luego, con el rostro enrojecido por la ira, se dirigió a su subalterno gritando:

—¡¿Qué estás diciendo, mentecato?! ¡¿Cómo se van a acobardar ahora?! ¡Harán lo que yo diga! ¡En Albesa murió mi hermano Berenguer y juré no darme descanso hasta vengar su sangre!

—Lo que digo es, mi señor, que alientes a los nuestros con promesas de grandes ganancias... Y si los convencemos de que ir a Córdoba con los mismos sarracenos será pan comido, perderán el miedo. ¡Que vean fácil la cosa! ¡Que sueñen con las riquezas de Córdoba! Déjame a mí eso y ve tú a Barcelona. Yo me encargaré de que los arqueros del Ripollés propaguen que los moros están peleándose entre sí y que el califato se desmorona con todo su fasto y su oro...

—¡Ve! —otorgó el conde, aceptando al fin las razones de su ayudante—. Veamos qué efecto produce ese acicate: quizá harán por codicia lo que no por valor. ¡Parte hoy mismo! Y promételes en mi nombre que la mitad del botín que me corresponde lo repartiré entre los más arrojados.

Iba a salir el subalterno, cuando todavía le retuvo Bernat para añadir:

—Redacta antes la carta que debo enviar a mi hermano Guifré, que se halla en las montañas del Conflent. ¡Que parta el mensajero esta misma mañana!


# 128

*Castellciutat, 26 de marzo, año 1010*


La vizcondesa Sancha llegó al palacio de Castellciutat a media mañana y fue conducida inmediatamente a presencia de la condesa

Tedberga, esposa del conde Armengol. Nada más entrar, Sancha dejó vagar su mirada triste por la antigua sala de muebles oscuros y viejos, y la detuvo sobre la vieja alfombra de pelo raído y bordes deshilachados, aunque los bordados de flores aún conservaban sus tonos verdes y violáceos. Pero su pecho, dolorido por los sobresaltos y los disgustos, no estaba preparado para hacer frente a una oleada de recuerdos, y ni siquiera la visión de la joven condesa, con el niño recién nacido en sus brazos, suscitó en su corazón la ternura que solían despertar en ella escenas como esa, así que no pudo hacer otra cosa que suspirar, diciendo:

—Me alegro, mi señora, ¡me alegro tanto…! No tengo más que alegría desde que supe que la criatura había nacido sana y hermosa, y que tú estabas bien después del parto… Estáis bajo la protección de Dios y, si Él así lo dispone, tú y tu esposo no estaréis separados mucho tiempo. Deseaba venir…, ¡de veras, lo he deseado tanto! Pero no estoy atravesando una buena época en mi vida…

Su tristeza estaba tan patente en su cara, que hizo que la joven condesa se sintiera verdaderamente compadecida. Tedberga era delgada, pelirroja, bella, lánguida y de movimientos tardos. Se levantó de su sillón y caminó despacio hacia la vizcondesa, con el niño, diciéndole:

—Mira, Sancha, ¡es tan bonito…! Al menos a mí me lo parece y… ¡qué va a decir su madre!

La vizcondesa tomó al bebé en brazos, lo arrulló y miró fijamente su carita sonrosada. Luego dijo con voz ahogada:

—Sí que es bonito… ¡Precioso! ¿Cómo no iba a serlo, con los padres que lo han engendrado?

Y, después de decir aquello, rompió a llorar, con tal angustia y desconsuelo que su pecho empezó a convulsionar y tuvo que devolverle el niño a su madre.

En ese momento, entró en la sala Armengol y se asustó al encontrar a Sancha desmadejada sobre un diván, sollozando ante la mirada impotente de su esposa. El conde de Urgel se quedó a distancia y la estuvo observando en silencio y conmovido. En cierto modo apreciaba a aquella mujer que nunca llegó a ser su suegra, y verla de aquella manera le perturbó mucho. La que otrora fuera una dama fuerte y voluminosa se había convertido en un cuerpo enflaquecido, un rostro marchito y unos ojos sin alegría, por no hablar de la evolución interna inasequible a los sentidos; hasta el punto que solo le quedaba ya del esplendor de su antigua estampa el encanto de la madurez, es decir, la serena dignidad adquirida y la cabeza adornada de blancura. Sin embargo, la vizcondesa procedía de una raza vigorosa, conocida por su aguante. Sus cincuenta y cinco años cumplidos no le impedían hacer frente a su manera a los muchos problemas que la vida le había puesto por delante, el mayor de los cuales era sin duda su belicoso y obstinado marido. Un ejemplo de ello era el rigor con que se enfrentaba a él en las disputas que surgían entre ambos por cualquier cosa, fuera grande o pequeña, y no era raro que le hiciera jurar sobre el crucifijo para asegurarse de que decía la verdad, pues él le ocultaba sus maniobras o le mentía con frecuencia.

Por eso precisamente había ido la vizcondesa a Castellciutat, para enterarse de lo que se estaba tramando, puesto que había advertido cierta inquietud entre los guerreros de un tiempo a esta parte y no había conseguido que ni su esposo ni su hijo Miró le revelaran algo al respecto. Y por eso también, nada más ver a Armengol, le preguntó directamente:

—¿Va a haber guerra?

El conde se quedó pensativo. Giró la mirada hacia su mujer y luego volvió a poner sus ojos en Sancha, un tanto desconcertado.

—¡Dímelo, por santa María! —suplicó ella, alzándose de su postración con un gesto duro e interpelante— ¿Habrá pronto una guerra contra los moros?

Armengol suspiró, mientras se pasaba sus gruesos dedos por el cabello largo y despeinado; luego dijo:

—¿Por qué me lo preguntas a mí?

—Porque mi marido y mi hijo hacen que me sienta a veces asfixiada, a veces prisionera y otras veces perdida y extraviada, sin ser informada de nada y menos partícipe de sus asuntos... ¡Qué desgraciada me siento! El tener noticia del nacimiento de vuestro hijo me ha proporcionado la esperanza de encontrar algo de cariño y un poco de comprensión... Necesito saber si va a haber pronto una guerra, pues tengo pesadillas por las noches y me asaltan oscuros presentimientos...

Armengol se apiadó de ella y contestó:

—Sí, muy pronto habrá una campaña militar importante. Y no comprendo el motivo por el que tu esposo y tu hijo no te han dicho nada. Porque tarde o temprano tú acabarías sabiéndolo...

—¡Dios mío! —exclamó Sancha, tapándose la cara con las manos—. ¡Ya no soy yo! Mi corazón choca con los muros de mi casa, que se ha convertido en una prisión para mí... ¡Me tienen ajena a todo! El Llop es un animal sin alma, eso ya lo sabemos; pero mi hijo, ¡mi propio hijo!... Miró, con tal de tener contento a su padre, es capaz de ignorarme y tampoco me cuenta nada ya... Desde que... Estoy sola en esa familia de fieras. Antes tenía a la anciana Ludberga, ¡Dios la tenga en su gloria!; desde que murió no hago otra cosa que llorar...

La condesa Tedberga dejó al niño en la cuna y fue a abrazar y consolar a la vizcondesa, diciéndole con afecto:

—¡No estás sola! Nos tienes a nosotros. Esta casa es tu casa, Sancha. Deberías venir a vivir aquí una temporada y, si es tu deseo, puedes quedarte todo el tiempo que quieras.

La vizcondesa alzó la mirada llorosa hacia ella y dijo:

—Gracias, mi señora, gracias... ¡Eres tan buena! Veo tu cara y estoy viendo a un ángel de Dios...

Mientras tanto, Armengol estaba pensativo y cariacontecido. Fue hacia la ventana y echó una mirada sobre el patio de armas, y al ver allí a uno de sus hombres, le gritó:

—¡Ve a buscar a Blai de Adrall!

—¡Está en las caballerizas de la seo, mi Señor!

—¡Pues ve allá inmediatamente! ¡Dile que deje lo que esté haciendo y que venga al palacio lo antes posible!

Al oír aquello, Sancha dijo con pena:

—Si al menos estuviera mi sobrino... ¡Todo lo que amo me es arrebatado!

Dijo eso porque Blai de Adrall hacía ya siete años que se había ido a vivir a Castellciutat, para servir como ayudante y hombre de mayor confianza al conde de Urgel. Desde que ambos fueron hechos cautivos después de la batalla de Albesa, y compartieron prisiones y dificultades, se habían hecho íntimos amigos. El conde, que era su señor natural, le llamó para ponerle al frente de su guardia personal y, a partir de aquel momento, se convirtió en el caballero más importante de la hueste de Urgel.

—Él ya tiene aquí su lugar... —explicó Armengol—. Y me es muy útil.

—Eso ya lo sé —observo Sancha—. ¿Y cómo va a querer volver a ponerse a las órdenes de esa bestia del Llop?

Tedberga estaba compadecida de ella e insistió:

—Hazme caso: ven una temporada al palacio. Aquí tendrás cerca a tu querido sobrino.

Estaban en esta conversación, cuando entraron los criados para servir el almuerzo. Entró también un ama de cría, que se sacó un pecho y empezó a amamantar al niño. Los condes y Sancha se sentaron mientras tanto a la mesa.

Cuando estaban acabando de comer, se presentó Blai de Adrall. Llegaba sudoroso y con la cara enrojecida por el sol y el aire, pues había cabalgado al galope para cumplir la orden de Armengol. Saludó a las damas y le dijo al conde:

—La hueste del obispo ya está reunida. Te ofrece cincuenta caballos que le sobran. Me he permitido aceptar en tu nombre.

—Siéntate con nosotros y come algo —le ofreció Armengol.

El joven se sentó y acabó la olla de habas que estaba sobre la mesa. Tenía apetito y luego comió queso con miel. Miraba de soslayo a su tía, sonriéndole con afecto de vez en cuando.

—Tendrías que ser hijo mío —dijo ella, enjugándose las lágrimas de los ojos—. He dictado mi testamento y he dispuesto que un tercio de mis bienes sea para ti, otro para Miró y el tercero para... —se le quebró la voz—. ¡Ay, Dios de las alturas! Para ella, si es que algún día vuelve... Yo la perdonaría, bien lo sabe Dios. Ya no hay sitio para el rencor en mi alma... ¡Todo el odio está en el corazón de su padre! ¡Yo pido cada día a Dios que me conceda volver a ver a Riquilda!

—Bueno, bueno —le dijo Armengol cariñosamente—, ya está bien, Sancha, déjalo ya, mujer...

Y después el conde se dirigió a Blai para explicarle con circunspección:

—Te he mandado llamar porque he tomado una decisión. Hoy debemos cumplir con una obligación de cristianos. No puede pasar más tiempo sin que tu tía sepa determinadas cosas...; cosas que tú y yo conocemos y que no debemos ocultarle más, porque no sería justo ni cristiano...

Blai se puso en pie de repente, con el rostro demudado. Miró primero a su tía y luego se volvió hacia Armengol para otorgar:

—Que se haga como tú has decidido. Yo no tengo nada que objetar.

—Sentémonos todos pues —dijo el conde.

Todos se sentaron. Él se dirigió entonces al ama que acababa de amamantar a su hijo y a los criados que estaban recogiendo la mesa para ordenarles:

—Salid todos y cerrad la puerta por fuera. Nadie debe molestarnos esta tarde.

Los sirvientes obedecieron. Hubo luego un silencio grave y cargado de misterio en la estancia. Hasta que Armengol empezó diciendo:

—Se avecina una gran batalla. Los moros pelean entre sí a causa de las divisiones surgidas por la sucesión al trono. Un miembro del linaje de los califas, sintiendo usurpados sus derechos, ha acudido a mi hermano Ramón Borrell para ofrecerle que acuda con su hueste y las de los condes aliados a prestarle ayuda. Dentro de unos días, habrá una gran reunión en Tortosa. Acudirán el conde de Ampurias y el conde de Barcelona, para sellar un pacto con el más poderoso general de Alándalus. Yo no iré, pues debo armar la hueste y esperar a lo que se decida, por lo que pueda pasar... En representación mía irá Blai, que partirá mañana mismo hacia Barcelona, para embarcarse en la flota del conde que navegará hasta Tortosa.

A medida que Armengol daba estas explicaciones, la vizcondesa Sancha empalidecía y su pecho se agitaba, hasta que ya no pudo más y exclamó:

—¡Si ya lo sabía yo! ¡Dios me lo ha hecho saber noche tras noche! ¿Seré acaso adivina? ¡Virgen María, qué pesadillas tan malas he tenido! ¡Y el Llop sabrá todo esto...! ¡Si será...! ¡Nada le ha dicho a su esposa! Si no llego a venir, no me entero de todo esto...

—Tu esposo lo sabe desde hace tres días —reveló Armengol—. Y yo imagino el motivo por el cual no te ha dicho nada... Pues, según se comunica en las cartas que han sido enviadas a todos los jefes, la intención de esta campaña militar es llegar hasta Córdoba.

Sancha dio un grito que resonó en toda la sala.

—¡A Córdoba! ¡Dios de los cielos! ¡Ella está allí! —Y se arrojó de rodillas a los pies del conde exclamando—: ¡Hija de mi vida! ¡Riquilda está en Córdoba! ¡Te ruego que me la traigas de vuelta a casa! ¡Júrame que lo harás! ¡Quiero tenerla aquí! ¡Y quiero abrazar a mis nietos!

Armengol miró a Blai, con una cara llena de pesar, y luego dijo:

—Debemos contarle todo.

Blai asintió con un movimiento de cabeza. Y el conde se volvió hacia Sancha y empezó diciendo:

—Bien sabes lo que sucedió cuando estuvimos cautivos en Córdoba, porque te lo contamos a nuestro regreso. Si no hubiera sido por Sículo, nadie sabe dónde estaríamos ahora. No solo pagó nuestro rescate, sino que también nos alojó en su casa y nos trató como se trata a parientes próximos y muy queridos. Recobrada nuestra libertad y antes de que partiéramos para volver a nuestra tierra, Riquilda nos reunió a los cuatro: ella, Sículo, Blai y yo. Después de una larga velada, pudimos reflexionar... Nos dimos cuenta de que cualquier tipo de rencor es tiempo malgastado. La vida guarda sus propios misterios, que se van desvelando y nos van mostrando que a todos nos corresponde librar nuestra propia lucha en el mundo. Cada uno tiene sus propios fracasos y desengaños, sus errores y sus pecados... Acordaos de lo que me pasó a mí cuando maté a aquel hombre... ¡Y fui perdonado! ¿Cómo no iba yo a perdonar? Y también Blai comprendió aquella noche que Sículo no tuvo más remedio que sobrevivir y andar su propio camino; y lo perdonó... ¿Quién sabe las luchas que se suscitan en cada corazón? ¿Quién puede conocer y comprender los sufrimientos que acarrea en los otros el solo hecho de vivir? Y, sobre todo, ¿quién puede saber lo que deparará la vida?... Al final, todos tendremos que reconocer, de una manera u otra, que no debemos juzgar a los otros, puesto que desconocemos sus profundos motivos, que desde luego no son los mismos que los nuestros...

—Eso es lo que yo deseo, perdonar —murmuró Sancha, desconcertada, y su tono metálico tomó en el silencio una resonancia inquietante—. ¡Y que vuelva mi hija!

Armengol la miró con afecto y prosiguió con ternura:

—Y tú debes perdonarnos a nosotros, porque no te contamos todo lo que sucedió en Córdoba. Por eso he mandado llamar a Blai. Él debía estar presente en el momento en que yo revelara ciertas cosas...

Después de decir esto, volvió a mirar a Blai y luego, comprobando que él seguía conforme con que fuera revelado el secreto, Armengol continuó diciéndole a la vizcondesa:

—Sículo, el padre de tus nietos, también es pariente tuyo; es hijo natural de Gilabert de Adrall, el abuelo de Blai. Él lo engendró en una esclava después de que muriera su esposa cuando Almansur arrasó Barcelona.

Sancha se quedó tan aturdida por esta revelación que le fue difícil comprender lo que Armengol le acababa de decir, hasta que este se lo repitió y se lo explicó con mayor detalle. También Blai intervino para certificar la verdad de todo aquello y contó la manera en que su abuelo se lo había revelado a él. Y entonces la vizcondesa fue transportada por una alegría que la confundió, hasta el punto de quedarse inmóvil unos instantes, sin articular una palabra ni hacer el menor movimiento. La gratitud y la dicha la invadieron. Su rostro, hasta entonces afligido, se sonrojó y sonrió. Luego le tomó las manos a Armengol y musitó:

—¡Gracias! Gracias por habérmelo hecho saber...

Todavía no se había repuesto del efecto de la inesperada confidencia, cuando el conde le dijo todavía algo más:

—Yo me encargaré de que tu hija, si ese es su deseo, regrese con su familia a nuestra tierra. Ahora vuelve a Castellbó y no le digas nada de esto al Llop, pues debemos esperar al momento oportuno. Si Dios quiere que acabemos yendo a Córdoba, arreglaremos todo de la mejor manera. Confía en mí. ¡Y que Nuestro Señor arregle las cosas!

Sancha se despidió de ellos y se fue casi tambaleándose. En el patio de armas la esperaban sus criados y la ayudaron a montar en la yegua. Iba sonriente y esperanzada cuando emprendió la marcha.

# 129

*Montañas del Canigó (Conflent), 27 de marzo, año 1010*

El venado se paseaba orgulloso en el límite del bosque, justo debajo de los páramos cubiertos de nieve en deshielo de la última y tardía nevada. Los primeros albores del día penetraban ya entre las vacilantes sombras de la espesura y las perlas del rocío brillaban por todas partes. Entre las ramas de un arbusto, oculto y aterido de frío, el conde Guifré de Cerdaña observaba al precioso animal y esperaba el momento oportuno para tensar el arco. Esta era su modalidad favorita de caza, por ser silenciosa, atrevida y paciente, bien distinta del escandaloso movimiento de los perros, de las carreras de los caballos y las estridentes voces de los monteros. Si bien el acecho exigía madrugar mucho y caminar montaña arriba en plena noche, para buscar el abrigo de un adecuado puesto desde donde dominar el lugar perfecto, con visión y posibilidad de un buen tiro. Pero el conde disfrutaba con todo ello desde que era un muchacho y salía a esta aventura sin importarle los sacrificios que conllevaba.

Guifré era de talla mediana, ancho de espaldas, de fuertes brazos, robusto, en fin, como hombre acostumbrado a los esfuerzos y fatigas de la guerra y de la caza. Sus ojos eran marrones; sus facciones, abiertas, sonrientes, y todo su aspecto indicaba que muchas veces era dominado por el buen humor que generalmente acompaña a los temperamentos afables. Casi siempre sus miradas inspiraban tranquilidad y confianza, a diferencia de las de su mellizo, Bernat Tallaferro, que eran miradas orgullosas y recelosas en todo momento y circunstancia.

Detrás del conde, encargándose de la impedimenta, estaba su secretario, Hernán, un muchacho fornido de poco más de quince años, que también le servía como escudero. Se impacientó, viendo que el venado parecía recelar, y le dio un ligero toquecito a su señor en la espalda. A lo que este se volvió y sonrió, como poniendo de manifiesto que dominaba la situación; y acto seguido, apuntó con firmeza y lanzó la flecha con tino, acertándole al ciervo en el cuello y atravesándoselo.

—¡Bravo, mi amo! —gritó el muchacho, y echó a correr montaña arriba con sus fuertes piernas, cual si fuera el sabueso que debía cobrar la pieza.

Pero el venado, aun estando herido de muerte, todavía escapó dando grandes saltos y se perdió entre las frondas.

—¡No irá lejos! —exclamaba jubiloso Guifré—. ¡No hace falta que corras, Hernán! ¡Ya habrá caído! ¡Yo sé lo que me digo!

Y no se equivocaba, porque el ciervo estaba tumbado y muerto un poco más arriba, al pie de unas rocas. Nada más encontrarlo, el muchacho hizo sonar el cuerno de caza y muy pronto aparecieron dos hombres con una mula para cargarlo.

Cuando iban descendiendo, el conde cantaba a voz en cuello, feliz como un niño por su éxito. Le seguía el alegre secretario, más satisfecho todavía que su amo, y le iba adulando con estas palabras:

—Mi señor, bien se ve que tanto entiendes de montería como de guerra. Apuesto a que habrás matado tantos moros como venados.

Guifré soltó una sonora carcajada y contestó burlón:

—¡No digas tonterías, Hernán! No ha habido tantas ocasiones de matar moros como monterías. Y la guerra no es cosa baladí, pues requiere de otras tácticas y riesgos.

Debían descender por un pedregoso sendero hasta donde dejaron las mulas montaraces amarradas antes del amanecer. Al encontrarlas en un claro del bosque, montaron y fueron bajando por una serpenteante vereda, hasta que divisaron el castillo. Antes de que llegaran a la puerta, salió el castellano anunciando:

—Señor, te espera un mensajero enviado por tu hermano, el conde Bernat. Trae una carta urgente para ti. Debes leerla y enviar respuesta a la mayor brevedad.

Guifré descabalgó y entró aprisa. Mientras leía la carta, su cara se iluminaba. Luego ordenó a voces:

—¡Ensilladme de nuevo la yegua! ¡Tengo que subir a la abadía ahora mismo!

El castillo era pequeño y sobrio. De la misma puerta partía un sendero que remontaba una empinada pendiente hasta el cercano monasterio de San Martín de Canigó, que distaba apenas media milla. El conde montó en su yegua y emprendió la subida. El día era claro y fresco, con un radiante sol que iba tomando fuerza por encima de los montes. La vereda discurría entre robles, encinas y castaños, haciéndose cada vez más difícil, pegada a un precipicio; hasta que, en pocos minutos, se divisó la abadía, como un nido de águilas que colgaba del barranco. La fundación era muy reciente. Tres años antes, Guifré donó tierras, a la vez que se hacía constar que la abadía debía seguir la regla de san Benito. En noviembre de 1009, se consagró la iglesia monástica dedicada a san Martín.

El abad Oliba, hermano del conde fundador, había estado presente en la consagración y todavía se encontraba en aquellos territorios, después de haber pasado allí el invierno duro, de copiosas nevadas que se prolongaron durante toda la primavera.

Guifré fue a transmitirle enseguida el contenido de la carta que el hermano de ambos había enviado. Cuando Oliba lo hubo conocido, su rostro se ensombreció y observó consternado:

—¿Queréis llegar hasta la misma Córdoba? ¿Vosotros sois conscientes de lo que supone esa enloquecida aspiración?

—¡Es la gran oportunidad! —contestó Guifré, sin poder reprimir su contrariedad por el poco entusiasmo manifestado por su hermano.

El abad se quedó pensativo un instante, y luego, alzando la mirada hacia los montes, murmuró:

—Nadie podrá disuadiros… Perdí un hermano en Albesa y… ¡Dios nos asista ahora!

—¡Por sant Jaume, esta vez será un éxito! —dijo impulsivamente Guifré—. ¡Emprenderé viaje hoy mismo hacia Barcelona! Nuestro hermano Bernat me pide que me embarque con Ramón Borrell para ir con él a Tortosa, a ver qué ofrece ese general sarraceno.

# 130

*Tortosa, 4 de abril, año 1010*

La flota de Barcelona llegó al delta del Ebro al atardecer. La formaban las cuatro mejores galeras de guerra que había en la armada, en cada una de las cuales iban cincuenta hombres. Cuatro condes formaban la comitiva que iba a reunirse con el general Wadih: Ramón Borrell, Hugo de Ampurias, Bernat Tallaferro y Guifré de Cerdaña. El piloto que gobernaba la nave capitana era experto y, cuando el sol comenzó a declinar, tuvo claro que había que echar el ancla antes de remontar el río hasta Tortosa.

—Pronto va a caer la noche —le dijo al conde soberano de Barcelona—. El mar está calmado. Detengámonos aquí y continuemos la singladura por la mañana. No es fácil navegar río arriba sin conocerlo bien; hay bancos de arena, fuertes corrientes y accidentes en las partes de menor calado.

—Muy bien —dijo el conde de Barcelona—. Esperaremos.

Dieron la orden al resto de los barcos y los cuatro se alinearon en paralelo, con las proas mirando hacia la costa. Se veía en toda su amplitud una bahía arenosa donde las olas iban a romper mansamente. Había rocas bajas más allá de la playa, que daban paso a oscuras colinas e infinitos montes en la lejanía. Hilos de humo blanco se elevaban por detrás de un promontorio; uno de los marineros los vio enseguida y avisó de ello. Todos estaban observando aquellos delgados hilos de humo que subían hacia el cielo morado, pensando en las aldeas y ciudades sarracenas…, cuando un vigía gritó en la popa:

—¡Barcos!

Volvieron los ojos una vez más hacia la bahía y vieron una fila de barcos bajos y largos, por lo menos diez, con las proas en forma de afilados arietes, que avanzaban entre las olas a golpe de remo y se deslizaban rápidamente por la ensenada. Cambiaron su curso, girando hacia la flota condal, mientras las velas descendían y avanzaban todavía más deprisa.

Cuando los hombres que iban en las naves cristianas se alborotaron e iban a ponerse en guardia, el capitán gritó:

—¡No hay que temer! Vienen a recibirnos con banderas blancas, para ayudarnos a atravesar el delta y encontrar la desembocadura.

Ramón Borrell, que no estaba demasiado acostumbrado a las maniobras propias de la mar, tenía la cara tensa y los ojos entornados y fijos mirando aquellos barcos.

Sin embargo, todo sucedió tal y como había dicho el experimentado capitán. Las naves de Barcelona permanecieron donde se hallaban esa noche y, a la mañana siguiente, fueron conducidas navegando por el Ebro hasta el puerto de Tortosa. Una buena parte de la flota del califato estaba anclada allí, cerca de los graneros, frente a los enormes almacenes y unas atarazanas inmensas. Podían ver la ciudad allá arriba; las murallas, las azoteas, algunas con toldos de diversos colores que colgaban de cuerdas; incontables torres que sobresalían por encima de las casas y una gran fortaleza encumbrada en la parte más alta.

Antes de que les dieran permiso para desembarcar y subir a la ciudad, durante toda la soleada mañana, vieron cómo arrastraban los carros por el muelle y cómo cargaban costales, barriles y cestas de provisiones en los barcos que aguardaban. Era evidente que había preparativos de guerra. Constantemente llegaban naves y destacamentos de soldados para embarcarse.

De pronto se oyó música de tambores y apareció una especie de desfile de recepción, que venía hacia el puerto; lo formaban vistosos muchachos montados en gráciles caballos, que agitaban banderolas y formaban jolgorio con sus voces, sin llegar a articular un canto propiamente dicho. Cuando llegaron al muelle, uno de ellos se acercó al barco donde iba el conde de Barcelona y le invitó a seguirlos hasta la ciudad. Los condes desembarcaron y formaron una comitiva, que iba acompañada por los criados que portaban los obsequios que llevaban. Recorrieron las calles abarrotadas de gente, los mercados y las plazas. Había millares de soldados por todas partes. Ascendieron luego por una empinada cuesta hasta la fortaleza, delante de la cual los recibió la guardia de honor del gobernador, ataviada con brillantes cotas de malla y capas rojas. Al rebasar el arco principal, se acercaron a ellos en un patio varios hombres vestidos con ricas galas, turbantes de seda, joyas y oropeles. Supusieron que el general Wadih sería uno de ellos e hicieron además de entregarle los obsequios. Pero aquellos hombres no eran sino otro cortejo de bienvenida. Con ellos subieron por unas escaleras hasta las dependencias del castillo y entraron en un gran salón, donde un chambelán anunció a voces:

—¡Estáis en presencia del señor Labib al Fatá, valí de Tortosa!

El gobernador se puso en pie y avanzó hacia los condes. Su traje se componía de un turbante purpúreo, pequeño, en el que llevaba una pluma de garza asegurada por una hebilla de plata; su túnica larga era de color verde, abrochada con cordones de oro. En el cinturón de cuero con remaches llevaba, al lado derecho, una daga, y al izquierdo, una espada larga y recta. Tenía el rostro tostado por el sol, con una barba clara; ojos oscuros, penetrantes, y una nariz y boca bien formadas. No hizo reverencia alguna. Dio la bienvenida con una sonrisa y, señalando a otro hombre que se acercaba caminando a su espalda, dijo:

—He aquí a mi señor Wadih al Amirí, hayib de Córdoba y jefe supremo de los ejércitos del comendador de los creyentes, el califa Muhamad al Mahdí, a quien Alá guarde y conserve para su gloria y destruya al usurpador Al Mustaín con todos los traidores.

El general Wadih, cuyo nombre era conocido desde los terribles tiempos de la amenaza de Almansur, rebasaba en estatura a cuantos estaban en el salón, y era de cuerpo macizo, de cabello rubio canoso y rostro feo, cuyo detalle resultaba más notorio por una espeluznante cicatriz escarlata que, comenzando en la frente y dejando a salvo, por milagro, el ojo izquierdo, descendía por la mejilla. Su vestimenta y armas eran espléndidas. La notable armadura era del acero más fino, con incrustaciones de plata, y su cota de malla brillaba ostensiblemente. Llevaba manto suelto, de rico terciopelo añil, abierto en los costados, con una gran luna dorada bordada por delante; sus rodillas y piernas estaban protegidas con calzones de malla; un ancho y fuerte puñal le colgaba del lado derecho de la cintura. Su aspecto general era tan grandioso y marcial, que no pudo por menos de impresionar a los condes. Sonrió un poco con la disforme expresión de su rostro, avanzó unos pasos y les dijo:

—Sois bienvenidos a esta ciudad de Alá. No os arrepentiréis por haber vencido vuestro orgullo y rencor, señores; y me alegra ver que todos tenéis salud. Os agradezco esta visita y os garantizo ya, desde este mismo momento, que alcanzaréis grandes beneficios por haber acudido a esta reunión. ¿Quién de vosotros es el conde de Barcelona?

Ramón Borrell fue hacia él, seguido por uno de sus ayudantes, que portaba un arca de plata. La abrió y extrajo una preciosa túnica de seda color grana con bordados de hilo de oro, que le entregó, diciendo afable:

—Venimos con nuestra mejor voluntad. El orgullo y el rencor no los hemos traído con nosotros. Pero tenemos este obsequio para ti. Acéptalo.

Wadih tomó de buen grado el regalo y le entregó, a su vez, una rica espada de acero toledano al conde. Y seguidamente uno de sus sirvientes acercó un pesado saco lleno de dinero, en monedas de oro.

—Aquí hay dos mil dinares, en prenda de buena voluntad —dijo Wadih.

El conde de Barcelona aceptó la espada, pero no así el dinero, al que rehusó contestando:

—Declaro estar perfectamente satisfecho con tus intenciones, solamente con tu palabra, y ahora nosotros queremos manifestar lo que pedimos a cambio de hacer alianza contigo.

—¡Pide! —contestó con ímpetu Wadih.

—No te enojes conmigo —le dijo el conde, cordial y sonriente—. Nosotros hemos decidido entre todos lo que queremos. Ya hemos convocado a nuestras tropas y estamos dispuestos a ir con tu ejército a Córdoba. Pero necesitaremos asegurar un beneficio para animar a nuestra gente. La campaña necesitará tiempo... y es un largo viaje... Ponemos como condición que les tendrás que pagar dos dinares diarios a cada uno de nuestros hombres de a pie, cuatro a cada arquero, seis a cada jinete, cien a cada conde u obispo; así como vino, carne y pan suficientes para su alimento mientras dure la campaña para todos ellos. Y además la mitad de todo el botín, animales y armas; y la potestad de disponer de la vida de los bereberes derrotados, de sus mujeres y de sus haciendas.

Wadih se le quedó mirando inexpresivo durante un instante, después esbozó una sonrisa levísima y manifestó con aplomo:

—¡Hecho! Marchad a vuestra tierra y reunid a vuestra gente. Nos juntaremos en Zaragoza dentro de veinte días y emprenderemos la marcha por Medinaceli hasta Toledo, donde nos espera el legítimo califa Muhamad al Mahdí. ¡Atended a lo que os digo! Antes de dos meses, entraremos en Córdoba. ¡Ya sois amigos del califa y no se os reclamarán más tributos!

El conde de Barcelona tuvo que contenerse bastante para no exteriorizar la alegría que experimentó al escuchar esta declaración.

—Somos hombres de palabra que odiamos la mentira y la traición —dijo con gravedad, levantando el brazo derecho con la mano extendida—. Y ya que debo hablar en nombre de mi hermano Armengol y el de todos mis primos, ¡juro por sant Jaume que cumpliremos en todo!

Con rostro de agrado, Wadih alzó y extendió también su mano. Entonces se alzó en el salón un gran alboroto de voces gozosas y gritos en lengua árabe, ensalzando a Alá y a su profeta, junto con albórbolas y grandes manifestaciones de júbilo.

Después el gobernador de Tortosa, sin llamar a nadie y sin aproximarse siquiera a la entrada principal, hizo una señal a sus sirvientes, y estos descorrieron el cortinaje de una puerta lateral. Apareció otra amplia estancia con una gran chimenea al fondo, en la que un haz de leña crepitaba y se veían preparativos para un magnífico banquete.

# LIBRO DECIMOCTAVO

## LA GRAN BATALLA (AÑO 1010)

El año 1010 (400 en el calendario islámico y bisiesto) es nombrado en las crónicas de Córdoba como «el año de los francos», pues así eran conocidos en todo Alándalus los cristianos provenientes del nordeste de la Península. Nueve mil soldados cruzaron la Marca, siguiendo a los condes Ramón Borrell y Armengol. En las primeras filas ondeaban también los estandartes de los obispos de Barcelona, Gerona, Urgel y Vich, que quisieron compartir los peligros de aquella campaña con sus compatriotas. Desde Zaragoza marcharon hasta Toledo, donde se unieron al ejército de Wadih.

# 131

*Valle del río Guadiato, Córdoba, 1 de junio, año 1010*

Bajo una nube de polvo amarillento que se perdía en los cielos, avanzaba una interminable hilera de hombres, montados en briosos caballos, en fuertes mulas, en calmosos camellos y otros muchos a pie. La sobrecogedora visión se dilataba a lo largo de la antigua calzada que discurría desde Almadén hasta Córdoba. El califa Muhamad II al Mahdí marchaba con su poderoso ejército de veinte mil guerreros veteranos de las arrojadas tropas eslavas de Valencia y Murcia, otros diez mil muchachos que no conocían la guerra, recién reclutados en Zaragoza y Lérida, y las intrépidas huestes de los condes cristianos de la Marca que se le habían sumado con nueve mil aguerridos hombres. Iba decidido a recuperar el trono que le había arrebatado su primo Sulaimán al Mustaín. El general Wadih ostentaba el mando supremo, y todas las secciones obedecían disciplinadamente las órdenes de sus jefes militares. Avanzaban a buen paso, cruzando ya por los barrancos de las estribaciones de las sierras que conducen a las vegas del Guadalquivir, para alcanzar cuanto antes, sin darse descanso, la ciudad de Córdoba. Sus estandartes, lanzas, distintivos tribales y de guerra formaban como un tupido bosque. Hacía calor y las jaras desprendían su aroma pegajoso y amargo. Los diferentes grupos entonaban sus viejos cantos guerreros, que se confundían, y el eco de los montes los convertía en voces de otro mundo.

Por delante enviaban exploradores que conocían aquellos derroteros mejor que sus casas; llevaban la misión de descubrir con antelación los signos de una posible emboscada o la disposición de las defensas del enemigo. No tardaron en saber que en Córdoba ya habían sido alertados de la amenaza, como era de esperar, por otra parte. Pero esto no desalentó a nadie, sino que la marcha prosiguió imparable. Quedaba solamente una jornada de camino y apenas hubo descanso a partir de entonces; la última etapa se hizo en la noche. En la penumbra del amanecer, la vanguardia avistó el nutrido ejército de bereberes fieles a Al Mustaín, que estaba acampado en el valle del Guadiato, en la confluencia de la calzada que discurre hacia Mérida, donde también se había levantado un fuerte. Más allá, sobre la colina que dominaba el paso natural hacia Córdoba, se alzaba la fortaleza de Dar al Bacar, un conjunto de murallas terrosas con varias torres albarranas.

Wadih dispuso que se detuviera el avance para dar descanso a los hombres y animales con vistas al inminente ataque. El ejército se distribuyó por una gran extensión, ocupando todos los claros del valle, las orillas del río y las suaves laderas de algunos cerros. Esa misma mañana se reunieron todos los jefes con los generales para definir la maniobra de asalto. Todo estaba previsto de antemano y no tardaron mucho en ponerse de acuerdo. Iría por delante la rápida y numerosa caballería, suficiente para preparar el terreno, y sería seguida por los hombres de a pie. Se trataba de embestir primero a los bereberes, confiando en que muchos soldados árabes desertasen de inmediato en la fortaleza de Dar al Bacar para pasarse a las tropas de Al Mahdí. La sublevación había sido preparada con tiempo por los espías y, si tenía éxito, no resultaría difícil después asaltar las murallas de Córdoba. Esa esperanza constituía la base de la principal estrategia que tenían los generales.

Más tarde, los condes y magnates cristianos se reunieron aparte con sus jefes bajo la sombra de una encina formidable. Ramón Borrell expuso la situación tal y como la había planteado Wadih: al ejército mercenario le correspondía el ala derecha de la vanguardia y atacaría a los bereberes al amanecer. Algunos consideraban que era una pérdida de tiempo esperar al día siguiente y se enojaron mucho al conocer ese plan. Entre los más impacientes estaba el Llop, que se mostraba iracundo y deseoso de guerra, no desaprovechando ninguna ocasión para enardecer los ánimos de la tropa.

—¡Nosotros no tenemos por qué obedecer a los sarracenos! —refunfuñó—. ¡Wadih no manda sobre nosotros!

El conde de Pallars enseguida se puso a secundar esa opinión, dando voces.

—¡Somos gente libre! ¡Si nos avasallamos desde el principio, creerán que tienen mando sobre nosotros! ¡Hagamos la guerra por nuestra cuenta y riesgo! ¡Así no tendremos que estar supeditados a la hora de repartir el botín!

—¡Eso! —afirmó el Llop—. ¡No somos parte del ejército sarraceno! ¡Hemos venido a saldar una vieja deuda y no a seguir los planes de Wadih! ¡Somos aliados y no vasallos! A nosotros nos importa una mierda quién haya de ser califa de Córdoba... ¿Qué más nos da uno u otro? ¡Allá ellos con sus asuntos! Lo que tenemos que hacer es procurar entrar en Córdoba lo antes posible y resarcirnos de lo que nos han robado esos moros del demonio durante tantos años...

También Bernat Tallaferro opinaba de la misma manera y así lo hizo saber. Pronto se formó una mayoría que no estaba dispuesta a actuar como si fueran una parte del ejército de Wadih, sino como guerreros libres y simplemente asociados a la campaña.

El conde de Barcelona se quedó pensativo, ponderando en su interior estas razones. Luego le dirigió una mirada a su hermano Armengol. Este no dudó al manifestar:

—Actuemos libremente, hermano. Yo también creo que no nos conviene avasallarnos. Su guerra particular no debe importarnos... ¡Hagamos nuestra propia guerra!

Ramón Borrell consideró oportuno que se hiciera una votación para no asumir él toda la responsabilidad de la decisión.

—¿Quién está de acuerdo en que hagamos una estrategia independiente?

Todos los condes, obispos, magnates y jefes levantaron su mano, sin faltar ninguno. Había pues unanimidad.

—Bien —dijo Ramón Borrell—, yo también estoy de acuerdo en ello. Ahora mismo iré a manifestarle a Wadih que vamos a preparar nuestro propio plan de ataque. Confío en que acepte...

—¡Un momento! —le retuvo el Llop—. Yo propongo un plan que a buen seguro aceptará. Dile al general sarraceno que nos deje asaltar la fortaleza. Que él se encargue con su ejército de atacar y retener a los bereberes. Si nadie nos hostiga por la retaguardia, nosotros podremos hacernos con el castillo. ¡Somos duchos en ello! Y si lo logramos pronto, entraremos los primeros en Córdoba.

El Llop no había perdido el tiempo desde que estaban detenidos allí y había hecho sus propias averiguaciones. Envió temprano a su fiel ayudante Oliver, con una avanzadilla de expedicionarios, para que reconocieran el terreno y vieran las posibilidades reales de hacerse con la fortaleza. Regresaron pronto con la certeza de que el asalto podía hacerse sin demasiada dificultad.

—¡Podemos lograrlo! —añadió el vizconde con exaltación—. ¡Os aseguro que será un éxito! ¡Y así nos respetarán en adelante!

Todos se entusiasmaron y pusieron de manifiesto su conformidad con la propuesta.

Cuando el conde de Barcelona fue a presentarle el plan al general Wadih, este le lanzó una mirada entre recelosa y burlona, para contestarle luego con socarronería:

—Haced lo que os plazca. Yo no me opondré, siempre que cumpláis con lo acordado. Si tomáis la fortaleza antes de que yo venza a los bereberes, habremos hecho un gran progreso; y estoy conforme con que entréis los primeros en Córdoba. Pero no fracaséis, porque entonces entraréis los últimos...

# 132

*Dar al Bacar, Córdoba, 2 de junio, año 1010*

No había amanecido del todo y ya estaba Ramón Borrell vestido enteramente de hierro y montado en su caballo sobre un altozano. Su figura se recortaba contra el cielo violáceo. El ejército entero estaba pendiente de él, distribuido por el terreno irregular, con montículos por todas partes y sembrado de matorrales, pero los soldados estaban en perfecto orden y dispuestos para el combate. Era el momento de la última arenga y el conde levantó su espada y gritó:

—¡Que nadie se considere inexperto! Había que empezar esta gran guerra en algún lugar... ¡y hacerla junto a la misma Córdoba es el mejor sitio! ¡Un sitio excelente para el combate! ¡No olvidéis hoy cuánto hemos deseado que llegara este día! Habéis practicado diariamente durante la mitad de vuestra vida y conocéis cada movimiento que vuestros jefes os han enseñado. ¡No os arredréis! ¡Vamos a vencer! ¡Considerad este asalto como si fuera una práctica más! ¡Pero esta vez la pelea nos traerá la gloria! ¡Por sant Jaume! ¡Adelante!

Los hombres respondieron con una gran ovación y el ejército se puso en marcha pendiente arriba, en un movimiento ordenado, sección por sección; todos montados y todos protegidos con malla o cuero. El sol despuntaba ya por encima de los montes y hacía brillar los petos, los yelmos y las puntas de las lanzas. Al frente cabalgaban los condes y los obispos, con sus guardias personales. El valle quedaba a sus espaldas e iban remontando collado tras collado, de manera que la vanguardia se perdía de vista.

Blai de Adrall cumplía con su deber y cabalgaba detrás del conde Armengol, para guardarle las espaldas en todo momento. Un poco más allá avanzaba el obispo Salas de Urgel con su gente. En el sorteo que se hizo la noche antes, a ellos les había tocado ir en la retaguardia para hacer frente a cualquier ataque inesperado. Tuvieron que aceptarlo, pues cada una de las huestes debía asumir su suerte según la antigua costumbre. También iba en el final del ejército el obispo Odón con su tropa. La vanguardia les había correspondido a los de Ampurias, el ala izquierda al conde de Barcelona y el centro a los hermanos Bernat y Guifré. El Llop y el conde de Pallars tuvieron que conformarse con el ala derecha.

Blai volvió la cabeza y vio que abajo en el valle empezaba a moverse lentamente el ejército de Wadih, para ir al encuentro de los bereberes, en una amplia franja de terreno llano que se extendía al pie de las sierras. A pesar de aquel movimiento, el tiempo parecía misteriosamente detenido y una extraña calma lo envolvía todo.

Armengol rompió aquel silencio con su voz fuerte:

—¡Hoy estamos subiendo por los montes y mañana entraremos en Córdoba!

Una gran aclamación de los soldados contestó a estas palabras y todos parecieron ponerse de acuerdo para apretar el paso.

Blai iba excitado y tenso, mientras observaba a lo lejos la incitante fortaleza que estaba justo enfrente, en la cima, y allí esperaban los defensores en silencio, dispuestos en las almenas. Parte de la muralla era de piedra, pero la mayoría estaba protegida por un muro de tierra, coronado con una elevada empalizada de madera, y hacia el este se elevaban dos altas torres. También había exploradores moviéndose por las colinas, y supuso que estarían preparados para enviar avisos a Córdoba e informar de cuanto iba sucediendo. Miró hacia el norte, al claro cielo azul, y vio un águila encorvarse y lanzarse al vacío por una quebrada. Siguió su vuelo y pensó que aquello era un buen presagio.

Un instante después, empezó de pronto un estruendo ensordecedor. Por las tierras bajas, al borde de las sierras, en el terreno que se extendía uniforme por el valle, avanzaba un gran ejército. Era una mancha oscura en el paisaje que iba creciendo. Venían atravesando los campos miles de hombres a pie y grandes grupos de jinetes se dispersaban por el paraje, y como empezaban a surgir a la luz del sol, parecía que la horda llegara de la oscuridad. El ejército de Wadih se lanzó hacia ellos. Entonces dio comienzo el combate...

Los hombres de la hueste de Urgell podían contemplar el gran espectáculo desde lo alto y quedaron sobrecogidos al escuchar el repentino fragor de la batalla.

Y de repente, uno de los heraldos que iban por detrás empezó a gritar:

—¡Mirad! ¡Vienen hacia nosotros!

Todos volvieron sus cabezas hacia la parte en sombra de la montaña y pudieron ver otra ingente tropa de muslimes que surgía de la espesura; soldados a pie y a caballo que no iban hacia el valle, sino que empezaban a remontar la pendiente en dirección a ellos. Cascos, mallas y metal proyectaban reflejos rotos que se extendían y multiplicaban a medida que llegaban más y más hombres que parecían brotar por detrás de los cerros.

Armengol se detuvo, miró a Blai y exclamó:

—¡Con eso no contábamos! ¡Vienen a atacarnos por la retaguardia! ¡Corre a avisar a mi hermano!

Aquel inesperado movimiento de tropas desbarataba el plan. En ningún momento se les ocurrió que pudiera haber otro ejército enemigo aparte del de los bereberes. Ahora no quedaba más remedio que interrumpir el asalto y hacerle frente.

Blai no contestó nada, se limitó a persignarse y a emprender el galope para dar la alerta a los heraldos. Pero no había hecho nada más que arrear al caballo, cuando comenzaron a aparecer por delante otros contingentes de hombres a pie que venían hacia ellos, mientras centenares de arqueros descargaban sus flechas desde todas partes. La incertidumbre se apoderó de Blai; el repentino instinto de sobrevivir, el horror de hachas, espadas, saetas y lanzas... La batalla estaba encima. Ya no podía proseguir para ir a dar el aviso, sino que debía quedarse para enfrentarse junto al conde Armengol a lo que tuviera que venir.

—¡Alguien tiene que decírselo a mi hermano! —gritó con ansiedad Armengol.

—¡Señor, yo debo quedarme contigo! —contestó Blai—. ¡Envía a otro!

—Yo iré —se ofreció el obispo Salas.

—¡Dile que los sarracenos nos han tendido una emboscada! Dile que se dirigen hacia nosotros por... —Armengol se detuvo, intentando calcular hacia dónde iría la horda—. ¡Por todos lados! —concluyó.

—¡Qué Dios nos ayude! —rezó el obispo. Dio la vuelta a su caballo y salió al galope seguido por su guardia.

Armengol y sus jefes guerreros se quedaron quietos donde estaban para observar la maniobra del ejército enemigo, que empezaba a rodear la montaña. Los hombres de Urgel patearon el suelo, y los que llevaban escudos los golpearon contra espadas y lanzas, de modo que el aire se llenó de un batir rítmico. Estaban listos.

—¡A ellos! —rugió el conde—. ¡A ellos, por Cristo y sant Jaume! ¡Que Dios nos dé fuerzas!

No acababa de gritar aquello, cuando se vio a Salas y a su gente, que volvían entre una nube de flechas y asediados por todas partes.

—¡Que Dios nos ayude! —exclamaba el obispo tocándose el crucifijo.

Entonces una de las flechas le dio en la cara y cayó del caballo.

—¡Asistidle! —gritó Armengol—. ¡Asistidle, que está herido!

El conde emprendió la subida al galope, con su lanza en posición de ataque, y Blai y toda su guardia hicieron lo mismo. Pero la debilidad de su posición se hacía evidente, pues se encontraban en el borde justo de un despeñadero; y si eran obligados a retroceder, no tendrían más remedio que bajar la larga y pronunciada pendiente, para encontrarse en el llano con un enemigo mucho más numeroso. No había pues más salida que enfrentar por delante pendiente arriba, acometiendo a los que se habían interpuesto entre la vanguardia y ellos.

El choque se produjo en el más incómodo de los paisajes, accidentado, pedregoso, saturado de arbustos y retorcidas encinas. Los caballos resbalaban y caían por doquier, mientras resonaban los alaridos de los heridos y el estrépito de la pelea. El suelo quedó muy pronto cubierto de bestias y hombres. Armengol atravesó esta horrorosa escena en busca de un terreno más fácil y abatió a varios enemigos en su avance. Le seguía el fiel Blai, olvidando su propia seguridad y parando los golpes que asestaban a su señor. Ambos, junto a un centenar de jinetes, tuvieron la buena dicha de llegar a una loma suave y despejada, sintiéndose a salvo por el momento. Y desde allí vieron cómo el resto de su ejército ya estaba asaltando la fortaleza, en medio de una gran batalla.

—¡Vamos allá! —gritó el conde de Urgel—. ¡Lo mejor que podemos hacer ahora es unirnos al asalto!

Pero no sabía que faltaba todavía lo peor. No bien habían alcanzado los cerros, cuando se les pusieron a los lados, en las alturas, miríadas de arqueros y honderos que les descargaron encima una lluvia de proyectiles. El combate se hizo allí más encarnizado y se prolongó durante más de dos horas. Apenas veían a causa del polvo; el calor era sofocante, el aire ardiente, y no les quedaban fuerzas en el cuerpo, muertos de sed, extenuados, desesperados y sin poder darse un respiro. Se escuchó entonces la orden de retirada en la hueste del abad Odón, que estaba rodeada y había sufrido muchas bajas.

—¡No! —gritó con voz desgarrada Armengol—. ¡Aguantad! ¡Por sant Jaume, aguantad!

Pero hacían frente a un enemigo que los acosaba por todos lados, sin poder reorganizarse ni avanzar. Además, de resultas de las descargas de flechas y piedras, caían muchos soldados.

Sin embargo, arriba en la fortaleza la situación era más favorable para los cristianos que la atacaban. Ya estaban asaltando las murallas y hacían chocar lanzas y espadas contra la madera de tilo de los escudos; la cima de la colina atronaba y los hombres se apiñaban en la puerta. Encima de ellos se veía el estandarte del conde de Barcelona, así que allí era donde estaba Ramón Borrell, mientras que su flanco derecho, con el Llop y el conde de Pallars al frente, corría desplegado en el terreno abierto para envolver los muros y las torres que daban al poniente.

Armengol ya no tenía esperanzas de superar su flanco por aquel lado, pues nadie podría luchar en una ladera como aquella. Tenía que atacar de frente, directamente hacia el ingente muro de escudos del ejército que se acercaba, y superar las murallas de lanzas, espadas y hachas de un muy numeroso enemigo. Estaban aún bastante lejos, mucho más de la distancia que podía cubrir el disparo de un arco, y empezaban a darse cuenta de que era imposible. Pero luchaba con denuedo, a pesar de ello, y seguía tratando de avanzar hacia la fortaleza. Hasta que una nube de flechas cayó sobre él y una le acertó en un costado; también fue herido su caballo por un golpe de hacha y cayó en medio de una gran confusión de hombres y bestias.

Blai intentaba ir a protegerle con varios soldados de la guardia, pero los que los rodeaban por todos lados eran tantos que ya no podía hacer otra cosa que defender su propia vida. Aun así, convocó a voces a sus comandantes y los reunió bajo el estandarte.

Los atronadores atacantes seguían montando escándalo arriba con sus armas y escudos, lo cual hizo que los muslimes fijasen su atención ahora en la fortaleza y, al ver que ya estaba siendo tomada por los cristianos, desistieron del combate y huyeron ladera abajo para ir a unirse al grueso de su ejército que peleaba en los llanos contra las tropas de Wadih.

Entonces Blai empezó a exclamar:

—¡Gracias a Dios! ¡Bendito sea Dios! ¡Vamos a rescatar al conde!

Armengol yacía al lado de su caballo muerto, sobre un gran charco de roja sangre que empapaba la hierba y la tierra. Se alegraron al ver que el conde estaba vivo, aunque sus heridas eran bastante graves. Lo llevaron aprisa al campamento para que los médicos se pusieran enseguida a curarlo.

Más tarde hallaron muerto al abad Odón, con la cabeza abierta por un hachazo desde la frente hasta la nariz. El obispo Salas estaba gravemente herido, pues la flecha que le dio en la cara le había desgarrado el paladar y estaba clavada muy dentro. Muchos otros magnates y guerreros de la retaguardia habían muerto o estaban gravemente heridos después de aquella terrible emboscada.

Sin embargo, arriba en la fortaleza la suerte favorecía a los cristianos, que estaban ya casi a punto de entrar y ganarla en las horas siguientes. Pero cayó la noche y hubo que esperar. La jornada fue, pues, triste y alegre a la vez.

Wadih tuvo que reconocerle la hazaña al conde de Barcelona y permitió que una parte del ejército franco marchara al frente, para ser los primeros en entrar en Córdoba.

El obispo de Barcelona, Aecio, se colocó al amanecer junto a los estandartes, con las manos levantadas en oración y gritando:

—¡Dios está con nosotros! ¡No podemos perder! ¡Dios está con nosotros! ¡Mañana nos será devuelto todo lo que se nos arrebató!

Blai marchaba al frente de la hueste de Urgel en sustitución del conde herido.

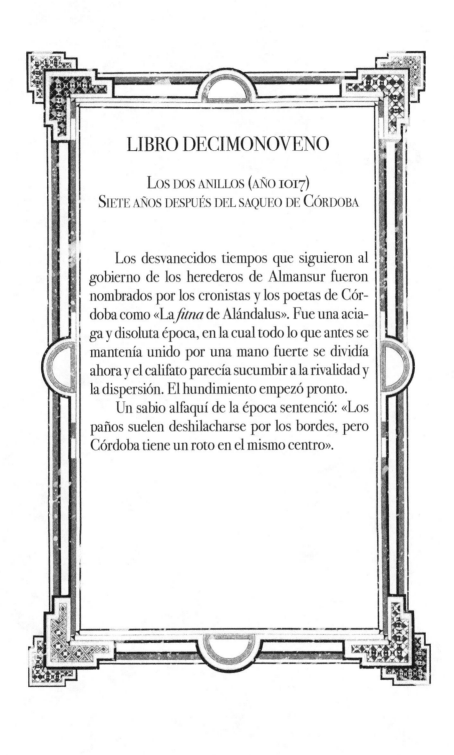

# LIBRO DECIMONOVENO

Los dos anillos (año 1017)
Siete años después del saqueo de Córdoba

Los desvanecidos tiempos que siguieron al gobierno de los herederos de Almansur fueron nombrados por los cronistas y los poetas de Córdoba como «La *fitna* de Alándalus». Fue una aciaga y disoluta época, en la cual todo lo que antes se mantenía unido por una mano fuerte se dividía ahora y el califato parecía sucumbir a la rivalidad y la dispersión. El hundimiento empezó pronto.

Un sabio alfaquí de la época sentenció: «Los paños suelen deshilacharse por los bordes, pero Córdoba tiene un roto en el mismo centro».

# 133

El verano del segundo año del califa Alí ben Hamud, un viernes a mediodía y después de un bochorno asfixiante, se levantó sobre Córdoba una violenta tormenta, con impetuosos vientos y un aguacero intenso. El cielo se puso negro, espantoso; el crecido río corría revuelto y bravío bajo la fugaz luz de los relámpagos. Las aguas anegaron las calles e hicieron múltiples destrozos en los tejados. Llovió y llovió durante tres horas, tronando a la vez y desatando furiosos aires que ululaban entre las almenas de la muralla como voces de espectros. Pero, por fin, la calma se hizo al caer la tarde. Un silencio pesado cayó sobre la ciudad. Luego vino un crepúsculo húmedo y anaranjado que fue posándose tembloroso en las cornisas, en los cipreses, en las brillantes palmeras y en las torres, hasta llegar a reflejarse en todos los charcos. A lo lejos surgía el arco iris como un pacto de paz.

Absorto, embelesado por los destellos de claridad inesperada, el insigne poeta Farid al Nasri estaba en su ventana preferida deleitándose con el aire puro y amable. La lluvia, aunque violenta y prolongada, había sido en el fondo como un inesperado bálsamo, y el poeta se quedó sentado, apoyando indolente las manos en la mojada baranda de madera. Luego le sobresaltó el repentino murmullo de la gente que salió aliviada tras el último chaparrón. Entonces odió la alegría bulliciosa de sus vecinos, las voces de los niños y hasta el gorjeo de los pájaros. Pero fue todavía más desagradable tener que escuchar los estridentes gritos de su vieja sirvienta desde el patio:

—¡Amo! ¡Amo Farid!

El poeta aguantó malhumorado en la ventana, tratando de recuperar algo del placer contemplativo, pero el ruido obstinado de los pasos de la mujer en la escalera y su insistencia acabaron por hacerle asumir que era desalojado de su paz. A regañadientes, se envolvió en su albornoz y fue a ver qué pasaba.

—¡Amo! —gritaba ella más fuerte—. ¿No me oyes, amo Farid?

Él le salió al paso en el corredor, tapándose los oídos con las manos y contestando iracundo:

—¡No grites, mujer! ¡No soy sordo! ¿Qué sucede?

—¡Amo Farid! —anunció ella con obstinación y nerviosismo—, ha venido un hombre que pregunta por ti.

—¿Y qué quiere?

—No lo sé, amo. Primero pensé que sería un pordiosero, pero no pedía nada. Dice que desea verte por un asunto importante.

Él la apartó con un ademán seco y descendió impetuoso por las escaleras, dando un sonoro suspiro y rezongando:

—¡Vaya horas!

El poeta abrió la puerta y se enfrentó a la presencia de un hombre alto y delgado, con la cabeza cubierta por una capucha, pero que no vestía con harapos, ni era ciego, ni extendía su mano implorante; tiritaba empapado, tratando de sonreír, y desprendía el inconfundible olor del vino que había bebido.

—Se..., señor... —se presentó balbuceante—, me llamo Ahmad Alfar...

—No doy nada a los borrachos... —contestó secamente Farid.

—Se..., señor Al Nasri... No he venido a tu casa para pedirte nada. Mi intención es buena. Perdóname si... En fin, es verdad que, si no hubiera tomado un poco de vino, no habría tenido valor suficiente para venir a tu casa... La tormenta me sorprendió en el caravasar del Poniente y... ¡Ya sabes que allí corre el vino! Pero soy muy consciente de mis actos...

Farid le miraba de arriba abajo; miraba aquel cuerpo flaco, la cara alargada, los pelos de la barba tiesos como pinchos, y aquellos ojos un tanto delirantes, pero con cierta sinceridad en su fondo de iris negro.

—¡Abrevia! —le instó—. Di de una vez lo que deseas de mí.

—No es mi intención molestarte... He venido porque tengo una bella historia para ti, señor Al Nasri; una historia que solo podría contarle a un hombre como tú, un hombre sabio, un ingenioso poeta que sabrá escribirla bellamente, para que se lea y se recuerde, para que nunca se olvide... Y te aseguro que, si te decidieras a escucharme, podrías obtener una buena ganancia con un negocio que tiene que ver con esa historia... ¡Déjame entrar en tu casa y te juro que no te arrepentirás!

Farid se echó hacia atrás, empujado por el aliento caliente y vinoso del inoportuno visitante que le hablaba a un palmo de su cara.

—¡Apestas a vino!

—No pienses que soy un simple borracho, ¡por Alá de los cielos!… He bebido, lo he admitido ante ti, pero a diario me gano la vida honradamente… Ese pobre vino aguado lo pagué con el dinero que me dio una viuda por escribirle una carta para su hijo que vive lejos… Porque yo también sé leer y escribir y, como tú, procuro con ello ganarme la vida. ¿Acaso no me reconoces? Ya veo que no sabes quién soy…

Farid empezaba a descubrir que conocía a aquel hombre de algo. Su voz le resultaba familiar. Pero, a contraluz y con la capucha empapada pegada a su frente, no acababa de saber dónde lo había visto antes.

—No, no sé quién eres —respondió.

El hombre se descubrió la cabeza, sonrió nervioso y dijo:

—Soy el que cuenta diariamente cuentos en la plaza, frente a la mezquita de Um Salma. No me reconoces porque estoy enfermo, desmejorado, y he adelgazado mucho últimamente…

El poeta le miró, fijándose ahora bien en sus ojos expresivos y dulces a la vez, y en los rasgos que ya le iban resultando más familiares. Murmuró:

—¡Ah! ¿Ahmad…? ¡Eres el cuentacuentos de la plaza de Um Salma! También trabajabas en la casa de la nieve al servicio del señor Arif, el Franco.

—Me alegro de que al fin me reconozcas —dijo Ahmad, con el rostro iluminado por una repentina alegría—… Algunas veces viniste a escucharme a la plaza de Um Salma, antes de que yo entrase a servir en la casa de la nieve, y sé que te complacían mis historias, porque me echabas monedas en la escudilla… Incluso una vez me pediste que te volviera a contar el cuento de la vieja y el gallo… ¿Lo recuerdas? Te hizo tanta gracia esa historia… Venías con tu amigo Yacub al Amín, el poderoso síndico del Zoco Grande… Él también me recompensó generosamente. Aquellos tiempos eran felices; ahora todo es oscuro e incierto…

—Humm… —comentó el poeta, venciendo su mal humor—. Ahmad, en efecto, te encuentro muy cambiado… ¡Estás tan demacrado! Hace mucho que no te veo…

—No me han ido bien las cosas de un tiempo a esta parte… Soy un desdichado… La vida es dura… Esta mala época que nos ha tocado vivir no es nada favorable para los artistas… Córdoba ya no es la que fue… ¡Y qué te voy a contar a ti! Tú, que eres poeta, sabes mejor que nadie lo difícil que resulta vivir de esto…

—¿Y tú vienes a pedirme ayuda a mí? —inquirió Farid con frialdad—. ¿Por qué a mí precisamente? ¿Acaso piensas que yo soy un hombre rico? También yo me gano la vida como puedo contando historias y escribiendo poemas. Y también yo padezco las consecuencias de la decadencia de Córdoba. Te equivocas, pues, si piensas que escribir me da dinero suficiente para socorrer a todos los que a diario vienen mendigando. No hay dinero para nada y mucho menos para los poetas.

—¡No te pido dinero!

—¡Eh, no me grites!

El cuentacuentos se echó a llorar cubriéndose la cara con las manos.

—Perdóname… ¡Me da tanta vergüenza…! —sollozó—. Solo quiero que escuches lo que tengo que decirte… Si no te pareciera bien, si te aburriera… Entonces me marcharía y no volvería a molestarte. He venido caminando bajo la lluvia desde el arrabal de Um Salma… Estoy cansado, pero tenía que venir… Tenía que venir porque… ¡Debo contarte esa historia! Solo a un hombre como tú podría contársela… He tenido fiebres, he sufrido delirios… He pasado un mes en cama…; creí que me moría… Por eso debía venir a tu casa. Debes escucharme. Te aseguro que te alegrarás.

Ante esta trágica declaración, el rostro de Farid se cubrió de sudor frío. Guardó silencio sin moverse de su sitio ni hacer gesto alguno.

Y Ahmad, al verle afectado por sus lamentos, demudado y quieto, aprovechó para poner sus ojos llorosos en él, avanzando un paso más y añadiendo:

—Podría haber acudido a cualquier otro poeta… Pero, en mi fiebre, en mi delirio…, fue como si una voz me hablara y me dijera que debía confiarte esa historia… Porque solo a ti podría contártela, ya que eres un gran poeta y eres amigo íntimo del poderoso síndico del Zoco Grande, el señor Yacub al Amín, que a buen seguro se sentirá deseoso de aportar su dinero para invertirlo en un negocio… Puesto que lo que tengo que contarte, además de ser una preciosa historia, puede reportar beneficios… Hazme caso y no te arrepentirás.

La insistencia del cuentacuentos, el convencimiento y la pasión con que hablaba habían desarmado casi del todo a Farid, pero todavía se resistió objetando:

—Eres sagaz para convencer... Al fin y al cabo, ¡eres un cuentacuentos! Tu oficio consiste en resultar convincente. Pero es muy tarde y en un rato se hará de noche. Vuelve mejor mañana...

—¡Mañana puedo amanecer muerto! —repuso Ahmad suplicante.

—¡No será para tanto!

—Escúchame, señor Farid, no te arrepentirás.

El poeta se lo pensó un instante más. Luego soltó un hondo suspiro y acabó cediendo:

—Está bien, adelante. Escucharé esa historia. Pero, te lo advierto, no consentiré que me robes mi tiempo. No estoy dispuesto a soportar engaños ni tonterías. Si lo que necesitas es un plato de comida...

—¡No soy un mendigo! ¡No me trates como si lo fuera! —replicó exasperado Ahmad—. Cuando descubras lo que tengo que ofrecerte, me besarás las manos... ¡No me desprecies!

—¡Eh, alto ahí! Si me levantas la voz solo una vez más, saldrás de esta casa.

—Sí, sí... Perdóname, señor Al Nasri... Estoy tan cansado...

Entraron en el zaguán y subieron por la escalera al piso alto. Allí Farid, aunque todavía visiblemente contrariado, le señaló una silla.

—Siéntate. Será mejor que, antes de nada, comas algo y te serenes.

Dicho esto, llamó a la sirvienta y le ordenó que llevara pan, un caldo y almendras con miel. Ante lo cual, el cuentacuentos sonrió agradecido y emocionado, se llevó las manos al pecho y dijo:

—Gracias, gracias, señor Al Nasri. No te he pedido comida, pero tienes razón al considerar que la necesito... Y no me juzgues mal si te ruego también..., si puede ser, que tu esposa me traiga... aunque sea solo un vaso de vino...

El poeta le miró de soslayo, con aire sorprendido y decepcionado. Replicó:

—¡Nada de vino! Y has de saber que esta mujer no es mi esposa, sino mi sirvienta. Soy viudo.

—Ah, discúlpame... No te enfades conmigo. Lo del vino no era por vicio, sino como medicina...

—Anda, come y no hables más.

Ahmad empezó a comer con aparente gana, mirando de soslayo al poeta y sonriendo con docilidad. Pero parecía que hacía un gran esfuerzo para engullir el pan. Se quejó:

—Me cuesta tragar, me cuesta…

—¿Solo eso vas a comer? —le preguntó Farid—. ¿No decías que estabas necesitado de alimento?

—No soy hombre de mucha comida… Además, sin… En fin, el vino me abre el apetito…

El poeta meneó la cabeza con aire hastiado y acabó llamando de nuevo a la esclava para ordenarle que llevara un vaso de vino.

El cuentacuentos, al tomarlo, pareció sentir bienestar e hizo un esfuerzo para terminarse el caldo y el pan. Farid le observaba mientras tanto sin disimular su desconfianza. Bostezó, miró hacia la ventana y necesitó desahogar de nuevo su irritación.

—¡Atardece! ¡Dios del cielo! Estoy cansado y no tengo buen humor hoy… Vamos, acábate eso y cuéntame la historia.

Ahmad alzó hacia él ojos cargados de aflicción, dejó el tazón sobre la mesa, bebió un último sorbo de vino y dijo:

—Es una historia larga… No será cosa de un rato. Necesitaré tiempo… Y además sería conveniente que también estuviera presente tu amigo, el señor Yacub.

Farid clavó en él una severa mirada y se puso en pie dando un respingo.

—¡No pongas a prueba mi paciencia!

Entonces el cuentacuentos, nervioso, rebuscó algo entre sus ropas, sacó un pequeño envoltorio de tafilete y lo puso sobre la mesa. Luego dijo muy serio:

—Aquí está la prueba. Mira lo que hay dentro.

Con una sonrisa cargada de suspicacia, el poeta alargó la mano, cogió el envoltorio y lo deslió.

Dentro había dos anillos de oro. Alzó la mirada hacia el cuentacuentos y preguntó con asombro:

—¿Qué significa esto? ¿De dónde los has sacado?

—Míralos bien —le dijo Ahmad.

El poeta volvió a poner sus ojos en los anillos, los acercó a la lámpara y los estuvo observando con detenimiento. Uno de ellos tenía una piedra negra engarzada, en la que estaba tallada una inscripción en letras latinas perfectas: *Ermengaudus comes*. El otro no tenía piedra, pero estaba inscrito en su cara externa *Utus*.

—Son de oro fino —dijo el cuentacuentos—. ¡Y muy valiosos, como verás!

Farid, apreciablemente confundido, dejó los anillos sobre la mesa y asintió parcamente:

—Sí.

Luego encendió otra lámpara para aportar más luz. Tras examinar los anillos de nuevo durante un largo rato, afirmó con circunspección:

—Estos anillos solo pueden haber pertenecido a rumíes muy importantes, pues los nombres están escritos en letras latinas. Supongo que formarán parte de las muchas alhajas que se cambiaron por comida durante la carestía de estos últimos años. No sé cómo habrán podido caer en tus manos. Espero que tengas una buena explicación que darme…

—La tengo. Te he dicho que poseo una gran historia que contarte; una historia que solo tú podrás poner por escrito, para que se recuerde, para que no caigan en el olvido los dos hombres que llevaron en sus dedos estos preciosos anillos. Y por eso te repito una vez más que no te arrepentirás. Cuando tu amigo Yacub al Amín oiga lo que tengo que contaros, a buen seguro se alegrará por los grandes beneficios que pueden obtenerse. Ve a mostrarle los anillos y, si estáis los dos de acuerdo en escucharme, mañana regresaré y os conduciré al lugar donde podréis ver algo que os sorprenderá todavía más que estos anillos.

Farid miró de nuevo los anillos, en silencio, y movió la cabeza en señal de asentimiento silencioso. Empezaba a creer que en verdad iba a merecer la pena prestar atención a aquel misterio. Fue hacia la ventana pensativo y estuvo contemplando, en silencio, las primeras estrellas durante un largo rato. Luego regresó junto al cuentacuentos, le miró fijamente a los ojos y, con calma, con voz intensa y melodiosa, como si recitase una sentencia, dijo:

—Está bien. Mañana temprano iré a la mezquita Aljama para la oración del alba. Allí suelo encontrarme con mi amigo Yacub al Amín. Le mostraré los anillos y le preguntaré su opinión. Ahora es tarde ya.

El cuentacuentos envolvió los anillos con el pedazo de cuero y se los entregó, diciendo:

—Señor Al Nasri, espero que te fíes de mí tanto como yo de ti. Alá sabe que no os engaño y que todos podremos hacer un buen negocio y una buena obra.

Después ambos bajaron en silencio al zaguán y allí se despidieron sin más palabras. El poeta vio cómo Ahmad desaparecía, caminando apresuradamente, en la oscuridad de la noche húmeda y fresca de los inicios de aquel extraño verano.

## 134

*Córdoba, 7 de julio, año 1017*

Las ventanas, esos párpados de la ciudad, aún permanecían cerradas cuando el ilustre poeta Farid al Nasri salió de su casa en plena madrugada y se enfrentó a la oscuridad. Se detuvo en la puerta y pareció vacilar ante una fresca brisa vagabunda que recorría la calle desierta. Al fondo, la somnolienta y débil claridad del crepúsculo apenas asomaba sobre los tejados, debatiéndose con un firmamento poblado todavía por infinitos astros y una delgada luna. El silencio envolvía el barrio.

Entonces crujió la madera de un postigo y una voz de mujer preguntó susurrante:

—¿Amo, te pasa algo? ¿Dónde vas tan temprano?

Él se volvió y se topó con la llama oscilante de una vela en la ventana. El resplandor dio a su expresión un aire amenazante y sus ojos desprendieron el fuego de la cólera al ver la cara de su sirvienta.

—¡Calla, mujer! —rugió—. ¡Apaga esa luz! Vas a alertar a los vecinos...

Su voz resonó en la calle solitaria. Luego hubo un momento de silencio en el que crujieron los postigos de algunas ventanas. Farid entonces se compuso el turbante y echó a andar con pasos apresurados por la calle, tratando de hacerse invisible, pegado a las sombrías paredes, bajo los soportales. Recorrió un dédalo de callejuelas estrechas, pasó por una oscura plaza y en su camino solamente se cruzó con un par de hombres que, como él, caminaban deprisa y en silencio. También vio ratas veloces que retornaban a sus madrigueras después de hacer de las suyas. Sus nervios estaban alterados, porque tampoco había podido dormir nada a causa de la misteriosa visita del cuentacuentos. En tal estado, inquieto y lleno de curiosidad, dejó atrás el laberinto oscuro y misterioso del barrio de los libreros y se halló de repente frente a la soledad majestuosa de la mezquita Aljama. Se detuvo, lanzó un hondo suspiro y miró lánguidamente hacia el soberbio minarete. Luego echó a andar de nuevo y atravesó el patio de los Naranjos, tratando de sosegarse con el murmullo de las fuentes de las abluciones. Pero allí un ciego le salió al paso inoportunamente y, con voz temblorosa, le recitó estos versos:

*Madrugan los que no conocen el aroma del vino en la noche,*
*ni gozan de labios de mujer,*
*pero los recibe el aroma fresco del crepúsculo*
*y les besa la luz más hermosa...*

El poeta pasó de largo, contestando displicente:

—Madrugan los que tienen cosas importantes que hacer por la mañana.

El ciego soltó una forzada carcajada y añadió a voces:

—¡Y los que tienen hambre!... Madrugan los pobres para encontrar gente tempranera, honrada y laboriosa... ¡Gente como tú, señor Farid al Nasri, el más grande poeta de Córdoba!

Farid se detuvo conmovido por el hecho de que el ciego le hubiera reconocido por la voz. Se metió la mano en las faldriqueras y sacó la pequeña bolsa de cuero donde solía llevar algunas monedillas para las limosnas.

—Toma, amigo. Aquí tienes un par de felús de cobre. Anda, recítame la segunda parte del poema, que me vendrá bien para calmar mis ansiedades. Y con lo que yo te doy tú podrás calmar tu hambre al menos durante una semana.

El ciego sonrió, carraspeó y recitó:

*Madruga el sol para iluminar al justo.*
*Madruga la luna del mujarran,*
*y madrugan las rosas para el dadivoso;*
*para brindarle aromas de armonía y perlas de rocío.*

—Hermoso, muy hermoso, amigo —dijo Farid sonriente y obligado—. Si tuviera alguna moneda más te la daría, porque te lo mereces.

El ciego le buscó a tientas, le tomó la mano y se la besó contestando luego:

—Señor Farid al Nasri, glorioso poeta, tu talento es tan grande como tu generosidad. ¡Alá te guíe!

Con estas palabras se despidieron, mientras una bella y tímida luz se iba haciendo en las alturas, dotando a los naranjos de un aura apacible. En ese instante, el muecín inició su llamada a la oración del alba. Poco después, empezaron a llegar hombres desde todas las calles adyacentes y se distribuyeron por las fuentes de las abluciones. Con la mente embotada, Farid se unió a ellos. Obedecía a los movimientos de la purificación reaccionando con una sumisión ciega, y luego penetró en la mezquita llevado por la fuerza automática de la costumbre. Dentro, la incipiente claridad iba desvelando las caras de muchos conocidos; se saludaban con inclinaciones de cabeza, se devolvían leves sonrisas y se iban colocando en la posición y la dirección adecuadas para el rezo, mirando a la quibla. Entonces Farid vio al hombre que había ido a buscar: su amigo Yacub abén al Amín, el síndico del Zoco Grande de Córdoba; grueso, refinado, bien vestido y cubierto de dignidad, que le vio a su vez. Las miradas se cruzaron y ambos se sonrieron amistosamente.

Al terminar la oración, ambos salieron juntos y en silencio. En el exterior brillaba ya el sol; se derramaba sobre las hojas de los naranjos y arrancaba destellos en el agua de las fuentes. Era esa hora resplandeciente en la que el mundo parece nuevo, máxime si la tarde anterior ha caído un intenso aguacero capaz de limpiarlo todo.

Farid puso la mano en el hombro del síndico y le dijo:

—Querido amigo, vine hoy a orar, pero también a buscarte.

—¡Bienvenido! —contestó Yacub, con voz no exenta de asombro—. ¡Vaya sorpresa!

El poeta dijo en tono de excusa:

—Sí, es verdad que hace tiempo que falto a la mezquita Aljama... Rezo en la pequeña mezquita de mi barrio.

—Te fuiste lejos del centro a vivir —dijo el síndico, alzando las cejas con un movimiento ambiguo—; lejos de la mezquita Aljama y lejos de tus viejos amigos.

Farid rio entrecortadamente y repuso:

—Me fui lejos del barullo. Tuvimos que ver demasiadas desdichas aquí en los malos tiempos pasados... Me apetecía emprender una nueva vida cuando retornó la paz a Córdoba. Cerca del mercado ya no podía concentrarme. Después de los saqueos aquí solo hay tristeza y terribles recuerdos...

—¿Ah sí...? —dijo burlón Yacub—. ¿Quieres convencerme de que escribes historias más bellas lejos de la amistad, el laúd, el vino y la danza?

—No te burles, amigo. Ya no somos jóvenes... Cuando uno empieza a sentirse maduro empieza a amar más el silencio.

El grueso síndico se golpeó el amplio pecho con la palma de la mano y replicó:

—¡Habla por ti! Uno es joven hasta que deja de desear serlo.

Farid exhaló un hondo suspiro y rezó:

—¡Que todo siga bien para nosotros, si Alá quiere! Ya sea uno joven o viejo, rico o pobre, lo importante es tener salud.

—¡Si Alá quiere! Pero también el amor es importante...

Caminaban ya por fuera del patio de los Naranjos, y parecían estar de acuerdo en dirigir sus pasos hacia el Zoco Grande, cuando Yacub se detuvo, miró fijamente al poeta y le preguntó muy serio:

—Bueno, ¿y por qué has venido a verme? Llevo meses sin saber de ti y apareces de repente al amanecer. ¿Traes una noticia buena o mala?

Farid pensó un poco antes de contestarle; luego dijo muy serio:

—Necesito que veas algo y que me des tu opinión.

—¡Me asustas! ¿De qué se trata? ¡Muéstramelo!

—No, aquí no. Hay mucha gente que nos mira... Vamos a tu casa y allí lo verás.

Siguieron caminando hasta las inmediaciones del Zoco Grande y cruzaron el barrio donde el insigne poeta Farid al Nasri había pasado, en otra época, la mayor parte de su vida en Córdoba. Todo había cambiado allí desde que se mudó, hacía ya cuatro años, al sector norte de la medina, a las inmediaciones de Al Rusafa. En verdad había sido feliz prosperando cerca del zoco, pero, no obstante, no lo había echado de menos ni una sola vez. No lo añoraba, por más que hubiera sido el barrio de su juventud; el de su felicidad y sus éxitos. Tal vez por eso, en vez de añorarlo, le daba la espalda, indolente, con frialdad, como quien deja atrás un paso obligado simplemente. Porque aquel zoco tampoco era ya lo que fue; estaba apreciablemente menoscabado y no se veían signos de la abundancia que hubo allí en otros tiempos. Ya no transitaba aquel río humano ininterrumpido de los días de prosperidad. Ahora la vida comercial despertaba con timidez y se veía solo una menguada hilera de hombres y bestias de carga. No obstante, todo recordaba de alguna manera lo de entonces, aun en la evidente decadencia. Las calles eran tan estrechas que apenas cabían dos asnos cargados caminando juntos. Las celosías casi se tocaban en las casas de ambos lados y las antiguas tabernas y los almacenes desprendían el mismo olor polvoriento, saturado de vieja madera y humedades. Los niños, descalzos y amodorrados, salían a imprimir sus huellecitas en el barro; al poeta no le parecían ser los mismos niños y el mismo barro que una década atrás.

Como si leyera sus pensamientos, Yacub le preguntó en un susurro:

—¿De verdad no echas de menos todo esto?

Farid contestó como si dialogara consigo mismo.

—Quiero creer que mi tranquilidad de hoy es cierta y no es fantasía. Cuando se tiene una edad es mejor vivir alejado de los recuerdos de juventud. Mi trabajo consiste en inventar historias. Si continuara viviendo aquí, acabaría sucumbiendo a la tentación de contar una y otra vez lo mismo, retornando siempre a las sombras de mi propia dicha…

El síndico le lanzó una larga e interrogante mirada. Luego movió la cabeza y dijo con tono asombrado:

—¡Qué complicados sois los poetas! Lo que tú necesitas es una mujer.

Siguieron caminando en silencio hasta la minúscula plazuela donde se alzaba su casa. Junto a la puerta principal rumoreaba una fuente. Nada más entrar, el síndico preguntó con impaciencia:

—¿Qué es eso que quieres mostrarme?

Farid metió la mano en la faldriquera y sacó un pequeño envoltorio de cuero, diciendo:

—Mira bien estos dos anillos y dime tu parecer…

El síndico tenía puesta toda su atención en su amigo, cuando este, de pronto, dio un respingo y se palpó con nerviosismo las faldriqueras, exclamando:

—¡Los anillos! ¡Le di al ciego el envoltorio de los anillos en vez de las monedas!

—¿Eh…? ¿Qué ciego? ¿Qué pasa? —balbució Yacub sin acabar de comprender nada.

El poeta se dirigió hacia la puerta gritando:

—¡Aguarda aquí! ¡He de volver a la mezquita Aljama!

Salió y dejó atrás el zoco, corriendo angustiado, maldiciendo su despiste. No tardó en regresar al patio de los Naranjos, por donde deambuló tratando de encontrar al ciego. Y como no diera con él, preguntando dónde poder hallarlo a esa hora. Un mendigo se acercó y le dijo:

—Se marchó enseguida, antes incluso de que concluyese la oración del alba; cosa extraña, puesto que diariamente se queda pidiendo aquí hasta la última hora del día. Vive al final de los arrabales que hay al otro lado del río, más allá de las casas de los cabreros. Si te das prisa, puede que lo encuentres por el camino.

Al oír estas explicaciones, Farid echó a andar deprisa, salió luego del huerto de los naranjos y fue rodeando los muros de la mezquita. Entonces, al levantar la cabeza repentinamente, vio a lo lejos al ciego, que caminaba despacio, ayudándose con su bastón, hacia el puente que cruza el Guadalquivir.

Corrió y lo alcanzó pronto.

—¡Eh, tú, detente! —le gritó.

El ciego se quedó parado, se volvió y contestó temblando:

—¿Quién me llama?

—Farid al Nasri, el mismo que te dio limosna esta mañana.

—¡Oh, señor Farid al Nasri! —exclamó jubiloso el ciego—. ¡Alá te guarde y premie todo lo bueno que eres! Has arreglado la vida de este pobre infeliz. Ahora podré descansar hasta el día que me muera… No ver nada es muy duro, pero más lo es tener que mendigar cada día entre hombres sin misericordia.

Y dicho esto, se abalanzó hacia el poeta para abrazarlo; dio a tientas con su cuello, se colgó de él y empezó a cubrirlo de besos y babas, exclamando:

—¡Bienhechor mío! ¡Bondadoso! ¡Alá te lo pagará! ¡Esos anillos de oro me han salvado la vejez! ¡Nadie hay más generoso que tú! Después de que me los dieras, fui al barrio de los orfebres y me dijeron que su valor es muy grande. ¡Cincuenta dinares me dieron por los dos!

El poeta se estremeció por la angustia al oír aquello. A duras penas consiguió zafarse del mendigo, pero él seguía exclamando:

—¡Eres el más bueno entre los hombres de Córdoba! ¡Y el más grande de todos los poetas que hubo! ¡Oh, mi bienhechor! ¡Tu inteligencia es tan grande como tu bondad!

—¡Ay, Dios mío! —gimió el poeta, al tiempo que se zafaba del abrazo del ciego—. ¡Te deshiciste de los anillos!

—¡Naturalmente, señor Al Nasri ¡Para qué quiere alhajas un pobre ciego? ¡Yo lo que necesito es comer! ¡Y tú has remediado mi pobreza! ¡Deja que te muestre mi gratitud, oh misericordioso e insigne poeta de Córdoba!

El corazón de Farid se encogió y su ansiedad dio paso a una verdadera confusión. Luego se puso a preguntarle al ciego con desesperación:

—¿Dónde los vendiste? ¡Dime a qué orfebre los llevaste!

El ciego se irguió y sus ojos velados se abrieron mostrando un gris opaco.

—Ibrahim al Sayigh me los compró —respondió, esbozando una retraída sonrisa—. ¿Acaso deseas saber si me han engañado? A mí cincuenta dinares me parecen una verdadera fortuna... ¿Crees tú que esos anillos valen más? ¡Alá perjudique a quien se atreva a engañar a un pobre ciego! ¿Crees que Al Sayigh ha abusado de mi ignorancia?

El poeta estuvo un instante como paralizado, mirándole y sin ser capaz de reaccionar. No respondió a las preguntas del ciego, pues sus pensamientos confusos hicieron que ni siquiera las escuchase. Después retrocedió, dio media vuelta y se marchó de allí con pasos apresurados, casi corriendo, mientras a su espalda le gritaba el ciego:

—¡Señor Al Nasri, Alá te guarde! ¡Bendito seas! ¡Yo estoy conforme y no deseo reclamar!

Pero a Farid ya solo le preocupaba una cosa: recuperar los anillos. Después de lo que había sucedido, no podía reclamárselos al ciego. No le quedaba más remedio pues que ir al orfebre y pagar los cincuenta dinares.

Era ya mediodía cuando llegó a su casa, después de haber atravesado la ciudad completamente angustiado. Estaba hundido, sin fuerzas siquiera para sostener su habitual mal humor. La criada le vio en tal estado y se sobresaltó.

—¡Amo! ¡Estás sudando! ¡Y pálido! ¿Qué te sucede?

—¡Calla! ¡Calla y no grites! Anda, lleva agua caliente a mi alcoba. He de poner los pies cansados en remojo... Y prepárame un caldo...

—¿Estás enfermo, amo?

—¡Haz lo que te digo!

Poco después, Farid estaba en la cocina con los pies en una palangana, tomando el caldo y sumido en sus pensamientos. Mientras, la criada le miraba de reojo llena de preocupación.

—Amo —dijo ella al cabo de un rato, con cuidado—. El hombre que te visitó ayer se presentó otra vez a media mañana.

Él la miró de manera interrogante. Y ella comprendió que debía informar.

—Le dije que no habías vuelto todavía. Él estuvo esperando un buen rato, pero, al final, dijo que tenía que marcharse y que regresaría por la tarde.

El poeta se desazonó todavía más. Se levantó, se secó los pies y subió a su habitación. Cerró la puerta y se encaramó en lo alto de su escritorio para sacar una caja que tenía escondida en el techo, entre las alfajías. En ella tenía todos sus ahorros. Extrajo cincuenta dinares y los metió en una bolsa de tela. Luego bajó y le dijo a la criada:

—Volveré pronto. Si viene ese hombre, dile que me espere. ¡Y no le des ninguna explicación!

Un instante después, iba con todo ese dinero camino del Zoco Grande para rescatar los anillos.

# 135

*Córdoba, 7 de julio, año 2017*

Ibrahim al Sayigh era el más afamado orfebre del Zoco Grande de Córdoba. Su establecimiento ocupaba un gran espacio en el centro del callejón principal del barrio de los plateros. Allí le atendió el hijo del dueño, un judío de mediana edad, aspecto digno, resuelta amabilidad y rostro agradable.

—¡Señor Al Nasri! —exclamó sonriente—. ¡Qué agradable sorpresa!

Farid estaba tan exasperado que no contestó al saludo. Solo dijo concisamente:

—Vengo a por los anillos.

El orfebre palideció y se quedó mirándole con aire confundido, sin responder.

—¡Vamos! —añadió con ansiedad el poeta—. Sé que el ciego estuvo aquí esta mañana. Yo le di esos anillos por error y deseo recuperarlos.

Ibrahim hizo un gran esfuerzo para retomar su sonrisa inicial y contestó halagüeño:

—Siéntate, señor, y déjame que te ofrezca un agua de rosas azucarada.

—¡Tengo prisa! —replicó Farid con brusquedad—. Te ruego que saques los anillos.

En ese instante, se agitó una cortina y apareció el propio Ibrahim al Sayigh, el dueño, que había escuchado la conversación desde la trastienda; un anciano enjuto de larga y afilada barba.

—¡Vaya! —dijo con preocupación—. Ya suponía yo que esos anillos acabarían acarreando algún problema...

Farid se volvió hacia él, con el ceño fruncido, diciéndole:

—No hay ningún problema. Dadme los anillos y tomad los cincuenta dinares que le pagasteis por ellos al ciego.

El padre y el hijo se miraron, compartiendo la misma suspicacia. Luego el anciano dijo con calma:

—Señor Al Nasri, no sé lo que habrá detrás de esos anillos, ni pretendo saberlo. Este es un establecimiento honrado y nuestro único cometido es el trabajo del taller de orfebrería, así como comprar y vender. Como comprenderás, el precio de los anillos ha aumentado por el solo hecho de haber pasado a nuestro poder.

El poeta le miró iracundo y preguntó:

—¿Cuál es su precio ahora?

El viejo orfebre sonrió afable y respondió:

—Por ser tú, y comprendiendo que seguramente has sufrido algún perjuicio por causa del ciego, deberás pagar solo setenta dinares por ellos.

Farid clavó en él una mirada llena de indignación y le gritó:

—¡¿Diez más por cada uno?! ¡Es un abuso!

El anciano se puso serio, se encogió de hombros y desapareció tras las cortinas, haciendo ver con ello que había dicho su última palabra y que no iba a enzarzarse en una discusión.

Entonces, visiblemente azorado, el hijo señaló la alfombra y propuso:

—Bien..., bien... Siéntate, señor Al Nasri, y tomemos el agua de rosas. Sé comprensivo con nosotros. Estos son unos malos tiempos y ya es bastante pérdida tener el negocio abierto... Alguna ganancia tendremos que sacar nosotros, ¿o no?

Y dicho esto, fue a por una bandeja con una jarra y algunos vasos que tenía encima del mostrador.

—Seamos razonables —añadió el orfebre, mientras servía el refresco—. Sabes que somos comerciantes prestigiosos. Nos preciamos de ello.

No nos gustan los escándalos… Si hay algún problema; si sucede algo que yo desconozco en todo esto, mejor será hablar con sinceridad, sin tapujos, con calma… En fin, señor Al Nasri, tú eres un hombre instruido y sabes que los judíos siempre somos objeto de sospecha, de recelos, de suspicacia… Tú me comprendes, ¿verdad? Se nos suele juzgar con prejuicios, injustamente. Ese es nuestro sino… Nuestra vida es un constante tener que justificarse, un sobresalto y un temor. Al verte entrar así, tan airado, con ese enojo, pensé que… ¡En fin, me asusté!

—¡Basta de sermones! —le espetó Farid—. Pagaré los setenta dinares. Aunque ahora solo llevo encima cincuenta. Pero dad por vendidos los anillos. Volveré con el dinero que falta lo antes posible. Solo os ruego que, mientras tanto, no se os ocurra vendérselos a nadie…

—¡Por el Eterno! —se apresuró a exclamar el orfebre—. ¡La palabra es la palabra! Los anillos ya son tuyos, señor Al Nasri. Puedes volver a por ellos cuando lo desees.

El poeta salió de la tienda sulfurado y corrió de nuevo hacia su casa con la intención de recoger los veinte dinares que le faltaban. Estaba agotado, empapado en sudor y sumido en la confusión. Cuando llegó a la puerta, su criada le comunicó nada más verle:

—Ese hombre, el cuentacuentos, ha estado aquí otra vez. Le dije que debía esperar. Y no le di explicación alguna… Estuvo sentado ahí en el banco del zaguán, esperándote. Y después de un largo rato, al ver que no regresabas, anduvo inquieto y me preguntó un montón de veces por ti. Como no supe qué decirle, acabó yéndose.

Farid contestó a esto soltando un bufido y subió las escaleras.

Ella canturreó un poco y luego gritó:

—¡Es mediodía! ¿Almorzarás ahora, amo?

Se hizo un silencio largo en la casa que parecía estar cargado con toda la angustia que sentía el poeta, mientras se encaramaba al escritorio para sacar sus ahorros del techo. Hasta que sonaron golpes en la puerta.

La criada anunció:

—¡Ya está aquí el dichoso cuentacuentos!

—¡No le abras! —gritó Farid—. ¡Ya voy yo a recibirle!

El poeta abrió la puerta creyendo que encontraría al cuentacuentos, pero se topó con el rostro redondo y sonrosado de su amigo Yacub, el síndico.

—¡Tú! —exclamó Farid.

—Sí, yo. ¿Por qué te sorprende tanto mi visita? ¡Me tienes preocupado! Esta mañana, después de la oración en la mezquita, dijiste algo sobre unos anillos… ¡Y luego saliste corriendo! ¿Se puede saber qué te sucede?

—¡No puedo hablar ahora! —contestó azorado el poeta—. Vuelve a tu casa y espérame allí.

—¿Puedo ayudarte en algo?

—Sí, pero en este preciso momento no puedo atenderte. Haz lo que te he dicho: ve a tu casa. Yo me encontraré contigo allí dentro de un rato. Antes debo hacer algo…

Todavía estaba hablando Farid cuando apareció el cuentacuentos y, al ver que estaba allí el síndico del zoco, se puso muy contento y empezó a decir:

—¡Ah, ya lo sabe tu amigo! ¿Le has enseñado ya eso? Ha llegado pues el momento de contar mi historia…

El poeta se agobió todavía más y gritó con voz potente:

—¡Calla!

Hubo después un silencio, en el que Yacub y Ahmad le miraban atemorizados. Después él se dirigió a su amigo para decirle con forzada calma:

—Ve a tu casa, por favor, y espérame allí. Almorzaremos juntos y te lo explicaré todo.

El síndico se encogió de hombros y se marchó con cara de no comprender nada. Y mientras desaparecía de su vista, Farid miró al cuentacuentos y le dijo con gesto adusto:

—Vayamos arriba, tengo que hablar contigo.

El cuentacuentos le siguió por las escaleras, sin preocuparle lo más mínimo la cara sombría y llena de preocupación del poeta, como si ya aceptara plenamente el hecho de que era un hombre avinagrado, cuyo temperamento nada tenía que ver con su gran talento.

Una vez arriba, se sentaron el uno frente al otro y se estuvieron mirando en silencio. Hasta que Farid dijo:

—Ha pasado algo y, antes de que te lo cuente, debes hacer un esfuerzo para poner en mí toda tu confianza y creer cada una de mis palabras.

El cuentacuentos asintió con la cabeza sin dejar de sonreír.

El poeta tragó saliva, bajó la mirada y confesó susurrando:

—No tengo los anillos.

—¿Eh? ¿Qué quieres decir? ¿Estás de broma?

—No, hablo en serio. Lo que has oído es cierto: no tengo esos anillos. Están en la tienda del judío Ibrahim, el orfebre.

Ahmad dio un salto, llevándose las manos a la cabeza.

—¡Dime que no es verdad! ¿Te burlas de mí?

—No. Pero no te preocupes, porque ahora mismo iré a recuperarlos…

El cuentacuentos le miraba sin dar crédito todavía a lo que acababa de oír. Luego deambuló por la habitación, con las manos en la cabeza, diciendo:

—Imposible, imposible… ¡Me cuesta creerlo! ¿Cómo que los has perdido? ¿Qué tontería es esa? ¿Me tomas por idiota…? ¿Te ríes de mí?

—Siéntate, por favor— le rogó Farid angustiado—, y déjame que te lo explique. Es largo de contar.

Ahmad se sentó y puso en él una mirada anhelante, diciendo:

—Habla, señor Al Nasri. Dime que todo es una broma.

—¡Qué más quisiera yo que lo fuera! —exclamó Farid, desahogando su corazón—. ¡Broma cruel la que me han gastado a mí los demonios esta mañana! ¡Si seré estúpido y despistado! Cuesta creerlo, en efecto… Ni yo mismo lo creo todavía… ¡Qué mal día estoy pasando a cuenta de esos malditos anillos!

Y después de lamentarse durante un rato, contó todo lo que le había sucedido desde que salió por la mañana: el encuentro con el ciego, la oración en la mezquita, el paseo hasta el Zoco Grande con su amigo el síndico y el momento en que se dio cuenta de que se había desprendido por equivocación de los anillos. Al llegar a este punto, se detuvo y volvió a mortificarse.

—¡Si seré idiota! ¡Torpe! ¡Necio!… ¡Y ahora tengo que comprar los anillos!

—Es increíble…, es absurdo… —murmuró el cuentacuentos, estupefacto.

—Sí. ¡Increíble! ¡Absurdo! Pero peor todavía es lo que pasó después.

Y le contó a continuación el nuevo precio que habían pedido los orfebres, por cuyo motivo ahora estaba de nuevo en casa para recoger el resto del dinero.

—¡Son todos mis ahorros! —se lamentó—. ¡Y estoy agotado! Ahora debo volver al Zoco Grande…

El cuentacuentos escuchaba con gesto de pasmo. Soltó un hondo suspiro, al que siguió un silencio. Ambos se miraban, como tratando cada uno de adivinar lo que pasaba por la mente del otro. Entonces el poeta, llevado por su desesperación, o temiendo tal vez no ser creído, empezó a relatar de nuevo el percance. Pero Ahmad no le dejó seguir; agitó las manos y dijo:

—Déjalo ya, señor Al Nasri. No gastes más saliva. Creo todo lo que me has contado. Sé qué clase de hombre tengo delante y que sería incapaz de mentir.

—He dicho la verdad, la pura y simple verdad... Alá lo sabe...

El cuentacuentos puso en él una mirada compadecida. Después suspiró y dijo apesadumbrado:

—Tú no tienes la culpa, señor Farid al Nasri. Todo lo que te ha sucedido es por causa de los anillos...

El estupor se reflejó en las facciones del poeta, mientras preguntaba desconcertado:

—¿Qué quieres decir?

—No te mortifiques más —dijo con enigmática expresión Ahmad—. ¡Y no sufras buscando una explicación! Es inútil intentar saber el porqué de lo que te ha sucedido. Solo puedo decirte de momento que quizá todo esto sea la consecuencia de dos espíritus que necesitan el reposo definitivo y la paz... Por eso debo contar esa historia cuanto antes y devolver los anillos al lugar de donde salieron...

Farid se le quedó mirando durante un rato, desmadejado y con inconfundible gesto de estupor en su cara. Después dijo con voz apagada:

—Mejor será que acabemos con esto... Voy a rescatar los anillos.

—Sí, señor Al Nasri, debes ir ahora. Y creerme si te digo que siento de veras que hayas tenido que hacer ese desembolso. Pero también te digo que lo recuperarás con creces.

El poeta soltó un hondo suspiro y se puso a contar las monedas que estaban sobre su escritorio.

—Aquí están los veinte dinares que faltan —dijo, mientras los ponía en su bolsa—. Iré yo solo a la tienda del orfebre. Y después me allegaré hasta la casa de Yacub, que está muy cerca de allí. Debo darle una explicación a mi amigo.

—Y enséñale también los anillos. Yo os esperaré mañana junto a la puerta de los Príncipes de la mezquita Aljama.

# 136

Cuando Farid al Nasri llegó a la casa del síndico del Zoco Grande, ya estaba servida en el patio la mesa con una bandeja repleta de pedazos de esplendoroso pescado frito, aderezados con abundante cebolla, aceitunas y vinagre. Solo allí podía disfrutar el poeta de tales manjares en aquellos tiempos de penurias, y en ese momento su apetito era grande a causa de la ajetreada mañana. Ambos amigos se sentaron sobre la estera, cada uno en el mismo sitio que solían ocupar, frente por frente, y empezaron a comer en silencio. Pero, después de dar un par de bocados con ansiedad, el poeta suspiró y soltó en el plato la espina del pescado que acababa de devorar. Luego sacó el envoltorio y lo dejó sobre la mesa, diciendo:

—Mira esto.

Yacub ya se había percatado del desasosiego que poseía a Farid y, lanzándole de vez en cuando interpelantes miradas, se limpió la grasa de las manos y se puso a desliarlo. Los relucientes anillos aparecieron ante sus ojos sin despertar ninguna reacción demasiado extraordinaria en su rostro.

—¿Quieres saber su valor? —preguntó.

—No. Ya sé que cuestan al menos setenta dinares…

Y después de decir aquello, el poeta se puso a relatar todo lo sucedido, con voz nerviosa, atropelladamente, de manera que el síndico tenía que interrumpirle con frecuencia para hacerle preguntas y enterarse bien.

Contada la peripecia, se quedaron callados, mirándose, antes de retomar el pescado. Y después de comer, Yacub sacudió la cabeza, apuró su copa y comentó con voz tenue:

—Me parece interesante…

Tras otro silencio, Farid preguntó:

—¿De verdad?

—Sí. O acaso tú no tienes curiosidad…

—¡Es absurdo! —refunfuñó el poeta. No sé cómo me he dejado arrastrar por ese delirante cuentacuentos.

—Todo es delirante, en efecto. Pero... ¿vamos a quedarnos sin saber lo que hay detrás de todo eso?

El poeta permaneció pensativo, haciendo visible su confusión y su incertidumbre. Luego dijo con circunspección:

—Siempre ha repetido el cuentacuentos que podríamos obtener buenas ganancias si le hiciéramos caso... Y no sé qué pensar; unas veces me parece cuerdo y sincero, pero otras veces pienso que no está en sus cabales.

—¿Y qué tenemos que perder? Escuchémosle y veamos de qué se trata. ¿Vamos a quedarnos con la duda? ¿Y si fuera verdad que podemos sacar algo?

Volvieron a estar callados mientras compartían esa indecisión. Hasta que Yacub propuso, muy seguro de sí:

—¡Oigamos esa historia!

Farid rio, haciendo signos de negación con la cabeza, y luego contestó:

—¡Qué estupidez!

—¿Y por qué no? ¡Hay que arriesgarse! Imagina que, además de una historia apasionante, fuera cierto que pudiera haber buenas ganancias que obtener. Si ese hombre decidió acudir a nosotros, tal vez ha sido porque no tenía a quién confiarse. Vivimos unos tiempos inseguros en los que se encuentra poca gente de fiar en Córdoba.

Farid se quedó serio y pensativo, meditando sobre lo que acababa de decirle su amigo, que indudablemente ejercía sobre él gran influencia. Después, como si quisiera acabar de convencerse, murmuró:

—Sí, tienes razón. He perdido setenta dinares y quisiera recuperarlos.

En este punto de la conversación, apareció la esclava que servía la mesa, diciendo:

—Amo, tu mujer pregunta si debemos freír más pescado.

—No. Trae ya los dulces. ¡Y no nos molestes más!

Después de dar esta orden, Yacub llenó las copas y, retornando al asunto, prosiguió animoso:

—No podemos pasarnos la vida recordando el pasado, lamentándonos y quejándonos siempre por lo mal que va todo... Seguro que estos no son los peores tiempos que se han vivido. En este mundo pasan los bienes, pero también pasarán los males... Y debemos no obstante hacer algo para sentirnos vivos.

Farid sonrió y apuró la copa. Luego, con solemnidad estudiada, sentenció:

—Sí. Hay que mirar hacia delante. Porque solo los necios consideran que el pasado fue lo mejor. Eso me lo repito todos los días. Y te doy la razón cuando me dices que me quejo demasiado… Pero también siento que hallo un cierto placer en la nostalgia… Y te ruego que lo comprendas…

Yacub le miró burlón, ampliando tanto la sonrisa que ponía de manifiesto la elasticidad de su cara rolliza y sonrosada.

—Tú eres un raro; como todos los poetas, que sois unos lunáticos. Sin embargo, yo soy un hombre práctico y, a pesar de ello, te comprendo, amigo. Aunque no puedo dejar de decirte que lo que tú necesitas es una mujer en tu vida.

El poeta movió la cabeza mientras echaba una mirada taciturna sobre el patio, descubriéndolo extrañamente vacío, ocupado solo por ellos dos. Luego se lamentó a media voz:

—Hace años, en cualquier patio de Córdoba como este, un poeta mediocre, aunque tuviera solo un ápice de talento, podía ganarse al menos cinco dinares recitando poemas. Y mejor será no recordar lo que me daban en los mejores palacios…

Se quedaron en silencio. Entonces les pareció que estaban almorzando envueltos en una soledad terrible, porque recordaron el círculo de invitados, en torno a esa misma mesa, años atrás, en las cenas que se organizaban con cualquier motivo. Y les vinieron a la memoria los adornos, las lámparas, las colgaduras de fiesta y los músicos con sus laúdes, flautas y panderos. Añoraban con aflicción todo eso, y el tiempo en el que rezumaban satisfacción y alegría por todos los poros…

Yacub adivinaba los pensamientos de su amigo y le sacó del ensimismamiento, diciendo:

—¡Eh, tú! ¡Basta de recuerdos! Al menos nosotros no pasamos hambre. Y ya sabes que aquí tienes un amigo dispuesto a no consentir que te sientas en la miseria.

—Sí. Y te debo ya tanto dinero…

—Nada, no me debes nada —dijo Yacub, dándole unas afectuosas palmadas en el antebrazo—. Y, en todo caso, me debes el hacer un esfuerzo para mostrarte alegre cuando estás conmigo.

Farid sonrió sin poder borrar el asomo de tristeza que había en el fondo de su mirada. Después se puso en pie y manifestó con resolución:

—Mañana nos encontraremos al alba en la mezquita Aljama, y tras la oración iremos a la puerta del Príncipe para escuchar lo que el cuentacuentos quiera contarnos...

Después de decir aquello, envolvió los anillos en el tafilete y ambos se despidieron.

# 137

*Córdoba, 8 de julio, año 1017*

Con la primera luz del día, Farid y Yacub salían de la mezquita después de haber acudido al rezo de *salat al fajr*. Ahmad, el cuentacuentos, los estaba esperando delante de la puerta del Príncipe, junto a la fuente principal, como había prometido. Los tres se saludaron sin intercambiar ninguna palabra, apenas con unos leves movimientos de sus cabezas, y se encaminaron con pasos decididos hacia el corazón de la medina. A esa hora, el calor se empezaba a apoderar ya de la ciudad y el olor de las comidas lo inundaba todo. Pero el deseo, la incertidumbre y el entusiasmo hacían que ellos se olvidasen de su apetito. Dejaron atrás los naranjos y abandonaron los altos muros por el adarve de Levante, torcieron luego por la calle que discurría desde la munya de Al Moguira. Les parecía descubrir por allí un movimiento nuevo y un aire más alegre que de costumbre. Delante de la pequeña mezquita de Almuín, la gente hablaba a voces junto a la escalinata, aun siendo tan temprano. Pero el bullicio desapareció de repente al pasar entre las vetustas y solemnes residencias de los nobles árabes. Ya en las proximidades de la puerta de Al Yahud, donde se ensancha la plaza de Liyun, el cuentacuentos se detuvo en una de las esquinas que formaba un cerrado ángulo, y señaló allí la gran puerta de uno de aquellos arcaicos caserones, diciendo:

—Aquí es.

Farid y Yacub se miraron, compartiendo un mismo sentimiento de extrañeza. Ambos conocían desde siempre aquel palacio, célebre en Córdoba por haber pertenecido antiguamente a una poderosa familia, los Banu Yahwar, clientes de los omeyas, entre cuyos miembros hubo visires, secretarios del califa y otros importantes cargos.

—Hemos estado aquí muchas veces —dijo con aire de nostalgia el poeta—. La última vez hará ya unos quince años. Eran todavía los tiempos del hayib Almansur. El último dueño de este palacio fue un hombre extranjero, apuesto y adinerado; demasiado joven para ser tan rico... Me contrató para que recitara poemas en la larga velada que siguió a una portentosa cena. Me pagó con oro contante y sonante... ¡Qué maravillosos tiempos aquellos!

—Sí —afirmó Yacub—. Aquel potentado era Arif el Franco. Compró también el edificio que está en las traseras, la casa de Al Thalaj, donde se despachaba la nieve. Era aquel un buen negocio...

Mientras hacían estos comentarios, el cuentacuentos parecía estar cauteloso, preocupado a causa de algún que otro vecino curioso que se asomaba a la ventana; y los apremió a media voz mientras empujaba la puerta:

—Vamos adentro.

Entraron en un zaguán amplio y oscuro, y desde allí fueron a dar a un jardín que parecía una verdadera selva, por los tupidos arbustos, por las enredaderas, por los muchos setos enmarañados y porque la frondosidad impedía ver muros, tejados o cualquier otra construcción. Un sendero discurría sinuosamente por la espesura, entre las sombras húmedas y fragantes. Avanzaban teniendo que apartar a veces las ramas, y el síndico observó:

—Pues sí que está descuidado todo esto... Lo que en su día era un magnífico jardín, ahora lo tienen hecho una pena.

Llegaron por fin a una galería, casi desaparecida tras una maraña de hiedras y jazmines. Reinaba allí una suave oscuridad y un silencio apenas roto por el gorjeo de algún pájaro. El lugar resultaba tan extraño e inquietante que se llegaba incluso a dudar de que estuvieran en el mismo centro de la ciudad, en vez de perdidos en medio de algún bosque. Ahmad, que se movía con la decisión de quien conoce bien el sitio, los condujo hasta un patio, donde se alzaba la fachada de un edificio interior, aún más antiguo, construido seguramente en los tiempos de los emires, o incluso antes. Tres grandes arcos de ladrillo daban paso a una especie de crujía abovedada, en cuyas paredes se alineaban bellas hornacinas. Delante de la puerta principal, el cuentacuentos les dijo muy serio:

—Supongo que habréis traído los anillos...

—Aquí están —respondió Farid, sacando de entre sus ropas el envoltorio, que le entregó en aquel momento.

—Bien —dijo Ahmad—. Ahora, aguardad aquí. Enseguida vuelvo.

Se perdió por el interior y ellos se quedaron allí quietos, mirándose, compartiendo la misma confusión y desconfianza. Hasta que, poco tiempo después, les llegó desde alguna parte una voz imperiosa que los invitó a entrar:

—¡Adelante, amigos!

Era una voz de mujer que surgía desde lo alto. Ellos miraron hacia arriba y no vieron a nadie. Solo había sombras turbadoras entre las celosías.

Pasado un rato, resonó el crujir de las maderas viejas de la puerta y asomó Ahmad:

—¡Vamos, podéis pasar!

Entraron ahora en una especie de vestíbulo pequeño y luego por un largo corredor. Atravesaron varias estancias y fueron a detenerse en un gran salón, aparentemente deshabitado como toda aquella casa. Ahmad descorrió unas cortinas al fondo y apareció una mujer sentada en un diván; estaba cubierta con un grueso manto negro, cuyo espesor no disimulaba la delgadez de su cuerpo, y no se le veía bien la cara, debido a la penumbra que reinaba en la estancia.

El cuentacuentos fue a abrir las ventanas y, mientras lo hacía, les dijo a Farid y Yacub:

—Podéis acercaros.

Ellos avanzaron con respeto y cuidado, sobrecogidos. La mujer sonrió al verlos y se puso en pie. Era de edad de unos treinta y cinco años, extraordinariamente bella, muy delgada, de figura esbelta, digna y armoniosa; la frente amplia, los ojos grandes y un brillo pálido en su expresión sorprendida y a la vez somnolienta. Se desprendió del grueso manto y descubrió su abaya de delicada seda azul, en la que resaltaba un largo collar de cuentas grandes de azabache.

—Esta es mi señora Rashida —dijo el cuentacuentos.

El poeta y el síndico se inclinaron en una leve reverencia.

Entonces Ahmad se dirigió a ella para presentárselos:

—Mi señora Rashida, aquí tienes al insigne poeta Farid al Nasri y al síndico del Zoco Grande, Yacub al Amín. Ya sabes que no me ha resultado nada fácil traerlos a tu presencia.

La bella mujer caminó despacio hacia ellos, sin dejar de mirarlos muy fijamente, con una expresión extraña en su pálido rostro, mezcla de curiosidad y satisfacción.

—¿Sabéis por qué estáis aquí? —les preguntó.

Pero fue el cuentacuentos quien respondió, diciendo con acatamiento:

—Mi señora, no les he contado todavía nada. Lo he hecho todo conforme tú y yo acordamos. El secreto se les desvelará cuando tú me des permiso.

Ella miró entonces a Farid con una expresión penetrante y afectuosa, como si pretendiera escrutar su interior para conocer sus sentimientos.

El poeta estaba tan confuso como arrobado, pero aguantó aquella mirada turbadora. En la opacidad del salón, el admirable y cerúleo rostro de la mujer, iluminado tenuemente por la poca luz que penetraba por las celosías, le parecía más una aparición que un ser real. Pero conocía muy bien aquella cara y, venciendo la impresión que le causaba mirarla, balbució tímidamente:

—Mi señora, si yo hubiera… Perdóname mi señora… Es cierto que hace años estuve aquí mismo, donde ahora me hallo, recitando poemas para los comensales en una maravillosa fiesta… Y tú estabas ahí, sentada en el diván, bajo el dosel, con la cara cubierta por los velos, como es adecuado que haga la esposa en la casa cuando su marido tiene invitados…. Quiero decir que nunca he podido olvidar…

Ella soltó una carcajada.

—Disculpa si te he ofendido… —murmuró el poeta, azorado.

—No me has ofendido con lo que has dicho; simplemente me ha hecho gracia, porque lo recuerdo muy bien. No podías ver mi rostro aquella noche, ya que lo llevaba oculto. Pero hubo un breve instante en el que se cruzaron nuestras miradas…

—¡Y en un descuido tuyo vi tu cara entera! —exclamó el poeta, enardecido por la emoción que sentía—. ¡Y era bella como la luna que brillaba aquella noche de verano! Y jamás podré olvidarlo, aunque pasen los años… Y ahora, al volver a verte, doy gracias a Alá porque te haya conservado y enriquecido con la hermosura que tiene la rosa cuando estalla en su color más verdadero… Perdona, señora, pues mirarte furtivamente entonces fue una osadía por mi parte…

La sonrisa se hizo más resplandeciente en la cara de Rashida y contestó con alegría:

—No me viste por un descuido mío, sino porque yo descubrí mi rostro un momento para ti, a propio intento. Y te aseguro que no me arrepiento nada de haberlo hecho.

El poeta se quedó asombrado y se dobló sobre sí en una reverencia llena de agradecimiento. Y cuando se hubo enderezado, dijo con emoción:

—Ahora mismo estoy en el cielo… ¡Y parece que no hayan pasado todos esos años!

Rashida entonces adulzó su voz cuanto pudo y recitó:

*Me engullirán los espacios oscuros,*
*un día me devorarán…*
*Y me hundiré poco a poco*
*en la eternidad del recuerdo vacío,*
*perderé la luz.*
*Me esconderé de las rosas*
*y los poetas envidiarán mi desidia.*

Farid exclamó:
—¡Ese poema lo compuse yo!
Ella volvió a reír, antes de decir:
—Recitaste aquí mismo esos versos aquella noche. Al día siguiente, mi esposo envió a un muchacho para que se los entregaras escritos en un pergamino. Te pagó por ello un dinar de oro… Yo memoricé el poema y nunca lo he olvidado.

Tras estas palabras, siguió un silencio sobrecogedor. Ella entonces fue hacia una alhacena cercana y recogió un fajo de pergaminos, con el que regresó, diciendo:

—Aquí está el poema, junto con otros más que leo a menudo…

Farid estaba emocionado, sin poder apartar de ella sus ojos, casi a punto de las lágrimas.

Sin embargo, Rashida no dejaba de sonreír, si bien su rostro tenía un algo triste.

En un momento dado, el cuentacuentos se aproximó a ella y le dijo:

—Mi señora, ¿te parece bien que comencemos ya?
—¡Adelante! —otorgó Rashida con decisión.
Entonces Ahmad caminó hacia la puerta, diciendo:
—Ha llegado pues el momento, seguidme.

Abandonaron el salón los cuatro y se dirigieron hacia las traseras del palacio, donde el cuentacuentos descorrió los cerrojos de un grueso portón. Penetraron en fila por una estrecha galería arqueada, hasta una estancia lateral, donde descendieron por una escalera a una especie de sótano grande, circular, abarrotado de palas, mazos y rastrillos de hierro.

—Mi señora —dijo el cuentacuentos, señalando una nueva puerta—. Pasa tú la primera.

Rashida entró por delante llevando una lámpara en la mano. Desde allí, todos bajaron algunos peldaños más hacia un nuevo espacio, que estaba sumido en una soledad helada, estática y profunda; dos hileras de pilares y arcos formaban la nave central, elevada, ancha, cubierta por una bóveda de madera renegrida. Al fondo, sobre un poyete de viejo mármol, ardían las llamas de un candelero. El centro lo ocupaba una especie de foso circular, cubierto de hielo y nieve hasta el borde.

—¡Ah, claro! —exclamó Yacub—. ¡Esto debe ser el antiguo pozo de la nieve!

—¡Chis! ¡Silencio! —le pidió Ahmad.

Sin decir nada más, el cuentacuentos se allegó hasta el centro del foso, llevando una pala en la mano, y se puso a retirar la nieve de la superficie. El ruido de las paletadas rasgando el hielo resonaba en la bóveda. Farid y Yacub se miraban, manifestando ambos en silencio la curiosidad que los embargaba, y también miraban de soslayo de vez en cuando a Rashida, que estaba como ensimismada y un tanto compungida.

Después de cavar encorvado durante un rato, Ahmad se incorporó y les hizo un gesto con la mano para que se acercaran.

El poeta y el síndico se aproximaron. En el lugar donde el cuentacuentos había retirado la nieve estaban los cadáveres de dos hombres, congelados, tiesos, como momificados; yertos los rostros, hirsutas las barbas e igualmente rígidos los cuerpos, colocados ambos de la misma manera, boca arriba y con los brazos cruzados sobre el pecho. Uno de ellos vestía armadura y el otro una sencilla túnica blanca, larga hasta los pies.

Con fatiga en la voz por el esfuerzo, el cuentacuentos explicó con solemnidad:

—He aquí el secreto guardado en esta casa de la nieve. Aquí yacen dos honorables difuntos: mi amo Arif ben Kamil, dueño de esta casa y esposo de la señora Rashida, y el conde Armaqund de Urgel, que cayó en la batalla de Dar al Bacar. Ambos murieron el año en que Córdoba fue saqueada, en la gran tribulación que siguió al comienzo de la *fitna*. Los anillos pertenecen a estos dos hombres y son la prueba irrefutable de que los cadáveres son auténticos.

Hubo un silencio, en el que Farid y Yacub seguían mirando asombrados a aquellos muertos.

Luego Ahmad deslió el envoltorio y mostró los anillos, explicando con aire enigmático:

—¿Veis? La inscripción *Ermengaudus comes* en la piedra de este indica que pertenece al conde. En el otro está inscrito: *Utus*, es decir, «Udo», y pertenece al otro muerto, que es el esposo de mi señora. Solo ella y yo sabemos que yacen aquí, conservados por la nieve, y hemos guardado el secreto con celo hasta el día de hoy. Ahora vosotros también sois partícipes de él. Pero, además de haber podido contemplar estos nobles y venerables cuerpos, debéis conocer su historia, la cual es tan triste como hermosa... Así que os ruego que ahora volvamos arriba, al salón, donde os la contaré sin prisas, antes de revelaros el motivo por el que decidimos confiarnos a vosotros.

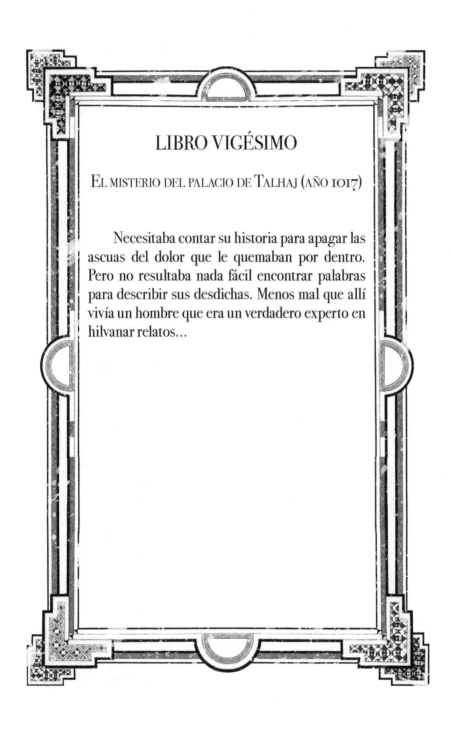

# LIBRO VIGÉSIMO

### El misterio del palacio de Talhaj (año 1017)

Necesitaba contar su historia para apagar las ascuas del dolor que le quemaban por dentro. Pero no resultaba nada fácil encontrar palabras para describir sus desdichas. Menos mal que allí vivía un hombre que era un verdadero experto en hilvanar relatos...

# 138

*Córdoba, 8 de julio, año 1017*

Estando ya en el salón del antiguo palacio, y antes de que se hubieran sentado, tomó primero la palabra Rashida y empezó diciendo:

—No están los tiempos como para fiarse de nadie. Hasta hace diez años, no le resultaba difícil prosperar en esta ciudad a quien tuviera talento. Si se contaba con algo de dinero, había posibilidad de encontrar un negocio adecuado para multiplicar las ganancias. Pero hoy… ¿Quién podría hoy prosperar? Seguro que vosotros también habréis tenido que padecer lo vuestro con todo lo que ha pasado en Córdoba en los últimos quince años, desde que murió Almansur; los asesinatos, los saqueos, los destrozos, los desmanes… Nadie puede ya estar tranquilo. Falta la seguridad y todo lo necesario para llevar una vida mínimamente dichosa y tranquila… En esta casa hemos pasado mucho miedo, muchas incertidumbres… Por eso están el jardín y los patios tan descuidados… Y también esta ciudad, nuestra maravillosa Córdoba, que perdió su calma y su alegría… ¡Qué lástima! Y en verdad parece que lo de antes ya no va a volver…

No obstante esta queja, el encanto de aquella hermosa mujer, la expresión un tanto conformada de su rostro y la dulzura de su voz restaban dramatismo a lo que expresaba.

—Nosotros —contestó Yacub, pesaroso—, señora Rashida, también hemos sufrido y temido mucho, en efecto… A veces parecía que todo iba a sucumbir, como si un torbellino de destrucción fuera a terminar con la ciudad para siempre. Hoy día se sobrevive, simplemente, pero nadie confía en que se pueda prosperar como antes. Falta el dinero y falta de todo. Eso yo lo sé muy bien por causa de mi oficio. El Zoco Grande de Córdoba es solo la sombra de lo que un día fue.

—¡Y los poetas lo tienen peor que nadie! —exclamó Farid.

Ella le miró con afecto y soltó una risa breve y extraña, como la vibración de una cuerda.

El poeta se ruborizó y añadió con timidez:

—Por eso no comprendo, señora, que hayáis pensado en un poeta para un negocio, sea cual sea, en estos malos tiempos.

Rashida hizo un gesto de asentimiento con la cabeza y contestó:

—Cuando os explique de qué se trata lo comprenderéis. Pero, antes, Ahmad debe contaros lo que sucedió en esta casa… Él sabrá relatarlo mucho mejor que yo, pues su oficio es contar historias. Así que sentémonos y escuchémosle.

Dicho esto, se acomodó en el diván y les indicó con un gesto de su mano que se sentaran sobre unos cojines, frente a ella.

De momento se hizo el silencio. Farid y Yacub permanecían expectantes y asombrados por todo lo que los rodeaba. La vetustez del salón no disimulaba su opulencia. Aunque los tapices que cubrían las paredes estaban descoloridos, como las telas de los cojines, desgastadas y con alguna rotura, las alfombras conservaban toda su belleza y los muebles su gran valor. Un delicioso aroma de rica y antigua madera los envolvía, y los preciosos objetos de bronce pulido desprendían destellos dorados en cualquier rincón. A pesar de la gravedad de la situación y de la solemnidad del ambiente, todo en Rashida era belleza y vida; su presencia armoniosa, su delicada esbeltez, sus movimientos elegantes y su sonrisa acaparaban la mirada del poeta y le obnubilaban el pensamiento.

El cuentacuentos hizo al fin un gesto con la mano para captar su atención y empezó diciendo:

—Mi señora Rashida nació lejos, en el Norte, en las montañosas tierras de los francos. Su padre, a quien allá conocen con el apodo de Lobo, es un gran guerrero que servía en la corte de Armaqund de Urgel, hermano del conde de Barcelona. También mi amo, Arif ben Kamil, era de aquellos lejanos países francos, nacido en la costa tarraconense. Hace ya veinte años que mi señora y su esposo cruzaron la Marca para venirse a vivir entre los fieles de Alá. Mi amo se hizo circuncidar y ambos profesaron la *shahada*, abandonando sus nombres cristianos para adoptar estos con los que ahora me refiero a ellos. Eran todavía los florecientes años del califa Hixem, y Abuámir Almansur extendía y afianzaba el dominio de Córdoba, por lo que muchos hombres acudían a asentarse con sus familias a la capital, para prosperar bajo la sombra protectora del poderoso hayib. Mis amos habían traído consigo una copiosa fortuna desde su país y no les resultó nada difícil salir adelante. Mi señor Arif era un hombre joven, inteligente e intrépido, que no se conformaba con atesorar simplemente su oro, sino que decidió invertirlo convenientemente, para sacar el mayor provecho y aumentarlo, en una época en la que la suerte parecía favorecer a todo el que decidiera arriesgarse. Compró este palacio a sus antiguos dueños, que se habían arruinado, y también adquirió los negocios y despachos de la nieve, pues ese oficio no le era ajeno y conocía la manera de sacarle un mejor rendimiento. Yo por entonces también era joven, me ganaba la vida como cuentacuentos y conocía a todo aquel que merecía la pena conocer en esta ciudad. Le prometí conseguirle un palacio acorde a su rango, que fue este, y, cumplida mi promesa, me puse a servirlo definitivamente, con lo que mi vida mejoró mucho. Me vine a vivir a esta casa como contable y encargado, y él me recompensó proporcionándome su afecto y su confianza, como si fuera miembro de su propia familia. Transcurrieron pues unos años felices para todos, disfrutando de la paz y la abundancia que bendecían esta ciudad, prosperando según los propósitos de mi señor Arif, mientras mi señora Rashida veía crecer saludables y hermosos a sus hijos.

»Pero, andando el tiempo, en los peligrosos días que siguieron a la muerte del hayib Almansur, nos pareció que todo se deshacía a un tiempo y que ya nada iba a ser como antes. Supongo que vosotros, señores Farid al Nasri y Yacub al Amín, todavía os echáis a temblar también, al recordar aquellos años de terror e inseguridad y las desgracias que trajeron consigo. Cuando se sucedieron una tras otra las revueltas, con reinados efímeros de califas que apenas duraban en el trono, mientras la ciudad y sus arrabales eran saqueados repetidas veces y destruidos el alcázar y Medina Azahara. Al asesinato de Abderramán Sanchol, hijo de Almansur, siguió la deposición de Hixem y el ascenso de Muhamad al Mahdí. Pero recordaréis que, en aquel mismo año, su primo segundo Sulaimán al Mustaín, con el apoyo de los bereberes y del conde castellano Sancho García, obligó a Al Mahdí a refugiarse en Toledo.

»Proclamado cuarto califa Sulaimán al Mustaín, transcurrió un duro y frío invierno, en el que pudimos llenar los pozos del negocio hasta el borde, después de que hubiera nevado abundantemente en las sierras. El año se prometía pues venturoso, si acaso hubiera paz y tranquilidad por fin. Pero seguían reinando el miedo y los recelos en Córdoba y los mensajeros no traían buenas noticias. El mercado ya venía resintiéndose durante la primavera por la incertidumbre y, llegado el verano, las jornadas pasaban sin apenas clientes; la nieve y el hielo son productos de lujo, demasiado caros, que tienen poca salida si hay aprietos. Un día caluroso, mi amo se hallaba preocupado e inquieto en su despacho al comprobar que la venta no aumentaba y que avanzaban los días sin que la expectativa mejorase. Él y yo revisábamos las cuentas de la semana poco antes del almuerzo, y nos extrañó que, en medio de tanta calma, de pronto se empezara a oír un revuelo creciente afuera, en las calles. Nos acercamos a la ventana y vimos tropeles de hombres que caminaban apresuradamente. Sin embargo, no nos alarmamos demasiado, ya que algunos grupos de árabes de la medina andaban por entonces descontentos y alborotados porque se les prohibió usar el gorro tradicional de sus tribus de origen. Un rato después, coincidiendo casi con la llamada a la oración del mediodía, se alzaron nuevas voces, mayor estrépito de carreras y el inconfundible estruendo de las puertas y el caer de las persianas. Nos asomamos de nuevo y vimos sorprendidos que los establecimientos se estaban cerrando a toda prisa, aunque todavía faltaba mucho tiempo para la hora que marca el fin de la jornada. Y aún nos alarmamos más cuando empezaron a pasar por delante de la puerta nuevos grupos de gente, que transitaba aprisa y con evidente preocupación en los semblantes. Entonces mi amo me ordenó que fuera a ver. Salí a la plaza y, nada más verme, un vecino me gritó desde dentro de su celosía:

»—¡Cierra todo! ¡Y no salgáis de casa! ¡Hay una revuelta en la medina!

»En ese instante estalló el bullicio. Me volví y vi, al final de la calle principal, una batahola de hombres armados con espadas, lanzas, horcas, azadones y garrotes que iban enardecidos, envueltos por una ola de ferocidad y voces rugientes. El tropel se me echaba encima y apenas tuve tiempo para regresar y atrancar las puertas, temiendo que se avecinaba la rapiña, el saqueo y la ruina.

»Mi amo y su esposa estaban arriba, en la ventana, y los tres vimos sobrecogidos cómo aquella barahúnda se perdía en dirección a la entrada del mercado, pasando por delante de esta casa, incontenible. Luego se hizo un gran silencio, en el que no nos atrevíamos siquiera a respirar.

»Entonces mi amo se volvió hacia mí con gesto alterado, diciéndome:

»—Ha llegado el momento de enfriar el sol.

»No tuvo que decirme nada más. Sobraba cualquier explicación, puesto que yo sabía el significado secreto que encerraba esa frase. Él y yo nos miramos durante un instante, y muy pronto estábamos en movimiento para llevar a efecto el plan que teníamos previsto y suficientemente ensayado para el caso en que las cosas se pusieran feas: ocultar las monedas de oro y plata en el pozo de nieve que mi amo tenía en la montaña. Aunque, para no despertar sospechas si volvían los saqueos, una cierta cantidad se escondía ligeramente enterrada en el jardín, en rincones fáciles de hallar en un posible registro, para engañar a los saqueadores y que se contentaran creyendo que esa era toda la fortuna. Estuvimos reuniendo a toda prisa el tesoro, lo pusimos en el fondo de una carreta y lo cubrimos bien con nieve apelmazada. Era arriesgado, pero no quedaba más remedio que hacerlo así, pues aún era más peligroso dejarlo en casa. Después salimos por la puerta de la muralla que da al norte y, arreando a las mulas hasta casi hacerlas reventar, en poco tiempo estábamos en la sierra. Cavamos aprisa y ocultamos el oro y la plata no demasiado lejos del pozo de la nieve. Antes de que oscureciera, ya estábamos de vuelta.

»Yo me preguntaba todo el tiempo por qué mi amo me había hecho merecedor de toda su confianza, compartiendo conmigo ese plan secreto para salvar sus riquezas en el caso de que hubiera guerra o conflictos graves. Y más tarde, cuando estábamos en el patio tratando de tranquilizarnos, él, como si adivinara mis pensamientos, me dijo de pronto:

»—Debes prestarme atención ahora, amigo Ahmad. Temo que las cosas se pongan feas en adelante y necesito confiar en alguien por si me sucediera algo... Pero, gracias a Dios, te tengo a ti, y sé que en tu alma no cabe la deslealtad... No serías capaz de traicionarme. Tú no podrías vivir con el peso de los remordimientos. Conozco lo que se esconde en el corazón de la clase de hombre que eres...

»Yo respondí a estas palabras con una mirada de asentimiento y fidelidad. Y él, con una expresión bondadosa y agradecida, añadió:

»—Si alguna vez me sucediera algo malo, te ruego que cuides de los míos; ¡por el Dios de los cielos te lo ruego!

»Sostuve en silencio su mirada durante un rato, que duró hasta que le manifesté:

»—Así lo haré, amo. Te lo juro por el que todo lo sabe.

»—Lo sé. No eres mi esclavo, solo mi criado; así que, si lo deseas, puedes irte hoy mismo. Pero te ruego que te quedes con nosotros en esta difícil situación.

»Y, después de decir aquello, me mostró el documento en el que declaraba ante el cadí que me liberaba de mis obligaciones como criado y me recompensaba con cuarenta dinares de oro, que me entregó en aquel momento.

»Ante su inesperada generosidad, yo me quedé sin palabras y rompí a llorar.

»Aquella noche de verano fue larga y peligrosa. No pudimos dormir pensando en que iban a venir los saqueadores a levantarnos de nuestras camas. Sin embargo, respetaron el palacio, aunque hubo desmanes y robos en otras partes de la ciudad. Recordad señores las cosas terribles que sucedieron en los mercados, cosas que todavía me hacen temblar cuando las recuerdo… Pero lo peor estaba por venir…

Ahmad, el cuentacuentos, había hablado durante un largo rato, con calma y voz de clara entonación; mientras, el insigne poeta Farid al Nasri y el síndico Yacub seguían su apasionante relato, concentrando toda su atención, sin interrumpirle ni una sola vez. Por eso, cuando se quedó callado de repente, pensaron que seguramente necesitaba un respiro. Pero enseguida comprendieron que estaba emocionado al recordar, porque tragó saliva, apretó los labios y luego puso en la ventana una mirada abstraída.

# 139

*Córdoba, 8 de julio, año 1017*

Entonces tomó la palabra Rashida para decir conmovida:

—Se acercaba el final de la felicidad que habíamos tenido… ¿Cómo íbamos a imaginar que nuestra desgracia venía de camino desde nuestra lejana tierra?

Y tras estas palabras, echó una triste mirada por el salón, moviendo pensativa la cabeza, como recordando, a la vez que se hacía más patente la tristeza en su cara.

Ahmad prosiguió:

—Se supo que Muhamad al Mahdí regresaba desde Toledo dispuesto a recuperar el trono, con un gran ejército, en el que venían las ingentes huestes mercenarias del conde de Barcelona. ¡Francos vienen a vengarse!, era el grito que se oía por doquier.

Se hizo un nuevo silencio, en el que todos permanecieron agitando las cabezas por la consternación, puesto que todos tenían aún muy vivas las imágenes del horror en sus memorias. Luego el cuentacuentos se sintió obligado a continuar su relato, diciendo:

—Aquella misma tarde mi amo Arif y yo supimos que Muhamad al Mahdí venía hacia aquí con la ayuda de las huestes de los condes francos. Con tan poderoso ejército, marchó contra Córdoba y derrotó a Sulaimán en una cruenta batalla, no lejos de la ciudad, en el sitio llamado Dar al Bacar, que está coronando las sierras. Esta victoria le permitió adueñarse, por segunda vez, del trono califal.

—¡Y más saqueos! —saltó de nuevo Yacub, con aire fatigado—. Los guerreros francos del norte no habían venido de balde. Entraron en la ciudad y la recorrieron, desvalijando cuantos palacios hallaban a su paso. E igualmente anduvieron por los mercados. Aunque de ahí ya poco podían llevarse, porque no quedaba nada en el Zoco Grande; y si quedaba, estaba a buen recaudo fuera de la ciudad, en múltiples escondites…

—Como mi amo era de origen franco —prosiguió su relato el cuentacuentos—, no temió demasiado al principio, cuando se supo que los aliados de Muhamad al Mahdí eran sus paisanos. Incluso se alegró, pensando que aquello era providencial, y que sería bueno para él y los suyos. Creía firmemente que era un auténtico milagro que aquellos guerreros de Barcelona y Urgel hubieran venido desde tan lejos hasta Córdoba, pues hablaba su lengua y podría pedirles ayuda en unos momentos tan difíciles.

»—Nos respetarán —repetía mi amo esperanzado, una y otra vez—, nos respetarán porque son de los nuestros. Cuando sepan quiénes somos, nos respetarán. Nada malo pueden hacernos, puesto que fuimos misericordiosos con el conde Armengol, adelantándole el dinero del rescate cuando estuvo cautivo en Córdoba.

»Mi amo Arif ben Kamil decía esto porque fue él quien pagó los mil dinares de oro que Abdalmálik exigió a cambio de la liberación de Armaqund. Los pagó sin dudarlo y nunca le fue devuelta esa gran fortuna. Por eso confiaba en que nada malo podría pasarle ni a él ni a su familia si los francos acababan entrando victoriosos en Córdoba. Hasta deseaba que eso ocurriera, para presentarse enseguida al conde, recibir su gratitud y recuperar su dinero. Y también le decía a su esposa que era Dios quien había querido que las cosas acabaran sucediendo de aquella manera, y que aquella circunstancia, aunque terrible, iba a ser por fin su oportunidad para regresar a la tierra de la que un día tuvieron que partir. Porque ellos ya no veían futuro en Córdoba; querían volverse al reino de los francos, para que sus hijos encontrasen allí mejor vida que la que últimamente tenían en medio de tantos conflictos.

»Sin embargo, aquí en Córdoba todo el mundo estaba atemorizado, pues las primeras noticias corrieron pronto y no eran nada buenas para Sulaimán al Mustaín y sus partidarios: parecía ser que los francos estaban venciendo en Dar al Bacar, y que venían en la vanguardia con arrojo. La guarnición, sorprendida y asustada, sin embargo, defendió durante algún tiempo la fortaleza contra los asaltantes. Pero las inmensas avalanchas de mercenarios eslavos, que continuaban llegando por detrás una tras otra, acabaron rebasando las defensas de las sierras por los extremos y, al caer la tarde, se apiñaban para el asalto como abejas en torno a las murallas de Córdoba. Entonces hubo como siempre deslealtad y traición; ya que, entre los defensores de la ciudad, algunos eran partidarios de rendirse, y otros, abandonando sus puestos, trataron de escapar cruzando el río. Muchos de ellos se arrojaron desde las murallas al foso, y los que quedaban dentro soltaron sus estandartes y corrieron a salvarse, mezclándose entre la muchedumbre. Unos pocos, adictos al califa Al Mustaín, continuaron defendiendo Medina Azahara, hasta que, viendo que estaban perdidos, escaparon por los caminos de la sierra y huyeron con el derrotado califa hacia el sur.

»Amaneció el día siguiente y, después de no haber podido dormir ni un instante, desde la terraza más alta de este palacio veíamos con espanto el desarrollo de los acontecimientos. Los vecinos también se habían encaramado a lo más alto de sus casas y se transmitían las noticias a voces, de tejado en tejado, por las azoteas y ventanas. Nos sobresaltamos al saber que una intrépida avanzadilla del ejército de francos había conseguido entrar en tropel y atacaba el gran torreón de los alcázares, y que otros muchos, llevados por un impulso de valor desesperado, asaltaban otros baluartes y torres destacadas del extenso edificio califal, apoderándose de sus patios y dependencias. Y más tarde, en la intensa luz de aquel largo día de verano, vimos correr a los asaltantes en tropel por las calles, ocupados en perseguir a los vencidos y en buscar botín. La gente de Córdoba, al ver que ya estaba todo perdido, huía en masa buscando las salidas de la ciudad.

»Entonces, en vez de atemorizarse, mi amo se entusiasmó y me dijo a gritos que iba a salir para ir al encuentro de sus paisanos, con el fin de identificarse antes de que irrumpieran los más violentos y ya fuera demasiado tarde para nosotros. A mí aquello me pareció una temeridad, como si buscase él esa muerte que todos los demás rehuían. Traté de disuadirle, pero se negó a hacerme caso y, en vez de ello, me ordenó que lo acompañara. Estaba dispuesto a encontrar a su pariente Blai y al conde Armengol. Sin pérdida de tiempo, condujo a su esposa, hijos y criados a los ocultos sótanos de las traseras del palacio, y les pidió que aguardasen allí hasta nuestra vuelta, sin que se les ocurriera salir por ningún motivo. Luego nosotros fuimos hasta la puerta principal y, sin pensarlo, enseguida nos vimos abriéndonos paso entre escenas de tumulto y horror. Quien hubiera visto a mi señor Arif en aquella fatal mañana, sin saber el móvil de su conducta, lo hubiera tomado por un hombre loco de atar; caminaba con el rostro transido, arrebatado, con los ojos brillantes, mirando al frente; e iba gritando a voz en cuello, repetidamente, desde el mismo momento que salió:

»—¡Blai de Adrall! ¡Armengol de Urgel! ¡Blai de Adrall! ¡Armengol de Urgel!...

»Y también vociferaba pronunciando frases en su lengua nativa franca, que era incomprensible para mí. Al principio no encontrábamos en nuestro camino sino fugitivos que buscaban las puertas de la muralla o los recónditos rincones de la medina; todos aquellos que, naturalmente, evitaban el encuentro con los atacantes y venían en dirección opuesta de la que habíamos escogido nosotros. Cuando llegamos más cerca de los alcázares, vimos a hombres que se arrojaban desde las almenas al foso, y otros que parecían ser precipitados desde lo alto por los asaltantes. Yo me aterroricé. En cambio, el valor de mi amo no decayó ni un ápice. Volaban a nuestro alrededor flechas y piedras, en medio de un caos atroz, lleno de gritos, estrépito de pisadas e intenso estruendo de lucha. Pasaban hombres y caballos en todas direcciones; era un verdadero milagro que no fuéramos heridos siquiera.

»Con mayor fuerza y desesperación, mi señor Arif siguió clamando:

»—¡Blai de Adrall! ¡Armengol de Urgel! ¡Blai de Adrall! ¡Armengol de Urgel!...

»Y así llegamos ante la puerta trasera de los jardines del palacio califal, y la encontramos atestada de guerreros feroces entre montones de muertos. Allí había un puente levadizo, que estaba levantado y por el que entraban y salían aquellos francos vestidos con cerradas armaduras.

»Mi amo fue a ellos decidido y les habló con autoridad en su lengua, como si los conociera de toda la vida. Ellos se sorprendieron y le contestaron. Uno que parecía estar al mando de los demás vino hacia nosotros y, tras dudar un poco, le alargó su mano y se la ofreció. Se saludaron e intercambiaron algunas palabras. Yo no daba crédito a lo que vi después: conduciéndose como si fuera uno de los vencedores, y no uno de los conquistados, mi señor penetró en el jardín y lo atravesó con paso acelerado, mientras yo le seguía con corazón angustiado, encomendándome a aquellos poderes celestiales que me parecía que nos guiaban en medio de tan grande peligro.

»Y, de repente, en uno de los patios del palacio califal, nos encontramos de frente con Blai de Adrall, el poderoso guerrero cristiano que mi amo estaba buscando. Era un hombre de estampa imponente: muy ancho de espaldas, fuerte, hermoso y desafiante; su fisonomía armoniosa y su cara agraciada recordaban de alguna manera los rasgos de mi señor Arif, lo cual no era nada extraño, pues eran parientes. El caballero franco vestía armadura de hierro completa, capote grana y yelmo. Descubrió su cabeza y se derramó sobre sus hombros el cabello castaño apelmazado por el sudor. Sostenía en la mano la espada ensangrentada. Jadeaba, con un rictus de altivez, ofuscación y un algo de locura en los ojos...

»Ambos se estuvieron mirando fijamente durante un instante, inexpresivos y recelados, como reconociéndose. Luego avanzaron, aproximándose, hasta quedarse a un palmo de distancia. Nadie hubiera podido adivinar si iban tal vez a agredirse en aquel momento. Pero nada de eso pasó, sino que, casi al mismo tiempo, acercaron sus pechos y se fundieron en un apretado abrazo. Los dos derramaron lágrimas, mientras murmuraban palabras afectuosas en su lengua.

»Después Blai dio órdenes a los guerreros francos que le acompañaban para que nos siguieran. Echó su brazo fuerte por encima de los hombros de mi amo y salimos de allí los tres, custodiados por la nutrida tropa de francos.

»Nos adentramos aprisa en la medina, que empezaba a estar silenciosa, sumida en una calma misteriosa y tensa. La violencia inicial de los ataques remitía y los que tenían motivos para huir ya no se hallaban en la ciudad o yacían muertos; parecía que las calles comenzaban a tomar un sesgo más tranquilo. Mientras nos aproximábamos a este palacio, comprobábamos que toda resistencia había cesado en el entorno de la mezquita Aljama. Allí los jefes de los diferentes grupos de asaltantes tomaban medidas para impedir que sus subordinados se entregasen a un saqueo a capricho, y nos sorprendió ver a muchos nobles y magnates árabes, con sus familias y criados, asomados a las ventanas o declarando a voces desde sus terrazas que solo reconocían como califa al victorioso Muhamad al Mahdí, al mismo tiempo que maldecían al derrotado Sulaimán al Mustaín. Algunos incluso se atrevían a salir de sus casas y corrían hacia los soldados para ofrecerles servilmente agua fresca, frutas y otros obsequios.

»Sin embargo, más adelante, vimos por todas partes tropas descontroladas que destrozaban con sus hachas las puertas de las tiendas y se precipitaban en avalancha hacia las recónditas interioridades de los zocos. Pero a nosotros ni siquiera nos miraban, pues íbamos custodiados por la tropa de aguerridos francos, que causaban mucho respeto. Yo, a pesar de la visión de los muertos y la sangre corriendo por las calles, me sentía cada vez más tranquilo.

»No habíamos llegado todavía a la puerta del palacio, cuando los muecines de la medina empezaron a proclamar uno tras otro que el único califa era Muhamad al Mahdí, siendo contestados por todas las mezquitas de la ciudad, cuyas voces distantes y clamorosas parecían haber estado esperando ansiosas a que llegase aquel momento.

»Al fin estábamos aquí a salvo. Mi señor Arif y su pariente franco parecían felices por reencontrarse, a pesar de la trágica situación en que se hallaba Córdoba. Blai apostó a sus soldados en torno al palacio, para impedir cualquier mala intención de los saqueadores. Entramos y fui en busca de mi señora Rashida y sus hijos. Ella se puso muy contenta y perdió también el miedo, al ver que su primo estaba allí y que nada malo podría pasarle a su familia.

»Blai de Adrall nos tranquilizaba, repitiéndonos una y otra vez que no teníamos que temer en absoluto, puesto que él se iba alojar allí con sus hombres, mientras durasen los desmanes y saqueos que seguramente iban a producirse durante la noche, cuando terminase de llegar el grueso de los asaltantes, que venía de camino desde las sierras donde todavía se estaba librando batalla en el valle del Guadiato.

»Lo sucedido fue que, a la puesta de sol, llegó a Córdoba la vanguardia del numeroso ejército de Muhamad al Mahdí, que había continuado el avance, mientras la deshecha y rechazada guarnición de Al Mustaín se retiraba de la ciudad y huía cruzando el río. Al frente de los vencedores venía el general eslavo Wadih, con la avanzadilla de la hueste mercenaria franca, una nutrida tropa compuesta por los soldados más jóvenes, vigorosos e intrépidos, que no querían perder la oportunidad de ser los primeros en hacerse con el botín. La entrada de aquella multitud frenética y agotada en la ciudad aumentó el desorden y, para remate, la noche se presentó oscura como boca de lobo. Los arrabales se convirtieron en un caos; y apenas es todavía posible formarse idea de la confusión que prevaleció entre las huestes mercenarias, ávidas de saquear, resultando jefes separados de sus soldados y soldados separados de sus estandartes y oficiales. Toda la tropa, desde las altas categorías a las más ínfimas, cruzó las diversas puertas y buscaba albergue y acomodo donde lo encontraba, mientras los heridos y los agotados hombres que habían tomado parte en la batalla hallaban en vano abrigo y consuelo. Nadie hubiera podido evitar que los más brutos tratasen a toda costa de resarcirse saqueando, violando y matando. Así que aquella noche fue tenebrosa, prolongándose mientras duró la oscuridad, sin que cesaran los espantosos alaridos, las voces furiosas y el estrépito de la destrucción.

# 140

*Córdoba, 8 de julio, año 1017*

La cara del cuentacuentos reflejaba su consternación al recordar, cuando prosiguió diciendo:

—La noche se complace algunas veces en ser testigo de horribles catástrofes y execraciones. Una de las más sorprendentes consecuencias de las invasiones y saqueos es el rápido despojo de los muertos. El alba que sigue al asalto de una ciudad amanece siempre para alumbrar cadáveres desnudos. Ese es uno de los mayores horrores que engendra esa oscuridad que llamamos guerra.

»Yo me desperté temprano, después de haber dormido poco a causa de la angustia y el temor. Era una mañana de verano, cristalina, de aire limpio y algo fresco por fin. Me asomé a la ventana y eché un vistazo. Entonces me encontré con que la plaza estaba sembrada de figuras humanas tendidas en el suelo en posturas inverosímiles; muertos apilados los unos sobre los otros. Retrocedí, me aparté espantado de la ventana, me senté sobre la cama y empecé a vestirme despacio. Ya había tenido que enfrentarme a esa escena terrible otras veces, después de cada uno de los asaltos y saqueos que esta ciudad había soportado sucesivamente durante los últimos años. Pero no me había acostumbrado, y tuve que tenderme de espaldas para reprimir las ganas de vomitar. Un rato después, de pronto me pareció oír voces alegres, algunas risas, exclamaciones y ovaciones. Haciendo un gran esfuerzo, volví a asomarme a la ventana para ver qué pasaba. La calle se había llenado de gente venida de los arrabales; grupos de hombres y mujeres de la peor calaña y bandas de muchachos semidesnudos, fanfarrones y salvajes; todos discutían entre ellos, armando un alegre jaleo, mientras se afanaban en desnudar a los muertos que habían sido sacados de sus viviendas expoliadas y asesinados frente a sus puertas. Habían acudido como buitres a los cadáveres; los levantaban, les daban la vuelta, los ponían de un lado y del otro, para quitarles las ropas a aquellos desdichados. Hacían fuerza tirando de las mangas, pisándoles la barriga con el pie para arrancarles las babuchas; todo se lo quitaban, dejándolos en cueros. Y luego salían corriendo cargados de ropa. Aquello era todavía más desconcertante al ser un bullicio festivo, como un trajín sencillo, un mercado y un jolgorio, todo a la vez. Los muertos quedaban en el suelo, desnudos y en posturas inhumanas. Y todo esto era contemplado de manera indolente por los soldados francos, que parecían hasta divertirse con el espectáculo.

»Pero entonces salió de pronto mi amo, cruzando a la carrera la plaza, saltando para no pisar los cadáveres desperdigados por todas partes, y se abalanzó sobre aquellos desalmados, gritando y dándoles empujones:

»—¡Canallas, impíos, malnacidos! ¡Dejad en paz esos muertos!

»Uno de aquellos muchachos se le quedó mirando con asombro, y acto seguido tomó algunas prendas de la ropa esparcida por el suelo, unas babuchas y un turbante, y se los ofreció al tiempo que decía:

»—Hay para todos, señor. No te enfades… ¡Toma tú lo que quieras!

»Mi amo se encolerizó aún más, cogió un palo y los amenazó:

»—¡Yo os mato! ¡Fuera de aquí, gentuza! ¡Impíos!

»Aparte de estas primeras escenas terribles, siempre inevitables en tales circunstancias, no hubo ya apenas más muertes ni resistencia en ningún lugar aquel segundo día; Córdoba semejaba una colmena abandonada y entregada a quien quisiera rebuscar los restos de su riqueza. La ciudad no ardía en ninguna parte y no hubo más enfrentamientos tras los saqueos de la noche. Pero eso no significaba que los cordobeses fueran a liberarse del espolio; el victorioso Muhamad al Mahdí, proclamado califa, debía ahora pagar el precio que los francos le habían pedido por ayudarle a recuperar el trono. Con tal fin, los pregoneros se echaron a las calles para conminar a la población a que sacara todo el oro y la plata que tuvieran oculto y lo entregaran al día siguiente delante de la mezquita Aljama. Si no obedecían, se los amenazaba con un severo registro y graves castigos.

»Los cordobeses ya estaban curados de espanto; habían sido despojados tantas veces que apenas se sorprendieron e hicieron caso omiso. Pero las advertencias iban esta vez en serio. Al tercer día, tropas de esclavos feroces empezaron a recorrer la ciudad. No se trataba de un registro, sino de un nuevo saqueo. A quienes nada podían entregar, les quitaron a sus hijos y a su servidumbre. No se respetaba a nobles y potentados, aunque tuvieran valedores entre los partidarios del nuevo califa. A los que resultaban simplemente sospechosos de haberse congraciado con el destronado Al Mustaín, se les requisaron sus casas y propiedades y se los desterró.

»Blai de Adrall tuvo que reforzar la guardia en torno al palacio. Envió patrullas que tenían la misión de detener a los saqueadores incluso antes de que se aproximaran a la plaza, porque comprendía con claridad la diferencia que existía entre sus soldados francos, acostumbrados a una disciplina férrea y a la voz de mando de los cuernos, y estos mercenarios eslavos, que no conocían el concepto de la paga y que no iban a renunciar al botín. Y aunque Córdoba ya había sido expoliada muchas veces, los oportunistas sabían que en cada bodega y en cada despensa subterránea había provisiones de aceite, vino, harina, carne seca y pan; e imaginaban que todas las casas tenían secretos escondrijos que contenían objetos preciosos, bandejas de plata y alhajas de oro.

»Nosotros nos salvamos aquí del salvaje registro. Pero tuvimos que ver cómo entraban en los palacios vecinos hombres sin piedad ni razón; en una mano, la espada, en la otra, la antorcha. Por doquier no había más que signos de dolor y agobiantes escenas de tortura y muerte. Los soldados, en grupos de diez o doce, invadieron las ricas residencias de los mercaderes y magnates, forzaron las puertas de los dormitorios, sacaron de los rincones subterráneos los tesoros ocultos y torturaron a los aterrados ciudadanos, ya fueran ancianos o niños, para arrancarles la confesión de dónde tenían enterrados sus bienes. Si no encontraban nada, prendían fuego en cualquier parte y las llamas se propagaban por los establos, las columnas de madera, los artesonados y los tejados. Cientos de casas incendiadas iluminaron la ciudad aquella tercera noche. Nadie se atrevía a salir a apagar los fuegos. ¿Quién podía atreverse a recorrer unas calles, donde los soldados borrachos de vino y de sangre despedazaban y mataban como fieras a quien se les pusiera delante? Ninguna fuerza humana podría haberlos detenido.

»Mis amos estaban tan abatidos y acobardados, que ya sus corazones no albergaban duda alguna sobre el hecho de que debían abandonar Córdoba y regresar a su país de origen, con los francos, para no volver nunca más.

»Y su noble pariente Blai de Adrall los comprendió muy bien; se compadecía de ellos y les prometió que los llevaría consigo cuando todo aquello terminase. Pero de momento todos debían permanecer allí, seguros y sin moverse del palacio, mientras durasen los desórdenes, a la espera de que se calmasen aquellas turbulentas aguas, no fueran a verse arrastrados por la inmisericorde corriente.

»También yo quería irme. Me asomaba a la ventana y veía pasar ríos de prófugos, ancianos, mujeres, niños, oficiales, soldados; algunos armados, otros sin armas; muchos de ellos enfermos, heridos, andrajosos, sucios, tristes; también semidesnudos, mugrientos y misteriosamente alegres, huyendo a la ventura, sin saber adónde, llorando, cantando y riendo, como dominados y exaltados por un miedo tremendo y a la vez liberador. Todos ellos huían de la guerra, el hambre, las epidemias, las ruinas, el terror, la muerte; todos corrían hacia un lugar indeterminado, incierto, desconocido y tal vez no mucho mejor que el horror de Córdoba. Porque nadie amaba ya en el fondo esta ciudad de los espantos, sino solo el recuerdo de sus épocas gloriosas, opulentas y felices.

# 141

*Córdoba, 8 de julio, año 1017*

Tras escuchar el relato de aquellos hechos que no les eran ajenos en absoluto, a Farid y Yacub les asaltó la recurrente impresión de haber tenido que vivir en una época de fuerzas desconocidas e ingobernables: soberanos ineptos, magnates codiciosos, guerreros inhumanos, sanguinarios bandidos, saqueadores…, todo lo que configuraba sus peores recuerdos y que atraía imágenes que no deseaban rememorar. También ellos tuvieron que sobrevivir en Córdoba, entre espantosos hechos y acontecimientos cuyo misterio no podían comprender entonces, y que ahora solían presentárseles en terribles pesadillas durante el sueño.

Yacub sacudió con pesadumbre la cabeza y refirió su propia experiencia:

—Recuerdo muy bien todo aquello. Yo no estaba muy lejos de aquí cuando sucedió eso que nos has contado. Después de que la turba de gente enardecida pasara por el Zoco Grande, los cordobeses se encerraron en las casas y permanecieron atemorizados y expectantes, sin saber a ciencia cierta lo que en verdad estaba sucediendo. Por la tarde el mercado estaba desierto. Era un día bochornoso de verano y el terror se mantenía suspendido sobre la ciudad, como el humo que ascendió durante la noche. A la mañana siguiente nos subimos a las terrazas para ver si nos enterábamos de algo. En las esquinas de las calles, en las plazuelas, en los caminos y también en los puentes se podían ver destacamentos de soldados, y no se sabía ni quién los gobernaba, si es que había alguien al frente. Transcurrieron de esta manera largas horas de incertidumbre. Pasó otra noche entera y otra mañana. Seguíamos sin atrevernos a salir y el silencio en las calles era impresionante. Hasta que, por la tarde, corrieron al fin las primeras noticias de casa en casa, aunque a media voz, a causa del miedo a propagar algo inapropiado y a los problemas que ello pudiera causar. Decían que Al Mahdí había entrado con su ejército, formado con los militares eslavos adeptos a su causa, y además una nutrida hueste de francos aliados con la promesa de buenos sueldos como reclamo. Estos eran los extraños hombres, enteramente vestidos de hierro, que veíamos desde nuestras terrazas. Y con su apoyo, los sublevados se habían apoderado de la ciudad y mantenían cercada Medina Azahara, donde se habían refugiado los partidarios de Al Mustaín. Y la tercera noche, antes de caer la oscuridad sobre Córdoba, se alzó un griterío terrible, a la vez que la negra humareda de los incendios en diversos lugares. Y luego, como un signo de espanto y desolación, el clamor de los que estaban siendo despojados de sus casas y privilegios por la turba solivantada. Porque los rebeldes hicieron público que habían tomado los palacios de Medina Azahara, que el fugado Al Mustaín había sido depuesto del trono y que, en su lugar, se había proclamado califa a Al Mahdí. El sabor del triunfo estimuló la ambición de los vencedores. Entonces, con la ayuda de los belicosos francos, se hicieron con el poder hombres ineptos que no tenían metas definidas ni un plan de acción preciso, sino vagos sueños de llegar a lo más alto y emular a sus insignes abuelos. Y las masas de partidarios que los habían alzado también tenían su propia codicia, soñaban con hacer suyo todo lo que de valor se atesoraba secretamente en la opulenta Córdoba: visiones de centelleantes joyas y piezas de oro seguramente guardadas en los reservados edificios; manjares y bebidas sin límite y, al mismo tiempo, revoloteaban por sus ávidas mentes los cálidos abrazos de las hermosas mujeres que les prometieron como pago por su adhesión. El latrocinio y los desmanes se prodigaron por todos los rincones de la vieja y rica ciudad. Pero no encontraron casi nada de lo que habían imaginado sus calenturientas cabezas.

»En plena noche, en la penumbra creada por los resplandores de los fuegos, veíamos pasar partidas de hombres enloquecidos y recuas de asnos, cargados hasta más no poder, e incluso algunos empujando pesadas carretillas de mano, llenas de alfombras, ricas pieles, ánforas de vino o aceite. Corrían a través de los callejones, arramblando con lo que podían hallar en los secretos rincones de la medina, antes de que las tropas extranjeras del nuevo califa iniciasen su propia requisa. Después supimos que, durante toda esa noche y los siguientes días, Medina Azahara fue asaltada, saqueada y reducida a cenizas.

»Todo en Córdoba era venganza, crueldad, pillaje y destrucción. ¿Y cómo nos íbamos a librar nosotros los mercaderes de una cosa así? No tardamos en oír esas odiosas y acostumbradas voces que suelen resonar de tiempo en tiempo, cuando estallan las revueltas:

»—¡Al Zoco Grande!

»—¡A los almacenes!

»—¡Antes de que vengan los soldados!

»Corrimos a abrir de par en par las puertas del mercado para que no las echasen abajo. Saltaron hasta por las ventanas y se descolgaron por los tejados. Cuando nos quisimos dar cuenta, teníamos dentro del Zoco Grande más de doscientos hombres armados. No exagero nada. Mis subalternos y yo nos metimos debajo del mostrador. Los esclavos y aprendices desaparecieron al instante de nuestra vista, tragados por aquella multitud de cuerpos desenfrenados que, a empujones, a codazos, a patadas, a mordiscos..., pugnaban por llevarse cuanto podían en el menor tiempo posible. No tuvieron intención de hacernos ningún daño, y ni siquiera repararon en nuestra presencia, pero a punto estuvieron de matarnos apretujados y aplastados bajo las estanterías y las cajas. Menos mal que aquello duró poco; cuando ya no quedaba nada, se marcharon dejando la casa hecha una ruina.

»Saqué a mi esposa y a mis hijos de entre los escombros, y me dirigí con ellos hacia la puerta de la muralla, para salir de la ciudad antes de que tuviera lugar otro asalto todavía más violento.

»Y en esas, cuando íbamos unidos a la multitud que escapaba aterrorizada, vimos venir, procedente de la plaza de la mezquita Aljama, al nuevo califa Muhamad al Mahdí, rodeado por toda su noble parentela omeya; todos montados en fabulosos caballos, con un festivo repiqueteo de campanillas y cascabeles de los jaeces y las ricas monturas. Solemne, el califa sonreía victorioso, envuelto en el brillante manto verde, y agitaba la fusta sobre el lomo del precioso caballo de pelaje blanco, que trotaba con la cabeza erguida y sacudiendo las largas crines. A su lado, orgulloso y distraído, cabalgaba el general eslavo Wadih, vestido todo de cuero y bronce, con la frente oscurecida por el borde de un ancho turbante purpúreo, y enarbolando en la mano izquierda el estandarte amarillo, emblema de su antiguo y glorioso ejército.

»Yo no quise acercarme siquiera a ellos, y mucho menos pedir algún favor a los vencedores. Era mejor no estar de parte de nadie, no fueran a cambiar pronto las tornas, una vez más de tantas, y juzgué más prudente unirnos anónimamente a la multitud que escapaba de cualquier nueva autoridad. Salí de Córdoba con mi familia, disimuladamente, entre hombres y mujeres de la medina, de diversas condiciones e igualados todos en el sufrimiento; gritando, llorosos, sudados, exaltados, pero a la vez con cierta cautela, sin ningún afán de congraciarse o de armar alboroto. Al fijarse, descubría uno que en realidad estaban solo afanados en salvar las vidas, preocupados más bien en lo que iban a almorzar ese día, y trajinaban cestos de trigo, puñados de carbón, tarros llenos de caldo, brazadas de leña; algunos acarreaban incluso vigas chamuscadas, viejos muebles desvencijados o mugrientas alfombras desenterradas de entre las montañas de piedras, escombros y tierra de donde emanaba olor a muerto.

# 142

Se quedaron callados, meditando sobre estas palabras de Yacub al Amín. Luego, el insigne poeta Farid al Nasri observó con aflicción:

—Córdoba estaba en manos de hombres desalmados, violentos y salvajes. En tan poco tiempo fue como si se desvaneciera todo un pasado luminoso...

Hizo una pausa meditabunda y se sintió obligado a narrar su propia experiencia.

—También yo abandoné la ciudad cuando me di cuenta de que resultaba muy peligroso vivir en ella. En mi camino, y por todas partes, vi cientos de aquellos soldados extranjeros vestidos de hierro. Estaban todos borrachos, extenuados y pálidos; las frentes empapadas en sudor, los ojos brillantes e impávidos, esos ojos estúpidos que el alcohol tiñe con reflejos de malicia y lascivia...

Retornaron al silencio, que esta vez se prolongó un poco más. Hasta que el cuentacuentos se dirigió a Rashida, instándola:

—Y ahora, mi señora, es el momento propicio para que tú refieras lo que sucedió a continuación en este palacio.

Ella suspiró y miró al vacío con un semblante que revelaba tristeza y desolación, mientras los dedos de su delicada mano derecha jugueteaban con el extremo del largo collar de brillante azabache que le llegaba hasta el regazo.

—Pasé mucho miedo por entonces, mucho miedo —empezó diciendo—. Y mi temor se reduplicaba por causa de mis hijos. El mayor tenía ya doce años y once iba a cumplir la niña. Al ser tan jóvenes y hermosos, me llenaba de pesar por la inquietud de que les sobreviniera algún mal terrible; me llenaba de angustia pensar que pudieran acabar siendo esclavos en cualquier lugar lejano. Los estrechaba en mis brazos todo el tiempo, a la vez que los cubría con grandes muestras de cariño; y los envolvía protectoramente, en la vigilia y en el sueño, con cruces, amuletos y talismanes. Y mi esposo compartía mi miedo, pues conocía muy bien la suerte que podrían correr nuestros hijos si caían en manos de hombres crueles y despiadados. Yo no podía descansar ni un instante, enloquecida de terror e inquietud, y continuamente rezaba al Eterno con fervor, tanto en mi lengua materna como en árabe, confundiendo los suras del Corán y las oraciones cristianas que me enseñaron en la infancia.

»Después, con el paso de los días, mis temores se aligeraron mucho y me fui serenando, hasta llegar a estar segura de que tarde o temprano iba a pasar todo aquello, y me llenaba de esperanza pensar que podríamos empezar una nueva vida, tal vez lejos de allí, regresando a nuestra tierra de origen. Mi esposo estaba totalmente convencido de que eso iba a ser posible y empezó a hacer los preparativos. Además, mi pariente Blai de Adrall no dejó de protegernos ni un solo momento. Nos tranquilizaba mucho tenerle allí. Él nos aseguraba que no teníamos nada que temer, que a nadie se le iba a ocurrir causarnos ningún daño mientras ellos estuvieran viviendo en nuestra casa. Además, se comprometió a interceder por nosotros ante los condes de Urgel y Barcelona. Sin duda, la sola presencia de mi primo en la casa, despierto o dormido, era para nosotros una garantía de tranquilidad de espíritu, ya estuvieran las puertas abiertas o cerradas y las lámparas encendidas o apagadas.

»Pero había algo demasiado inquietante que todavía no sabíamos, algo que el propio Blai nos comunicó más tarde, sin poder disimular su preocupación: el conde Armengol había sido herido en la batalla de Dar al Bacar y tuvo que quedarse en el campamento cristiano del valle del Guadiato siendo cuidado por los médicos. También mi primo acabó diciéndome algo que había estado ocultando para no inquietarme: en el ejército de los condes venían mi padre y mi hermano. Eso era inesperado y sorprendente, ya que mi padre, con trece años más, tenía una edad que no era ya apropiada para una campaña militar tan lejana y fatigosa. Pero, según nos dijo, seguía saludable, fuerte y con una vida guerrera intensa. Blai lo había ocultado en un principio porque conocía muy bien a mi padre; un hombre vengativo, irascible e impulsivo, cuya reacción resultaba imposible de predecir si volvíamos a encontrarnos. Desde que llegó mi primo a esta casa, yo le preguntaba una y otra vez por mi familia de Castellbó; por mi madre, por mi padre, por mi hermano y por todos los seres queridos que había dejado allá, y de los cuales no había vuelto a saber nada desde que me escapé con mi esposo hacía ya trece años. Él solo me respondía concisamente, diciéndome que estaban bien de salud, pero se mostraba reservado y parecía no querer dar más detalles. Hasta que, ante mi insistencia, no le quedó más remedio que decirme la verdad: mi padre y mi hermano estaban muy cerca de

Córdoba, luchando en las sierras, y seguramente muy pronto iban a entrar victoriosos en la ciudad con el resto de la hueste del conde de Urgel. Iba a ser irremediable que nos buscasen y que acabasen viniendo a nuestro palacio. Eso nos sobresaltó mucho a mi esposo y a mí, puesto que nos enfrentábamos a la posibilidad de que él no nos hubiera perdonado. Pero, por otra parte, yo tenía sentimientos contradictorios: habían pasado trece años, demasiado tiempo para que la llama del rencor siguiera viva… Mi padre me había amado, con verdadera locura, hasta que me escapé de casa. Yo siempre fui la niña de sus ojos y solía perdonármelo todo. ¿Y si me abría sus brazos alegrándose por volver a verme? ¿Y si al conocer a sus preciosos y encantadores nietos lo olvidaba todo? Poco a poco me fui convenciendo de que eso iba a suceder así, que mi padre se iba a compadecer y nos iba a llevar a todos con él de vuelta a Castellbó. Al fin y al cabo, éramos su familia…

A Rashida se le quebró la voz y los ojos se le inundaron de lágrimas. Calló e inclinó hacia atrás la cabeza, sin poder decir ninguna palabra más, mientras recobraba el aliento.

Eso hizo que los demás se sintieran muy conmovidos, sobre todo el poeta Farid, a quien toda esa historia, tan delicadamente narrada por aquella bella mujer, le tenía como en trance, fijos sus ojos y toda su atención en ella, como si nunca antes hubiese oído nada igual. Y el cuentacuentos, al comprender que su señora no iba a poder continuar por el momento, decidió tomar de nuevo la palabra y comenzó diciendo:

—Cinco días después de que la vanguardia del ejército de Al Mahdí tomase Córdoba, empezó a llegar desde las sierras el resto de las tropas, componiendo una inmensa multitud de soldados de diversas procedencias, que difícilmente hallaban acomodo en los improvisados campamentos que se fueron instalando en las afueras de la ciudad. Entonces Blai de Adrall salió al encuentro de sus jefes y se enteró de la desgraciada noticia: el conde Armengol de Urgel había muerto.

# 143

*Córdoba, 8 de julio, año 1017*

—Jamás podré olvidar el rostro del Llop —dijo el cuentacuentos—. Llamaron con fuertes golpes a la puerta del palacio. Fui a abrir y me lo encontré allí, montado en el caballo, al frente de un montón de guerreros igualmente vestidos de hierro. En sus ojos brillaba una mirada salvaje y astuta, mientras me preguntaba si aquí vivía una mujer llamada Riquilda… Me quedé paralizado por la impresión. Yo supe enseguida quién era aquel anciano poderoso, aunque no le había visto nunca antes. Entonces él me arrojó una ojeada corta y violenta, de tintes irascibles y crueles, apremiándome con ella para que no me demorara en contestar a su pregunta.

»Respondí aterrorizado, con una voz que apenas me salía del cuerpo:

»—Mi señora Rashida, vive aquí, en efecto…

»—¿Rashida…? —refunfuñó—. ¡Su nombre es Riquilda!

»—Tienes razón, señor, en su otra vida se llamaba así —asentí para no enojarlo más de lo que ya lo estaba.

»Él descabalgó y se acercó cojeando. Tuve que apartarme, pues estuvo a punto de arrollarme cuando entró impetuoso. Así que no tuve tiempo siquiera para avisar de su llegada. Detrás de él entró también su hijo Miró, mientras los demás guerreros se quedaban fuera.

»Aunque mi señora sabía ya que su padre y su hermano estaban en Córdoba, y esperaba que en cualquier momento se presentasen en el palacio, la visita la encontró desprevenida. Se hallaba ella en el patio, con sus dos hijos, mientras mi amo había ido con Blai de Adrall a averiguar qué había sucedido con el conde Armengol de Urgel.

»Cuando el Llop irrumpió, caminando por delante de mí, su hija estaba de pie junto al pozo. Al verle de repente, dio un grito y palideció. Él se quedó muy quieto, mirándola fijamente, mientras su hijo Miró entraba por detrás de él. Hubo a continuación un silencio, que se prolongó durante un tiempo indeterminado, aunque tal vez fue mucho más corto de lo que a mí me pareció, dados el temor y la tensión.

»Mi señora temblaba y su rostro reflejaba todo lo que estaba sintiendo en aquel momento. Sus dos hijos también estaban muy quietos, fijos sus ojos asustados en aquellos dos guerreros extranjeros que eran desconocidos para ellos.

»Luego, por fin, el Llop movió la cabeza, sonriendo extrañamente, y murmuró entre dientes:

»—Nada hay imposible para Dios. Le he pedido durante años que me concediera llegar a ver este día…

»Recuerdo que mi señora emitió una suerte de quejido y se acercó a él despacio, extendiendo las manos mientras rompía a llorar. En un primer momento pensé que ella iba a abrazarlo, pero después se arrojó de rodillas a sus pies, sollozando.

»Sorpresivamente, su padre también se echó a llorar muy conmovido, pero no hizo gesto alguno que indicara que iba a abrazar a su hija. Por el contrario, seguía firme y estático, con la mirada puesta ahora en lo alto.

»Entonces el hermano de mi señora exclamó, aparentemente contento:

»—¡Riquilda, mira! ¡Aquí está el vizconde Guillem de Castellbó, nuestro señor padre! ¡En persona! ¡Fuerte como el hierro, a pesar de tener ya tantos años!

»Ella alzó la cabeza hacia su padre, arrastró aún más las rodillas hasta él y se abrazó a sus piernas, gimiendo:

»—¡Padre! ¡Padre mío! Deseaba tanto verte… De verdad, lo he deseado tanto… Por Dios, te lo ruego, perdóname… ¡Fui una insensata! ¡Nunca debí hacer aquello! Estoy tan arrepentida… Fue una locura, una insensatez por la que Dios ya me ha castigado bastante…

»El Llop se apartó de ella bruscamente, prorrumpiendo en sonoros sollozos y rugidos de rabia, mientras se iba hacia una de las columnas de mármol y empezaba a golpearla con fuerza con sus puños.

»—¡Malditos! ¡Malditos sean todos los demonios! ¡Que Dios castigue a los que destrozan las vidas!

»Los hijos de mi señora se aterrorizaron mucho por aquella reacción tan desesperada y se alejaron, yendo a resguardarse en un rincón bajo la galería.

»Pero mi señora les gritó:

»—¡No temáis, hijos! ¡Es vuestro abuelo! ¡Nada malo os hará! ¡Sois sangre de su sangre! ¡Guillem de Castellbó jamás haría daño a los suyos!

»El Llop, al oír a su hija decir aquello, se volvió para mirar a sus nietos con los ojos arrasados en lágrimas, y estuvo pensando largo rato, mientras contaba con los dedos. Luego, dirigiéndose al mayor, dijo más calmado:

»—Tú debes de tener ya doce años… ¡Hijo de mis entrañas! ¡Casi un hombre! Y eres de pelo negro como lo era yo antes de tener canas… ¿Cómo te llamas, hijo?

»El muchacho se acercó, hasta situarse en el centro del patio junto a su madre, y respondió con timidez:

»—Kamil abén Arif.

»—¡Vive Cristo! —gritó el Llop, alzando hacia lo alto las manos con los dedos crispados—. ¡Malditos sean todos los demonios moros!

»—¡No, padre! —exclamó mi señora Rashida—. ¡Se llama Guillem! ¡Tu nieto se llamaba Guillem, como tú!

»El Llop lanzó a su hija una mirada entre desconcertada e inquisitiva. Y ella se apresuró a añadir:

»—¡Los dos están bautizados! Los dos tienen nombres cristianos, además de los nombres que tuvimos que ponerles para evitar problemas...

»El Llop se fue hacia ellos y los estuvo observando detenidamente, uno por uno. Luego dijo con tristeza:

»—Son hermosos como su madre...

»Reinó el silencio. Mi señora Rashida, que seguía arrodillada, se levantó y se fue hacia su hermano. Ambos se abrazaron y estuvieron llorando durante un rato, al cabo del cual, Miró dijo compungido:

»—Han pasado muchos años desde que te fuiste, hermana...

»Luego mi señora Rashida, con el tono de quien recuerda algo importante, le preguntó a su hermano:

»—¿Tú te casaste?

»—¡Sí, y tengo ya cuatro hijos! Mi esposa es Gerberga de Tost.

»Mi ama abrió mucho los ojos y dijo, mientras levantaba la cabeza:

»—¿De verdad?

»—Sí.

»—Me alegro, me alegro mucho... ¡Es maravilloso!

»Entonces su padre se fue hacia ellos, diciéndole a su hija con cierto tono de desprecio:

»—Tú ya no eres nadie para dar valor a una boda honrada.

»Recuerdo que, ante eso, ella movió la cabeza con tristeza y luego le preguntó:

»—¿No me vas a perdonar, padre? ¿No serás capaz de perdonarme?

»Él la miraba frunciendo el ceño y contestó:

»—Mis nietos regresarán con nosotros a Castellbó. Yo no voy a consentir que mi sangre sea humillada y arrojada sobre esta tierra sucia de infieles. ¡Dios confunda a los que tanto nos han desconcertado!

»Al oírle decir aquello, mi señora corrió a colgarse del cuello de su padre, besándole y exclamando:

»—¡Gracias! ¡Gracias, padre mío! ¡Dios te bendiga!

»Pero él, con una especie de desprecio, la apartó de sí diciéndole:

»—Lo hago por mis nietos, que no tienen ninguna culpa de lo que hicisteis tú y ese esclavo traidor. Hay que ser benévolo con los corazones tiernos, pero implacables con los malvados.

»Mi señora Rashida volvió a aterrorizarse por aquellas palabras. Puso unos ojos despavoridos en su padre e imploró:

»—¡No digas eso! Tú no puedes ser así… Eres ya un anciano y estás obligado a ser bondadoso. Tu cabello se ha vuelto blanco y te has convertido en un hombre venerable… Agradece a Dios la salud que te ha conservado y permite que los demás sean felices.

»—¡Al infierno la salud y la juventud! —replicó él—. ¿Acaso piensas que yo no he sufrido lo mío? La tristeza de los hombres no es como la de las mujeres… Esas fueron las últimas palabras que me dijo mi padre antes de morir. ¡Que Dios haya hecho de la gloria su morada! Me duele en el alma que no hubieras pensado en que yo debía conocer a mis nietos… ¡Eso merece castigo! Así que tú te quedarás aquí, purgando tus pecados en esta ciudad que tú escogiste…

»—¡Padre! —suplicó ella, descorazonada.

»—¡Calla! —le espetó él—. Mi decisión está tomada y ya es firme. No quiero que tú y ese embustero e impostor que elegiste como esposo regreséis a nuestra santa tierra… ¡Sería una vergüenza para todos!

»Con estas palabras tan duras, el Llop zanjó la cuestión. Después él y su hijo comieron algo y se retiraron para descansar, pues venían extenuados por el largo viaje y la lucha.

# 144

*Córdoba, 8 de julio, año 1017*

El cuentacuentos tuvo que beber unos tragos de agua para humedecer su boca y su garganta, que estaban secas por haber estado hablando tanto rato. Luego, con aire sobrio y solemne, prosiguió su relato diciendo:

—Aquel día transcurrió en medio de una gran pesadumbre. Mi señora Rashida estaba desolada y no dejaba de llorar. Mi amo y Blai de Adrall tardaban en regresar, mientras el Llop y su hijo permanecían descansando en las alcobas.

»A última hora de la tarde, sonaron unos fuertes golpes en la puerta. Fui a abrir y me encontré con que toda la plaza estaba abarrotada de soldados francos y monjes, que venían entonando los salmos y oraciones que los cristianos rumíes dedican al sufragio de las almas. Unos jóvenes guerreros se acercaban portando unas angarillas, en las que traían el cadáver de un hombre vestido con armadura.

»Mi señor Arif y Blai de Adrall venían con ellos; se adelantaron con expresión grave en sus semblantes y pasaron al vestíbulo del palacio. Los que portaban la camilla recibieron la orden de entrar con el muerto. La comitiva fúnebre penetró, seguida por un nutrido grupo de aquellos caballeros cristianos y clérigos que formaban la fila del acompañamiento.

»Mi ama Rashida y sus hijos seguían en el patio cuando depositaron las angarillas en el suelo, frente al pozo, y Blai de Adrall explicó con voz rota:

»—El conde Armengol de Urgel ha muerto como consecuencia de las graves heridas que sufrió en la batalla de Dar al Bacar. He aquí su cuerpo sin vida.

»Ella se acercó y lo estuvo mirando, primero visiblemente afligida, y después enajenada, con unos ojos extraviados, como velados por la confusión y la pena.

»Mientras tanto, yo fui a despertar al Llop y a su hijo. No les dije nada acerca del muerto, pero les comuniqué que acabábamos de recibir una visita importante y que debían hacerse presentes. Ellos se levantaron al punto, se vistieron y acudieron al patio.

»Allí, entre todos aquellos magnates francos, estaba el conde de Barcelona, hermano del difunto, que lloraba amargamente arrodillado junto al cadáver. No paraban de llegar jefes cristianos, obispos y abades, que también doblaban sus rodillas, derramaban lágrimas y se ponían a rezar.

»El Llop se aproximó al cuerpo, lo estuvo mirando atentamente y exclamó con voz potente:

»—¡Dios tenga piedad de tu alma, noble conde Armengol de Urgel! ¡Eras valiente, y has muerto vestido de acero, como mueren los hombres de pro!

»Después de que todos los que estaban allí dieran muestras suficientes de dolor y condolencias al hermano del difunto, se dispuso que fuera velado allí mismo durante la noche, puesto que no habían encontrado en toda Córdoba una iglesia cristiana que estuviese en condiciones adecuadas para tal menester. Entonces los monjes se emplearon en preparar una capilla en el salón principal del palacio, donde colocaron sus cruces y estandartes y todo lo necesario para celebrar los ritos que tenían por costumbre hacer cuando un importante hombre moría en campaña.

»Mi ama Rashida fue la que, con inusitada entereza, lo desnudó, lavó las heridas y lo amortajó, ante las miradas conmovidas de todos aquellos rudos hombres de guerra.

»Una vez que hubo amanecido, se organizó una improvisada reunión en torno al cadáver, pues no se ponían de acuerdo sobre lo que debían hacer con él. No quedaba en Córdoba templo cristiano ni monasterio alguno con culto, por lo que no se consideró oportuno darle sepultura dentro de la ciudad. Y al final, después de mucho discutir, se acordó que lo mejor era llevarlo a las sierras para enterrarlo en los antiguos eremitorios donde aún sobrevivían algunos ermitaños. Pero a uno de aquellos caballeros se le ocurrió manifestar una especie de protesta considerada, alegando que sería una gran insensatez dejar allí la tumba, cuando ellos se hubiesen marchado de vuelta a su país de origen. Todos se espantaron entonces al sopesar la posibilidad de que los desaprensivos enemigos pudiesen volver y, enterados de dónde reposaba un jefe cristiano tan importante, profanar la sepultura. Ante esta macabra posibilidad, el conde de Barcelona acabó elevando la voz en tono tajante:

»—Mi noble hermano no será enterrado aquí. Enviaremos su cuerpo de vuelta a nuestra santa tierra para que allí le den cristiana sepultura donde corresponde: en el monasterio de Santa María de Ripoll, que es donde están las tumbas de todos nuestros egregios antepasados.

»Pero entonces tomó la palabra uno de los obispos para desaconsejar al conde que se obrara de esa manera, con el argumento de que también era una gran temeridad enviar a una tropa para custodiar el cadáver en un viaje tan largo, que debía atravesar sucesivos territorios hostiles y afrontar numerosos peligros en unos caminos inciertos, sembrados de enemigos y bandidos. Y comprendiendo el conde de Barcelona que no podía dividir su ejército en tan trascendental momento, cuando estaban a punto de una victoria que iba a reportar incontables beneficios, se quedó desconcertado e indeciso.

»Blai de Adrall se adelantó en ese momento para proponer algo que, según su parecer, iba a ser lo más adecuado.

»—En esta misma casa —dijo— está la solución. Dios lo ha querido así y os parecerá algo verdaderamente providencial. En las traseras de este palacio se encuentra la casa de la nieve de Córdoba. Sugiero que enterremos el cadáver en el hielo, para que así se conserve hasta que concluya nuestra campaña militar y podamos regresar a nuestra tierra. El cuerpo de Armengol será preservado aquí de la corrupción; mientras, el ejército continuará hacia el sur, y a la vuelta, lo recogeremos para llevárnoslo en una carreta llena de nieve.

»—¿Qué locura es esa que propones? —replicó uno de los condes—. ¿Sugieres que dejemos metido en un pozo de nieve a Armengol?

»Entonces saltó el Llop, diciendo con su natural tono autoritario:

»—¡Mi sobrino Blai de Adrall no ha dicho ninguna estupidez! ¡Y sabed que él entiende mucho de eso! Él fue cautivo de moros y lo tuvieron como esclavo trabajando en los pozos de la nieve. Si él ha hecho esa propuesta es porque sabe muy bien lo que dice. Así que hacedle caso.

»Se hizo un gran silencio cargado de expectación. Luego habló el conde de Barcelona y sentenció juicioso:

»—Es ciertamente providencial que estén esos pozos ahí mismo, a unos pasos de donde tenemos el cuerpo. Sería de muy poca fe despreciar la idea de que la Providencia divina nos da la solución. Además, parece milagroso también el hecho de que el noble Blai de Adrall esté aquí con nosotros, que conozca el oficio de la nieve tan bien y que sepa lo que se debe hacer en estos casos. De manera que juzgo muy oportuno seguir su consejo. Dispongo pues que el conde Armengol de Urgel, mi querido hermano, sea depositado en el fondo del pozo de la nieve que hay en este palacio y ahí permanezca hasta que, cuando termine la campaña, pasemos de nuevo por aquí de regreso a nuestra tierra.

# 145

*Córdoba, 8 de julio, año 1017*

»A mi señor Arif y a mí nos encargaron abrir la fosa en la nieve. Y nos sorprendió agradablemente que Blai de Adrall se ofreciera para ayudarnos. Pero, cuando estábamos en plena faena, se produjo un momento muy tenso, y temí que hubiera otra muerte. Se presentó allí el Llop de repente y se quedó en el borde del pozo, mirando muy fijo a mi amo, con una expresión iracunda, puestos los brazos en jarras, con la mano derecha en el pomo de la empuñadura de su espada. Los tres dejamos de cavar y permanecimos expectantes, temiendo que el anciano guerrero pudiera intentar hacer una locura. Pero Blai estuvo muy acertado y valiente, dirigiéndose de pronto a su tío, con voz impetuosa, para preguntarle sin ninguna aprensión ni respeto:

»—¿Te vas a quedar ahí mirando o nos vas a echar una mano?

»El Llop esbozó una sonrisa de aire incierto, y contestó mordaz:

»—Ese es un trabajo de esclavos. Deberías dejar que lo hicieran ellos solos.

»Hubo después un silencio, en el que los tres nos olvidamos de lo que estábamos haciendo y estuvimos pendientes de él. Hasta que mi amo se atrevió a decir:

»—Es una obra de misericordia enterrar a los muertos.

»El Llop soltó una especie de bufido y replicó colérico:

»—No pretendas darme lecciones tú precisamente, puerco impostor. Tú sabes mejor que nadie que todo lo que hay en este palacio es mío. Yo soy un hombre de edad provecta, señor absoluto en mis dominios y en mi familia, y no acepto ninguna observación sobre mi conducta.

»Hubo luego otro instante terrible de silencio, en el que solo se oyó la respiración fuerte del Llop, hasta que él, señalando con un dedo acusador, añadió con orgullo y rabia:

»—¡Ese pozo, toda esa nieve y esas palas también son mías! Tú compraste todo ello con el dinero que me robaste. Todo lo que crees poseer me pertenece, pues. Y por fin ha llegado la hora en que me lo habrás de devolver...

»—¡Por Dios, calla! —le gritó Blai de Adrall, saliendo de un salto del pozo para encararse con él—. ¡Respeta la presencia de los muertos! ¡Estás ante el cadáver del conde Armengol de Urgel, que era nuestro señor natural!

»—¡También estoy ante la presencia de un ladrón! —rugió el Llop, desenvainando la espada—. ¡Y tendría que acabar con él aquí mismo! ¡Es un esclavo embustero y ladrón que debe morir como tal! ¡Justicia es lo que yo quiero!

»En ese instante fue cuando temí más que sucediera una desgracia. Pero Blai de Adrall sujetó fuertemente por las muñecas a su tío, diciéndole:

»—¡Quieto! ¡Sículo no es ya esclavo! ¡Yo era su amo y le di la libertad!

»—Se la diste porque no te quedó otro remedio —contestó el Llop.

»—¡No! —repuso Blai—. Sículo debía ser libre porque es miembro de mi linaje. ¡Lleva la sangre de Adrall igual que yo! La sangre que también lleva tu esposa, la que corre por las venas de Miró, de Riquilda y de tus nietos. Eso es algo que tú debías saber tarde o temprano, y el momento ha llegado por fin. Así que entérate bien de lo que voy a decirte: Sículo es hijo natural de Gilabert de Adrall. Mi propio abuelo me lo confesó a mí el día antes de su muerte. Ya lo sabes, así que no se te ocurra pensar siquiera en derramar su sangre, pues es libre y miembro de nuestro linaje.

»Imposible describir el efecto que estas palabras produjeron en el Llop. Se quedó mirando a su sobrino con la cara desencajada, el labio inferior descolgado, temblándole, mientras un hilo de baba se le deslizaba por la barba blanca y deshilachada.

»—¿Qué suerte de invenciones y majaderías son esas que estás diciendo? —balbució—. ¿Te crees que soy un idiota…? ¡Respeta mis canas!

»—¡Juro que todo lo que te he dicho es cierto! No sería capaz de mentir junto al cuerpo sin vida del conde Armengol. Y has de saber que mi tía Sancha también está en ello, pues yo mismo se lo dije.

»El Llop se zafó dando un tirón brusco de la presa que su sobrino le tenía hecha en las muñecas. Lanzó una ojeada furibunda a mi amo y salió de allí bufando, arrastrando su pierna izquierda con la particular cojera que padecía.

»Ese mismo día, antes de la puesta del sol, dimos sepultura al conde. No cabía demasiada gente en el sótano donde estaba el pozo de la nieve, por lo que solo pudieron estar presentes el hermano del difunto y un reducido número de clérigos y caballeros cristianos. Blai de Adrall quiso hacer él solo el trabajo de cubrir la fosa abierta en el hielo, sin que le ayudáramos; dijo que era una penitencia que quería asumir como gratitud por todo lo bueno que Armengol había hecho por él. Al sordo rumor de las paletadas, sucedió un sepulcral silencio, interrumpido luego por los cánticos y oraciones de los monjes.

»Más tarde, cuando todos hubieron salido, entró mi señora Rashida y estuvo llorando y rezando en soledad junto a la fría tumba.

»Tan solo dos días después de que hubiera sido sepultado Armengol, todos los soldados recibieron la orden de reorganizarse para preparar la marcha del ejército hacia Málaga, donde el derrotado Sulaimán había conseguido reunir a su ejército y tenía intenciones de volver para recuperar el trono. Ante esta nueva amenaza, el conde de Barcelona decidió prestarle de nuevo ayuda a Al Mahdí, estimulando a los jefes de sus tropas con el incentivo de poder aumentar el botín en las ricas ciudades que encontrasen a su paso.

»El Llop les exigió entonces a mis amos que le fuera devuelto todo lo que consideraba que le pertenecía, pues quería tenerlo en su poder antes de partir hacia esa nueva contienda. Aterrorizada por la posibilidad de que su padre no quisiera llevarlos consigo de vuelta a su tierra, mi señora Rashida le reveló que su esposo tenía el tesoro escondido en un sitio secreto de los montes, que solo él conocía y que no se hallaba demasiado lejos de Córdoba. Pero mi amo Arif, temiendo que todo se perdiera en medio del desorden que reinaba y de los peligrosos hombres que había por todas partes, se negaba a ir a sacarlo del escondrijo hasta que no regresaran los francos de la nueva campaña que debían emprender.

»El Llop estuvo muy enojado al principio por esta renuencia. Daba voces y nos amenazaba constantemente, mientras mis amos trataban de convencerle de que era una locura que transportase toda esa fortuna por los montuosos territorios que debía recorrer de camino hacia Málaga, con las eventualidades inherentes a la actividad guerrera. Mis amos le proponían una y otra vez mantener oculto el tesoro mientras durase la guerra, jurando que, cuando la hueste volviera a pasar por Córdoba, lo sacarían y lo llevarían consigo.

»El Llop razonó al fin, sopesando con prudencia estos sensatos argumentos, y consideró que era mejor tener el oro a buen recaudo y recogerlo después. Mis amos acordaron con él permanecer esperándole, y preparar mientras todo, sin hacer ningún movimiento extraño; y él dispuso a cambio que se quedara en el palacio una guarnición de soldados para proteger a la familia.

»Después de haber descansado durante algunos días más, la hueste de francos partió alegremente una calurosa mañana, remozada y alentada por la codicia, al saber que en su camino iba a encontrar las ciudades más ricas y populosas de Alándalus: Montilla, Cabra, Estepa, Lucena, Benamejí, Antequera, Ronda, Málaga…

# 146

*Córdoba, 8 de julio, año 1017*

—Creíamos que los francos iban a estar un tiempo largo luchando lejos de Córdoba; tal vez todo lo que quedaba de verano e incluso parte del otoño. Pero llegaron noticias informando de que el ejército de Sulaimán al Mustaín había atacado y vencido al del general Wadih en la serranía de Ronda, matando a la mayor parte de sus mejores hombres. Poco le había durado pues a Al Mahdí su segunda gloria; y ahora se temía que los soldados, descontentos y furiosos, regresaran pronto para resarcirse, por haberse sentido engañados, con lo que las violencias y desmanes pudieran volver a sucederse en la ciudad. Y aunque esa posibilidad resultaba temible, mi amo Arif se sintió muy aliviado por no haber desenterrado su tesoro, a pesar de las amenazas de su suegro.

»Tan solo dos semanas después, se supo que los francos, antes de llegar a Antequera, daban media vuelta y volvían. Habían encontrado demasiada oposición en los enemigos, así como numerosos obstáculos en su avance; no eran capaces de abastecerse adecuadamente, se enfrentaban al tremendo calor del verano en territorios agrestes y hostiles, muchas veces sin agua, con la continua oposición de las gentes que los veían como enemigos extranjeros. Comprendían los condes que aquella compleja beligerancia y el precipitado cambio de las circunstancias iba a suponer para ellos más perjuicio que beneficio. Al fin y al cabo, esa no era su guerra y se habían comprometido en ella para obtener beneficios. Ahora se daban cuenta de que no tenían nada que ganar, y si acaso mucho que perder, si continuaban prestándole ayuda a un califa que prometía ser tan efímero como los anteriores. Los condes se plantaron en no seguir adelante, reorganizaron sus tropas y se negaron a prestarle más apoyo militar a Al Mahdí, si bien no estaban dispuestos a regresar a su lejana tierra sin antes arramblar con todo lo que de valor hubiera en las ciudades y pueblos que atravesaban, ya fueran partidarios de uno u otro pretendiente al trono.

»Solo una parte de la tropa franca regresaba a Córdoba, con la única intención de recoger el botín que se había quedado aquí. El resto, con los condes a la cabeza, iniciaba ya la marcha hacia el norte por

Jaén, saqueando a su paso cuantas ciudades hallase en el camino. El plan previsto consistía en que las dos facciones del ejército se reuniesen en las ricas ciudades de Baeza y Úbeda, para continuar unidas el viaje hasta la Marca.

»El padre de mi señora Rashida se presentó aquí con sus hombres de confianza y su nutrida guardia personal, decidido a no desperdiciar la ocasión de hacerse con el tesoro de mis amos, que consideraba de su propiedad. No venían con él ni su hijo Miró ni Blai de Adrall, que iban ya en la vanguardia, unidos a la hueste del conde de Barcelona, y seguramente esa decisión la había tomado el Llop con la única intención de verse menos entorpecido a la hora de hacer uso de su intransigencia y su brutalidad. Venía con él, eso sí, su fiel ayudante Oliver, siempre dispuesto a complacer en todo a su señor.

»El ejército que vino luego, en vez de defender la ciudad, nada más llegar se dedicó a saquear una vez más, sin respetar siquiera a los amigos del califa. Eso hizo que muchos hicieran culpable a Al Mahdí de su desgracia por haber traído a aquellos aliados extraños y codiciosos. Además, el inepto califa no dejó de manifestar su disoluto carácter, siendo incapaz de organizar la ciudad para afrontar convenientemente los ataques y desmanes.

»Para colmo de reveses, el veterano general Wadih se hartó definitivamente de prestar su ayuda a un hombre tan falto de inteligencia como sobrado de vicios y resolvió reponer en el trono una vez más al títere Hixem II, que, además de ser ya viejo, no era por ello menos inepto. Al Mahdí fue decapitado ante él y en presencia de una multitud variopinta y enfervorizada.

»Unos días después llegaron mensajeros avisando de que Sulaimán no renunciaba a ser califa, y venía aprisa desde el sur para tomarse venganza. Los francos que quedaban en Córdoba se dieron cuenta definitivamente de que la inestabilidad era algo permanente y consustancial al califato. Nada más, pues, tenían que hacer allí ya, sino arriesgarse a un descalabro.

»Entonces el padre de mi señora Rashida decidió que había que partir lo antes posible, pero antes exigió que se cumpliera sin demora la segunda parte del trato: mi señor Arif debía devolverle la fortuna que él consideraba suya.

»Mi amo no se negaba a ello, pero manifestó con prudencia que también debían llevarse consigo el cadáver del conde Armengol y que, antes de nada, había que organizar convenientemente la manera de poder transportarlo.

El Llop se le quedó mirando con gesto adusto y objetó refunfuñando:

»—Si lo sacamos de la nieve se corromperá. Me he pasado media vida en la guerra y sé lo engorroso que es cargar con muertos… Desde Córdoba a Urgel hay más de un mes de camino, sin tener en cuenta la lentitud con que se mueve el ejército en las paradas que tendremos que hacer.

»—Lo podemos llevar en una carreta cubierta de nieve —se le ocurrió proponer a mi amo.

»—¡No digas tonterías! ¡Sabes de sobra que la nieve acabaría derritiéndose y se corrompería igualmente! Yo no voy a cargar con el cuerpo del conde. Si su hermano Ramón Borrell lo cree oportuno, que venga él a recogerlo. Los hombres de guerra sabemos bien que podemos morir en las batallas y dejar nuestros huesos en cualquier tierra extraña. Ese riesgo se asume desde que uno se hace guerrero.

»Todavía mi señor Arif trató de insistir, pero su suegro se puso hecho una fiera y le mandó callar.

»—¡Escuchadme bien! —les dijo a mis amos en tono admonitorio y tajante—. Lo único que podéis hacer a partir de ahora es obedecerme, ya que yo soy el único dueño de vuestras vidas y vuestros bienes. ¡Y tened cuidado, no me obliguéis a usar la fuerza! Desde hoy se va a hacer aquí lo que yo digo. Vuestros hijos ya no os pertenecen. Oíd esto: ¡son mis hijos! Y dadle muchas gracias a Dios porque yo no recurra a la justicia como debiera; es decir, dándole su justo y merecido castigo al embustero, farsante y traidor que me robó a mi propia hija y toda la fortuna que reuní a fuerza de sangre, bregando desde mi juventud.

»Luego el Llop dispuso la manera en que se iba a recuperar el tesoro: sería el mismo día de la partida de la tropa franca; cuando estuvieran cruzando las sierras, se desviarían lo que fuera necesario para ir al sitio donde estaba enterrado. Mi amo estuvo conforme, pues no le quedaba más remedio. Si querían escapar de Córdoba a salvo, protegida toda la familia por una aguerrida tropa, debía plegarse sin rechistar a todos los requerimientos de su suegro.

»De esta lección y otras que siguieron habían aprendido ya que no debían encolerizarlo, y que era mejor manifestarle una sumisión incondicional. Y así lo cumplieron, sobre todo mi señora Rashida, que se dedicó a obedecer con tal abnegación a su padre que llegó a aborrecer hacerle cualquier reproche o súplica, incluso en su fuero interno. Se convenció a sí misma de que era una esclava, y que con ello pagaba la insensatez de haberse fugado en su día.

»También ella cambió en cuanto al trato con su esposo; ahora se enorgullecía de todo lo que procedía de él, tanto si la alegraba como si la entristecía. Y siguió cumpliendo con todos los requisitos de la esposa resignada, sin considerarse desgraciada por haber escogido la seguridad y la entrega. Y si en algún momento sacaba a la luz los recuerdos de su vida, solo aparecían ante ella lo bueno y la felicidad. Mientras que cuando, por el contrario, resurgían los recelos y las tristezas por las infidelidades pasadas, pronto los veía como siluetas vacías que no merecían más que una sonrisa compasiva. ¿Acaso no había convivido con Sículo y sus virtudes y defectos durante todos esos años? ¿Y de su relación no habían florecido dos hijos que eran la alegría de su vida? Ella solamente pensaba ya en regresar todos a su tierra de origen, para ver cómo su padre los iba perdonando. Soñaba con que el tiempo les haría tener allá un hogar rebosante de bienes y bendiciones, y una existencia larga y feliz, en la que pudieran olvidarse de lo que habían tenido que padecer últimamente.

# 147

*Córdoba, 8 de julio, año 1017*

Ahmad prosiguió diciendo:

—Mis amos me invitaron a acompañarlos en la nueva vida que iban a emprender en su país de origen, lo cual fue para mí una nueva muestra de su afecto y generosidad. ¿Y qué mejor cosa podía hacer yo que seguir a su servicio? Si me quedaba en Córdoba, mi destino iba a ser incierto y seguramente desafortunado. Así que no me lo pensé siquiera y acepté sin ninguna condición.

»La anciana criada Prisca, en cambio, le suplicó a mi señora Rashida que de ninguna manera la llevara con ella tan lejos. Se sentía incapaz para emprender esa aventura, afligida como estaba por su edad y por tantos achaques. Sus ruegos desesperados y su llanto acabaron convenciendo a los amos. Le concedieron la libertad y la dotaron con suficiente dinero para que pudiera vivir con dignidad en el viejo palacio mientras durase su vida. Era una solución arriesgada en aquellos malos tiempos, pero no había otra si tenía que quedarse en Córdoba. Para llevarla a la fuerza, tendrían que haberla atado sobre la mula; tal era su obstinación.

»Llegó por fin el día de la partida. Había que recoger de este palacio lo poco que se podía necesitar en un viaje tan largo; apenas lo indispensable para el camino y lo que admitieran las alforjas de las seis mulas que iban a transportarlo. Yo los ayudé a preparar el equipaje, y sentía una inmensa tristeza mientras me hacía consciente de lo mucho que íbamos a tener que dejarnos aquí.

»Un momento antes de salir de casa, recuerdo haber visto a mis amos y a sus dos hijos en el patio, de pie junto al pozo. Lanzaban sus miradas de un lado a otro, como despidiéndose; alzaban sus ojos hacia la celosía, hacia las ramas de la parra exuberante que brillaba con el primer sol del día, y contemplaban el portón de las cocinas, las columnas de mármol y los gatos que merodeaban entre ellas como siempre. También dejaron vagar sus miradas por las macetas colgadas de las paredes, sin orden ni concierto, entre los viejos estucos ambarinos y la azulejería desgastada por el tiempo.

»Mi señora Rashida era la única que sonreía extrañamente ante aquel panorama que tanto amaba y que irremediablemente tenía que abandonar. ¡Cuánto había disfrutado aquí en otro tiempo! Esas macetas y arriates de todos los tamaños, con sus pimpollos y hojas colgantes, la habían entretenido en su soledad; y los cariñosos gatos la habían consolado muchas veces ronroneando a sus pies, suavizando sus temores con el roce cálido de sus pieles y la intensidad verdosa de sus ojos felinos. También echaría de menos esa plaza que contemplaba desde las celosías y que la noche transformaba, envolviendo al vecindario en un silencio profundo, en el que algunas voces lejanas y risas rumorosas se elevaban espaciadas, haciéndose patentes como si fueran sombras que llenaran los rincones inciertos de otras viviendas y patios lejanos. Y, sobre todo, la música, el laúd y los cantos que resonaban en determinadas ocasiones, como si anduvieran sueltos por las calles. No olvidaría los cadenciosos poemas, ni los pregones melodiosos de los comerciantes que cada día la alegraban mucho: "¡Peces frescos! ¡Garbanzos tostados! ¡Espárragos verdes! ¡Ancas de rana!…".

»Yo también advertía en aquel momento tan duro que los sentimientos de mi señor Arif eran contradictorios. Él sentía por Córdoba y por nosotros los cordobeses un respeto y una delicada mezcla de amor y admiración. Pero, a pesar de su afectuosa experiencia de tantos años, entre nuestras virtudes y nuestros pecados, había también en él, como en casi todos los extranjeros, una especie de enmarañado y oculto sentimiento de desconfianza y aversión que se revelaba no ya en la incapacidad de comprender y perdonar las vergüenzas de nuestras rencillas, sino en el miedo de aceptar, en el pudor de admitir las miserias. Este velado rencor, este confuso recelo, quedaba quizá ahora más al descubierto al tener él aquí mismo a sus parientes y compatriotas. Y yo me había dado cuenta de ello, porque cada vez que en una calle o en el mercado cercano asistía a algún doloroso episodio de nuestra cobardía e infidelidad, de nuestra humillación física y moral, de nuestra desesperación, mi amo se ruborizaba, como arrepintiéndose de haber vivido aquí tantos años.

»Por esta manera de avergonzarse y, sin embargo, no hacerme nunca ningún reproche, ni manifestar siquiera delante de mí una queja como desahogo, yo quería a mi señor como a un hermano. Le amaba por ese maravilloso pudor suyo tan profundo, tan auténtico, tan honesto… Yo le estaba agradecido y jamás hubiera sido capaz de traicionarle. Y él, acaso para intentar ocultarme sus verdaderos sentimientos, me decía sonriendo: "En todas partes pasan cosas como estas. Donde hay gente, ya se sabe… Y ya verás como en mi tierra también habrá ruindad y otro tipo de miserias humanas…". Y a mí se me ocurría entonces reaccionar ante su compasión con recursos de cuentacuentos, con ironías, con palabras amargas y sarcasmos, llenos de una risa punzante y malvada, de lo cual me arrepentía enseguida, ante su candor amable, y me guardaba de ello, reservando en mi corazón el remordimiento. Porque también yo sentía en el fondo, como cordobés que era, que tenía que ocultar algo; era consciente igual que él de que, en esta miserable Córdoba nuestra de ahora, teníamos miedo y vergüenza, y como un pudor orgulloso por lo que habíamos sido, por la decadencia, y por esto en lo que nos habíamos convertido sin remedio.

»Se dio la orden de partida de madrugada, cuando todavía no había hecho su primera llamada a la oración el almuédano. Los jefes de los francos hicieron todo lo posible para que se iniciara la marcha temprano, evitando el calor. Pero resultaba muy difícil movilizar con agilidad a tal cantidad de gente y bestias de carga, con la impresionante impedimenta del botín: recuas interminables de mulas con alforjas repletas de objetos valiosos, alhajas, monedas de oro y plata, vestidos, sedas, brocados, tapices... Cuando abandonábamos la ciudad por el arrabal de Bab al Yahud, tuvimos que atravesar nubes amarillas de polvo ardiente que nos azotó el rostro. Columnas de caballos y mulas desfilaban lentamente por la calzada, pasando por entre las pobres casuchas de adobe de los pastores de cabras. Por encima de nosotros, el sol del estío brillaba amenazador, vomitando el fuego del mediodía.

»Avanzamos muy poco esa primera jornada y nos detuvimos al pie de las sierras. Era la primera vez que íbamos a tener que convivir con todos aquellos soldados extranjeros. El sitio donde pusimos nuestros enseres se extendía a espaldas de una alta roca, en un breve y áspero prado, lleno de matas de romero hastiado y retama pálida. La hierba seca era de un color pajizo, pero tenía a esa hora de la tarde un resplandor tan vivo, tan áureo, que parecía un regalo inesperado de la tierra agostada. Aquella hierba descendía hasta casi tocar la llanura que, por contraste, aparecía de un ocre cansado, como si perteneciese a un mundo ya antiguo, creado desde tiempos remotos. La eterna campiña cordobesa estaba muerta, quemada en algunos sitios por la loca violencia de los ejércitos, sepultada bajo las cenizas de aquel permanente ajetreo de hombres y animales violentos.

»Nada más montar su improvisado campamento, grupos de aquellos jóvenes soldados francos, con los rostros ocultos tras los trapos que se ponían para evitar tragarse el polvo, iban vagando por los campos como si buscaran algo apetecible que llevarse a la boca; tal vez un rebaño que hubiera escapado de la desolación. Pero solo encontraron los cuerpos de algunos guerreros muertos, descarnados, comidos por las alimañas, que estaban alineados al lado de una cabaña derrumbada; tenían las calaveras veladas, ocultas bajo una máscara de polvo cárdeno, que les daba el aspecto de hombres de otro mundo, como si fueran seres no enteramente creados y muertos en un tiempo tan antiguo como la tierra.

»Aquella escena horripilante, que yo veía con ojos indiferentes, me pareció que formaba un contraste misterioso con la visión maravillosa de mis amos y sus hijos, que, libres ya de la desgracia, dormían echados sobre las espaldas de cara al cielo. Tenían los cuatro unos rostros bellísimos, con la piel no mancillada por las cenizas ni el polvo, sino clara, como lavada por la última luz de día; se me antojaban rostros nuevos, apenas modelados, de labios puros y facciones nobles. Estaban tendidos sobre aquella hierba seca y dorada, indolentes, como si hubieran escapado al diluvio y descansaran ahora sobre la cumbre del monte emergido de las aguas oscuras que amenazaron tragárselos.

»Y yo me sentía igualmente dichoso y sereno junto a ellos; y también un ser nuevo. Habíamos vencido al destino trágico que nos aguardaba seguramente en Córdoba. Éramos como seres vivientes llamados a una nueva y desconocida vida, apenas resurgidos de la muerte. ¡Estábamos vivos todos! ¡Vivos y a salvo! Resurgíamos como lavados de viejos pecados, absueltos ya del peligro de vivir: de las traiciones, del hambre, de la miseria, de los vicios y de las iniquidades de los hombres. Percibí con alivio infinito que había ya descontado por el momento la muerte, aunque tuviera marcada su hora para mí en otro momento futuro, pero ese momento lo sentía tan lejano que parecía incluso no pertenecerme... Y allí, en aquel primer descanso, sobre un mundo de hierba seca y hostil, entre la muchedumbre de hombres de guerra, la pequeña familia que éramos, apenas escapados del horror y el desconcierto, contemplaba Córdoba allá a lo lejos, polvorienta e inhóspita, sumida en el caos y entregada a la desgana, la decadencia y la traición.

»Aunque aquella primera noche no iba a ser tranquila del todo... El Llop tendió su petate muy cerca, y su sola presencia, aunque callada y distante, era como el acecho de una fiera salvaje que no pierde de vista a su presa en ningún momento. Si al menos hubieran estado cerca Blai de Adrall o el hermano de mi señora Rashida, nos habríamos sentido con mayor seguridad entre aquella tropa aguerrida y brutal.

# 148

*Córdoba, 8 de julio, año 1017*

El cuentacuentos continuó su relato con emocionado tono:

—Al atisbo del día, la voz recia, inconfundible, del Llop despertó a los soñolientos soldados. Y luego, con más cuidado que de ordinario, estuvo revisando los preparativos del viaje dispuesto para esa segunda jornada: armamento, pertrechos, bridas, cinchas y monturas; hasta las herraduras de los mismos caballos fueron cuidadosamente inspeccionadas por sus propios ojos, como evitando que ningún otro jefe se encargara de ello. Y ese celo anheloso de primera hora tenía mucho que ver con lo que ya estaba resuelto en su obstinada cabeza: ir cuanto antes a rescatar el tesoro a donde estuviera escondido, y que él intuía astutamente que no debía de estar demasiado lejos de donde nos encontrábamos. Una vez que se aseguró de que todo estaba convenientemente dispuesto, regresó junto a su petate, se vistió y armó con inusitado detenimiento, auxiliado por su fiel ayudante Oliver; se colgó al cinto la espada y resopló al montarse en el caballo, con la firme determinación de afrontar, en la medida de sus fuerzas, aquel trabajo de recuperar las riquezas que consideraba de su exclusiva propiedad.

»Después se acercó al lugar donde estaba echado mi señor Arif y le dio una patada en los pies, ordenándole en tono adusto y con parquedad:

»—¡Andando, que ya está amaneciendo!

»Mi amo se incorporó, le miró con una sonrisa triste, pero inteligente, y se levantó.

»No mediaron más palabras entre ellos. Ambos sabían igualmente lo que había de hacerse. Como también lo sabían Oliver y los cuatro hombres que iban a ir con ellos. Y yo, comprendiendo que no debía dejar solo a mi señor en aquel trance, me levanté enseguida dispuesto a enfrentarme a lo que fuera menester. Montamos en los caballos y, en silencio grave, echamos todos a andar a un buen paso. Mi amo y yo íbamos delante, mesuradamente, y en nuestro camino, ascendiendo por la sierra, tampoco hablamos entre nosotros. Detrás iban también montados a caballo el Llop, Oliver y los cuatro soldados, que llevaban además tres mulas de carga con sus alforjas vacías. Pronto perdimos de vista allá abajo el llano donde se quedó esperándonos el resto de la tropa, y continuamos siguiendo la misma senda que habíamos tomado en silencio, por un bosque de altos árboles, que alternaban con espesuras y matorrales, atravesado por pendientes escabrosas, por las que se veían ciervos trotando en pequeños rebaños.

»Cuando estábamos ya muy cerca del sitio, mi amo me lanzó una mirada llena de significado, en la que leí sus pensamientos: no se sentía nada seguro por hacer lo que estaba haciendo; desconfiaba y se traslucía su angustia. El pozo de la nieve yacía en medio de una pequeña planicie sembrada de árboles aislados, matorrales y espesuras, pero que podía, sin embargo, considerarse como espacio abierto, y el pequeño edificio hecho de piedras comenzaba a distinguirse con suficiente precisión. Él lo señaló y le dijo a su suegro:

»—He ahí el pozo.

»El Llop descabalgó y se aproximó preguntando:

»—¿Ahí lo guardaste, zorro?

»El tono con que esto fue dicho era tan desagradable que mi señor Arif, mirando de repente a su suegro con rabia, contestó:

»—Eso que ves es el pozo de la nieve; ahí no está lo que tanto deseas. No soy tan tonto como para ocultarlo en un lugar donde seguramente lo buscarían los ladrones.

»Había algo en el rostro del Llop, en la ligera sonrisa que fruncía su labio superior y en el fruncir simultáneo de sus ojos oscuros, que recordaba a una fiera. No resultaba difícil comprender el motivo de su apodo.

»—¿Ladrones? —dijo jocoso, riendo—. ¿Y hablas tú de ladrones? ¿Tú precisamente?

»Mi amo no hizo caso de esta burla y echó a andar de nuevo por delante, dirigiéndome una nueva mirada, con la expresión corriente en él cuando estaba verdaderamente preocupado. Ambos recordábamos el sitio exacto donde cavamos el hoyo y sepultamos el oro. Había crecido encima la hierba y se había secado, por lo que no resultaba nada fácil descubrirlo, si no fuera por una serie de piedras de diversos tamaños que dispusimos intencionadamente en torno.

»Nos detuvimos y mi señor lanzó a su alrededor una mirada desesperada y, al lanzarla, sus ojos parecieron tornarse tan pequeños y tan penetrantes que se asemejaron a los de un animal silvestre sobresaltado que mira a través del matorral en que se sabe acosado por la alimaña.

»El Llop era tan astuto que adivinó enseguida que allí estaba el tesoro. Y se dirigió a sus hombres para ordenarles:

»—¡Sacad las palas y poneos a cavar donde él os diga!

»Ellos hicieron lo mandado y no tardaron en aparecer las sacas de cuero impregnadas de pez. El Llop desenvainó su espada y se acercó, ansioso, para rasgar una de ellas y ver lo que había dentro. Su cara se iluminó cuando descubrió el brillo del oro. Luego dijo con la misma ansia y alegría:

»—¡Sacadlo todo y cargadlo! ¡Rápido!

Había en total nueve sacas que fueron puestas en las alforjas. Entonces el Llop inquirió amenazante:

»—¿No habrá más escondido en otro sitio?

»Mi amo negó con la cabeza. Y su suegro, sin dejar de mirarle muy fijamente, con una expresión extraña que nunca olvidaré, le dijo en un susurro:

»—Más te valdrá no engañarme una vez más. Aunque ya no tendrás ocasión…

»Y dicho esto, montó en el caballo, tiró de las riendas y se marchó al trote seguido solo por uno de sus hombres, llevando consigo también las mulas cargadas con el oro.

»Entonces Oliver, que estaba detrás de mi amo, levantó la espada que tenía desenvainada y la descargó como un rayo sobre su nuca, dándole un certero corte. Mi señor Arif cayó de rodillas delante de mí, sangrando abatido; y estuvo por un instante a la merced de su asesino, que no dudó en repetir el golpe. La sangre saltó esta segunda vez en todas direcciones, salpicando mi cara y mi pecho. Cerré los ojos para no ver, pues supuse que a continuación iba a morir también yo.

»Pero Oliver me dijo:

»—¡No tengas miedo, hombre! A ti no te haremos nada. Anda, monta en tu caballo.

»Acto seguido, él y los otros tres soldados que habían quedado allí montaron de un salto en los caballos y emprendieron la senda de regreso.

»Yo me quedé aturdido, arrodillado junto al cuerpo inerte de mi amo. Era incapaz de moverme o de tomar cualquier determinación. Pero Oliver seguía gritándome:

»—¡Vamos! ¡No te quedes ahí!

»No sé todavía cómo fui capaz de obedecerle tan consternado como me hallaba. Subí al caballo y, atontado, fui tras ellos.

»Cuando llegamos al lugar donde habíamos pasado la noche, allí ya no quedaba nadie, excepto mi señora Rashida, que estaba sentada en una piedra, llorando angustiosamente.

»Entonces Oliver, sin desmontar siquiera, me dijo parcamente:

»—No podéis seguir el camino con nosotros. Id a recoger el cadáver y volveos con él a Córdoba.

»Yo descabalgué, fui irreflexivo hacia él, agarré las correas de su caballo y grité:

»—¡Asesino! ¡No puedes dejar aquí a mi señora!

»Él me dio una fuerte patada y me apartó replicando:

»—¡Yo cumplo las órdenes de mi señor!

»Y dicho esto, se marcharon al galope, dejándonos allí abandonados a nuestra suerte, y en el mayor de los desconsuelos.

»Cuando aquellos últimos soldados hubieron desaparecido de nuestra vista, mi señora Rashida me contó llorando lo que había sucedido un rato antes. Nada más llegar su padre, después de recuperar el tesoro, ordenó a sus hombres que agarraran fuertemente a sus dos nietos y que se los llevaran de allí a la fuerza, maniatados si era preciso. Luego le dijo a su hija, cruelmente, que su esposo no iba a regresar, y que a ella no pensaba llevarla consigo a la tierra de los francos. Se llevaría solo a los muchachos, que según él no tenían culpa de nada. A ella no le había perdonado lo que hizo un día y no estaba dispuesto a darle otra oportunidad. Después de esta dura declaración, el Llop dio la orden de partir. Se marcharon a toda prisa, dejándola allí sola, a la espera de que yo regresara.

»No me quedó más remedio que comunicarle la noticia. Podéis imaginar el rato tan terrible y doloroso que tuvimos que pasar los dos, solos en medio de aquel páramo, bajo el sol implacable del verano.

»Más tarde, afrontamos el penoso deber de ir a recoger el cadáver de mi señor Arif. Cuando llegamos al lugar donde había caído, y ella lo vio allí, sobre la tierra regada con su sangre, empezó a dar alaridos:

»—¡Maldito Guillem de Castellbó! ¡Infame lobo vengativo! ¡No morirás en paz! ¡No, no dejarás este mundo sin tu castigo! ¡Tu vejez será emponzoñada por el recuerdo de tus homicidios! ¡Y por el eco de mis gritos que te repudian! ¡Tú no eres mi padre! ¡Yo no soy hija de un demonio!

»Recogimos el cuerpo, lo pusimos sobre el caballo y emprendimos el camino de regreso a Córdoba. Desde aquel día, mi amo Arif yace donde lo habéis visto, junto al conde Armengol.

»Dicen que todos venimos del polvo y que regresamos al polvo de la tierra. Él, sin embargo, descansa en el hielo. ¡Qué gran misterio es la vida! A la nieve le debía mi señor toda su fortuna; de la nieve escapó y gracias a ella pudo prosperar. Ahora la nieve pura y hospitalaria cobija y conserva su cuerpo. Parecerá una casualidad, pero ya sabemos que las casualidades no existen, sino que todo lo que ocurre esconde su gran porqué. El bien que deseamos y amamos y el mal que odiamos y tememos, todo tiene razón de ser. No intento entender cómo ambas realidades se integran, como tampoco entiendo la oculta y bondadosa voluntad de Alá, o su amor infinito e inmerecido, ni lo profundo del abismo de la maldad humana… Simplemente lo veo y lo creo en el alma: no existe la casualidad y todo tiene su razón…

# 149

*Córdoba, 8 de julio, año 1017*

Después de esta juiciosa sentencia, el cuentacuentos se quedó callado y sumido en sus pensamientos. El insigne poeta Farid al Nasri y el síndico Yacub al Amín comprendieron entonces que había concluido su relato. Ambos lo habían escuchado poniendo toda su atención, con las caras llenas de fascinación y las miradas pendientes de cualquier gesto o expresión suya. Y ahora sus rostros aparecían transidos de tristeza por el final trágico de la historia.

El corazón del poeta hervía, vibraba por la emoción, y no pudo disimularlo al exclamar con voz quebrada:

—¡Qué gratas palabras estas últimas! ¡Como las de un sabio predicador! —Luego, sonriendo vivamente, añadió—: Son sucesos infaustos y el final no es venturoso, pero tu moraleja última le da sentido a todo, como es propio de un hombre instruido que conoce bien su oficio, y que sabe dejar en el alma de quien lo escucha el poso de la esperanza… Gracias, Ahmad, por haberme elegido para oír esta preciosa historia que bien pudiera ser fruto de la imaginación de un cuentista, pero que es tan cierta como la misma vida… Y todo ha sido narrado de forma sublime, con encantadoras y escogidas descripciones, y con las frases justas, sin excesos ni fantasías, como corresponde al oficio del mejor cuentacuentos de Córdoba. ¡Alá el generoso te recompense, amigo!

Ahmad se sintió muy complacido por estos elogios, sonrió ruborizado y contestó con modestia:

—Yo sabía que tú, el mayor de los poetas de esta época, sabrías apreciar la importancia de una preciosa historia, al considerarla real y comprender que, siendo en efecto hechos desgraciados, se puede descubrir en ellos esperanza, fuerza y verdad. Tú sabes mejor que nadie, por tu oficio de escribir, que caminamos en la vida a la luz de las palabras, las cuales son más necesarias que nunca en estos tiempos aciagos. Y tú no eres solo un fabricante de palabras… ¡Tus poemas están repletos de sabiduría y tomas de postura ante el mundo! Por eso tú debes escribir esta historia.

—Sí, la escribiré —asintió Farid con firmeza, metiendo sus largos y esbeltos dedos entre el borde del turbante y sus cabellos canosos—. Y estoy muy de acuerdo con lo que has dicho acerca del valor de la palabra. Los pueblos viven y progresan no solo con la fuerza de los brazos de los hombres, sino también a base de inteligencia, sabiduría y buenos ejemplos. Es necesario sacar humanas enseñanzas de lo que nos sucede, y no solo cuentos populacheros y ramplones. Y puesto que no es fácil vivir, necesitamos luz para comprender y valor para enfrentarnos a las tribulaciones. Porque la vida de todos nosotros es todo eso a la vez: lucha e intriga, sabiduría y belleza, amor y dolor… Y si te empeñas en ignorar alguno de esos aspectos, perderás la posibilidad de comprenderla de forma completa. Si aceptamos con gusto el amor y la belleza, no despreciemos el fracaso y el sufrimiento, pues son la mitad de la vida, o tal vez la totalidad de ella… Y tenemos que elevarnos por encima de nuestros males, en vez de sucumbir con ellos.

Tras esta reflexión, todos permanecieron en silencio, meditativos y tristes. Hasta que el poeta, dirigiéndose ahora a Rashida, dijo, endulzando el tono de su voz:

—Señora, siento de veras que hayas tenido que sufrir tanto, que perdieras a tu esposo y que tus hijos estén ahora tan lejos de ti… Pero tú siempre tendrás amor…

Se levantó Farid antes de terminar la frase y se acercó a ella, sentándose a su lado sin recato, mientras añadía:

—Y mereces ser feliz el resto de tus días. Porque una criatura como tú ha de encontrar aún su dicha.

Rashida clavó en él sus penetrantes ojos oscuros, mientras sonreía afectuosa, demostrando con su cara que aceptaba aquellas palabras y que había sido confortada con ellas.

Entonces Farid tomó el extremo de su manto oscuro y lo besó. Y a continuación, arrobado, recitó estos versos:

*¡Alá el misericordioso!,*
*yo certifico en esta hora*
*que la señora Rashida*
*es una mártir del misterio.*

*Tú la creaste agraciada y encantadora;*
*ella solo buscó ser amada*
*y entregar su amor.*
*¿Es merecedora del infortunio?*
*¿El amor merece castigo?*
*Ha sido purificada por el fuego.*
*Su hermosura es su azote;*
*su blanco rostro es como un secreto*
*que desvela el otro mundo,*
*y amarla tiene tasado su precio…*
*Quien se enamore de esta criatura*
*también será un mártir.*
*¡Pero es preferible ser víctima*
*a ignorar la belleza!*

Yacub se puso en pie y empezó a aplaudir, exclamando con lágrimas en los ojos:

—¡Sublime! ¡Genial! ¡Bienaventurado sea el insigne poeta de Córdoba!

Pero esta salida suya, por repentina y escandalosa, fastidió a Farid, que le lanzó una mirada larga, reconviniéndole con ella. El síndico volvió a sentarse, esbozando una sonrisa bobalicona y ya no se atrevió a decir nada más; su recato, el rubor de sus mejillas y el modo de eludir la cara de su amigo revelaban que estaba avergonzado por interrumpir aquel momento intenso y grave.

A esta incómoda situación siguió un largo silencio, en el que todos allí parecían querer retornar al recuerdo de la historia. Hasta que el cuentacuentos se sintió obligado a intervenir, dirigiéndose de nuevo al poeta:

—Si vas a escribir la historia, puedes contar conmigo. Yo puedo guiarte por los hechos para que tú los viertas en poemas.

Pero Farid había vuelto a poner sus ojos en Rashida, y ni siquiera le miró al contestar:

—Gracias, Ahmad. Pero yo quisiera que fuera la señora Rashida quien me contara su historia; y me refiero a toda su vida, pues creo adivinar que hallaré en su relato otros hechos dignos de ser escritos.

Mientras estaban hablando, Rashida se mantenía tranquila y silenciosa, aunque circunspecta, como si no fuese ella copartícipe de la historia que había contado el cuentacuentos. Pero ahora, como si se sintiera instada por el deseo manifestado por el poeta, suspiró profundamente y empezó diciendo con calma:

—Pienso con frecuencia que era todavía una niña cuando me escapé de Castellbó, aunque creyera yo que ya era dueña y señora de mis decisiones y mis actos. Pero pronto, cuando me vi aquí, tan lejos de mi tierra y de los míos, empecé a darme cuenta de que las locuras se pagan... Y luego, tras el fallecimiento de mi esposo y la pérdida de mis hijos, me descubrí a mí misma viviendo en un mundo de tinieblas, poblado de espíritus y fantasmas. Durante las noches, en esta casa grande y solitaria, duermo un rato y me despierto otro. Para tranquilizarme, suelo recorrer las habitaciones llevando una lámpara, y escruto asustada las estancias y los rincones, mientras recito las oraciones que aprendí siendo niña para alejar a los demonios...

Quedaron los dos en silencio un buen rato, intercambiando miradas, unidos en un mismo pensamiento. Aunque apenas habían transcurrido tres horas desde que se encontraron, el poeta y ella sabían ya que cada cual comprendía al otro por entero.

Por eso Farid, expresando lo que ambos pensaban, dijo:

—No deberías seguir viviendo aquí ni un día más... Necesitas que alguien cuide de ti, señora.

Rashida esbozó una sonrisa a la que la preocupación y la angustia hicieron perder viveza. Se daba cuenta de que el poeta le estaba sugiriendo que debían conocerse mejor.

Entonces el cuentacuentos intervino molesto, diciendo con un punto de orgullo:

—No digas eso. La anciana Prisca y yo no hemos dejado de cuidarla ni un solo día. Perdió a su esposo y a sus hijos, pero no está sola en el mundo.

Farid se volvió hacia él sonriendo y contestó:

—Perdonad si os he ofendido. También Prisca y tú merecéis ser dichosos, puesto que habéis sido fieles aun a riesgo de vuestras vidas. La lealtad no es frecuente en estos malos tiempos.

Y dicho esto, tomó de nuevo el borde del manto de Rashida y lo besó otra vez con veneración, antes de recobrar el tono de su cálida voz, hasta tal punto que se le agitó la respiración de emoción y amor apasionado. Y como la situación le exigía hablar, añadió arrebatado:

—También yo quisiera cuidar de ella. Si la señora lo tiene a bien y me deja... A eso me refería... ¡Yo deseo ayudarla!

En ese instante, la anciana criada, que no había abierto su boca ni una sola vez, soltó una risotada, que resonó como si anduviera suelta por el salón. Y luego exclamó:

—¡Dios cumpla esos deseos!

Siguió otro silencio, en el que Farid y Rashida seguían pendientes el uno de la otra, ante las estupefactas miradas de Ahmad, Prisca y Yacub.

Rashida levantó hacia él sus preciosos y misteriosos ojos oscuros, como interrogándose, y luego le dijo con cierta timidez:

—Ya ha pasado la época en que yo creía que no había nada en el mundo más importante que el amor… Ahora no sé vivir con otra ilusión que no sean mis recuerdos… Pero no voy a ocultar que me alegra oírte decir eso y que sea realmente verdad.

—No deseo más que tu felicidad —contestó Farid—. No había olvidado tu cara y nunca pensé que Alá la iba a reservar para mí. Espero que él responda a mi ruego y que tú aceptes…

—Amén… —respondió ella.

Entonces Yacub emitió un sonoro carraspeo para reclamar la atención y, cuando todos le miraron, dijo en tono cadencioso y no exento de reproche:

—Es bueno que todos cuidemos de quienes lo necesitan, eso es piadoso y muy acorde con la sagrada voluntad de Alá el compasivo y misericordioso… ¡Loado sea! Y siento mucho interrumpir esta conversación. Pero se nos dijo que aquí, además de una historia interesante, había también un cierto negocio… —Luego, dirigiéndose interpelante al cuentacuentos, preguntó—: ¿O no se nos dijo eso? ¿De qué negocio se trata? Ha llegado el momento en que debes decir qué ganancia hay en todo esto.

Ahmad le miró mientras levantaba las cejas, dejando ver en el ángulo de su boca una ligera sonrisa… Y contestó preguntando a su vez:

—¿Cuánto crees tú que estarían dispuestos a pagar los francos de la Marca a cambio del cuerpo de Armengol?

Yacub se enderezó en su asiento, dejando entrever en su expresión que no había comprendido lo que había querido decir el cuentacuentos con eso. Pero, un instante después, su cara se iluminó con un gesto, mezcla de pasmo y gozo, mientras exclamaba:

—¡Ahora entiendo, amigo! Por la libertad y la vida de un hombre importante se suele pagar un rescate. Pero, si ese hombre pertenece a la estirpe de los grandes de este mundo, también su cadáver tiene su precio, pues los suyos desearán honrarle y darle digna sepultura junto a sus nobles antepasados.

—Así debe ser —dijo Ahmad—. El insigne poeta Farid al Nasri puede escribir una carta a los deudos del conde de Urgel, explicándoles que su cuerpo yace incorrupto en un lugar de Córdoba. Ellos no dudarán en enviar a quien corresponda, para que lo reconozca y lo traslade convenientemente a la tierra de los francos. Pero antes, como es costumbre en estos casos, deberán pagar un rescate cuantioso.

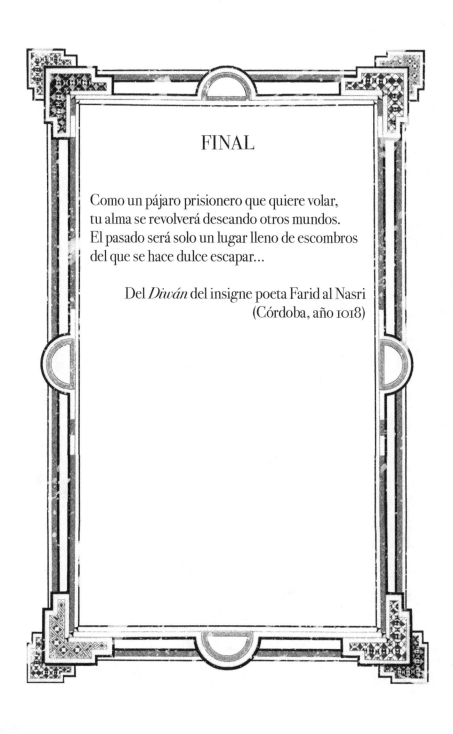

# FINAL

Como un pájaro prisionero que quiere volar,
tu alma se revolverá deseando otros mundos.
El pasado será solo un lugar lleno de escombros
del que se hace dulce escapar...

Del *Diwán* del insigne poeta Farid al Nasri
(Córdoba, año 1018)

# 150

Cuando el cortejo fúnebre entraba por la puerta principal de la muralla, caía el sol en medio de una bruma roja y dorada, mientras las sombras violáceas lentamente cubrían las colinas. Blai de Adrall iba por delante a caballo y alzó los ojos, con una expresión de gozo y satis-facción, a pesar de su cansancio, como mostrando su agradecimiento a los cielos. Luego se volvió y dirigió otra larga y añorante mirada hacia atrás, a la carreta entoldada donde iba el féretro del conde Armengol, y le dedicó un último pensamiento de gratitud y honra. El viaje estaba concluido y la misión cumplida. Habían sido veintiséis días de camino desde Córdoba, sin más paradas que las estrictamente necesarias. Al final del invierno, el tiempo todavía frío había permitido el traslado del cadáver, envuelto en el hielo compactado, dentro de una gran caja construida con madera de ciprés e impregnada con pez y sustancias resinosas. Ese era el plan previsto después de que se tuviera conoci-miento de que los restos del conde se conservaban en perfecto estado. Al atravesar las montañas, hubo oportunidad en varias ocasiones para recoger nieve suficiente con el fin de mantener el receptáculo en las condiciones necesarias. Blai conocía muy bien el oficio y no iba a per-mitir un descuido. Pero no había sido escogido para este delicado come-tido solo por ese motivo, sino también por haber sido el ayudante más fiel del conde hasta el último momento de su vida.

La comitiva pasó ante las obras de una magnífica iglesia que esta-ba a medio construir, la de San Miguel, y enseguida comenzaron a do-blar las campanas. Primero fue la de la seo, a la que siguió otra más lejana, luego otra y otras más, próximas y alejadas, hasta que toda la ciudad fue un ensordecedor lamento del bronce. Para Blai fue una maravilla oír aquella multitud de sonidos familiares, de todas las no-tas, desde las más agudas y claras hasta las más graves y resonantes. De cada rincón se alzaban aquellos benditos sonidos, como una recompensa de paz al final del largo y fatigoso viaje. Torcieron por una calle estrecha y enseguida se encontraron con la multitud que abarrotaba la calle Mayor. Las puertas de la catedral de Santa María del Vico estaban abiertas y la luz de las velas inundaba la nave central e iluminaba a los ancianos nobles que se hallaban en el pórtico. Las miradas graves y abatidas de aquellos hombres venerables presentaban una escena algo diferente al bullicio y la alegría de la muchedumbre que abarrotaba las calles.

Cuando la carreta llegó a la pequeña plaza, se hizo de pronto un gran silencio. Pero, un instante después, brotó un murmullo contenido, que fue creciendo poco a poco... Todas las miradas estaban puestas en la puerta de la seo. En ese momento salían, enteramente vestidas de negro, dos importantes damas: la condesa Tedberga, viuda de Armengol, y su cuñada Ermesenda, condesa de Barcelona, que también había enviudado recientemente al morir su esposo Ramón Borrell, apenas hacía seis meses. Caminaban despacio y llevaban de la mano cada una a su primogénito: la primera, al conde Armengol, de solo ocho años, nacido justo antes de que su padre partiera a la campaña de Córdoba, donde encontró la muerte; y la segunda, al conde Berenguer Ramón, de doce años. Ambas damas habían adquirido gran poder, como regentes de sus condados, por la minoría de edad de los herederos. Los miembros de sus Consejos salían detrás de ellas y se iban situando en torno, dignos y serios, con las cabezas descubiertas. Las cabelleras blancas y aquellas barbas largas, juntamente con las túnicas antiguas y las anchas capas negras, acentuaban el ambiente solemne y pesaroso que reinaba en aquella hora triste y trascendental a la vez.

Blai descabalgó y caminó despacio para ir a arrodillarse ante las condesas. Ellas le miraron con sus agraciadas caras, afligidas y a la vez interrogantes. Él certificó con un solemne juramento que el cuerpo que venía dentro del féretro era el del conde Armengol. Y después, cuando le hubieron dado el permiso los jueces, se dirigió hacia la carreta y ordenó a sus hombres que sacasen la caja y que fuera colocada sobre una tarima que estaba dispuesta allí al lado. Una vez realizados estos trabajos, llegó el duro momento de reconocer al muerto. Se acercaron los carpinteros y, en medio de un silencio impresionante, hicieron uso de sus herramientas. Levantada la tapa, apareció la blanca nieve, y Blai, con sumo cuidado y delicadeza, se encargó de irla retirando con sus manos, utilizando solo cuando era necesario una pequeña paleta. Descubierto el rostro del difunto, hizo una señal discreta. Avanzaron los notarios, miraron y, con sus gestos y asentimientos graves y silenciosos, manifestaron inequívocamente que quien yacía allí era Armengol de Urgel, hijo de Borrell.

Tedberga se aproximó, vio y palideció por la impresión, pero no derramó ni una sola lágrima. La expresión de su fisonomía era la del más profundo dolor, comprimido por la resignación y por la humildad. Luego acercó a su hijo y le obligó a que también mirara directamente a su padre, a quien no había conocido por ser un recién nacido cuando partió para no regresar vivo. El pequeño Armengol era hermoso, parecido a su madre, rubicundo y de ojos azules muy grandes. Serio, avanzó unos pasos y se enfrentó a la macabra visión con entereza, si bien no pudo evitar fruncir los labios ni una leve contracción en su carita lívida. Cumplido el doloroso deber, las condesas abrazaron al niño y le besaron en la frente. También el tierno conde de Barcelona, Berenguer Ramón, tuvo que contemplar el cadáver helado de su tío. Y seguidamente, uno tras otro, los clérigos y miembros del Consejo fueron asomándose, persignándose y refrendando que no había engaño al honrar con legítimas ceremonias a quien yacía allí.

Cuando le llegó su turno, se acercó el Llop con ademán majestuoso, apoyándose al caminar en un bastón con el mango de plata. Las barbas blancas crecidas hasta la cintura y la capa de piel oscura de nutria cubriéndole la espalda le daban un aire solemne. Posó sus ojos vidriosos en el rostro del difunto y lo estuvo observando un largo rato con gesto grave y melancólico. Se impresionó muchísimo y lloró con amargura, ante la curiosidad y el asombro de todos los presentes.

También derramaron lágrimas su hijo Miró y casi todos los hombres que habían formado parte de la heroica hueste. Aquellos guerreros veteranos fueron los encargados de sacar el cuerpo de la caja, envolverlo en un sudario y transportarlo a hombros al interior del templo.

Dentro había muchísima gente. Tan apretados estaban los fieles que apenas podían moverse entre las velas que brillaban en todos los rincones y bajo las lámparas de hierro forjado que colgaban del techo. Respetuosamente, se fueron apartando y se abrió un pasillo en el centro. Y mientras pasaba lentamente el conde difunto, los muchachos de la escolanía comenzaron a cantar. La canción parecía llenar la catedral entera, con un sonido enérgico y conmovedor, compuesto por muchas partes y voces, que se mezclaban y unían de un modo peculiar, hasta formar una voz única de fuerza admirable. Blai se conmovió y emocionó mucho, sintiendo nostalgia por los días de gloria pasada.

Delante del altar mayor, aguardaba el obispo de Urgel, llamado también Armengol en honor al conde; un hombre joven con fama de santo, que era sobrino y sucesor de Salas, y perteneciente a la familia condal del Conflent. Bendijo el cuerpo y lo condujo, precediéndolo, a una pequeña capilla labrada al lado derecho del ábside. Una estrechísima claraboya era la única abertura en la pared. En la anaranjada y opaca luz de los cirios, se distinguían la techumbre abovedada, los muros desnudos y un tosco altar de piedra con un crucifijo de madera tallada. Delante del altar estaba preparado el ataúd, entre dos frailes arrodillados que rezaban en voz baja. Seis sacerdotes que estaban en los ángulos de la capilla recogieron el cadáver y lo colocaron dentro. Los caballeros se retiraron y dio comienzo la ceremonia fúnebre por el reposo de su alma.

Concluido el último responso, el ataúd fue llevado a la cripta y sepultado en un sepulcro bajo una losa de granito. Después se despidió a la gente.

Cuando Blai abandonaba abatido la seo, le salió al paso en el atrio su tía, la vizcondesa Sancha. Estaba acompañada por sus nietos, los bellos hijos de Riquilda, y tenía en la cara todas las señales de haber llorado mucho. Le hizo a su sobrino una discreta seña de que la siguiese. Anduvo con pasos silenciosos hacia el templo y, después de subir algunos escalones que había en el lado derecho, abrió con precaución la puerta de un pequeño oratorio contiguo. Era una pieza de seis pies en cuadro, como una capilla, donde estaban las sepulturas de los antepasados de los vizcondes de Urgel. En la piedra del muro, una pequeña claraboya abierta al occidente, y estando el sol a la sazón en el ocaso, dejaba entrar un rayo de su luz en aquel momento. La anciana dama se detuvo antes de penetrar en el opaco recinto y les ordenó a sus nietos:

—Vosotros esperad fuera.

Los dos jóvenes obedecieron sin rechistar la orden de su abuela, y esta, mirando ahora a Blai, dijo:

—Necesito hablar contigo.

Entraron los dos en la capilla y ella cerró la puerta. Allí dentro, Sancha rompió a llorar. Miraba los sepulcros de piedra con desazón y tristeza. Se echó el velo negro hacia atrás y descubrió sus ojos enrojecidos. Había engordado últimamente; su pomposo y ancho traje de luto y la guirnalda fúnebre de laurel le daban un aspecto grande y poderoso. Pero toda ella estaba revestida de aflicción...

Blai sintió una gran compasión y, comprendiendo lo que más le preocupaba a su tía en aquel momento, dijo en un susurro:

—Mi prima Riquilda está bien. Me encargó que te dijera que te ama y que deseaba con toda su alma haber venido conmigo... Pero debes comprender que...

Sancha se cubrió el rostro y sollozó.

—¡Hija mía! ¡Hija de mis entrañas!... ¡Virgen santa!

—Está muy bien —reiteró Blai—. De verdad, tía, debes creerme. Riquilda tiene salud, está tan bella como siempre y ha empezado una nueva vida...

La vizcondesa alzó la mirada hacia él, diciendo:

—Sé qué me dices la verdad. Una madre presiente esas cosas... Pero es todo tan triste...

—Tía Sancha —dijo él con precaución, después de haber permanecido algún rato en silencio, como para darle tiempo a ella a que se tranquilizara—, no sé si debo hablar con el vizconde Guillem... Haré lo que tú me digas.

Ella hizo un movimiento brusco y su expresión se tornó de repente iracunda y violenta.

—¡No le digas nada a esa bestia! ¡No debe saber nada de Riquilda! ¡Y no le nombres siquiera en mi presencia! ¡Es el mismo demonio!

Blai comprendió que había cometido una imprudencia diciendo aquello, porque sabía que la relación entre los vizcondes hacía tiempo que se había roto. No había ya ningún trato entre ellos. Sancha se había ido a vivir hacía ocho años con sus nietos al castillo de sus antepasados en Adrall, y el Llop se había quedado en Castellbó con su hijo Miró. La vizcondesa ya no podía soportar la convivencia junto a su esposo, máxime después de haber tenido conocimiento del horrible crimen que cometió en Córdoba. Para conseguir llevar a término esta solución, Sancha tuvo que pedir la ayuda de Tedberga, condesa viuda de Urgel, y de la condesa Ermesenda, cuyo esposo, el conde de Barcelona, aún vivía. Los jueces, visto el asunto, habían decretado que el vizconde no podía tener la tutela de sus nietos por haber sido el asesino del padre de estos.

Hubo un nuevo silencio, en el que tía y sobrino se estuvieron mirando, compartiendo la desazón y el afecto. Hasta que ella, tomándole las manos, le dijo con ansiedad:

—Vente a vivir con nosotros a Adrall. No vuelvas a Castellbó, hijo mío… No vivas más bajo el mismo techo que ese demonio… ¡Dios quisiera que Miró también me hiciera caso…! ¡Vivamos todos juntos en nuestra bella tierra! ¡Vivamos en paz y olvidémoslo todo! Y si Dios lo quiere, que un día vuelva también Riquilda…

Blai sonrió y contestó con dulzura:

—Tía, Riquilda no volverá… Ya sabes que ella no puede volver…

Sancha apretó los labios y rompió de nuevo a llorar. Pero enseguida, haciendo un gran esfuerzo, se contuvo y dijo:

—Lo sé. Y lo único que quiero es que mi hija esté viva y sea feliz. De estos hijos suyos ya me encargaré yo.

Volvieron a quedarse en silencio, sin dejar de mirarse. Luego Blai, con una expresión de seguridad en la cara, afirmó:

—Yo tampoco regresaré a Castellbó para vivir allí.

A su tía se le iluminó el rostro al oír aquello. Pero él se apresuró a precisar:

—Volveré a la costa, a Cubellas. Deseo servir a los condes de Barcelona el resto de mi vida defendiendo aquel puerto. Me siento obligado a hacerlo para honrar la memoria de mi abuelo. Ya hablé de ello con la condesa Tedberga. Ella me liberó del juramento y sus ministros me dieron por escrito el permiso para obligarme como vasallo a partir de hoy con la condesa regente. Mi única señora será en adelante Ermesenda. Perdóname, tía; no te dije nada antes para no causarte mayor aflicción…

Sancha se quedó pensativa durante un rato. Luego abrazó a su sobrino y lo cubrió de besos, diciéndole con cariño, entre suspiros:

—¡Haz lo que tu alma te dicte, hijo mío! ¡Nada hay más bello que la libertad verdadera! Yo te comprendo… ¿Cómo no te iba a comprender? Mejor es ser libre que vivir atado al deseo de riquezas…

# 151

*Córdoba, 16 de mayo, año 1018*

Desde la ventana de su alcoba del Palacio de Rosas, Rashida miraba la ciudad. Todavía estaba vestida con el traje de novia, aunque ya se había quitado el turbante, los velos y las alhajas. Se encontraba de pie, descalza sobre la alfombra, y se peinaba contemplando el horizonte como una mujer se mira en un espejo. Desde aquella ventana, dejando que sus ojos volasen, sentíase nueva en la vida, apenas nacida, y se miraba en el antiguo espejo del crepúsculo con una sonrisa de feliz estupor; y el reflejo del sol antiguo teñía de una luz cansada sus largos, negros y mórbidos cabellos; y bañaba la piel lisa y blanca de su bella cara y sus manos pequeñas y fuertes. Se peinaba lentamente y su ademán era un ademán lánguido, desmayado, tras el largo día de fiesta que había seguido a la boda. Miraba intensamente y sin prisa, a sabiendas de que era aquel el último atardecer que vería caer sobre Córdoba. Pretendía retener en su memoria los incontables alminares, errantes por el horizonte, los palacios, los negros cipreses, las palmeras y las lejanas sierras, verdes de pinos y de almendros, pero su imaginación dispersa volaba hacia otros pensamientos. Esa alta ventana donde ella estaba, allá arriba, sobre las azoteas y los tejados que iban tomando poco a poco color de vino viejo, había sido durante años el mirador preferido para sentirse libre y por encima de todas las desdichas. Incluso ahora, cuando estaba a punto de abandonarla, sentía esa visión como un verdadero refugio. Pero ya no tenía ningún sentido buscar allí intimidad y amparo para sus cavilaciones, puesto que, si era capaz de dormir aquella noche por última vez en esa casa, despertaría mucho antes de que amaneciera y se lanzaría con todo su ser a emprender una nueva vida.

Todo estaba ya dispuesto y no había posibilidad de arrepentirse. El palacio fue vendido días antes, sin que le importara demasiado el bajo precio obtenido; no estaban los tiempos como para pensar en hacer buenos negocios en aquella ciudad sacudida por tantos conflictos. Además, los beneficios reportados por la entrega del cadáver de Armengol eran suficientes para empezar de nuevo en cualquier otro destino. Y también estaban los generosos regalos de boda que el poeta había recibido de sus amigos potentados, incluido el del califa recién entronizado, el hamudí Alcasim Almamún, que no escatimaba en dádivas para ganarse adeptos entre los cordobeses ilustres (sus cuatro antecesores habían muerto asesinados por sus adversarios). Desde luego, Farid al Nasri aceptó el regalo, sin que se le ocurriera la imprudencia de decir que tenía pensado marcharse con su flamante esposa al día siguiente con la intención de no regresar jamás. Muy temprano emprenderían el viaje hasta Málaga y, cuanto antes pudieran, tomarían allí un barco hacia Alejandría.

La fiesta empezó esa misma mañana con la lectura de una azora, a modo de bendición. La calle se llenó de invitados y voces jubilosas desde muy temprano. Luego llegaron los músicos. Rashida tuvo que permanecer en la alcoba hasta que las mujeres fueron a por ella para conducirla al contiguo palacio de Radwan. La entrada de la novia recompensó con creces la espera de los invitados: seguía siendo una criatura de gracia indiscutible y, vestida con aquel traje de seda color azul pálido y cubierta de alhajas de oro fino, tenía el porte de una reina. Allí el cadí le mostró su nombre escrito sobre el pergamino que contenía el acta legal y luego entró el novio con sus amigos para reconocerla. En ese momento ella tenía que llorar, para cumplir con la tradición que exigía que la novia manifestase su dolor por tener que abandonar su familia. Rashida, que estaba convencida y dichosa, creía que iba a ser incapaz de fingir. Pero, cuando llegó el momento, y tras avanzar unos pocos pasos hacia el que iba a ser su esposo, se abatió sobre ella un triste recuerdo que llenó su corazón de pesar: Sículo había resucitado de pronto en su mente junto a la imagen de sus dos hijos. Comprendió que esa era la familia por la que debía llorar y la alegría se le vino abajo de verdad, y terminó por extinguirse, mientras la invadía una inmensa tristeza porque ninguno de sus seres queridos estuviera allí. También la asaltó un fugaz e inesperado pensamiento: nunca llegó a casarse con Sículo, ni por las leyes de la Iglesia ni según lo mandado en el Corán. Entonces fue como si se le hiciera presente su figura, sus rasgos, su forma de hablar y de moverse... Sículo, cuyo amado cuerpo había hecho sacar secretamente del pozo de nieve, y quedaría enterrado allí en Córdoba, tan lejos de su tierra, en el cementerio de Umm Salama. Le brotó un llanto sincero y las lágrimas corrieron por su cara.

—¡Qué exageración! —exclamó una de las mujeres con reprobación—. ¡Tampoco hay que exagerar!

Farid en cambio se lo tomó a chanza y dijo delante de todos los presentes, burlón:

—¿Veis el inconveniente de casarse con una mujer criada con los rumíes? Solo una cosa: poseer a una mujer que acepta estar bajo un hombre, pero sintiendo ella en su interior que él, en el fondo, es su esclavo.

Todos rieron la ocurrencia y Rashida, mientras lo hacían, encontró su oportunidad para dejar de llorar y empezar a sonreír. Y ella y el insigne poeta de Córdoba se desposaron.

A continuación, los encargados de preparar el banquete llamaron a los invitados, y todos los amigos se dirigieron al Palacio de Rosas, pasando luego al patio interior, donde encontraron las mesas dispuestas y con los platos ya servidos para veinte comensales. Se reunieron con ellos Yacub el síndico y sus hijos, unos parientes de la familia de Radwan y otros poetas amigos y vecinos. Las mujeres fueron a comer en una habitación cercana, separada del vestíbulo por una cortina.

Rashida estaba apreciablemente contenta y saboreó la apetitosa comida con tranquilidad, participando en la charla y en las risas, pero ocultando en todo momento que en realidad estaba deseando que la fiesta terminase cuanto antes.

Por la tarde, cuando los hombres dejaron las mesas, unos fueron a sentarse en el vestíbulo y otros salieron al jardín para pasear. Mientras los músicos tocaban y cantaban, transcurrió un tiempo de inactiva tranquilidad, hasta que después los invitados comenzaron a marcharse. Entonces Rashida despidió por fin a las mujeres y subió al segundo piso. Farid, en cambio, permaneció abajo un rato junto a sus más íntimos amigos.

Al atardecer, ella se asomó a la ventana de su alcoba. Soplaba el dulce y aromático viento del sur y barría el aire fétido de las callejuelas. Se levantaban por doquier estrépitos de alas de paloma, gorjeos de gorriones o el canto de una codorniz en su jaula colgada en algún patio. Sin embargo, no se oía una sola voz humana, ni siquiera el llanto de un niño. Un extraño silencio pesaba sobre la ciudad agotada y hambrienta, empapada en el acre sudor del miedo y la incertidumbre. Y ya, en el remoto cinturón del horizonte, se elevaba roja como sangre la luna, igual a las decenas de rosas que florecían abajo en el jardín.

Mientras deshacía las trenzas de su tocado y se peinaba, Rashida paseaba su mirada sobre Córdoba, sabiendo que no se le borraría de su memoria la imagen de aquellas calles estrechas, con sus majestuosos palacetes silenciosos y sus minaretes. Contempló el cielo con la tranquilidad de un espíritu en reposo y se despidió de todo aquello como si se tratara solamente de una fantasía sublime.

Más tarde, cuando todavía no había anochecido del todo, subió Farid y la encontró allí, todavía mirando por la ventana. Él la abrazó por detrás y le preguntó en un susurro al oído:

—¿Estás triste?

Ella se volvió y le besó en los labios como respuesta. Luego, apartándose un poco, le preguntó a su vez:

—¿Les has dicho que mañana nos vamos?

Farid sonrió al responder:

—Solo lo sabe Yacub. A él no podía ocultárselo…

Rashida se quedó un rato en silencio. Después volvió a pasear sus ojos oscuros por Córdoba. El sol ya se había marchado y ahora era la luna la que depositaba pálida luz en los tejados y las azoteas, y en su pelo negro y brillante.

—Deseo irme —dijo—. Deseo que pase cuanto antes la noche para partir… Aquí solo tengo recuerdos… ¡Y mira que es bella esta ciudad!

Farid la rodeó con sus brazos y, con una maravillosa ternura, le susurró:

—Serás feliz en Alejandría, te lo prometo. Al alejarnos tú y yo de aquí, olvidaremos las peores fatalidades y hallaremos la tranquilidad de la ausencia. Pero debes aceptar que tu corazón no dejará de estremecerse mientras tu imaginación evoque Córdoba de vez en cuando, sacudido con latidos de emoción y nostalgia. Y fuera cual fuese el sufrimiento o la dicha que tuviste cuando antes la recorrías, seguirás conservando solo para ti el recuerdo de una esperanza perdida, de una felicidad imaginaria y de una vida desbordante de sensaciones, como un sueño imaginario… Córdoba siempre roba una parte del alma a todo el que ha vivido en ella… Pero allá donde nos aguarda nuestra nueva vida cada día podremos contemplar el mar…

# 152

*Cubellas, 16 de septiembre, año 1018*

Después de que concluyera la oración de laudes en la pequeña abadía de Santa María de Cubellas, el abad Geribert comunicó a sus monjes que debían ir al puerto esa misma mañana para recibir al señor de aquellos dominios, Gombau de Besora, que llegaría en barco esa misma mañana, según había notificado en la carta que un mensajero había traído de Barcelona tres días antes. El jefe de la guarnición del castillo había recibido un comunicado semejante en la misma fecha. A la hora tercia, las campanas empezaron a repicar y continuaron haciéndolo durante toda la mañana. El aire soplaba desde el mar y se oía el temblor de las hojas en las alamedas del río Foix, el largo relincho de los potros, las inefables risas de las muchachas que lavaban en la orilla y el agitarse de las ropas puestas a secar en las cuerdas, como si fuesen velas.

Los soldados salieron temprano a caballo en dirección al mar. Más tarde, concluidos sus rezos y sus primeras faenas, los monjes montaron en sus mulas y atravesaron la villa hacia la puerta de la muralla. La gente los miraba pasar en silencio, sentada en el umbral de sus casas, siguiéndolos luego a lo lejos con los ojos llenos de curiosidad. Había chiquillos medio desnudos, viejos pálidos y mustios, mujeres de barriga hinchada, de rostro de color de ceniza, y ancianas descarnadas y de seno seco. No se veían hombres jóvenes y sanos, no porque no los hubiera, sino porque andaban todos en sus labores, en los campos o en el puerto.

Cuando la comitiva de recepción llegó al embarcadero, el mar estaba verdoso, encrespado y vacío, prodigando los mil sonidos jóvenes y felices que corren sobre las crestas de las olas cuando sopla el gregal. De pronto, de la nada surgió un barco procedente del norte; subiendo y bajando por los embates, puso proa hacia el puerto, con las velas recogidas, y navegó a golpe de remo a cien pasos de la orilla. Cuando atracó en el muelle, todo en torno era un centellear de ojos, un reír silencioso, un brillo de dientes, unos ademanes taciturnos de los que aguardaban en aquella luz verde de agua y espuma. Varios hombres cetrinos, vestidos con andrajosas ropas, que esperaban al lado de la puerta de sus tugurios, corrieron solícitos para recoger las amarras y ayudar al desembarque.

Los monjes descabalgaron y se aproximaron. El abad caminaba por delante, alto, espigado y delgado, con paso lento e ingrávido; se apoyaba con la mano izquierda en el largo báculo de madera, mientras elevaba la derecha con una suerte de saludo parecido a una bendición.

La tripulación del barco saltó a tierra. Los últimos en hacerlo fueron un hombre y una mujer que componían juntos una bella estampa por sus ropas dignas y su buen porte; ella sujetándose en el brazo de él y ambos con los semblantes alegres, como despreocupados y felices.

El abad se acercó, se inclinó ante ellos y dijo con meditada solemnidad:

—Mi señor, Gombau de Besora, toma posesión de estos tus dominios.

El monje, que hasta aquel momento había sido la máxima autoridad en el castillo, la villa y el puerto, hizo aquel sumiso saludo de bienvenida porque tenía conocimiento de que el noble Gombau de Besora, consejero y amigo de la condesa Ermesenda, había comprado recientemente aquel feudo a sus antiguos propietarios, los herederos del vizconde de Barcelona. Pero todavía no conocía personalmente a su nuevo señor.

Aquel hombre que acababa de desembarcar junto a la mujer le miró sonriente y contestó:

—Venerable abad, no soy Gombau de Besora. Pero vengo en su nombre y por mandato personal de la condesa de Barcelona. Traigo poderes para gobernar el castillo, la villa y el puerto. Me llamo Blai de Adrall y esta es mi esposa, Guisla.

El monje se sorprendió al oír aquello. Alzó su frente, miró fijamente al recién llegado, sonrió a su vez y dijo afable:

—Te conozco, señor. Perdóname por no haberte reconocido. Yo era novicio en la abadía en tiempos del abad Gerau, a quien Dios tenga en su gloria... Por entonces, tu abuelo gobernaba estos pagos. ¡Sed bienvenidos tu esposa y tú a vuestra casa! ¡Benditos seáis del Señor!

Blai paseó su mirada por el horizonte, hacia el castillo y las lejanas montañas. Después puso sus ojos alegres en la gente que se hallaba reunida en el puerto, en los soldados, los monjes y los marineros. Unos perros estaban echados delante de las atarazanas. Algunos corderos pastaban un poco más allá, en la hierba de un altozano, y de vez en cuando levantaban las cabezas mirando el mar verde. Aquellos hombres y aquellos animales estaban vivos, estaban a salvo, como lavados de sus antiguos terrores por el viento fresco que soplaba a esa hora. Blai se alegró porque sabía que todos ellos ya habían descontado la muerte hacía años, esa muerte que solía llegar navegando por aquellas mismas aguas o descendiendo desde los montes. También él sentía que había escapado al caos, y era como si, al reconocer esa costa y esos paisajes de su infancia, los descubriera apenas creados, apenas llamados a la vida, apenas resurgidos de la muerte...

# 153

*Manresa, 13 de diciembre, año 1018*

En los campos circundantes, la claridad del albor virginal lavaba el almagre de los viñedos desnudos, el plateado solemne de los olivos y el dorado invernal de los lejanos lastonares. Amanecía en Manresa y, como un barco antiguo y monumental, se alzaba la iglesia de Santa María sobre su loma, solitaria y desnuda en el inmenso cielo sin nubes, bruñidas sus piedras por el viento y la lluvia. La ciudad iba iluminándose poco a poco por la luz ambarina y secreta del sol que asomaba entre las montañas, oscuras y maravillosamente remotas, mientras se extinguía el abismo azulado de la noche agotada en el extremo horizonte. Casi llevadas por el céfiro de la madrugada, las primeras aves alzaban el vuelo en las orillas del Cardener.

Una fila de gente que portaba antorchas iba ascendiendo despacio por el camino empedrado que subía desde el río. Muchachos andrajosos, sentados sobre el antepecho cortado a pico en las peñas, miraban desde arriba la procesión, con sus ojos asombrados y puros. Tenían los semblantes demacrados y los cuerpos enflaquecidos, pero parecían dichosos. El aire frío, pero suave en la frente, traía los aromas de las hierbas profundas del valle, notándose su amargor incluso en los labios. La luz avanzaba dulcísima sobre las casas y los murallones, dorando las almenas y los bordes de las torres. Los árboles, abajo en los huertos, recogían esa tierna luminosidad como si fuese miel; y los pájaros, entre las ramas, dentro de los sotos y en las relucientes rocas, se habían despertado y cantaban saludando al íntimo sol. Y fuese por la mágica transparencia del alba, por la belleza de aquel paisaje o por la hilera de llamas que ascendía, la hora estaba saturada de una delicada y melancólica esperanza, de la ilusión de un acontecimiento feliz.

Habían transcurrido diecisiete años después de la última destrucción sarracena de Manresa, acaecida en el verano del año 1001, y la ciudad estaba por fin reconstruida. El obispo de Vich, Oliba, acompañado por la condesa Ermesenda de Carcasona y un nutrido grupo de nobles y consejeros, estaban allí para celebrar solemnemente el feliz acontecimiento. El día escogido era la fiesta de Santa Lucía, que coincidía con el solsticio de invierno y, por tanto, con los días más cortos del año. El obispo y la condesa habían estado de acuerdo al elegir el amanecer de ese día para la ceremonia, por su hondo significado: el nombre de la santa, que significa «luz», o mejor, «la que porta luz», y la fecha en que se conmemoraba su martirio, en el mes de diciembre, tenían mucho que ver con la idea de la «nueva luz», que era el símbolo que mejor representaba esta nueva era que se había inaugurado tras la paz que sobrevino después del año 1010.

En todo el tiempo que había durado la reconstrucción de Manresa, se habían producido notables cambios en la vida de Oliba. Después de renunciar a sus derechos como conde de Berga y Ripoll para hacerse monje en el monasterio benedictino de Ripoll, llegó a ser abad y posteriormente fue ungido obispo de Vich y también nombrado abad del monasterio de Cuixá. Podría decirse que, si bien se alejó de los poderes mundanos y declinó del ejercicio de las armas, se veía ahora ascendido a una posición de gran prestigio y autoridad, aunque de naturaleza espiritual. Desde el desastre de la derrota en Albesa, todos sus esfuerzos estuvieron puestos en defender que la idea de la paz era imprescindible para lograr el progreso y la mejora en la vida de las gentes. Aun reconociendo que las dificultades para las ciudades y las tierras de los condados eran, de todos modos, inmensas, Oliba no las esquivó, pero abogó siempre por un acuerdo con el nuevo señor de la guerra cordobés, Abdalmálik. Una actitud que mantuvo incluso después de que hubiera muerto su hermano Berenguer, obispo de Elna, y pese a que Ramón Borrell, conde de Barcelona, y su propio hermano Bernat Tallaferro, conde de Besalú, discreparan constantemente de su postura contraria a la guerra con los sarracenos.

Ya hacía mucho tiempo desde que Oliba, tras la muerte de Almansur, se había hecho consciente de que la guerra se había convertido en el mayor empeño de los nobles y de sus vasallos. El país se transformaba a toda prisa en una nación de guerreros, y el uso de las armas en un bien deseado por todos los jóvenes sin tierra. Los castillos eran ya más abundantes que las ciudades y que los monasterios. Oliba se percataba del peligro que suponía la progresiva influencia de los guerreros en la toma de decisiones. Era consciente de que se debía hacer algo para reconducir ese orden de cosas.

Tras la muerte del abad Seniofred de Ripoll en 1008, Oliba era elegido nuevo abad. Tenía treinta y ocho años. Desde este momento, puso todas sus energías en hallar y esgrimir toda clase de razones históricas, doctrinales y bíblicas que sostuvieran su visión de la guerra como un hecho negativo para el género humano. Y en este empeño, tuvo siempre una aliada singular: la condesa de Barcelona, Ermesenda de Carcasona. En los años siguientes se habían producido acontecimientos significativos que ambos interpretaban como un verdadero auxilio de la Providencia: el califato caminaba hacia su disolución, herido de muerte por la *fitna*. En el año 1010 tuvo lugar el saqueo de Córdoba, donde murió Armengol, y las huestes regresaron victoriosas y cargadas de riquezas. Oliba aprovechó el momento para actuar con rapidez y eficacia. Viajó a Roma en el año 1011 para obtener del papa Sergio IV unas bulas para los monasterios de Ripoll y de Cuixá, con el fin de asegurar la autonomía de los cenobios, incluida la elección del abad, que se haría siguiendo la regla de san Benito, sin que los nobles guerreros pudieran intervenir para elegir a monjes que siguieran sus directrices militares. Además, lograba la exención de los bienes eclesiásticos para que no se empleasen en asuntos bélicos sino en crear bibliotecas y *scriptoriums* donde se copiasen libros. Una nueva cultura religiosa y pacífica comenzó a existir y a elevar su voz.

Pero Oliba, solamente como abad de Ripoll y Cuixá, tenía aún bastantes limitaciones para continuar con su proyecto, y lo sabía. Necesitaba una sede episcopal para difundir sus ideas con mayor autoridad. A la muerte a mediados de 1017 de Borrell, obispo de Vich, llegó el momento oportuno y fue consagrado obispo. Poco después, el ocho de septiembre de ese mismo año, moría el conde Ramón Borrell, y Ermesenda recibía gran poder como regente por la minoría del hijo de ambos.

Ahora Oliba y la condesa podían dar forma definitivamente a su proyecto conjunto de paz y progreso. Y Manresa, reconstruida, era el lugar ideal para manifestar simbólicamente el inicio de esta nueva era que ambos vislumbraban. No se escatimaron gastos en las obras y la fisonomía de la ciudad del Puig Cardener cambió radicalmente y para mejor; se ampliaron y fortalecieron las murallas, alargándolas y ensanchándolas, de manera que protegiesen también el Puig Mercadal, y se comenzaron a edificar nuevas iglesias y nuevos palacios y casas. Ningún signo de destrucción quedaba ya y el aspecto general era pulcro y resplandeciente, perfecto para encarnar el nuevo ideal de sociedad que Oliba y Ermesenda deseaban.

Y la luz era el elemento alegórico que mejor expresaba este renovado orden. Lo habían preparado todo a conciencia y deseaban ardientemente celebrar aquel momento de gran intensidad espiritual. La procesión de antorchas, ascendiendo hacia la iglesia de Santa María, representaba la iluminación del alma. Porque la luz expresa mejor que nada el misterio de la divinidad, la salvación, las obras buenas, el bien y al mismo Jesucristo. Las tinieblas, en cambio, son el mal, la ofuscación, las obras malas, el pecado, la muerte y el maligno. Por otro lado, la ciudad reconstruida era símbolo de renovación y esperanza.

La fila fue llegando despacio, poco a poco, y la gente se fue situando en torno a la plaza, frente a la puerta principal de la iglesia, con las antorchas en alto. Era una manifestación de fervor sencilla, sin más adornos que aquellas llamas y una cruz dorada, con gemas engarzadas, que era portada por uno de los acólitos. Los nobles que habían llegado con sus criados se mezclaban con la gente humilde de los arrabales y los campos. Todas las caras manifestaban la misma emoción y la misma rendición ante la intensidad de aquella hora cargada de simbolismo y espiritualidad sincera. Unos monjes jóvenes, con arpas y salterios, aguardaban este momento de la llegada de la cruz e iniciaron una especie de himno, delicado y lento, que fue seguido inmediatamente por cuantos lo conocían.

La emoción era muy visible en el rostro de Ermesenda, que conservaba notables restos de majestuosa hermosura a la luz de las antorchas, que realzaban la blancura de su piel y el esplendor de su rubia cabellera que ondeaba esparcida por el cuello y por los hombros, sin que los años la hubiesen aún plateado ni disminuido. Su imagen no podía pasar desapercibida, montada en su hermoso caballo gris, toda vestida de blanco, brillante a la pálida luz del sol de invierno.

Por detrás, avanzando entre los monjes y sacerdotes, iba Oliba a pie. No era un hombre muy corpulento, pero, con la mitra en la cabeza y el báculo en la mano, exhalaba un aire de tal dignidad y dominio que parecía hallarse por encima de los demás.

Mientras las sombras de la madrugada terminaban de disiparse y el calor del día suavizaba la brisa, los cantos proseguían y el sol prodigaba matices dorados sobre las piedras de la iglesia. Y cuando el final de la procesión llegó a la plaza, uno de los canónigos pidió silencio e inició una larga oración con su potente voz. Después avanzó uno de los notarios condales, el consejero Miró de Suria, y manifestó que no solo las piedras se habían rehecho, sino que también estaban ya restablecidos y en orden los archivos y escrituras que se quemaron cuando fue incendiada la ciudad por los sarracenos. Delante de él, en una mesa alargada, había un crucifijo de marfil y un evangeliario abierto, con primorosas viñetas y broches y placas de oro.

Otros nobles, clérigos, jueces y notarios, con fama de honrados y conocedores de la población y sus tradiciones, dieron testimonio bajo juramento de que los libros eran fieles en todo. Estos hombres viejos que habían consignado los asientos de las escrituras eran los presbíteros Gaufredo y Bonfill, Perna, Gidela, Honofredo y Ennec. El juez condal Ponç Bonfill y el levita Guifré, juez episcopal, les tomaron declaración y extendieron el acta correspondiente, que fue firmada por el joven conde, la condesa y el obispo, y por los nobles Gombau de Besora, Bernat Guifré de Balsareny y Miró Suria, y por los canónigos Guillem, Guitard, Ermemir, Sunifredo y Viniá.

Después avanzó el diácono hacia el atrio y subió a las gradas portando en alto el leccionario, para proclamar cantando la lectura del libro del Apocalipsis:

*La ciudad no necesita ni sol ni luna que la alumbren, porque la alumbra el resplandor de Dios, y su lámpara es el Cordero.*

Y todos contemplaron la alta cruz en la ardiente aurora y exclamaron:

—¡Amén, Señor!

Seguidamente, el coro de monjes entonó el salmo 36:

*¡En ti, oh Dios, está la fuente de la vida, y tu luz nos hace ver la luz!*

Finalizado el canto, hubo un largo y meditativo silencio. Después salió Oliba y, ante la general expectación de la multitud, alzó cuanto pudo la voz para pronunciar su sermón:

*Jesús el Señor viene a salvar, trayendo la luz, y vencerá para siempre a las tinieblas en un combate sin igual. Esta lucha y victoria las canta el vidente de Patmos en el Apocalipsis, y manifiesta cómo al final de los tiempos la Luz es la Victoria final, cuando se alzará la ciudad santa, la nueva Jerusalén, la morada eterna y gloriosa de los salvados, donde ya no habrá más necesidad de la luz del sol ni de la luna porque la iluminará la gloria de Dios, y su lámpara es el Cordero, Jesús, el Viviente, y todos quedarán transformados para siempre por esta Luz...*

*¡Hermanos míos, la luz es símbolo de la revelación de Dios y de su presencia en la historia! Por un lado, Dios es trascendente y eso es*

expresado por el hecho de que la luz que de Él dimana es externa a nosotros, nos precede, nos excede, nos supera... Pero el fiel, con la ayuda de Cristo, también se vuelve luminoso. También el fiel justo se convierte en fuente de luz, una vez que se ha dejado envolver por la luz divina, como afirma Jesús en su discurso de la Montaña: «Vosotros sois la luz del mundo... Brille así vuestra luz delante de los hombres». El mismo Jesús se define a sí mismo de esta manera: «Yo soy la Luz del Mundo, y quien me siga no camina en oscuridad, sino que tendrá la luz de la vida».

¡Revistámonos pues de las armas de la luz!

# NOTA HISTÓRICA

## La Marca Hispánica y los condados catalanes

Los árabes cruzaron el estrecho en 711 y consiguieron controlar la península ibérica casi por completo en veinticinco años, prosiguiendo su avance más allá de los Pirineos, hasta que fueron derrotados en la batalla de Poitiers (732) por Carlos Martel. El hijo de este guerrero franco, Pipino el Breve, acabó con los restos del poder musulmán en Francia en 759 y se proclamó rey de los francos, dando paso a una nueva dinastía. Su sucesor, Carlomagno, emprendió una campaña contra los árabes que fracasó, pero consiguió al menos que numerosos cristianos asentados en zonas reconquistadas a los musulmanes se acogieran bajo el reino carolingio. De esta manera, se estableció una suerte de protectorado, defendiendo zonas fronterizas conocidas con el nombre de «marcas» (fronteras). Hacia la península ibérica, el primer territorio bajo control franco fue el del Rosellón, al norte de los Pirineos, pero en 785 se pusieron bajo la protección de Ludovico Pío, hijo de Carlomagno y rey de Aquitania, los cristianos de Gerona, Urgel y Cerdaña, al sur de los Pirineos, lo que permitió que fuese conquistada Barcelona en 801. El nuevo territorio arrebatado a los árabes se organizó en base a condados que se correspondían con las antiguas divisiones administrativas visigodas o del Bajo Imperio romano. El origen de los denominados condados catalanes hay que buscarlo pues en el rápido y sorprendente proceso de invasión musulmana y en la consiguiente desaparición del reino visigodo, que fue seguida por la aceptación de los carolingios para liberarse de los musulmanes. Pero, desde siempre, sus dirigentes aspiraron a la independencia e intentaron sacudirse muy pronto la tutela franca.

El uso de la expresión «Marca Hispánica» por los textos del siglo IX, y la posterior unión política de los condados de la zona catalana, hicieron creer tradicionalmente a los historiadores franceses que las tierras fronterizas a los dominios islámicos hispanos componían una entidad administrativa y militar con mando único, gobernada por un «marqués». Sin embargo, ya hace tiempo que los estudios de Ramón de Abadal probaron que la denominación «Marca Hispánica» es indefinida y corresponde más bien a un concepto geográfico que les sirve a dichos cronistas para designar una parte de los dominios carolingios, pero no a una división del Imperio. Los condes gobernaban de manera independiente, con funciones militares, políticas y judiciales, aliándose para la defensa del país a partir de castillos repartidos por el territorio. Al mismo tiempo, la Iglesia estableció una red de parroquias organizadas en diócesis, según el modelo típico carolingio. Inicialmente adoptaron este régimen los condados del Rosellón, Besalú y Perelada, y más tarde se agregaron Gerona, Conflent, Cerdaña, Urgel, Berga, Osona y Barcelona. La frontera natural estaba en el río Llobregat, pero pronto buscaron ampliar el área de influencia hacia los condados tolosanos del Pallars y la Ribagorza, y hasta intentaron conquistar Tortosa, hacia el sur, entre 805 y 809.

Estabilizada finalmente la frontera, Wifredo el Velloso, conde de Urgel y Cerdaña, fue investido también conde de Barcelona y Gerona; y se lanzó intrépidamente a conquistar otros señoríos menores de las zonas centrales, que habían quedado fraccionados hacia 825, tras una revuelta contra el poder franco. El enérgico conde centralizó el poder en la casa condal de Barcelona y estableció un sistema sucesorio en sus territorios. A lo largo del siglo X, los restantes condados se fueron vinculando poco a poco, a la vez que se iban desligando del poder franco, aprovechando el debilitamiento y la desmembración del Imperio carolingio tras la muerte de Carlos el Calvo. A la figura de Wifredo hay que atribuirle pues la independencia de facto de los condados catalanes respecto del reino franco y la creación de una fuerte base patrimonial. Una de sus iniciativas más provechosas y notables fue la repoblación de la plana de Vich, entre 878 y 881, conformando en adelante la extensa tierra de nadie que posteriormente se convertiría en el Condado de Osona. Allí fundó los monasterios de Ripoll y San Juan de las Abadesas, y restauró el antiguo obispado de Vich, cuya sucesión episcopal quedó interrumpida en 713 con la invasión musulmana.

Tras la razia de Almansur contra Barcelona en 985, el conde Borrell II se negó definitivamente a prestar vasallaje al rey franco, poniéndolo de manifiesto al no asistir en 997 a la coronación de Hugo Capeto, fundador de la nueva dinastía.

## EL TERRIBLE ALMANSUR Y LA PERMANENTE AMENAZA

El conde Borrell II intentó mantener buenas relaciones con el califato durante décadas, como lo demuestra el envío de repetidas embajadas a Córdoba. Tenemos noticia cierta de un legado barcelonés que acompañó en 950 a la embajada del marqués Guido de Toscana, y de la representación que en 966 supuso la firma de un tratado de paz, amistad y fijación de fronteras. Las posteriores embajadas de 971 y 974 concertaron una cierta forma de vasallaje con el pacífico califa Alhaquén II, cosa que, en cierto modo, era contradictoria con la fidelidad debida al rey de los francos. Gracias a estas relaciones diplomáticas, fue posible mantener una estabilidad en las fronteras de los condados catalanes, lo que facilitó una cierta repoblación cristiana hasta las orillas del río Gayá, y después de Montmell, Miralles, Santa Coloma de Queralt, Pontils, Montbuy, Cabra, etc. La paz mantenida con el islam finalmente redundó en beneficio económico del condado de Barcelona y permitió a Borrell II poner en circulación monedas de oro propias, denominadas mancusos y, a la vez, progresar en su anhelo de independizarse del reino franco. Pero, más adelante, tras la muerte del califa Alhaquén y la subida al trono de su hijo Hixem II, la situación cambió notablemente para peor al asumir Almansur, de hecho, todo el poder en Córdoba.

En 984 el reino de León quedará convertido en un reino tributario sometido al califato de Córdoba. En la primavera del año siguiente, Almansur preparó la insólita campaña militar contra Barcelona. Esta iniciativa resultaba extraordinaria, pues los condados catalanes siempre quedaban al margen de los saqueos y las devastaciones islámicas, por tener detrás al poderoso Imperio carolingio. Pero es posible que Almansur estuviera convenientemente informado de la compleja situación política de los francos, a causa del cambio dinástico, y contemplara la idea de atacar aquellos territorios cuya riqueza era muy ponderada por viajeros y comerciantes. El cronista andalusí Ibn Hayyan deja entrever en sus escritos que el hayib cordobés, al tener conocimiento cierto de que el conde de Barcelona se había independizado ya definitivamente de la monarquía franca, consideró llegado el momento oportuno para preparar a conciencia la expedición hacia la Marca Hispánica.

El poderoso ejército, de más de cincuenta mil soldados, partió de Córdoba el 5 de mayo del año 985 y avanzó, por tierra y por mar, a lo largo de toda la costa mediterránea. En Murcia se detuvo cierto tiempo y fue recibido y homenajeado. En junio cruzó la Marca y penetró en las comarcas del Penedés, donde venció a la avanzadilla de las huestes cristianas, que se batieron en retirada y tuvieron que dispersarse por las sierras. El invasor sarraceno era muy temido desde antiguo y, ante la llegada de los moros, los campesinos de la región huyeron en estampida a refugiarse en Barcelona, creyendo que estarían bien protegidos tras las viejas murallas de estilo romano. Gentes de Montcada y Ripollet, de Cerdañola y Vilapiscina abandonan sus pueblos y tierras para echarse a los montes. El monasterio de San Cugat del Vallés fue el primero en recibir el ataque y trató de resistir, pero los monjes que habían quedado dentro fueron asesinados. El edificio fue saqueado e incendiado. Lo mismo sucedió con el monasterio de San Pedro de las Puellas, donde todas las monjas murieron junto a la madre abadesa.

Parece ser que el conde Borrell II intentó hacer frente a los musulmanes en Rovirans, cerca de Tarrasa, pero hubo de retirarse primero a Caldas de Montbui y después, vencido una vez más, a Manresa, para finalmente tener que buscar refugio en los bosques. Aunque hay discrepancias sobre dónde y cuándo se produjeron estos enfrentamientos, lo que es seguro es que los cristianos fueron derrotados. También hay constancia de la ayuda solicitada por Borrell II al rey Lotario de Francia y que el socorro de este nunca llegó.

El 1 de julio Almansur en persona estaba ya junto a las murallas de Barcelona al frente de su ejército. La ciudad fue rodeada por tierra y por mar y atacada sin descanso día y noche. Las crónicas narran hechos crueles, como que los almajaneques de los sitiadores arrojaban cabezas de cristianos en lugar de piedras. Los cronistas dan incluso el detalle de que diariamente se lanzaban por encima de las murallas hasta mil cabezas que sembraban el terror y la desesperanza en la población. Un estudio de M. Sánchez Martínez (*La expedición de Al-Mansur contra Barcelona en el 985 según las fuentes árabes*, Barcelona 1991), concluye que, «por más sorprendentes que resulten las noticias del *Dikr* sobre el lanzamiento de cabezas de cristianos al interior de la ciudad por los almajaneques islámicos, la Crónica de Sant Pere de les Puelles, redactada probablemente entre 1278 y 1283, también se hace eco de ello». Como anota este historiador, «hay que recordar que el autor de la Crónica, según M. Colí i Alentorn, debió tomar estos episodios de alguna leyenda preexistente y sugiere la posibilidad de que hubiese habido un poema narrativo sobre la caída de Barcelona en el 985».

La ciudad finalmente fue asaltada el 6 de julio; quedó totalmente arrasada y muchos barceloneses fueron hechos prisioneros y enviados a Córdoba. Todavía hoy los arqueólogos encuentran la capa que los restos del incendio dejaron sobre la ciudad antigua. Las fuentes escritas, resumidas por Ramón de Abadal, no ahorran detalles: «Devastaron toda la tierra, tomaron y despoblaron Barcelona, incendiaron la ciudad y consumieron todo lo que en ella se había congregado, se llevaron todo lo que escapó a los ladrones; quemaron en parte los documentos, cartas y libros, y en parte se los llevaron; mataron o hicieron prisioneros a todos los habitantes de la ciudad, así como a los que entraron en ella por mandato del conde para custodiarla y defenderla; redujeron a cautiverio a los que quedaron con vida y se los llevaron a Córdoba, y desde allí fueron dispersados por todas las provincias».

Los miles de cautivos hechos en la conquista fueron conducidos hasta Huesca, Lérida y Córdoba. Se conservan ciertos documentos de los rescates en los que constan los nombres de algunos de estos prisioneros. Por ejemplo, Udalard, hijo del Guitard, vizconde de Barcelona, que luchó en defensa de la ciudad. Emma, esposa de Guillem, o el juez Aurús, que ya estaba de vuelta en Barcelona en el 986, tras pagar su rescate. Los monjes de San Cugat dedicaron los años siguientes a la tarea de rescatar cautivos y a la reconstrucción de monasterios y aldeas, reuniendo el dinero mediante testamentarías y limosnas. También, como suele suceder tristemente en estos casos, hubo oportunistas que aprovecharon el desastre para obtener beneficios. Un documento deja constancia de que el 8 de mayo del año 1000 se celebró un juicio a petición de una mujer llamada Madrona, la cual denunciaba que, mientras permaneció cautiva en Córdoba, su hermano Bonhome le había usurpado sus bienes y los de su difunto marido, Ennegó, en la zona de Magòria. Comprobada la veracidad de la acusación, el acusado fue obligado a devolver las viñas y tierras propiedad de sus parientes.

La aceifa, según el cronista Al Udri, duró únicamente ochenta días. El conde Borrell permaneció exiliado todo ese tiempo y sin posibilidad de regresar a Barcelona. Después, tras la partida de los invasores, volvió para reorganizar el gobierno y ponerse al frente de la reconstrucción de la ciudad.

El rey Hugo I Capeto de Francia prometió auxiliar a los barceloneses por medio de Gerbert, su secretario, con la condición de que el conde de Barcelona reconociera la legitimidad de la nueva dinastía. Pero Borrell, dolido por haber sido abandonado en los momentos más difíciles, no acudió a la coronación de Hugo y se propuso en adelante no hacer ningún acto explícito que expresase vasallaje alguno hacia los Capetos. En 988, Borrell se intituló «duque ibérico y marqués por la Gracia de Dios», y un documento posterior se refiere a él de esta manera: *«apud nos autem imperante Iesu Christo, tempore Borrelli ducis Gothicae»*. Con ocasión de la consagración del monasterio de Ripoll, un año antes, ya había ocupado en la ceremonia un lugar preeminente sobre los demás condes del área, lo que suponía que era considerado con la relevancia de un verdadero monarca. Esto supone romper para siempre las relaciones formales de subordinación política hacia los reyes francos.

### LAS FRONTERAS INCIERTAS Y EL CONSTANTE TEMOR

Los tristes hechos de 985, con la destrucción de Barcelona, se convertirán en una especie de acicate en la memoria colectiva y, quizá, a partir de entonces, empezó a formarse un sentimiento de recelo y una conciencia de defensa frente a nuevos posibles ataques. Los dirigentes, nobles y eclesiásticos, debieron, más que nunca, cerrar filas detrás del conde de Barcelona y sus sucesores, sin desdeñar la idea de venganza o reparación.

Teniendo en cuenta que en el siglo X no había una delimitación precisa entre un lado y otro de lo que hoy llamaríamos «frontera», que separara los condados de la Marca Hispánica de los territorios de Alándalus, los temores estaban siempre presentes. Permanentemente llegaban noticias terribles de las aceifas sarracenas que cada verano asolaban los reinos limítrofes. Almansur saqueó Coimbra y Zamora (987 y 988), asaltó Osma (990) y destruyó Astorga (997). También asedió León dos veces (986 y 988), hasta terminar conquistándola (997) y destruyéndola, «no dejando piedra sobre piedra» salvo las murallas, que tan fuertes eran que no las consiguió demoler. En el 997 arrasó Santiago de Compostela e hizo que las campanas del santuario del apóstol fueran transportadas hasta Córdoba.

En la crónica anónima *Dikr Bilad al-Andalus*, se dice que la quincuagésima campaña de Almansur fue la de Pallars, llevada a cabo en abril del año 999, y que llegó por el valle del Ebro hasta el llano de Barcelona. Según la tesis doctoral de A. Benet i CIará (*História de Manresa. Dels orígens al segle XI*, Manresa 1985, esp. pp. 85-98), los ejércitos de Almansur destruyeron el Pla de Bages y la ciudad de Manresa en otoño de 999. Extrae la noticia de un compendio de milagros atribuidos a san Benito, recopilados en la abadía francesa de Fleury, donde se narra, por boca de dos coetáneos, la protección obtenida por el monasterio benedictino del Hages, el único reducto que se salvó de la incursión musulmana. El escrito explica que los habitantes de Manresa, al recibir el aviso de la proximidad del ejército sarraceno, abandonaron la ciudad, que fue arrasada y su iglesia de Santa María destruida hasta los cimientos.

En el año 1000 Almansur se dirigió contra la ciudad de Burgos. Sancho García reunió sus fuerzas para hacerle frente y recibió la ayuda de otros nobles cristianos, como el rey de Pamplona, el de León o el conde de Saldaña, componiendo una nutrida tropa de leoneses, castellanos, navarros y vascos que le salieron al paso en un lugar llamado Yarbayra o Peña Cervera, al sur de Silos. El ejército musulmán los derrotó y, tras la victoria, no continuó hasta Burgos como estaba planeado, sino que se dirigió hacia Zaragoza, pasando seguramente por La Rioja y saqueando, a continuación, el reino de Pamplona.

La última aceifa la realizó Almansur en 1002, cuando ya se encontraba mortalmente enfermo, aunque eso muy pocos lo sabían. El objetivo era castigar al conde castellano Sancho, a quien consideraba enemigo peligroso por la alianza que casi venció a los cordobeses en Cervera. Para satisfacer su venganza, saqueó e incendió el monasterio de San Millán de la Cogolla, donde se veneraba al patrón y defensor de Castilla y que estaba en los dominios del aliado navarro de Sancho. Como sucediera antes con la destrucción de Santiago de Compostela, esta derrota fue un duro golpe para el ánimo de los cristianos y afianzó la creencia en que Almansur era invencible por estar aliado con el mismo diablo.

Estos desastres propiciaban que las gentes huyeran aterrorizadas y dejasen amplias zonas desiertas. Por una parte, la separación entre los distintos territorios ya era de por sí vaga y no se trataba de un área despoblada del todo, sino que en ella había algunos pobladores de obediencia incierta, aunque pocos, bandidos, fugitivos y mercenarios. En la costa, sobre todo, la inseguridad era permanente, pues podían llegar barcos de todo género (vikingos, piratas berberiscos, aventureros, etc.) con intenciones aviesas y dispuestos a cometer sus fechorías y escapar rápidamente.

## LA COSTA MEDITERRÁNEA, CUBELLAS Y OLÉRDOLA

Tenemos una información muy escasa sobre la realidad humana que debió de existir en los amplios territorios marítimos que se extienden al norte de Tarragona, pero podemos decir que la franja de separación entre los dominios cristianos y musulmanes tampoco tenía una extensión uniforme en el área costera. Aunque, gracias a los recientes trabajos de los arqueólogos, disponemos finalmente de diversos elementos que demuestran el control islámico de la ciudad y el Camp de Tarragona ya durante el siglo VIII y posiblemente desde el inicio de la conquista. Según estos descubrimientos, la integración de Tarragona en el nuevo orden islámico pudo tener inicialmente un estatuto similar al de las otras «grandes» ciudades visigodas del levante peninsular. Aunque queda todavía por determinar si fue el resultado de unos pactos (como los de Todmir) o bien por la ocupación militar. En todo caso, el registro arqueológico no aporta hasta la fecha ningún signo de destrucción vinculable al siglo VIII, como tampoco podemos determinar que la ciudad fuera abandonada durante cuatro siglos, como apuntan algunos historiadores. Reinterpretando los textos andalusíes, así como considerando algunos aspectos arqueológicos, podemos afirmar con certeza que, al menos en el ámbito rural, los datos toponímicos y documentales permiten demostrar un control andalusí en un amplio espacio hacia el norte durante un cierto periodo.

Sin embargo, esta situación cambiaría apreciablemente entrado el siglo IX, y tal vez como consecuencia de las campañas reconquistadoras francas encabezadas por Ludovico Pío, hijo del emperador Carlomagno. Lo que se configurará a partir de entonces será una típica sociedad fronteriza cristiana, seguida por un extenso territorio que no será reclamado ni reconocido ni por musulmanes ni por francos. En cambio, a medida que los dominios eran más próximos a Barcelona, a partir del siglo X, fueron apareciendo castillos que, a su vez, atraían a nuevos pobladores. Estos enclaves, que solían situarse en lo alto de cimas u otros puntos con gran visibilidad, iban configurando una red que respondía a un proyecto tanto de defensa como de dominación del territorio circundante. Y, al mismo tiempo, en los valles y llanuras se multiplicaban los edificios de carácter religioso, los cuales constituían una segunda red de control y defensa, promovida por abades, obispos y magnates, y que indican la multiplicación de los núcleos de población.

Durante la Alta Edad Media, el Garraf fue fronterizo entre los territorios de influencia cristiana y los dominados por los árabes. Esta tierra de nadie, despoblada, no empezó a cambiar de fisonomía hasta el siglo X, cuando en la comarca apareció una primera estructuración feudal que, en el transcurso de los siglos siguientes, se iría reforzando hasta construir una compleja red de relaciones señoriales y de vasallaje. De esta época medieval aún quedan en pie algunos vestigios que son testigos de las posiciones de frontera, principalmente castillos y torres de defensa.

Uno de estos enclaves, con presencia cristiana en el siglo X, es la villa costera de Cubellas (Garraf). Los restos más importantes hallados corresponden a la época romana. Se trata de los yacimientos del Quintal, la Solana y los fundamentos de varias casas en el interior del núcleo urbano y en las ruinas del castillo, que se construyó sobre dicha villa romana y conservó la funcionalidad de varios lagares y cisternas de almacenamiento de los productos de la tierra. A partir de este momento y hasta el siglo X, poco sabemos. Las primeras noticias medievales escritas son del año 977, en relación a la venta del castillo de Castellet, y se recogen en el Cartulario del monasterio de San Cugat del Vallés. Al enumerar las *afrontacions* (indicación de las heredades o campos con los que afronta un heredero), se hace mención del término de Cubellas. También existe un documento del año 973 que cita los nombres de tres judíos, Judá Vives, hijo de Jacob, Barbados y Josu, sobre la venta de un viñedo. En el pleito aparecen los clérigos Arsolius y Auriolus, que podrían pertenecer a la primigenia parroquia de Santa María de Cubellas.

El análisis y estudio de los restos faunísticos del entorno revelan una intensa actividad ganadera, sobre todo en el yacimiento La Solana (Barrasetas 2003, 2007), que presentan numerosas analogías con las áreas residenciales descubiertas en la próxima ciudad de Olérdola, donde los investigadores cada vez están más seguros de que hubo una población ya en época visigótica.

A pesar de estos descubrimientos, desconocemos el número de casas y la configuración del núcleo urbano de Cubellas. En todo caso, debió de existir una primera aglomeración de viviendas en torno a la iglesia y el castillo, formando un conjunto que defendía una muralla.

Del año 999 volvemos a tener una referencia documental, cuando el conde Borrell vendió el término a Gombau de Besora y se fijaron, por primera vez, sus límites territoriales. Entonces abarcaba desde Calafell hasta la Geltrú, y desde primera línea de mar hasta los dominios del castillo de Castellet, ocupando unos sesenta kilómetros cuadrados en total.

## El condado de Urgel, el conde Armengol I y el obispo Sala

En el año 793 el ejército musulmán de Hixem I invadió y destruyó la catedral y la ciudad del vicus Urgelli, topónimo que designaba desde el año 786 un núcleo de población en la confluencia del río Segre con su afluente el Valira, en el Pirineo. Los orígenes del condado de Urgel se encuentran en la conquista posterior por parte de los francos, entre los años 785 y 790, del territorio que corresponde, aproximadamente, al actual Alto Urgel. El *pagus* se consideró incluido dentro de la marca de Toulouse, basándose probablemente en una delimitación anterior. Estaba incluido dentro de la llamada Marca Hispánica y dependió de los monarcas francos hasta que empezó a independizarse a fines del siglo IX, cuando Wifredo el Velloso (858-897) unió bajo su autoridad los condados de Urgel y Barcelona. Al morir este, legó el condado, definitivamente separado del de Cerdaña, a Sunifredo II (897-948), que se convirtió de esta manera en su primer conde privativo. Al no dejar descendencia, el dominio pasó a su sobrino Borrell II de Barcelona (948-992).

Armengol I, llamado en las crónicas «el de Córdoba o el Cordobés» (992-1010), era el segundogénito del conde Borrell II y Letgarda de Roergue. Ya antes de tomar las riendas del condado había ensayado el gobierno bajo la dirección de su padre y asociado a él, por lo menos durante unos tres años antes, desde 989. Su hermano mayor, Ramón Borrell, heredó el resto de los condados, Barcelona, Gerona y Osona.

Ambos hermanos gobernaron con plena soberanía y en coherencia con la evolución del progresivo alejamiento de la monarquía franca desde su antepasado Wifredo el Velloso. Aunque todavía permanecerá la formalidad de datar los documentos según los reyes franceses, si bien especificando, en todo caso, que son reyes en Francia e incluso equiparándolos en soberanía al conde: «*regnante Ratberto rege et domno Ermengaudo comite*».

Ya desde Borrell II, la legitimidad se busca no en Francia, sino en los viajes a Roma, uniendo a la peregrinación religiosa una clara significación política. En su primera visita, en 998, Armengol tuvo el honor de sentarse a los pies del emperador alemán Otón III, y participó como oyente en el concilio presidido por el papa Gregorio V. En aquella ocasión, el pontífice tuvo que dirimir en el pleito planteado entre los dos candidatos al episcopado de Vich. En una segunda visita, en el año 1001, el conde se entrevista con Silvestre II (Gerberto de Aurillac), occitano de origen y antiguo conocedor de los condados del nordeste de la península ibérica. Aquel papa, siendo monje, había sido enviado en 967 por el abad de Saint Giraud d'Orlhac a Cataluña, a petición del conde Borrell, por la fama de sus conocimientos. Puesto bajo tutela del obispo Ató de Vich, Gerberto residió en los condados durante su juventud, hasta que en 970 se desplazó a Roma, acompañando al propio conde Borrell II, a quien estaba entrañablemente unido. El futuro papa aún mantuvo en la década siguiente relación epistolar con destacadas personalidades de Gerona y Barcelona para informarse de las novedades en la ciencia árabe. La documentación condal se referirá a aquella visita denominando al pontífice por su propio nombre: «*gloriosum sapientissimumque papam Gerbertum, alio nomine Sylvestrum nuncupatum*».

Como hiciera antes su padre, Armengol I fomentará el contacto de eclesiásticos urgeleses con cenobios y santuarios occitanos e italianos. El conde mantuvo una muy estrecha relación con la Iglesia desde la convicción de ser responsable de su seguridad y garante de la conducta moral de clérigos y fieles. El conde confiaba su escribanía a los clérigos de la catedral, quienes también participaban en los órganos de administración de justicia. Con tal fin, intervino siempre en los conflictos eclesiásticos en el interior de sus dominios y en todos los asuntos que ponían en tela de juicio la calidad de la vida religiosa.

Hay constancia de las magníficas relaciones que hubo entre el conde y el obispo Sala, que ocupó la sede episcopal entre el 981 y el 1010.

En 1001 viajaron juntos a Roma, donde el prelado consiguió para su diócesis una bula de inmunidad y confirmación de bienes. Esta buena relación contribuye, en realidad, al afianzamiento del poder episcopal, tanto en la sociedad civil como en el seno de la Iglesia. Armengol I, también siguiendo la tradición de su padre, benefició con importantes bienes la sede catedralicia de Urgel, que así fue consolidando un importante patrimonio.

En los documentos siempre se nombra el área de dominio del conde como «*nostrarum regionum*». Aunque, dentro de esta concepción regional y dinástica, son de destacar las excelentes relaciones mantenidas con su hermano el conde Ramón Borrell de Barcelona, Gerona y Osona, con quien acuerda siempre posturas diplomáticas y militares comunes y comparte actos públicos y ceremonias, como en la entronización del nuevo obispo de Vich en 1002.

Hay constancia documental de un homicidio cometido por Armengol I de Urgel, a consecuencia del cual y como penitencia tuvo que ceder a la sede episcopal en 997 dos importantes villas: Lart y Arcavell. Otras posesiones suyas acabarán igualmente en poder de la Iglesia catedralicia, como el castillo de Conques, que el conde cede en su testamento, o la villa de Sallent, comprada por el obispo. Las donaciones condales también irán beneficiando a las diferentes comunidades monacales del condado, como Santa Cecilia de Elins, Sant Llorenç de Morunys, Sant Sernin de Tavèrnoles y Sant Andrés de Centelles.

El conde Armengol I recibe en los documentos de la época el tratamiento honorífico de marqués («*Ermengaudus gratia Dei comes et marchio*»). Contrajo matrimonio con Tedberga, muy probablemente hija del conde de Provenza Rotbaldo I, y dejó de esta un heredero homónimo y menor de edad, nacido justo antes de que el conde emprendiera en 1010 su marcha con la hueste a Córdoba, donde encontró la muerte en la batalla de Dar al Bacar. No hay noticias del lugar donde fue enterrado, aunque algún indicio lo sitúa por algún tiempo en alguna iglesia de Córdoba. Tedberga aparece en documentos posteriores como viuda, interviniendo en actos públicos junto al hijo huérfano.

En la memoria condal, la *Gesta Comitum Barcinonensium*, a Armengol I se le reconocerá haber mantenido una gran valentía frente a los sarracenos: «*multos itaque conflictus cum sarracenis habuit*». Y por haber muerto heroicamente en batalla en Córdoba, será apodado en adelante como «el de Córdoba»: «*qui fuit Ermengaudus Cordubensis quia apud Cordubam obiit*».

En definitiva, sin duda los años 980-1010 marcaron un antes y un después en la realidad política, social, económica y territorial del condado de Urgel y de la diócesis de Urgel, donde fueron protagonistas dos grandes personajes: el conde Armengol I y el obispo Sala. Para poder comprender las claves de esta incuestionable afirmación, resultan del todo útiles las investigaciones del historiador Oliver Vergés Pons, contenidas en diversos trabajos, entre los que destacaría el titulado *Urgell a la fi del primer mil·lenni* (Edicions Salòria, Barcelona 2015).

## El vizconde de Urgel

En aquel tiempo, el oficio de vizconde estaba consolidado como hereditario. El titular del vizcondado de Urgel es Guillem, poderoso magnate que irá acumulando importantes propiedades en Castellbó y que aprovechará los conflictos militares de la Marca para consolidar amplios patrimonios. Coincide el ascenso de este belicoso personaje con un verdadero proceso de «señorialización» en la frontera y, aún más, en el interior. Aprovechando los cambios en la frontera en torno al milenio, al final de la conflictiva época generada por el poder violento de Almansur, muchos nobles optan por una opción nueva y osada, la militar. Esperan con ello obtener rápidas ganancias con el botín y ampliar hacia el sur sus dominios. Durante amplios periodos, los dirigentes incluso escasean su presencia en el espacio originario del condado, residiendo preferentemente en Olius, cerca de la emergente Solsona, desde donde se organizan las operaciones militares de defensa y ataque. Entre los años 1002 y 1003 aparecen importantes ventas en los patrimonios, seguramente para poder contar con cantidades de dinero líquido para afrontar los gastos inherentes al ejército.

Armengol participa frecuentemente con el vizconde Guillem en las grandes campañas militares (Albesa, Torá, Córdoba, etc.) y en estrategias comunes de acaparamiento de bienes, como en 1007 en la adquisición de propiedades en Priximia. Las relaciones entre ambos son tan buenas que no es de extrañar que, en su testamento, Armengol designe entre sus albaceas al vizconde junto al obispo Sala y miembros de las familias vicariales, como Miró de Abella, Guillermo de

Lavança y Ramón de Peramola, el abad Poncio de Sant Sernin de Tavérnoles y el sacerdote Vivas.

## EL FINAL DE ALMANSUR Y LA DERROTA DE ALBESA

En el verano de 1002 se tiene noticia de la muerte de Almansur en los territorios cristianos y el hecho es interpretado concluyendo que el signo de la fortuna se ha invertido. Entonces los hermanos Armengol de Urgel y Ramón Borrell de Barcelona, junto con el conjunto de los dirigentes nobles y eclesiásticos de los condados, deciden preparar una expedición para resarcirse de los desastres que habían supuesto los ataques cordobeses en las dos últimas décadas. Con rapidez y exaltación, convencidos de la victoria, los condes negocian la participación en la empresa de los condes de Cerdaña, Besalú, Pallars y Ribagorza, y de los distintos obispos. Ese mismo invierno la hueste está armada y decidida a presentar batalla a los sarracenos. El 25 de febrero de 1003, tras haber cruzado la frontera leridana, los ejércitos condales son severamente derrotados en Albesa. En el combate encuentran la muerte importantes personalidades, como el conde de Ribagorza o el obispo de Elna, Berenguer, y además es capturado el conde Armengol. La incursión provocará muy pronto la respuesta amirí. El hijo de Almansur, Abdalmálik, en el verano del mismo 1003, cruza la Marca con su poderoso ejército, remonta los cursos fluviales del Segre y el Llobregós y desciende por el Anoia hacia el Llobregat, atacando con dureza los condados de Urgel, Osona-Manresa y Barcelona. También en la frontera urgelesa son desbaratados los extremos más avanzados, en Meià y Montmagastre.

Tradicionalmente, hubo discrepancias entre los historiadores sobre el alcance y la verdadera realidad de la batalla de Albesa. Dolors Bramon, en un estudio titulado *La batalla de Albesa (25 de febrero de 1003) y la primera aceifa de Ábdal-Mallkal-Muzaifar (verano del mismo año)*, clarifica las diversas posiciones al respecto. El historiador Ramón de Abadal se refería al acontecimiento como «producto de una ofensiva catalana en la que encontró la muerte el obispo Berenguer de Elna» y la situaba «dentro de una guerra preventiva a la amenaza latente de 'Abdal-Malik, el caudillo cordobés, hijo de Almanzor». Sobrequés i Vidal (*Els grans comtes de Barcelona*, Vicens Vives, Barcelona 1961, pp. 17-20) hizo una revisión muy completa de las posturas historiográficas existentes y, sin llegar a clarificar del todo los acontecimientos, insistía en la tesis de Abadal, concluyendo que la batalla de Albesa había sido «una acción local sin gran transcendencia» pero que «produjo el resultado adverso de atraer nuevamente contra Cataluña todo el poder de Córdoba». En cuanto a la fecha, la databa, sin más, en «febrero de 1003». A. Benet y Clará da también esta fecha como posible y aporta un dato sorprendente en lo que concierne a la noticia de la muerte en la batalla del obispo Berenguer, que figura en una fuente cristiana, según la cual el 11 de octubre de 1003 ya actuaba en la diócesis de Elna un nuevo obispo llamado Frédol. La presencia del obispo Berenguer, hijo del conde Oliba Cabreta en la batalla, permite suponer también la participación de sus hermanos Guifré y Bernat Tallaferro, condes de Cerdaña y Besalú, respectivamente, así como también posiblemente la de los condes de Pallars y Ribagorza, dada la proximidad geográfica de sus dominios con el escenario del encuentro. Todos ellos habrían acudido en ayuda de los de Barcelona y Urgel en su atrevida ofensiva.

Es posible que los condes hubieran subestimado en exceso la capacidad de defensa de los musulmanes por la desaparición del caudillo Almansur. Tras la osadía de Albesa, la respuesta de Abdalmálik no se hará esperar y demostrará ser digno sucesor de su padre. Aquel mismo verano, reunió un nuevo ejército con una doble intención: recuperar las fortalezas de Meià y Montmagastre, que seguramente en el transcurso de los años 1000-1003 habían pasado a manos de los catalanes. Es bien posible, de hecho, que después de la campaña de Albesa hiciera pagar a los condes de la Marca el atrevimiento atacando sus dominios fronterizos y demostrando que la fuerza del califato estaba lejos de su final.

Los condes catalanes y Abdalmálik se enfrentarán una vez más en 1006. El ejército de Córdoba regresa por la misma ruta, remonta el Segre y el Llobregós y va camino de Barcelona. Ante la amenaza, vuelven a reunirse las huestes de los condes de Barcelona, Cerdaña y Besalú, para detener el paso del caudillo amirí en Torá, donde una tempestad contribuye a la victoria cristiana, que será atribuida a la milagrosa ayuda divina según la crónica de los monjes de Fleury. Esta derrota traerá graves consecuencias para Abdalmálik, que tuvo que regresar a Córdoba sin el botín y los esclavos que se esperaban.

Una gran crisis está al caer sobre el califato y traerá consecuencias irreversibles para Córdoba, la llamada *fitna* (disolución), que culminará con los reinos de taifa. Sin embargo, para los condes catalanes se avecina una oportunidad única que les proporcionará colosales tesoros.

## LA *FITNA* DE ALÁNDALUS Y LA VENGANZA DE LOS CONDES

Para poder comprender, en todo su alcance, lo que supusieron para las huestes cristianas los graves conflictos acaecidos en el seno del califato y su desastroso final, se hace necesario exponer con cierto detalle el proceso que siguió a la muerte del temido Almansur.

Abdalmálik Almuzáfar respetó como su padre la legitimidad omeya del califa Hixem II, aunque sin poder efectivo. Consiguió grandes victorias en el Norte, con lo que parecía que se prolongaba la era gloriosa iniciada por su antecesor. Pero enfermó y murió muy pronto, siendo joven, por lo que algunos sospechaban que pudiera haber sido envenenado. La sucesión recayó sobre su medio hermano, Abderramán Sanchol, más torpe y a la vez más ambicioso. Nombrado hayib, no se conformaba solo con gobernar, sino que codiciaba ser califa. Con tal fin logró que el apocado Hixem II, que no tenía descendencia, lo nombrara su sucesor. Esta osadía encrespó los ánimos de muchos magnates y nobles árabes, entre los que destacaban los orgullosos miembros de la noble parentela omeya, que no estaban dispuestos a que su linaje perdiera el derecho al trono. Todos ellos se unieron para conspirar en torno a Muhamad, bisnieto del idolatrado primer califa, Abderramán III, aprovechando además el descontento general por los duros impuestos.

Sanchol quiso emular a su padre y a su hermano y partió con una expedición militar al Norte, para aliarse con el conde García Gómez de Carrión en su lucha contra Alfonso V de León. Los conspiradores aprovecharon su ausencia para levantarse y derrocaron al califa Hixem II, alzando en su lugar a Muhamad II, con el sobrenombre de Al Mahdí bi Llah, «el bien guiado por Alá». La revuelta fue fomentada y sufragada por la madre de Abdalmálik, Al Dalfa, que culpaba a Sanchol de la muerte de su hijo. Las multitudes de campesinos, artesanos y comerciantes se arrojaron a las calles de Córdoba gritando enardecidas: «¡Nadie obedezca sino a Al Mahdí!». Los rebeldes sobornaron a violentos sicarios que asaltaron la prefectura y asesinaron a los recaudadores de tributos y a muchos jefes militares bereberes. También fue asaltada la opulenta Medina Alzahira, residencia de los herederos de Almansur.

Al Mahdí permitió a sus tropas fieles, compuestas por la gente más humilde y salvaje que pudo encontrar, someter a la capital a un cruel saqueo que la dejó prácticamente diezmada.

Sanchol regresó a toda prisa a la capital, creyendo que podría restablecer su poder, merced a su gran ejército de mercenarios bereberes y eslavos (los *saquliba*), y contando además con la ayuda de su aliado el conde castellano Sancho García. Pero los rebeldes consiguieron convencer a sus propios oficiales para que lo traicionaran y el grueso de los soldados abandonó la hueste antes de llegar a la ciudad. Abderramán Sanchol fue sorprendido antes de llegar a Córdoba por las tropas rebeldes que le esperaban. Hubo una cruel batalla, en la que acabó rodeado y herido mortalmente. Le cortaron allí mismo la cabeza, que fue clavada en la punta de una lanza, paseada y expuesta en la muralla para que toda Córdoba se cerciorara del fin de la dinastía de Almansur. Solo entonces Muhamad II empezó a ser considerado como el cuarto califa de Alándalus, adoptando el título de Al Mahdí bi Llah.

Pero este nuevo soberano tampoco trajo consigo la calma y el orden. Los desmanes del saqueo habían dejado la ciudad convertida en una calamidad. Luego vinieron sucesos aún más terribles... Por todas partes pululaban bandidos, grupos de hombres descontrolados y magnates ávidos de venganza, buscando con sus partidarios tomarse la justicia por su mano. Nadie estaba seguro en unas calles de Córdoba que cada mañana amanecían sembradas de cadáveres. Y parecía no haber nadie capaz de poner fin a tal situación. El nuevo califa tuvo la oportunidad de congraciarse con los ciudadanos, actuando equitativamente y con firmeza, pero muy pronto demostró ser tan imprudente o más que el propio Sanchol. Nombró visires ineptos, sin preparación alguna, escogidos de entre sus amigotes de comilonas y juergas. Se despreocupó de los más elementales asuntos necesarios para devolverle a Córdoba la estabilidad y, en cambio, empezó a vivir con un lujo desmedido en el palacio de Medina Azahara, a donde se trasladó con aquella gentuza que le seguía y con todo lo que habían podido robar.

Y, mientras tanto, nadie sabía qué había pasado con el destronado Hixem, al que mantuvo oculto en alguna parte, vigilado y privado de los placeres a los que estaba acostumbrado por la vida que siempre llevó. Entonces empezó a correr el rumor de que lo habían asesinado. Pero ni siquiera para eso tuvo Al Mahdí decisión y valor, temiendo las posibles represalias que pudiera suscitar entre la parentela omeya. Para hacer frente a los rumores, no se le ocurrió otra cosa que anunciar falsamente la muerte de Hixem por causas naturales. Buscó el cadáver de un hombre que se le parecía y organizó un funeral con todos los honores. Esto fue un desacierto que se volvió en su contra. Enseguida todo el mundo en Córdoba se enteró de que era una farsa y estalló la indignación entre la gente sensata.

Al Mahdí iba perdiendo partidarios y empezaron de nuevo las reuniones secretas y las conspiraciones para quitarlo de en medio, incluso entre los suyos. Y el inepto califa, para cortar de raíz todo tipo de intrigas contra él, se vio obligado a encarcelar incluso a algunos de sus propios parientes. Con ello logró que ganara adeptos su mayor opositor, su primo Sulaimán al Mustaín, que andaba por los reinos cristianos buscando apoyos para hacerse califa, y que había conseguido reunir un ejército de mercenarios castellanos con la ayuda del conde Sancho García. De la fragmentada sociedad andalusí surgen pues dos pretendidos califas que invocan el linaje omeya.

Ante la inminente llegada de su opositor con los bereberes y castellanos, Al Mahdí huyó a tiempo. Las puertas de la muralla permanecieron en un principio cerradas, temiendo que causaran desmanes. Pero luego, mediante intrigas y amenazas, los jefes de los sitiadores consiguieron que les abrieran. Entró Sulaimán junto con la hueste de Sancho García y, como era de esperar, sometieron de nuevo a saqueo la ciudad. Después liberaron y entronizaron una vez más al califa Hixem, al que pronto destronaron para proclamar a Sulaimán. De esta manera, en apenas ocho meses se habían sucedido tres califas y tres oleadas de violencia en Córdoba.

Mientras tanto, Al Mahdí se hallaba refugiado en Toledo, con su ejército de veinte mil musulmanes cordobeses fieles a su causa. Allí se reorganizó, enviando al célebre general Wadih a que reuniera otros treinta mil eslavos mercenarios, convocándolos en los territorios que le eran fieles con la promesa de una buena soldada. Los emisarios partieron en todas direcciones para transmitir la llamada incluso en los territorios cristianos de la Marca.

Cuando los condes catalanes tuvieron noticia de lo que se preparaba y, sobre todo, de la suerte de divisiones y rivalidades que asolaban al otrora poderoso califato, creyeron llegada al fin la ocasión de resarcirse de los antiguos espolios y crueldades de Almansur. La coyuntura no podía ser más propicia. Así que los condes decidieron contestar a la llamada. Los agentes de Ramón Borrell y Armengol I de Urgel se reunieron en Tortosa con el general Wadih, y cerraron un trato comprometiendo las huestes de los condes de Barcelona, Urgel y Besalú («publica expedicione Spanie», en las crónicas) para ir a Córdoba a luchar contra los bereberes («*ad debellandas catervas barbarorum*») a cambio de fabulosas pagas y compensaciones: seiscientos mil dinares mensuales, más comida y bebida para hombres y animales, derechos de botín y una plena impunidad. Se reunieron los campamentos y las asambleas, como era norma en estos casos, y partió desde allí una pertrechada hueste de diez mil soldados, dispuesta a asolar cuanto encontrara a su paso en Alándalus. Iban al frente de la expedición los más grandes títulos de los condados, condes, vizcondes, obispos y abades.

### La batalla de Dar al Bacar y el saqueo de Córdoba

A final de la primavera del año 1010, las huestes de los condes catalanes estaban ya cerca de Córdoba. El 2 de junio los dos ejércitos se encuentran al norte de la ciudad, en Akabat al Bakr (hoy castillo del Vacar), donde hubo un violento combate en el que perdieron la vida relevantes magnates cristianos: el conde Armengol de Urgel; Aecio, obispo de Barcelona; el abad Odón, obispo de Gerona; y otros muchos nobles y clérigos. También fue herido de gravedad el obispo Sala de Urgel, que murió por el camino de regreso a la Marca.

A pesar de estas importantes bajas, los ejércitos de Muhamad II y sus aliados francos eran tan numerosos y fuertes que no tuvieron demasiada dificultad para derrotar a las tropas de Sulaimán, que se apresuró a huir hacia el sur. Los vencedores, con el conde Ramón Borrell a la cabeza, entraron en la capital del califato y la saquearon durante tres días, haciéndose con cuanto oro permanecía escondido, que era mucho, a pesar de los saqueos precedentes. La campaña continúa y se traba una nueva batalla en el Guadiato. Los catalanes son finalmente detenidos en su avance, sufren la pérdida de unos tres mil hombres y deciden regresar a su país, dejando la capital del califato a merced del candidato bereber.

La expedición a Córdoba comportó para los catalanes la obtención de importantes beneficios por parte de los supervivientes, que supuso un notable progreso económico para los condados. Las huestes regresaron a Cataluña inmensamente ricas gracias al botín obtenido en los saqueos y tras recibir sus desproporcionadas soldadas. El gran tesoro que llevaban consigo contribuyó a mejorar la situación en sus regiones, influyendo en su posterior devenir político y social. Las riquezas que portaron hicieron que poco después el precio del oro bajara no solo en el noreste peninsular, sino también en el sur y sureste de Francia. Y en aquel mismo año, convocados en Vich, lograron al fin la unidad de todos los pagos y feudos. Los condados de Barcelona, Gerona y Ausona conformaron un núcleo político que se hizo en adelante con el liderazgo unificador e influyente sobre el resto. Y al mismo tiempo, por iniciativa de Oliba, abad de Ripoll y obispo de Vich, pudieron recuperarse amplias extensiones de tierras, como Calaf, el Bages y la Segarra, Anoia, la Conca de Barberá y el Campo de Tarragona, logrando así delimitar y asegurar las nuevas fronteras en Tarragona y Tortosa. El cuantioso botín de Córdoba hizo posible la reconstrucción de los castillos destruidos y la repoblación de las tierras abandonadas y, sobre todo, sirvió para afianzar la autoridad del conde barcelonés frente a sus vasallos. También proporcionó el caudal necesario para lanzar el desarrollo mercantil, además de servir para desarrollar la incipiente flota catalana con nuevos encargos de barcos a los astilleros de Génova y Venecia.

Podemos concluir, pues, que la expedición a Córdoba como aliado de los eslavos fue un éxito político-psicológico y económico para el conde Ramón Borrell: el botín logrado permitió una mayor circulación monetaria y la reactivación del comercio, a pesar de que unos tres mil participantes no regresarían o morirían por las heridas, entre ellos el hijo del anterior vizconde de Barcelona y los obispos de Barcelona, Gerona y Vich, además del conde soberano Armengol.

Por otro lado, en el califato, el reinado de Muhamad II fue efímero, pues manifestó muy pronto su disoluto carácter y fue incapaz de organizar la ciudad. El general Wadih, harto de un soberano tan falto de juicio como sobrado de vicios, decidió ajusticiarlo. El 23 de julio de 1010 fue restituido en el trono al antiguo e inepto califa Hixem II.

Como era de esperar, esta solución no fue aceptada por Sulaimán al Mustaín, que se hallaba refugiado en Algeciras con sus partidarios; decidido a recuperar a toda costa el trono, envió emisarios que cruzaron el estrecho para convocar a nuevos contingentes de las tribus bereberes del otro lado del estrecho. Una gran multitud de bereberes, alentada por la promesa de un gran botín, cayó sobre Córdoba y la cercó. La ciudad resistió tras sus fuertes murallas durante tres largos y penosos años. Hasta que, en mayo de 1013 (Chawâl de 403 de la hégira), Al Mustaín logró que le abrieran las puertas; entró victorioso y depuso a Hixem II, iniciando su definitivo reinado como califa.

Las crónicas andalusíes le otorgan un gran protagonismo a la campaña de los condes catalanes («francos»), como Ibn Bassam, que le concede todo el mérito en el cambio de soberano cordobés, afeándole a Sulaimán al Mustaín diciendo que había sido instaurado en el trono por Sancho García de Castilla y luego derrocado por Armengol de Urgel, «malik Armaqund», según las fuentes musulmanas.

Después de esta aciaga época de conflictos, la capital del califato se había convertido en la triste sombra de su gloria pasada, asolada por guerras, asedios, incendios y saqueos. No había rastro de oro ni de plata. El comercio de sedas y objetos preciosos desapareció. El dinero había perdido su valor y los víveres solo podían adquirirse mediante el trueque. Según detallaron los cronistas, quien tenía una sortija, unas ajorcas o un rubí no tenía más remedio que entregarlo para adquirir un puñado de habas, unas pobres alcachofas o un pichón. Hasta que la mayoría no poseía ya nada que poder cambiar y el trueque pasó a ser solo de alimentos por alimentos. El zoco se hallaba en un estado calamitoso y se cambiaba lo poco que había en cualquier parte. Los cordobeses se morían de hambre por cientos. Los antiguos jardines habían sido convertidos en huertos sembrados de hortalizas y quien tenía tres cabras o una vaca se consideraba rico. El orden y la seguridad eran cosas del pasado. Los ladrones asaltaban las tapias incluso a la luz del día y lo que pudiera tener el mínimo valor estaba escondido. Muchos cordobeses insignes abandonaron la ciudad para buscar una vida mejor lejos, en otros reinos y regiones, incluso fuera de la península, en Berbería, Egipto o Arabia.

## El abad Oliba

A la hora de esbozar el perfil religioso, político y cultural del abad Oliba, de nuevo debemos citar al medievalista don Ramón de Abadal y de Vinyals, que fue presidente de la Real Academia de Buenas Letras de Barcelona (R. de Abadal, *L'Abat Oliba, bisbe de Vic i la seva època*,

Barcelona 1962). El historiador catalán, sin desdeñar el excelente trabajo del padre Anselm María Albareda, sitúa al abad de Ripoll y obispo de Vich como privilegiado personaje para desarrollar un apasionado análisis de las décadas que jalonan el año mil. José Enrique Ruiz-Domènec (*El abad Oliba: un hombre de paz en tiempos de guerra*) insiste en el hecho de que la tarea no es fácil y apunta que Abadal era consciente de ello, dada la vaguedad de los testimonios narrativos de ese periodo. Hay, no obstante, cierta abundancia de documentación en archivos posteriores, como los cronicones de la época y las crónicas, incluida la *Gesta Comitum Barchinonensium*, escrita en Ripoll a mediados del siglo XII. Pero pocos documentos, o ninguno, aportan información suficiente a la hora de trazar el semblante humano de aquel eminente miembro del clero que representa una referencia inevitable en el estudio de las señas de identidad de Cataluña en el periodo primitivo. Según Ruiz-Domènec, «la familia de Oliba se merece un estudio en profundidad, porque esa familia es parte del hecho diferencial de las tierras catalanas respecto al mundo carolingio y al legado romano-visigótico». Abadal ya atisbó la importancia de esta cuestión y escribió un libro con un título muy significativo: *Els Primers comtes catalans*. En la documentación de tales trabajos, el *scriptorium* medieval de Ripoll es decisivo, pues en él se fijó por escrito el memorial de los nombres de los condes, en una especie de anales que tuvieron la misma función que los *libri* memoriales en las abadías de tradición carolingia y postcarolingia. Pero la reconstrucción de la época se puede hacer a través de los contratos hipotecarios, las donaciones, los testamentos, las permutas, los dictámenes judiciales, las encíclicas, las cartas pastorales, las actas de las asambleas de paz y tregua de Dios y las actas de consagración de iglesias.

Oliba nació en algún lugar del condado de Cerdaña o del condado de Besalú en el último tercio del siglo X, probablemente en el año 971. Era el tercer hijo de Oliba Cabreta, conde de Cerdaña y Besalú, y de Ermengarda de Vallespir. Era por tanto bisnieto del conde Wifredo el Velloso. Tuvo cinco hermanos: Bernat Tallaferro, que a la muerte de su madre heredará los condados de Vallespir, Fenollet y Besalú; Wifredo, conde de Cerdaña y, posteriormente, conde de Berga; Berenguer, obispo de Elna; Adelaida de Cerdaña, casada con el señor de Salas, e Ingilberga, hija natural de Oliba Cabreta y última abadesa del monasterio de San Juan de las Abadesas.

Cuando Oliba cumplió diecinueve años, su padre, un hombre ambicioso y enérgico, renuncia a todos sus cargos y títulos y se retira al monasterio italiano de Montecasino. La madre, Ermengarda, y sus hijos quedan al frente del patrimonio familiar.

En agosto de 1002, cuando contaba treinta y un años de edad, Oliba renunció a los condados que había recibido por testamento, cediendo el condado de Ripoll a su hermano Bernat Tallaferro y el de Berga a Wifredo II de Cerdaña, e ingresó en el monasterio de Ripoll como monje de la Orden de San Benito. El año 1008, después de la muerte del abad Seniofré, Oliba fue elegido abad de dicho cenobio y luego de Cuixá. Reformó espiritual y materialmente ambos cenobios, ampliando y enriqueciendo extraordinariamente las bibliotecas monásticas, ya conocidas desde hacía décadas por los textos árabes traducidos al latín que poseían. Baste decir que Oliba, al iniciar su mandato como abad, se encontró con una biblioteca de cerca de un centenar de manuscritos y, a su muerte, se contaban doscientos cincuenta, una cifra extraordinaria en aquel tiempo. Bajo su mandato salieron del *scriptorium* monacal códices célebres hasta el día de hoy, como la Biblia conocida equivocadamente como de Farfa (hoy en la Biblioteca Apostólica Vaticana), realizada entre los años 1015 y 1020, y la *Biblia de Roda* (hoy en la Bibliothèque Nationale de France), regalada posiblemente al monasterio de San Pedro de Rodas (Gerona) en 1022, con motivo de la consagración de la nueva iglesia. En materia litúrgica, Oliba compuso textos de liturgia romana para completar su compilación de los sacramentarios de Vich y de Ripoll. En la sede episcopal de Vich se guardan algunos manuscritos que pueden atribuirse al escritorio de la época de Oliba, y en especial al clérigo Ermemiro Quintilano, que ejerció como maestro de escritores hasta su muerte en 1081.

También dedicó Oliba grandes esfuerzos a defender los bienes y derechos de las iglesias que gobernaba, en una época en la que los ataques señoriales para apoderárselos estaban a la orden del día. En el año 1011 viajó a Roma y obtuvo del papa Sergio IV una serie de bulas para poder actuar con libertad en los monasterios a su cargo. Como constructor y restaurador de edificios religiosos, impulsó el estilo románico lombardo. Entre las obras promovidas por él se encuentran la catedral de Vich y las ampliaciones hechas a los monasterios de Ripoll y de San Miguel de Cuixá.

En el año 1018 fue nombrado obispo de Vich. A partir de este momento, aumenta considerablemente su importancia política, al formar parte de la gran asamblea de notables de Cataluña, dedicando muchos esfuerzos a la defensa y repoblación de las fronteras. Oliba hacía que su voz se hiciera escuchar, conciliadora siempre en los concilios y sínodos particulares; enérgica y valiente frente a los abusos, aunque fueran los de su propio sobrino, el arzobispo Guifré de Narbona. La conjunción de los intereses temporales y de los espirituales en la Cataluña del siglo x explica el importante papel ejercido por los monasterios y los obispos. Y Oliba comprendió que podía ejercer una importante labor en favor de la paz, recordándole una y otra vez a la confundida sociedad de su país que la guerra no podía definir la esencia de los pueblos.

Según José Enrique Ruiz-Domènec (*El abad Oliba: un hombre de paz en tiempos de guerra*), «Oliba reflexionó, poco antes de cumplir los veinte años, teniendo presente el gesto de su padre, emprendiendo una suerte de exilio voluntario como protesta a la política de la guerra contra el islam» promovida por los condes. Seguramente se preguntó si era posible recomponer el camino de la paz. ¿Cabía todavía un acuerdo diplomático con Almansur para restaurar el eficaz sistema de alianzas del siglo x? Ruiz-Domènec considera que «Oliba no es un monje apocalíptico como otros monjes de su tiempo, sino más bien un promotor de la cultura escrita, en la línea de su tío Miró Bonfill, obispo de Girona y conde de Besalú, uno de los amigos catalanes de Gerberto de Aurillac, el futuro Papa Silvestre II». En este sentido, el pacífico abad no propugna una visión tremendista, como por entonces se divulgaba a través de las copias del *Apocalipsis de Beato de Liébana* realizadas, por ejemplo, en Gerona (975) y Seu de Urgell (1002), sino que aboga por una actitud contenida y esperanzada ante el ritmo de la historia y los signos de los tiempos.

Según esto, quizá lo más celebrado de la vida de Oliba sea su impulso al movimiento de la paz y tregua de Dios en Cataluña. Se trataba de propiciar el pacto por el que se intentaba una supresión temporal de la violencia. La iniciativa del abad y obispo nace como una prolongación del movimiento de la paz de Dios que tuvo sus orígenes en Aquitania a fines del siglo x, nacido de un concilio en Le Puy en 975 o el primer concilio del que se conservan los acuerdos, el de Charroux del 989. El Languedoc, la Provenza, Berry, Normandía, Flandes y Cataluña vivieron a partir de entonces concilios que tenían por objeto propagar la paz entre nobles, magnates y dirigentes eclesiásticos.

# REYES Y GOBERNANTES COETÁNEOS

LEÓN: rey de León. Alfonso V (999-1028).

CASTILLA: conde de Castilla. (Independiente de hecho de León). Sancho García (995-1017).

NAVARRA: rey de Pamplona. Sancho III el Mayor (1004-1035).

ARAGÓN: condado de Aragón. Unido a Pamplona. Condesa de Ribagorza. Toda (1003-1010).

CATALUÑA:
Conde de Pallars. Suniario (996-1010).
Conde de Cerdaña. Wifredo II (988-1035).
Conde de Besalú. Bernardo I Tallaferro (994-1020).
Conde de Ampurias. Hugo I (991-1040).
Conde de Barcelona. Ramón Borrell (992-1017).
Conde de Urgel. Armengol I (992-1010).

FRANCIA: rey de Francia. (Dinastía capeta). Roberto II el Piadoso (996-1031).

ALEMANIA: rey de Germania. (Dinastía de Sajonia). Enrique II el Santo (1002-1024). Emperador del Sacro Imperio Romano Germánico.

ITALIA: reyes de Italia. (Norte). (Perteneciente al Sacro Imperio Romano Germánico). Dux de la República de Venecia.

Pietro II Orseolo (991-1009).

Ottone Orseolo (1009-1026).

Estados Pontifícios. (Papas). Juan XVIII (1004-1009). Sergio IV (1009-1012).

Príncipe de Benevento. (Lombardos). Pandulfo II (982-1014).

Príncipe de Capua. (Lombardos). Pandulfo II (1007-1022), con Pandulfo III (1007-1014) como corregente.

Príncipe de Salerno. (Lombardos). Guaimario III (994-1027).

Catapán. (Catapanato bizantino de Italia). Juan Curcuas (1008-1010).

Emir de Sicilia. Jafar II (998-1019).

BRITANIA: Escocia: rey de Alba. Malcolm II (1005-1034).

INGLATERRA: rey de Inglaterra. Aethelred II (978-1016).

GALES:

Rey de Gwynedd. Llywelyn ap Seisyll (1005-1023). (Rey de Powys y de Deheubarth).

Príncipe de Morgannwg. (Glywysing). Rhys ap Owain (1005-1035).

Rey de Powys. Llywelyn ap Seisyll (999-1023).

Rey de Deheubarth. Edwin ab Einion (1005-1018).

IMPERIO BIZANTINO (Bizancio): emperadores. Basilio II Bulgaroctono (976-1025) y Constantino VIII (976-1028).

IMPERIOS ÁRABES:

Califato abasí: califa abasí. (Bagdad). Al Qadir (991-1031).

Califato fatimí: califa fatimí. (Al Mansuriya) (En la actual Túnez). Huséin al Hakim bi Amrillah (996-1021).

# CRONOLOGÍA

- Hixem II. Califa de Córdoba del 976 al 1009 y del 1010 al 1013.
- Ibi Amir Almansur, hayib de Córdoba, usurpa el Gobierno del califato, del 978 al 1002. Almansur realiza 48 campañas contra los reinos cristianos, del 976 al 1002.
- León y Navarra apoyan la rebelión de Galib contra Almansur, en el 981.
- Batalla de San Vicente de Atienza, en el 981.
- Tregua entre Pamplona y Alándalus, del 982 al 999.
- Sitio de Zamora y saqueo de Ronda y Sepúlveda por Almansur, en el 981.
- Almansur apoya al pretendiente Bermudo II de León, en el 981.
- Batalla de Portello o Portela de Arenas, en el 984.
- Toma de Barcelona por Almansur, en el 985.
- Bermudo II rompe su alianza con Almansur, en el 985.
- Almansur sofoca la rebelión de los idrisíes de Arcila y Orán, en el 986.
- Almansur se alía con los nobles leoneses rebeldes, en el 988.
- Saqueo de Zamora y León por Almansur, en el 988.
- II Sitio de Gormaz, por Almansur, en el 989.
- Conjura del conde de Castilla y de Abd Allah «Piedra Seca» contra su padre, Almansur, en el 989.
- Saqueo de Osma por Almansur, en el 990.
- Almansur se nombra Malik Karim o «noble rey», el califa pierde toda su autoridad, desde el 991.
- Saqueo de Medinaceli por los castellanos, en el 994.

- Saqueo de Gormaz por Almansur, en el 994.
- Batalla de Langa, derrota del condado de Castilla, en el 995.
- Saqueo de Santiago de Compostela y el litoral de Galicia por Almansur, en el 997.
- Tregua entre León y Alándalus, del 997 al 1005.
- Almansur sofoca la rebelión de Ziri ben Atiya, en el Magreb, en el 998.
- Saqueo de Pamplona y los condados de Sobrarbe y Ribagorza, por Almansur, en el 999.
- Batalla de Cervera, derrota de los condes de Castilla y Saldaña, en el 1000.
- El 75 % de la población de Alándalus es musulmana, hacia el año 1000.
- Incursión musulmana en Manresa, en el 1001.
- Saqueo de San Millán de la Cogolla por Almansur, en el 1002.
- Batalla de Calatañazor, mítica última victoria de Almansur, hacia el 1002.
- Incursión musulmana con vasallos castellanos en la Marca Hispánica, en el 1003.
- Incursión musulmana en el reino de León, en el 1005.
- Reconquista de Balaguer por los catalanes, en el 1005.
- Incursiones musulmanas en Castilla, en el 1007 y el 1008.
- Guerra civil en Alándalus, en el 1009.
- El califato comienza a escindirse en varios reinos de taifa, desde el año 1009.
- Taifa de Alpuente, escindida por árabes en el 1009.
- Taifa de Denia y las Baleares, escindida por eslavos en el 1009.
- Muhamad II, califa de Córdoba en el 1009 y en 1010.
- Los catalanes y los árabes apoyan al califa Muhamad, del 1009 al 1010.
- Los castellanos y bereberes apoyan al rebelde Sulaimán, del 1009 al 1016.
- Batalla de Jarama, en el 1009.
- Expediciones castellana y catalana a Alándalus, en el 1010.
- Batalla de Alcolea, en el 1010.
- Batalla de Dar al Bacar, en el 1010.
- Saqueo de Córdoba por los catalanes, en el 1010.
- Taifa de Albarracín, escindida por bereberes en el 1010.

- Sulaimán al Mustaín, califa de Córdoba del 1009 al 1010 y del 1013 al 1016.

- Hixem II devuelve a los castellanos las poblaciones tomadas por Almansur, del 1010 al 1013.

- Taifa de Arcos, escindida por árabes en el 1011.

- Taifas de Badajoz y Granada, escindidas por bereberes en el año 1012.

- Taifa de Huelva, escindida por árabes en el 1012.

- Taifas de Almería y Murcia, escindidas por eslavos en el 1012.

- Taifas de Carmona y Morón, escindidas por bereberes en el 1013.

- Rebelión de los hamudíes, en el 1016.

- Ali ben Hamud al Nasir, califa de Córdoba del 1016 al 1018, es un usurpador

- Los catalanes se independizan de Alándalus definitivamente, en el 1016.

- Taifa de Valencia, escindida por eslavos en el 1016.

- Taifa de Zaragoza, escindida por árabes en el 1017.

- Constantes rebeliones, conjuras y usurpaciones en Alándalus, del 1018 al 1031.

- Abderramán IV al Murtada, califa de Córdoba en el 1018.